U0823952

属于你的巴黎

A PARIS ALL YOUR OWN

Eleanor Brown

[美] 埃莉诺·布朗 编　　刘勇军 译

漓江出版社

桂图登字：20-2017-278
图书在版编目（C I P）数据

属于你的巴黎 /（美）埃莉诺·布朗编；刘勇军译．-- 桂林：漓江出版社，2019.7
书名原文：A PARIS ALL YOUR OWN
ISBN 978-7-5407-8688-5

Ⅰ．①属… Ⅱ．①埃… ②刘… Ⅲ．①散文集—美国—现代 Ⅳ．①I712.65

中国版本图书馆 CIP 数据核字 (2019) 第 095567 号

All rights reserved including the right of reproduction in whole or in part in any form.
This edition published by arrangement with G.P. Putnam's Sons, an imprint of Penguin Publishing Group, a division of Penguin Random House LLC.

属于你的巴黎
SHUYU NI DE BALI

作　　者　［美］埃莉诺·布朗 / 编（Eleanor Brown）
译　　者　刘勇军 / 译
出 版 人　刘迪才
出 品 人　符红霞
策划编辑　杨　静
责任编辑　杨　静
助理编辑　孙静静　李海涛
装帧设计　柒拾叁号
责任印制　周　萍

出版发行　漓江出版社有限公司
社　　址　广西桂林市南环路 22 号　　邮　　编　541002
发行电话　010-85893190　0773-2583322
传　　真　010-85890870-814　0773-2582200
邮购热线　0773-2583322　　电子信箱　ljcbs@163.com
网　　址　http://www.lijiangbook.com

印　　制　香河闻泰印刷包装有限公司
开　　本　787mm×1092mm　1/32
印　　张　9.5
字　　数　125 千字
版　　次　2019 年 7 月第 1 版
印　　次　2019 年 7 月第 1 次印刷
书　　号　ISBN 978-7-5407-8688-5
定　　价　43.00 元

漓江版图书：版权所有　盗版必究
漓江版图书：如有印刷质量问题，可随时与工厂调换

谨以此书献给克里斯·柏比

目　录

CONTENTS

目　录

CONTENTS

前言

埃莉诺·布朗

巴黎是一座怎样的城市？

这个城市的名字代表着影响力和威望，没有别的城市能与之媲美。巴黎，将与之相关的一切都变得更加精美绝伦，更加优雅高贵，更具……巴黎范儿。贝雷帽，咖啡馆，风花雪月，艾菲尔铁塔上的熠熠灯光，林荫大道，窗外花箱的锦簇花团，《悲惨世界》，毕加索，香奈儿。巴黎意味着许多事物——美妙的事物。

巴黎为何是世界上游客最多的都市之一？其中的一个原因就是它的魅力。如果说你在某个夏日的周六去过卢浮宫观赏《蒙娜丽莎》，便会轻易领略到巴黎的魅力所在。文学作品中的巴黎和明信片上的巴黎一样经久不衰。作家们对这座启蒙之城的痴迷由来已久，描写巴黎的作品数不胜数，从经典之作如《巴黎圣母院》、《流动的盛宴》或《玛德琳》，到烹饪教材（包括名厨艾娜·加腾的《赤脚烹饪法式餐》，你绝对不能从字面上理解这本书），再到参与本书编写的作者们的作品。

我注意到近期出版了大量关于巴黎的书，从帕梅拉·德鲁克曼的《法国妈妈育儿经》到保拉·麦克莱恩的《巴黎之妻》。我喜欢这些书，阅读这些书时原本没有把它们归为一类，但后来我自己开始写关于巴黎的书，便开始思考作家对这座城市无尽的兴趣。

我对巴黎的好奇，部分源于我自己对这座城市的反应。为《巴黎之光》一书取材时，我曾在那里生活了六周。如今我体会到了一日游玩和试图在那儿定居的差异。所以，我得承认，累人的日常琐事如购物、洗衣冲淡了我经历的那些惊喜的瞬间。总之，我印象中的巴黎纵然有各种神奇的事物，也只是一座城市。它有精致的一面，亦有邋遢的一面；有粗鲁的巴黎人，也有友好的巴黎人；有上好的博物馆，也有“旅游陷阱”。对我而言，它与其他大城市大同小异。

所以，如果巴黎仅是一座城市，为什么我们会迷恋它？为何我们会热衷于创作并阅读关于巴黎的故事呢？

带着这个问题，我找到了十七位来自美国、英格兰和爱尔兰的女性畅销书作家，请她们分享自己游历和旅居巴黎的个人经历。我想知道她们背后的故事，想知道她们对这座“光明之城”的真实看法。拭目以待吧！本书涵盖了她们或睿智、或幽默、或天马行空、或悲痛、或引人深思的回答。

来说说本文集的不足之处吧。我征稿时只求非常个人化的故事，所以对种族、政治、宗教等更深层面的问题没有深入探讨。我对本文集的供稿人提出一些要求，这可能缩小了潜在供稿人的领域，只涉及那些创作内容与巴黎息息相关的女性畅销书作家。当我细细思索这种维恩图解[①]，甚至把有关巴黎的书当作一个集合时，我惊奇地发现，这些女作家和她们的故事竟是那样倾向于女性、异性恋和白人！考虑到这些图书的数量，这一发现尤其有趣。许多书（包括我自己的）聚焦于二十世纪二十年代的巴黎。那时的巴黎是艺术家和侨民集聚的多元社区。正如巴黎本身就有讲不完的故事，巴黎人也有讲不完的故事——所有巴黎人，他们把巴黎变成一个让我们梦牵魂绕、心神向往的地方。

尽管征稿时我定下许多条条框框，但当我拿到这些文章时，发现每一篇都是不同的，这让我倍感惊喜。巴黎庞大而繁杂，我们每个人在那里获得的经历都会有霄壤之别。米歇尔·盖博和我在巴黎都经历过……怎么说呢……窘境，不过最终我们都在兴致盎然地回顾各自的旅程，每当想起米歇尔讲述她全家之旅的故事，我总是会心一笑。而梅格·韦特·克莱顿和 M.J. 罗斯分享的浪漫的巴黎旅行攻略将使人渴望故地重游（特别是当你有幸请她们其中一人做向导的时候）。对了，如果你想来段月下情事，就去读

① 集合问题的一种解法，利用维恩图直观地解答集合问题。——译注

读她们的文章吧——她们十分了解这座“爱之城”。

如果你无意邂逅浪漫，那就去看看玛吉·希普斯特德的文章吧，她思考了这座看似为情人而设的城市所具有的孤独感，她的文章语言生动，言辞幽默。一个人出国旅行本就孤独无依，如果对当地语言不通的话，那就更是如此。这种孤独感是很常见的，也是旅行中难熬的部分。但玛吉认为这种孤独很有价值，孤独既会使我们犹豫不决，也会让我们敞开心扉，迫使我们用心去体验和感激我们的旅行地。

朱莉·鲍威尔谈到了美食是如何帮助我们克服旅行中客居他乡的不适感，如何在陌生的城市里找到属于你的餐厅、咖啡馆或酒吧，借此找到回家的感觉。现在向你提供一条建议：饿着肚子的时候，千万不要看她的文章。不然，看了她描写的美食之后，你一定会食指大动，恨不得咬上一大口欧洲黄油棒。

我们每个人都有不同的经历，不过我们行走巴黎的路线可能以意想不到的方式相交在一起。很多文章都提到了杜伊勒里宫、卢森堡公园或卢浮宫。但正是这种小概率的巧合，会让我们惊喜万分。我不能说，在巴黎的旅途中，我曾想过要去警察局，但推理小说作家卡拉·布莱克和历史题材作家劳伦·维利希都这么做了，尽管结果大相径庭。卡拉和英国作家蕾切尔·霍尔都写到了这座以浪漫著称的城市的阴暗面：卡拉很想知道在那些铺满鹅卵石的街道上，有哪些地方能发现尸体；蕾切尔研究了二战期间纳粹占领下的巴黎，因此，她从围城的角度描写了这座城市。

当然，我们很多人会去卢浮宫参观一番，而苏珊·弗雷兰的文章则探索了一些伟大艺术品背后的故事，展示了我们大多数人永远都看不到的这座博物馆的另一面。与此同时，她的文章也打破了人们一直以来对巴黎人留下的冷漠、不乐于助人的刻板印象。

巴黎旅游局最近展开了一项活动，要把巴黎打造成一座对游客更友好的城市。事实上，他们或许可以借鉴一下这本书里分享的故事。除了苏珊的经历，J. 考特尼·沙利文与她的法国编辑夫妇建立了深厚的友谊。由此可知，人毕竟是人，在最艰难的时期，人们会表现得友好、幽默，也乐于助人。珍妮弗·斯科特曾在巴黎和一家法国人住在一起，看过之后，你肯定也很想受邀去她家用餐，她用从那家法国人身上学到的优雅和更为温和的生活方式，过着自己的生活。

我们中的好几个人都是为了写这本书才去的巴黎，目的是做调查研究。但是，就像旅行时都会遇到的那样，我们得到的出乎了我们的意料。保拉·麦克莱恩和特蕾泽·安妮·福勒都去巴黎做研究，保拉追随了欧内斯特·海明威及其第一任妻子哈德利的脚步，特蕾泽则重走了泽尔达·菲茨杰拉德的路。在那里，保拉认识到，要捕捉过去，做起来要比想象中难得多，而特蕾泽领悟到的则是，就连巴黎也不能让我们获得救赎、解除心魔。不过巴黎的确是个好地方，去尝试一下也未尝不可。凯茜·凯莉写出了这本书的另一面，她描写了她是如何爱上巴黎的。她写到，她终于来到了这座城市，并且真真正正地站在这座集魅力、阴谋和激情于一身的城市的中心，这让她欢喜万分。

事实证明，巴黎确实别有特点。只要你以正确的态度去面对，巴黎所承载的价值和由它生发的联结，都非同凡响。詹妮弗·科伯恩母女同游巴黎，而过程与詹妮佛想象的并不一样。这次旅行为她提供了一个机会，让她以自小就不曾有过的方式与她的母亲建立了联结。梅甘·克兰（也就是爱情小说家凯特琳·克鲁斯）希望巴黎能解决她的所有问题，而她也确实得偿所愿，因为在巴黎，她领悟到其实她已经拥有了她所需要的一切。埃伦·萨斯曼对居住在巴黎的热情掩盖了她的婚姻已经崩塌这一事实，但巴黎也教会了她如何活得丰富、激情和充实。

“我在巴黎的时光，”保拉·麦克莱恩在她的文章里说，“与其他人的都不一样。”巴黎对我们每个人都是不同的，但是当我读到这些故事的时候，我觉得自己和其他人的经历产生了共鸣。巴黎变得很“平常”，是一个可以让我们共同分享的地方，它最好地诠释了“平常”这个词的意义。虽然朱莉·鲍威尔的巴黎不是詹妮弗·科伯恩的巴黎，也不是 M.J. 罗斯的巴黎，更不是米歇尔·盖博的巴黎。但我看得出来，她们的巴黎全都是相通的，从她们的文章里，可以找到我在巴黎的经历。我提到了这些随笔能在偶然间引起人们的愉快共鸣，而这就是巴黎的乐趣所在。你来到巴黎，那你就是去了海明威的巴黎和维克多·雨果的巴黎，你也是身在埃伦·萨斯曼的巴黎和保拉·麦克莱恩的巴黎。不过，你还是在你自己的巴黎。

祝你旅途愉快。

A PARIS
ALL YOUR OWN

细品法国女人

J. 考特尼 · 沙利文

一

1987 年

和所有的事情一样，我首先也要从我的母亲说起。

在我们居住的马萨诸塞州郊区，到处都是爱尔兰天主教徒，他们会举办街区聚会和夏季野餐，而我的母亲则打心眼儿里认为自己是法国人。她收集产自坎佩尔的陶器，她像巴黎当地人一样自信地佩戴丝巾，她给狗狗洗完澡后，会把香奈尔五号香水喷在它身上。

她的热情承袭自她的母亲，也就是我的外婆。在我看来，外婆和凯瑟琳 · 德纳芙一样迷人。她订阅 W 杂志，等过期杂志攒到一定数量，就会把它们打包，带到我们家。外婆是社区里第一个慢跑的人，那会儿还没有慢跑装备这些东西，于是，她就穿着风衣跑步。她宁愿花大价钱去城里的上好沙龙做头发，也不愿意将就去家附近的普通美容院。她还认为，法国女人比我们出色，不过她并不认识任何法国女人。她了解那个世界的途径是时尚杂志和茱莉亚·蔡尔德，她会非常认真地收看她的电视节目，将蔡尔德对黄油和红酒的见解奉若真理，还把她的菜谱记在本子上。外婆去世后，我们找到了她的笔记本，并珍藏起来。

二

1996 年

在高中的法语课上，我们观看了基耶斯洛夫斯基的电影《蓝·白·红》三部曲。而我自己则把《爱在黎明破晓时》这部电影看了不下九十七次。我既想成为朱丽叶·比诺什，也想成为朱莉·德尔佩，虽然她们两个没有丝毫的共同点。她们都是法国人，而且天生都是美人坯子。即便是在生活中最灰暗的时刻，她们依然坚强自信、仪态万千，穿着完美无瑕。我有种感觉，只要我对她们研究得足够透彻，我就能在潜移默化中成为她们。我这年十五岁。母亲不管做什么都不能叫我满意。但我意识到，在这一点上，她是对的：法国女人在方方面面都是那么出众。

我爱法语，也爱我的法语老师。这位老师曾经告诉我们：“快乐是没有任何附加条件的幸福。”以后，就算我把学到的法语忘得一干二净，我也会记得这句话。

三

2001 年

我宣布我打算从大学毕业后歇一年，这个消息吓坏了我的母亲。我想去看看这个世界，并抒写这个世界。我很想在法国度过这一年，但我没有勇气，我对自己的法语也没信心。这一年我二十岁，还从没离开过美国。像是为了证明我很天真，我宣布，我要么去伦敦，要么就去佛罗里达州的奥兰多。在奥兰多，迪士尼乐园雇我，作为他们学生实习项目的一部分。这个项目提供了各种各样的职位。有些人甚至会装扮成动画人物，参加表演。我申请并且得到了煎炸食物这份工作。在伦敦，我先是在一家文学机构实习，后来去给一家人做保姆，这家人有三个不到两岁的男孩。

我向在文学机构工作的朋友柯斯蒂讲了我很喜欢巴黎，很想去那里。她说她知道美国人对巴黎如痴如狂，但巴黎对英国人来说就没那么大的诱惑力了。英国人认为巴黎只适合度周末、开单身女郎派对这类活动。

在一个长周末，我终于启程前往巴黎，和一个在那里留学的朋友住在一起。我们上一次见面是在一个小地方的一所名不见经传的大学，在那里，睡衣裤也被认为是合适的晚宴装。但现在我发现，这座迷人的城市对她产生了很大的影响。她住在巴黎第十六区，寄宿在一个图书编辑的家里。她每天都不吃午饭，用省下来的钱买路易威登名牌手包。（不过，她承认，有一次她太想家了，便吃了一个巨无霸汉堡。在讲这件事的时候，她没有把“麦当劳”称为“麦当劳”，只是用带着口音的法语称之为“McDo”。不知怎的，在这里就连快餐也变得魅力四射。）

巴黎，我终于要去巴黎了。那是我家三代女性的梦想之地，而我是她们中第一个到巴黎的。我在艾菲尔铁塔前拍了照片，但令我惊讶的是，看着照片，我竟然没有太大的感觉。也许是因为我看过太多有关巴黎的照片，对此想象过太多次了。一个月前，我对布鲁塞尔有着强烈的感受，但那可能是因为我对它没有任何期待。

我和我的朋友仓促参观了卢浮宫和拉雪兹神父公墓，其匆忙程度就跟宾州车站上下班的人一样。我这位朋友是个慷慨的主人，但她早就见惯了这一切。她真正想做的，与每个城市我们这个年纪的女孩子想做的都一样，无非就是交际、喝酒、结识男孩子。我有什么资格与之争论呢？

我看着火车上和商店里的法国女人，观察坐在露天咖啡馆里的法国女人，我一直都相信她们美丽优雅，格调不凡，事实的确如此。这就是我想要破解的密码，尽管我还没有和法国人交流过，只是和那个图书编辑打过招呼，还在一家酒吧里亲吻过一个男孩子，不过没有深交。

第二天早晨，在我登上欧洲之星列车返回伦敦之际，我收到了一条短信：吻你，爱你，一生对你念念不忘。

这条信息太荒谬，实在是有些夸张。这可能就是法国人言语的卡通版。我一直保存着这条短信以留作纪念，直到后来手机丢了。

四

2004 年

毕业后，我搬去纽约，当上了一名作家。我的第一份工作，是在一家美容杂志做助理编辑。在那里，我真像一条离开了水的鱼，完全不得其所。但我发现，这里所有的人都和我一样崇拜法国女人。我采访过很多摄影师和造型师，他们对造型的灵感大多来自几十年前的法国女性，比如碧姬・芭杜和阿努克・艾梅。

我一方面要还学生贷款，另一方面还要支付与人合租的如鞋盒般大小的公寓的租金，所以我很清楚，手头拮据的我短期内不可能再去巴黎。我只能在书本里遨游巴黎。有些书我真的很喜欢，比如亚当・戈普尼德的《从巴黎到月球》；有些书是我的心头之爱，比如黛安・约翰逊的《幸福合作社》。在我工作的地方，公共书架上有一些无聊的美容秘籍，等到其他人都回家了，我就会取下来看，其中的代表作是《法国女人不会胖》。

我并非把这些书当作指南来看，而是希望自己成为书中描写的角色。我把自己当成看着萨摩亚人的玛格丽特・米德，或者把自己当成刚刚登陆地球的外星人，打算到处看看。虽然我很欣赏书中描述的女人，但是我和她们毫无相似之处。我穿耐克鞋去上班，连平底鞋也不穿。我的着装品位实在不怎么样。虽然我每天都在写关于化妆的文章，但我真的不知道怎么化妆。事实上，我还变胖了。

五

2007 年

我在《纽约时报》找到了一份工作，为一位舆论专栏作家做调查研究。我还开始为报纸写文章。到了周末，我就写小说。我在工作日中使用的方法渗透进了我的小说。我不喜欢凭空塑造人物，而习惯基于已知的事物注入感情并添加不可知的元素。我想把细节梳理清楚。所以，当我要写一位农夫，我就会去采访这位农夫。我要写玩偶之家爱好者和护理人员的时候，也是如此。

可以对他人的世界一窥究竟，让人感觉非常刺激。这便是这份工作的美妙之处。

六

2010 年

我的第一本小说《毕业典礼》出版了。有一天，我收到了一封电子邮件，发件人是来自巴黎的编辑玛丽。她询问我她所在的小出版社是否可以得到这本小说的法语版权。

像这样的情况，我应该先去找代理人商量一下，再进行一系列协商。但是想象一下，我的书要被翻译成法语呢。于是，我马上就答复了她。是的，玛丽当然拿到了版权。

七

2010 年

在我第一次去巴黎的近十年后，我故地重游。我和我的男朋友凯文在伦敦为朋友们临时照看房子，于是，我们计划去“光明之城”玩三天。这次，我决心认真游览一番，参观所有重要的景点，游览所有风景。

一年前，母亲终于有机会去了巴黎。我向她要了旅行攻略，而且，我们大致重复了她的旅行路线。她提醒我们不要试图一次看尽所有风景名胜，要悠闲漫步，享受其中的乐趣。但是，我们还是试图一次看尽所有风景名胜。就像多年前第一次看到艾菲尔铁塔一样，我们发现，参观预订要去的景点得到的快乐，远远不如意外之喜。比如，我们在拉丁区的酒店就是建在一座十三世纪修道院的遗迹上；一个在艺术学院的大庭院里被我们偶然发现的聚会，学生们唱歌跳舞，展示作品。不过，一些我们计划好要去的地方也很不错：凡尔赛宫让我震撼不已；在克利翁酒店的钢琴酒吧，我可以待上几个礼拜；我们坐在卢森堡花园，看着孩子们吃花朵形状的冰激凌。我不禁感叹，“美”在巴黎的日常生活中竟然占有这么重要的地位，而在纽约就不是这样了。

毫无疑问，我们是游客。无论走到哪里，我们都随身携带厚重的黄蓝色《里克·史蒂夫带你游巴黎》，而这就是我们游客身份的证明。一天中我会看到好几个人拿着这本书，而发现这一点后，我们会羞涩地对彼此微微一笑。

巴黎的出租车司机听不懂我的法语。我一开口，他们就改用英语。回到伦敦后，我感到如释重负，因为这是一座从未让我心生胆怯的城市。

八

2012 年

《毕业典礼》在法国出版，并且成为畅销书。这本书的法语名字叫 Les Debutantes。

我开始创作一部新小说，这是我的第三本小说，名叫《承诺》。从一开始，我就知道我要把其中一个主要人物设定成一个风情万种的巴黎女人。我永远都成不了那样的女人，但我可以一直在远处欣赏着她。

我首先采访了移民到波士顿和纽约的巴黎人，向她们提出了各种各样的问题。作为一名作家，我最重视的事情之一就是，如果你只对一个人说："把你的所有事都说来听听。"他就会犹豫不决。但如果你说："我是个作家，给我讲讲你的故事吧，我好从中寻找故事素材。"那他们几乎都会知无不言。

我交谈过的女性都很优秀，因为她们在两个世界里生活过。我决定将我的人物设定成和她们一样——一个移民至纽约的巴黎人，这样我就能从她的视角观察我自己的城市。我给她起了个名字：戴尔芬。

我的采访对象提到了在美国生活的小烦恼：空调太多，星巴克无处不在。而大的烦恼则是：陌生人会假装熟悉，承诺会再次相聚却从未信守诺言；"直升机父母"[①]；人们痴迷于上健身房；在宴会上，人们往往成双结对，却只会和一个人交谈，而不是众

① 直升机父母：国际上流行的一个新词语。把那种就像直升机一样盘旋在孩子上空，时刻监控孩子一举一动，"望子成龙""望女成凤"的父母叫作"直升机父母"。——编注

人进行一场热烈的讨论。

她们最想念的东西包括美味的面包、雅漾保湿面霜、法国的《世界时装之苑》杂志和《巴黎竞赛》杂志。

我了解到，在巴黎人的厨房里，糖罐里总是放着冰块而不是谷物。茴香酒从来都不会放在冰箱里。母亲也许会叫自己的孩子“我的斑鸠”以示亲昵。她们告诉我，在巴黎，如果你和某人约喝咖啡，却不喜欢咖啡因，那你可以点一份柠檬汽水。她们还给我讲了一个法国婚礼传统：新娘和新郎会躲在杂物室，等客人们去找。

我想要了解戴尔芬生活过的巴黎。似乎只有重返巴黎做研究才是可行的。凯文再一次与我同行。我们最近订婚了。我很清楚我的目的地——蒙马特区和德克勒街，我决定将这两个街区设置为对戴尔芬最重要的地方。

通过一家叫“步游巴黎”的公司，我聘请了一位私人导游布莱德，他带我们两人参观了他居住的蒙马特区。我以前来过这里，但这次我注意到了一些新事物：一家制琴铺的橱窗里挂着小提琴；由本笃会修道士在十二世纪培育过的一小片葡萄园；旧烟草店改建成了由北非移民经营的夜间杂货店；巴黎的户外餐桌蔚为壮观；艺术家的工作室建在旧房子的阁楼里，那里光线最好；克奥科舒瓦斯街上有一栋爬满常青藤的砖房，设有高大的白色百叶窗，窗栏花箱里种着鲜艳的红色天竺葵。

以前，我在巴黎总是感觉很不自在。我的口音听起来是不是糟糕透顶？像个愚蠢的美国人吗？但我是个作家，我太好奇了，所以管不了那么多。

我和凯文去圣日耳曼德佩普教堂听小提琴独奏。一天深夜，我们元意中碰到在杜伊勒里花园边举行的一场夏季嘉年华：大人们坐在野餐桌边，吃着薄饼和棉花糖，喝着红酒；孩子们在蹦床上蹦蹦跳跳，还在游乐设施上假装发出恐怖的尖叫声。

在一个星期天的早晨，我们去了一个热闹的露天市场。市场位于格勒纳勒大道的高架铁轨下。商贩出售巨大的番茄和茄子、成熟的樱桃、洋蓟、七种不同的蘑菇；一个摊位的木箱里有三十种橄榄，还有你能想象到的任何香草或坚果；还有卖鱼和肉的商贩，所有的食物都摆放得很漂亮，外观和质量一样重要；在一个卖奶酪的摊位上，父女二人搭档，卖有二十四种圆形奶酪，他们把奶酪切开，用淡蓝色的纸包起来。鲜花摊上盛开着玫瑰花和马蹄莲。我一边看老太太们购买一个礼拜所需的食物，一边吃了三个小面包圈。

就是在这次旅途中，我爱上了巴黎。我爱上的不是我想象中的巴黎，而是真实的巴黎。

九

2012 年

在凯文母亲位于艾奥瓦州得梅因的家里的一个小客房中，我写下了关于戴尔芬的全部章节。这样一个与巴黎可谓风马牛不相及的地方，但是关于巴黎的记忆还是那么清晰，以至我能在一瞬间就让自己回到那里。

我还没有与我的法语编辑玛丽见过面，但我们经常通电子邮件，交流彼此对书籍和生活的看法。十月份，我把手稿发给了她，同时我也很担心，生怕没有把我心里的戴尔芬淋漓尽致地刻画出来。

我把小说的一个场景设置在帕西街，没想到这也是玛丽从小生活的那条街。这是一个好兆头。总的来说，她说我把戴尔芬描写得很生动。我希望她能纠正稿件中的错误，她确实指出了一些我遗漏的事情。

在我修改稿件的过程中，我发了一些问题给玛丽，她尽职尽责地回复了我。我问法国人是否真的吃“牛排薯条”。（是的，她说，但只有游客才会使用这种说法。法国人会特别指出是什么样的肉排。他们会说要“牛肋排薯条”。）戴尔芬和她丈夫会在勒弗洛蒙德吃晚餐吗？（会。）法国女人在没有食物的情况下从不喝酒，这是真的吗？（不是。）戴尔芬的婆婆抽哪种香烟？（吉坦尼斯牌香烟。）

我想知道戴尔芬会读哪份报纸。玛丽说她可以花几个小时解释《世界报》和《自由报》的区别，不过还是选《世界报》好了。

十
2013 年

四月，我去巴黎宣传我的第二部小说《缅因州》，我终于见到了玛丽和她的商业伙伴——也是她的丈夫让 - 皮埃尔。就像那首歌唱的那样："四月在巴黎。"

我之前在维也纳也做过一次类似的宣传活动。在那里，我每天早晨都卷头发，这是我人生中第一次也是唯一的一次。我买了新衣服：一件黛安·冯·芙丝汀宝牌的粉红色毛衣，拉链在背部；一件马克·雅各布斯牌的蓝色裙子，上面有白色圆点；还有一双裸色高跟鞋。不必让这里的人知道，我每天在家里写作时只穿瑜伽裤，充其量会穿旧牛仔裤。

凯文的计划是第二天去法国与我见面。离开维也纳的前一天晚上，我收到了我在波士顿的家人发来的短信。他们说马拉松终点线发生了爆炸，我母亲就站在那里，爆炸前几分钟还把照片传到了脸书。一个多小时后，我们才确认她安全。我直到半夜才和她在电话里简短地说了几句，我告诉她我会马上回家，她说："你敢。"

在采访的过程中，我和才华横溢的法国记者讨论我的小说，感觉棒极了。但考虑到家里的情况，感觉又有点儿奇怪。

我真希望凯文能来，那样我就能安心许多。然而，他的航班被取消了。波士顿实施了封锁，警察正在搜寻凶手。我一整夜都在看相关的新闻报道。我坐在酒店房间的地板上，吃着阿诺·蒙特尔面包店的一大盒马卡龙，这是让-皮埃尔和玛丽送给我的接风礼物。在我待在巴黎的三天里，让-皮埃尔问我有没有吃马卡龙。我说马卡龙很好吃，还说我把它们都吃光了。他笑了，好像这不可能似的。但是事实的确如此，我真的把它们都吃光了。

第二天晚上，凯文的航班又被取消了，随即航班被第三次取消。我一直在关注波士顿的新闻。在大洋彼岸看到波士顿上了所有报纸的头条，感觉是那么不真实。

我和玛丽一起吃了几次饭。她是个非常棒的人，有趣，酷，很有法国范儿。她告诉我去哪里购物，我便听从了她的建议。我在一家小商店里买了两套衣服，在"好商佳"百货公司买了鞋。这就像完成某个仪式一样。我感到很孤独。有一天，我花了很多时间在城里散步。我独自一人坐在户外咖啡馆，吃着番茄沙拉，因为我现在是素食主义者。这一点也不符合法国人的风格。玛丽告诉我，在法国，不吃肉实际上会被认为是没有爱国心。尽管如此，她还是带我去了她公寓附近的一家很棒的小素食餐厅吃午饭。她告诉我她不喜欢纽约，但她喜欢洛杉矶。

在巴黎的最后一晚，我应该在一家书店露个面。我用法语给司机指路，他听懂了我的意思。我有点儿激动。一个移民巴黎的朋友也来了，还有导游布莱德，玛丽的妹妹也来了，另外还有几十个人捧场。

之后，我们回到玛丽的公寓，举办了一个小派对。我的内心五味杂陈。我很开心，但同时为家乡发生的事情而伤心。好在我的母亲安然无恙，这让我松了口气，但我也为其他人担心。我想念凯文，希望他能来。多少次，我在波士顿的家梦见巴黎。但现在我在巴黎，却又梦到了家。晚上，我禁不住哭了起来。玛丽把我领到她的卧室，我们一起坐在床上聊天。我说我毁了晚会，她只是耸耸肩，说我们再坐一会儿，还给我端来一杯葡萄酒。

十一

2014 年

由于凯文三次被迫取消航班，有段时间，玛丽一直取笑我，说我把他弄得一团糟。我和凯文婚礼后的几天，她在电子邮件里告诉我，那天她想到了我，问我最近怎么样。我给她回信，附上了一些照片。她回复说，谢谢你的照片，礼服漂亮极了！事实上，你雇来拍照片的人，还有这个叫凯文的人，看起来都很不错。

后来，我和凯文又去了法国，参加在巴黎近郊的文森斯举办的美国文化节，那里是地铁的最后一站。他们终于见面了。文化节真盛大，来了很多美国作家和法国观众。美国人经常以一种笼统的方式看待法国人："他们都是这样的，你要是那样做，他们会觉得很糟糕。"美国文化节则体现了法国人对美国人的看法。我参加了几个座谈小组，这些小组讨论的是诸如"美国梦到底怎么了？"这样的话题。

文化节过后，我和凯文回到巴黎去参观歌剧院。之后，我们去了当地的一个市场，还在那儿凑合了一顿午饭。我们看到一个小贩在卖装在玻璃碗里的盐。一排排华丽的盐，有淡粉色、米色，还有绿色。

那天晚上，我们在玛丽和让 - 皮埃尔的公寓和他们一起共进晚餐。没想到凯文和让 - 皮埃尔喜欢很多相同的乐队。凯文和他们的小儿子下象棋，不过他们根本听不懂对方说的话。我们喝了许多瓶红酒，一直待到两点多才告辞。

十二

2015 年

当我在电视上看到巴黎遭到袭击时，我立即想到了玛丽、让-皮埃尔和他们的孩子。我马上给他们写了封电子邮件。收到了他们的回复，我才如释重负。这个世界充满了不确定性，危机四伏，但至少我们的朋友是安全的。

十三

在《毕业典礼》中，戴尔芬的父亲是克利翁酒店的钢琴演奏家，克奥科舒瓦斯街那栋爬满常春藤的房子是她的家。我把很多细小的记忆都融入了这个故事。夏季狂欢节，制琴店铺，花朵形状的冰激凌，阿诺·蒙特尔面包店的马卡龙，还有我在露天市场上吃的那三个面包圈。（不过玛丽纠正了我，她说法国女人永远不会一次吃三个面包圈，我应该改成一个。）

巴黎曾经是一个只存在于我梦中的地方。即使我去过一两次巴黎，我还是无法真正把它看清楚。小说家有一个悖论：有时候，通过小说人物的视角来观察事物，会看得更清晰、更真实。

戴尔芬第一次出现在小说中，她穿着一件带有黑色花朵图案的蓝色束腰衬衣式连衣裙，裙摆来回摇晃。这些细节源自我的家庭，那件连衣裙是我的外婆传给我母亲，我母亲又传给我的。我的外婆从未到过巴黎，但我认为外婆会喜欢我的这个创意：一个真正的巴黎女人穿着她最喜欢的衣服，在蒙马特的山上散步。

J. 考特尼 · 沙利文是《纽约时报》畅销小说《毕业典礼》、《缅因州》和《承诺》的作者。《缅因州》被《时代》杂志评为年度最佳图书，2011 年，该书被《华盛顿邮报》评为优秀读物。《承诺》是《人物》杂志评选的 2013 年年度十佳图书之一，也是《爱尔兰时报》年度最佳图书。这本小说很快将被拍成电影，由瑞茜 · 威瑟斯彭主演，二十世纪福克斯电影公司发行；而且，该书已经被翻译成十七种语言。她最新的小说是《全职圣人》。作者常住在纽约的布鲁克林。

联系方式：

jcourtneysullivan.com

关于巴黎的书：

《承诺》

写巴黎的原因是：

读写关于巴黎的文章，是去巴黎旅行最经济实惠的方式。如果钱不是问题的话，我很乐意每个月都飞去巴黎。

最喜欢的巴黎时刻：

午夜过后，我和丈夫在卢浮宫的庭院中喝香槟。

最喜欢的关于巴黎的书：

黛安・约翰逊的《恋恋巴黎》成功地通过一个充满仰慕的局外人的眼睛，描述了巴黎人。在小说中，随着时间的推移，这个局外人变成了局内人。《美国人在巴黎》是由亚当・戈普尼克编辑的一本选集，讲述了马克・吐温、伊迪丝・沃顿、伊丽莎白・毕肖普等人的巴黎。这本书绝妙至极，让人爱不释手。

让你想起巴黎的歌曲：

弗兰克・辛纳屈的《四月在巴黎》。我对这座城市的一半幻想都源自一遍又一遍地听这首歌。

巴黎以外最喜欢的旅行地：

爱尔兰西部。

在巴黎，你必须：

随心所欲，信步而行，不要闭上眼睛，哪怕是一秒钟都不要。你永远不会看到比巴黎更美丽的地方。

无法承受的巴黎

米歇尔·盖博

“我们去巴黎吧！”我妈宣布道。

她说这话时，自信满满，神气十足，一副终于含辛茹苦地培养了三个成功的孩子，却从不自我标榜为“最佳外婆”的神态，让你没法儿对她说不。

“今年是里程碑式的一年，”她说，“你马上就四十岁了，书也即将出版，你爸也快七十岁了。而这些都发生在巴黎，我们得庆祝庆祝。”

当时我的首部小说《巴黎公寓》即将出版发行。在战战兢兢地经历了合约被取消、众多出版商之间的竞标拉锯战失败、数不胜数的退稿之后，我的小说终于能出版了，感觉是那么不真实，仿佛气泡一碰就会消失。在我的毕生梦想即将实现的时候，我妈却一拍脑门儿想来次巴黎之旅，这不是添乱吗？

“我不确定，”我说，“我们的暑假安排得满满当当的——野营，出差，与全明星队一样，女孩们打垒球也会打到七月份。”

“我们得去。”她说，“这是早就决定好了的。”

“可是我在巴黎待过呀。”

“为了工作，不算。去吧，米歇尔，那可是巴黎哟！”

“但是妈妈……”

“那可是巴黎呀。”

女人总是有她们的道理。

◆

首要问题是：虽然我去过巴黎几次，但我丈夫并没有去过，况且他也不乐意去。

“我可不傻。”我丈夫丹尼斯说，他向我们的朋友凯伦和汤姆解释他不热衷于这个提议的原因，“我是喜欢博物馆和不同的文化，我也爱佛罗伦萨、米兰和布拉格。”

“那原因是什么呢？”凯伦接着问，“问题是什么？”

凯伦是我高中以来的好朋友，她十分了解丹尼斯的固执和我妈的独断，她也理解我夹在两人之间的尴尬处境。

“我们现在有孩子。”丹尼斯解释道。

“谁没有？”凯伦说。

“我才不会带她们去游欧洲，这会宠坏她们的，还有其他很多花钱的方法。”

“比如打高尔夫。”我朝他翻白眼。

明明可以去练习高尔夫近距离推球，为什么还非要去巴黎？

“是的，这是一部分原因……”

“听我说，我也很喜欢高尔夫……”汤姆插话道，这是铁打一般的事实，他和丹尼斯都很热爱高尔夫，常结伴去打球，“但没有任何东西，即使是高尔夫，能与巴黎相提并论。如果错失这次良机，你将追悔莫及。”

就这样，丹尼斯同意了。也许是因为汤姆的游说或我的执意请求，也可能只是因为我的丈夫是个大好人。不管何种原因，我们向巴黎出发了。因为我在几周前就买好了票，所以这样的结果确实不错。

◆

问题二：如何告知我们的女儿们？她们分别是八岁和十岁，还不知道巴黎就是“巴黎”。

姐姐佩琪保持中立，这是她的一贯风格。

“我能在飞机上用你的苹果电脑吗？”她问。

“嗯，可以。”我说。

她点点头表示同意，之后没再提。

“我才不去呢，”妹妹乔治亚反抗道，“那里有哑剧演员。”

“也有胡子呀。”我说。

她沉思片刻，然后说：“那好吧。”

佩琪打算用我的平板电脑下载各种可怕的游戏，乔治亚则列出了到巴黎必看的景点。至少我其中一个孩子能理解这次旅行的意义。（伙计们，那可是巴黎呀！）乔治亚以前列过的清单愿望比登天还难：像亚马逊高级会员或去塔吉特商店购物这样简单可行的要求，她从来没有列过；她曾经的一次生日愿望是要已故的爷爷奶奶和一只猫复活。天知道她希望从“光明之城”巴黎得到什么。

一弹指，一学期就结束了，全明星队的比赛也圆满结束，准备“大出游”了。甚至连佩琪也有些按耐不住兴奋了。我们要去巴黎啦！多么幸运，是吧？

丹尼斯和我先飞去巴黎，我父母和姑娘们晚几天到。外公外婆坚持坐商务舱，让姑娘们享受风光的飞行。我无法忍受自己蜷缩在经济舱狭窄的座位上，而我那两个上小学的女儿可以伸展四肢，于是，我用出差积攒的积分升了舱。尽管我知道丹尼斯会认为这太奢侈，所以我迟迟没有告诉他。

“商务舱？”他惊叫道。

我们站在登机口，手里拿着机票。对，我没有“告诉他”而是“等他发现”。万幸，他太忙了。

“我们要坐商务舱吗？”

“我告诉过你了。”我说，微颤的声音从一开始就出卖了我。

“不，你没说。”

“我是用积分升舱的。”我吸吸鼻子，“总之呢，如果姑娘们不坐经济舱，我也不坐。”

“姑娘们不坐经济舱？”

“妈妈坚持让……”

“我都没坐过商务舱。”

“不要忘了我有深静脉血栓方面的问题，还有过血栓病史！”

路人直勾勾地盯着我们——这合情合理，谁会抱怨坐商务舱？做会计的和如熊孩子般的丹尼斯，他们会。

突然，我的手机响了，来得正是时候。我的代理人通知我，我的小说《巴黎公寓》已经成为全国最畅销的书了。我咧开嘴笑了，对嘟嘟囔囔的丹尼斯视而不见。在去巴黎的路上，得知我的巴黎小说成为畅销书，这让我忽略了不懂情调的丈夫和不懂感激的孩子。我们的旅程必定难忘，一定会的。一想到这里，我不由得满心喜悦。

♦

中午，我们抵达巴黎。

天气很热——几乎令人窒息。闪烁的告示牌提示人们要多喝水并尽量待在室内。捣鼓了一阵钥匙之后（在生硬的、一知半解的法语指导下），我们终于住进了套房。这套房简直富丽堂皇。

房子位于第十六区，屋内铺着木地板，白色的墙壁，窗外能看到艾菲尔铁塔。我的第二本小说将于十月份完稿，我想象着自己在屋内写作角废寝忘食地埋头苦干。这里有写作角呢！（我从来没有用过这样的角落。）

我一一取出行李，丹尼斯看着电视打发时间。

“我们要去吗？”看了几个高尔夫球锦标赛的积分榜后，他问我。

“那……？”我小心试探他，“你想……改变行程？”

我们是游客，但我想融入巴黎——并不容易。瞧他一副地道美国人的派头（高大、健美、英俊、金发），穿着黑色阿迪达斯运动鞋和卡其色短裤。

“我们不应该把自己打扮成美国人……”我喃喃道。

“但我们本来就是美国人。”他回答。

“你能穿长裤吗？或许粉色紧身裤？满大街的人都在穿。”

丹尼斯懒得理我，抓起钱包，朝楼梯走去。

我们（实际是外婆）选对地方了。街区奢侈繁华，但精致迷人，且处中心地段，离地铁站只有几个街区。要不是地铁到十月份才营运，那场面肯定极为壮观。

“真是方便哪。”丹尼斯说，重复我妈常挂在嘴边的话。我们盯着指示牌，一颗汗珠挂在他的眉毛上。

第二个离我们住处最近的一站是特罗卡迪罗站，约一英里远。这一路漫长而艰辛。气温高达华氏一百度（相当于三十七摄氏度）。我倒是更容易适应，我心想。姑娘们肯定会吃点儿苦头，因为在巴黎，只有在喝酒的时候才能抱怨。

接下来两天，丹尼斯和我对（潮湿炎热的）巴黎进行了一番探索。我们逛了公墓、博物馆、红磨坊，吃了鞑靼牛排，喝了当地的葡萄酒。为领略白色圆顶的圣心大教堂的气派，我们穿梭于人山人海，忍受海云蒸天，攀爬无数级阶梯。

姑娘们一定会讨厌这样的安排，我想。但我很快抛开了这念头，我计划巴黎之旅已有数月，如果不能在世界上最伟大的城市里找到乐子，这是否说明我们自身存在什么样的问题呢？人人都爱巴黎，我们也得爱。是时候调整状态，不再用谷歌搜索附近可以游玩的景点了。

在其他家庭成员赶来巴黎之前的一个晚上，丹尼斯和我在“偶遇餐厅”用餐。餐厅就在我们住处的旁边，温馨，典雅，屋内的法语谈笑声此起彼伏。塑制盘子，啄木鸟伍迪图案的玻璃杯，简单而可口的食物。当服务员过来用连珠炮似的法语招呼我们时，我们假装听得懂。

离开时，我们先是嘻嘻窃笑，然后便开怀大笑，我们找到了真正的乐趣。我们的旅行终于回到正轨，一切渐入佳境。

后来……姑娘们来了。所有人都知道：孩子们一来，情况非但不会好转，还会变得更糟。

◆

“嘿。”一行人一进屋，佩琪就叫道。

她扑通一声倒在沙发上，见到我们的激动之情溢于言表。

“淡定点儿。”我笑着说。

佩琪翻了翻白眼，然后闭上眼睛。

“好热啊，”她说，“我不想去玩了。”

丹尼斯和我与我的父母礼节性地行了拥抱礼。

是啊，多愉快的旅途啊！

多漂亮的套房啊！

天真热啊！

乔治亚大摇大摆地跟在最后，这是她一贯的做派。试想你每次进屋后，大家如释重负的情景吧——这就是乔治亚的人生。

“嘿。”她塞给我一本书，“看看。”

她把商务舱眼罩撸到前额，刘海儿翘起，像极了《木偶奇遇记》中人物的发型。

“这是你列的愿望清单？”我打开封面问她。

“对，我好累啊。”

乔治亚靠向外婆。即使带着姑娘们坐了一夜飞机，我妈仍能站似一棵松。一直如此，简直不可思议。

与此同时，我查看乔治亚的巴黎愿望清单。

她歪歪扭扭的笔迹写道：1. 去艾菲尔铁塔看古斯特夫·艾菲尔的小房间。2. 凡尔赛宫。3.《蒙娜丽莎》。

我会心一笑。心肝宝贝已下命令，而且要求不高。

“太棒了。”我指着窗外对丹尼斯说，“我们现在就可以去艾菲尔铁塔。瞧，从这扇窗就可以看到。”

“不，谢了。”乔治亚说着，从外婆身边溜走。

她沿着拼花地板，拖曳着脚步，倒在沙发里，躺在姐姐旁边。姐姐用一只脚推她，她却依偎得更近，然后拉下眼罩。

“不要睡着了！”我叫道，“你们两个小懒虫在飞机上没睡够吗？来吧，打起精神，你们可是在巴黎哟！”

“她们一路上都在看电视，”外婆说，“一整晚。”

“听着。”我爸说，“我去洗个澡，之后我们去外面玩。你们有三十分钟的时间准备。”

我们一致同意。或者说，没等我们同意，我爸就走开了。

经过一番准备，以及诱哄累垮的姐妹花之后，我们连拖带拽地带她们下楼。一走上雷努得街，一股热浪就扑面而来。我甩开贴在脖子上的汗津津的头发。

走了半个街区，空气似乎有所变化，并非出于天气原因。我们齐刷刷地回头，发现乔治亚在我们数步之后。她僵在原地，一脸悲愤。我注意到她脚下，她踩了一坨便便。

“呀，屎。”我爸强忍住不笑，面部因压抑而扭曲。

“的确是。”丹尼斯说。

乔治亚双眼喷出怒火，随后泪如泉涌。

“乔治亚，快蹭掉。”我说，“没事，实际上这很有巴黎范儿。巴黎人可不清理狗狗的粪便，我在书中提过！这将是个难忘的经历，以后你想起来会觉得很好玩！”

“真的吗，妈妈？”乔治亚半信半疑。

老天，我本来还打算穿“便”装的。“我发誓，姑娘们，在巴黎即使是屎都有意义。”

乔治亚不停地打量着我，目光尖锐。整整六分钟后，她脱下那只脏鞋，蹭在附近一幢大楼上。一个商人从我们身边走过又猛地转过身来，再三确认他所见之事，并刷新了对美国人的反感之情。

“我受够了。”乔治亚说，转身朝我们的住处走去，“我想知道我们什么时候去伦敦。”

外婆返回去找她。外婆是唯一一个可能说服乔治亚的人。

晚些时候，我们一行六人还是到达了艾菲尔铁塔，并拍了全家福留作纪念。照片中，我笑意盈盈，丹尼斯没笑。一个女儿神气活现，另一个手里紧握笔记本，看上去像是踩了一坨便便。

♦

等待乘坐电梯上塔的人已排成长龙，所以我们攀爬了669级（据佩琪统计）台阶，才到达第二层观景平台。拍了些照片后，我们开始往回走。

“古斯特夫·艾菲尔的小房间呢？”乔治亚指着她的笔记本，大为不悦，“我写下来了。它在哪？”

“在塔顶，但现在我们在另一边。”丹尼斯说，这是实话。

他在搞什么鬼？他都没哄她说下次再去，或买冰激凌，或贿赂她。难道他想在异国教育孩子而置我们惯用的手段于不顾吗？我瞪了他一眼，他巧妙地回避了。

“你们让我走了一天。”乔治亚低吼道，“我踩到狗屎，还看见两个小丑，一个哑剧演员……”

“那哑剧演员真可怕。”佩琪赞成。

“现在我连古斯特夫·艾菲尔的小房间都去不成啦？！”

“宝贝……”我开始安慰她。

我看向丹尼斯，寻求支持，但他和佩琪打算袖手旁观。

“我们这周晚些时候再去嘛。”我说，“走吧，我们去买冰激凌吃，不然他们关门咯。”

“他们几点关门？”乔治亚笑逐颜开。

我看了看并不存在的手表。

“16:07？我们快走吧。”

我讨厌自己听起来多么宠溺孩子。事实上，宠溺不是我的教育方式。两个星期前，我批评乔治亚在垒球区季时赛期间装病。我让她穿上赛服，“甩掉小病”。结果“小病”是肺炎和高烧四十摄氏度。即使我的孩子们坐了商务舱，那也不能说她们娇生惯养。

“要不要牵我的手？”我问道，在艾菲尔铁塔的第二层观景台上，在世界上最棒的城市里。

“才不要呢。”她说，“一点儿也不想。”

但是乔治亚紧跟着我……真是小奇迹。我察觉到，我们需要更多奇迹来熬过这次旅行。

♦

从艾菲尔铁塔上下来（我们已满头大汗），我们在特罗卡迪罗广场会合。丹尼斯和姑娘们把脚丫浸入绿油油的水池中。

好吧，我很理解大家为了凉快而无奈采取极端手段。就连我也经不起热，穿起了短裤。夏约宫是为举办1837年世界博览会而修建的，我怀疑自那时候起池子里的水就没换过。高温也不应该是感染乙肝病毒的理由啊。当他们玩得正欢，我掏出手机搜索“导致家庭度假失败的原因” 。

那天傍晚下了雨。的确，我不开心。要不是一天湿透三套衣服，一切还算如意。或许雨水为我们能带来些什么改变。我们是游客，是一家人，我们满腹牢骚，粗野无忌，在世界的另一端束手无策。天气变化能改变我们的处境吗？至少改变我们的态度？这是当妈的心愿。

我们挤在雨伞下，走了好几个街区，来到一家小酒馆，花言巧语地劝说老板在非巴黎用餐时间的六点钟给我们提供吃的。姑娘们连续 48 个小时没睡，我们都因饥肠辘辘和怒火攻心而失去理智。当这座城市刚开始考虑晚上吃点儿什么的时候，我们就已经食指大动，点了许多食物和美酒。屋外雨点吧嗒吧嗒敲打着窗户。

乔治亚吃了橄榄和牛杂（没人告诉她！），佩琪狼吞虎咽地啃着面包，掏出中间柔软的部分吃掉后，将外皮扔在桌上。我比平时吃得更多，喝得也更多，毕竟巴黎不是需要节制的地方。那晚我们安然入梦。雨，酒，对话，像温暖的毯子抚平了我们烦躁的内心。

◆

不管昨天得到的经验是什么，次日都会被蒸发掉。

我们没有陶醉在玉盘珍馐和灯红酒绿中，或享受着不受干扰的天伦之乐。相反，我们毅然起床，进军旅游指南上的地标：协和广场、凯旋门、拿破仑墓、圣特罗佩小镇、圣叙尔皮斯教堂，以及杜伊勒里公园的摩天轮。

我们还逛了博物馆，标志性建筑如罗丹艺术博物馆，该馆因姿势优美的臀部雕塑而享有盛誉。还有没有那么出名的奥赛博物馆，乔治亚在该馆大厅中央地板上摆出瑜伽挺尸式，毫不在乎其他游客从她摊开的身体上跃过。

“整个夏天你都在求我带你去看凯特·佩里的演唱会。”我低斥道，“行，我带你去。我会坐在你旁边，然后唠叨个不停。”

“那也行。”她说，“反正，论起不理人，我比你做得好。”

讲得好，你这小怪物。讲得妙。

佩琪从头到脚一副“洛杉矶闪电队”装扮，在南菲阿斯酒店旁做抬膝运动。有了这番景象，谁还能忘记橘园美术馆呢？观赏莫奈的名作《睡莲》之后，我们逛了老佛爷百货。佩琪看中了一个品牌的红色小肩包。

“你不喜欢饰品。”在她眼泪决堤之前，我提醒她。

佩琪原本是运动型、不喜欢花哨的孩子。她那爱显摆的妹妹和爸爸去格雷万蜡像馆，我和我妈去逛商店，然后去香槟酒吧小酌慢饮。我们认为佩琪会坚持她的一贯作风：静坐两小时，直到我们想起她在旁边。

然而，我的女儿现在站在老佛爷百货大楼硕大、五彩斑斓的天花板之下，为一个包包痛哭流涕。这个小妮子以前最喜欢的“装扮”是儿童运动短裤和教士队棒球帽啊。

孩子们怎么了？还有，我的丈夫怎么了？甚至连我爸最近也少有讽刺评论，居然还夸姐妹俩是“文明旅行者”。他撒下这么个无可奈何、糟糕透顶的谎言，说明他也感受到了这次旅行的压力。感谢上天，外婆是我们当中唯一一个理性的人。

“我一定要那个包包！”佩琪哭了起来，“我背上它很好看啊！”

就在我快要哭出来时，我给我姐姐发了一张照片。她是我通往正常生活的救生索。

“这不是很荒唐吗？”我写道，“那么贵的小肩包！买给佩琪！我都不能让她每周洗澡两次以上！”

“如果我是你，我就买给她。”我姐姐回复，“佩琪是对的，你的确小气。”

这时，乔治亚踱过来，立即滔滔不绝地发表自己对奢侈品皮具的看法。

“你又不喜欢饰品，佩琪。”她说出自己姐姐的名字时，像是在诅咒人，“什么时候能轮到给我买一个？”

谢天谢地，多亏有香槟酒吧，不然我会破口大骂起来。

自始至终我都不确定，我对姑娘们太严厉了还是不够严厉。

她们自出生以来都是好孩子——乖乖午睡的宝宝，成绩优异的学生，出色的运动员，文明的餐厅顾客。自乔治亚呱呱坠地，她每天能连睡八个小时。

“我的宝宝爱睡觉。”我对惊慌失色的护士说，“宝宝都这样。”

现在在巴黎，我的小天使们闹着脾气，哼哼唧唧。另一方面，我也气急败坏。是我对她们的行为预期太低了，还是她们更容易适应时差和异国风俗，就像环游世界各地的游客那样？我开始反思，也许问题在我身上。

已忘记年月日的某天，一个令人欲哭无泪的清晨，我们去参观哥特式建筑——一次铁定引来牢骚抱怨的出行。我甚至宁愿去凯特·佩里的演唱会。但你知道，我妈坚持要去。

呀，令我惊讶的是，导游悦耳的声音和哥特式故事能使姑娘们着迷。乔治亚惊奇地看着圆花窗和飞扶壁，央求听更多革命故事。向来羞怯的佩琪最后也说了句“很酷”。在圣路易岛上，我们买了著名的贝尔蒂龙冰激凌后，每个人都心满意足地笑了，包括丹尼斯。那时阳光正好。

最终，我们理解了巴黎是座怎样的城市。在巴黎并不适合事事为之，而是要找到契合自己的乐趣。你不知道的是，那天我并没有搜索“糟糕的家庭之旅”。毫无疑问，我会把那些景点写进我的第二本书中。

那晚我们乘游艇游览塞纳河，共赏奇幻般的粉紫色巴黎日落。

当夜幕降临，艾菲尔铁塔灯光闪烁之时，我们站在一起，对眼前的美景赞不绝口。在这辉煌的时刻，没有人再抱怨什么。我们回归自我，换言之，我们是世上最幸运的人。

♦

我们花了两天时间完成了乔治亚清单上的任务。幸运的是，我妈安排了凡尔赛宫之行。她总是考虑得很周全。

我们的导游魅力非凡又博学多识。如果你有一个求知欲旺盛的八岁孩子，并且不介意给一个三年级的小学生灌输丑闻、谋杀、流产这些东西，这导游算是过于博识了。

“你认为……婴儿是怎样出生的？伴随着流血？死亡？”（导游屈下身子）

“有时候婴儿不是生出来的？！”乔治亚叫道，“它们只是从你身体里出来的，妈妈？”

“我的天。”我爸咕哝着，“事情不妙。”

“这家旅游公司的目标人群是儿童！”我妈打趣说，“有前景。”

游玩地是花园，但我们计划观赏凡尔赛宫，但最后计划泡汤。我们九点到达目的地，然后立即排好队，但在闭馆之时还是没有排到我们。这对乔治亚来说又是一次“出局”。你去问问她的垒球教练——她受不了出局。

导游为了取悦我们，讲了花园的历史和神话起源。乔治亚拖着重重的步伐，表情闷闷不乐（“不能去金色宫殿酒店？”）。这次游玩很难忘，但十分漫长。走着走着，气温突降。我的牙齿开始打战，路上乔治亚占用了导游的毛衣和围巾。为了维持和谐氛围，我们不停地用巧克力热饮和煎饼安抚姑娘们。她们的上衣和头发上沾了许多巧克力酱。

午后时分，我们在迷雾中瑟瑟发抖，导游在前面给我们讲解一尊雕塑（“怎么说好呢……他强行与她发生关系？”）。

“哦，是《掳掠珀耳摩福涅》。”丹尼斯狡黠地说。他挠挠下巴，假装若有所思：“的确是在锁定儿童群体啊。”

我嗤之以鼻。

“好了，够了。”我爸说，掏出一沓欧元给导游，“再见。玩得愉快。”

“所以，我觉得……”当我们正急匆匆地赶往火车站时，乔治亚说。

我觉得，不管她心情好不好，这孩子总是折腾我。

“我觉得，我们其实没去凡尔赛宫，对不对？”她问，“就像我们没去成古斯特夫·艾菲尔的小房间？不开放，不完全是这样。”

“抱歉，宝贝。”我说，这次我没有说假话，“队伍太长了。”

“队伍太长。”她叹息，“队伍总是长到令人讨厌。”

♦

在巴黎的最后一天。

姑娘们十一点还没起床，昨天的观光和抱怨使她们疲惫不堪。丹尼斯在破译播放法国高尔夫锦标赛的电视频道，我独自一人去帕西街购物，巴黎的天价包包令我惊叹不已。

回到住所时已经是午后。姑娘们都起床了，丹尼斯看上去有点儿不悦。

“我们不去卢浮宫了？”他问。

“我们应该去吗？”我小心翼翼地说。

我们没有制订详细计划，但我知道他想问什么。我看过《蒙娜丽莎》，但丹尼斯没有。到巴黎必去卢浮宫，不然的话，法国当局说不定会以歧视文化罪而吊销你的护照。

“我想不应该。”他嘟囔着。

我皱皱眉。可怜的家伙，他也一直忍受着这次压力重重的旅行，而且，是我一开始想来巴黎的。丹尼斯来巴黎是为了我，为了姑娘们，却不奢求回报。

“哦，太晚了，”我看了看手机，“快三点了。”

我们约好七点钟在第十一区见我的父母。由于地铁关闭，我们得走一英里，两次换乘火车，再走一段路。总之，路途奔波。

“晚饭前去卢浮宫的话，时间会很紧。”我说。

我瞥了一眼乔治亚，她杏眼圆睁，一副受伤的样子，比我告诉她再也不能打职业垒球还严重。

“但我能应付得了，”我说，“人们都知道我善于应付紧迫的时间。”

去他的。乔治亚需要一次击球。我们所有人都需要。

“姑娘们，丹尼斯，穿上你们的鞋子。我们和蒙娜丽莎有场约会。”

乔治亚兴奋地尖叫，以最快的速度跳起来，其速度甚至违背了物理定律。

“你想晚饭前去卢浮宫？”丹尼斯犹豫了会儿。

“听起来很荒唐，但，是的。”

“然后在巴黎的另一端见你父母？”

“再说一次，很荒唐，但，是的。我妈坚持在那见。她准备好之后……”

“好吧，”这个运动型的、全世界最好的男人说，他穿上阿迪达斯鞋，“那个地方叫什么来着，那个餐厅？”

“比斯特·保罗·波特餐厅。”

丹尼斯抬眼。

“比斯特·保罗·波特，”他叹息道，“我只能说，这个比斯特·保罗·波特餐厅最好给我是全巴黎最他妈好的餐厅。”

♦

第二天我们离开巴黎前往伦敦。

当火车引擎启动，我想象巴黎的魔力和我对巴黎的期待随风而散。要不是旁边一个八岁小孩在哭鼻子，我本该开心，至少是如释重负。巴黎给了我们一个意味深长的临别赠言。

离开前一晚，乔治亚正准备爬上床时，得知一则消息：圣地亚哥教士队把她最喜欢的球员蔡斯·赫得利转卖给了纽扬基队。

“教士队毁了我的巴黎之旅！”到现在这话她还挂在嘴边。

“欢迎成为圣地亚哥队的粉丝。”佩琪回应她。

现在，在驶出巴黎的火车上，乔治亚在列另一份愿望清单——她最喜欢的棒球运动员——这对教士队和她来说，是比向往古斯特夫·艾菲尔和凡尔赛宫更好的愿望。

我转向佩琪。

“那么，你觉得巴黎怎么样？”我问，“你喜欢巴黎吗？”

她耸耸肩，她的一贯风格。

“巴黎很酷。”她说。

“你最喜欢巴黎的什么地方？”

她想了想。

“飞机。”她回答，“最棒的地方是飞机，我们还会坐同一架回家吗？”

◆

假期结束了，学校开学了。朋友们想了解巴黎，因为他们的确想。

“我很高兴我们去了，但我更喜欢伦敦。”我这样说，也越发觉得这是对的。

伦敦更适合我们。哈利·波特、《狮子王》和白金汉宫的厅室。还有，在伦敦可以讲英语，而且你对伦敦的期待不高，不像期待巴黎一样。

“一次难忘的旅行，”我说，“尽管算不上‘好玩’。”

“哦，亲爱的，”一个朋友说，“当然不好玩呀，你又不是去度假，你是去旅游。”

可恶，她说得对。

众所周知，带着孩子去度假只不过是“在不同的地方，走一样的霉运”。而我们旅行的独特之处在于，我们去了国外，增长了见识，具体来说是见识了两个国家的差异。这算是我们一生中难得的一次旅行，虽然不“好玩”，但不虚此行。

“哦对，我们去过巴黎。”姑娘们从此可以这么说了，“老妈气得要掐晕我们，但这次旅行很不错，不是吗？”

我想起我小时候的全家之旅：我们去了热门景区，如犹他州的摩押及其无与伦比的“夜间峡谷”（比如，山麓一侧的闪光灯）；我们驾驶雪佛兰萨博班，在劣质录像机上播放《雨人》，就这样我们在美国西部的每个州都留下了足迹；我们没忘记威利·纳尔逊（“再次上路……”），我妈的旅游指南书《通向国家公园》，或者我爸固执地要“玩得尽兴”。

“你可以在内华达州或犹他州使用卫生间，但不能在两地同时使用。”

“长官，我知道我超速了。但您看，我的孩子们可烦人了。”

这些琐事是组成一个家庭的一部分。当孩子们长大成人，这些事将成为生活中的主要部分。

我们回家数月之后，旅游频道就推出了一档以巴黎为主题的节目。当看到我们参观过的地方和那些想去又没去成的地方时，我和丹尼斯会心地笑了。

“下一次。”丹尼斯说。

还会有下一次？谁能说得准？

该节目以一个莫衷一是的话题结束了：“巴黎最好的餐厅是哪家？”老米歇尔也许会写下来，但我才不呢。我们心中已经有自己的答案，谢谢，我们自己发现的。

此时，电视上采访的那些去过巴黎并吃遍巴黎的人宣称——

巴黎最好吃的餐厅——是比斯特·保罗·波特餐厅。

“我的天哪！”我惊呼道，整个身子弯折成一道微笑似的弧形。

我转向丹尼斯，调皮地反手打在他胸口上。

“的确。如你之前所说，比斯特·保罗·波特餐厅是巴黎最他妈好的餐厅！”

丹尼斯脸上露出得意的笑，老样子。多谢了，巴黎。多谢你折磨我们。

下一次——再见。

米歇尔·盖博是《纽约时报》畅销书作家，著有《巴黎公寓》、《巴黎见》和最新小说《夏天的故事》。她毕业于威廉与玛丽学院，曾从事金融工作二十年，现全职写作。现在，米歇尔·盖博与丈夫、两个女儿和一只小懒猫居住在加州的加迪夫海滨。

联系方式：

michellegable.com

有关巴黎的书：

《巴黎公寓》
《巴黎见》

最喜欢的有关巴黎的书：

我最喜欢的几本书，包括曾经风靡一时的保拉·麦克莱恩的《巴黎之妻》，劳拉·玛德琳的《甜蜜往事》，还有詹妮弗·科伯恩的引人入胜的自传《永恒的巴黎》。

巴黎以外最喜欢的旅行地：

也许不该承认，但伦敦是我最喜爱的城市！它甚至比巴黎高一个档次（高一点点）。要去休闲度假的话，我选择南塔克特，我第三本书的故事背景刚好设定在此。

最奇怪的旅行必备品：

我没有奇怪的物品，但我会带健身服。我擅长打包行李。两天游或两周游，去巴黎、伦敦或纽约，我会把所有物品塞进一个随身行李箱。

在巴黎，可以忽略：

艾菲尔铁塔也不是那么令人激动，除非到了晚上被灯光照亮。当然在巴黎一定要去看环法自行车赛。

在巴黎，你必须：

我为此得到了教训，实际上没有“必须做的事”。

巴黎经验之谈，唯一“必须”做的是找到适合你的计划、你的旅伴，调整好你的心态。如果真要列一些，我觉得，留点时间去逛逛你住的街区吧，这很重要。

巴黎是你的情人

埃伦·萨斯曼

我全然未发觉，我的婚姻正面临危机。我心另有所属，新欢是那么狂野、性感、迷人——我爱上了巴黎。

在我怀着二胎五个月时，丈夫和我搬到巴黎，那时大女儿已经一岁半了。在此之前，我们生活在新泽西州，我们都渴望一次冒险。尽管渴望的是婚姻中没有的东西，但我们却不知道想要什么。

结婚七年（七年之痒到了？），我挣扎于一堆麻烦中。我讨厌郊区，创作第一部小说遇到了困难，甚至发表不了短篇小说。尽管我爱我的孩子，但我还是被日常琐事烦得要命。丈夫在信息技术公司工作努力，却遇到诸多限制，为此郁闷不已。毫无疑问，他害怕回家面对满腹牢骚的妻子。在漫长煎熬的一天结束之后，我也疲于招呼愁眉苦脸的丈夫。

你好，巴黎。在“爱之城”巴黎拥有一份工作是丈夫梦寐以求的事，所以，他说服了他的老板把我们派遣到欧洲来场冒险之旅。记得到巴黎的第一天——那是1988年1月的一天，天寒地冻，寒风凛冽，但令人喜出望外。我感受到一波感官冲击——尝过了最好喝的热巧克力，看过了直冲云霄的艾菲尔铁塔和卢森堡公园里让孩子们欣喜若狂的木偶秀。我有一种奇妙的感觉：我像一个坐在由我推着的婴儿车里的婴儿——看到了一个充满刺激的全新世界。

我需要颠覆我的生活常规：我的耳朵需要聆听一门新的语言（法语是多美妙的音符！）；需要看到光彩靓丽的法国佳丽，围巾搭过肩膀挂在身后，细长的双腿套着渔网丝袜；我需要尝试新口味——酥脆可口的普瓦兰面包、口感独特的波尔多葡萄酒、农贸市场香气扑鼻的煎饼和布列塔尼半岛的咸牡蛎；甚至气味都是需要充满异国风情的——地铁上一位坐在我旁边的女子、满园盛开的薰衣草，以及莱茵河畔人行道上边叫卖古书边吞云吐雾的书贩。

第一个惊喜：每一天都不同。游逛巴黎时，我睁大双眼，感官处于高度警惕状态。在巴黎，我忘记了新泽西州冬天的味道，或孩子们在旋转木马上欢呼雀跃的样子，或地铁里乞讨者反复诉说自己如诗般的人生的场景。或许这些事在新泽西州司空见惯，但我却麻木不见。三十一岁的我，茫茫然地活着，对未来似乎不再有期待。我了解那里的人、美食、建筑、公园以及四季。而对巴黎，我一无所知。

一觉醒来，我精力充沛，想要到街上去逛上几小时。大女儿坐在婴儿车里，肚子里的宝宝兴致勃勃地翻着跟斗。我开始觉得自己和那些昂首阔步走在巴黎街头的女子一样美丽。她们迈着大步，身着紧身衣，自信地展露自己的性感。

我丈夫当时在忙什么？我不记得了。我只知道他在工作，知道我们经常得去赴宴，以及时不时地外出就餐。但是我那些在街上并发出的兴奋感，各种应接不暇的感官享受，以及突然降临的惊喜呢？这些都不会发生在我的家里、早餐桌上，或遗憾地说，卧室里。我并没有过多地关注那个属于我旧生活的男人。我的新生活在户外，在露天，街上的生活每天（每小时、每分钟）都在吸引着我。

我想，他也爱上了巴黎。他也跟所有朋友和家人滔滔不绝地谈论我们在国外的新家。他也深陷对巴黎狂热的迷恋中。我们都欣然适应了巴黎的生活，这不是很好吗？我们认识了些居住在巴黎的外国人，他们对自己的经历有着截然不同的看法——有些人喜欢巴黎，其他人则渴望重返纽约城的怀抱。真可惜，丈夫和我漫不经心地和对方说。我们不是很幸运吗？今天我要带宝宝去博物馆！我要带两岁的女儿去公园！

在巴黎待了一年后，我丈夫离职了。所有人都认为我们会收拾行囊，带上孩子，戴着时髦的贝雷帽，打道回府。不！我们刚做好待在巴黎的准备！我终于可以说一口过得去的法语。我和女儿们一起学习法语——游乐场法语——她们说着不带一点儿口音的法语，而我说得一塌糊涂。尽管如此，巴黎人欣赏我不懈努力的好学态度，主动与我交谈，我们相谈甚欢。我请造型师给我剪了一个妖冶招摇的发型。我开始关注时尚，关注那些被我雪藏已久的东西。我买了能凸显产后身材曲线的新衣裳，它们让我看起来更有女人味，更加性感。

丈夫承接了些咨询项目，我也找了个教职。即使略有积蓄，也会被我们挥霍完——这是留在巴黎的代价。我们对新欢的痴迷似乎从未衰退，也许随着对这座城市的日渐熟悉，对这份爱会只增不减。我们尝过最酥脆的牛角面包，去过精致的小酒馆，发现了女儿们最爱的公园，逛过温馨舒适的爵士乐俱乐部；我适应了每天精神饱满地晨跑，我们还会沿着莱茵河畔漫步。

刚来巴黎不久，我们应邀参加一场婚礼。一名男子邀我共舞。其间，他搂紧我，用法语低哝："我想与你交欢。"反应过来时，我尴尬不已，当即停下来，去找女主人投诉。她说，他引诱你，这是对你多大的夸赞哪！你可以婉拒；或者，你若有意，可以告诉他你愿意。我来给你讲讲法式引诱规则吧。

我们学到了更多规则。在餐宴上，夫妻两人从不坐在一起，两个人都可以搭讪他或她的邻座。调情是一门艺术，引诱则是一门更高的艺术，一种每个人都可以玩的游戏。是不是很有意思？

我在想，许多法国的男男女女互相调情，赶赴各种宴会，激情高昂地把伴侣带回家，白天性致勃勃，晚上亦然；而我和丈夫从这些宴会回到家时，我却性致索然。我仍记得，在一次餐宴上，一位邪魅的老男士用法语低声对我说着调情的话——你这法国小甜心，亲爱的……还有地铁上一位狡黠的帅哥挤到我们座位中间，请我跟他回家。

到了某个时期，大概是步入“巴黎爱情之旅”的第四年，丈夫和我意识到，我们的激情衰退了：不再过多关注对方，以前所未有的方式拌嘴。当他出差时，我为有独处时间而暗自高兴。当我计划和女儿们返美，他会突然找到一份工作，避免和我们一起。我记不清我们是怎样决定去咨询婚姻治疗师，或从哪里联系到她的。

治疗师是法国人，五十多岁，操着有浓重口音的英语。她确实时尚（这些可恶的围巾——我从未学会怎么系得好看），又迷人，倾听时会仔细地打量我们。当我们讲完我们的故事，她顿了顿。

然后她说：“巴黎是你们的情人。”

她说这话时，语气轻快。难道她的意思是“你们都背叛了对方，把爱与关怀给了第三者”，或者“对法国的痴恋分散了你们的注意力。用法国话说，这也使得你们的婚姻得以持续下去”？

“下周我们再讨论这个问题，”她对我们说，“时间到了。”

（治疗就是治疗，在两种语言中含义一样。）

等到下周，我妈被诊断出卵巢癌，所以我飞到迈阿密去陪她。造化弄人，小姑子也被诊断出严重的癌症——她才27岁。几周后，我回到巴黎。我和丈夫去找婚姻治疗师。她听着我们的新故事——悲伤，将要失去的东西，夫妻间棘手的隔阂，以及生命垂危的至亲——她说："下次再聊你们的婚姻，你们还有其他心事。"

现在我想知道，这个睿智的治疗师能不能帮我们修复婚姻，但我们从未给她这个机会：我们往返于美国和巴黎，探访日渐衰弱的亲人，经历了煎熬的一年；我们轮流跨越大洋，登上令人揪心的探亲之旅——一个在家照顾年幼的女儿，另一个坐在迈阿密或密尔沃基医院里。我思绪杂乱如麻，不记得那年我们是否有争吵或性生活，甚至巴黎对我也失去了诱惑力。

那年年底，我妈和亲爱的莎莉都永远地离开了我们。我们决定搬回美国。我们觉得漂泊孤独——如此突然地失去了至亲，又与其他亲人相距千里。没有新工作，没有太多计划，我们搬到加州帕洛阿尔托，开始新的生活。

那么情事是怎么结束的呢？巴黎已经远去，丢下我跟丈夫。我们惆怅，迷惘，空虚寂寞。没有相互安慰，没有携手阔步进入新生活，仍在为新生活奔波：找工作，给女儿找学校，看医生，结交朋友。我记得自己那时很疲惫，厌倦，苍老。

数年的巴黎情事曾让我容光焕发，没有那种激情，我变得会黯然消沉。我确信丈夫和我感觉一样。我们没有多余的精力去争吵，只是擦肩而过时，向对方低声说：该你送女儿去学校了，你能去买些食物吗，你今晚在家吗？

我不断想起那个睿智的治疗师说的话：巴黎是你们的情人。所以现在既然“她”已离开，我们为什么不重拾旧情呢？太晚了吗？一旦出轨，伤害既成？我认为巴黎使我们的婚姻多持续了五年，对“情人”的迷恋蒙蔽了我们的双眼，让我们看不到近在眼前的危机：一场岌岌可危的婚姻。

我们多用了五年，才结束了我们的婚姻。我们都不快乐，都竭力为了女儿们在一起。但这行不通。记得十岁的大女儿写了一则小故事，讲的是一个小女孩等待父母宣布离婚的决定。我们不能再自欺欺人了。

分开不久，我就疯狂地、热烈地陷入了爱河。有意思的是：我的感官苏醒了。一种炽热的激情将我点燃，让我想起当初在法国的日子。我找出旧式性感的巴黎服饰并穿上它们。欲望焚烧着我，愉悦包围着我，这似乎影响着我生活的方方面面：我在工作上变得更有创造力，对朋友更有同情心，对孩子更有耐心。我打开了心门，让爱进来。

到现在，我和新男友在一起近十九年了。其中的经验是什么？睁大双眼，调动感官至最佳状态，保持性感灵动。对男友如情人，以一种同样的热情和反世俗的激情去爱他。我们在十五年前结为夫妇，我给他的爱称是男朋友，那么他呢？他称呼我为女朋友。我在餐宴上与他耳语，我在山上紧随着他寻找休憩的地方。

谢谢你，巴黎。你教会了我如何充实地生活；你唤醒了我，让我精力充沛地生活了精彩的五年；你让我享受到了我应有的东西——有激情的生活，充满热烈、狂野欲望的生活。感谢你，我找到了它。我和第二任丈夫多次去拜访你——实际上，一周后，我们将再次走进你的怀抱。我们三者之间的关系像三角恋。因为我们知道你可以给我们什么，你这淘气迷人的小妖精。我们紧握住所拥有的，紧握住对方，绝不放手。

埃伦·萨斯曼是《纽约时报》畅销书作家，著有四部小说：《普罗旺斯的婚礼》、《天堂旅馆》、《学习法兰西》和《如此一夜》。她主编了两本广受好评的选集：《坏女孩：26位作家来捣乱》和《难以启齿的话：性知识百科》。现任教于斯坦福大学继续教育学院，并教授私人课程。

联系方式：

ellensussman.com

有关巴黎的书：

《学习法兰西》

写巴黎的原因是：

1988—1993年期间，我生活在巴黎。那些年，我眼界大为开阔，感受着日常所见、所闻、所嗅、所尝、所感。我迫不及待地想提笔书写，但过了好几年，我才找到思路。在巴黎教书期间，我请了一个法国私人教师给我丈夫上一周课。

她是个（当然是）漂亮的女人。真是一举两得！我由此找到了思路——三个美国人在炎炎夏日与他们的法语教师走在巴黎街头。

最喜欢的巴黎时刻：

在巴黎时，我不停地走路。我用这样的方式，来了解这座城市，感受它的魅力，发现心仪的公园、咖啡馆和博物馆。

最不喜欢的巴黎时刻：

下雨的冬天，灰蒙蒙的天气。

巴黎以外最喜欢的旅行地：

普罗旺斯，它就像夏天的巴黎。

在巴黎，可以忽略：

香榭丽舍。它和真正的巴黎没什么相关，只是游客购物的地方。

在巴黎，你必须：

去逛逛农贸市场，感受当地人真实的生活。买一块上好的巧克力面包，坐在一家咖啡馆里，看着巴黎人悠闲漫步。

一个谜，一家博物馆，一个男人

苏珊·弗雷兰

第一次从卢浮宫出来时，我被自己对艺术的这份痴爱冲昏了头脑。那是1971年，我二十五岁，在欧洲五城游学。当时在我看来，历史和艺术从未那么有魅力，声音那么有震撼力，图像那么扣人心弦。站在西岱岛的九桥上，我发誓要将新发现的这个艺术世界作为我终身的伴侣。

刚到欧洲时，我仅有的艺术背景就是惊叹于曾祖父把涂料变成一道风景，我觉得自己像一位朝圣者。于我而言，艺术博物馆庄严神圣。在1793年卢浮宫作为博物馆开馆之前的六个世纪，它就是财富、权力、君主制衰落的象征。从皇宫到国民博物馆的转变是一桩文化大事件，彰显了法国大革命追求平等的主张。我怎么能不好好利用这个肩负公众信任的神圣场所呢？

油画、雕塑、建筑、音乐、宗教和社会历史——我对这一切着迷，想读更多书，想学习其他语言，想用那些由人类的欲望、恐惧和信仰精编的丰富、灿烂、悠久的文化来充盈我的头脑；我想把法国哥特式大教堂铭记于心，想和法国人民友好相处，与他们在路边的咖啡馆喝着奶油咖啡，笑谈历史和艺术。

“这是不可能的，女士。”我的脑海深处有个声音在说，“法国人势利，特别是巴黎人。友好相处？永远不可能！”

一道屏障耸然立起，而我想跨越它。但怎样跨越呢？

《窈窕淑女》中的语言学教授亨利·希金斯坚称：“只要表达得体，法国人就不在乎他们的行为。”我呢，我的法语很是蹩脚，水平十分有限，这让我处于极其尴尬的境地。

在一个观光码头上，我试着与一位身着奶油色香奈儿上衣和轻佻喇叭短裙的巴黎女士寒暄，也许她会认同天气很好，塞纳河和两岸的新文艺复兴建筑令人叹为观止。我猜“叹为观止”（impressive）在法语中是“impressif”。毕竟，“creative”的阳性形式是“creatif”，“apprehensive”的阳性形式是“appréhensif”。还有“agressif”“passif”“pensif”。但是她一言不发，转动着睫毛膏下的眼珠子，朝她英俊的同伴方向看去，把穿着奶油色呢外衣的身子转向我，桃红色丝巾在宜人的微风中轻扬。回到酒店，我翻开厚厚的《拉鲁斯法英词典》：“impressive”，形容词，阳性形式是“impressionnant”，不是“impressif”。

“该死！”我从法语老师那里学到这个咒骂语。如果所有法国人都如码头上的这个女人一样傲慢，那么我可以经常用到这个词。

我不甘示弱，到酒店前台索要一条毛巾——用的是法语。易如反掌，毛巾的法语是“serviette”。

“说英语。”他粗暴地说，眼睛甚至都没离开酒店账簿。

真是个傲慢无礼的家伙。“该死！”我又说了一次。这个词就像在他那油亮、冷漠的光头上爆炸了一样。

“你都不让我说法语，怎能让我学好法语？”我问。意识到我语气咄咄逼人，我又用温和的法语重复了一遍我的请求。

你对法国人总是得彬彬有礼，哪怕对方粗暴无礼。

我了解到，在交谈中穿插“女士”“先生”“请”“非常感谢你”“你真好”这些词，有利于打开法国人的心门。这些经历促使我参加了更多法语课程，以突破蹩脚的发音、不正确的时态用法和贫乏的词汇量的限制。

到法国不久，发生了一件囧事。我问一位巴士司机：“战争在哪儿？”（Où est la guerre？）其实我想问的是“火车站在哪儿？”（Où est la gare？）太糟糕了。

司机不粗鲁，也不势利，只是敷衍我说不明白我的意思。当时我以为他对我的无知没有耐心。我知道，他不指出我的口误，是因为疲于应付成千上万个来巴黎游玩的语言不通的游客。他换了挡，想让我在路边下车。

我绝望了。“火车在哪儿？”我用英语问。

“火车？火车站，小姐。啊哈哈。”他强调道，纠正我的发音，“火车站，在左边的两条街。”

我不悦地接受了他的纠正。

尽管他们对我愚笨地学习他们可爱的语言没有耐心，但我发现巴黎人具有一种与生俱来的亲和力。

由于在加州的一次滑雪意外，有一段时间内，我得借助拐杖。巧合的是，我马上就要开始巴黎之行了。当我与丈夫和朋友在蛇形队伍中等待进入奥赛博物馆时，一位佩戴徽章的女人从馆里出来，朝我们挥舞着手臂。“请跟我来。”她说。让我从队伍中出来，跟她进入博物馆。我示意我有两个同伴。她再次用手示意，让他们也一起来。她将一个拄着拐杖的陌生人从排队等待中解救出来。也许法国的规定就是有这么人性化吧。

第二天，留意到我拄着拐杖，公交车上一位老者让我坐残疾人专座。我与他进行了一次有趣却短暂的对话。我们微笑，甚至窃笑，直到他到站下车。我难以置信，竟然与一个法国男人有共同的窃笑！

在另一次出行中，我进入一个院子时，少踏了一个台阶，直接扑倒在地，就像米老鼠笨拙的朋友高飞狗。这件糗事发生在一家人来人往的户外咖啡店前。丈夫扶起我，我揉了揉隐隐作痛的膝盖，颤颤巍巍，感到十分难堪。我原以为顾客和服务员会对此有点儿好奇，然后继续谈话，也许他们还会嘲笑我。但是，服务员并没有对我翻白眼，而是立马搬出一张椅子，拿来一块裹着冰块的干毛巾，递给我一片止痛药，让我想坐多久就坐多久，甚至可以坐到店铺打烊。带着仅存的自尊，我用法语说："谢谢你，先生，你真好。"他祝愿我早日康复，他的微笑是那么温暖，那么真诚。我扶着丈夫的手臂，一瘸一拐地走回酒店。不像上次那个命令我说英语的前台服务员，这个服务员更善良，告诉我们哪里可以买到绷带。

迄今为止，展示出巴黎美德的最佳典范是让·阿贝尔先生。

正是印象派画家皮埃尔·奥古斯特·雷诺阿把阿贝尔先生引进我的生活中的。尽管雷诺阿于 1841 年出生于利摩日，但却是个真正的巴黎人。他儿时生活在一个贫民窟，位于卢浮宫与杜丽乐宫之间的收容所旧址。他的父亲是位裁缝，曾祖父是鞋匠。雷诺阿性格内向，身材消瘦，苦瓜脸，害怕别人对他的关注。然而，年轻的他敢于多次走进卢浮宫。对他来说，对绘画的热爱战胜了怯懦。他一定想过，一个立志成为艺术家的穷人不能怯懦。

于他，没有什么比漫步在卢浮宫内、向大师学习更快乐的了。晚年，他写道："就像遇到老友，我总还能从他身上发现吸引人的新品质。"要不是警卫盯着，他都敢去触摸这些老友的作品。轻抚那种只有通过颜色渐变才能实现的柔软圆形，轻抚女孩着了色的脸颊，他渴望表达出这种愉悦之情。他渴望用指尖触碰厚厚的油画涂料，去感受帆布表面凸起的地方——那是伦勃朗的画刷留下颜料的地方。

我能够感同身受他的渴望，可并不敢付诸行动。

1860 年，雷诺阿十九岁，申请了为期一年在卢浮宫临摹油画的资格。这是十九世纪艺术生的常规实训。有一幅画，雷诺阿一次次为之驻足。它就是委罗内塞创作的《加纳的婚礼》——卢浮宫内最大的油画作品，高 22 英尺 3 英寸（约 666 厘米），宽 32 英尺（约 990 厘米），该画于 1563 年为本笃会修道院的食堂创作。本笃会修道院位于威尼斯圣乔治马焦雷岛上。

这幅画描绘了耶稣展现第一个奇迹的场景：当着三十位宾客、仆役、乐师和二十多位站在高台的旁观者的面，把水变成酒。对于雷诺阿，最关键的不是奇迹，而是画中 U 形餐桌的右视角。雷诺阿在 1881 年创作的杰作《船上的午宴》也采用了该视角。通过该视角观众可以看到他那十四位餐后谈笑风生的朋友。

这些人围着雷诺阿的餐桌，或坐或立，就像他画中的威尼斯人。他们成为我 2007 年一部同名小说中的人物。

2004 年，我在巴黎为这部小说取材时，决定仿照雷诺阿，去参观给他灵感的餐桌。我和丈夫到了卢浮宫二楼的卡雷沙龙画廊时，却发现大门紧闭。一个指示牌提示展示厅正在维修。我向附近一位警卫说明我想要看《加纳的婚礼》。我认为我的要求合情合理，因为我就快要完成初稿了。但他坚决地表示：“不可能，女士。”

我用法语试了一遍，又用英语试了一遍。在从两位警卫那儿得到“不可能”的答复后，我又找到一位独自站岗的警卫。他脸颊消瘦，让人联想到雷诺阿。我恳请他陪我进入展厅。他对我似笑非笑，像是看着一个胡搅蛮缠的孩子。他没有说“不可能，女士”这种简单粗暴的话，而是友好地提醒我，可以去金字塔玻璃入口的问询处打听。一丝可能性都能给我希望。并非所有法国男人都是粗鲁的。

半圆形的问询前台，有十几个服务员，每个人前面都排着队。我选了队伍最长的服务员，认为她会比其他人更认真负责。听完我的解释，她给了我张纸条。上面没有名字，只有一个电话号码。

于是我开始对付法国收费电话系统。区号，拨外国长途，可以省略的数字，这些都是复杂的谜题，可能导致我无法拨通法国人的号码。如果某个数字可以省略，那为什么还要设置它呢？

三天后，经历了一番波折，我终于联络上了接待员。她把我的来电转接给阿贝尔先生。我欢欣鼓舞又惴惴不安，小心翼翼地用法语表达了我的请求。我觉得自己是艺术世界的一份子，理应得到一些通融。我解释我要去看《加纳的婚礼》的原因，他快速回答：“请说英语。”

该死！又受到打击。

第二次回应时，他又用英语说："星期一下午两点来见我。从狮子入口进来，跟接待员说明情况。"

"谢谢您，先生。"我重复说了几十次，不停地表达我的感激之情。

那么，狮子入口在哪儿呢？翌日早晨，丈夫在街上向一位路人打听，得知狮子入口是塞纳河畔西边尽头的一处建筑。西边？哪个方向是西边？我真是无知，但还是鼓起勇气问了一位在等红绿灯的男士。塞纳河下游，他做了个手势，甚至还带着微笑。我看了看河流流动的方向。

直到周一我都难以抑制自己内心的激动。狮子入口的接待员打了个简短的电话，指了指一部狭小的升降梯。值得庆幸的是，电梯里只有一个按钮。门一打开，我们就看见一个身材矮小、衣着讲究的男子，他脸颊圆润，穿着海军蓝西服，内搭白色衬衫，系着红色宽领带——法国国旗的象征。他领着我们走向服务通道时，介绍说卢浮宫最初是一座修建于十二世纪的城堡，位于正逐渐发展起来的巴黎市中心，但到了十四世纪，为了给一座皇宫腾出空间，它被夷为平地。1527 年，弗朗索瓦一世再次下令拆除卢浮宫，修建一座更大的文艺复兴风格的宫殿。我感觉我跟正随着这个男子畅游在巴黎的历史长河中。

跟警卫打过招呼之后，他打开门，带我们进入了卡雷沙龙画廊。这个曾把我们拒之门外的画廊，高梯环绕，四周摆放着涂料罐、脚手架和覆盖着薄膜套的油画。他示意我看这幅高达天花板的巨幅画作。他爬上梯子，拉开遮盖着一幅雷诺阿研究过的巨幅杰作的薄膜——他所做的这一切都是为了一个他不认识的人，一个没有任何有效证件的人，一个连法语都说不好的人。这种与法国人的友好关系正是我渴求的。我坚持要看这一艺术作品，或者他也深爱着这幅作品，并认为我对这作品也是同样的喜爱，是这些让我们建立友谊的吗？

这一切都发生在我有机会解释我为什么如此坚决地要看这幅画之前——我在写一部关于雷诺阿的《船上的午宴》的小说；在构思结构和选取桌子的视角时，雷诺阿也参观了委罗内塞的作品。

没料到这幅画如此巨大。我深深着迷于对一场宴会精致入微的构图、明亮和谐的威尼斯色调。阿贝尔先生热心地给我讲解，他乐于提示我许多需要注意的细节。

他说，委罗内塞能巧妙地把《圣经》故事穿插到一场盛大的威尼斯婚礼中。他沉醉于画中人物华丽的服装（深红色和翡翠绿礼服），缠绕在妇女头上的珠宝饰品，光彩夺目的器皿，神气活现的宾客，还有他们身后经典的建筑。显然，他为法兰西拥有这份杰作而骄傲，即使这杰作不是法国画家所作。他想让我欣赏它。我怎么能不欣赏呢？

我提及雷诺阿的餐桌的角度和委罗内塞的U形餐桌的右视角相似。他摸摸下巴，若有所思地点点头，承认他不知道两者有相似之处。1923 年，美国收藏家邓肯·菲利普斯在巴黎买下雷诺阿的《船上的午宴》。阿贝尔先生一直没去华盛顿的菲利普斯收藏馆看这幅画。

回家后，我给阿贝尔先生写了一封信，并附上从五篇文献中选取的有关两幅画的引文，特别是提到关于委罗内塞餐桌右视角的内容。我写道："我万分感谢您的深刻见解。我学到了我可能永远都发现不了的东西，所以，一开始看不到《加纳的婚礼》对我来说反倒是好事。如果这幅画正常展出，我也不可能结识您……我诚挚感谢您在那一个小时里送给我的礼物。"

他的回信简短而真诚，他感谢我做的研究并补充道："我没意识到雷诺阿的《船上的午宴》竟然很大程度上归功于委罗内塞。我期待拜读您的作品。祝您写作顺利。让·阿贝尔。"

我读着这些句子，关于法国人势利的偏见消失了。

两年后，在另一次游学期间，我想再次去拜访阿贝尔先生，所以我得想一个理由。我很轻易就想到了。我想把雷诺阿参观《加纳的婚礼》的场景写进小说。1880 年雷诺阿在创作《船上的午宴》，那时这幅画挂在哪儿呢？带着这个问题，我给他写了一封拜帖，表意近期的拜访。这次他的回信较长，并且用了法语，因为我用法语写给他。他在信中说，我在巴黎的这段时间，他可能会取消一场大型展览，但他会抽空带我看委罗内塞油画的"历史档案"。署名是：让·阿贝尔，美术博物馆馆长。

呼啦啦！我从未想过自己会与卢浮宫馆长有这样的交流。他是艺术界举足轻重的人物，他之前并没有提过这点。我越来越欣赏法国人了。

再次去巴黎时，我拨打了原来的号码，却无法联系到阿贝尔先生。旅程接近尾声，我为错失良机大为失望。风和日丽的一天，丈夫和我沿着塞纳河畔漫步。卢浮宫就在我们的右边，于是丈夫有一个疯狂的提议：不请自到“狮子入口”。

我的心咚咚地打起鼓来。我们问了接待员能否见阿贝尔先生。她打了个电话，很快就让我们搭乘了身后的小升降梯。他在那儿，在等着我们，笑脸盈盈，目光熠熠，好像要揭示一个惊喜或秘密。我为他还记得我们而欢喜。

在经过一排排高大的档案柜后（里面存放的一定是档案），他把我们领进一排房间中的一间。他沿着一条过道一边走着，一边告诉我们卢浮宫的七万件艺术作品都有自己的档案。他右转走到一个档案柜，从中取出一份很厚的文件，让我们坐在一张光滑锃亮的大型阅览书桌边。

“你们必须从后往前看这些文件，才能了解历史。”他说，“这样我们才能找到你们想要的东西。”

他打开文件夹，翻到最后一页。那是一份手写收藏证明，纸张已经泛黄，落款日期是“1798年”。这份证明表明《加纳的婚礼》曾被拿破仑军队从修道院掠夺，途中被一分为二，后来在巴黎得到修复。这也间接地证明这幅画的来历存在造假，但他似乎并不为此感到难堪。只是给我讲解，不做评论。

几页文档看下来，我们发现，拿破仑战败后的条约规定归还所掠夺的艺术品中不包括《加纳的婚礼》。对此，他仍是镇定自若，只是说："啊，现在你知道了，另一幅餐宴图被送到了威尼斯。所以现在我们是合法拥有。"他斜着眼看我，确定我理解所有权在法国的含义。他又小声补充道："夏尔·乐·布伦。我们是大赢家。"

接下来更多页的文档记载着艺术历史的研究、保护、清理和装裱。我们看到一幅 1875 年的卡雷沙龙画廊地图，找到了《加纳的婚礼》的位置。另一幅 1885 年的地图也指示这幅画在同一面墙上。

"可以确定，女士，1880 年雷诺阿创作这幅画时，它还在那个地方。"

我不停地向他表示感谢，对于我们的发现心满意足。我正打算告辞时，他的手轻轻地拍了拍我的前臂。

"让我们来看看还有什么其他发现吧。"

他眼睛里闪烁着无所不知的光芒，他诚意请我们坐下，继续回顾历史。我们发现，1992 年这幅画被从排气口漏出的污水打湿。为了防止继续被损坏，馆长把这幅 1.5 吨重的画挂到了墙上更高的位置。然而，其中一个支架坏掉了，画的一边掉到了地上。金属框架在画布上戳了五个洞，其中四个洞有一英尺长。鉴于他对我那么友好，我不想问这事是否发生在他任职期间。善意理应有来有往。

最后，我们翻到了文件夹的第一页。我惊愕万分，简直难以置信。在这一页，我看到：2004年9月15日，美国小说家苏珊·弗里兰细细观察《加纳的婚礼》后，认为雷诺阿在《船上的午宴》中采用了某个角度，并写进她的同名小说《船上的午宴》。

我也许说不好法语，但我被记载到卢浮宫了啊！于我，这就是真正的奇迹。

“你早知道第一页一直在那儿。是你放上去的，对不对？”

他微微一笑表示承认，并慷慨地邀请我们随意查看其他画作的档案，尽情参观博物馆。不一会儿工夫，他就走开了。

在最近的一封信中，他说《船上的午宴》最终在卢森堡博物馆展出时，他买了一幅巨大的复制品，并挂在家中。美国人就会那样做，我也会那样做——这说明对艺术的热爱足以打破偏见，建立友好关系。

当然，法国人中也不乏自大和文化势利者，但我们也不难找出他们的优秀品质。智者亚伯拉罕·林肯有句名言：“如果你在人的身上寻找假恶丑，你就一定能找到。”反之亦然，如果你在人的身上寻找真善美，你也一定能找到。

苏珊·弗里兰是一位与艺术相关的历史小说家，著有六部小说，其中四部是《纽约时报》的畅销书：《穿着风信子蓝色衣服的女孩》（1999年），描述的是维米尔的绘画作品；《阿特米谢·真蒂莱斯基的激情》（2002年），是关于意大利巴洛克式画家阿特米谢·真蒂莱斯基的；《船上的午宴》（2007年），是关于皮埃尔·奥古斯特·雷诺阿的故事；《克拉拉与蒂芙尼先生》（2011年），讲述的是克拉拉·德里斯科尔与路易斯·康福特·蒂芙尼合作制作玻璃品的故事；《莉塞特的清单》（2014年），是关于毕沙罗、塞尚和夏加尔的故事。她还著有一部短篇小说集《生活学》（2004年），从一位友人的视角讲述印象派画家们的故事。

联系方式：

susanvreeland.com

有关巴黎的书：

《船上的午宴》
《生活学》
《莉塞特的清单》

最喜欢的有关巴黎的书：

塔蒂亚娜·德·罗奈的《我爱过的房子》，记录了十九世纪六十年代在豪斯曼男爵的大重建计划下，旧巴黎的改建过程。主人公是一位妇女，她坚决反对改变巴黎本质的大重建。书中详细地描述了老街道、商贩以及必须搬出自己房子的工薪阶层。这本书真实可感地反映了旧巴黎的生活面貌。

最喜欢的有关巴黎的歌曲：

二十世纪二十年代红遍巴黎的非裔美国歌手兼舞者约瑟芬·贝克的《我有双爱》。《莉塞特的清单》和伊迪丝·比阿夫的《玫瑰人生》（1945 年）中都提到了这首很有法国味道的歌曲。

巴黎以外最喜欢的旅行地：

法国南部，伦敦或爱尔兰。

在巴黎，你必须：

除了在塞纳河上坐游轮尽情领略巴黎的美，游客必须去橘园美术馆。该馆展出克劳德·莫奈的《睡莲》系列油画作品。展馆有两间蛋形展厅，展出一百多延米的睡莲水景画。垂柳、树和云在水中的倒影构成了正如莫奈所说的“无穷无尽……无边无际的幻象”。在画了“睡莲”这个主题近三十载后，第一次世界大战停战（1918 年 11 月 11 日）后的第二天，莫奈将其捐献给法国，以庆祝和平。

“无畏”的法国

梅甘·克兰

我在二十来岁时心心念念只想做一个无畏和自由的人。

好吧。

我还想要一个灿烂辉煌的人生：我希望自己学富五车；拥有一份值得歌颂的、深刻隽永的爱情，再来点儿跌宕起伏就更完美了；我想要一份令人满意的事业（最好小有成就），而不仅仅是一份工作；我还希望有很多钱，这样我才能随心所欲做其他事情。而且，最重要的是，我要的不仅仅是活着，还要活得精彩，活出我自己。

而且，我真的想凭借我那毋庸置疑的无畏精神来完成所有这些事情。或者说，带着这样的精神，我写了大量日记，并炫耀式地将其随身携带，以免有人瞥我一眼，却没有意识到我是个有深刻内涵的人。

事实上，我并没有无畏的精神。我只是抱着得过且过的心态，做着平淡乏味的入门级工作。至于那些职位，我既不合格，也不感兴趣，同时还掩饰不住自己的愤怒，因为我被困在了格子间里，而没有以非凡的智慧和高超的勇气去征服世界。

啊，这就是青春无果的愤怒。

◆

我知道我想要什么——流动的盛宴。上大学的时候，我读过很多关于巴黎的文章，并且深深爱上了这座城市。艺术家和知识分子聚集在路边咖啡馆，吃着法棍，抽着香烟，交换着伟大的思想。到处是葡萄酒和侨民的巴黎，海明威、菲茨杰拉德、斯泰因的巴黎，不妥协的革命愿景和关于革命的讨论，也许这就是《悲惨世界》，还有爱情和精美的画作。

我辗转于各个城市之间，我真该买辆卡车，这样就能省下不可避免的搬家费。无可否认，我不像我自己想象的那样，是个非常强大的自由职业者，也不会在我越来越接近充满神秘和奇迹的生活过程中，无法忍受丝毫的瑕疵，充其量只是一个受不了一成不变的人，为此只会选择逃避。

很多年来我都没有意识到，逃避的问题在于，当我决定离开，不管我将哪些地方和哪些人甩在身后的尘埃里，我带走的都不仅仅是一箱箱的书（非常重），还有我自己。我真的不愿意承认我自己只会逃避，而不会勇敢面对建立归属感这样一个难题，虽然事实上，我不止一次这样做过。每当我找到了我那份没前途的工作的最佳通勤线路，知道了在什么地方修鞋，哪家的比萨外卖最好吃时，我其实已经在另觅他处了，寻找该去哪个新城市探索、结识新朋友。新的，新的，全新的，我不能浪费时间，不然我会厌倦曾经的我。

我不记得我为什么认为要解决“逃避”这个问题，方法不是在某个地方安顿下来，而是去旅行。那时候我在读研究生，在我苦熬写毕业论文的过程中，我觉得唯一的生存方式，就是成为一名经验丰富的旅行者。

一旦决定了，我就把整颗心都扑在了上面。我发现，毫无目的地到处漂泊，暗示了一个人的心理。事实上，大多数人都会在原地扎根。一时兴起的四处漂泊，若不是出于工作或陪伴伴侣的目的，多半会让人感到不安。

相反，人们普遍认为旅行是一件好事：开阔眼界，增长见闻！每个人都会说，不管为此我花费了多少，它都会让我更“富有”！我买了一些有关国外城市的明信片，把它们贴到我的日记里，然后我就会把我要去的地方写成狂想曲。

对于旅行的意义，我有非常具体的想法：它意味着，徜徉在阴郁的和令人眼花缭乱的伦敦，打扮高级而时髦；它意味着，穿着黑色小礼服坐在街边咖啡馆；它意味着，参观博物馆中闻名于世的艺术品，或者绑上一条漂亮的头巾（在我的幻想中，我的头发应该是提坦常用的发色，而不是我自己那天生的暗褐色），驾车游览托斯卡纳的乡村；它意味着，住在一个干净舒适的酒店里，在高级餐厅吃饭；它意味着，一个简单的随身行李箱轻装出行，而不需要大汗淋漓地去拖曳超大行李箱；它意味着，在一个忙碌的咖啡馆里，可以将自己打扮得像奥黛丽·赫本一样，读着一本有趣的书；它意味着，春天的巴黎，就像一首歌……

请安排我去旅行。

♦

在一个寒冷的秋日，我从伦敦乘坐“欧洲之星”抵达巴黎。高速列车从英吉利海峡下方呼啸而过，我原以为除了别人说的体验，我会觉得这段经历非常刺激，但那其实只是一条隧道，只是在追忆往昔的时候，看着那满是水渍的地图，才觉得愉快。

我没有因为这个不如意的开头而沮丧。我的一个好朋友当时住在伦敦，她和她的丈夫向我推荐了一间特别的旅馆，所以一到巴黎北站，我就出发去找那家旅馆。我不会说法语（仅仅知道一些不合时宜的法语歌词，我在巴黎的头几个小时里，脑子里只想到了这些歌词），但这并没有对我构成妨碍。

我的意思是，我给出租车司机看了地址，希望能得到最好的结果。

旅馆在巴黎一个很美的地方，或者说，是在一片很美的市郊，出租车司机没能把我送到门口。他无法告诉我原因，就连通过歌词也说不清。当我试着步行去寻找这家旅馆的时候，我很快就发现了原因。这家精品旅馆的前门（现在回想起来，旅馆前门还非常可爱）在一条狭长的小巷里。我是傍晚到的，天色阴沉。我咔啦咔啦拖着行李箱走过石头路面，很快，我就住进了我的小房间里，从那里至少可以看到一个巴黎式屋顶，但只有站在床上才能看到。我只想躺在床上，试着从我那傲慢的假想中恢复过来：第一，不会说法语倒也不是问题；第二，做一些让我胆怯的事情，会锻炼我在做这件事时不再那么害怕。

但我独自一个人来巴黎，不是为了自艾自怜。我有太多的东西要看！要感受！要体会！更重要的是，我的心里涌动着渴望。我不光渴望美食，还渴望成为能独自到巴黎这样的地方旅行并能有所成长的女人。

我很确定，我的人生成败取决于我能否成为那样的女人。所以，我没有压力。

天空乌云密布，秋天的夜晚降临在古老的街道上，我走出旅馆，来到城市之中。此时，天气变得越发潮湿寒冷，但这并没有影响到我。或者更确切地说，我全然不在乎天气如何，而是忙着适应我的新身份，我要做一个勇敢的独自旅行的人。听起来不错吧？实际上，我心里十分慌张，毕竟我是独自一人，身处在一个巨大而神秘的城市——到处都是时髦的陌生人和看不懂的标识牌，除非我在那些标识牌前面站上十分钟，让别人知道我是个在法国迷路的游客。

这是一次严重的恐慌发作，而且并没有好转。

在那一刻，世界上没有人知道我在哪里。我找到一家餐馆，坐在那里和我自己、我的思想一起吃饭，这时候，没人知道我是谁。我一直想在这座城市中找到自己的位置，但显然这座城市可以接纳我，也可以把我甩掉。我穿着高跟鞋，哒哒哒地走过令人压抑的黑暗小巷，走向旅馆门口，这时候，没人知道我是谁。这条小巷很长，非常偏僻，我快步穿过巷子，弄得满身大汗，因为我确信，我的鞋子哒哒作响，会暴露我孤身一人，随时都会有坏人出来袭击我。

是的，我朋友和她那身材高大、令人生畏的丈夫一直住在这家旅馆。我敢肯定，对她来说，那条小巷风景如画；对我来说，简直是一场噩梦，弄得我慌里慌张，感觉极度孤独。

我一定会实话实说。我在巴黎的第一个晚上并不愉快。我睡得很不舒服，犹豫是否应该乘下一班火车回伦敦，在那里，如果我在黑暗的小巷里遭到袭击，我至少明白袭击者对我说了什么。

凌晨 2:31，我在巴黎的旅馆小房间里，根本睡不着，我可能会起床、收拾行李，也可能不这么做，我的恐慌感似乎加重了。

但像所有黑夜一样，那个夜晚也就那样过去了。我想，一个秋天的夜晚和一个可怕的小巷，或许并不足以把整个巴黎的神奇历史从我的脑海中抹去。更不用说，如果我不努力一下就放弃或回家，那我实在不能肯定自己到底有没有无畏的精神。

我来巴黎是为了参加流动的盛宴，结果连一口东西都没吃就跑回家了，我是否愿意做这样的人？我不愿意。事实上，正是这样的想法让我从床上爬起来，回到那个该死的折磨人的小巷，走进了一个清爽的秋日。

放马过来吧，巴黎，我心想。虽然心里还是有点儿直敲小鼓。

♦

我没有计划。除了时间和巴黎，我一无所有，而我还有很多事要做，才能向自己证明我到底是谁。于是，我做了这件事：信步而行。我跟着自己的感觉走，我去了艾菲尔铁塔，在香榭丽舍大道漫步，直到发现自己来到了杜伊勒里花园。我在奥赛博物馆待了几个小时，仿佛自己可以径直穿过画布，进入凡·高的作品，永远地生活在那里，周围都是斑斓的色彩。我贪恋地看着罗丹的作品，在卢浮宫慢慢探索。我走在著名的街道上，向著名的商店橱窗里张望，我发现自己去了很多以前只是从书报上读过的街区。

我不知道自己是否勇敢无畏。但我让这座城市渗透进我的时间越长，我就越感觉到自己活着，这与书、论文的章节，甚至是我自己的极度恐慌都没有关系。

我开始问自己，如果我所恐慌的东西其实就是生活呢？也许这就是真正活着的感觉，不是把自己锁在房间里看书，或者决然地从一个城市搬到另一个城市，以避免让自己在任何一个地方过真实的生活。

如果我直接陷入恐慌，并找出是什么在助长它呢？如果在它来临时我接受了那种感觉，而不去分析，不去解读，不去想象，只是接受原始的和真实的感觉，会怎么样？

我从没有想过，充满神秘和惊奇的生活可能会让人感到有点儿不安，就像我从来没有想到在海明威和他的朋友们身无分文和挨饿的时候，他对贫穷的回忆就没那么有趣了。

如果巴黎让我有点儿害怕，那我就是做对了。

然后，当我终于屈服于实际的经验，而不是我多年来一直在脑子里想着的体验，我便漫步到左岸，找到了我一直在寻找的东西。就像我想象的那样，那个东西一直在等着我。我坐在一家著名的咖啡馆里，从没想过我会来到这里，但它已经让我魂牵梦萦了很多年。我在咖啡馆外面的桌子上喝了浓咖啡，在凉爽的秋风中，看着巴黎从我身边漫步而过。

我花了一段时间来定义心中那种陌生的感觉。我很满足，我一直以来都很满足。仿佛我所有的漂泊和过无畏生活这个梦想的全部意义，就在于我终于在我内心深处发现了那种甜蜜、深沉的宁静。

仿佛我已经是一个完整的人了，而我一直都是个完整的人。我不再需要勇敢的壮举来为此证明。

后来，我坐在巴黎圣母院附近的长椅上，夜幕降临在这座城市，夜色深沉厚重。这座古老的大教堂在我身后亮起明灯，巴黎的画卷在我面前展开，仿佛是一幅更加辉煌壮丽的名画。我不再害怕，不再惊慌失措。恰恰相反，我觉得自己了不起地活着，欢乐与矛盾、困惑与满足相互交织。我不在乎我的灵魂是否被标记，不在乎我的生活在别人眼里是否有价值，甚至不在乎我的鞋子是否会发出很大的声响，让周围享受着同样甜蜜之夜的陌生人注意到我，毕竟正是他们帮助我在这个既复杂又美丽的地方找到我自己的路，让我更加靠近我自己。

我买了一条法式长棍面包和一些硬奶酪，在我新近最喜欢的城市中，黑暗渐渐笼罩下来，我终于独自享受了一顿小小的盛宴。在这个世界上，我认识的人都不知道此时我身在何处，路过的人也不知道我是谁。我可以是任何事物。我也可以是任何人。

我终于可以成为我了。

这就是巴黎为我所做的，让我很久以前在这里过了一个人的周末。一开始，巴黎让我害怕；然后，它向我发起了挑战；最后，它让我得到了自由。

梅甘·克兰是《今日美国》广受好评的畅销书作家。自2004年发表处女作以来，克兰已经写了60余本书。她凭借女性小说和青年小说赢得了众多粉丝，并以凯特琳·克鲁斯这个笔名在禾林出版社出版了很多作品。如果她不在美丽的太平洋西北部的家中写作，那她就是外出旅行了。

联系方式：

megancrane.com

关于巴黎的书：

《陛下，小姐……失踪的继承人》
《不再甜蜜地投降》
《期待皇家丑闻》
均以凯特琳·克鲁斯这个笔名创作。

最喜欢的巴黎时刻：

我曾经和母亲在奥赛博物馆里度过了一个漫长的下午，

与很多凡·高的作品相伴。这是一次改变生活的经历，不仅因为博物馆里到处都是旷世巨作，还因为我和母亲围绕着艺术品进行了一番讨论。

让你想起巴黎的歌曲：

卡丽娜·朗德的《巴黎》。这是一首很棒的歌，它让我想起在秋天的傍晚走过影影绰绰的香榭丽舍大道。

巴黎以外最喜欢的旅行地：

经常改变，最近喜欢冰岛。

最奇怪的旅行必备品：

旅行袋。别问为什么。

巴黎得与失

保拉·麦克莱恩

2010 年夏天，我第一次去巴黎，那时候，我没有去艾菲尔铁塔或凡尔赛宫，没有瞪大眼睛穿过香榭丽舍大道，向凯旋门走去，也没有去看著名的莫奈花园，更没有走进任何一家博物馆。我来看的巴黎会被大多数游客忽视。我来看遗迹，而且，是非常具体和亲密的遗迹。

我刚刚写完《巴黎之妻》，这部小说讲述的是欧内斯特·海明威和他的第一任妻子哈德利的故事，故事发生在二十世纪二十年代初期，那是巴黎最辉煌、最浪漫的时期之一。这是我第一次创作历史题材的小说，这本书对我的生活产生了深远的影响，它劫持了我的想象力，而且毫不夸张地说，在 2008—2009 年之间，它把我固定在克利夫兰星巴克的一张椅子上整整大半年，让我专注于描写哈德利的声音和意识，跟着她从兔子洞钻进钻出，走进格特鲁德·斯泰因的沙龙，在那里和艾丽丝·B. 托克拉斯谈话。又或者，我进入她在拉丁区那个昏暗的一居室公寓，我对这两个地方都很熟悉，即便只是在我心里。

我本可以去巴黎为这本书做彻底的调查研究，但我的真实世界一团糟：我的孩子们分别是 2 岁、4 岁和 15 岁；我的婚姻充满了坎坷，而那只狼就算没有虎视眈眈地站在门口，肯定也来到了我所在的街区；有时，我几乎无暇顾及洗澡，更不用说穿越大西洋了。但我可以阅读，我读了我能找到的每一本书：有的关于爵士时代的巴黎，有的关于哈德利和欧内斯特以及他们那个侨民的黄金圈子。需要了解的东西太多了，斗牛、高山滑雪和现代主义。我需要阅读海明威的所有小说，尤其是他早期的作品以及《太阳照常升起》，我在高中时读过这本书，但这一次，我对它有了特别的关注。

我越是满脑子想着爵士时代的巴黎，就越觉得这个世界及其故事有更强烈的吸引力，到最后，我觉得如果我不立即把这本书写出来，那我也就活不成了。于是，我辞去了两份兼职的教学工作，找我的妯娌借钱，多雇了几个保姆，然后，从礼拜一到礼拜五，我都待在星巴克，热情地拼命地写作，仿佛我能不能活命，就靠它了。完全有这个可能。

但出现了一个问题。没有人会提醒你“扶手椅旅行”[1]给心理健康带来的危害。我写完了这本书，而且校订、编辑、重新修订和版面校样都完成之后，我已经投入得太深，对我一天天逐字逐句建造起来的巴黎如此着迷，我不确定自己是否真的能去巴黎旅行。怎么才能保持这种感觉呢？如果我在真正的巴黎找不到那种感觉，会不会比从没去过更糟糕呢？我的心会化为碎片吗？风险是显而易见的，但不去做的话，就会显得懦弱和落后。我必须去。必须。

我乘飞机降落在戴高乐机场时，天下起了雨，当我从卢森堡公园附近的地铁站里出来的时候，雨还在下。因为时差的缘故，我的脑袋昏昏沉沉，腿像是两团棉花。我在找酒店，把地图在手里翻来覆去，绕着圈子走了一个小时，仿佛这能让一切变得更清晰。没过多久，我的行李就湿透了，鞋子和头发也湿了。我的眼镜上都是水，弄得我几乎什么都看不到，但我辨认出了我无意中走进的一条街。我仍然住米娅旅馆，但半个街区外就是红衣主教街 74 号，那是欧内斯特和哈德利在巴黎的第一个公寓的所在地。

我不确定我能否充分地描述出那一刻我内心的复杂：喜悦、宽慰、感激和惊讶。这些感觉混合在一起，我的脑袋迷迷糊糊，因此，这些情感变得更加混乱不堪。门是亮蓝色的，门上齐眉高

①扶手椅旅行：即指一种精神状态而不是身体活动的旅行。——编注

的铁格栅也是蓝色的，整个大门磨损得厉害——这是一扇被人长期使用的门。与万事万物一样真实。我一遍又一遍地触摸着油漆剥落的门框，就像一个暂时失明的人，努力眨着眼睛想看清窗户，而那也是欧内斯特和哈德利的窗户。一切好像是时光倒流，不过只有那一刻，只为我一人；昔日重现——闪闪发亮，依然是金灿灿的。

为了这次的旅行，我特意买了一台昂贵的数码相机。我从湿淋淋的背包里掏出相机，拦住了一个看起来很友好的人，甚至都没说我从旅游指南里学来的几句旅游法语。照片照得不是很好，但过了一会儿，我在预览屏幕上看着照片，感觉很兴奋，觉得自己异常强大。是的，你真的在这里，照片为我做证。你在，他们也在，这就是你的证据。这感觉就好像我抓住了世界上最稀有的蝴蝶。“迷惘的一代”，终究没有彻底迷惘。

当天以及第二天，我试图追寻欧内斯特和哈德利在巴黎的每一处遗迹。穆浮塔街弯弯曲曲，铺着鹅卵石，这里有小贩兜售水果和面包，他们的木篮里放着小草莓，在任何意义上而言，这都是一场“流动的盛宴”。在一天的写作之后，欧内斯特会在卢森堡公园走来走去，就像一只尚未驯服的黑豹，头发蓬乱，饥肠辘辘，鞋上有洞。这里还有很棒的咖啡馆，比如圆顶咖啡厅、选择咖啡馆、双叟咖啡馆、利普咖啡馆、丁香园咖啡馆……但丽兹咖啡馆不算，因为去丽兹咖啡馆的是后来那个不一样的海明威，那个时候，他有了另一位妻子，名声大振，不再在快乐中挨饿，不再从莎士比亚书店借书。

还有莎士比亚书店，以及欧内斯特在笛卡尔街的小工作室——工作室在四楼，没有电梯。再有就是格特鲁德·斯泰因位于安静雅致的弗勒吕斯街上的沙龙。那里有埃兹拉·庞德的阁楼，阁楼的院子里种有白玫瑰花，花朵上落着雨珠。如果有人碰巧经过并看见我，就会看到我哆哆嗦嗦地拿着相机，站在铸铁门前。他们可能会认为我疯了，因为我只是发现了海明威在他的作品中描述的天窗，就激动得热泪盈眶。一个天窗就弄得我精神错乱？也许我本就是个疯子，但我停不下来。

这些捕捉到的图像非常重要，它们就像我的精神护照上的签章，我的脚重新走过过去的足迹，每次停下，都是触摸和承认艺术的代价和损失，想象欧内斯特的书让他得到和失去了什么，感受我的书让我得到和失去的东西，以及哈德利在我们两个的生活中起到了什么作用。在某种程度上，我发自内心地认同他们。我爱他们，虽然他们两人都有缺点，但哈德利太过被动，又很自卑，并且否认是欧内斯特的野心吞噬了他们。

他们热恋期间住在圣母院大街，海明威常把他们在巴黎的第二个家叫“锯木厂公寓”。这条街在繁华的蒙帕纳斯大道后面，但显得很远，像是在另一个世界。在那些年中，丁香园咖啡馆就像他的非官方办公室，距此只有几百步，在一片高大的丁香花篱笆的另一边。大理石桌子，白色的小咖啡杯和浅碟，法式牛奶咖啡，在蓝色笔记本上记下或流畅或粗糙的句子，有时，纸页上则是一片空白。

我到的时候，锯木厂公寓已经消失几十年了，但我还是沿着街道慢慢地走着，寻找欧内斯特去蒙帕纳斯区路过的面包房。面包房很好找，它散发着温热的奶油蛋卷、羊角面包和巧克力面包的香味，香气让我的扁桃体充满愉悦感。当然，我也得从面包店经过，经过的时候，我在地下室门边停了下来，看到门上写着“艺术之家”。我记得这是哈德利去弹借来的钢琴的地方，对于她的生活，我忽然感受到了一种认可和联系。她曾经就在这里，走过狭窄的台阶，而他们的儿子邦比或是在家里睡觉，或是坐在婴儿车里，由保姆玛丽·科科特推着去卢森堡公园。

我的手臂上起了鸡皮疙瘩，在我蹲下来拍照片时，忽然一个不留神，我在雨中湿滑的台阶上滑了一跤，扑通一声坐在了地上，场面尴尬至极。照相机重重地掉在了人行道上，摔得裂开了。就这样，我捕捉到的记忆在一瞬间全都消失不见，从网中逃脱了。

当我终于停止哭泣时，我开始想办法解决问题。这里肯定有相机店，我可以再买一台。我好不容易找到了一家店，却发现店里使用的都是法文，我很难辨别出相机的不同性能，而即便我能看懂这些文字，我也对相机知之甚少。我站在那里，看着那些昂贵的相机，数我还剩下多少欧元，我真恨自己，希望时光倒流，那我一定会小心。但这是不可能的，一切已成定局。我告诉自己权当业务开支好了，于是我买了一台一模一样的照相机。在从巴黎南部出发前往西班牙和蔚蓝海岸继续海明威朝圣之旅的前一天，我又去了之前去过的地方，这次我加快了脚步。我意识到，我几乎不需要看地图就能确定方位，找到我要去的地方。至少在巴黎的这一小片地方，我不再只是一个游客。我知道我在哪里。

当我第二天下午到达火车站的时候，我把所有的一切都拍了下来。下一站是位于巴斯克地区的圣塞巴斯蒂安，那个地方对哈德利和欧内斯特来说很特别，也是我所见过的最美丽的城市之一。我到了没多久，我最亲爱的朋友帕姆也来了，她是从明尼阿波利斯飞来毕尔巴鄂，和我一起旅行的。她还没把行李放好，我就在酒店门前拍下了她的照片，或者说，我是试着去给她拍照。当我想看看照片的时候，发现我的相机——新相机——显示出了一个不祥的“错误”信号。我惊慌失措地跑到一家相机店，帕姆跟在我身后。店员用磕磕巴巴的英语告诉我，存储卡里面是空的。我在巴黎拍摄的照片，我辛辛苦苦重新拍摄的照片，再一次消失了。

这一次，我没流眼泪，但现实在眼前，我感觉像是被人狠狠打了一拳。那么多的努力都白费了，木已成舟。我没有任何证据表明我曾在巴黎待过，我走了那么多的路，与巴黎之间那么多的联系，那些朝圣，现在没有了丝毫证据。我和帕姆决定喝个酩酊大醉，圣塞巴斯蒂安的人似乎都来和我们一起畅饮。世界杯赛激战正酣，西班牙表现出色。那天晚上，街道上到处都是人，大家都在大口喝酒，每个人都在唱歌。唱歌。唱歌。凌晨四点，派对依然热闹不已，就像狂欢节一样。我躺在狭窄的床上，抬头望着天花板，根本睡不着，想着老天是不是借着坏掉的相机向我传递信息。关于幻灭，关于所有事情是如何发生又如何消逝不见的，就像从街上飘来的阵阵歌声，就像呼吸一样，出现又消失。只能一朝拥有，却不能天长地久。

不管这个信息意味着什么，或者即便没有信息，在接下来的旅途中，我决定学习禅家，有所放弃。在一段时间里，这么做的结果非常神奇。我们乘巴士去了潘普洛纳，回到圣塞巴斯蒂安，然后去了比亚里茨，在那里，我们租了一辆微型菲亚特汽车，然后驾车翻过比利牛斯山脉，前往昂蒂布。旅程一直一帆风顺，可后来又下雨了，暴风雨十分猛烈。在马赛附近，汽车打滑，车头一转，冲向了护栏。车身向一边倾斜，引擎盖上溅满了水，我缓缓地伸手抓住帕姆的腿，我们什么话也没说。我不确定我们当时是否还有呼吸。当汽车终于熄火，再次落回地面上时，我们竟然毫发无伤。我俩睁大眼睛看着对方，意识到我们在法国南部驾驶菲亚特汽车大难不死的这个夜晚将定格成为永恒。我们不需要照片来记住它，不过回到酒店，我们倒是需要几瓶红酒或一些苦艾酒来忘记它。

几天后，我和帕姆终于该说再见了，我把带有新存储卡的相机给了她。我的行李箱塞得满满当当，我直接乘坐高速列车去戴高乐机场赶飞机回家。但下雨了，倾盆大雨。过去的几个礼拜经常下雨，打乱了计划，延缓了所有事情。路上本来只需要六个小时，却用了将近九个小时。我还是没赶上飞机，并且很快就了解到，在官僚主义、票价限制和命运的合力阻挠下，要到两天后才有飞机。

两天！我再次潸然泪下，哭完后，我拿出信用卡，去了一个贵到离谱的机场酒店——诺富特酒店，我懊恼万分，所以也顾不得在巴黎找旅馆了。那天晚上，我花了十三欧元买了一份装在塑料杯里的凯撒沙拉，菜叶都打蔫了；我想家、想念我的孩子，再加上自责，我感觉自己被这次旅行彻底打败了。

第二天早上，阳光普照，我有一整天的时间，我应该做些什么呢？你觉得我会做什么？我去了相机店！我就是这么做的。是的，我又买了一台同样款式的相机，是的，我又一次重复了走过的路。现在回想起来，我竟然如此被动地做了这样的选择，不由得有些后怕。

但那段经历也给我带来了欢乐。我在巴黎的经历是与众不同的。狂喜，痛苦，这些都是我的经历。当我看着照片，看着那几百张照片，我知道它们是有生命的，却远远不够。我没有停止时间，也没有挽回损失，只保留了我这段并不顺利的旅程，这段倒霉而珍贵、幸运、独一无二的旅程，虽然短暂，却也永恒，值得我付出任何代价。

保拉·麦克莱恩是《纽约时报》的畅销书作家，《巴黎之妻》和《环绕太阳》这两部作品在国际上都很受欢迎。她和家人住在克利夫兰。

联系方式：

paulamclain.com

关于巴黎的书：

《巴黎之妻》

最喜欢的巴黎时刻：

在丁香园咖啡馆，为给我的朋友庆祝生日，我享受到了一生中最难忘的一顿饭，那里也是海明威最喜欢的咖啡馆之一。我在那里喝到了最好的金汤力鸡尾酒！这种酒还有配套的小冰桶和银搅拌棒。真是棒极了！

最不喜欢的巴黎时刻：

有一次，我和我的大儿子还有一个朋友去巴黎，我们都在倒时差，脑袋昏昏沉沉，我们用了一个小时才弄明白怎么打开租来的公寓的大门。开锁需要好几把钥匙，还要很复杂地转动，但到最后，我们还是打不开门，原因是我们一直在向外拉，而没有向内推！到最后，我儿子泄气了，就靠在门上，结果，门就这样开了！

最喜欢的关于巴黎的名言：

“但是，巴黎是一个非常古老的城市，而我们很年轻。这里没有简单的东西，贫穷不简单，突如其来的金钱不简单，月光不简单，对和错不简单，就连月光下躺在你身边的人的呼吸都不简单。”

——欧内斯特·海明威《流动的盛宴》

让你想起巴黎的歌曲：

阿黛尔的《放火烧雨》，有一年感恩节，我和几位好友在第六区一个非常不错的出租屋里做炖兔肉，而不是火鸡，我们用这首歌玩了很夸张的对口型假唱大赛。

巴黎以外最喜欢的旅行地：

肯尼亚。

最奇怪的旅行必备品：

书。纸质书，带这么多书实在不理智。我感觉自己就像夏尔巴人[①]那样拖着书满机场走，但我就是停不下来。

①夏尔巴人：以“喜马拉雅山上的挑夫”著称。——编注

巴黎挫败记

埃莉诺·布朗

每当有人问我为什么喜欢巴黎，我都感觉自己必须撒谎。

公平地说，这个问题从来都带有深层的含义。人们在问起“你觉得巴黎怎么样？”这个问题的时候，从来都不像问“阿克伦怎么样？”或“你觉得波基普西怎么样？”时的那种漫不经心和兴趣索然。

不，人们都对巴黎痴迷不已。“你喜欢巴黎吗？”他们问这个问题时，其实已经准备好问下一个问题：“那里是不是非常美？”

这些问题只接受肯定的回答，而且回答的人一定要像个偶像男团的粉丝那样，给出答案时得兴奋地尖叫。

但这是谎言。

在为我的第二本小说《巴黎之光》做调查研究的过程中，我和我的爱人在巴黎这座“光明之城”待了一个多月。我们租了一间公寓。我们在咖啡馆里喝咖啡，在塞纳河边漫步，享受卢森堡公园里的花香，看了很多印象派的画作，多到都可以用它们做大学宿舍的墙纸了。

你已经想要问了。你现在肯定想问：你爱巴黎吗？

不。我不爱。

我不爱巴黎。大多数时候，我对巴黎甚至都谈不上喜欢。

我这是怎么了？

这是我的真心话。人们为巴黎写了很多歌。为了寻找《巴黎之光》这个标题，我上维基百科网站，查找关于巴黎的歌。你知道列出了多少首歌吗？一千多首！有一千多个人花费力气写歌、录歌和发布歌曲，那我呢？我倒是试着写过，却连一个字都没写出来，只能望纸兴叹。

其实也不总是这样的。我十几岁时和一些朋友去旅行，其中包括在巴黎玩一天。航空公司为我们提供了一晚的酒店房间，当时我们还在倒时差，头晕目眩，不过我们没有回房间休息，而是选择外出游玩。我们去卢浮宫看了《蒙娜丽莎》。我们坐了地铁，还和一个用英语为我们指路的意大利年轻女孩成为朋友。我们吃了用法棍面包做的火腿三明治，但让我们这些美国青少年搞不懂的是，三明治上涂抹的竟然是黄油，而不是蛋黄酱。

多年来，这是我在这个城市唯一的体验，而且是相当不错的体验。在任何一个城市待八个小时，都会让你爱上这座城市，因为你没时间去发现它的缺点。

快进到几年前。我去看望我的父母，我记不起我们为什么会谈到巴黎的爵士时代这个话题，但我父亲很随意地告诉我："你的外婆在巴黎住过一段时间。1924 年前后。"

我当然不知道这件事。事实上，我根本就不了解我的祖母。我出生时，她已经七十多岁了，当我长大到可以和她真正交流，她却深受阿尔茨海默病的残酷折磨，不再是曾经的她了。

"真的吗？"我说，"巴黎？ 1924 年？ F. 斯科特·菲茨杰拉德的巴黎？格特鲁德·斯泰因的巴黎？《流动的盛宴》里的巴黎？"

"Oui[①]。"我父亲说。

好吧，他其实是用英语回答的，而不是法语。

但事情并没有到此结束。因为在这个时候，我母亲同样随意地插话道："我们还留着她在巴黎写回来的信呢。"

你在开玩笑吗？

我一向都对家里的历史很感兴趣，所以听到这个信息非常开心。是因为我以写作为生吗？反正几天后我启程回家，是带着一箱我祖母的信上飞机的，那些信可以追溯到她的高中时代，是的，

①法语，意为：是的。——译注

也包括她从巴黎写回来的信。我不敢把这个箱子拿去托运，因为里面的东西是无价之宝。

外婆的信中洋溢着快乐，那些信提醒人们，历史只是注重更为“重要的”政治、社会和潮流，而忽略了普通人的生活。除了几句俚语，这些信真像是出自我的手，信中记录了她高中时期的痛苦经历，为成绩、打扮、大学约会而烦恼，为未来担忧，与父母无休止的冲突，以及对自我的找寻。

我祖母 1922 年大学毕业，在少女感化院教了一年书，然后前往欧洲进行大旅行[①]。这段经历对当时的男人来说是人生中的大事，而且，到了一定年纪（更重要的是，要有一定的财产）的女人也会进行这样的大旅行。

她和一个朋友乘船去了英国，几周后，她前往巴黎。他们原计划从巴黎去意大利，但在巴黎待了几天后，她就决定留下来，开始面试工作，自己养活自己。在 1923 年，这样的决定对于她这个社会阶层的女性来说，绝对是个重大的决定。她写给家人的信显然是试图让他们相信她已经成熟，有能力养活自己。

我没有她的父母回复她的信件，但从她日益坚定地坚持留下来的立场，就可以推断他们很是不满。与此同时，看到她在信中

①旧时英国贵族子弟遍游欧洲大陆。——译注

说她自己有多成熟，我便情不自禁地发出赞叹。她走的时候只有二十三岁，天哪，她写那些信时只有二十三岁。她什么都知道，也不害怕当众表达自己的意见：拿破仑墓？浮华而笨拙——这一点她倒是没说错；英国女人？太老土了；她的父母打算把她妹妹送去她不喜欢的学校？残忍；和家族一个朋友的儿子约会？太可怕了。

祖母对巴黎也同样充满热情。她的信充满了对这座魅力之城的赞美。

“明晚和让约会，星期天和比尔出去——这就是巴黎的生活！”

“昨天在普吕尼吃了鱼子酱和龙虾。就算隔着老远，也能听到我咕噜咕噜吃东西的声音。奢华的享受，我很容易就上瘾了。”

“只有天知道你会在巴黎遇到什么。”

“巴黎的大街小巷让我兴奋不已，我在这里开心极了。”

她在巴黎住了不到一年，但就在这段时间，她吸收到了这座城市的精华。她年轻，而巴黎就是一个为了年轻人而设的地方，一个充满活力的城市，充满了二十世纪二十年代那种令人目眩的活力，到处都是画家、作家、音乐家以及他们所创造的一切大胆而美丽的东西。因为是写信给父母，所以她偶尔会掩饰一些比较有趣的细节，但她仍然非常诚实，记录了她和美国、法国男人约会的情形，描述了她去过的咖啡馆和酒吧，承认自己在外面跳舞跳了一整夜，第二天醉醺醺地去上班。（有一次，她给家人寄了一张她的照片，遗憾的是，照片已经不见了。她说自己就像酒吧里的深夜，很有可能照片就是在那个时间拍摄的。）

如果你看过爵士时代有关巴黎的文章，那你必定会向往亲自去经历一番，而祖母的信件对我就有这样的影响。我看着那些信，开始拼凑出一个故事：一个年轻姑娘只身来到巴黎，不顾家族的规矩，也打破了她想要为自己创造理想生活的期望，也是从那段历史时期开始，很多女性才真正拥有了选择的各种可能。但我希望写出一个可信的故事，因为在《巴黎之光》中，巴黎对玛吉（小说的主人公之一）的故事而言，是一个非常重要的部分。

就这样，我开始重走祖母走过的路，研究她的过往，从而开创我自己的生活。

出于调查研究的目的，我决定严格遵循祖母走过的路线。我们乘船从纽约来到英国南安普顿，这段旅程可比听上去的有趣多了；然后，我们坐火车到伦敦、多佛，这段旅程和听上去的几乎同样有趣；最后，我们坐渡轮到加莱，再乘火车到巴黎，这段旅程就没什么意思，主要是因为我们当时已经非常非常累了。

1923 年的旅行听上去很浪漫，但根据我们的痛苦经验，我要告诉你，不管美国的火车有多糟糕，都好过原本十个小时的行程变成了漫长的十天。

好在我们终于还是到了，我开始像祖母一样体验巴黎。我把她提到的她去过的地方都列了清单，比如她工作过的美国图书馆，她私下里游玩过的罗丹博物馆的花园，颇受二十世纪二十年代艺术家和外国人青睐的咖啡馆，而我将逐一去到这些地方。每天早晨醒来，我都会计划该去哪里，然后，拿着相机和笔记本，出发去体验这座城市。

但是我的计划有几个问题：

首先，我可以去巴黎，却去不了 1924 年的巴黎。祖母的巴黎不是我的巴黎。在我们两个人的巴黎之间，几乎相隔了一个世纪；而且，不论是好是坏，现代化都对其产生了巨大的影响。

其次，我不是我的祖母。她去巴黎时才二十出头，是一个迷人的烂漫少女。她天真无邪，对一切事物都感到新奇，这使她第一次出国旅行变得精彩，而且她摆脱了溺爱她的传统家庭的束缚。而我都快四十岁了，思想老旧，到我这个年纪，唯一要逃避的便是一个残酷的现实：尽管我们尽了最大的努力，但我们还是变成了父母那样的人。

当然了，巴黎就是巴黎。

我在巴黎待了大约一个星期，渐渐地开始意识到我在那里并不快乐。巴黎的建筑都很漂亮，但是豪斯曼男爵对这座城市实行的建筑标准化，也让大片的建筑看起来是那么令人失望地相似。

食物还可以。仅仅是可以。

巴黎人并不像传说中的那样粗鲁，但也不是特别有魅力（不过，巴黎人都能把围巾系得非常漂亮）。到处都是人，太拥挤了：

博物馆挤满了人，根本无法欣赏艺术；咖啡馆太拥挤，你会碰到邻桌的胳膊肘。由于室内禁止吸烟，所以，吸烟的人都令人艳羡地在人行道上的桌边吃饭，而不吸烟的人则挤在室内。

这样的情况倒也谈不上糟糕。毕竟，巴黎也只是一座城市。

日本人都非常喜欢巴黎，以至于一些来巴黎的日本游客患上了被称为“巴黎综合征”的精神障碍，包括头晕、出汗等身体症状，以及包括幻觉、偏执和抑郁在内的心理症状。

哦，老天！

产生这种精神障碍的原因包括极端的文化冲击和疲劳，但其根源似乎在于日本媒体对巴黎的理想化描述和现实之间的巨大差异。据有些文章介绍，这些游客到达他们期盼已久的街道上，看到到处都是穿着香奈儿的巴黎人，个个儿苗条、时髦雅致，城市的著名建筑在阳光下闪闪发光。然而他们发现，尽管巴黎很美，但它同样具有大城市的通病，加之处处弥漫着法式风情，因此，他们觉得很不舒服。据《卫报》报道，巴黎人每年会把 350 吨烟头扔在这座“爱之城”里。扒手比比皆是，他们尤以游客为目标，特别是那些成群结队的游客，因为一看就知道他们是游客。巴黎的建筑的确很漂亮，但却被这座城市的雾霾减了分。2015 年，巴黎的雾霾十分严重，有一段时间，巴黎成为世界上空气质量最差的城市之一。

至于巴黎人……正如埃迪·伊泽德所言：“有时候，法国人真的非常令人讨厌。”

巴黎真的会把你逼疯。

但也可能不会。或许，有问题的不是巴黎。之所以会有“巴黎综合征”，根源八成在于我们自己和我们对巴黎过高的期待。不是巴黎的问题。问题可能在我身上。

严格按照法律来说，我是家里最小的孩子，应该具有我在《命运三姐妹》里描写的那种随遇而安、自由自在的精神。但我的姐姐们比我大好几岁，这也意味着我身上有很重的孩子气。而我的经历也让我遇到了“计划与控制问题”，当然，这个词只是个比较委婉的说法。

巴黎，我是有自己的计划的。我有一大堆事情要完成。我要去很多地方，见很多人。我知道事情应该是怎样的。但是，巴黎，你总是为我设置障碍。

也许我们旅行中最重要的问题是我们没有带合适的鞋子。我带了两双鞋，一双是舒适的新凉鞋，非常贵，我只在家附近穿；另一双是薄底运动鞋，我经常在家里穿，我觉得这双鞋比便于走路的休闲鞋更轻便，休闲鞋比较重，还带有鞋垫（我确信你已经猜到了故事的走向）。第一天，我穿的是凉鞋，在卢浮宫前下车的时候扭伤了跟腱，那之后就很少穿这双鞋了，以免再次扭伤。至于我那双极简主义的运动鞋，好吧，只能说它们是第一个表明巴黎对我的嬉皮品位没有兴趣的迹象。

我们在巴黎的时候，欧元的汇率一路飙升，一欧元能兑换两美元。如果你是欧洲人，那真是幸运，但如果你是美国人，那就糟透了。此外，和任何大城市一样，巴黎通货膨胀严重，物价飞涨。不幸的是，巴黎的商店一年只搞两次促销。幸运的是，我们赶上了其中一次促销。不幸的是，价格仍然高得离谱。我们一瘸一拐地沿着街道走着，每走一步，脚都在痛，我们的脸紧贴着橱窗，盯着更新、更舒适的鞋子旁边的价签，只剩下叹气的份儿。

再就是食物。近几年来，我和爱人主要吃肉类、蔬菜和水果，不碰牛奶或面包。

你可以猜到这样的我们在巴黎有多不适应。

我们一直都在挨饿。我们坚持了两个礼拜，就再也撑不下去了，只好吃了一根法棍面包，然后又吃了一根，我们感觉自己吃掉了巴黎所有的法棍面包和奶酪。早晨醒来，我们只感觉头昏眼花，头疼欲裂，但起码不那么饿了。然而，那次旅行后，我还是瘦了十五磅，尽管我强忍着吃了布里干酪，还喝了柠檬味的芬达汽水。我真该为女性杂志写一篇文章：《去巴黎减肥吧！》。

我之前提到过，我并不认为巴黎人有多粗鲁。但我也发现自己与他们的性格格格不入。

我是个积极开朗的人（我很喜欢早晨，所以，如果你对早晨不感兴趣，那你最好先喝几杯咖啡再来见我）。法国人，尤其是巴黎人，则……谈不上如此。不要误会，他们并不是情景喜剧中描绘的那种卑鄙的势利小人。但他们也谈不上热情。

有一天，我观察到一个男人上了火车，看了看邻座的人，然后轻蔑地吁出一口气，转身去挂他的外套。我欣赏他的坦率，可以直接当着他人的面表现出不屑。毕竟，我们在互联网上多少次质问过别人：“你会与他人面对面表达不满吗？”这个人就这么做了！我们必须称赞这种心安理得的无礼。

我们努力地说“你好”“谢谢”。当然，这让你感觉很好，但也会惹恼你说这话的对象。向公交车司机打招呼很好，但是如果司机不回答，原因可能是他们一天或许要说上几百次“你好”，而他们其实并不想说。我们对艾菲尔铁塔的电梯服务生说“谢谢，先生”，他用一只手按电梯，用另一只手摆弄他的智能手机，然后会叹着气用法语说句“是的”。听他的语气，完全可以这样翻译他的话：“我压根儿都不认识你，可我现在已经开始烦你了。”我真想以此作为我对“谢谢”的标准回应。

下面来说说公寓。

我们在圣日耳曼德佩区租了一个位于六楼的一室公寓。在照片中，公寓看上去小巧浪漫，从窗户可以远眺艾菲尔铁塔。实际上，它的确又小又浪漫，位于六楼，不带电梯。尽管我们的体力都不错，但是楼梯很窄，又长又陡，等我们爬到了六楼，便气喘吁吁地瘫倒在公寓里。

我们的一个邻居有一架钢琴。有时候，我们做晚饭时可以听到他们弹奏。真搞不懂他们是怎么把钢琴运上来的。也许他们是一个键一个键拆开、运上来再组装的。

卧室的角落里有一台无叶风扇。“小心点儿用。”女房东这么告诉我们，“那是戴森牌的。”听她那虔诚的语气，活像是在说那是毕加索的作品。我们抵达时正值热浪滚滚，其实说是潮湿的热浪更准确；出去游玩回来，我们吃力地爬上楼，脱去衣服，静静地躺在床上，“毕加索”将凝重的风吹向我们那黏糊糊的身体。

巴黎地处极北区，一到夏天，日照时间便会超过十六个小时。不可思议的是，似乎没有人会利用早上的时间，而到了晚上十一点，我上床睡觉前从窗口看下面的咖啡馆，却能看到人们在人行道上的桌边悠闲地吃着晚饭，孩子们在椅子之间玩捉迷藏。当我早上醒来时，借着美国人的朝气和劲头，准备好做一些事情，然后走到街上，却发现街上空空荡荡，只有清洁工在工作。这里的人都是怎么工作的？我心想。他们都没有规划吗？

我在初中和高中学习了六年法语，所以能说一些法语，比如，“一张邮票要多少钱？”还有，“玛丽在听收音机”。但当有人真的回应时，我就不知道该说什么了。在巴黎说法语最好的结果就是对方听到我那乱七八糟的语法，便用英语回答。每当如此，我都感到如释重负。

上高中时，我因为发音标准而在法语课上受到表扬。但是现在，这种带有优雅卷舌音的语言经我的舌头变得沉闷而拗口。然而，不知道为什么，我依然坚持讲法语，事实上，如果我不再假装“我可以”，每个人都会更轻松。

我敢打赌，你现在已经注意到了这种模式。这些都不是巴黎的错。我有自己的计划，我有理想，但巴黎并不在乎，任何城市都是如此，不过我认为巴黎尤其不在乎。

巴黎对我的“计划与控制问题”不屑一顾。巴黎对我的健康天然饮食和极简主义的鞋子不屑一顾。巴黎才不在乎我认为它应该在何时醒来或该在何时上床睡觉。巴黎也根本不在乎我认为它该对流浪汉采取什么样的态度（不过，说真的，巴黎，你需要在这个问题上采取行动了，不然就太不人道了）。巴黎根本就不在乎我对它的想法。在我到达巴黎之前，它已经繁荣了几百年，而在我死了之后，它将依然为人们提供法式薄饼，那里的人仍将潇洒地系围巾，当着别人的面抽烟。

简而言之，巴黎一点儿也不在乎我。

而我必须得接受这一点。

我所经历过的最好的旅行都是提前没有预期（不论好坏）的那些。对于那些地方，我都了解过当地的文化，看过旅行攻略并让自己努力适应：我会打手势叫来服务员，而不是像我在家里的星期五餐厅那样徒劳地等待他们过来；我会与当地人一起挤地铁，而不是留在站台上礼貌地等待；我会给出租车司机百分之十的小费而不会感到内疚。

我在巴黎也应该这么做。我应该适应巴黎，而不是要求巴黎适应我。我应该买双新鞋，只花两百美元，就能多走一些路，还算公平。

我本应该试着把我的睡眠时间表调整到与巴黎的一致。我应该意识到，法国人永远不会主动对美国人示好，永远不会在我想要他们对我微笑时微笑。我应该放弃说法语，并感激他们中有那么多人会说英语。我应该不再期待法国食物符合我的饮食习惯，不再期待每一口食物都美味可口，我应该有什么吃什么。我应该少关注我的待办事项，花更多的时间坐在卢森堡公园里，仰头晒太阳。

我们提前一周回家了（我们是直接飞回家的，我可能是个傻瓜，但我不是白痴）。谁会提前一周离开巴黎？我们。我们累了，我们的脚很疼，吃了那么多面包，我的喉咙痛得要命，我去了祖母去过的所有地方。当我们把这个消息告诉房东太太时，她有些摸不着头脑。“我从没听说过有谁会提早离开巴黎！”她把这话说了很多次。

我不知道，女士。我想，巴黎不适合我，或许是我不适合巴黎。

但好在故事有一个圆满的结局。是的，我并没有像祖母那样热爱这座城市，但当我坐下来写《巴黎之光》时，我可以看到她去过的每个地方，可以想象她的快乐和兴奋，而且，随着时间的推移，我认为她的幸福已经感染了我对巴黎的记忆。

随着逐渐远离在巴黎日复一日受到的挫折，我记起了很多开心的事。一想到巴黎，我的脑海里浮现出的不是恼怒、困惑和不适。我想起的是罗丹博物馆花园里雨中玫瑰的芬芳；我想起了卢浮宫吱吱作响的地板，以及我在蓬皮杜中心爱上的那件鲜为人知的毕加索的作品；我想起了我们在巴黎吃过的最好的一餐，不光是在巴黎，那顿饭是我在所有地方吃过的最好的，在那个饭馆可以俯瞰塞纳河，有很多游客光顾；我想起了我们的公寓有对称的旋转楼梯，走起来像是没有尽头，通过公寓的窗户，能眺望到艾菲尔铁塔在灯火辉煌的夜间闪闪发亮。

我想到了我一心要避开人群，便在开馆前一个小时抵达凡尔赛宫。我们不仅避开了人群，还是最早到达那里的人，甚至警卫都是在我们之后来的。由于我们起得太早了，导致睡眠不足，感觉很不舒服。那次旅行中我最喜欢的一张照片是，我们在凡尔赛宫前宽阔空旷的庭院前拍的一张自拍照，宫殿就在我们身后。我爱人说了些有趣的话——他总是这么幽默——我笑着，嘴巴张得大大的，眼睛半睁半闭。那是我在巴黎之旅中最喜欢的一张照片。我们看起来很开心。我们的确很开心。我在巴黎的经历一点儿也不失败。

埃莉诺·布朗是《纽约时报》的畅销书作家，著有国际畅销书《命运三姐妹》《巴黎之光》《属于你的巴黎》。她在科罗拉多州丹佛市生活、写作和教授写作。

联系方式：

eleanor-brown.com

关于巴黎的书：

《巴黎之光》《属于你的巴黎》

写巴黎的原因是：

巴黎比其他任何城市都更具浪漫、艺术和自由的象征意义。

最喜欢的巴黎时刻：

在奥赛博物馆，站在凡·高的《罗纳河上的星夜》前。这是我第一次被一幅画感动得流泪。我永远不会忘记。

最不喜欢的巴黎时刻：

让我给你一个建议：不要在法国弄坏你的苹果手机，不然的话，你就得去苹果商店。要知道，在巴黎，他们用的是法语。

让你想起巴黎的歌曲：

我在中学学习法语时，与课本配套的音频课程收录了《香榭丽舍》的片段，是一段间奏曲。在巴黎的六个礼拜，我一直在哼唱或者回想那首歌。我爱人没用枕头闷住我的嘴，实在叫我惊讶。

最奇怪的旅行必备品：

在欧洲吗？毛巾。我不知道毛巾对欧洲人做过什么，但欧洲的毛巾真的很少。

在巴黎，可以忽略：

卢浮宫，没错！那里的人太多了，根本欣赏不到艺术品，而且那里太大了，你逛上几个钟头，累得要死，也看不到想看的艺术品。巴黎有很多不错的博物馆，即便不去卢浮宫也不要紧，从所有街头小贩那里都能买到《蒙娜丽莎》的明信片，这样你就可以告诉别人你去过卢浮宫了。

在巴黎，你必须：

坐在卢森堡公园美第奇喷泉旁边的树荫下。还可以写写情诗。

激情四溢的日常生活

珍妮弗·L. 斯科特

2001 年

巴黎

在决定出国留学之际，我想要的是激情、兴奋和乐趣，我想要的是不可预测的将来。作为一个崇拜法国的人，我自然选择了巴黎。在我看来，巴黎是一个浪漫而神秘的城市。

但我永远不会知道的是，在我留学期间，我不仅学习了很多课程，也渐渐明白了条理和秩序的重要性，以及真正的激情是存在于日常生活中的。我要把这个转变归功于我的寄宿家庭——时尚先生、时尚太太和他们的儿子。

刚一到巴黎，我就在第十六区迷路了，手中还拖着两个沉重的行李箱。出租车司机把我送到我认为是我要找的大楼边。但是，巴黎的街道号码和南加州的不一样。于是，我惊慌失措。我想象自己睡在地铁站，用两个行李箱当床垫，免得睡在肮脏的地上。然后我意识到，我可以用我的老式手机（当时是 2001 年）打电话给我的寄宿家庭。

几分钟后，时尚先生找到了我。他是一个英俊的绅士，打扮时髦，穿着熨烫整齐的裤子、衬衫、毛衣和一双高档鞋子。原来，这里距离他家只有半个街区，只要过了马路就能到。太尴尬了！我害羞地跟他打过招呼，然后我们静静地乘着小电梯来到他们在三楼的公寓。我的箱子太大，差点儿无法装进电梯。

到了他家门口，我屏住呼吸走了进去。这是我未来六个月要住的家。我花了很多时间在脑海中描绘它的样子：欧式极简风格的公寓，摆着现代家具。但事实正好相反，我发现自己来到了一套豪华的旧公寓里，天花板很高，墙壁刷成了金黄色，房间里摆着褪色的古董家具，走廊里挂着贵族肖像。这一切都比我想象中的休闲的巴黎公寓要正式得多。我立刻感到有些难为情。我现在的穿着合适吗？我带来的衣服合适吗？这些人真的这么时髦吗？

时尚太太从客厅出来迎接我。我立刻被她的优雅风度打动了。她是一位典型的巴黎女士，符合我一直以来的想象：时髦、优雅、精致。

发型：留着整齐的棕色波波头，发梢刚好到她的下巴上方。

妆容：涂着自然的粉色口红，涂了睫毛膏，其余部分似乎没有上妆。

服饰：一字裙，长袜，精致的皮鞋，丝绸衬衫，还戴着一串珍珠项链。

她看起来清爽自信。我当时就被震住了。

我猜想她和时尚先生一定是为了迎接我才打扮得这么隆重，因为我无法想象每天都这样装扮得多麻烦，尤其是只待在家里。但我内心深处的一个声音告诉我，他们一直就是这样的。谢天谢地，那天我穿了一件还算像样的衣服，但一想到我的行李箱，我就局促不安，因为行李箱里装满了破牛仔裤、宽松的毛衣和T恤。我无法想象自己穿着加州的休闲装扮在他们的豪华公寓里会是什么样子。

我快速扫视了一下他们的家，发现一切都井井有条，一点儿也不显杂乱，甚至都没有堆在一边需要整理的文件。很明显，这栋公寓一直都是讲求条理和秩序的。

第一个晚上，在吃晚饭的时候，我特别紧张。我的法语不是很好（好吧，实际上我对法语一窍不通），而且时尚先生一家都不会说英语，甚至连他们的二十三岁的儿子也不会。这让我很是吃惊。不是每个人都至少会说一点儿英语吗？除了我对自己的交流技巧感觉很难为情（我确信我可怜的法语语法和美国口音让他们也很头痛），我还很紧张，因为即使这是个普通的周三晚上，我们似乎是在享用一顿非常豪华的晚餐。

我和时尚先生父子一直在客厅里等待开饭。随后，时尚太太从厨房里用餐车推出了食物。我们坐在餐桌旁，餐桌上摆放着漂亮的餐巾、蓝色柳条图案的瓷器，还有精致的刻花水杯。这顿晚餐有三道菜，到了分发食物的时候，不是每个人抢着装盘。我作为女性贵宾，他们首先招待了我。给我盛过菜之后，食物就围着桌子转了一圈，最后转到了他们儿子那里，因为他坐在餐桌的尾座。

这样的安排秩序井然，非常讲究。

是的，我们每晚都是这样用餐的，无一例外。时尚太太是一位出色的厨师。她轮流做同样的菜式，但每一餐都是杰作。她准备了经典的法国菜，如酒焖仔鸡、美味的水果蛋糕、可丽饼、水煮鱼和什锦蔬菜。（她告诉我，她做的勃艮第炖牛肉很好吃，但我去法国的时候正赶上疯牛病暴发，所以她为了我这个患有牛肉恐惧症的美国人，只好忍住不做这道菜。）

我们先从开胃菜开始：有时是菊苣奶油烤菜，有时是韭菜汤，还有时是用热山羊奶酪搭配凉拌苦菊。接下来是主菜，是时尚太太的拿手菜。第三道菜要么是精选的上等奶酪，放在网罩下常温保存（卡蒙伯尔干酪是时尚先生的最爱，他称它为“奶酪之王”），要么是一种口感浓郁的自制黄油水果馅饼，通常会放草莓、苹果或梨。

与时尚先生一家的晚餐是第一个例子，让我见识到了常规与激情的有力结合：每天晚上同一时间吃晚饭；食物是熟悉的，始终都要遵守待定的礼仪；但每天晚上在餐桌边，每一项行为都会产生巨大的激情。我们知道该期待什么，而我们期待的都是积极向上的。

住在那里的第一天，时尚太太问我是在早上还是晚上洗澡。我需要选择使用洗手间的时间（我们四个人共用一个洗手间）并遵守这个时间。一开始，选择洗澡时间这件事让我十分苦恼。如果我改变主意了呢？但是，在严格遵守洗手间使用时间之后，我意识到，时尚先生一家这样的安排，是为了让每个人在使用时没有压力和干扰。

事实证明，我确实带了太多的衣服。我分到的衣橱相当小，整个学期我都不得不把箱子搬来搬去。但事实证明，我真的不需要这么多衣服。

我发现法国女人都有一个胶囊衣橱。她们总是穿同样款式但做工精良的衣服，所以看起来一点儿也不寒酸。反之，她们既时尚又美丽。过了一段时间，我开始想，我能不能像时髦太太那样，有一个只有十件衣服的衣橱，并且像她那样，看起来既优雅又有品位？当然，她穿的衣服就跟制服差不多：一字裙、丝质上衣和低跟鞋。但是她知道她喜欢什么，穿什么让她舒服，因此总是坚持一种风格。

和这个时髦的家庭一起生活让我知道，以优雅、有计划的方式开始一天的生活，是很快乐的。我每天早上七点左右醒来时，时尚先生父子已经去上班了，而时尚太太五点起床为他们做早餐。（是的，五点！）

她穿着棉质晨衣，伴随着收音机里的“脱口秀”广播节目，准备早餐。等我醒来的时候，她已经穿戴整齐，准备好迎接新的一天了。我会溜进厨房，吃她为我留的简单早餐：奶油果酱面包片或烤法棍面包，配上黄油和自制果酱，还有新鲜水果、小瑞士奶酪或酸奶，而且通常都有前一天晚上吃剩的一块水果馅饼。我还会喝一碗茶。（不知什么原因，法国人用碗喝早茶。这样喝茶让我感觉自己像一个真正的巴黎人！）这并不是我在加州常吃的那种低热量早餐，但我不打算去问时尚太太能不能为我准备低碳水化合物的食物。我觉得在巴黎就该和巴黎人吃一样的早餐。

傍晚，我帮时尚太太准备晚餐。她喜欢教我家庭烹饪的艺术。我注意到她不仅做菜很用心，还会花心思把摆盘弄得很精致：馅饼里的水果是对称的；水果沙拉（她的神秘配方：洒上一些橘味白酒）放在一个带有繁复雕刻图案的水晶碗里；水煮鱼放在瓷盘的中心，用精致美味的酱汁装饰。每天晚上，不仅是我们的味蕾得到满足，我们的眼睛也会享受到视觉盛宴。

在晚餐的最后准备阶段，我会去客厅和时尚先生父子坐在一起。有时我们会喝开胃酒或餐前饮料，等待时尚太太叫我们到餐桌吃饭。用餐的时候，我们一边吃三道菜，一边热烈地交谈。晚饭后，我会帮时尚太太洗碗，在窗外抖桌布，收拾桌子，让一切都恢复井然的秩序。然后，我们去客厅里找两位绅士，听电唱机里的古典音乐，再闲谈一番。有时，我们一起看晚间新闻，而时尚先生总会抽烟斗。

几周后，我渐渐地适应了法国寄宿家庭的生活节奏。我最初因为他们的异域习惯而感到的不适正在慢慢消失。这些日子是由两个看似对立的概念组织起来的：常规和激情。所谓常规，是因为一切都像发条装置一样有序运行，没有惊喜；所谓激情，因为这些常规产生了一种不可思议的效果，即日常生活的深层愉悦。

不仅在时尚先生一家的公寓里，在巴黎到处都能找到常规中的激情。请留意法式蛋糕店的员工，他们在玻璃橱窗里摆出漂亮的糕点，希望能吸引顾客。他们为自己的工作骄傲。店主神气十足地把漂亮的时装展示在橱窗里，还以他们自己的外表为傲。看看那些每天上下班的巴黎人，看看他们城市的美景吧。当你在巴黎的时候，一定要享受午餐的休息时间——步行回家，观赏花店里绽放的美丽鲜花。在巴黎，这些东西永远不会改变。巴黎人对熟悉的事物、日常的生活和工作有一种深沉的挚爱，或激情四溢，或平平淡淡。如果我们每天都过这种生活，那么存在的意义又是什么呢？巴黎人会告诉你，带着激情生活是唯一的出路。

自我从巴黎回来后，我就仿照了时尚太太的日常生活方式来经营自己的家庭。从早餐到撤走晚餐最后一道菜，都是按部就班的。我们的生活虽不像时尚先生一家那样正式，但我们确实努力在日常生活中注入一些正式的东西，好让我们的生活增添些许新意。我们在晚餐时用的是曾祖母留下的精致瓷器和餐巾。尽管没有什么特别要庆祝的，我们还是会在一个工作日的晚上做特别的饭菜。我们播放古典音乐。我总是想利用我的十件衣服衣橱，穿得得体些，从晚上洗澡和快速化妆中得到乐趣。我和丈夫有三个孩子，我本身还要工作，所以我的家庭生活乱糟糟的，但我从未忘记我在巴黎的经历。我知道家里的生活不仅可以高效有序，还可以充满激情。而激情正是我们想要的。

珍妮弗·L.斯科特是《纽约时报》的畅销书作家，著有“巴黎太太”系列图书。她还是“每日鉴赏家”博客的创始人。珍妮弗喜欢通过每周在视频网站上发布视频来与读者互动。她和丈夫带着三个孩子住在洛杉矶。

联系方式：

jenniferlscott.com

关于巴黎的书：

《跟巴黎太太学到的事》
《家有巴黎太太》
《与巴黎太太一起擦亮你的风度》

最喜欢的巴黎时刻：

我在巴黎印象最深的经历之一是和朋友们一起在罗杰·拉·格伦努埃餐馆吃饭，这是一家典型的法式餐厅。我们盛装打扮，餐厅环境优雅，食物精美。那是一次美好的体验。

最不喜欢的巴黎时刻：

我在巴黎最不喜欢的经历是有次我正在时尚先生家里洗澡，一个窗户清洁工突然来到了窗前擦窗户。他一定已经见惯了这种情形，因为他似乎一点儿也不在意我的存在。我不知道是该松口气，还是觉得受到了侮辱！

让你想起巴黎的歌曲：

一听埃迪特·比阿夫的《我的老爷》，就能让人想起巴黎。

在巴黎，你必须：

找个咖啡馆坐一个下午，啜饮牛奶咖啡，品尝巧克力面包，再看看往来的人（不要玩手机）。

巴黎探案

卡拉·布莱克

我们永远不会忘记一个地方带给我们的感觉。每每想起巴黎，我都好像能闻到蒙特勒伊成熟的桃子散发出的香味，听到高跟鞋哒哒哒地走过鹅卵石路面，看到湿漉漉的悬铃树枝在码头上留下阴影，卡其色的塞纳河滚滚流动。灰迹斑斑的教堂已有几个世纪的历史，待在里面，冰冷的石头总会让人打寒战，这些充满神秘的历史遗迹矗立在动人心魄的蓝天下。但是，感受巴黎和了解巴黎是不一样的，我用了一生的时间去建立与这个城市之间的归属感。

我是在很久以前的某年九月第一次来到巴黎的。我所有的东西都装在我背上的背包里。我和我的旅伴睡在拉丁区医学院的一个学生宿舍。两个医学院的学生值夜班，便把他们的床让给我们。不用说，他们希望第二天早上和我们一起分享他们的床。我还记得那种奇特的感觉：松软的羽绒被，阳光从高高的窗户倾泻进来，两个笑容满面的男生用装在汤碗里的苦咖啡和桃子招待我们。桃子的甜汁弄脏了我们的下巴。我们向他们表示感谢，然后告辞，并承诺会回来。但我们并没有回去。

在那一年的九月，我身着破烂的法兰绒衬衫和牛仔裤，找到了著名的龚古尔文学奖得主作家罗曼·加里。我小时候读过他写的《母子泪》，是那本书为我打开了写作之门。他的散文和小说给了我很多灵感。

罗曼·加里用一张手写的便条回复了我这个书迷的信，他还在信封上手写了回信地址。不用说，我把它当成了邀请，人在年轻时就会干出这种事。他住在左岸一栋十七世纪的石灰石建筑里。我拿着一束从市场上买来的橙色金盏花，敲响了他家那扇巨大的雕刻木门。

“我认识你吗？”来开门的人问道，这个人留着黑色头发和黑色胡须，他那对令人惊奇的海蓝宝石色的眼睛里充满了好奇。

我瞠目结舌，意识到自己犯了一个可怕的错误，要知道，他会收到来自世界各地的书迷的来信。无论是因为年轻还是天真，或者二者兼有，我那轻率的自信碎了一地。我以为自己是谁，凭什么以为我能应对那两位医学院的学生和这样一位著名作家？

“请稍等。”他说，随即关上了门。我一时间很难为情，我转入吱嘎作响的木走廊，周围是从一扇新艺术派的染色玻璃窗折射出来的阳光，我试图让自己变小，然后从螺旋楼梯上溜走。但过了一会儿，他又出现了："你想喝杯咖啡吗？"

我点点头，努力挤出"当然"两个字。几分钟后，我们穿过狭窄的巴克街，走进一家街角咖啡馆，看来这是他常来的地方，镀锌柜台上已有雪茄和浓咖啡在等待他。

"她呢？"柜台后面的男人问加里先生。

"和我一样。"

于是，我和这位著名的法国作家站在柜台边，抽了我人生中的第一根雪茄，喝了第一杯浓咖啡，尽量控制自己在喝那杯小小的、苦涩的咖啡时不被呛到或皱眉，努力使自己看起来还算聪明。

加里先生并没有戳穿我佯装有教养的拙劣尝试。他非常宽厚，给我聊了他的生活：他是如何与他的妻子即女演员琼・塞贝里分手的，还有他在马略卡岛的房子的供暖问题。这便是这位著名作家遇到的"普通"的问题。

我们没有谈论写作，尽管我希望我们可以谈谈这方面的事。但是，咖啡馆里的会面激发了我从事写作的决心。但直到几年后，在巴黎的另一个九月，我才找到了自己想写的故事。我的朋友萨拉带我去了玛莱区，还带我去了她母亲十四岁时在德国占领期间躲藏的地方。萨拉母亲的家人都被法国警察带走了，她自己躲了起来，就这样保住了一条命；后来，她佩戴黄星布去上学，直到巴黎解放。不幸的是，她的家人再也没有回来。

我站在狭窄的罗西街上，面前是一栋曾上演过悲剧的建筑，直到那一刻，我才觉得战争离我那么近，在这个古老的犹太人区，可能发生过许多这样的悲剧。我想象着萨拉母亲的生活，过去和现在碰撞在一起，在我眼前浮现。仿佛他们的幽灵在四处徘徊，虽然我碰触不到，但他们就在这栋建筑的隐秘处。面对过去的那种战栗让我毕生难忘。

对巴黎的迷恋流传在我们的家族基因里。我的叔叔和父亲来自芝加哥，他们都没有法国血统，却都很热爱法国。小时候，我父亲读狄更斯的《双城记》给我听，他读的是十九世纪的版本，配有可怕的木版画插图。在这本小说里，巴黎到处都是革命者、穿着礼服大衣的男士，还有德法尔热太太做着编织，眼睛里释放出恶毒的光芒。

我的叔叔现在和我们住在一起，他曾在左岸待过。“我那时候在学习艺术。”他说，但却是喝了不少红酒。他说起，有一次在开了一夜的派对后，他们穿着无尾礼服，凌晨五点在巴黎著名的新鲜美食市场雷阿勒中央市场上喝洋葱汤，而屠夫就穿着血迹斑斑的围裙，在他们边上工作。他还说起，他的老师乔治・布拉克的画室太冷了，而这位艺术家是个吝啬鬼，我叔叔见模特冻得浑身发紫，便请老师在炉子里多放点煤块，老师却示意他离开，把他踢下了楼梯。他的故事为我在《时尚》杂志上看到过的那些照片提供了世俗的一面，照片里的女人身材苗条，头发蓬乱，穿着时髦的香奈儿夹克，手提包里装着狗狗。魅力和勇气似乎是携手并进的。

我父亲听说了萨拉的母亲在战争中躲在玛莱区的故事，便递给我一本很薄的乔治·西姆农写的犯罪小说，对我说："看看吧。故事发生在巴黎。"

但这书太老了，我心想。

"你不妨用这种叙事方式来讲你要讲的故事。"我父亲说，他受够了我对萨拉家族的故事如此着迷。

我会开始创作犯罪小说，完全是因为迈格雷探长，他是乔治·西姆农所写的巴黎侦探小说中的主人公。乔治·西姆农来自比利时，后来来到巴黎，他初到巴黎时人生地不熟。阿加莎·克里斯蒂被全世界誉为"犯罪小说女王"，但乔治·西姆农的书同样畅销，他创作了570部作品，在全世界共售出了5亿–7亿册。

他创作的关于迈格雷探长的作品激发了我的想象力。我能像让我着迷的迈格雷探长的精彩侦探小说写的那样，以调查案件的方式去了解巴黎人吗？也许我能理解巴黎人，至少在我开口说话之前的一段时间，我能融入其中。破解他们交流的密码，侦查他们的才华是否掩盖了真相，表面下沸腾的激情导致了犯罪杀人。我不是偷窥狂，但是作为一个关注细节、捕捉细微差别、刨根问底的侦查员总是要寻找动机和时机。因此，对于我这样一个人，还有什么方式比调查更好的呢？

我感觉自己像一个侦探，因为我总是擅于从表象窥视内心。犯罪小说把巴黎描绘成一座灰色的城市，天空阴暗，在鹅卵石街道上躺着一两具尸体——当然，是由乔治·西姆农笔下抽烟斗的迈格雷探长发现的。

虽然迈格雷探长的时代早已过去，但并不是所有的历史都已消逝。他在巴黎警署总部的“旧办公室”现在属于一位四十来岁、穿戴整齐、抱着笔记本电脑的专员；烧炭的炉子不见了。迈格雷探长所在的小组也不在了，但这支队伍已经被重组，并被命名为“刑事调查队”，是巴黎有名的刑事侦缉队。一直以来，警官们都会把在犯罪现场沾上血的衣服挂在总部阁楼的椽子下面晾干。这个传统还没有改变。从屋顶看到的风景也没有改变，刑事调查队的一个成员彬彬有礼地带我去了屋顶。塞纳河和巴黎就这样铺陈在我们面前，景色叫人惊叹。我们下面，是警署总部的地下牢房，它可以追溯到革命时期，甚至更远。

这就是我的工作：以当代巴黎为背景，写关于巴黎女探破案的故事。我这个局外人可以用这样的方式来满足探索欲，安抚好奇心。

街道还维持着迈格雷探长时代的样子，但现今的法兰西第五共和国的巴黎融合了世界各地的文化和传统。这意味着无论我认为我有多了解这些鹅卵石街道，总有新的飞地和隐藏的世界等待我去发现。

正如埃德蒙·怀特和其他无数人所观察到的那样，要了解巴黎，他必须是漫游者，在城市里悠闲地漫步，随时准备迎接意外，保持开放的心态接受各种发现。而对我来说，则是要寻找犯罪。他必须了解巴黎各个地区的“脉动”，评估它的节奏；从林荫大道两侧的欧椴树到十九世纪的走廊，都能熟记于心。只有当我能感觉到它的“脉动”时，我才能继续为我的小说做研究。

作家必须要有像侦探一样的好奇心，要常问：“如果……会怎么样？”自从我第一次踏上鹅卵石街道，就一直在做这件事。正如那句老话所说，侦探们总是跟着他们的鼻子走。当一句话听起来是假的，当觉得事情不对劲儿的时候，那就该怀疑、该提出问题了。比如，鬼鬼祟祟的一瞥，一个人为躲避视线走到咖啡馆后面便消失不见。在巴黎，那些想要逃跑的人可以走后院的备用出口，这座城市还有很多走廊，甚至可以走灰色镀锌屋顶，也可以穿过地下室或二战时期的旧防空洞。

作家所需要做的便是问：“如果……会怎么样？”然后，故事就这样形成了。我想象：皮加勒区地铁站边那家香烟店前的铁轨消失了，几个十几岁的青少年被分成三组，去扒窃毫无戒心的游客；一位艺术家在五楼的小房间里关上百叶窗，以隔离街上的噪声；一个男人拿着枪，走进香榭丽舍大道“金三角”的一家珠宝店抢劫，他在光天化日之下已经多次抢劫。我怎么才能把故事写得精彩，用一个土生土长的人的自信来写这个城市，还原出二十世纪九十年代的巴黎，描绘出巴黎的隐秘庭院和犯罪网络，让迈格雷探长的巴黎合乎潮流。

这些年来，我认识了很多警察，为了加强了解，我和当地的警察一起出去喝酒。一天晚上我有幸受邀，和几个警察一起去塞纳河对面的一家酒吧喝酒，我们坐在后面的一张桌边。

一个喝醉了的年轻人来酒吧找人打架，他向我们这张坐满了下班后的警察的桌子走了过来。谁知道为什么会这样？也许是运气不好吧，我想。他开始醉醺醺地自说自话。如果你有过这样的遭遇，你就会明白我说的是什么情况。遇到这样的年轻人，你只希望在他变得好战之前赶快离开。有几个警察跟他聊了几句，把他送了出去。他在外面的人行道上坐了下来，其中一个很像会计的行政警察留下来，和他一起待在拉梅逊街对面的马路上。这个警察和他聊了很长一段时间，他们周围有很多吸烟的人和路人，他安抚他，让他冷静下来，而不是用高人一等的姿态和他说话。我出去抽烟时，注意到他们一直在谈话。我没有参与，因为我没有什么要补充的，也不希望一不小心激怒这个醉汉。当我晚些时候再出来时，他们还在说话。此时，警察正在问问题。也许那个年轻人是和女朋友分手了，或者丢了工作，或者只是过了很糟糕的一天——我最终也不知道真正的原因。

其实那个警察并不需要这么做，毕竟他的伙伴们都在喝酒。无论他是想走出酒吧，还是想看看塞纳河美景，或者只想和这个年轻人聊天，我都觉得这是迈格雷探长才会做的事。迈格雷探长学识渊博，有时像个父亲一样，他知道只要循循善诱，就能让人们把心里话说出来，避免灾难，避免冲突，发现局势可能失控的迹象，也许这些都是他们在警察学院里学到的。等到那个年轻人（在我看来，他依然没有清醒）终于离开的时候，他脸上露出了笑容。我永远也不知道那之后他会怎么样，但我有一种感觉，他会回家睡觉，等到早上醒来，除了宿醉，他不会感到受人轻视或意志消沉。

乔治·西姆农的小说里有很多侦探、白天出去巡逻的巴黎警察、受害者的邻居、酒店看门人，他将某个时期的巴黎定格在小说中，而这部分巴黎现在只存在于想象之中。在那段时期，手机和数字输入键盘都是闻所未闻的东西，午夜后，只能摇响看门人的铃铛，才能进门。一座城市若是充斥着封闭的庭院、高大的围墙和警觉的目光，人们之间就不会有秘密。我觉得现在依然如此。不管上午、中午还是晚上，巴黎人都会抽烟、喝酒。潮湿的冬夜，人们穿着羊毛大衣，戴着帽子前往烧着炭炉的温暖咖啡馆。邻里间十分熟悉，相互攀谈。女朋友们聊天，婆婆丈母娘怨声载道，人们之间的联系多种多样，时而会有谎言和欺骗。

在那个复杂的世界里，迈格雷探长从不松懈，他提出质疑，然后抛出问题，在他的烟斗熄灭时将其点燃，而坐在他对面椅子上的犯罪嫌疑人知道自己迟早会露出马脚，迈格雷探长也清楚这一点。他在午餐时喝酒，有时因为生气，甚至下午还会点三明治和啤酒。他每年八月会和迈格雷夫人一起度假，除非有案件发生（但话又说回来，什么时候没有案件呢？），他就只能留在因炎热而空荡荡的巴黎。即便在乡村，他那警觉的眼睛也不会放过任何异常，案件依然会找到他的头上。和许多国家的文化一样，进入法国小村庄的外来者通常都得不到信任，如果他们与众不同，情况就会变本加厉。

这种情况从不曾改变。

我承认，在我最初开始写艾梅・勒迪克系列小说的时候，我会这样想：有一个谋杀案件，楼梯上都是血……迈格雷探长会怎么做？可这么想并不总是有用，毕竟艾梅是个私家侦探，而不是女警探。但后来我会考虑，如果迈格雷探长出现在现场，在她发现尸体后询问她，她会怎么做。这样想好一些。当然，现在的警察系统与从前不同——迈格雷身为探长，肯定不会亲自调查案件。现在，肯定是刑事调查队和检察官亲临犯罪现场，并决定接下来如何调查。我的巴黎警察朋友们告诉我，我必须改变对巴黎警察调查刑事案件程序的看法。迈格雷探长的调查方式不适用于今天。因此，我必须重新学习，以确保我书中的细节准确无误，我还得出一个结论：迈格雷要比现在的探长轻松得多。

西姆农的作品过时了吗？他的作品只能算历史题材，还是不受时间限制？我认为是第二种。我个人喜欢把巴黎的街道描写成又黑又窄，到处都是闪闪发光的鹅卵石；雾气蒙蒙，空气中弥漫着猜疑。蒙马特公墓的墙和当时的一样，是用古老的、长满青苔的石头建造而成的。我不止一次想象那里出现尸体。我的朋友住在一个街区之外，经常深夜坐最后一班地铁回家，从克里希广场往山上走，电影院的大遮檐黑漆漆的；当我穿过墓地的时候，咖啡馆的灯光渐渐暗了下来，我听到了旧雪铁龙或雷诺引擎的声音和换挡的声音，樱桃香烟的气味扑鼻而来（我乐于认为迈格雷探长抽樱桃味的香烟，不过我不知道这一点是否属实，或许有研究西姆农的学者可以告诉我答案）。手电筒照亮了躺在潮湿路面上的尸体；迈格雷向副探长点头，示意他“做记录”，然后开始调查。他们的调查揭示了隐藏在墙后的生活、阴谋以及我们从未去过的世界——一个让我有归属感的世界。

巴黎警察说，巴黎警察局犯罪调查部的标志性大楼现在老旧不堪，边缘已经磨损，设备不足，无法满足警察部门对新技术的要求。他们即将搬到一栋全新的大楼，所有警察部门都将在那里办公。新大楼位于巴蒂尼奥勒公园附近的第十七街，而旧的铁路调度场早已弃用多年。如果法国获得了 2012 年奥运会的举办权（结果是英国得到了举办权），奥运村就将建在那里。我有点儿庆幸法国没有得到举办权。正如一些警察所指出的，搬迁一直以来就饱受批评，再加上当前政府的预算危机，依然使用现在的总部还是有好处的。位于巴黎市中心的好处就是城市法庭就在隔壁。等待审判的囚犯通过古老的地下通道，就能从牢房走到法庭。一个警察朋友在离开学校后得到的第一个任务，就是押送被拘留的犯人从老旧、臭气熏天的牢房到法庭，他恰当地形容那里的环境就跟中世纪一样，与迈格雷探长时代的环境一样古老和恐怖。

探长夫妇住在理查德·雷诺阿大道上，我承认曾去过他们的公寓“朝圣”。虽然我知道这是一个虚构的建筑，但我还是忍不住想去探寻一番。我想象着自己自言自语道：“就是这个门牌号，西姆农的书里就是这么写的。”数年后，我骑着一辆租来的单车很晚才回家，却发现我在圣马丁运河边的住所附近的租车点都停满了。真倒霉！天色已晚，还下着毛毛雨，我饿了，想歇一歇酸痛的脚。最后，我找到了一个可以存放单车的空地：在理查德·雷诺阿大道上，就在迈格雷公寓的下面。我多么希望迈格雷太太把一锅法式豆焖肉放在炉子上加热，等迈格雷探长回家。

二十多年来，我定期去法国，但我还是美国人。我曾参加过几个当地人的婚礼，听说过她们丈夫的风流韵事……我想她们现在很信任我。毕竟，我曾到她们的家做客，这被认为是一种殊荣，而且绝非易事。但在很多方面，我还是个局外人，是个侦查员。然而，她们为我打开了一扇了解她们生活的窗户，从某种程度上看，如果这是一个局外人得以观察他们的世界的方式，那么我不介意。我想，如果我能完全理解法国人，这层魔力就会消失，但是不用担心。这一季刚刚采摘的桃子的汁液还是弄脏了我的下巴，羽绒被现在也让我感觉舒服了，而我还是对一切都感到惊奇。

卡拉·布莱克是《纽约时报》的畅销书作家，著有"艾梅·勒迪克"系列小说，并因为对法国文化做出了杰出的贡献，而被授予"巴黎城市勋章"。布莱克喜欢流浪，养有一只狗，她经常喝意式浓缩咖啡。

联系方式：

carablack.com

关于巴黎的书：

"艾梅·勒迪克"侦探系列小说中有十七本是以巴黎为背景的，包括：

《圣日耳曼谋杀案》

《玛莱区谋杀案》

《码头谋杀案》

最喜欢的巴黎时刻：

应该是漫步在巴黎。如果参观孚日广场对维克多·雨果来说够好了，那对我来说也够好了。这座十七世纪的广场感觉就像是为漫步者而建的，当我在这个广场、与叙利城堡酒店邻街的花园及其奇妙的隐蔽书店里时，感觉自己最像欧洲人。

最不喜欢的巴黎时刻：

没赶上一月份和七月份的大促销。尽管所有东西都被摆出来参加促销，却还是非常贵。

最喜欢的关于巴黎的书：

梅维斯·加朗于1953年在《纽约客》杂志上发表的小说《另一个巴黎》。她是一位神奇的作家，在我看来，她触及了这座“光明之城”的灵魂，阐明了外国人对它的热爱。

让你想起巴黎的歌曲：

查尔斯·特雷内创作、伊夫·蒙唐演唱的《梅尼蒙当》。这首歌能将我带到巴黎，带到梅尼蒙当那高低不平、静谧安宁的鹅卵石街道上。

巴黎以外最喜欢的旅行地：

西西里岛海岸附近的法维尼亚纳岛。

在巴黎，可以忽略：

不推荐容易犯晕的人去玩协和广场的摩天轮。推荐徒步参观凯旋门，以便更好地观赏巴黎美景。

在巴黎，你必须：

去第十二区的亚立格跳蚤市场购物。这是巴黎最古老的市场，也是真正的巴黎人会去购物的地方。然后，绕过街角，到著名的红男爵葡萄酒酒吧品尝牡蛎。

我的巴黎梦

M.J. 罗斯

对于魔法，我从来都不相信，但我的曾祖母安妮·伯杰则相反。生于巴黎、年少时又长于巴黎的她自称为“女巫”或神秘的“算命先生”。我从她的生活经历中汲取灵感，创作了很多小说，巴黎同样给了我灵感。

可以说，曾祖母讲述的关于“光明之城”巴黎的故事陪伴我度过了整个童年。她每次讲述的时候，眼眸中总似盛满了璀璨星光。

有一次，她拿着塔罗牌为我算命时说：“在巴黎这个地方，你的一切梦想都能实现。”

但事实并非如此。

十四岁那年，我第一次去了巴黎，跟父母一起住在旺多姆广场上的丽兹酒店。房间浴室内，水从金色天鹅状的水龙头里流出来。床上铺着蓬松的羽绒被，看起来比我家的羊毛毯更加柔软、奢华。

我们住的套房在酒店二楼，走路到大堂很方便。但酒店内配备复古镀金的笼式电梯，以及戴着白手套随侍在电梯里的服务员，如此一来，我们当然选择乘电梯。我喜欢看黑白电影，而那个年轻的电梯服务员跟我喜欢的影星格利高里·派克和蒙哥马利·克利夫特长得十分相像，颇为帅气。

尽管时隔多年，他的形象依然定格在我的记忆里。当时的他留着一头黑发，皮肤白皙，个子很高，身材瘦长，左侧颧骨上还有颗痣。他头戴圆帽，酒店名字绣于帽前，精致好看。他身着海军军装，配有铜扣和肩章，显得正规严肃。

当我们步入电梯后，电梯开始缓缓下行。他站在一旁，双眼凝视前方，从不言语，也不与他人对视。在我第二次乘坐电梯时，看到他抬起戴着白手套的手按下相应的楼梯按钮，身影赫然映在锃亮的铜制按钮面板上。

于是，我开始留意起那个铜制按钮面板，因为从上面可以看到他的影像。后来我发现，他也在看我。刹那间，我无可救药地坠入了爱河。我们为何会相爱始终是一个谜。更何况，一个来自曼哈顿的十几岁女孩为什么会爱上一个巴黎的电梯服务生，个中原因至今仍是个谜。

接下来几天，为了找个由头多见他几次，每晚我都会写五六张明信片。然后第二天，我以每次邮寄一张的方式多次乘坐电梯。

我遐思迩想，期盼着他能向我打声招呼，甚至能停下电梯亲吻我。虽然我从未被人吻过，但黑白电影里常出现的亲吻场景却不停地在我的脑海里浮现。

当然，这也不属于我的单相思。因为一直以来，他也盯着电梯内金色镜子里的我。不过，他从未采取过任何行动，或许，他是不想为此丢掉工作。

在巴黎的最后一天，我忍不住想对他说些什么。但是，说些什么好呢？我用蹩脚的法语练习了几个简单的句子，然后又把家庭住址写在一张明信片上，塞进皮夹，打算在最后一次乘电梯的时候给他。或许，这也是我唯一能做的。

但眼看机会来了，我却退缩了。可能是因为我从未做过类似的事，也可能是我太害羞了。

这是我第一次经历失败的爱恋，但并不是最后一次。对于这类男人，无论他们来自哪里，我都会称他们为“巴黎男友”。但可悲的是，这些吸引我或者被我吸引的男人都在等我主动迈出第一步，但我却始终没有勇气。

一直以来，我都是一个性格坦率、勇敢无畏、进取心十足的女孩。二十五岁那年，我成为广告界最年轻的创意总监之一。到了二十世纪九十年代，我写的一本小说以电子书的形式被一家纽约出版社收录，成为利用互联网出版电子书的第一人。无论在政治、社会还是时尚方面，我都一如既往地按照自己的节奏坚定前行，甚至时常以打破规则为荣。

但当面对一些需要我主动迈出第一步的男性的时候，我却总是不知所以地害羞起来。或许第二步……第三步……并非如此，但对于第一步，我怎么都迈不出去。

多年以后，巴黎成了我的心灵之城。每次到巴黎，第一天一大早我都会漫步在巴黎的皇家桥上，行至中间，左右扫视远方的地平线，细嗅着空气中的芬芳，不觉喜极而泣。

曾经，我的曾祖母为我算命说，在她口中的“光明之城”巴黎，我的一切梦想都能实现。然而，事实并非如此。至少，我在离开广告界前去巴黎出差时还是这样。

那时恰逢四月，我们正跟一家法国制片公司合作，为一个跨国香水公司拍摄香水广告。当时还有四人同行，预计出差两周，前五天着手准备，后三天完成拍摄，中间的时间大家可以好好放松休息。一想到可以待在最爱的城市巴黎，从长期从事已没有挑战的工作中摆脱出来，从淡而无味的婚姻中透口气，从失眠的困扰中获得片刻宁静，我的心中不免欣喜万分。

我们一行人下榻的酒店叫“雷诺克斯”，是一家位于塞纳河左岸的精品酒店。酒店房间温馨雅致，楼下吧台设计感十足，时而还能兼做早餐台。

每天下班后到晚餐前这段时间，我们都会约一些客户、电影公司的制作人以及一个叫雅克的导演一起去喝一杯。作为电影制作人，雅克不仅才华横溢，还善于打破陈规，创作了多部一流的黑色电影和多个令人称赞的广告。他的拍摄风格特别符合我和创意总监提出的关于这个香水广告拍摄的挑战性理念。

雅克可以讲一口流利的英语，虽然带有一些法国口音。他留着一头金棕色头发，眼睛深蓝，脖间系着黑色围巾，上身穿白色T恤和黑色机车夹克，下身穿黑色牛仔裤，全身上下无不流露出电影制作人的风范。他每次跟我们一起喝鸡尾酒的时候，都会点杯香槟，刚好那也是我的最爱。

广告前期准备工作顺利完成。趁拍摄前的休息时间，我们的艺术总监、制片人和广告客户经理计划游转巴黎。当然，我也想利用这段时间到处走走，去发现这座城市的奇妙之处。

周六一早，为了跟画家莫奈的《睡莲》“谈心”，我来到了在我心中堪比圣殿般存在的橘园美术馆。馆内的壁画精妙绝伦，直击我的灵魂深处，继而想到这些壁画是莫奈失明后创作的，我更是深受触动。一直以来，画家莫奈创作的决心和毅力总是鼓舞着我，但就在那个早上，耳畔似乎有个声音在提醒我：你应该放弃你所有的艺术梦想……尤其是对那些要求每周工作六十或七十个小时的广告公司，最好趁早放弃。

离开了橘园美术馆后，我穿过杜伊勒里宫朝卢浮宫走去，打算路过玛尔利咖啡馆在里面吃点早餐。咖啡馆内人不多，我找了个靠窗的位子坐下，点了一杯咖啡和一份煎蛋卷。片刻后，服务员过来上菜。不过多了一杯香槟，我告诉他我没点这个。服务员微微一笑，冲他的左后方点了点头。

“是那位先生点的。”服务员开口道。

我朝服务员身后看去，发现雅克围着围巾，脖间挂着相机，正坐在不远处向我举杯示意。他起身走过来向我打招呼。我邀请他跟我一起，边喝酒边聊工作。他询问我同事的去向，我解释说，他们想在巴黎好好逛逛。而我之所以没跟他们一起，是因为我已经来过这里好多次，想一个人待着。

“我前妻负责周末照顾儿子，我就出来采采风。”雅克说。

“周末也不休息吗？”

“我是一站到镜头后面就忍不住兴奋的那种人。对了，你吃完之后有时间吗？虽然你来过巴黎很多次，但我还是想带你去看一些不一样的地方。”

他的话令我很惊讶。这听起来像一个有所暗示的邀约，还是我想多了？

雅克买过单后，准备带我去巴黎艺术桥逛逛。由于先前他将自己的韦士柏摩托车停在河对岸的朋友的店里，我们只好步行前往。巴黎以“情侣之城”闻名，当我们漫步在巴黎艺术桥上时，发现周围多得是老夫老妻而非手牵手或互相亲吻的恋人。

或许，雅克对此已经习以为常。但对生活淡如白开水的我来说却并非如此。就拿我的婚姻来说吧，虽然看起来体面，但是真的是毫无激情可言。我和我丈夫都是工作狂，一向只专注工作而忽视了彼此的关系。直到去年，我才意识到，聚少离多只是为了掩盖的真正问题。而真正的问题在于我们从一开始在一起就是错的！我们压根儿都不合适。或许是我为人乐观，而他太过悲观，这让我着实受不了。

恍然间，我渴望成为那些恋人中的一员，可以站在这人来人往的艺术桥上，被人紧紧抱住，彼此毫无顾忌地亲吻。

桥对面，一辆黑色的韦士柏踏板摩托车停在一座小型公寓楼前，锃亮闪耀。雅克解锁之后，戴上一个配套头盔，也扔给我一个，开口道："上来！抓紧！"

按照他说的，我迈开腿，跨坐在后座，踩在脚蹬上，双手环抱住他，紧紧贴着他的后背。由于两人贴得很近，即使隔着自己的风衣和对方厚重的机车夹克，我仍感到很害羞。

车子发动，我们在人群中呼啸而过，速度快到我都来不及看清楚我们身在何处。自从上了大学，我就没有骑过踏板车了，现在真的是兴奋得不得了。双腿间微微震颤的发动机和车身疾驰带来的失重感竟给人以色情的感觉。或者这种感觉是因为雅克？

车终于停了下来。我看着周围，并不知道这是哪里。雅克将摩托车停好后，带我走进一条叫"欲望之街"的小巷。走到半路，他在一家巧克力店前停下。还没进去，我就闻到从里面散发出来的醉人且神秘的香味。店内，陈列柜摆放整齐，地上铺着瓷砖，墙壁有镜子装饰，整个店显得古朴雅致，看起来有一百多年的历史了。

“如果你愿意，我可以给你买份我的最爱？”雅克问。

我点了点头。

雅克和女店长交谈着，语速很快，以至于我搞不清楚他们在说什么。我站在一旁，看着女店长把六块黑色巧克力放进一个银色袋子里，随即贴上一个紫色标签，封好袋口。然后又挑了六个看起来脏脏的、黑漆漆的巧克力球，放进第二个袋子，以同样的方式封好。

走出店外，雅克打开其中一个银色袋子，取出一块巧克力。

“来！张嘴，闭上眼。不要直接嚼，让它在你的嘴里慢慢融化，品尝上好的巧克力是有讲究的。”

我乖乖照做，他喂了我一块。瞬间，嘴里苦涩丝滑，忽而又有淡淡的柑橘味。令我诧异的是，我的身体竟然对眼前的美味和对方的亲密举动有了反应，这让我既欣喜又恐惧。当然，这种反应里包含了很多情愫，很复杂，也让人意外，从很多方面来说，这都是不对的。但有一点是确定的，那就是——我想要更多。

“一旦巧克力开始融化，你就开始嚼。”他引导着。

我刚一咀嚼，嘴里忽而一酸，不由一颤，接着一股蜜饯果皮味弥漫开来，似乎比预料的更加浓烈，也更加让人欣喜。

等我吃完，他带我走出小巷，接着又穿过两条街道来到另一个地方。这条街道很短，看起来很普通，两边公寓鳞次栉比，一座哥特式教堂立于道路尽头。

“这是哪里？”

雅克指向一旁的路标——忠贞街。

“所以，我们已经走出欲望之街了。”我说。

“反应还挺快。”他笑笑。

“我们现在去哪儿？”我笑着问。

“一会儿你就知道了。”

我们朝街道尽头的教堂走去。雅克边走边给我讲起它的历史。原来这座哥特式教堂起初只是个修道院，兴建于六世纪，先后于1180年和十五世纪两次得到重建。他还提到一个小插曲。1633年，教区里的一个寡妇在告解神父文森特・德・保罗的帮助下创立了一个叫“仁爱会”的组织，旨在为穷人和病患提供帮助。如今，这个组织不仅遍布世界各地，甚至在以色列、美洲和澳大利亚仍旧十分活跃。

“据说，”雅克压低声音，似讲故事般说道，“那个寡妇节操高尚，一直都被人奉为圣女。”

刚走到街道尽头，雅克就指着不远处的路标说：“从欲望之街、忠贞街到现在的天堂街！”

一时，我陷入沉思。好像一直以来，我都只渴望丈夫能对婚姻忠诚，而非要时刻浪漫。但此刻，我终于尝到了浪漫的甜味。我苦笑，眼里不自觉地闪着泪花。忽而一眨，眼泪不见，我静静地看向雅克指着的橱窗。

漫步在天堂街，你会发现：一家家店铺都致力于传递时尚的概念；一个个橱窗里摆放有水晶饰品或精致瓷器；一座座建筑仿佛融合了将近百年的设计风格，仔细观看，你就会捕捉到时间在那些瓦片、彩色玻璃和建筑细致末梢处流逝的痕迹。

雅克带我走进一家“巴卡拉”水晶商店。店内，走廊装饰雅致，头顶闪闪发光的枝形吊灯映射出的彩色光影投射在地板和墙壁上，甚至我们身上和脸上。

“来啊，他们家还有个博物馆，里面还有很多好玩的东西。”

我们走进去，发现里面很大，天花板很高，陈列的展品都很有历史价值。这些展品由早前的玻璃制造商所造，有的甚至可以追溯到十八世纪末，可谓年代久远。

穿过一个个展柜，我们继续朝里走。雅克似乎对这里非常熟悉。不一会儿，我们停下脚步。面前的水晶制品琳琅满目，闪闪发光，我看得有点儿目瞪口呆。

“这些杯子，”雅克指着其中一套高脚杯，“制作于1826年，是康特·蒂埃里伯爵为他的情妇定制的。”

这些杯子里有酒杯，也有水杯。按尺寸大小分为五类，杯身呈淡蓝色，杯柄上镶有金银丝，看起来奢华美丽。

“他们在一起的几年，康特·蒂埃里伯爵订购了上千件这样的玻璃杯，而且都是按照他情人的喜好定制的。如今，仅存这六件，其他的都被伯爵砸了。”

“为什么？”

“伯爵不想让其他人接触他情人碰过的杯子。所以，一旦情人用过，他就会毫不犹豫地毁掉。或许，这就是——爱让人疯狂吧。”雅克微微一笑。

那么你呢？你也会那样做吗？我十分好奇，特别想知道他的答案。如果我问他，他会怎么回答？但我不能，也不敢。对未曾经历的事情，我真的不知道如何迈出第一步。

离开博物馆，我们骑着车在富兰克林·德拉诺·罗斯福第三大街上穿梭。之后，又步行朝法国探索皇宫走去。我们在一座形状如瑞士阿尔卑斯山的白色小雕像前停下。雕像后柱子林立，藤蔓交错于上，层层断裂的石阶不知伸向何处。我们迈下台阶，穿过一个拱门，仿佛来到了另一个世界。此刻，眼前出现的不再是香榭丽舍大街上的车水马龙，而是大片荒野里的鸟语花香和泉水叮咚。

这里植被茂盛，有枫树、紫丁香、竹子，还有枝蔓交错的葡萄藤。空气中弥漫着各种花香，浓郁芬芳。迷失在这大片的绿色里，我们立刻感受到了大自然的洗礼，但又为此感到惊讶，原来在巴黎市中心还有如此偏僻且无人涉足的美丽花园。

穿过一座木制人行桥，我们在一个个枝蔓覆盖的拱门下闲逛。脚下小路曲折，向前方不远的池塘绵延而去。行至池塘，我们驻足观看，夕阳照耀下，池塘里的橙色锦鲤似缓缓而归。

我一直注意着身旁的雅克，想知道，他此刻在想些什么。他到底想要什么？这一天的经历对他来说到底算什么？或许，对他来说只是出来散心消遣而已，毫无其他含义可言。而对我来说，可能是之前浪漫的经历太少，导致自己太过敏感，反应过度。

我们没有过多停留，在万籁寂静中继续前行。路边有很多石亭，里面有石椅可坐。但我们选择穿过池塘继续游荡前行，一直走到一块白色的大理石前。大理石上面刻有一个漂亮女人，浅浅的浮雕富有新艺术主义的风格。

“它叫《诗人之梦》，是为致敬诗人阿尔弗雷德·德·缪塞所刻。瞧他幻想那些可爱女人的样子，多浪漫的一个人啊！据说，他诗中出现的女人都是他一生的挚爱。”

这时，鼻尖袭来一阵橙子和柠檬的味道，耳边传来叽叽喳喳的鸟叫声和潺潺不息的溪水声。

曲径上，我们继续前行。

我们骑上车，穿过横桥朝巴黎圣母院方向驶去。其间停下三次买了点吃的，有香槟、桃子、奶酪和刚出炉的法棍面包。接着，我们拎着食物，来到西堤岛一角的瓦尔嘉朗广场。

雅克拔下瓶塞，将香槟酒递给我。

“这个景点因亨利四世而出名。这位国王十分好色，而且贪得无厌，声名狼藉。他养了好几个情妇，还经常被人撞见他在逛妓院。”

“所以他来这个地方是？”

“他喜欢这里的风景，觉得颇为浪漫。但他具体喜欢什么，恐怕只有这些树能告诉你了。”

我们啃着脆皮面包，吃着软奶酪和鲜美水果，喝着香槟。刚坐下，看着远方的塞纳河，忽而乌云翻卷，大雨袭来。我们赶紧躲到旁边一棵树冠较大的栗树下。雨在下，空气中弥漫着树叶的清新味道。河里的天鹅游来游去，好似树下的我们一般不受大雨的影响。

“他们彼此终身为伴，生死相依。”雅克突然开口。

有那么一瞬间，我竟觉得他会吻我。我甚至还好奇，亲吻他那沾满酒液的双唇会是什么感觉。但是，什么都没有。

“想做就做！触手可及！”我默念。

忽而意识到这是两句广告词，第一句是耐克的，第二句是美国电话电报公司的，我差点儿笑出声。看来，自己真的完全被广告侵蚀到骨子里了。

雅克引了几句诗，我的思绪则飘向麦迪逊大道上的各式广告语。当然这也只是转移我的注意力而已，不想因为自己的怯懦而感到太过失落。

“你之前有来过这里吗？”雨停了，他问道。

“没有。”

“我就住在这附近。这个地方确实很少有人知道。走！还有最后一个地方！”

我们穿过两条风景如画的街道，路两边的建筑三四层高，窗外花箱密集排列，铁门个个锻造精致。我们经过了好几个艺术画廊、冰激凌店，还有一家摄影艺廊。摄影艺廊建于十四世纪，历史悠久。我们在里面逗留了半个小时，看了一些画家的老照片，像毕加索、马蒂斯和莫奈，还有一些帕尔·怀得和阿尔丰斯·穆夏的旧海报。

我们还逛到一家文具店。店内的各种办公、学习用品种类繁多，一应俱全，有精致的信纸、各类刊物，还有设计独特的钢笔以及红宝石、绿松石、翡翠绿的各种宝石色调的墨水。

雅克拉着我的胳膊：“这边！还有一个镇店之宝呢。”

文具店后面有张桌子，上面放着一个本子。本子是打开的，体积很大，看起来至少有三百多页。本子中间夹着一条黄绿色的丝带，两边的书页上沾着各色墨水写的记录，留有各种笔迹。

“这是一本恋爱簿。在过去的一百多年里，恋人们纷纷前来，为的就是能够在上面为对方留下只字片语。”

今夜，我孤身一人。

明天，我还会去昨日去过的那家餐厅，

为的是，让我们再次相遇。

我轻轻抚摸着那条黄绿色丝带，眼角竟毫无缘由地湿润起来。是因为我突然意识到自己之前失去了什么，还是这个恋爱簿的故事太感人了？

雅克看着我，微微一笑，似乎感同身受。

“擦一下吧。”他拿出一条手帕递给我，声音很温柔。

那种感觉又来了，我觉得他会倾下身吻我，然而并没有。或许，他是在等我先迈出第一步。毕竟，我现在是已婚状态，还是目前雇用他的上司。

我想不顾一切地靠过去，几秒钟过去，我们谁也没有言语。仿佛世界仍在井然前行，只有我是静止了一般。

“需要帮忙吗？”文具店的店长突然过来开口道。

雅克跟他说了几句法语，随后我们便离开了。而我还恍惚于突然而至的兴奋中。

店外，暮色四合。“L’beure bleue”——在巴黎叫作“蓝调时光”，这一刻简直太美了，怪不得“娇兰”这个品牌就是以此为旗下的一款香水命名。

“等下有什么安排吗？”雅克问。

我点头，开口道：“八点要跟客户吃晚餐。”嘴上说着，心里却百般希望没什么安排。这样就可以跟他在一起了。

“那还有时间。”雅克挽起我的胳膊。即使隔着衣服，我还是能感觉到彼此的炽热。是只有我自己能感觉到吗？

“再去个地方。”他说。

不一会儿，我们来到一个形似船屋的地方。其实这种地方在塞纳河上比比皆是。但实际上它不是什么船屋，而是一个酒吧。走进去，我发现里面都是当地人，他们好像认识雅克，主动为他点了一杯香槟。

夜幕降临，我们在酒吧内聊着艺术、摄影、香水和广告。两人诉说着彼此的经历，就好像两个陌生人开始互相熟悉一样。

周围的气氛很好，一切都那么有趣，令人着迷。

难忘的一天就这么结束了。

♦

在浪漫之城巴黎，能够经历一次浪漫的爱情冒险固然不错，可现实却不那么容易。我还是一如既往地不敢迈出第一步。我又多了一位“巴黎男友”。

我有两年没去巴黎了。忽然有一天，我收到一位好朋友的生日聚会邀请。他住在法国北部的枫丹白露镇，离巴黎很近，差不多有半个小时的车程。那时我刚离婚半年，想着到巴黎逛逛应该不失为一个散心的好机会。

我计划在聚会的前两天和后三天在巴黎一个人走走。到了巴黎，我再次住进大学街上的雷诺克斯酒店。街上一对对牵手拥吻的恋人似乎在时刻提醒我的婚姻是有多么失败。

雨不停地下，温度很低，有点儿冷。朋友的岳父在生日聚会上突发心脏病，众人不得不将他送去医院治疗。

巴黎第一次给我压抑窒息的感觉。

从枫丹白露镇回到巴黎，周一一早我在圣路易岛上闲逛。路过上次雅克带我去过的文具店，决定走进去看看。店内各类文具依旧琳琅满目，包括各种漂亮的纸张以及各种颜色的墨水，心想这样的店铺似乎只有在欧洲国家才能找到。定睛一看，我发现整个文具店里，无论是在精致纸张上还是皮质日记本上面，都布满了钢笔涂写的笔迹。我沉浸其中，浏览着那一个个铅笔袋、一个个橡皮图章和一条条精美的丝带。

我走到文具店后面，第一次走进这里的经历浮现在我的脑海之中，我忍不住扪心自问，我为什么会再次来到这个地方？或许只是想看一下，曾经的“恋爱簿”是否还在。果然，它静静地躺在那里，打开的页面上只写着今天的日期。我犹豫片刻，随即拿起一支笔，蘸点红色墨水在空白地方写下：

“爱情让人疯狂，不然它还有什么意义呢？雅克，我来巴黎了，住在雷诺克斯酒店！下午六点我在酒店一层的酒吧等你。”

看着那些红字，我忽而发现自己的行为是多么愚蠢，多么可悲。他怎么可能看到？！如果我真的想见他，何不给他打电话？可我又不知道如何迈出第一步。听天由命吧，或者寄希望于魔法——曾祖母提到的魔法。尽管有时我会劝自己去相信一次，可偏偏总是那么事与愿违。

下午六点，我走进酒店一层酒吧，找了张两人桌坐下，点了一杯香槟，然后一直等。结果跟预料的一样，雅克没有来。可是，有那么一刻，我竟天真地以为他会来，就好像上次我天真地以为那个巴黎电梯男孩会转身吻我一样。

第二天，我去了奥赛美术馆。随后，我在蒙蒙细雨中穿过杜伊勒里宫，来到塞纳河左岸。这家店逛逛，买条围巾；那家店逛逛，买个复古别针。当天晚上我没有什么别的安排，所以在巴克街上的一家百年老店里买了一些奶酪，又在街角处的面包房里买了一根法棍面包，随后回到酒店。

我走到酒店前门，透过大大的落地窗，可以看到一层那间木质装潢、艺术感十足的酒吧。几对情侣散坐在小桌旁，还有一群人围坐在一个格间里。忽而，一个留着金棕色头发、身着黑色机车夹克的熟悉身影出现在我的视线中。

走进酒吧，我抱紧怀里的购物袋和法棍面包，穿过拥挤的人群朝那个身影走去。他是一个人吗？刚在外面看得不是很真切。但应该不会，毕竟他不是来专门找我的。

如果他是来找我的，那么曾祖母说的魔法真的存在。这应该只是一个巧合，但是可以上前打声招呼也很不错。

我走到桌子旁，雅克确实是一个人。桌上，一个铝制冷却器里放着一瓶香槟，旁边放着两个酒杯，一个空的，一个装了半杯香槟。他看起来没什么变化，只是深蓝色的眼睛周围多了几条笑纹。

“你好！”他开口。

“嗨！”我点头。

“我看到你的留言了。”

“真的吗？”

“下午路过文具店的时候，我感到一股力量促使我走进去。虽然晚了一天，但我还是想碰碰运气，因为我有一个问题……”

“什么问题？”

“你是想在这里喝香槟，”他语气一顿，“还是，去你楼上的房间？”

M.J. 罗斯是《纽约时报》的畅销书作家，著有十几部小说。她从小在纽约长大，多数时间都喜欢待在大都会艺术博物馆和中央公园里读她母亲不允许她读的书。她创立的广告公司，也是美国首个专门为作家成立的广告公司。同时，她还是网站“1001 黑暗骑士”的联合创始人。罗斯最新创作的小说名为《光影图书馆》，故事背景设立在巴黎和法国北部。上述文章中提到的雅克在四月的那个下午带她去的很多地方都出现在了她的新小说中。

联系方式：

mjrose.com

关于巴黎的书：

《光影图书馆》
《失香簿》
《维克多的诱惑》
《垂死的收藏家》
《画中悲伤的女巫》
《石头密语》

写巴黎的原因是：

当我身处巴黎，好像一切的感官，无论是视觉、嗅觉，还是味觉和触觉都变得灵敏起来。在巴黎，我整个人更加精神焕发、活力四射。我在别的地方从没有这种感觉。

最喜欢的巴黎时刻：

十四岁那年，有一次我和母亲一起乘船游塞纳河。那是我们刚到巴黎的第一天，当时因为旅途奔波和倒时差，我感到疲惫烦躁，除了睡觉什么都不想干。可是母亲坚持要我去。

小船沿塞纳河环绕整个巴黎城缓缓前行。繁星未现的黄昏，天空仍有点儿蓝。耳边传来悠扬的音乐，母亲看向我，嘴角微微弯着。

母亲热爱巴黎。虽然她去世早，但那一刻她与我泛舟河上的欢喜却让我永生难忘。

最不喜欢的巴黎时刻：

上次我离开巴黎的时候。

在巴黎，你必须：

一定要在夜幕下，站在桥面上，趁着塞纳河上灯光辉映的美景疯狂地亲吻爱人。

巴黎从不属于我们

詹妮弗·科伯恩

提到巴黎，人们通常都会想到“浪漫”二字。有的人幻想在艾菲尔铁塔的闪耀灯光下度过美妙傍晚，和自己相识不久的恋人一起漫步在塞纳河岸。有的则幻想在惬意的小酒馆里，可以和恋人享用烛光晚餐。然而对我来说，巴黎却一直都是母女之间的爱之城。

第一次去巴黎是跟我八岁的女儿凯蒂一起，那年夏天她刚完成小学二年级学业。我喜欢陪着她，但还是觉得陪她的时间远远不够。和美国的其他学生一样，凯蒂的生活被各种课外活动安排满了，比如，做家庭作业，练习足球，上艺术班以及其他辅导班等。我平时习惯给自己列计划清单，虽然很难完成上面的所有项目，但当我勾选那些已经完成的任务时，还是很有满足感的。而巴黎似乎是母女逃离这些烦琐事务的绝佳之地。

在巴黎的第二天晚上，我们见到了我的表姐珍妮和她的丈夫布鲁诺。布鲁诺是个土生土长的法国人。晚上，我们在他们的公寓里边吃晚餐，边眺望着远方的杜伊勒里花园。饭后，布鲁诺仔细端详起我的城市地图，我将我们计划去的地方用彩色贴纸在上面做了标记，他时不时转动眼睛思考着。忽而他摇摇头，似乎想说我完全弄错了，接着他端起球形酒杯喝了点酒，又吸了一口雪茄。随即他用带着浓重法国口音的英语说："如果想要了解巴黎，你得学会放松，喝点儿酒，好好享受这里。"

我和女儿采纳了他的建议（除了女儿不能喝酒）。一天晚上，我们出去散步，结果走错了方向，遇到几对正伴着巨大音响里的音乐欢快地跳着探戈的人。我们没有折返，而是坐下来静静地看他们跳舞。黄昏到来，他们身后的天空渐渐由粉紫色变成蓝灰色。

回到家乡圣地亚哥后的十几年里，我和女儿凯蒂认真践行了布鲁诺给的建议。无论什么时候，我们都会提醒彼此要学会放松，好好享受生活。这些话似乎真的改变了我们的一生。

巴黎对我来说就是——母爱之城。自凯蒂离开家去上大学后，基本算是个"空巢老人"的我想带母亲去趟巴黎。说起母亲，自从三十年前离开家，我们俩之间的隔阂就变得越来越深，甚至连一次面对面的谈心都没有。况且，不是都说巴黎是个绝妙之地吗？或许这次巴黎之行会是我与母亲关系转变的一个契机。

父母离婚后，我基本上是由母亲带大的。二十世纪七十年代，我母亲在格林尼治村租了一个小型公寓，安排我在当地的一家公立幼儿园上学，课外还给我报了芭蕾舞班。她自己在《纽约时报》当新闻助理，每天乘地铁上下班。当时的我们整天有说有笑，我也并没有发现母亲一直为钱的事情而烦恼。

楼上的两个邻居，一个是歌剧演唱家，一个是美发师，他们是一对同性恋人。有的时候，两人因为吵架，歌唱家会怒气冲冲地离开公寓。但他不是从前门出去，而是从卧室的窗户跳出，沿着逃生梯离开。而美发师就会把卧室窗户反锁不让对方再进去。歌唱家回来发现进不去后，不得不爬下梯子，从我们的窗户爬进我们家，抓起我们的扫把一边猛敲天花板，嘴里一边大声咒骂着。接着，又是一场恶战。

有时候，生活就像是一出情景喜剧，还是没有广告的那种。

我和母亲在格林尼治村里住了好多年，如今分别住在东西两岸。节假日我们会约着见见面，偶尔也会打打电话，但不会相互交流诸如洗衣服和管道堵塞这类的日常琐碎事。没有关于日常生活的交流，我们的感情也没有那么亲密了。

几年前，母亲对我说她希望我的愿望可以实现。我问她指的哪一个，她却回答不上来了。然后她又拔高声音说："所有的愿望。"不过，说实话，我并不知道她还有哪些愿望。我知道母亲参加了各种心灵工作坊，内容包括瑜伽、复盘过去的生活以及诵经。她也会像普通女人一样注意保护自己白皙的皮肤免受太阳直晒，偶尔还会为自己容颜老去而抱怨不已。母亲在《纽约时报》的戏剧部门里工作了近三十年，因为广泛收集宽边帽子的喜好和被男同性恋爱慕者疯狂追求而被大家戏称为“百老汇伯爵夫人”。即便外界对母亲赞赏有加，但我真的好像并不了解自己的母亲：不了解她的内心，不了解她整天在高兴什么，害怕什么。

跟女儿凯蒂去巴黎可以说是我们重拾亲情的一种最佳方式。那么，对于我和母亲应该也是如此。或许，我们可以手挽手漫步在铺着鹅卵石的街道上，边走边分享彼此的秘密，甚至气氛融洽到忘记时间的流逝。即便是老生常谈，我仍渴望聆听。一直以来，都是母亲指挥别人拍照。这次我希望她能拿起相机，去发现她被埋没的艺术天赋。回到家里，她反对这个提议说，眯着眼看相机会让她长鱼尾纹的。但在巴黎，我希望她能意识到，一个七十六岁的女人脸上有几条鱼尾纹没什么大不了。

在巴黎，当我和女儿凯蒂遇到可疑的情况，我们会交换暗语。回到家乡圣地亚哥，我们还会时不时地回忆起在巴黎莎士比亚书店度过的欢乐时光，以及在卢森堡公园因为随意攀爬公园大门而差点儿被捕的情景。正是因为那次巴黎之行才让我和女儿之间有了心照不宣的默契。现在想想，真的有点儿迫不及待地想要跟母亲一起去巴黎了。

但是母亲因为法国正掀起的反犹太主义运动而拒绝了我的邀请。于是，灰心丧气的我决定兑换航空里程独自飞往巴黎。像小鸟从不想归空巢一样，我也不愿回去一个人住空房子。巴黎，才是我的理想逃避之所。

当我告诉母亲我要一个人去巴黎时，她说她乘坐的法国游轮的日期有所改变，所以我们可以在巴黎见一面玩一天。

“等等！你说——法国游轮？”我问。

“是的。终点站在巴黎。所以，我们可以碰个面，在巴黎待上一天。”

“所以，只要是乘船经过法国，反犹太主义运动就不是问题了？”

“但是这是一艘针对老年人的游轮，船上会有演讲，所有的旅行路线和膳食都已经安排好了。”母亲说。

我轻叹一声，感到无比失落。曾经，我还幻想着能跟母亲一起漫步在罗丹博物馆，一起在圣 - 图安跳蚤市场买买帽子和古董，一起在巴黎街头的咖啡店点些无麸质食物，好好享受一番。如今，一切也只是空想而已。

或许我们从未给彼此亲密的机会，这才是我跟母亲的相处方式吧，我暗暗想。或许，我应该感谢上苍给了我很多跟女儿相处的美好回忆，但对母亲我似乎不应该奢求太多。然而，正是跟女儿相处的那种亲密无间，让我意识到我跟母亲之间似乎缺失了些什么。

我们两人开始各自的旅行前，母亲告诉了我他们的行程：“他们安排我们参观巴黎，中午我们可以在巴黎圣母院下船，或乘旅游巴士回酒店。”

“好，那就在巴黎圣母院见吧。”我提议。

“不！还是在酒店见吧。在巴黎圣母院我们根本找不到对方。”母亲语气慌张。

“我们约在前门不就好了。”我劝她，“等到了，记得发短信给我。”

这个计划太紧张了。“你知道我不发信。”

“妈！是发——短信。不管了，就约在巴黎圣母院前门见！你不会找不到的，如果确实找不到，问问路人吧。”

“詹妮弗，这对我来说太复杂了。”母亲一副为难的样子。

母亲曾经非常善于处理复杂的事情。即使身处陌生的环境，她也能淡然处之，毫无畏惧。二十世纪八十年代，母亲因为在黑市兑换外币和将随身带的李维斯牛仔裤和肯特烟换成鱼子酱与针织桌布而被禁止进入罗马尼亚。当时，跟母亲交易的是个男子足球队，不过她并没有对我分享过多细节。但是我知道，当年四十五岁的母亲拿着一袋子美元和外币跟陌生人在小巷约见。如今，乘坐老年巡游船的她连找到巴黎圣母院的前门都成问题了。

我看着卧室地上需要整理的行李箱，耳边突然响起布鲁诺的提醒：放松点，喝点酒，好好享受生活。不过说真的，就是去酒店接她也没什么大不了的。毕竟自己在巴黎认路没有什么问题，何必要坚持最佳方案呢。

“算了。”我开口，“我还是去酒店接你吧。”

我先到了巴黎，母亲三天后才来，所以我打算自己一个人先在巴黎逛逛。我以为自己回忆起上次跟女儿凯蒂在这里度过的时光，不免会热泪盈眶。然而情况恰恰相反，我没有流泪，而是满心欢喜。我看到一个小男孩在吃涂满巧克力的花生馅可丽饼，嘴边沾满巧克力，一旁的父母看着他咯咯笑，见到此情此景，我心里一暖。我来到巴黎大皇宫的当代艺术博览会现场，看到外面立着一堵完全由黄油做的墙。这件艺术品的边上有一对头发稀疏的老夫妇，他们身着鲜红色貂皮大衣，脸上画着夸张的妆。我坐在石阶上，看着围着各色围巾的来往人群。我拍下了绿巨人形状的巨大花架、超现实主义的画作和印有唐纳德·特朗普头像的彩饰陶罐。

在奥赛博物馆顶层的餐厅内，我遇到一个来自美国的漂亮女士，我们一起喝咖啡，她边喝边给我提了一些旅游建议。随后，我下到一楼，大厅里正在举办一场关于情色主题的展览，同时放映着一部无声的黑白情色电影。穿过塞纳河，我又来到现代艺术博物馆，观看安迪·沃霍尔的展览。之后，我朝艾菲尔铁塔方向走去，边走边感叹路旁树梢之上秋叶的优雅与俏皮，感觉它们甚至可以和玛丽·泰勒·穆尔媲美。

母亲到达巴黎的前一晚，我去了一家爵士乐俱乐部，欣赏了现场表演的四重奏。其中的一个贝斯手在这次飞越大西洋的红眼航班上坐我的身旁。伴着音乐，我模仿那些爵士舞舞者的姿态摇头晃脑起来。忽而，我暗暗尖叫：“天哪！我现在竟然在一家爵士乐俱乐部！而且还是在巴黎！”或许，就应该像布鲁诺说的那样——要学会放松，享受生活。看来我已经开始适应这里了，这样的认知不免让我欣喜若狂。我真的在一家爵士乐俱乐部！这也太不可思议了。

第二天早上，我打电话给母亲，她一开口就是一句夸张的问候“Bonjour[①]”。但这也没什么奇怪的，毕竟她平常就是这么打招呼。“Comment allez-vous？[②]”她接着问。虽然我俩都不太会讲法语，但总下意识地以为来到巴黎就应该入乡随俗。

来到母亲下榻的酒店房间前，门猛地一开，母亲张开双臂给了我一个拥抱。她围着一条艳丽丝巾，戴着帽子，帽檐微微侧倾，颇有艺术家的气质。嘴上涂抹的珊瑚色口红显得她白皙的皮肤暗淡了许多。但她身上还是有我熟悉的味道。有些人闻到刚出炉的饼干或面包会想到自己的母亲。但对我来说，母亲身上独有的香水味是我内心深处关于母亲最深刻的记忆。“Bonjour！”她重复道，把我抱在怀里使劲儿晃着“Bonjour！ Bonjour！ Bonjour！”

① 法语，意为：“你好”。——译注

② 法语，意为：“你好吗？”——译注

正是类似这样的时刻才让我明白自己为什么这么希望和母亲更亲密一些。可能是因为她在我离家之前就一直待在家里陪着我。

母亲告诉我，她想在去表姐珍妮家吃晚餐前，先去趟毕加索博物馆。珍妮和她丈夫布鲁诺刚刚协议离婚，二人共同负责抚养十一岁的儿子卢卡——上次我和女儿凯蒂来巴黎时还见过他。

母亲又开始找她的眼镜了。我在一旁看着，感叹类似的情况不知发生过多少次了。当然，最后又是在她的手提袋里找到的。她问我要怎么去毕加索博物馆，我解释说我可以给她买张地铁票。

“昨晚我已经在地图上标出来了，我知道怎么从这里到博物馆。”出门时，我向她保证。

“那我先去酒店前台买张地铁票。”母亲在电梯里说。

“地铁票要在地铁站买，前台不卖。”我对她说。

“他们当然卖啊！”母亲因焦虑而提高了声音。酒店前台工作人员建议她去地铁站买，她一时慌张地看着我：“怎么会这样！”

来到地铁站，我给母亲买了张地铁票，进站时把票塞进验票机里。一套流程下来，真的感觉巴黎的地铁要比纽约的方便很多。但母亲还会因为不熟悉操作而担忧不已，又开始慌张地找她的眼镜。“妈，听我说，”我握着她那戴着手套的手说，“我知道怎么乘地铁去毕加索博物馆！你可以选择问我乘坐哪条线，以及为什么要乘坐那条，我都可以给你说明白。或者你只要记住一点，那就是——相信我就好！”

母亲选择问我，我一一耐心解释。不一会儿，她听着有点儿迷糊，说还是赶紧去博物馆吧。我很纳闷儿：一向勇敢的母亲到底是从什么时候变得动不动就慌张不安？要知道，她在纽约坐地铁差不多有六十年了，对这些地下交通网络，应该毫无畏惧才是。她如此的表现起初让我烦躁不已，而后又害怕岁月偷走了她最好的一面。起初对母亲的烦躁让我内疚，然后内疚又转化为焦虑。我提醒自己应该多点耐心，多点敬意，多点抚慰。

我们终于到了毕加索博物馆，馆内拐角处排着长长的队伍。但幸运的是，作为作家的我有一个在大多数博物馆都行得通的特权，那就是不用排队就可以直接进入博物馆，而且通常都是免费的。走到保安面前，我将自己的记者证在他面前晃了一晃。对方没有说话，只是点点头让我们进去。

“等等！可我没有记者证啊！”母亲声音很大。我赶紧朝她“嘘”了一声，提醒她身后的保安会听到。进来后，我安抚她，向她保证这样做没关系的。“但是，我没有记者证啊！告诉那个保安！我是你的妈妈。”母亲恳求道，她的声音越来越高，喉咙发紧，“跟他们说啊，我是你的妈妈。用法语对他说‘ma mére[①]’。”

① 法语，意为：“我的母亲”。——译注

“能不说话了吗？先走再说！”我气得紧咬牙关，压低声音道。

“稍等一下！”身后传来一个男声。我和母亲转过身，保安上前用英语提醒：“一个记者证只能进去一个人。您的母亲恐怕不能进去。”

我面露祈求之色。“我母亲之前在《纽约时报》工作，现在退休了。”我说道，“妈，你之前的工作证或者其他证件带了吗？”

“没有！我什么都没带！对他说 ma mére！”

我的天！我要疯了！这位保安会说英语！能听懂英语！我干吗要用法语叫你母亲？！

看来，想当个好女儿这件事还是算了！就到此为止吧！

忽而，我的耳边传来布鲁诺的声音：“放松一下，喝杯酒，好好享受。”我深吸一口气，以一副可否通融一下的表情无声地看向保安。

我：你有母亲吗？

保安：那还用说，她们都不可理喻，但我们还是要爱她们。

保安心一软，点头道：“算了，你们进去吧。”

穿过一扇扇门进去之后，母亲用胳膊肘轻轻戳我：“看见没？只要告诉他们我是你母亲，他们就会通融。他们是反犹者没错，但他们也都有母亲，也爱他们的母亲。”但片刻的平静很快被打破。母亲看到不远处三三两两的保安又开始慌张起来。“天哪！”她尖叫，“怎么这么多保安！我没有门票啊！”

“妈妈！拜托！”我厉声道，“我们已经进来了。拜托你不要在保安面前慌里慌张，再引起他们的注意了。况且他们在这里的职责只是确保我们不会偷画。”

为什么这个女人就不能好好放松，享受一下呢？难道这就是她选择的生活状态吗？不会我将来也是这样吧？

她又开始了，嘴里说着她的口头禅“怎么会这样？”，然后走到一个山羊雕像前，十年前，女儿凯蒂在这里画过那个山羊雕塑。当时，她头戴粉色贝雷帽，握着黄色铅笔在画板上认真地描摹，那张照片我还留着呢。

“毕加索可能讨厌女人吧。”母亲站在一幅立体派油画前开口，“你看！画中的女人都被分割成什么样了。一看就知道他不喜欢女人！”

博物馆逛得差不多了，也是时候去表姐珍妮家吃晚餐了。珍妮现在住在卢森堡公园附近。那也就意味着我们要穿过巴黎的玛黑区，回到地铁站。

从博物馆出来，母亲正要开口说话，我便安抚她：“放心吧，我知道怎么去。别担心！听！有街头艺人在唱歌！好像在唱《玫瑰人生》。走，我们去看看。”

我们挤进围观的人群，我不停地提醒自己：做女儿要耐心一点儿，和善一点儿。尤其是当母亲老的时候。放松，你可以的！

到了珍妮的新家，我们喝着茶，观看由她拍摄并即将上映的叙利亚纪录片片花。我本以为在这儿不会见到布鲁诺，毕竟两人都离婚了。可当他的声音从门厅传进厨房时，我还是惊喜不已。布鲁诺还是老样子，身着皮衣，脸上留着三天一刮的胡楂，浑身散发出的满不在乎的气息还跟十年前没什么区别。看着他，想到他之前说的那些话。我顿时觉得，他就是我生命中的救星。

“这是卡罗尔阿姨。”珍妮向布鲁诺介绍，“这是詹妮弗，你应该还记得吧。”

他礼貌地向我们问好：“你们好！”

你们好？就这样？对于这么敷衍的问好，我隐隐感到不满。

“你之前不是见过我女儿詹妮弗吗？”母亲插嘴道。但看对方的反应，好像是真的不记得我了，被人遗忘的失落感一时涌上心头。

“没关系，反正那也是好久之前的事了。”我说，装得无比平静。

“什么没事！明明他之前说过什么让你一直耿耿于怀。”母亲左右打量着我和布鲁诺。

十年了，一直以来，我都把你说的那句话奉为箴言。如今，你却只对我说“你好！”？

母亲以长辈的身份跟他交谈着。但很显然，布鲁诺对他之前说过的话不感兴趣。他只想接走儿子卢卡离开这里。“詹妮弗，告诉他。”母亲引导着。我感到无比尴尬，母亲却又接着说：“也就一句话的事。”

大家一个个看向我，我只好开口说：“你之前对我说，想要了解巴黎，就要学会放松，喝杯红酒，好好享受一下。”

顿时，空气凝滞，鸦雀无声。布鲁诺此时的表情仿佛在说那确实像他说过的话。“好像是说过，那你有没有照做呢？”

我点头。

“挺好，那就继续吧。”

我明白了，那句话不是登山宝训，却被我奉为人生箴言。

离开珍妮家去往地铁站的路上，我向母亲倾诉起被人遗忘的失落感。“我知道，时间已经过去很久了，其间，我们也都遇到过形形色色的人，确实很容易忘记一些人。但‘你好！’这也太……况且，珍妮已经提醒过他我们之前见过的。”

我们走进地铁站，站在站台上，望向漆黑的隧道，等待那一束车灯的到来。“他记不记得你有那么重要吗？”母亲问我。

“主要是他说的话改变了我的整个世界观，对我来说意义深远。但对方却压根儿都不记得我们曾经见过。”我说，“我就是觉得有点儿失落。”

远处灯光一亮，我们上了车，找到两个紧邻的座位坐下。母亲将手提包放在大腿上，转向我：“你换个角度想想，如果一个人的话能够在无意间鼓舞到别人，而这个人并不知道，那么我们会不会也在不经意间影响了其他人呢。真的有可能呢，对吧？”

“好像是这么个理！妈，你以后别总是动不动就说自己并不知道怎么回事。”我顿时豁然开朗。

“但我就是不知道这车要开去哪里啊。”她又开始不安起来，“我好像把眼镜落在珍妮家了。”

◆

回到美国，我陪母亲在纽约待了一段时间。母亲自十九岁那年搬到纽约后就从未离开过。她曾说，没有任何一个地方的文化和活力可以与曼哈顿媲美。即使在她从《纽约时报》退休之后，她仍喜欢在曼哈顿的生活。但毫无疑问，二十世纪五十年代末到六十年代在格林尼治村的那段单身生活是她一生中最美好的时光。母亲在纽约大学就读期间，跟两个女同学合租。她们从不去第十四街以北的地方，也从不会为了看电影花上几美元。总之，就是行事保守、严格自律。有一次，她们三人去普罗温斯敦剧场当志愿者，刚好碰上《动物园的故事》（爱德华·阿尔比）和《克拉普最后的录音带》（塞缪尔·贝克特）这两部话剧的首次表演。

“要不我们去格林尼治村逛一逛？”我知道她肯定会欣然答应，毕竟那是她最喜欢做的事情之一，“顺便给我讲讲过去的事。”

我们逛着，看着四周，发现一切都变了样。之前廉价的波希米亚风格的屋舍如今变成了时髦酒吧，艺术家的故居被改建成对冲基金经理的寓所。不仅如此，在纽约的其他地方，一些遗迹都渐渐地消失了。

母亲年轻的时候特别喜欢徒步闲逛，如今看到这幅景象心里不免五味杂陈。

我们来到谢里登广场，母亲之前和大学同学合租的公寓就在这里。那时候她的两个室友总是穿着法兰绒衬衫，留着短发。母亲伸手指着一处红砖建筑上的一个窗户，说那是她之前的卧室。“上完课，就去上芭蕾课。到了晚上，我就跟她们一起出去玩。”她说，“那个时候，我们从未感到疲惫和无聊。”

我们穿过街道，路过石墙酒吧。1969 年发生在这个酒吧的暴乱事件引发了现代同性恋维权运动。“那时不像现在这样，外面挂着粉色霓虹灯招牌和彩虹旗，所以即使我每天路过这里，看着人们进进出出，也没发现它是个同性恋酒吧。我也没有想到这里会发生如此重大的历史事件。”

“太可惜了，”我开口，“要不然你可以交到很多新朋友。”我们转到另一条街道，两边古木挺拔，树冠茂密，赤褐色砂石建筑林立，并带有漂亮的落地窗。

“我又不缺朋友。”母亲嘲笑我的想法，“那个年代，同性恋者一般对自己的身份讳莫如深。所以，当时大家参加公司聚会，一般男性同事都会拉着我去，说我是他们的女朋友。”她语气得意，“当年我可是村里的‘一枝花’呢。”

我看着她，发现母亲在巴黎动辄不知所措，但在格林尼治村就不会。回到熟悉的环境，我们似乎都松了一口气。在这里，她心情放松，自在愉悦，而我也不必时不时担心她是否又感到不安。

母亲喜欢欣赏那些城市绅士化中幸存下来的乡村建筑：有意大利式的肉类市场，有五金店，有立着钟楼的红砖历史建筑——杰斐逊市场图书馆。母亲指着诺曼·梅勒夫妇的故居，回忆道："天哪！我还记得那时他们两个总爱吵架！"母亲还说他们声音很大，能响彻整条街区。

记起周边所有建筑之前的样子，对母亲来说有点儿困难。"这里曾经是一对夫妇经营的一家小型三明治店。"母亲指着一个素食午餐店回忆道，"那是一家小巧的精品店，之前我还在那里买过一件束腰的红色羊毛夹克和一顶配套帽子。那里之前好像是一家药妆店。"这一切的变化也迫使我们开始审视自己，似乎过去总比现在看起来要好一点儿。记得小的时候，我会时不时地抱怨街道上的满地垃圾，到处弥漫的尿骚味，以及地铁上的凌乱涂鸦。如今看来，那些才刚好彰显了纽约这座城市的活力，那才是真实的纽约。

我们在下个路口一拐，来到一条弯弯曲曲的街道，满是车库。母亲告诉我说，有一次她的朋友让她参加变装皇后比赛。她笑着回忆道："朋友拉里要我穿上自己的黑裤子和黑色高领毛衣。我想都没想就照做了，因为他们总是会指导我穿什么。他们把我打扮成一个看似女人的男人，我当时看起来就像个假小子。约翰将我的刘海儿往后一梳，然后大喊‘瞧’！”

“那你事先知道是要参加变装比赛吗？”我问。

“开始不知道，”她解释，“最后我得了第二名。那晚的第一名，当时戴着珠光闪闪的头冠，穿着精致的礼服，看起来奢华美丽，根本不给其他参赛者以竞争的机会。”

我们朝华盛顿广场公园走去。路过广场上的纽约凯旋门时，母亲说要休息一下。我们在路边找了个长椅坐下，俯看着远处的喷泉。每逢夏天，孩子们都会在泉眼处玩水嬉戏。纽约大学旁边就是华盛顿广场公园，紫色的树冠和路标在喧嚣的街区中非常醒目。

母亲环视园内，看着形形色色的人群：有如幽灵般存在的音乐家和毒贩，有形迹匆匆的学生，有手持地图不知所措的游客。

“我不知道时间都去哪儿了。身边熟知的人，有一半都去世了。有时候真的害怕自己会是最后一个。”母亲感慨。

她看着我，语气坚定且淡然：“一直以来，我都在不停地探索自我，始终觉得自己的人生不完整。”

我想告诉她，她现在什么都不缺，她的人生已经很完整了。但像这样的劝慰，不管是出于何种目的，都是在否认一个人的情绪真相。随着时间飞逝，年老的母亲不得不面对一些残酷的现实：世事变迁，体力不支，朋友离世，质疑自己活着的意义。而这些残酷的事实又岂是我这三言两语的鼓励就能抚慰的？

“那肯定很累。”我说。

“是啊，对我来说是个挑战。”母亲回答。

母亲难得向我敞开心扉，所以我想听她再多说一些。但我又深知，善于控制情绪的母亲是不会再破格多说些什么的，所以也就到此为止吧。

“我有跟你提起过，之前我跟一个导演在讨论《激情年代》这部电影时发生过口角吗？”她回忆道，笑容中带着一丝淘气。母亲退休后，每天都会去一个提倡终身学习的组织学习，其实就是老年大学。所有课程中，她最喜欢表演课。上个学期，她被安排在一部南方戏剧中扮演一个妓女的角色。母亲坚持让他们给自己换个角色，毕竟自己的气质怎么看都不适合这个角色。后来，这个角色由一个妓女本色出演。如今，她正浓妆艳抹地站在舞台上，竭力去表现《激情年代》中伊丽莎白·普罗克特这个角色的魅力。

“伊丽莎白·普罗克特不是个贵格会教徒吗？”我一脸疑惑。

“是啊。人家浓妆艳抹总比他们给我戴的那顶难看的帽子要更适合一些。”母亲说。

我和女儿凯蒂从巴黎回来的时候，我曾借电影《卡萨布兰卡》里的一句台词告诉她：巴黎的经历将永远成为我们共同的回忆。但对我和母亲而言，我们既没有一起去莎士比亚书店过夜，也没有一起去逛蒙马特，甚至都没在艾菲尔铁塔前合照。但是，在格林尼治村不一样。在这里散步的经历成为我和母亲共同的回忆，尤其这一次，我们聊了很多，我也越发了解母亲。我告诉她我会花更多的时间去陪她，去了解她。当然，我也深知，我和母亲在一起的时光不可能永远持续下去，但我不想对母亲的记忆终结为她只是我熟识的人之一而已。

“你想知道什么？”她开口，说了一些自己的性格特征。

“我不想听这些，跟简历上的介绍一样。我只想跟你在一起，惬意地聊聊天，散散步，了解真实的你。”

母亲叹口气，想了一会儿，说：“好，可以！”

听到她这么一说，我满怀期待，眼睛也湿润了。过了一会儿，我不由咯咯一笑：“妈妈，你知道接下来我们要做什么吗？”

她好奇地挑起眉毛，似乎想让我提醒她一下。

“好吧。其实就按照布鲁诺说的，只要放松一下，喝杯酒，好好享受生活就好了。”

“可以把酒换成凉茶吗？酒会转化成糖分留在体内，容易诱发炎症。”

我嘴角微微一勾：“好，那我们就去喝凉茶。”

詹妮弗·科伯恩是《今日美国》的畅销书作家。她著有六部小说，以及一部关于母女旅游回忆录《拥抱巴黎》。她还是一名杰出的记者，曾在《华盛顿邮报》《迈阿密先驱报》《圣地亚哥联合论坛报》《沙龙》和《赫芬顿邮报》等知名报刊上发表过多篇文章。她喜欢看书、看电影和品尝美食。

目前，她和丈夫威廉一起生活在圣地亚哥。

联系方式：

jennifercoburn.com

关于巴黎的书：

《拥抱巴黎》

最喜欢的巴黎时刻：

去年秋天，我在巴黎参加了一场以巧克力为主题的时装秀。看到那些以巧克力为设计元素的衣服和饰品，我真的是惊讶不已。不过，真正打动我的是，开场表演中一个女小提琴手把弓掉在地上，我的心脏都快要停止跳动了，着实替她捏了一把汗。但她丝毫没有惊慌，而是优雅等步下舞台，微微倾身捡起了弓，好像这一幕也是演出的一个小插曲。

最不喜欢的巴黎时刻：

女儿凯蒂八岁那年，我们一起在塞纳河左岸的莎士比亚书店过夜。女儿看到附近的巴黎圣母院兴奋不已。但街道下散发出的下水道臭味，在我们住的房间里都能闻到。亨利·米勒也曾住过这个房间，那个床单看上去就像是最后一次换的。凯蒂的床是由两个高低不平的文件柜上面放了一个瑜伽垫组成的。我拧开水龙头，里面没有流出水，反倒涌出一群小虫子。屋内一旁的角落里放着一箱印有安迪·格里菲思年轻时头像的乐芝饼干。第二天一早，我刚睡醒，竟然发现枕头边有三坨老鼠屎，后来的十几年，每每想起我都心有余悸。但这些在女儿看来，却是一些奇妙的经历。

在巴黎，你必须：

之前，我在巴黎第十四区的一个侨民公寓里参加过一场纯英文交流的晚宴。宴会主持人叫吉姆·海恩斯，他已经在宴会主持行业工作了至少三十五年，尤其是周末晚宴。来宾只需要支付三十五欧元就可以享受到宴会上的美味食物、香醇红酒，以及获得跟其他来宾进行愉快交谈的机会。

宴会上的客人来自世界各地，也有巴黎本地人。其中一个叫伊迪丝·德·贝尔维尔的巴黎女孩给了我们很多旅游建议，尤其提到了一些鲜为人知的地方。宴会整体给我的感觉还不错！

读懂巴黎

凯茜·凯莉

十四岁意味着生活在痛苦的混沌之中。茫然无措、得不到理解，我像存在于两个世界中，但哪一个都不是我的归属。

如今我五十岁了，能理解许多人在十四岁时有过与这个世界格格不入的惆怅，但从没有人与他们讨论过这个问题。我们极其努力地融入其中，但从心底里认为，我们是与众不同的。有些人试图通过作诗让自己解脱，且听我一句劝：拙劣的诗句绝不会有任何帮助。

假如我现在年方十四，我会购买由年轻人创作的各种体裁的书籍，以庆祝拥有这样的不同。这些书会告诉你与众不同的好处：你的手指能喷火，射出箭矢，你还能去拯救全世界。

但在三十六年前，很少有书籍会涉及“格格不入”这一话题，除了朱迪·布卢姆[①]，而且，没人建议使用专注力来克服青少年时期的焦虑，也没人提到感恩日记大有用处，更没人说起，焦虑的青春终有一天会过去。

我读过奥斯卡·王尔德的著名警句："做你自己，因为别人都有人做了。"

真的吗？"做你自己"？满口胡言。我自己已经没有希望了，还怎么靠做自己来生存呢？

在我寻找如何活得独特和活得实在的过程中，我求助于书籍——这是我坚持了一辈子的事。缺少资讯，就去查阅书籍。我是那种临产双胞胎前还要带上三本书——作为我坚强的后盾——进医院的女人。

自三岁第一次去图书馆起，我就系统地阅读过儿童著作中的经典。我幻想自己是《小妇人》中的二女儿乔，想象自己像她一样在阁楼上提笔写作。但我告诉自己，这个想法真是傻气，我哪会写作呢？

但我迷恋沉浸在故事中的感觉。在读劳拉·英格尔斯·怀尔德的《大森林里的小木屋》[②]时，我仿佛尝到了枫树汁液味道；

① 美国最受欢迎的青少年小说作家之一。——译注

② 美国作家劳拉·英格尔斯·怀尔德的小木屋系列作品的第一部。讲述了发生在小木屋周围的童年故事。——译注

而且坦白说，我心中一直无法原谅斯嘉丽最终和瑞德一拍两散；我也不确定自己是否可以原谅艾米从乔那里抢走劳伦的行为。即使现在，观看这部作品的电影版本时，我仍对艾米冷眼相看。她怎么能做出那种事？

十二岁时，我被允许出入成人图书馆了——提早了三年——因为我几乎读遍了童书，再说，一年前我就用母亲的借书卡借阅成人读物了。

正式获释到成年人的世界后，我成为阿加莎·克里斯蒂[1]的铁杆粉丝，如饥似渴地阅读琼·普莱迪关于英国国王和女王的浩瀚历史著作，还偷偷地读完了考琳·麦卡洛[2]的《荆棘鸟》（当时我快十二岁了，他们不许我看这本书），粗略地翻完安妮·格朗[3]的《安杰莉克》系列故事。这一系列于 1957 年面世，讲述了十七世纪一位法国女人的故事。全天下没有一个女人比她的运气更差了，她总是被自己憎恶或喜欢的男人绑架、掳走，因此去了很多地方。如果这个女人有护照，上面肯定戳满了章。

① 英国女侦探小说家、剧作家，三大推理文学宗师之一。——译注

② 澳大利亚当代著名作家。——译注

③ 法国当代著名作家。——译注

我一位朋友的母亲爱读芭芭拉·卡特兰[①]的小说，于是有一次和他们一起度假，我读了她的好几本小说。芭芭拉在作品中很喜欢使用省略号。女主人公撞在了公爵的身上（总是公爵），他们俩的手都微微颤抖着，他深深地看着她，吻了下去……

接着我开始阅读间谍小说，有的介绍了二战华沙犹太人的悲惨遭遇，还有的描写了爱尔兰人为逃离饥荒坐船赴美的艰难经历。因为无数人在船上丧生，所以这些船也被称为“棺材船”。

但真正让我迷上巴黎的一本书是《三个火枪手》。我也不明白为什么让我在十四岁时遇到这本书，从此为我打开了另一个世界的大门。

现在我明白了，和其他所有书一样，它只是一本恰好出现在对的时间、对的地点的对的书。我一共有十八本书出版，当有人对我说“你这本著作是我的最爱”，我明白那本书于他（她）而言，就是出现在对的时间、对的地点里的一本对的书，它让他（她）的生活变得更美好，更有希望。

在发现大仲马这位大作家的那天清晨，我一直觉得不舒服，不想去上学。但我手头没有书看了。真要命！所以我到学校后径直去了图书馆，借了《三个火枪手》，然后称自己生病了，需要

① 英国编剧、演员，作家，代表作《英伦女仆》《蒙特卡罗的幽灵》。——译注

回家。

那本书年代久远，纸页单薄，封底是红色的，书脊修补过，似乎已束之高阁许多年。看书时我不再是那个需要卧床休息的爱尔兰女孩——而是置身于喧嚣脏乱的巴黎的一个读者，那里有堂皇的建筑，充满刺激和活力，还有……格格不入之感。

爱尔兰有丰富的文化遗产，但留下来的精美建筑却很少。因为那么多年以来，这些建筑要么被侵占，要么被烧毁，都无人问津地破败了。爱尔兰没有——虽然它应该有——大仲马笔下的巴黎的街道；在大仲马的笔下，巴黎的木制房子和石砌大宅鳞次栉比，每个街角都矗立着一块丰碑，象征着财富和昔日帝国的辉煌。爱尔兰与巴黎截然不同。

然而，因为有了大仲马故事里的人物和他们的真情实感，这种差异不难理解：王后在危机四伏的乱世选择与世隔绝，是因为在那个年代，保持警惕就是对国家效忠；阿托斯是一个被爱所伤的尊贵后裔；达达尼昂是一个骑在马背上的乡下穷小子，心怀日后成才的梦想；而波尔托斯，他的口袋永远空空如也。

作为一个作家，在某种意义上，我能与书中人物心灵相通。大仲马笔下的人物扣动了我的心弦——即使我们身处不同世纪、不同地点。我们之间最大的差异是：一个住在都柏林郊区、舒适地蜷缩在被窝中的年轻女孩，为了一次愉悦的休憩而翘课；而她在这书中邂逅了的火枪手，为爱、荣誉和正义而奋斗。

在很多人眼里，《三个火枪手》可能只是一个轻松有趣的冒险故事，是一本可以粗制滥造为银幕作品的男性读物。但于我而言，它把我引入了另一个世界——一个被腐败侵蚀、遍布监视，却又让你愿为信仰而献身的世界。

这本书的背景设在1625年的法国，讲述了诡计多端的红衣主教和身上烙着鸢尾花——盗贼的标志——的精致贵妇们，如何摧毁像阿托斯这样的贵族，并且几乎颠覆整个国家的故事。

如同维克多·雨果，大仲马在书中也揭露了生活中贫穷和不公的现象。世上有人出身贵族，自然也有人出身寒门。后者为交租而债台高筑，对贵妇们卑躬屈膝，饱受身为农民而尊严扫地之苦。

而其他不那么痴迷火枪手的读者则爱慕充满活力的达达尼昂，钦佩他为成为国王火枪队一员所做的不懈努力，我甚至爱阿托斯多于雷特·巴特勒，而这体现了我的想法。雷特和阿托斯都被爱所伤，但雷特从伤害中走了出来，阿托斯却被禁锢其中。他被伤透了心，阿托斯再也不是从前的那个他了。

巴黎这座城市深深地吸引了我。我就像十七岁的达达尼昂，骑着一匹农场老马，来到这座充满希望和激情的城市，准备开始新的生活。

从很多方面来说，我都可能太成熟了，思考太多，当然顾虑也多。我压根儿不敢想象自己像达达尼昂一样，有孤闯巴黎的勇气。但巴黎不仅是一座美丽的城市，它还是一个友爱的社区。人们爱交朋友，女士在街道上相互交谈，波尔托斯走在大街上至少能撞见四个债主。“博爱”已经变成法国大革命的集结号，空气中都可以嗅到它的存在。

《三个火枪手》让我爱上了巴黎，这段爱从未消退。

我珍藏有四个版本的《三个火枪手》——一直还在搜集纸张更轻薄的版本。我珍爱的第一本就是如此，每翻一页都如耳语一般。

那时，我尽情地遨游在书海中，流连于三个图书馆之间，这还不包括学校图书馆。还是在那个夏天，我读完了《娃娃谷》和哈罗德·罗宾斯的大部分作品——女修道院的图书馆收藏了很多赠书，除了我，没有人踏足那里，无人知晓罗宾斯书籍的存在。（有一次修道院院长看见我手里拿着一本达芙妮·杜·莫里耶的小说，她微笑着说这些书并不是很符合道德理念，我这才知道她从未发现图书馆里有个存放罗宾斯作品的书架。）

没过多久，我的父母发现了壁炉台上一本随意放着的恐怖小说，书中有着活色生香的性描写（我发誓我并不是因为这一点才看它的）。这是学校图书馆的书，于是我父母冲进修道院院长的办公室，从此图书馆里没有了描写性的书籍。

十五岁的我一边给别人照看孩子，一边读完了伏尔泰的《老实人》，而不是像其他照看孩子的人一样，听完了雇主的唱片集。

我看完了《你好，忧愁》，这是一本弗朗索瓦兹·萨冈所著的常被人遗忘的小说。书中塑造了十七岁的塞西尔，一个与十七岁的我相比世故而又圆滑的女孩。她总是满心焦虑，完全没有任何气质或教养可言。塞西尔住在巴黎，总是穿着漂亮的裙子，而且懂得如何调情。我既没有漂亮的裙子，也不懂得如何调情，还住在都柏林郊区。这儿倒是有很多不错的男孩，但他们之中没有一个人正眼看过我，除了一个记分员，那还是因为我接球技术实在太差了。

但我可以理解塞西尔的故事，就像我对火枪手们那样，我们的生活和时代的差距并不能构成理解障碍。生活看起来就是在不断地创造和重复。友谊、爱情、恐惧、不安全感，这一切都超越了我们实际生活中的差异。

作为一个读者，我过着双重生活——我自己的生活和我在书籍中畅游的生活。书中的世界总存在某种东西，让我感觉不再孤单。开始投身专业写作后我才发现，书中所设置的地点和背景并不重要，人们总能理解。

在学校上高阶法语课时，我们努力尝试把萨特[①]的作品翻译成英语。“La Nausée”翻译为“nausea”《恶心》。他的第一部小说充斥着我们所不能理解的存在主义式焦虑。但我想，我们不

① 让-保罗·萨特，法国二十世纪最重要的哲学家之一，法国无神论存在主义的代表人物，西方社会主义最积极的倡导者之一。——译注

需要去理解它，只要懂如何翻译即可。

假如有人给我们上几节哲学课，告诉我们谁是西蒙娜·德·波伏娃[①]，讲述她与让-保罗·萨特之间的爱情故事，或是想象一下，有人给我们引用了波伏娃本人的一句话："一个人不是生下来就是女人，她是变成女人的。"我们会更能理解他们的作品。

但是我们对自己所翻译作品的作家的个人生活一无所知。我们不了解爱尔兰籍天才詹姆斯·乔伊斯[②]和塞缪尔·贝克特[③]对法国的热爱、亨利·米勒[④]和阿娜伊斯·宁[⑤]对彼此的深情、"咆哮的二十年代"里巴黎人民群起参与知识和社会狂欢的景象。

不，我们翻译萨特的作品时就像在翻译小酒馆的菜单——"需不需要配上香菇？"——假如不是在一个夏季学期时学校聘来了一位法国助教，根本没有人会用字正腔圆的法语和我们交流。那名助教的确是法国人，学校认为聘请他对矫正我们的发音会有帮助。

---

① 法国存在主义作家，女权运动的创始人之一。——译注

② 爱尔兰作家、诗人，二十世纪最伟大的作家之一，后现代文学的奠基者之一。——译注

③ 活跃于二十世纪法国的爱尔兰作家，创作的领域包括戏剧、小说和诗歌，尤以戏剧成就最高。——译注

④ 美国作家。——译注

⑤ 世界最著名的女性日记小说家，西班牙舞蹈家，著名作家亨利·米勒的情人。——译注

克里斯汀出现在我中学生涯的最后一年，那个学年我正裹着一件海军蓝毛衣（第六个学年，学校准许我们穿海军蓝毛衣，而不是前五年的浅灰与皇家蓝相间的毛衣，后者会将把皮肤磨得生疼。我们还可以搭配一件白衬衣，看起来比以前穿的奶油色衬衣要更提亮肤色，而奶油色衬衣让橄榄肤色以外的人看起来好像随时需要急送感染病医院似的）。

我们都一脸痴迷地盯着克里斯汀，直到修女们察觉到不妥，认为让一个纯正的法国人来教我们法语已经为时过晚，于是决定把他调到低年级去，以防我们推倒他，把他压在地板上，逼问他为什么法国女孩那么酷，为什么法国女人总长不胖？当然，法国女人无论是在经期前，还是在极度悲伤时，都无法阻止自己站到厨房柜台前，往嘴里塞巧克力布里欧。还有关于如何系围巾，有相关课程吗？我们有必要了解一下。

但我们的疑问没有得到解答，法语发音水平也没有提高。上大学前我仍以为自己法语学得不错，直到上大学后，老师在法语新闻课上给我们播放法语录音，让我们翻译出来，我才明白自己的水平。当时我们几个震惊得不得了，难道这是真正的法语？语速这么快！他们在讲什么？播放的速度是正常语速吗，还是另一种古怪的法国方言？

唉，看来我只有在与一位语速很慢的爱尔兰籍人士交谈时，我的法语在衬托之下才会显得很流利，而在说话像连珠炮似的真正的法国人面前，我就只能结巴了。

但我不会被艰难的现实所打败。我不断地阅读——十八岁时我遇见了科莱特[①]。她创作了一部完美的小说——《谢利》（又名《情不自禁爱上你》），建议你读一读，看看我对它的评价是否正确。美丽的莉雅是一位徐娘半老的妓女，她帮朋友管教其十九岁不务正业、沉迷酒色的儿子，却最终和他坠入爱河。这个故事苦乐参半，凄美感人。

他一定要离开，也确实离开了。莉雅戴着珍珠首饰躺在床上，一身肌肤白皙无瑕。她值得拥有幸福。但她知道生活总是不易，有时必须放弃心中的幻想。

我拜读了科莱特所有的作品。

我看到了自己的影子。科莱特站在里维埃拉的海滩上，细沙映衬着她古铜色的小脚，缓缓滑入漂亮的平底凉鞋中。消瘦的男子懒洋洋地站在她旁边，他们吞云吐雾地吸着高卢香烟，思考着存在的意义。

---

① 原名西朵妮 - 加布丽埃尔 · 科莱特，法国二十世纪著名女作家、记者、演员、剧作家和戏剧评论家。——译注

♦

我最终去了巴黎——真正的巴黎——而且去了很多次。我必须去看看卢浮宫，从早期到法国皇后玛丽·安托瓦内特入住时期的岁月痕迹，我必须去走走巴黎新桥，这是第一座巴黎人没有在上面建造房子的桥。它建造于《三个火枪手》的时代背景之前。我想去沼泽区逛逛，感受西蒙娜·德·波伏娃、让-保罗·萨特、塞缪尔·贝克特留下的文化影响，看看具有传奇色彩的莎士比亚书店，漫步在杜乐酒庄，我读过的书里的人物大多都在这里留下了他们的足迹。

我在卢浮宫逛了两天，回避了参观《蒙娜丽莎》的长龙队阵。卢浮宫里有几十万件藏品，为何要去凑这个热闹呢？有时我从那些悠长的走廊里看向窗外，看着另一侧旧时的高大宫殿，总让我想起自己读过的、发生在另一个时代的这个地方的诡谲风云，多少曾居住在此的人们悲惨地死去。

有一天我去了奥赛博物馆，时间很紧，但我抽空出来，去小街小巷游荡，然后找了一家咖啡店。店里的顾客坐在吧台边，喝着茴香酒或咖啡，环视周围，不时点头，准备好要去搭讪或调情，有的人用法国人特有的手势拍照。如果爱尔兰人可以用手势来说话，那么法国人可以用他们的手势表演歌剧了。

那些公园让我想起了在科莱特的《谢利》中，莉雅知晓她年轻的小情人要离开了，开车载着他的一幕。你看，巴黎有那么多珠宝店，那些古老珍贵的珠宝闪闪发光，等待被唤醒活力，而科莱特告诉我们，只有当人们佩戴珠宝时，珠宝才能焕发活力。

沿塞纳河而下，穿过桥梁，你会看见巴黎皇家宫殿——这里曾是红衣主教黎塞留的寝宫，他是大仲马《三个火枪手》里的大反派。亲眼看见这座金碧辉煌的宫殿，看见这个曾被那个卑鄙小人占领的、代表权力和财富的精美建筑，我有种置身于火枪手世界里的错觉。

去年，在连续下了五天雨之后，我们放弃了进展不顺的豪华露营计划，乘坐火车去了巴黎，找了一间小公寓。公寓楼顶有宽敞的阳台，在那里可以看到圣心大教堂。我们坐在阳台上，俯瞰美丽的巴黎式屋顶，看见人们在家煮着咖啡、高声欢笑，而后出门去迎接繁忙的生活。

我们依照自己想要散步还是闲逛的意愿来安排行程，或者去购物，或者去卢浮宫匆匆游览一番，就好像此生不能再进去一样。我在巴黎也有这种感觉：好像这是我最后一次来巴黎了，我一定要看尽巴黎的所有美景。多年以来，我读过那么多关于这座城市的故事，我必须要看尽它的每一寸风光。

但我知道，我还会再来“光明之城”的，因为它对我而言太重要了，就像艾菲尔铁塔塔顶闪烁的灯光一样，点亮了我的生命。顺便一提，假如不乘电梯上塔顶的话，你的大腿可以得到充分锻炼。

也许在前世，我们过着这样那样的生活。我知道，这是个不怎么受欢迎的想法，尤其在爱尔兰这个信奉天主教的国家（天主教教义中没有“轮回转世”一说）。但我确实感受到，有一些地方能和我们交流。巴黎能和我交流，从我还是一个迷茫的十四岁女孩、坐在床上读《三个火枪手》那天开始，它一直在和我交流，而我从未停止过回应。

凯茜·凯莉来自爱尔兰，她是《星期日时报》的专栏作家、国际畅销书作家。她拥有十八部著作，大都被翻译为多种语言。她曾是一名记者，现与丈夫、双胞胎儿子、三只杰克罗素犬居住在爱尔兰的威克洛郡，狗狗们完全占据了她的生活。她自2005年起，一直担任联合国儿童基金会的爱尔兰大使。

联系方式：

cathykelly.com

关于巴黎的书：

《从巴黎开始》

最喜欢的巴黎时刻：

虽然我总是说起巴黎，但我第一次带儿子去巴黎的感觉很奇妙。他们两个都热爱艺术。我们当时住在一间迷你酒店公寓里，配套的阳台靠近蒙马特区，在那里可以俯瞰屋顶，浅酌咖啡，假装自己就是巴黎人。我们在卢浮宫和其他博物馆里逗留了好几个小时，在杜伊勒里公园乘坐了一次摩天轮（我有恐高症，该死的摩天轮还转了三圈……），还在一间小咖啡馆里吃了东西。

最不喜欢的巴黎时刻：

我曾是一名记者，写过很多揭露现实的文章，也在很多鱼龙混杂的地方工作过——在巴黎克利希地区迷路，被认为我们是妓女的人追踪，简直险象环生。我还采访过很多职场女性，她们赚钱很不容易，对此我感到非常同情。

最喜欢的关于巴黎的书：

我喜欢西蒙娜·德·波伏娃的《闺中淑女》，因为她把巴黎描绘得美丽不可方物。

让你想起巴黎的歌曲：

我最喜欢的一张专辑是比利·克里斯特尔和德布拉·温格主演的电影《忘情巴黎》的原声大碟。我担任影评家时拿到了这一电影原声带。我所有的书中都有一部分关于这张原声带的描写。对，这听起来像上瘾了一样……

巴黎以外最喜欢的旅行地：

除了巴黎，我最爱的旅游目的地是爱尔兰沃特福德郡的阿德莫尔，曼布克奖[1]得主莫莉・基恩就定居于此。这个小镇坐落在一片铺满石子的海滩上，镇上有一口古老神圣的井，它的历史可以追溯到基督教诞生以前。一名清教徒漫步在悬崖峰上，峻石堆上有一间环境优美的酒店，名叫崖屋。坐在岩石上，你能看见海浪在你的脚下砸出银白的浪花。这种感觉非常奇妙，甚至会让你有一种错觉：假如时间断裂，断裂的地点就会在这里——你会在此跌落进另一个世界。

① 当代英语小说界的重要奖项，只授予来自英联邦或爱尔兰的作家。——译注

探寻巴黎之隐匿旧貌

蕾切尔·霍尔

那是一个寒冷多雨的假日，刚过完圣诞，快要到新年了，我像是着了迷一样，决定写一本以巴黎为背景的小说。那是2012年年底，我和我的先生，以及三个十几岁的儿子正在游历巴黎。我们租下了一间可以俯瞰丹普街的小套房，就在巴黎的玛莱区——这个名字寓示着它悠久而错综的起源，但如今，各种珠宝店和熟食铺汇集于此，玛莱区变成了时髦的波希米亚人的聚集区。

众所周知，孩子和父母生活在不同的"时区"里。每天早晨，我九点起床，吃完早餐顶着毛毛细雨出门，去蓬皮杜中心观摩现代艺术中的经典之作，或登顶凯旋门俯瞰整座城的风光。而我的三个儿子却过着吸血鬼似的生活，他们看电视看到半夜，晌午时分太阳都恹恹了，还赖在床上。不仅如此，我还少了一位支持者，我的先生患了流感。故而有天清晨，只我一人独自漫步在街上。

作为一个母亲，这确实让我感到失望；但从作家的角度出发，这却是再好不过的事情了。

巴黎被称为“光明之城”，这里有欢愉的气氛、活力四射的夜生活，还有狭窄河湾倒映着的潋滟的桥上灯光，泛着珍珠灰光泽的石砌建筑。然而，冬季的白日里，当雨水如瀑冲刷着灰暗的街道时，这座城却又名不副实了。相反，我看到了巴黎展现的另一面，看到了它优雅表面下隐隐涌动的暗流，看到了它充斥着暴力和屈辱的历史。

绕过几个街角，我发现有些桥身、喷泉基底或雕塑柱基上，都刻有纪念战争或人民斗争的文字。靠近玛莱区的巴士底狱的柱身上刻有在1830年“七月革命”中牺牲的1800名烈士的名字。这个地方是旧巴士底狱的原址，它是法国暴政——暴君体制的象征。1789年7月14日，反叛军攻陷巴士底狱，揭开了法国大革命的序幕，之后该日被定为法国国庆日。我还参观了年代还不算久远的二战遗址，二战期间巴黎曾被纳粹军队占据长达四年之久。

在巴黎逗留期间的一个下午，孩子们陪着我在巴黎东部迷宫般的拉雪兹神父公墓（吸血鬼对墓地都情有独钟）闲逛，我们时不时停下来向伟人们的墓碑致敬：弗里德里克·肖邦、科莱特、格特鲁德·斯泰因、爱丽丝·B.托克拉斯、奥斯卡·怀尔德，以及“大门乐队”吉他手吉姆·莫里森，他是“二十七岁俱乐部”的创始人，1971年因用药过量英年早逝，吊唁者至今仍挂念于怀，在他的墓碑前留下许多涂鸦、燃烛和鲜花。最后我们走到了一条宽敞大道，道路两旁的树下矗立着战争纪念碑，以纪念纳粹集中营的受害者、英勇牺牲的抵抗军战士和1944年为解放法国而献身的不同盟军的军人们。

一路走过这些纪念光荣牺牲者的庄严石碑，我思绪万千，一座在外国暴政操控下的城市是多么无援无助，而居住在这样的城市里又是怎样一番光景？从那一刻起，我的思绪蔓延开来，一部小说的脉络在心中慢慢展开。

从那时起，巴黎在我眼中有了别样的风味。我不仅需要观察它的新颜，更需要关注它的旧貌。

作为一名历史小说作家，对我而言最大的挑战是，我该如何深入剖析一座城市，如何设身处地地想象在动荡年月居住于此的感受。我从旧时的日记、回忆录和电影中收获颇多。我记得我曾一度循环播放一部战时在火车站拍摄的电影的片段；想弄清楚火车车门的具体位置和打开方式。你可能会认为，这些都是小细节；但一个孩子和母亲分离的戏剧场面，还依赖于我所关注的细节来辨别它的真实性呢。

我还创造过一个人物，这个虚构的美国医生在现实中的美国医院工作，他工作的医院位于巴黎西部的纳伊区。在我所查阅的书籍中，查尔斯·格拉斯所著的《美国人在巴黎》给了我很大的启发，它讲述了许多形形色色的人出于各种原因，在二战后依然留在巴黎的故事。书的开头讲述作者发现了一个重要的纪念碑，而我在巡游巴黎时错过了这个景点。它建造在圣米歇尔广场的巨大喷泉上，依傍着穿过巴黎拉丁区的塞纳河。此碑是为纪念那些在德军占领巴黎后仍坚守阵地的勇士们。第一次去巴黎，由于这里车流来来往往，我轻易地错过了这个景点。但在第二次来巴黎时，我费尽心机找到了它。亲眼看见这个纪念碑，我心中盈满感动，也让我更加坚定地要在自己的创作中致敬这些人的英勇行为。

继那个多雨的圣诞节节后假期，我于七月份开启了时隔一年半后的第二次巴黎之行。这一次只有我的大儿子陪伴我，他已经是一个二十一岁的好学小伙子了，准备攻读英语文学硕士。相较十八个月前，他的功力稍有见长。有时，我们晌午过后才见着面，讨论我们两个人都想去的地方。有一天，我们去巴黎橘园美术馆参观了莫奈的《睡莲》。我们俩都沉浸在这些令人心神舒缓、不同凡响的巨幅画作的丰富光彩之中。我把这一段经历赋予我的小说《巴黎一周记》中的人物费伊身上。之后，我们在丽弗里街后一间经典的街边咖啡店里享用了午餐，很多游客对此地流连忘返。随后我独自一人去寻觅旧迹，扔下他在杜伊勒里花园的躺椅上一边沐浴阳光，一边看普鲁斯特的书。

这一次调研之旅至关重要，因为我已经完成了小说的第一稿。现在我需要漫步巴黎的街道，如同我笔下的主人公们做的，抄抄笔记、拍拍照，以求在我根据真实历史故事创作的虚构世界里注入生活的气息。我已经塑造了小说的中心人物基蒂，但现在我必须极具说服力地描述她在 1940 年 6 月初逃离巴黎，随后遇上逐渐逼近的敌军而被迫返回的经历。她带着仍在襁褓之中的女婴，穿过一座废弃的城市，这座城市在德军面前门洞大开，毫无抵抗之力。对她而言，这是怎样一番体验？我必须发挥想象力。

通过回忆录，我仿佛也听见了法军撤退时炸毁城内军火库的爆炸声。好几本日记都记载了那些日子天空中笼罩着的惊人浓雾，以及 1940 年 6 月 14 日来势汹汹的德军和其战车攻入城市的情景。我想要置身于基蒂所处的位置，看看她有可能站在哪一条或哪一座悬挂纳粹万字旗的街道、建筑上，目睹德军进城的一幕。借助于 1938 年的指南，我跟随她的足迹，发现了一个我从未体验过的巴黎，一个经过我对往昔的想象过滤后的巴黎。

在德军的统治下，法国民众死伤不少。考虑到这一点，巴黎的社会结构还完好无损则变得颇具讽刺意味。通过阅读，我得以了解了这座城市曾处于怎样千钧一发的生死关头，又因何历经劫难后幸存下来，这多么令人着迷。1940 年 6 月 13 日，小威廉·布列特[①]向德军司令保证，假如德军能实现和平占领，届时巴黎将不做防守，市民们也不会抵抗。事情就这么发生了。

① 美国外交官、记者、小说家。第一位美国驻苏大使。——译注

四年后，盟军包围整个巴黎，巴黎人民揭竿起义，共同反抗纳粹统治者。希特勒命令军队将巴黎夷为平地。每一座桥梁、发电站、水厂，甚至那些最出名的历史遗迹：艾菲尔铁塔、卢浮宫、拿破仑长眠的巴黎荣军院的地底下都埋着炸药。但总指挥官迪特里希·冯·肖尔蒂茨希望可以平复这场起义，于是没有按时执行希特勒的命令。其后接踵而来的祸事缠绕着他。但巴黎总算幸免于难。出于我对这一事件的了解，我发现 2014 年我闲逛的巴黎中心和我那本 1938 年指南一书中划分的区域相差无几。一想到多少巧夺天工的建筑就在爆炸中心，我依然忍不住颤抖。

巴黎无法避免地发生了一些变化。我笔下的女主人公基蒂在国立音乐学院学习钢琴。这所音乐学院位于圣拉扎尔火车站附近不起眼的马德里路。去那里参观时，我愕然地发现它的入口修葺得很现代化，还安有玻璃和金属制的滑动门。而我在小说中构思的则是一个狭窄破旧的前厅，里面摆放着看门人的桌子和木制文件架，外面还有一个梦幻的庭院。我站在大街上，看着络绎不绝的学生进进出出，他们都穿着牛仔裤、匡威运动鞋，系着印花围巾。我试图在脑海中勾勒出基蒂的模样：气质典雅的基蒂在他们之中穿梭，手臂夹着乐谱，身着优雅的长裙，戴着帽子和手套。这太难想象了，我很是沮丧地转身走了。

我走回大街上，这次幸运多了，两边有许多售卖钢琴和小提琴的小店等着我去探索。在小说中的 1938 年，基蒂的美国未婚夫尤金医生为了送她一件结婚礼物，就是来到这样的小店里购买钢琴。我被一间艺术工作室吸引，走了进去。工作室里从地板到天花板，甚至整个天花板上都挂满了各类弦乐器和零件，好像好几个世纪以前它们就已经在这里了。虽然这与我的小说关联性不大，但我仍然很喜爱这种古旧的气息。

我在调查中常遇见的一个问题是测量实际距离。记忆总玩小把戏，让我们误以为两个参观景点离得比实际距离要近。这种错觉有时也会影响一个场景中的时间计算。比方说，我需要测量从国立音乐学院到圣日耳曼的距离。圣日耳曼位于塞纳河的另一侧，我想象着基蒂和尤金就住在那边一栋高楼的公寓里，可以看见窗外燕子来回翻飞捕捉昆虫。在一个场景中，基蒂需要在极短的时间内赶回家。这要多久呢？答案是，花的时间比想象中要长很多。当我抵达目的地圣日耳曼德佩的旧教堂时，我已经上气不接下气了。在书中基蒂并没有走进这所教堂。我设定了她住在附近一条有着商店和街头市场的窄街里，结果发现现实中真有这么一条街，这一发现让我很雀跃。沿着街道走下去，我穿过了一栋公寓楼的门廊，我看见里面阴暗的中庭和一部带有栅格的滑动门，这一切都与我的想象符合。

我信步走在这一带，拍了不少洒满阳光的广场的照片。我漫无目的地闲逛着，时不时停下来观察，看见了一些偶然间才会发现的细节，这类细节会让人瞬间如坠小说场景一般：一对新娘新郎在时尚街拍，一个女孩坐在咖啡店的窗边阅读由企鹅公司出版的一本老旧平装书。小巷的转角有个花店，店前的人行道非常狭窄，每有行人匆匆而过，他们的衣袂都会扫过花瓣。他们抵达目的地时，身上仍带有百合或玫瑰的香味。我爱极了这样的情景。

做完这些小调查后，我常常沿着塞纳河这条路回酒店和儿子会合。我一想到巴黎，就会想起塞纳河，想起桥梁上漂亮的拱弧，有些拱弧装点着形态各异的金色叶片，还有一些挂满了华丽的灯饰。这座艺术之桥，这座连接卢浮宫和圣日耳曼艺术区——更准确地说是奥赛博物馆（曾经是一个车站）——的狭窄步行桥，是否为法国的瑰丽文化宝库又增添了宝贵财富？我们看到的是这座桥现代的样子，也许基蒂曾不时走过最初的那座桥？那天在回去的路上，我一个人漫步其上，看见了锁在栏杆和栅栏上的成百上千的小锁，心情很是愉悦。这是 2008 年起情侣们开创的风俗，他们上锁后就把钥匙抛入河中，作为双方情深不渝的象征。（不久返回英格兰后，我得知，由于担心这些“爱意”太深重，会把桥梁压垮，这些锁已经被政府移除了。）

溯河而上，穿过卢浮宫，在博物馆和维莱酒店之间有一片宽阔的空地。在这个地方我的小说进展到时间靠后的一条主线，讲述的是出生在 1939 年的基蒂女儿费伊的故事。她于 1961 年来到巴黎，想要寻找她在巴黎的不为人知晓的童年经历。

这条线的主题是记忆的把戏。费伊如何被记忆哄骗认为自己记得早已遗忘的事情呢？——还是一段五岁时在巴黎生活的记忆。我们每个人体内都有童年的自我，二十二岁的她经历了什么，让她想要回到巴黎追溯那个童年的自我？我决定我必须重新创造那种给她留下最深刻印象的情景，但我对她十分担忧，因为这些场景涉及痛苦的经历和内心的感情。

我在河岸边走着，沉浸在自己的思绪里。我脸上一定带着傻乎乎的表情，所以才落入了别人设下的圈套。一位老婆婆带着一个小孩子从对面走过来。走近我时，那个老婆婆突然弯腰，从人行道上捡起一样东西，然后递给我，佯装惊讶地说那样东西是我掉落的。她说话带着浓重的口音。我看向她掌心中的金色婚戒，摇了摇头："这肯定是其他人掉的。"我四下张望，发现周围并没有人。"你拿走吧，"她说道，"我拿着没用——我离婚了。"我拒绝了，并摇了摇头，建议她拿到警察局去。"不，不，你收下。"她拉起我的手，并把戒指放到我手心，合上我的手指。我正要握着戒指走开，她就开口索要钱财，我才发现整个事件就是骗局，但太晚了。我塞给了她一张钞票，纯粹是为了掩饰我被骗了的尴尬。事后我检查了那枚戒指，发现它只是用廉价金属制成的。或许老婆婆用那张钞票给她那个看起来饥肠辘辘的孙女买了个三明治呢，我这么安慰自己。

我从未在伦敦经历过这样的事情。它只会发生在巴黎，皆因我已经迷失在巴黎的梦幻之中，而在这种浪漫的氛围下出现一枚遗失的戒指，是那样的顺理成章。我曾试着把这个小插曲写入费伊的故事中，但没有成功。值得高兴的是，作家不会暴殄天物。作家就是收集宝贵经历的收藏家，这个插曲变成了我下一篇以现代巴黎为背景的短篇小说的故事。

第二天，我继续从战时巴黎的童年生活中寻找特定的印迹，这种童年记忆可能会激活成年费伊的潜意识。路过位于香榭丽舍大道的繁华商店，那些平板玻璃窗户让我想起 1940 年的打砸事件，犹太人经营的商店都被年轻人砸毁了。假如婴儿时期的费伊目睹这一切，那么二十年后一个玻璃瓶的碎裂声会激发她童年的创伤。我在巴黎圣母院听到的警钟一样可以激发她记忆中一次更为不祥的钟声，那次钟声是在她一岁时，母亲带着她逃离纳粹军营时听到的。不经意间，我想起了其他片段：一个在地铁站吟唱着古老流行曲的女孩，一次看到一个奇形怪状的门把时心里涌上来的感受，还有一回闻到上了油漆的木头的特殊味道。我借鉴了这些记忆，以帮助费伊与她的婴幼年自我重新建立联系。

我用一种轻松的口吻描述了费伊 1961 年在巴黎体验到的愉悦新鲜感——闻到紫罗兰的香味和在高级女装店对优雅模特的惊鸿一瞥。我描写了她在音乐会中拉小提琴时的精彩表现。当然，她也坠入过爱河——和一个向她展示了巴黎阴暗面的男人。因为在 1961 年，巴黎又一次沦为野蛮暴力的角斗场。法国的非洲殖民地阿尔及利亚当时正为追求自由而作艰苦斗争，逃离战争的难民都一窝蜂地涌入了巴黎。右翼派系和法国警察对他们进行了残忍的镇压。我把这些事件写进了费伊的故事中，借此说明如今发生的改变——事实是毫无改变。

第二次巴黎之旅结束了，我和儿子都不愿意离开。他带着一堆从莎士比亚书店购买的书，我拿着一摞笔记和上百张我拍摄的巴黎相片。各种想法在我心里撞击着，我想把它们运用到小说里，连成脉络。巴黎一直都是一个充满故事的城市，我的小说不过是众多故事中的一个。但我坚信通过这段游历，我得以窥见巴黎黑暗时代的一个短暂瞬间，而这是全然特别和独一无二的。

话，结果送来的汤真的装在尿壶里。

最喜欢的巴黎名句：

“我常常幻想着写一本关于巴黎的书，如同你走过一段漫长的、毫无目标的路，途中你对自己正在寻找的东西一无所得，无意寻找的东西却遇到很多。”

——朱利安·格林，《巴黎》

巴黎以外最喜欢的旅行地：

英国康沃尔。

最奇怪的必备旅行品：

酒瓶塞。

在巴黎，可以忽略：

所有你没有预订的主要景点都可以略过不去。在艾菲尔铁塔和乔治蓬皮杜中心，永远都有排起的长队。

在巴黎，你必须：

参观贝尔·拉雪兹神父公墓，去祭拜名人的墓地。

秘密饮食

朱莉·鲍威尔

一定有人能明白我的意思。可能所有人都能明白，因为他们都有自己的秘密饮食。

——《呈上桌来》，M.F.K. 费希尔

我曾疯狂地想要爱上巴黎。

我曾想要爱上巴黎，就像十一岁的我在看了太多遍《音乐之声》后想当修女一样，幻想自己在原野上尽情放纵地转圈儿，还分不清这只是青春期开始的小苗头。相比朱莉·安德鲁斯，我更想成为《无法呼吸》里的珍·茜宝，穿着布雷顿条纹衬衫和紧身裤，噘着唇，叼着一根香烟；或者成为 M.F.K. 费希尔，天冷时在暖气片上放几瓣柑橘，一边等它烘干，一边观察楼下在鹅卵石大街上行军前进的士兵。我第一次坐飞机到巴黎已经二十六岁了，而不是十一岁。但我内心想要狂欢的冲动并未消减半分。

虽然要来巴黎，我并没有发誓要洁身自好。但我把丈夫扔在

人高端大气的设想。

我正在观看“MTV 欧洲音乐奖”颁奖典礼。托那固执的十一岁孩子的福，我又接连看了好几届。所有的白天和大多数夜晚，我都要陪伴孩子们，甚至连坐到我那小房间的小沙发上的时间都没有。尤其是那个九岁的孩子，他很黏人，想让我时时刻刻都陪伴在他身边，给他讲故事、拿零食，陪他玩游戏。去洗手间的时间都是挤出来的，去完洗手间就没有私人时间了。从电视机里传来的欧洲流行音乐让人头疼，银幕上昼夜播放的滑稽剧激烈得过于带劲儿。放松几乎是不可能的。

但我真的很想爱上巴黎，所以我开始尝试。

“嘿，你们想去散散步吗？”一句回应都没有，太丢脸了。

“去博物馆怎么样？”十一岁的孩子吝于把眼睛移开屏幕，只是哼了一声。

“吃可丽饼怎么样？我看见街上有一个小摊。”

九岁的孩子穿起鞋来。十一岁的孩子耸耸肩，关掉了遥控器：“我觉得可以。我们去完博物馆可以去找找哪里有篮球场吗？”

可丽饼拯救了我的第一次巴黎之旅。

◆

来巴黎之前，我唯一一次出国旅行是去意大利，和爱人去那里度蜜月。我们每停留在一个村庄，都会选一家咖啡馆，每天清晨去那里点两杯卡布奇诺，悠闲地坐在广场中的某一张桌子旁，看着人流来来往往，然后开着租来的汽车去兜风。在那之前我们会找一家熟食店，买些肉食当午餐。熟食店散发出来的味道越浓厚，食物的味道就越好。我们还会买一大块芝士和一条长面包，搭配一瓶便宜的红酒。正午时分，天气炎热，我们觉得又累又饿，就会找一个最近的公园、野餐区或树林，到那里去吃午餐、喝红酒（倒在我们在梵蒂冈外购买的小纪念杯里），然后休息一个小时左右，再徒步到我们在地图上标的下一个地方。我们以这种方式游历了半个意大利，一同饱览鹅卵石建造的山村的景色、参观气息阴森的教堂、瞻仰古城的遗迹。最棒的是，我们还有简单的美味佳肴。

但巴黎让我感觉自己的视觉神经出现问题了。和我的老板、需要我照顾的两个小家伙一起旅行，我感到无比孤单。几乎没有时间独处让我的孤独感变得更为强烈。即使我为自己争取来几个小时，去走走巴黎圣母院，逛逛塞纳河，参观杜伊勒里宫和艾菲尔铁塔也无济于事。我的眼睛的确看见了这些风景，但我并没有欣赏到它们的魅力。没有了爱人的陪伴，这些风景也失去了意义。我的大脑可能判定某个风景是“漂亮的”“浪漫的”，但我的内心却感受不到这种美丽。我没有爱上巴黎，它的美太冰冷了。我能明白为什么自己应该、为什么别人会爱上巴黎，但我……没办

生活中的享受和探险结合起来。在巴黎的最后一个晚上，我终于隐约有了个概念。

♦

虽然每天我都带着孩子们在城市里散步，尽我所能地哄他们走得更久些，我们却从未找到过篮球场。我在指南上找过公园，以为公园里可能会有篮球场，结果它们都设计得很精致，装修得华丽堂皇。如果你坐在那里的草坪上，警察会过来撵你走，那里根本没有运动场所。十一岁的孩子讨厌极了这一点。在那几个小时的闲逛里，他会从一开始的百无聊赖到不情不愿，到下午的心烦意乱。对于这个沉迷球类运动的纽约孩子来说，巴黎非常怪异，一天的任何时间段、在五个街区都看不到人们即兴发起的街头球赛。也难怪他叹气，拖拉着脚想要回去看音乐大奖了。

最后一天，我们抄了一条不同的路回公寓。离公寓还有几个街区远时，我们看见了一家面包店。当然，我们曾路过好多家面包店，但莫名地，从这一家里飘出来的香味阻止了我前进的脚步。

“你怎么了？”

“等会儿，我去买点东西。”

面包店里的香味比外面的更好闻，给人一种温暖的舒适感。明亮的玻璃柜里整齐地摆放着形状可爱的油酥点心。但吸引我进店的香味来自柜台后篮子里的法式长棍面包。

“你们想吃巧克力面包吗？”

“你说给我买可丽饼的！”

“好吧，好吧……”

我的法语不过尔尔，只能说“麻烦您”“谢谢”和几种食物的单词。但用上点头、微笑、手势等肢体语言，我成功地买到了突然特别想吃的法式长棍。外出散步时，我见到过好几个打扮时髦的巴黎人手上拎着这种面包。可能吃一根法式长棍能让我离这个城市更近一步吧。

随后我们去了可丽饼小摊前：“麻烦您，我们要两个巧克力酱可丽饼。”

◆

那是我们返美前的最后一晚，孩子们的父母外出参加重要活动了。我站在一堆杂乱的首饰和为赶明天早班飞机而收拾好的大包小包中间，催促孩子们洗完手再吃可丽饼。忙碌着，买了法式长棍面包的事就被我抛在了脑后，好几个小时后才反应过来。像往常一样看完必看的音乐大奖，讲完他们想听的故事，听他们抱怨完又要睡觉，孩子们终于睡着了。关上卧室门的那一刻真是美妙的解脱。

方和时代密切相关。这个柑橘风俗源于德国的斯特拉斯堡，但在我的印象中，每次我读到它，都觉得它与战争时期的巴黎有关。我最终明白过来，而费希尔也有着相同的启迪：对一个个体来说，食物和饮品既是闹钟，又是香膏，它们可以让你睁开眼睛，也可以舒缓你的压力。你会慢慢地或者突然间就明白这个简单的道理，这个道理会在点滴之间改变你，甚至给你带来深远的影响。

那么多人爱上巴黎，我却从没有过。那两个已经是大人的孩子也没有。假如他们什么都不记得了，只记得巧克力酱可丽饼，我想我也是心满意足的。如果他们告诉我，每次去墨西哥都要光顾玉米摊，去泰国都要吃冬阴功汤，我就会明白，巴黎的那段时光影响了他们，也影响了我。

朱莉·鲍威尔是《纽约时报》备受赞誉的畅销回忆录《朱莉和茱莉亚：我的危险烹饪年华》的作者。该书被改编成一部由艾米·亚当斯和梅丽尔·斯特里普主演的卖座电影。她的第二本著作《分裂：一个婚姻、肉类和偏执的故事》由小布朗公司出版。

关于巴黎的书：

《朱莉和茱莉亚：我的危险烹饪年华》

最喜欢的巴黎时刻：

这个问题是安德烈·君度提问的，当时我们在一家奢华优雅的私人俱乐部享用午餐。他问我，从存在主义的角度出发，我是怎样成名、如何看待成名的。还有一次我买了一副非常炫酷的眼镜——后来它被母亲的狗咬烂了，直到现在我还为此感到难过。

直到我们再次相遇

劳伦·维利希

即将去旅行，却差点儿被逮捕，没有什么比这更令人扫兴了。

我来巴黎并不是为了惹上麻烦的，这本该是一趟轻松的旅行。巴黎对我而言是一片已知的土地，或许这仅是我个人的想法。祖父第一次带我来巴黎，已是二十年前的事，从那以后我常常来巴黎。我一直把巴黎看作独属于我的领土，因为以孩子看待事物的直白方式，我早就知道我的母亲是个巴黎人。她出生的地方可以眺望到巴黎圣母院，读的幼儿园是由穿着长裙的修女管理的，就像玛德琳著作中的克拉维尔修女那样。

我母亲有本相册，照片里她的发尾是卷曲的，充满异域气息和法国风情。更早期的一些照片拍到她在一个棕褐色调的花园里追逐白鸽。那个花园可能就是曾经的卢森堡公园或杜伊勒里公园，或是某个截然不同的巴黎公园，这些地方如今看起来仍一如往昔。

这是她的过去，而非我的，我的身上没有发生过这样的故事。我只知道，即使我的口音听起来更偏向于上东区而不是右岸区，自初中法语课上我佯装谦虚地说“我的母亲是巴黎人”，来宣布自己对巴黎的诚挚热爱后，我的法语成绩惊人地提高了。

因此当有天清晨，尽管仍受时差困扰，却依然夹着笔记本走出酒店时，我很清醒地知道自己要往何处去。这里是巴黎。我来过太多次巴黎了，都不想去计算次数——和家人、同学、同事，还有一个很久以前的男朋友，我们还差点儿在艺术桥上分手了。

也许先打个盹儿会显得明智点，吃些饱腹的食物比吃一条“天然山谷”谷物棒来得聪明，况且那条谷物棒压在我背包的底部很久了……好吧，好像就压在第三本书底下。也许一切事情都沿原有轨道发生。去向萨特提问吧。

这次旅行的目的是为我的第八本小说《兰花情事》做调查。需要指出的是，这本书与园艺中的疏忽照顾无关，它记录的是拿破仑战争中的间谍。奇怪的是，无论在小说中还是在现实生活中，间谍们对植物的名号都有种独特的嗜好。我小说中的间谍名为“银色兰花”，被安排到拿破仑政权时期警察部一名高级官员府中当卧底，他把自己伪装成一名卑微的管家。书中还有戴黑色面罩的蒙面人在窗台上潜伏的情节，是不是故事听起

我绕着警察局走了一圈又一圈，警察们开始留意我，透过缭绕的烟雾一脸怀疑地看着我。但我不知道他们这个反应是针对我踩点的行为，还是针对我穿的调查专用着装：脚上一双叠跟乐福鞋；上身一件领口有纽扣的衬衫，颜色不是巴黎的黑色，而是棕榈海滩的粉色；我昨晚乘坐午夜班机，坐在靠背椅子上断断续续地睡了一晚，头发因此根根竖立起来，看起来像“手指插进电插座里”电出来的新潮发型。但终究不是很得体。

2009 年你有苹果手机了吗？我没有，而且当时我的手机在出国后就不能使用了。我站在蒙田・圣・吉纳维芙大道上，正好躲过了那些警官狐疑的视线。我心里揣摩着该怎么办。合理的做法是继续做我名单上的下一件事，去哥纳克・珍博物馆看玛格丽特・杰拉德的作品展（试试将这句话快速重复三遍），玛格丽特是法国大革命时期的一位女画家。但这个博物馆在河对岸，它的路线和我明天其他行程的目的地重合，我的计划已经做好了。

当你整个人都疲惫不堪时，一切都隐约有种末日来临的意味。我的大脑还在受时差的影响，想着如果巴黎警察局博物馆不在那里，那么整个旅程就白费了；这样的话，我就没办法完成小说；不能继续写小说，我就必须取消合同、退还订金；然后——啊，想想就可怕！——我就要回去当我的律师了。

我一定要找到那个博物馆。

我拦下好几个过路人，带着游客特有的紧张笑容，礼貌地询问博物馆的位置。像一般情况那样，我遇到好几种人：太忙而无暇指路的人、心地善良却指错了方向的撒马利亚人，大部分人至少告诉我相隔了几个地铁站，但有个女士竟然把我招揽到她哥哥的餐馆里去了。

我隐约记得《芝麻街》曾经教导过我们，迷路时要找警察。是的，我确实迷路了，而附近恰好有很多警察。

于是我向最近的一辆巡逻警车走去。

“打扰一下，请问警察局博物馆在哪里？”我不下五百次地问道。我有种以中学法语教科书里的标准问话方式，问我阿姨的表弟借钢笔的感觉，但他们可能觉得有必要为之写一份出借报告呢。

那个警官看着我，好像在看一个智力障碍者或者一个美国人，二者很大程度上是一类人。“就在这里。”

我四下张望，还是没有发现博物馆，除非它隐藏在这些警车后面。“哪里啊？”

警官翻了翻白眼，和他的搭档说了几句话，神气十足地陪我穿过玻璃门，门后正是那令人生畏的钢筋水泥建筑。

“这里。”这次他更大声、语速更慢地重复了一遍。

然后他回去继续抽他的高卢香烟。

大厅里挤满了人，好像都是来办理业务的。有一家人坐在椅子上等候，警察和穿着制服的愁眉苦脸的官员来去匆匆，还

的艾菲尔铁塔，凯旋门和莱斯金字塔的巨幅照片。同样和纽约相似的是，展现在我们面前的印象碎片，远远拼凑不成城市生活的真实模样。生活并不仅仅专属于一个城市的人们，它属于千千万万个城市里的无数人，它既有重合，也有不同。所有人的生活都在同步进行着，但每个人又存在些许差异：美国侨民在旺多姆广场的律师事务所工作、中世纪研究家在法国国家图书馆做调查、一位小说家在辛辛苦苦地寻找警察局博物馆。

最近，我翻阅了一本虚构的传奇小说，它的背景设在十九世纪九十年代、一战、二战时期的巴黎，描写了一位与法国贵族喜结连理的美国女继承人，因她母亲是法国人，她就认为自己很了解巴黎，能吸引到上流人士，也认为自身更偏似一个法国人而不是美国人。和我一样，她坚信巴黎人洒脱的气质是与生俱来，而非后天培养的。

书中的故事始于 1889 年的万国博览会、艾菲尔铁塔正式对外开放的时期，结束于 1940 年德军在香榭丽舍大道胜利游行之时。行文至此，我所了解的那么多发生在 1815 年后的巴黎的事情似乎都显得无足轻重了，因它们已被赋予了全新的意义，并与现实相呼应。圣日耳曼大道不仅是豪斯曼男爵挫败拿破仑时期小说作家的恶毒计划，还惹恼了那些喜欢设置路障、唱着“听人唱歌”的人。我小说中女主人公的势利嫂子就生活在那里，而女主人公说不定会在某个招待会上遇见孟德斯鸠先生和“马屁精”，也就是三流文人普鲁斯特。

经过几个月的阅读，我最终放弃了这本书。为什么？因为它的内容变得与人物关联不大。人物不过是一个更鲜活的巴黎背景下的时代剪影：巴黎政治、巴黎文化和一个美国人在巴黎的体验。因此我把这本关于巴黎的书放在了一边，继续撰写真正讲述故事的小说。我开始重新欣赏巴黎的多元本质，这个城市在不同的时代里养育了不同的人，有的人终身为大革命而奋斗，投身于攻陷巴士底狱的壮举中，即使结果是被关押在囚车里也在所不惜；而有的人则生活在“美好时代”，浅酌香槟欣赏着新艺术海报，脚踩高跟鞋在舞厅里翩翩起舞。

然而这两类人的界限并非可以划分得泾渭分明。巴黎不同的层次是紧密相连的。你是维克多·雨果的书迷吗？他在十九世纪的住所位于十七世纪建造的拱廊街上。你可以去看看他的公寓。而中世纪研究家呢？你一踏入那些现代的玻璃金字塔，就会看见卢浮宫底部的挖掘工程，看见中世纪城堡的残垣断瓦。当我在巴黎的古老监狱寻找消失的法国皇太子时，大厅里正举办一场时装表演会。模特们缓步走下石板路，白色的用假霜装饰的树掩盖了古老的石墙。电子音乐充斥在昔日牢房般狭小的

① 法国王后，生于维也纳，1770 年与路易十六结婚，以加强法奥联盟。——译注

劳伦·维利希是《纽约时报》和《今日美国》的畅销书作家，著有“粉红康乃馨”系列图书和几部历史类的小说，其中包括《另一个女儿》。从耶鲁大学本科毕业后，她进修获得了哈佛大学的历史硕士学位和法学博士学位。如今她住在纽约，全职写作。

联系方式：

laurenwillig.com

关于巴黎的书：

《粉红康乃馨的秘史》
《兰花情事》
《花园阴谋》
《英国主妇》

最喜欢的巴黎时刻：

我下榻的酒店对面就是面包店，我一屁股坐在店前的铁制椅子上，张口点了奶油咖啡和杏仁饼干。我还在倒时差，但此刻没有什么比尝到咖啡和松软的面包更惬意的了。

最不喜欢的巴黎时刻：

查尔斯·戴高乐遗址终点站有很多来来往往的小型班车。我坚信终有一天我会上错车，被带到诺曼底去。

最喜欢的巴黎名句：

“巴黎值得你尽情放纵。”

——亨利四世

亨利四世是一个深谙“低调陈述”艺术的大师，他喜欢穿极其张扬的飞边领衣服。我把这句话理解为：“巴黎值得你待在长途客车上六个小时。”

最喜欢的关于巴黎的书：

我最喜欢的一本以巴黎为背景的小说是南希·米德福德[①]的《别告诉阿尔弗雷德》，这是一部幽默的讽刺作品，不仅描写了法国人，还讲述了英国人和美国人在巴黎的荒唐事，当然还有随之而来的各种跨文化的误解。这是一部戏剧，也是一首对随处可见时髦大摆裙的战后巴黎的颂歌。

① 英国女作家，名噪一时的米德福德六姐妹中的老大。——译注

这是个好主意吗？

特蕾泽·安妮·福勒

我对巴黎的渴望从未衰减。小的时候，我就想跑到巴黎去，逃离这座小镇，因为这里没有任何吸引我的事物，我的继父专横霸道，不论我做什么都会受到他的批评。老实说，我要是能自己生活，跑到哪里去都无所谓——但是巴黎这个出现在无数电影和书中的城市，是我梦寐以求的地方。《塞布丽娜》中的茱莉亚·奥蒙德说过：“去巴黎永远都是个好主意。”

在巴黎，我不仅可以摆脱我的继父，还会长高，会变漂亮，会更有自信——当然身材也会变得纤细。我会留长长的黑发（我原本的发色是金黄色），说一口地道的法语。我会学着喝咖啡加牛奶（还要加很多糖，因为我讨厌咖啡），吃蜗牛、羊角包和其他法式食物。我要读拉伯雷的书（管他是谁呢，我在《音乐人》中听到过这个名字）。我要买高卢烟，边看书边假装抽烟。我会住在破旧但雅致的阁楼里，总有一天会带一个高大黝黑的爱人来到这里。我要写下无聊的深情诗歌，伴着埃迪特·比阿夫的歌声哼唱。我要在窗台上喂鸽子，倒一碟牛奶，留给那胖乎乎的小猫，让它睡在我家。我要在巴黎迷失自己，然后寻找自我。不就该这么做吗？

但是没有护照，没有钱，也没有胆量，我没有逃到我梦想的城市，也没有逃到其他地方。我逃到了书籍中，直到高中毕业，才以正常的方式离开了家。可惜——不久后，我就结婚了，早早地嫁给了一名空军士兵，随他到菲律宾生活了三年。在克拉克空军基地的生活和理想中的巴黎生活完全不同（和理想中的婚姻生活也不同）。离开美国的时候，我是个年轻的少妇，回来的时候，则成了一个备受指责的、不够独立的妻子，很大程度上是因为我对实现自己的目标和兴趣越来越力不从心了。我不是有意要选择婚姬作为逃避的借口，但是它确实有这种作用，对吗？当然不对。当我二十二岁回到美国时，我比之前更加迷茫，但这要花几十年才能真正理解。

♦

二十五年过去了，巴黎仍是我的梦想之地。我已经成了一名小说家，在纸上写着巴黎的故事，却从未踏足过那个国度。在我虚构的冒险中，有塞尔达·菲茨杰拉德，她的名字来源于美国著名作家F.斯科特·菲茨杰拉德的疯狂妻子——一个精神饱满的女人，她年轻的时候向往逃离、冒险，这和我的梦想不谋而合。但是四十七岁时，我对这座城市和自己的希望发生了巨大的改变。那个淡然的少女，那个年轻的少妇，现在成了有两个成年儿子的单身母亲。我拥有两个学士学位，会写小说，不会写诗歌。我的那种无聊感已经消失了。我现在很喜欢加牛奶的咖啡（只加一点儿糖）。我没有长高多少，没有变漂亮多少，也没变瘦多少，我的头发还是金黄色的，但我找到了高大、黝黑的另一半——他要带我去法国。

这次旅行的重点是探访曾经的巴黎，我希望探访第一次世界大战结束时，对迷失的一代充满诱惑力的巴黎。我想亲自去看看，塞尔达和斯科特·菲茨杰拉德这两个通过我的描写渐渐鲜活起来的人物，为什么没有爱上罗马、布拉格，或者日内瓦、伦敦、马德里。我想用自己属于二十世纪二十年代的耳朵，听听那诱人的歌声，再写写那迷失的灵魂，让乐曲和节奏告诉我为什么去巴黎“永远是个好主意”。

从北卡罗来纳州的夏洛特乘坐红眼航班，让我和伴侣在航行中看到了日出，先是飞到爱尔兰上空，然后飞越了英格兰和法国上空一片厚厚的云层，飞机缓缓降落在巴黎郊外的戴高乐机场。从机场出来，我们到了一个像是《杰森一家》中某个装置的航站楼，我又累又兴奋。我终于到了巴黎！首先，我们要租一辆车，开往南部，最南部，在 A71 / 77 道上开六个小时到达一个名叫卡奥尔的小镇，一些好友住在那里的避暑别墅，他们迫不及待地想把我带入法国的乡村生活中。

开着租来的欧洲汽车，我们驶入清晨的细雨中，此时正是高峰期，再加上倒时差和语言不通的问题，我们的首要任务就是将导航设置为英语模式。东部时间凌晨两点，还有很多考验等着我这个睡眠不足的中年人，前面的路还很长，而距离睡觉还有很长一段时间。

经过几天在卡奥尔和洛特山谷度过的美好时光之后，我们到了更远的南部，在里维埃拉追寻菲茨杰拉德的踪迹。正如塞尔达到法国的最初几个月里所做的那样，我登上了昂提布海角的悬崖，欣赏了杰拉尔德·墨菲的海滩，并在蔚蓝的海水中游泳，豪华的游艇停在远处的岸边。我在菲茨杰拉德家的庭院（现在是一家酒店，曾经是圣路易斯的别墅）喝了一瓶二十三英镑的杜松子鸡尾酒，它被称为“绿色补药”，塞尔达也曾在这里看着太阳在低山和深蓝的大海尽头落下。当我在阿尔勒的中心瞻仰凡·高时，登上卡尼斯的鹅卵石山丘时，穿过古老的罗马古桥杜邦加尔时，都能感受到艾菲尔铁塔的旋转灯塔在召唤我。巴黎吸引着我去找它。

◆

我们归还了租来的车，选择乘坐火车穿过乡村，往巴黎的方向去。抵达巴黎北站后，我站在车站外看着巴黎的景色，心中的冒险之旅便开始了。现在，我要去看看菲茨杰拉德住过的地方，他当初为了让婚姻稳定而数次搬家，结果却南辕北辙。我要去他们经常光顾的咖啡店和酒吧，找到他们朋友的家，然后逛逛公园、市场，在布洛涅森林漫步，参观卢浮宫和凡尔赛宫——通过塞尔达日益清醒的眼睛看看这一切。我会在卢森堡花园中的湖边漫步，就像他们带着年轻的女儿斯科蒂一样，不过斯科蒂当时是在玩一艘模型船。我会在月光下沿着塞纳河漫步，《了不起的盖茨比》的评论和销售报告发来时，他们也许会去那里散散步，寻求安慰。塞尔达，一个有抱负的画家；塞尔达，一个训练有素的舞者；塞尔达，一个不得志的作家；塞尔达还是一位母亲，一位妻子，她的雄心壮志使她专制的丈夫感到不安，她从传统的南方家园那无聊的生活中逃出来，却并没有达到预期的结果。她在巴黎的理想是什么？成为“爵士时代”的中心？简而言之，有所成就。

在二十世纪二十年代的任何一个晚上，当城市被格特鲁德·斯泰因、巴勃罗·毕加索、埃兹拉·庞德、欧内斯特·海明威、T.S.艾略特、西尔维亚·比奇、约翰·多斯·帕索斯和萨尔瓦多·达利等占领时，你可能会发现每一张咖啡桌边都有可能坐着作曲家、画家、小说家、诗人、编舞家、摄影师、萨克斯演奏家，每个人都在喝酒、抽烟、大笑、争论。他们在造成五千万人丧生的战争和流感之后来到巴黎。幻想破灭、失意沮丧的他们来到巴黎寻找友爱和灵感，他们没有钱也可以生活。在他们创造的开放社会里，一夫多妻和对伴侣的不忠诚不过是改变社会规范的一种实验，而固守传统则会被视为过时。

在来巴黎之前，塞尔达曾在纽约、圣保罗、韦斯特波特、格雷特内克和里维埃拉生活过。她不再是几年前那个天真活泼的蒙哥马利女孩，经过时间的洗礼她变得更加智慧，更有活力了，她在寻找自己，寻找自己的价值。巴黎张开双臂欢迎着她的到来。

♦

和塞尔达一样，我曾跟着丈夫从一个城市搬到另一个城市，从一个国家搬到另一个国家，都是为了他的事业和他的愿望。和塞尔达一样，我从未在婚前独立生活过；我比我的丈夫年轻；我坚信婚姻、家庭以及付出的意义；我还试图改变自己以适应自己的角色和满足他的需求。和塞尔达一样，我对这个角色的要求和限制感到愤怒，为寻求自我认同和追寻理想而痛苦不已，我变得越来越不满足，越来越不开心。我太年轻、太自由、太信任我丈夫的“智慧”了，我选择了和塞尔达一样的路：想做好一切。

对塞尔达来说，这意味着在桌子上跳查尔斯顿舞，但也意味着管理家庭、监督照顾女儿的保姆和消减丈夫的不安全感，同时还要画画，写短篇小说，为了成为专业舞者，每天都去上芭蕾舞课。在一个颇具竞争力的舞蹈工作室里，她是班上年纪最大的，她想放下其他一切事务，专心跳舞。如果她够努力，也许能让她衰老的（以芭蕾舞者的年龄计算）身体满足佳吉列夫芭蕾舞团的要求；或者，如果不行，进入另一个国家表演团也是好的。她也许可以向丈夫和自己证明，除了妻子和母亲，她也可以凭借自己的努力成为一名艺术家，而不是大家眼中的F.斯科特·菲茨杰拉德的妻子。

她的老师，来自俄罗斯的芭蕾舞者柳博夫·叶戈罗娃女士，根据成绩将她安排在高级班里。她认识的许多女作家都鼓励她追求自己想要的事业。巴黎以其固有的魅力、传统和波西米亚的野性感染着塞尔达，并给了她追求的自由——但这并不重要，因为斯科特不让她离开。如果她离开了他，他会用当时的法律夺走他们的女儿。她不能离开女儿，又不能放弃芭蕾，她付出了前所未有的努力，寻求着其他的解决办法。最终，她还是输掉了这场博弈，因此精神崩溃，并迷失了很长一段时间。

我比她幸运。我生活在一个法律更健全、离异女性有更多机会的时代。因为我结束了婚姻，世界才为我打开了大门。我必须努力工作，但我看得到实现自己价值的真正途径，还有通往巴黎的途径。尽管十四年过去了，我才到达这里，但当我来到这里的时候，它就像个爱人一样欢迎着我。我也许会留下，说不定会的。

◆

去巴黎始终都是个好主意吗？从我在圣日耳曼区住的酒店里向外望去，能看到菲茨杰拉德和他的许多朋友曾经住过的地方，我看着那些屋顶和塞纳河缓慢流动的深色河水，想起了塞尔达在这里的故事。我想到了我见过的那些移民出租车司机、小贩和吉卜赛人，那些怀揣梦想和希望的人来到这里，却仍然活在社会的边缘，靠揽客为生，时时刻刻担心着自己的命运。夜幕降临，艾菲尔铁塔披上了华丽的灯光。它的光芒照亮了远处——现在，它对我来说不仅仅是欢迎的讯号，还是一种警告：在你前进的道路上可能存在着潜在的危险。小心，歌声响起了，到巴黎来吧，我们拥有一切。音乐和艺术，历史和文化，美食与红酒，还有无尽的浪漫。但是那灯光说，想一想你来的时候，带了什么，或者，带了谁。权衡利弊。期望的重量也许超乎你的想象。但是，还是来看一看吧，既要看到美丽，也要看到风险。就像爱情，等待你的可能是糟糕的，也可能是美妙的事物。拥抱它吧，去看一看。

特蕾泽·安妮·福勒是《纽约时报》的畅销书作家，著有《Z：一部塞尔达·菲茨杰拉德的小说》。她获得了社会学、文化人类学学士学位和创造性写作的艺术硕士学位。她是土生土长的伊利诺伊州人，于1995年移居北卡罗来纳州。

联系方式：

thereseannefowler.com

关于巴黎的书：

《Z：一部塞尔达·菲茨杰拉德的小说》

最喜欢的巴黎时刻：

夏季参观卢森堡公园，在那里，你可以欣赏雕塑、花园、树木、喷泉、宫殿、广场、滚球球场，等等。这是一个宁静而美丽的法式景点，适合作为重点游览的项目。

最不喜欢的巴黎时刻：

在通往圣心堂的通道上，有一群小贩不依不饶地与我搭讪。有好几个男人围住了我，一起快速地朝我说话，想让我买一件他们的手工艺品。我不得不推搡着逃出来，真是太可怕了。

最喜欢的有关巴黎的书：

米莉埃尔·芭贝丽的《刺猬的优雅》——这本书很有吸引力、机智、温柔、有趣、发人深省。

让你想起巴黎的歌曲：

琼尼·米歇尔的《巴黎自由人》——这首歌让我觉得巴黎是一个理想的逃亡之地。“在巴黎我是一个自由人，我感到无忧无虑，精神抖擞。”

巴黎以外最喜欢的旅行地：

我还有很多地方没去过，但有一个我去了很多次的地方是佛罗里达州的基韦斯特。但你必须走出杜瓦尔街，离开游客扎堆的地方才能真正地欣赏这个城市的美丽。

最奇怪的旅行必备品：

数独游戏书。数独是我在飞行期间遭遇气流时，唯一能让我转移注意力的东西。

孤身游巴黎

玛吉·希普斯特德

我在书桌前静静地坐着，轻浅地呼吸，手指放在笔记本电脑的键盘上。他再一次敲响了门，过了一会儿，又敲了一下，声音更大了，然后在外面等着。从公寓门下面的门缝中，能看到他的双脚踩在深绿色地毯上的影子。我默不作声。过了一会儿，他走了，脚步声渐渐远去。一分钟后，大厅里连接着计时器的灯灭了，门下只剩一片黑暗。

前一天，电话响了几次，我没有接。我知道是谁打来的，就是刚刚敲门的那个人：他没有跟踪我，也不是个神经病，只是住在大厅对面的一个瑞士作曲家。一个四十岁左右、和蔼可亲的男人，留着一头黑色卷发。这周早些时候，我曾在电梯里见过他。在谷歌上，我搜到了他创作的歌剧——不是普通的歌剧，而是水下歌剧。（在相关新闻中，我发现确实有水下歌剧，这个世界真奇妙！）

我在巴黎没什么朋友，也没心思关心周围的人，当时，友情并不是我想要的。

事实上，面对友情的萌芽时，我只能以逃避应对。你看，我独自一人，这对我来说不是一个短时间的、容易改变的状态，而是一种生活方式。它像一口井，我掉进去（或者跳进去）之后，便不想爬出来了。我坐在井底，享受着宁静。

现在是 2012 年 1 月底，我已经在巴黎待了将近一个月，还要再待两个月。这位瑞士作曲家和我都住在国际艺术城，这是位于马雷第四区专为艺术家提供住处和工作室的大楼，共有二百七十间公寓。大部分公寓或工作室都是签在艺术组织或大学名下的，或者由市政府直接管理。我居住的公寓属于斯坦福大学，在过去的两年里，我曾在斯坦福大学的一个写作协会工作过；但是我公寓外的走廊里，其他门的牌匾上写的大多是欧洲的“冷门”国家，比如挪威、芬兰、奥地利、瑞士，等等。我觉得，在这样的环境中，作为一个来自大国的隐士是很有成就感的。

艺术城的主楼于 1965 年建成，是一座巨大的混凝土结构的建筑，上面点缀着狭窄的铝框窗户。它位于市政大街 18 号，塞纳河右岸，玛丽桥和路易·菲利普桥之间。它的外观与汽车的空气滤清器有着某种相似性，在巴黎河畔盛大的游行中，它给精雕细琢的建筑群增添了一道野兽派的风景。我住在一条小街上的一栋副楼内，两边是咖啡店和城市大屠杀纪念馆。纪念馆里，有几名保安人员，售票窗是几英寸厚的防弹玻璃材质。不远处有一所高中，再往远一点，是一间小小的面包店，每次我去买面包和糕点，总是被收银员的语速搞得晕头转向。我会随意拿出一堆零钱和硬币——比如，当我需要付 3.76 欧元时，却给了 7.35 欧元，然后若无其事地发着呆，假装自己故意要刁难收银员。

艺术城的副楼里面很像重新装修过的苏联政府大楼：抛光的混凝土，木纹贴面，幽深的走廊，绿色的地毯。我家的小厨房有电热板、电热水壶和迷你冰箱，而宽敞、明亮的主卧里放着一张双人床、书架、梳妆台、桌子、画架和巨型白色喷漆软木板。如果我是一位视觉艺术家，说不定会在把我的作品钉在上面。浴室里有一个棺木大小的淋浴间，我弟弟来的时候，说这里就像监狱的厕所——无盖的马桶，黑色的座圈，冲水的时候要用尽全身力气按压墙上的开关。在我刚到这里的那天，一位艺术城的员工将一张备用床单和毯子从我的床下拿走了，后来我发现，从每天晚上十一点到第二天早上六点，中央供暖设备都是关闭的。最冷的时候，一张羊毛毯远远不够。这里的住宿条件很简陋，但是价格非常非常便宜，位置也非常好，任何人在那里住几个月，说不定都能成为一名艺术家。从小阳台上，可以看到楼下的街道，向右望去，圣路易岛的堤岸旁流淌着塞纳河。再远处，蒙帕纳斯大厦就像一只精力充沛的鼹鼠。

（巴黎有个笑话。问：为什么巴黎的蒙帕纳斯大厦是最好的观景点？答：因为这是唯一一个看不到蒙巴纳斯大厦的地方。）

艺术城的住户理应是讲法语的。我在大学读了一年的法语，但现在脑子里只剩下教科书里关于企业间谍活动（espionnage industriel）的短语了。我不知道如何在餐厅点餐，但我知道如何寻找文件的下落（法语应该是 Où sont les fichiers？），如何披露运河中发现尸体（Le corps est dans le canal）的消息，以及如何看出某人在背后藏了一把刀（Il y a un couteau dans le dos）。至于怎么寒暄闲聊，我完全不记得了。

那位作曲家和我在副楼中缓慢而陈旧的电梯里碰面的时候，会用法语打个招呼，然后用英文交流，因为我们就住在彼此的隔壁，用不着审问文件、身体或者刀的位置。

“我们应该一起喝杯咖啡。”他说。

“没问题！什么时候都可以！”我欣然同意了，这一定让他觉得我太过直爽和草率了。

生活中，我是个时而外向时而内向的人。在陌生人面前，我很容易焦虑，但作为一个成年人，我已经学会了抑制这种焦虑，与人正常交流。有一次读书日，在鸡尾酒派对和晚宴上挤满了陌生人，我对一位作家说，我觉得聊天既有趣又累人。我认为自己是个害羞的人。他摇摇头，“你是一个不善交际的人，”他说，“你可以应付社交，但是你不会像真正的外向者那样从社交中获得能量，反而是社交消耗了你。”他的观点让我醍醐灌顶，没想到这竟然是一个我刚刚见到的人告诉我的。

也就是说，在正常情况下，我会和作曲家一起喝咖啡，他和我可能已经成为朋友，或者至少在闲聊中建立了初步的友谊。因为我们在巴黎，城市的美丽太过醉人，让你觉得自己理应拥有如画的生活，一杯咖啡变成了一下午的长谈，然后两人沿着塞纳河一直走，直到街灯亮起，一时间有如蒙太奇的片段，恍如冬季里的浪漫故事：穿着大衣、戴着围巾漫步在街上；工作室的辛苦创作后，在左岸的小酒馆悠闲地用餐，享受甘醇的葡萄酒和快乐温柔的缱绻。每个人都知道这就是你在巴黎应该做的事，或者说，这是巴黎应该为你做的事。但是，一旦我离开电梯，回到我的公寓，看着我的电热板和白色的墙壁，以及不够保暖的被褥，与陌生人相处便显得非常困难，甚至让人害怕，几乎是完全不可能发生的事。独处最简单。别人是无法预测的，他们会让事情变得复杂。

所以我没有接电话，也没有回应邻居的敲门声。好几个星期里，我甚至要在离开公寓之前在门口偷听一下，从门缝下看一看，确保廊灯的计时器没有亮起来，这样我走到电梯的时候，就不会碰到别人。

我第一次发现自己很享受独处是在 2008 年。我当时取得了艾奥瓦大学的硕士学位，多亏有这一小笔奖学金，再加上我自己少量的储蓄以及父母的救济钱，我在楠塔基特待了八个月（最冷的月份，从十月至次年五月）。我想以楠塔基特岛为背景创作一本小说，我觉得身处这个环境中有助于在作品中还原真正的风土人情。事实证明，这个方法确实有效，不过效果不是我想象中的那样。现实中的气氛和我书中的气氛完全不同。我写的是一座度假海岛的夏天，充满了喧嚣、度假服装、阳光。餐厅里挤满了食客，海滩上点缀着明亮的遮阳伞。与我所写的完全不同，这里的天空总是灰蒙蒙的，大风呼号，土地荒废，房屋紧锁，空无一人，房子周围的树木也光秃秃的。冬天，楠塔基特岛上的确有人居住，但我不认识任何人，也没有见过任何人。在我最孤单的一段时间里，连续五周，除了和杂货店老板说过几句话，再没见过其他人。于是，我就一直待在家里写我的书。我在早上工作，下午带着我的狗溜达很长时间，然后回到家中喝一杯啤酒，吃点爆米花，再看看网飞公司（Netflix）从遥远大陆传来的光盘。吃完晚饭后，我继续工作，或者躺在扶手椅上看书。我和我的狗总是竞争抢扶手椅的位置，只要这里空出来，另一方会马上占领它。

我发现没有社交生活可以显著提高工作效率。没有了噪声和刺激，在安静的环境中，我发现自己的注意力非常集中。七个月后，我完成了四百页的小说初稿，同时也找到了一种专注于内在的生活方式。说实话，在楠塔基特的冬天，我变得有些奇怪，总是特别拒心每一个微不足道的选择和任务，过于约束日常生活，但是过了几个月后，我发现自己不再感到无聊、孤独。我变得自给自足，这在以前是完全不可想象的。

在巴黎，我正在写第二本书，是一本关于南加州和纽约的芭蕾舞者的小说，这个主题是我在巴黎的时候偶然想到的。我轻松自在地沉浸于孤独中。我建立了一个新的独处模式。大部分时间，我醒来后，在公寓里吃点简单的早餐，然后带上电脑，到这个城市中的某家星巴克咖啡店去工作。

我知道，我知道。

我这种做法太美国风了，又沉闷又保守，偏要在遍布咖啡馆的城市里选择星巴克，而那些咖啡馆有新开的，也有老店铺，配有锌制柜台和弯曲木椅，还有穿着白色围裙的服务生。星巴克满足不了任何人对巴黎浪漫、美丽生活的遐想。是的，确实是这样，但是，那些正宗的法国咖啡馆通常没有充足的电源插座，也不欢迎顾客点最小杯的咖啡，然后在店里待上一天。星巴克销售大杯咖啡，你也可以在里面坐很久。巴黎的年轻人去星巴克一般是为了搭讪和吃薄饼（很奇怪，法国的星巴克里会卖薄饼）。我经常拿着笔记本电脑坐在扶手椅上，对面通常是两个年轻的法国人，女孩的长发光滑柔顺，男孩瘦削而时尚，两个人百无聊赖地聊天、打闹。

在我的写作精力用光后，我每天的目标就是到一个我还没去过的地方走走。可能只是一条小街道或一整个社区，一处公墓或一个博物馆，一座公园或一家商店。我想一点点地探索这个城市，不慌不忙。冬天是在巴黎漫步的绝佳时机，这个时候游客很少，节日气氛浓厚，商家纷纷开始促销。我走过宽阔的大道和狭窄的小巷。在去观看展览《后代》的一个下午，雪花从低矮的云层中飘落，我沿着被雪覆盖的圣马丁运河漫步。我漫步在杜乐丽花园光秃秃的树林里。卢森堡公园的喷泉泉水被冻住了，像个水晶吊灯。在冬季促销期间，尽管我没有任何买新衣服的借口，却仍然在巴黎春天百货公司的减价内衣中挑挑拣拣。我看到了万神殿的庄严，欣赏了圣徒沙佩尔的彩色玻璃珠宝盒，在巴黎圣母院雄伟的教堂中为其巧夺天工的技艺而赞叹不已。我参观了让-保罗·萨特、西蒙娜·德·波伏娃、苏珊·桑塔格、玛格丽特·杜拉斯、维克多·雨果和玛丽·居里的墓地。我爬上了圣心大教堂的圆顶。我仔细观看了拉雪兹神父公墓里逐渐衰败的教堂。我还走过地下墓穴的隧道。（看来死后葬在巴黎也不错——至少有名人陪着。）

我按照常规的旅游线路观光游览，但是不慌不忙、随心所欲地漫步着。我看着人们，看着商店的橱窗，看着楼宇，看着天空、人行道和路边的狗屎。有一天晚上，我看到了两只巨大的老鼠在玛丽桥上的一个垃圾桶里兴奋地跳上跳下，叽叽喳喳。主动观察是消灭无聊的武器。我一个人的时候，就不需要将我看到的事物转变成话语描述给其他人。独处的时光不受别人的心情影响，不用为别人的喜好和兴致而自我牺牲。

法国是一个美食遍地的国家，所以我的味蕾也得到极大满足。

因为只有我自己，所以想吃什么就吃什么，想什么时候吃就什么时候吃。一份烤鸡肉当晚起后的早餐？当然可以了。苹果挞和红酒当晚餐？有何不可。我品尝了住处附近的布朗尼和法式蛋糕，喜欢上了黄油酥饼（额外的好处：出售它们的店铺提供的是自助服务，这意味着我不必与任何人交谈），穿过河流走到玻玛榭的美食大厅，在奶酪、橄榄、意大利熏火腿和酸奶货架之间流连忘返。即使是在不二价商店（法国一种专售廉价品的连锁商店）购买的速溶汤，放在我公寓的电热板上加热后，也变得美味起来。

作为艺术城的住户，我可以免费参观绝大多数博物馆——通过季票入口进入，那里永远没有人排队。我可以在奥赛博物馆中的一两个画廊间闲庭信步，过几天再去看看其他展厅，再过几天再去一次。一个下雨的午后，我坐在橘园美术馆，周围没有其他人，莫奈的《睡莲》便被我“承包”了。

巴黎的冬天要比楠塔基特的冬天有趣得多，巴黎的人口也多，但是在“光明之城”，我发现自己沉浸在孤独中，好像去到了一个“没有光”的小岛上。这是因为我的孤独是一种内心选择的产物，是有意而为之的，而不是被外部环境强加在身上的。因为这是一种有意识的选择，所以我的孤独不同于寂寞。我选择沉浸在我的工作中，用自己的方式认识这座城市，与自己相处。

直到现在，当我独处时，我仍然不感到孤独，而我身处人群中时，却会感到孤独。例如，在我感到无聊的派对上，或者当我对我爱的人生气，或者被无谓的谈话搞得无比绝望。对我而言，孤独并不是独自一人的状态，而是远离他人的心境，是在看清人与人之间的困惑、失望和不完美后做出的选择。当然，不是所有的人际关系都能做到完美，而孤独就是人类属性的一部分。我们每个人都是独立的存在，都拥有独立的意识，独立的身体，独立的生活，所以我们天生就是孤独的。但是，我们大多数人都在无休止地尝试着与他人建立联系，摆脱孤独，就像小鸡破壳而出，我们的努力伟大而凄美，我们的成功也伴随着巨大的喜悦和危险。同时，你也有很大的可能会忽略掉自己本身。

在法国，由于语言不通，我的孤独感也增大了。这个城市在我周围喋喋不休，只言片语溜进我的耳朵，但没有一句话能被我完整地理解。我和巴黎保持着彼此独立的关系。也许，就像听一场水下歌剧一样。有一天，在我出去散步时，一名男子从我旁边经过，说了些话。我抱歉地说我听不明白（我是用法语说的，但我的法语水平也就如此了）。“哦，你不是法国人，”他用英语说，“你是哪里人？”

“我是美国人。”我有点羞怯地说。

他握住我的手。“我喜欢美国人！”他说。我们一起走了一会儿，手拉着手，什么也没说。然后他举起我的手，轻吻了我的手背，便离开了。三月，寒冷的日子中有那么几天会回暖，我的孤独也开始融化。我的弟弟来到城里待了几天，我和他还有他的同事一起度过了一个疯狂的夜晚，戴着发光的手环，在地下的洞穴里跳舞到凌晨三点。（反正，我记得是在一个洞穴里）。大约在同一时间，我认识了一位朋友考特尼，她是一位嫁给了法国人的美国作家。另一位朋友米歇尔来看望我，我和她以及考特尼一起在酒吧里聊天、喝酒的时候，我意识到我就要找回原来的社交生活了。

有一天晚上，我非常想念一个人。我去看了芭蕾舞剧《舞姬》。巴士底歌剧院有二千七百多个座位，观众穿着优雅而华丽，对芭蕾舞有很深的见解，对中场的香槟酒也颇有研究。在第一幕结束时，尼基亚在她恋人的婚礼上跳起了伤感的独舞，坐在我旁边的一位法国老绅士从幕布升起后，就不时地擦擦眼泪，此刻又开始难过起来。他的肩膀上下抖动着，从外套口袋里掏出一块手帕，擦干了泪痕。在昏暗的光线下，他向我抱歉地耸耸肩，似乎在问，他怎么可能不被那么美丽的事物打动。怎么可能不呢？

当我还在南加州上幼儿园时，我的母亲每年都会带我去看四次芭蕾舞，而她对舞蹈的热爱也渐渐地影响了我，我在公寓和咖啡店的扶手椅上创作的小说也与舞蹈密切相关。我以为我在工作时是孤独的，但并不是，真的。母亲离我五千英里远，但也在巴黎影响我，帮助我激活了小说中的人物，塑造了他们的世界。剧院外的夜晚很冷，人行道上铺着一层霜。当我往回走时，我给母亲打了个电话，伴随着高跟鞋踩在鹅卵石路上的“嗒嗒”声。我告诉她我希望她也能看看这场演出，她一定会喜欢的。

那一刻，独处是不够的。我最想让我母亲与我分享的不是芭蕾舞本身——尽管它非常精彩——而是观众之间的共鸣，以及坐在我旁边的那个人毫不掩饰的感动。艺术如果不能赤诚地与人连接，超越孤独，那么艺术便一文不值。那天晚上，人与人的联系像电光火花一般点亮了整座剧院。我希望自己能够从独处中走出来，和妈妈一起去看芭蕾舞，这样我们就可以通过共同的经历和回忆增进感情。我觉得很讽刺的是，我似乎需要和别人隔绝开来，才能创作出一些东西来——一本书，一个故事——我希望它们能引起我从未谋面的读者间的共鸣，并将他们带入虚构人物的生活和思想中去。我走在一条光滑的街道上，就像走在一个空荡荡的舞台上。

如果说三月底那温暖的春日和绽放的花朵给了我勇气去敲开那位瑞士作曲家的门，向他道歉并邀请他喝咖啡，那该是多么美好。但是最后一次看到他的时候，我们在冷战时代的楼梯上相遇。我选择走楼梯，是因为当我进来时看到有人一直在等电梯，而我也吸取了与人一同搭乘电梯的教训。我正在上楼，而那位作曲家正在下楼。当我们经过彼此时，我轻轻地点点头，好像以前从未见过他一样，说：“你好。”

“你好。”他说。

我继续上楼，但我听到他的脚步停了下来。我又向上走了一层，然后停了下来，从扶栏处望下去。他抬头看向我，悲伤地说：“我是你的邻居。”

我默默地看了他几秒钟，然后回到阴影中继续上楼。

玛吉·希普斯特德是《纽约时报》的畅销书作家，出版过两部小说：《让我惊讶》和《座位安排》。后者获得了狄兰·托马斯奖和洛杉矶时报图书奖。她毕业于哈佛大学，是艾奥瓦州作家协会会员，曾任斯坦福大学华莱士·斯特格纳研究员。

联系方式：

maggieshipstead.com

关于巴黎的书：

《让我吃惊》

最喜欢的巴黎时刻：

一天晚上我站在阳台上，看到大雪覆盖了邻居家的屋顶和鹅卵石小路——一切都很安静。附近一个人也没有。在繁忙的大城市中，真正安静的时刻给人一种神圣的感觉。

最不喜欢的巴黎时刻：

每次购物时我都会感到紧张，因为我的法语非常糟糕。

但这也怪不得别人。值得庆幸的是，大多数巴黎人的英语水平比我的法语水平要高，而且也很愿意用英语交流。

最喜欢的关于巴黎的名言：

“在巴黎，每个人都想成为生活的主角，没有人愿意当观众。”

——让·考克托

让你想起巴黎的歌曲：

卡拉·布鲁尼的《有人告诉我》。在巴黎的冬天，我把这首歌听了很多遍——其不加修饰而又沧桑的声音似乎很适合巴黎灰色的天空和光秃秃的树木。布鲁尼时髦优雅，才华横溢，曾是法国的“第一夫人”。

在巴黎，可以忽略：

不要在带有英文菜单的廉价餐厅吃饭。你应该做出更明智的选择，充分去探索巴黎这个美食王国。

在巴黎，你必须：

参观地下墓穴。巴黎的地下隧道非常庞大，其中大部分都是禁区，但向游客开放的地下墓穴至少可以让你窥探这座城市的下方，同时了解巴黎近几百年来的历史。

你应该知道的关于巴黎的34件事

梅格·韦特·克莱顿

蜜月的最后一站是巴黎。几年前——除了我在法语课上传递过的明信片，我对巴黎还一无所知——我的一位律师朋友因为工作经常去那里。当然，我也想要做他那样的工作，谁不想呢？但他告诉我，在巴黎开会和在纽约开会的唯一区别只是通勤时间的长短。

因此，计划访问巴黎的人都应该知道的第一件事，就是不惜一切代价避开开会。诚然，纽约也是如此。

到了我们计划蜜月度假的时候，大部分计划都交给了一家我从未见过的旅行社去做，因为那时我还是个忙碌的律师，在我结婚前一周，刚刚完成了三个案子。是我迷人的未来伴侣希望将蜜月旅行的终点站定在巴黎。

我三年前去过巴黎，这段经历我不想再回顾。我不记得看过艾菲尔铁塔或是卢浮宫，尽管我肯定去过。我只清楚地记得那次旅行的两件事情：莫奈的睡莲，以及在一个破烂的小旅馆里结束了一段关系。（我应该警告你，巴黎的所有酒店房间都很小。）我建议避免与很可能成为前任的现任一起去巴黎旅行。即使是巴黎也没法承受太多痛苦。

有鉴于此，你可能想避开与律师和生意伙伴一起同行，而选择在塞纳河旁边的画架前绘画的艺术家，或者是才华横溢的作家，和你一起品尝着上好的勃艮第葡萄酒。如果你碰巧是律师或者生意人，或者你爱上了这样的人（就像我一样），那么请你蓄上胡须，戴上墨镜、贝雷帽，和一条漂亮的法国围巾。

鉴于我和我的律师前男友在巴黎分手的经历，我并不想和我的律师准老公把这里作为蜜月的最后一站。但是，我更不想向我的伴侣解释我为什么不想去，我只是说，巴黎，当然可以了，巴黎。有何不可？

最后，我们从一座非常喜爱的意大利湖区的城市来到这个城市，因为太喜欢意大利了，因此取消了法国南部的旅游计划，重新安排行程，这样就能多花些时间在科莫湖上游览——给巴黎之行留下两个晚上和一个白天。在巴黎只停留三十六个小时。还能有什么意外发生呢？

我们到达巴黎的时候已经很晚了，旅馆房间狭小而昂贵。我们第二天起得很晚，穿着睡衣，吃着房间自带的小而贵的羊角面包。是的，如果你一定要知道的话，我们还做了一些蜜月专属的“活动”。这是我们旅行的最后一天，也是我伴侣的生日。但最终，我们穿上了步行鞋，来到酒店大厅——现在我想起来了，大厅里静得出奇，显然，其他人都比我们更清楚那天、那一时刻究竟该做什么，绝不会像我们那样，去询问服务员是否可以帮我们预订那天晚上在银塔美食餐厅的座位。

“这是巴黎最好的餐厅。”服务员用无可挑剔的英语向我们保证。

“好的，如果可以的话，我们想要一张靠窗的桌子。”我的伴侣说。我也许没说过，我的伴侣来自南方，所以想象一下这句话从一个离开南方多年但仍带着南方口音的人嘴里说出来，是什么样子。

“这是不可能的。”那人对我们说，“到这家餐厅用餐，必须提前六个月预订，即使不是在今天。”

如果我们仔细一点，可能会因为他的那句“即使不是在今天”和空旷的大堂，以及他一直盯着大门的样子而感到困惑。但我们并没有注意到。我的伴侣下定决心要达到目的（他很少失败的），用他迷人的南方口音恳求服务员。他打出了蜜月牌，暗示他有个“美丽的新娘”（是的，就算没有打动那个服务员，也打动了我），然后打出生日牌和在巴黎的最后一晚牌。那位服务员并没有说“你们这些美国傻瓜，知不知道你们让我损失了什么？”，而是给那家餐厅打了电话，帮我们预订到了一个被临时取消的餐位，但是用餐时间可能非常晚。巴黎的夏天，太阳直到晚上十一点才落下。浪漫的晚餐怎么会在夜幕降临之前开始？你确实需要了解巴黎的这一点。有时候，太阳似乎永远不会落下。

当我们终于从酒店大厅走出来时，香榭丽舍大街的人行道上已经挤满了人，大家在空旷的街道旁有序地排队，就像德国人等红灯一样。我们加入了人群，不可思议地看着空荡荡的街道。

“发生了什么事？”我的新晋丈夫问道，说的不是法语。

随之而来的是一阵快速的法语对话，我的高中法语水平无法让我理解其中的意思。不过我确实听到了“les idiots américains[①]”。

“S’il vous plait, vous parlez plus lentement[②]？”我说道，仔细听着那些话语，让我自从上次来到巴黎后便不断衰退的大脑慢慢理解着那些句子的意思。

终于有人慢慢地跟我们说话，我听到了“自行车”这个词。

“自行车？”我说。自行车？

我们周围的大多数法国人——也许周围全是法国人——从

① 法语，意为：美国白痴。——译注

② 法语，意为：请你说慢一点。——译注

他们的嘴里轻蔑地发出了“噗噗”声。

不一会儿，骑着自行车的选手们来了，人群挥手欢呼着。原来我们误打误撞碰上了环法自行车赛的终点站——就是第七十五届环法自行车赛。实际上这场为期二十一天、长达二十二百英里的比赛，在我们的婚礼当天就开始了，而我们全然不知。一位来自西班牙的人获得了黄色领骑衫。我们没有为比赛驻足，因为我们在巴黎只待一天，我们想沿着塞纳河穿过杜乐丽花园。

顺便说下，巴黎经常下雨。一年中几乎有一半的日子都在下雨。当你想象巴黎时，一定想不到巴黎下雨时的场景。你可以想象《蒙娜丽莎》，却想象不出围绕在它周围的人群和那块防弹玻璃。你可以想象巴黎圣母院，如果你幸运的话，你会在烛光下看到，寥寥无几的修道士在教堂中唱着格利高里的圣歌。你可以想象艾菲尔铁塔，你应该知道门票是可以提前购买的，另外，你一定要在日落之前乘上电梯，这一点，一定要相信我。（这比你想象的要困难得多，因为法国人毕竟是法国人，他们并没有按照准确的时间表把票卖出去。所以，要提前计划，经常到网站上反复确认，当你刷新网页时，如果你想买的票神秘地消失了，也要克制住自己把头撞在墙上的冲动。）

我们蜜月的最后一晚下了雨，不过是等我们在银塔美食餐厅畅饮葡萄酒时，雨才开始下——我们本想点白葡萄酒，但送上来的是红葡萄酒，我们确信这一定是我们的错。实际上，落在塞纳河上的雨滴看起来很可爱。但是，我们没有雨伞，所以我们没有在雨中沿着河边散步，而是乘坐出租车返回酒店……好吧，正如我之前说的，这是我们蜜月的最后一夜。

我在巴黎的时候，似乎总会很偶然地遇到一些大事，但重点是，这里是巴黎。你应该明白，走在巴黎的街道上，每一个转弯，都会迎来美丽的惊喜。我们曾经偶然观看了一座教堂里的四重奏，一名大提琴演奏家在卢浮宫的一个拱门里演奏，音效非常棒，也遇见过各种政治集会和时装拍摄，还有一次看到乔治·克鲁尼在拍电影。我确定那就是克鲁尼，我的伴侣也很识相地配合我。

法国人非常热衷于集体庆祝，所以如果有什么大事要发生，你最终也一定能知道。我第三次来巴黎时，法国赢得了世界杯，也许是赢了进入世界杯决赛的比赛，但无论是什么比赛，人们都在街头逗留了一整夜。在我第四次来到这里时，奥朗德当选总统，我们跟随着挥动旗帜的巴黎人群走在街道上，结果发现（我们之前不知道，但我们还是选择跟着他们）他们是往巴士底狱那边去。你应该知道，当时的巴士底狱并不如现在这般宏伟，那时它只是一个交通枢纽，中间有一座纪念碑，任何其他的城市里都有这样的建筑。但从这里可以方便地到达圣心大教堂、圣母大教堂、圣母院、市政厅、艾菲尔铁塔、圣礼拜堂、歌剧院、凯旋门和卢浮宫——它的玻璃金字塔在夜晚是一道亮丽的风景。（顺便说一下，一定要在晚上去看那个金字塔。）以前这里是一座监狱，直到法国大革命掀起了序幕的那天（是在 1789 年，我已经查过了，这样你就不必去查了），一支武装队伍攻破了监狱的大门。法国人经常在这里举行庆祝或抗议，他们似乎很喜欢这样的集会。庆祝奥朗德胜利的游行非常壮观，我们整晚都在人群中，只不过我个子不高，而且广场上人山人海，我的伴侣担心（我也担心）我会窒息或被踩踏，成为法国新时代的第一个牺牲者。

我第四次去巴黎的时候——第一次和我的伴侣在那里尽情游玩了一整个月。那时是四月，只有一天是晴天，其余时间都在下雨。因此，请牢记这一点：尽管歌里总是唱着《四月的巴黎》（弗兰克·辛纳特拉，埃拉·菲茨杰拉德，比莉·霍利迪，路易斯·阿姆斯特朗，甚至多丽丝·戴），如果你有的选，还是选五月再去吧。你可能不会听我的劝，不过我当初也没听我朋友的警告。该相信谁——辛纳特拉，还是一个既没有迷人的蓝眼睛也没有华丽嗓音的朋友？

有个好消息要告诉你——当然，这对于我和我的伴侣也是好消息，杜乐丽花园里到处都是色彩鲜艳的雨伞，比晴天在阳光下更显美丽。而且，就像这个世界上其他能做的事情一样，巴黎生产的雨伞比任何地方的都好。明亮的橙色是最好的，足以与你的爱人分享。可以选择伞边换一种香槟色，凯歌香槟色更显别致。或者这只是我的伴侣和我的看法。

如果下了一场冷雨——如果你四月份来这里，就会遇到冷雨——那就赶紧去咖啡馆吧，并点一杯热巧克力。一块高质量的巧克力融化在杯底，还有冒着热气的全脂牛奶，以及奶油和勺子。不要点棉花糖，这种巧克力可不能搭配棉花糖。如果你想证明自己比我更慷慨，你可以与你的作家朋友、艺术家朋友或律师朋友一起分享。

哦，继续吧：唯一在看的只有旁边桌的女顾客带来的可爱小狗，它一边看，一边舔着杯子的底部。当我吮吸着手指上最后一抹美味的巧克力时，我觉得自己很小心，但不知何故，那巧克力还是与牛奶混在了一起。

好消息是，巴黎的雨去得很快，几分钟或者一小时，很少会下很久。当你喝光了饮品，天上的云朵很可能已经移动到了其他干燥的地方，留下你自己去探索一个稍微潮湿但仍然令人愉快的地方，然后，第二天，那朵云又回来了。

不知怎的，日落时几乎从不下雨，日落也来得很晚，正如我前面说过的那样。观看日落的方式有很多，第一种是去艾菲尔铁塔赏日落，希望你手里已经有票了。如果你可以负担得起，不妨购买两个晚上的门票，以防其中一天有雨，不过也不一定。就算是去两次，你也绝对不会后悔。当你到达最高点时，要往下望一望，但要做好心理准备，那比你想象的要恐怖，但也更美丽。

现在，你已经去过了艾菲尔铁塔，或者多买了一张晚上的门票，又或者你出于某种讳莫如深的原因，决定不去塔上参观，而是对“二号幕”后面的传统日落感兴趣？这往往涉及昂贵的餐厅和三小时的用餐，却没有能看到日落的座位，桌子和桌子挨得很近，一点儿也不舒适。我承认在这方面，我没什么经验。蜜月时在银塔餐厅的那晚……好吧，那是我们的蜜月，与大多数巴黎餐厅不同，那里至少能看到外面的景色，我和我的伴侣都是隐姓埋名的律师，他的薪水很高，我们花得起钱，但是没有时间可以浪费。

我们把大面额的支票兑换成手写的小额支票，但好处在于，我们是行走在塞纳河上的作家，不用隐姓埋名。每当我这样说，都会大笑起来，好像刚刚中了乐透彩票一样。作为作家，要不是因为养了一只宠物狗，我们实际上并不需要回家，更不用每过六分钟关心一下工作进展，只为了能在巴黎吃一次这样的晚餐。唯一的坏处就为了冒险而付出代价。

这是在“三号门”后面的众多夕阳美景之一——我和我的伴侣在巴黎的每个傍晚都是这样度过的。而且，我们从未感到厌倦。

这样的晚上，你可以去品尝美食，可以花十美元随便去一家小市场买一瓶朗格多克、沃莱白或蜜思卡岱葡萄酒，还可以找到一个望得到风景的长凳。我和我的伴侣更喜欢左岸，那里有一家迷人的小酒庄，名叫“最后一滴酒”，位于波旁城堡街上。小酒庄经常举办免费的品鉴会，在你来到法国之前，即使对法国葡萄酒一无所知，也不需要背负“美国白痴”的骂名，或得到鄙视的“噗噗”声。

我们跨越三个街区的夕阳野餐路线从这家小酒庄开始，你应该在那里接受他们的建议。从那里，我们穿过街道来到亨利·勒鲁巧克力店，那里有琳琅满目的巧克力——名字都是法语——会令你目不暇接。我推荐慕伯恩（Embruns）巧克力，名字听起来并不美味，我知道，这个名字是世界上少数几个用英语说出来更好听的词，它叫“海浪花”。它含有67％的黑巧克力和盖朗德的盐之花——一种上好的布列塔尼海盐。你可能认为这就是你所需要的一切：葡萄酒和巧克力。有时候确实如此。但是在街区尽头的比西街上，有一家小小的烤鸡肉店，和几个水果和蔬菜小摊。还有一些地方可以买到肉酱（这恐怕要请教我的伴侣了，因为我讨厌肉酱）、奶酪，薄火腿片和沙拉。除了面包之外，这个街区可以满足你所有的需要。

还有一件事，即使你习惯了外观惊艳的美国面包，那也不算你尝过真正的面包，除非你吃过巴黎的面包。冒着争论哪家店是巴黎最好的面包店的风险，我要告诉你，你可以沿比西街走到马莎琳街或喜剧街，这取决于你往哪一边看。是的，这是巴黎人对外地人开的一个小玩笑——不断变化的街道名称。向右看（有趣的方向，喜剧街），就会看到艾瑞克·凯瑟面包店。

你可能会想从面包店开始，从另一个方向走完这条线路。我和我的伴侣也试过一两次。但事实上，法语中面包店这个词翻译过来大意就是："让低糖的理念进地狱去吧，没有面包，何谈生活？"建议你要最后再拿法棍，因为在它温度较高的时候很容易折断。当你从袋子里偷偷咬下一口时，那真是最美味的。但是，我很遗憾地告诉你，如果你先买了面包再去买鸡肉、葡萄酒和巧克力，那么你的晚餐还没开始，面包就吃光了。

是的，你必须选择普通白面粉制作的法棍。我知道，你的营养师会感到震惊。我的建议是，想想你付给营养师的钱能买到多少根法棍，问问你自己，哪个买卖更实惠。

我通常很乐意用所有的面包来换巧克力——我们知道巧克力对心脏是有益的！而我的伴侣愿意将所有的巧克力换成面包。但在巴黎，两者没什么差别。

现在的问题是，把这些美食带到哪里去？答案是巴黎那些无处不在的舒适长椅。如果你从面包店出来，右转，就会来到卢森堡公园，在那里可以观看国际象棋选手下棋，也可以漫步于修剪整齐的草地之间。我和我的伴侣更喜欢喷泉边台阶上的小椅子（相信我，当你到达那里时，你就会明白我的意思，文字是很难解释的），那里更加安静，但可以欣赏到喷泉的美景，也可以看到城堡和人群。通常，音乐声会从树林里的演奏台上飘来。很浪漫，对吧？ 这个公园里有很多安静的地方，还有一些私密的空间，如果你喜欢的话。我和我的伴侣是不需要。

还有比从面包店出来右转更好的选择，那就是左转。在几分钟之内，你就会来到塞纳河边，距离艺术桥仅有几英尺的距离。

你也许知道艺术桥以前被称为“爱之桥”。如果你不知道这是什么意思，想象你和你的伴侣来到这座桥上，从小贩那里买一把锁， 将它锁在桥上，并将钥匙扔进水中，象征永远不变的爱情。这听起来多么浪漫，但你马上就会看到那些锁密密麻麻地布满桥身，不仅破坏了它的美丽，而且一百万把锁的重量给桥体带来了很大的威胁（更别提上百万把钥匙对塞纳河环境造成的危害了）。另外，我只是想说我不会把希望寄托在一把扔进水中的钥匙上，毕竟完全可以换个伴侣再做一次这样的事，而花费不过一两欧元。

因此，艺术桥是一座步行桥，连通卢浮宫和杜乐丽花园。卢浮宫和杜乐丽花园都是适合野餐的好地方，如果你和你的伴侣愿意的话，也可以在这里有更私密的行为。但事实上，在艺术桥上，总是有一些演奏单簧管或吉他或大提琴的年轻人，他们来自卡内基音乐厅。桥上有漂亮的长椅，但你或许更愿意坐在木桥上，或靠在那没有锁的桥上。是的，夕阳西下，岛屿看起来美轮美奂，但是你应该背对着岛屿坐下，因为太阳是从另一个方向落下的。在日落时分，从桥上望向塞纳河，景色更加壮观，艾菲尔铁塔将照亮你和你的伴侣，为你们献上世界上最美的纪念塔景观。

我也许应该告诉你，如果你不吸烟，那么巴黎人吸烟的程度比你想象的要厉害。（至于我，我是不吸烟的，而我的伴侣以前吸烟，费了好大工夫才戒掉。）如果路人不小心将他的烟灰撒到你的身上，而你正在享用葡萄酒（你应该带着开瓶器和酒杯，对吧？），只要记住，这些巴黎人就是那些得知希特勒打算登上艾菲尔铁塔时切断电缆不让他上去的巴黎人。另外，你正在喝的葡萄酒是他们制作的，巧克力和面包也是；凯哥葡萄酒、香奈儿、纪梵希、卡地亚、爱马仕（做围巾的）和好时（做巧克力的）都是。高卢烟和或者捷登烟哪能比得上它们呢？

尽管如此，还是要向游船上的游客们招招手，给他们拍拍照片。这会让他们非常高兴，因为他们除了付门票，还要支付二十美元的饮料费，而你却和你的伴侣享受着十美元的美食和红酒。

我想说的是，我和我的伴侣倒是想过自己把葡萄酒带到桥上，但我们在那里第一次喝的葡萄酒，可能是一对来自中西部的好心夫妇送给我们的。在那里，每个人都会把自己的东西拿出来和别人分享。起初我们礼貌地拒绝了，然后转念一想，何必呢？这是一个友好的举动，我们愿意让爱传递下去。因此，如果一位金发碧眼的中年女士和她带有南方口音的丈夫在桥上递给你一杯葡萄酒时，你只需说声“谢谢”，并向喧闹的老城区的新朋友们举起酒杯。而老城区就像最好的爱情一样，会随着时间的推移变得越来越迷人。

梅格·韦特·克莱顿是《纽约时报》和《今日美国》的畅销书作家，出版过五部小说，最近，其著作《巴黎竞赛》获得了兰格姆杯全国畅销书奖。梅格的短篇作品有五十余部，刊登在《洛杉矶时报》《纽约时报》《华盛顿邮报》《旧金山纪事报》《奔跑者的世界》和《文学评论》中，并通过广播播送至全国各地。

联系方式：

megwaiteclayton.com

有关巴黎的书：

《巴黎竞赛》

最喜欢的关于巴黎的书：

安娜·加瓦尔达的《狩猎与聚会》。作者出生在巴黎，通过居住在巴黎一座房子里的四个人的生活，清奇而有趣地道出了巴黎真正的风貌。

巴黎以外最喜欢的旅行地：

1984年的中国，刚刚对美国开放，那是我最喜欢的地方。好像回到了过去，感受着完全不同的文化，那时没有大批的旅游者，也没有雾霾的侵袭。那个时候，在中国的美国游客很少，就连上海的在校女学生也会一直盯着我和旅伴看。二十年后再来到中国，我发现那里已经彻底改变了。

在巴黎，可以忽略：

我会选择避开酒店（小而昂贵的房间）和餐厅（如果又小又贵的话），转而选择公寓和塞纳河上的野餐。

在巴黎，你必须：

我的文章提到了一些值得做的事，但你可以在巴黎度过一生……一定要尝尝巧克力——各个商店的都尝试一下，以确定哪一家的味道最好！还要登上艾菲尔铁塔观日落。卢浮宫深夜的庭院，亮着灯，很安静。马内的《贝尔特·莫里索》画像在奥赛博物馆展出。在杜乐丽花园写作。法国的热巧克力和美国的完全不同。

A PARIS
ALL YOUR OWN

致谢

感谢伊丽莎白·威尼克·鲁宾斯坦对这个项目的信任，并提供了横跨大西洋的治疗课程。

感谢克里斯·佩普，感谢你的投入和热情，以及随时谈论巴黎的热心。

感谢帕特南图书团队，感谢你们的支持和努力，尤其是伊万·赫尔德、卡伦·芬克、卡罗琳·达尔、安娜贝尔·佩扎罗、艾希利·麦克莱和艾米丽·奥利斯。

感谢莫妮卡·科尔多瓦、普洛伊·斯里潘特、大卫·切立特里设计的漂亮封面。

感谢汉娜·布兰克、梅根·多姆、维多利亚·扎克海姆，感谢你们的编辑经验和知识。

感谢为这本书做出贡献的每一个人，感谢你们的发声，感谢你们给我们一个重新认识巴黎的机会。特别感谢保拉·麦克莱恩，她的文章是这本书标题的灵感来源。

感谢在奥德翁地铁站的乔治·丹顿雕像，让我每次从电梯上来的时候都感觉自己像个冠军。

感谢克里斯，作为最好的旅伴，感谢你总是愿意问别人：“你会说英语吗？”

感谢巴黎，给我们提供了这么多的故事，还要感谢读者，愿意阅读它们。

猜你喜欢

2019 年 6 月出版　　定价：49.80 元

[美] 埃莉诺·布朗 / 著
刘勇军 / 译

我们马不停蹄地活成了别人期待的样子，

却不知道自己究竟喜欢什么、想要什么。

在**《纽约时报》畅销书作家埃莉诺·布朗这部**这部
“寻找自我”与“勇敢抉择”的温情小说里，相信你会找到自己的影子。

此书版权已授英国、德国、荷兰、乌克兰、土耳其

U0823877

天津市重点出版扶持项目

上

书衣文录全编

孙犁·著

天津出版传媒集团
百花文艺出版社

图书在版编目（CIP）数据

书衣文录全编 ：上中下 / 孙犁著. -- 天津 ：百花文艺出版社，2021.6
ISBN 978-7-5306-8074-2

Ⅰ. ①书… Ⅱ. ①孙… Ⅲ. ①杂文集-中国-当代 Ⅳ. ①I267.1

中国版本图书馆 CIP 数据核字(2021)第 097385 号

书衣文录全编(上中下)
SHUYI WENLU QUANBIAN SHANG ZHONG XIA
孙犁 著

出 版 人：薛印胜
选题策划：汪惠仁　　**责任编辑**：徐福伟　齐红霞
特约编辑：孔吕磊　　**装帧设计**：郭亚红
出版发行：百花文艺出版社
地址：天津市和平区西康路 35 号　**邮编**：300051
电话传真：+86-22-23332651（发行部）
+86-22-23332656（总编室）
+86-22-23332478（邮购部）
网址：http://www.baihuawenyi.com
印刷：山东临沂新华印刷物流集团有限责任公司
开本：787×1092 毫米　1/32
字数：120 千字
印张：37.5
版次：2021 年 6 月第 1 版
印次：2021 年 6 月第 1 次印刷
定价：268.00元(全三册)

如有印装质量问题，请与山东临沂新华印刷物流集团有限责任公司联系调换
地址：山东省临沂市高新技术产业开发区新华路 1 号
电话：(0539)2925659
邮编：276017
版权所有　侵权必究

出版说明

孙犁藏书且惜书，每有中意书，必为之包裹书衣，生怕沾尘惹污；而当时若有心事想法，孙犁习惯于在书衣上简要记下。这就是“书衣文录”。

“书衣文录”在事实上构成了孙犁的日记，其中透露的真实，为我们看待中国现当代文学提供了难得的“幽深”视角。

一个在角落里孤独的包书人，保留了被我们忽视的价值与信息。这些价值与信息既指向孙犁本人，又指向时代及传统。

这即是“书衣文录”的迷人魅力。

二〇一三年是孙犁诞辰一百周年，我社重新编纂出版了《孙犁文集》(补订版)，为此进行了大规模的孙犁散佚作品征集工作。其间，在孙犁家人处发现了三百余篇“书衣文录”手稿，时间从二十世纪六十年代末到九十年代初，我社对这些珍贵的手稿予以整理，于二〇一五年编辑出版了《书衣文录(手迹)》，在当时的出版界引起了极大的轰动。

当时由于种种原因，还有一些孙犁的藏书柜未能打开，在这些未能打开的藏书柜中或许还有“书衣文录”手稿，这成为当年参与搜集整理“书衣文录”手稿编辑心中的一大憾事。二〇一九年，在孙犁家人的大力支持下，我们对孙犁的藏书进行了一次全面的梳理，做到了不遗漏一本，又从中发现了大量的未曾面世的“书衣文录”手稿。这些新发现的“书衣文录”手稿加上二〇一三年发现的那三百余篇，再加上近些年来学术界陆续发现的“书衣文录”，我们认为编辑《书衣文录全编》的时机已成熟了。

为方便读者阅读，此次编辑出版的《书衣文录全编》，以手稿影印的形式呈现并配以释文，还增加了附录。附录囊括了未有手稿的“书衣文录”以及甲戌理书记、理书续记、理书三记、理书四记、耕堂题跋。在编辑过程中，尽量按“书衣文录”原本题写年月为序，涉及套系书的，据首卷（册）题写时间入目编次。此外，释文尽量依据手稿原貌，未按现行出版标准统一、规范。

感谢孙犁家人对本书编辑、出版给予的热情支持。

百花文艺出版社
二〇二一年六月

目录

附录

七十年代初，余身虽“解放”，意识仍被禁锢。不能为文章，亦无意为之也。曾于很长时间，利用所得废纸，包装发还旧书，消磨时日，排遣积郁。然后，题书名、作者、卷数于书衣之上。偶有感触，虑其不伤大雅者，亦附记之。此盖文字积习，初无深意存焉。

今值思想解放之期，文路广开，大江之外，不弃涓细。遂略加整理，以书为目，汇集发表，借作谈助。蝉鸣寒树，虫吟秋草，足音为空谷之响，蚯蚓作泥土之歌。当日身处非时，凋残未已，一息尚存，而内心有不得不抒发者乎？路之闻者，当哀其遭际，原其用心，不以其短促零乱，散漫无章而废之，则幸甚矣。

一九七九年五月二日灯下记

往事随笔

关于托尔斯泰的回忆

孙犁

一九六四年清明节后一日，窗外风雨

往事随笔

关于托尔穌斯泰的回忆

[illegible]

一九六四年
清明节后二日
窗外风雨

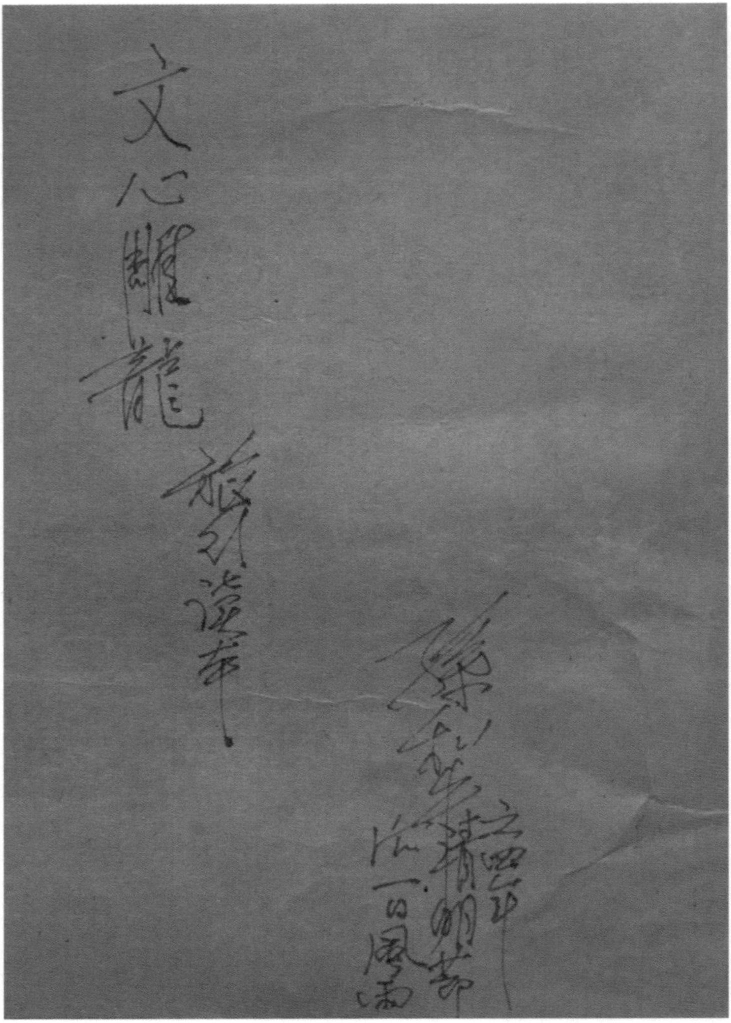
文心雕龍

文心雕龙

旅行读本

孙犁
六四年清明节后一日风雨

读书堂西征随笔

颇污,修整时似有细物吸入肺,后应以为戒。

一九六五年购自天津

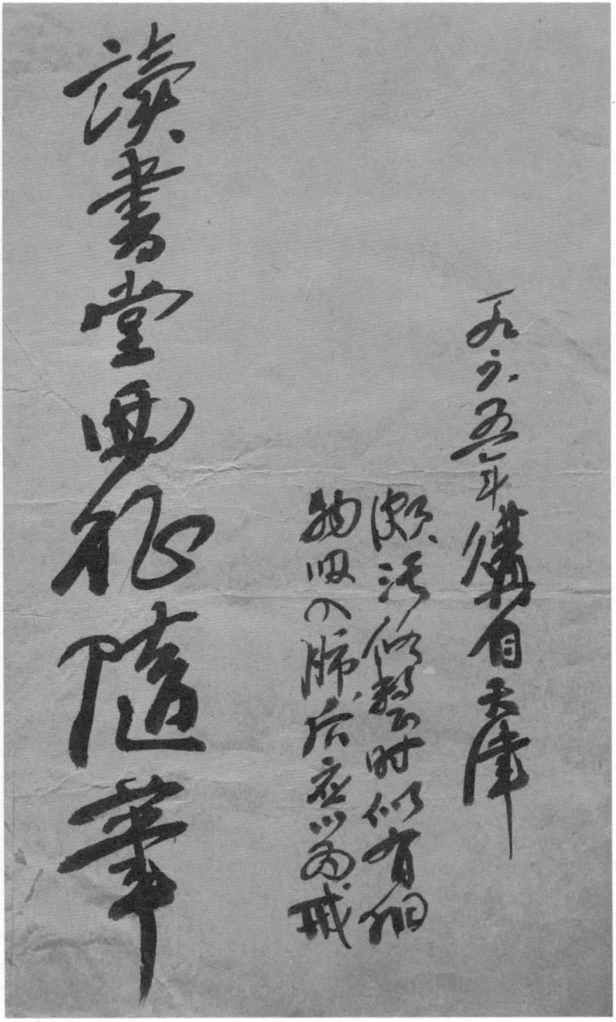
讀書堂西征隨筆

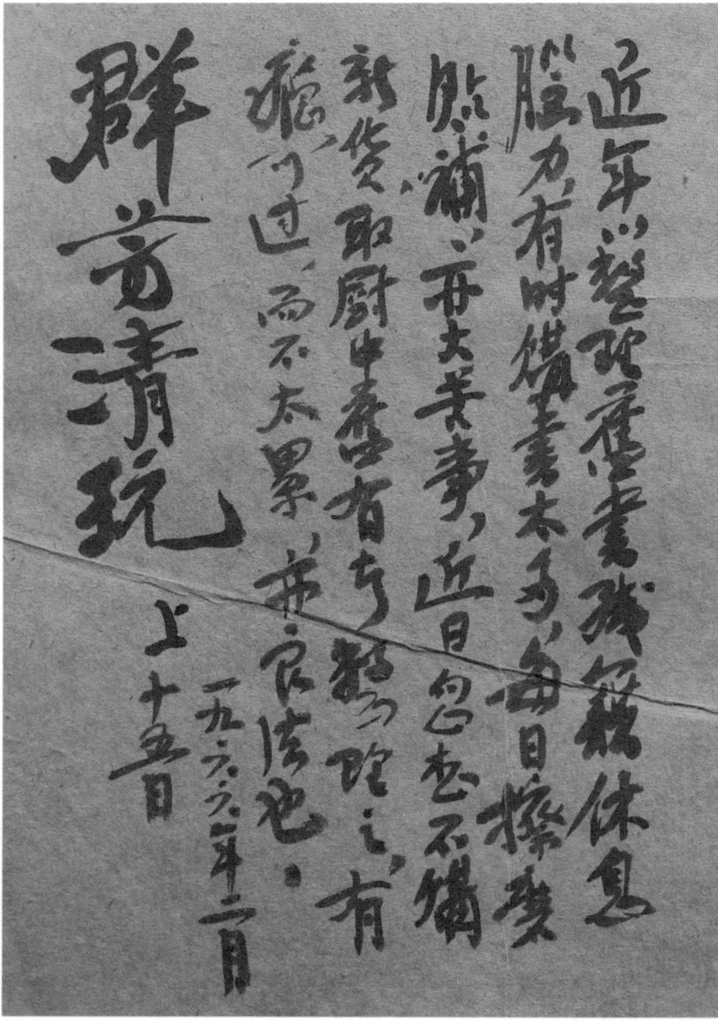

近年以整理旧画残纸休息脑力，有时偶画太多，每日擦废贴补贴补，再大美事，近日向忽也不满新货，取厨中存者与黏贴之，有趣得过，而不太累，亦良法也。

群贤清玩

上十五日

一九六六年二月

群芳清玩

上

近年以整理旧书残籍休息脑力，有时购书太多，每日擦磨贴补，亦大苦事，近日忽想不购新货，取厨（橱）中旧有者整理之，有瘾可过，而不太累，亦良法也。

一九六六年二月十五日

群芳清玩

下

阅旧书多，易养成无病呻吟之恶习，此可戒也。其清新扬厉的句子，还是应该从时代的作品中求之。

一九六六年二月十五日晚，装竟想到

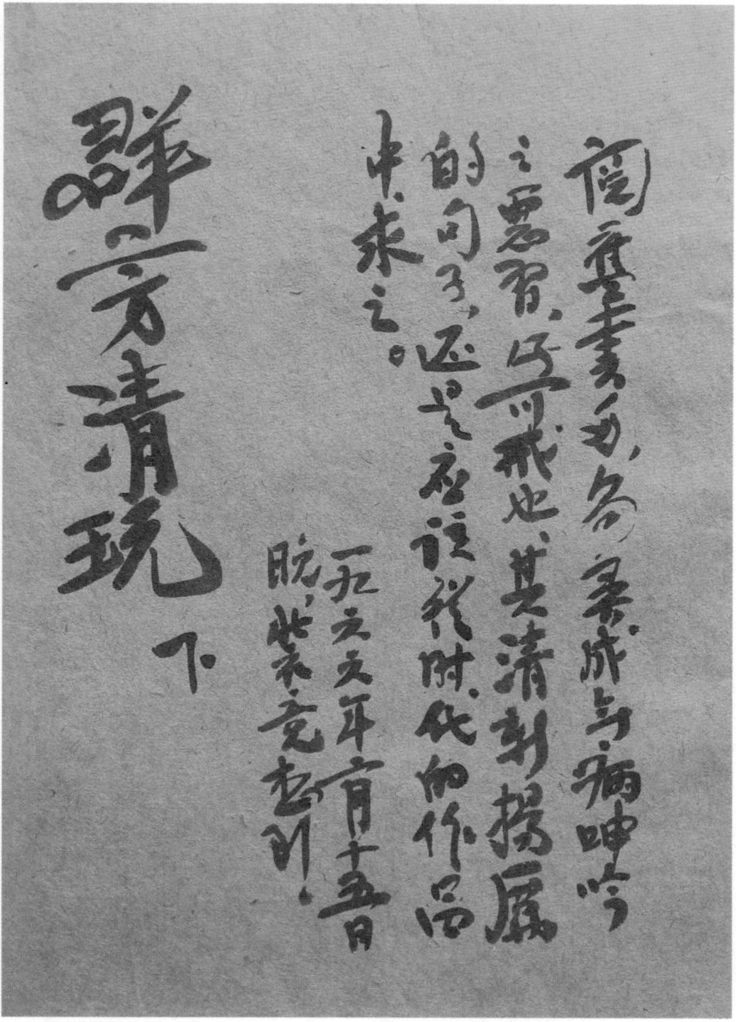
群芳清玩　下

阅画集多(各含)案,成为满坤吟之要首,以可戒也,其清新揭属的句子,还是夜读我附代的作品中来之。

一九五五年六月十五日
晚,紫竟书

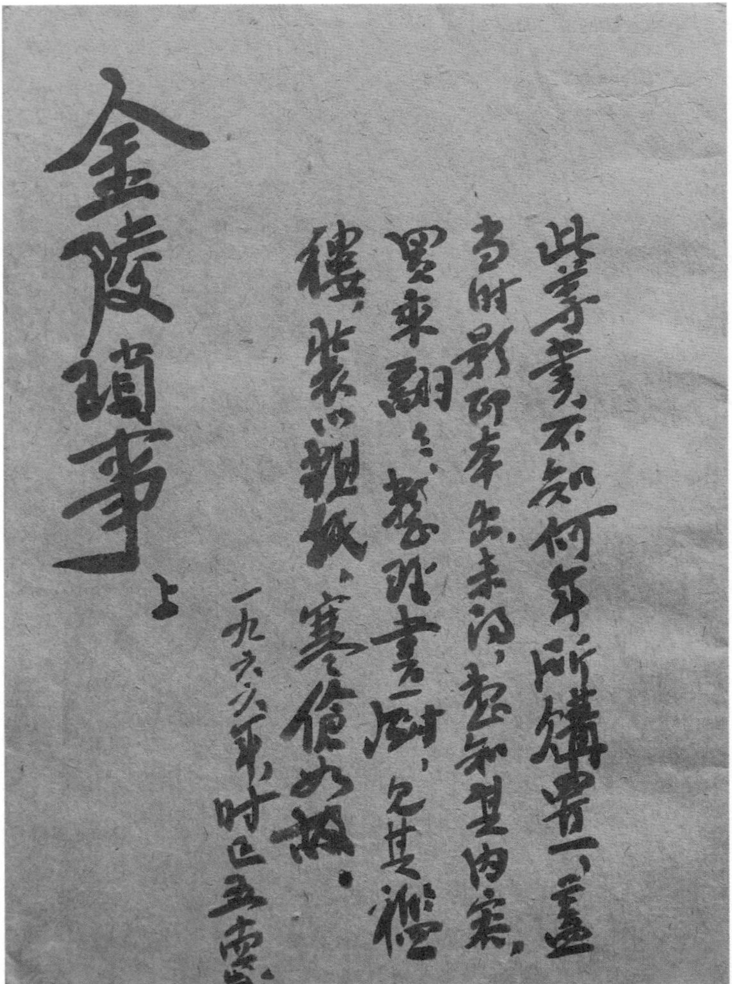

金陵瑣事 上

此等書不知何年所購置，蓋當时新印本出來的，想知其内容，買來翻翻，發現書一冊，見其襤褸，裝以報紙，寒傖如此。

一九六八年，时已五十歲

金陵琐事

上

此等书不知何年所购置，盖当时影印本出，未得，想知其内容，买来翻翻。整理书厨（橱），见其褴褛，装以粗纸，寒伧如故。

一九六六年，时已五十四岁

金陵琐事

下

余今年五十四岁，忆鼓捣旧书残籍，自十四岁起，则此种生涯，已四十年。黄卷青灯，寂寥有加，长进无尺寸可谈。愧当何如？

一九六六年二月十五日

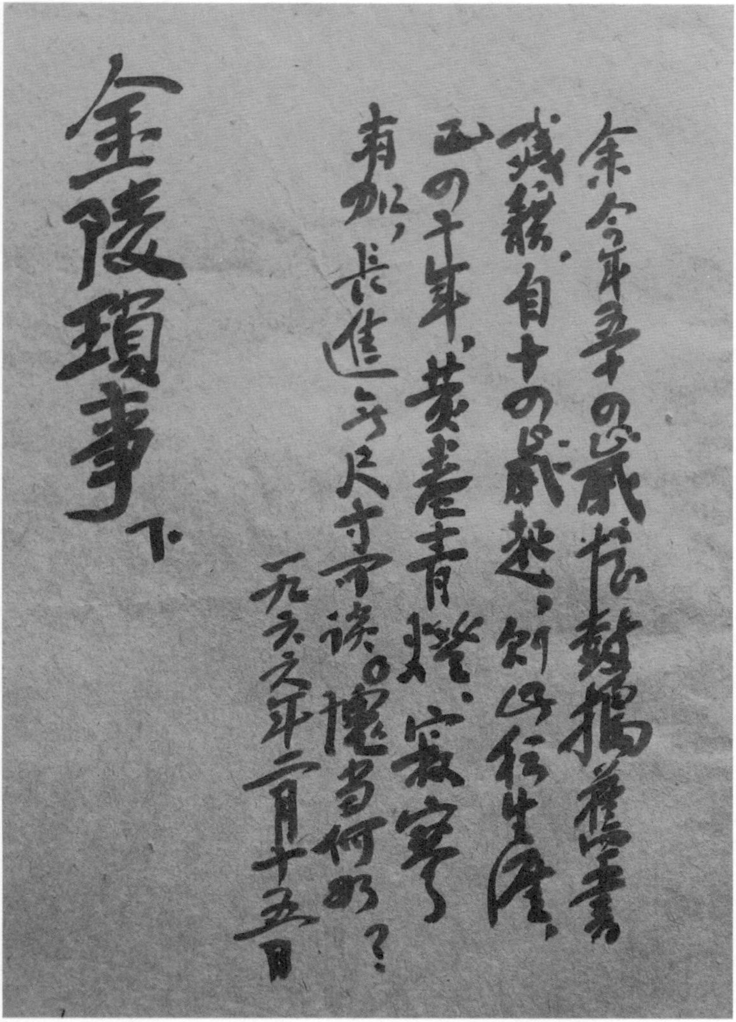

金陵琐事 下

余今年五十四岁，犹对摘旧书残缺，自十四岁起，到此行生涯，已四十年，黄卷青灯，寂寞有加，长进无尺寸可谈，愧当何如？

一九六七年二月十五日

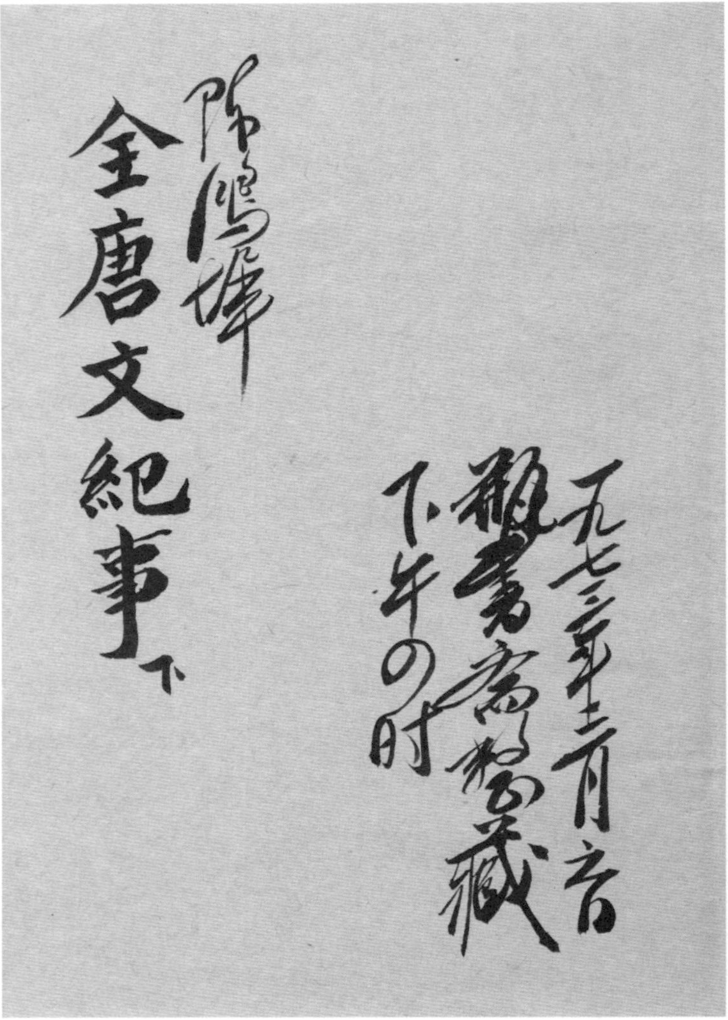

陈鸿墀

全唐文纪事 下

全唐文纪事

下

陈鸿墀

瓶书斋整藏

一九七三年三月六日下午四时

清诗纪事初编

上

下午修补书角并包装之。

一九七三年十二月十八日

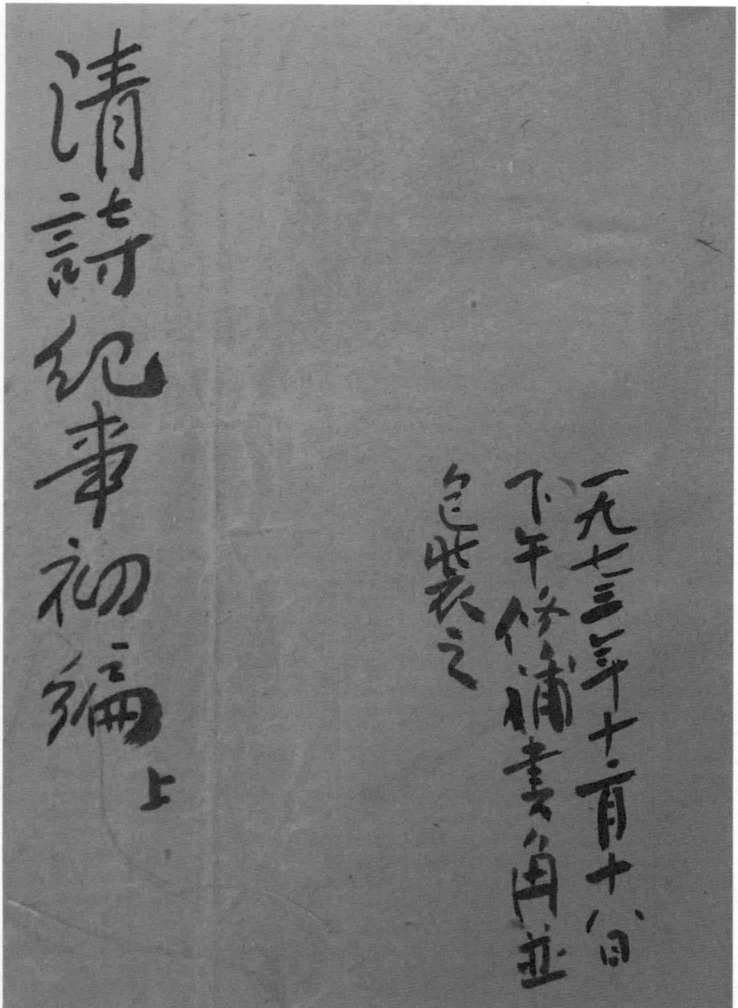

清詩紀事初編 上

一九七三年十二月十八日下午修補書角内並包裝之

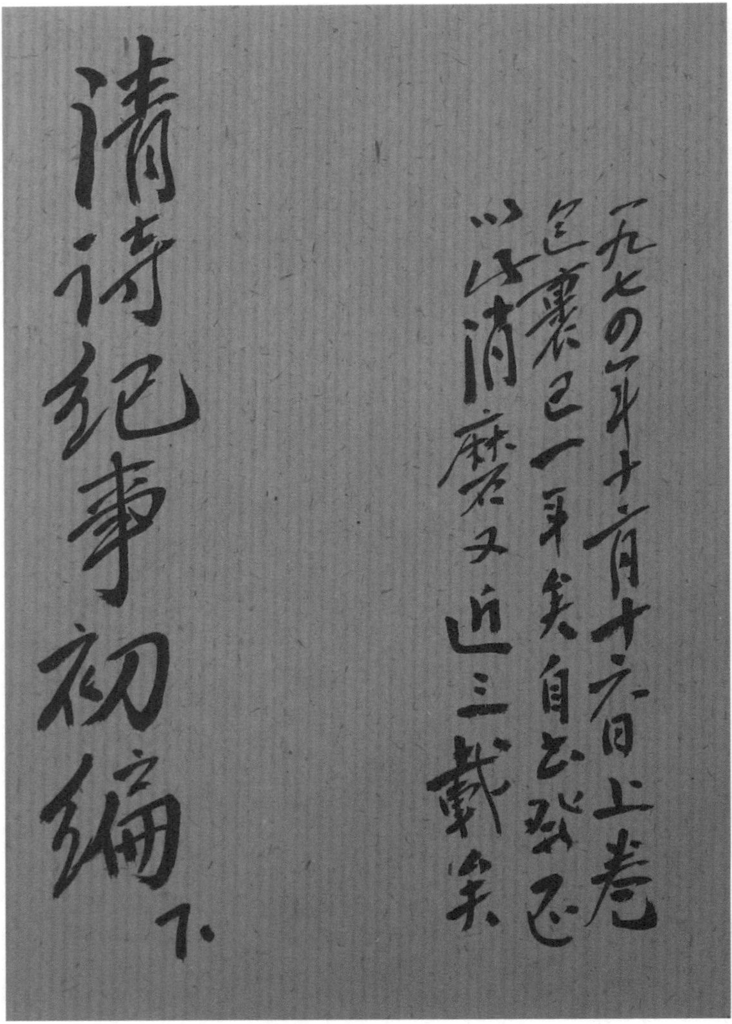
清詩紀事初編 下
一九七〇年十月十六日上卷

清诗纪事初编

下

上卷包裹已一年矣，自书发还，以此消磨，又近三载矣。

一九七四年十二月十六日

一周间

此书系卅(年)代初,余在北平流浪时购于荒摊。现居然存于手下,其资历,仅次于小说史,亦难得之遇矣。附存作者写作经验,亦系当年家中闲住时,从《大公报》剪下黏(粘)贴,后题三七年存,盖四七年之误。

瓶书斋题
一九七三年十二月廿一日晚

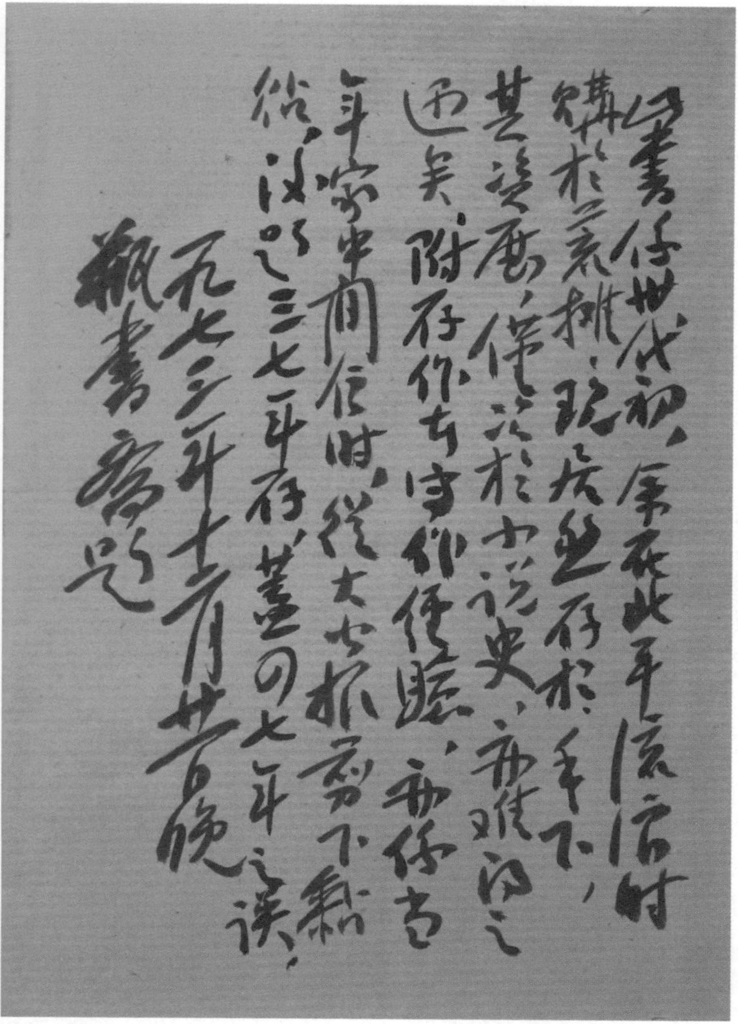

此書係卅代初，余在北平廠甸時
購於舊攤，現在此存於手下，
其後屢，僅見於小說史，亦難得之
本矣。附存作者守作傳照，亦係當
年寄中間信時，從大女振剪下糹
給，以此乃三七年存，甚四七年之誤，
一九七三年十二月廿二日晚
瓶書齋記

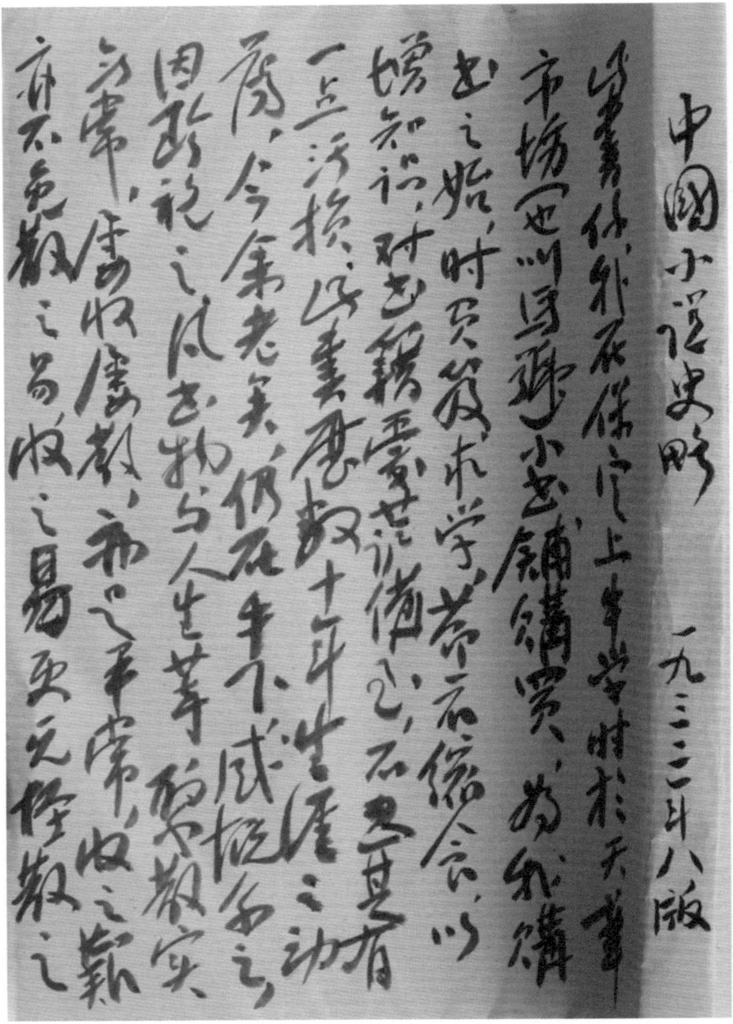

中国小说史略

一九三二年八版

此书系我在保定上中学时于天华市场(也叫马号)小书铺购买,为我购书之始,时负笈求学,节衣缩食,以增知识,对书籍爱护备至,不忍其有一点污损,此书历数十年生涯之动荡,今余老矣,仍在手下,感慨系之,因珍视之。凡书物与人生等,聚散实无常,屡收屡散,亦是平常,收之艰亦不免散之易,收之易更无怪散之(未完,下页续)

（续上）

易也。然是童年旧物，可助回忆，且为寒斋群书之长，故特标而出之，聊以自遣云尔。

时一九七三年十二月廿一日晚，瓶书斋于炉边题。室内十度，外传〇（零）下十四度云

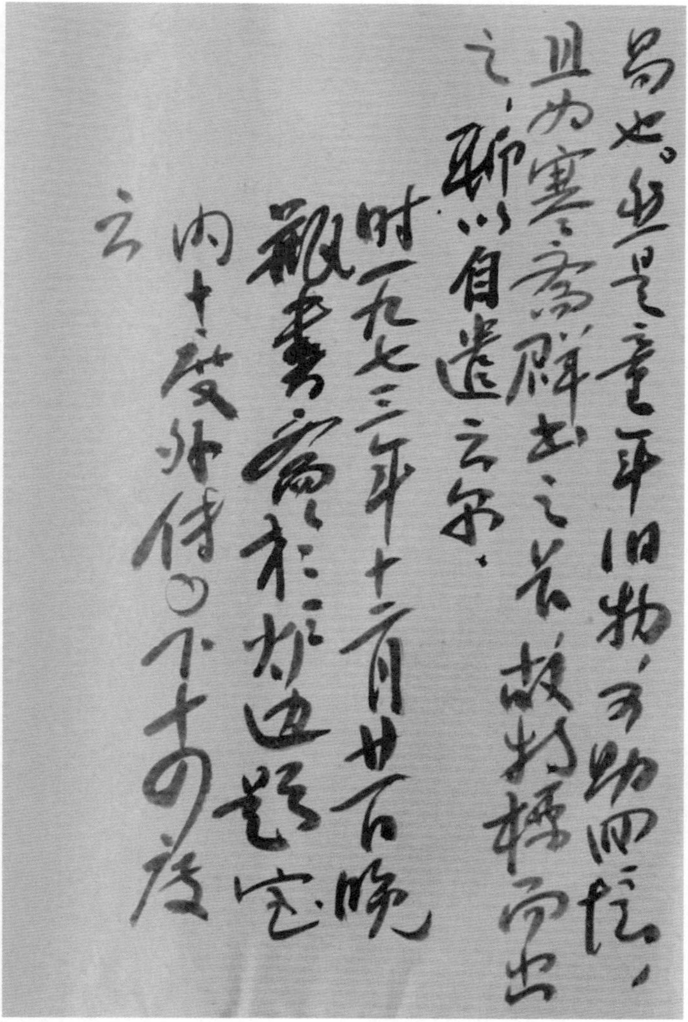
咼也。此是童年旧物，可助回忆，
且为寒斋群书之花，故特择而出
之，聊以自遣云尔。
时一九七三年十二月廿日晚
观书斋记於北边乾宅
内十岁外侍〇下十四岁
云

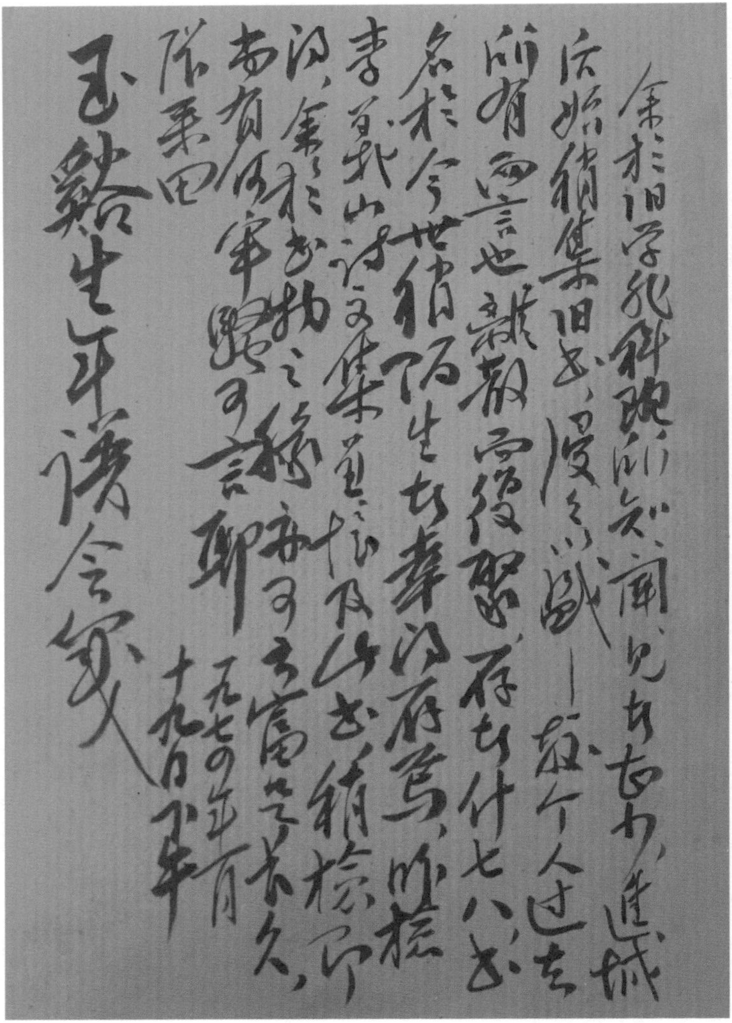

余於旧学兒科班所云，聞見甚少，進城
后始稍集旧书，浸之識一些个人过去
所有西言也。離散無復聚，存者什七八书
名於今世稍稍了生其事以存焉，所据
李義山詩文集箋注及山书，稍稍印
行。余於此书物之緣，我可言富者長久，
若有何審略可言耶
附采田
玉谿生年譜會箋
一九七〇年五月
十九日下午

玉谿生年谱会笺

张采田

余于旧学非科班，所知、闻、见者甚少，进城后始稍集旧书，浸浸以盛——较个人过去所有而言也。离散而复聚，存者什七八，书名于今世稍陌生者，幸得存焉。昨检《李义山诗文集》并忆及此书，稍检即得。余于书物之缘，亦可云富足长久，尚有何牢骚可言耶？

一九七四年一月十九日下午

益州名画录

黄休复

画史

米海岳

湖北先正遗书本

瓶书斋
装于一九七四年二月,时值春寒,大风不能外出

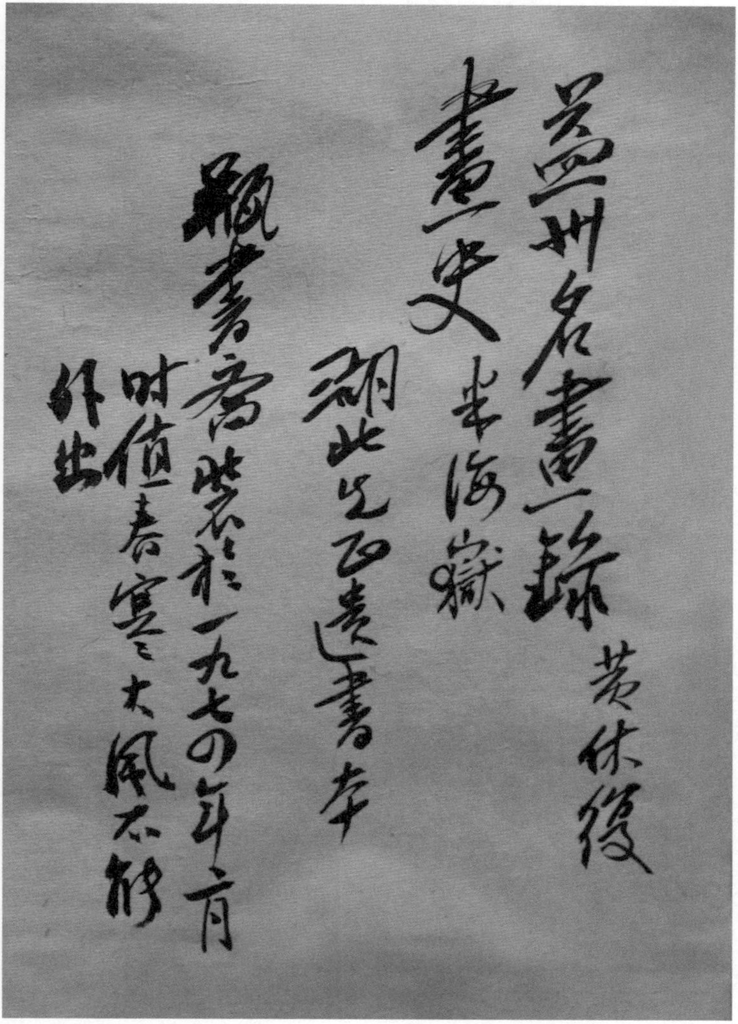
益州名畫錄 黄休復
畫史 米海嶽
湖北先正遺書本

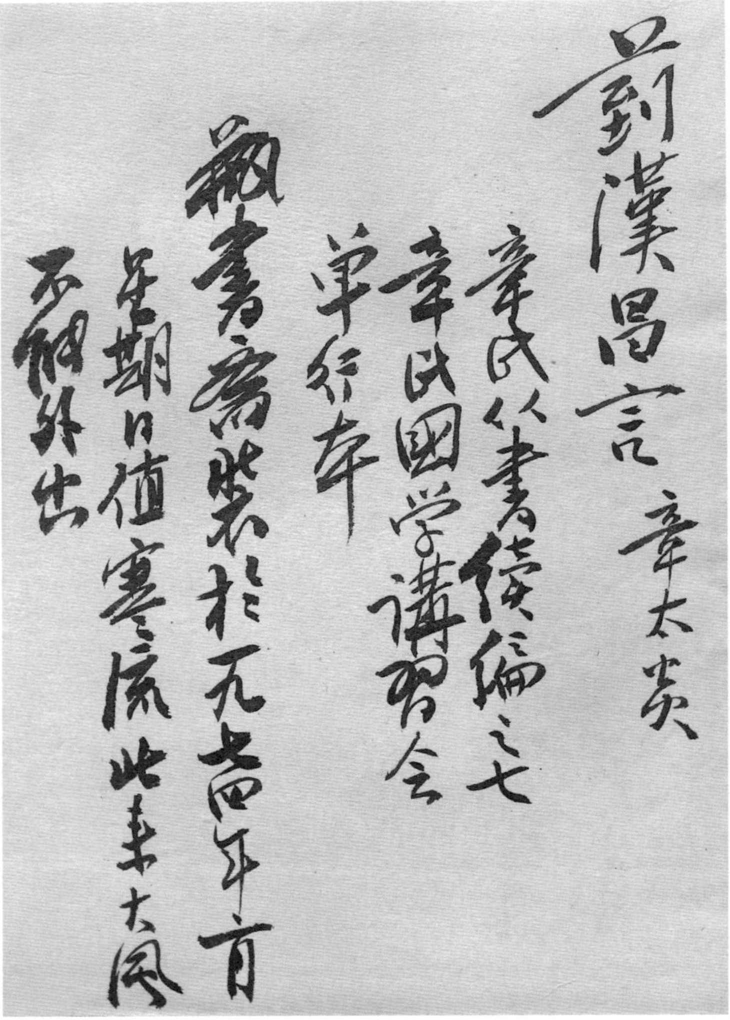
劉漢昌言 章太炎

章氏叢書續編之七

章氏國學講習會

單行本

鄙書寫裝於乙亥年首

是期日值寒流北來大風

不能外出

蓟汉昌言

章太炎

《章氏从(丛)书续编》之七
章氏国学讲习会单行本

瓶书斋
装于一九七四年二月，星期日值寒流北来，
大风,不能外出

马哥孛罗游记

书籍发还时，余尚居佟楼小室，以书籍无处安放，且念其为大累，遂择无关紧要者，分赠尚有来往之年青（轻）者，映山、文会、克明等，均有所得。此书后赠与宝（保）岱，克明谋回市内，为其办理者适寻此书，乃请保岱从沧县携归，而克明事已不谐。今再装修，仍归瓶斋所有，亦不想再赠他人矣。

一九七四年四月廿二日上午记

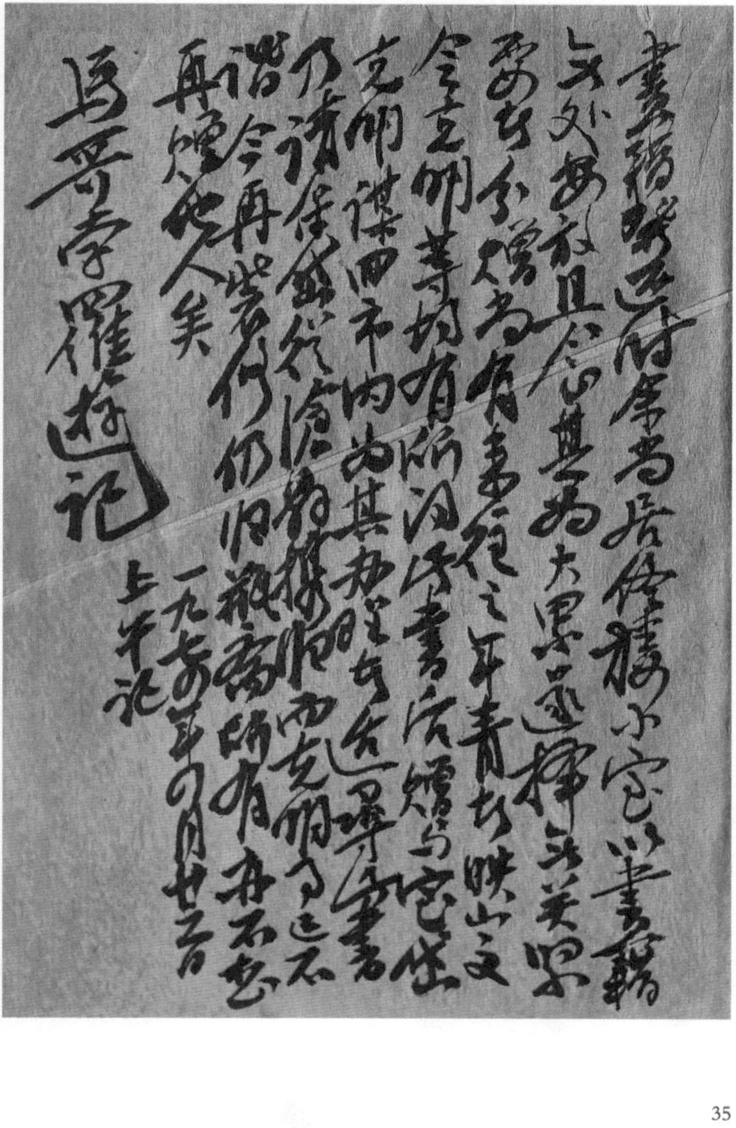
再懷他人矣
一九七五年四月廿三日

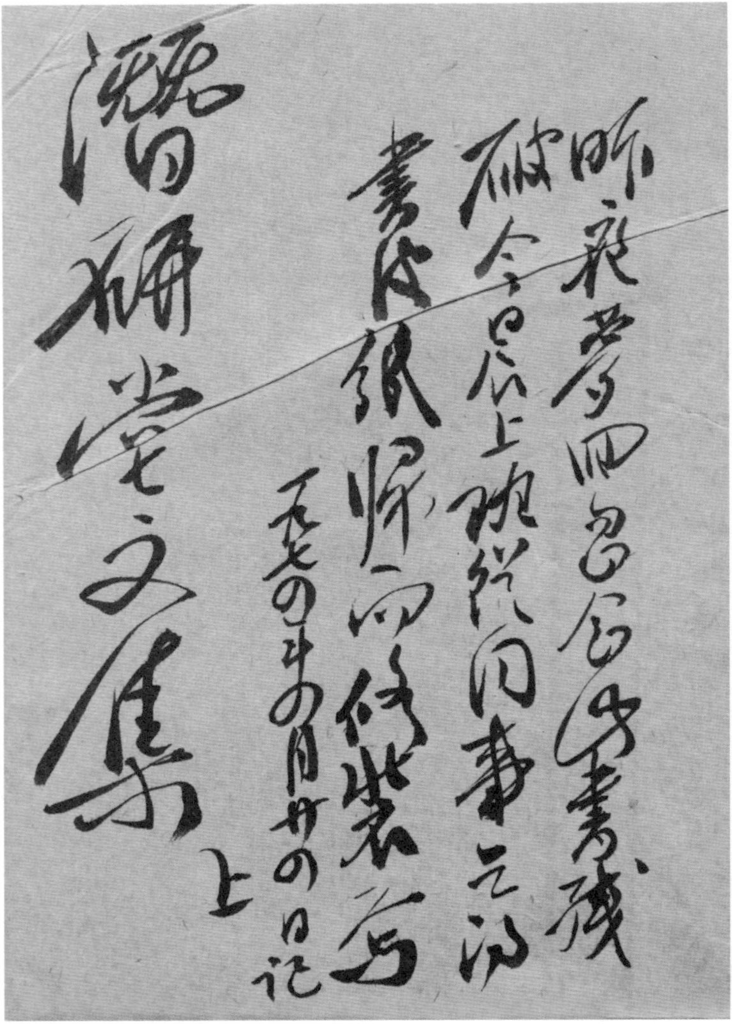
昨夜梦回忽忆[illegible]書藏
破今日尽上[illegible]纸同事云[illegible]
書[illegible]張归回何装[illegible]
丁亥[illegible]月廿四日记
潛研堂[illegible][illegible]
上

潜研堂文集

上

昨夜梦回,忽念此书残破,今晨上班,从同事乞得书皮纸,归而修装焉。

一九七四年四月廿四日记

潜研堂文集

下

能安身心，其唯书乎！

瓶书斋修订记
一九七四年四月廿四晚

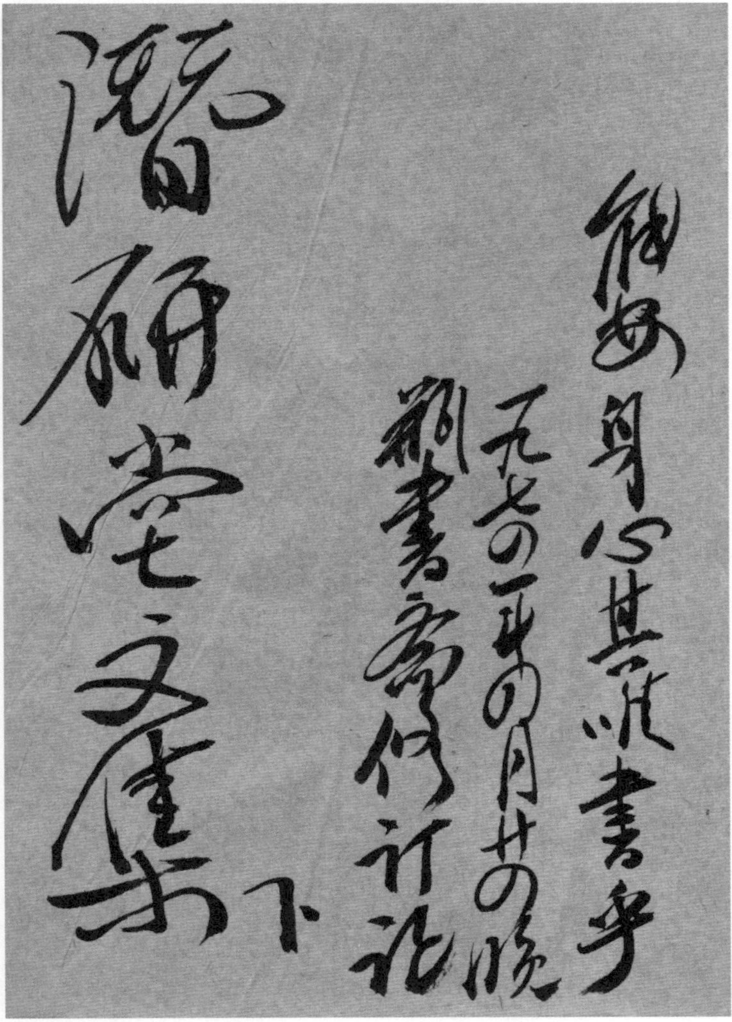
潛研堂文集
下

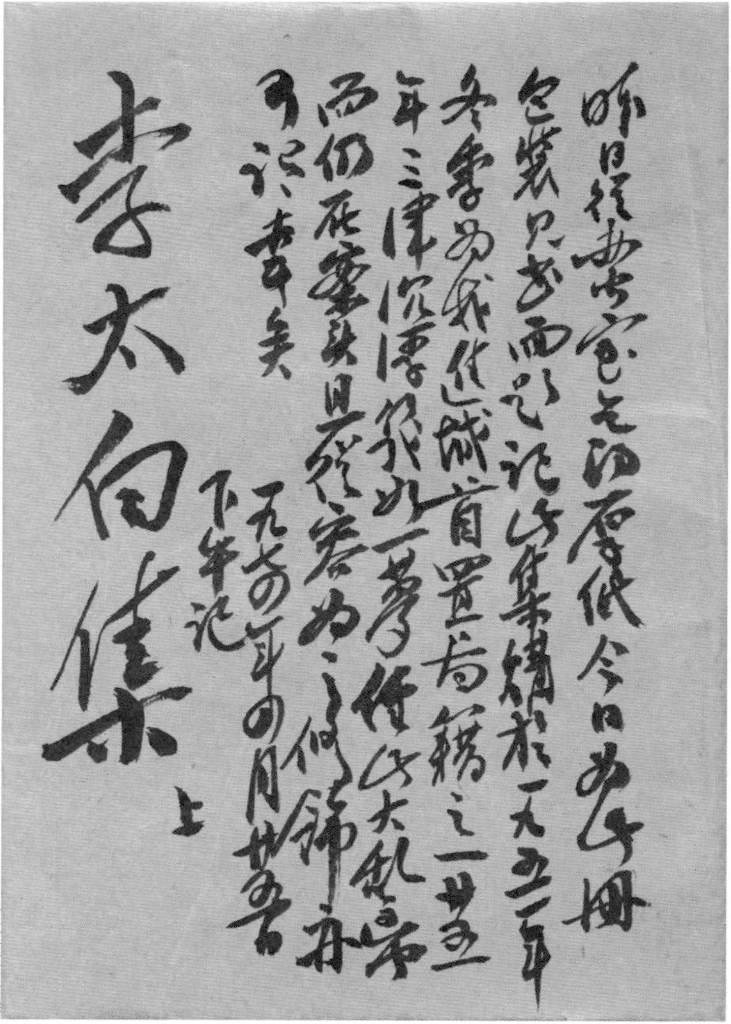
李太白集 上

李太白集

上

昨日从办公室乞得厚纸，今日为此册包装，见书面题记，此集购于一九五一年冬季，为我进城首置图籍之一。廿五年三津沉浮，几如一梦。经此大乱离，而仍在案头，且从容为之修饰，亦可谓幸矣。

一九七四年四月廿五日下午记

李太白集

下

四十年来，惜书如命，然亦随得随失，散而复聚。今老矣，书物之循环，亦将有止境乎？殊难逆料也。近年，予曾追求线装，此书尘封久，又值离乱，竟未没失。今读书，只求方便，不管它什么版本了。

一九七四年四月廿五日下午记于瓶斋

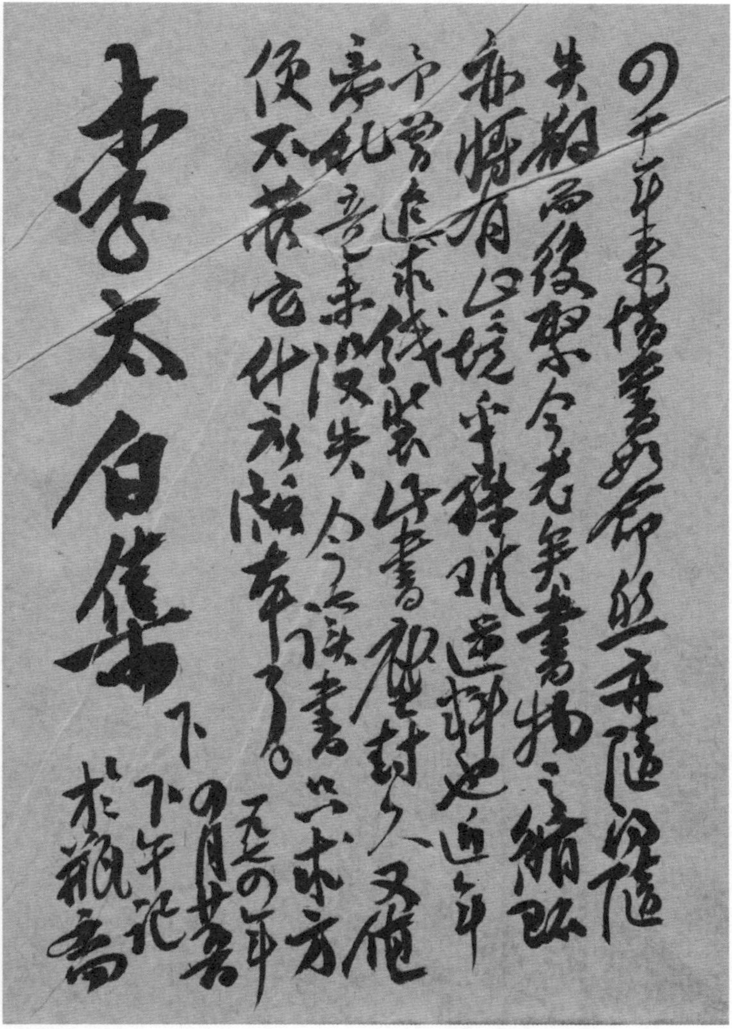
李太白集
下
[illegible]年四月廿二日下午记於瓶斋

飛書為余作於一九七〇年四月時甫從京中揮寫老友[illegible]乘興偕遊覽八達嶺及十三陵歸來

六十種曲 一

六十种曲

一

时甫从京中探望老友，并乘兴游览八达岭及十三陵归来。

瓶书斋

重修于一九七四年四月

六十种曲

二

纵耕

一九七四年四月重修

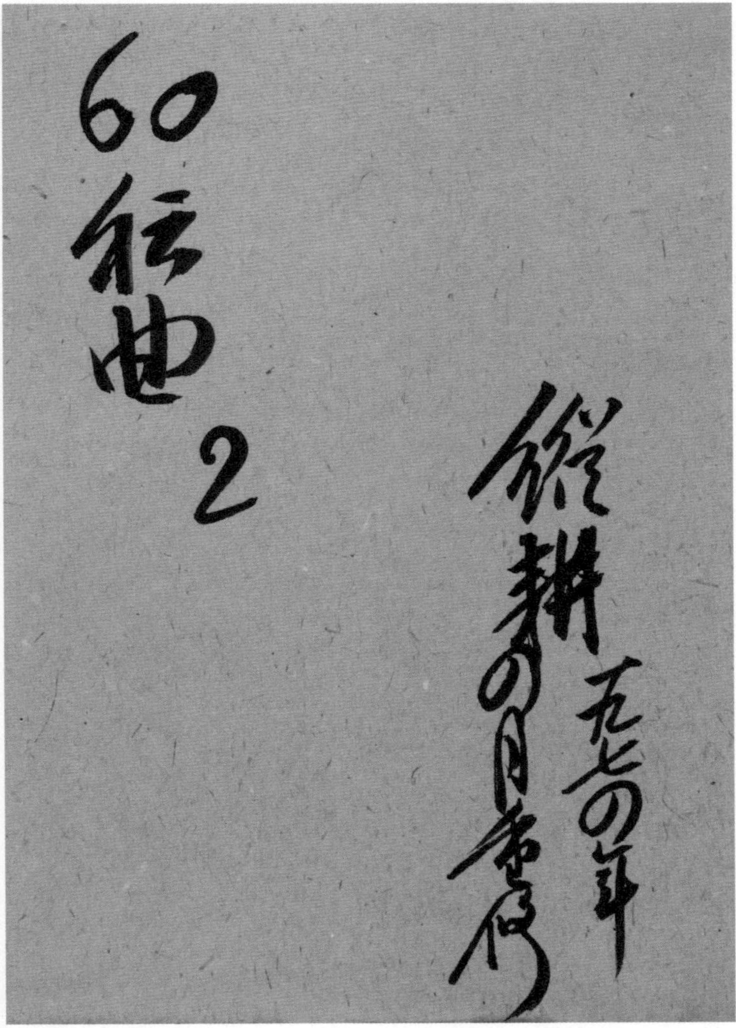
60 行曲
2
縱耕
五七の年

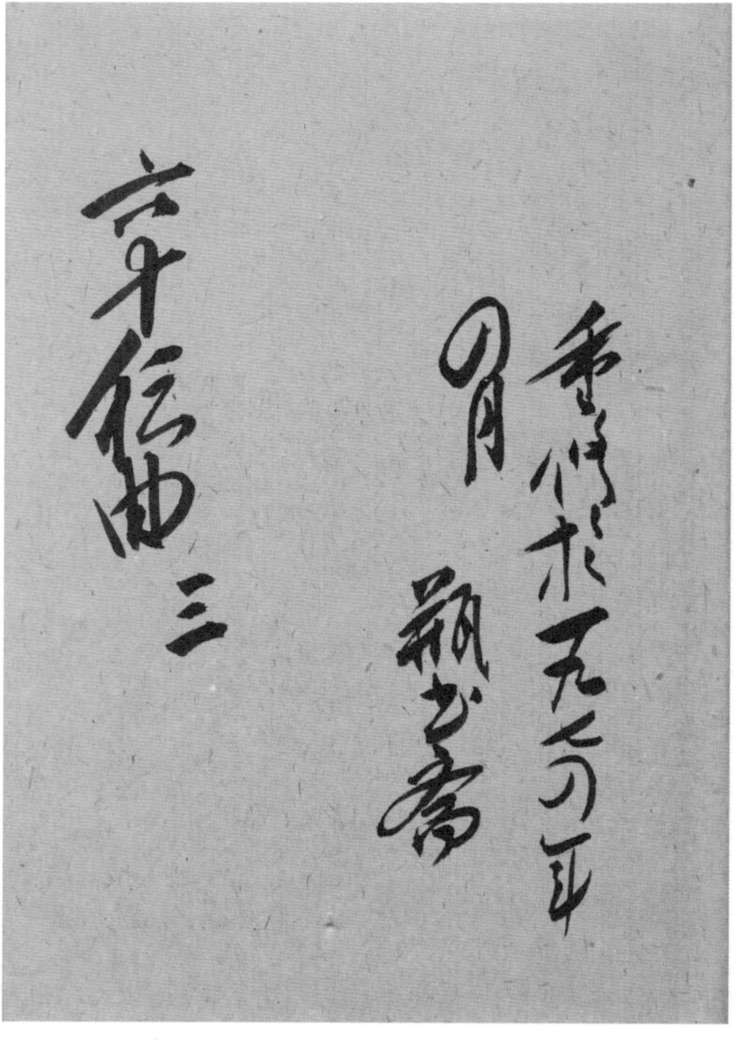

六十种曲

三

瓶书斋

重修于一九七四年四月

六十种曲

四

瓶

一九七四年四月于天津多伦道寓所重修

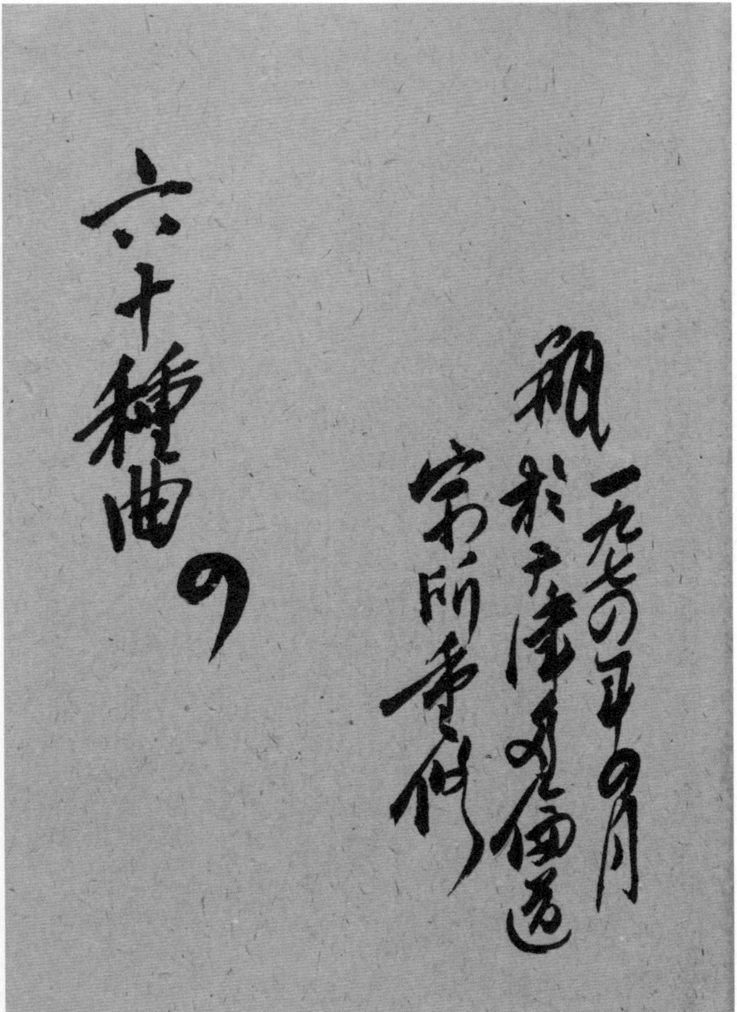
六十種曲の

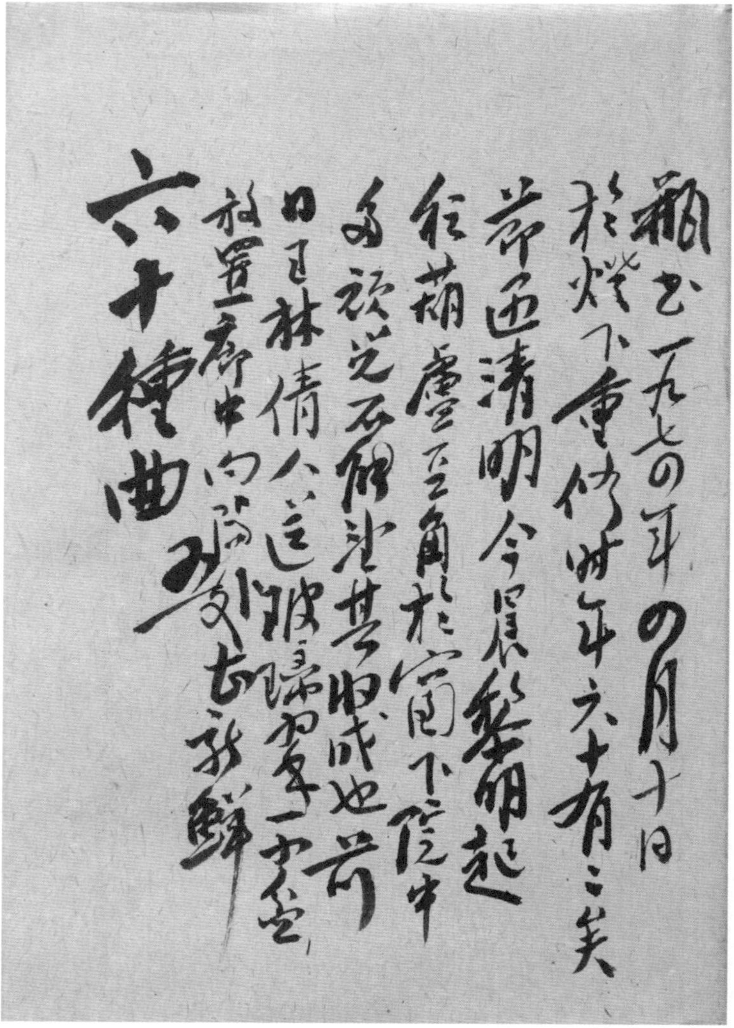
六十種曲

六十种曲

五

节遇清明，今晨黎明起，种葫芦、豆角于窗下，院中多顽儿，不能望其收成也。前日王林倩人送玻璃翠一小盆，放置廊中向阳处，甚新鲜。

瓶书
一九七四年四月十日于灯下重修，时年六十有二矣

六十种曲

六

重修于天津多伦道宿舍。

一九七四年四月

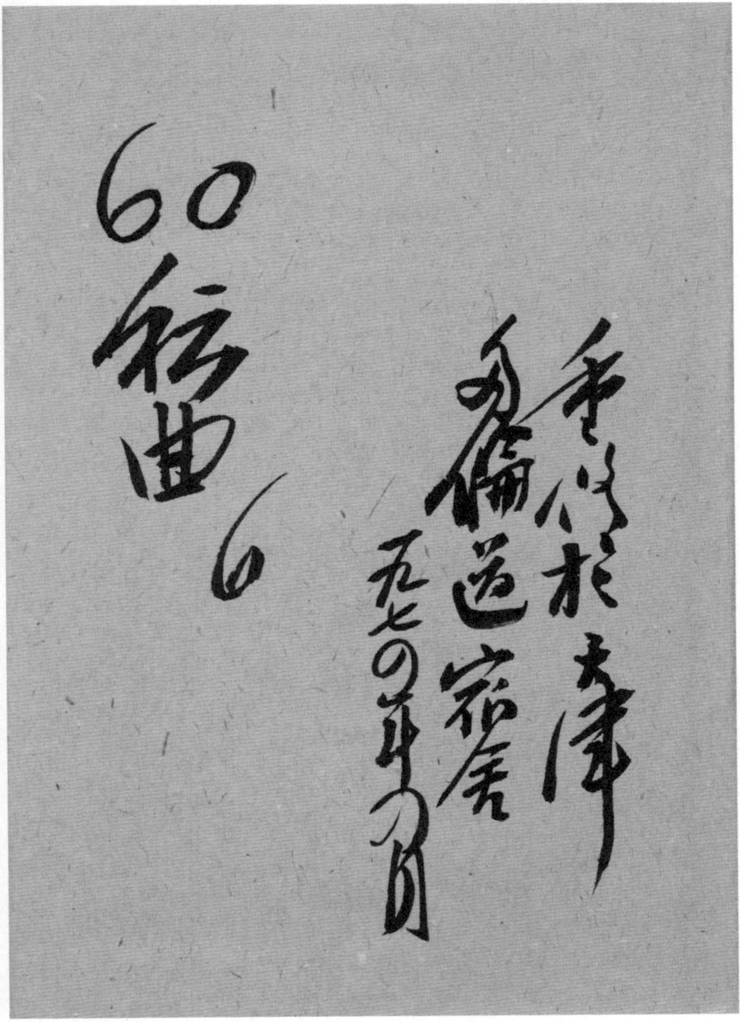

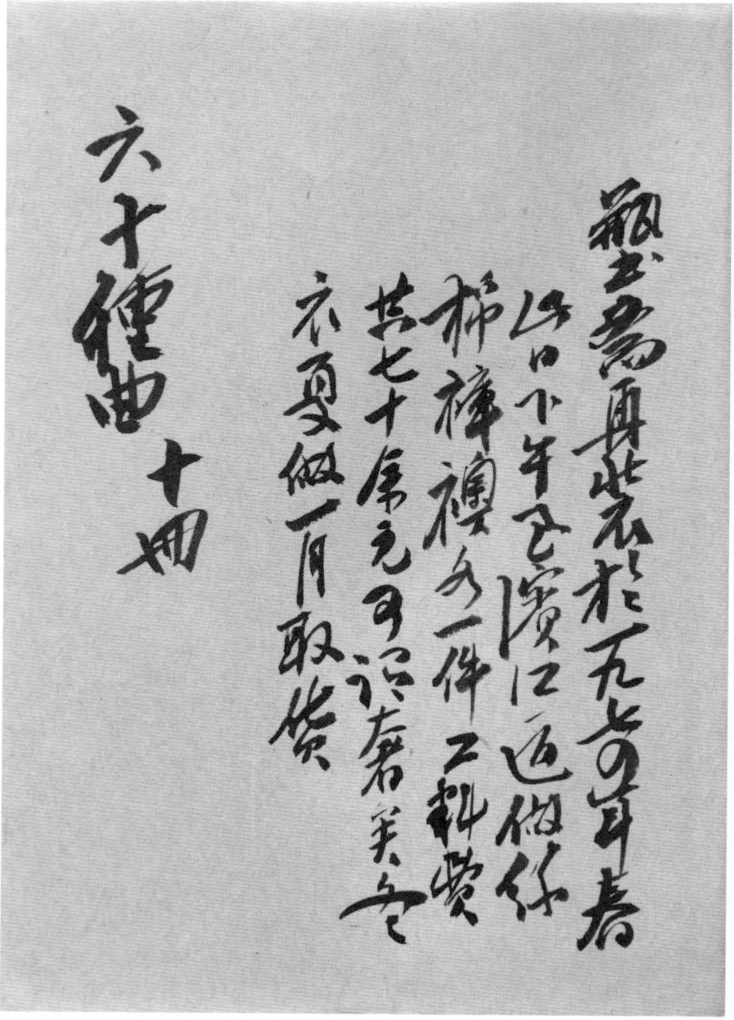
衣要做一月取貨
六十種曲 十册

六十种曲

十册

此日下午至滨江道做丝棉裤袄各一件，工料费共七十余元，可谓奢矣。冬衣夏做，一月取货。

瓶书斋
再装于一九七四年春

六十种曲

十一册

瓶书斋
重装于一九七四年

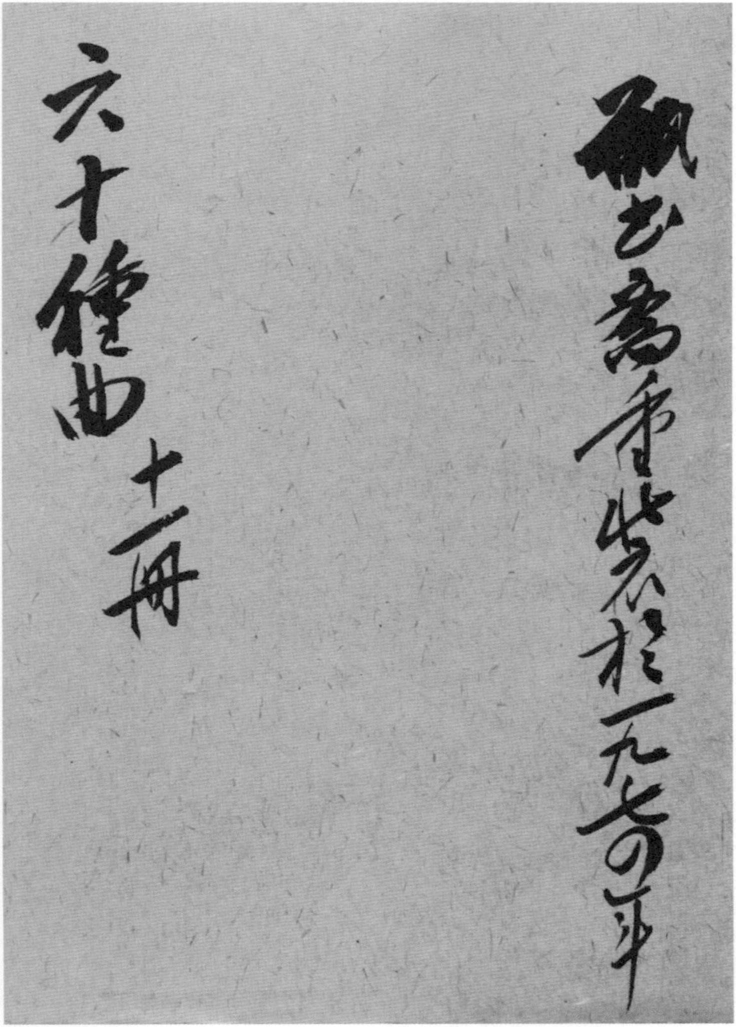
六十種曲
十二冊

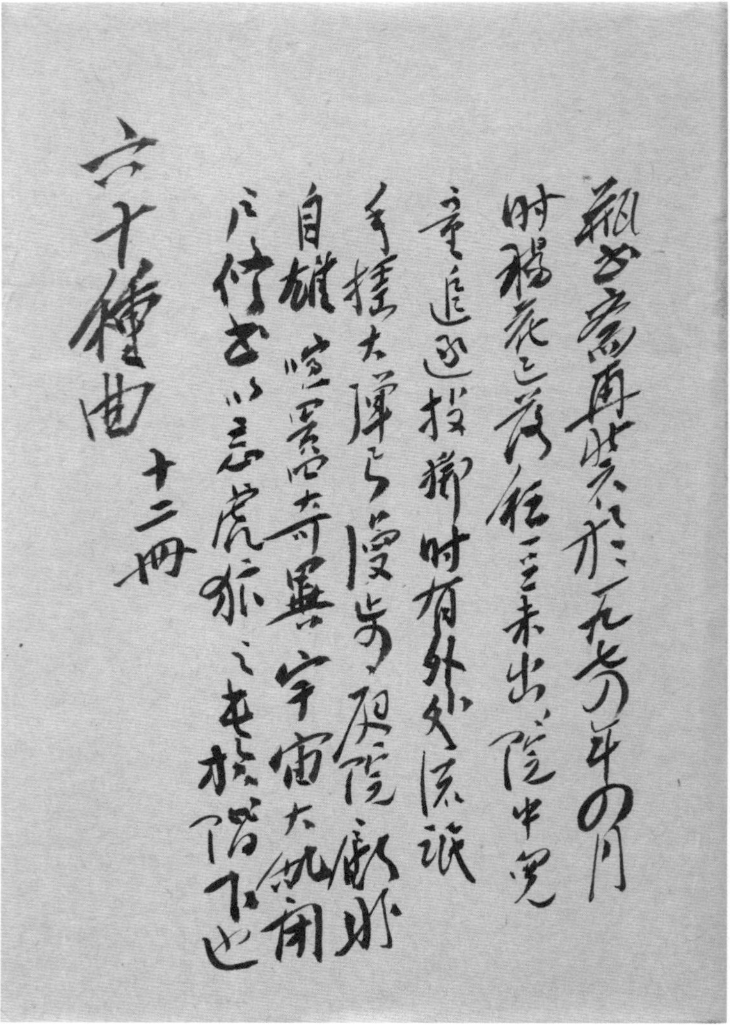

六十种曲

十二册

六十种曲

十二册

时杨花已落，种豆未出，院中儿童追逐投掷，时有外处流氓，手摇大弹弓，漫步庭院，顾盼自雄，喧嚣奇异，宇宙大乱。闭户修书，以忘虎狼之屯于阶下也。

瓶书斋
再装于一九七四年四月

尔雅义疏

上

此破书购自鬼市，早想扔掉，而竟随书物往返。琳琅者损失，无用者存留。不得已，于此假日，为之整装，顺事物自然法则也。昨晚为家人朗诵白居易书信三通，中有云：又或杜门隐几，块然自居，木形灰心，动逾旬月。当此之际，又不知居在何地，身是何人。

瓶斋记
一九七四年五月一日

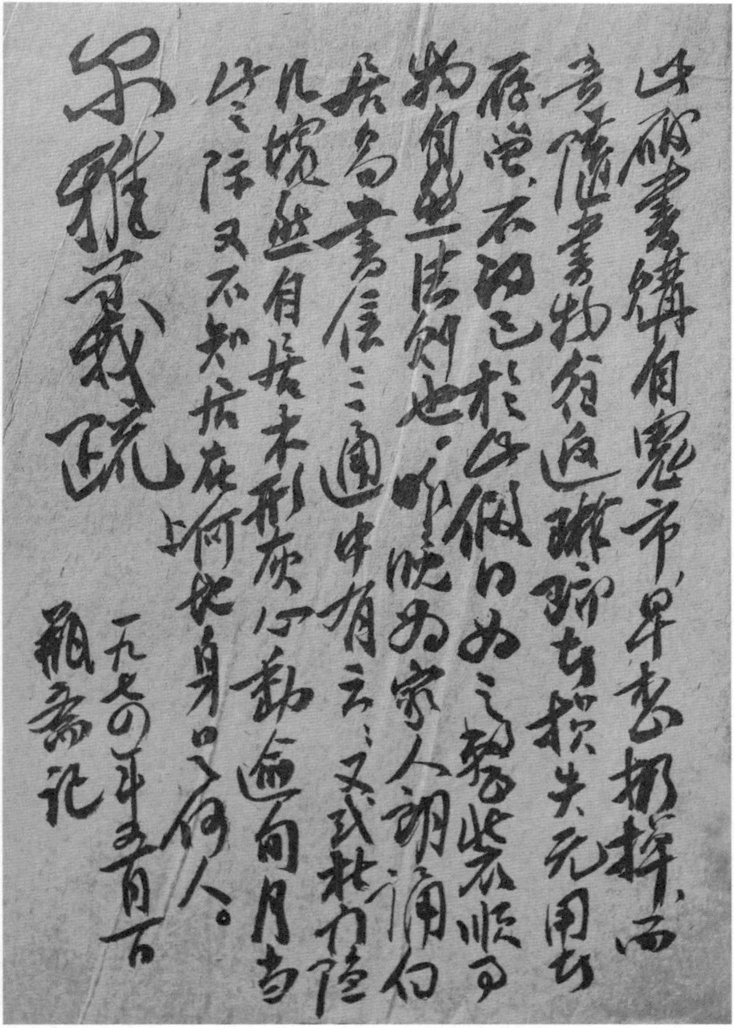

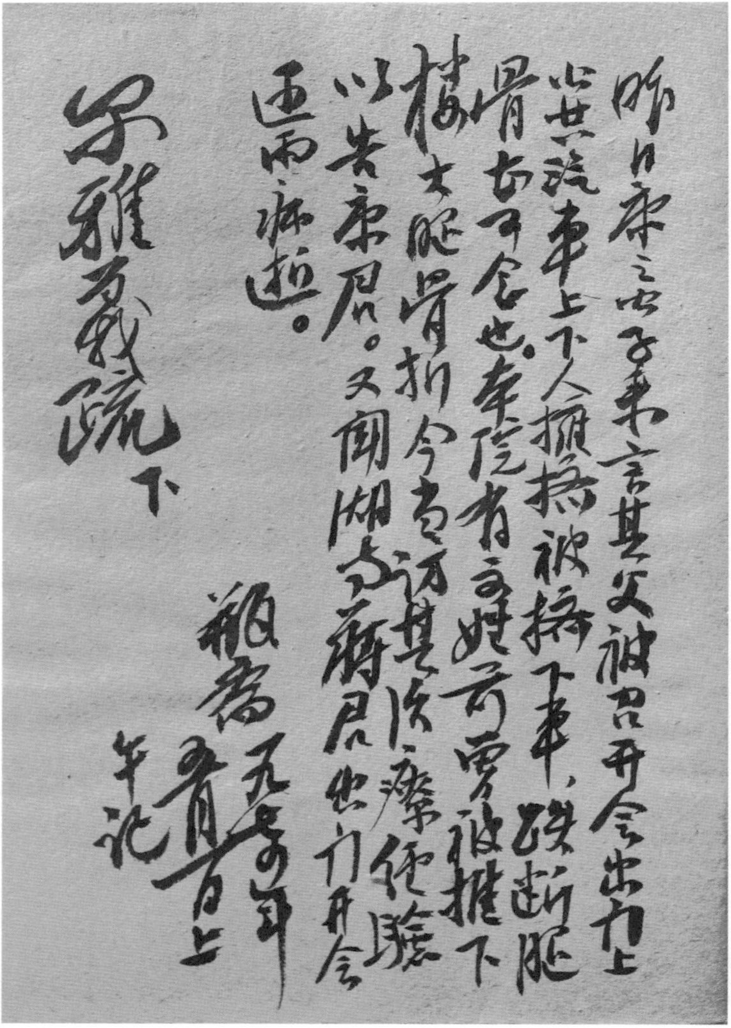
昨日康之次子来言其父被召开会出门上
公共汽车上下人拥挤被挤下车，跌断腿
骨，苦可念也。幸院有姓何者被推下
楼，大腿骨折，今尚可请其诊疗便验
以告康君。又闻湖南蒋君出门开会
遇雨淋漓逝。
雅斋 五七年十一月十日上
子雅兄阁下
笔记

尔雅义疏

下

昨日康之公子来，言其父被召开会，出门上公共汽车，上下人拥挤，被挤下车，跌断腿骨，甚可念也。本院有文姓，前曾被推下楼，大腿骨折。今当访其治疗经验，以告康君。又闻湖南蒋君，出门开会，遇雨病逝。

瓶斋
一九七四年五月一日上午记

越缦堂读书记

上

余曾浏览李氏日记，但忘记是在何所。后又购得日记补。昨日检阅，颇以草乱为烦。念及此书，因为之包装。书目书，既不知为何人掠去，而近又喜翻旧籍，即以此备参考之用云。

瓶斋记
一九七四年五月

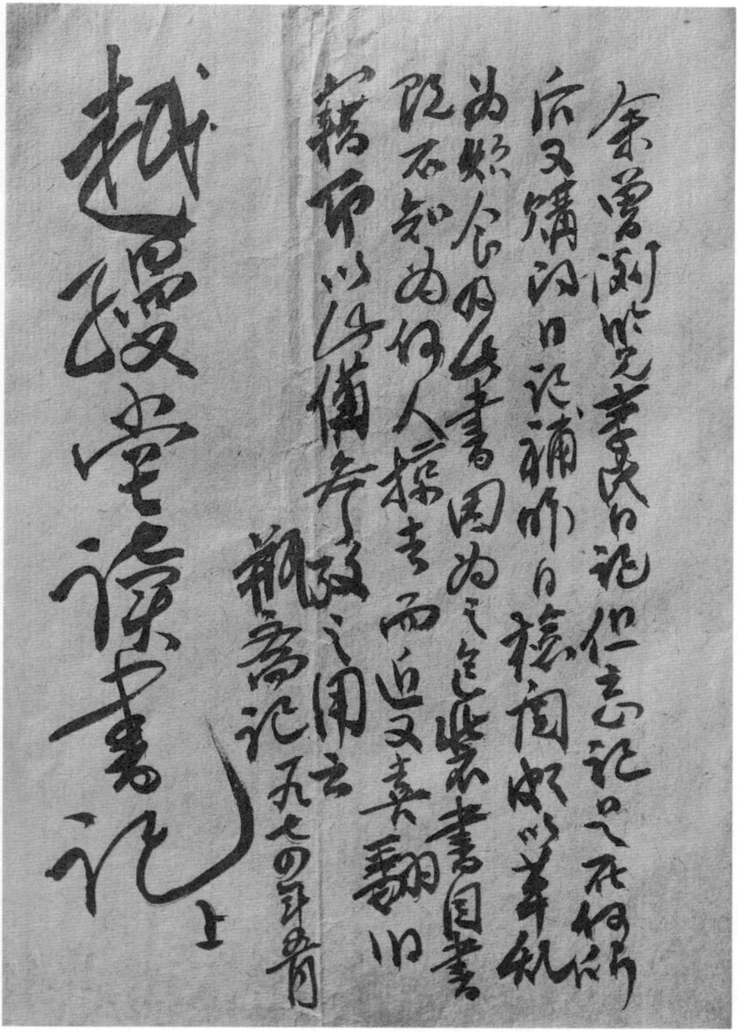
余曾閱覽李氏日記，但志記之，在何何
后又購得日記補，昨日檢閱此書並記
為然。今日因此書因為之補此書目書
既不知為何人抄書而有文章翻舊
籍印以保備參考之用云
觀齋記 五七年四月
越縵堂讀書記 上

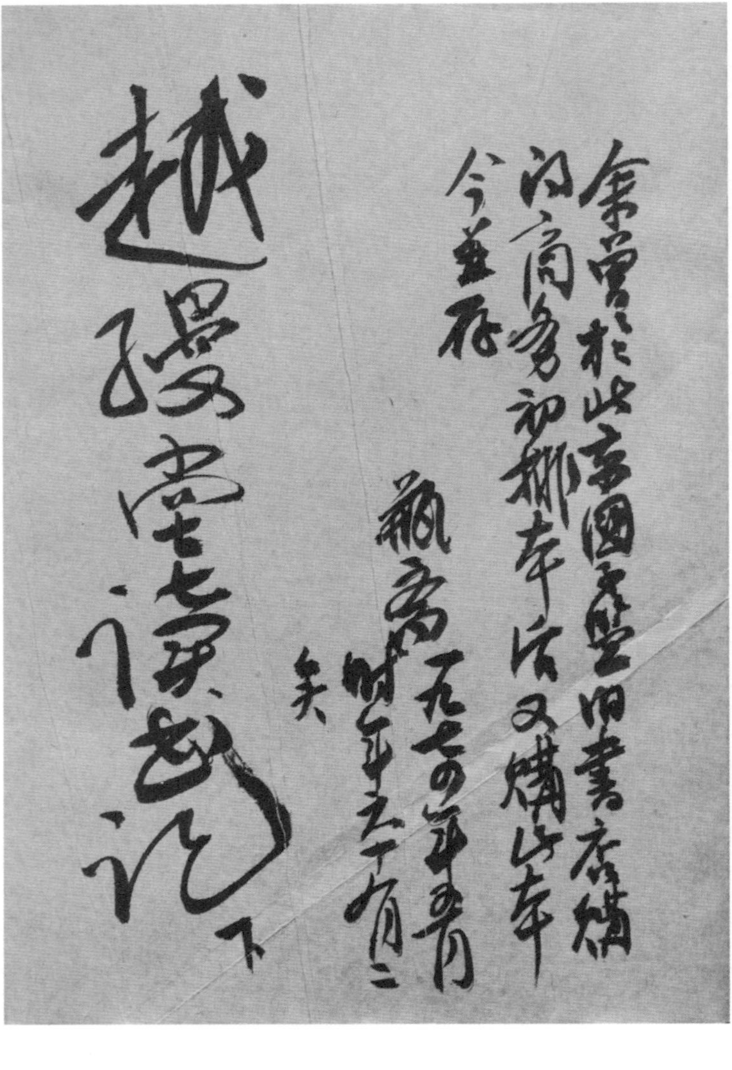
越縵堂讀書記 下

余嘗於此富國[illegible]舊書店購
得商務初排本後又購此本
今並存矣

穎齋 一九七〇年五月
時年五十有二

越缦堂读书记

下

余曾于北京国子监旧书店购得商务初排本，后又购此本，今并存。

瓶斋
一九七四年五月，时年六十有二矣

越缦堂读书记

四

李慈铭 原著　由云龙 辑录

此本购于北京国子监。其时，新整理之本已出，予不知也。后乃购得，遂成重本，然喜此本之纸张，仍保存之。

一九七五年四月廿八日灯下记

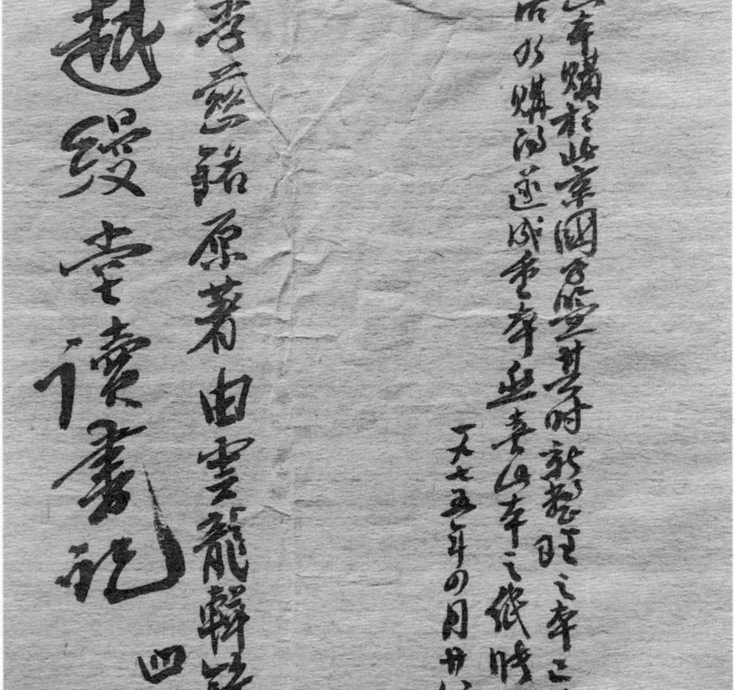

越縵堂讀書記 四

李慈銘原著 由雲龍輯錄

今年購於北京國子監其時新整理之本已出予不知也
所以購得遂成重本無妨此本之價值仍保存之
一九七五年四月廿八日灯下記

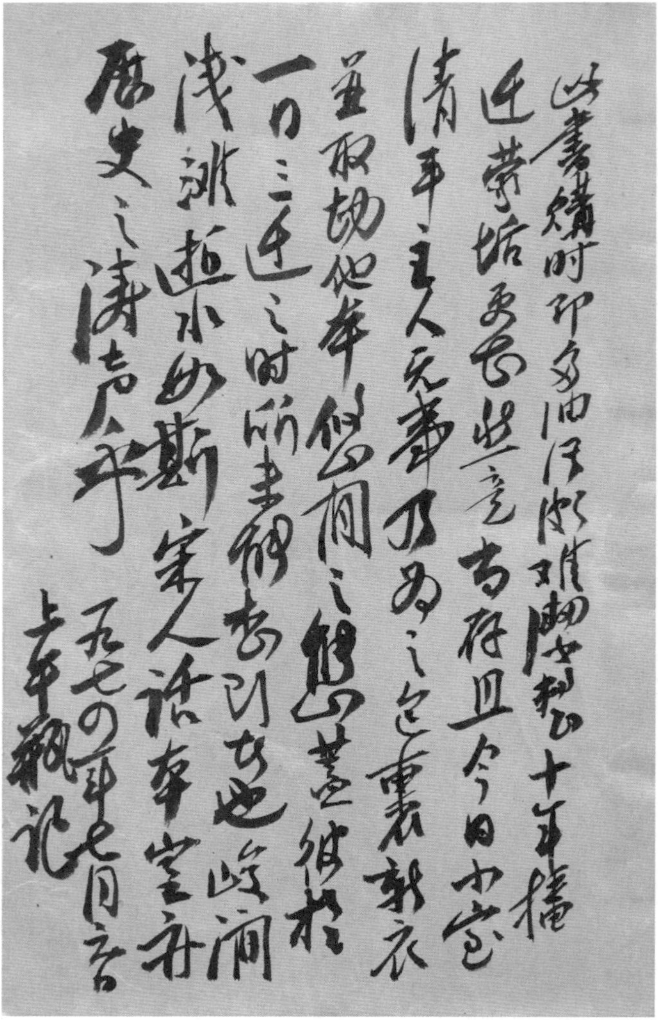

宣和遗事

此书购时即多油污，颇难洁整。十年播迁，蒙垢更甚，然竟尚存。且今日小室清平，主人无事，乃为之包裹新衣，并取勘他本，悠闲之态，盖彼于一日三迁之时，所未能想到者也。峻涧浅滩，逝水如斯，宋人话本，实亦历史之涛声乎？

瓶记

一九七四年七月六日上午

东坡逸事

此为杂书中之杂书，然久久不忍弃之，以其行稀字大，有可爱之处。余性犹豫，虽片纸秃毫，亦有留恋。值大事，恐受不能决断之害。

一九七四年七月十二日晚为此书修破脊，后又发见一张包货之纸，随（遂）包饰之

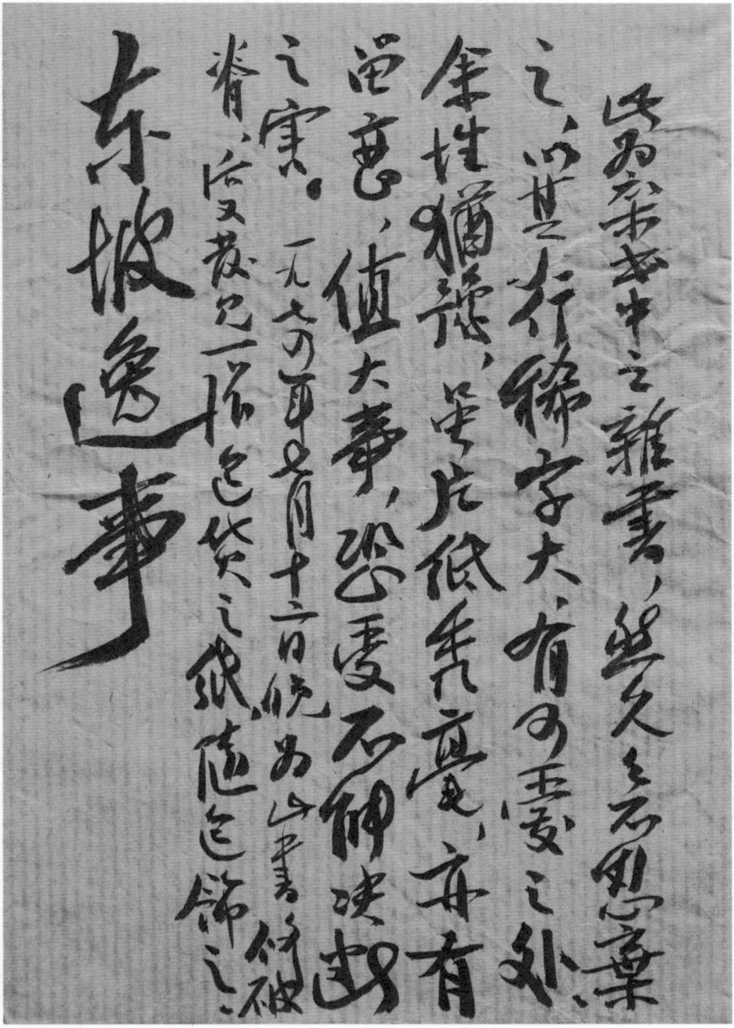
东坡逸事
一九六四年五月十六日

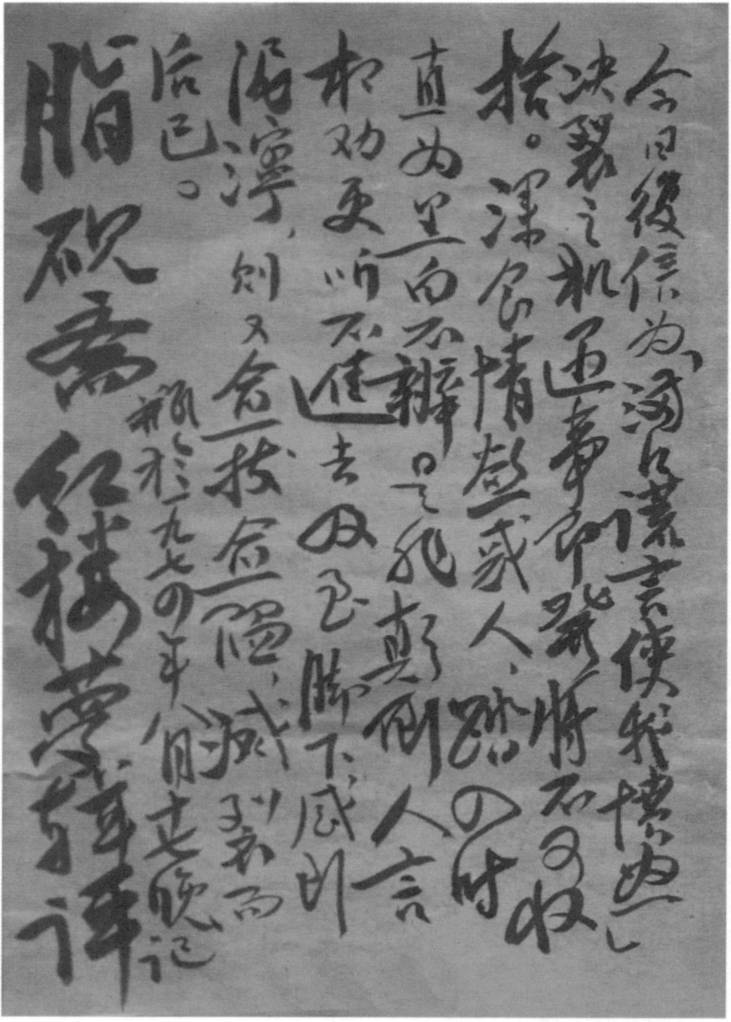
脂硯齋紅樓夢輯評

脂砚斋红楼梦辑评

今日复信，为“满口谎言，使我愤怒”。决裂之机，遇事即发，将不可收拾。深念情欲惑人，踏入时，直为黑白不辨，是非颠倒，人言相劝更听不进去。及至脚下感到泥泞，则又愈拔愈陷，灭裂而后已。

瓶
于一九七四年八月十七日晚记

鲁迅小说里的人物

今日下午偶检出此书。其他关于鲁迅的回忆书籍，都已不知下落。值病中无事，黏(粘)废纸为之包装。并想到先生一世，惟热惟光，光明照人，作烛自焚。而因缘日妇、投靠敌人之汗(汉)奸文士，无聊作家，竟得高龄，自署“遐寿”。毋乃恬不知耻，敢欺天道之不公乎！

瓶记

一九七四年十一月廿三日

鲁迅小说里的人物

今日下午偶检出此书。其他关于鲁迅的四种书籍都已不知下落。值病中无力，剪废纸为追紫。並想到先生一世，燃热推光。光明照人，作烛自焚。而因缘日妇投靠敌人之汗奸文士，无聊作家，竟得高龄，自署遐寿。此乃恬不知耻，敢欺天道之不公乎。

一九七〇年十一月廿三日

胡风记

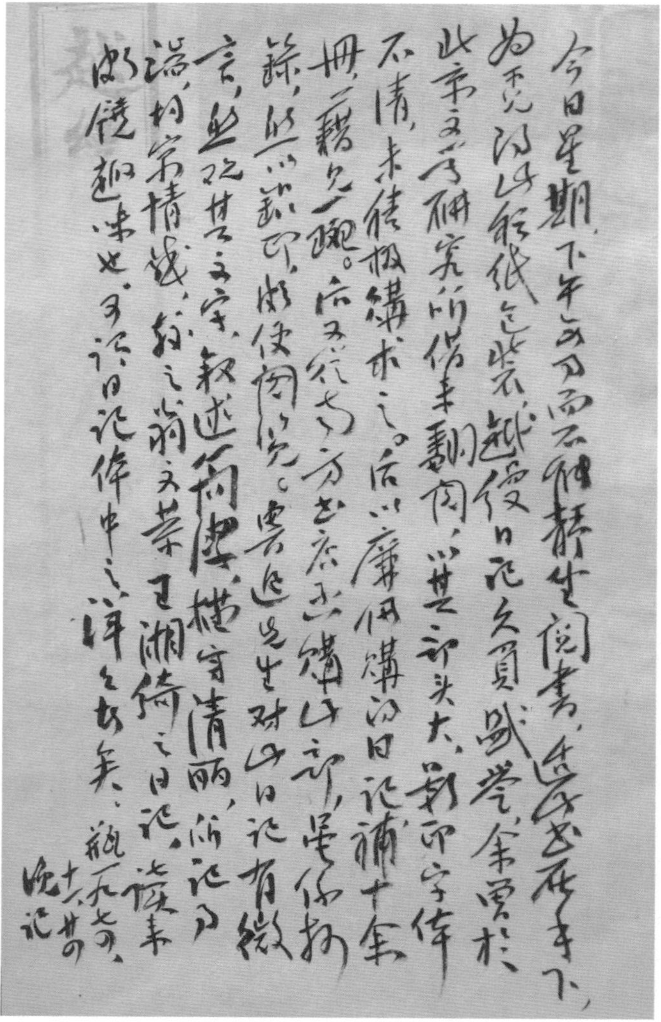

今日星期，下午二時到西石槽替生閱書，後至書店中下，為不久得此稿紙色紫，越縵日記久覓影，余嘗於北京文學研究所借來翻閱，以其字頭大，影印字体不清，未得細讀，求之。後以廉價購得日記補十余冊，二精久之一翻。後又從北方書店求購得此部，是係排錄，然以鉛印，頗便閱讀。魯迅先生對此日記有微言，然喜其文字，敘述簡潔，措守清雨，所記乃端，均寫情感，較之翁文恭、王湘綺之日記，讀來頗饒趣味也。予讀日記作中之詳者矣。觀一九七四、十八、廿四晚記

越缦堂詹詹录

今日星期，下午无事而不能静坐阅书，适此书在手下，为觅得此种纸包装。《越缦日记》，久负盛誉，余曾于北京文学研究所借来翻阅，以其部头大、影印字体不清，未积极购求之。后以廉价购得《日记补》十余册，藉见一斑。后又从南方书店函购此部，虽系抄录，然以铅印，颇便阅览。鲁迅先生对此日记有微言，然观其文字，叙述简洁，描写清丽，所记事端，均寓情感，较之翁文恭、王湘绮之日记，读来颇饶趣味也。可谓日记体中之洋洋者矣。

瓶

一九七四、十一、廿四晚记

（接上）

此公在清末，号为大名士，读书精细，文字清丽生动，好自夸张，颇喜记述他人对他的称赞。这种称赞，多是有求于他，他却即当真收受，满心高兴，看来很是天真。其实，在当时，所谓名士，喜怒笑骂，都是有为而发，并能得到价钱，且能得到官做。细读清朝公私文书，此点自明，所谓一时代有一时代的风习也。

瓶记

一九七四年十一月廿四日晚

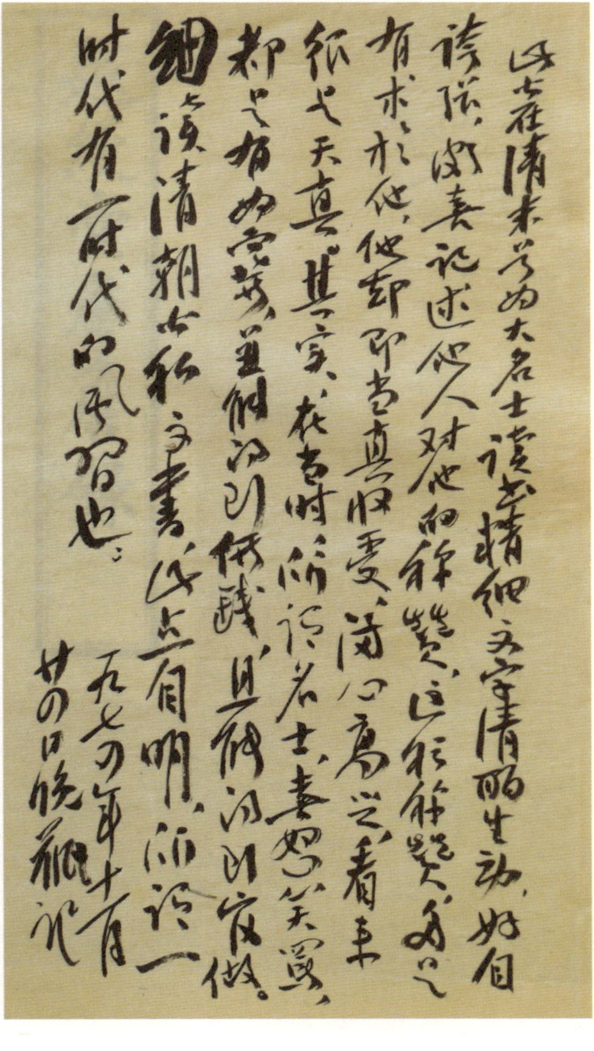
此公在清末号为大名士，读书精细，文字清丽生动，好作诗谈，喜记述他人对他的称赞，且称称赞，自以有求于他，他却即书直其恨处，开心为之，看来颇天真。其实，在当时所谓名士，妻妾笑骂，都是狎妓爱妓，并能够以钱，且能够以官做。细读清朝名人私家书，此点自明，所谓一时代有一时代的风习也。

九七四年十月廿四日晚 [illegible]记

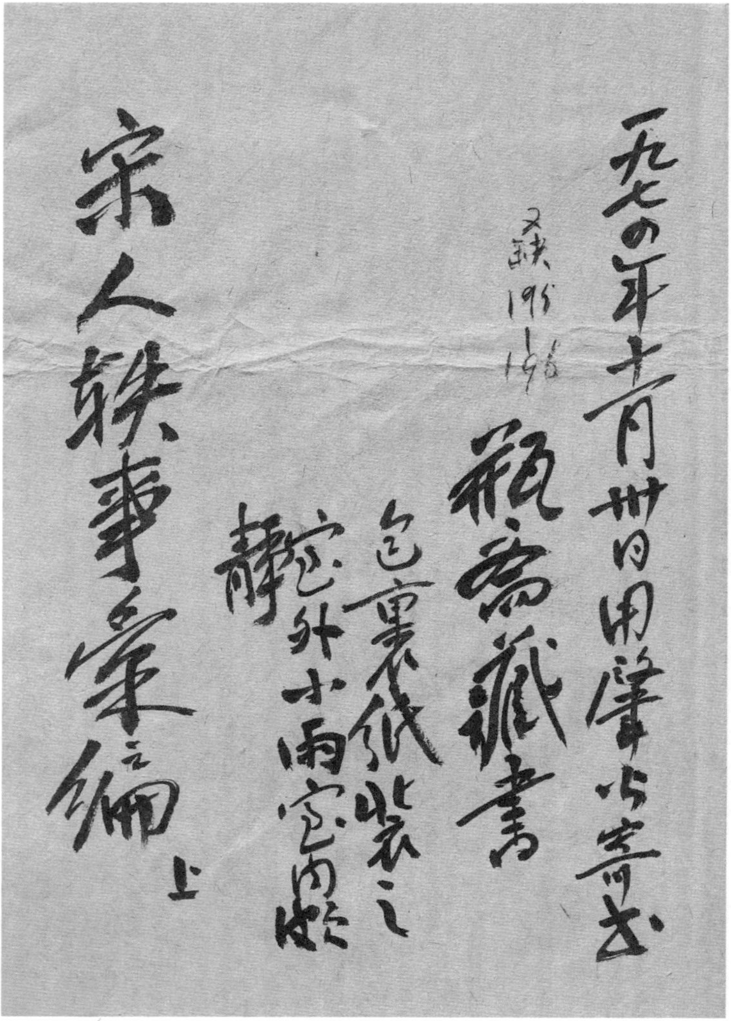

一九七〇年十一月廿日用肇以寄式
又缺 195—196
穎斋藏書
包裹代紙装之
靜寄外小雨窗内晚
宋人轶事彙编 上

宋人轶事汇编

上

又缺 195—196。

瓶斋藏书
一九七四年十一月卅日用肇公寄书包裹纸
装之，室外小雨，室内颇静

宋人轶事汇编

下

此书有残，俟有机会补足之。缺 173、174 页。

瓶斋藏书

此書有殘佚有机会補之之

缺173
174
17頁

觀齋藏书

宋人軼事彙編 下

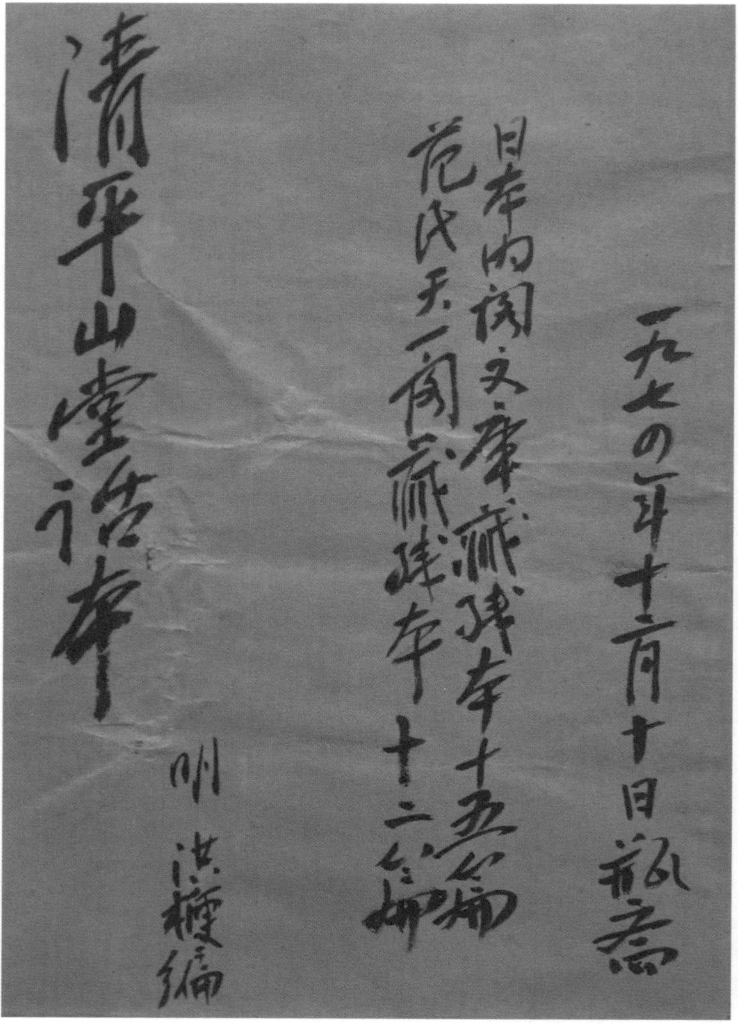

清平山堂话本

明 洪楩编

日本内阁文库藏明本十五篇
范氏天一阁藏明本十二篇

一九七〇年十二月十日私斋

清平山堂话本

明　洪楩 编

日本内阁文库藏残本十五篇。范氏天一阁藏残本十二篇。

瓶斋
一九七四年十二月十日

唐人选唐诗

十种

《唐写本唐人选唐诗》《箧中集》《河岳英灵集》《国秀集》《御览集(诗)》《中兴间气集》《极玄集》《又玄集》《才调集》《搜玉小集》

瓶斋装灯下
一九七四年十二月十日

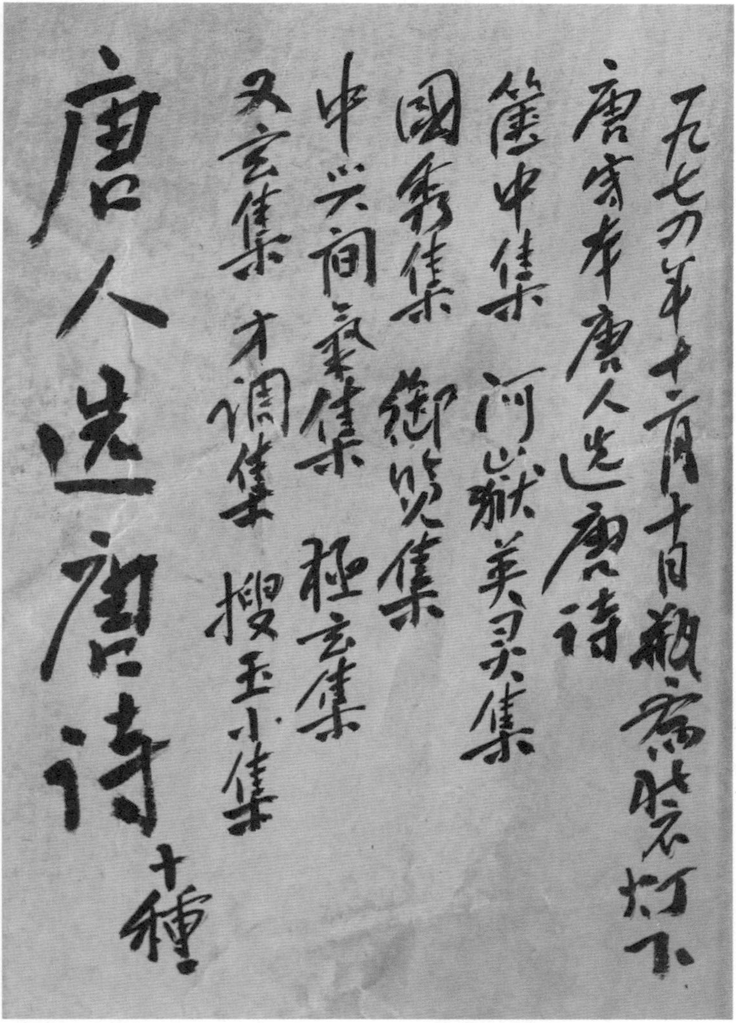

一九七四年十一月十日觀齋燈下
唐寫本唐人選唐詩
篋中集 河嶽英靈集
國秀集 御覽集
中興間氣集 極玄集
又玄集 才調集 搜玉小集

唐人選唐詩十種

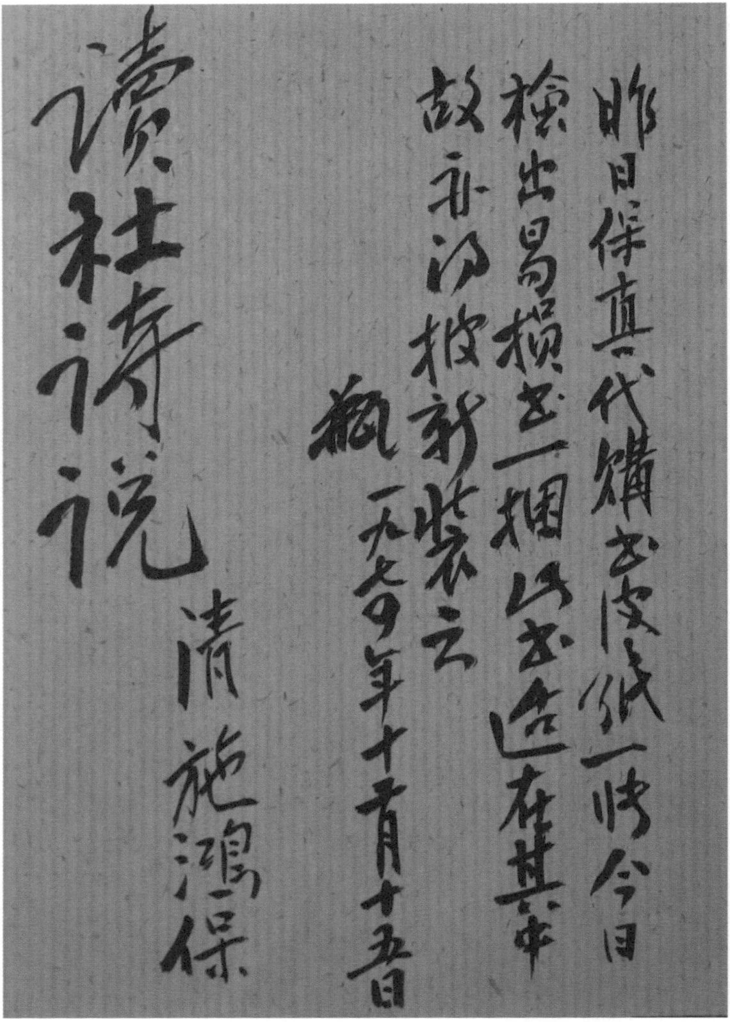

昨日保真代購書皮紙一帖今日
檢出易損書一捆以書造存其中
故亦得披新裝云
楓 一九七〇年十月十五日
讀杜詩說
清 施鴻保

读杜诗说

清　施鸿保

昨日保真代购书皮纸一张，今日检出易损书一捆，此书适在其中，故亦得披新装云。

瓶

一九七四年十二月十五日

随园诗话

近年包书多用废纸，细思既为爱护书册，又何必吝此小费。今日保真购新纸一张，裁之可包书八册。

瓶

一九七四、十二、十五记

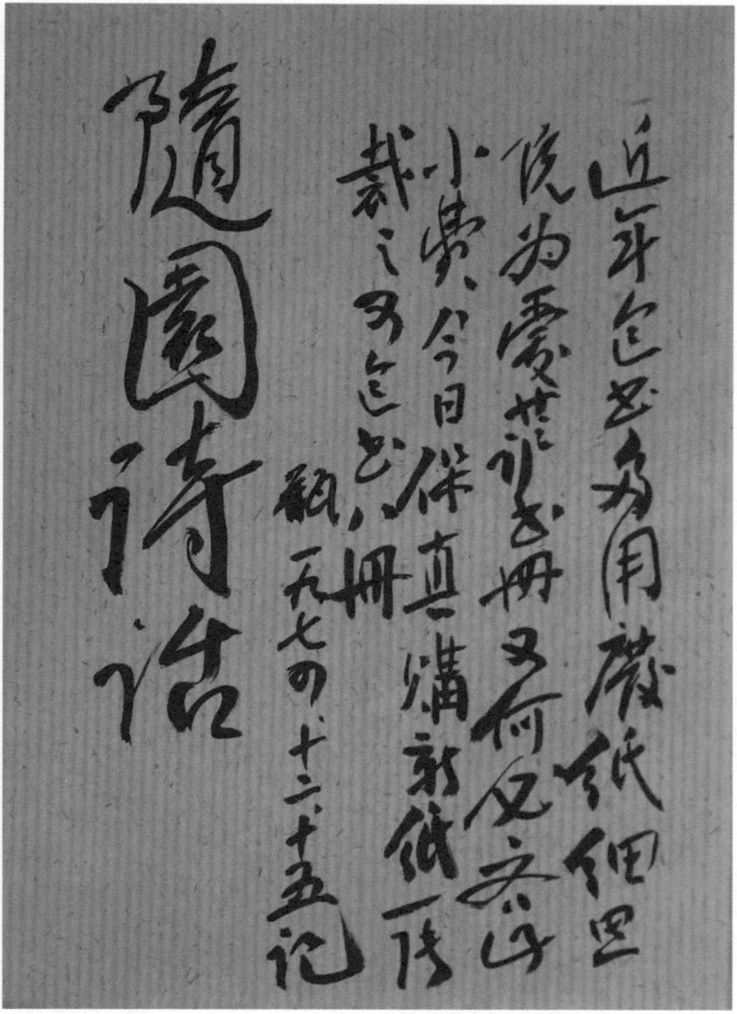
隨園詩話

近年造书多用蜡纸但思
既为零叶订书册又何必吝此
小费，今日保真情新纸一段
裁之又造书册

毅 一九七〇、十二、十五记

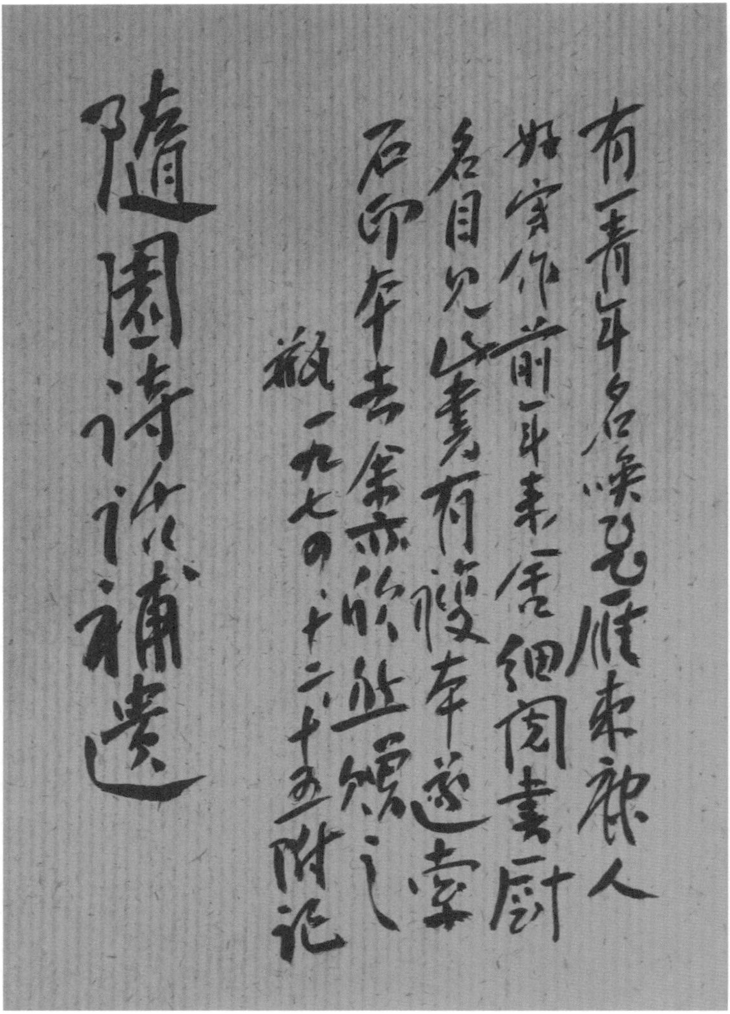
有一青年名吳兆雁來訪人
好寫作前一年來信細閱書尉
名目見此書有複本遂索
石印本去余亦欣然贈之
叔一九七〇、十二、十五附記

隨園詩話補遺

随园诗话补遗

有一青年名唤飞雁，束鹿人，好写作，前年来舍，细阅书厨（橱）名目，见此书有复本，遂索石印本去。余亦欣然赠之。

瓶

一九七四、十二、十五附记

昭昧詹言

方东树 著

一九七四年十二月十六日，保真在家写作，占据方桌，命余立于书柜之旁操作。余亦乐于听命。灯下书此。

瓶记

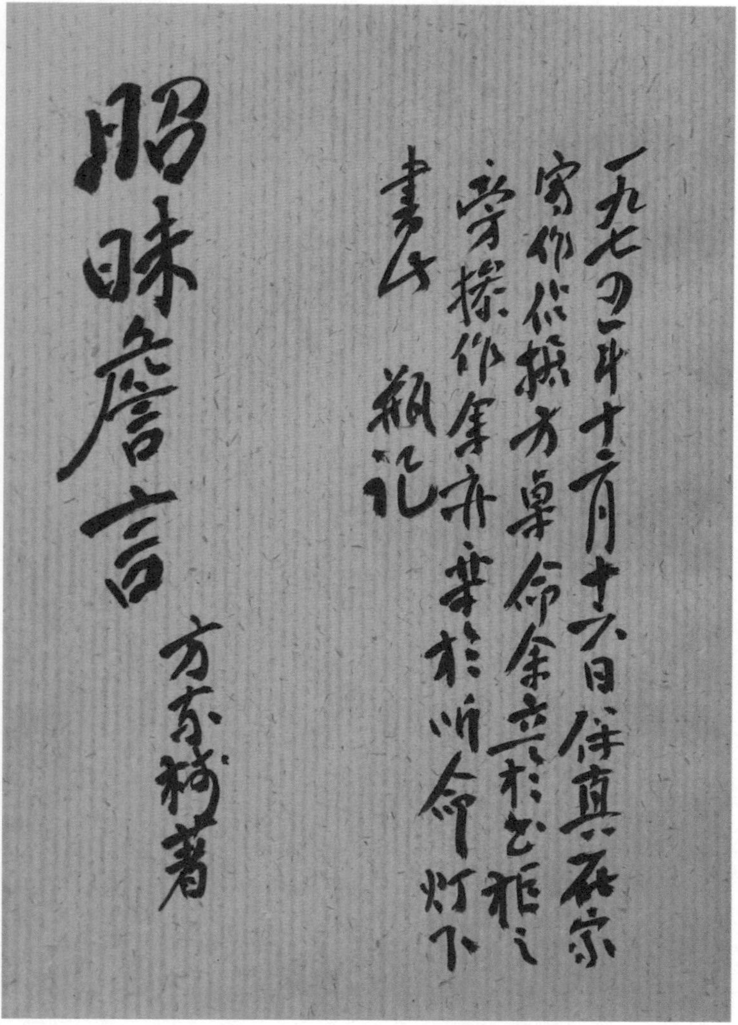
一九七〇年十二月十六日偕真與硯宗
家作代擬方東樹命余書於莊雅之
學探作集來華於所命灯下
書之 穎記
昭昧詹言
方東樹著

此书购置最早，此后即大量收集旧
板书，津门市集有、编引证此书文字
实被人大钱失者，此书大有识力，有
预见，恐已绝迹于余矣，呜乎
一九七〇、八、十六、十七、下午散步归来记

骨董琐记全编

邓之诚

骨董琐记全编

邓之诚

此书购置较早，此后即大量收集旧板（版）书。《津门小集》有篇引证此书文字，曾被人大感失望。此公大有识力，有预见，恐已绝望于余矣。呜呼！

一九七四、十二、十七下午散步归来记

古今注

中华古今注

苏氏演义

以废纸装之,时室外甚寒。

瓶斋

一九七四年十二月廿一日

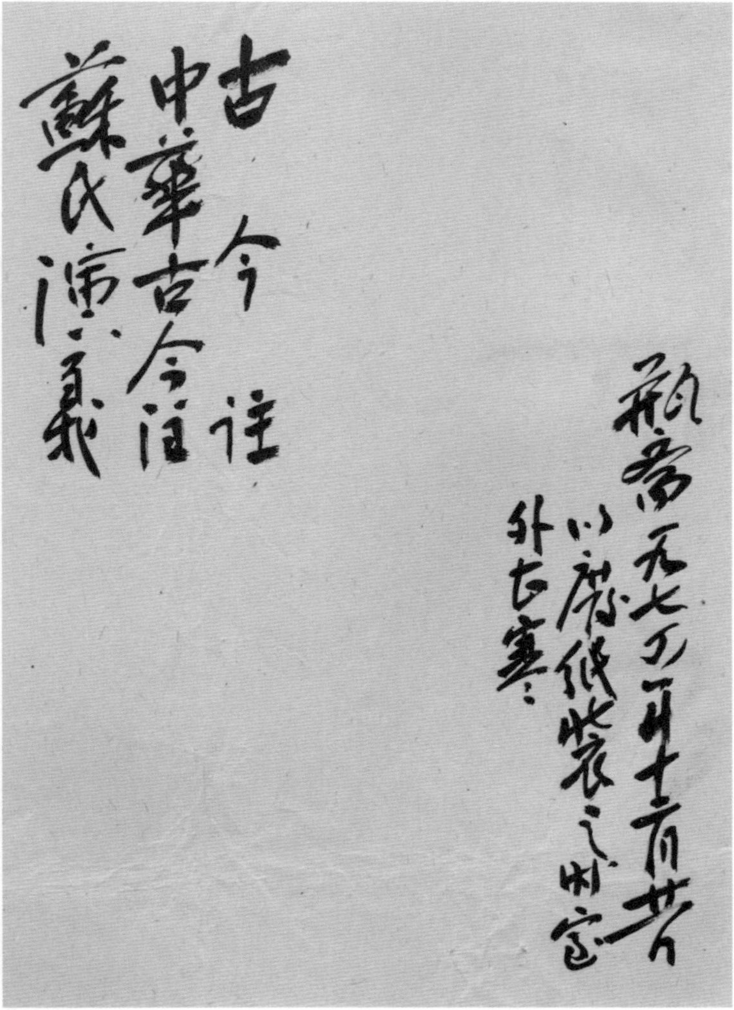

古今注

中華古今注

蘇氏演義

颖斋一九七五年十一月廿六

以病代装之册宦

外长寒

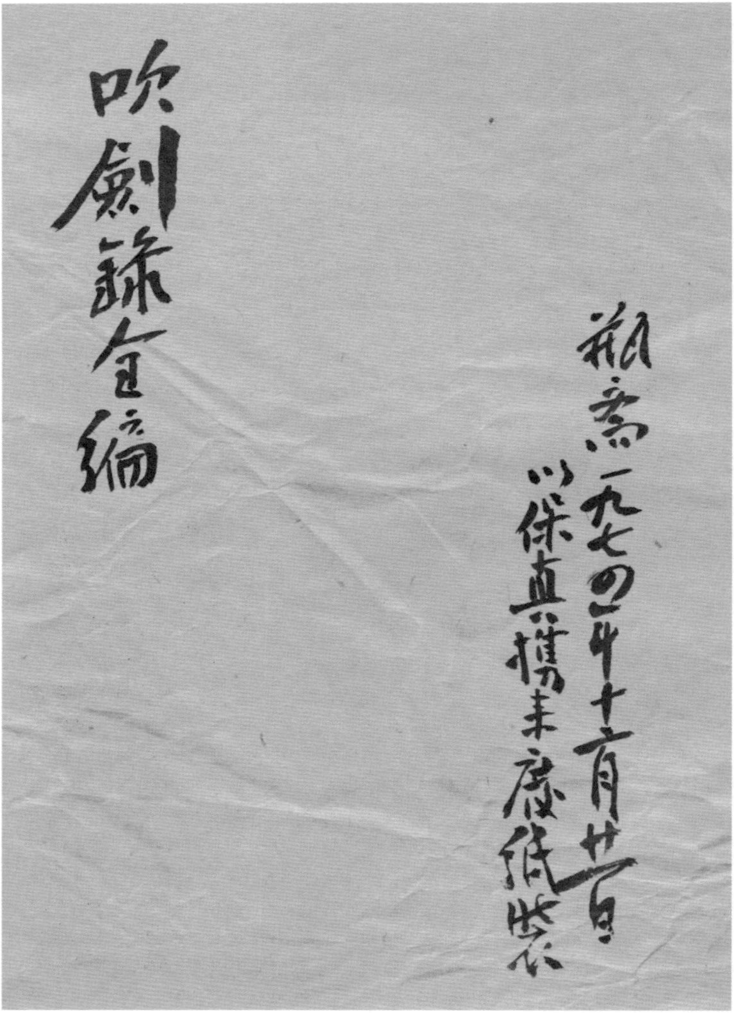
吹劍録全编

瓶斋一九七四年十二月廿日
以保真携来废纸装

吹剑录全编

以保真携来废纸装。

瓶斋
一九七四年十二月廿一日

初学记

一

用废纸装。

一九七四年十二月廿六日

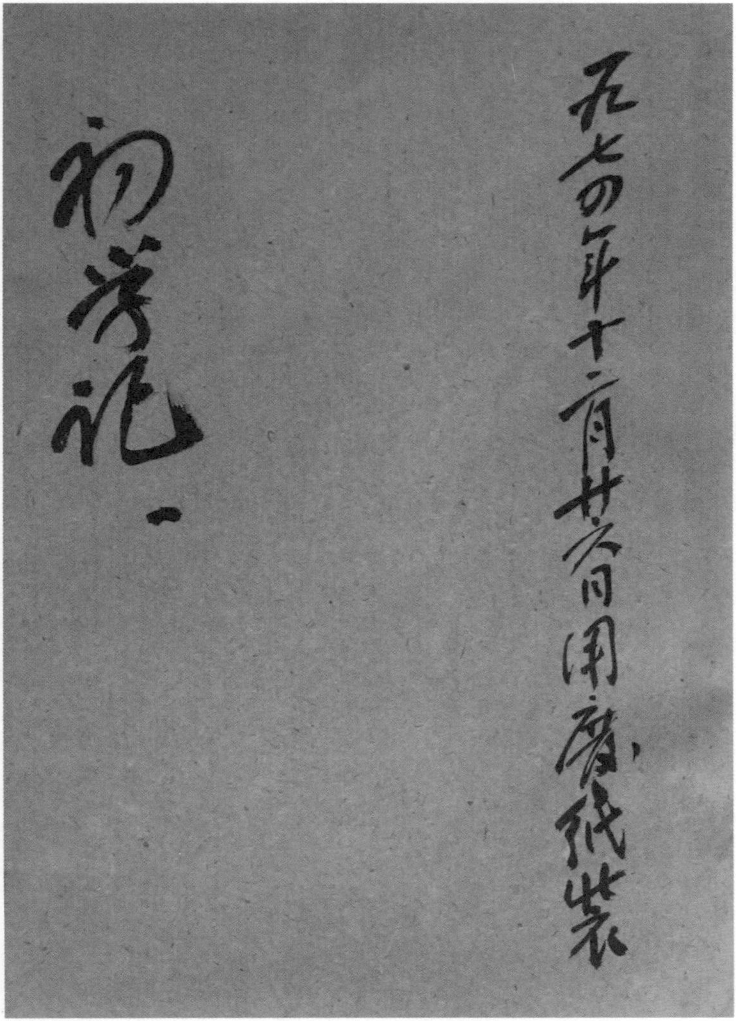
初學記 一

五七四年十二月廿六日用廢紙裝

余亦有古香斋本，然阅读究竟是较为方便

初学记 二

初学记

二

余尚有古香斋本,然阅读究竟是新书方便。

初学记

三

用冉淮舟送还稿件封套装。

一九七四年十二月廿六日

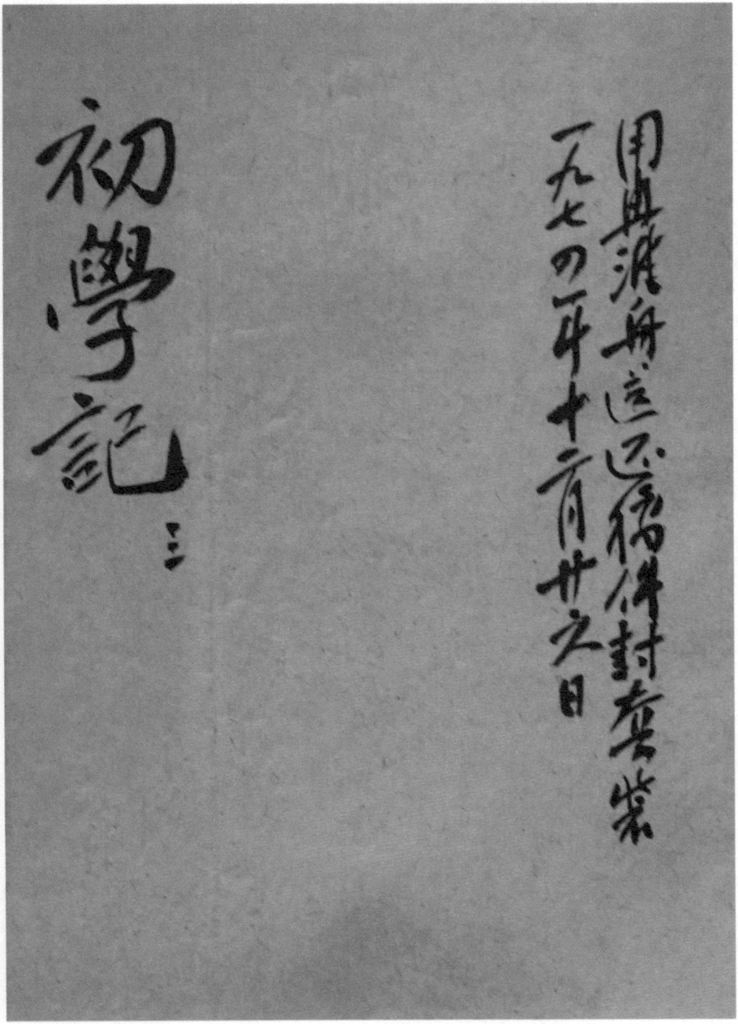

用與張舜、退還稿件封套裝
一九七〇年十二月廿六日
初學記 三

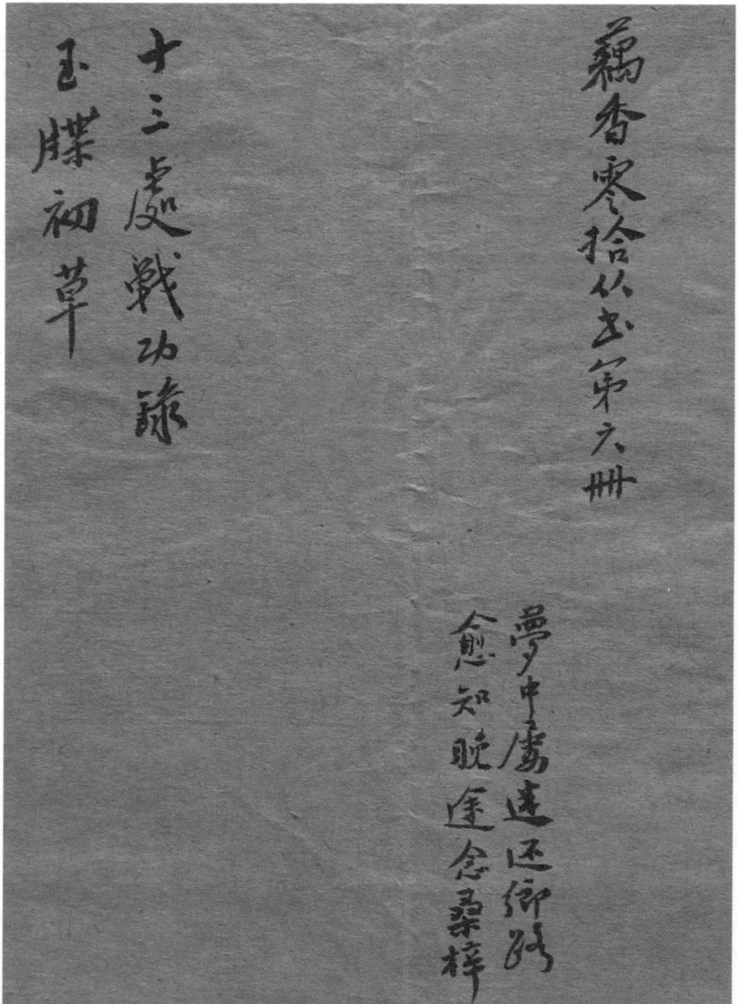
藕香零拾从书第六册
夢中處遠還鄉路
愈知晚途念桑梓
十三處戰功跡
玉牒初草

藕香零拾从(丛)书第六册

《十三处战功录》《玉牒初草》

梦中屡迷还乡路，愈知晚途念桑梓。

全宋词

一

唐圭璋 编

共五册。此集为余残存书中最清洁完整者。

一九七五年一月四日装

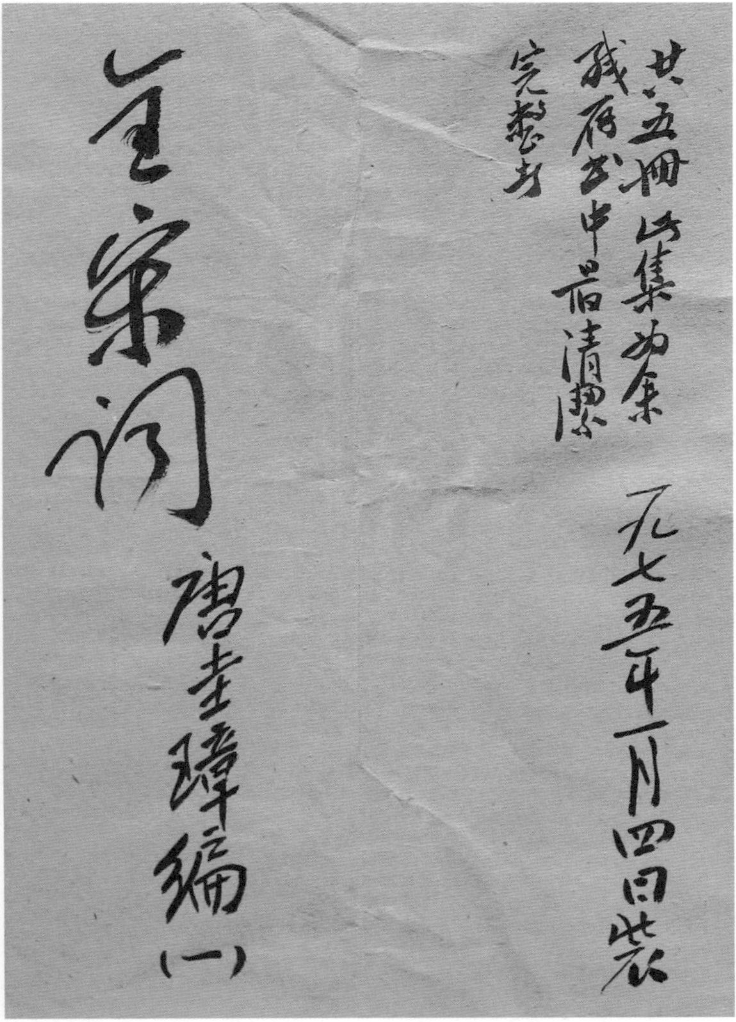
共五册 此集如果我存书中留清楚完整者

一九七五年一月四日装

全宋词

唐圭璋编

（一）

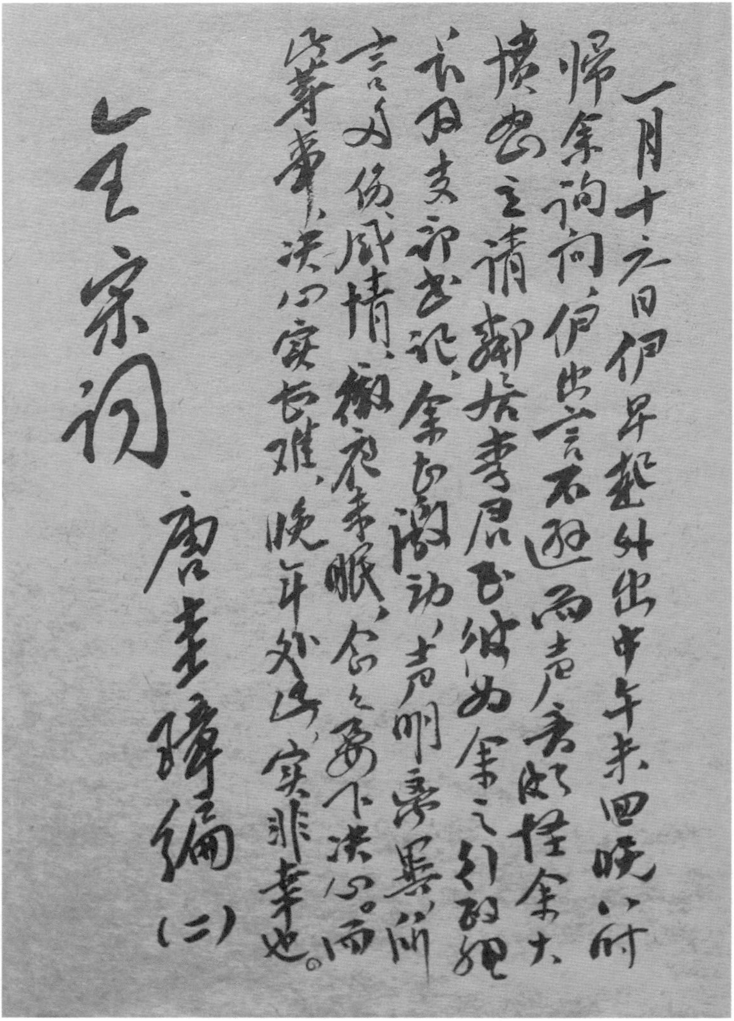

一月十六日伊早起外出，中午未回，晚八时归，余询问伊，伊出言不逊，而声言较怪余大[illegible]主请乡指李君已作如余之行[illegible]支部书记，余甚激动，声明愿所言为伪感情，激起无眠，念之愈下决心而继续事，决心实在难，晚年处此，实非幸也。

全宋词 唐圭璋编（二）

全宋词

二

唐圭璋 编

一月十六日，伊早起外出，中午未回，晚八时归。余询问，伊出言不逊，而声音颇怪。余大愤怒，立请邻居李君至。彼为余之行政组长及支部书记，余甚激动，声明离异，所言多伤感情，彻夜未眠，念念要下决心。而此等事，决心实甚难，晚年处此，实非幸也。

全宋词

三

唐圭璋 编

人知珍惜自身名声，即知珍惜他人感情，亦能知珍惜万物。然亦不必尽如此。

一九七五年一月十八日

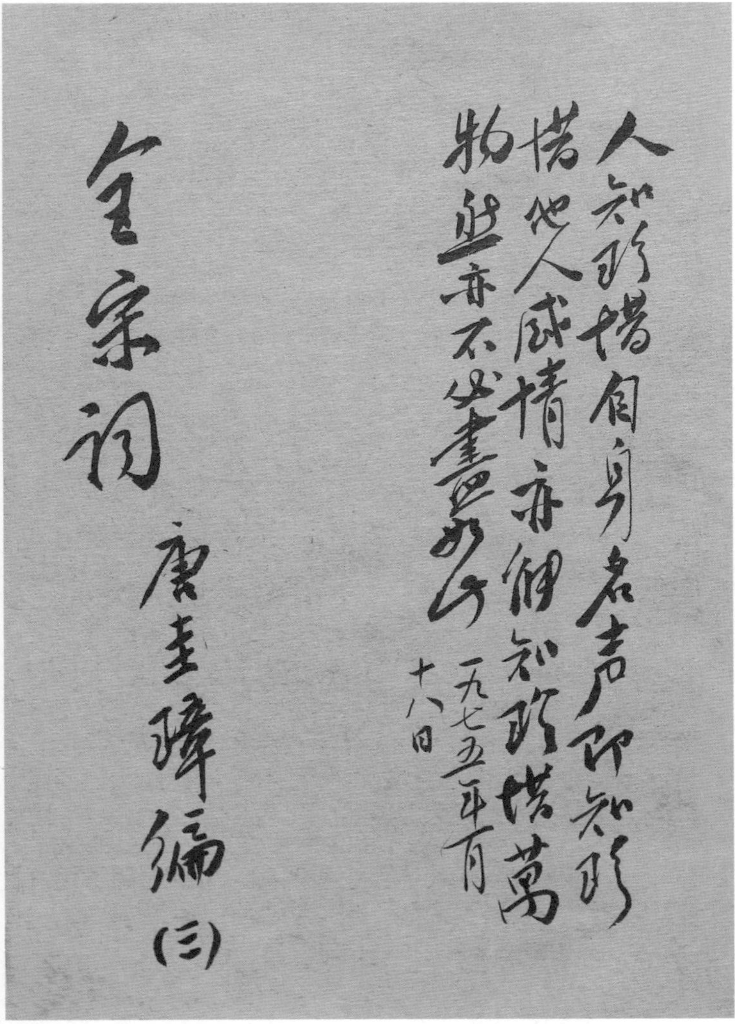
人知珍惜自身名声即知珍
惜他人感情亦能知珍惜萬
物此亦不必盡如也
一九七五年月
十八日
全宋词
唐圭璋编
(三)

王林评我多思而寡断，此余之大病也
一生，痛苦半由人事半由劣根，思之思之
自恨不已，今年春节恐难平度也
一九七五年二月廿日中午记

全宋词

唐圭璋编
（四）

全宋词

四

唐圭璋 编

王林评我：多思而寡断。此余之大病也。一生痛苦，半由人事，半由劣根，思之自恨不已。今年春节恐难平度也。

一九七五年二月七日中午记

全宋词

五
唐圭璋 编

五册包毕。

一九七五年二月九日

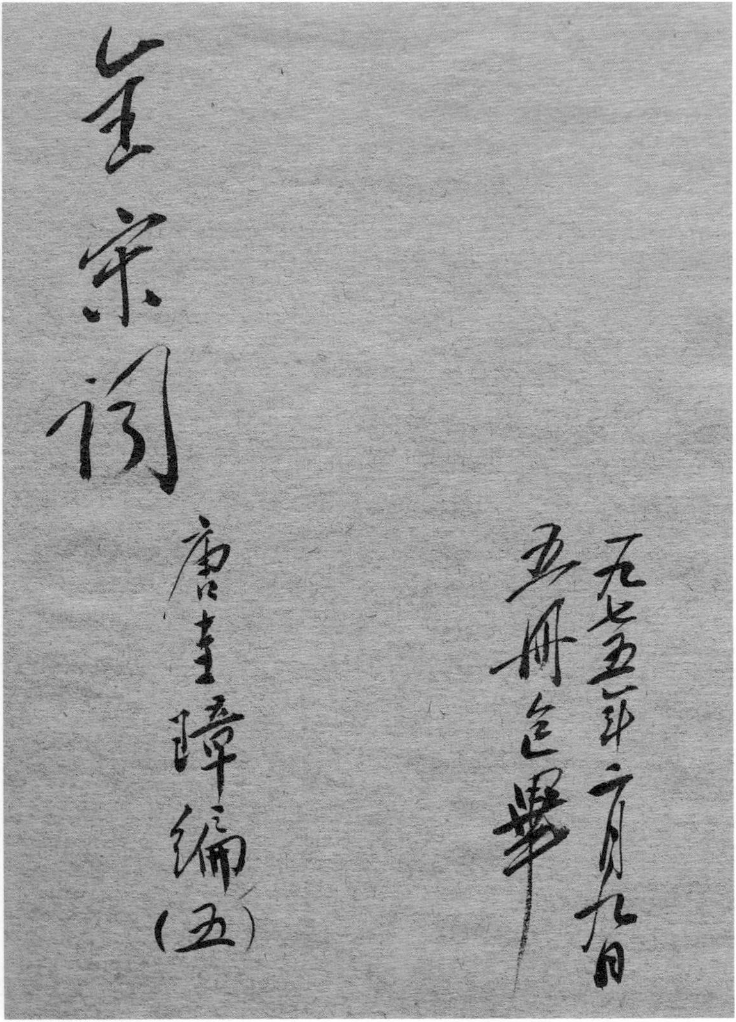
全宋词

唐圭璋编

（五）

一九七五年六月九日

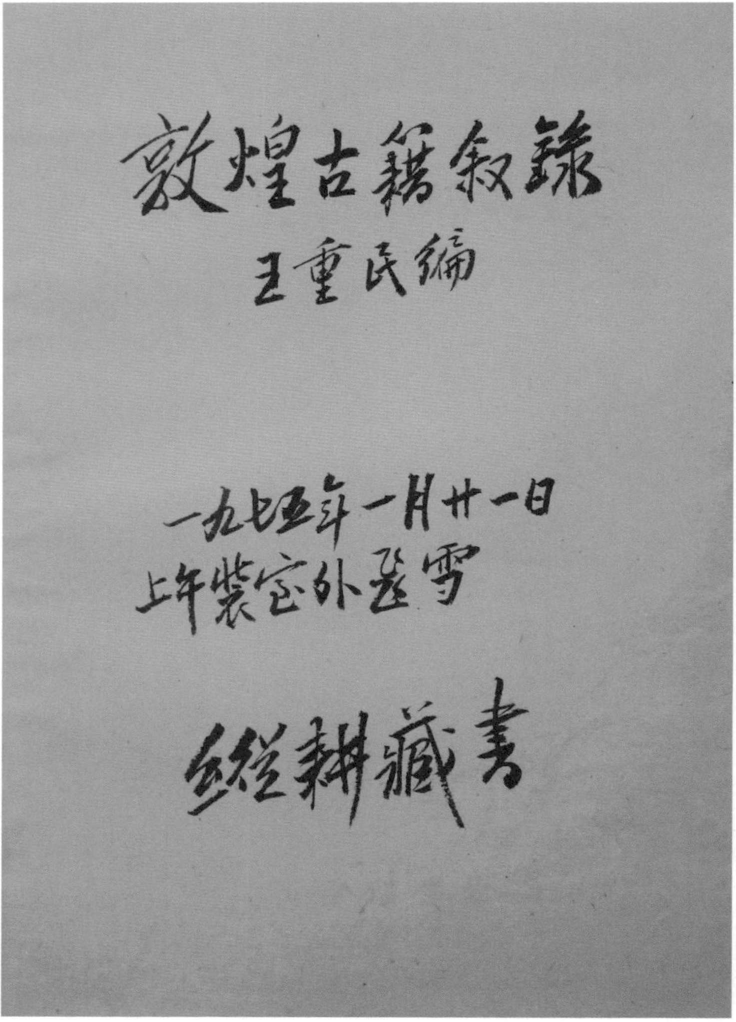

敦煌古籍叙錄

王重民编

一九七五年一月廿一日
上午紫宫外飞雪

缀耕藏书

敦煌古籍叙录

王重民 编

纵耕藏书

一九七五年一月廿一日上午装，室外飞雪

版本通义

钱基博 著

昨日大雪，今晨小散来约午饭。余持杖行，马路结冰，行人车辆皆兢兢，而儿童在中间纷乱滑行，或遇小学生持铲破冰，交通益阻塞。余谨步慢行，一小时始至梁家。所陪客皆一九三八年所识老人，抚今思昔，不胜白驹过隙之感。归来时，天晴冰化，一路泥水，然往返无失，又证年青(轻)时走步锻炼之有素矣。下午检此书翻阅。

一九七五年一月廿四日晚记

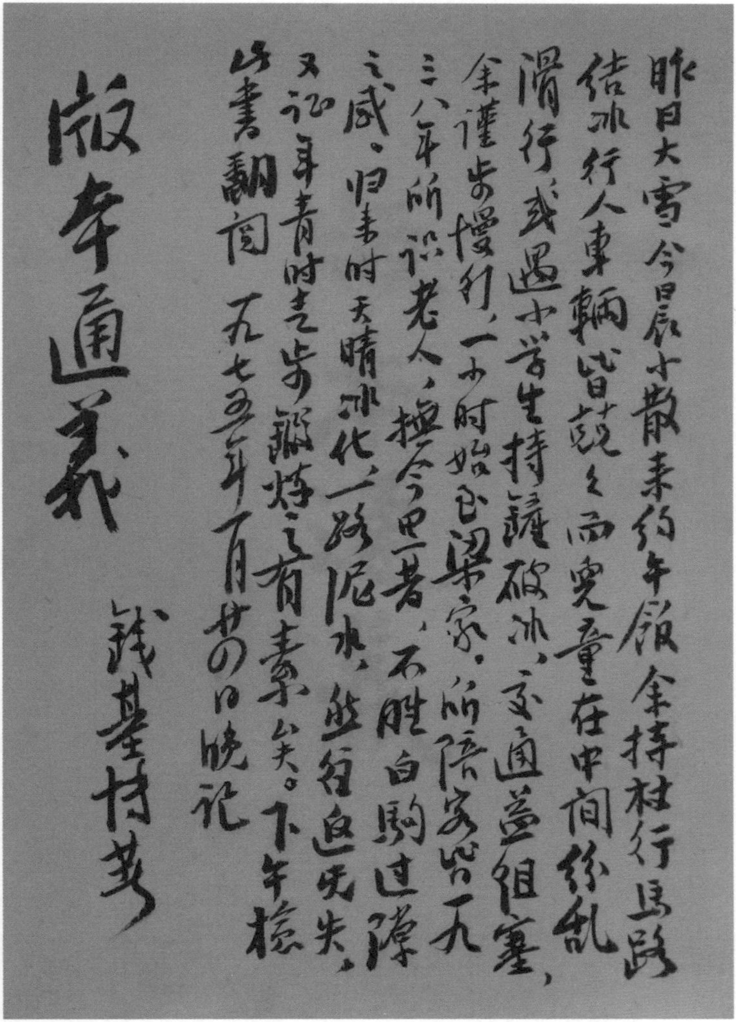

昨日大雪，今日晨小散，素約年假，余持杖行馬路結冰，行人車輛皆兢兢，而兒童在中間紛乱滑行，或遇小学生持鏟破冰，或遇蓋阻塞，余謹步慢行，一小时始至梁家。所陪客皆五三八年所识老人，換今世者，不胜白駒过隙之感。归来时天晴冰化，一路泥水，然往返無失，又记年青时走步鍛煉之有素矣。下午檢此書翻阅　五七五年十月廿四日晚記

敬本通義

錢基博贈

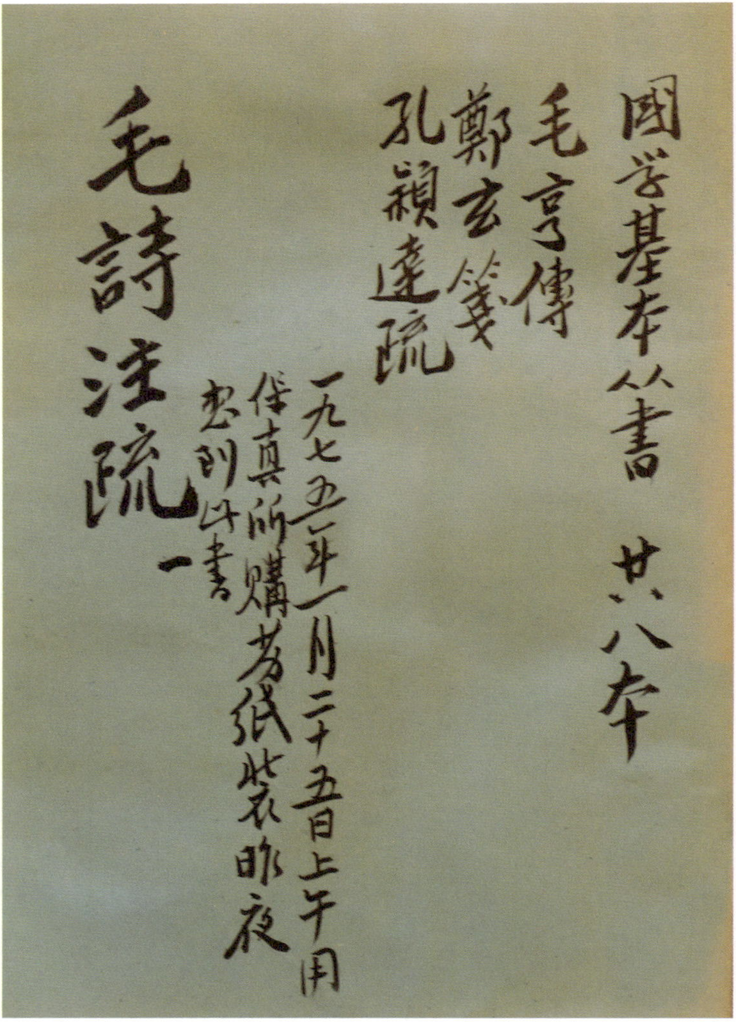
國学基本丛書 共八本
毛亨傳
鄭玄箋
孔穎達疏
一九七五年一月二十五日上午用
侯真所購舊紙紫衣昨夜
裝訂此書
毛詩注疏 一

毛诗注疏

一

国学基本从(丛)书　共八本

毛亨 传

郑玄 笺

孔颖达 疏

一九七五年一月二十五日上午,用保真所购劣纸装,昨夜想到此书

毛诗注疏

二

商务印书馆对传播中外文化，甚有功绩。所印书讲求质量，不惜小费。此从(丛)书系普通版本，然今日与其他书店所印书相较，则其字清，其行稀，纸张格式优点显然。盖当时主持者有(通)人，非专计谋利者比。中华书局当时极力抗衡，然以所出版书籍对比，缺点自露。其他小书店更无论矣。三十年代，小书店传播革命文化有功，然亦非世界书局专印坏书者之类也。

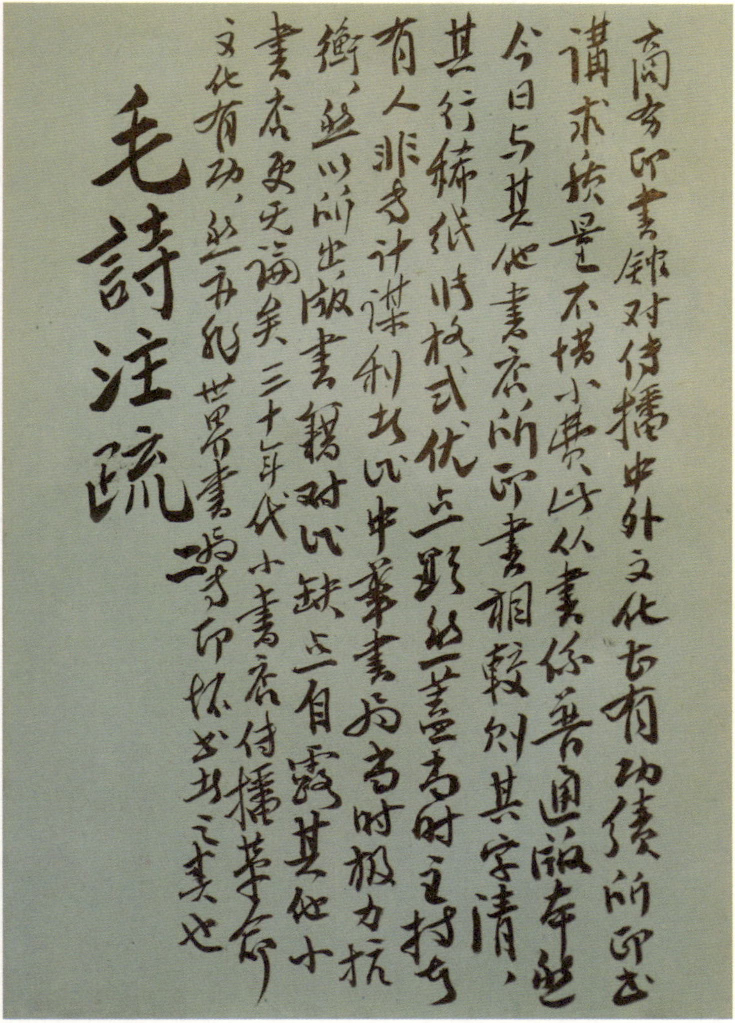
商务印书馆对传播中外文化古有功绩所印古
讲求校量不惜小费以从书係普通读本也
今日与其他书店所印书相较则其字清
其行稀纸精校式优点一显然一卷当时主持者
有人非专计谋利者以中华书局当时极力抗
衡然以所出版书籍对比缺点自露其他小
书店更无论矣三十年代小书店传播革命
文化有功然亦非世界书局印标出其之类也

毛詩注疏 二

毛詩注疏 三

書為吾有[illegible]三冊明[illegible]楷[illegible]時字經十一字此新
印書陳奐近作[illegible]流傳甚少神州國光社
形左[illegible]所存只有古董水陸書毛邊紙印
[illegible]係古[illegible]百衲本[illegible]書[illegible]當[illegible]
生活書店印[illegible]洪瀚有[illegible]當時[illegible]今日在我案[illegible]
決定一冊所藏倘以商務印本為[illegible]也古籍[illegible]
本商務[illegible]校佳甚影印古書之所無古人所見未事也
更是論矣

一九五[illegible]年一月[illegible]日上午[illegible]
隨記

毛诗注疏

三

书局各有特点：开明颇惜纸张，字总小一号。此新印书，除鲁迅作品外流传甚少。神洲(州)国光社形左实右，所存只有古董。水沫书毛边好纸，印象颇深。真美善书店，只记曾氏父子名字。生活书店印品浩瀚，有益当时，然今日在我案头，无一册。所藏仍以商务印本为多也。古籍读本，商务最佳，其影印古书，前无古人，后无来者，更无论矣。

一九七五年一月二十五日上午装后随记

毛诗注疏

四

进城后，对此从（丛）书未多注意，然所得亦有数十种，颇便阅读保存，颇悔当时未搜罗全套作为读本，今日再觅则难如登天矣。然终当以云烟过眼视之，毋为物累也，何悔之有乎？

又记

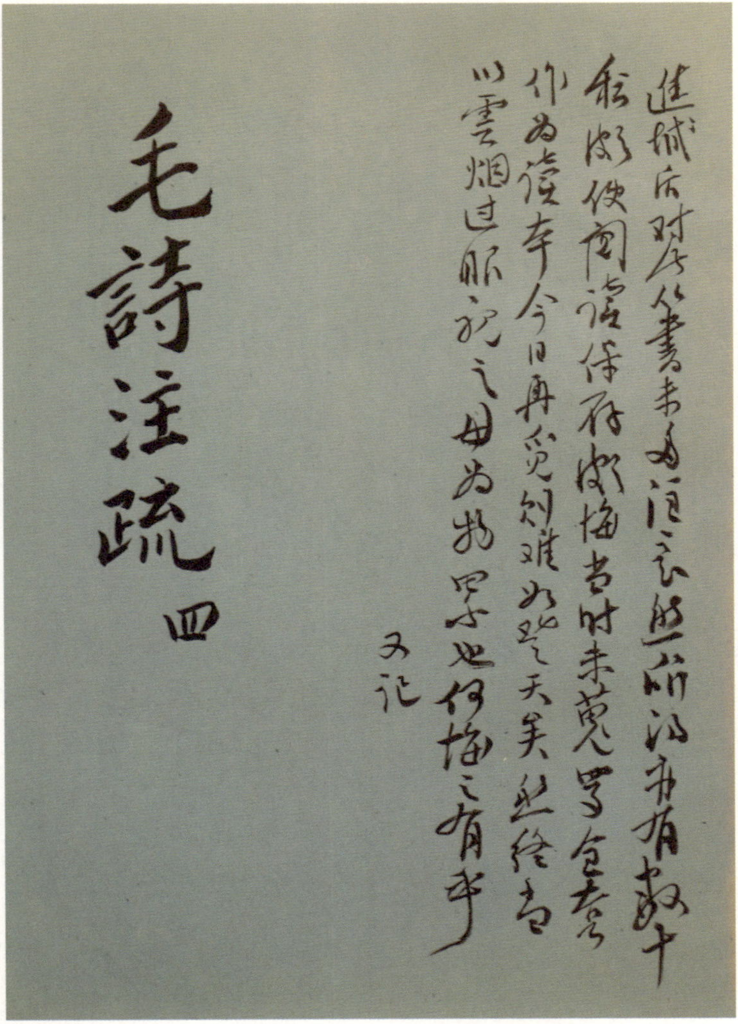
毛詩注疏 四

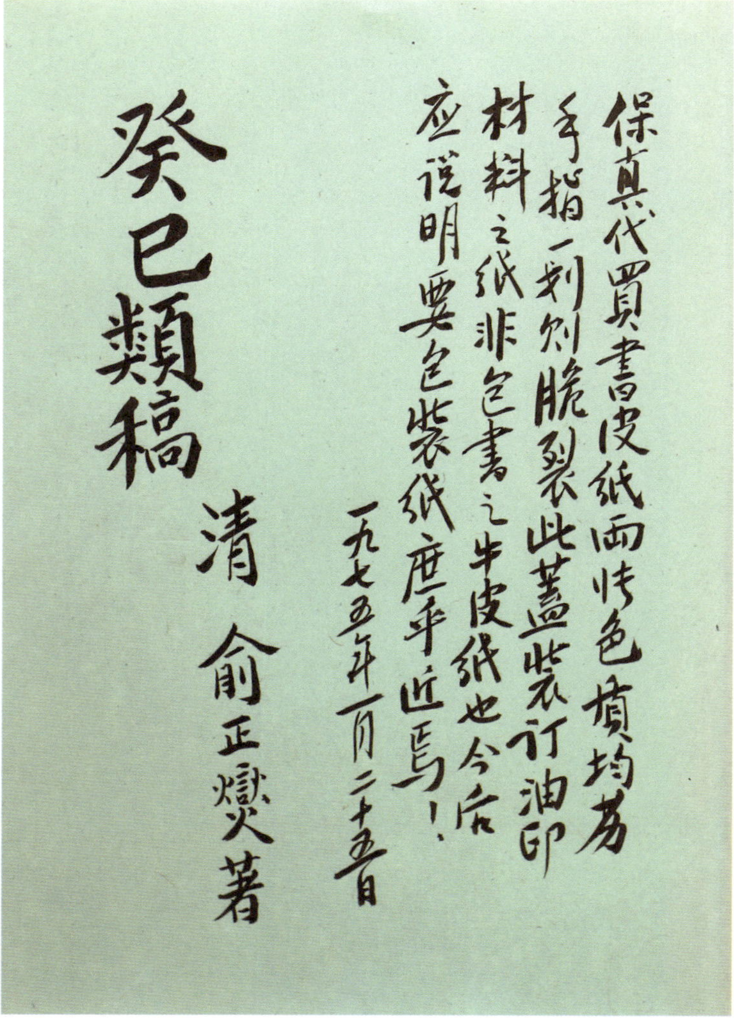

癸巳類稿

清 俞正燮著

保真代買書皮紙而特色質均劣
手指一刮則脆裂此蓋裝訂油印
材料之紙非包書之牛皮紙也今后
應說明要包裝紙庶乎近焉！、

一九七五年一月二十五日

癸巳类稿

清　俞正燮 著

保真代买书皮纸两张，色质均劣，手指一划则脆裂。此盖装订油印材料之纸，非包书之牛皮纸也。今后应说明要包装纸，庶乎近焉！

一九七五年一月二十五日

诸子平议

清　俞樾 著

此即清代之学术。学者竭毕生之力而为之。今日读之，昏然欲睡。余购此类书，不下数种，将长期废置矣。

一九七五年一月廿五日下午记

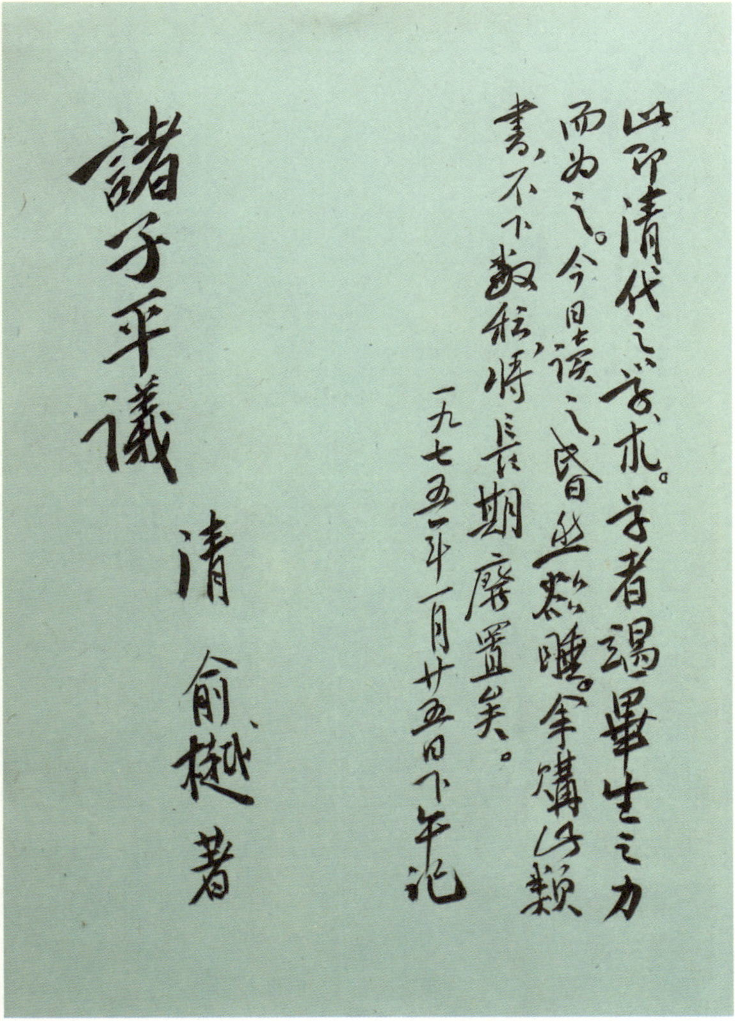

此即清代之学术。学者竭畢生之力而为之。今日读之，昏然欲睡。余購此類書，不下數箱，將長期庋置矣。

一九七五年一月廿五日下午记

諸子平議

清 俞樾 著

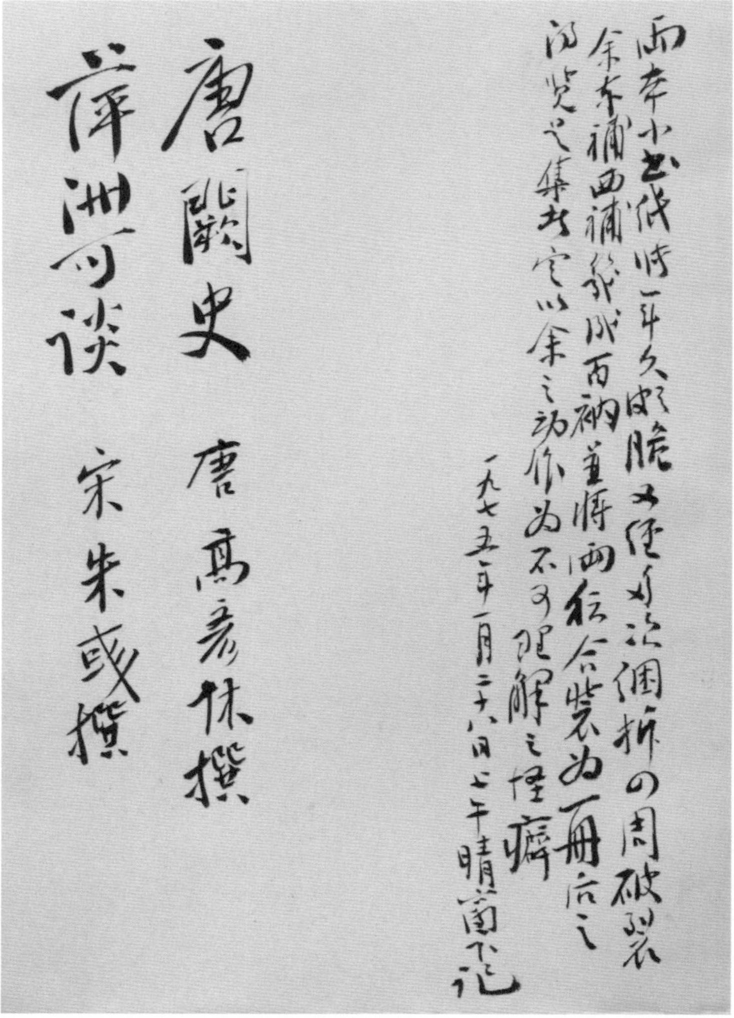
两本小书成时一年久蛀脱又经好事者拆阅周破裂
余本补西补织成百衲并将两书合装为一册后之
阅览之集者定以余之劳作为不可理解之怪癖
一九七五年一月二十八日上午晴窗下记

唐阙史　唐　高彦休撰

萍洲可谈　宋　朱彧撰

唐阙史

唐　高彦休 撰

萍洲可谈

宋　朱彧 撰

两本小书，纸张年久颇脆，又经多次捆拆，四周破裂。余东补西补，几成百衲，并将两种合装为一册。后之得览是集者，定以余之动作为不可理解之怪癖。

一九七五年一月二十八日上午晴窗下记

能改斋漫录

上

宋　吴曾 撰

余得此种小书数种。商务于抗日期间，印于长沙者，纸张颇劣。不知此等书籍，何补于抗战？时余方在敌后，刻写腊（蜡）纸，油印小报刊，以动员群众。当时文献，少有存者。今颇惜旧书，时为修补装订。噫！余老矣。

一九七五年一月廿八日上午记

能改齋漫錄 上

宋 吴曾撰

余所得此種小書均係商務於抗日期间印於長沙者，紙張低劣，不知此等書籍何補於抗戰。时余方在敵後刻寫臘紙油印小報，刊以動員群衆。当时文獻也有存者。今此舊書时加修補裝訂，嗟嗟，余老矣。一九七五年六月廿八日上午記

前数日思书购书耶晚淮舟送来数数残破並谈及
今日需书之多购书之难余跡不断残籍愈感
难能可贵珍惜之念倍增
一九七五年正月廿八日上午记

能改斋漫録 下

能改斋漫录

下

前数日忽想购书。昨晚淮舟送来，颇残破，并谈及今日需书之多、购书之难。余环顾残籍，愈感难能可贵，珍惜之念倍增。

一九七五年一月廿八日上午记

夷坚志

一

宋　洪迈 撰

书之遇亦如人之遇。书在我室，适我无事，珍惜如掌上明珠，然此一时之遇也。一出我室，命运便难以设想。即在同一人手下，心情有变，亦会捆而售之收破烂者。然即此亦一时之遇也。

一九七五年一月二十八日上午装讫记

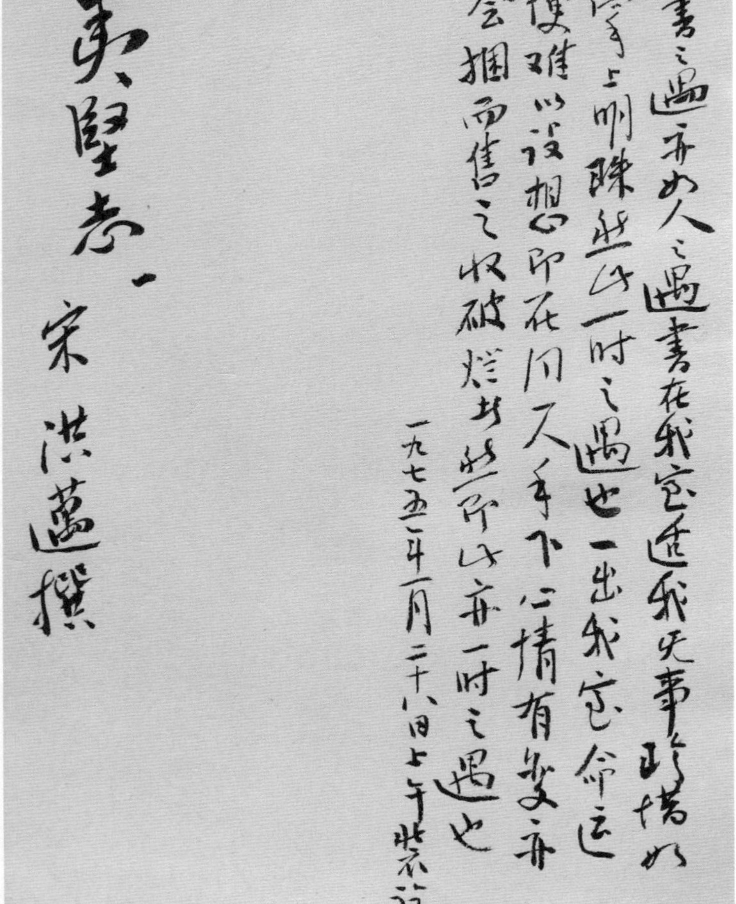

书之遇亦如人之遇，书在我家适我无事，珍惜如掌上明珠，然此一时之遇也。一出我家，命运便难以设想，即在何人手下，心情有变，亦会捆而售之收破烂者，然所以亦一时之遇也。

一九七五年一月二十八日上午北京讫记

容斋随笔卷一

宋 洪迈撰

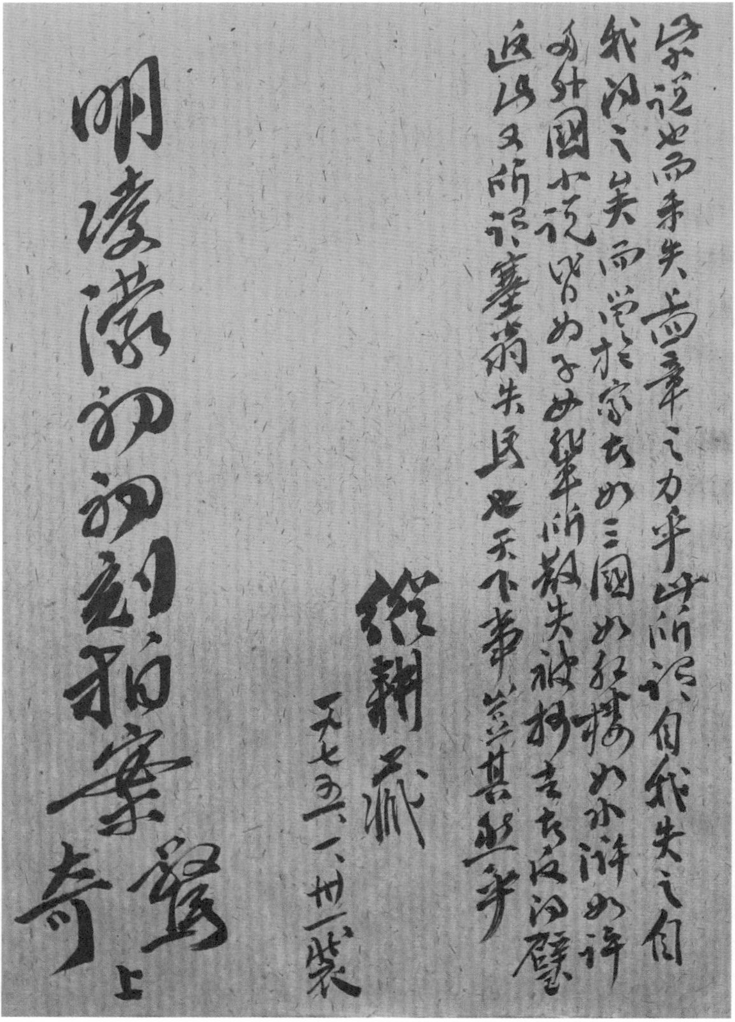

字说也而未失，当年之力乎？此所谓自我失之自我得之矣。而尝於家长如三国、如红楼、如水浒、如许多外国小说，皆如子如毕所藏，失被抄去，夜阅壁近此又所谓塞翁失马也。天下事岂其然乎

继耕藏

一九七五、一、卅一装

明凌濛初初刻拍案惊奇 上

明凌濛初初刻拍案惊奇

上

此小说也，而未失，图章之力乎？此所谓：自我失之，自我得之矣。而留于家者，如《三国》，如《红楼》，如《水浒》，如许多外国小说，皆为子女辈所散失。被抄去者，反得璧返。此又所谓塞翁失马也。天下事岂其然乎？

纵耕藏

一九七五、一、卅一装

明凌濛初初刻拍案惊奇

下

余藏书之出也，最初加封条，后移书于后室，有人打包。后来数穿白大褂人，卡车运走。据说转移数处，颇费精神。一管事者为歌舞美人，曾叫冉淮舟传话，要我请客，斯亦奇遇，可列入初刻也。

纵耕藏书

一九七五年一月卅一日

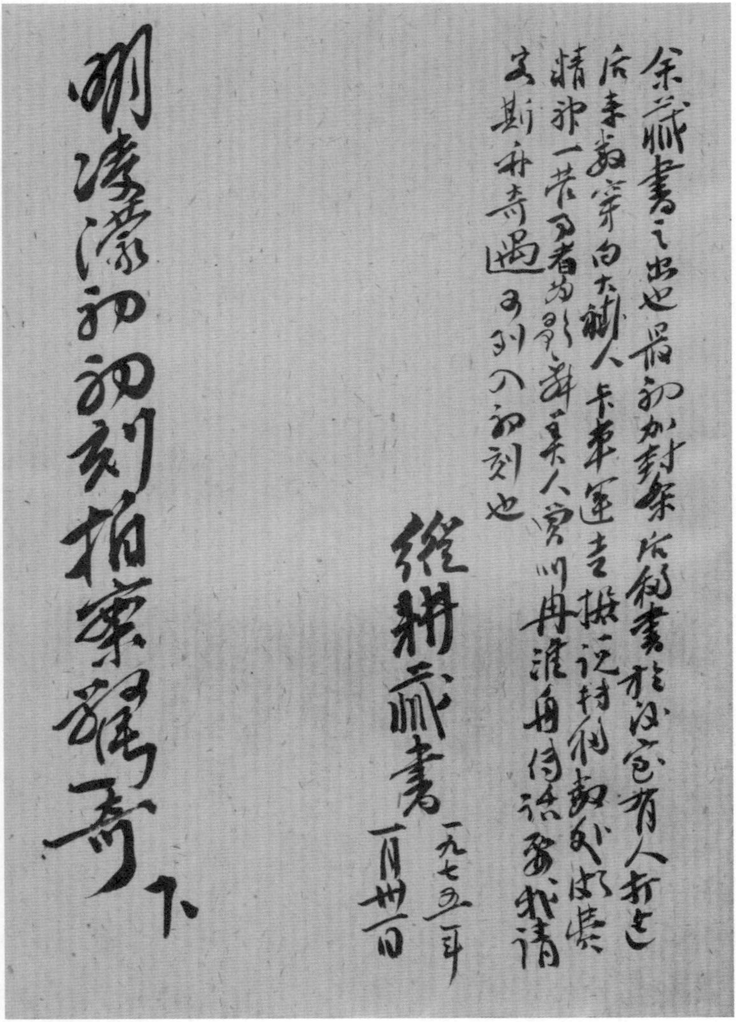
明凌濛初初刻拍案驚奇 下

余藏書之出也最初加封條後移書於他室有人拆之後來發穿白大褂人卡車運去撥一迄封貯散失收集精神一並取者為影鈔某人實則冉淮角待話我請寔斷本奇遇予列入初刻也

縱耕藏書 一九七五年一月廿日

書籍書畫瓷器文具具多有所习書籍損失多，書畫更失而污染，器具保存尚好，直毫無損傷，此亦視抄家者之人品也，至於順手牽羊乘火打劫者則不論矣

從耕藏書

一九七五、一、廿一下午

明凌濛初　二刻拍案驚奇　上

明凌濛初二刻拍案惊奇

上

书籍书画，瓷器文具，各有所司。书籍损失多，书画无失而污染，器具保存甚好，毫无损伤。此亦视执事者之人品也。至于顺手牵羊、乘（趁）火打劫者，可不论矣。

纵耕藏书

一九七五、一、卅一下午

明凌濛初二刻拍案惊奇

下

此人情小说也。余昧于社会人情，吃苦甚多，晚年读此，不知有所补益否？

纵耕藏书

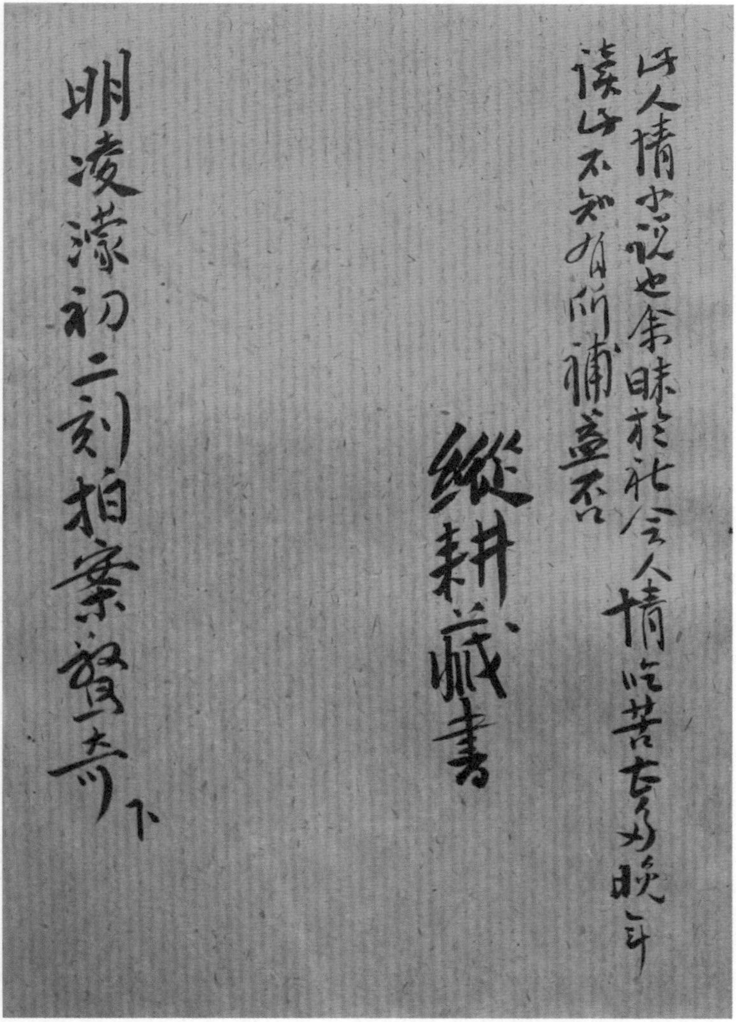

此人情小説也余昧於社会人情吃苦去多好睡耳
讀此不知有所補益否

繼耕藏書

明淩濛初二刻拍案驚奇　下

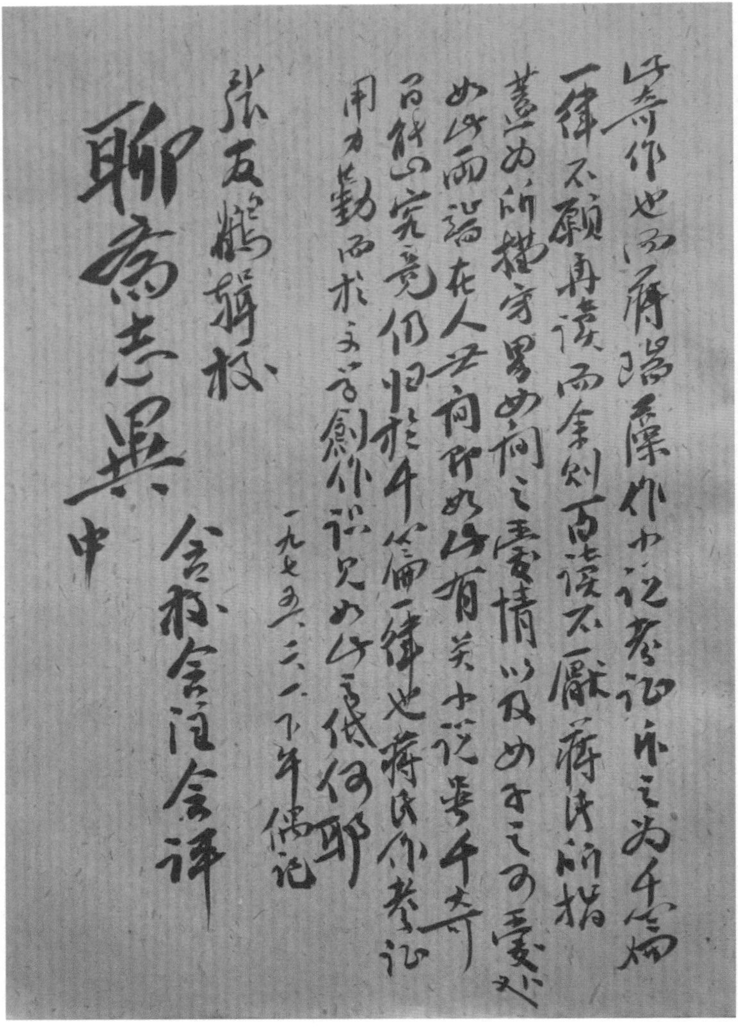
此等作也，而蒋瑞藻作小说考证亦云为千篇一律，不顾再读，而余则百读不厌。蒋氏所指盖如所描写男女间之爱情以及女子之可爱处，如此而论，在人世间所如此有关小说者千奇百怪，究竟仍归于千篇一律也。蒋氏作考证用力勤而求于文学创作识见如此之低何耶
一九七五、二、一 下午偶记

聊斋志异 中
张友鹤辑校
会校会注会评

聊斋志异

会校会注会评

中

张友鹤 辑校

此奇作也，而蒋瑞藻作《小说考证》，斥之为千篇一律，不愿再读，而余则百读不厌。蒋氏所指，盖为所描写男女间之爱情以及女子之可爱处。如此两端，在人世间即如此。有关小说，虽千奇百态，究竟仍归于千篇一律也。蒋氏作考证用力勤，而于文学创作，识见如此之低，何耶？

一九七五年、二、一、下午偶记

蒲松龄集

上

文绝一体，艺专一技，则天才孤诣之固然，况凡夫之庸疏乎？聊斋绝其才力于志异，所遗于人者，已号洋洋矣，而人犹妄求其他，冀有所发见，亦人情之常也。夫参天者多独木，称岳者无双峰。昼夜经营，已极精于一体，其他诗文，只能看做(作)是成此大功之准备。读其他著而有才尽之憾者，其商贩之见乎？至于花好月圆、流年似水，亦此理也。

一九七五年二月三日午睡起记

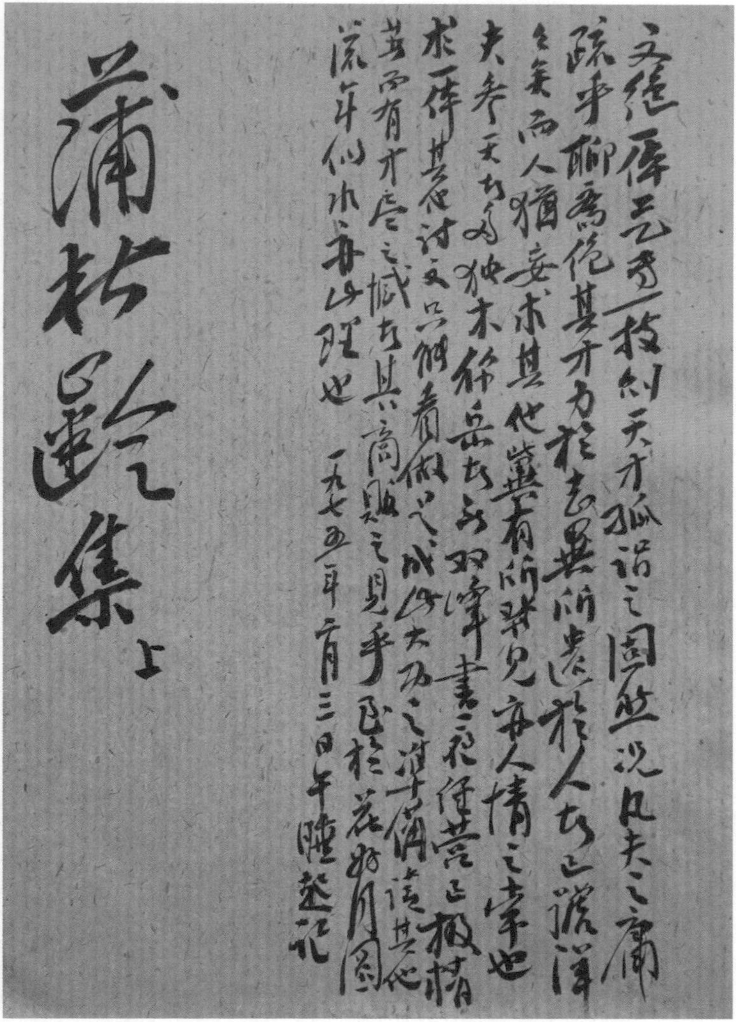

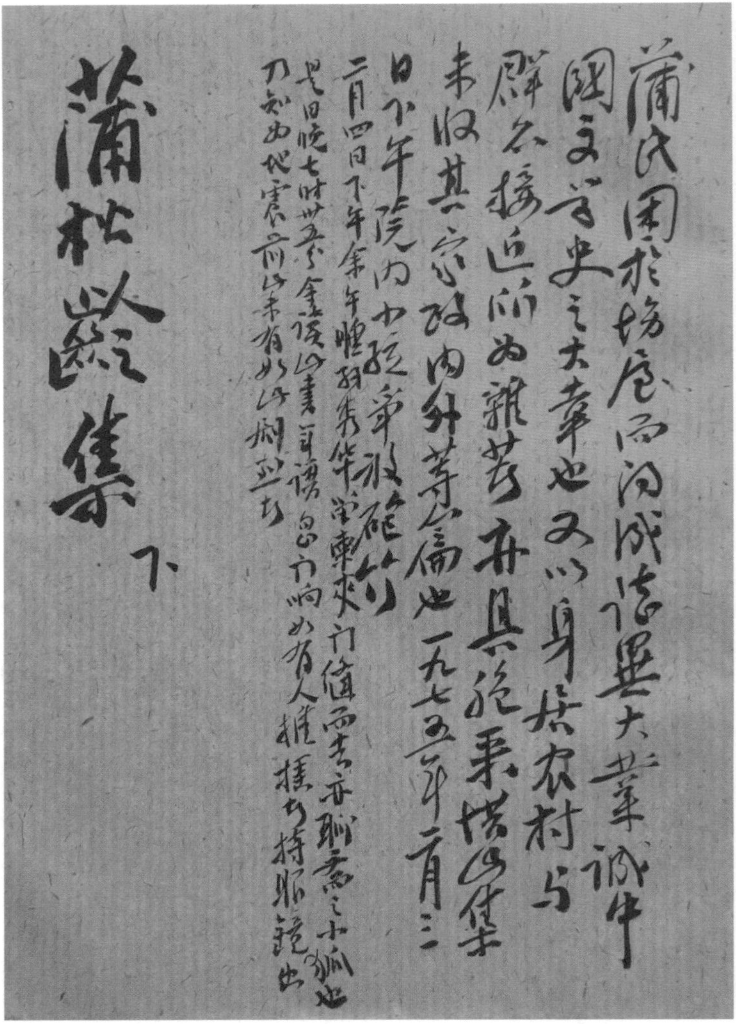

蒲氏困於場屋而乃成此偉大業績中
國文學史之大幸也又以身居農村與
群眾接近所為雜藝亦具範果惜此集
未收其宗教內外等篇也一九七五年二月三
日下午院內中庭筆汉砚竹
二月四日下午余午睡甫醒羽集筆案東來門鏡而去亦聊齋之小狐也
是日晚七時卅五分余讀此書頁讀良久門响如有人推擡持照鏡也
乃知為地震前所未有如此劇烈者

蒲松齡集　下

蒲松龄集

下

蒲氏困于场屋，而得成志异大业，诚中国文学史之大幸也。又以身居农村，与群众接近，所为杂著，亦具绝采。惜此集未收其家政内外等篇也。

一九七五年二月三日下午，院内小孩争放炮(爆)竹

二月四日下午，余午睡。孙秀华留柬夹门缝而去，亦聊斋之小狐也。是日晚七时卅五分，余读此书年谱，忽门响，如有人推摇者。持眼镜出，乃知为地震，前此未有如此剧烈者。

小说考证

上

蒋瑞藻 编

装书避嚣。

纵耕堂

一九七五年二月五日中午

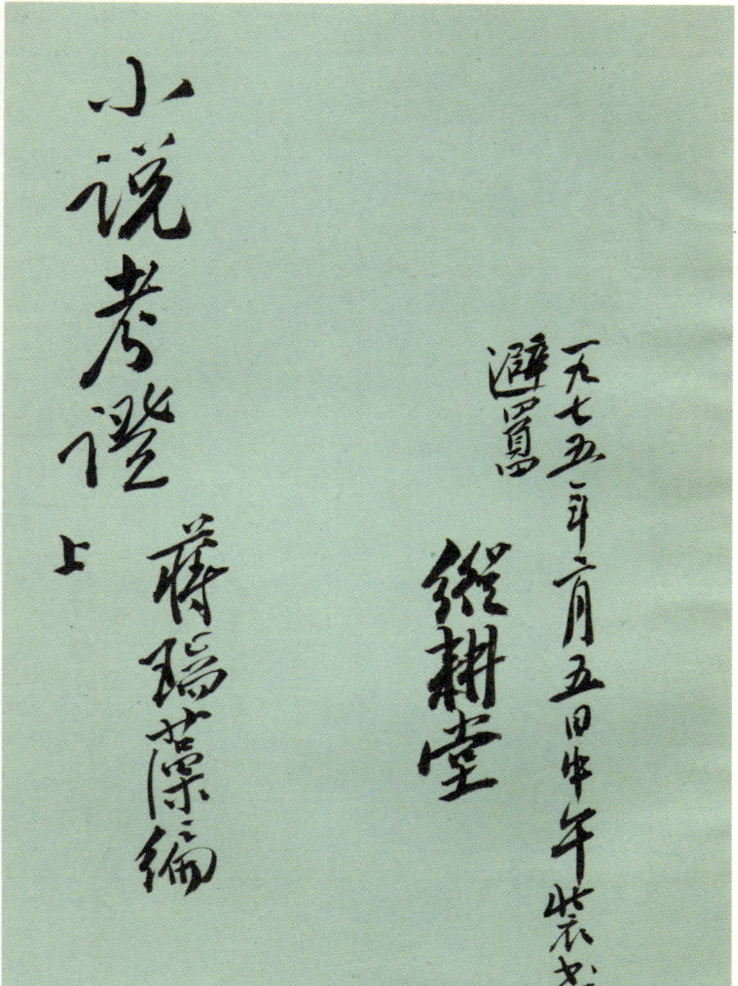
小说考证
上
蒋瑞藻编
一九七五年六月五日中午装讫
缀耕堂

小說考證 下

蔣瑞藻編

一九七五年十一月五日中午紫书
避署

緞耕堂

小说考证

下

蒋瑞藻 编

装书避器。

纵耕堂

一九七五年二月五日中午

小说枝谈

蒋瑞藻 编

余中午既装《小说考证》竟，苦未得皮纸为此书裹装。适市委宣传部春节慰问病号，携水果一包，即此纸也。余亟倾水果而裁装焉。呜呼！爱书成癖，今包装又成癖，此魔症也。而又惜小费，竟拾小贩之遗，甚可悲亦甚可笑也。

一九七五年二月五日晚记

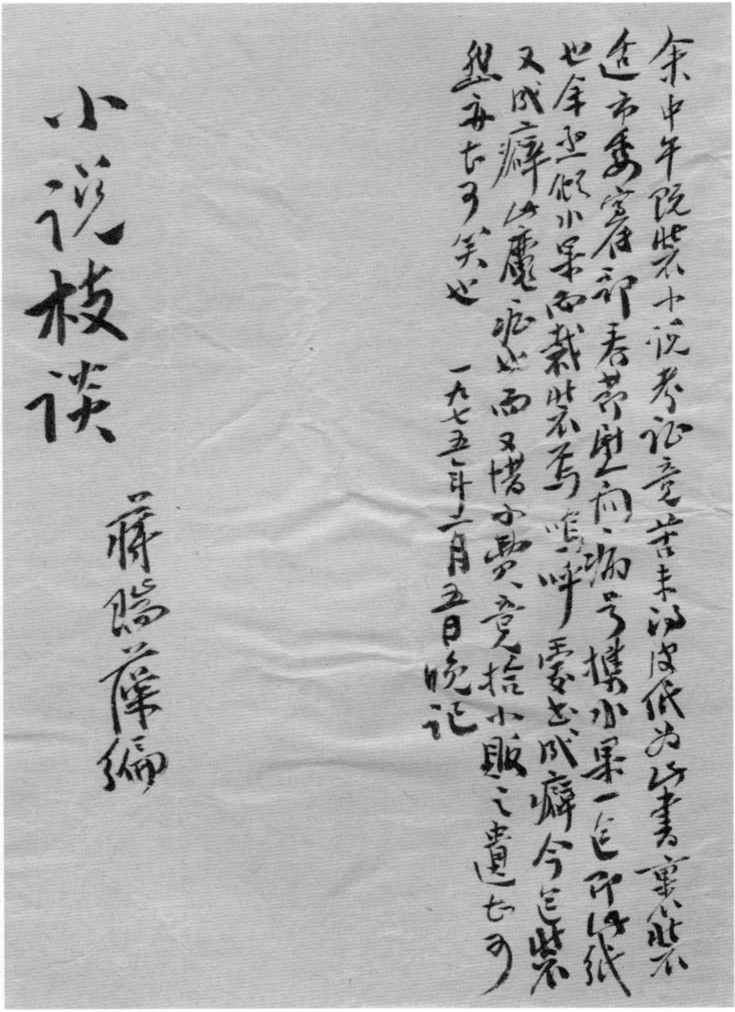

余中年既紫不小说考证竟苦未得皮纸为此书裹然紫不
适市委宣传部春节慰问、嘱号楼水果一包所包纸
也余乃以小果而裁此紫不焉嗟呼蒙此成癖今已紫
又成癖此魔、永然而又惜不勤费、竟拾小趣之遗也可
想亦太可笑也

一九七五年二月五日晚记

小说枝谈

孙犁编

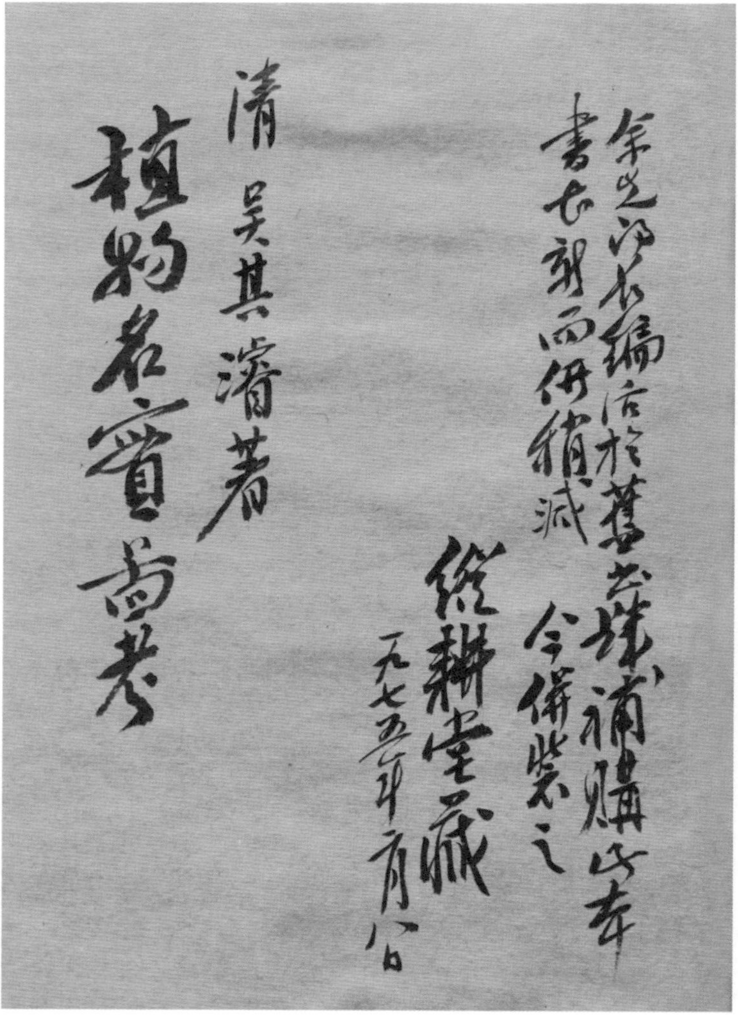

清 吴其濬著
植物名實圖考
余之所有編后於某某補購此本
書也刻而附精減 今贈紫之
縱耕堂藏
一九七五年十月八日

植物名实图考

清　吴其濬 著

余先得长编，后于旧书肆补购此本，书甚新而价稍减，今并装之。

纵耕堂藏
一九七五年二月八日

植物名实图考长编

清　吴其濬 著

保真赠厚皮纸半张，余选择藏书中之形体伟岸者，为之装璜(潢)，此册入选。

一九七五年二月八日晚

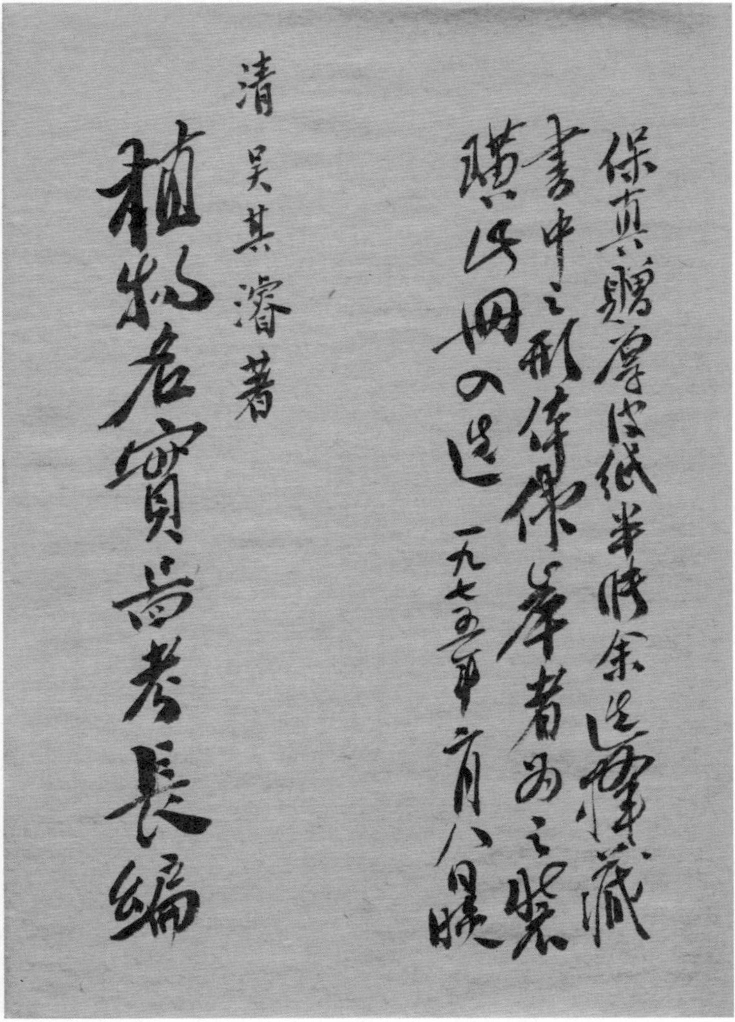

清 吴其濬著
植物名實圖考長編
一九七五年六月八日

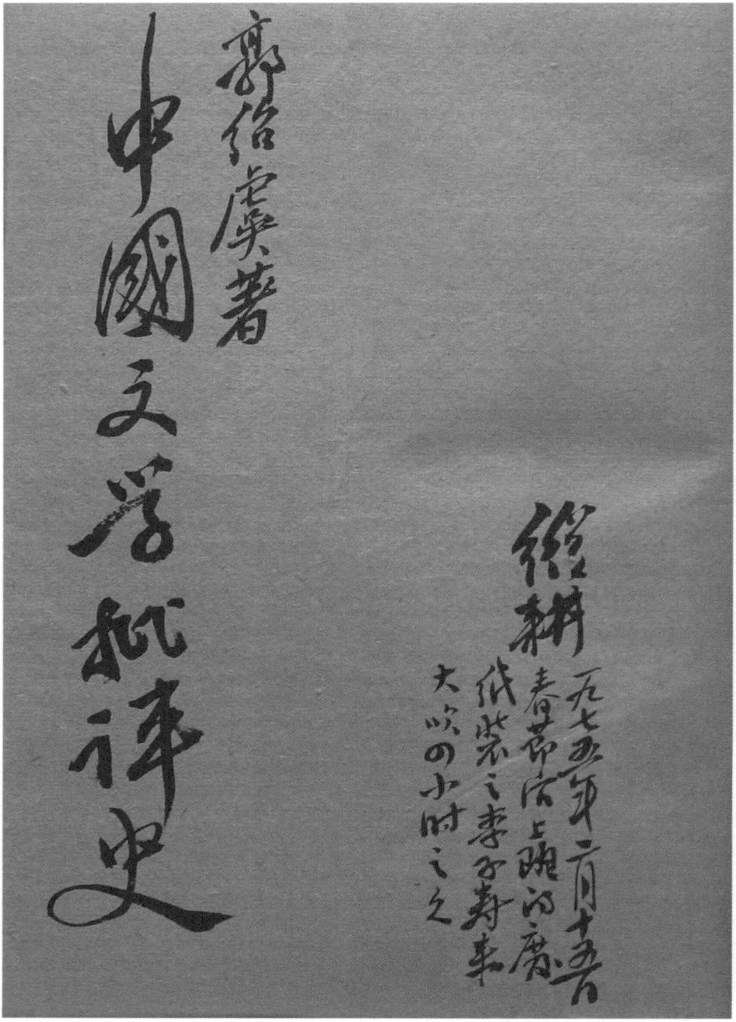
郭绍虞著
中國文學批評史

中国文学批评史

郭绍虞 著

春节后上班,得废纸装之。李子寿来,大吹四小时之久。

纵耕
一九七五年二月十五日

西湖游览志

明　田汝成 辑

余于二月十四日到报社上班。今日上午为小华改通讯稿一篇。下午黏(粘)废纸为此书包装。上午小宏来,又为我买好烟五包,并帮姥姥合(和)煤泥。小孩安稳寡言,颇有礼性,老年见此,心甚怡悦。

一九七五年二月十六日晚记

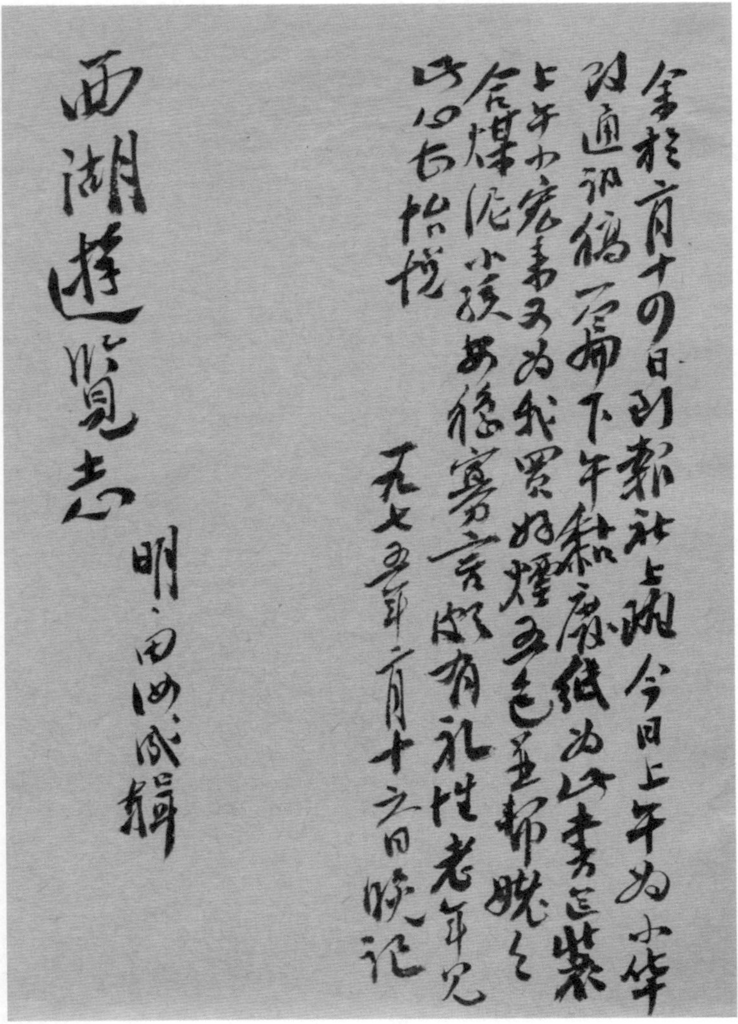
余於六月十四日到新社上班今日上午为小华
改通讯稿一篇下午黏扇纸为此书装
上午小宝来又为我买好烟五包并将晓晓
合煤泥小孩安修宽亲切有礼性老年见
此心甚怡悦
一九七五年六月十六日晓记

西湖游览志

明 田汝成辑

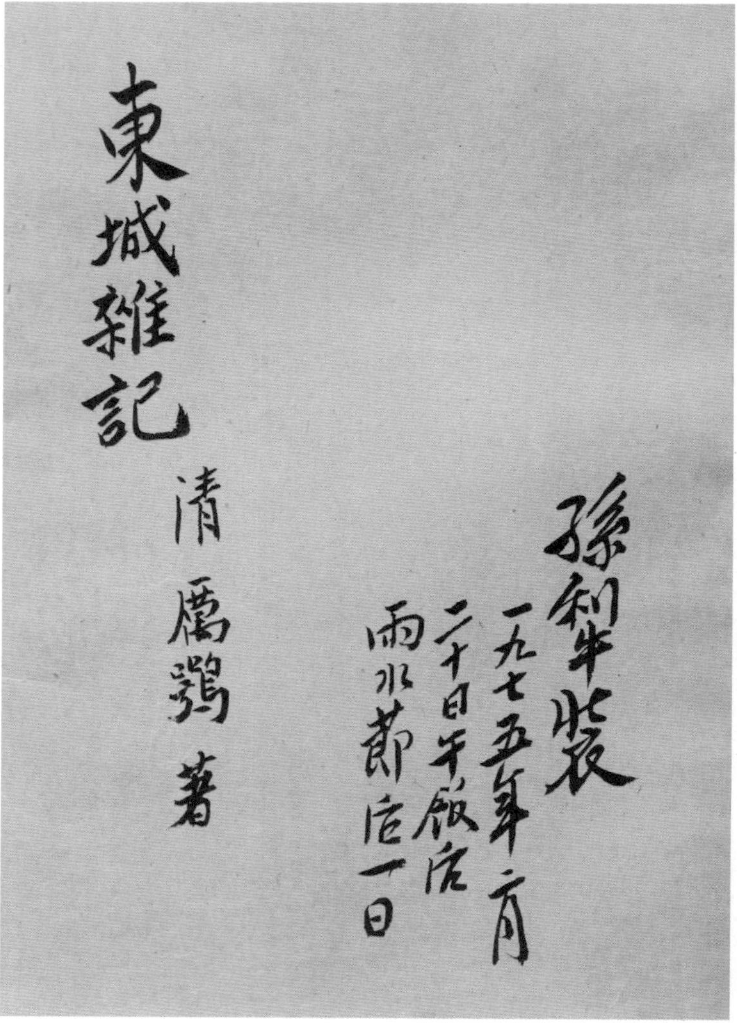
東城雜記

清 厲鶚 著

孫犁裝
一九七五年二月
二十日午飯後
雨水節后一日

东城杂记

清　厉鹗 著

孙犁装

一九七五年二月二十日午饭后，雨水节后一日

录鬼簿

元　钟嗣成 撰

《录鬼簿续编》《太和正音谱》《曲品》《传奇品》

纵耕书室
一九七五年三月一日

錄鬼簿續編
太和正音譜
曲品
傳奇品

錄鬼簿

元 鍾嗣成撰

縱耕書室
一九七五年三月一日

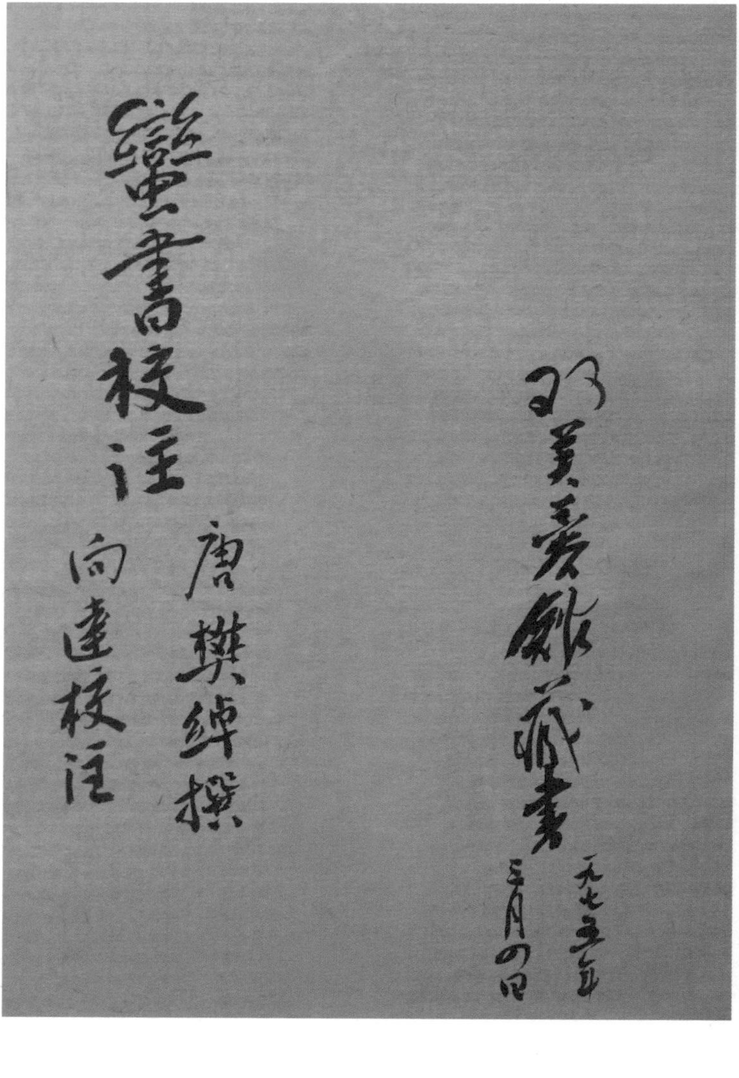
蠻書校注

唐 樊綽撰

向達校注

羽美善館藏書

一九七五年三月四日

蛮书校注

唐　樊绰 撰

向达 校注

双芙蓉馆藏书

一九七五年三月四日

北游录

谈迁

传言七日将地震，家人为余相度避身之地：一床下，一书桌下。床下必平躺，桌下必抱膝。一生经历，只此一着，尚未品尝也。

双芙蓉馆藏书
一九七五年三月五日晚装

北游録

谈迁

双美謄鈔之流書

一九七五年三月五日晚紫

侍言七日将地震家人劝

余相度避身之地一床

下一书桌桌下床下必平躺

桌桌下必屈膝一生便應

只此一着为未尝有也

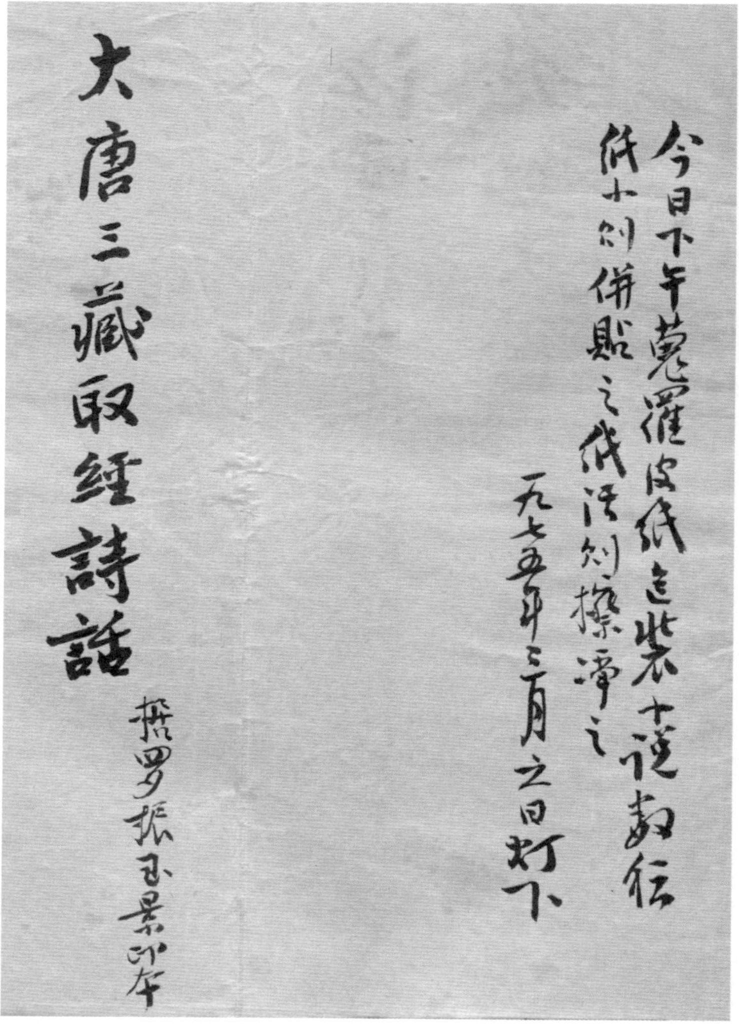

大唐三藏取經詩話

據羅振玉景印本

今日下午蒐羅皮紙並裝十張數紙
紙小剝併貼之紙活剝擦淨之

一九七五年三月之日燈下

大唐三藏取经诗话

据罗振玉景(影)印本

今日下午,搜罗皮纸,包装小说数种。纸小则并贴之,纸污则擦净之。

一九七五年三月六日灯下

扬州画舫录

李斗

邻居送信，今晚将有地震。

双芙蓉馆藏书
一九七五年三月七日

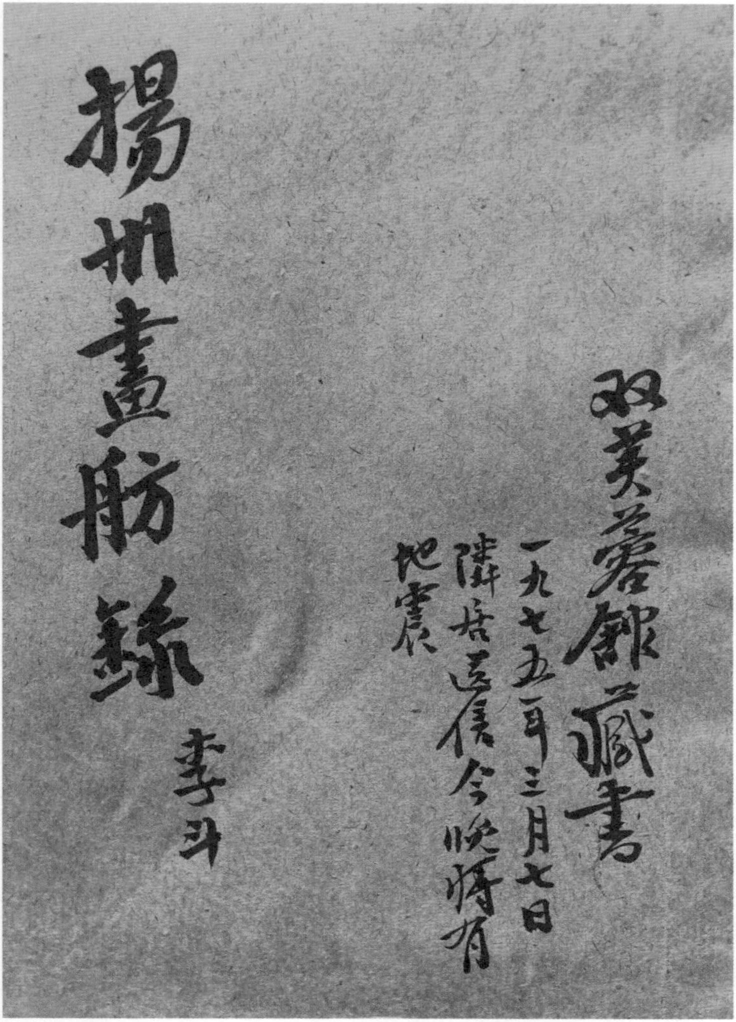
揚州畫舫錄
李斗
双芙蓉館藏書
一九七五年三月七日
隣居送信今晚將有
地震

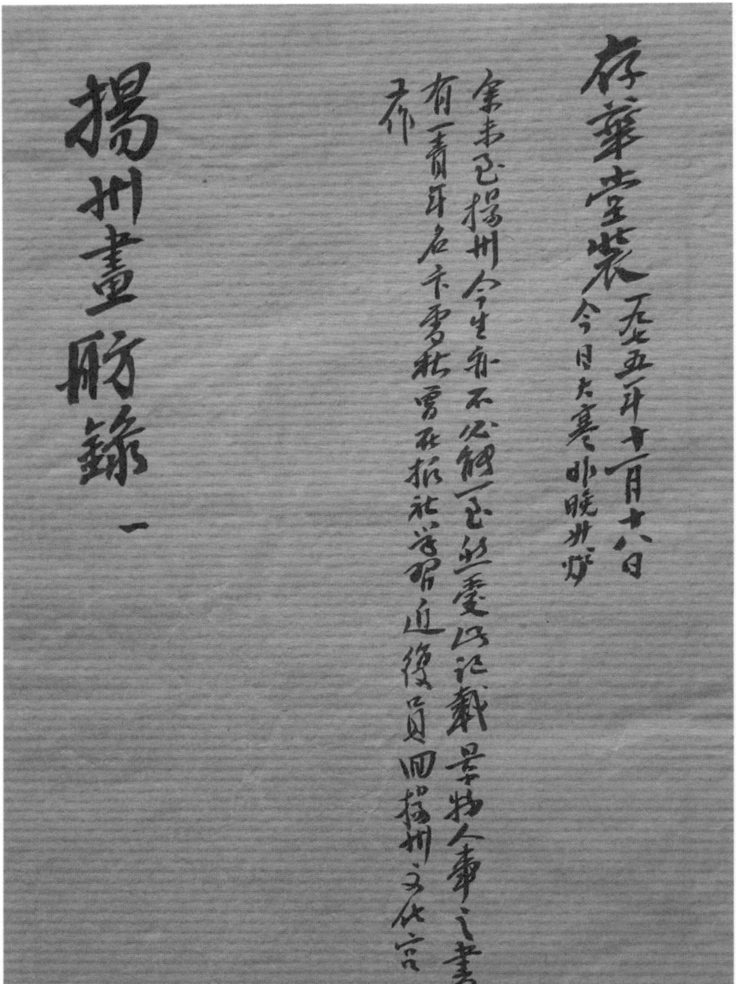
存華堂裝 一九五一年十一月十六日
今日大寒 昨晚卅度
余未至揚州今生亦不必能一至然愛此記載異物人事之書
有一青年名卞雪松曾在报社学習近復員回揚州文化宮
工作
揚州畫舫錄 一

扬州画舫录

一

余未至扬州，今生亦不必能一至，然爱此记载景物人事之书。有一青年，名下雪松，曾在报社学习，近复员回扬州文化宫工作。

存华堂装

一九七五年十一月十八日，今日大寒，昨晚升(生)炉

扬州画舫录

二

报社分售大白菜百斤。

存华堂装
一九七五年十一月十八日

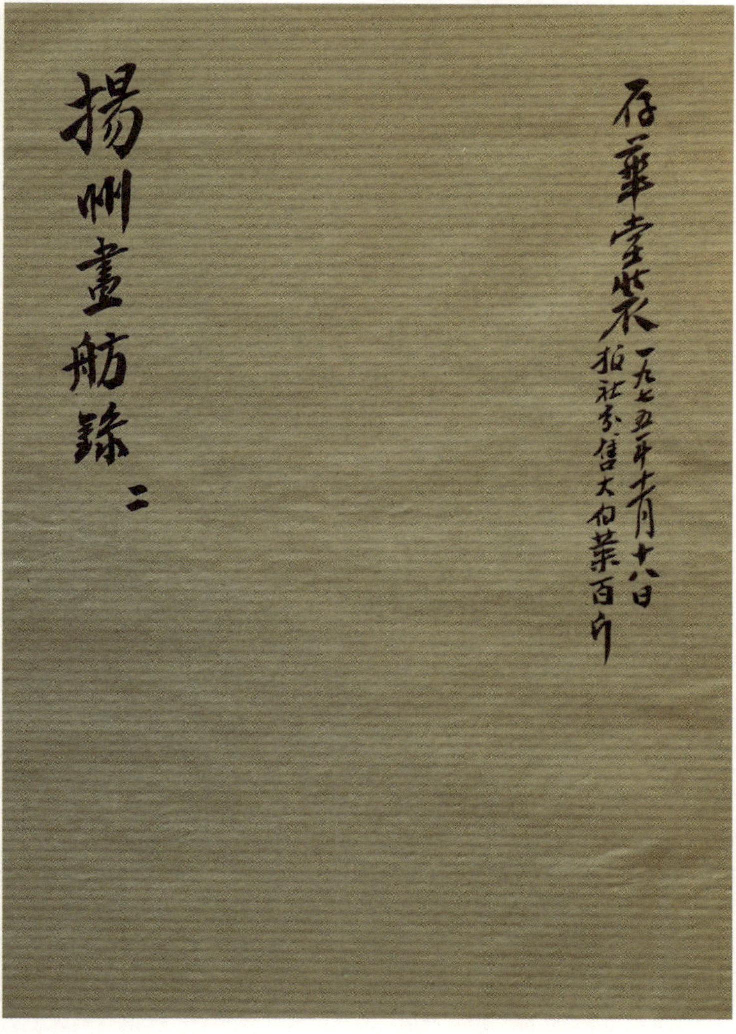
揚州畫舫錄 二

存華堂裝 一九七五年十二月十六日
拍社家信大伯葉百行

存華堂裝 一九七五年十二月十六日下午沐浴室内新开火炉頗暖

揚州畫舫錄 三

扬州画舫录

三

下午沐浴，室内新升(生)火炉，颇暖。

存华堂装
一九七五年十一月十八日

扬州画舫录

四

此乾隆刊本,亦似当时之视明刊矣。书颇洁整,然皮纸甚软脆。今用此纸重裹之,延其年寿。余尚有铅印本一。

此同治十一年重印本也,外行人不能充内行人,又不细察,故有此误。此知识从铅印本得来。

存华堂装

一九七五年十一月十八日灯下

存素堂裝 一九六五年十月十八日灯下

此乾隆刊本安所書時之視明刊矣書頗潔整然皮紙已軟脆今用

此紙重裹之延其年壽余另有鉛印本一

此同治十二年重印本也外行人不能究內行人又不細察故有此誤

此知識從鉛印本得來

揚州畫舫錄 四

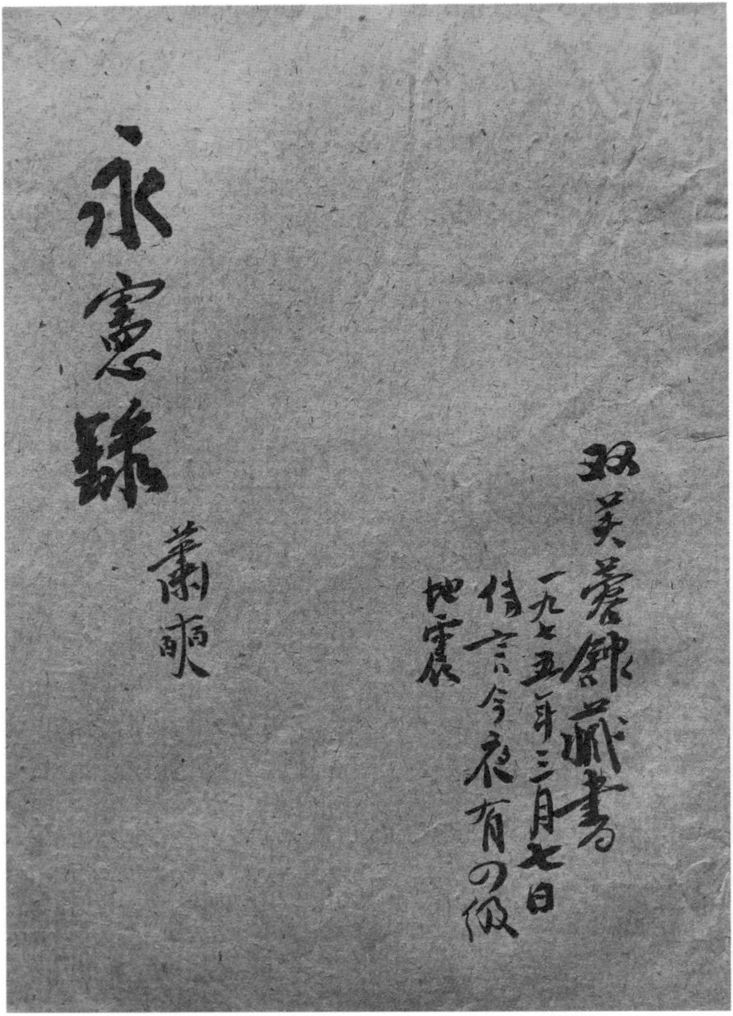
永憲録
双美蒼舒藏書
一九七五年三月七日

永宪录

萧爽

传言今夜有四级地震。

双芙蓉馆藏书
一九七五年三月七日

天府广记

下

孙承泽 纂

昨晚传言地震，保真大为预防，镜框、油瓶布满地下。余脱衣而睡，既晓而无事，继理此业。

双芙蓉馆藏书记

一九七五年三月八日

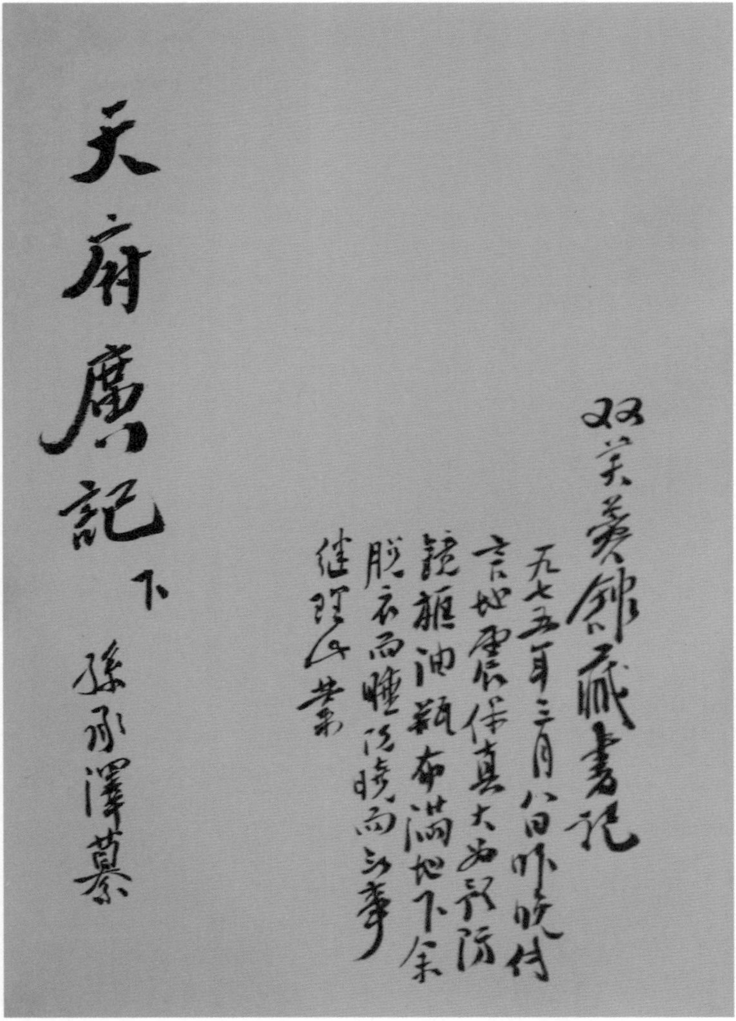
天府廣記 下
孫承澤纂
双笑簃鈔藏書記
一九七五年三月八日

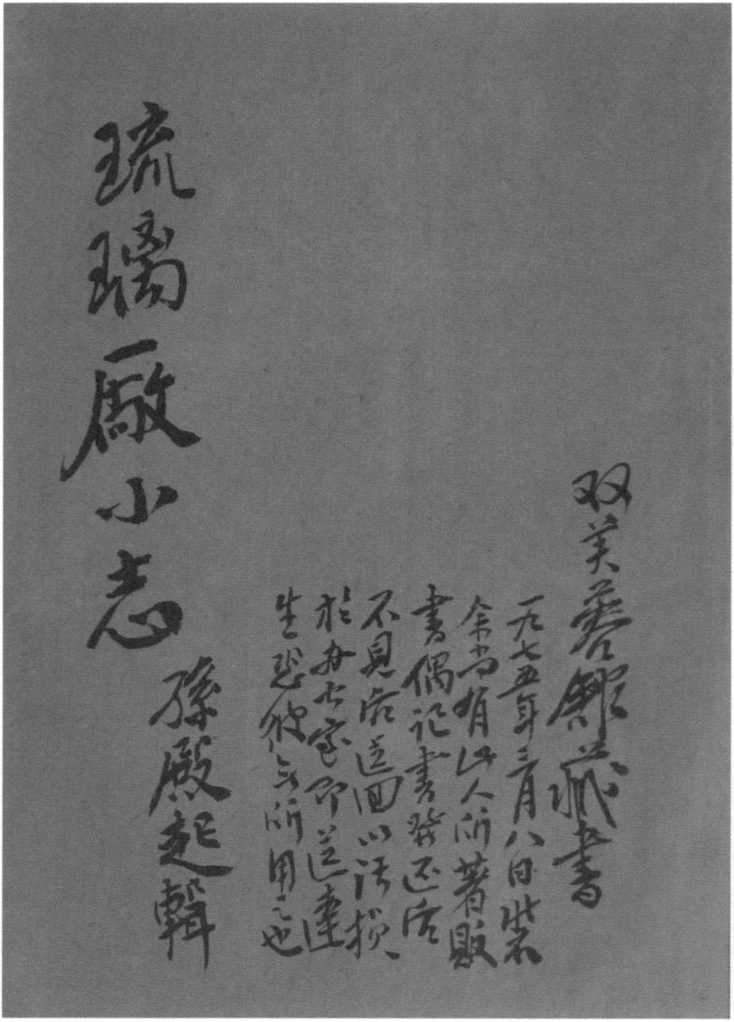
琉璃廠小志
孫殿起輯
一九七五年三月八日

琉璃厂小志

孙殿起 辑

余尚有此人所著《贩书偶记》，书发还后不见，后送回，以污损，于办公室即送达生，恐彼无所用之也。

双芙蓉馆藏书
一九七五年三月八日装

洛阳伽蓝记校释

魏　杨衒之 撰
周祖谟 校释

双芙蓉馆藏书
一九七五年三月十一日

洛陽伽藍記校釋

魏 楊衒之撰 周祖謨校釋

双芙之客鈔之藏書 一九七五年三月十一日

晏子春秋集釋

上

双芙蓉館藏書

一九七五年三月十一日

從攝影同志處求旧

封套數枚用此書

册

晏子春秋集释

上

从摄影同志索来旧封套数枚，用装书册。

双芙蓉馆藏书
一九七五年三月十一日

晏子春秋集释

下

晨发一信。

双芙蓉馆藏书
一九七五年三月十一日

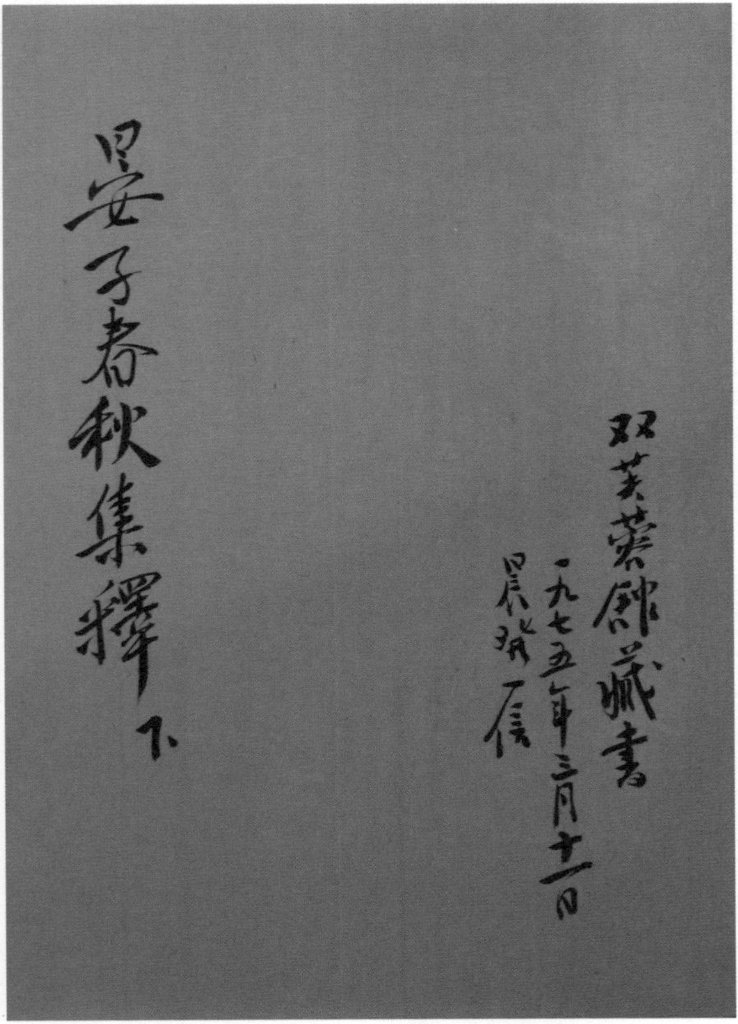
晏子春秋集釋 下
双芙蓉館藏書
一九七五年三月十一日

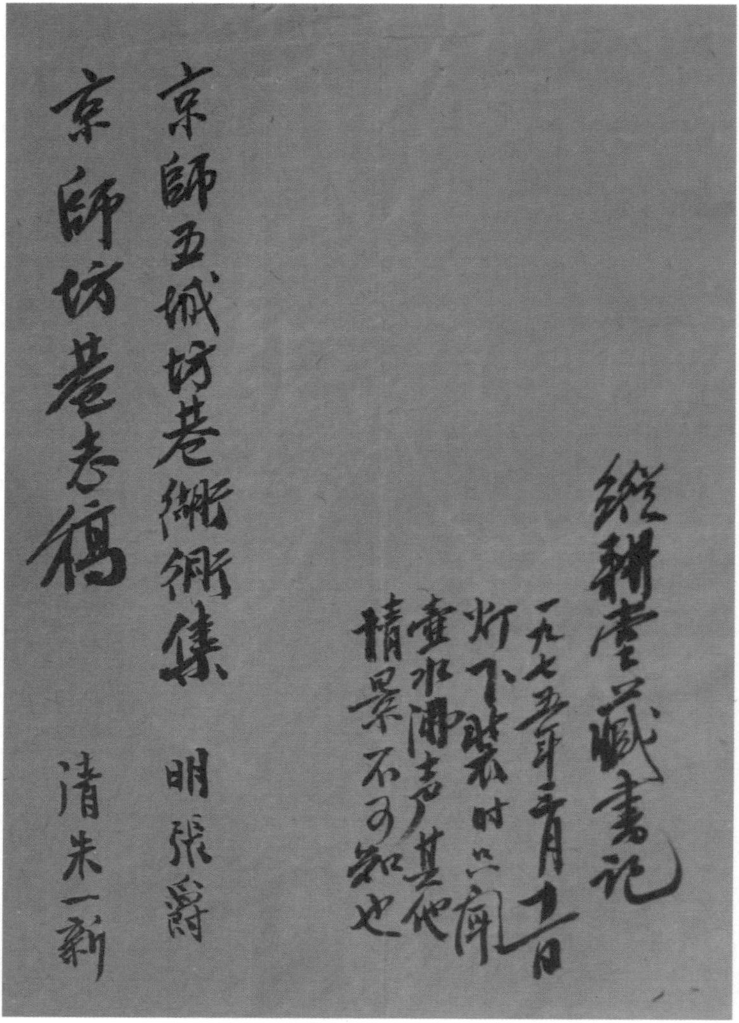

綴耕堂藏書記

一九七五年五月十
二日灯下装时只闻
壶水沸声其他
情景不可知也

京師五城坊巷衚衕集　明張爵

京師坊巷志稿　清朱一新

京师五城坊巷胡同集

明　张爵

京师坊巷志稿

清　朱一新

灯下装时，只闻壶水沸声，其他情景不可知也。

纵耕堂藏书记
一九七五年三月十一日

明宫史

明　刘若愚 著

金鳌退食笔记

清　高士奇

余尚有海山仙馆本《酌中志》。

纵耕堂藏书记
一九七五年三月十一日灯下

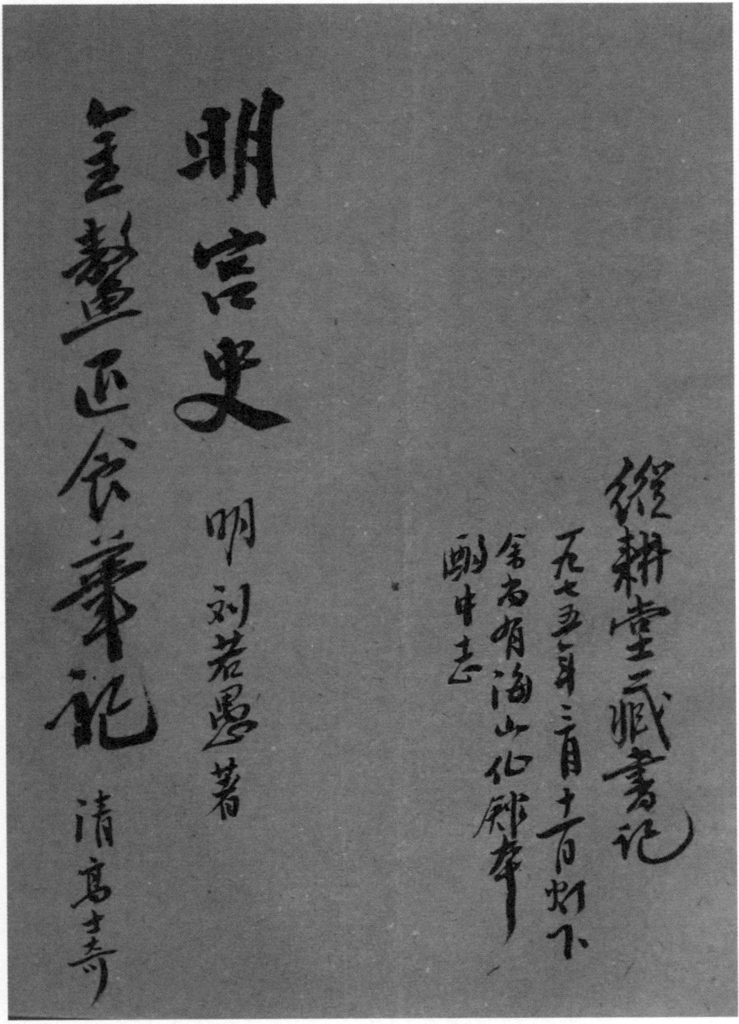
縵耕堂藏書記
一九七五年三月十一日灯下
余前有海山仙館本
剛中志

明宮史
明 刘若愚 著
金鰲退食筆記
清 高士奇

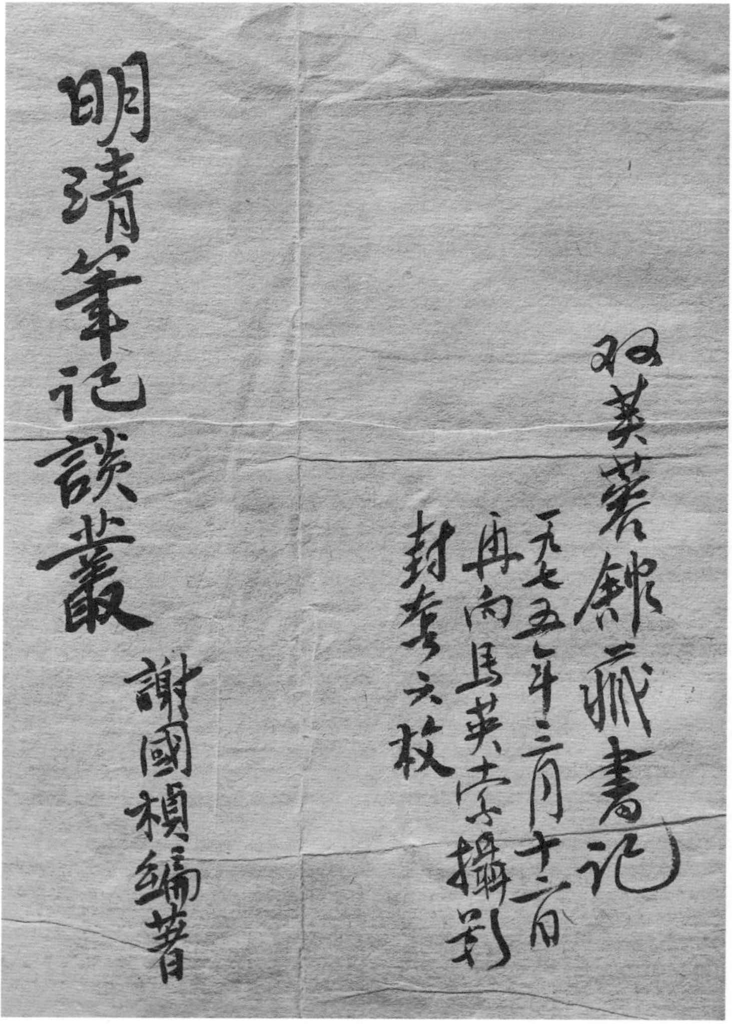
明清筆記談叢

謝國楨編著

双英蓍館藏書記

一九七五年三月十二日

再向馬英宗攝影

封套六枚

明清笔记谈丛

谢国桢 编著

再向马英索摄影封套六枚。

双芙蓉馆藏书记
一九七五年三月十二日

七修类稿

上

明　郎瑛 著

近日情状，颇似一篇《聊斋》故事。

纵耕堂藏书记

一九七五年三月十三日

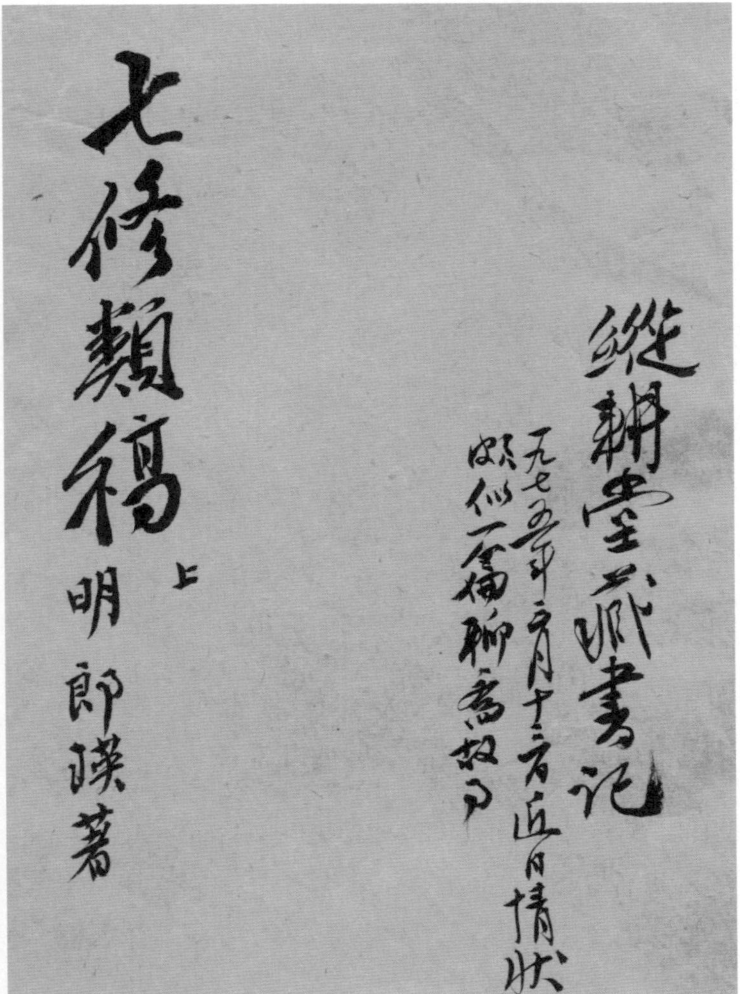
七修類稿 上
明 郎瑛 著
縱耕堂藏書記
一九七五年六月十二日近日情狀
頗似一篇聊齋故事

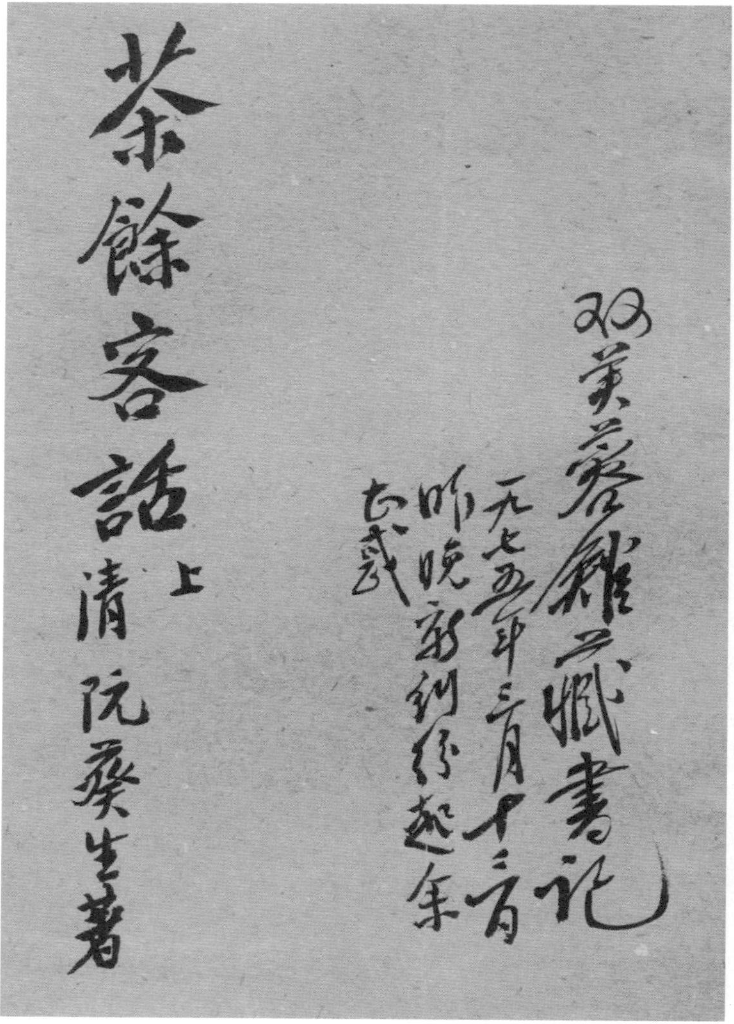
茶餘客話 上
清阮葵生著

茶余客话

上

清　阮葵生 著

昨晚新纠纷起，余甚惑。

双芙蓉馆藏书记

一九七五年三月十三日

新译红楼梦回批

清　哈斯宝

善闇（暗）室藏书记
一九七五年三月十三日

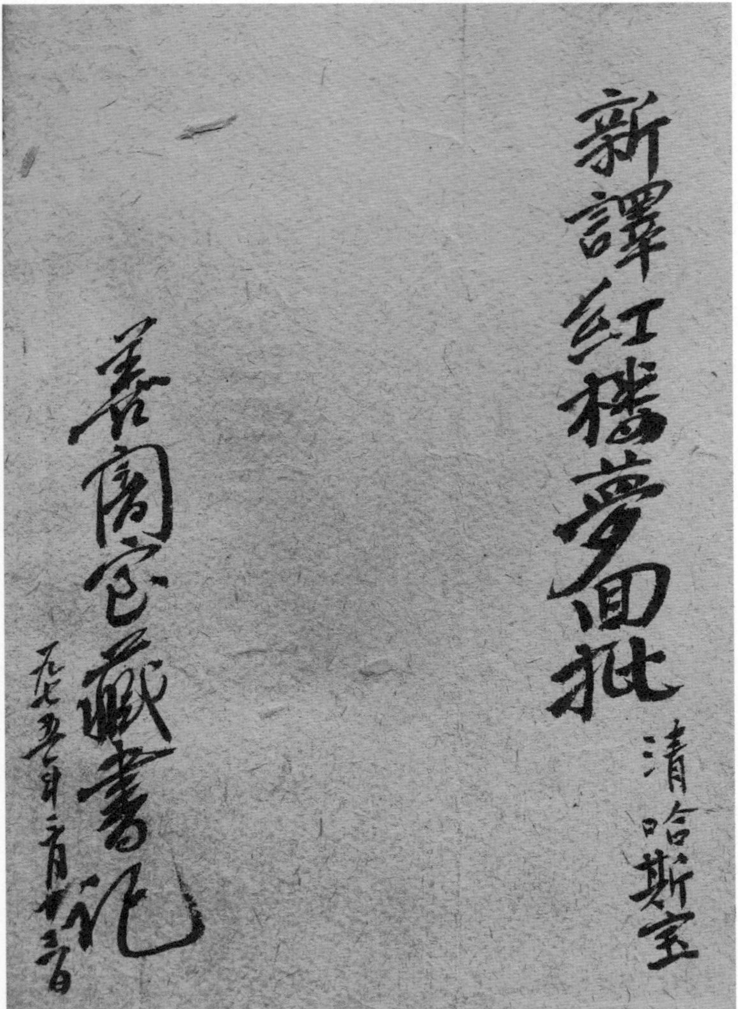
新譯紅樓夢回批
清 哈斯寶
善闇室藏書記

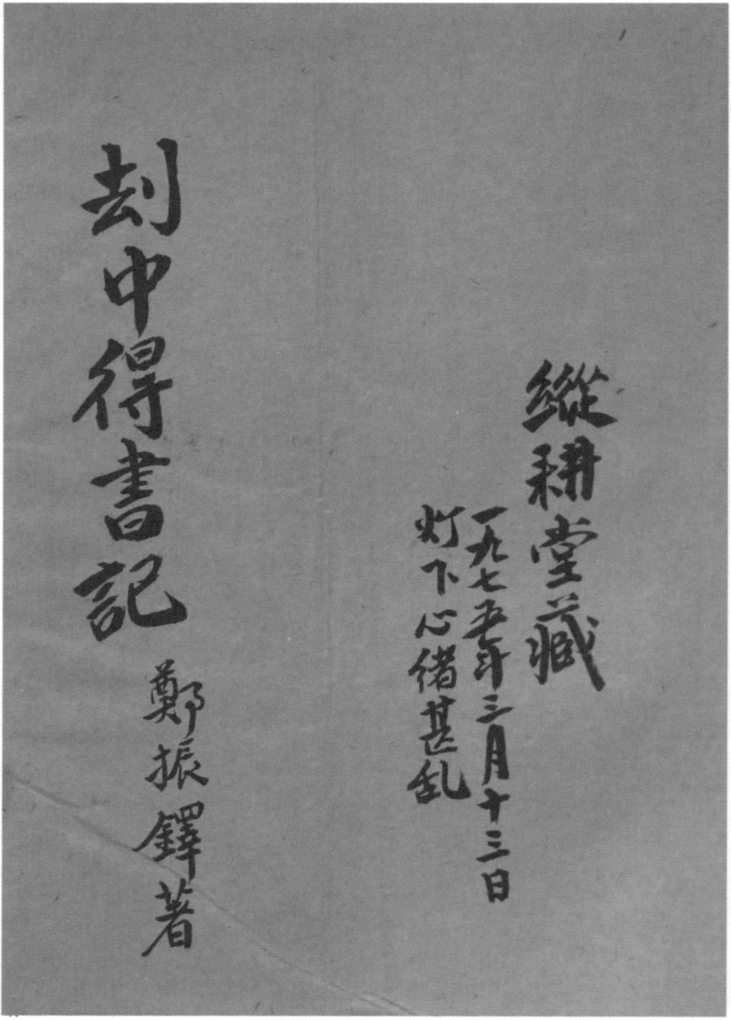
縱耕堂藏
一九七五年三月十三日
灯下心绪甚乱
劫中得書記
鄭振鐸著

劫中得书记

郑振铎 著

灯下心绪甚乱。

纵耕堂藏
一九七五年三月十三日

藏书纪事诗

叶昌炽

一九五九年春，余从青岛转太湖疗养，遇组织善卷洞之游。过宜兴遇雨，同游者多选购小品陶器，余至书店购得此书。辗转多年，今仍伴我。今为之包装，聊抒旧侣之谊。余自审颇重伦理，而今晨闻言，竟致憾于物故之妻子，遗恨于身边之儿女，可谓事与愿违，当静默三日以自省。

双芙蓉馆藏书记
一九七五年三月十四日

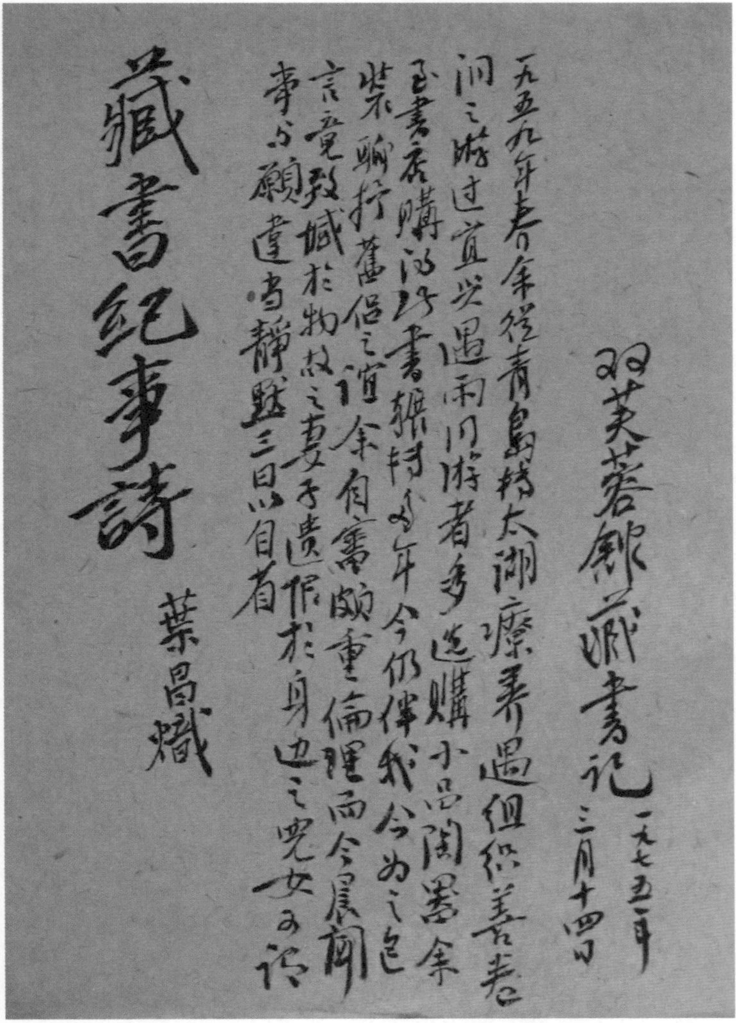

双芙蓉館藏書記
一九七五年三月十四日
一九五九年春余從青島轉太湖療養遇組織善卷
洞之游过宜兴遇雨同游者多進購小品陶器余
至書店購得[illegible]書籍持之[illegible]年今仍伴我今為之記
紫[illegible]於舊侶之宣余自[illegible]重倫理而今展閱
言竟毀滅於物故之妻子遺作於身边之兒女子許
事不顧違者靜默三日以自省
藏書紀事詩
葉昌熾

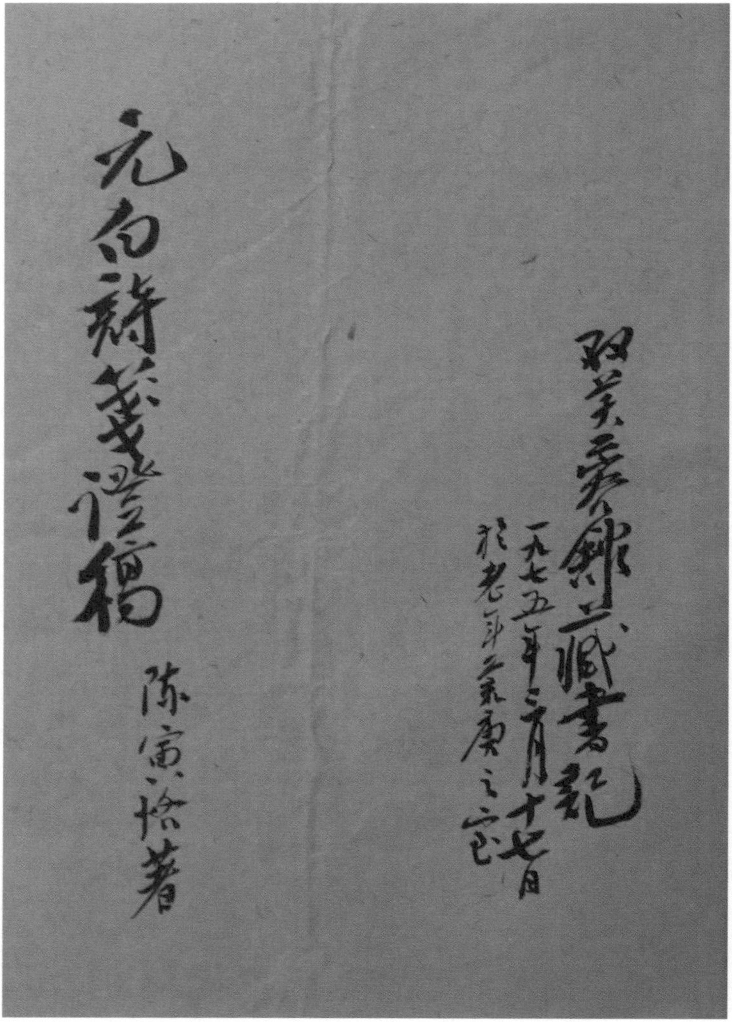

元白诗笺证稿
陈寅恪著
藏书记
一九七五年三月十七日

元白诗笺证稿

陈寅恪 著

双芙蓉馆藏书记
一九七五年三月十七日于老年荒唐之室

宋词三百首笺注

上彊村民 重编　唐圭璋 笺注

时一封书信之纠纷尚未息，余自警勿再受骗上当，以小失大。

纵耕堂装于好善阁(暗)人之室
一九七五年三月十七日

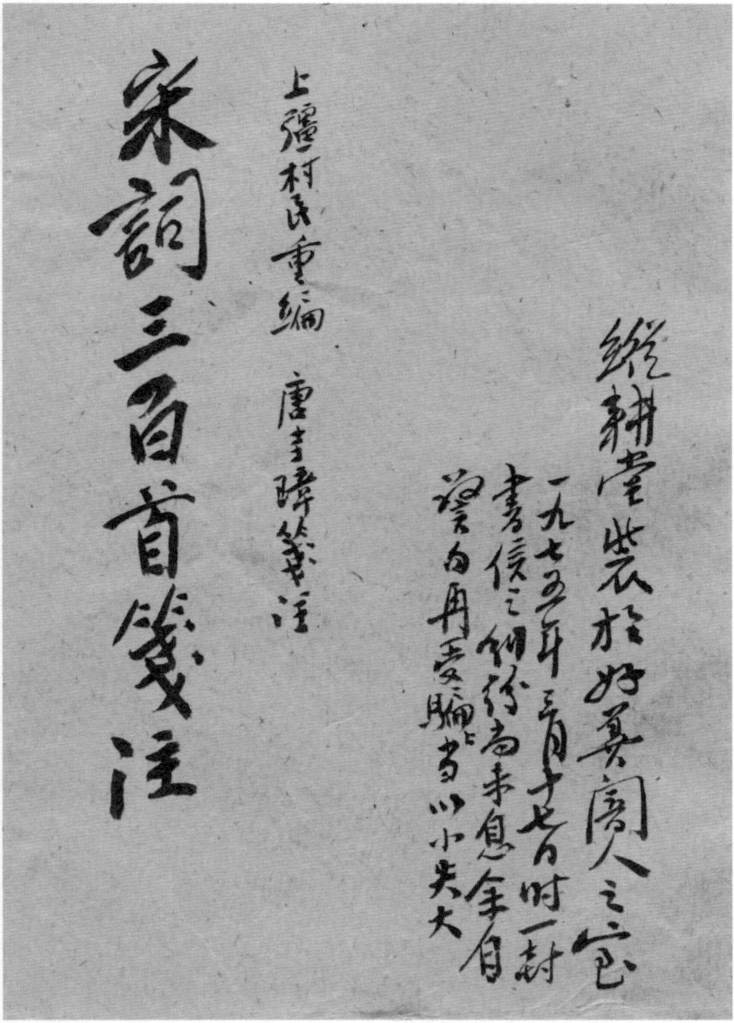

宋詞三百首箋注

上彊村民重編　唐圭璋箋注

縱耕堂裝於好莫寓人之宅
一九七五年三月十七日時一封
書信之細紛尚未息全自
營自再再要騙者以小失大

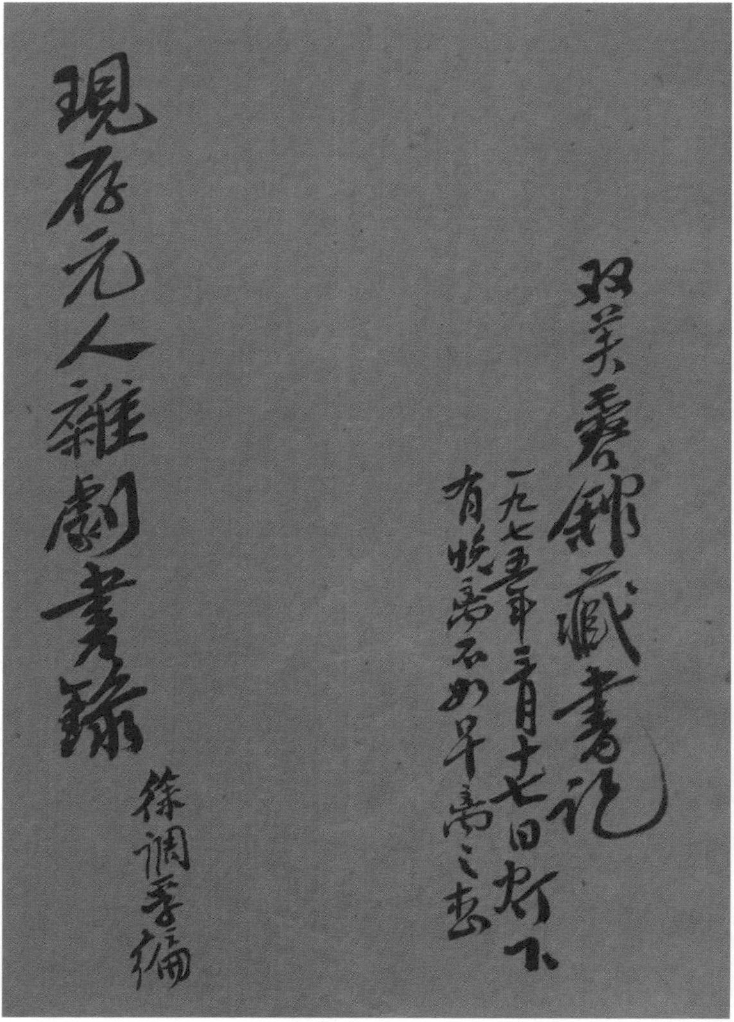
現存元人雜劇書錄

徐調孚編

双棔書屋藏書記

一九七五年二月十七日灯下

有晓鈴石如早亮之志

现存元人杂剧书录

徐调孚 编

有晚离不如早离之想。

双芙蓉馆藏书记
一九七五年三月十七日灯下

古文观止

吴调侯　吴楚材 选

故巢居者察风，穴处者知雨，忧存故也。

双芙蓉馆藏书记
一九七五年三月十九日

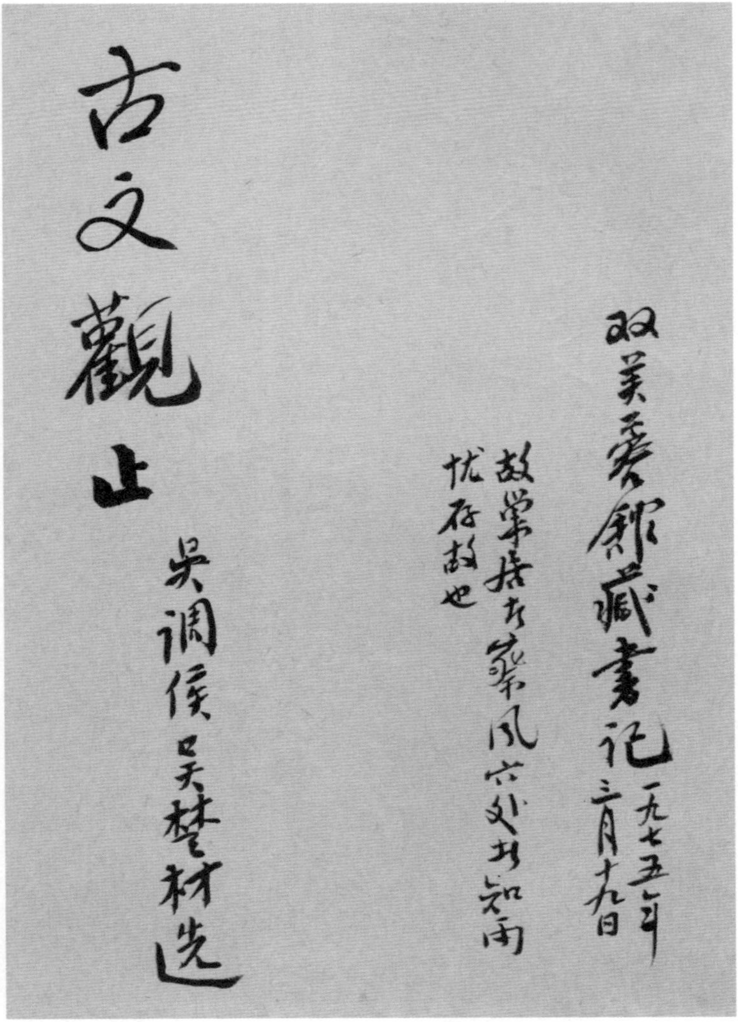
古文觀止
吴調侯 吴楚材選
双美斋館藏書記 一九七五年三月十九日
故學居在蔡風穴处文书知雨
犹存故也

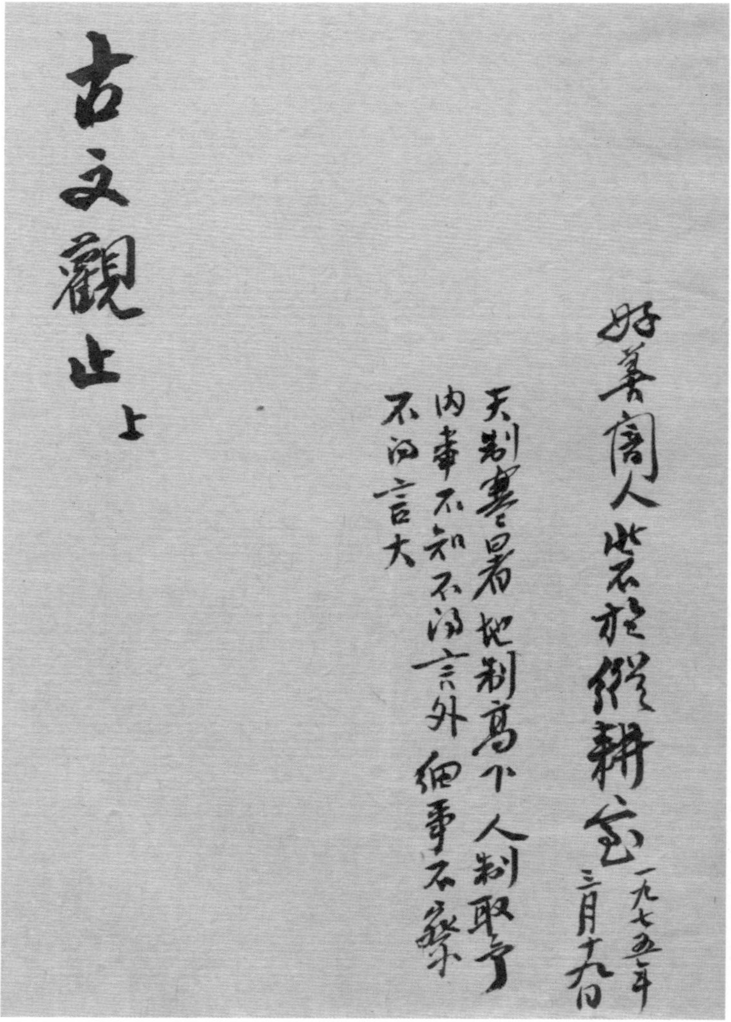
古文觀止
上
一九七五年三月十九日
天制寒暑 地制高下 人制取予
内事不知不问言外 细事不察
不问言大

古文观止

上

天制寒暑，地制高下，人制取予。内事不知不得言外，细事不察不得言大。

好善闇(暗)人装于纵耕室
一九七五年三月十九日

明清笑话四种

周启明 校订

戴角者无上齿。

双芙蓉馆藏书记
一九七五年三月十九日

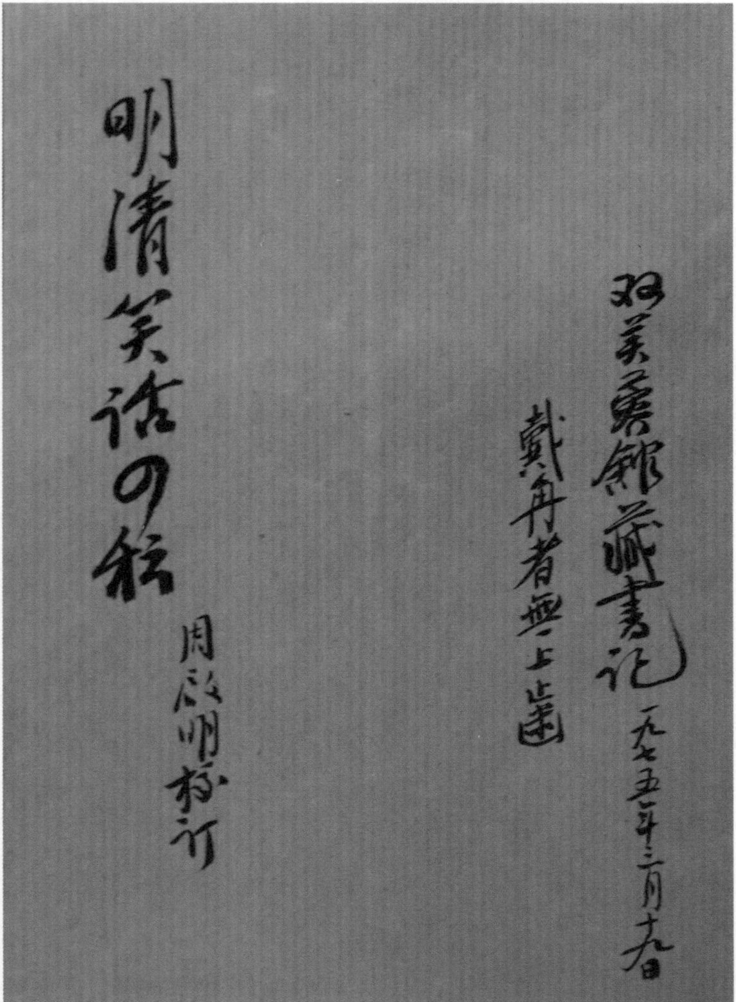
明清笑話四種
周啟明校訂
一九七五年三月十九日

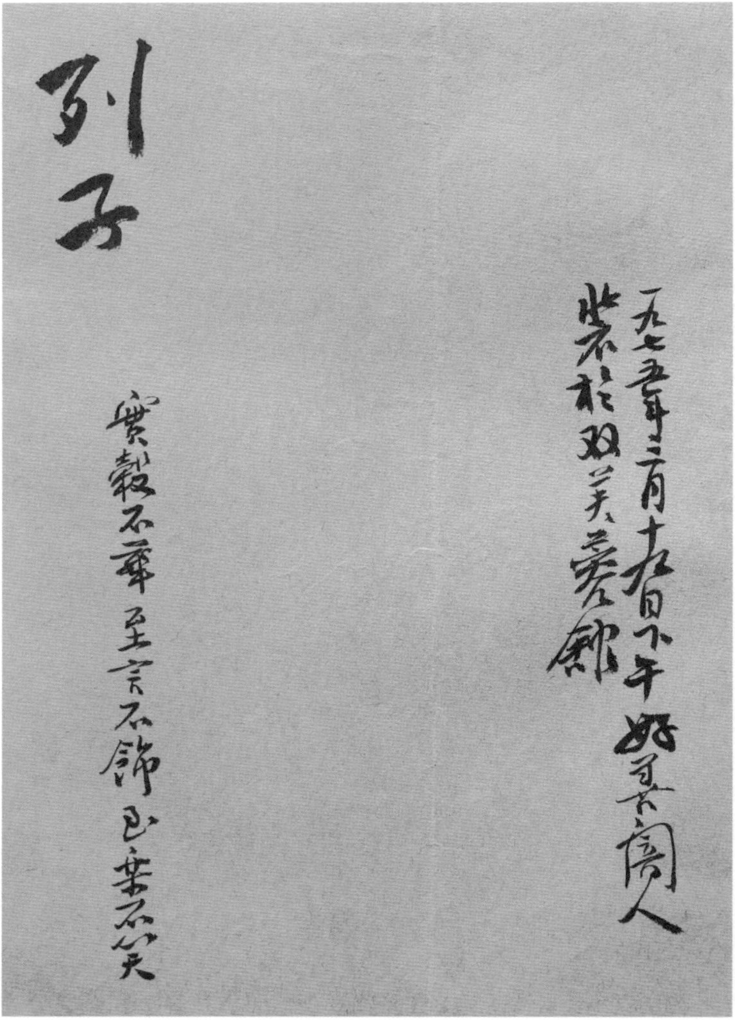
列子
實穀不華 至言不飾 至樂不笑
一九七五年二月十五日下午

列子

实谷不华，至言不饰，至乐不笑。

好善阇(暗)人装于双芙蓉馆
一九七五年三月十九日下午

玉台新咏

据明寒山赵氏刊本影印

毋先天成,毋非时而荣。先天成则毁,非时而荣则不果。

双芙蓉馆藏书记
一九七五年三月十九日下午

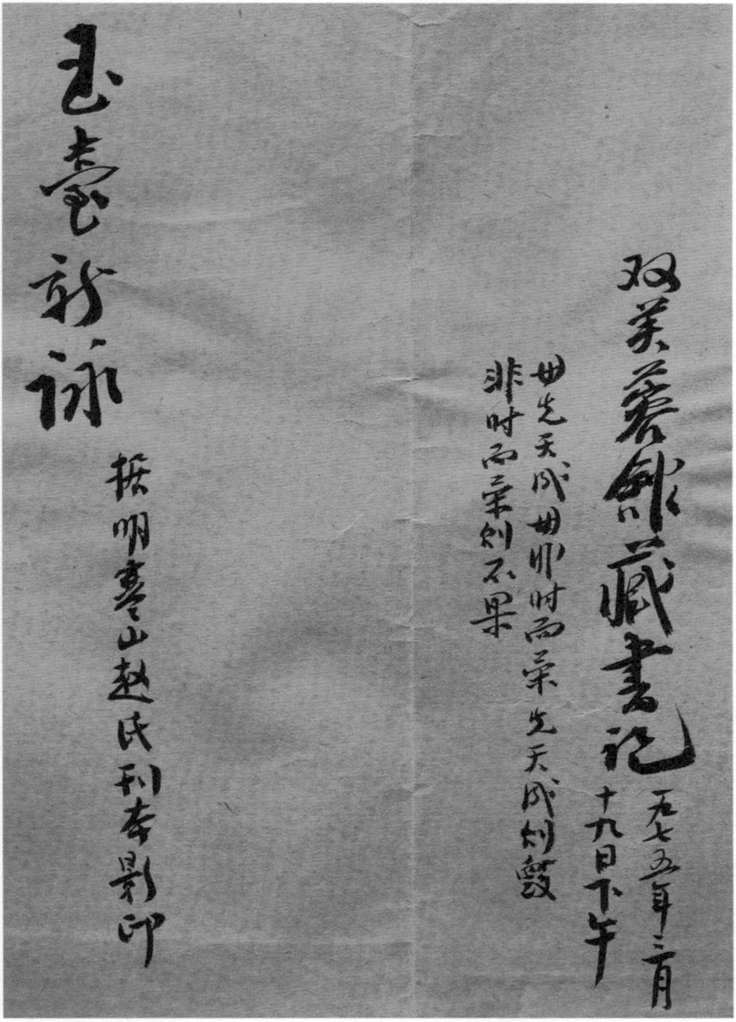

双美蓉馆藏书记

一九七五年二月十九日下午

毋先天成毋非时而荣先天成则毁

非时而荣则不果

玉台新咏

据明寒山赵氏刊本影印

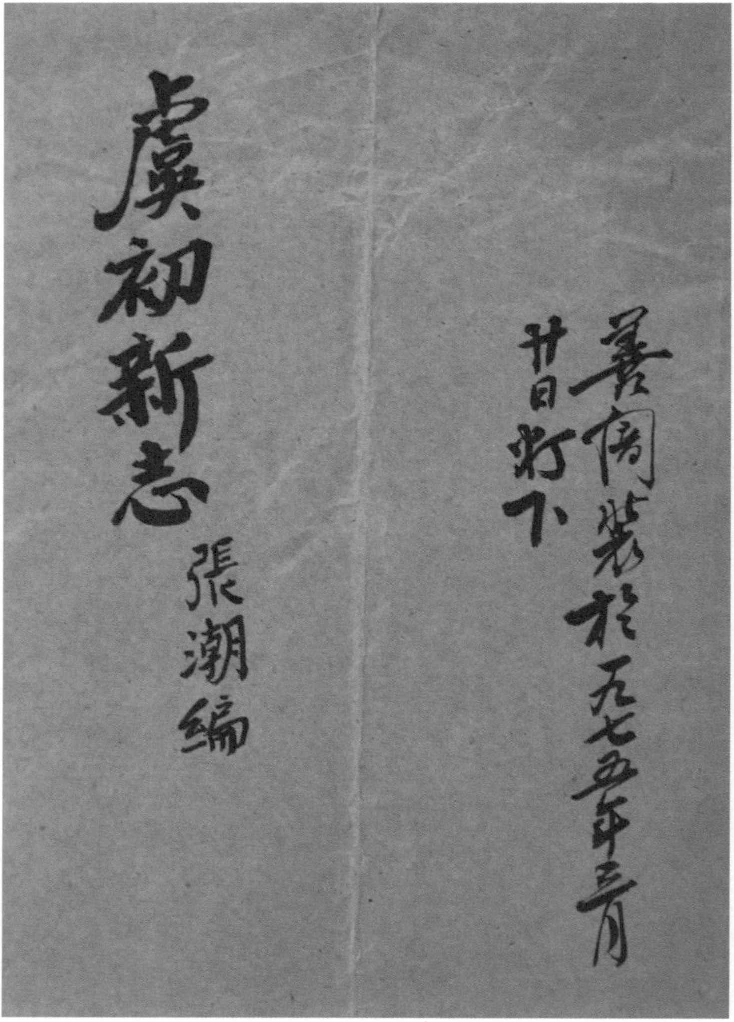

虞初新志

張潮編

善同裝於一九七五年三月廿日燈下

虞初新志

张潮 编

善闇（暗）
装于一九七五年三月廿日灯下

列朝诗集小传

上

清　钱谦益

梦露草堂藏书

一九七五年三月廿四日灯下

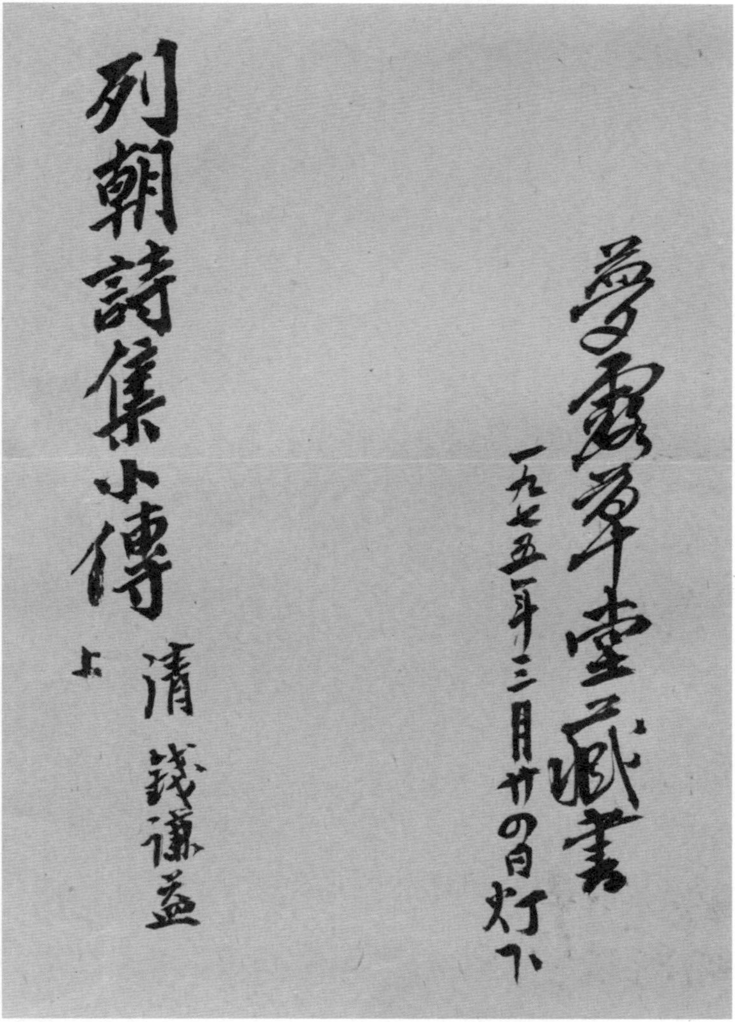
夢雲草堂藏書
一九七五年三月廿四日灯下

列朝詩集小傳
上
清 錢謙益

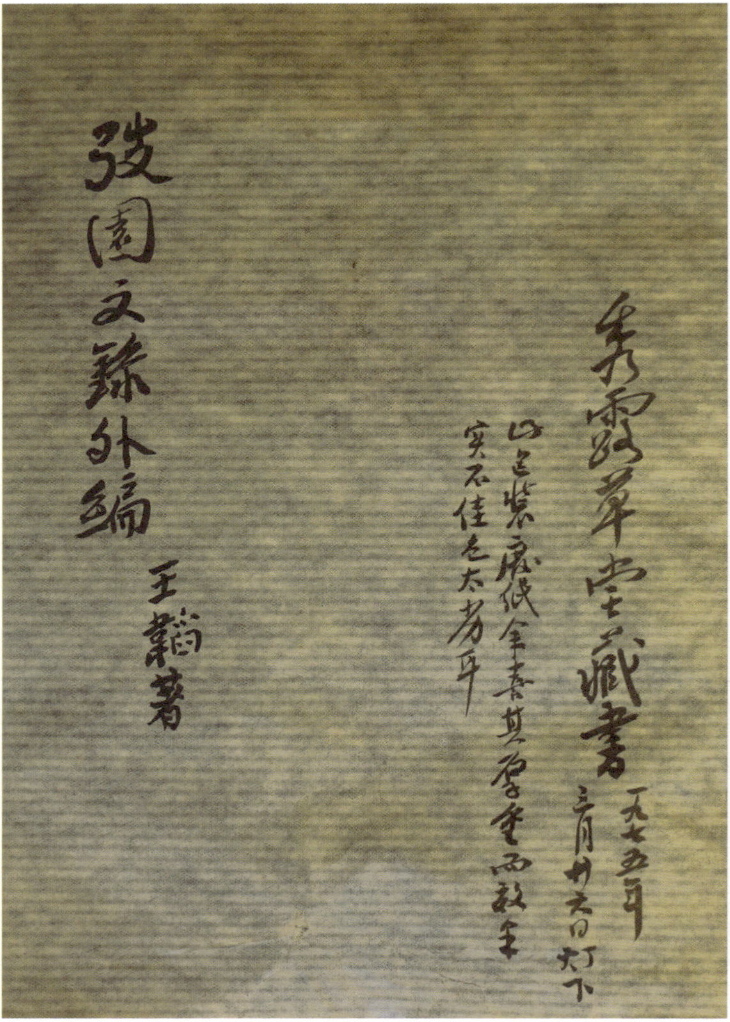
秀霞草堂藏書
一九七五年六月廿六日灯下
此是紫霞纸全書其厚重而软
实不佳色太旁乎
弢園文録外編
王韜著

弢园文录外编

王韬 著

此包装废纸，余喜其厚重，而效果实不佳，色太劣耳。

秀露草堂藏书
一九七五年三月廿六日灯下

弢园尺牍

王韬 著

整日烦燥(躁),晚尤甚。而艾文会来,告以病,不去。伺余用饭毕,此公之故态也。

秀露草堂藏书

一九七五年三月廿六日灯下

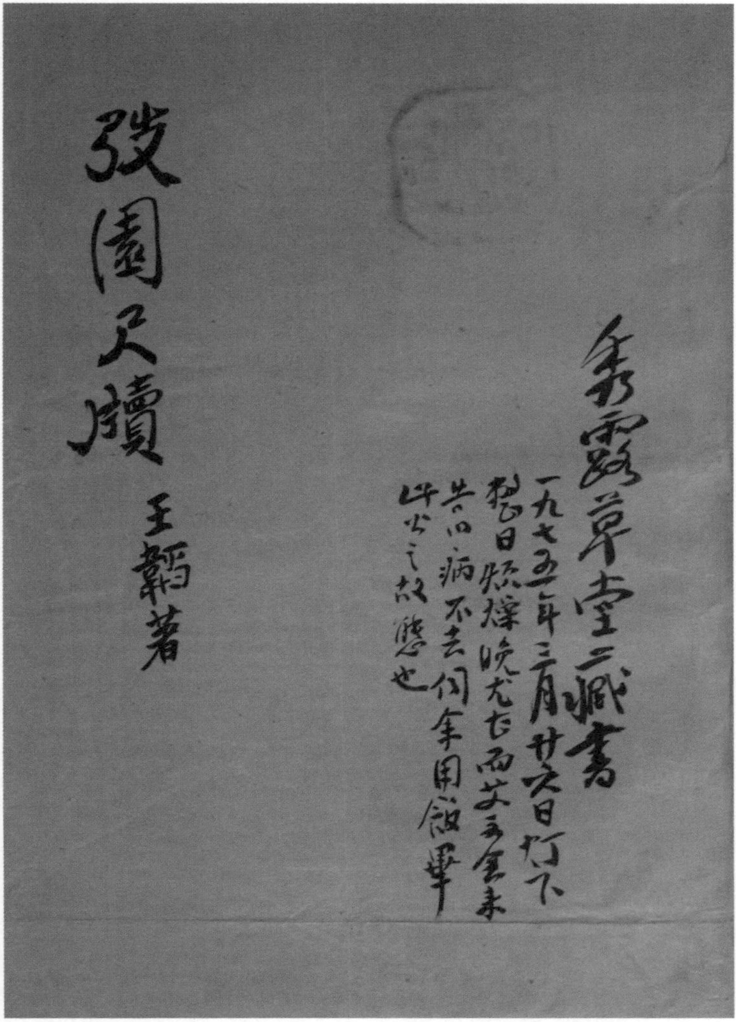

弢園尺牘

王韜著

秀露草堂藏書

一九七五年三月廿六日灯下
整日烦燥晚尤甚而女孙金来
告以病不去伺余用饭毕
此心之故態也

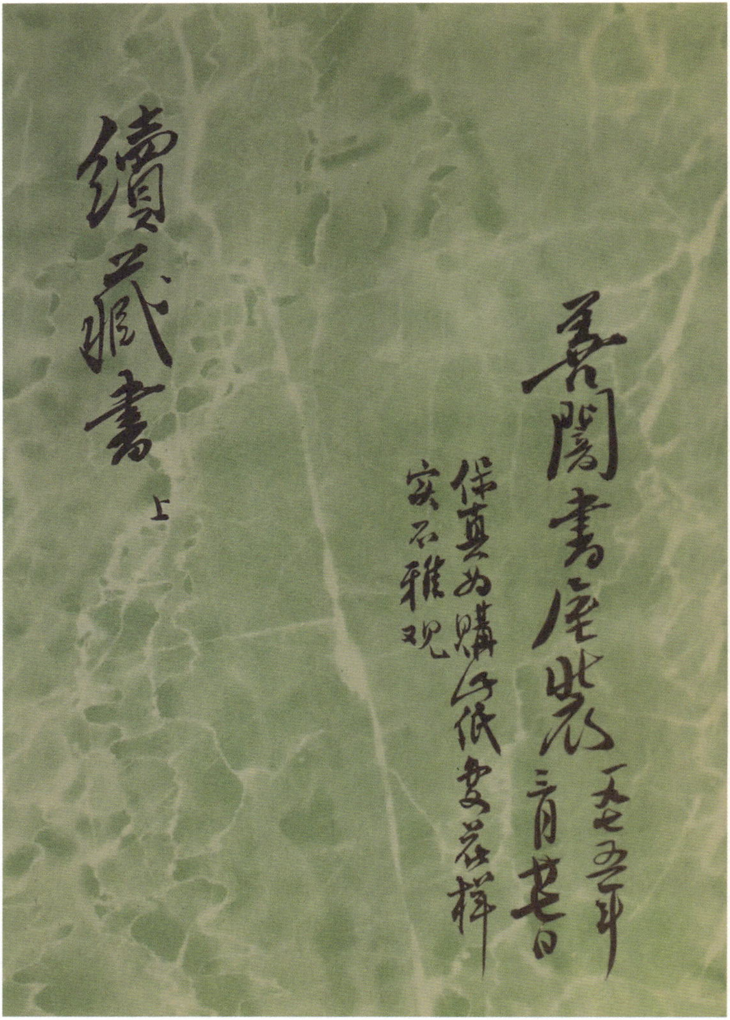
續藏書
上

续藏书

上

保真为购此纸，变花样，实不雅观。

善闇（暗）书屋装
一九七五年三月廿七日

诗人玉屑

上

魏庆之 编

娱老书室装

一九七五年三月廿八日

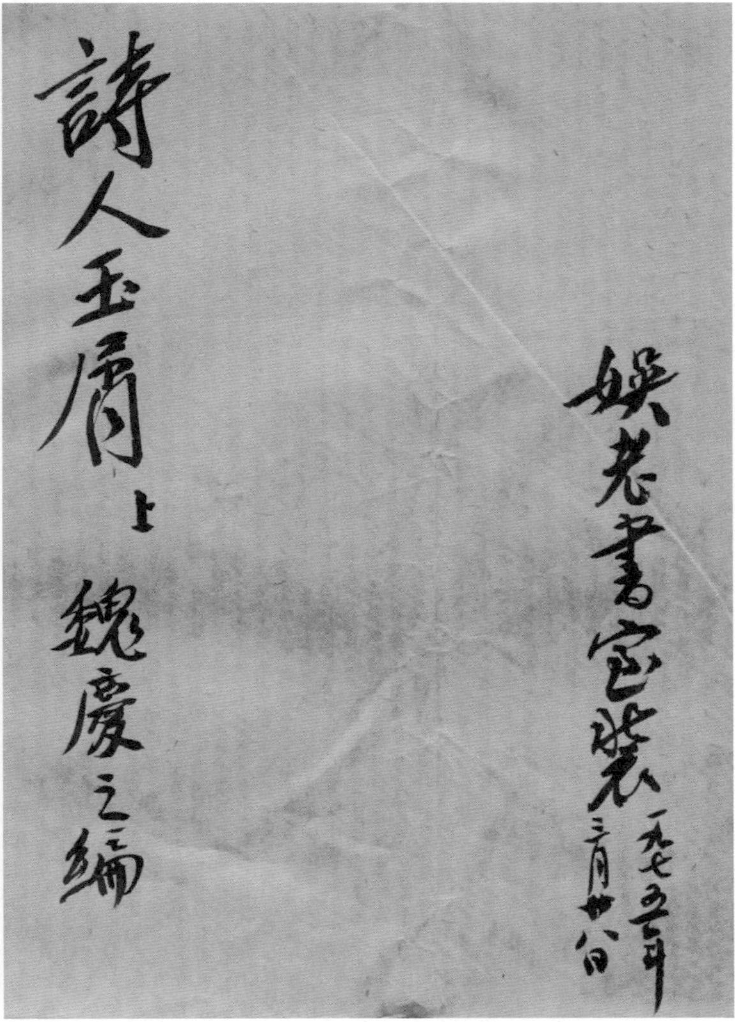
詩人玉屑 上

魏慶之編

娱老書室裝 一九七五年三月廿八日

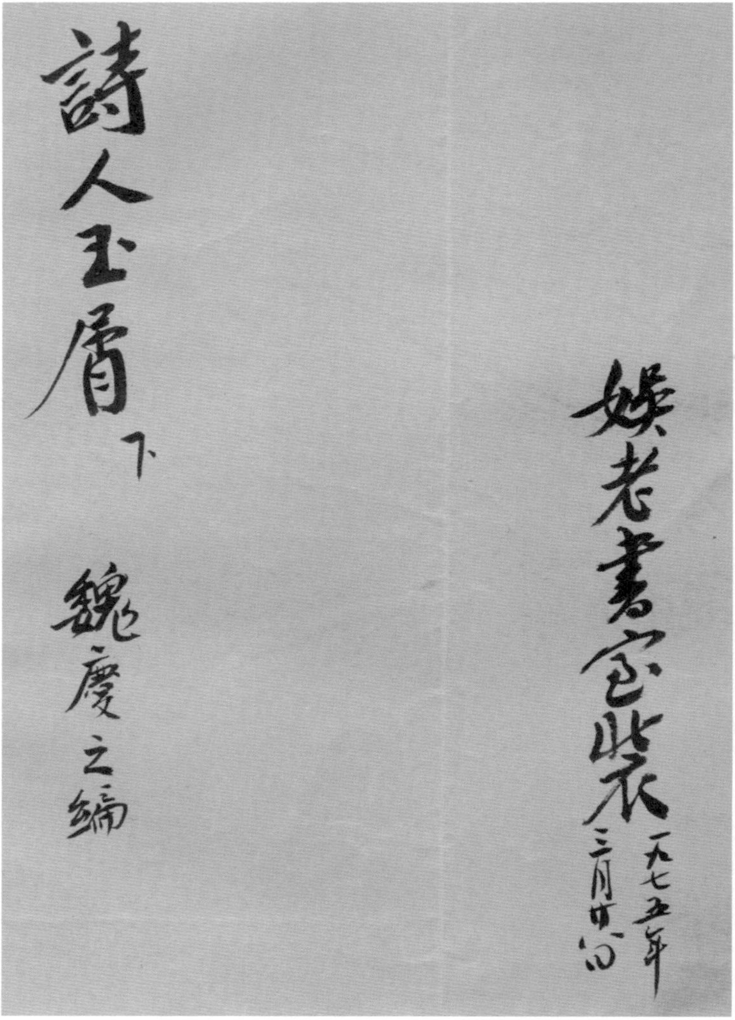
詩人玉屑 下
魏慶之編
娱老書室裝
一九七五年三月廿日

诗人玉屑

下

魏庆之 编

娱老书室装

一九七五年三月廿八日

词林纪事

下

张宗橚 辑

娱老书室装

一九七五年三月廿八日

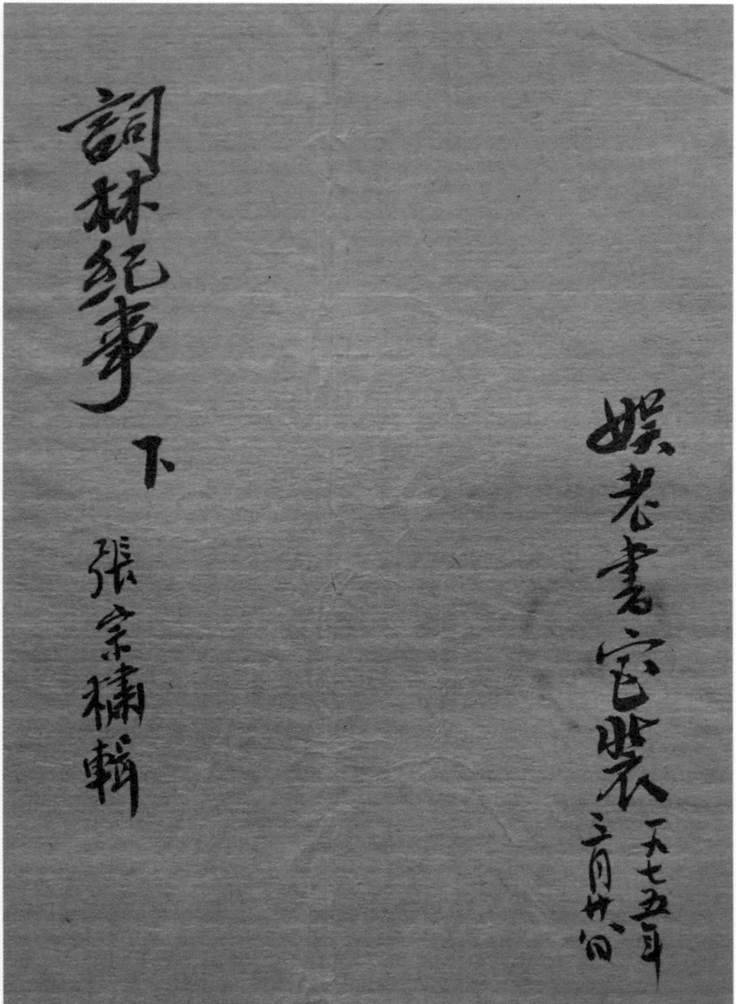
詞林紀事 下

張宗橚輯

娱老書室藏 一九七五年三月廿四日

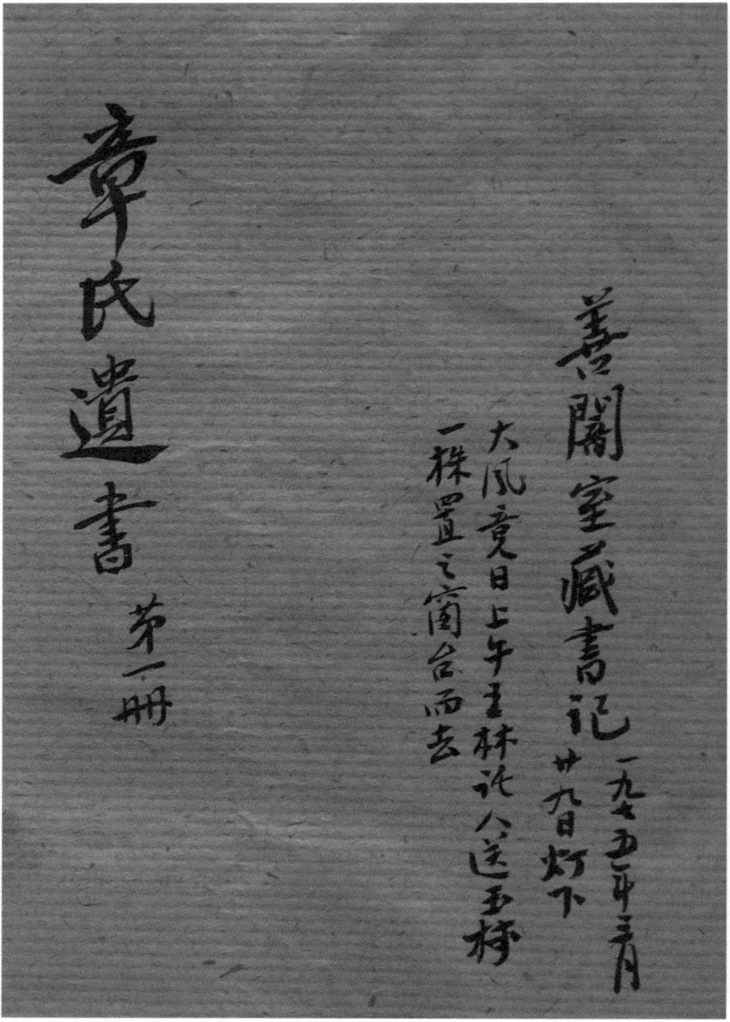

章氏遺書 第一冊
善闇室藏書記 一九七五年三月廿九日灯下
大風竟日上午王林託人送玉树
一株置之窗台而去

章氏遗书

第一册

大风竟日，上午王林托人送玉树一株，置之窗台而去。

善闇（暗）室藏书记
一九七五年三月廿九日灯下

河海昆仑录

上

裴景福 著

不知何由购此书，当时盖以为古籍也。之琏去新彊(疆)，屡欲送之亦未果。今经变动，仍在手头，且颇整洁，念系故旧，仍为装新。

善闇(暗)室藏书记

一九七五年三月卅日

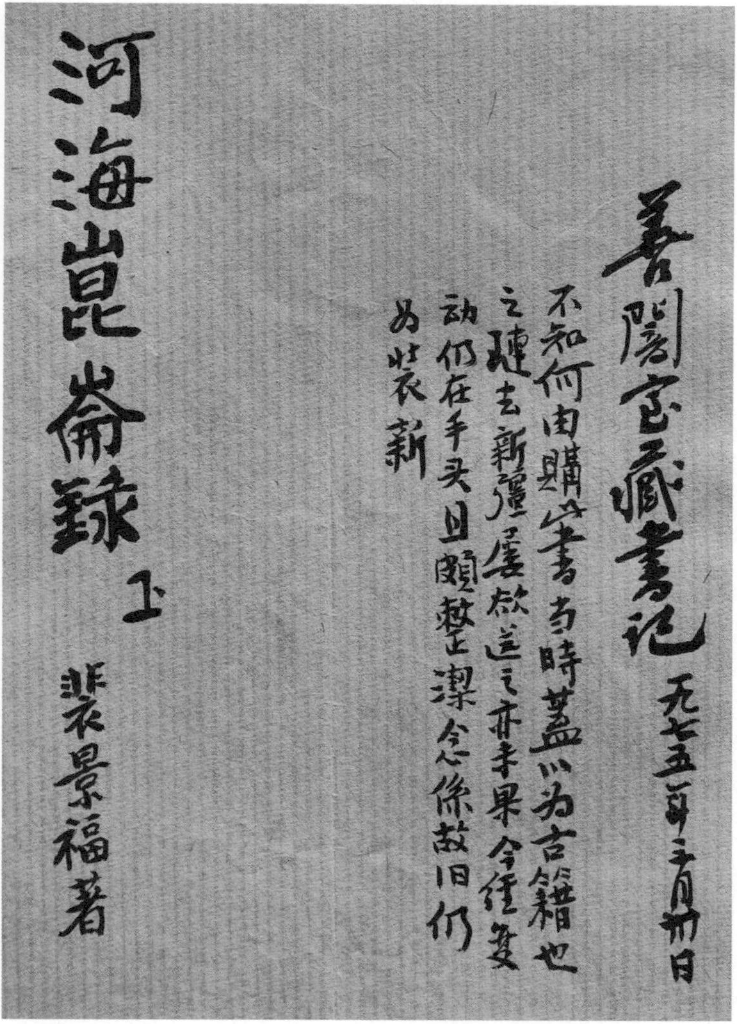
河海昆侖錄 上

裴景福著

善闇室藏書記 一九七五年三月卅日

不知何由購此書當時蓋以為古籍也
之隨去新疆屢欲送之亦未果今經變
動仍在手頭且頗整潔令人念係故旧仍
為壯裝新

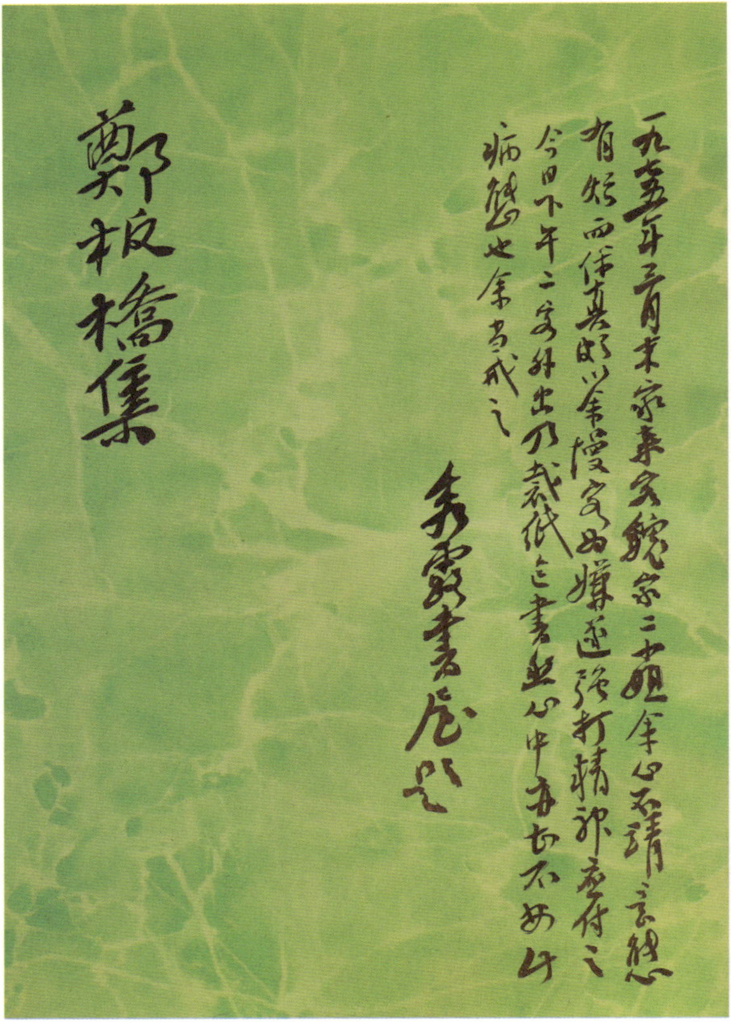
鄭板橋集

郑板桥集

一九七五年三月末，家来客，魏家二小姐。余心不靖，意态有烦。而保真颇以余慢客为嫌，遂强打精神应付之。今日下午，二客外出，乃裁纸包书，然心中亦甚不安。此病态也，余当戒之。

秀露书屋题

宣和画谱

余原有书谱，在佟楼卖书时，误卖去一册，遂将所剩一册送卞雪松君，彼甚好书法也。

晚华草堂藏书记
一九七五年四月二日下午

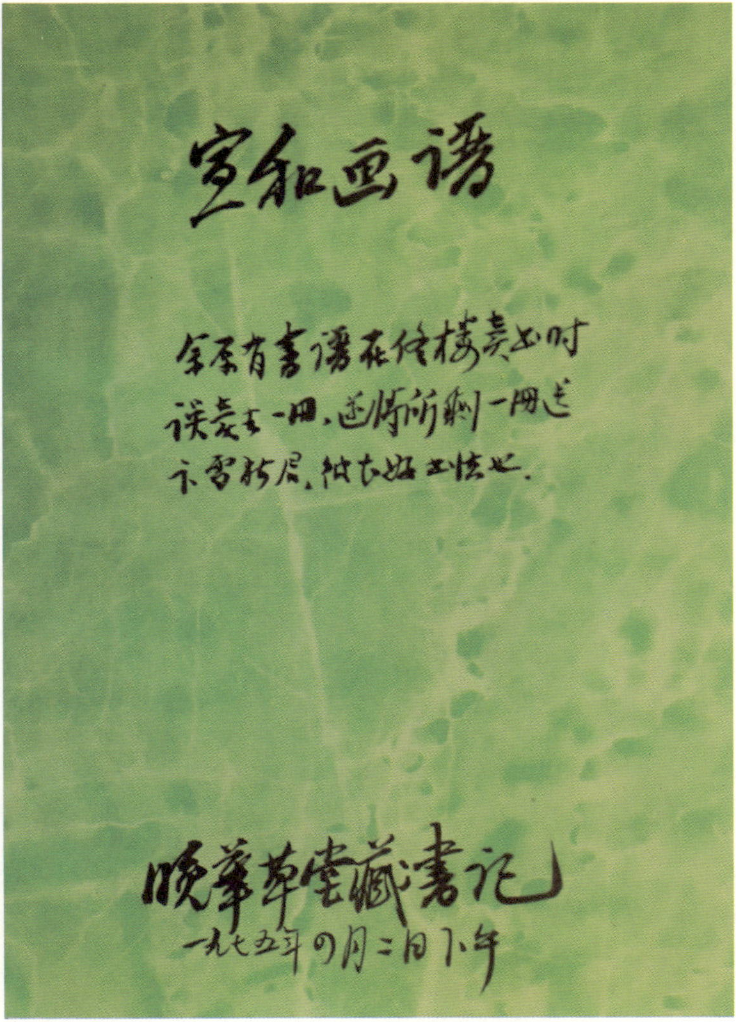
宣和画谱
余原有书谱在传楼卖出时
误卖去一册，适将所剩一册送
晓华草堂藏书记
一九七五年四月二日下午

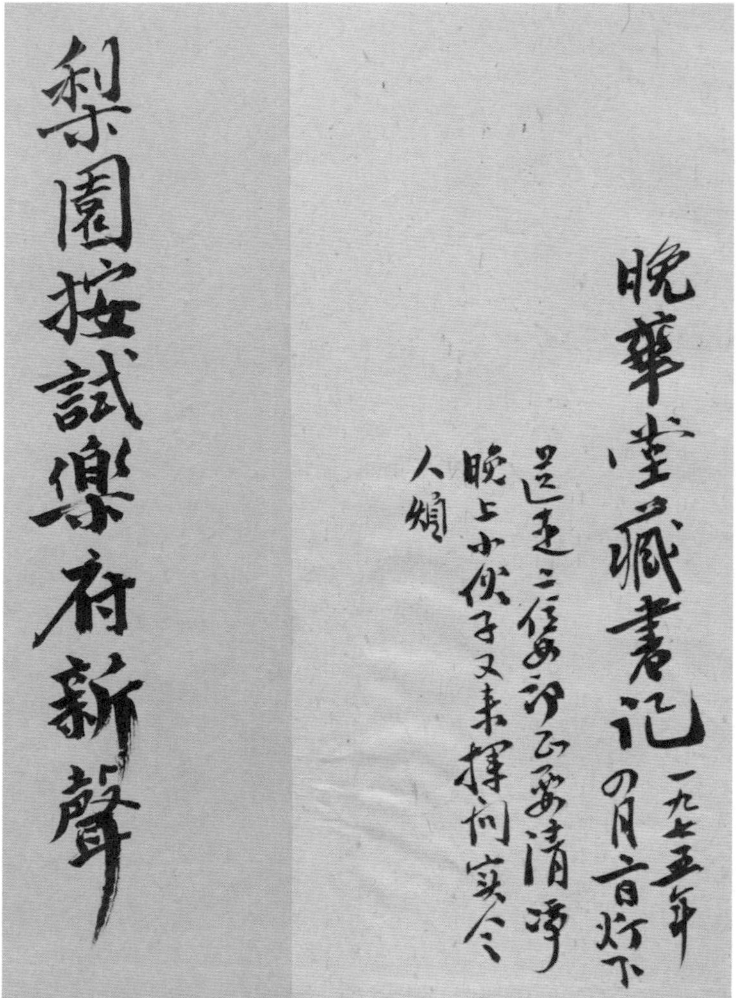
梨園按試樂府新聲
晚華堂藏書記
一九七五年四月日灯下
這是三位要訪正要清淨
晚上小伙子又来擇向实令
人煩

梨园按试乐府新声

送走二位女郎，正要清净，晚上小伙子又来探问，实令人烦。

晚华堂藏书记
一九七五年四月二日灯下

观堂集林

四

此余六十岁以后所装之书籍也。每日从办公室索来件封皮，携归剪裁黏(粘)连。视纸之大小，抽书装裹之。书橱之内，五颜六色，如租书之肆，气象暗淡，反不如原来漂亮，而余乐此尚未疲也。

孙犁

一九七五年四月七日

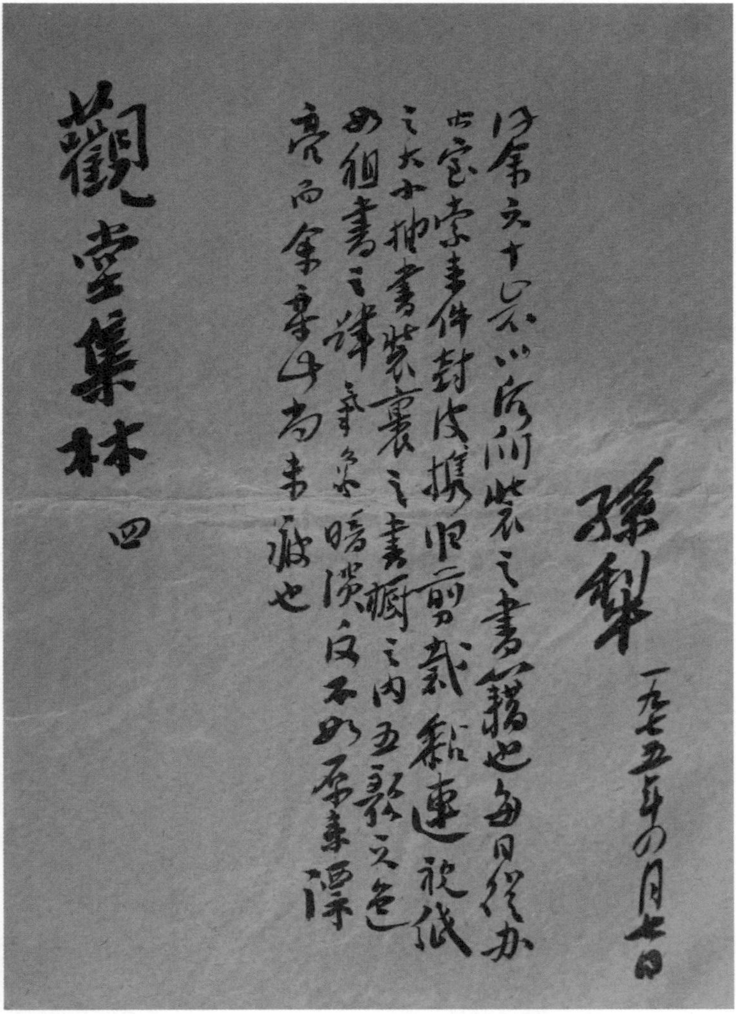

此余六十以后所装之书籍也每日从办公室带来件封皮据以剪裁黏连衬纸之大小抑书装裹之书橱之内五彩之色如相书之肆款多姿暗淡反不如原来漂亮而余乐此为未疲也

孙犁 一九七五年四月廿四日

观堂集林 四

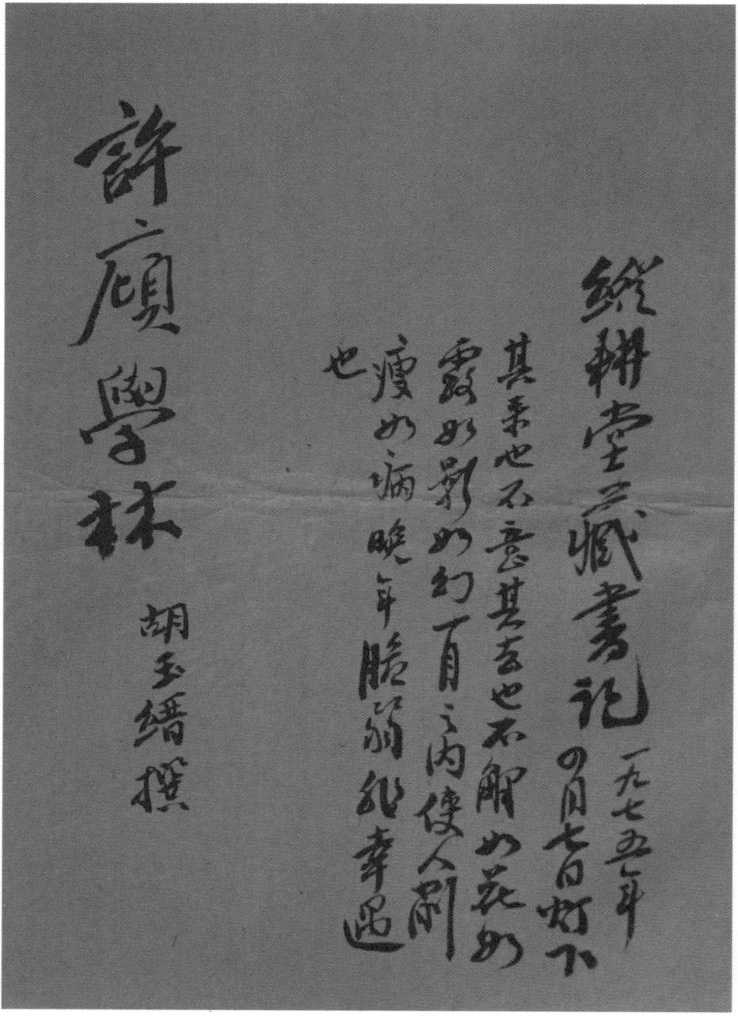
縱耕堂藏書記 一九七五年四月七日燈下
其來也不意其去也不解如花如
霞如影如幻百內使人劇
瘦如病晚年賸得能幸遇
也
許廎學林
胡玉縉撰

许庼学林

胡玉缙 撰

其来也不意，其去也不解，如花如露，如影如幻。一月之内，使人削瘦如病。晚年脆弱，非幸遇也。

纵耕堂藏书记
一九七五年四月七日灯下

唐代长安与西域文明

粘连破纸，窗外春光映射桌案，追怀近事，心实感之。

善闇（暗）书屋装
一九七五年四月八日上午

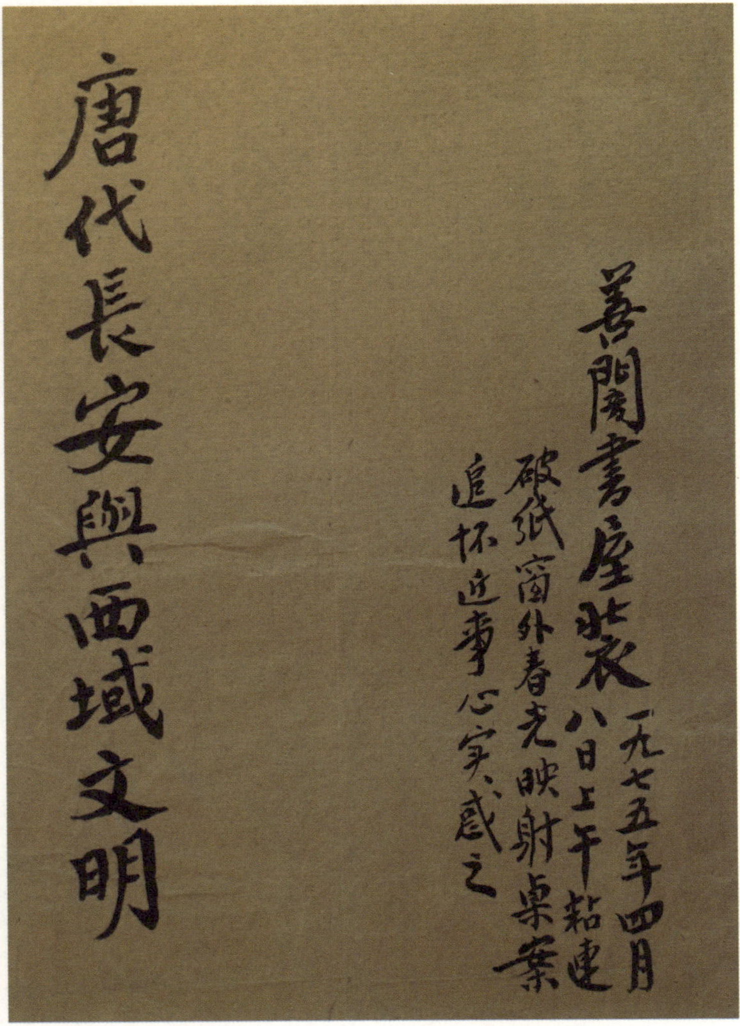
唐代長安與西域文明

善閲書屋裝

一九七五年四月八日上午粘連破紙窗外春光映射桌案追懷近事心實、感之

盧那察爾斯基著

論俄羅斯古典作家

蔣路譯

近日整出清及外國書，余進城后此類書籍近於束棄不讀，四九三十年代熱中於此，今日之斷片知識皆基於彼日，不勝衰暮停滯之感

晚華堂藏書記 一九七五年四月十二日

论俄罗斯古典作家

卢那察尔斯基
蒋露(路) 译

近日装书,涉及外国书。余进城后,此类书籍近于束弃不读。回忆三十年代,热中(衷)于此。今日之断片知识皆基于彼日,不胜衰暮停滞之感。

晚华堂藏书记
一九七五年四月十二日

铁木前传

此四万五千字小书，余既以写至末章，得大病。后十年，又以此书，几至丧生。则此书于余，不祥甚矣。然近年又以此书不存，颇思得之。春节时，见到林呐同志，为致此意。昨日，林以此交人带来，并附函喻之以久别之游子，“当他突然返回家乡时，虽属满面灰尘，周身疮痍，也不会遭遇嫌弃的吧”。呜呼，书耳，无知之物，遭际于彼并无觉怨，而常以非常反响作者，而作者非谓无知也，世代多士，恋恋于此，亦可哀矣。

晚华堂识
一九七五年四月十二日

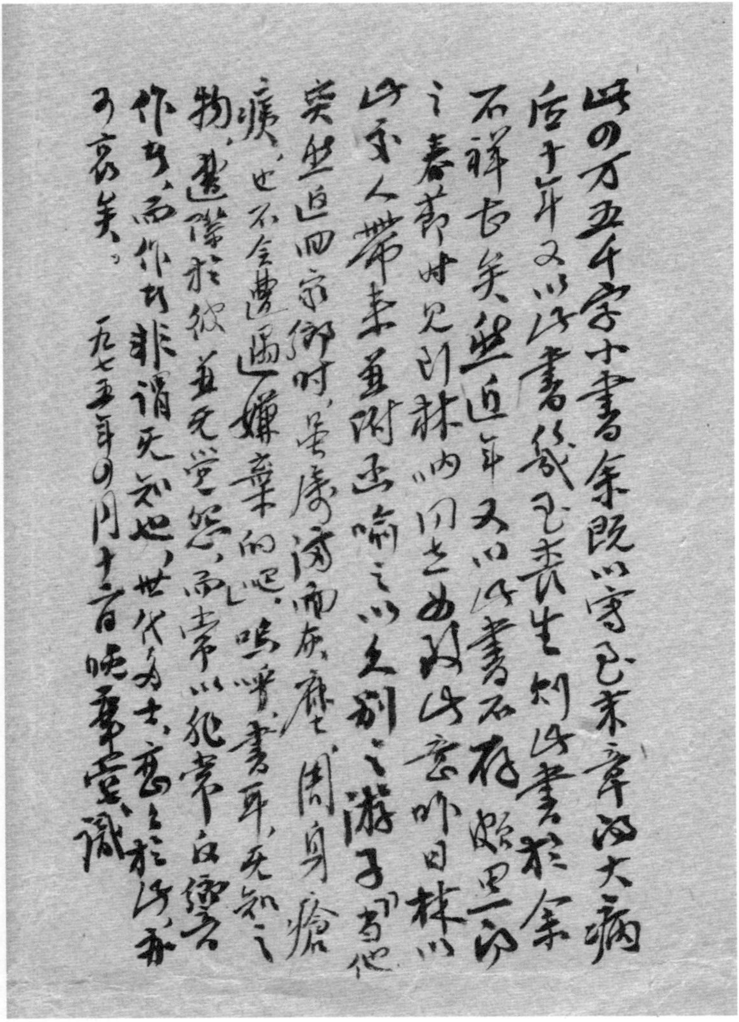
此乃万五千字小书，余既以寄包东章为大病
后十年又以此书发包老生约此书于余
不详长矣。然近年又以此书不在，赖里一份
之春节时见到林内问之，如此意外目标，以
此求人带来并附函嘱之，以久别之游子。邹者也
矣。然近四家御时，墨广济而灰，历七周身痛
痍，也不会觉遇嫌弃的呢。呜呼，书耳，无知之
物，幸遇降於彼并无觉察，而常以犯常自读
作者，而作者非谓无知也，世代为古，惑之於此耶
可哀矣。
一九七五年四月十六日晚[illegible]识

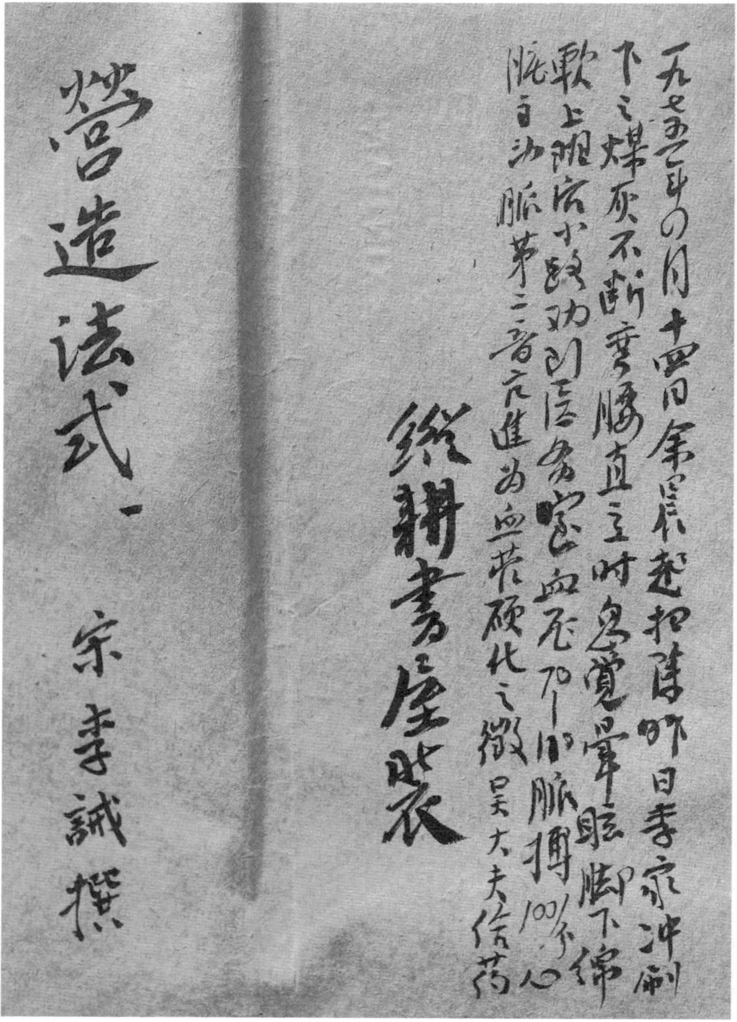
一九七五年四月十四日余宿疾發起掃除昨日李家沖刷下之煤灰不斷乘勝直立之時忽覺暈眩腳下綿軟上跟宿小鼓勁到醫務室血壓70—110脈搏100/分心臟主動脈第二音亢進為血管硬化之徵 吳大夫信筠

纖耕書屋珍藏

營造法式一

宋 李誡 撰

营造法式

一

宋　李诫 撰

一九七五年四月十四日，余晨起扫除昨日李家冲刷下之煤灰，不断弯腰，直立时忽觉晕眩，脚下绵软。上班后，小路劝到医务室。血压 70—110，脉搏 100/分，心脏主动脉第二音亢进，为血管硬化之征。吴大夫给药。

纵耕书屋装

营造法式

二

宋 李诫 撰

忆明日为亡妻忌日，泉壤永隔，已五年矣。余衰病如此，不堪回首之思矣。

纵耕书屋装

一九七五年四月十四日

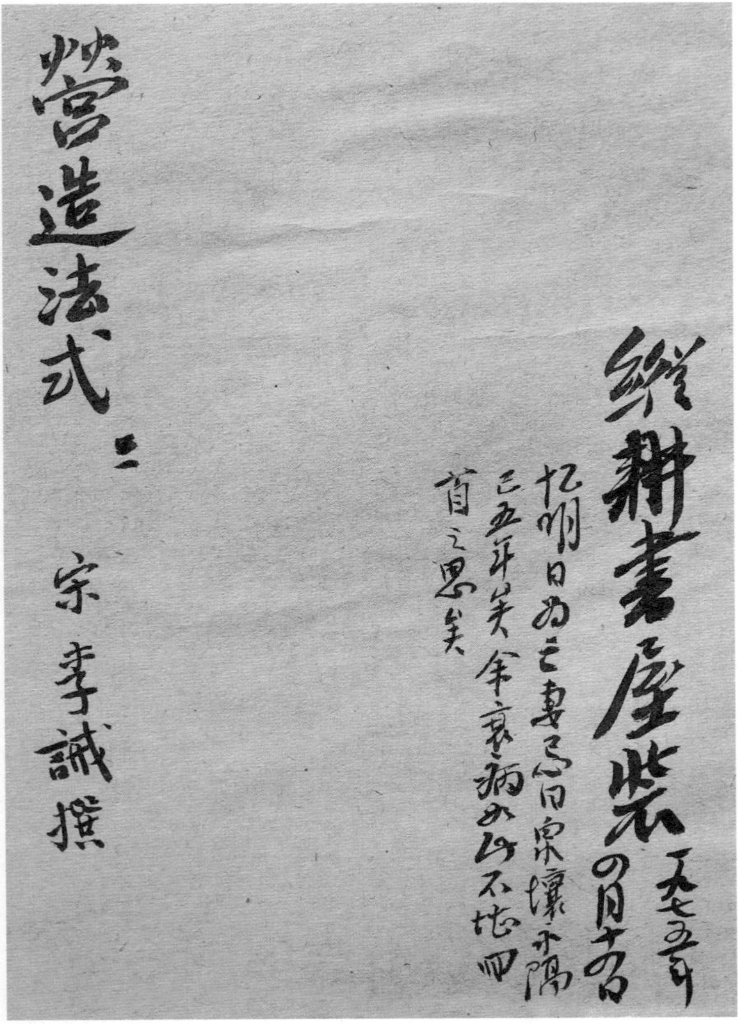
縱耕書屋紫
一九七五年
四月十日
憶明日為亡妻忌日泉壤永隔
已五年矣余衰病如此不堪回
首之思矣
營造法式 二
宋 李誡 撰

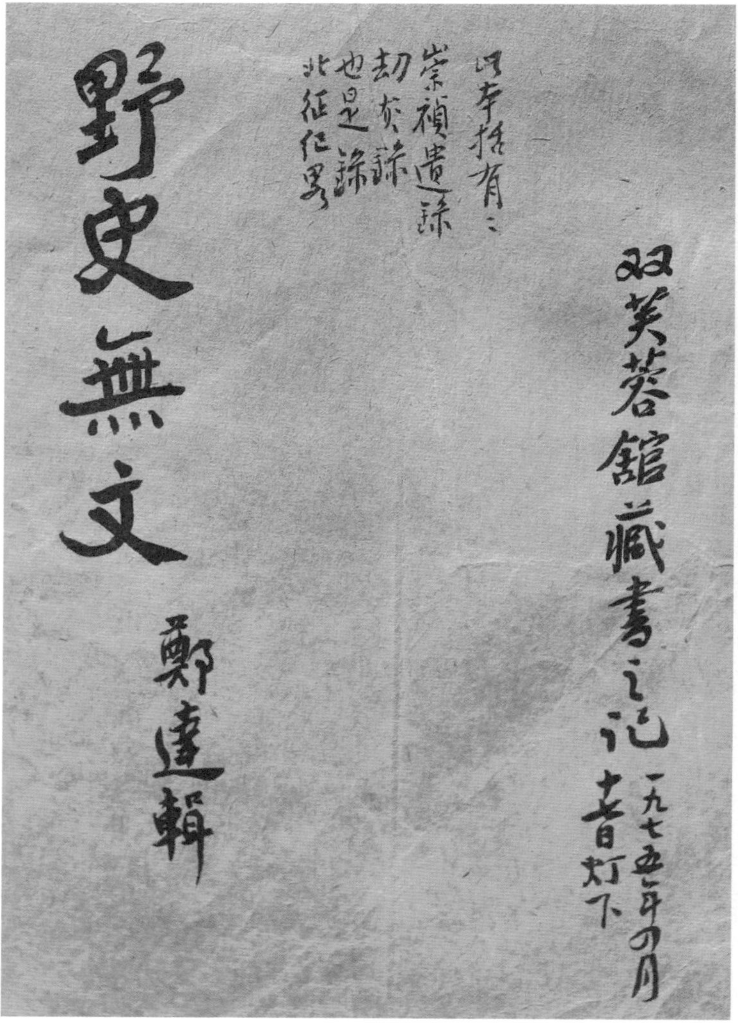

野史無文

鄭達輯

此本括有：
崇禎遺録
劫灰録
也是録
北征紀略

双芙蓉館藏書之記
一九七五年四月十二日灯下

野史无文

郑达 辑

此本括有:《崇祯遗录》《劫灰录》《也是录》《北征纪略》。

双芙蓉馆藏书之记
一九七五年四月十七日灯下

小腆纪年

上

近日涉猎南明野史，并抄目录，以知重复，因及此书。

善闇(暗)书室藏
一九七五年四月十八日

近日涉猎南明野史重抄目錄以知重複因及此書

吾閣書室藏

一九七三年

月十六日

小腆紀年 上

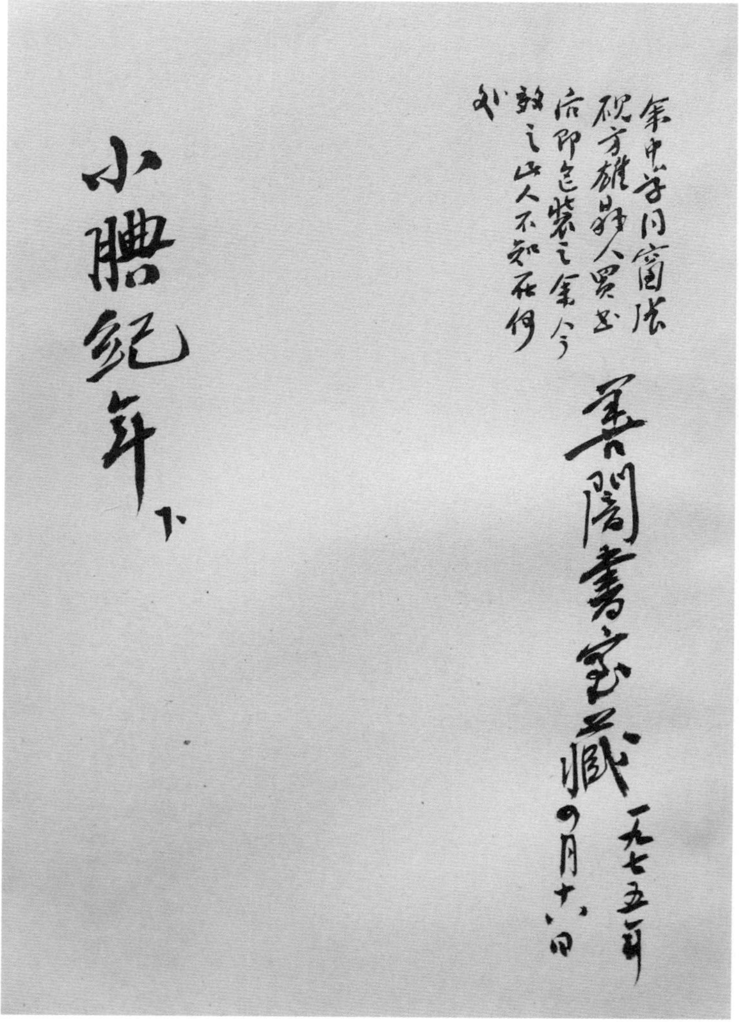
小腆纪年 下
一九七五年
四月十八日

小腆纪年

下

余中学同窗张砚方，雄县人，买书后即包装之。余今效之，此人不知在何处。

善闇(暗)书室藏
一九七五年四月十八日

南明野史

卷上

保真携鱼一尾归，少饮酒。

善闇（暗）室藏
一九七五年四月廿日晚

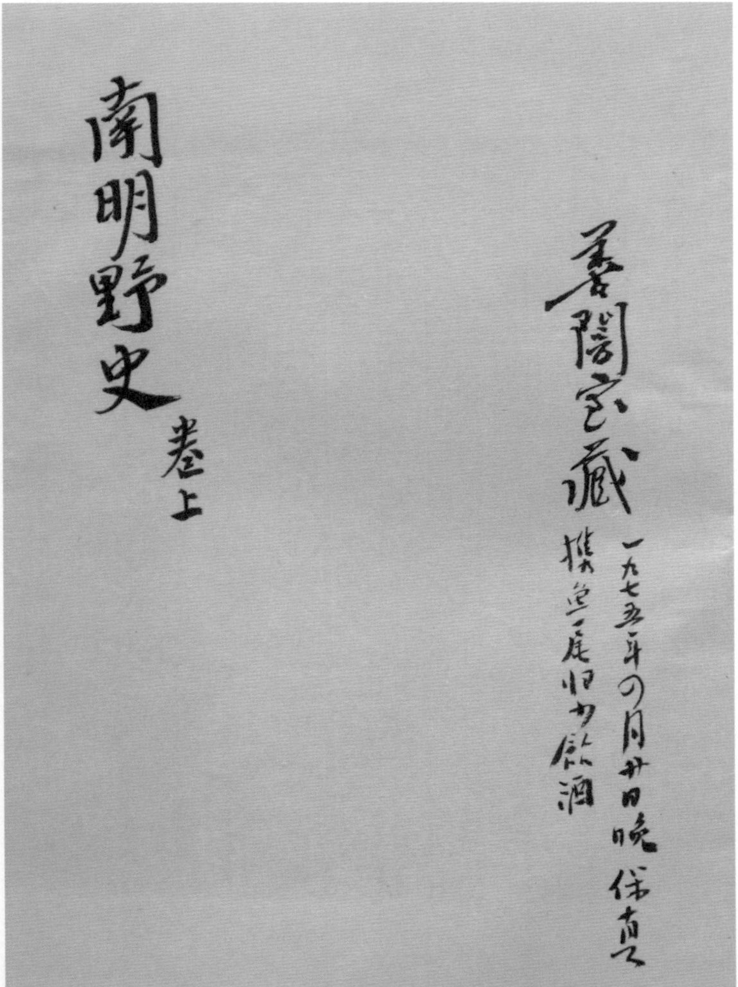
南明野史
卷上
善闇室藏
一九七五年四月廿日晚 偕育之
携鱼一尾归加饮酒

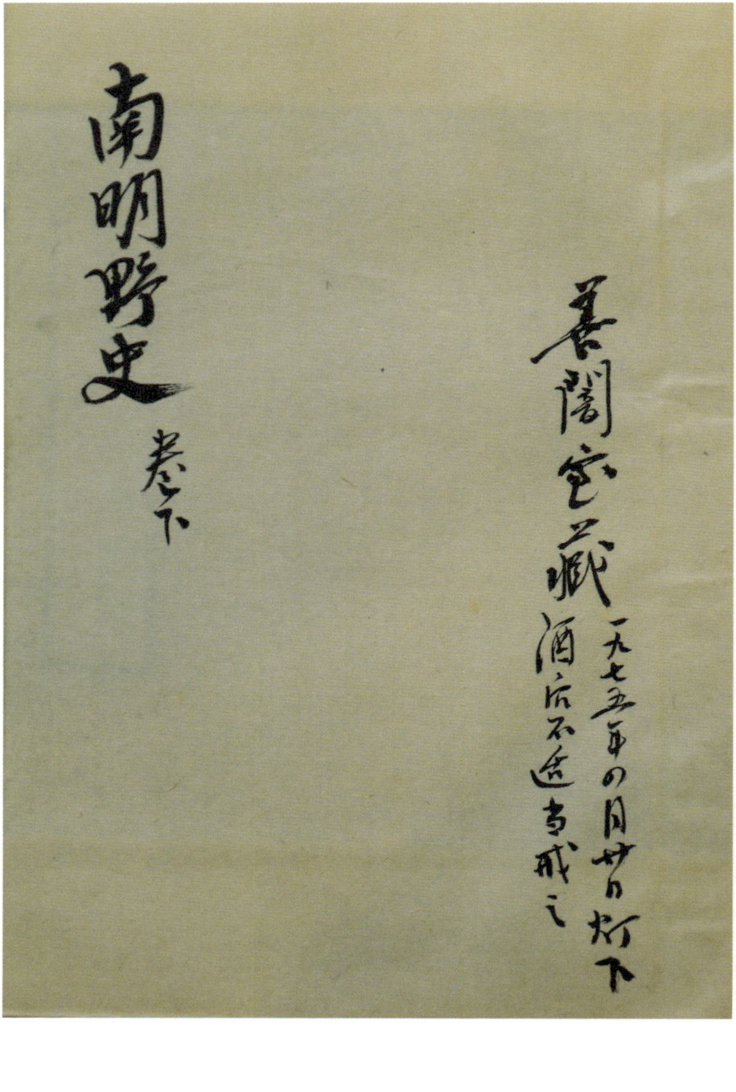
南明野史
卷下
一九七五年

南明野史

卷下

酒后不适，当戒之。

善闇(暗)室藏
一九七五年四月廿日灯下

全唐诗

第一册

昨日上午，到总医院看病，所谓高干病房。血压正常，听诊心脏及其他均好，开数单以查验。余未去报社测血压，余图省事将衣袖上卷，压迫血管，故所测不准也。今日到报社一转，持皮纸数枚归。

善闇（暗）室装讫记
一九七五年四月廿一日

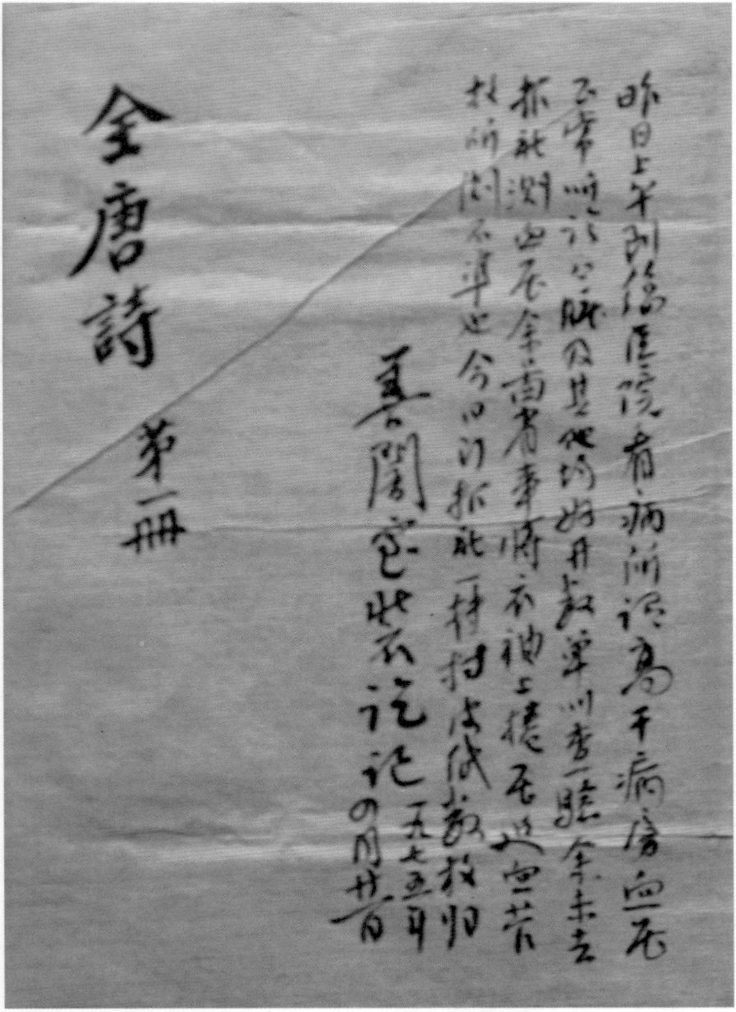

全唐詩
第一冊

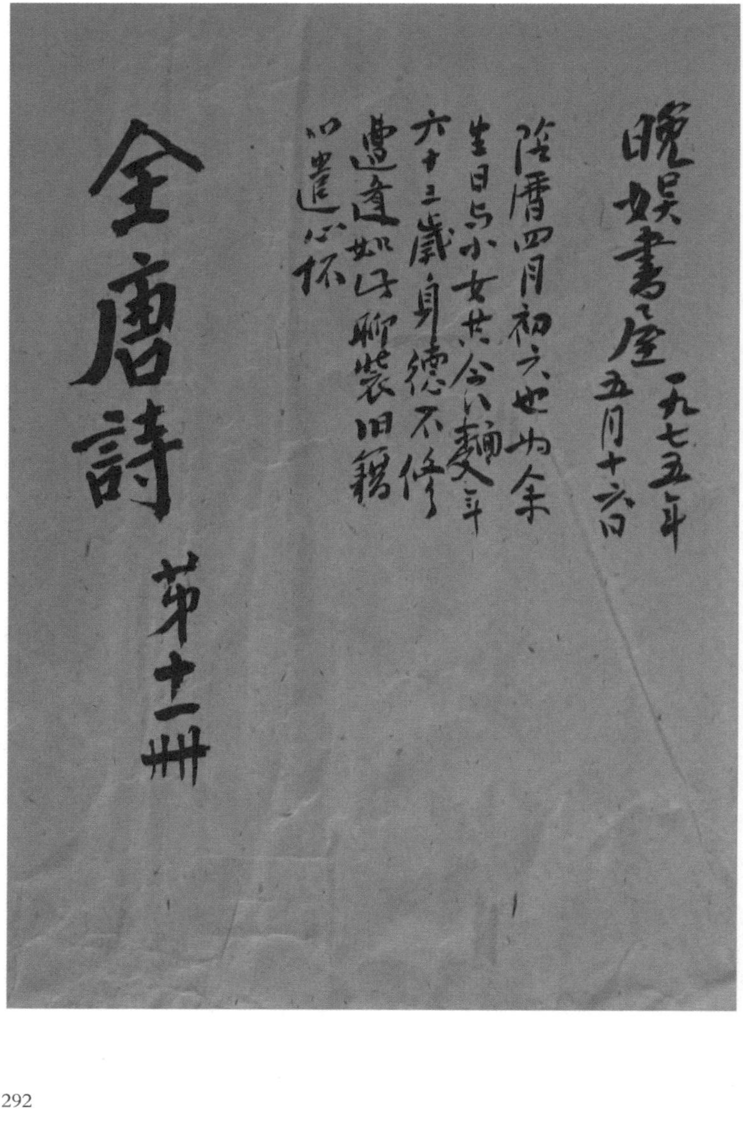

晚娱書屋 一九七五年五月十六日

陰曆四月初六，也為余生日，与小女共食汤麵，六十三歲，身體不佳，遭遇如此，聊裝舊籍，以遣心怀。

全唐詩 第十一册

全唐诗

第十一册

阴历四月初六也，为余生日，与小女共食面。年六十三岁，身德不修，遭逢如此，聊装旧籍，以遣心怀。

晚娱书屋
一九七五年五月十六日

全唐诗

第十二册

出版社寄书与保真，彼将包裹纸赠我，谓：可包一本书。我甚爱此种包装纸，市场无售者。

纵耕记
一九七五年二月一日下午

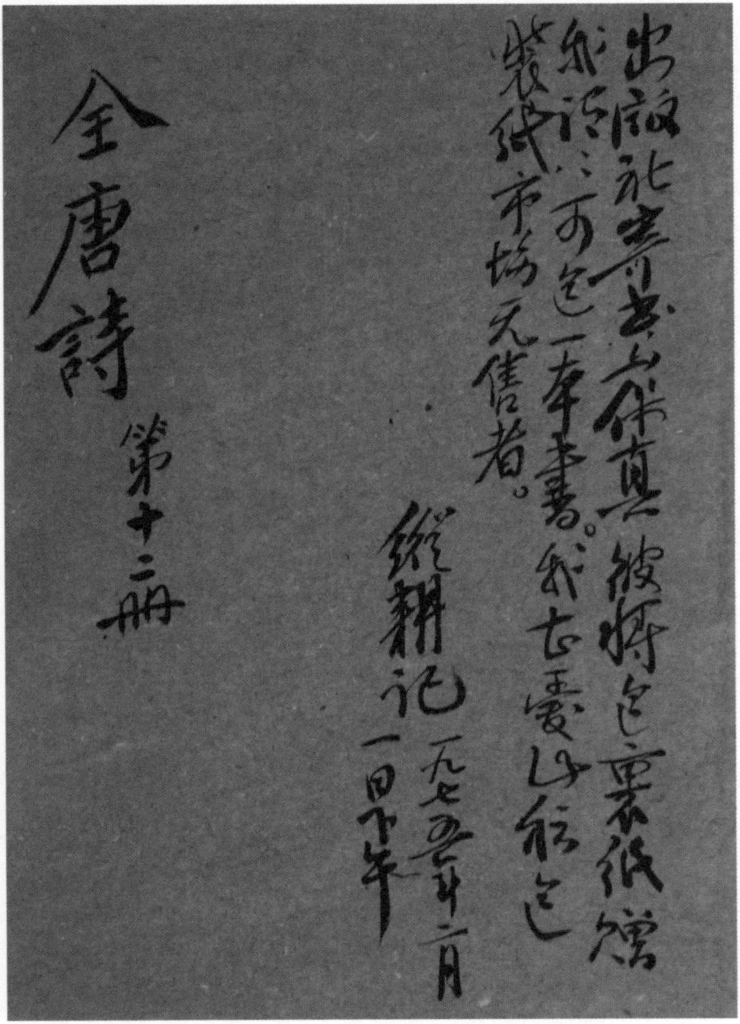
全唐詩
第十二册
縱耕記
一九七五年十二月一日下午

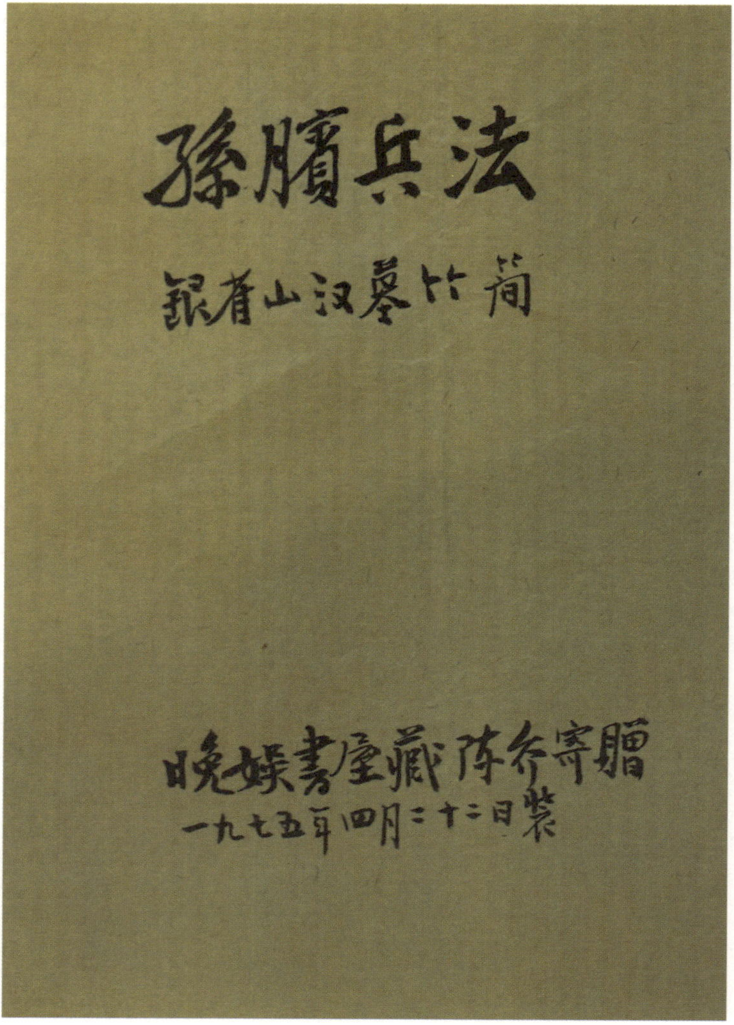
孫臏兵法

銀雀山汉墓竹简

晚娛書屋藏 陈介寄贈

一九七五年四月二十二日裝

孙膑兵法

银雀山汉墓竹简

陈乔寄赠。

晚娱书屋藏
一九七五年四月二十二日装

通鉴胡注表微

陈垣 著

陈君亦以著书自见者。

瓶斋所藏
一九七五年四月廿四日

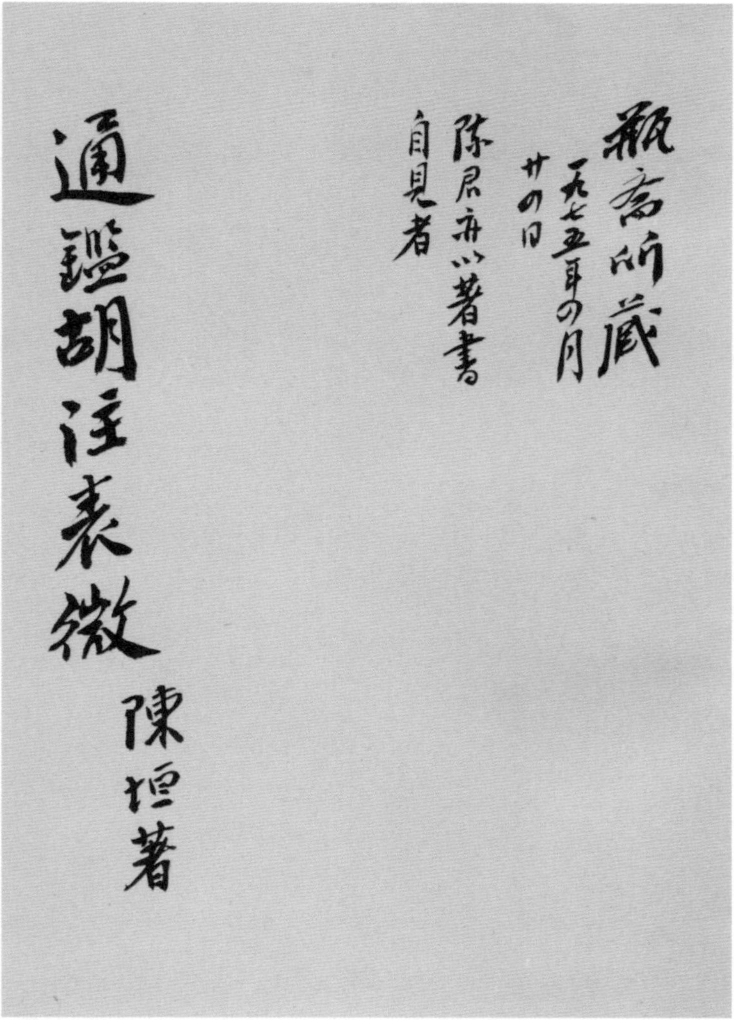
瓶斋所藏
一九七五年四月
廿四日
陈君弃以著书
自见者
通鑑胡注表微
陳垣著

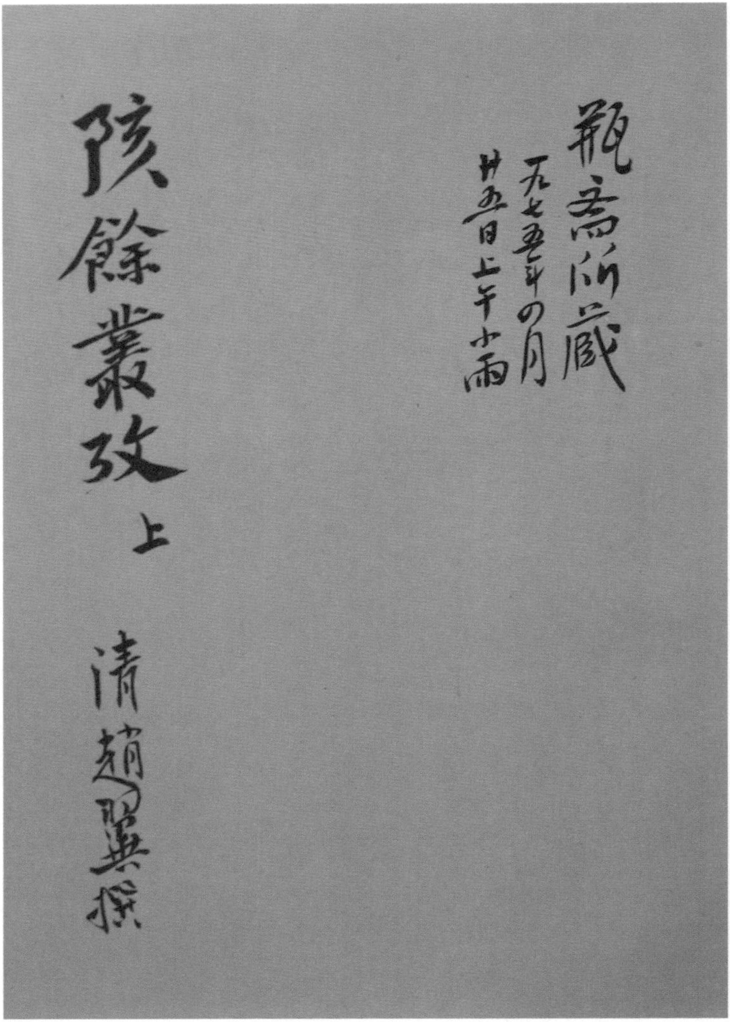
瓶齋所藏
一九七五年四月廿五日上午小雨

陔餘叢考 上

清趙翼撰

陔余丛考

上

清　赵翼 撰

瓶斋所藏

一九七五年四月廿五日上午小雨

忠王李秀成自传原稿笺证

增订本

罗尔纲 著

李秀成临死前，明明乞怜于敌，此不只见于本文，且见于敌人之记载。而罗氏百般为其辩解，甚矣，非史学家实事求是之态度也。

善闇(暗)书屋装

一九七五年四月廿八日

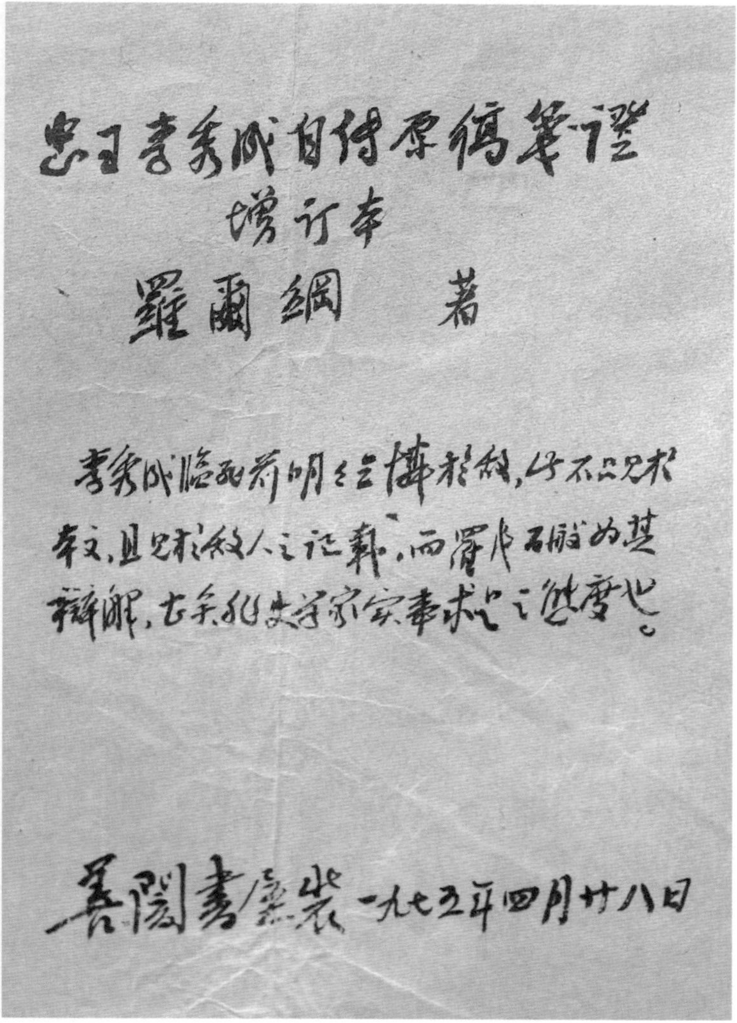
忠王李秀成自述原稿箋證
增訂本

羅爾綱　著

李秀成臨死前明言之降於敵，此不只見於本文，且見於敵人之記載，而覺不可能為其辯解，亦余作史學家實事求是之態度也。

晉陽書廬叟　一九七五年四月廿八日

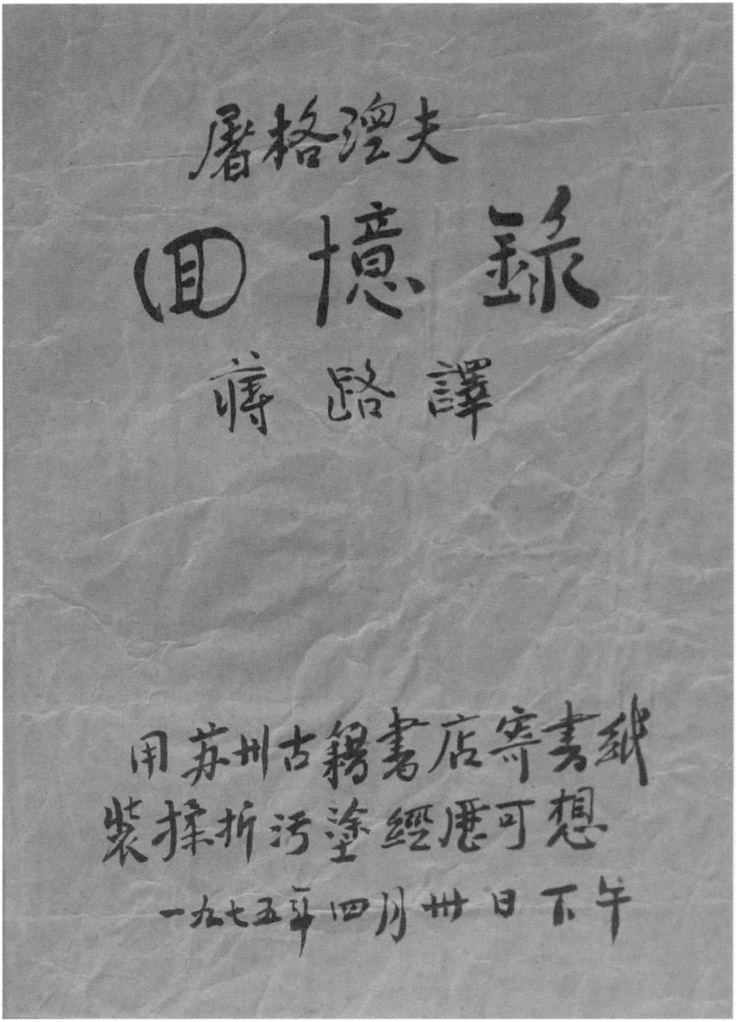

屠格涅夫

回憶錄

蔣路譯

用苏州古籍書店寄書紙
裝揉折污塗經歷可想
一九七五年四月卅日下午

回忆录

屠格涅夫

蒋路 译

用苏州古籍书店寄书纸装，揉折污涂，经历可想。

一九七五年四月卅日下午

海日楼札从(丛)

沈曾植 撰

晚年多病，当谨言慎行，以免懊悔。余感情用事，易冲动，不明后果，当切戒之。

纵耕堂藏书之记
一九七五年四月

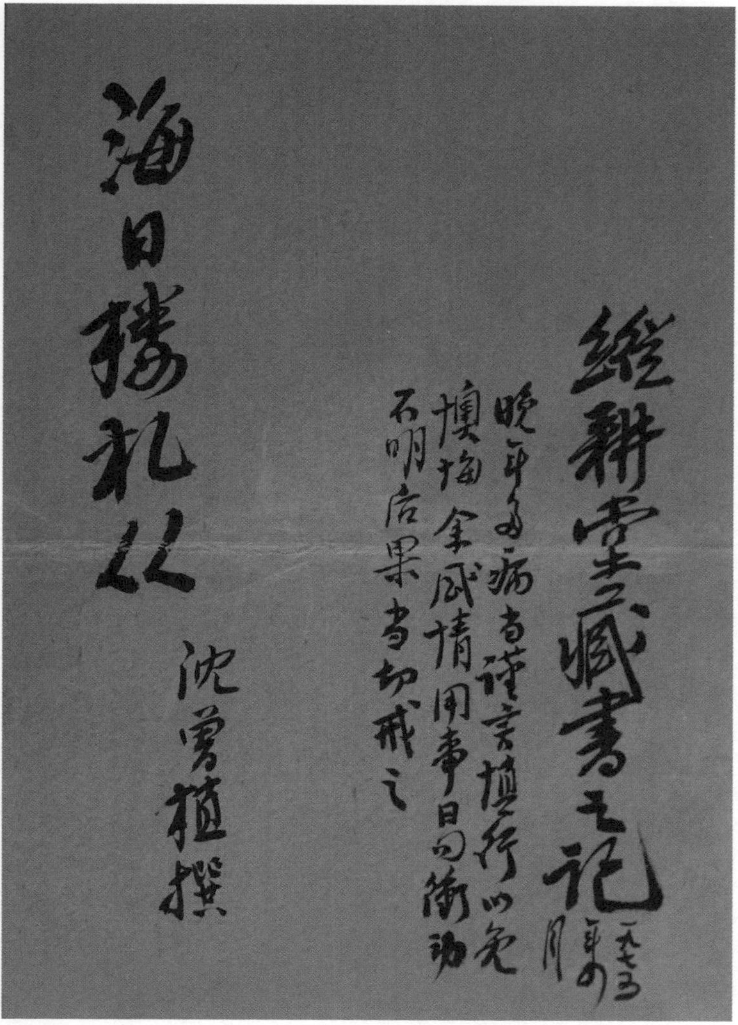
繼耕堂藏書之記
一九七三年四月
晚年多病者謹言慎行以免
懊惱全憑情用事日日衝動
不明后果者切戒之
海日樓札叢
沈曾植撰

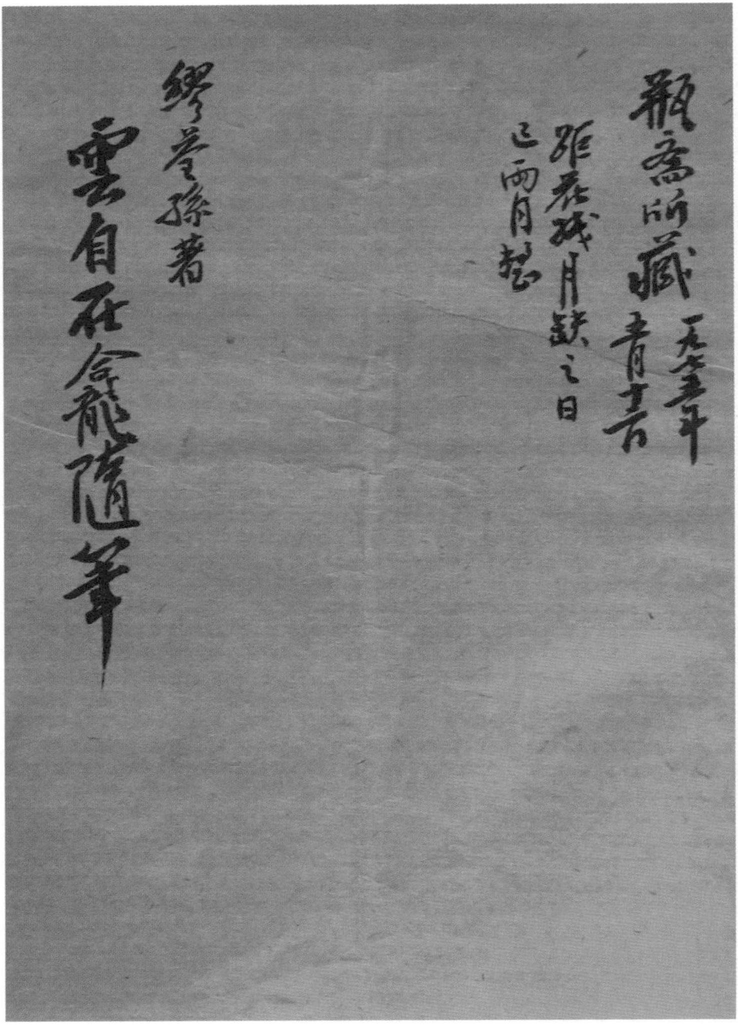
靓斋所藏 一九六五年青十吉
張在殘月缺之日
正雨月題
繆荃孫著
雲自在龕隨筆

云自在龛随笔

缪荃孙 著

距花残月缺之日,已两月整。

瓶斋所藏
一九七五年五月十二日

卷盦书跋

叶景葵 著

时同院青年在廊下合唱小曲，此辈时光如此度过，颇甚得也。

瓶斋所藏

一九七五年五月十二日

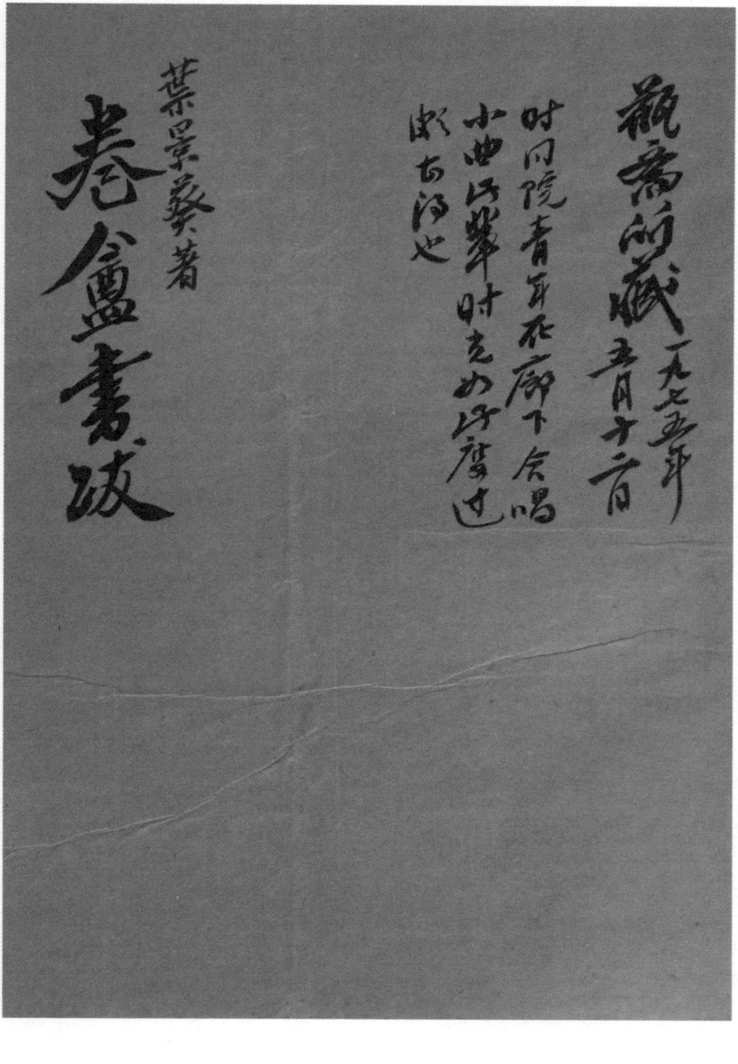

卷盦書跋

葉景葵著

觀齋所藏 一九七五年五月十二日

时同院青年在廊下会唱小曲以娱时光如此度过断古语也

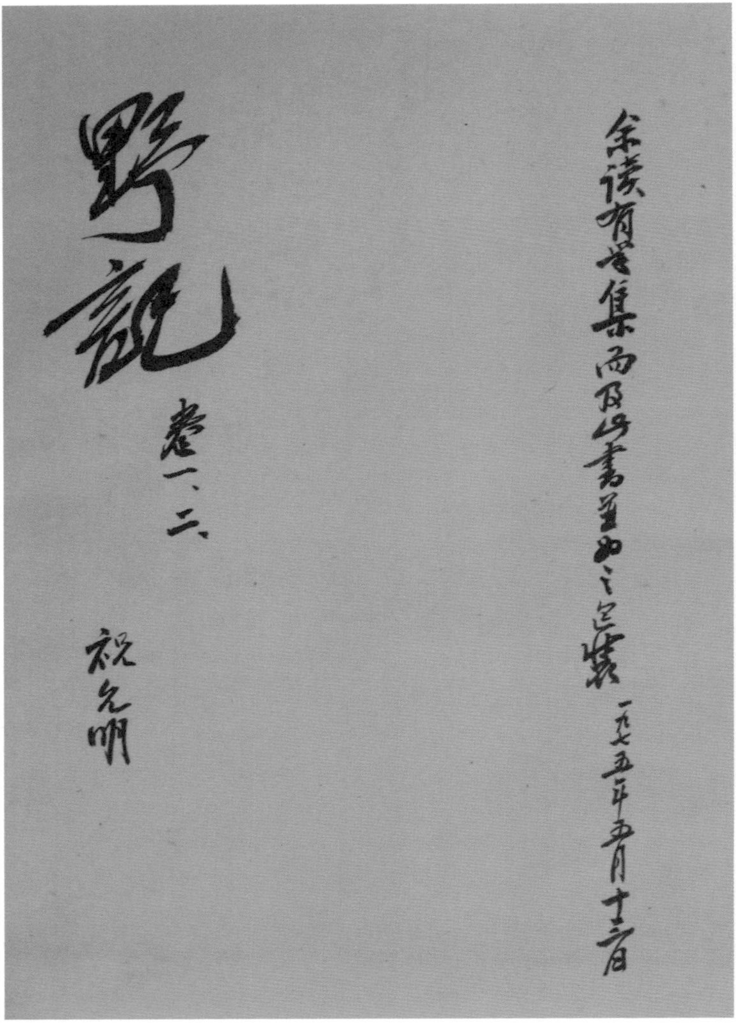
野説
卷一、二
祝允明
余读有学集而及此书[illegible] 一九七五年五月十二日

野记

卷一、二
祝允明

余读《有学集》而及此书，并为之包装。

一九七五年五月十三日

唐代文献丛考

万斯年 辑译

两月前云散雪消，不知风日从何处起也。

善闇(暗)装
一九七五年五月十三日

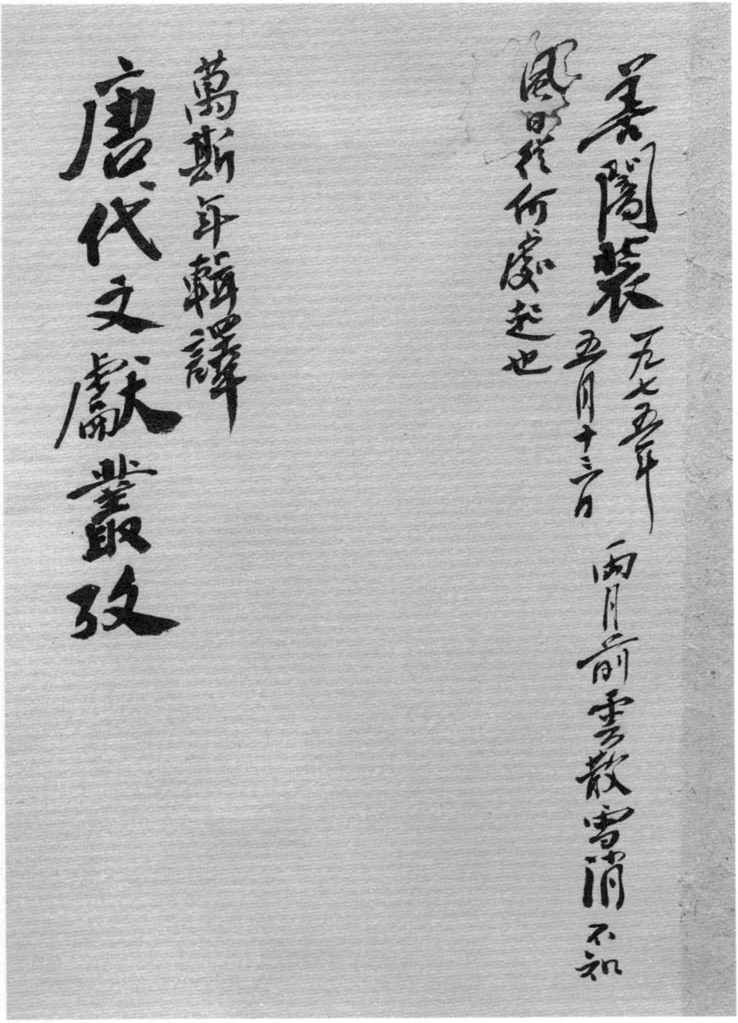

善閣裝 一九七五年五月十二日
兩月前雲散雪消不知
風自從何處起也
萬斯年輯譯
唐代文獻叢攷

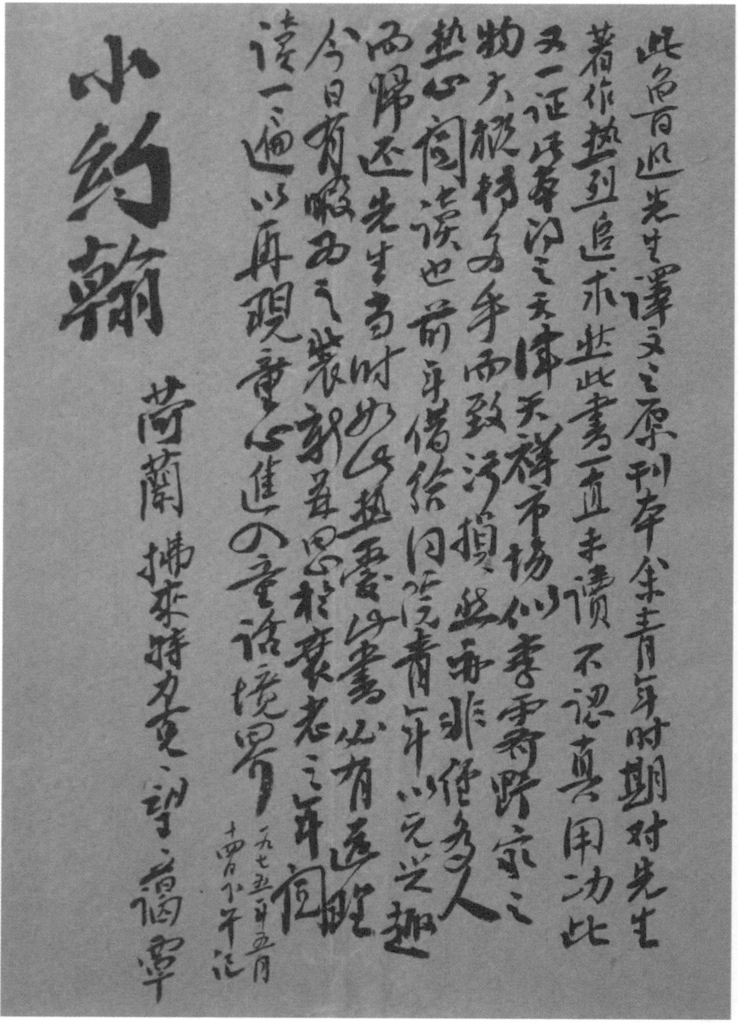
此为鲁迅先生译文之原刊本。余青年时期对先生著作热烈追求，然此书一直未读，不认真用功，此又一证也。本年得之天津天祥市场，系李霁野家之物，大概转手而致污损，然亦非低劣人热心阅读也。前年借给同学阅，青年无兴趣而归还。先生当时如此热爱此书，必有远见。今日有暇，为之装新，并思于衰老之年，复读一遍，以再现童心，进入童话境界。

一九七五年五月十四日下午记

小约翰

荷兰 拂来特力克·望·蔼覃

小约翰

荷兰　拂来特力克·望·蔼覃

此鲁迅先生译文之原刊本，余青年时期对先生著作热烈追求，然此书一直未读，不认真用功，此又一证。此本得之天津天祥市场，似李霁野家之物，大概转多手而致污损，然亦非经多人热心阅读也。前年借给同院青年，以无兴趣而归还。先生当时如此热爱此书，必有道理。今日有暇，为之装新，并思于衰老之年阅读一遍，以再现童心，进入童话境界。

一九七五年五月十四日下午记

红楼梦研究资料汇编

第一册

今日上班，同人皆出看电影，而电话铃声不断，余不接，退稿毕，即归家，业此务。

纵耕藏
一九七五年五月十五日

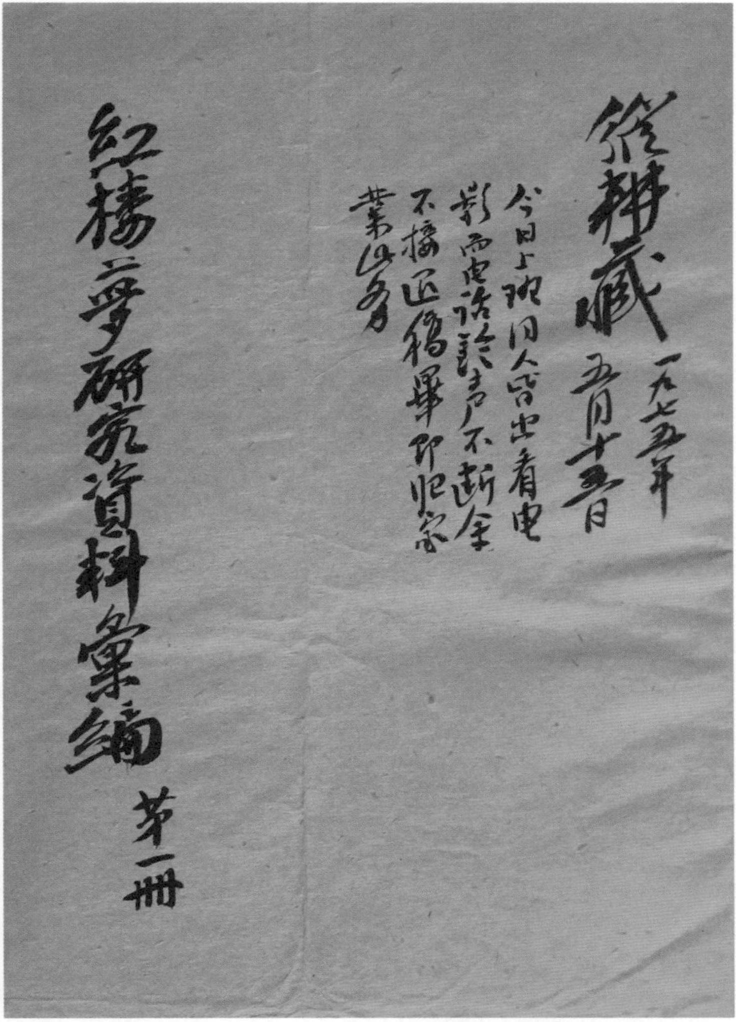
筱耕藏 一九七五年 五月十五日
今日上班同人皆出看电
影而电话铃声不断全
不接正编毕即归家
業此事
紅樓夢研究資料彙編 第一册

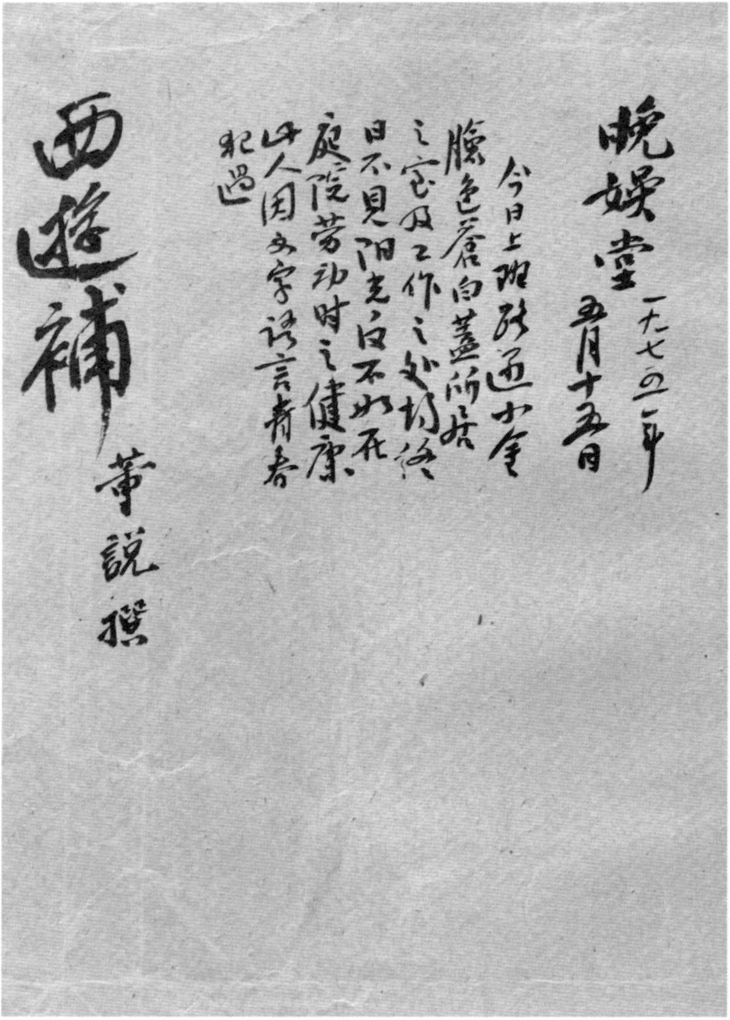

晚娱堂 一九七二年五月十五日

今日上附政通少年臉色蒼白蓋所居之室及工作之处均終日不見阳光之白不如在庭院劳动时之健康此人因文字語言青春犯過

西遊補

董說撰

西游补

董说 撰

今日上班，路遇小金，脸色苍白。盖所居之室及工作之处，均终日不见阳光，反不如在庭院劳动时之健康。此人因文字语言，青春犯过。

晚娱堂
一九七五年五月十五日

古今谭概

一

冯梦龙 纂

此书开卷谈决裂担误之因，使余两月来大惑不解之谜，顿然觉悟，所有过失皆因迂与怯耳。

善闇(暗)藏书
一九七五年五月十六日

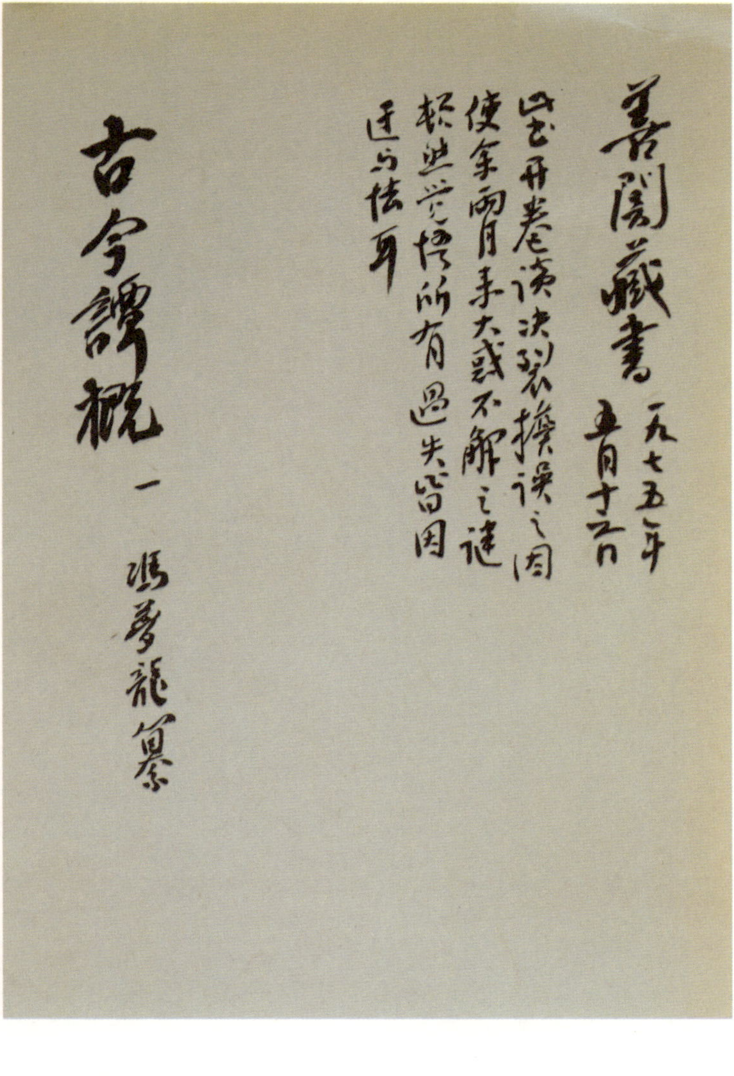

善闇藏書 一九七五年五月十二日

此書開卷讀決裂攪誤之因
使余兩月來大惑不解之謎
探幽發隱所有過失皆因
迷於法耳

古今譚概 一

馮夢龍纂

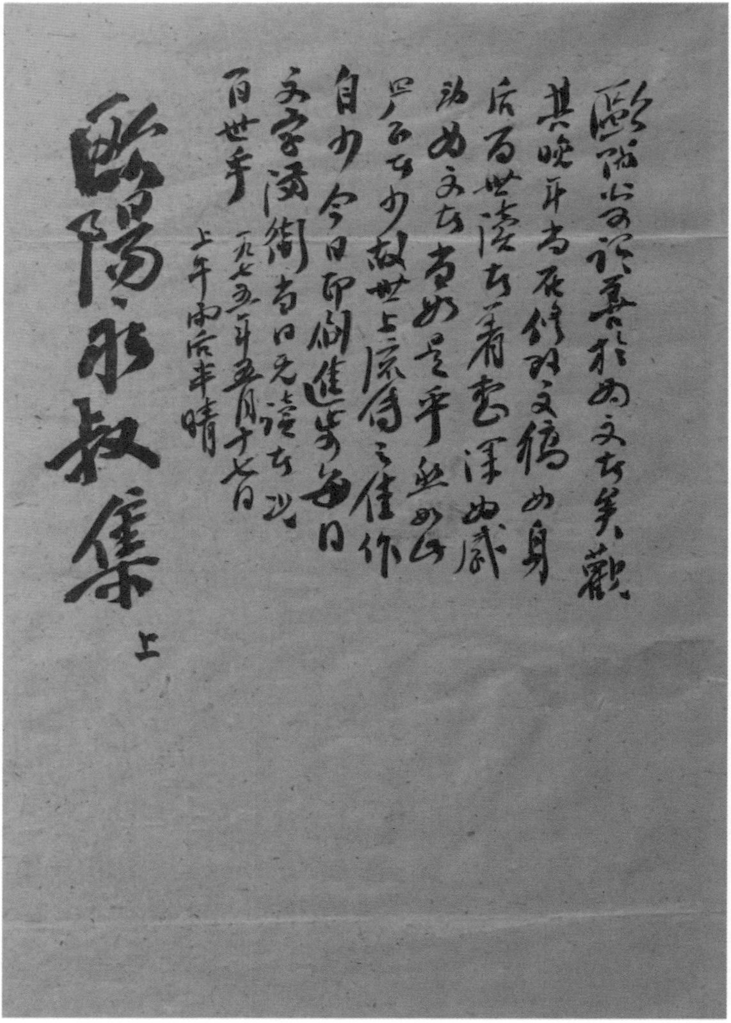
上
一九七五年五月十七日
上午雨后半晴

欧阳永叔集

上

欧阳公可谓善于为文者矣。观其晚年，尚在修改文稿，为身后百世读者着想，深为感动。为文者，当如是乎！然如此严正者少，故世上流传之佳作自少。今日印刷进步，每日文字满街，当日无读者，况百世乎！

一九七五年五月十七日上午雨后半晴

澹生堂藏书约

明　祁承㸁

藏书记要

清　孙庆增

老荒书室装

一九七五年五月十七日，余六十三岁生日后一日

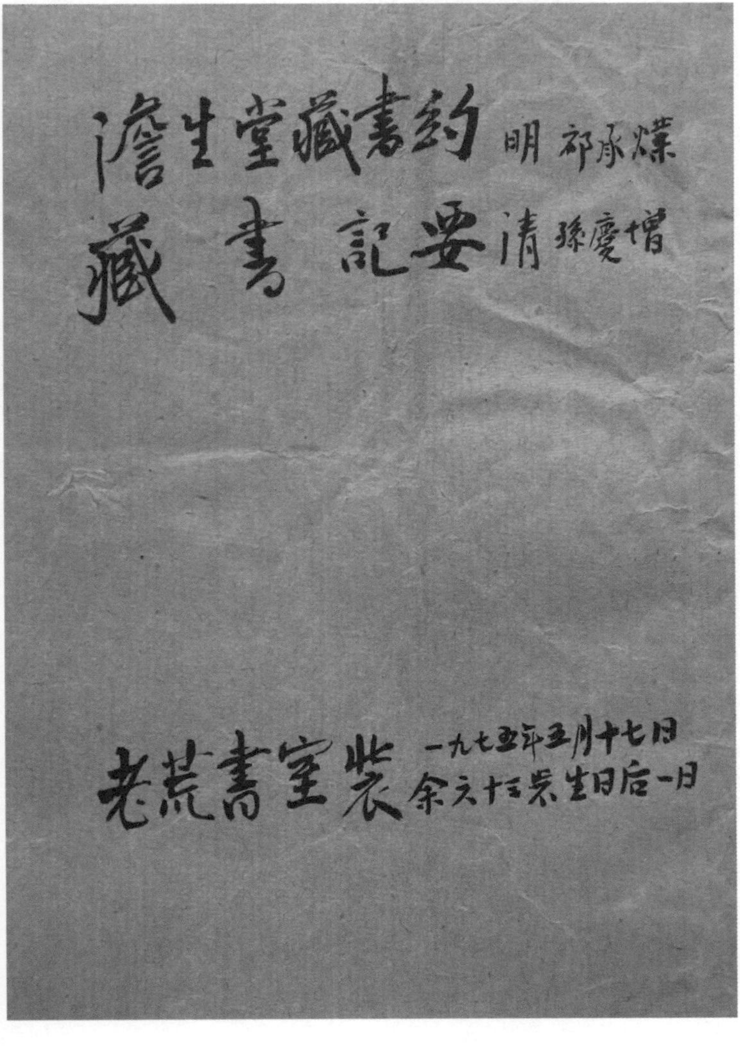
澹生堂藏書約 明 祁承㸁

藏書記要 清 孫慶增

老荒書室裝 一九七五年五月十七日 余六十五岁生日后一日

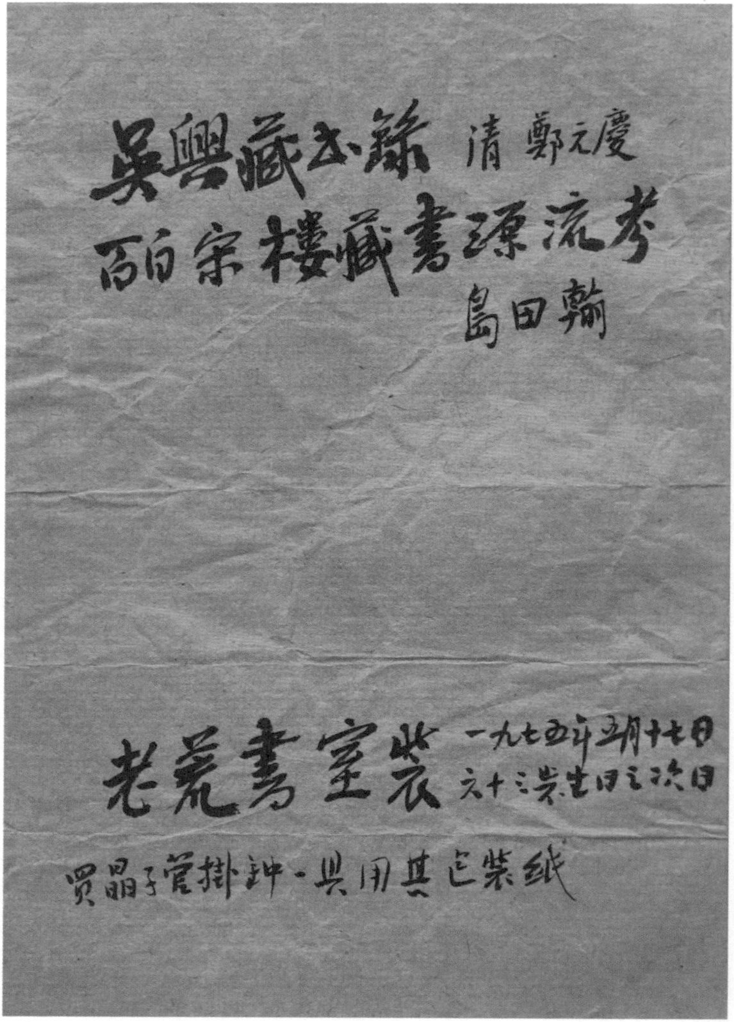

吳興藏書錄 清 鄭元慶

皕宋樓藏書源流考 島田翰

老荒書室裝 一九七五年五月十七日 六十二歲生日之次日

買晶子管掛鐘一具用其包裝紙

吴兴藏书录

清　郑元庆

皕宋楼藏书源流考

岛田翰

买晶子管挂钟一具，用其包装纸。

老荒书室装
一九七五年五月十七日，六十三岁生日之次日

云麻(麓)漫钞

南宋　赵彦卫 著

麓字误书。

一九七五年五月二十五日装

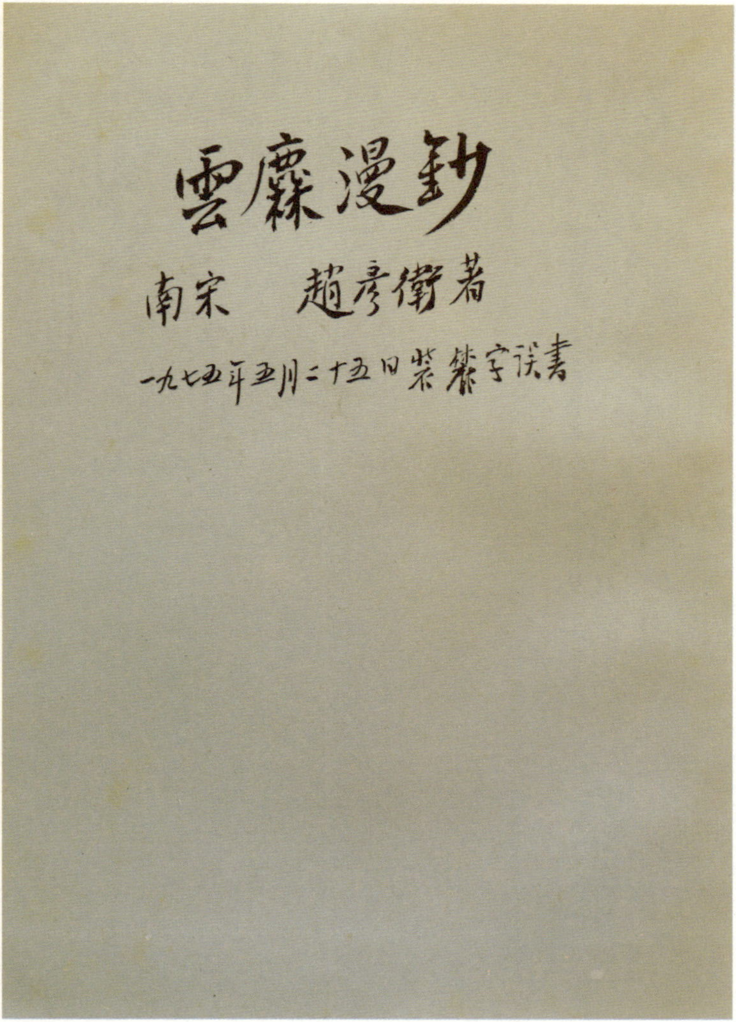

雲麓漫鈔

南宋　趙彥衛著

一九七五年五月二十五日柴[illegible]字[illegible]書

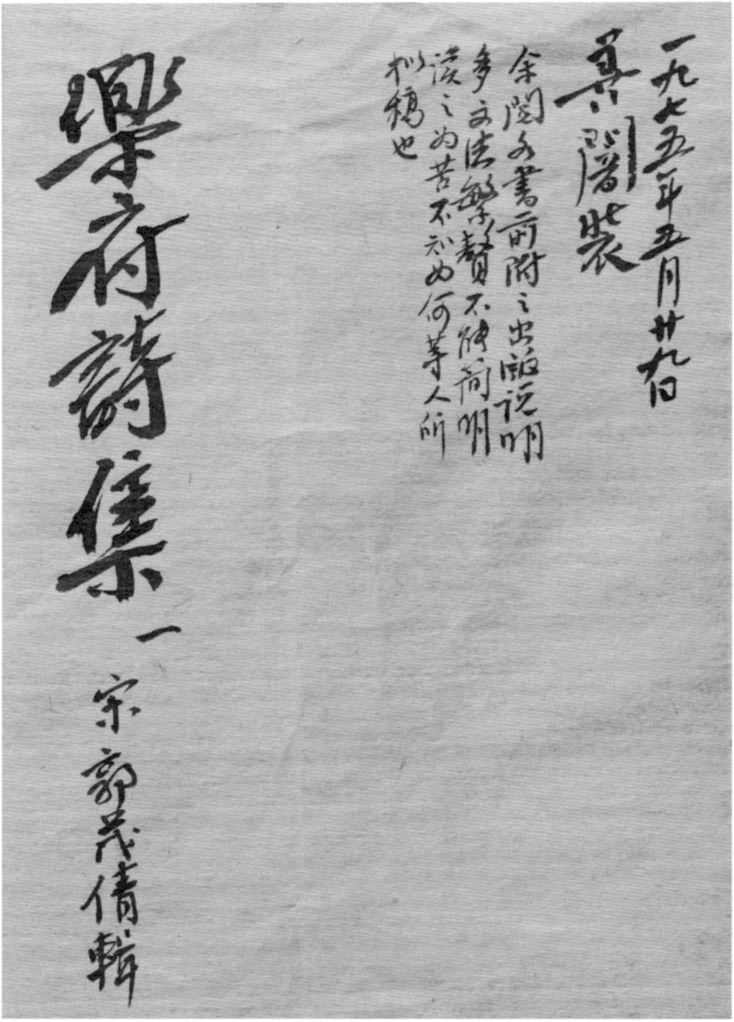
一九七五年五月廿九日
重閱裝
余閱各書前附之出版說明
多文法繁贅不能簡明
讀之為苦不知出何等人所
擬稿也
樂府詩集 一
宋 郭茂倩輯

乐府诗集

一

宋　郭茂倩 辑

余阅各书前附之出版说明，多文法繁赘，不能简明，读之为苦，不知为何等人所拟稿也。

善闇(暗)装

一九七五年五月廿九日

乐府诗集

二

郭茂倩 编

昨夜忽拟自订年谱，然又怯于回忆往事。不能展望未来，不能抒写现实，不能追思过去。如此，则真不能执笔为文矣。

善闇(暗)

一九七五年五月卅一日装

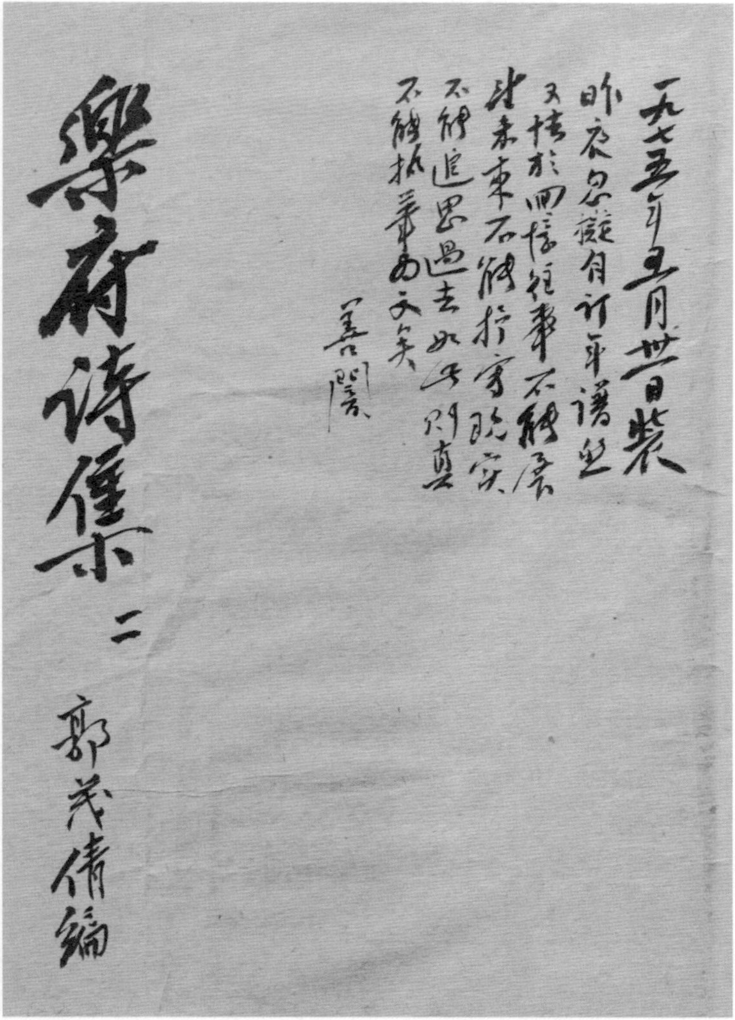
樂府詩集 二
郭茂倩編
一九七五年五月廿日裝

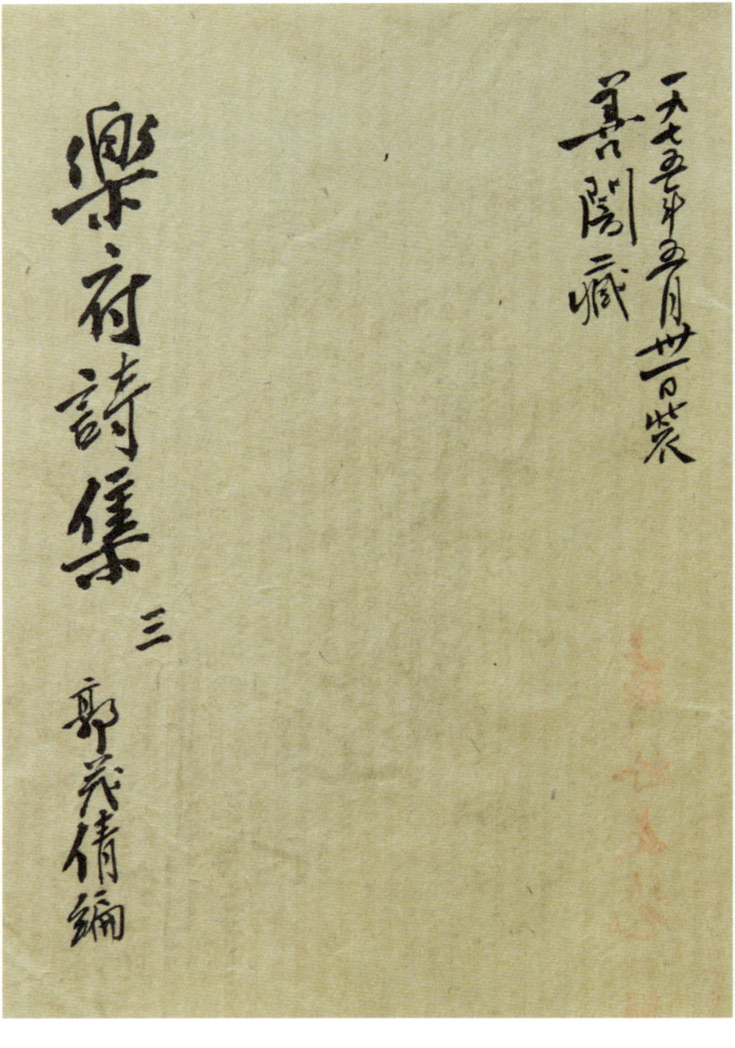

一九七五年五月廿三日装
善闇藏

樂府詩集 三

郭茂倩編

乐府诗集

三

郭茂倩 编

善闇（暗）藏

一九七五年五月卅一日装

乐府诗集

四

宋　郭茂倩 辑

年岁有加，此业不能已也。

一九七五年五月廿九日装

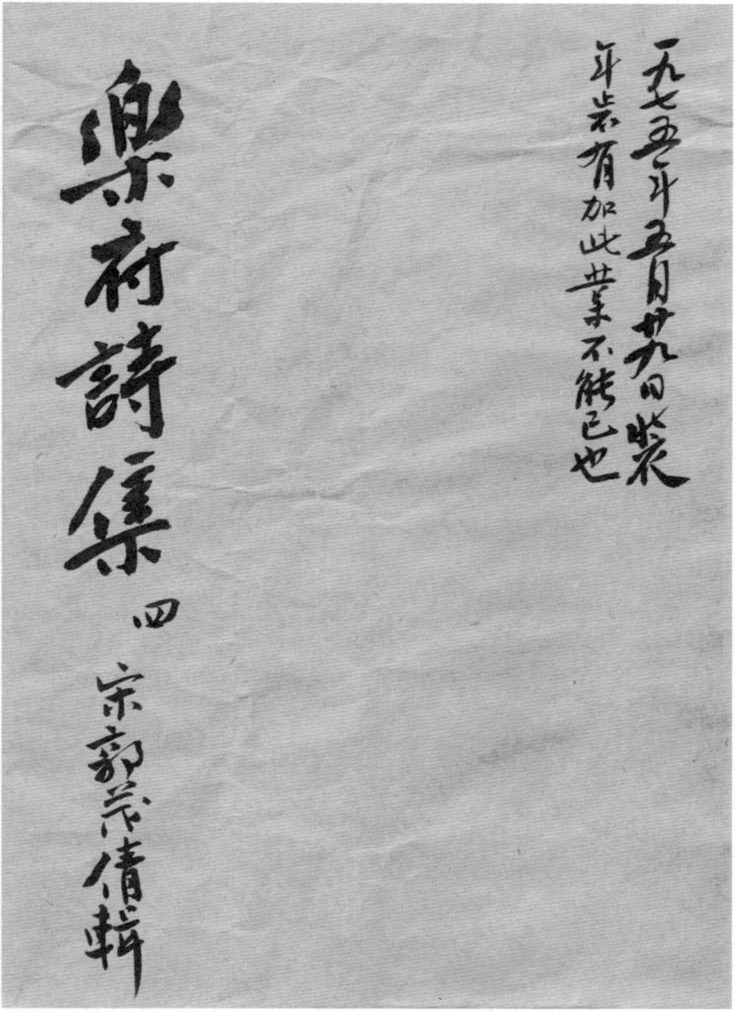

一九七五年五月廿九日装
年岁有加此業不能已也

樂府詩集 四

宋郭茂倩輯

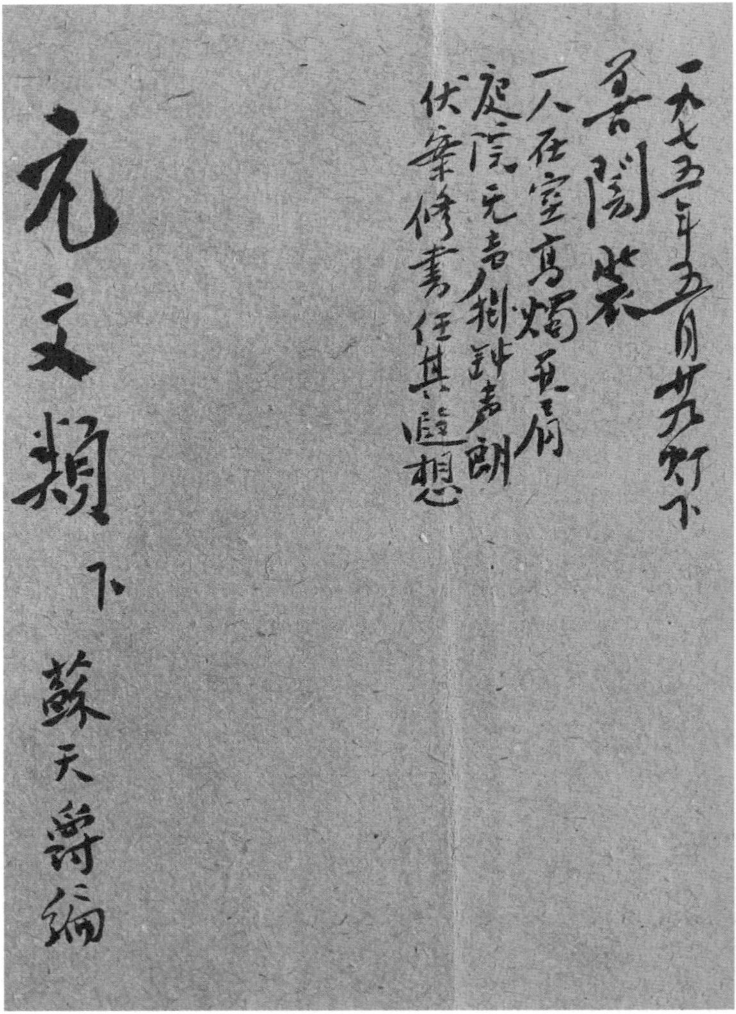
一九七五年五月廿九灯下
着订装
一人在室高烛垂肩
庭院无声秋虫声朗
伏案修书任其遐想
元文類
下
蘇天爵编

元文类

下

苏天爵 编

一人在室，高烛并肩。庭院无声，挂钟声朗。
伏案修书，任其遐想。

善闇(暗)装

一九七五年五月廿九灯下

湖海诗传

上

王昶 辑

人之相逢，如萍与水。水流萍滞，遂失其侣。水不念萍，萍徒生悲。一动一静，苦乐不同。

一九七五年五月廿九日灯下

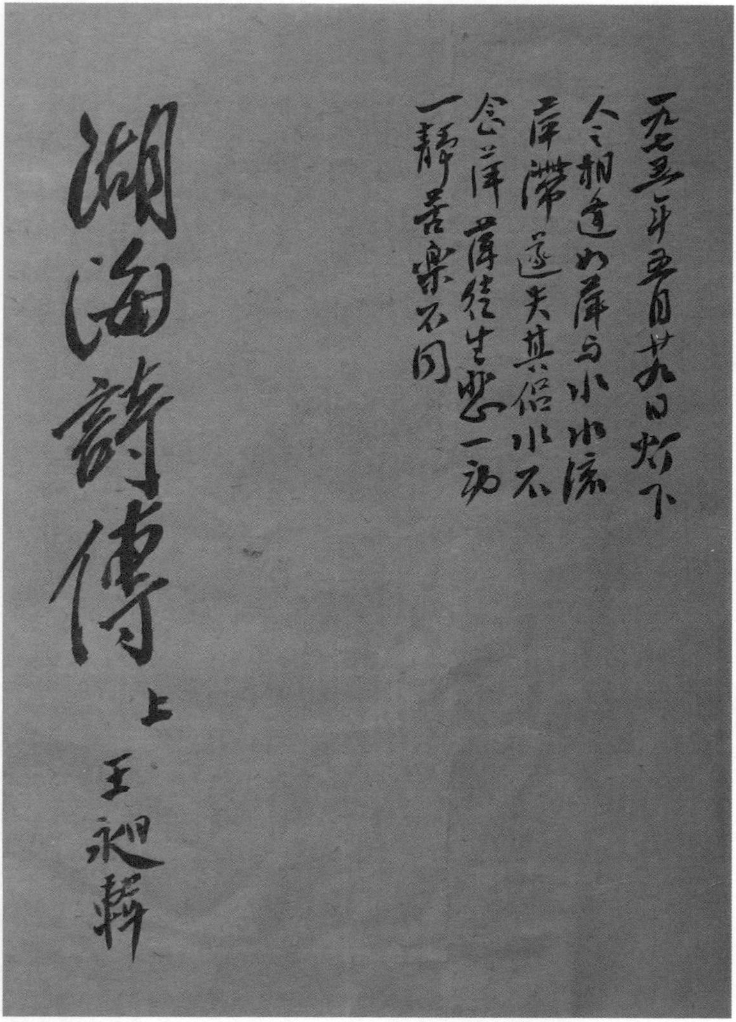

一九七五年五月廿九日灯下
人今相逢如萍与水水流
萍滞遂失其侣水不
念萍萍往生悲一动
一静苦乐不同

湖海詩傳 上

王昶輯

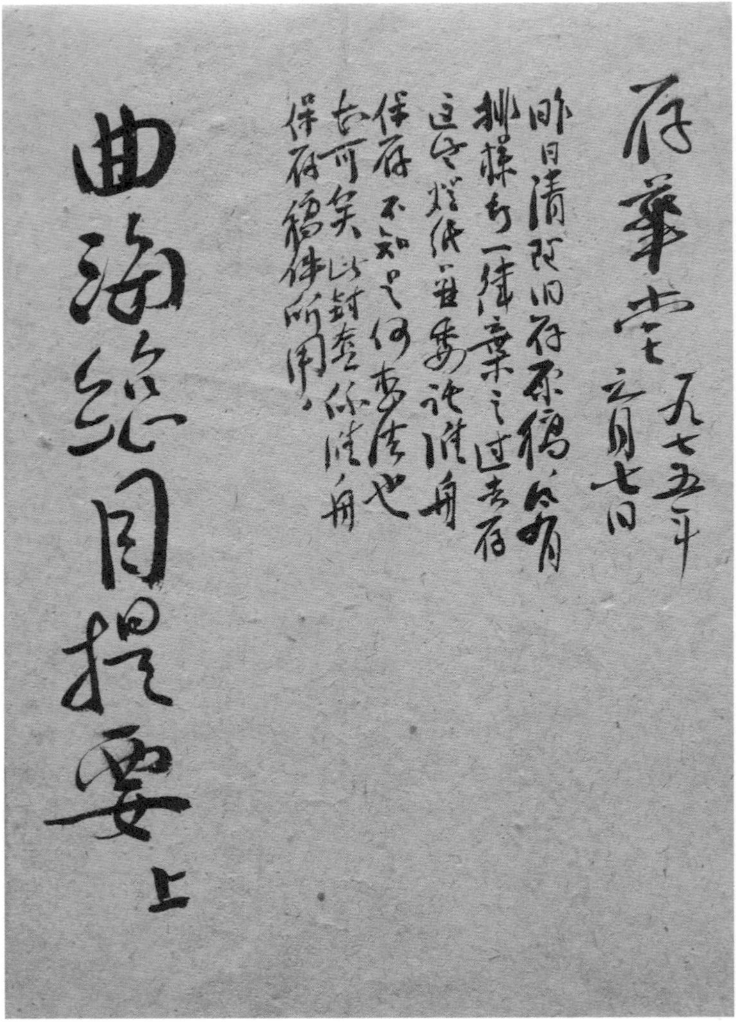

存華堂

九七五年
六月七日

昨日清理旧存原稿，今有
排録本一律弃之，过去存
这些烂纸，虽要说值角
保存不知何意也，
亦可笑。以封套作你值角
保存稿件所用。

曲海總目提要 上

曲海总目提要

上

昨日清理旧存原稿，凡有排样者一律弃之。过去存这些烂纸，并委托淮舟保存，不知是何想法也，甚可笑。此封套，系淮舟保存稿件所用。

存华堂

一九七五年六月七日

曲海总目提要补编

人恒喜他人吹捧，然如每日每时有人轮流吹捧之，吹捧之词调越来越高，就会使自己失去良知，会做出可笑甚至危险的事来。败时，原吹捧者一笑散去。如小孩吹气球然。

存华堂

一九七五年六月七日

存華堂　一九七五年六月七日

人性喜他人吹吹捧捧，出於每日每時有人搞吹吹捧捧，吹捧之詞調越來越高，就會使自己失去了理智，會做出可怕之危險而事來。敗時，不吹捧者不受其害。如小孩吹氣球然。

曲海總目提要補編

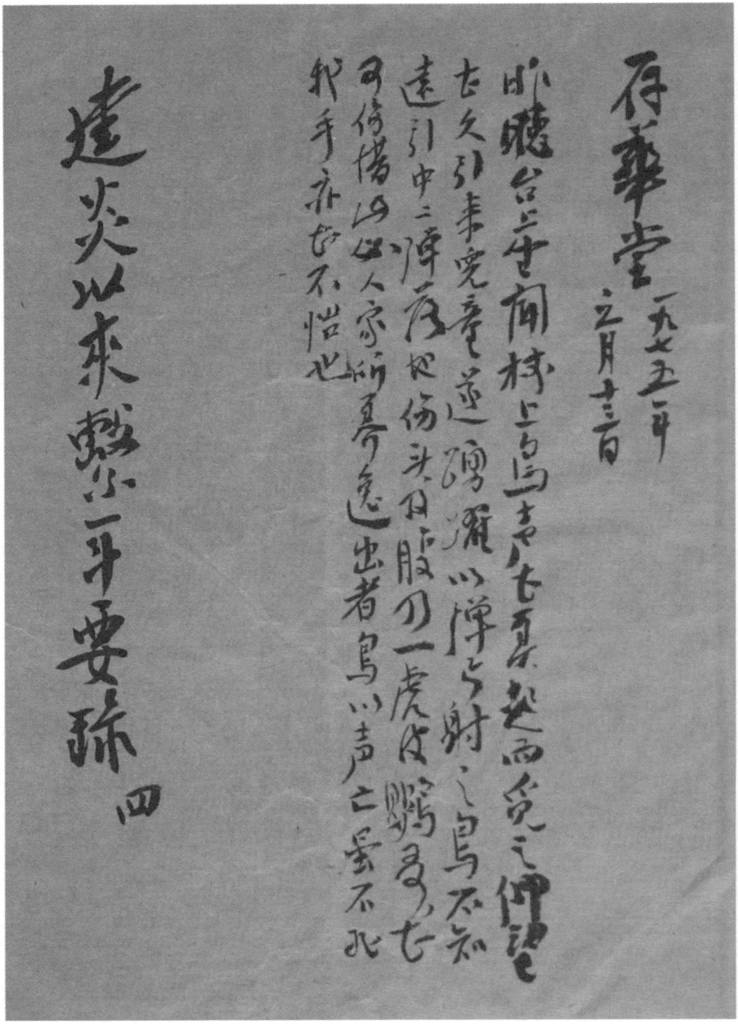

存華堂 一九七五年六月十三日

昨聽台上[illegible]閣樓上白鳥聲也長[illegible]而[illegible]之[illegible]
長久引來究竟是鴿鷂以彈弓射之鳥不知
遠引中二彈落地傷頭羽腹羽一處皮膚多處長
可傷情此似人家所畜鴿逃出者鳥以聲之惡不死
我手亦殺不惜也

建炎以來繫年要錄 四

建炎以来系年要录

四

昨晚台上坐，闻树上鸟声甚美，起而觅之，仰望甚久，引来儿童，遂踊跃以弹弓射之。鸟不知远引，中二弹落地，伤头及腹，乃一虎皮鹦哥，甚可伤惜。此必人家所养逸出者。鸟以声亡，虽不死我手，亦甚不怡也。

存华堂
一九七五年六月十三日

续资治通鉴

第二册
宋纪

十一日波澜。

存华堂
一九七五年六月十三日

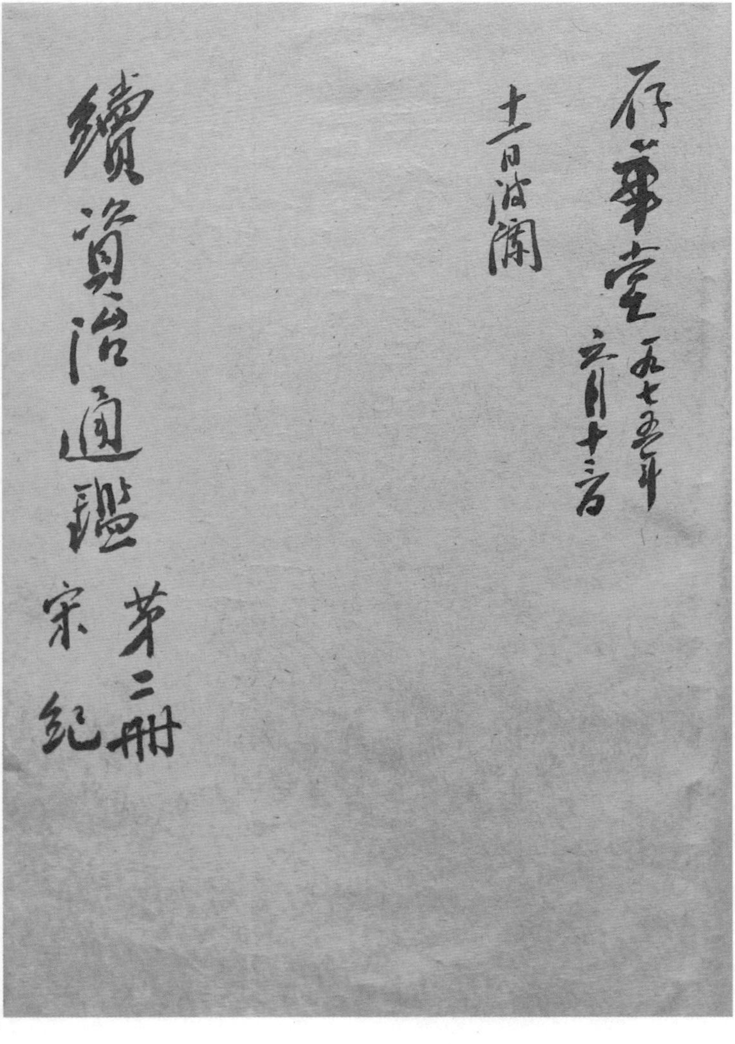
存華堂 一九七五年六月十二日
十二日批閱
續資治通鑑
宋紀
第二册

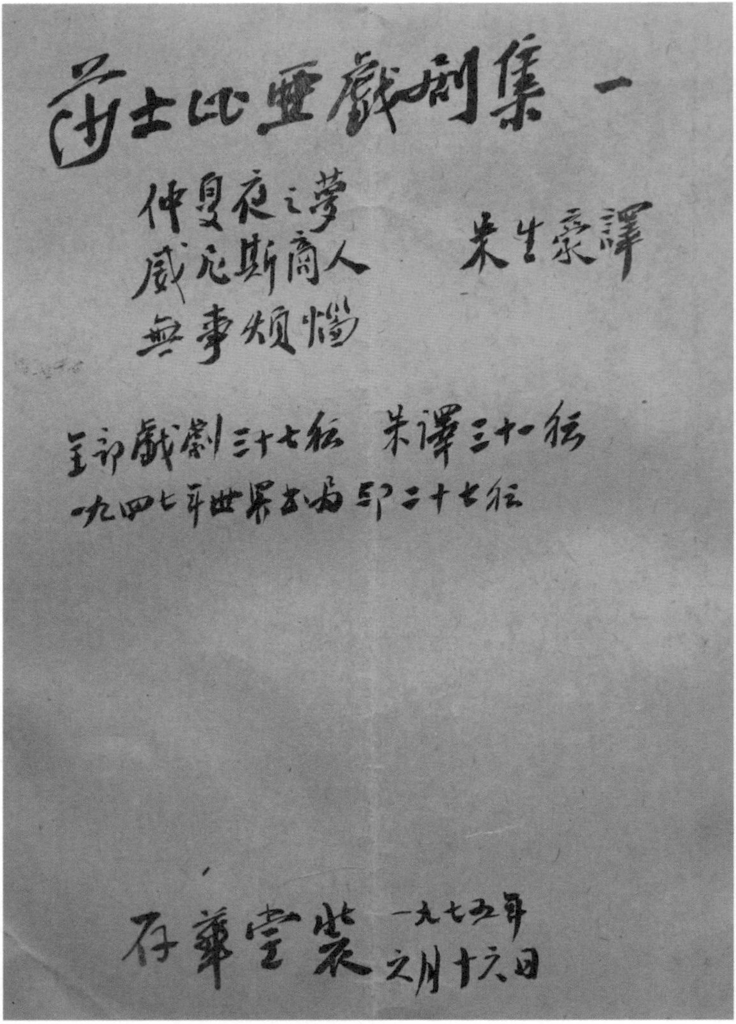
莎士比亞戲劇集 一

仲夏夜之夢
威尼斯商人　朱生豪譯
無事煩惱

全部戲劇三十七種　朱譯三十一種
一九四七年世界書局印二十七種

存華堂裝　一九七五年六月十六日

莎士比亚戏剧集

一

《仲夏夜之梦》《威尼斯商人》《无事烦恼》

朱生豪 译

全部戏剧三十七种，朱译三十一种。一九四七年世界书局印二十七种。

存华堂装

一九七五年六月十六日

论文偶记

刘大櫆

初月楼古文绪论

吴德旋

春觉斋论文

林纾

存华堂藏书
一九七五年六月二十日大热

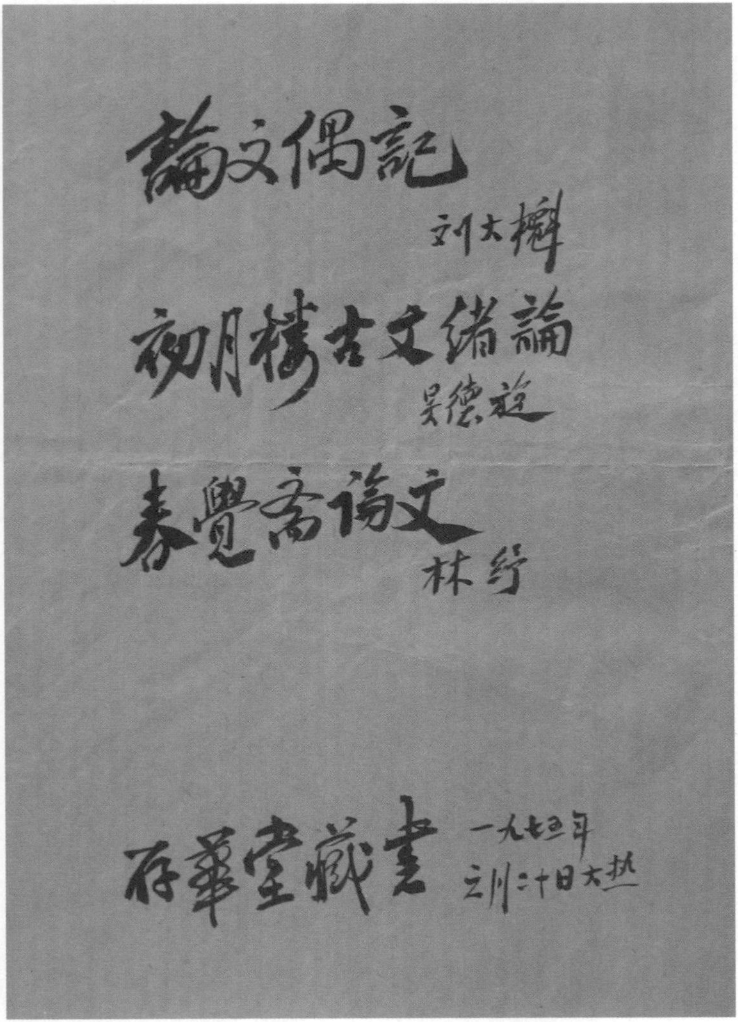
論文偶記
刘大櫆
初月樓古文緒論
吴德旋
春覺齋論文
林纾
存華堂藏書
一九七三年
七月二十日大热

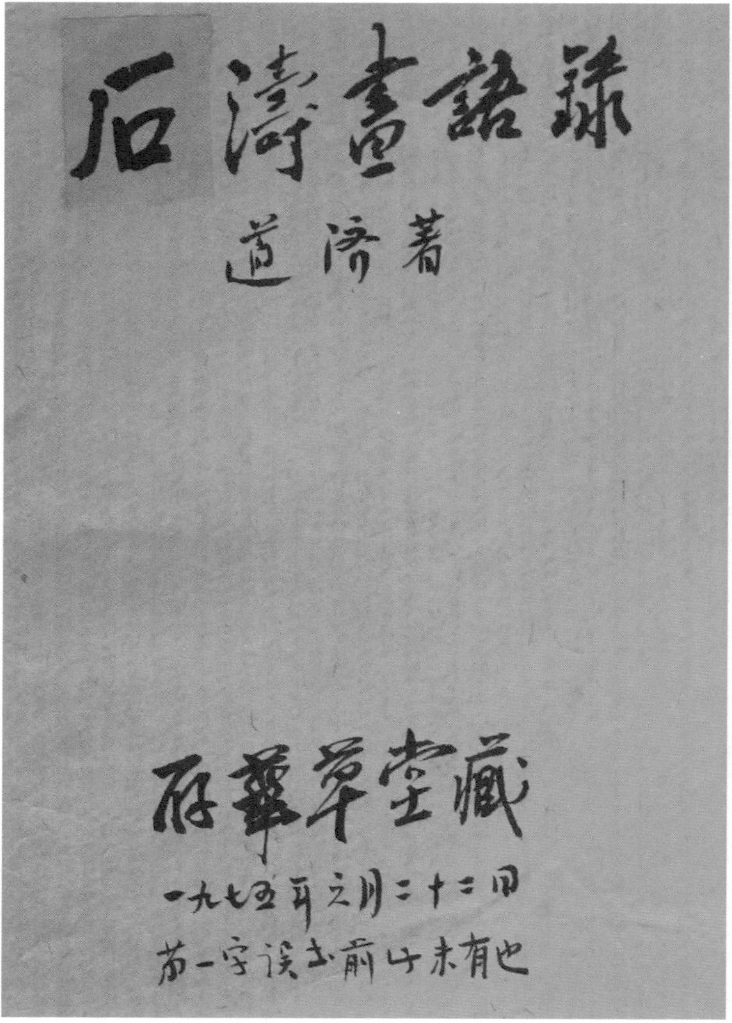
石濤畫語錄
道濟著
一九七五年元月二十二日

石涛画语录

道济 著

第一字误书,前此未有也。

存华草堂藏
一九七五年六月二十二日

印度两大史诗

《腊玛延那》《玛哈帕腊达》
孙用 译

此书不记是买是送。书籍曾转蓬于秋野，所触甚多，而此书得保完整，以其不为人所知也。两诗名称，即很难念难记，况又为白话诗体。无怪人对它不理，又以主人不重视之，时常零散孤处。今日纸多，遂得并钉（订）新装。

存华堂
一九七五年七月十一日

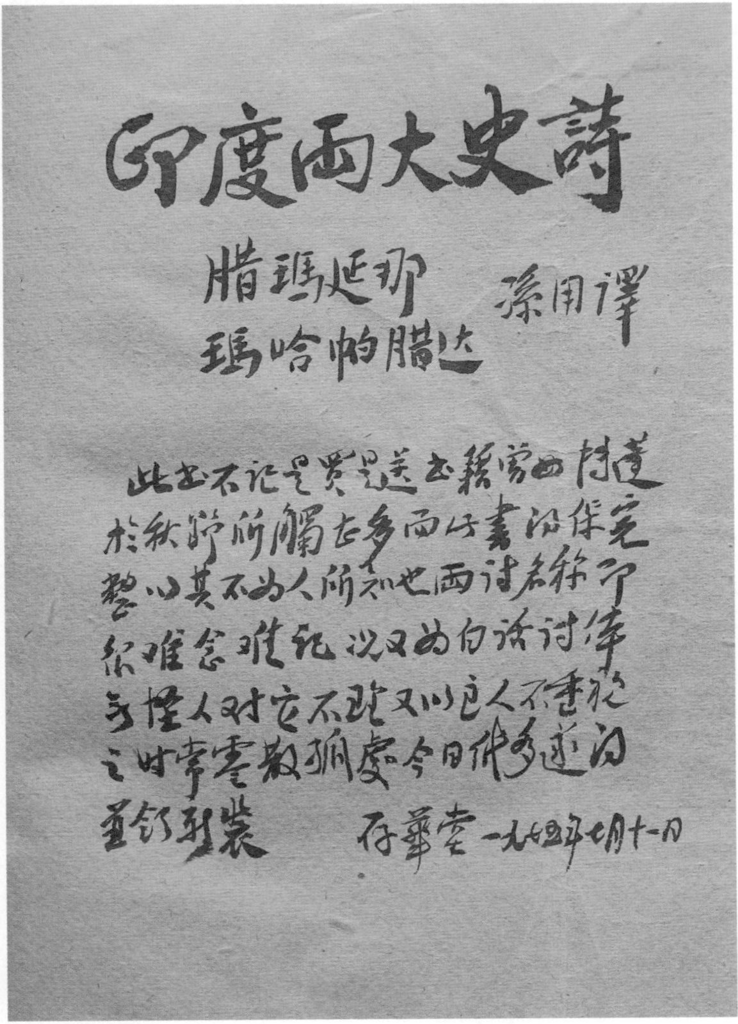

印度两大史詩

腊瑪延那
瑪哈帕腊达　　孫用譯

此书不论是质是美去藉曾由付遗
於秋节所触者多而好書须保完
整以其不为人所知也两诗名称印
纪难念难记以又为白话诗体
每惶人对它不理又以良人不重於
之时常零散损坏今日依多述旧
重订新装　　存華堂　一九七四年七月十一日

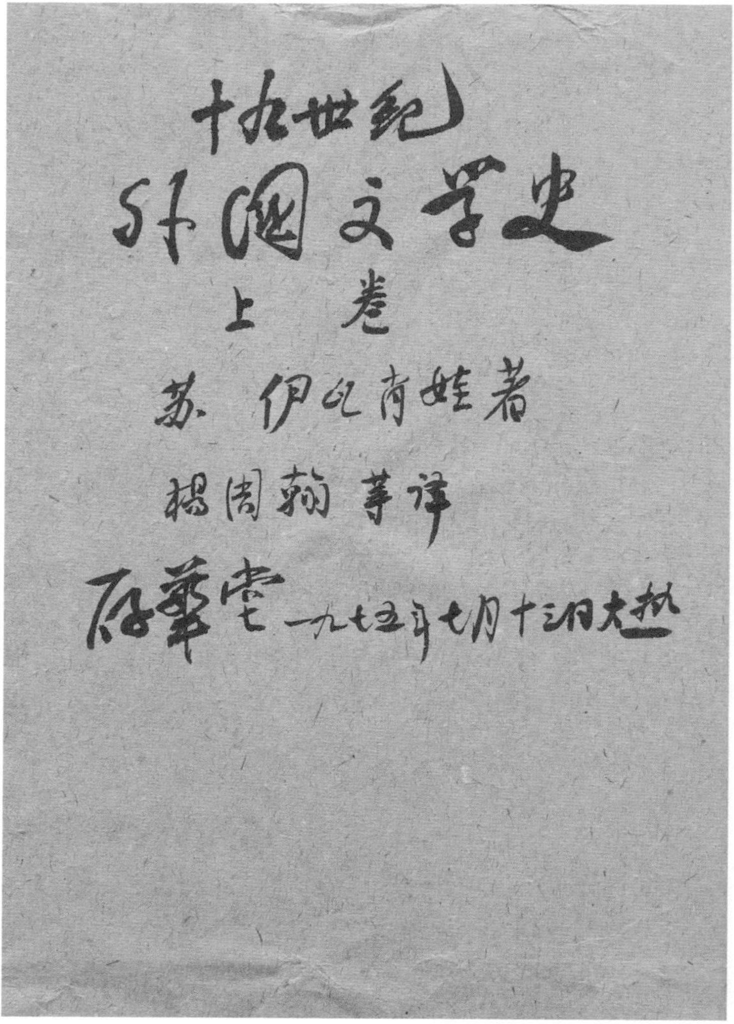
十九世纪
外国文学史
上卷
苏 伊凡肖娃著
杨周翰 等译
[illegible] 一九七五年七月十三日大热

十九世纪外国文学史

上卷

苏　伊瓦肖娃 著

杨周翰等 译

存华堂

一九七五年七月十三日大热

纲鉴易知录

一

三皇　五帝　夏　商　周　秦　汉

存华堂装

一九七五年七月廿日大热

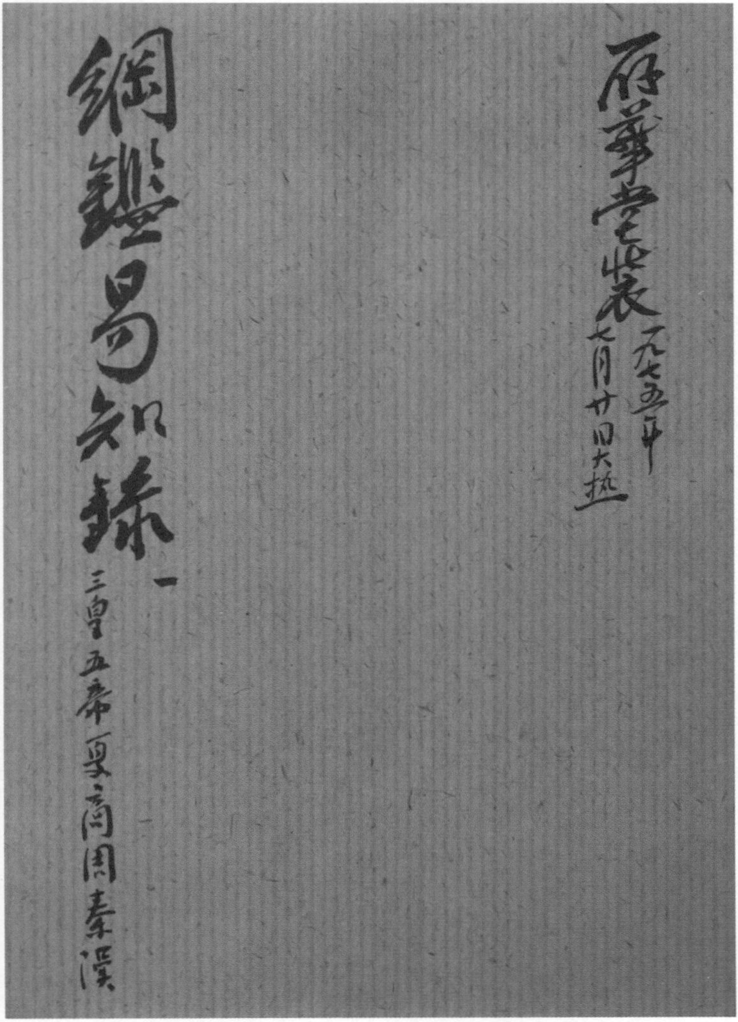
厚華亲装 一九七五年七月廿日大热
纲鉴易知录 一
三皇 五帝 夏 商 周 秦 汉

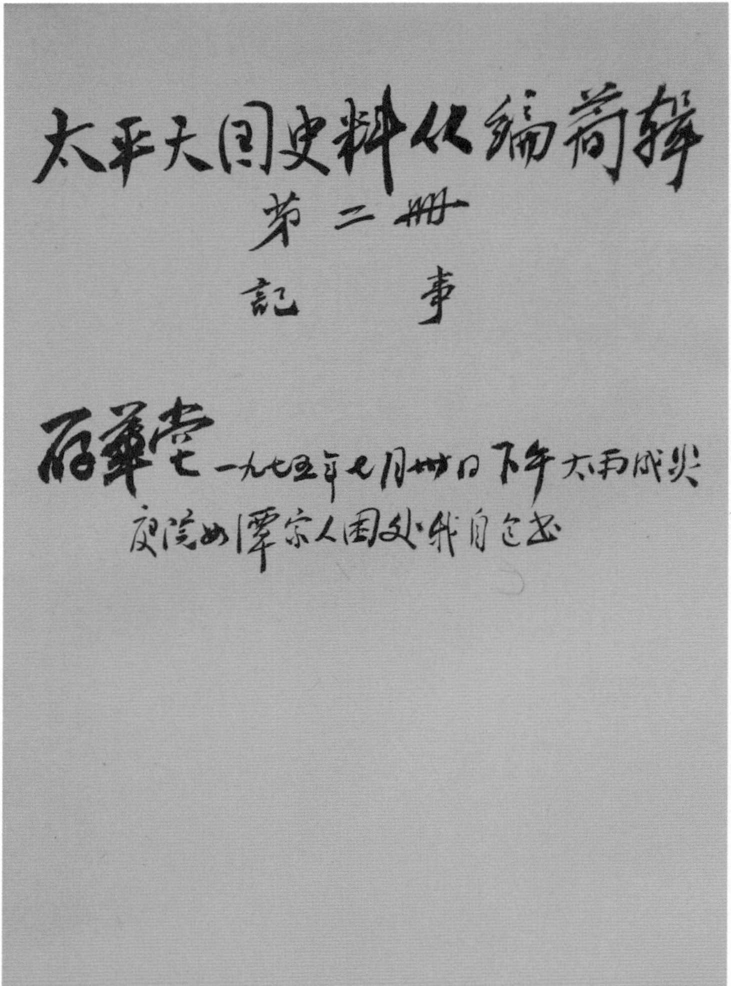

太平天囯史料丛編簡輯

第二冊

記事

石華堂一九七五年七月卅日下午大雨成災

夜讀於譚宗人國處我自念也

太平天国史料从(丛)编简辑

第二册

记事

大雨成灾,庭院如潭,家人困处,我自包书。

存华堂

一九七五年七月卅日下午

太平天国史料丛编简辑

第四册

《避寇日记》《自怡日记(节录)》《庚申避难日记》《如梦录》

大雨屋漏,庭院积水,一片汪洋。

存华堂

一九七五年七月卅日

太平天国史料叢編简輯

第四册

避寇日記　自怡日記（节录）

庚申避难日記　如梦录

存華堂　一九七五年七月卅日大雨后深夜記

赣水一老任洋

太平天国史料叢編簡輯

第五册

時聞

存華堂一九七五年七月卅日下午積水未減

太平天国史料丛编简辑

第五册
时闻

积水未澈(撤)。

存华堂
一九七五年七月卅日下午

太平天国史料丛编简辑

第六册

文书　诗歌

屋漏，滴水未止。

存华堂

一九七五年七月卅日

太平天国史料叢编簡輯

第六冊

文書 詩歌

存華堂 一九七五年七月卅日 屋漏滴水未止

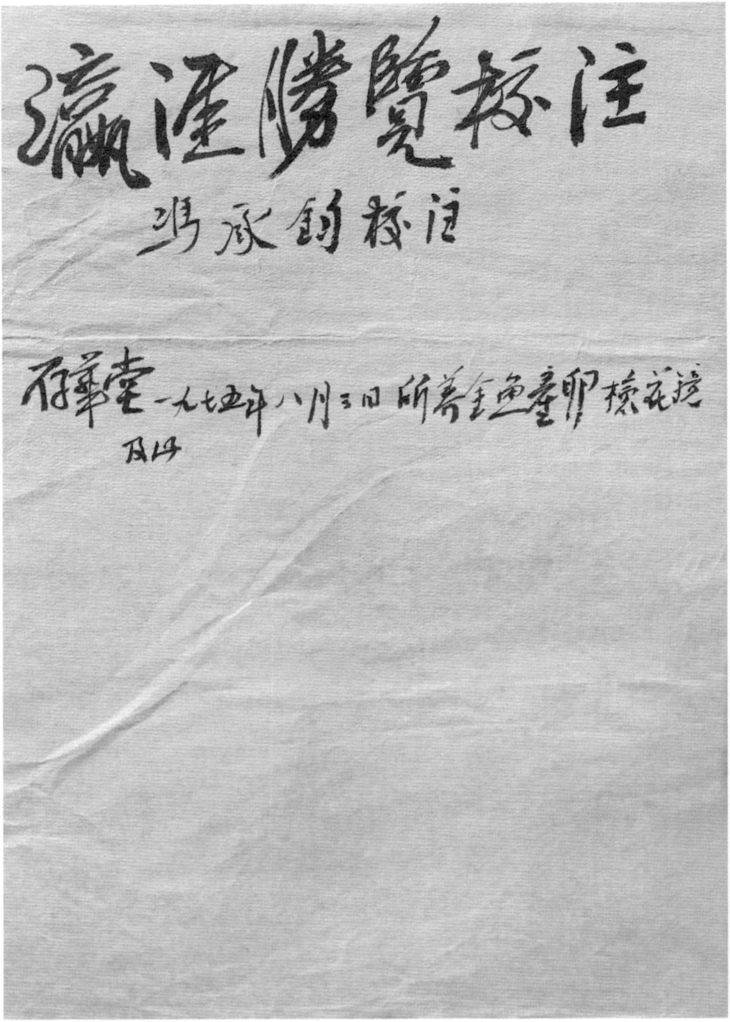

瀛涯勝覽校注

馮承鈞校注

存華堂一九七五年八月三日所著全魚臺印校花捷

及此

瀛涯胜览校注

冯承钧 校注

所养金鱼产卵，检花镜及此。

存华堂
一九七五年八月三日

庄子集解

王先谦 注

喜怒哀乐，不入于胸次。

存华堂装
一九七五年八月六日

喜怒哀樂不入於胸次

屑華堂裝 一九七五年 肩吾

莊子集解

王先謙注

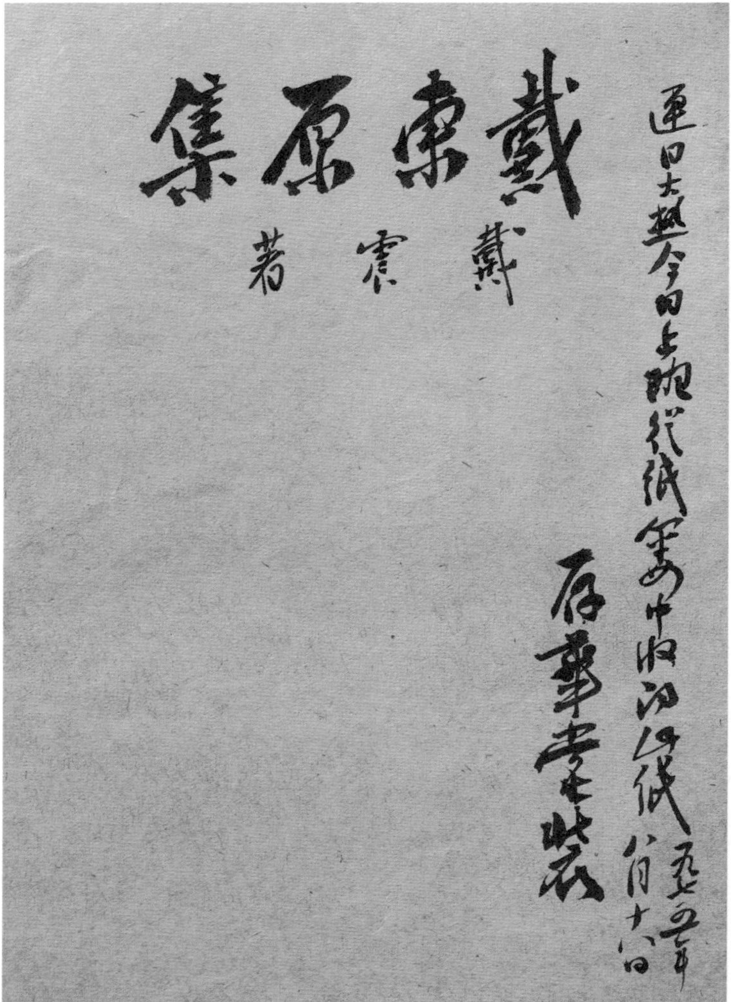
戴東原集
戴震 著

戴东原集

戴震 著

连日大热，今日上班，从纸篓中收得此纸。

存华堂装
一九七五年八月十八日

四库未收书目提要

阮元 撰

《四库全书总目提要》为人盗去，此书独存，为之包装，慨然。

存华堂记
一九七五年八月十八日大风一阵，暴雨数点，稍凉爽

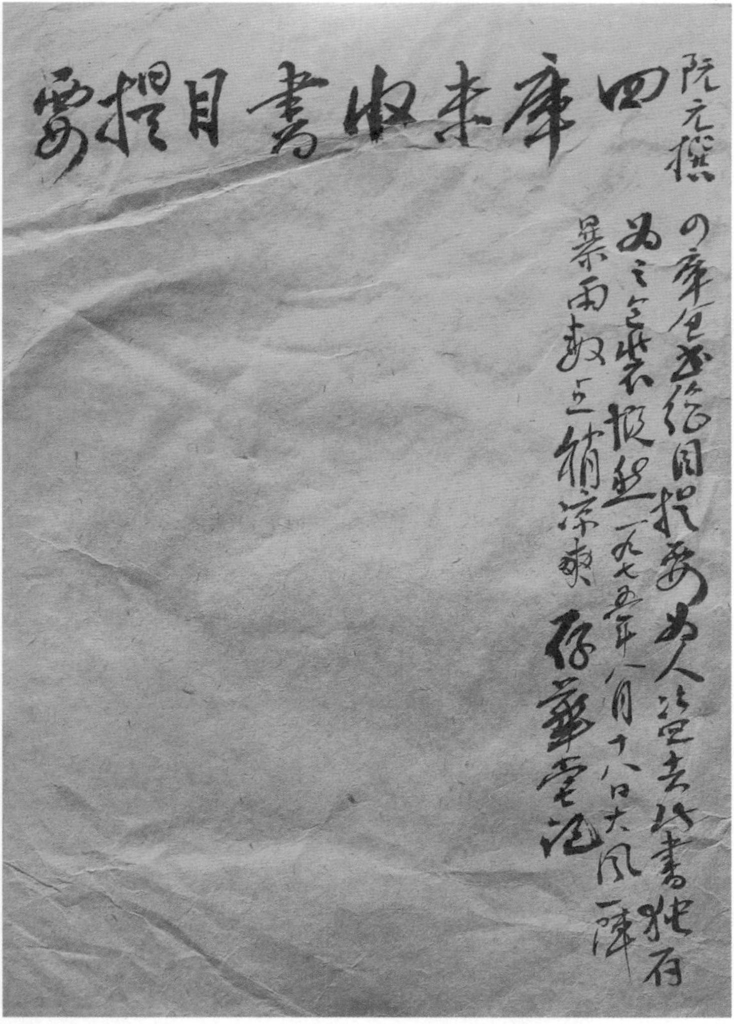

阮元撰

四庫未收書目提要

四庫全書總目提要為人借去，此書猶存，為之寶[illegible]。一九七五年八月十八日大風一陣，暴雨驟至，稍涼爽。孫華堂記

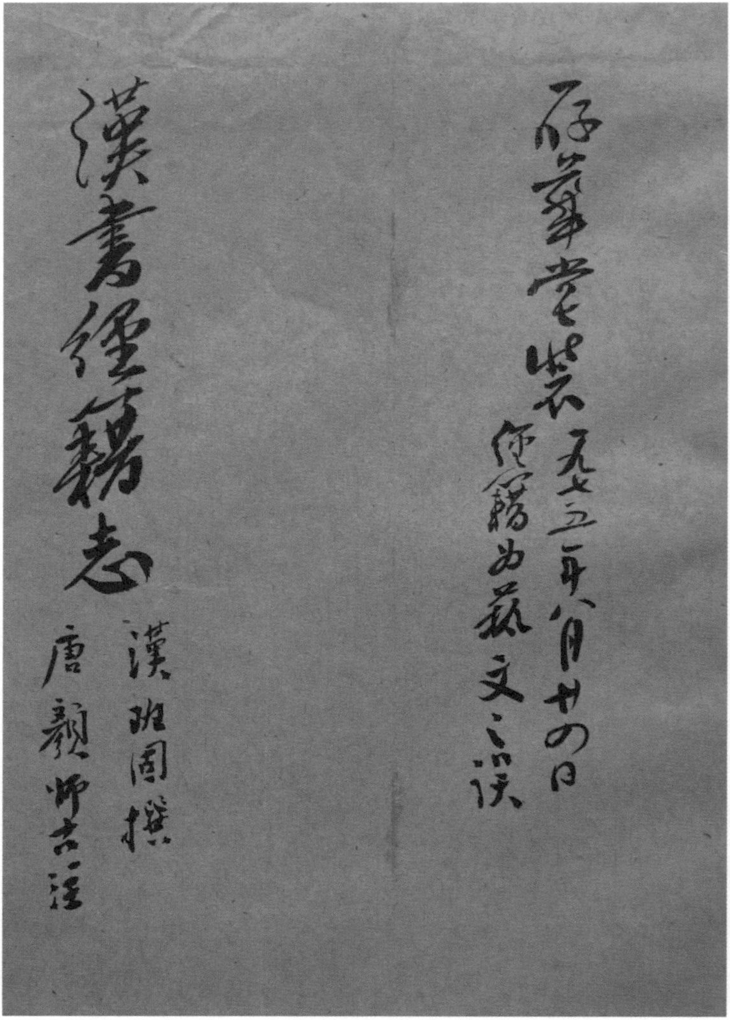
存萃學社集 九七三年八月廿四日
經籍為藝文之誤

漢書經籍志

漢 班固撰
唐 顏師古注

汉书经籍(艺文)志

汉　班固 撰

唐　颜师古 注

“经籍”为“艺文”之误。

存华堂装

一九七五年八月廿四日

洛阳名园记

宋　李格非

桂海虞衡志

宋　范成大

滹川
一九七五年八月卅日

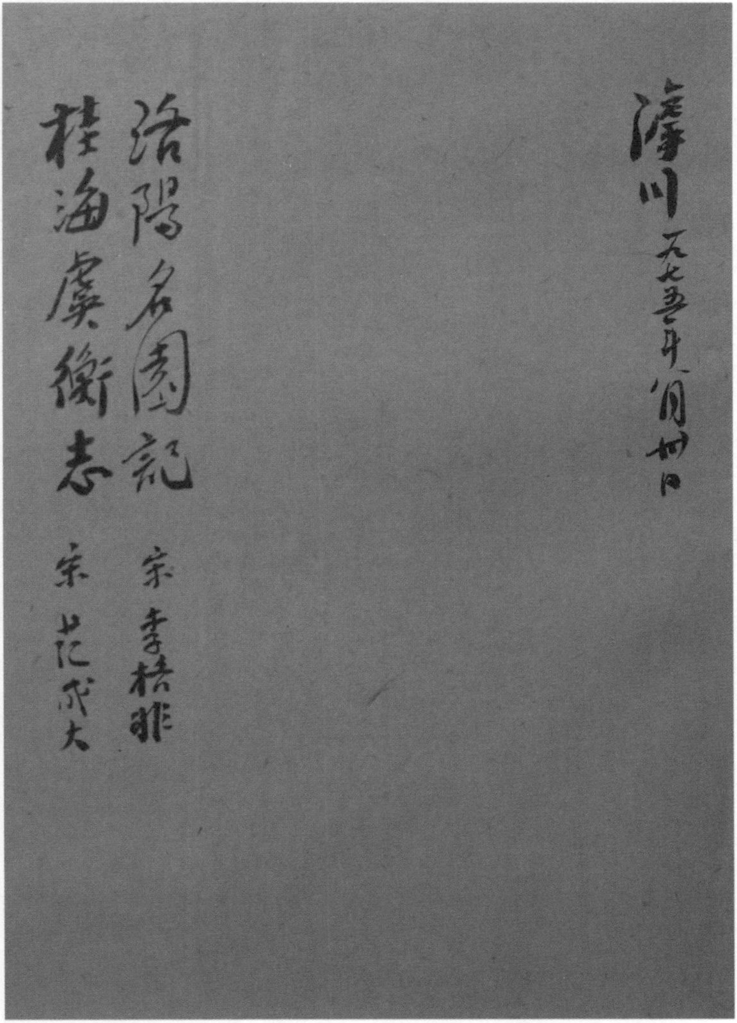
洛陽名園記
宋 李格非
桂海虞衡志
宋 范成大

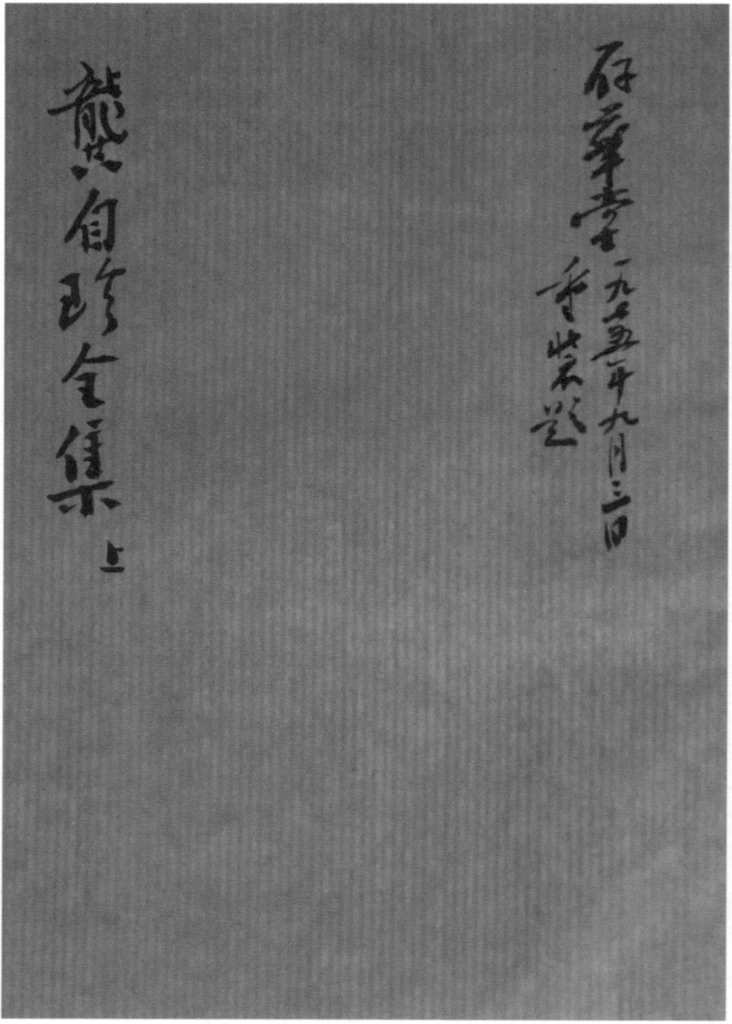
龔自珍全集 上
一九七五年九月三日

龚自珍全集

上

存华堂
一九七五年九月三日重装题

鲁迅致增田涉书简

黄秋芸(耘)寄赠。

《鲁迅书简补遗》一书,余未购得,金镜生前,曾托其代觅。秋芸(耘)或忆及此而寄赠,不可定也。金镜已作古,音容渺茫,不得再见矣,掷笔黯然。

存华堂
装于一九七五年九月十一日

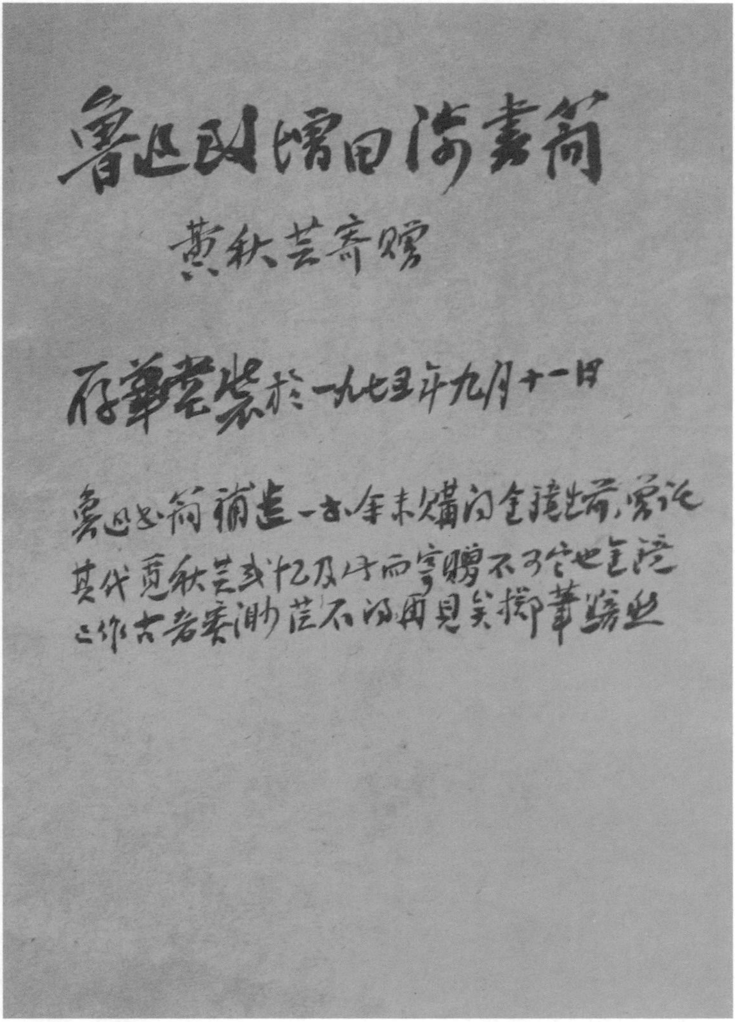
魯迅與增田涉書簡
蕭秋芸寄贈
於一九七五年九月十一日

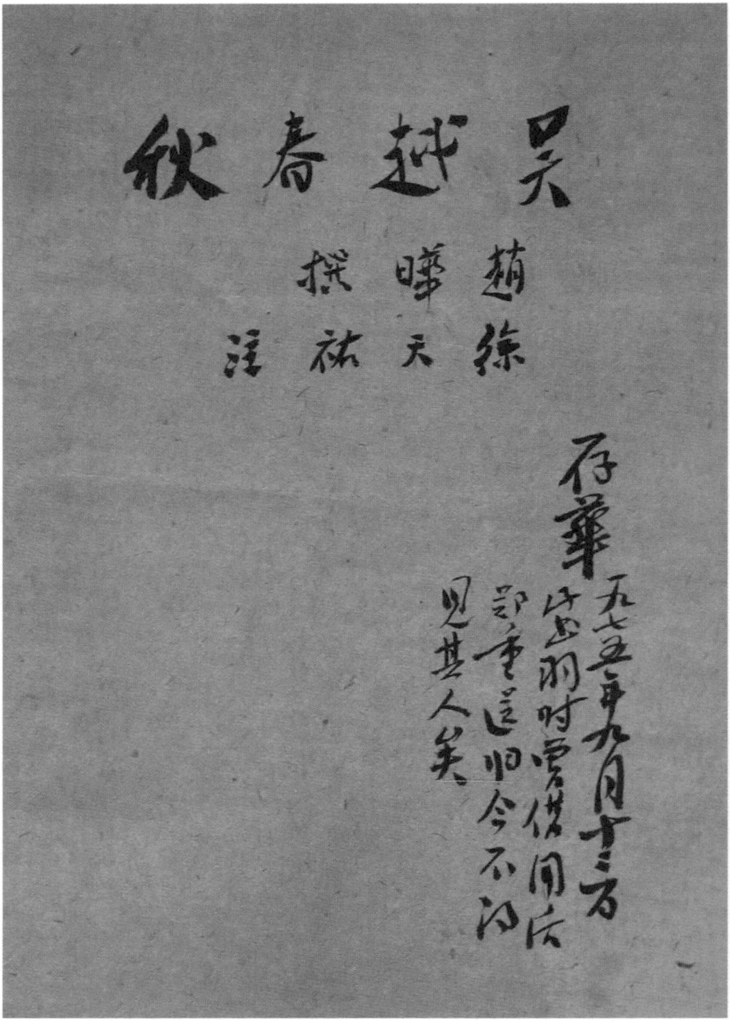

吴越春秋

赵晔撰

徐天祜注

存華一九七五年九月十二日
借出阅时曾借用后
即重送归今不得
见其人矣

吴越春秋

赵晔 撰
徐天祐 注

此书羽时曾借用，后郑重送归，今不得见其人矣。

存华
一九七五年九月十三日

天津市重点出版扶持项目

中

书衣文录全编

孙犁·著

天津出版传媒集团
百花文艺出版社

郑堂读书记

一

周中孚 撰

卷一——卷九　经部

孝经类　五经总义类　礼类　乐类　诗类

书类

存华堂装

一九七五年九月二十日

鄭堂讀書記

（一）

周中孚撰

卷一—卷九 經部

孝經類 五經總義類

禮類、樂類、詩類

書類

存華堂紫

一九七五年

九月二十日

鄭堂讀書記

（二）

卷十一—卷十六　經部　史部

春秋類、四書類、小學類

正史類、編年類

石華學岷

五三年九月廿日

郑堂读书记

二
卷十一—卷十六　经部　史部
春秋类　四书类　小学类　正史类　编年类

存华堂装
一九七五年九月廿一日

郑堂读书记

三

卷十七—卷二十八　史部

纪事本末类　别史类　杂史类　诏令类　奏议类　传记类　史钞类　载记类　时令类　职官类

存华堂装

一九七五年九月二十一日

鄭堂讀書記

（三）

卷十七——卷二十八

史部

紀事本末類、別史類、雜史類、詔令類、奏議類、傳記類、史鈔類、載記類、時令類、職官類

存華書堂

一九七五年六月二十一日

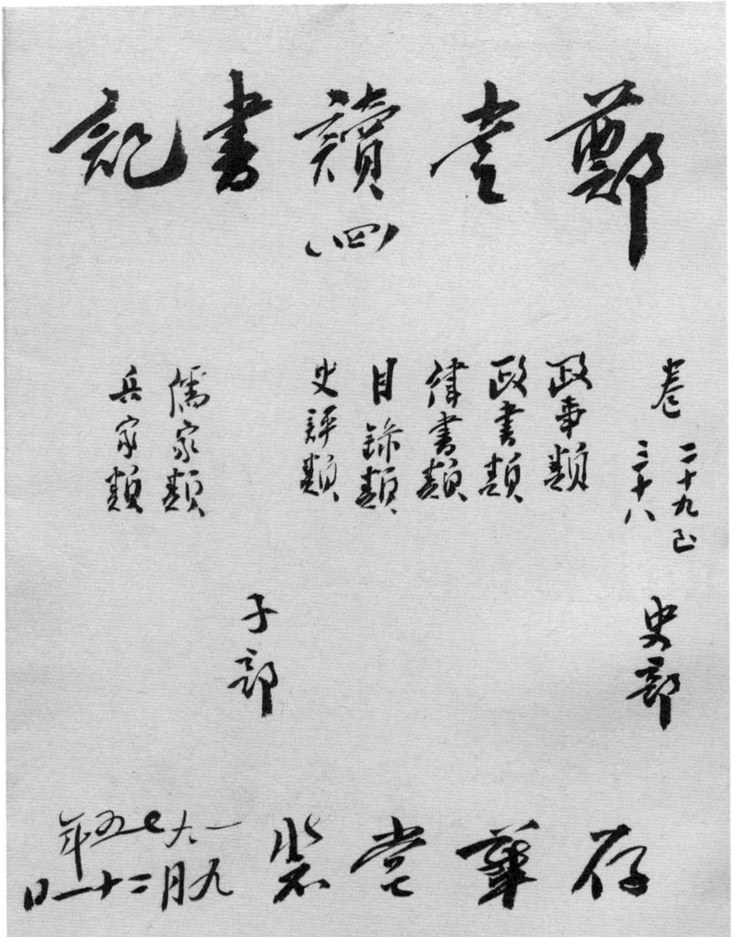

鄭堂讀書記

（四）

卷二十九至三十八 史部

政事類

政書類

律書類

目錄類

史評類

子部

儒家類

兵家類

存華堂紫

一九六五年九月二十一日

郑堂读书记

四

卷二十九至三十八

史部

政事类　政书类　律书类　目录类　史评类

子部

儒家类　兵家类

存华堂装

一九七五年九月二十一日

郑堂读书记

五

卷三十九—四十七　子部

法家类　农家类　医家类　天文算法类

术数类

鄭堂讀書記

（五）

卷三十九—四十七 子部

法家類 農家類

醫家類 天文算法類

術數類

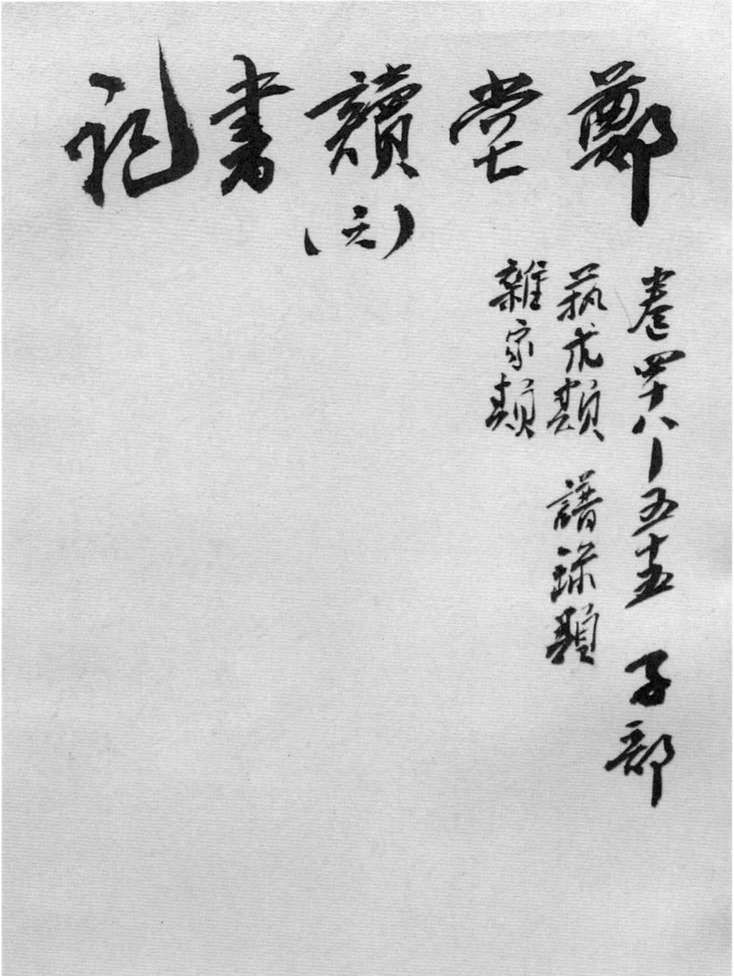

鄭堂讀書記（之）

卷第八十五 子部

藝術類 譜錄類

雜家類

郑堂读书记

六

卷四十八—五十五　子部

艺术类　谱录类　杂家类

郑堂读书记

七

卷五十六—六十三　子部

杂家类　类书类　小说家类

今日所闻:周沱昨日逝去。行政科为半间房在佟楼新闻里打人,致一青年名三马者当场服毒而死。

存华堂装

一九七五年九月二十二日

鄭堂讀書記

（七）

卷五十六—六十三 子部

雜家類 類書類

小說家類

存華堂七紫 三百 丁亥五年九月

今日所聞 周浣昨日被逮去

行政科如半向寄 在隨樓

新聞界某人 投一青年右

三馬者 當場服毒而死

鄭堂讀書記

（八）

卷三十四—七十一　子部　集部

小說家類　釋家類

道家類

別集類

存華堂收存　一九七五年九月二十日

水不能入口並不能澆花
幸虧院中有一水井取水澄
清而飲之

郑堂读书记

八

卷六十四—七十一　子部　集部

小说家类　释家类　道家类　别集类

水不能入口，并不能浇花，幸院中有一水井，取水澄清而饮之。

存华堂装

一九七五年九月二十二日

扈从东行(巡)日录

卷上

高士奇

向阳院主任号召修路，保真出差。近日院中大兴土木，徭役恐从此繁重。洋灰走私户较用于公益者为多。

存华堂装

一九七五年九月二十八日

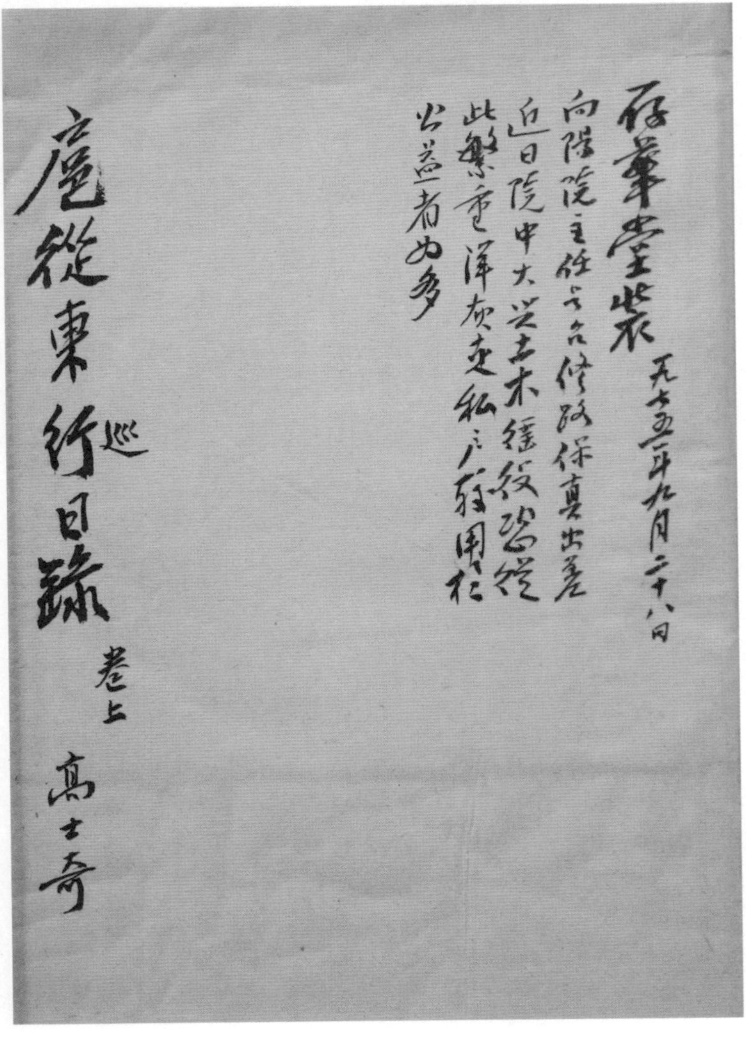

存華堂裝　民七十五年九月二十八日

向陽院主任之名修改保真出差
近日院中大學者未經彼認證
此繁重譯校定私之廣獲用於
出益者如多

扈從東行日錄　巡

卷上

高士奇

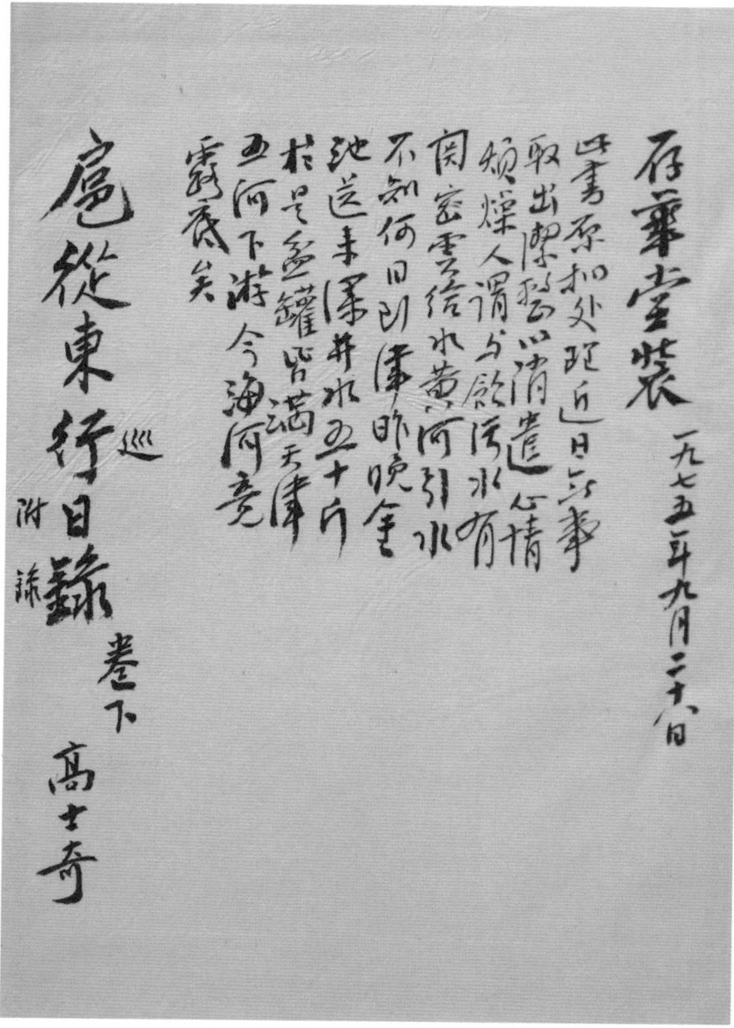
存華堂裝

此書原擬處理近日無事
取出整理以消遣心情
煩燥人謂可飲淡水有
聞密雲停水黃河引水
不知何日到津昨晚金
池送來深井水五十斤
於是盈罐皆滿天津
五河下游今海河竟
露底矣

一九七五年九月二十八日

扈從東巡行日錄 附詠 卷下

高士奇

扈从东行(巡)日录

附录
卷下
高士奇

此书原拟处理,近日无事,取出洁整以消遣。心情烦燥(躁),人谓与饮污水有关。密云给水,黄河引水,不知何日到津。昨晚金池送来深井水五十斤,于是盆罐皆满。天津五河下游,今海河竟露底矣。

存华堂装
一九七五年九月二十八日

扈从西巡日录
松亭行纪

卷上

邻居皆好事之徒，终日汲汲于损公济私之事，庭院甚乱，遇假日当退避后室。然周遭无一处安静，嘈杂如下处。此晚境之最难堪者。

存华堂装
一九七五年九月二十八日

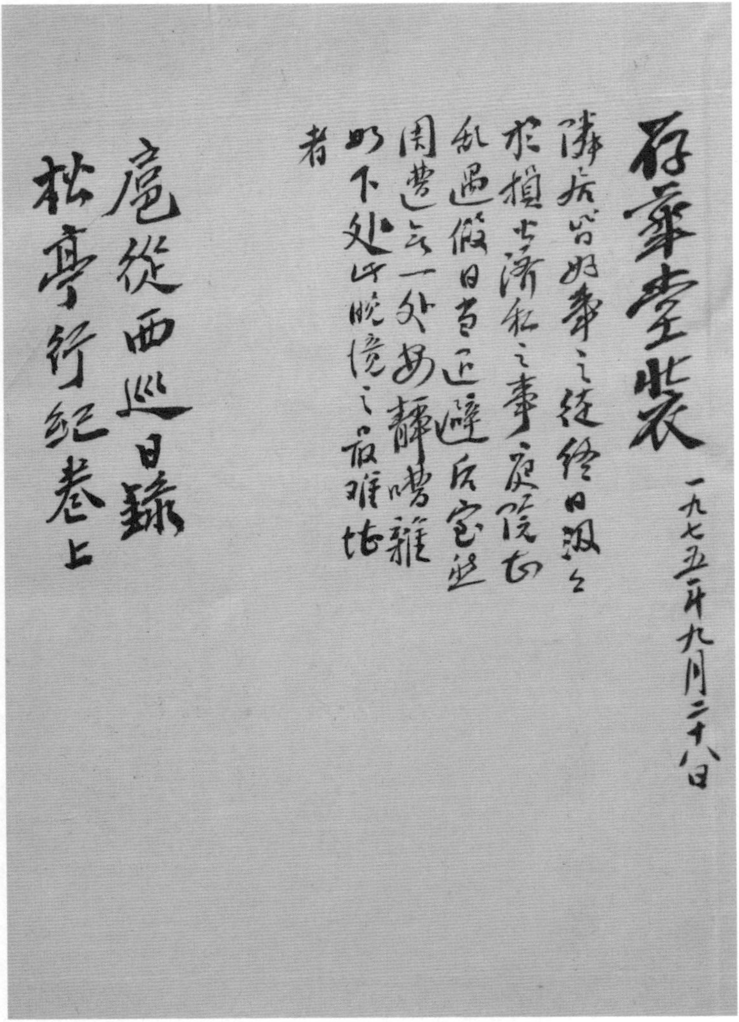

存華堂裝

隣居皆好事之徒終日汲汲於損公濟私之事庭院亦亂遇假日尤甚避居室坐周遭無一處安靜嘈雜如不知此晚境之最難堪者

一九七五年九月二十八日

庵從西巡日錄

松亭行紀卷上

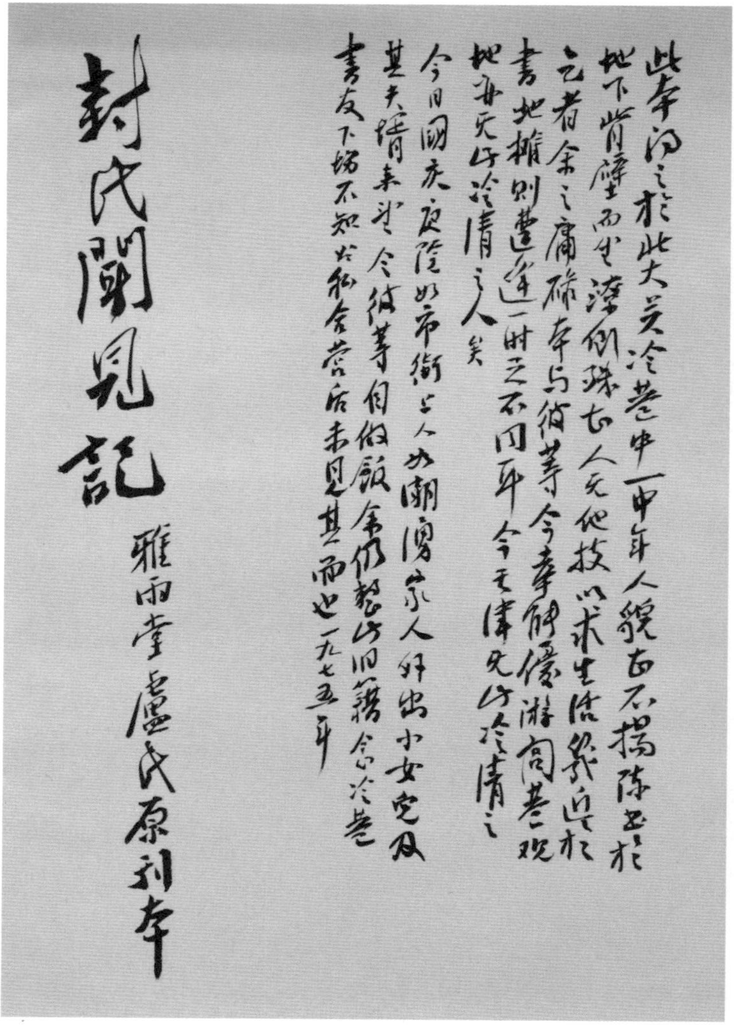

此本得之於北大吴冷巷中一中年人貌古不揭陈书於地下背壁而坐潦倒殊古人无他技以求生活几点於之者余之庸碌本与绣茸今李耐侵游闻巷观书地摊则丰道年一时之不同耳今之津先以於清之地再无以於清之人矣

今日国庆庭院如市街上人如潮涌京人牵出小女宽及其夫携来斗令绣茸自倣颜余仍趁以旧籍念以於卷书友下场不知於和会营后来见其面也一九七五年

封氏闻见记

雅雨堂卢氏原刻本

封氏闻见记

雅雨堂卢氏原刊本

此本得之于北大关冷巷中。一中年人，貌甚不扬，陈书于地下，背壁而坐，潦倒殊甚。人无他技以求生活，几近于乞者。余之庸碌，本与彼等，今幸能优游闾巷，观书地摊，则遭逢一时之不同耳。今天津无此冷清之地，亦无此冷清之人矣。

今日国庆，庭院如市，街上人如潮涌，家人外出，小女儿及其夫婿来望，令彼等自做饭，余仍整此旧籍。念冷巷书友，下场不知，公私合营后，未见其面也。

一九七五年

搜神后记

明刊抄配本

天津解放之初，旧物充殖，有所谓早市者，尤为可观。间有书籍，然外行人亦难以廉价得善本。此本散置地下，无人过问，余以一角得之，小贩已喜过望。然多年来并未遗失。今晨家人索观明板（版）书，乃取出之，为之易去黑色书线，修补数处，使之继续存在于天壤之间。

昨晚之琏来，为余幼年同学，发虽白，身体尚好。今日上午克明来，儿子儿妇及孙子孙女来吃饭一顿，涮过碗筷，即回去。余静惯，愈不堪孩子们的烦闹。

一九七五年国庆节后一日

天津解放之初旧物充斥有所谓早市者
尤为可观向有书籍然外行人亦能以廉價
得善本此本散置地下无人过问余以一角得
之小贩已喜过望然多年来并未装遗失尽晨
家人索观明版书乃取出之为之易去黑色书
线付补为小文使之继续存在于天壤之间
昨晚之睡来为余幼年同学发蒙向身体尚好
今日上午老明来定子与其妇及孙子孙女来吃饭一顿
刚过饭碌即回去余精神憔急不胜孩子们的烦闹
一九七五年国庆节后一日

搜神後記

明刊抄配本

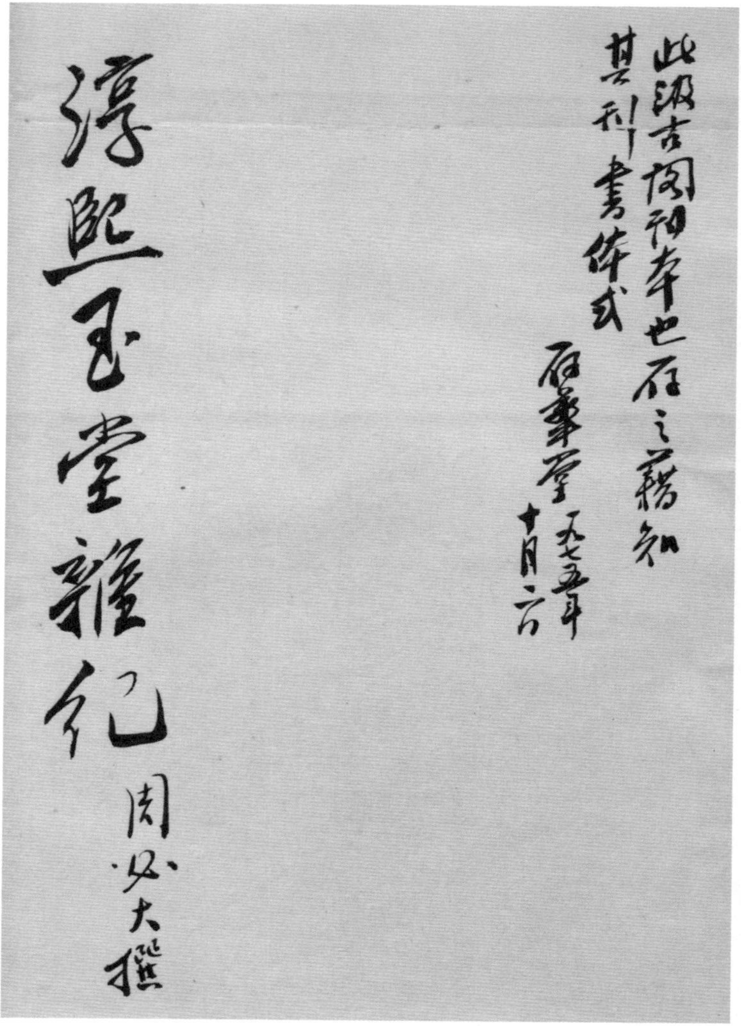
淳熙玉堂雜記
周必大撰
此汲古閣祖本也存之藉知其刊書體式
履華學 一九七五年
十月六

淳熙玉堂杂记

周必大 撰

此汲古阁刊本也。存之藉知其刊书体式。

存华堂
一九七五年十月二日

竹人录

此书似从苏州邮购所得，购书而及此偏僻之作，可谓滥无涯际。喜其印刷雅秀，故曾郑重修补而存之。前经大变，流离数载，归还斗室，堆压抛掷，幸未离失。今日展卷，虫蚀鼠齕之迹仍在，线连纸补之痕犹新。而当年伴我者，云亡已数载。余幸存于九死，徘徊于晚途。一灯之下，对此残书，只觉身游大雾四塞之野，魂飞惊涛骇浪之中。

一九七五年十月六日之夜

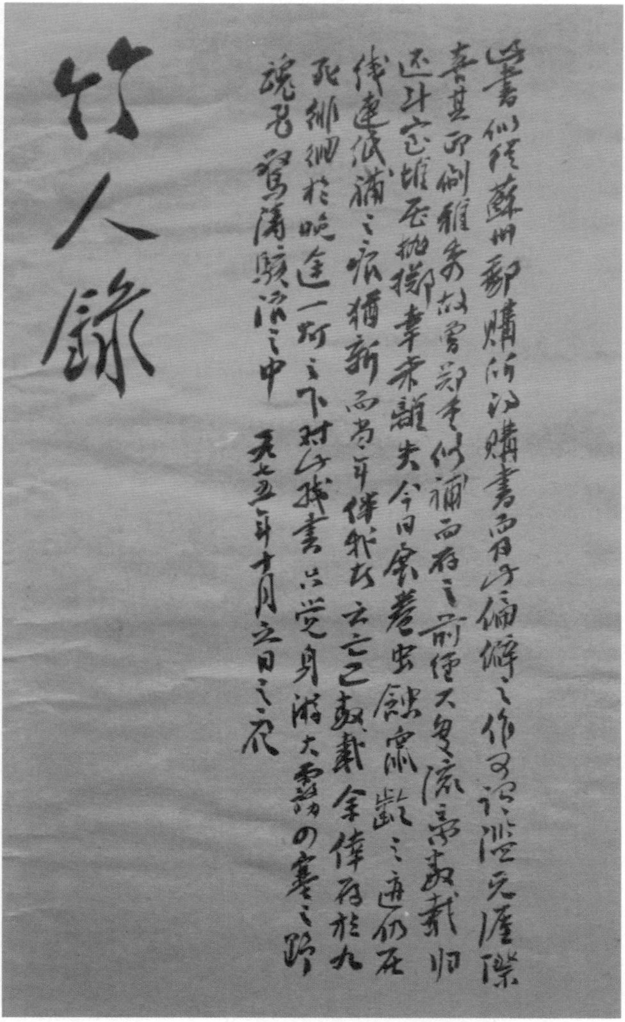
竹人録

嘯亭雜錄 一

卷一之四

此余進城初期所購 余好學
凡有污染均經描補實不足也

存華堂 一九七五年十月十日

啸亭杂录

一

卷一之(至)四

此余进城初期所购，余好洁，凡有污染均经挖补，实不必也。

存华堂
一九七五年十月十日

宋文鉴

八

吕祖谦 诠次

卷五十六之(至)卷六十六

奏疏　表

薄薄小书，衣此厚装。尚忆堆放于佟楼地下，同伴上称(秤)论价于收购站之时乎？前此流离失所，抛掷仓库，可更不言。今后命运，亦不可卜。

存华堂装

一九七五年十月十二日

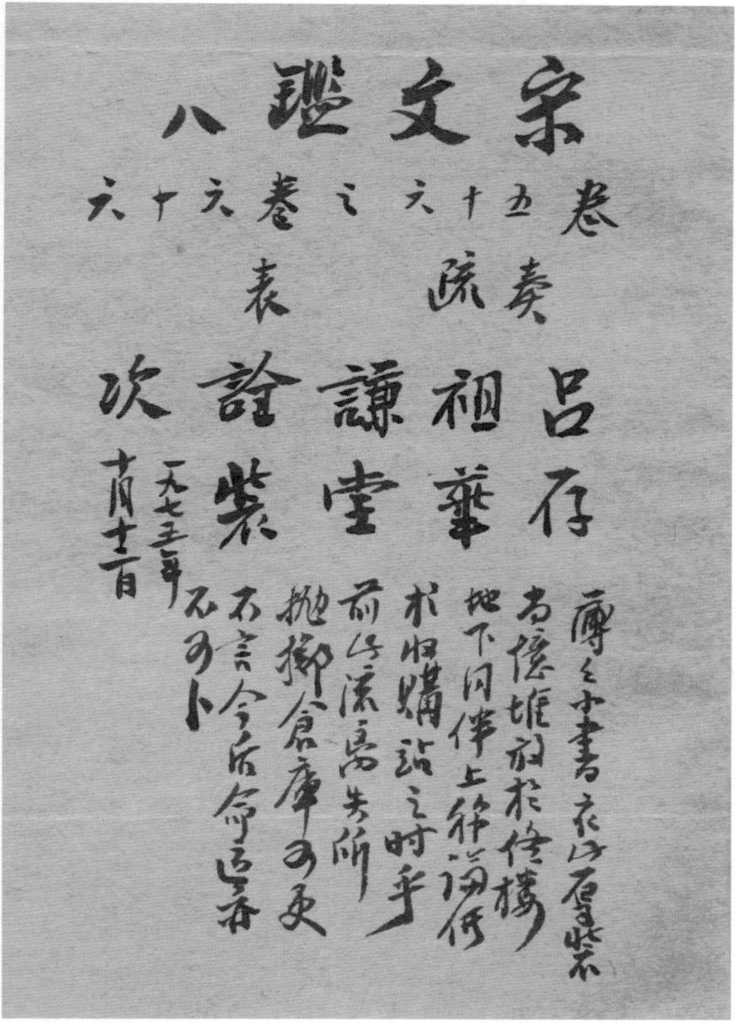
宋文鑑八
卷五十六之卷六十六
奏疏表
吕祖谦诠次
存华堂装
一九七三年
十月十一日

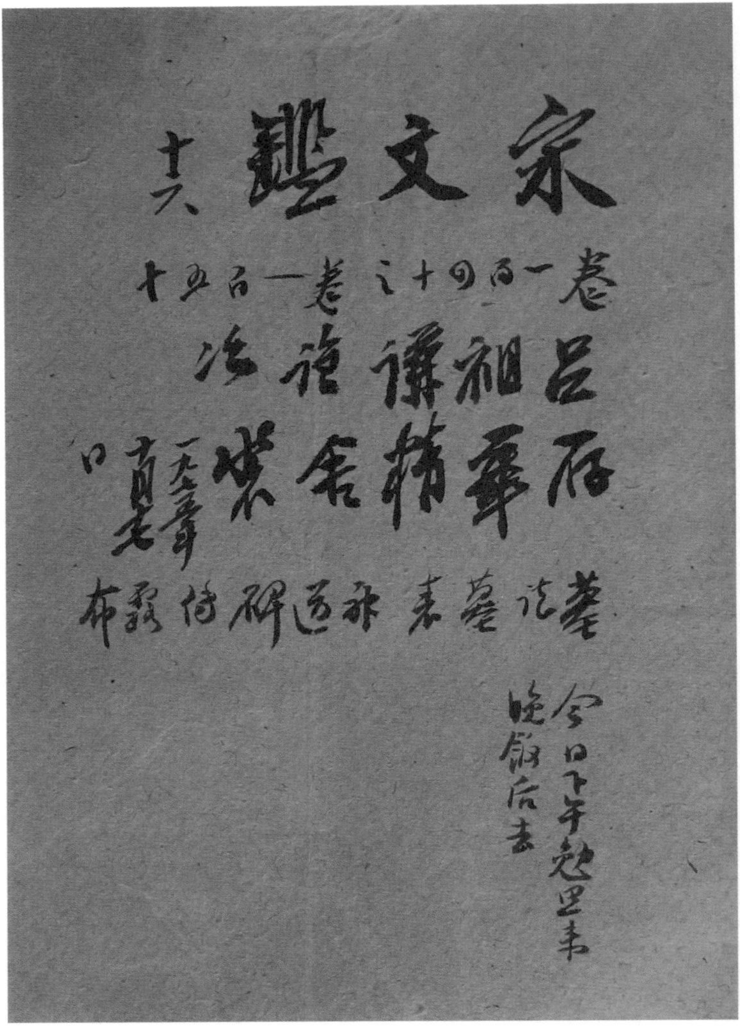

宋文鉴 十六
卷一百四十之卷一百五十
吕祖谦
居华精舍
一九五三年
今日下午
晚
后去

宋文鉴

十六
吕祖谦 诠次
卷一百四十之(至)卷一百五十
墓志　墓表　神道　碑传　露布

今日下午勉思来,晚饭后去。

存华精舍装
一九七五年十月十七日

都门竹枝词

无聊小书，内有一九六六年题语。九年已过，我尚如斯。

一九七五年十月十八日灯下

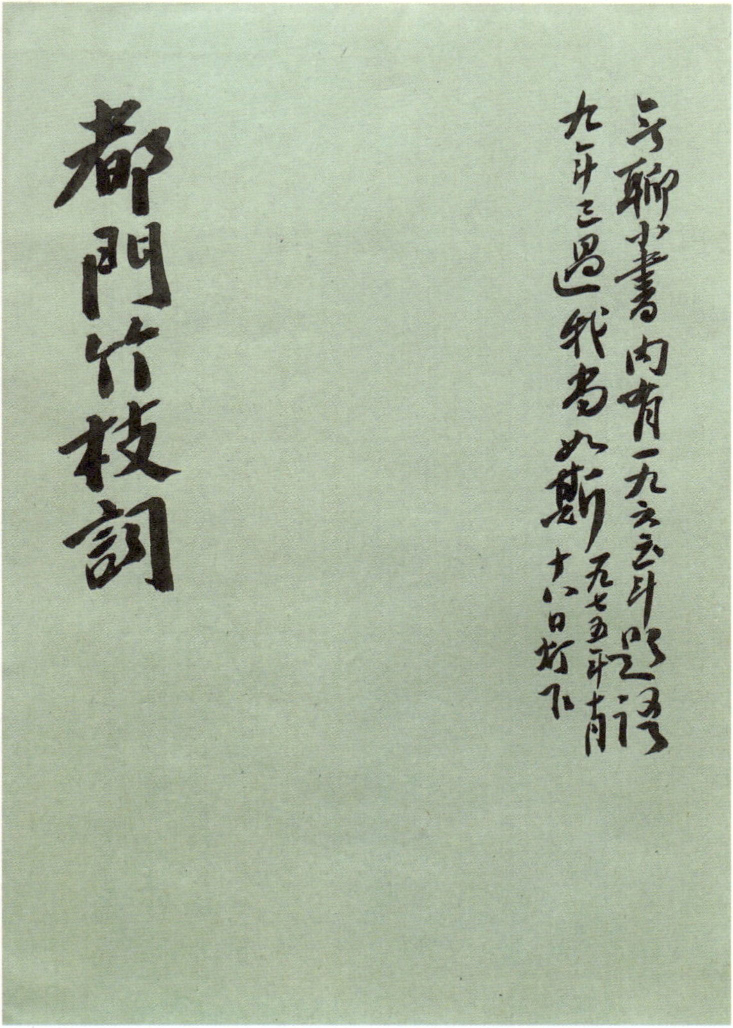
都門竹枝詞
吾聊以書內有一九六五年所作之詩
九六年三遇我寫如斯
一九七五年十月十六日於燈下

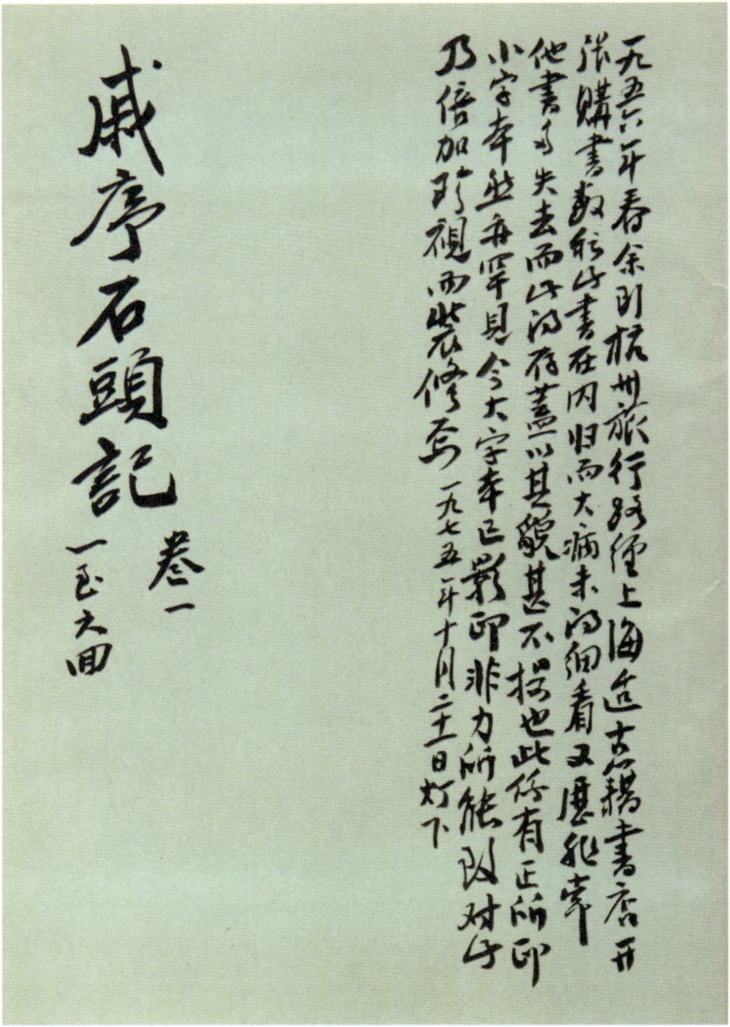

戚序石頭記 卷一

一飞大田

一九五六年春余到杭州旅行路经上海在古籍书店开架购书数种此书在内归而大病未得细看又历浩劫他书多失去而此得存盖以其破甚不损也此系有正所印小字本然亦罕见今大字本正影印非力所能致对此乃倍加珍视而装修之 一九七五年十月二十日灯下

戚序石头记

卷一

一至六回

一九五六年春，余到杭州旅行，路经上海，适古籍书店开张，购书数种，此书在内。归而大病，未得细看，又历非常，他书多失去，而此得存，盖以其貌甚不扬也。此系有正所印小字本，然亦罕见，今大字本已影印，非力所能致，对此乃倍加珍视而装修焉。

一九七五年十月二十一日灯下

戚序石头记

卷十二
七十回至八十回

余幼年初见此书于屠户刘四家，此人后以吸毒落魄死。即庙会出售之石印小字本也，纸色亦如此，字体则如眉批大小。稍长，赴外地求学，所见《红楼》版本多矣，然过去所购存者，为大达书局之一折八扣本。中年以后，以文字为职业，文章讲授均曾涉及此书，残存之本尚有数种，然内容已多忘记，此学荒疏甚矣。

一九七五年十月廿一日灯下装讫记

戚序石頭記

卷十二

七十四回至八十四回

余幼年初見此書於眉之厂刘四家此人后以吸毒夜晚死
即有今出售之石印小字本也紙色甚好字体如眉批大
小相若赴外地求学所見紅樓夢本多矣然过去所購
存者如大達書局之一折八扣本中年以后以文字為職業
文章講授始嘗涉及此書殘存之本為有勤征然内容
已多忘記此学荒疏甚矣　一九七五年十月廿日灯下紫芒記

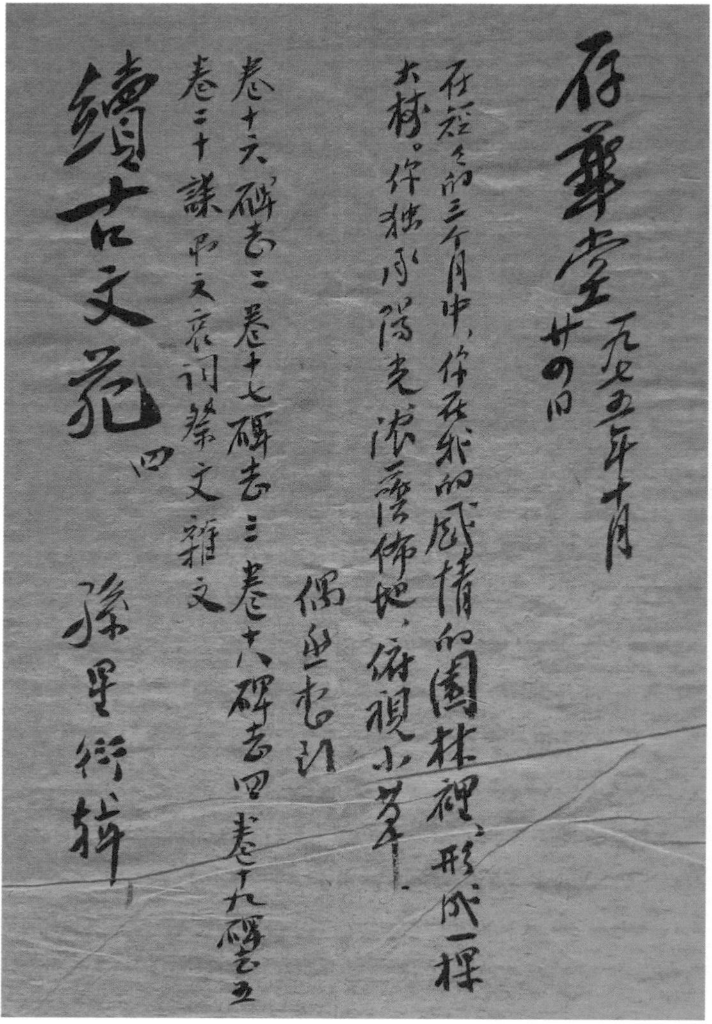

存華堂 一九七五年十月廿四日

在短短的三个月中，你在我的感情的園林裡，形成一棵大樹。你独承陽光，濃蔭佈地，俯視小草。

偶然書記

卷十六 碑志二 卷十七 碑志三 卷十八 碑志四 卷十九 碑志五
卷二十 誄與文 哀詞 祭文 雜文

續古文苑 四

孫星衍 輯

续古文苑

四

孙星衍 辑

卷十六　碑志二　卷十七　碑志三

卷十八　碑志四　卷十九　碑志五

卷二十　诔吊文　哀词　祭文　杂文

在短短的三个月中，你在我的感情的园林里，形成一棵大树。你独承阳光，浓荫布地，俯视小草。

偶然想到。

存华堂

一九七五年十月廿四日

骈体文钞

一

李兆洛 编

卷一 铭刻 卷二 颂 卷三 杂飏颂

卷四 箴 卷五 谥诔哀策 卷六 诏书

卷七 策命 卷八 告祭 卷九 教令

卷十 策对

存华

一九七五年十月二十四日灯下,今日霜降

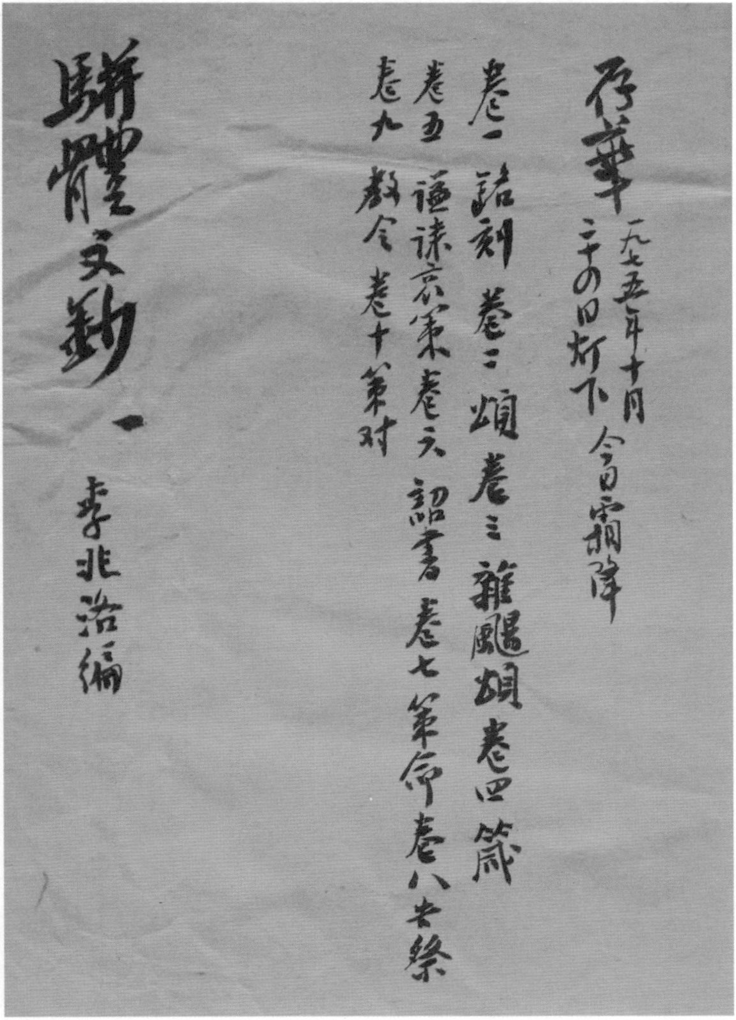
存華 一九七五年十月二十四日析下 今日霸序
卷一 銘刻 卷二 頌 卷三 雜颺頌 卷四 箴
卷五 謚誄哀策 卷六 詔書 卷七 策命 卷八 告祭
卷九 教令 卷十 策对
駢體文鈔 一
李兆洛編

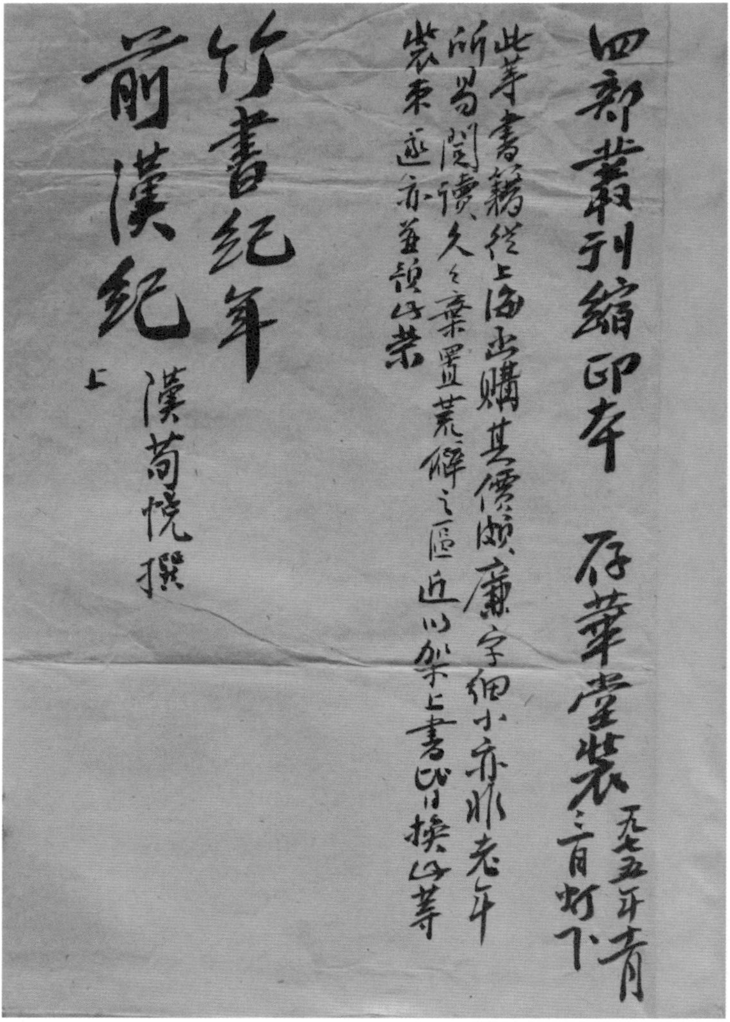
四部叢刊縮印本　存華堂裝
一九七五年春三月灯下
此等書籍從上海函購其價頗廉字细小亦非老年
所宜閱讀久久棄置荒僻之區近以架上書皆已換得善
裝束函亦並頗得叢
竹書紀年
漢荀悅撰
前漢紀
上

竹书纪年
前汉纪

上

汉　荀悦 撰

四部丛刊缩印本

此等书籍，从上海函购。其价颇廉，字细小，亦非老年所易阅读。久久弃置荒僻之区。近以架上书皆换此等装束，遂亦并预此荣。

存华堂装

一九七五年十一月三日灯下

广群芳谱

第一册

目录　天时谱

此书堆于书肆案下，余购之，盖新书之货底也。清光宣间，石印为新法，旧籍一大解放。影印佳版，目前已成珍本。此书固无足论，然印刷清楚，可见当时石印技术之一斑。余所购石印笔记小说多种，全数赠人。扫叶山房所出，书写多有名手，颇可恋惜。亦有贪利书坊，将原书缩印，模糊不便阅读者，在佟楼时一并处理矣。

存华堂

记于一九七五年十一月八日灯下

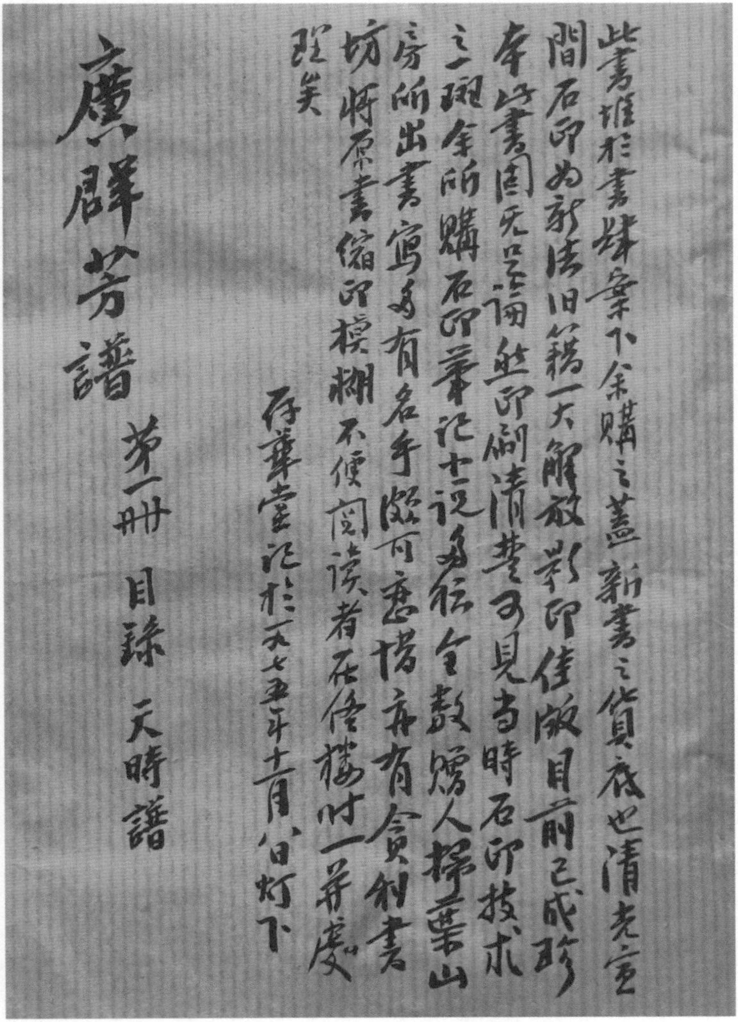

此書雖於書肆棄下余購之蓋新書之貨底也清光宣間石印為新法旧籍一大解放影印佳版目前已成珍本此書固无足論然印刷清楚可見當時石印技术之一斑余所購石印筆記十三種多經全數贈人歸黃山房所出書寫多有名手嫻可意惜亦有貪利書坊將原書縮印模糊不便閱讀者在搬樓时一并處理矣

存華堂記於一九七五年十二月八日灯下

廣群芳譜

第一册 目錄 天時譜

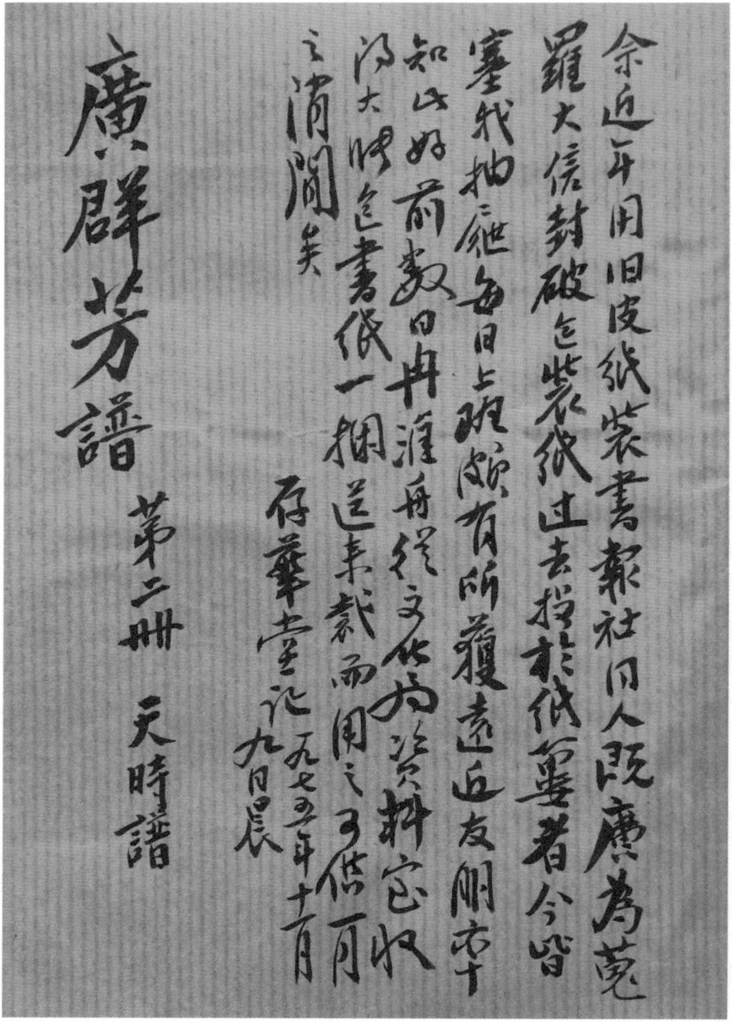
余近年用舊皮紙裝書，報社同人既廣為蒐羅大信封、破包裝紙，過去投於紙簍者，今皆塞我抽屜。每日上班，班後有所獲，遠近友朋率知此好。前數日，冉淮舟從文化局資料室收得大批包書紙一捆，送來，裁而用之，可供月之清閑矣。

孫犁書記 一九七五年十月九日晨

廣群芳譜

第二冊 天時譜

广群芳谱

第二册
天时谱

余近年用旧皮纸装书,报社同人既(即)广为搜罗大信封、破包装纸。过去投于纸篓者,今皆塞我抽屉。每日上班,颇有所获。远近友朋,率知此好。前数日,冉淮舟从文化局资料室收得大张包书纸一捆送来, 裁而用之,可供一月之消闲矣。

存华堂记
一九七五年十一月九日晨

广群芳谱

第廿四册
药谱

此书共廿四册，余以三日时间包装书写完毕，书写只有小误一次，证明余尚能专心也。昔苏东坡以能否默写《赤壁赋》不错一字占卜未来，亦试验精神之能否贯注也。呜呼！余既无精心之作、得意之文铭刻于心，能讽咏于泽畔征途，默书于舟车孤寂之时。年老体衰，心灰万念，每日从事于此琐碎之事，亦无聊中之甚矣。时已立冬，和暖如春日。天气反常如此，不可解也。

存华堂记
一九七五年十一月九日上午日光透窗，盆花快意

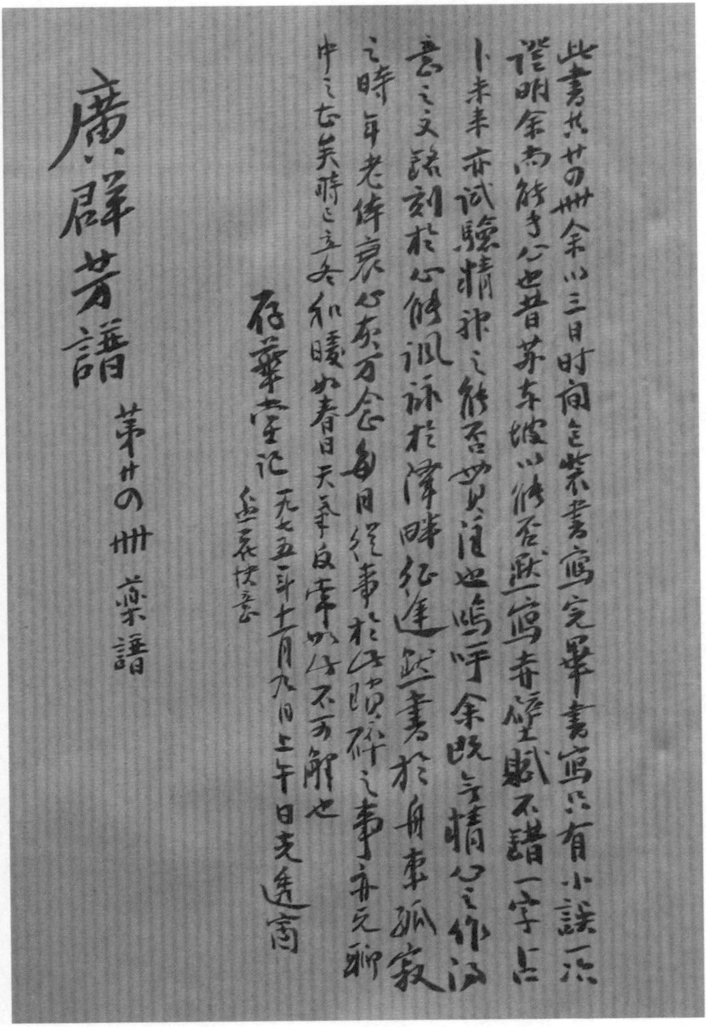

廣群芳譜

第廿四冊 蔬譜

此書共廿四冊余以三日时間在紫書寫完畢書寫只有小誤一次
證明余尚能手心也昔蘇東坡以能否默寫赤壁賦不錯一字占
卜未来亦試驗精神之能否貫注也嗚呼余既無精心之作以
表之文辭刻於心能諷誦於澤畔征途默書於舟車孤寂
之時年老体衰心亦有念每日從事於瑣碎之事亦无聊
中之樂矣時之至矣和暖如春日天氣良筆以得不可解也
存華書記 一九七五年十二月九日上午日光透窗
在長沙

存華堂紫晨　一九七五年十一月十日

有一年不外出散步今日午睡起食柿子一枚觉腿

腳有力仍到勝利路一帶車輛增多活鐵如故

擇路而行小心瓦礫不樂此行散步不如閉戶

古今小說附冊

古今小说附册

有一年不外出散步，今日午睡起，食柿子一枚，觉腿脚有力，仍到胜利路一带。车辆增多，污秽如故，择路而行，小心瓦砾。此种散步，不如闭户。

存华堂装
一九七五年十一月十日

士礼居藏书题跋记

共八册

第一册

此等书，颇便消遣，学问不深，趣味甚浓，玩物者之记录，非考据家之著作也。余好聚书，遂亦好此类书，较之一般书目，可多知古书源流。然于今世，则几将枯竭之支流，无人向此问津矣。

存华堂

一九七五年十一月十二日灯下

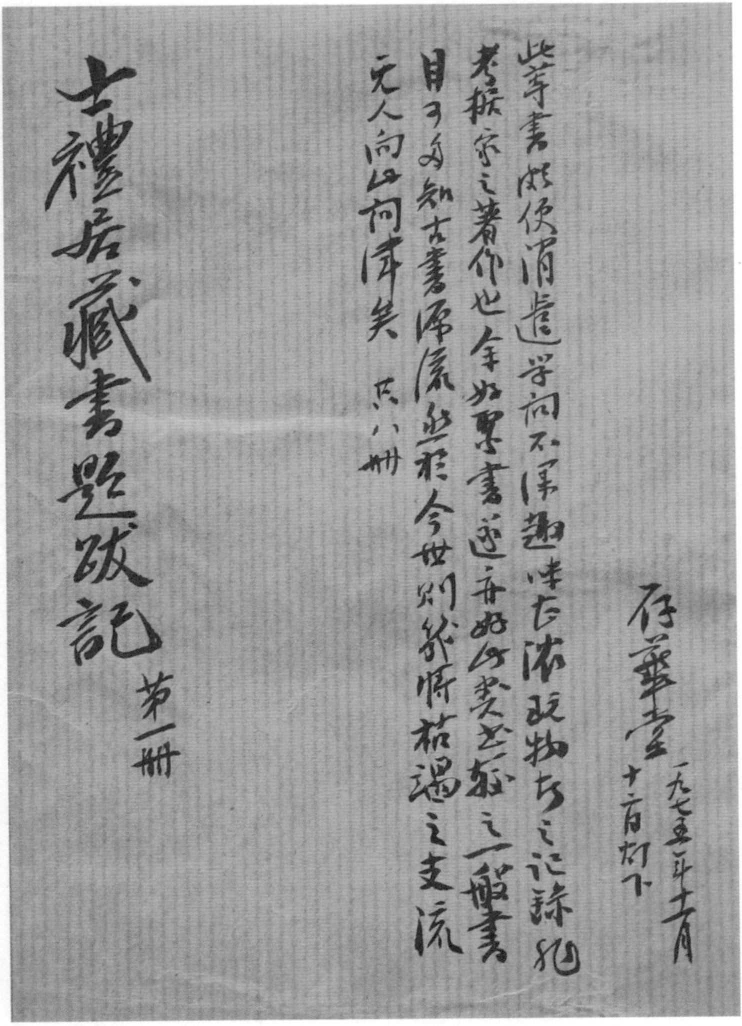

士禮居藏書題跋記 第一册

此等書雖便消遣，學问不得趣味，古董玩物之記錄，非考據家之著作也。余好異書，適吾好奇愛異之一般書目，可以知古書源流，無非今世則能將枯竭之支流无人向此问津矣。 共八册

存華堂 一九七五年十月 十六日灯下

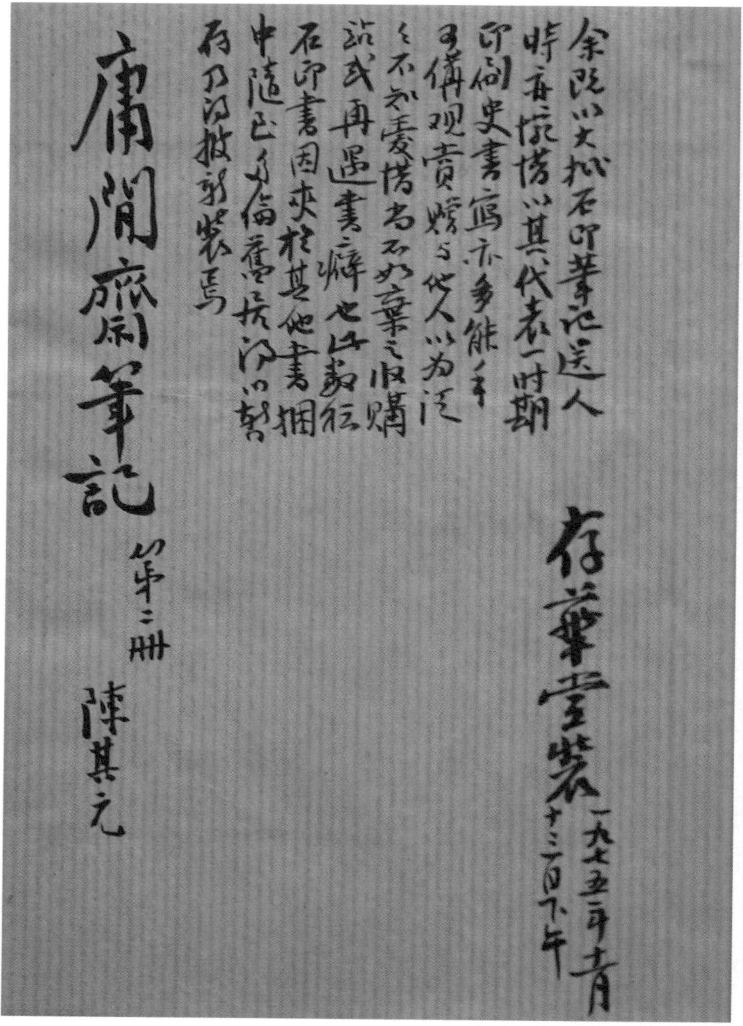
余既以文報石印筆記送人
時每悵惜以其代表一時期
印刷史書寫亦多能手
可備觀賞續々從人以為泛
々不若委諸者不如存華之收購
諸式再遇書之癖也此翁所
石印書因夾於其他書捆
中隨已分偏舊裝損汚以幫
存乃得披新裝焉
存華堂裝 一九七五年十二月三日下午 青
庸閒齋筆記
第二冊
陳其元

庸闲斋笔记

第二册
陈其元

余既以大批石印笔记送人,时亦惋惜,以其代表一时期印刷史。书写亦多能手,可备观赏。赠与他人,以为泛泛,不知爱惜,尚不如弃之收购站,或再遇书癖也。此数种石印书,因夹于其他书捆中,随至多伦旧居,得以暂存,乃得披新装焉。

存华堂装
一九七五年十一月十三日下午

粤东笔记

下

李调元 辑

会文堂专印廉价书，其书能深入小县城以至庙会，余幼时即识此堂名号。余现存仅有一种，观其定价，可谓廉矣。于纸墨印刷，当即不能讲求也。此书有人谓为翁（屈）大钧（均）作，不得详也。然此书内有数卷卷首书“南越笔记”，则所据不知何本也。

存华堂装

一九七五年十一月十三日下午

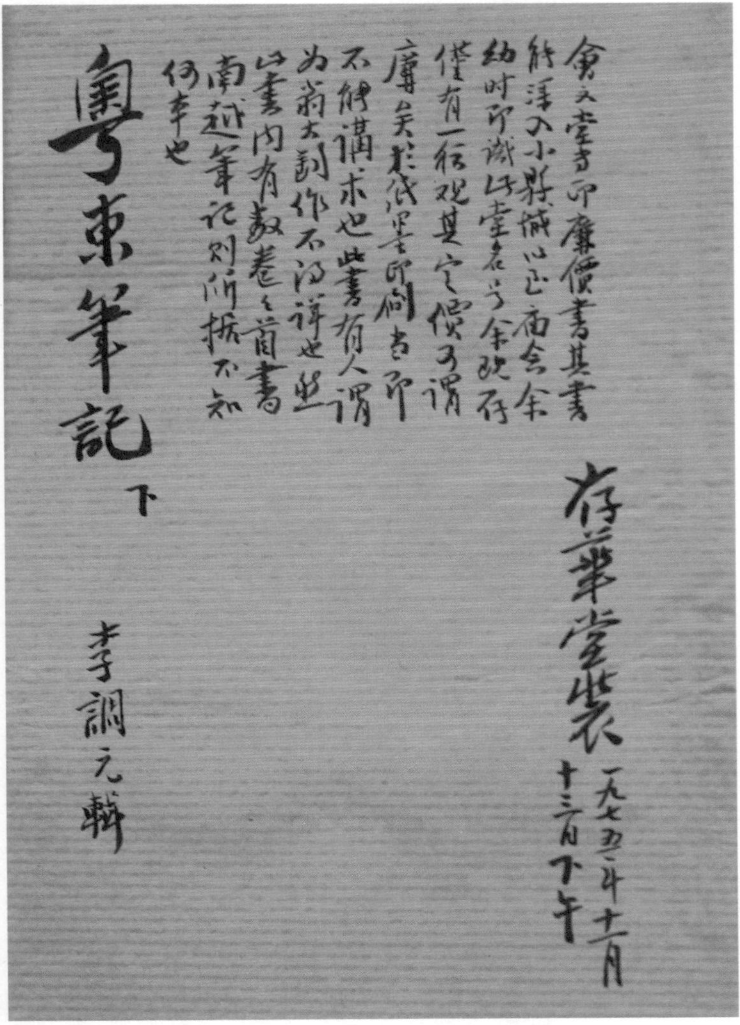

粤東筆記 下

李調元輯

會文堂书印廉價書其書
能洋入小販識以正而今余
幼时所识此堂名今余所存
僅有一种观其定價可谓
廉矣於民代墨所刻者印
不能講求也此書有人谓
為翁大副作不得详也然
此書内有数卷之前書
南越筆记则所据不知
何本也

存萃堂裝 一九七五年十一月
十三日下午

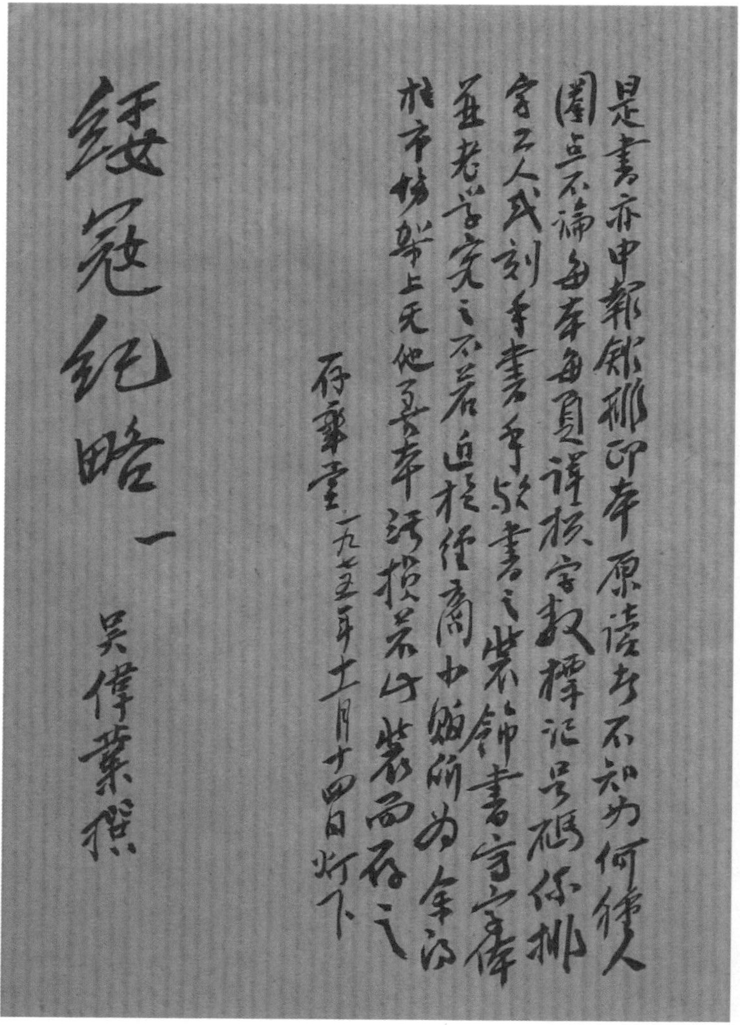

綏寇紀略 一

吳偉業撰

是書亦中華鉛排印本，原讀者不知為何許人
圈點不論每本每頁詳損字數標記號碼係排
字工人或刻手書手以書之裝飾書字偉
並老以學究之不若點於經商中攤所為年的
於市場以其上無他可喜本請損若干裝而存之

存華堂 一九七五年十一月十四日灯下

绥寇纪略

一

吴伟业 撰

是书亦申报馆排印本，原读者不知为何种人，圈点不论，每本每页，详核字数，标记号码，系排字工人或刻手书手欤？书之装饰，书写字体，并老学究之不若，近于经商小贩所为。余得于市场，架上无他善本。污损若此，装而存之。

存华堂
一九七五年十一月十四日灯下

郎潜三笔

一

陈康祺 著

余既购前二笔，后见书目有此书，遂致函书店购得，求其全也。然未细读。

今日中午，小女买蛤蜊，问我食否。我好吃零食，然今日操作不得法，下午初感不适，后呕吐。此物性冷，食时已凉，煮后连不开壳者一同吃，不洁不熟，遂致生病，后应戒之。粗茶淡饭最养人，休要食鲜。

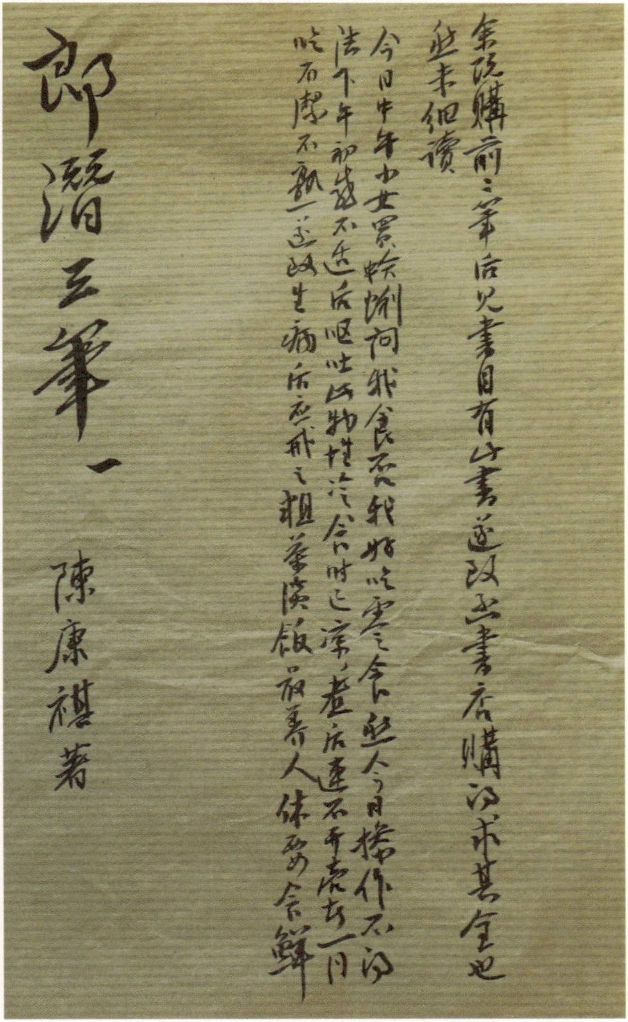
余既購前三筆后見書目有此書遂改在書店購以求其全也
然未细讀
今日中午由女買蛤蜊向我介紹要我好好吃々令然人々日操作不得
法下午初步不适后呕吐此物积泛合时已深々查后遂不再袁去一月
吃不得不靠一々遂改生病后应戒之粗茶淡饭日用养人体所必含鲜

郎潛三筆 一

陳康祺著

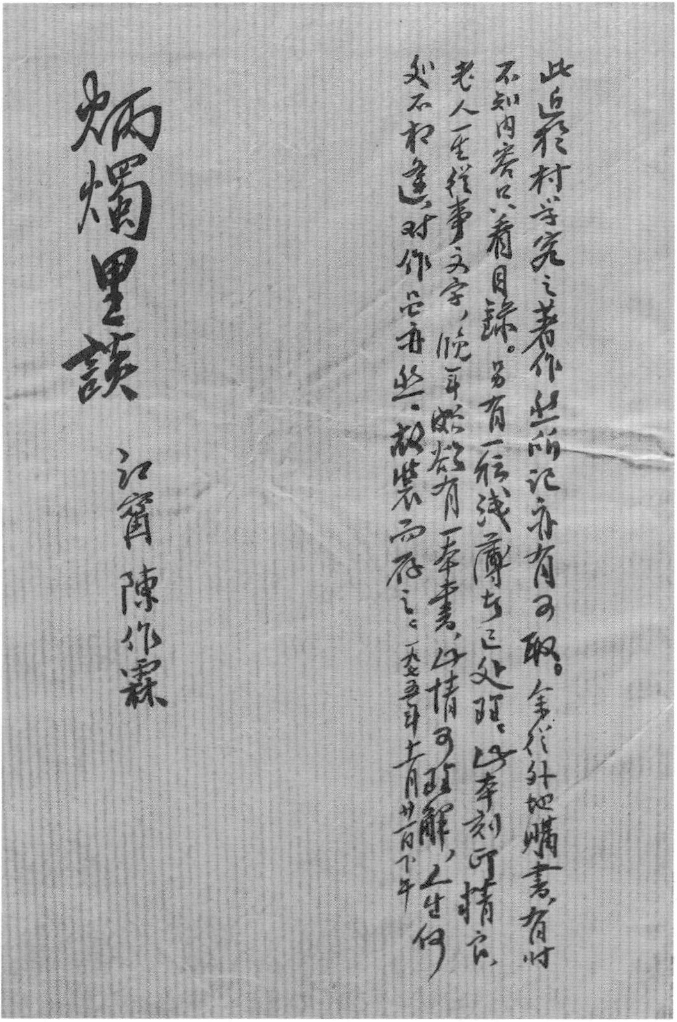

炳烛里谈

江宁 陈作霖

此乃农村学究之著作，然所记亦有可取。余于外地购书，有时不知内容，只看目录。另有一种浅薄者之处理，此本刻可精良，老人一生从事文字，晚年始能有一本书，此情可理解，人生何处不相逢，对作品亦然。故装而存之。一九七五年十一月廿一日下午

炳烛里谈

江宁　陈作霖

此近于村学究之著作，然所记亦有可取。余从外地购书，有时不知内容，只看目录。另有一种浅薄者已处理。此本刻印精良，老人一生从事文字，晚年颇欲有一本书，此情可理解，人生何处不相逢，对作品亦然。故装而存之。

一九七五年十一月廿一日下午

小沧浪笔谈

上

阮元 著

此大人物之著作也，装腔作势，为圣人天子立言。此人名声如此煊赫，以其所居官大，余殊不见其诗与文之佳处也。同为“文达”，其文笔不及纪晓岚远矣。

存华堂装

一九七五年十一月廿一日下午

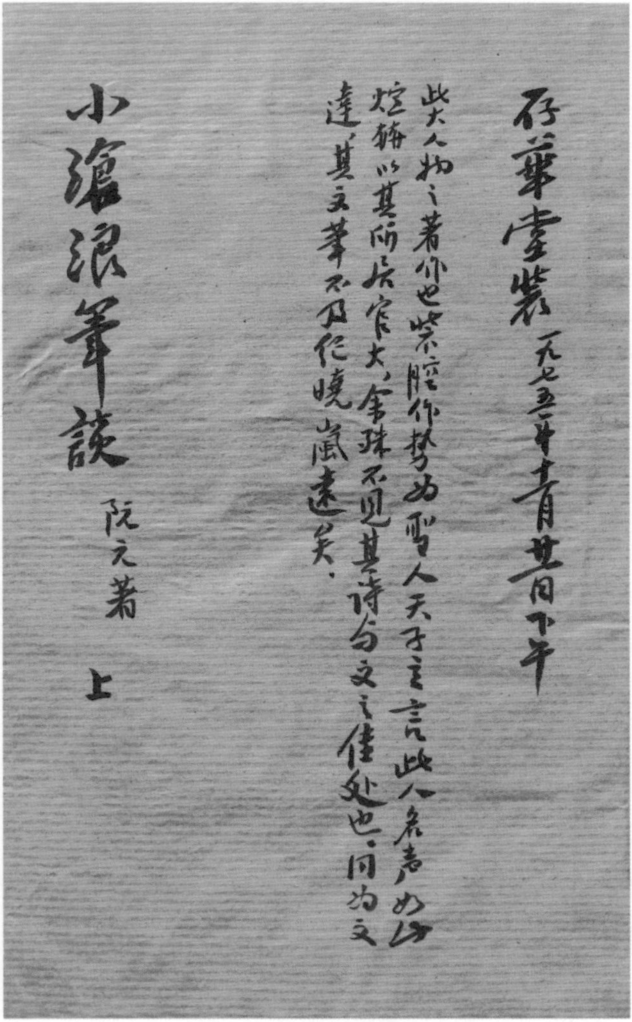

存華堂裝 一九七五年十二月廿日下午

此大人物之著作也裝腔作勢如雪人天子之言此人名声如此

煌赫以其所居官大，舍珠不見其詩句文之佳处也。同为文

達，其文筆不及紀曉嵐遠矣。

小滄浪筆談

阮元著

上

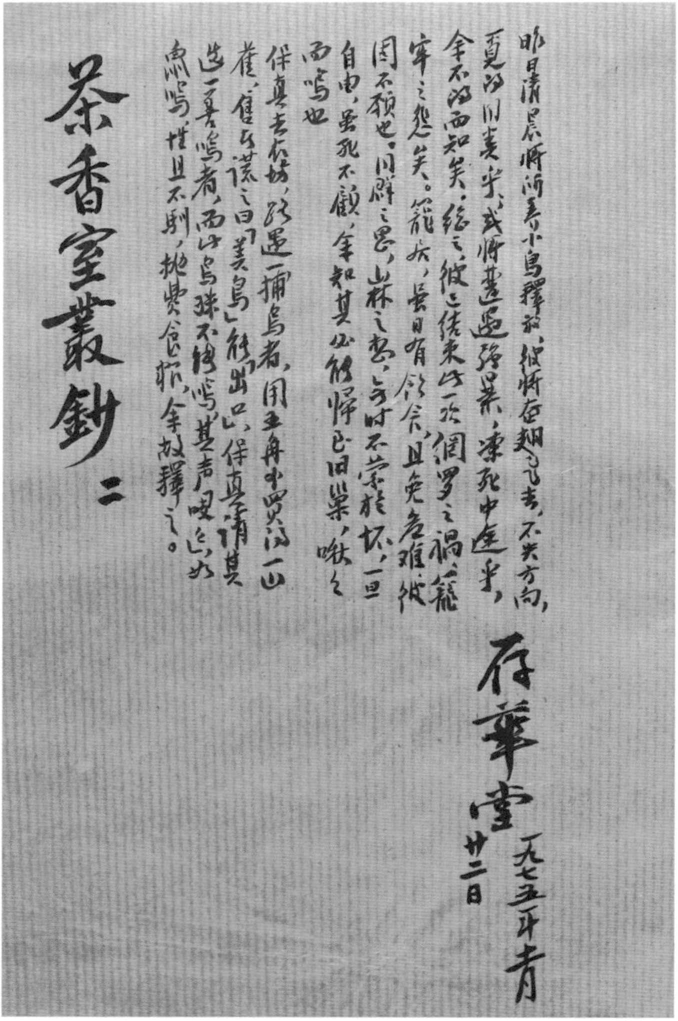
昨日清晨将所养小鸟释放，彼将在翱翔飞去，不失方向，更得同类乎，或将甚遥路巢，冻死中途乎，余不得而知矣。总之，彼已结束其一次网罗之祸，笼牢之悲矣。笼者，虽日有饮食，且免危难，然困不舒也。同群之思，山林之想，无时不萦于怀，一旦自由，虽死不顾，余知其必能归返旧巢，啾啾而鸣也

保真去衣坊，路遇一捕鸟者，用五角买得一山雀，售者谎之曰「美鸟」能鸣出口，保真遂请其选一善鸣者，而此鸟殊不能鸣，其声哑哑，如鼎鸣，性且不驯，拒受食饮，余故释之。

存华堂　一九七五年一月廿二日　青

茶香室叢鈔　二

茶香室丛钞

二

昨日清晨，将所养小鸟释放。彼将奋翅飞去，不失方向，觅得同类乎；或将遭遇强暴，冻死中途乎，余不得而知矣。总之，彼已结束此一次网罗之祸、笼牢之怨矣。笼居，虽日有饮食，且免危难，彼固不愿也。同群之思、山林之想，无时不萦于怀，一旦自由，虽死不顾。余知其必能归至旧巢，啾啾而鸣也。

保真去农场，路遇一捕鸟者，用五角多买得一山雀。售者谎之曰“美鸟”，能“出口”，保真请其选一善鸣者，而此鸟殊不能鸣，其声“吱吱”，如鼠鸣，性且不驯，抛费食粮，余故释之。

存华堂

一九七五年十一月廿二日

大慈恩寺三藏法师传

上

此书购于冷巷，与余浮沉于津二十余年，此以前尚不知是何等经历也。

存华堂
一九七五年十一月廿二日下午，大风寒甚

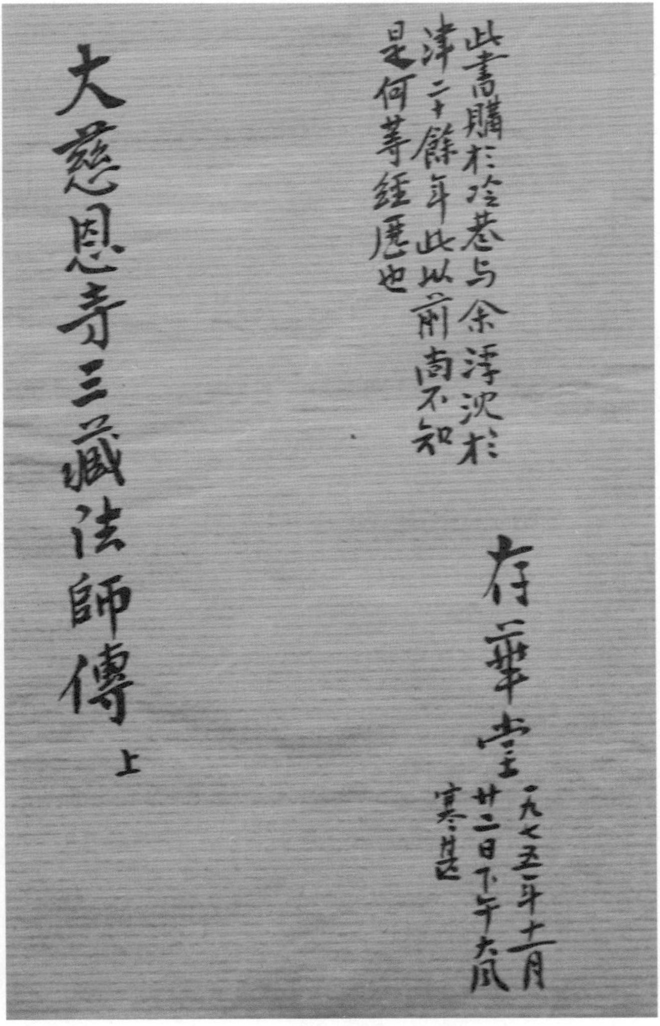
此書購於冷巷与余浮沉於津二十餘年此以前尚不知是何等經歷也

存華堂 一九七五年十月廿二日下午大風寒甚

大慈恩寺三藏法師傳 上

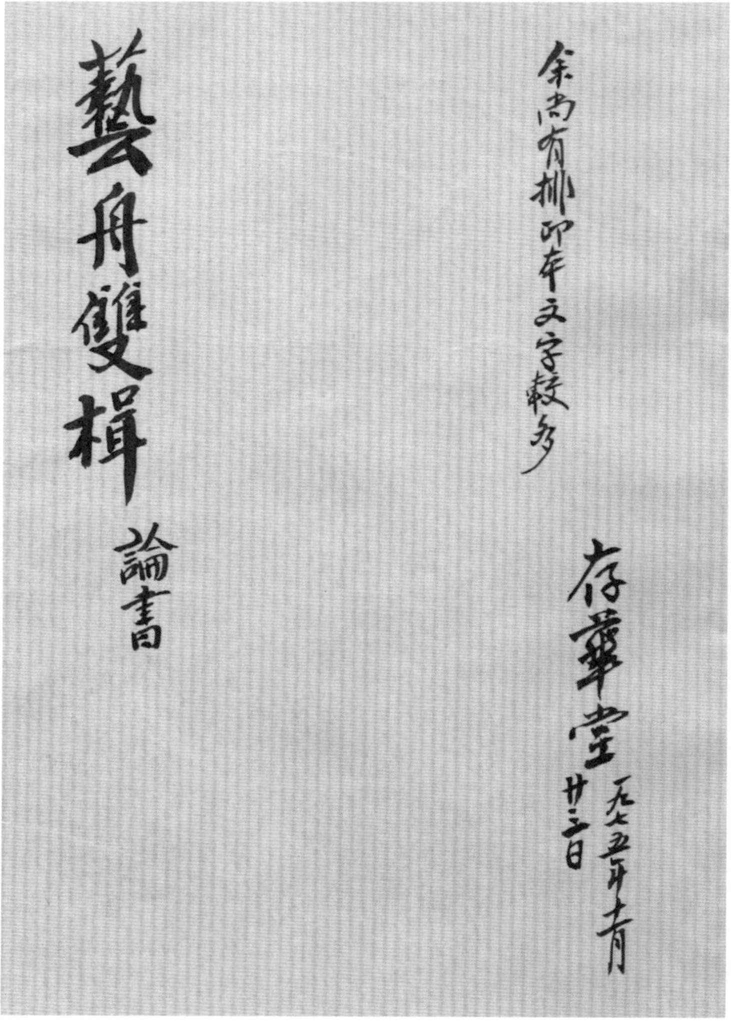

余尚有排印本文字較多
存華堂
一九七五年十月
廿三日
藝舟雙楫
論書

艺舟双楫

论书

余尚有排印本，文字较多。

存华堂
一九七五年十一月廿三日

艺舟双楫

论文

自淮舟送残纸一卷来，包线装书将及百本。纸不用尽，则心不能安。觅书裁纸，不督自励，此习惯势力也。亦无计划，包否如抽签。今纸已尽，可止矣乎。

存华堂
一九七五年十一月廿三日灯下

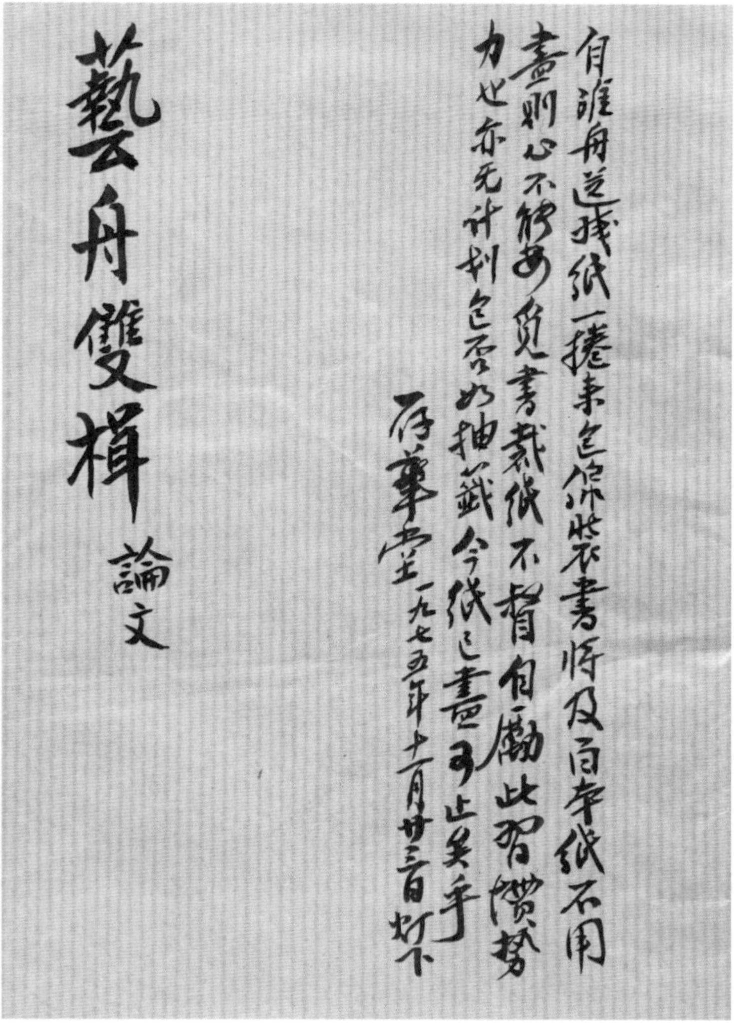

藝舟雙楫論文

自誰舟送殘紙一捲來色作裝書將及百本紙不用盡則心不能安覓書裁紙不暇自勵此習慣勢力也亦無計劃色否如抽戳今紙已盡可止矣乎

存華堂一九七五年十一月廿三日燈下

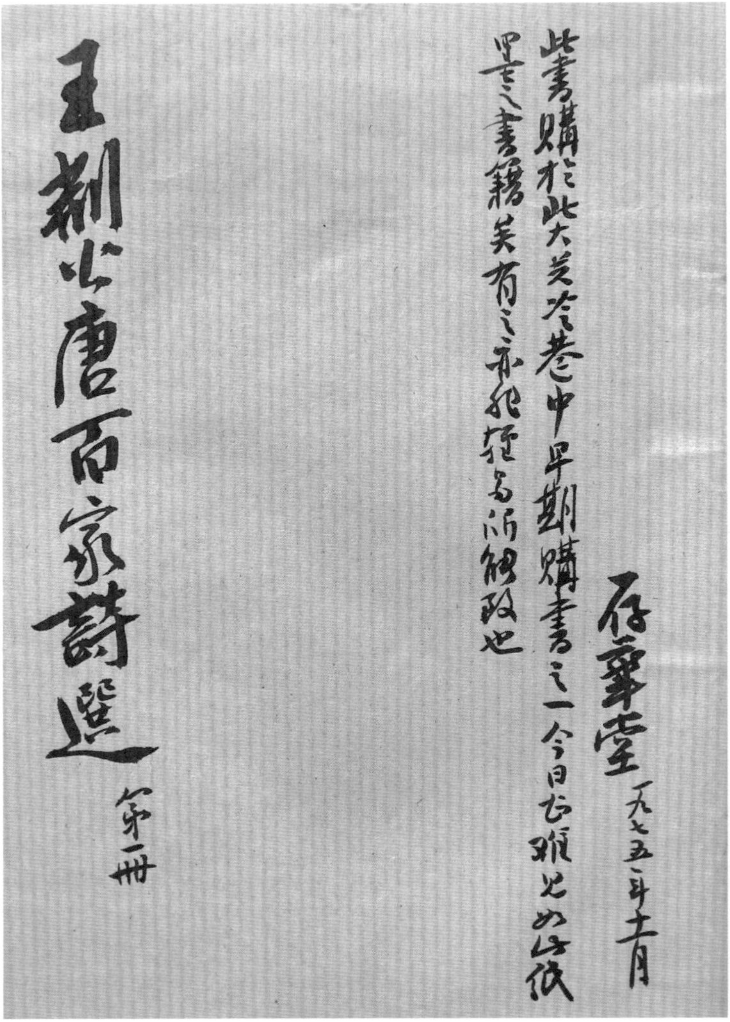

此書購於北大荒苍巷中早期購書之一今日亦難見如此紙墨之書籍矣有之亦非輕易所能致也

存華堂 一九七五年十月

王荊公唐百家詩選

第一册

王荆公唐百家诗选

第一册

此书购于北大关冷巷中，早期购书之一。今日甚难见如此纸墨之书籍矣。有之，亦非轻易所能致也。

存华堂
一九七五年十一月

曲洧旧闻

朱弁

近日为邻居在窗下盖小房生气，甚无谓也。然迫使余深思当前环境，将来可能遭遇。要之，应随时克制，慎之！

存华堂
一九七五年十二月二日灯下

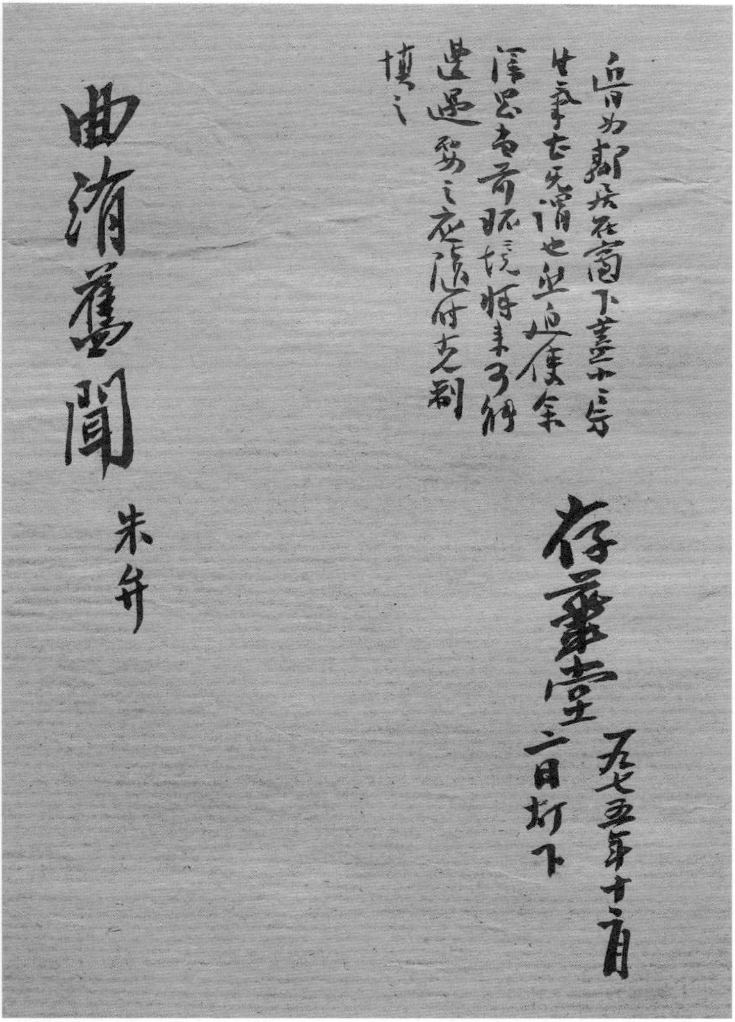
曲洧舊聞
朱弁
存素堂

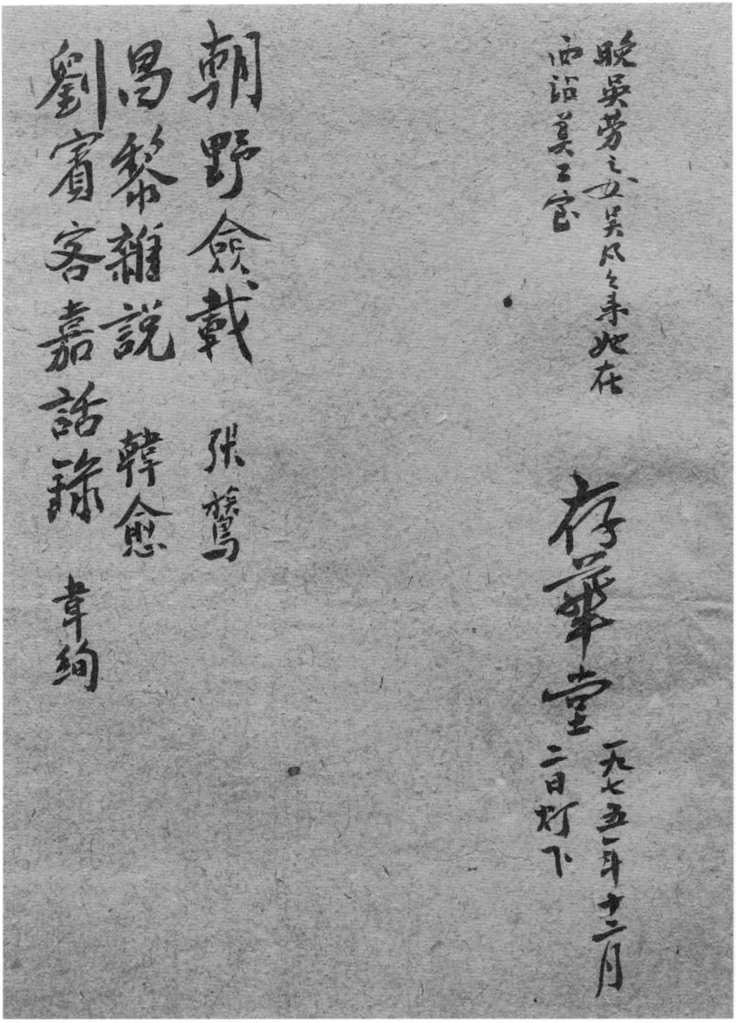

晚吳勞之、女吳氏之手批在
西諦莫之官

存華堂

一九七五年十二月二日灯下

朝野僉載　张鷟
昌黎雜說　韓愈
劉賓客嘉話錄　韋絢

朝野佥载

张鷟

昌黎杂说

韩愈

刘宾客嘉话录

韦绚

晚，吴劳之女吴凡凡来，她在西站美工室。

存华堂
一九七五年十二月二日灯下

鸡肋编

庄季裕

蓼花洲闲录

高文虎

下午老李来，余包书与之谈话，老友不以为慢也。

存华堂
一九七五年十二月二日灯下

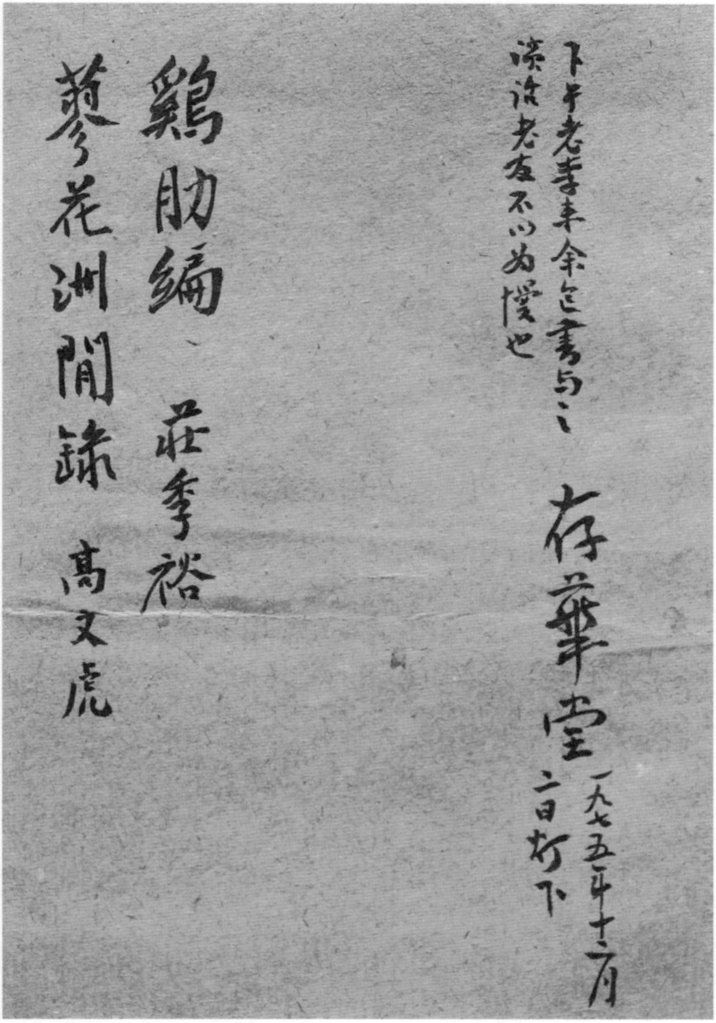
下午老李来余乞書与之

谈后老友不以为慢也

存華堂

一九七五年十二月二日灯下

鷄肋編 荘季裕

蓼花洲閒錄 高文虎

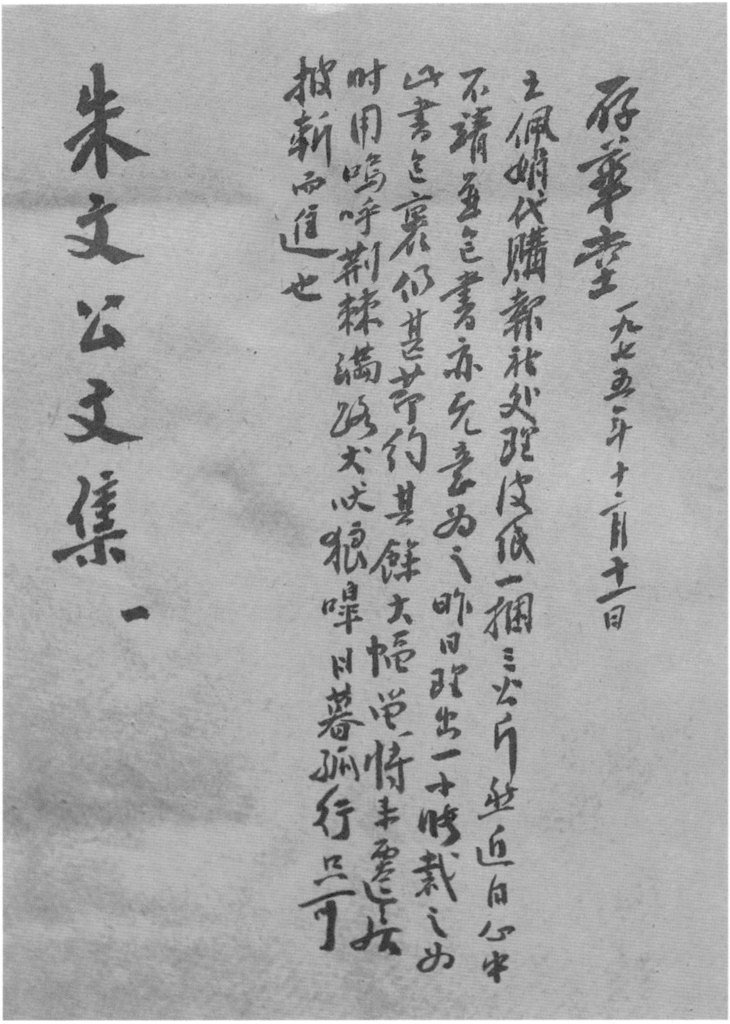
存華堂 一九七五年十二月十二日
王佩娟代購新社文理皮紙一捆三公斤並直白心中
不請益區區書亦允意爲之昨日理出一十帙裁之如
此書區區裹衣仍甚節約其餘大幅留之待來覆之好
時用嗚呼荆棘滿路犬吠狼嗥日暮孤行只可
披斬而進也
朱文公文集 一

朱文公文集

一

王佩娟代购报社处理皮纸一捆，三公斤。然近日心中不靖，并包书亦无意为之。昨日理出一小张裁之，为此书包裹，仍甚节约。其余大幅，留将来迁居时用。呜呼！荆棘满路，犬吠狼嗥，日暮孤行，只可披斩而进也。

存华堂

一九七五年十二月十一日

楚文物展览图录

既得大纸,念及大书。今日包装图录两册。余对文物毫无知识,又不好参观实物展出,非学此之正途也。

今日下午,淮舟来,余请其为我理发。同院小孩已上大学,不便再烦人家。

存华堂

一九七五年十二月十二日灯下

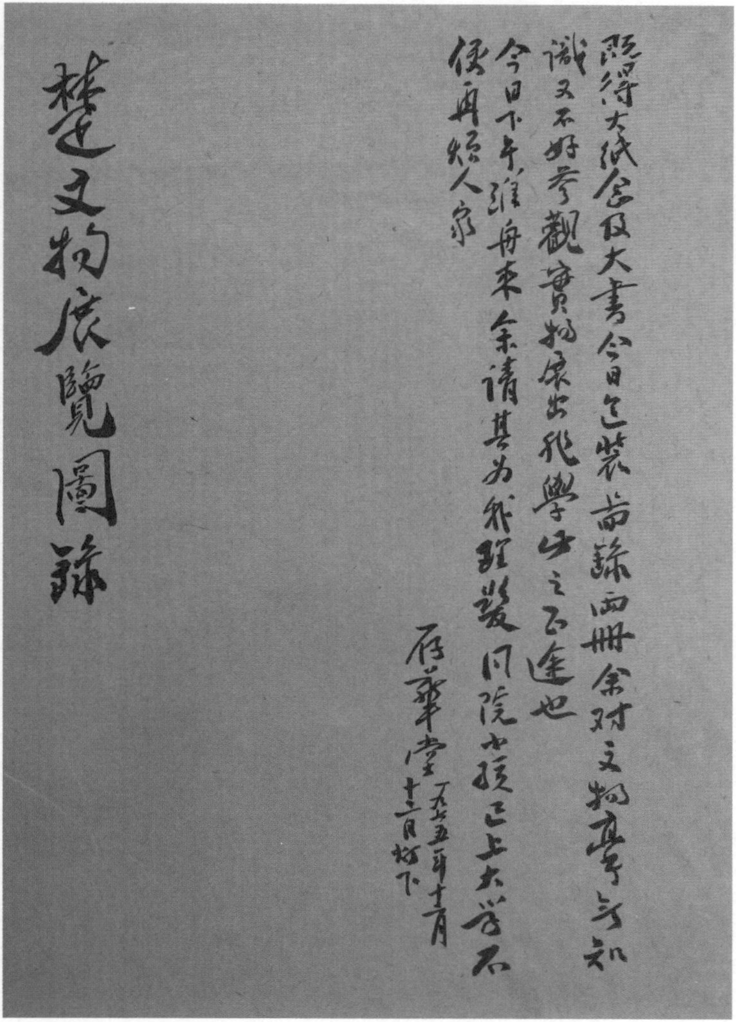
楚文物展覽圖錄

頃得大紙包及大書今日送裝圖錄兩冊余對文物學無知識又不好參觀實物展出我學生之迂也今日下午張舟來余請其為我理裝同院女孩已上大學不便再煩人家

唐華堂 一九六五年十一月十二日燈下

太原壙坡
北齊張肅墓文物圖錄

大風寒甚，天燥如焚，不能外出，取此書再整裝之。十三日上午又記

此類書之價如此之昂貴，蓋書與外國人或收藏資料室之品也。余因有稿費，亦得收藏，實偶然也。人不重之，正所謂得小便宜吃大虧也。同時又記 風仍不已

從熱愛現實到熱愛文物，即旅行於陰陽界上，即行將入墓之徵，而並一小石之墓誌亦不可得也。再記

存華堂裝 一九七五年十二月十二日

太原圹坡北齐张肃墓文物图录

大风寒甚，心燥如焚，不能外出，取此书再整装之。

十三日上午又记

此类书定价如此之昂贵，盖卖与外国人或公家资料室之品也。余因有稿费，亦得收藏，实偶然也。人不由己，正所谓得小便宜吃大亏也。

同时又记，风仍不已

从热爱现实到热爱文物，即旅行于阴阳界上，即行将入墓之征，而并一小石之墓志，亦不可得也。

再记

存华堂装
一九七五年十二月十二日

清稗类钞

一

时令　气候　地理　名胜

既得多纸，爰及此书，共四十八本，徐徐装之。

存华堂
一九七五年十二月十三日

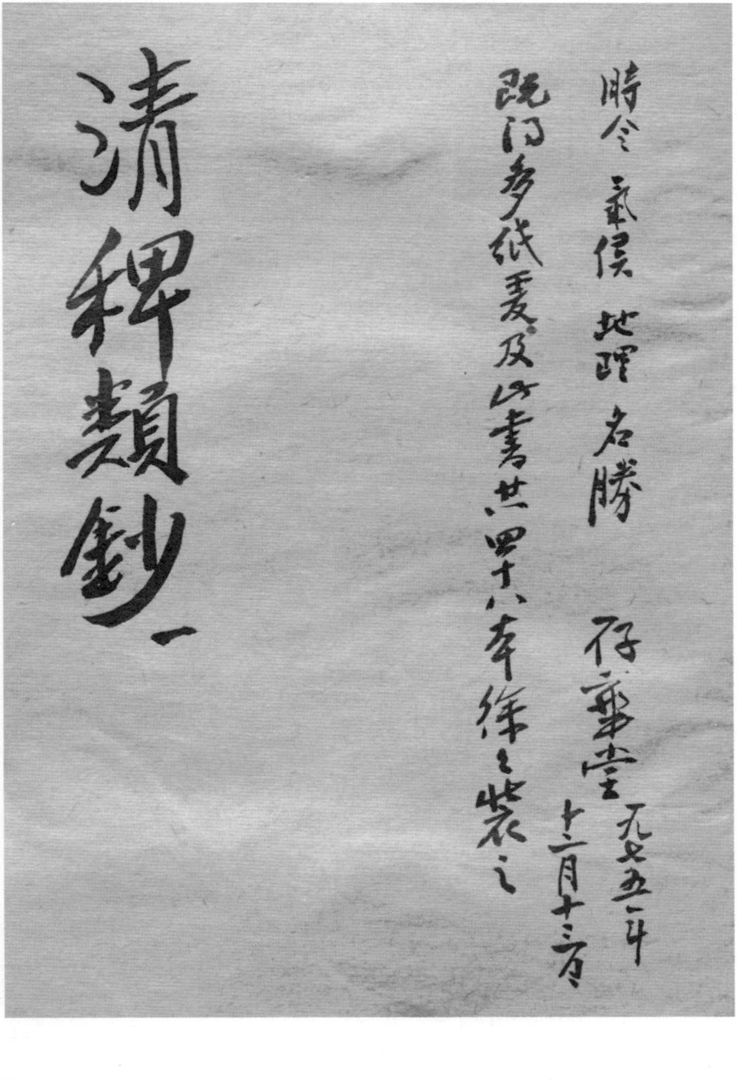
清稗類鈔 一

時令 氣候 地理 名勝

存齋堂 一九五一年十二月十二日

既得多紙處及此書共四十八本絲絲裝之

戰事 上

上午已衔ㄑ散步，當道逢多為阻，或因拖拉机成隊停ㄑ，當
或因施工加籬柵，或因自行車一今ㄑ青ㄑ之成群試新
車於道路，或倚旁移木堆，積於路中，或就馬路
篩灰和煤，晾被曬曬，於城面礙之內，甚覺為歎
次再不敢漫行，乃歸。

一丈五一年十二月十五日

清稗類鈔 六

清稗类钞

六

战事　上

上午至街散步，道途多阻，或因拖拉机成队停留，或因施工加篱栅，或因自行车厂令青工成群试新车于通路，或修剪树木堆枝于路中，或就马路筛灰、和煤、晾被褥、堆拉（垃）圾。百码之内，虽绕道数次，亦不得畅行，乃归。

一九七五年十二月十五日

清稗类钞

七

战事　下　武略

昨日小宏来，言将去昆明，并要为我买烟、茶及小大理石镜面。此甥时时结记我，亦不负我襁负之劳矣。思之慨然。

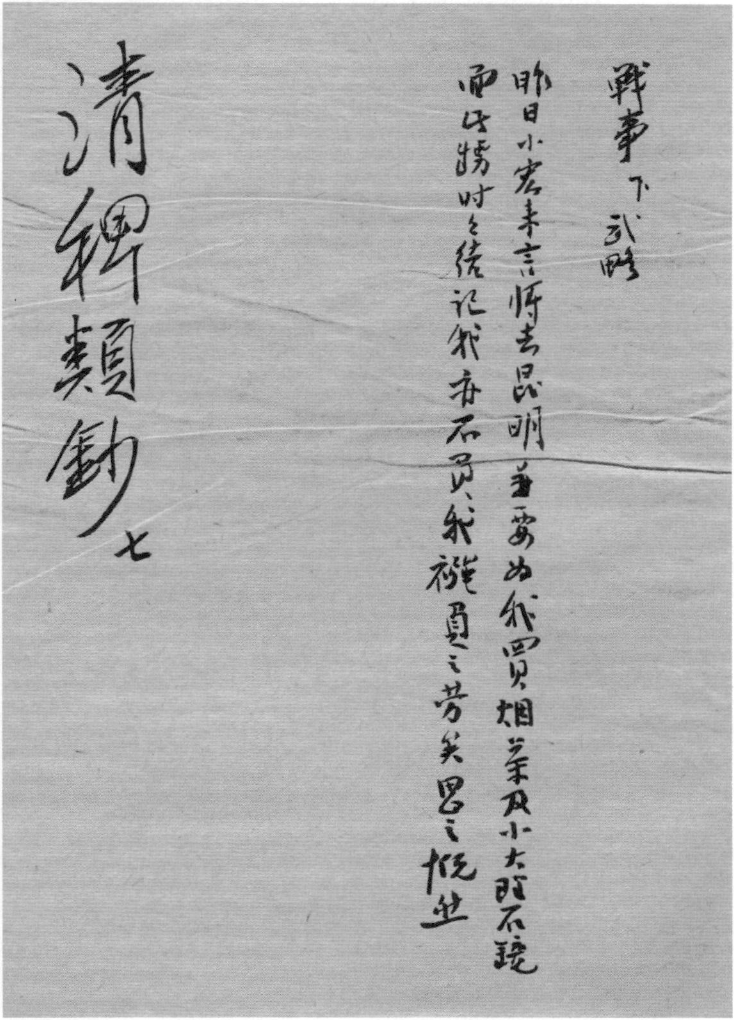

戰爭下 武略

昨日小宏来言將去昆明并要為我買烟葉及小大眼石鏡

而今勝時之債記我亦不買我欲負之勞矣思之慨然

清釋類動 七

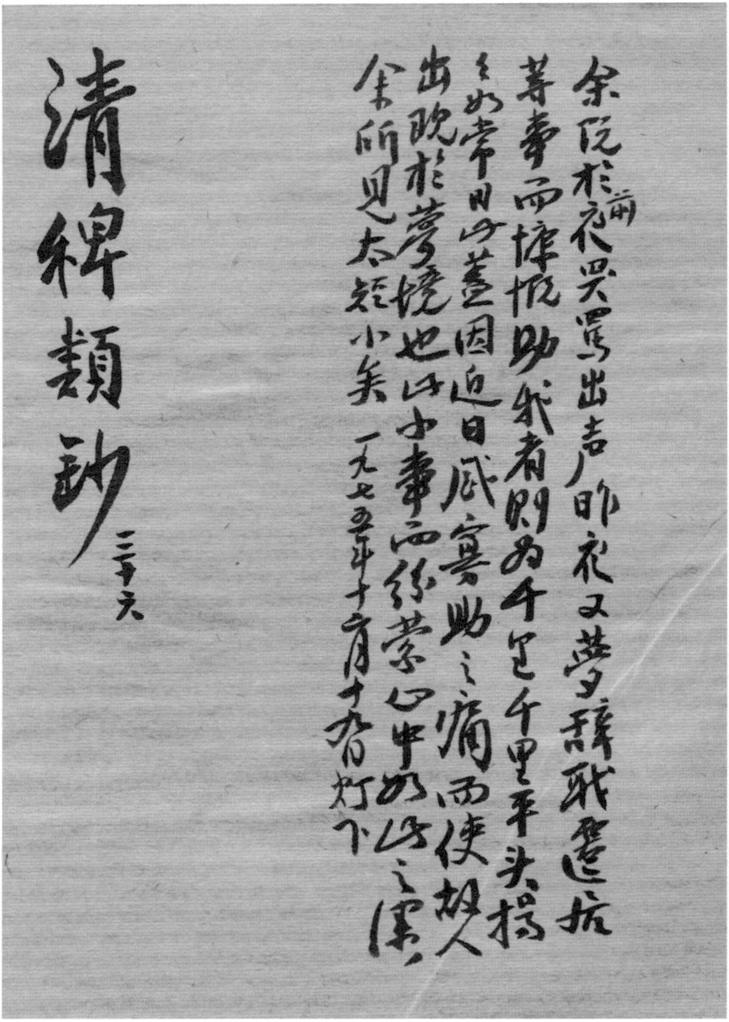

余從於前花哭罵出声，昨夜又夢辭職遁旅
善事而悼慨助我者則為千里千里平頭揭
之如常日以慕困追日感實助之痛而使故人
出現於夢境也。以上事而緣夢心中如何之深
余所见太短小矣　一九七五年十一月十九日灯下

清稗類鈔　二十六

清稗类钞

三十六

余既于前夜哭骂出声，昨夜又梦辞职迁居等事。而慷慨助我者，则为千里。千里平头，扬扬如常日。此盖因近日感寡助之痛，而使故人出现于梦境也。此小事，而纷萦心中如此之深，余所见太短小矣。

一九七五年十二月十九日灯下

清稗类钞

四十八
饮食　下

今日装讫。此书杂乱无章，所引亦不注出处，取材无鉴衡，多浅薄流俗之言。然其体大，所容多，凡有关北京风物世态，究非他书可比拟，可用之材甚多。千百年后，将成罕见之类书。四十八册之规模，虽在目前，亦不多见矣。如此保护，亦期延其年寿，遇有明达耳。

一九七五年十二月二十一日灯下记

清稗類鈔 四十八

飲食 下

今日紫花記 此書雜亂無章所引亦不註出處取材冗謬衍多淺薄流俗之言然其偉大所寄多風有美此京風物世態究非他書可以擬可用之材亦多千方平居將成罕見之類書の千八冊之規模要在目前亦不多見矣如此保護亦期近其年壽過有明文遂畢

一九七五年十二月二十九日燈下記

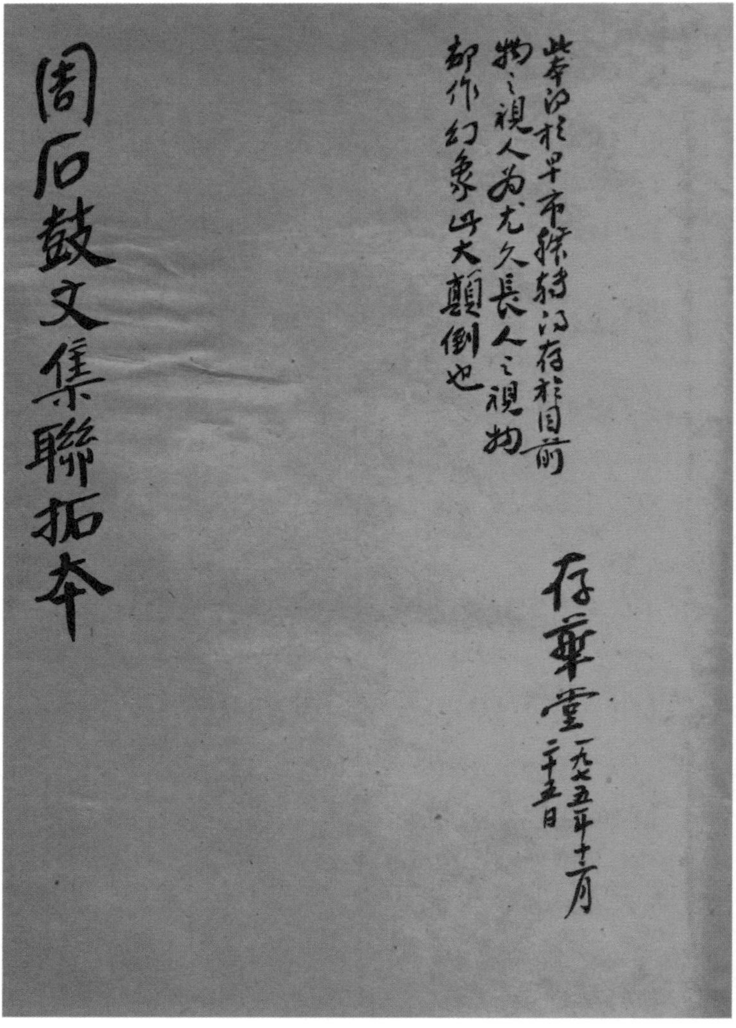
周石鼓文集聯拓本
此本得於早市探得以存於目前
物之視人為尤久長人之視物
卻作幻象此大顛倒也
存華堂
一九六五年十二月
二十五日

周石鼓文集联拓本

此本得于早市，辗转得存于目前。物之视人，为尤久长；人之视物，却作幻象。此大颠倒也。

存华堂
一九七五年十二月二十五日

庙堂碑唐本

存华堂

一九七五年十二月廿五日题字，装在劫前

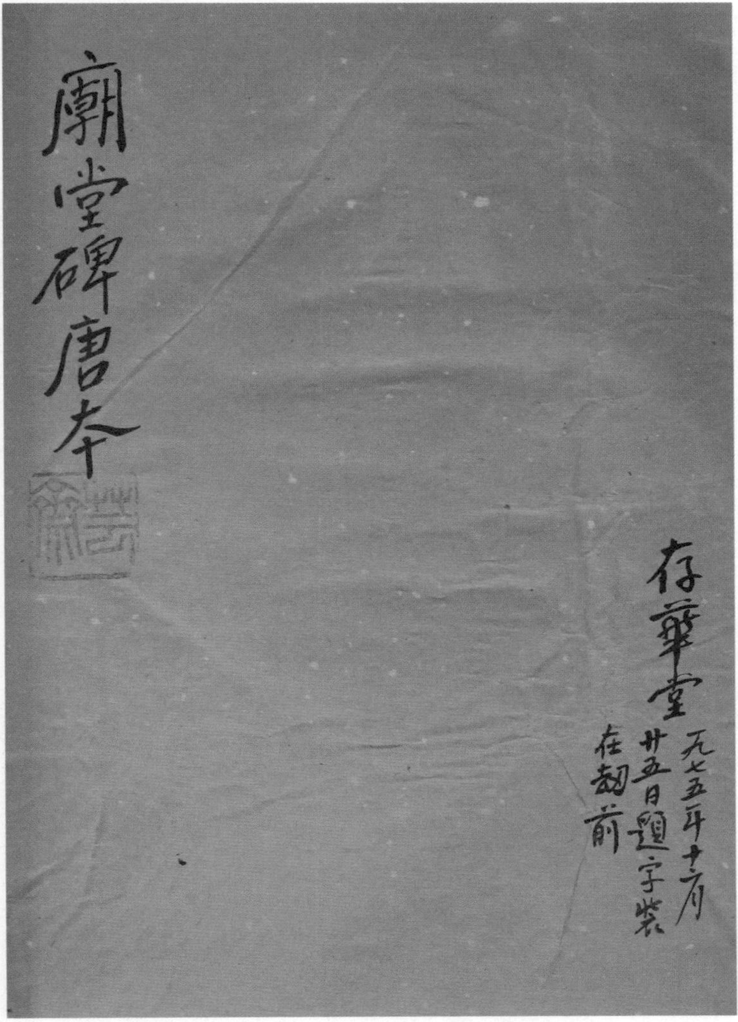
廟堂碑唐本
存華堂
一九七五年十月廿五日題字裝在封前

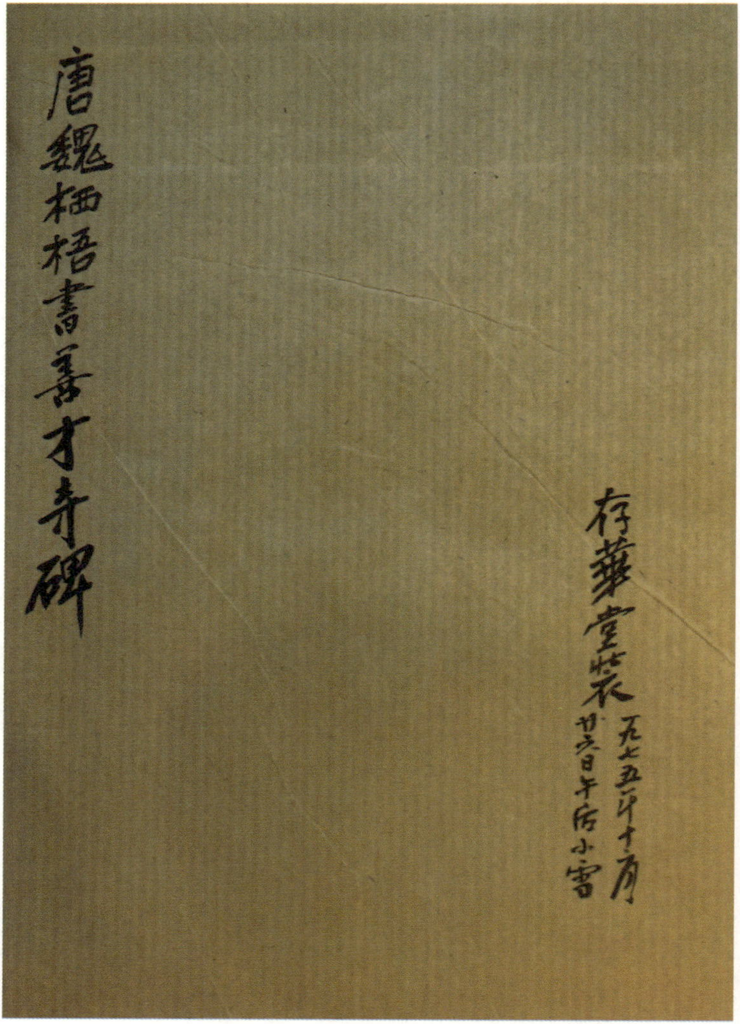
唐魏栖梧書善才寺碑
存華堂裝
一九七五年十月
廿六日午后小雪

唐魏栖梧书善才寺碑

存华堂装

一九七五年十二月廿六日午后小雪

陈老莲水浒叶子

此册系亡者伴我，于和平路古旧门市部购。自我病后，她伴我至公园，至鸟市，至古董店、书店，顺我之素好，期有助我病速愈。当我疗养期间，她只身数度往返小汤山、青岛。她系家庭妇女，并不识字，幼年教养，婚后感情，有以致是。我于她有惭。呜呼！死别已五载，偶有梦中之会，无只字悼亡之言，情思两竭，亡者当谅我乎？

存华堂

一九七五年十二月卅日上午

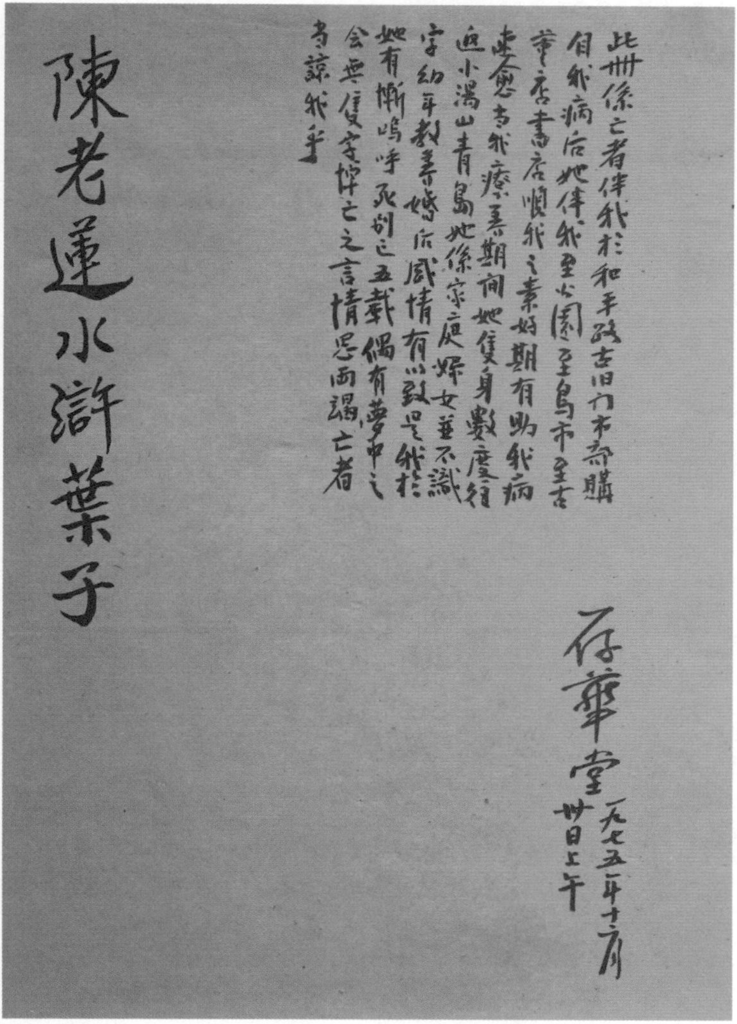
陳老蓮水滸葉子

此册係亡者伴我於和平路古旧门市部購
自我病后她伴我至公園至島市至古
董店書店慣我之素好期有助我病
速愈者我療養期間她隻身數度往
返小溪山青島她係家庭婦女並不識
字幼年教養嬌后感情有以致是我於
她有慚嗚呼死別已五載偶有夢中之
会無隻字悼亡之言情思兩竭亡者
当諒我乎

存華堂 一九七五年十月廿日上午

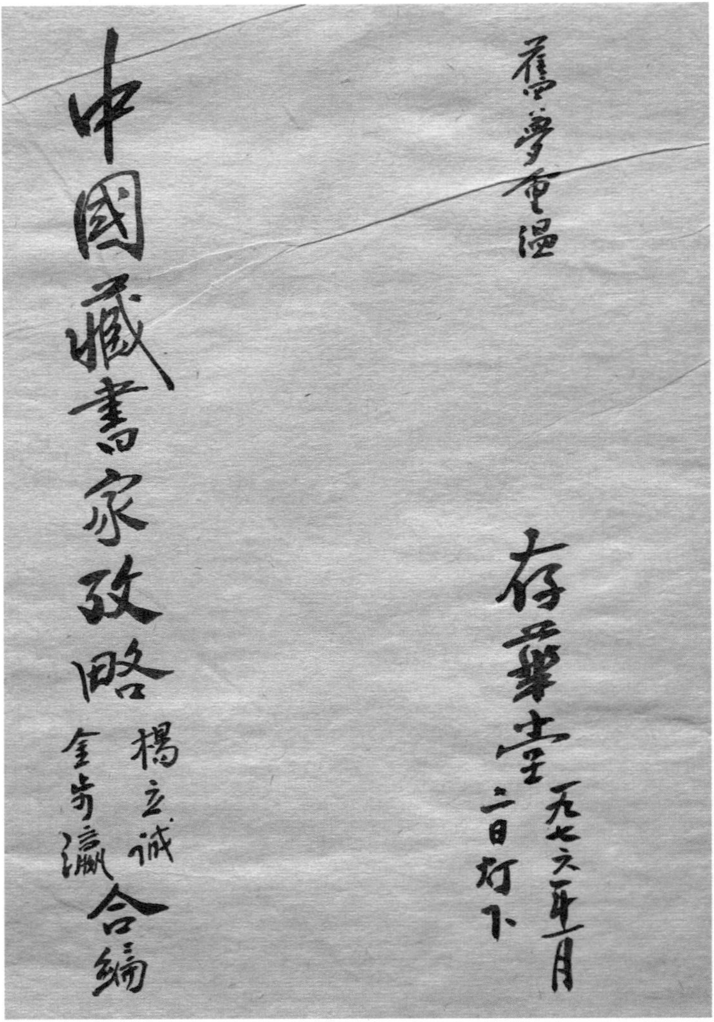
舊夢重溫

存華堂 一九七六年五月二日灯下

中國藏書家攷略

楊立誠 金步瀛 合編

中国藏书家考略

杨立诚　金步瀛 合编

旧梦重温。

存华堂
一九七六年一月二日灯下

竹叶亭杂记

上

桐城　姚元之

此书颇污，余购来时，曾大力洁修。

存华堂

一九七六年一月四日

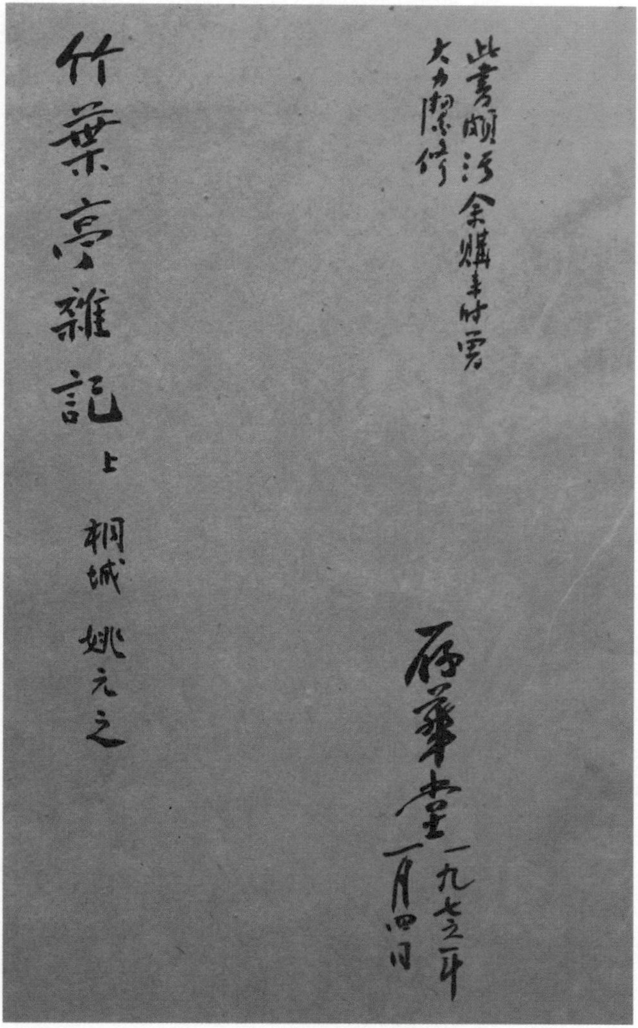
此書頗污余購來付男
大力揭裱修
竹葉亭雜記
上
桐城 姚元之
啓華堂
一九七二年
一月四日

此書購自津古貨架上
係翻刻武英殿本也

雲谷雜記 上

宋張淏撰

存華堂

一九七六年一月四日

云谷杂记

上

宋　张淏 撰

此书购自津古货架上，系翻刻武英殿本也。

存华堂

一九七六年一月四日

三通叙

上

此破书，余尝修补数次。

存华堂
一九七六年一月四日

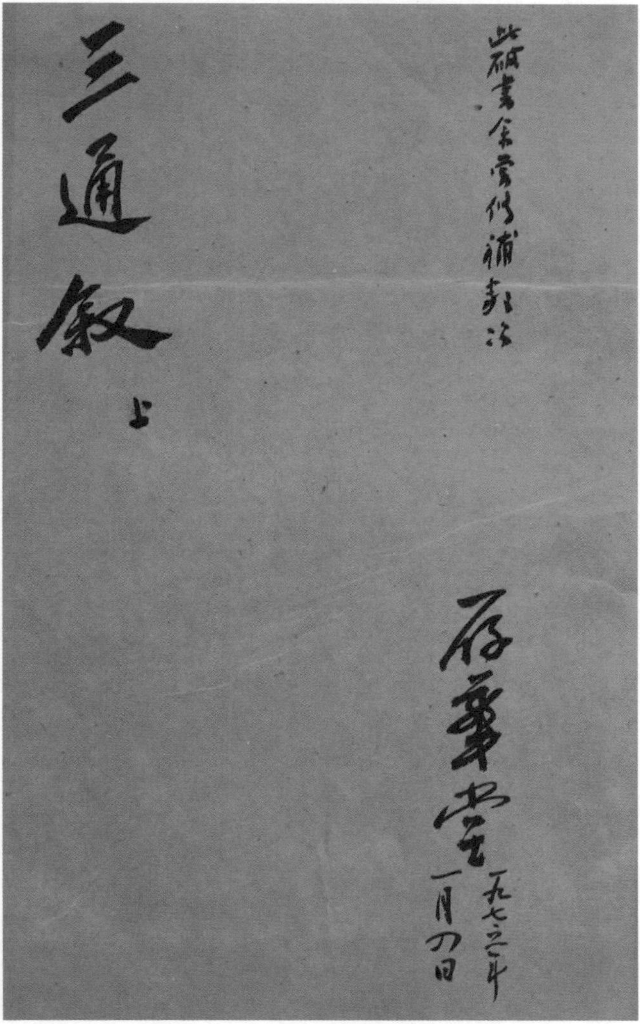
此冊書余嘗作補表之注

三通敘 上

存華堂 一九七二年一月四日

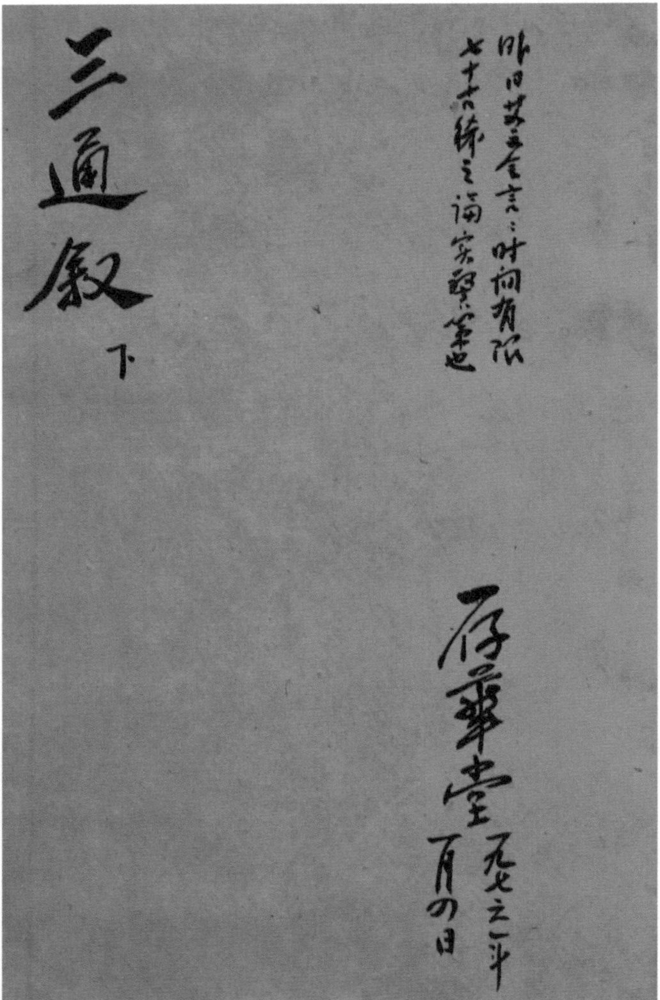
三通叙
下
存华堂
九七二年

三通叙

下

昨日艾文会言:时间有限。七十古稀之论,实警策也。

存华堂
一九七六年一月四日

王祯农书

一

此济南印本，当时省城所印书籍多如此型，以其厂颇小，铅字号亦不全，而能印此专门书，亦不易矣。此农业专校曾印古农书多种。

存华堂
一九七六年一月六日

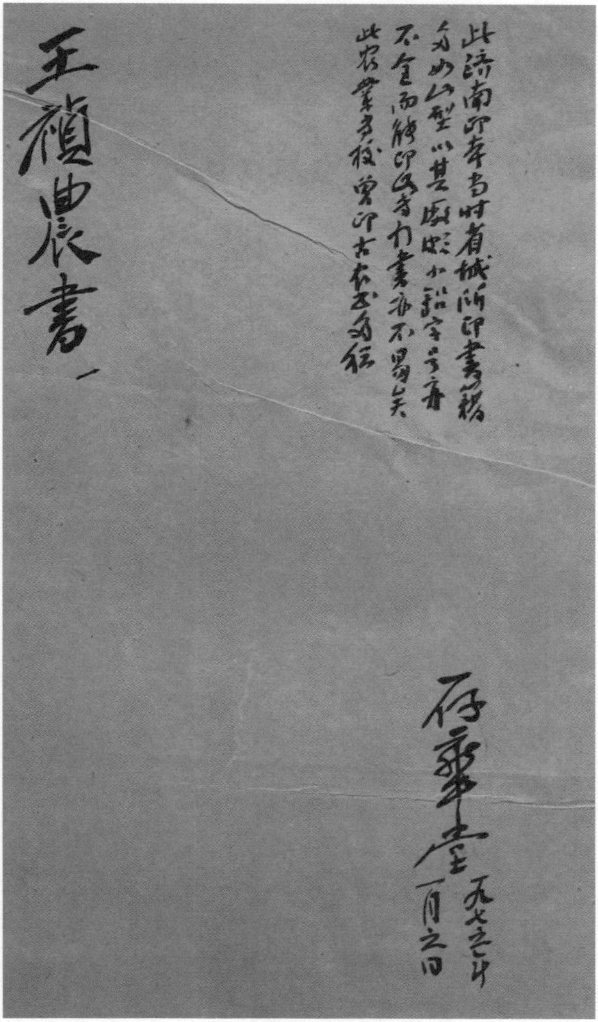
王禎農書 一

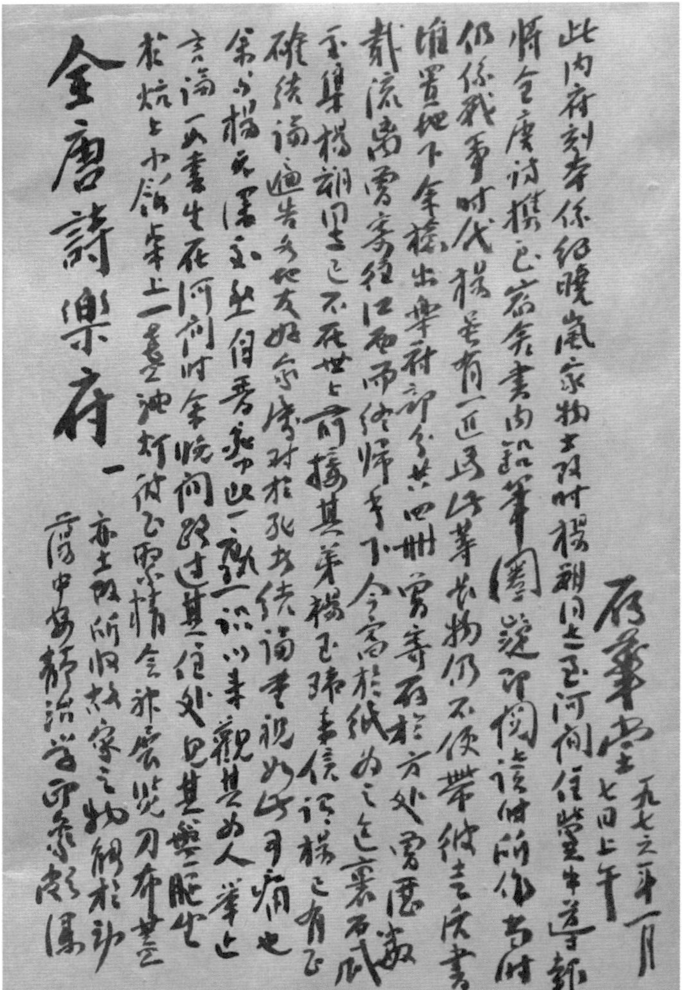
存華堂 一九七六年一月七日上午
全唐詩樂府 一

全唐诗乐府

一

此内府刻本，系纪晓岚家物。土改时，杨朔同志至河间，住《冀中导报》，将《全唐诗》携至宿舍，书内铅笔圈疑即阅读时所作。当时仍系战事时代，杨虽有一匹马，此等长物仍不便带。彼走后，书堆置地下，余检出乐府部分，共四册。曾寄存于方处，曾历数载流离，曾寄往江西，而终归手下。今富于纸，为之包裹，百感交集。杨朔同志已不在世上，前接其弟杨玉玮来信，谓杨已有正确结论，遍告各地友好。家属对于死者结论重视如此，可痛也。余与杨无深交，然自晋察冀熟识以来，观其为人，举止言论，一如书生。在河间时，余晚间路过其住处，见其盘腿坐于炕上，小饭桌上一盏油灯，彼正聚精会神展览刀布。盖亦土改所收故家之物。能于动荡中安静治学，印象颇深。

存华堂

一九七六年一月七日上午

昭代名人尺牍小传

下

纸富则惠及劣书。然余既存有尺牍数种，则此书或将有助于用乎？

存华堂
一九七六年一月七日下午

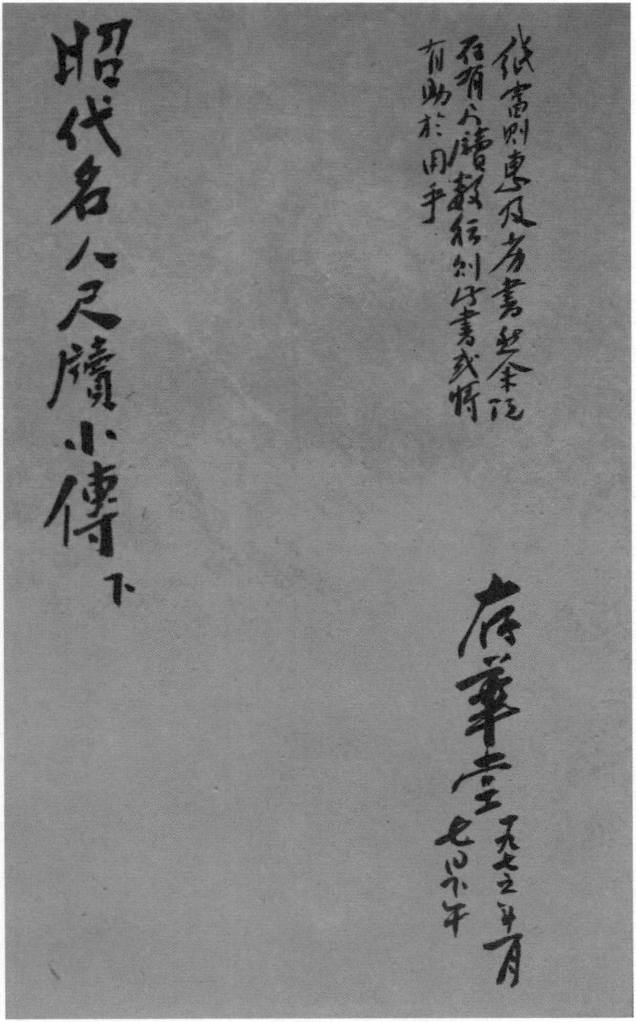
昭代名人尺牘小傳 下

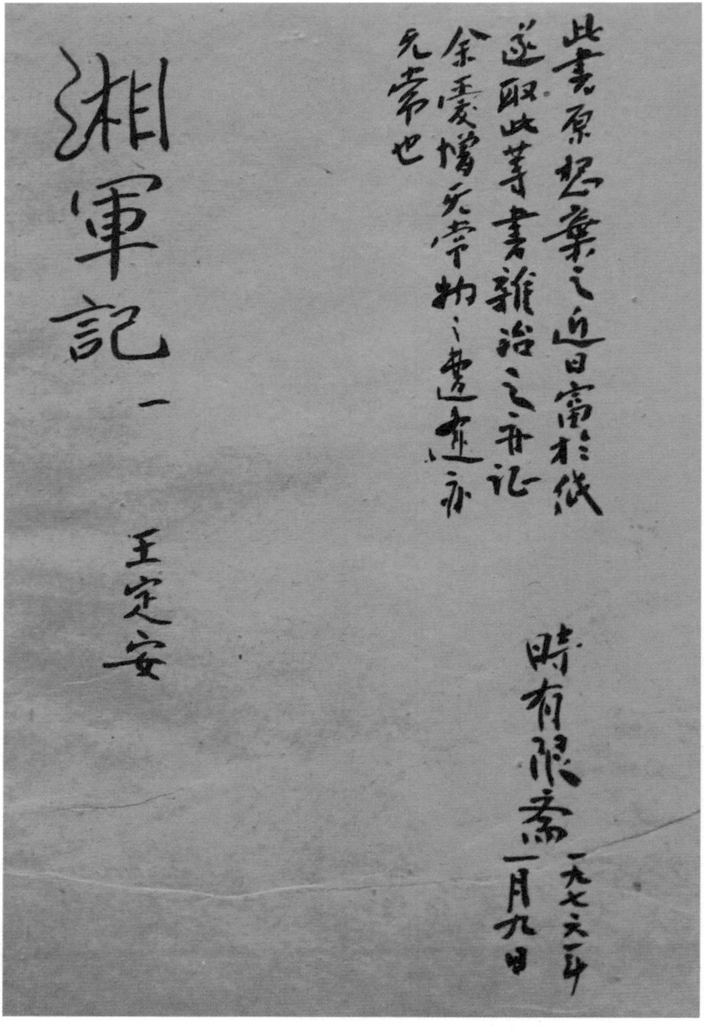

湘軍記　一

王定安

此書原擬棄之近日寓於紙遂取此等書雜治之再記余曩嘗天常物之遺棄遠亦无常也

時有限齋　一九七六年一月九日

湘军记

一

王定安

此书原想弃之，近日富于纸，遂取此等书杂治之。亦证余爱憎无常，物之遭逢，亦无常也。

时有限斋
一九七六年一月九日

湘军记

二

王定安

今日总理逝世。斯人云亡，邦国殄瘁。

时有限斋

一九七六年一月九（八）日

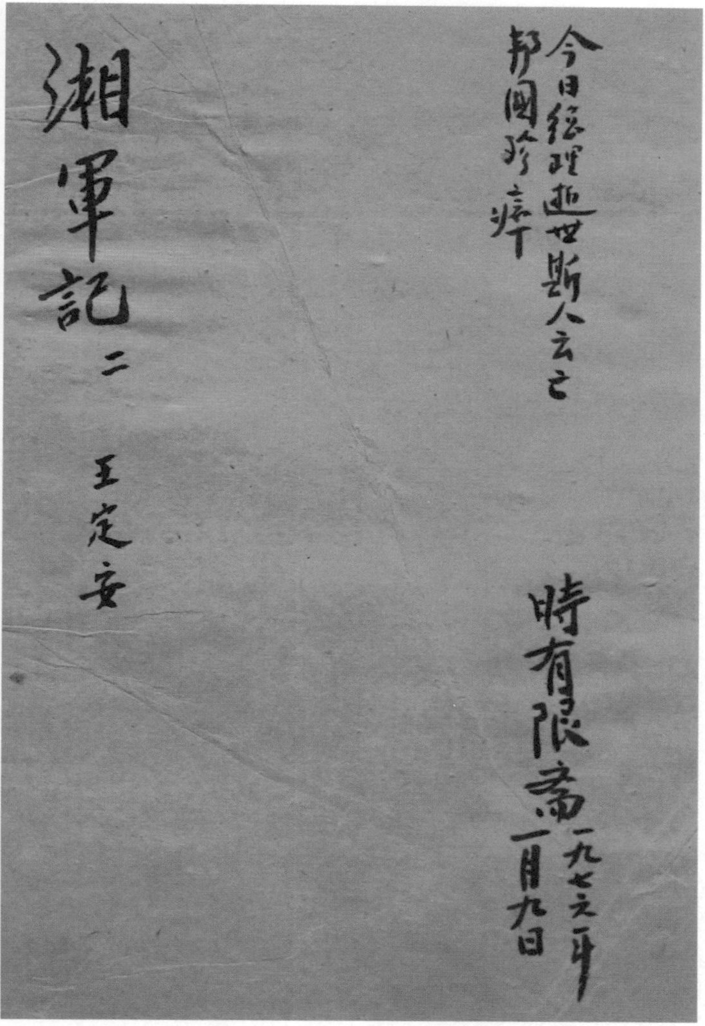

今日總理逝世斯人云亡
邦國殄瘁

時有限齋 一九七六年一月九日

湘軍記 二

王定安

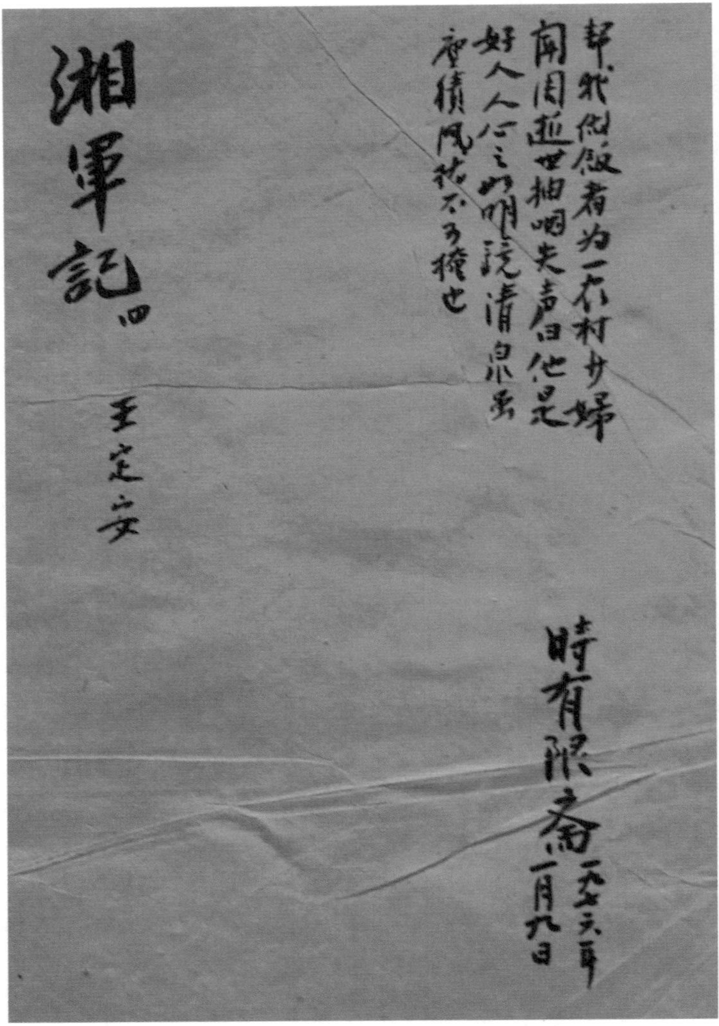

帮、我、做饭者为一农村少妇
闻周逝世抽咽失声曰他是
好人人心之明镜清泉虽
屡积风沙不可掩也

湘軍記 四

王定安

時有恨齋 一九七六年一月九日

湘军记

四

王定安

帮我做饭者,为一农村少妇,闻周逝世,抽咽失声,曰:他是好人。人心之如明镜清泉,虽尘积风扰,不可掩也。

时有限斋

一九七六年一月九日

秦淮广记

一

缪荃孙

此久拟抛弃之书，今得新装之好，亦见余之无聊甚矣。

存华堂
一九七六年一月九日

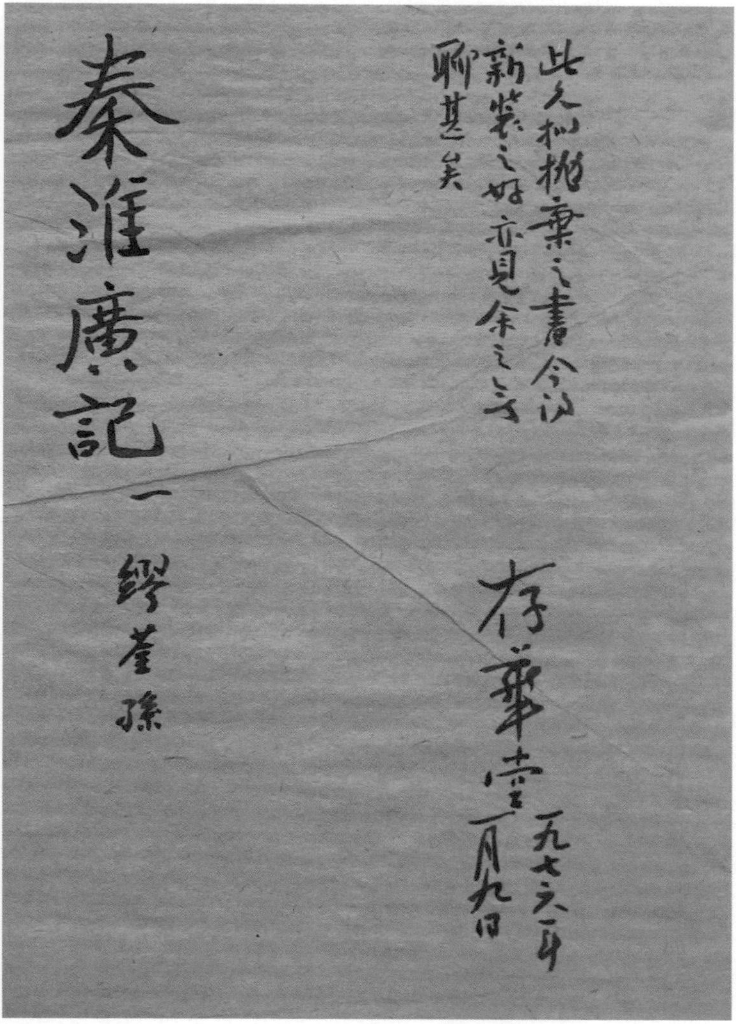
此久拟抛棄之書今以新裝之好亦見余之無聊甚矣

存華書
一九七六年一月九日

秦淮廣記 一

繆荃孫

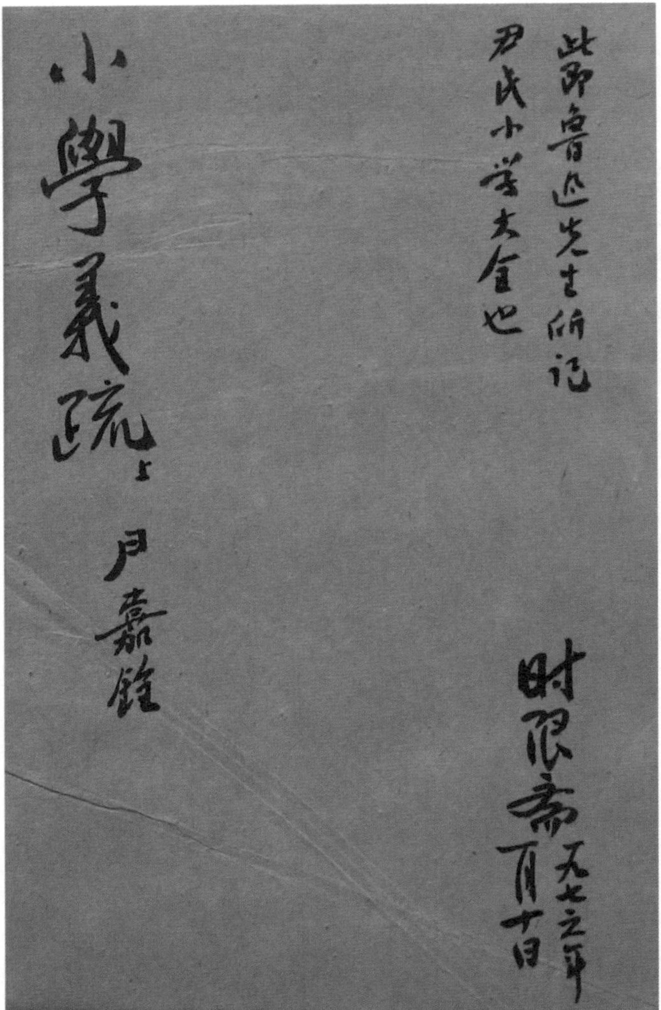
此節鲁迅先生所記
尹氏小學大全也
小學義疏上
尹嘉銓
时限斋
一九七六年
月十日

小学义疏

上
尹嘉铨

此即鲁迅先生所记尹氏《小学大全》也。

时限斋
一九七六年一月十日

范文正公书牍

上

范、司马为宋名相，读其书札，可略窥其相业，然与周比，均沙砾耳。南（斯拉夫）《政治报》谓：周所历时代，为最暴风雨的变幻无穷的半个多世纪。

时限
一九七六年一月十一日灯下

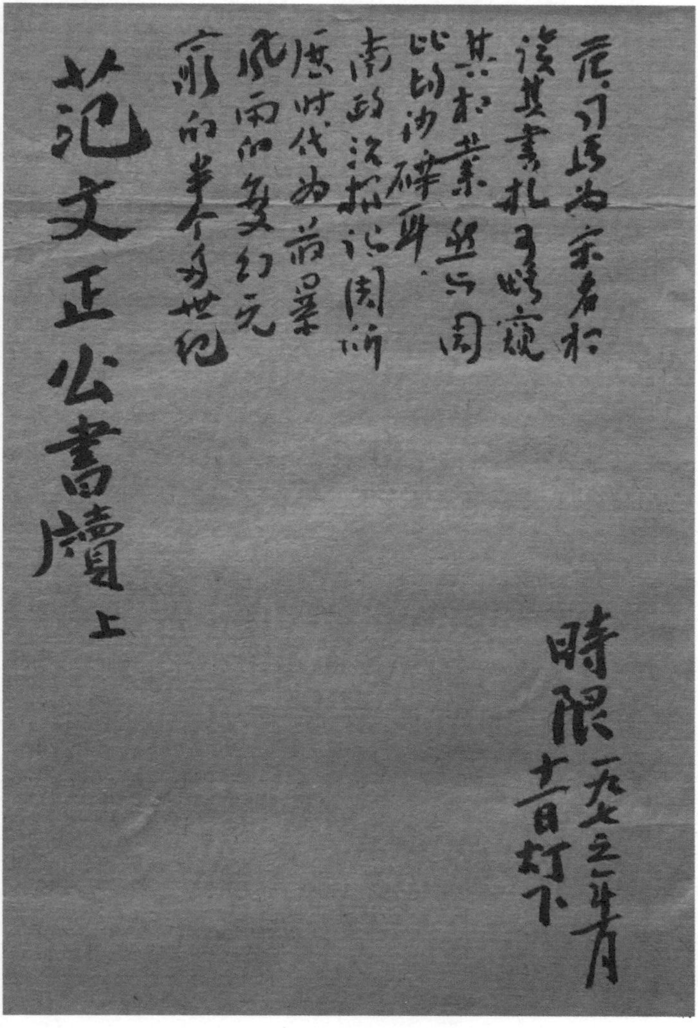
范仲淹为宋名相於
读其书札可略窥
其於业绩与人间
此均为碑耳。
南渡后沿袭所
历时代为前景
风雨的变幻无
前的半个多世纪

范文正公書牘　上

時限　一九七三年十月
十二日灯下

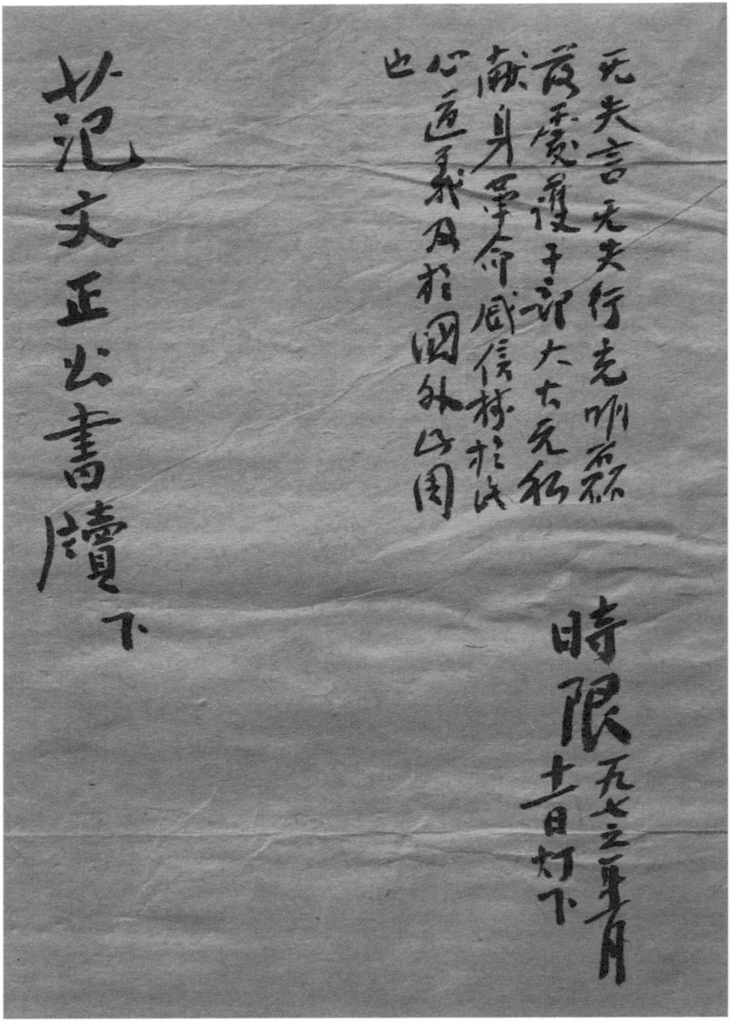
无失言无失行先明后称
虔承蒙顾护于记大公无私
献身革命感信赖于此
心通义及於国外之同
也

時限一九七二年十一月
十一日灯下

范文正公書牘下

范文正公书牍

下

无失言，无失行，光明磊落，爱护干部，大公无私，献身革命。威信树于民心，道义及于国外，此周也。

时限
一九七六年一月十一日灯下

司马温公书牍

上

世界舆论：亚洲一盏明灯熄灭了。谓周之死。强忍热泪听广播。

时限

一九七六年一月十一日灯下

廿另樂論、要聞（善及明灯熄滅了。諸同志讹。張君熱淚所广播。

時限一九六六年十一月十一日拆下

司馬温公書牘 上

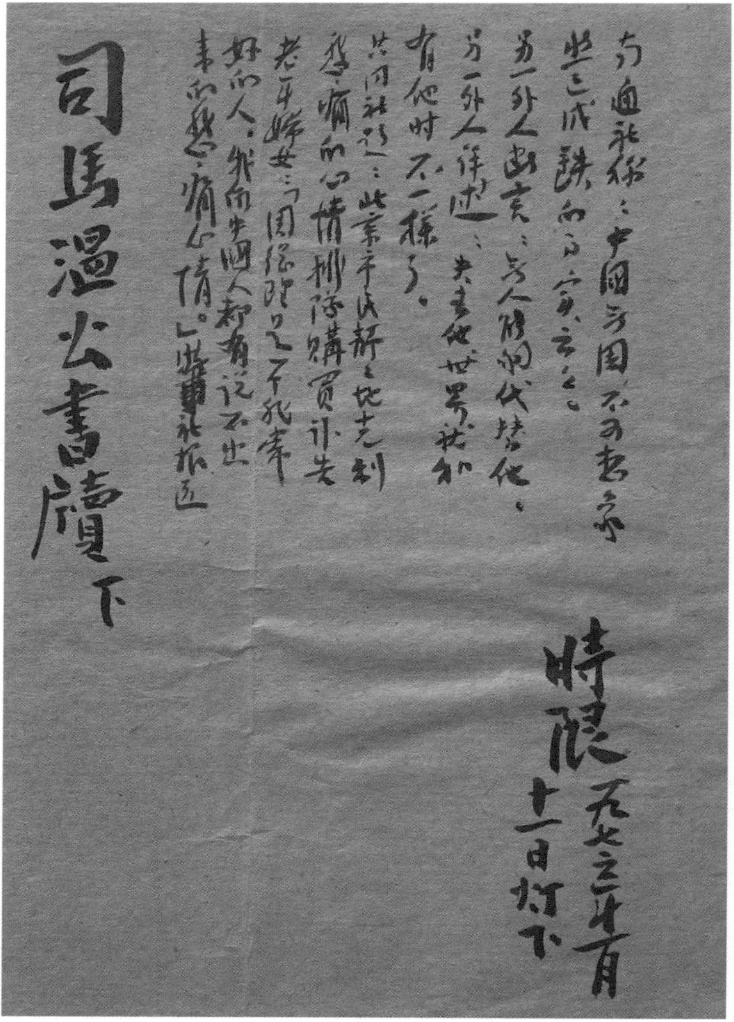
方才通报：「中國與國不可表示
與三代謀而不合一實云云。」
另一外人曲言：「吾人將以代替他。」
另一外人評述：「未來世界狀如
有他時不一樣了。」
共同社引述：「此案平民請之先判
為痛的心情排除購買外先
老年婦女：「國際路口不能常
好的人，我們每個人都有記不出
來的悲痛心情。」〈聯合報新聞〉

司馬溫公書牘下

時限 一九七六年十月
十一日灯下

司马温公书牍

下

南通社称：中国无周，不可想象，然已成铁的事实云云。
另一外人断言：无人能够代替他。
另一外人评述：失去他，世界就和有他时不一样了。
共同社题：北京市民静静地克制悲痛的心情，排队购买讣告。
老年妇女："周总理是一个非常好的人，我们中国人都有说不出来的悲痛心情。"新华社报道。

时限
一九七六年一月十一日灯下

钱牧斋尺牍

下

余有此三家尺牍，今日装竟。范文正原有全集，在佟楼时，为保真捆而售之废品站，万有本新书也。今求之天壤，将不可得。风流云散之易，一砖一瓦之艰，适成人间翻覆之对比耳。

时限
一九七六年一月十二日上午

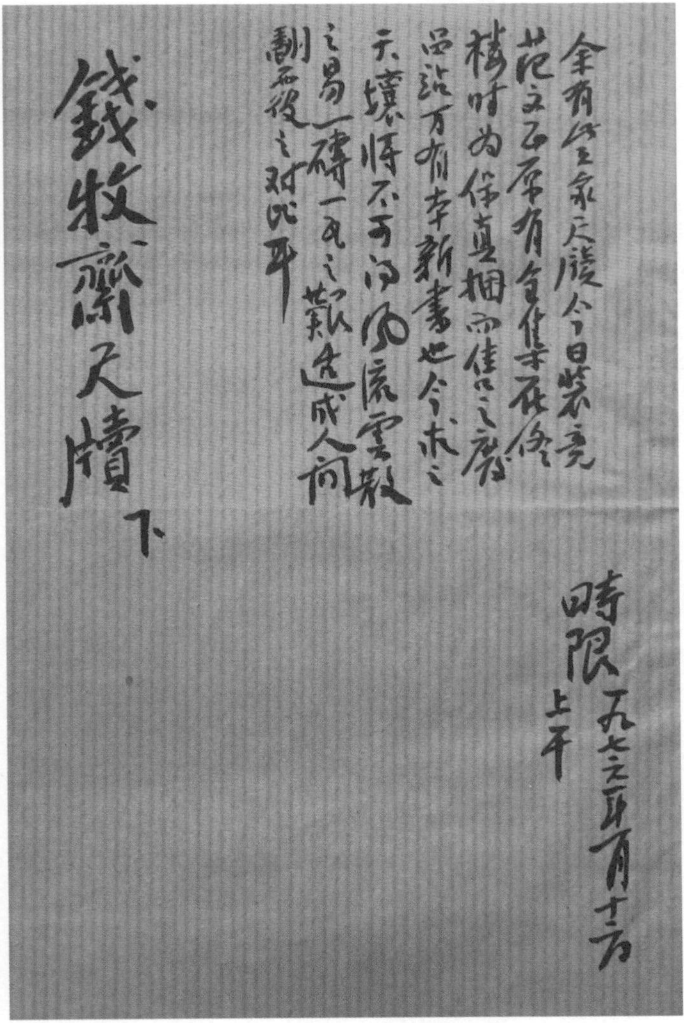
余有钱之家三人谈今日紫竟
花文正府有金佳事在陰
楼时为保真烟而佳之席
品茄可有幸新書也今求之
天壤将不可同而流雲散
之易一磚一瓦之點造成人间
翻石後也对比乎

錢牧齋天牘 下

時限 一九七二年一月十六
上午

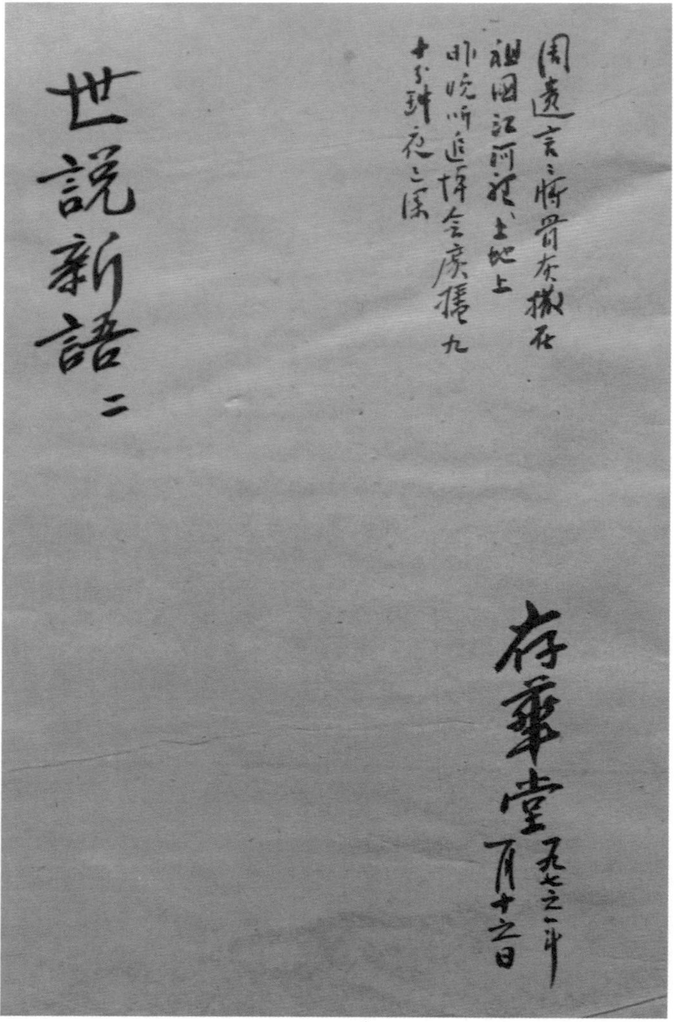
周遗言言将骨灰撒在
祖国江河河、土地上
昨晚听追悼会广播九
十多钟夜之深
世說新語 二
存華堂
一九七六年
一月十六日

世说新语

二

周遗言:将骨灰撒在祖国江河里、土地上。昨晚听追悼会广播九十分钟,夜已深。

存华堂
一九七六年一月十六日

刘子

北齐　刘昼　孔昭 撰

余曾于购书高潮时，购此类书数种，盖即所谓《百子全书》也。佟楼搬家前，以三册赠邻居老周，即时常持老医书，坐于门前小蒲(葡)萄架下者。又曾拆烂一册，作捆书之垫纸。留此二册，屡欲处理，而时势变化，今日竟得郑重装饰如此，亦非意料之所及耳。

存华堂

一九七六年一月十七日

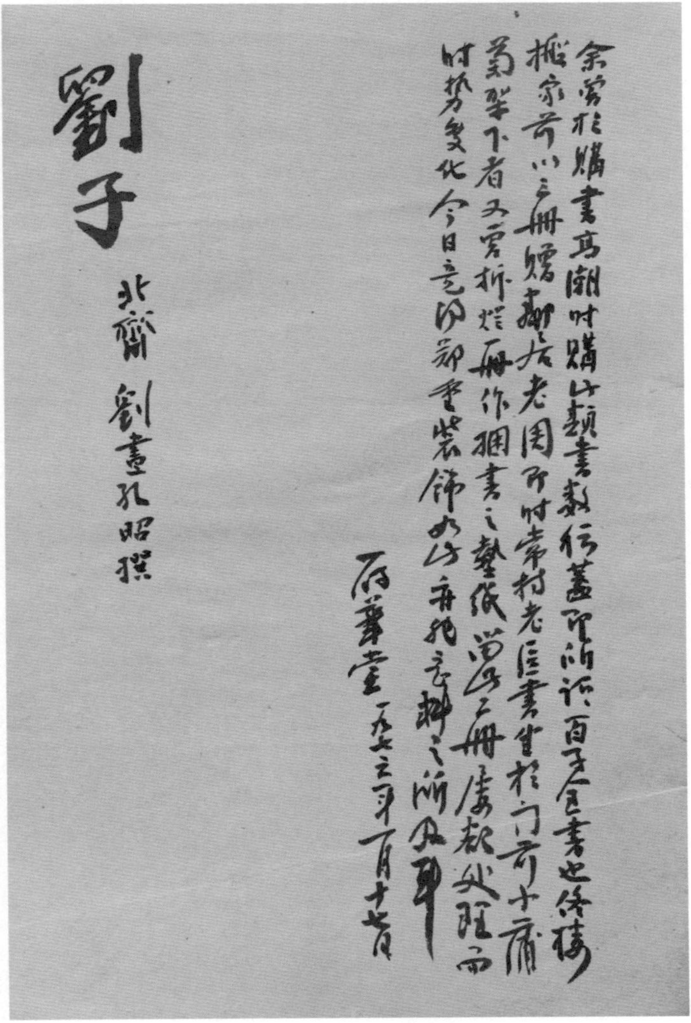

劉子

北齊 劉晝孔昭撰

余嘗於購書高潮時購此類書數種蓋即所謂百子全書也係據掃葉山房本
搬家前以三冊贈鄰居老周所時常村老匠書皆於門前十層
菊架下者又嘗拆爛冊作捆書之墊紙留此二冊優叔處距而
時勢變化今日竟以卻重裝飾此殊亦難之所料耶

耕堂 一九七三年一月十二日

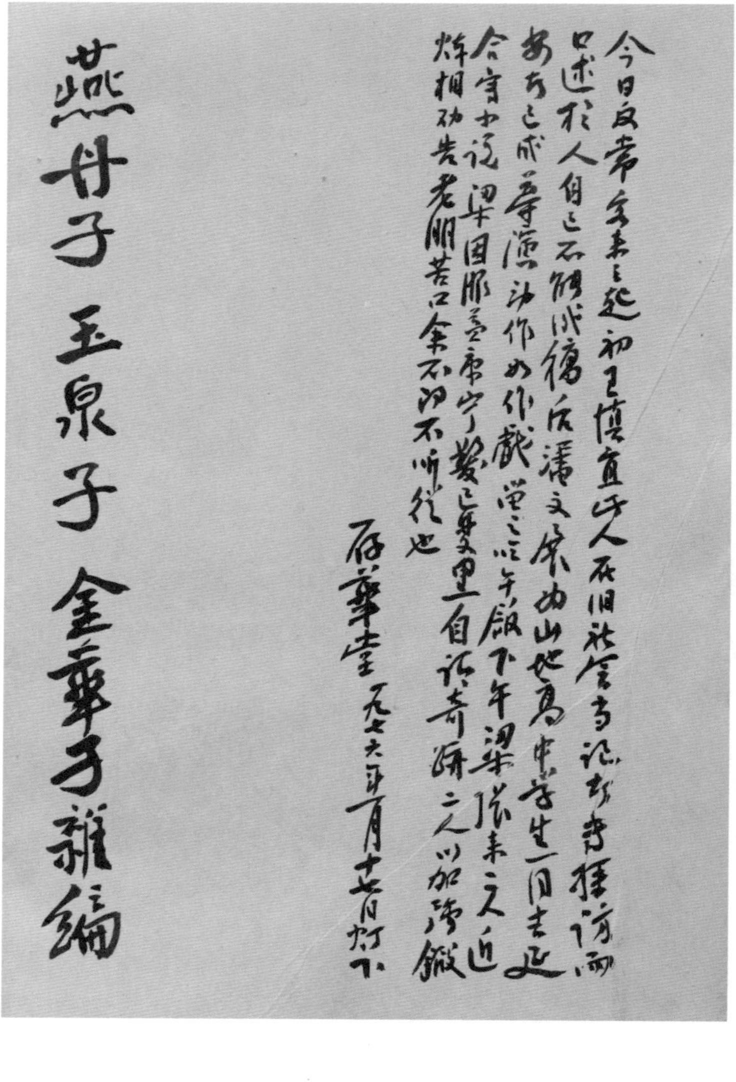
燕丹子 玉泉子 金華子雜編

燕丹子　王泉子　金华子杂编

今日反常，客来三起。初王慎宜，此人在旧社会当记者，专采访而口述于人，自己不能成稿。后潘文展，为山地高中学生，一同去延安者，已成导演，动作如作戏。留之吃午饭。下午梁、张来，二人近合写小说。梁因服益康宁，发已变黑，自谓奇迹。二人以加强锻炼相劝告，老朋苦口，余不得不听从也。

存华堂

一九七六年一月十七日灯下

儒林外史

一

嘉庆八年卧闲草堂刻

余前有商务排印本，连同一些杂说部，捆赠达生。昨达(生)来闲谈，问及近来出版物，知有此书，遂托其转请小马代购。达生认真，下午即办妥，冒寒送来。此亦劫后藏书，洁裁废纸包装之。

时限

一九七六年一月廿日

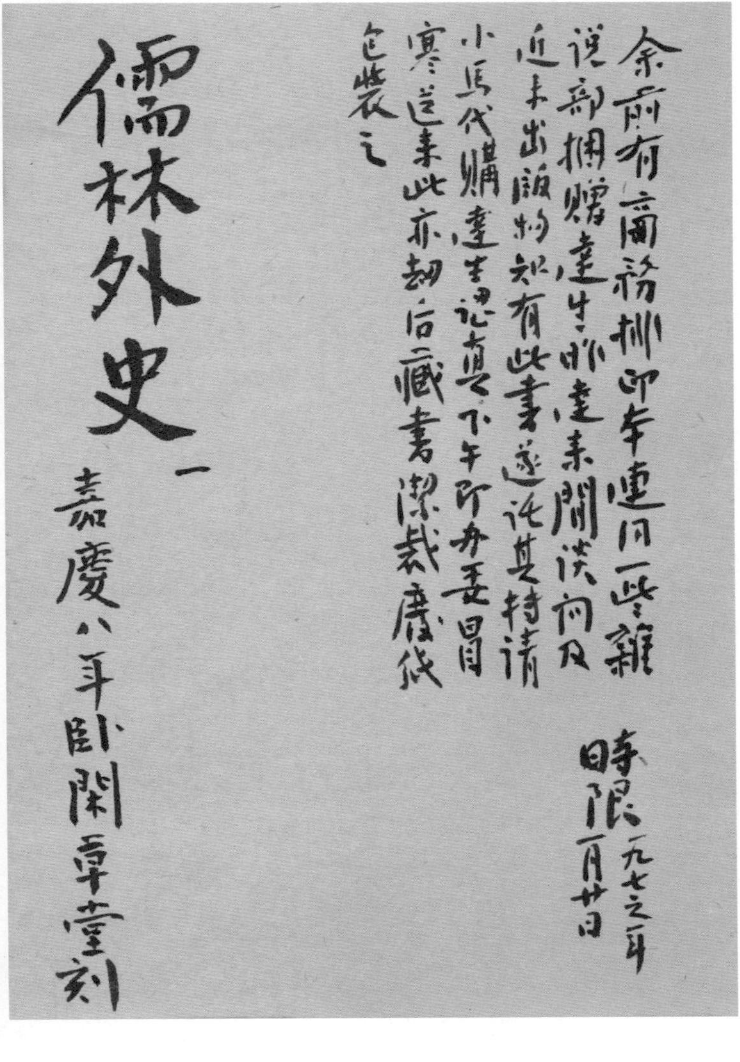

余前有商務排印本連同一些雜說部擱燬達生昨達來閑談問及近來出版物知有此書遂託其持請小兵代購達生說有售下午即弄妥冒寒送來此亦劫后藏書潔裁廣线包裝之

時限 一九七二年一月廿日

儒林外史 一

嘉慶八年臥閑草堂刻

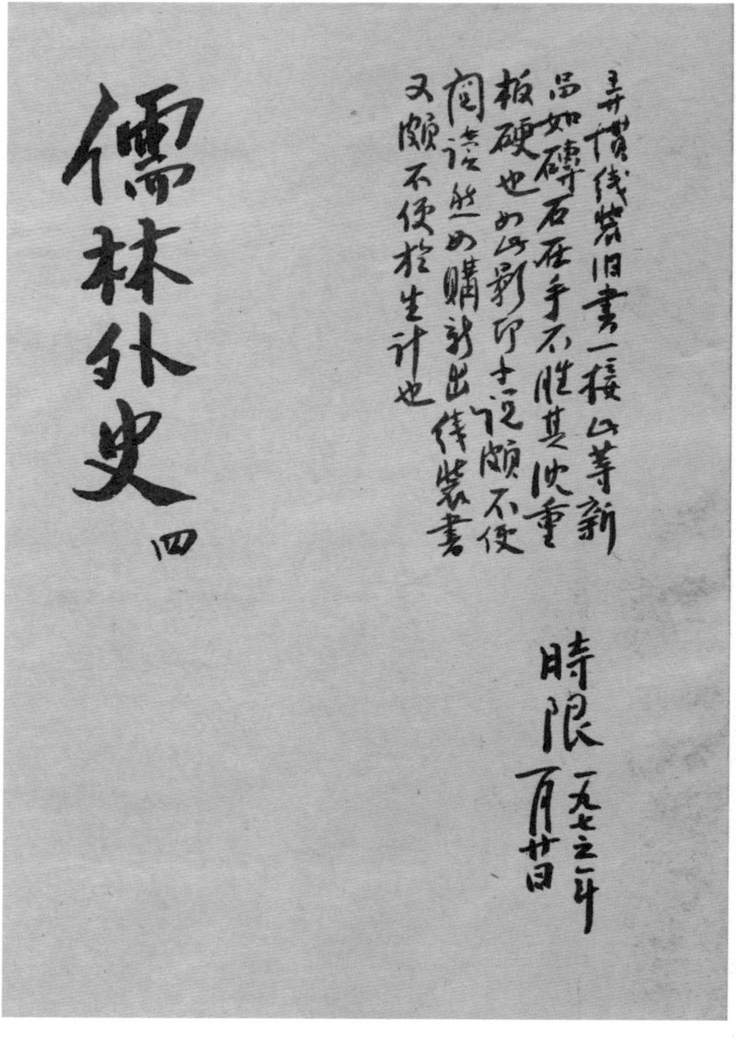

昔買綫裝旧書一様此等新
品如磚石在手不勝其沉重
板硬也如此新印之書頗不便
閱讀然如購新出綫裝書
又頗不便於生計也
時限 一九七二年一月廿日
儒林外史 四

儒林外史

四

弄惯线装旧书，一接此等新品，如砖石在手，不胜其沉重板硬也。如此影印小说，颇不便阅读，然如购新出线装书，又颇不便于生计也。

时限
一九七六年一月廿日

困学纪闻

一

王应麟

太原阎氏笺本

余原有中华备要缩印大本翁注，以其体大无类，在佟楼时，售之废品站矣。

存华堂

一九七六年一月廿日

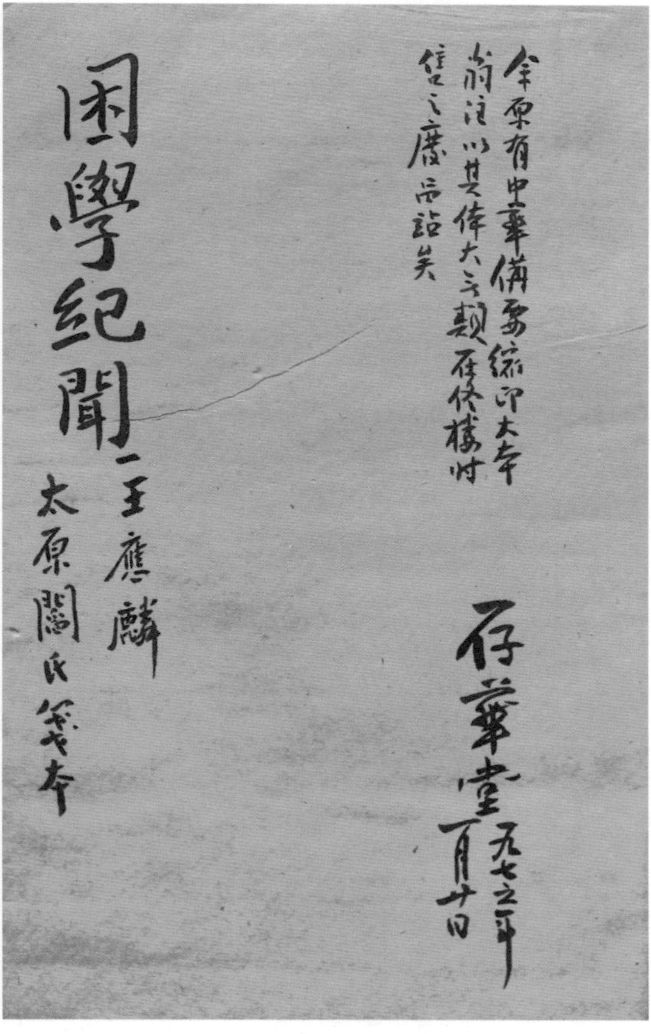
困學紀聞
王應麟
太原閻氏箋本
余原有中華備要縮印大本
前注以其偉大之類存佚樓時
信之廣而詁矣
存華堂
一九七六年
一月廿日

預報：〇下十三度

存華堂 一九七之年一月二十日

蕘圃藏書題識續錄 下

荛圃藏书题识续录

下

预报：〇（零）下十三度。

存华堂

一九七六年一月二十日

艺风藏书记

二

今日大寒，室内七度。

时有限斋
一九七六年一月廿日

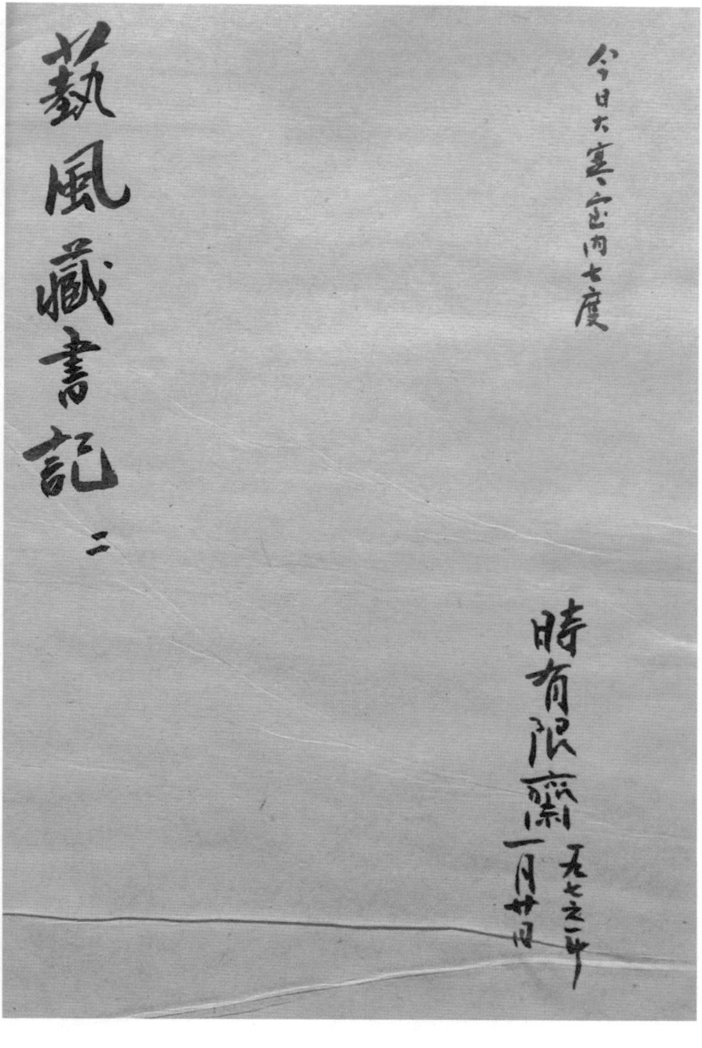
今日大寒 室内七度
藝風藏書記
二
時有限齋
九七六年
一月廿日

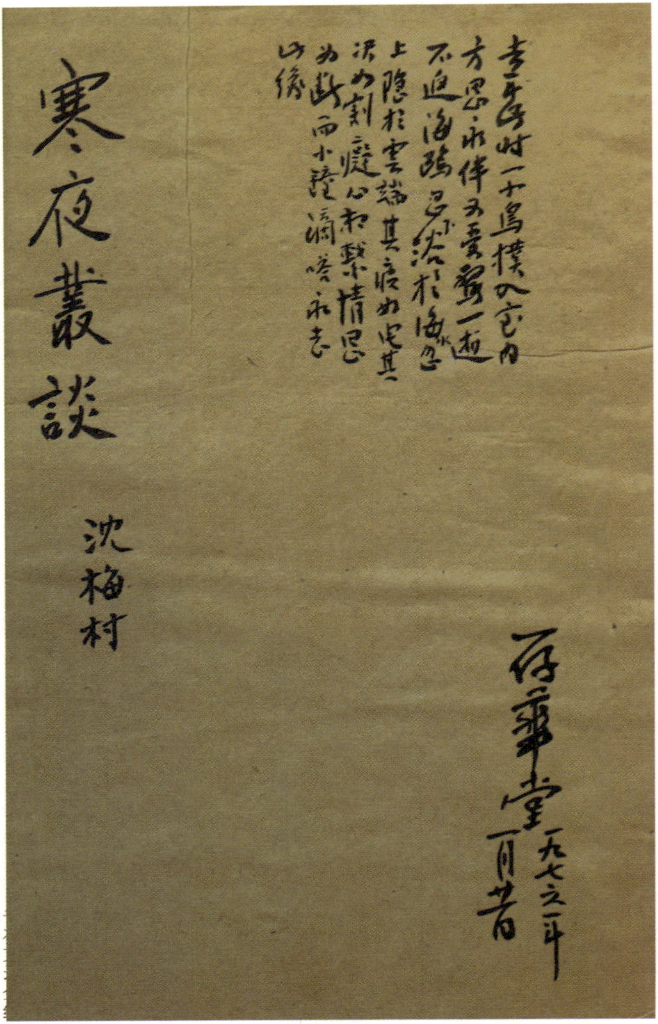
寒夜叢談
沈梅村
存華堂
一九七六年一月書

寒夜丛谈

沈梅村

去年此时，一小鸟扑入室内，方思永伴，又受惊一逝不返。海鸥忽下浴于海水，忽上隐于云端，其疾如电，其决如割。痴心相系，情思为断。而小钟滴(嘀)嗒，永志此缘。

存华堂
一九七六年一月廿一日

玉蕊辨证
冷斋夜话

汲古阁刊本

此毛晋所刊丛书，余仅有此一种。

存华堂
一九七六年一月廿一日

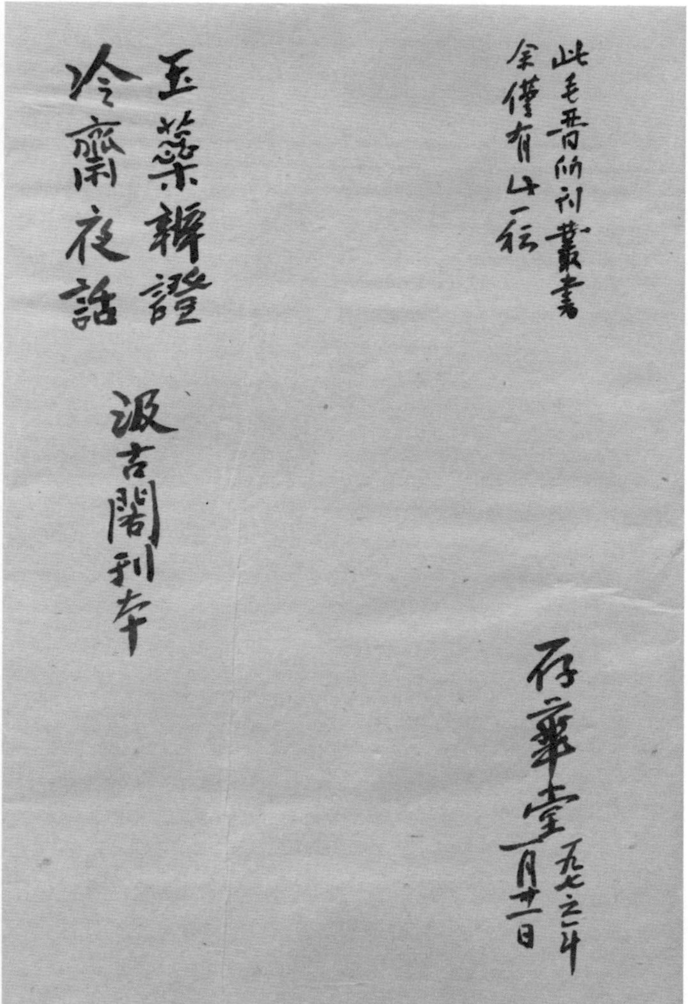
此毛晋所刊叢書
余僅有此一種
玉蘂辨證
冷齋夜話
汲古閣刊本
存華堂 一九七二年一月廿一日

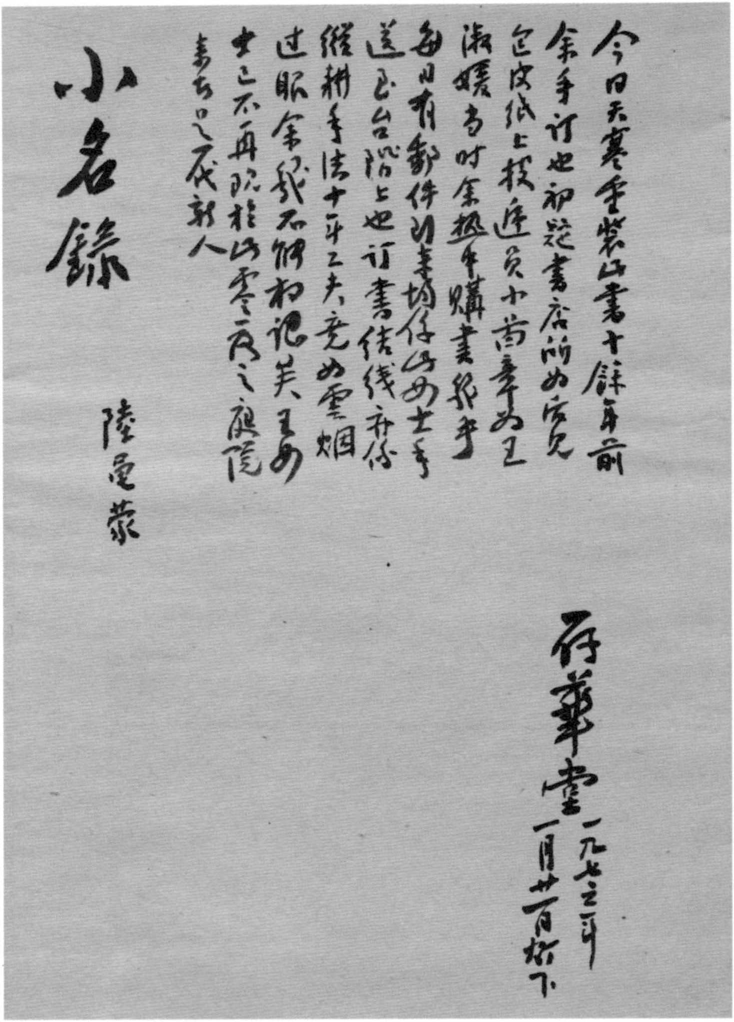

小名錄

陸靈蒙

今日天寒重裝此書十餘年前
余手訂也初從書店所出廢見
包皮紙上抄錄目錄開本為王
淑媛當時余抄手購書紙本
每日有郵件以書頭作此如士等
送至台階上也訂書結線亦係
縱耕手法十年工夫竟如雲烟
過眼余我不能相認矣王女
士已不再現於此零一夜之痕迹
書亦已成新人

存華雲 一九七二年一月廿二日燈下

小名录

陆龟蒙

今日天寒，重装此书。十余年前余手订也。初疑书店所为，后见包皮纸上投递员小图章为“王淑媛”，当时余热中（衷）购书，几乎每日有邮件到来，均系此女士手送至台阶上也。订书结线，亦系纵耕手法。十年工夫，竟如云烟过眼，余几不能相认矣。王女士已不再现于此零落之庭院，来者是一代新人。

存华堂

一九七六年一月廿一日灯下

稽古录

四

司马光

此种版式书，现代已无人问津。而余进城后，忽兴好古之思，以有用之钱，换无用之古董，且爱护不倦，直至于今。然今已衰老，目力不佳，此正字大行疏、悦目怡心之品也。

存华堂

一九七六年一月廿二日

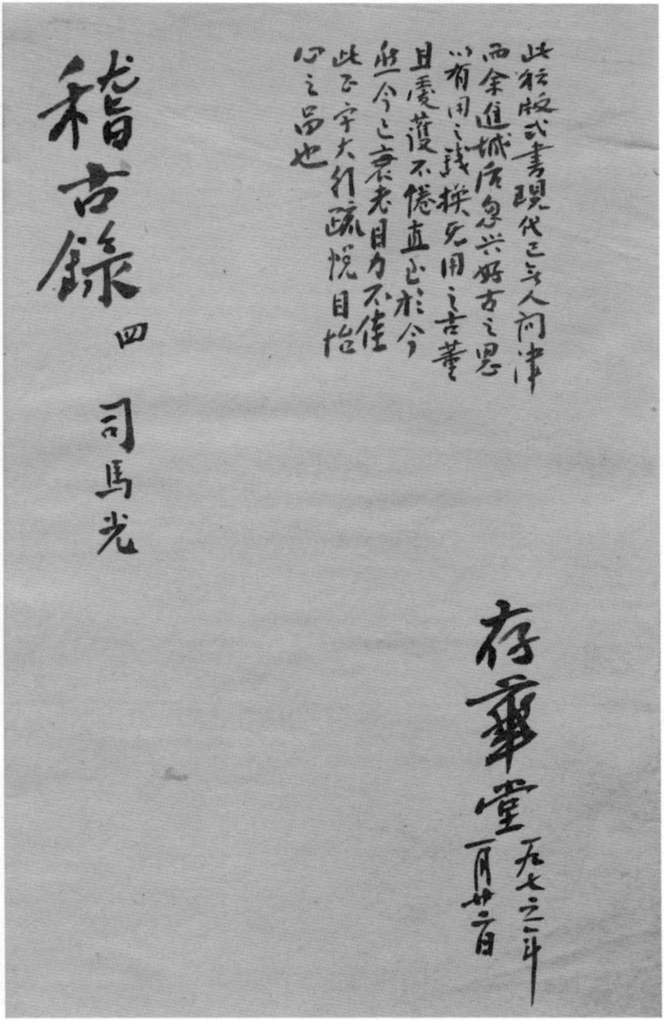
此種版式書現代已乏人問津
而余值城居息興好古之思
以有用之錢換無用之古董
且愛護不倦直至於今
然今已衰老目力不佳
此本字大行疏悦目怡
心之品也

稽古録 四

司馬光

存華堂

一九七二年

一月廿六日

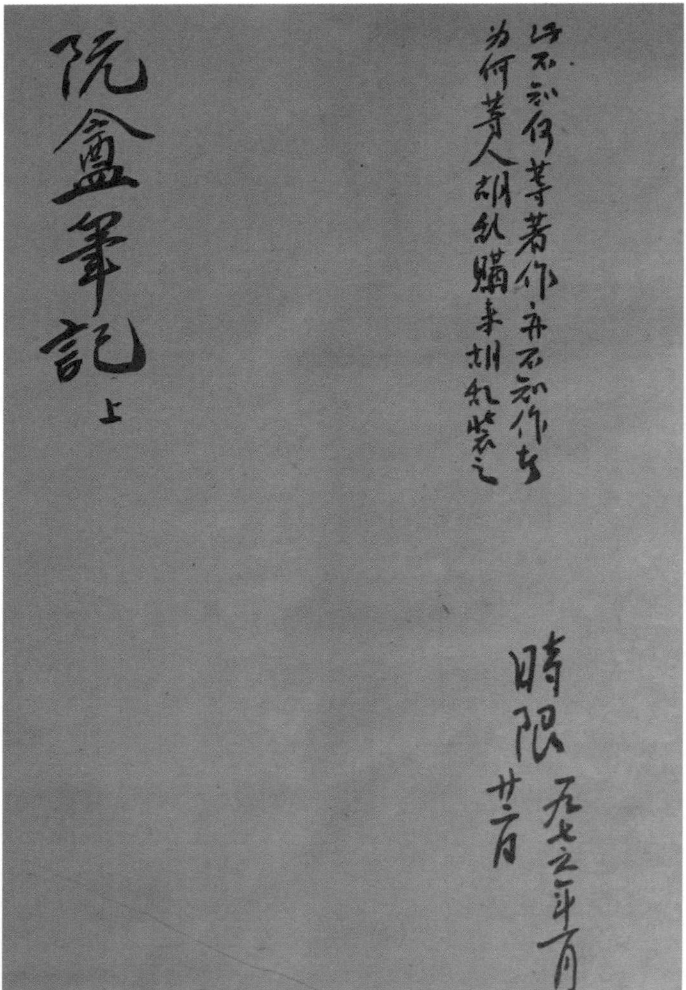
阮盦笔记 上

此不知何等著作，亦不知作者为何等人胡纵瞒来胡乱装之

时限 一九七六年一月 廿日

阮盦笔记

上

此不知何等著作，亦不知作者为何等人，胡乱购来，胡乱装之。

时限
一九七六年一月廿二日

言旧录

张金吾

此藏书家之著述，嘉业堂刊之，而又不列入丛书，不知何故。

时限
一九七六年一月廿二日中午

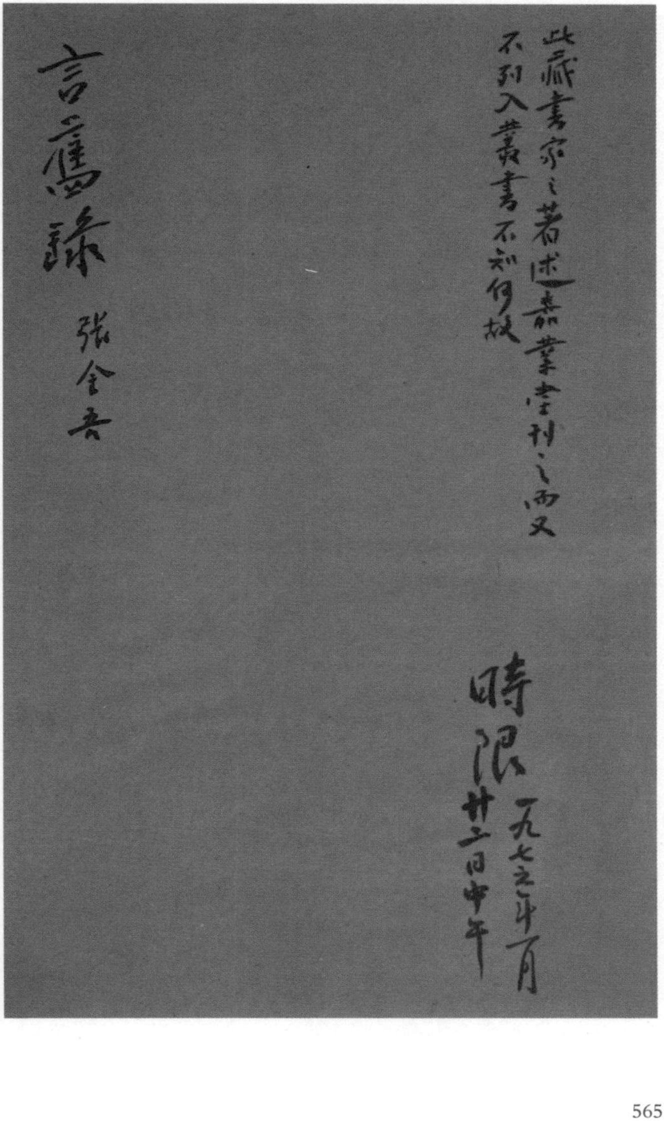

此藏書家之著述嘉業堂刊之而又
不列入叢書不知何故

言舊錄 張金吾

時限 一九七七年一月廿二日中午

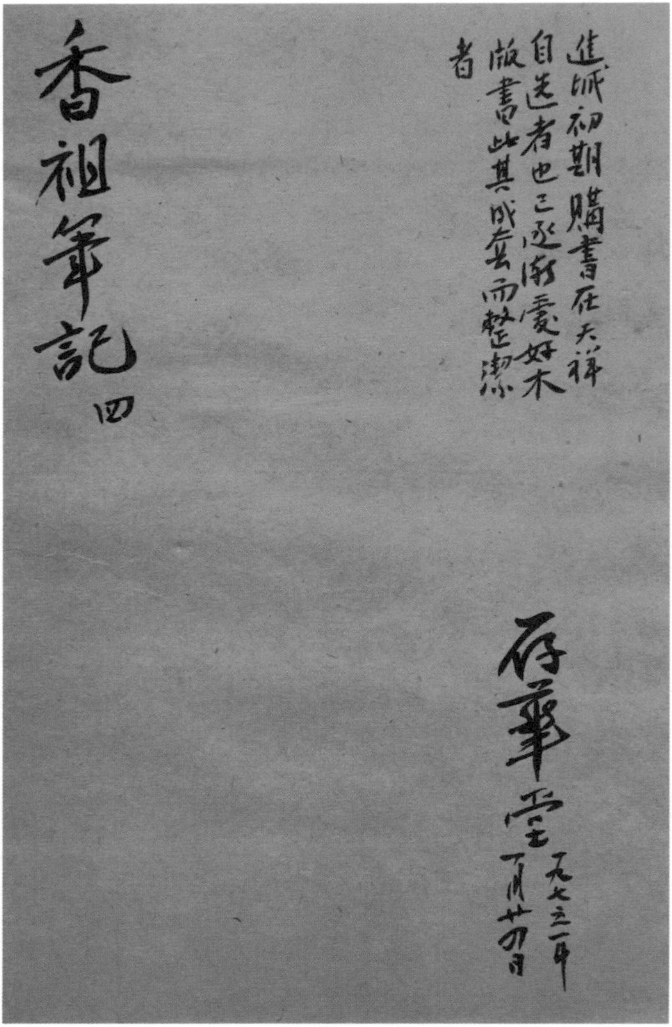

進城初期購書在天祥自選者也已逐漸愛好木版書此其成套而整潔者

香祖筆記 四

存華堂 一九七三年一月廿四日

香祖笔记

四

进城初期购书，在天祥自选者也。已逐渐爱好木版书，此其成套而整洁者。

存华堂
一九七六年一月廿四日

词科掌录

八

从书纸看：此书曾掷弃于泥污，又经爱书者精心装璜（潢），二百年间不知几经浮沉矣，又历寒斋一劫。

存华

一九七六年一月廿五日灯下

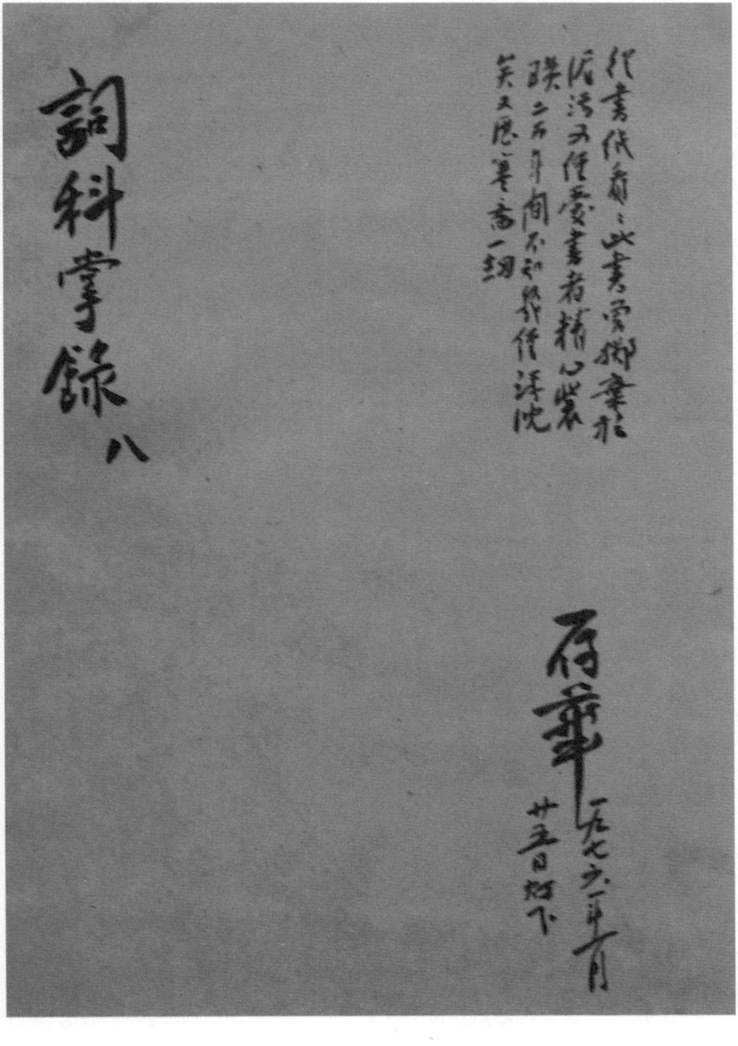
詞科掌錄 八
一九七六年十月廿五日燈下

新年剛過春節又過
今日求人理髮余之年
即已過大半矣

詞科餘話 一

存寧
一九七二年二月
廿五日燈下

词科余话

一

新年刚过，春节又迫。今日求人理发，余之年即已过大半矣。

存华
一九七六年一月廿五日灯下

词科余话

四

此亦只看书目，不知内容，函购之一部书也。而此等书，定价竟如此之昂，不明其用途何在。

存华
一九七六年一月廿五日灯下

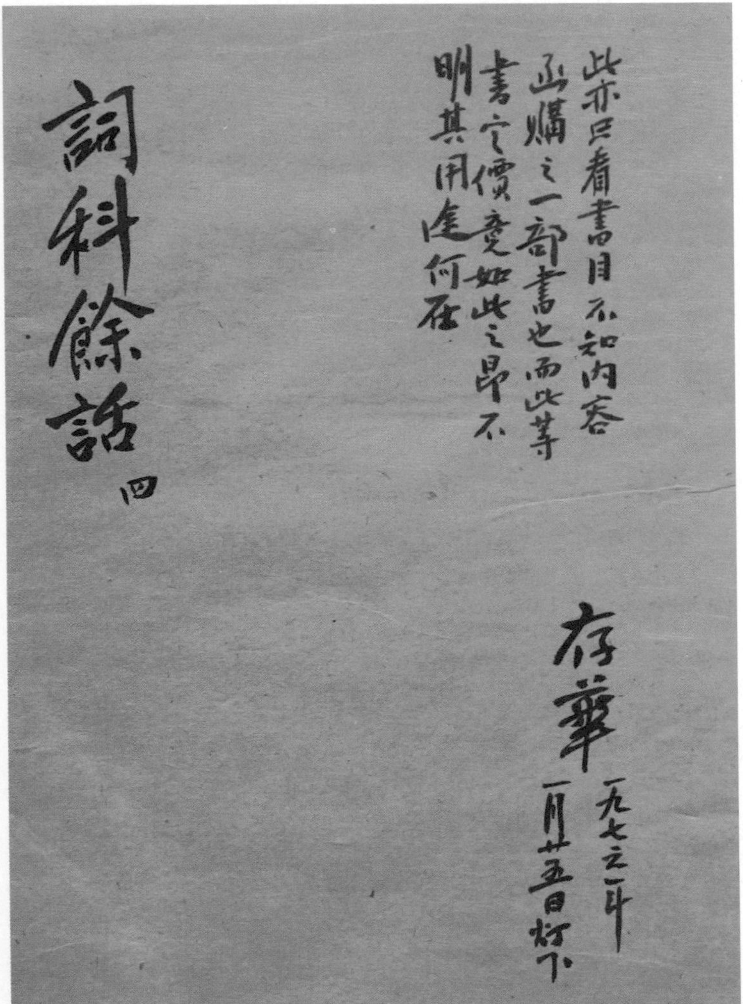

此亦只看書目不知內容亟購之一部書也而此等書之價竟如此之昂不明其用途何在

詞科餘話 四

存華 一九七六年一月廿五日灯下

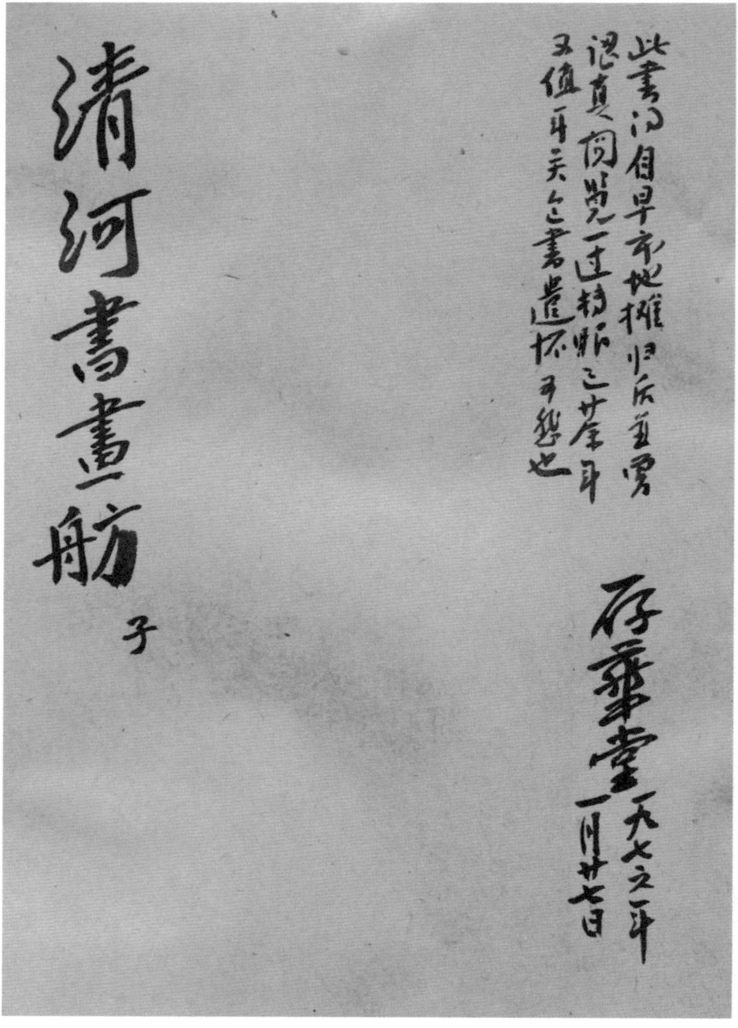
清河書畫舫
子
存華堂
一九七六年一月廿七日

清河书画舫

子

此书得自早市地摊，归后并曾认真阅览一过。转眼已廿余年。又值年关,包书遣怀,可悲也。

存华堂
一九七六年一月廿七日

清河书画舫

丑

昨日下午包书时，喉痒大咳一声，喷嚏并作，乃口鼻出血。适组内同志来问年，强作笑语，酬之而去。室有厌物，每年都不得安然度过。

存华堂
一九七六年一月廿七日

清河書畫舫 丑

昨日下午送書時喉癢大咳一声噴嚏並作乃口鼻出血透但內們亡來問耳謂作笑語酬之而去它有癖物每年都不得安然度過

存華堂 一九七六年一月廿七日

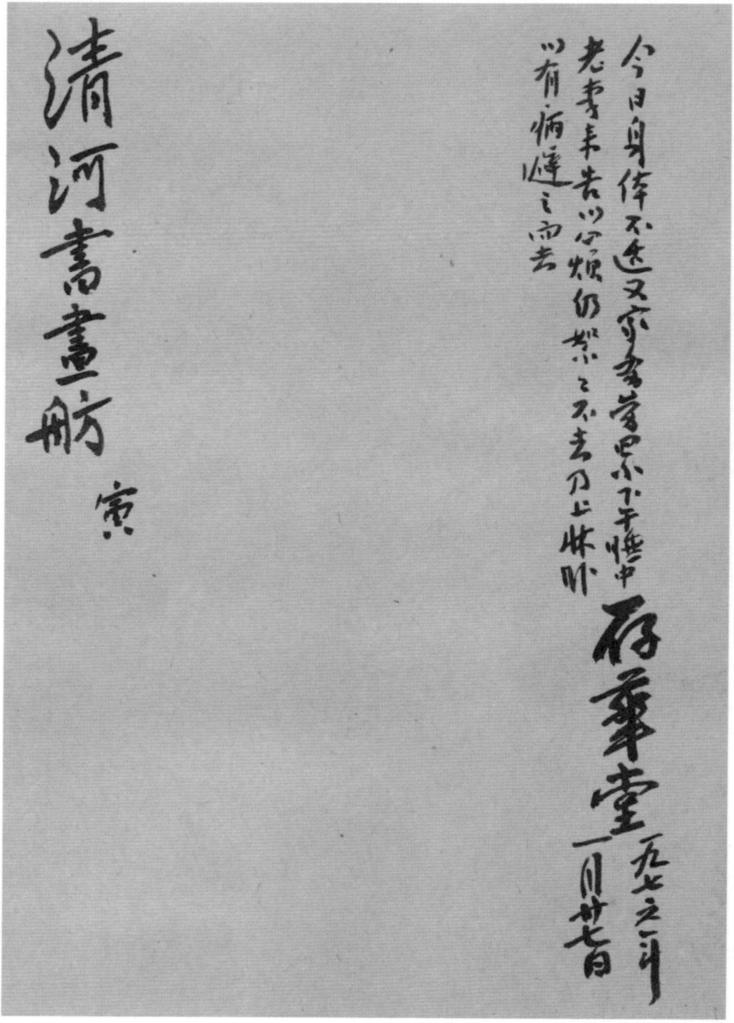
今日身体不适又写字写累不下于怀中
老李来告以心烦仍絮絮之不去乃上床卧
以有病避之而去
存华堂
一九七六年
一月廿七日
清河书画舫
寅

清河书画舫

寅

今日身体不适，又家务劳累，下午睡中老李来，告以心烦，仍絮絮不去，乃上床卧，以有病避之而去。

存华堂
一九七六年一月廿七日

外部函稿

三　四

春节无外出，来人较去年少。今晨有花枝招展二人见访，其一文艺组文书张丽，顿为寒舍增辉。

存华堂

一九七六年二月一日灯下

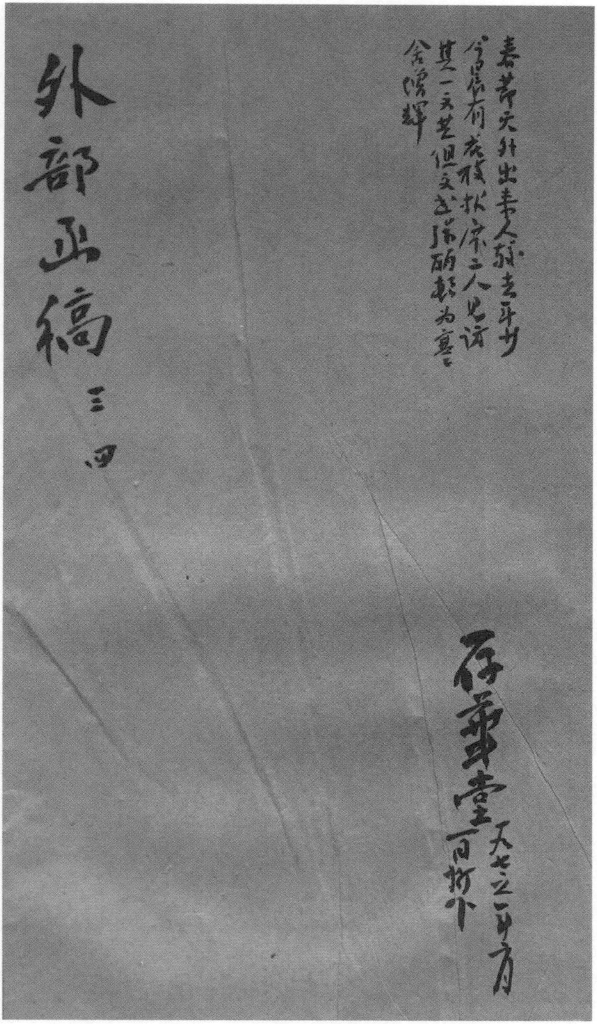
外部函稿 三四

春节天外出奉人谈去年廿
八日晨有[illegible]狄宗二人见访
其一亦楚但文武[illegible]腼腆为喜
今[illegible]辉

存華堂 [illegible]七之二十月 一日拆下

今日內務循請余初擬一書

外部函稿 五六

石華堂 五十三年二月 一日折下

外部函稿

五　六

今日内纷稍靖,余得题书。

存华堂
一九七六年二月一日灯下

易林

一

今日检书，忽见此书文字，命途难知，聊作邀盲问卜之用。

存华堂
一九七六年二月六日

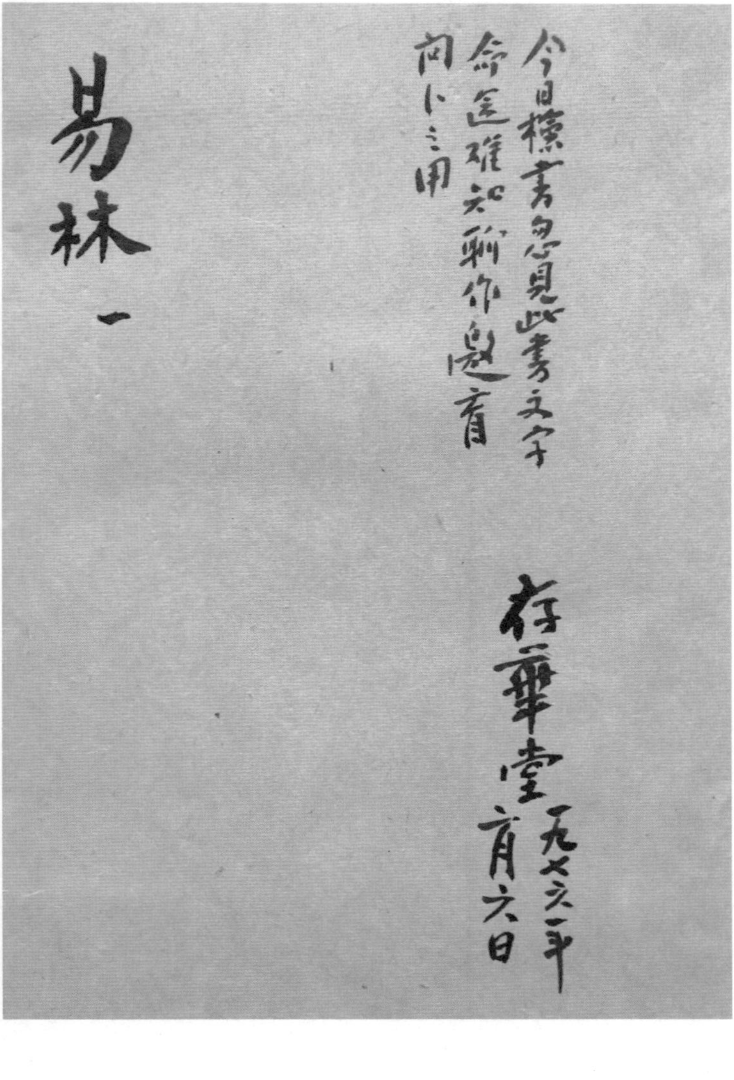

今日檢書忽見此書文字
命運難知剩作息育
問卜之用

易林　一

存華堂　一九六一年
二月六日

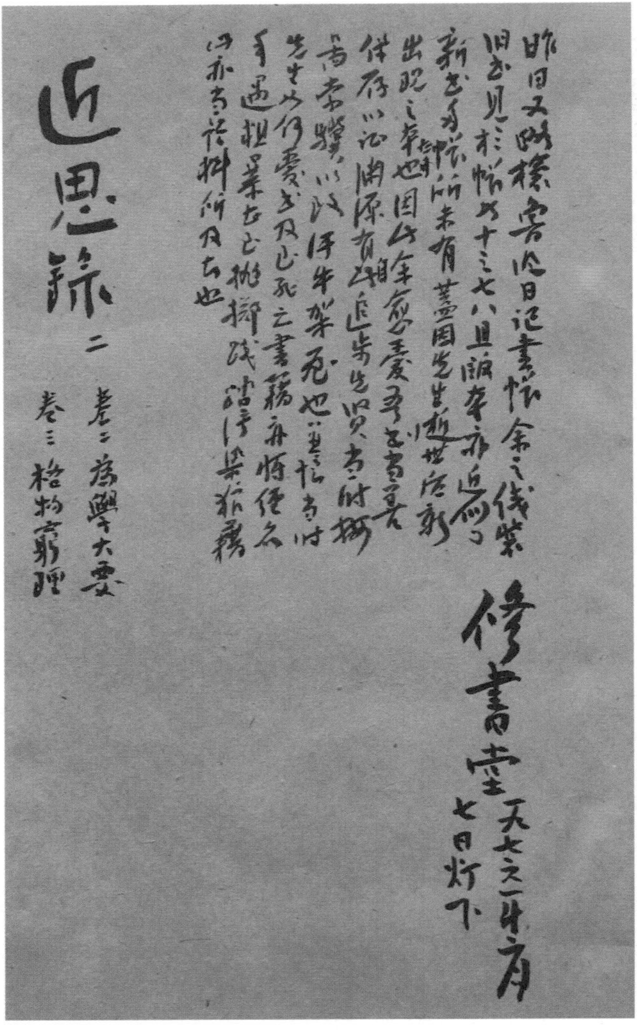

昨日又購[illegible]客[illegible]近日記書帖，余之伐紫
舊書見於帖者十之七八，且頗[illegible]亦近何
新書有帖所未有，蓋因先生逝世後新
出現之本也。因此[illegible][illegible][illegible]書是[illegible]
保存以記陶原前[illegible]近宗先賢書之時[illegible]
尚未[illegible]，以此得失難免也。以其[illegible]時
先生之所憂者及已死之書籍再[illegible]
多遇拙笨者亡[illegible]挑擲踐踏[illegible]
此亦書者之料所及者也
修書堂 一九七六[illegible]月七日灯下
近思錄 二
卷二 為學大要
卷三 格物窮理

近思录

二

卷二　为学大要

卷三　格物穷理

昨日又略检《鲁迅日记》书帐(账),余之线装旧书,见于帐(账)者十之七八,且版本亦近似。新书多帐(账)所未有,盖因先生逝世后新出现之本甚多也。因此余愈爱吾书,当善保存,以证渊源有自。此追步先贤,当时按图索骥,以致汗牛架屋也。并忆当时先生如何爱书,及至死亡,书籍亦将经众手,遇粗暴甚至抛掷践踏、污染狼藉,此亦当预料所及者也。

修书堂

一九七六年二月七日灯下

释迦如来应化事迹

一

余不忆当时为何购置此等书，或因鲁迅书帐(账)中有此目，然不甚确也。久欲弃之而未果。今又为之包装，则以余之无聊赖，日深一日，四顾茫茫，即西天亦不愿去。困守一室，不啻划地为牢。裁纸装书，亦无异梦中所为。

修书堂

一九七六年二月七日

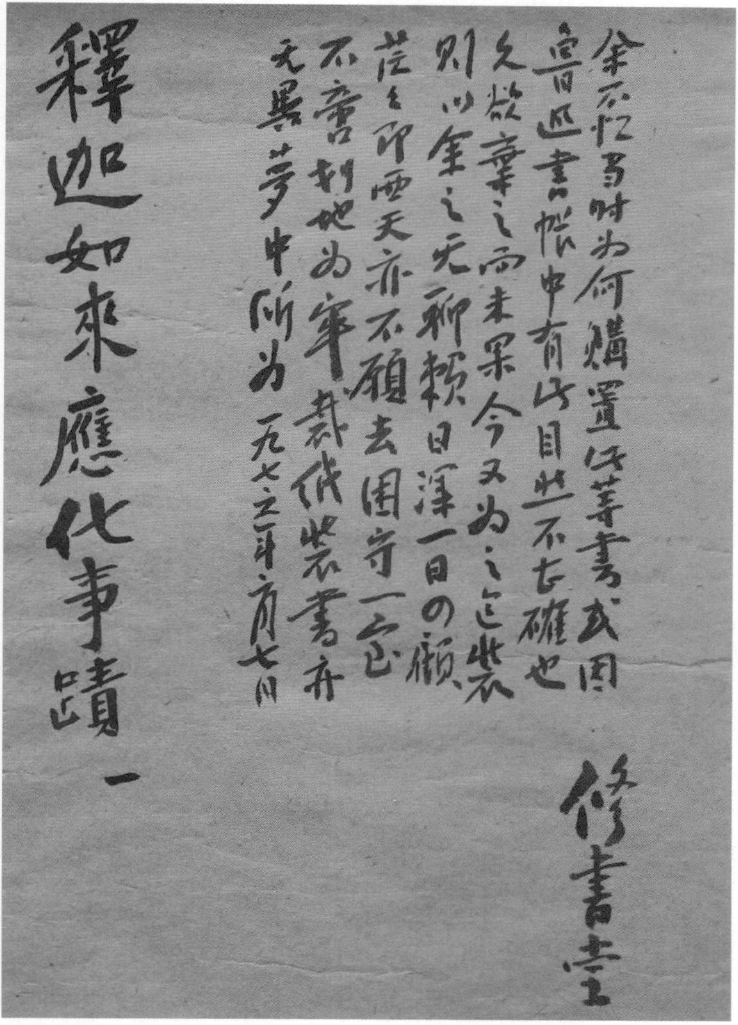
釋迦如來應化事蹟 一

余不忆写时为何携置此等书 或因曾从书帐中有此目 然不甚确也 久欲弃之而未果 今又为之 这些则以余之无聊赖 日浑一日の顾、茫茫印西天亦不顾去 困守一隅不啻划地为牢哉 代装书亦无异梦中所为 一九七二年二月七日

修書壹

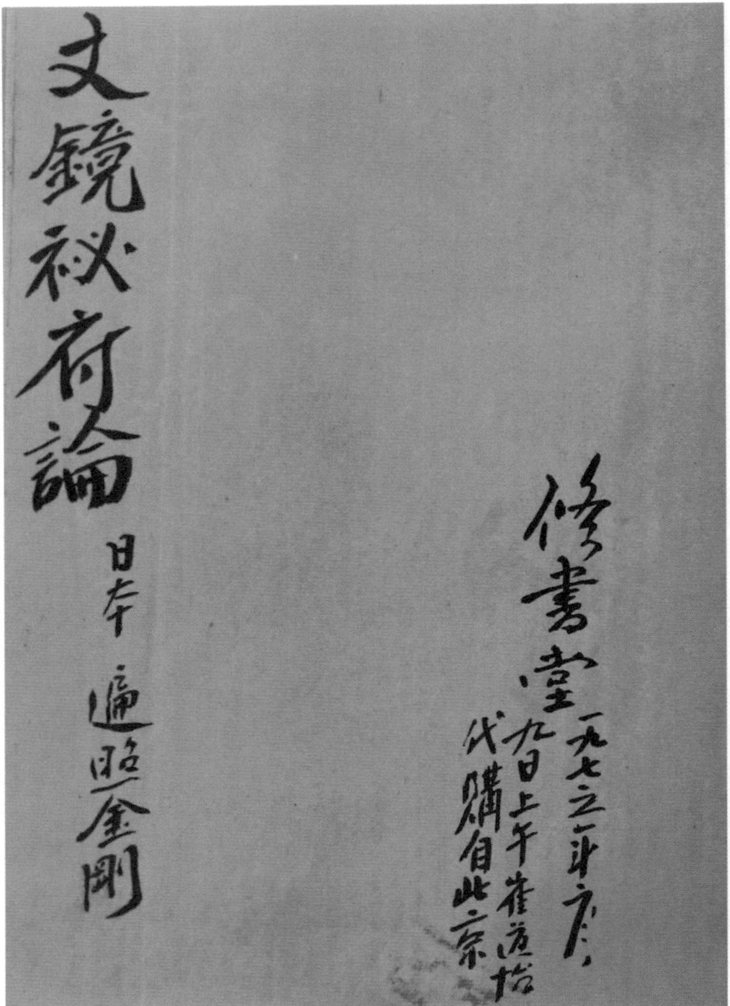
文鏡秘府論
日本 遍照金剛
修書堂 一九七三年六月九日上午崔道怡代購自北京

文镜秘府论

日本　遍照金刚

崔道怡代购自北京。

修书堂
一九七六年二月九日上午

使西日记

都穆

因炊事忙，此事遂废。此数日间，亦不得安静，何处可求镇静之术，余不惜刀山火海求之。

存华堂
一九七六年二月十四日

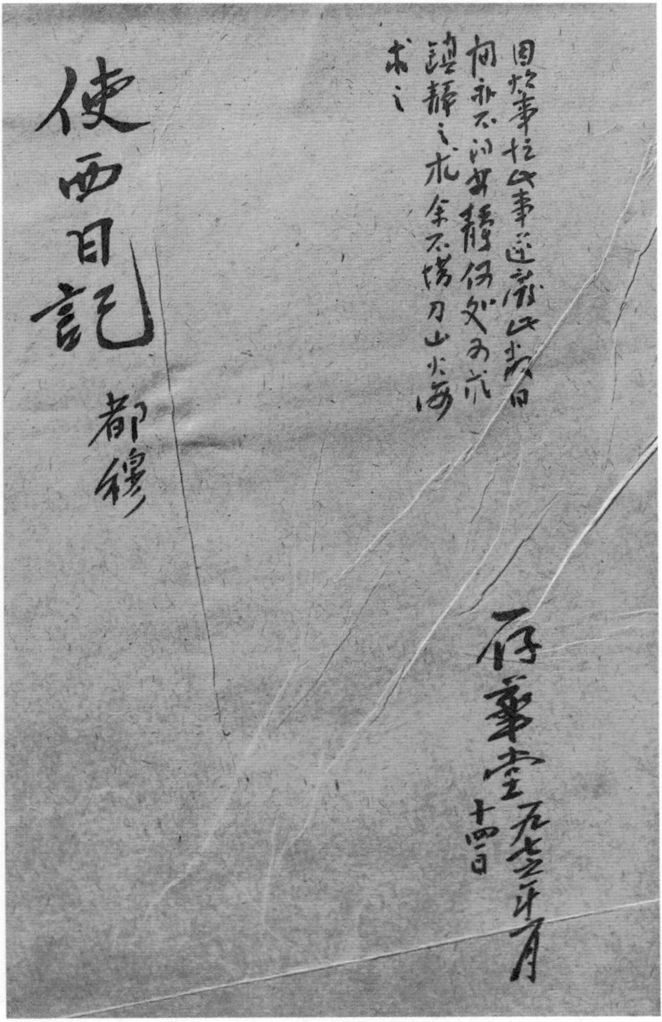
使西日記
都穆

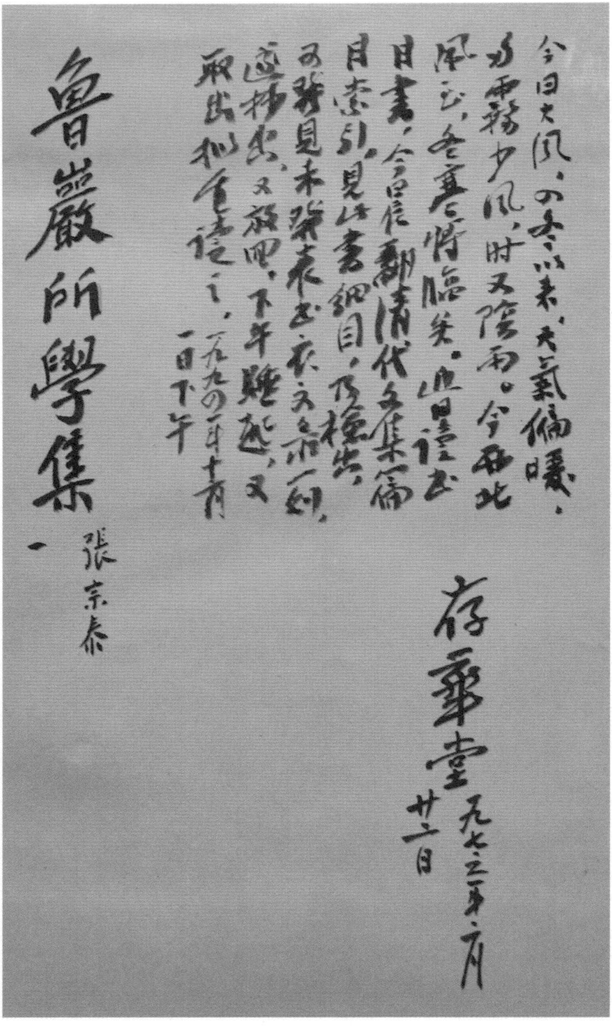
魯巖所學集

一

張宗泰

存華堂

一九七三年六月廿二日

今日大風，入冬以來，天氣偏暖，少雨霧少風，時又陰雨。今西北風至，冬寒將臨矣。近日讀書目書，今日從翻清代文集篇目索引，見此書細目，乃檢出，又發見未裝表者，表之，亦文人之一劫，遂抄出，又敘四，下午裝訖，又取此册重讀之。一九九四年十一月一日下午

鲁岩所学集

一

张宗泰

存华堂
一九七六年二月廿二日

今日大风，入冬以来，天气偏暖，多雾少风，时又阴雨。今西北风至，冬寒将临矣。近日读书目书，今晨翻《清代文集篇目索引》，见此书细目，乃检出，又发见未发表书衣文录一则，遂抄出，又放回。下午睡起，又取出拟重读之。

一九九四年十二月一日下午

鲁岩所学集

二

存华堂
一九七六年二月廿二日

今日检书，见书皮题字多为一九七五年至一九七六年，盖此二年，心情烦乱，无日不以此为事也。其间一九七五年春，家庭多事，情感尤其波动，如无书籍为之消遣，不知将又如何度日也。

一九九四年十二月一日下午

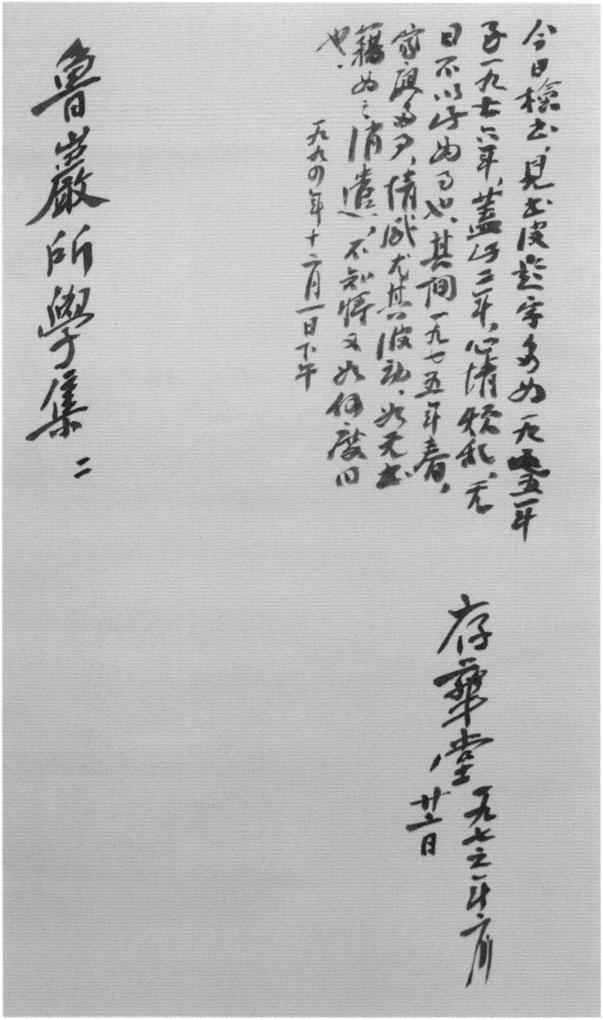

魯巖所學集 二

今日檢出，見出處甚多，為一九五一年至一九七六年，蓋將三十年，心情煩亂，無日不以此為念也。其間一九七五年春，家庭多故，情緒尤其波動，此尤無藉也之情遣，不知將又如何度日也。

一九八四年十二月一日下午

存華堂 一九七六年一月廿二日

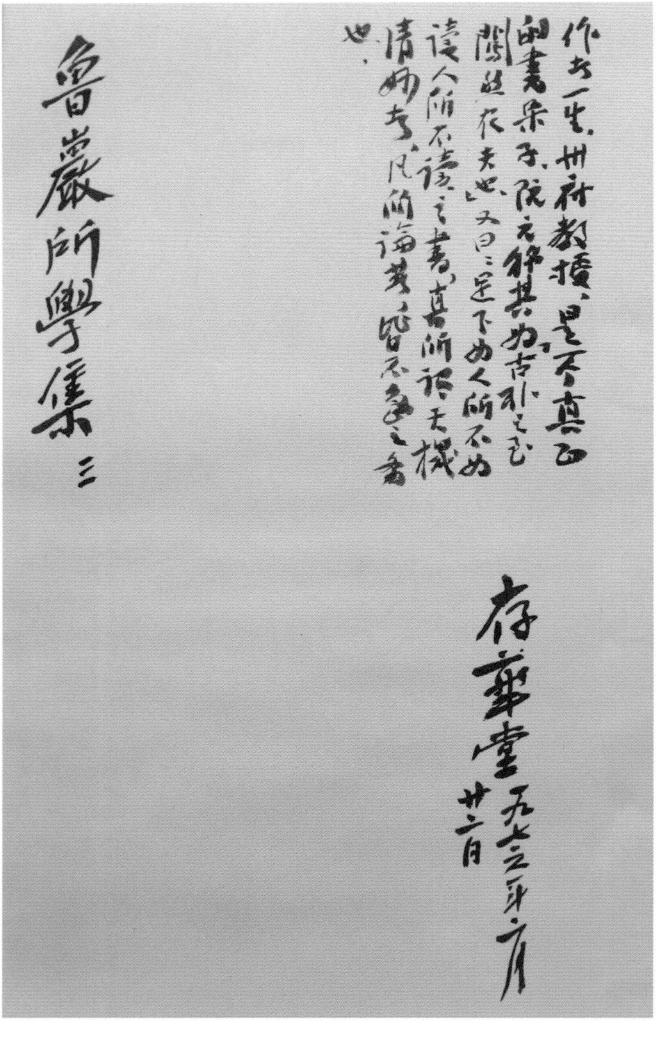
魯巖所學集 三
作者一生，卅科教授，是天下真正的書呆子。說文釋其為古非之也，闕然夜夫也。又曰：足下好人所不好，讀人所不讀之書，真吾所謂天機清妙者。凡所論著，皆不多學之翁也。
存萃堂
一九七二年六月廿二日

鲁岩所学集

三

存华堂

一九七六年二月廿二日

作者一生，州府教授，是一个真正的书呆子，阮元称其为“古朴之至，闯然农夫也”。又曰：足下为人所不为，读人所不读之书，真所谓天机清妙者，凡所论著，皆不急之务也。

鲁岩所学集

四

存华堂
一九七六年二月廿二日

自序：余于凡百玩好，无所动心，顾独喜读书，如啖蜜然，中边皆甜，只觉有不尽之意味浸淫于胸臆间，而莫能自已也。

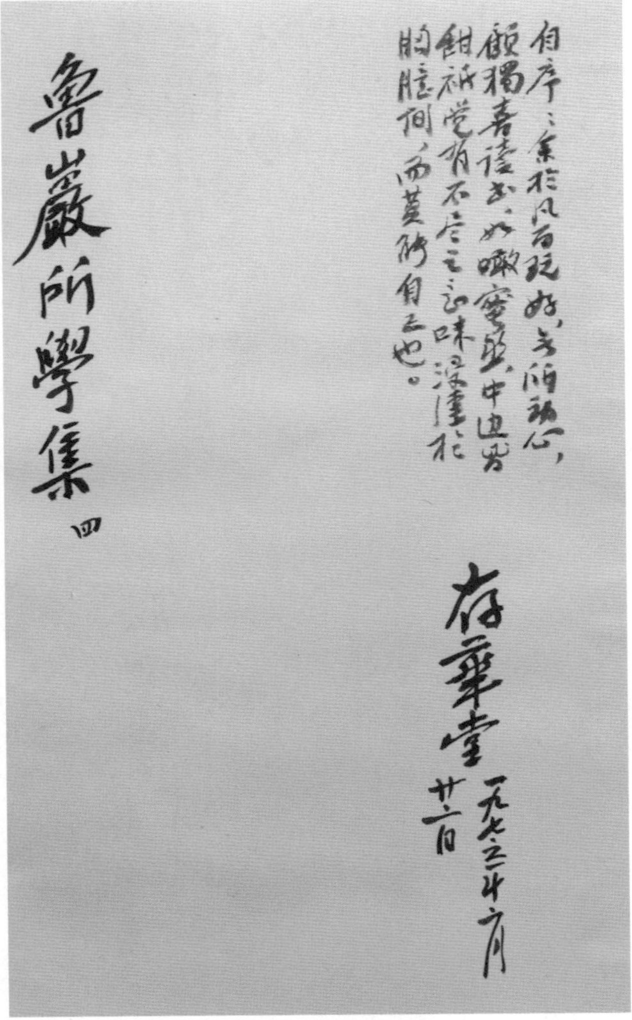
魯巖所學集 四
自序：余於凡百玩好，無所動心，頗獨喜讀書，如啖蜜然，中邊皆甜，祇覺有不盡之意味浸潤於胸臆間，而莫能自已也。
存華堂
一九七三年十月廿六日

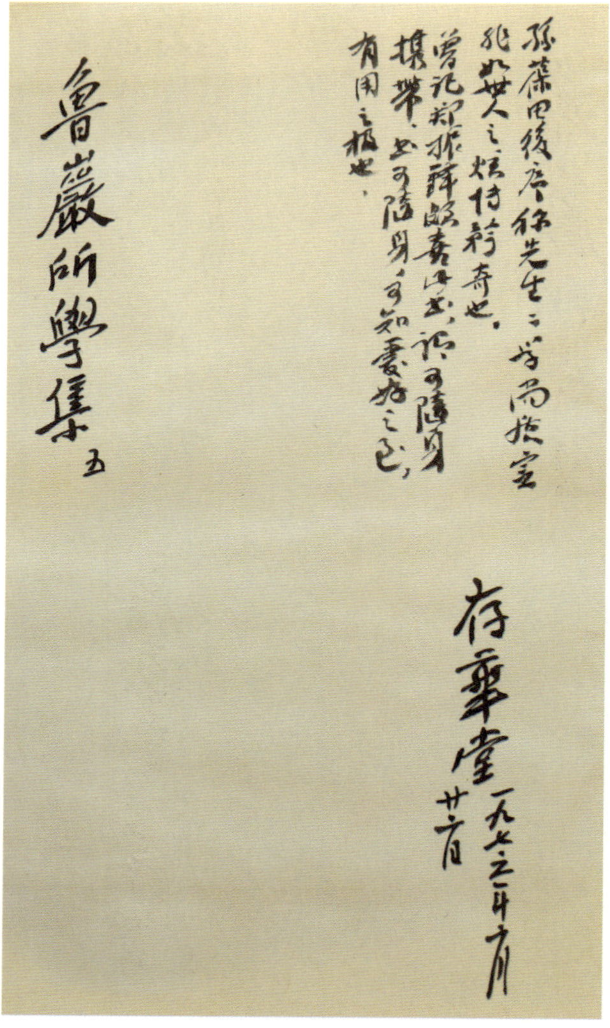
孫蓀田後序孫先生之言而按室
非如世人之炫持矜奇也。
嘗托鄭非辭解書以出，謂可隨身
攜帶，出可隨身，可知愛好之己，
有用之極也。
魯巖所學集 五
存華堂 一九七二年六月廿日

鲁岩所学集

五

存华堂
一九七六年二月廿二日

孙葆田后序称先生：学尚质实，非如世人之炫博矜奇也。
曾记郑振铎颇喜此书，谓可随身携带。书可随身，可知爱好之至，有用之极也。

鲁岩所学集

六

存华堂
一九七六年二月廿二日

余见书皮洁白，想在上面写些字，但纸质不佳，不吸墨，思想亦枯涩，无词可书，可叹。

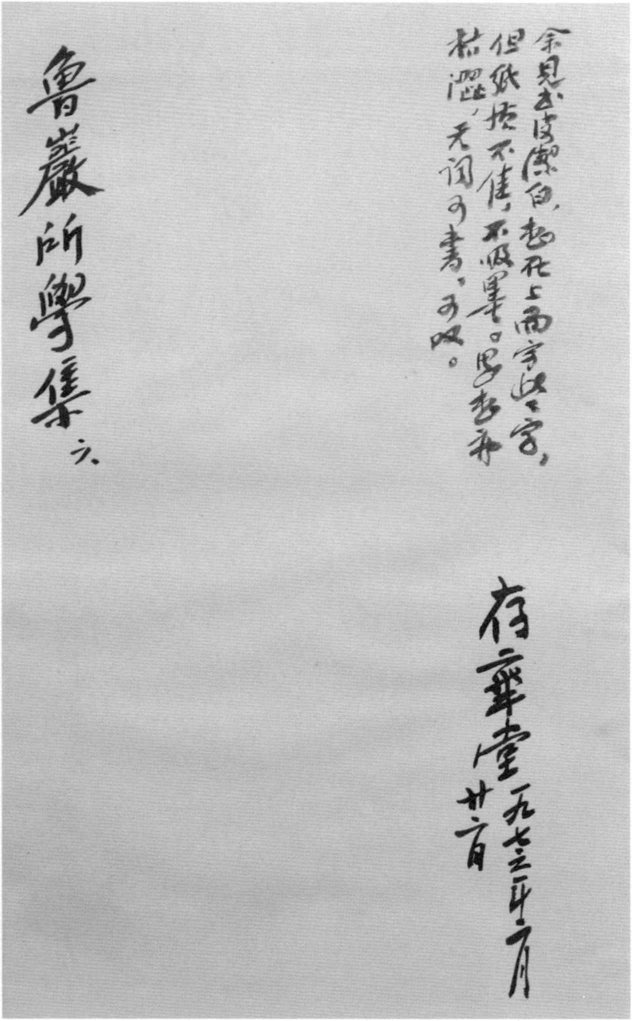
余見書皮潔白，想在上面寫此字，但紙質不佳，不吸墨。寫來枯澀，無潤可書。可嘆。
魯巖所學集 六
存華堂 一九七三年二月廿六日

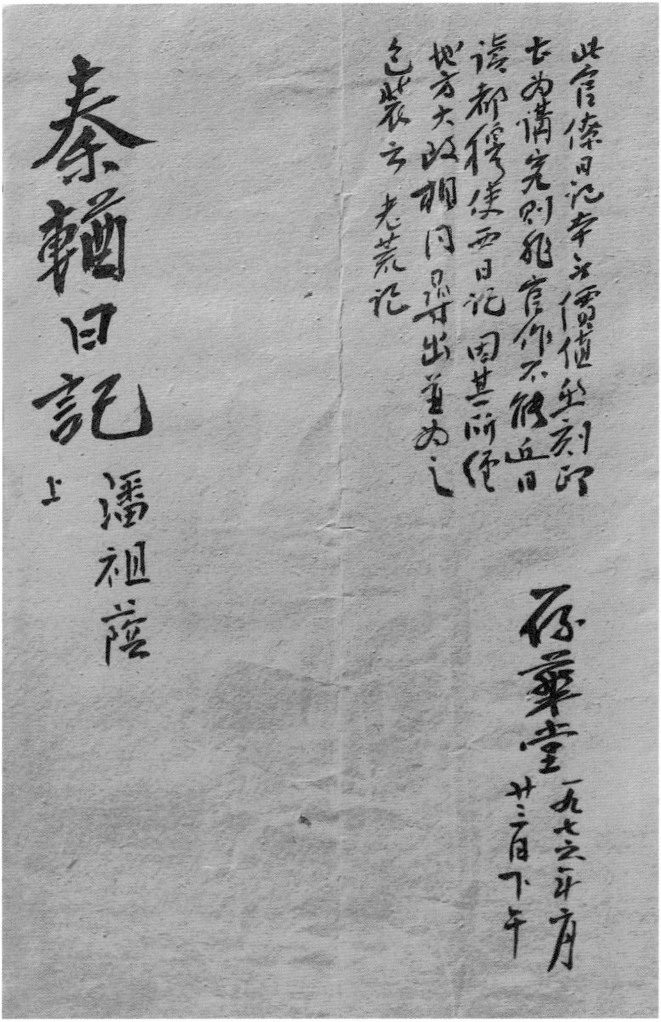

秦輶日記

上　潘祖蔭

此官僚日記本不需值坐刻印
者為備究則紀官作不能直日
誌都穆使西日記因其所便
地方大政相同易出並為之
包裝云　老荒記

顧華堂　一九七六年月
廿三日下午

秦辎日记

上
潘祖荫

此官僚日记，本无价值，然刻印甚为讲究，则非官作不能。近日读都穆《使西日记》，因其所经地方，大致相同，寻出并为之包装云。老荒记。

存华堂
一九七六年二月廿三日下午

牡丹亭

汤显祖

今日余心烦甚。中午，儿子来接大女儿去佟楼住两天，余谓女儿：父安静安静。女不欢也。今家庭各有愁闷事，自顾不暇，不能为他人宽心解闷也。手头有此纸，觅一书包装之。

老荒记
一九七六年二月廿四日黄昏

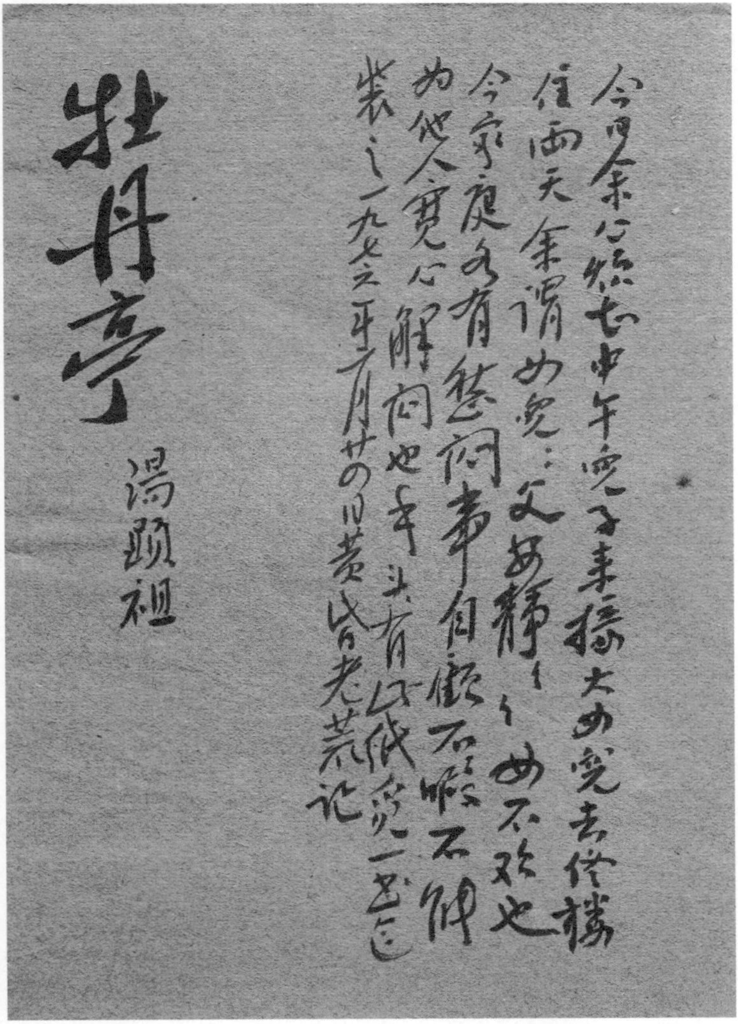

牡丹亭

汤显祖

今日余心烦极中午宽了来孙大女儿宽去往楼住西天余谓女儿宽宽文女静静女不欢也今家庭多有愁闷事自然不顺不快为他人宽心解闷也手头有此纸写儿一出装之一九七六年六月廿四日黄氏书老荒记

春秋左傳 十

余每於寅夜醒来所思甚為明斷然至白晝則為諸情困擾猶豫不決甚至反其正而行之以至言行時有錯誤臨深履危不能自返甚可嘆也余如能堅持夜間之明清除白晝之闇則過失或可稍減歟

天七六年三月四日灯下老萊记

春秋左传

十

余每于寅夜醒来，所思甚为明断，然至白昼则为诸情困扰，犹豫不决，甚至反其正而行之，以至言行时有错误，临险履危不能自返，甚可叹也。余如能坚持夜间之明，消除白昼之闇(暗)，则过失或可稍减欤。

老荒记
一九七六年三月四日灯下

世说新语

一

明　袁氏嘉趣堂刊本

老荒书屋
一九七六年三月七日灯下

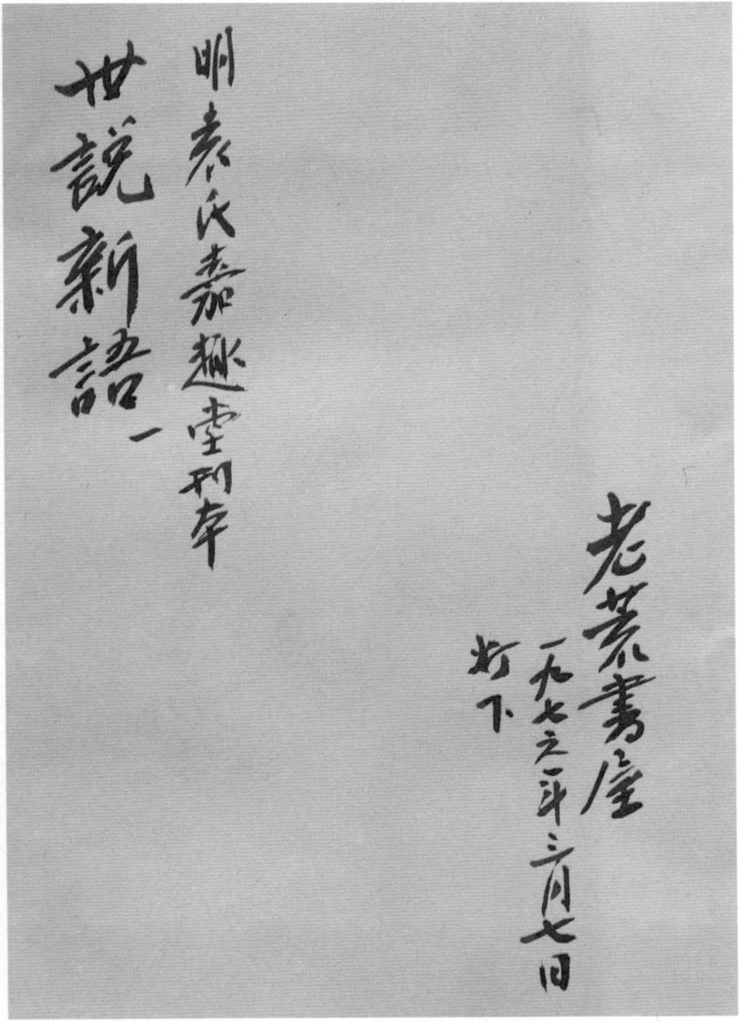
老蕘書屋
一九七〇年三月七日
燈下
明袁氏嘉趣堂刊本
世說新語 一

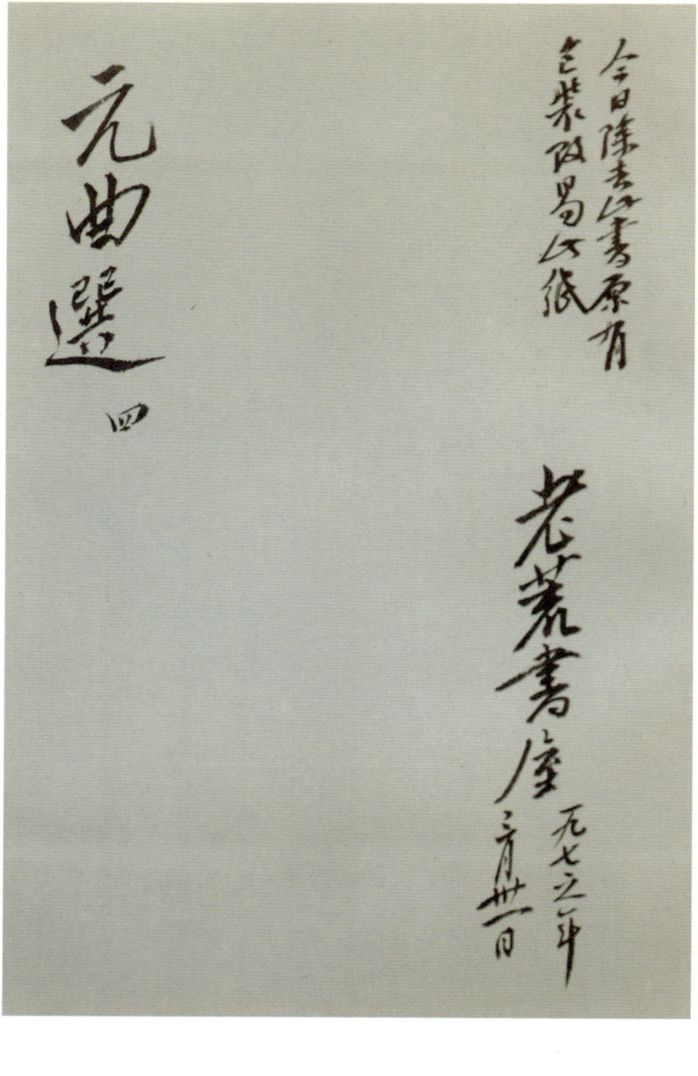

今日陳去此書原有之紫改易此紙

元曲選 四

老荒書屋

九七二年 二月廿日

元曲选

四

今日除去此书原有包装,改易此纸。

老荒书屋
一九七六年三月卅一日

新世说

四

今日上午，杨李二老友来劝慰。

老荒书屋
一九七六年四月一日

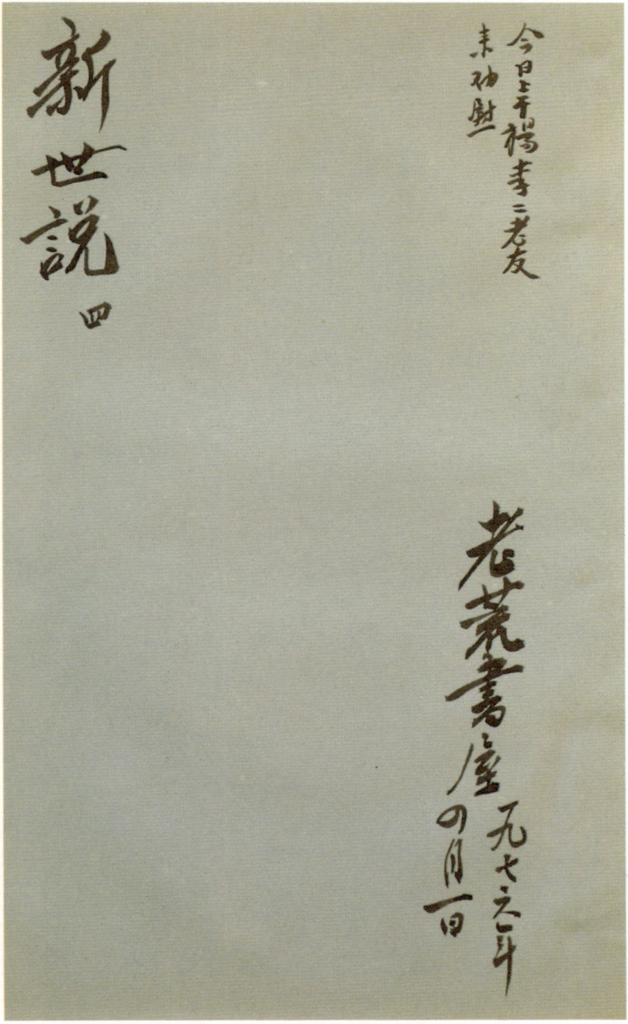
今日上午楊李二老友
来訪題

老荒書屋 一九七六年四月一日

新世說 四

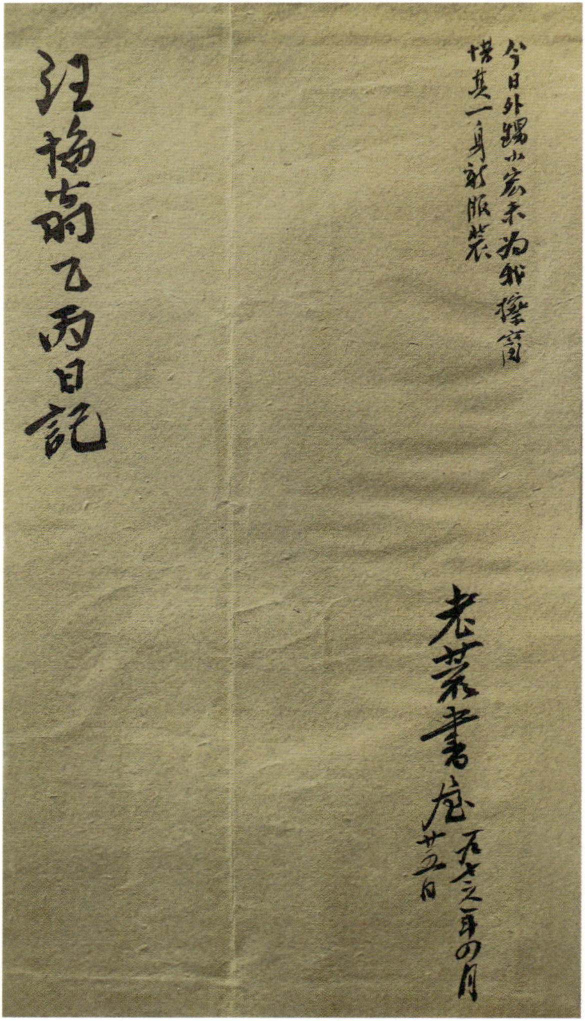
汪悔翁乙丙日記

今日外孫小宸來為我擦窗
拂其一身新服裝

老芸書屋 丙子之一年四月廿五日

汪悔翁乙丙日记

今日外甥小宏来为我擦窗，惜其一身新服装。

老荒书屋
一九七六年四月廿五日

摭言

上

书屋易名善处，只题书四册。一日间耳，即得恶信。善处不成，只好恶处。

老荒
一九七六年四月廿七日下午

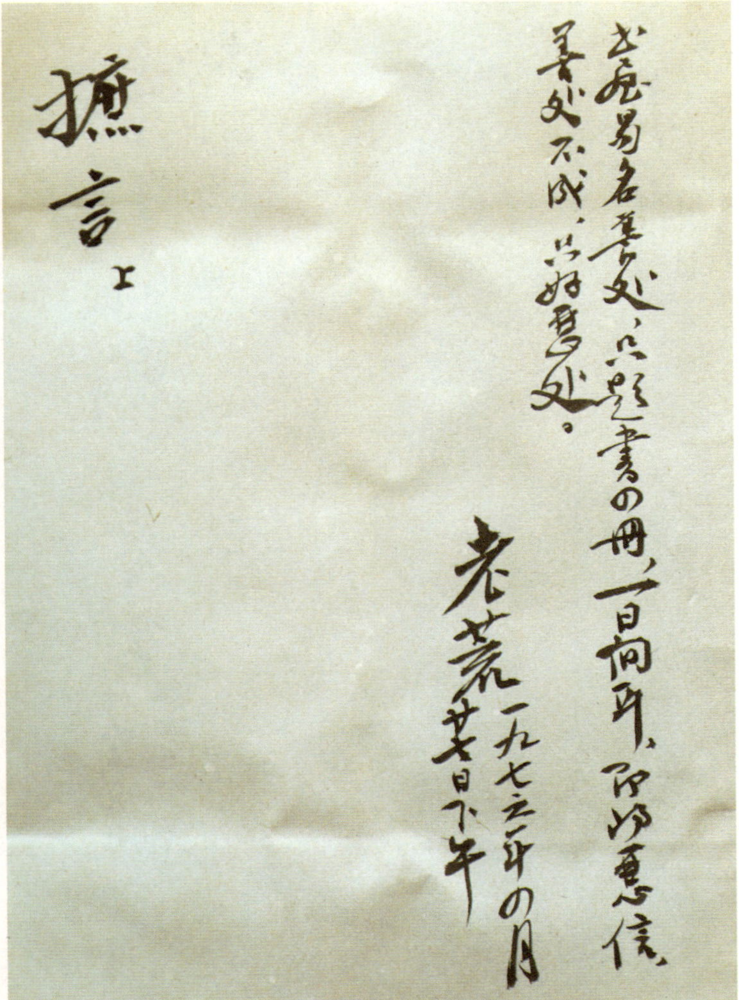
摭言
上
书名易名甚处，只题书の册，一日尚可，即少惠信，
甚处不成，只好甚处。
老荒
一九七二年の月
某日下午

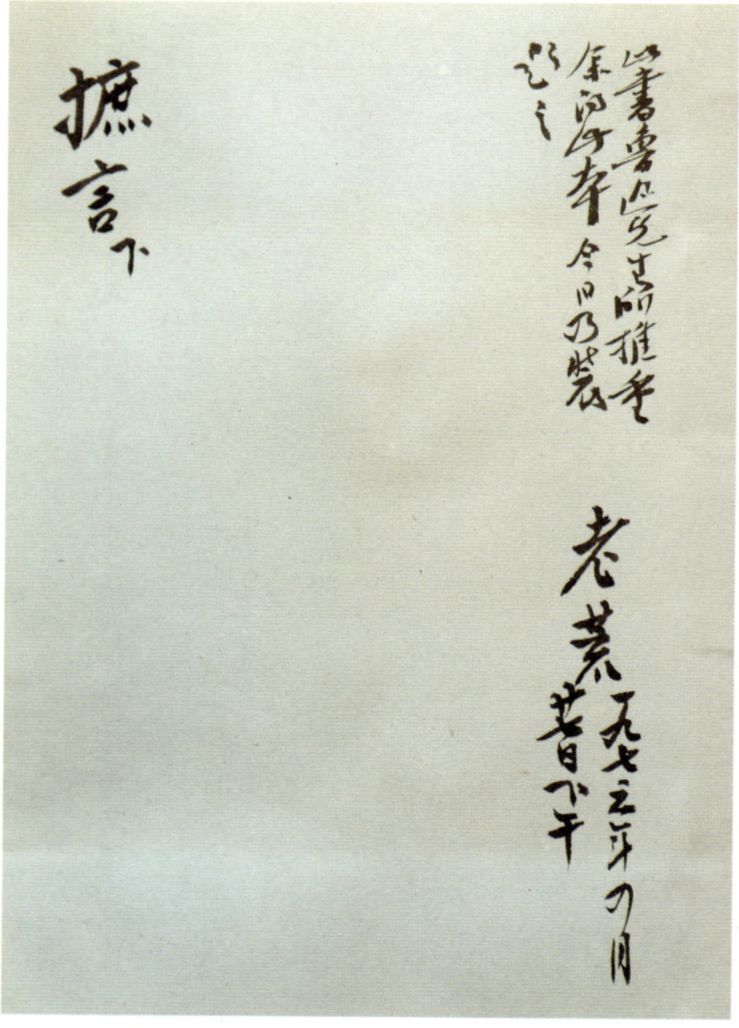

摭言下

摭言

下

此书鲁迅先生所推重,余得此本,今日乃装题之。

老荒
一九七六年四月廿七日下午

古诗源

上

自五月三日余有他务，此业遂废。今日包装此册，笔墨皆燥矣。

老荒
一九七六年六月六日

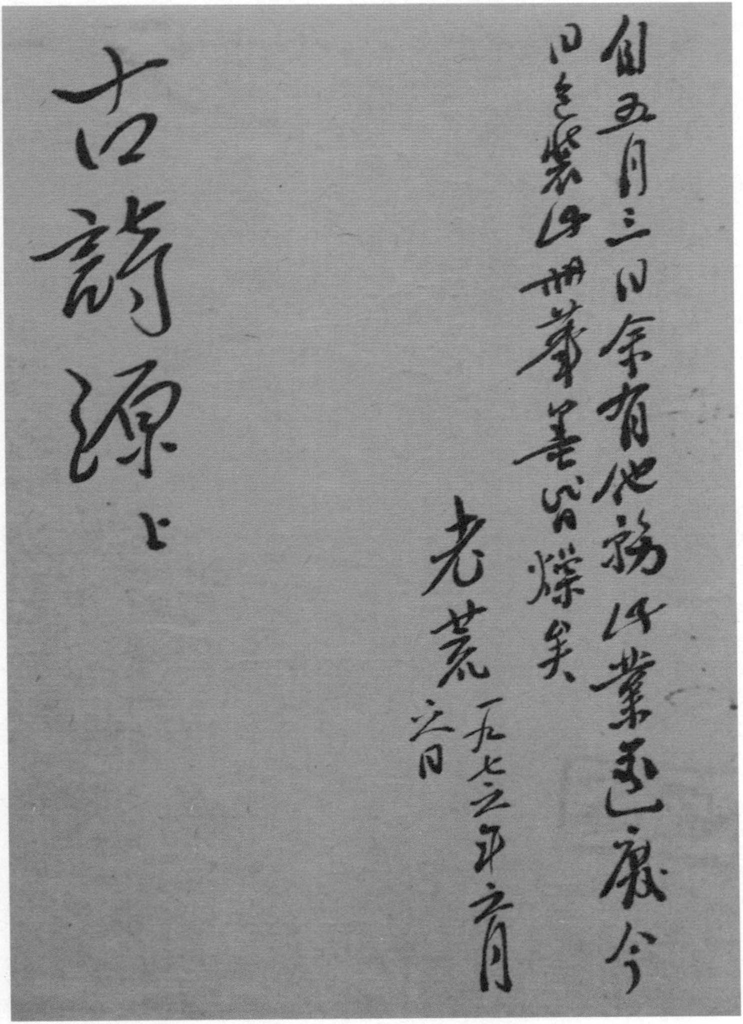

古詩源 上

自五月三日余有他務此業遂廢今日乞紫此冊筆墨皆燥矣

老荒 一九七六年六月六日

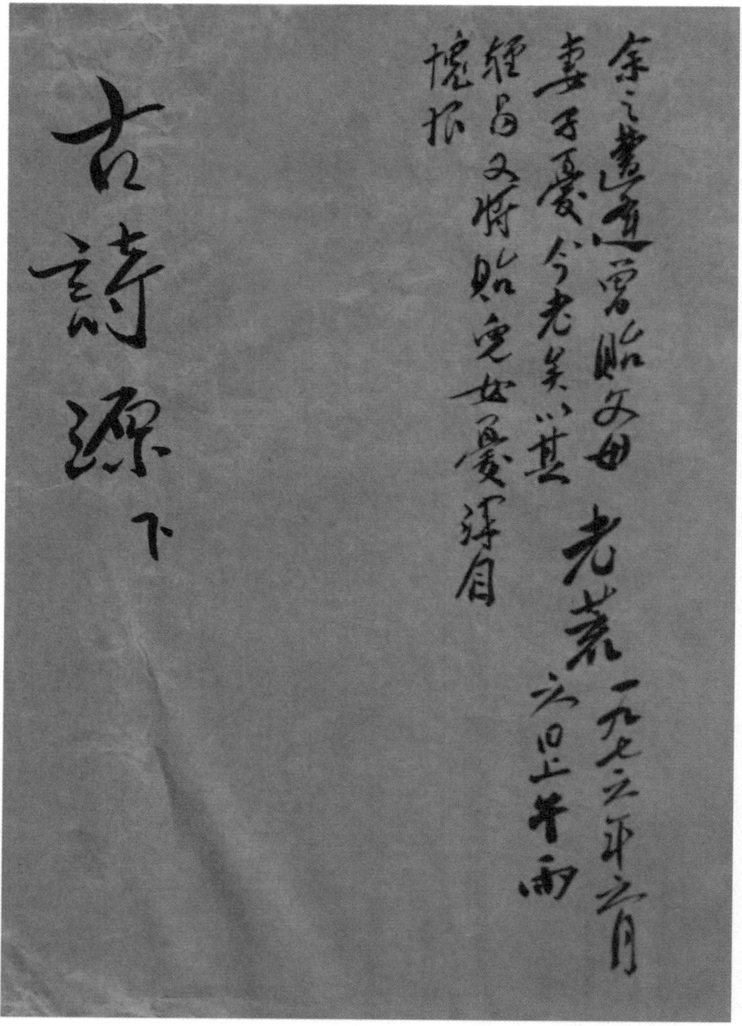

古詩源 下

余之叢書遺曾貽父母妻子憂今老矣以其經為文將貽兒女憂得自懷抱

老荒 一九七六年六月六日上午雨

古诗源

下

余之遭逢，曾贻父母妻子忧，今老矣，以其轻易，又将贻儿女忧，深自愧恨。

老荒
一九七六年六月六日上午雨

苕溪渔隐从(丛)话

前集

久不事此，地震后在外露宿近一月，后虽偶进室中而无灯。今电接通，遂又得于晚间静坐包书，然墨笔早已收起，乃用钢笔题识。此书余另有万有文库本。

余生
一九七六年九月十一日

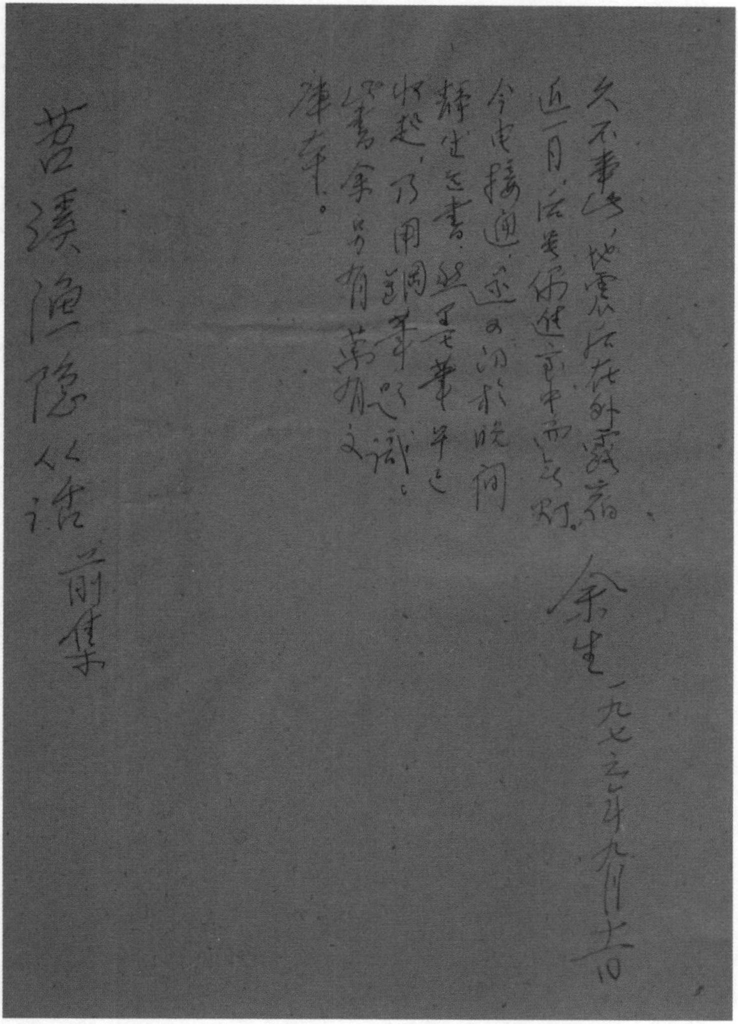

久不奉函，比惟公在外讲宿。
近一月，公要的佳述亦中而未到。
今晨接通，承函及於晚间
拜读大书。然不善笔草，
收起，仍用钢笔略识。
公书全另有万项文
律本。

余生 一九七六年九月十日

苕溪漁隱叢話前集

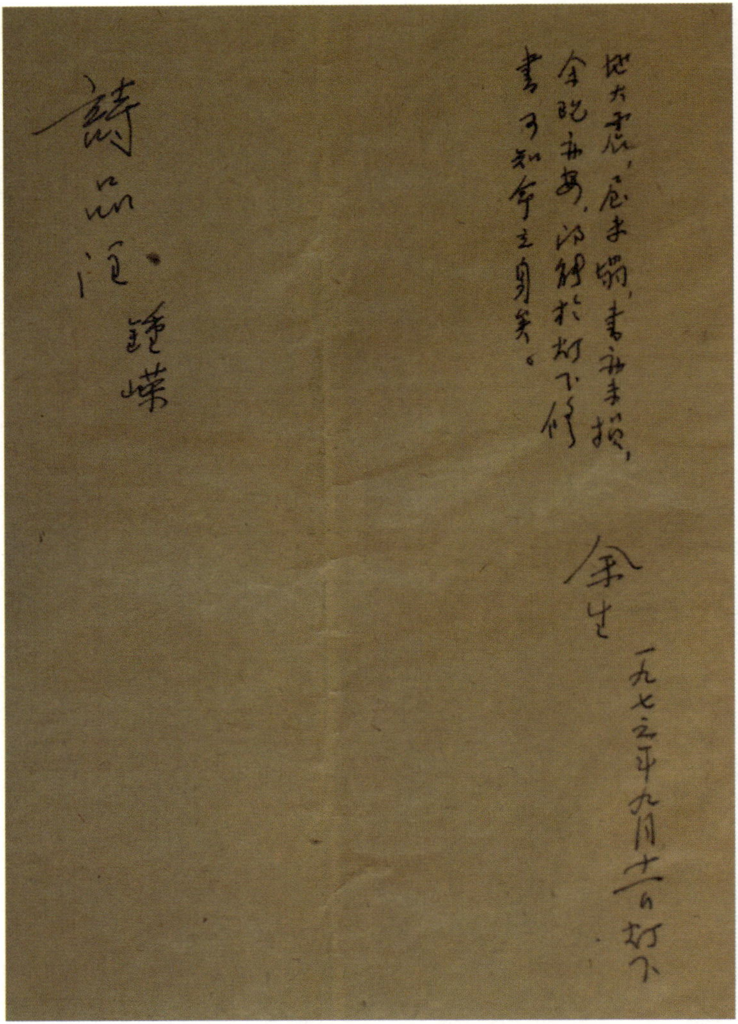
地大震，屋未倒，书亦未损，余既平安，仍将於灯下修书，可知余之身矣。

余生

一九七六年九月十二日灯下

诗品注　钟嵘

诗品注

钟嵘

地大震，屋未塌，书亦未损，余现亦安，得能于灯下修书，可知命立身矣。

余生
一九七六年九月十一日灯下

三希堂法帖释文

一

余附会风雅，购得三希堂四木箱，装潢华贵，盖银行家之遗物。浏览一过，即成长物，且颇滞重，亦不甚爱好，置之而已。近日家事纷扰，且加以地震，平日弄书之习，中止近两月矣。昨晚又有震动，同院嘈杂，余麻痹，稽留室内，忽念及此书，愿读书法家所爱之文章诗词，遂从柜中取出，量纸裁装，如地大震，则一切覆埋。幸而平安，则仍为人生一乐也。

余生记

一九七六年九月廿六日晚

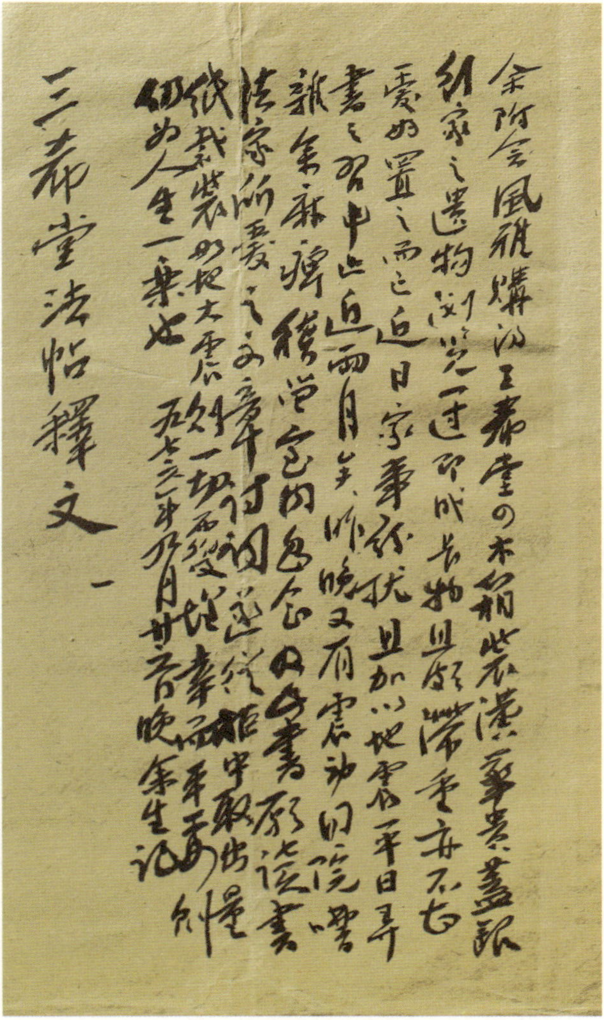
余附会風雅購得三希堂の木箱紫漆篆書蓋[illegible]
的家之遺物欲[illegible]一過即成古物且[illegible]帶垂亦不也
愛好置之而已近日家事紛擾且加以地震平日弄
書之習中止近兩月矣昨晚又有震神回院嚮
號集羣墨寶堂色內息合以此書原文說書
法家所云囊之文章討閱遂從[illegible]中取出慢
代我裝好把太重的一切的發[illegible]幸之平安
何如人生一樂也　五七六二年九月廿晉晚余生記

三希堂法帖釋文　一

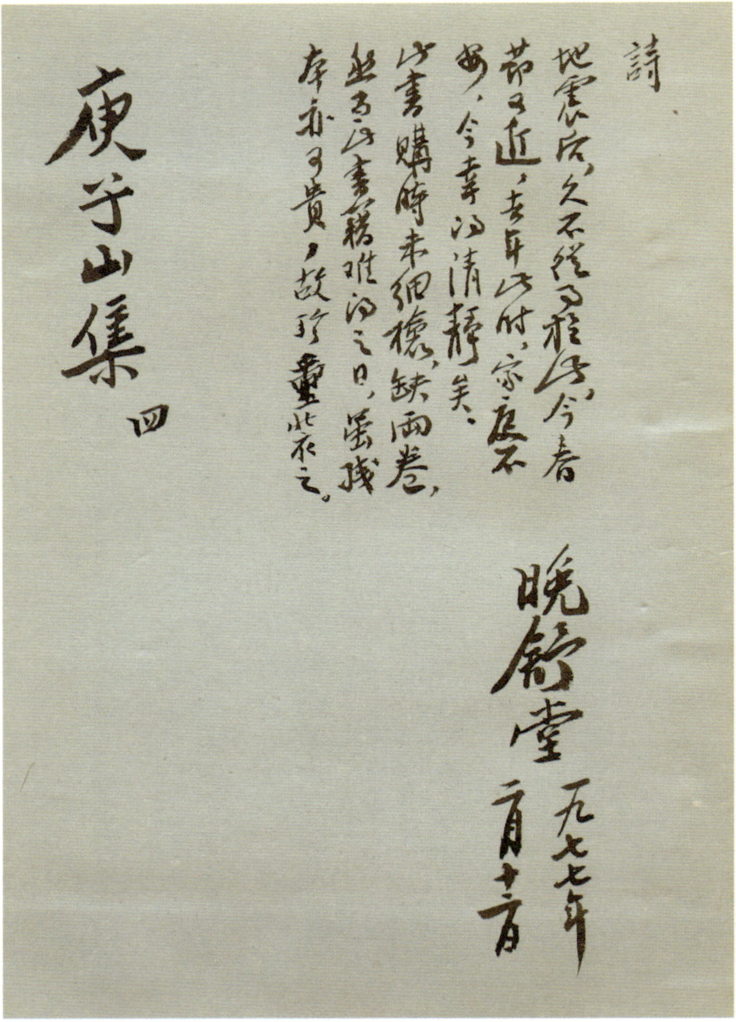
詩
地震後，久不從事於此，今春
節又近，去年此時，家家夜不
安，今幸已清靜矣。
此書購時未細檢，缺兩卷，
然當此書籍難得之日，蠹殘
本亦可貴，故珍重收存之。
曉鈴堂 一九七七年二月十二日
庚子山集 四

庚子山集

四

诗

地震后，久不从事于此，今春节又近，去年此时，家庭不安，今幸得清静矣。

此书购时未细检，缺两卷，然当此书籍难得之日，虽残本亦可贵，故珍重装之。

晚舒堂

一九七七年二月十二日

曹子建集

上

又值岁暮。回忆一年之内，个人国家、天事人事，均系非常。心情百感，虽易堂名为“晚舒”，然不知究可得舒与否。然仍应克励自重，戒轻易浮动，安静读书，不以往事自伤，不以现景自废。

晚舒

一九七七年二月十四日下午

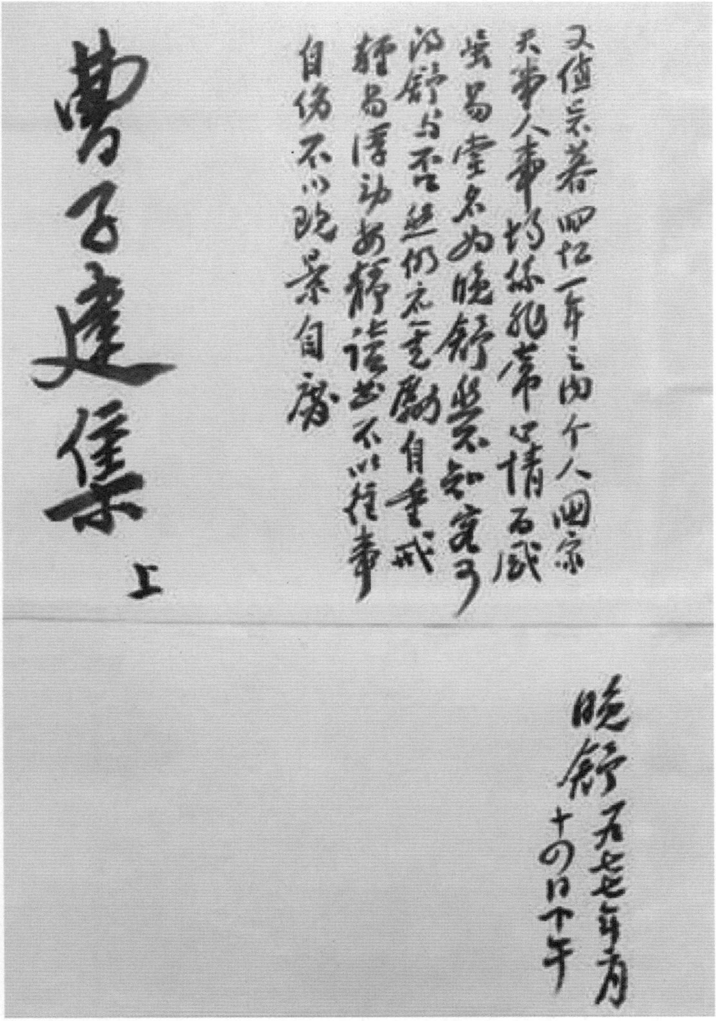

曹子建集 上

又值岁暮四十一年之内个人国家
天事人事均系非常心情百感
交写书名为晓铃累不知究可
谓铃与吾无他仍不无鼓励自重戒
铃当得知与铃谐当不以往事
自伤不以晚景自馁

晓铃 一九七七年五月
十四日下午

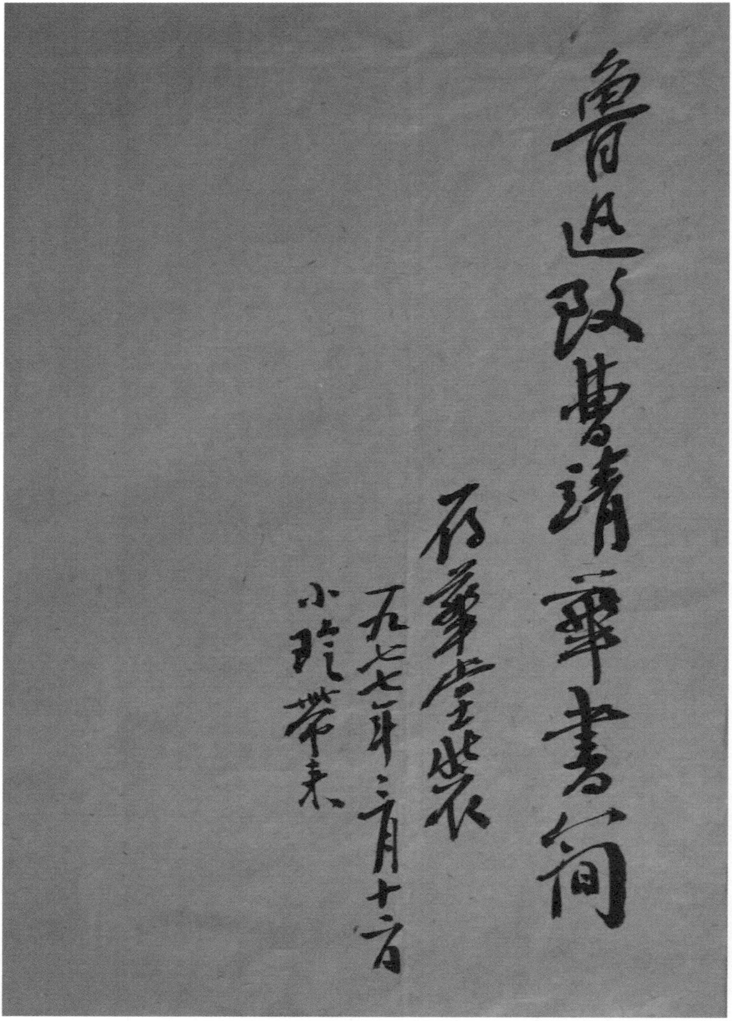
魯迅致曹靖華書簡
石華學生收
一九七七年二月十日

鲁迅致曹靖华书简

小玲带来。

存华堂装
一九七七年三月十二日

书林清话

今日儿子来,告小森难产住院,去京看望。

晚舒堂
一九七七年三月廿日

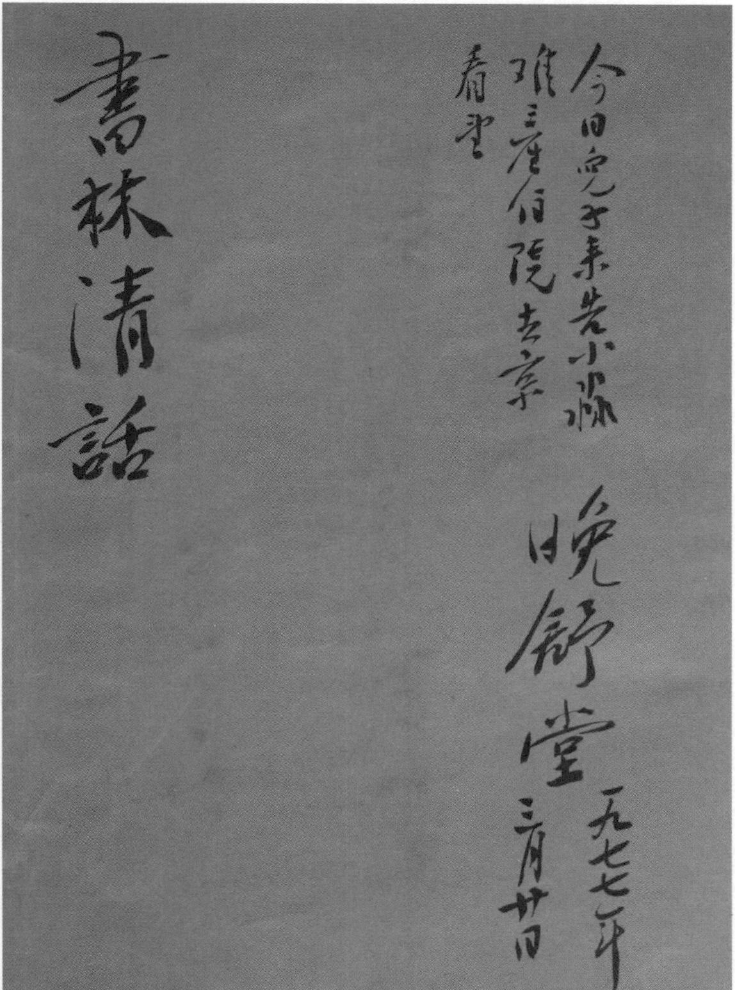
書林清話
晚静堂
一九七七年三月廿日

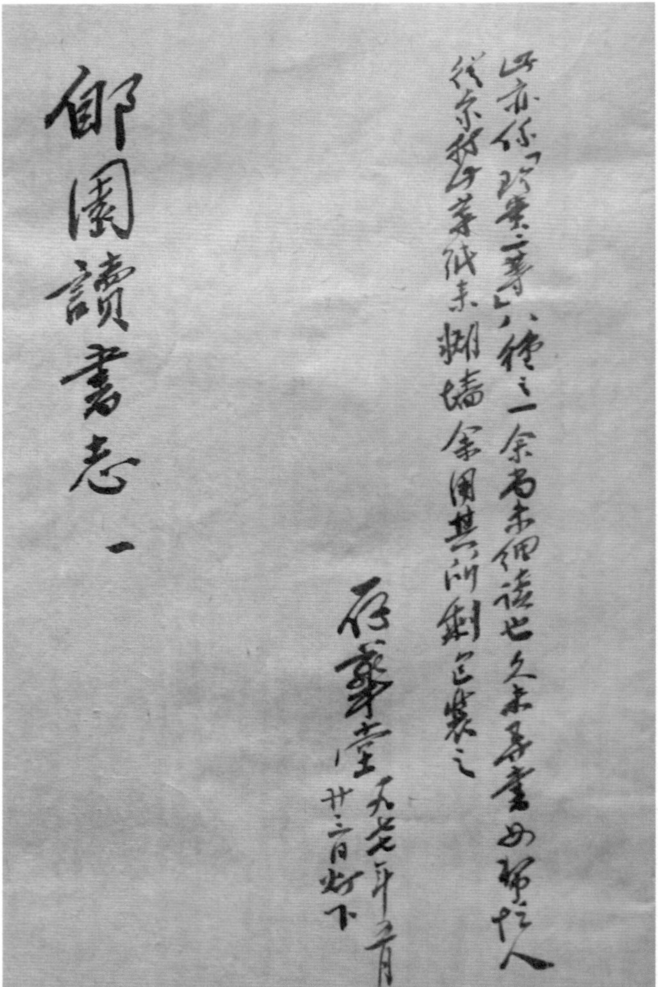
郋園讀書志 一
此亦係「碎葉叢書」八種之一余尚未細讀也久未見書如歸故人
從余家拆下舊紙來糊墻余閱其所剩已裝之
存齋堂 天老年十二月 廿三日灯下

郎园读书志

一

此亦系“珍贵二等”八种之一，余尚未细读也。久未弄书，女帮忙人从家持此等纸来糊墙，余用其所剩包装之。

存华堂
一九七七年五月廿三日灯下

书林余话

一

余有铅印本，并有石印本及此本。

存华堂
一九七七年五月

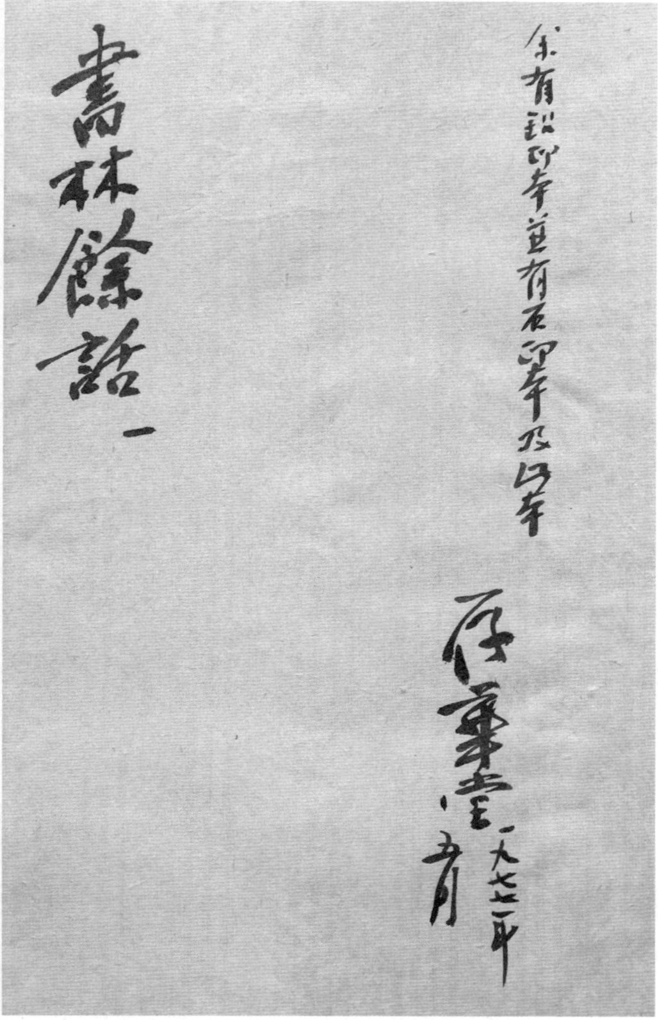
書林餘話 一

余有鉛印本並有石印本及此本

一九七二年

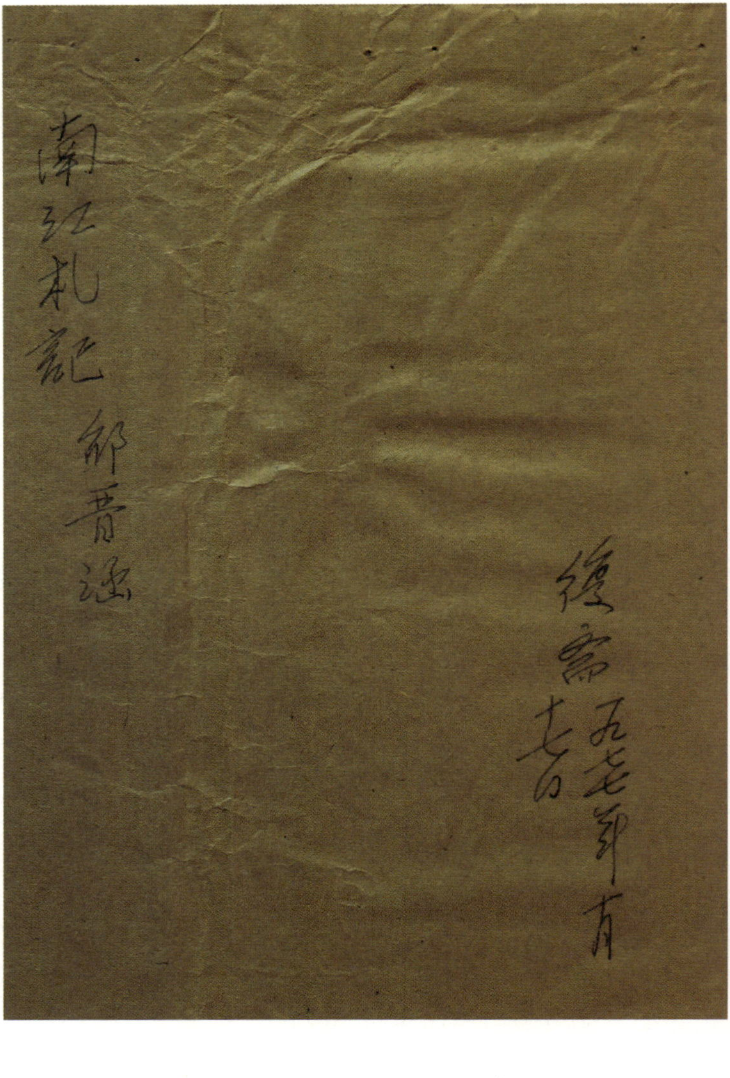

南江札記 邵晉涵

復齋五老弟有
吉

南江札记

邵晋涵

复斋
一九七七年十月十七日

死魂灵

余数购此书，一失于日寇，一赠马小五，因彼曾长期为我理发也。今又得此本，珍视如昔时。

秀露书屋装
一九七七年十一月七日

死魂灵

余数购此书，一失于日寇，一[illegible][illegible]小丑，因彼尝长期如我珍爱也、今又阅此本，珍视如当时、一九七七年十一月七日

秀露书屋装

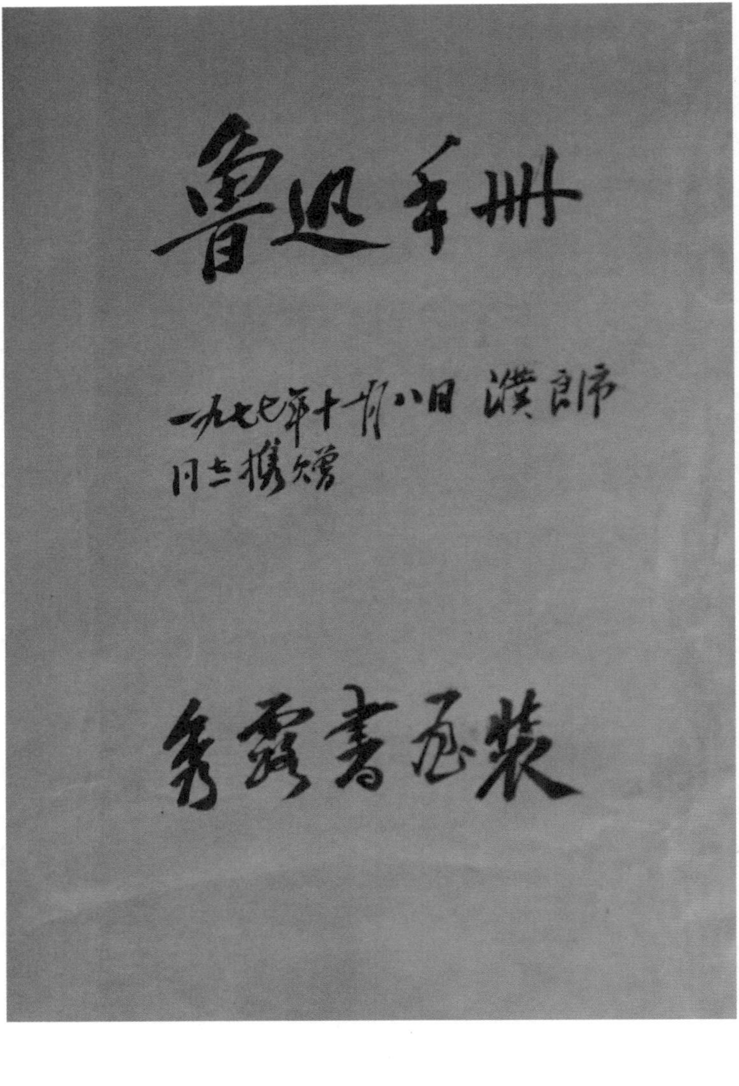
鲁迅手册
一九七七年十一月八日

鲁迅手册

一九七七年十一月八日，濮良沛同志携赠。

秀露书屋装

唐文粹补遗

一

澹定书屋

一九七八年五月十九日，时年六十有六岁

唐文粹補遺

一

澹宧書屋

一九七六年五月十九日時年六十有三歲

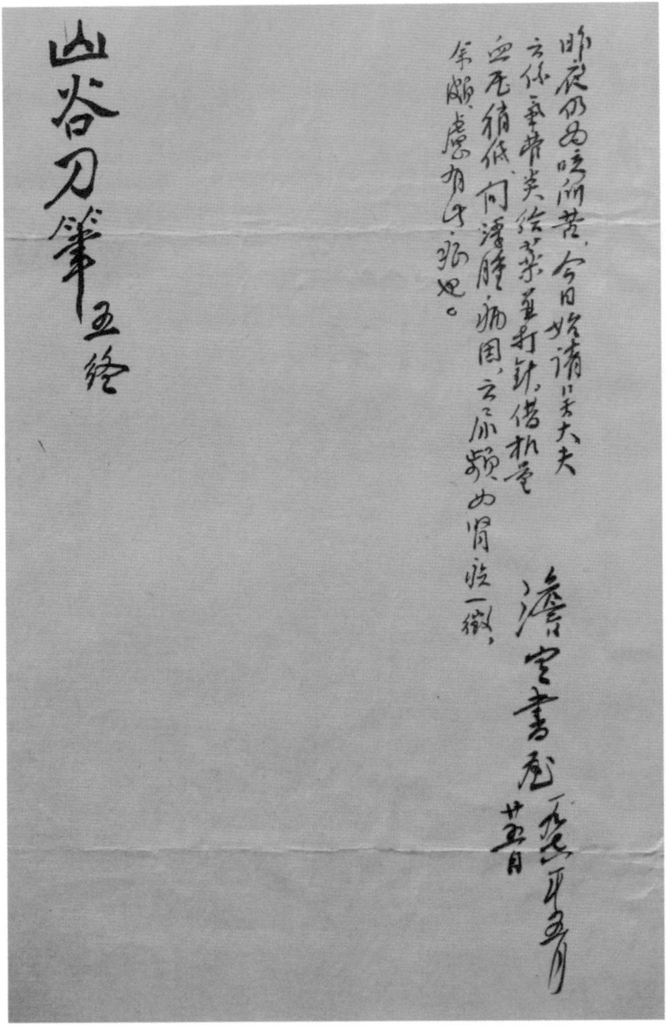

昨夜仍为咳所苦，今日始请山本大夫
云係气管炎，给药并打针，借机会
血压稍低，向潜睡，痛因，云云亦颇如胃症一徵，
余颇虑为伤寒也。

濬宜書屋

丁亥年五月廿五日

山谷刀筆五卷

山谷刀笔

五终

昨夜仍为咳所苦，今日始请吴大夫，云系气管炎，给药并打针，借机量血压，稍低。问浮肿病因，云尿频为肾疾一征，余颇虑有此症也。

澹定书屋

一九七八年五月廿五日

重印世綵堂河东集

十八

善闇(暗)室
一九七八年八月

余观八司马,皆天下之奇材也。一为叔文所诱,遂陷于不义。至今士大夫欲为君子者,皆羞道而喜攻之。然此八人者,既困矣,无所用于世,往往能自强以求别于后世,而其名卒不废焉。而所谓欲为君子者,吾多见其初而已,要其终,能毋与世俯仰以自别于小人者少耳!复何议于彼哉?

王荆公《读柳子厚传》
一九七八年八月十八日晚,大雨后灯下抄录

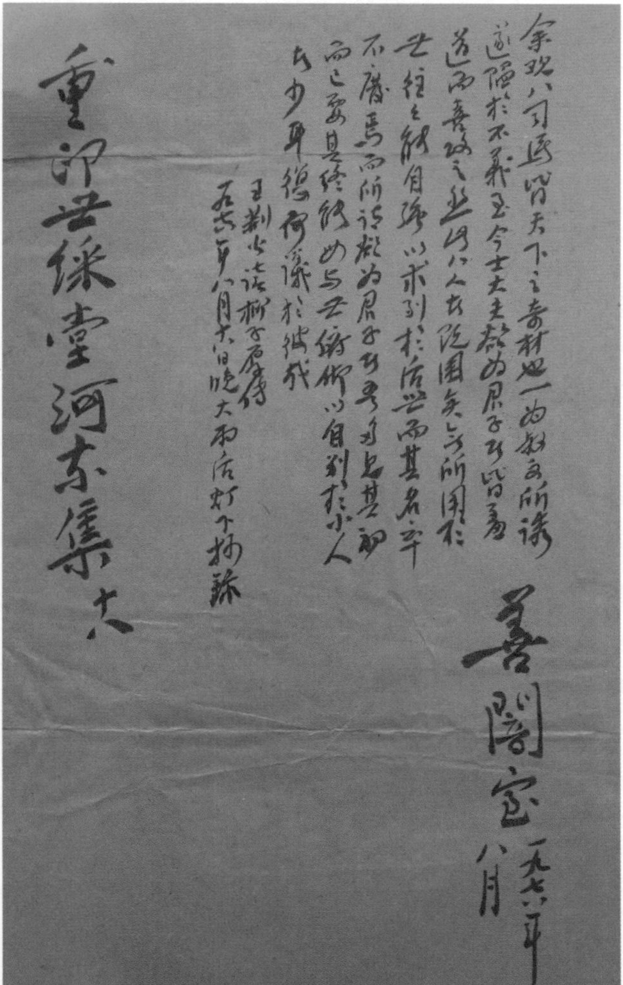
余观八司马皆天下之奇材也一为叔文所诱遂陷于不义至今士大夫欲为君子者皆羞道而喜攻之然此八人者既困矣后所用于世往往能自强以求列于后世而其名卒不废焉而所谓欲为君子者考其初而已要其终始能毋与世俯仰以自别于小人者少耳复何议于彼哉

王荆公读柳子厚传
一九六八年八月十八日晚大雨后灯下抄录

善闇室 一九六八年八月

重印世綵堂河东集 六

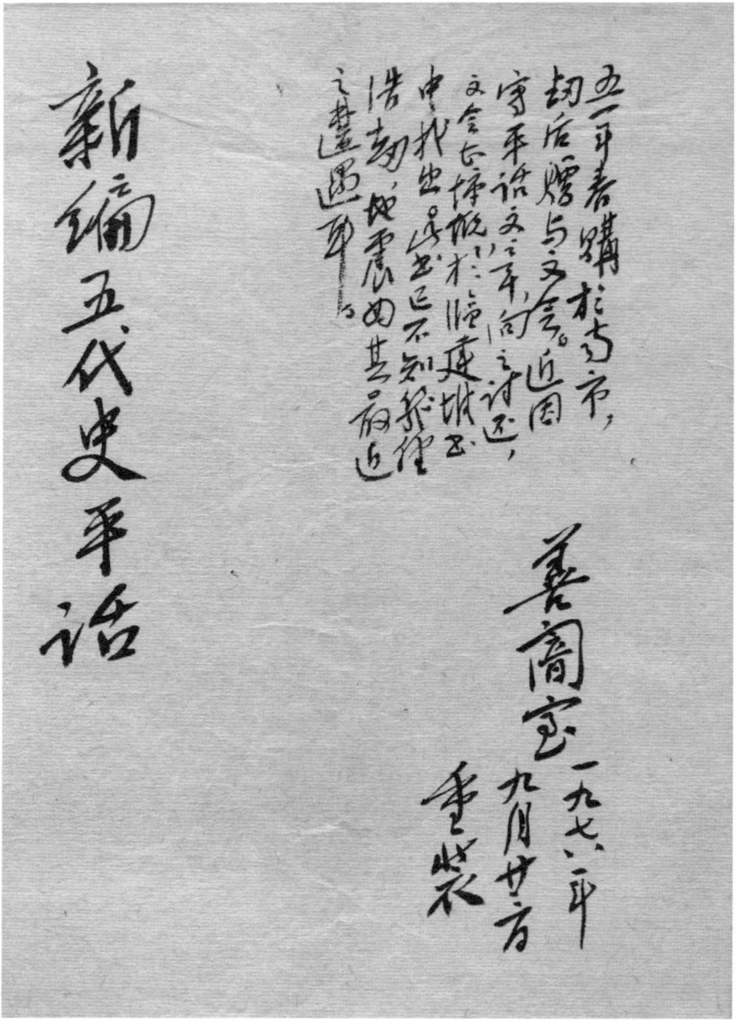
新编五代史平话
一九七六年九月廿六日

新编五代史平话

五一年春购于南市，劫后赠与文会。近因写平话文章，向之讨还，文会甚慷慨，于临建堆书中找出。此书已不知几经浩劫，地震为其最近之遭遇耳。

善闇(暗)室
一九七八年九月廿三日重装

莎士比亚戏曲故事集

查尔斯·兰姆　玛丽·兰姆 改写
萧乾 译

存华堂劫后书
一九七八年十二月

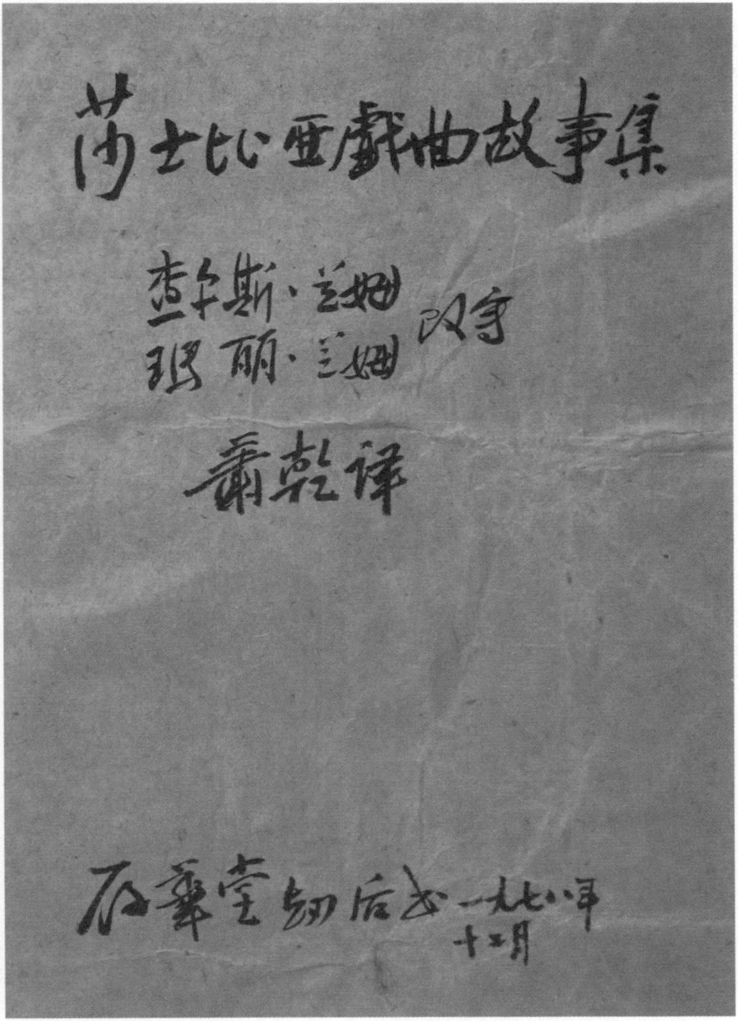

莎士比亚戲曲故事集

查尔斯·兰姆
玛丽·兰姆 改写

萧乾译

石華堂劫后本 一九七八年十二月

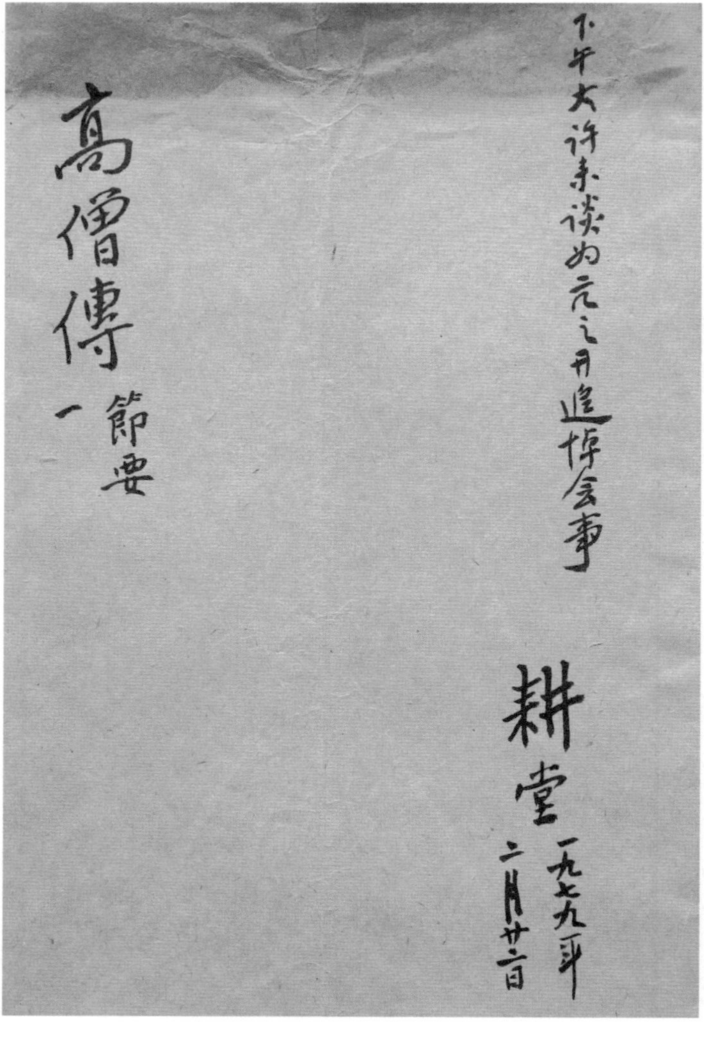
下午大许来谈为元之丹追悼会事
高僧傳
一節要
耕堂
一九七九年二月廿二日

高僧传

节要

一

下午大许来，谈为亢之开追悼会事。

耕堂

一九七九年二月廿二日

大乘起信论疏

上

今日报载，崔嵬同志逝世。

耕堂
一九七九年二月廿三日

今日報載肯嵬門去逝世

耕雲 一九七九年 六月廿三日

大乘起信論疏 上

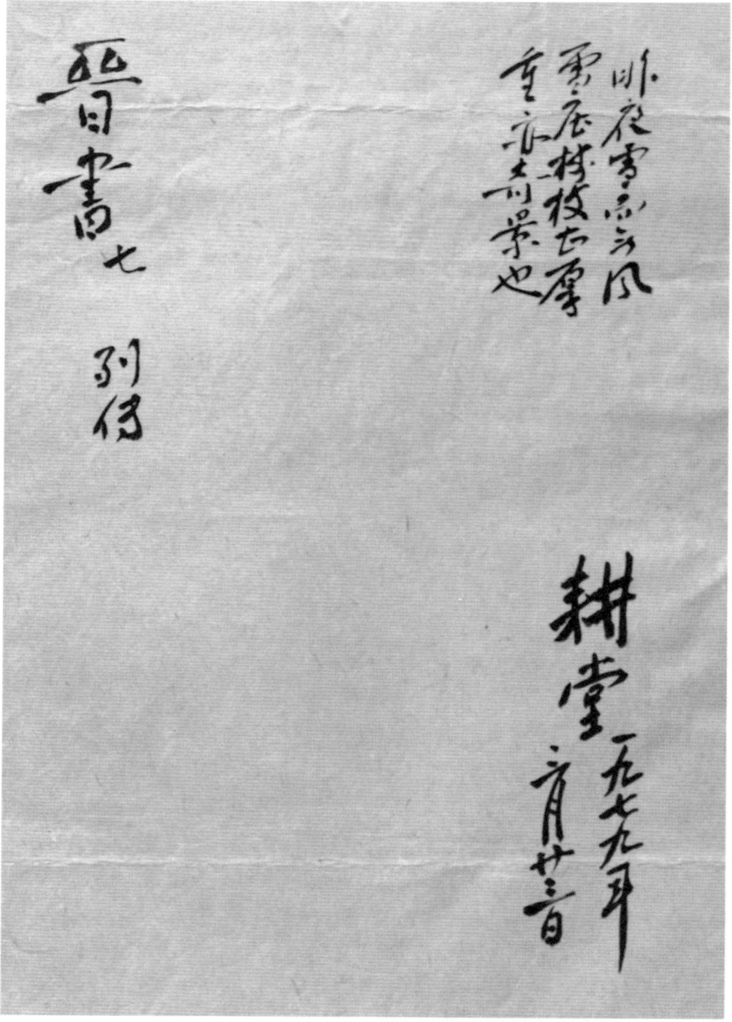
昨夜雪無雲風
雪壓樹枝甚厚
重京大有景也

晉書七
列傳

耕堂
一九七九年
元月廿三日

晋书

七

列传

昨夜雪而无风。雪压树枝甚厚重，亦奇景也。

耕堂

一九七九年三月廿三日

辽史

一

纪

沈金梅同志代购史书两种，此书与《魏书》。

耕堂

一九八〇年五月七日

遼史

紀一

沈金梅同志代購吳書因經此書與魏書

耕堂一九八〇年五月七日

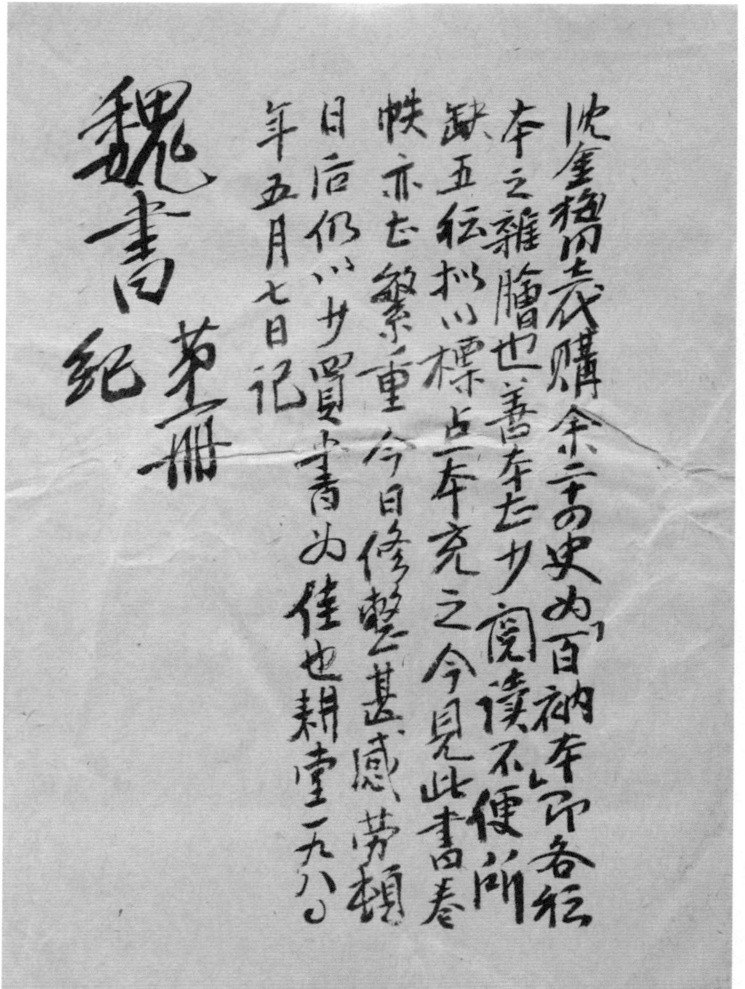

沈金梅同志代購余二十四史為百衲本影印各種本之雜膾也善本太少閱讀不便所缺五種擬以標點本充之今見此書卷帙亦太繁重今日修整甚感勞頓日后仍以少買古書為佳也耕堂一九八〇年五月七日記

魏書 第一冊

紀

魏书

第一册

纪

沈金梅同志代购。余二十四史为“百衲本”，即各种本之杂脍(烩)也。善本甚少，阅读不便，所缺五种，拟以标点本充之。今见此书，卷帙亦甚繁重。今日修整，甚感劳顿，日后仍以少买书为佳也。

耕堂

一九八〇年五月七日记

中国章回小说考证

原有此书，率尔送人，今又购此复制本。

耕

一九八〇年九月

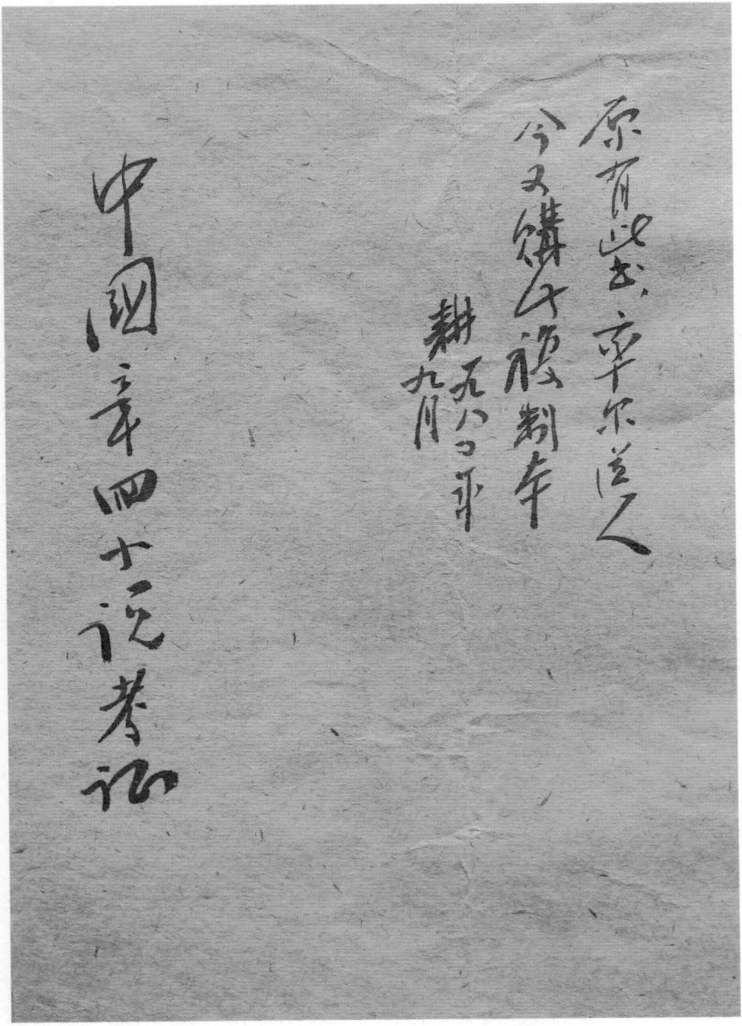
原有此书，卒不道之
今又购得复制本
耕 五九八〇年
九月
中国三年四十二记考证

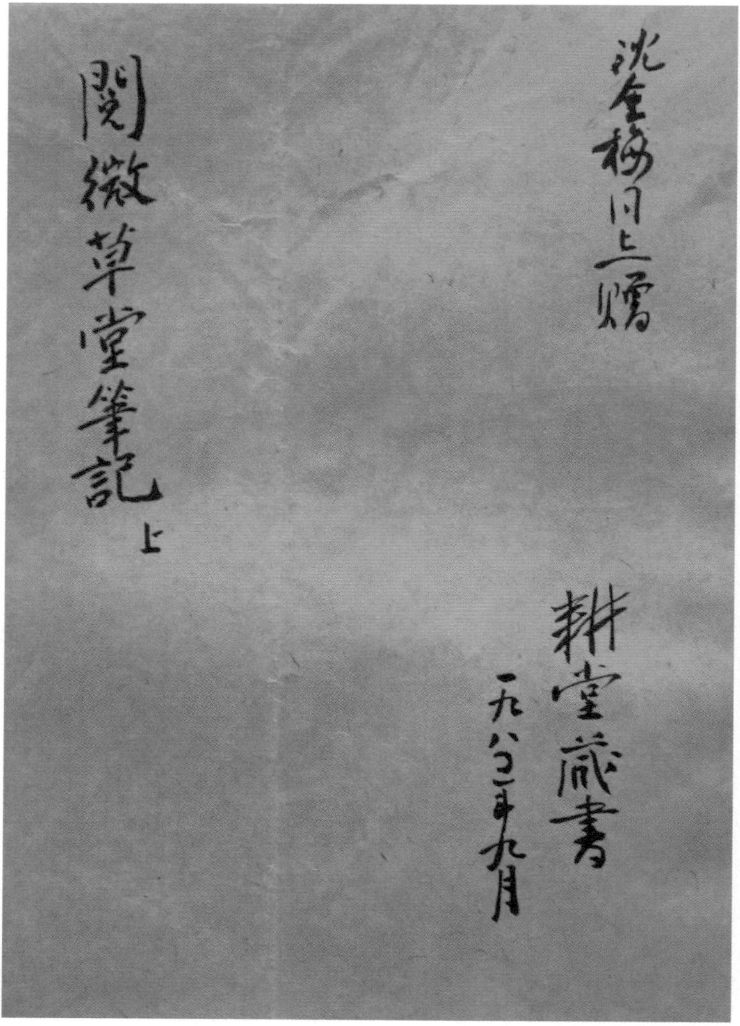

閱微草堂筆記 上

沈金梅同志赠

耕堂藏書

一九八二年九月

阅微草堂笔记

上

沈金梅同志赠。

耕堂藏书
一九八〇年九月

括地志辑校

幻华室

一九八〇年十月

括地志辑校

幻华室

一九八二年十月

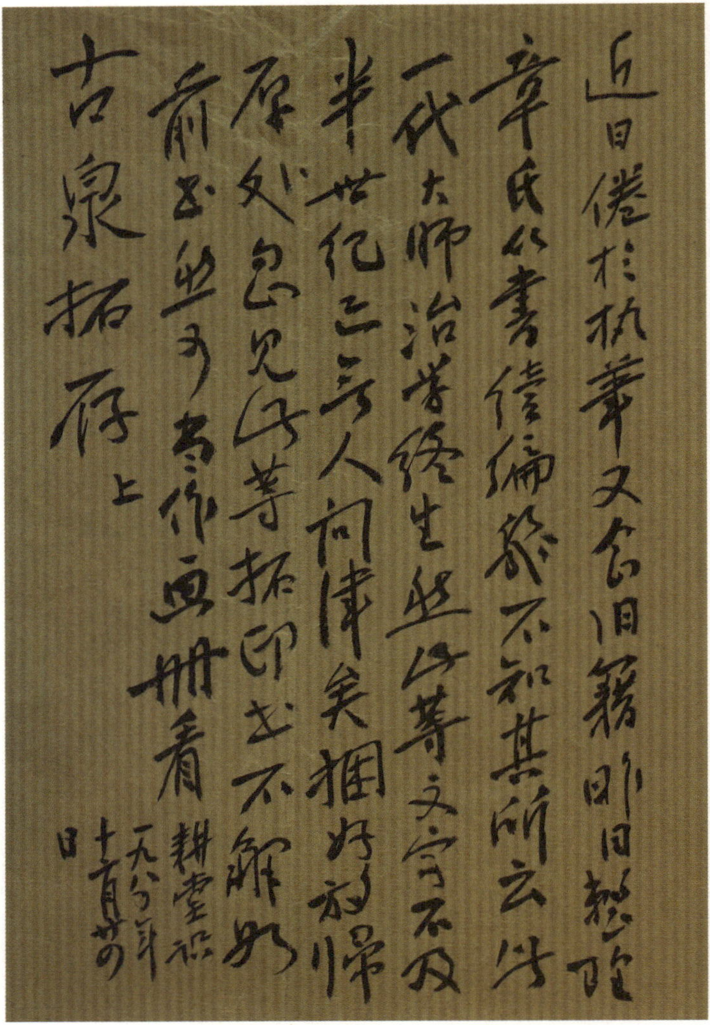
近日倦於執筆，又念舊籍，昨日想隨章氏叢書續編，不知其所云。特一代大師治學終生，然此等文字，不及半世紀已無人問津矣。捆好放歸原處，然見此等拓印，也不能如前，此然手書作畫冊看。
古泉拓存 上
耕堂記 一九八〇年十一月廿四日

古泉拓存

上

近日倦于执笔，又念旧籍。昨日整理《章氏丛（丛）书续编》，几不知其所云。此一代大师，治学终生，然此等文字，不及半世纪，已无人问津矣。捆好放归原处，忽见此等拓印书，不解如前书，然可当作画册看。

耕堂识

一九八〇年十二月廿四日

仪顾堂题跋

二

近为上海《解放日报》写《幻华室藏书记》，念及此书。

一九八一年一月十九日窗下

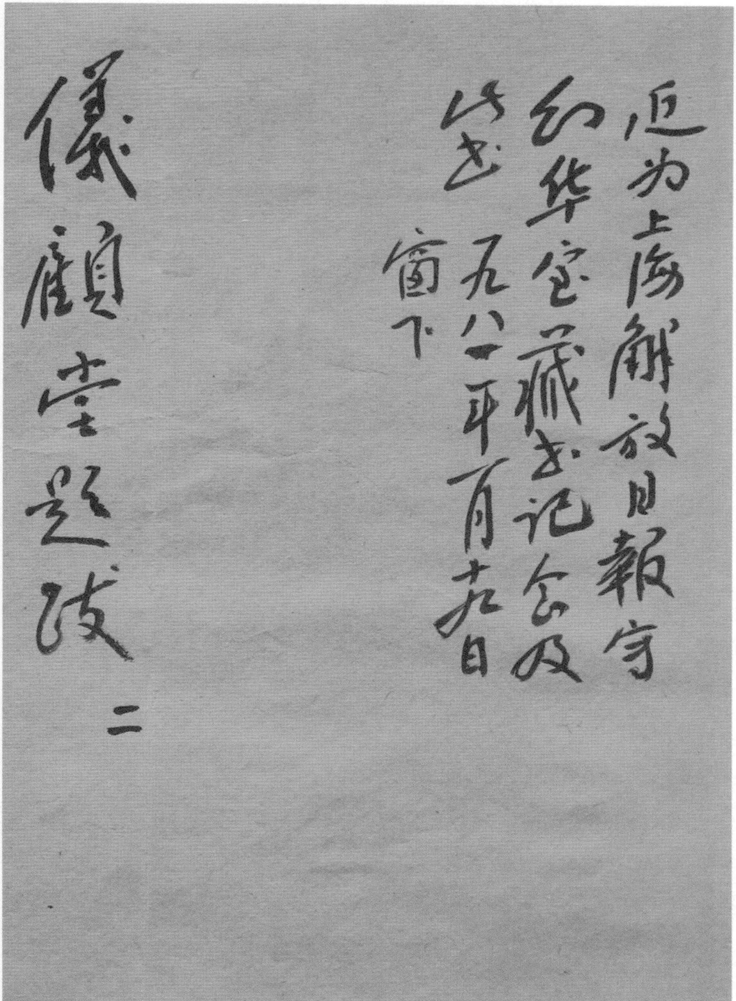

近为上海解放日報写

纫华室藏书记念及

此也 九八一年月廿九日

窗下

儀顧堂題跋 二

畿辅丛书
明交河余继登辑
幻华窗一九八一年一月装

典故纪闻 一

典故纪闻

一

畿辅从(丛)书,明交河余继登辑。

幻华室
一九八一年一月装

典故纪闻

六

畿辅从(丛)书只有此种,盖他人视为无用者。

幻华题讫记
一九八一年一月廿六日

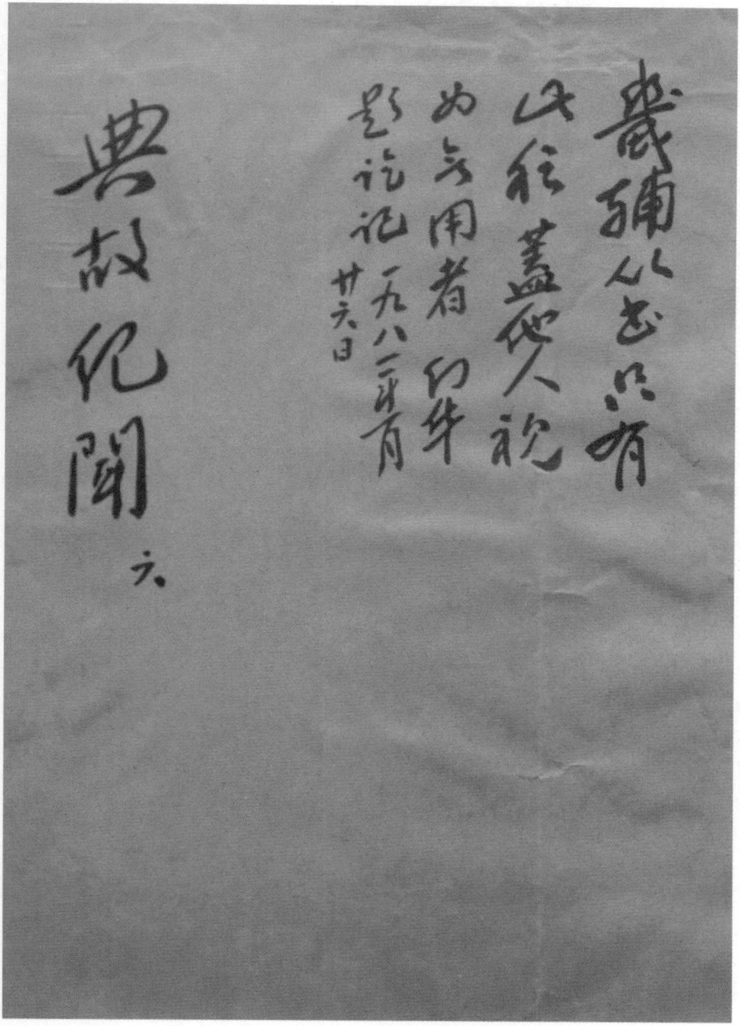
藏辑以书只有
此稿盖他人视
为无用者 印华
彭信记 一九八二年十月
廿六日
典故纪闻
六

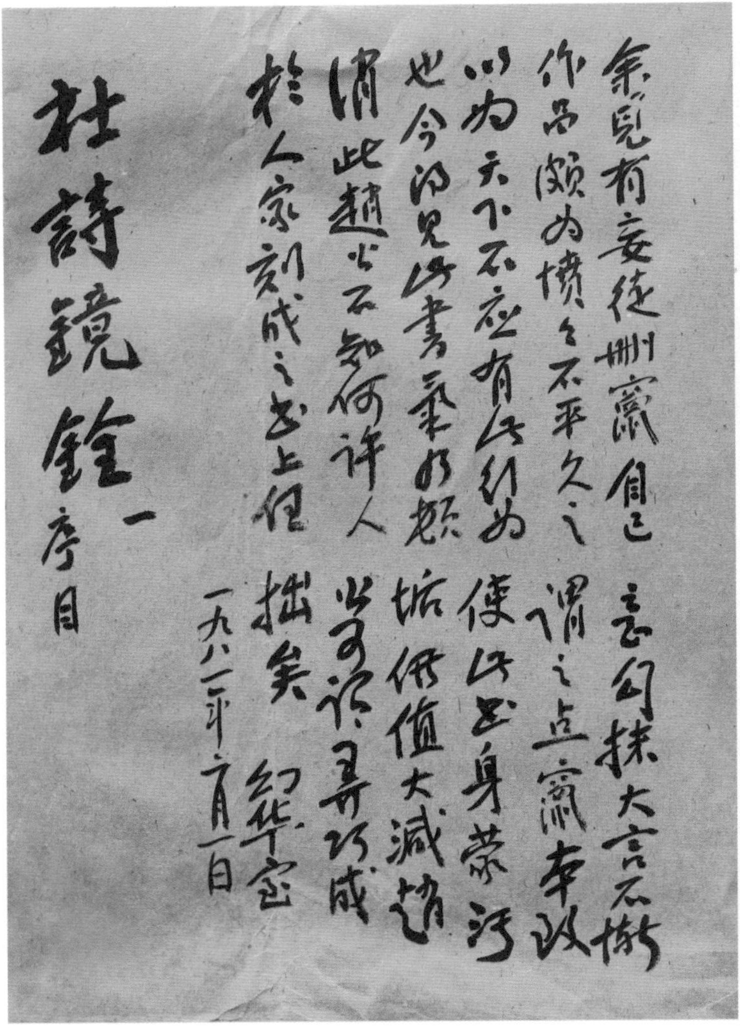

余見有妄徒刪竄自己　意句抹大言不慚
作品頗為憤憤不平久之　謂之点竄派本政
以為天下不應有此行為　使此書身蒙污
也今所見此書業已頗　垢價值大減想
清此趙某不知何許人　當可謂弄巧成
於人家刻成之書上任　拙矣
紀華室
一九八一年六月一日

杜詩鏡銓 一
序目

杜诗镜铨

一

序目

余见有妄徒删窜自己作品，颇为愤愤不平，久之，以为天下不应有此行为也。今得见此书，气乃顿消。此赵公不知何许人，于人家刻成之书上任意勾抹，大言不惭，谓之点窜本。致使此书身蒙污垢，价值大减，赵公可谓弄巧成拙矣。

幻华室

一九八一年二月一日

杜诗镜铨

九

每至年关则多烦恼，不知何故。当安身立命矣，明日戒之。

幻华室
一九八一年旧历除夕

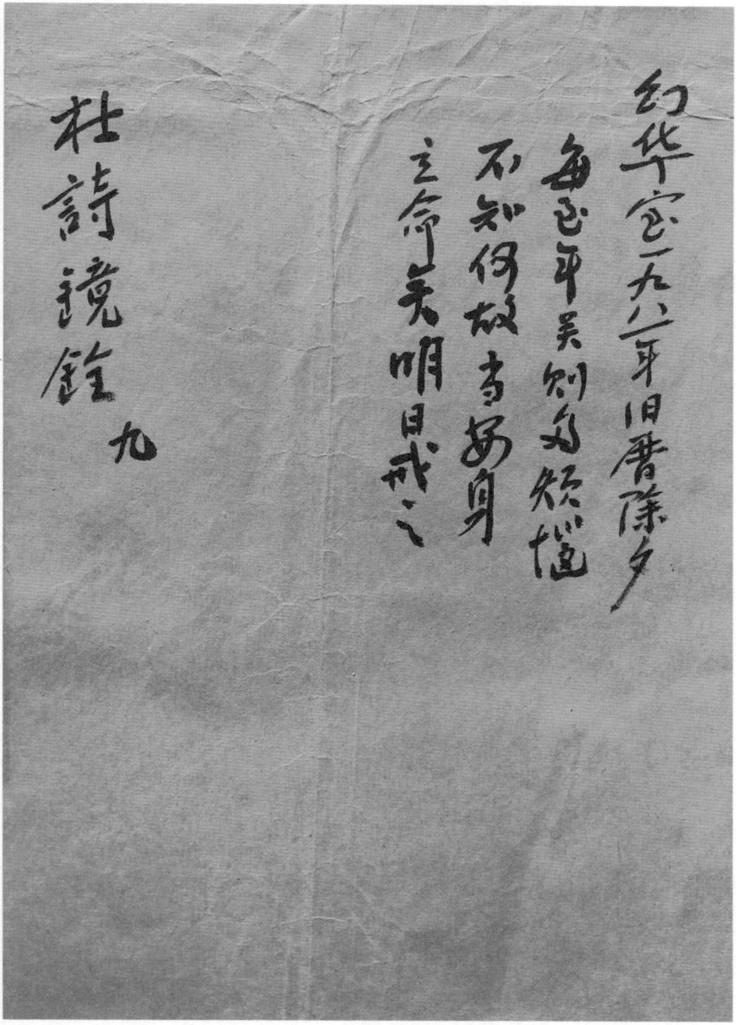

幻华室一九八二年旧历除夕

每岁年关则多烦恼

不知何故书安身

立命矣明日戒之

杜詩鏡銓 九

为夏传明同志题所藏精装本

白洋淀纪事

君为细心人，此集虽系创作，从中可看出：一九四〇到一九四八年间，我的经历，我的工作，我的身影，我的心情。

实是一本自传的书了。

孙犁

一九八〇年

二月廿三日

为姜德明同志题所藏精装本《白洋淀纪事》

君为细心人，此集虽系创作，从中可看到：一九四〇到一九四八年间，我的经历，我的工作，我的身影，我的心情。实是一本自传的书。

孙犁

一九八一年二月廿二日

为姜德明同志题所藏《少年鲁迅读本》

此书虽幼稚、浅陋，然可见我青年时期，对鲁迅先生景仰爱慕之深情。

孙犁

一九八一年二月廿二日灯下

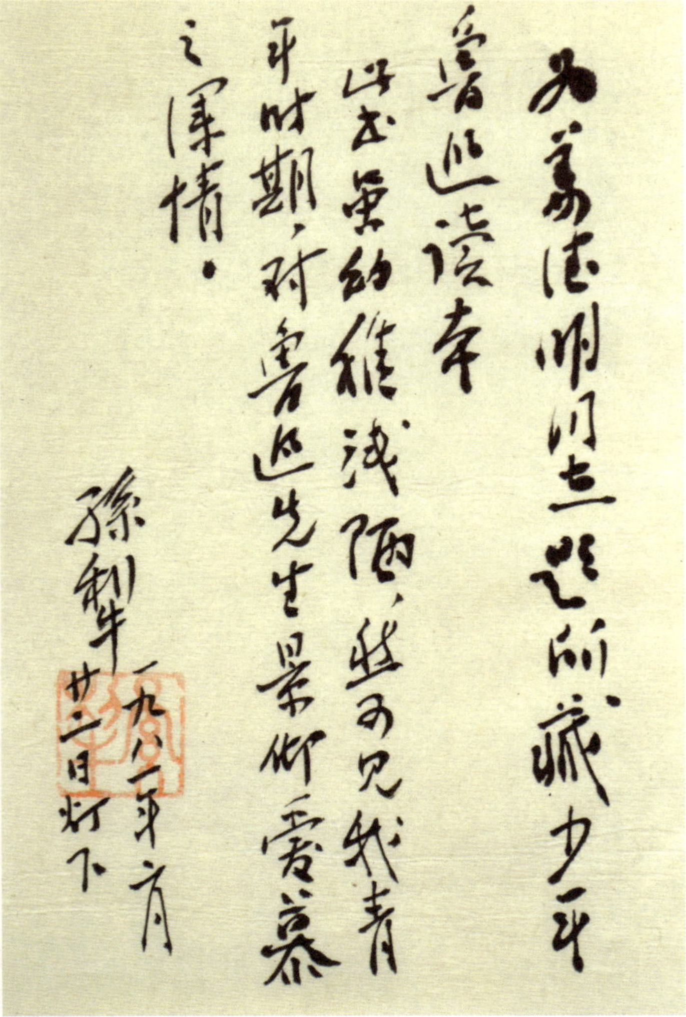

为姜德明同志题所藏少年
鲁迅读本
此书装帧简陋，然可见我青
年时期，对鲁迅先生景仰爱慕
之深情。
孙犁
一九八一年六月
廿二日灯下

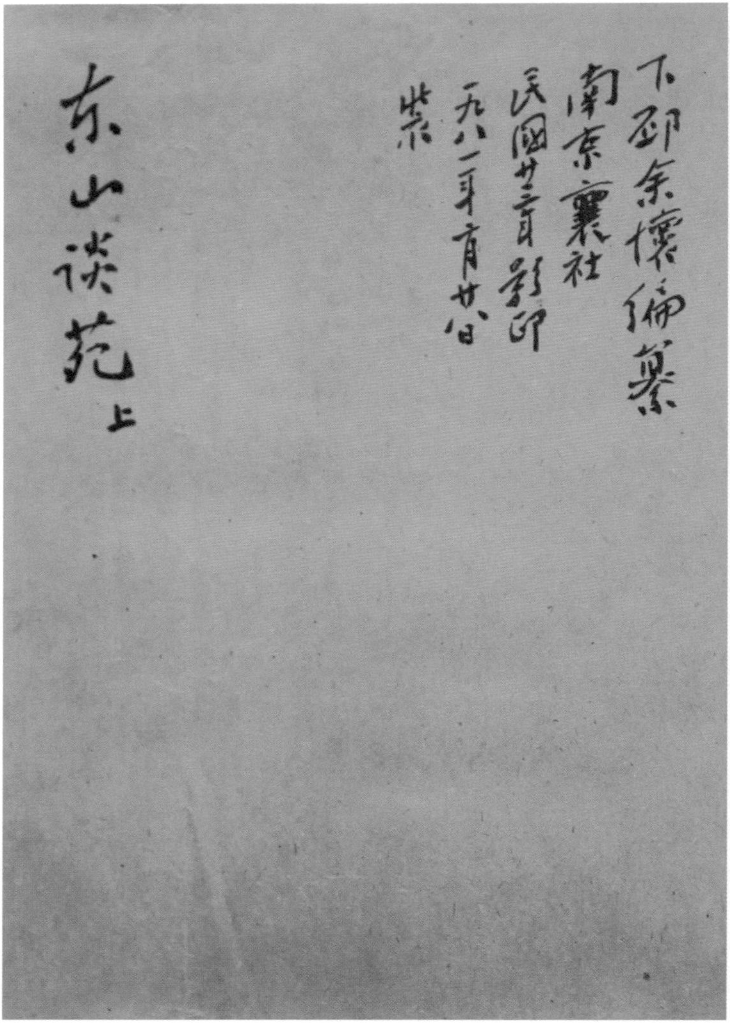

下邳余懷編纂
南京襄社
民國廿三年影印
一九八一年六月廿八日
紫

东山谈苑 上

东山谈苑

上

下邳余怀 编纂

南京襄社民国廿三年影印。

一九八一年二月廿八日装

浮生六记

俞平伯校点本
共四记

幼年有此书，系六记，已忘记是何处出版，是早期藏书，不知下落。

一九八一年二月金梅代购。

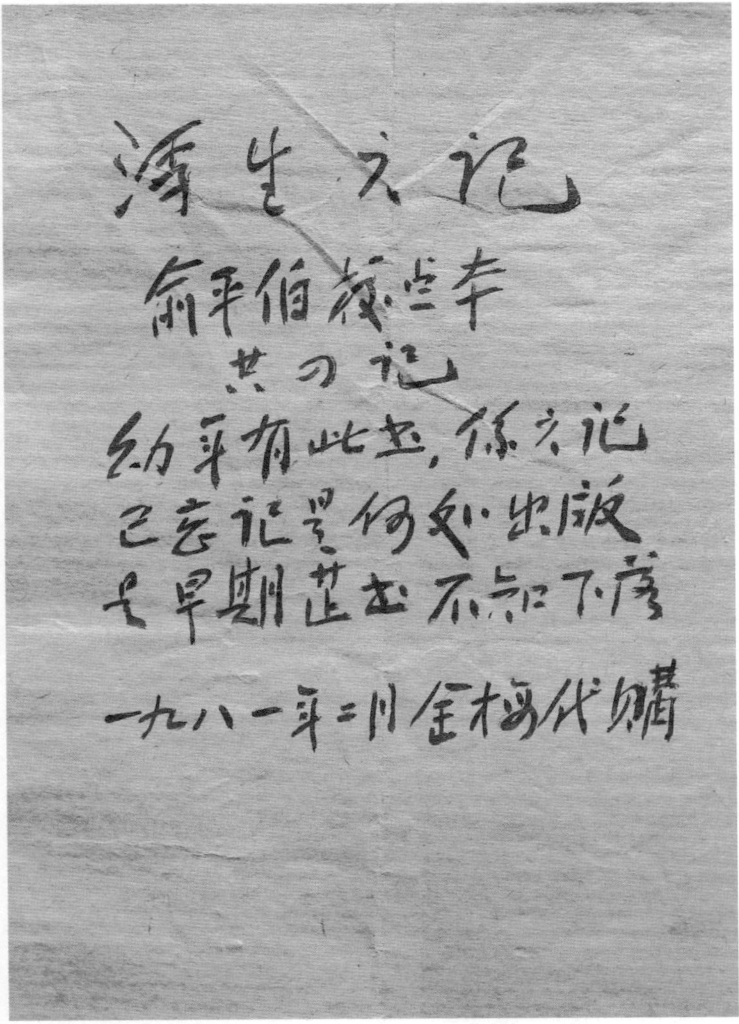
浮生六记

俞平伯校点本

共四记

幼年有此书，係六记

已忘记是何处出版

之早期版本不知下落

一九八一年二月金梅代購

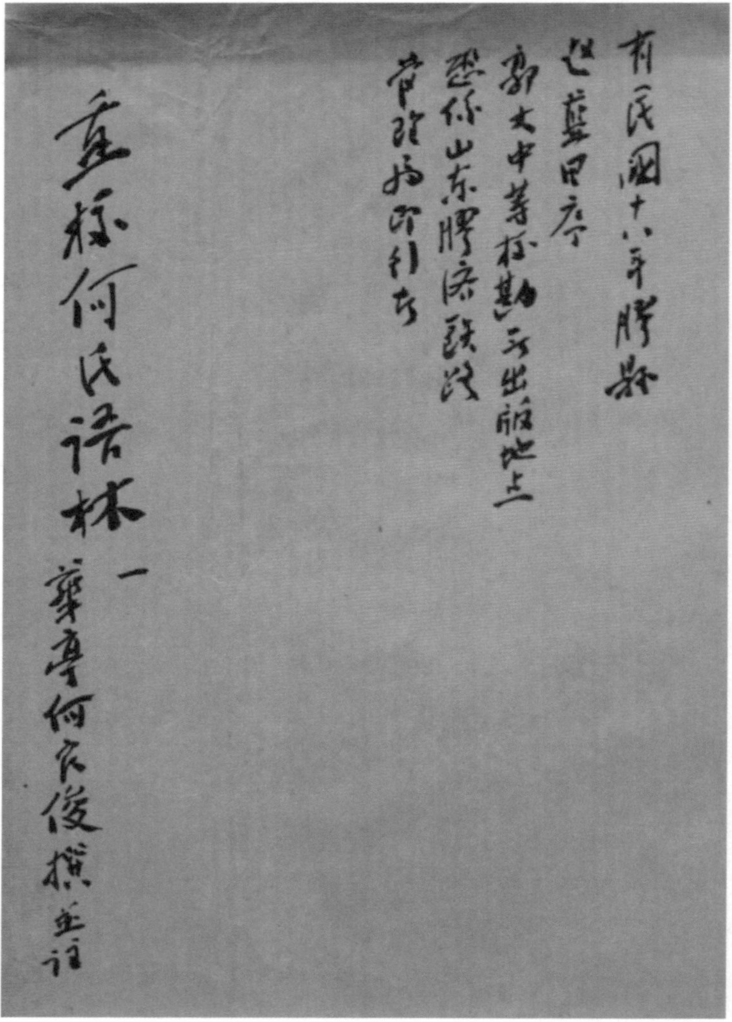
有民国十八年膠縣
趙蘆園序
郭文中等校勘于出版地上
恐係山东膠濟鐵路
管理局印行本

重校何氏语林 一

華亭何良俊撰並註

重校何氏语林

一

华亭何良俊 撰并注

有民国十八年胶县赵蓝田序，郭大中等校勘。无出版地点，恐系山东胶济铁路管理局印行者。

津门小集

回忆写这些文章时，每日晨五时起床，乘公共汽车至灰堆，改坐“二等”，至白塘口。在农村午饭，下午返至宿舍，已天黑。然后写短文发排，一日一篇，有时一日两篇。今无此精力矣。然在当时，尚有人视为“不劳动”“精神贵族”，“剥削阶级”者。呜呼，中国作家，所遇亦苦矣。

德明同志邮寄嘱题，发些牢骚以应之。

孙犁题于澹定斋

一九八一年三月一日下午

四十年代写这些文章时，每日晨五时起床，乘此出院来至[illegible]，改出二节，亦自娱之。在农村午饭，下午进入宿舍，已天黑。然后写别的文稿，一日一篇，有时一日两篇。今无此精力矣。然在当时，当有人说为"不劳动"、"精神贵族"、"剥削阶级"者。呜呼，中国作家，所遇亦苦矣。

清明同志邮寄嘱题，书此半张以记之。

一九八一年三月一日下午

孙犁记于[illegible]

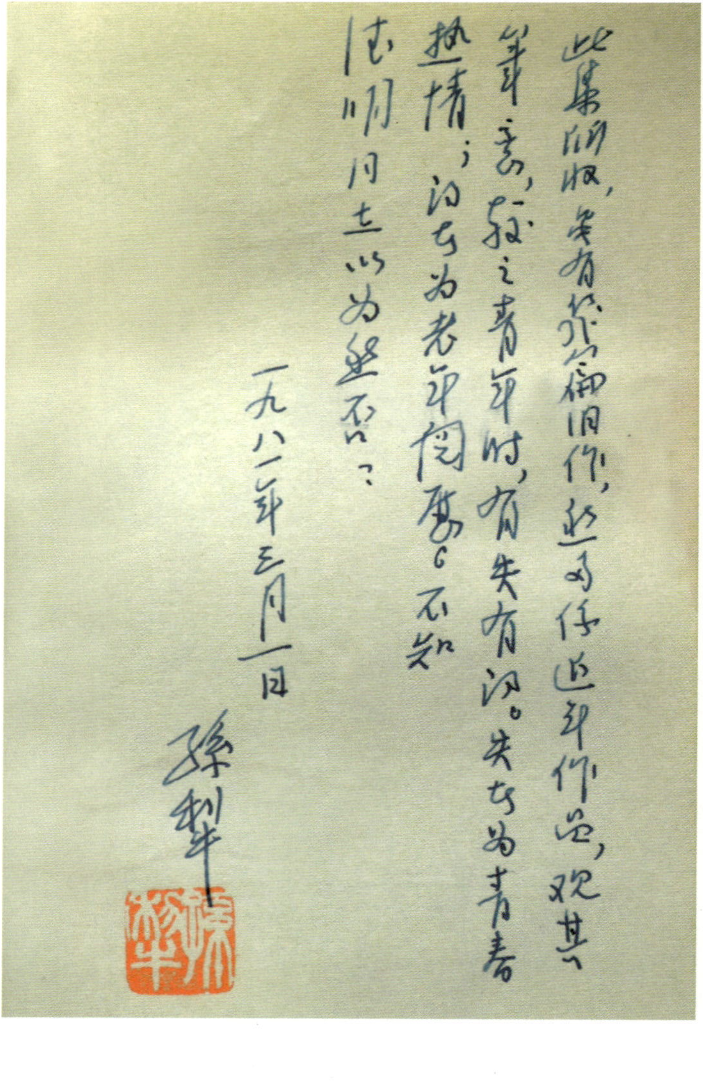
此集所收，多有散见编旧作，亦多近年作品，观其
笔意，较之青年时，有失有得。失者为青春
热情；得者为老年阅历。不知
陆明同志以为然否？
一九八一年三月一日
孙犁
孙犁

晚华集

此集所收,虽有几篇旧作,然多系近年作品,观其笔意,较之青年时,有失有得。失者为青春热情;得者为老年阅历。不知德明同志以为然否?

孙犁

一九八一年三月一日

通志堂集

上

报社福利，每人可买六元书。因托金梅购此二种，不然，实不需要此等书籍也。

一九八一年三月十一日装

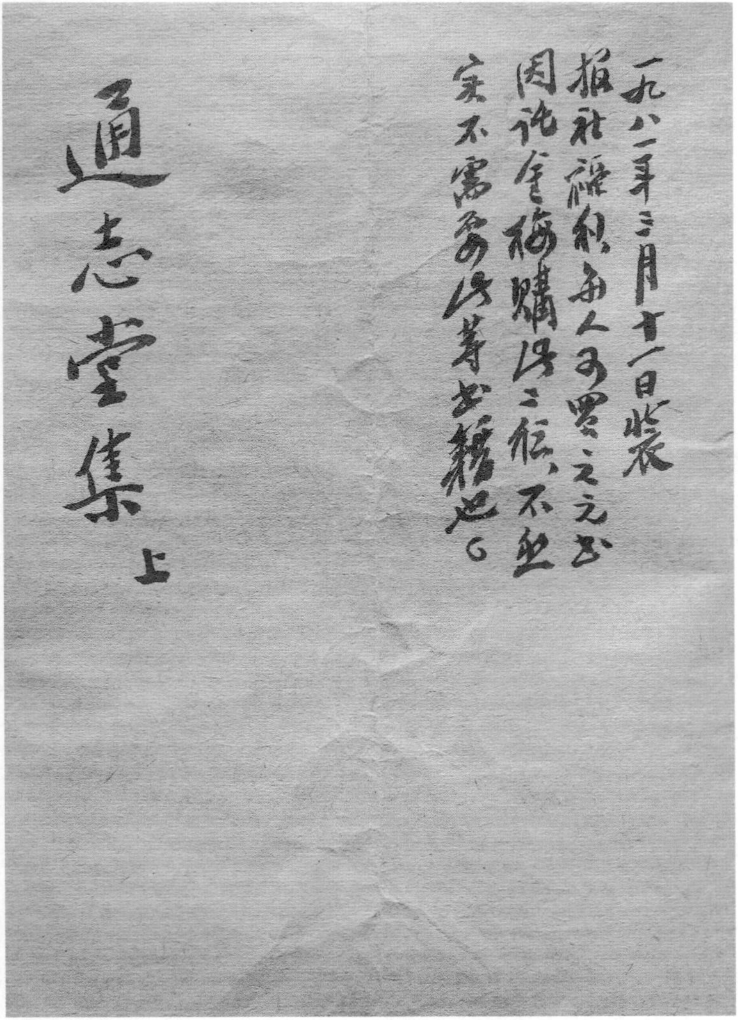

一九八一年三月十一日收农
报社谭积余人子罢、之之书
因托金梅购得二纸，不然
实不需要此等书籍也。

通志堂集 上

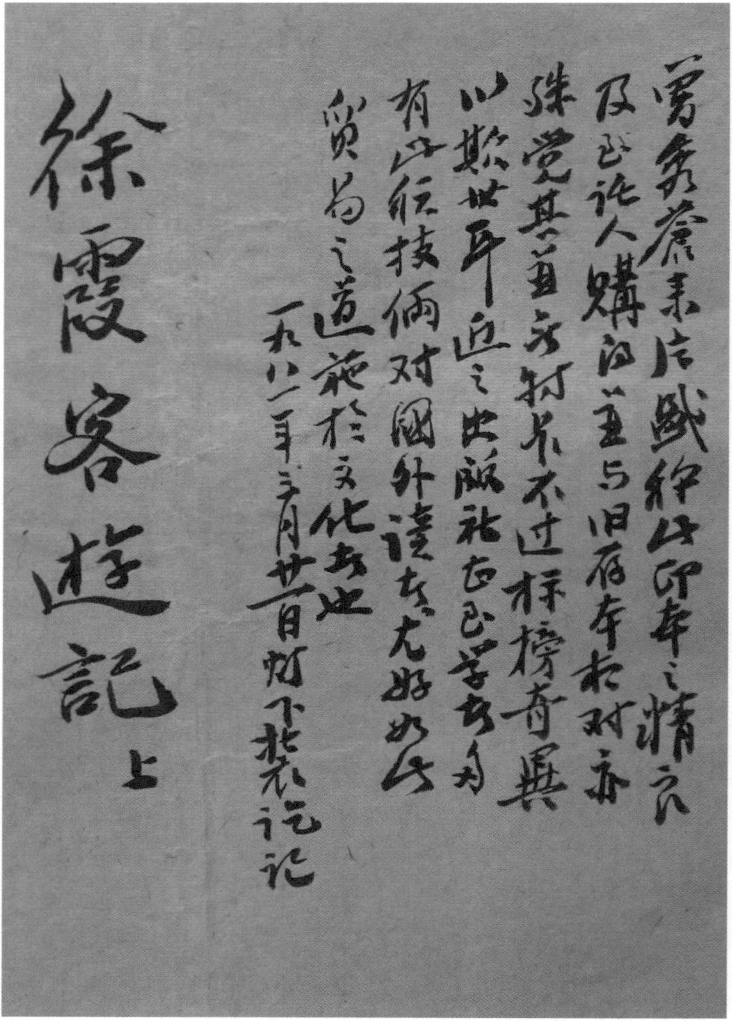
徐霞客遊記 上

徐霞客游记

上

曾秀苍来信,盛称此印本之精良。及至托人购得并与旧存本相对，亦殊觉其并无特长，不过标榜奇异,以欺世耳。近之出版社,甚至学者,多有此种技(伎)俩,对国外读者尤好如此。贸易之道,施于文化者也。

一九八一年三月廿一日灯下装讫记

徐霞客游记

下

余尚未细观，上册所题，恐有过偏之论，然近日所印古籍，既少且劣，却是事实。特别是那些出版说明之类，有很多简直是梦呓。

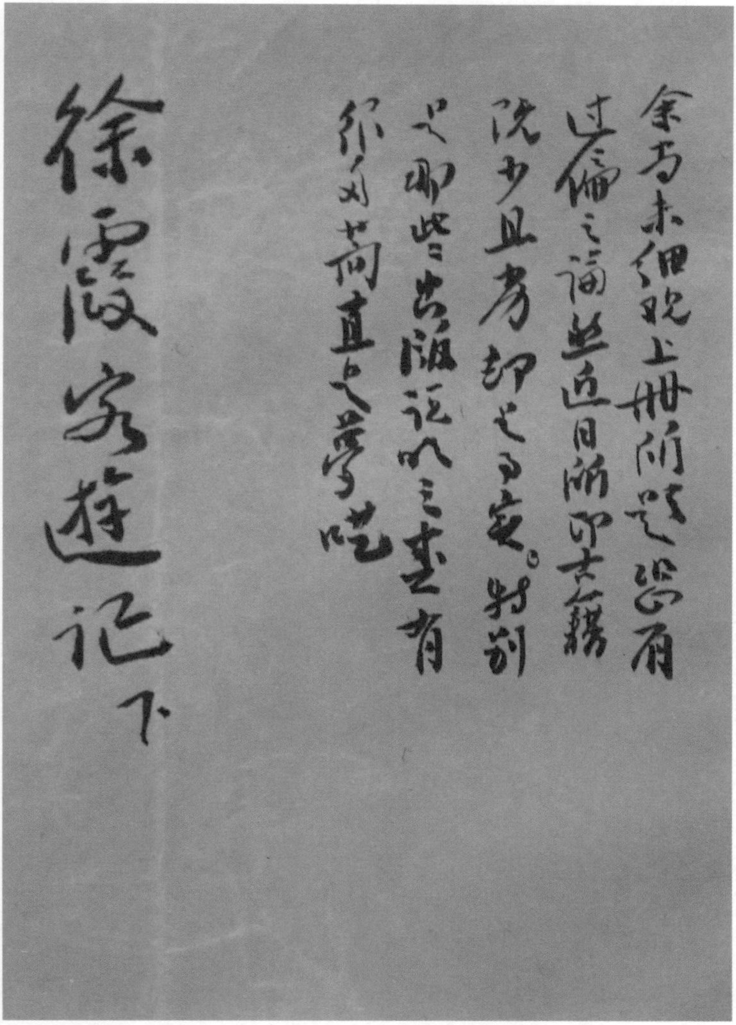
徐霞客游记 下

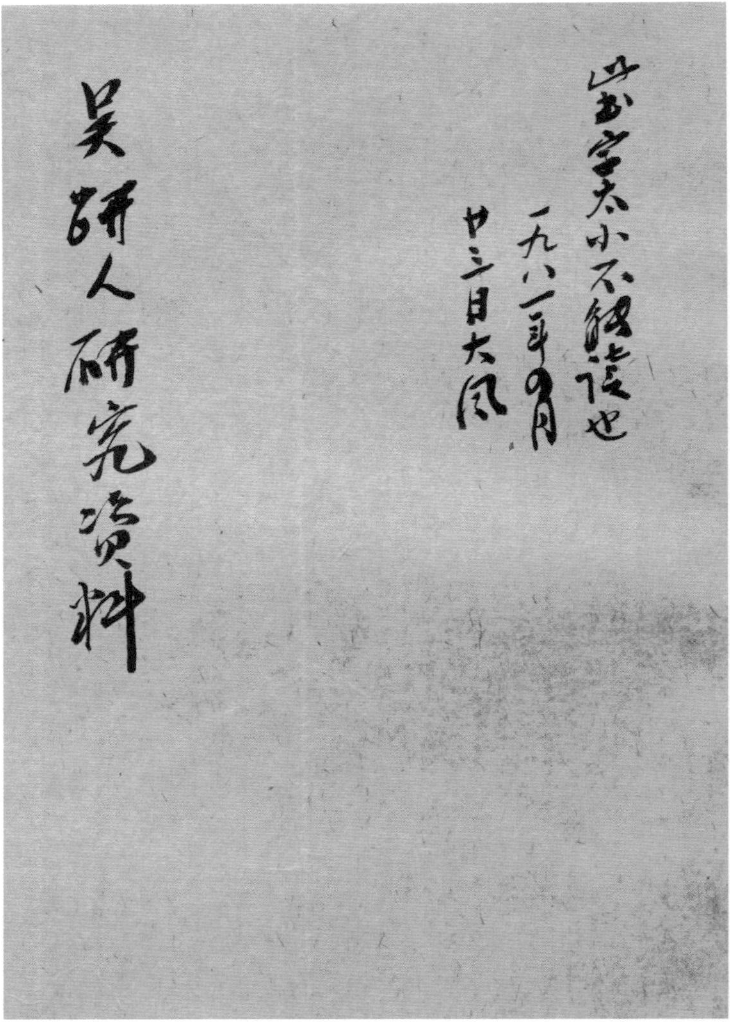
此书字太小不能读也
一九八一年九月
廿三日大风

吴诗人研究资料

吴趼人研究资料

此书字太小，不能读也。

一九八一年四月廿三日大风

契诃夫文集

第一卷

吴泰昌寄赠。

1981年四月廿三日

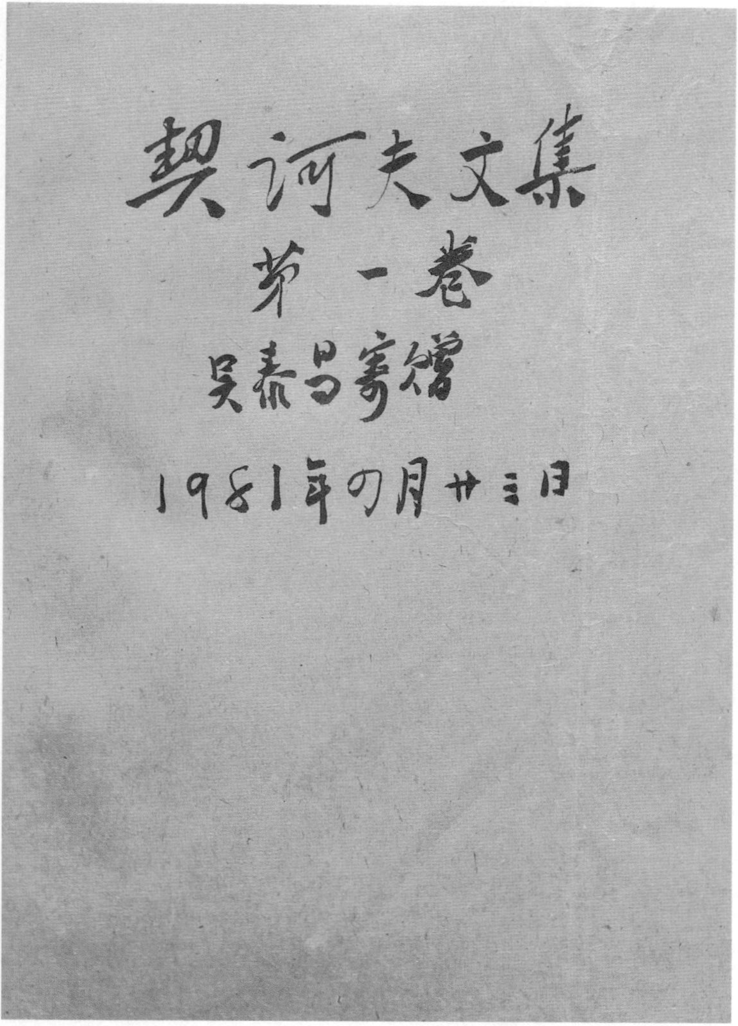
契诃夫文集
第一卷
吴素昌寄赠
1981年四月廿三日

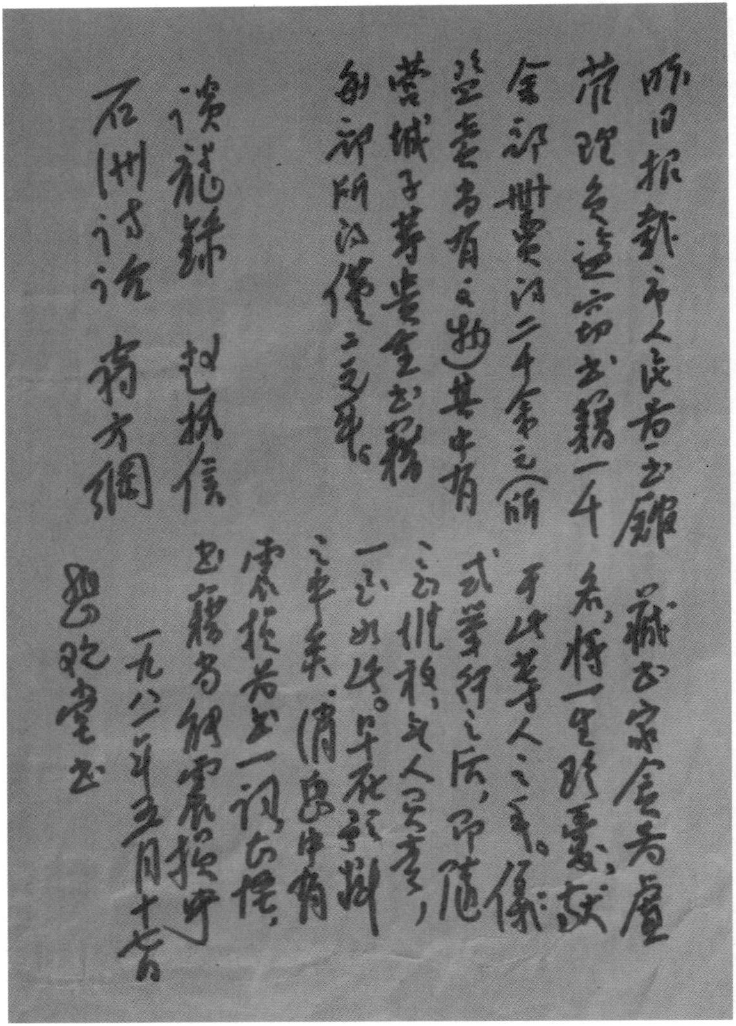
昨日报载，市人民图书馆
谈龙录　赵执信
石洲诗话　翁方纲
一九八二年五月十七日

谈龙录

赵执信

石洲诗话

翁方纲

昨日报载，市人民图书馆管理员盗窃书籍一千余部册，卖得二千余元（所盗卖尚有文物）。其中有《营城子》等贵重书籍，每部所得仅二元耳。

藏书家贪图虚名，将一生珍爱，献于此等人之手。仪式举行之后，即随意堆放，无人负责，一至如此。早在预料之中矣。消息中有震损图书一词，甚怪，书籍尚能震损乎？

悲观堂书

一九八一年五月十七日

东斋记事

范镇

春明退朝录

宋敏求

昨日淮舟来，为文集编目事。今日映山、周淼（渺）来辞，明晨将返保定。问及莲池近况，则已成公园——即变象（相）杂巴地矣。
《东斋纪（记）事》，有从（丛）书集成本。

澹定室装
一九八一年五月廿二日

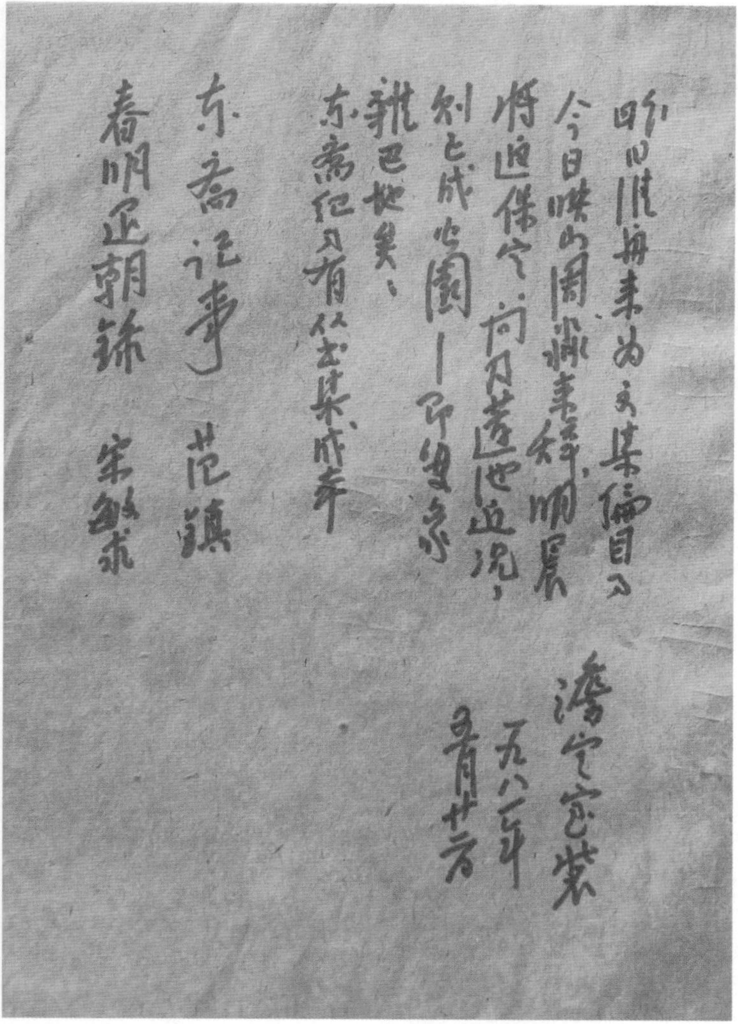

昨日晓舟来为文集编目及
今日映山同志来辞，明晨
将返保定，向乃善述近况，
刻已成此園一印集急
就已快矣。
东斋纪事有丛书集成本

东斋记事　范镇
春明退朝录　宋敏求

潘宝紫
五八年
三月廿号

金梅往北京代購 五八年八月

北齊書 第一册
唐李百藥撰

北齐书

第一册

唐　李百药 撰

金梅从北京代购。

一九八一年八月

章太炎年谱长编

上

汤志钧 编

余购有《章氏丛书》及其续编，然多收学术文字，古奥深僻，多不得解。盖如鲁迅所言：章氏晚年，为跻于大儒经师行列，删削后所编也。读之不能见章氏面貌。此谱颇收编外文字，其战斗锋利之作，或可略见，因购之。

澹定室

一九八一年九月十五日灯下装

余尚有影印《章太炎家书》，正详读矣。

十一月廿日又记

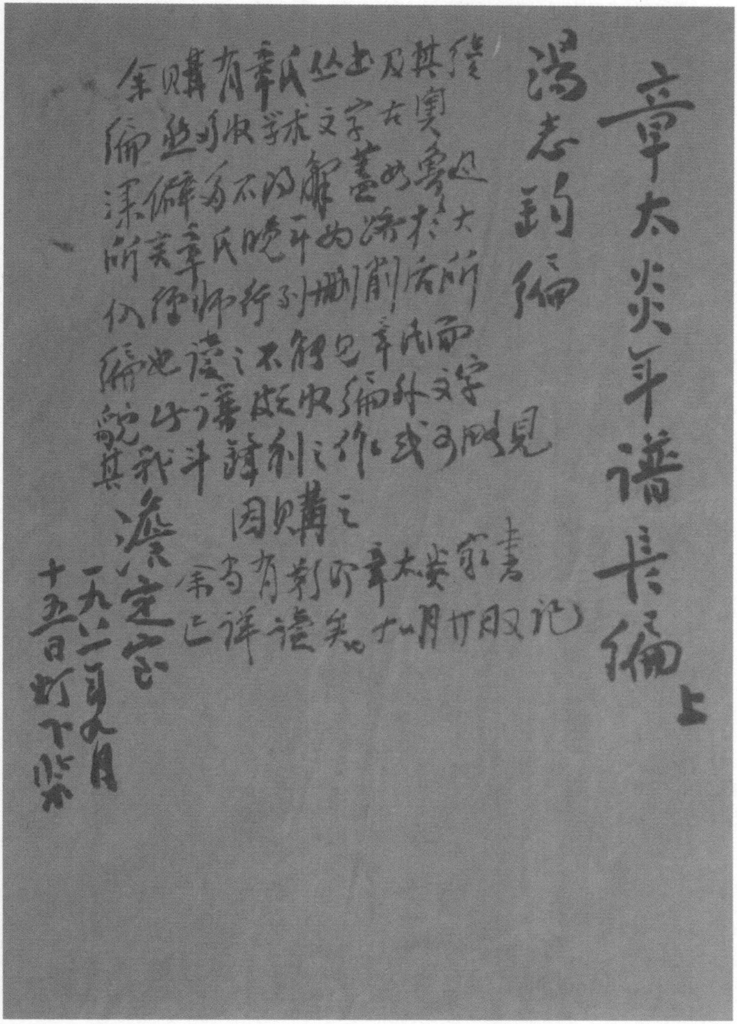

章太炎年谱长编 上

汤志钧编

余購有章氏叢書及其續編並所收學術文字古奧深僻每不得解甚為[illegible]所實章氏晚年如濟於大[illegible]師行了删削后所編也讀之不解足章氏而能得譜既收編外文字其戰斗詩刊之作或可略見

因購之

瀛之

余尚有影印章太炎家書已詳讀矣。十一月廿日又記

定宧

一九六一年七月十五日燈下識

章太炎年譜長編 下

湯志鈞編

余购此书同时又购民国通俗
演义四册两夜看毕固不偏不差
然参考此书亦可知一些民国
史实其目的则一也文人与时
代不可分割特别是像章太炎
这样人的文字必须记得史实
方得其解。一九八一年九月廿日又记

济定室 一九八一年
九月十五日

章太炎年谱长编

下

汤志钧 编

澹定室

一九八一年九月十五日

余购此书，同时又购《民国通俗演义》四册。两种书固不伦不类，然余欲从此得知一些民国史实，其目的则一也。文人与时代不可分割，特别是像章太炎这种人的文字，必须印证史实，方得其解。

一九八一年九月廿日又记

日知录

一

此书闲置，久亦未得包装。近日以文集校对事，心颇劳烦，夜间不能安睡。今日忽起意包裹此书，以息脑力。偶阅一二则，见其立论切实精当，多有与今日情景相合者，大儒之论，名不虚传矣。

一九八一年九月十九日

得書閣置久亦未得遑答近日以文集校對為心斷斷常煩夜間不能安睡今日早起讀讀追寫得書以息腦力偶閱六之則見其三篇切家精書之猶有與今日情景相合者大作之論名不虛傳矣 一九八一年九月十九日

同知 錄一

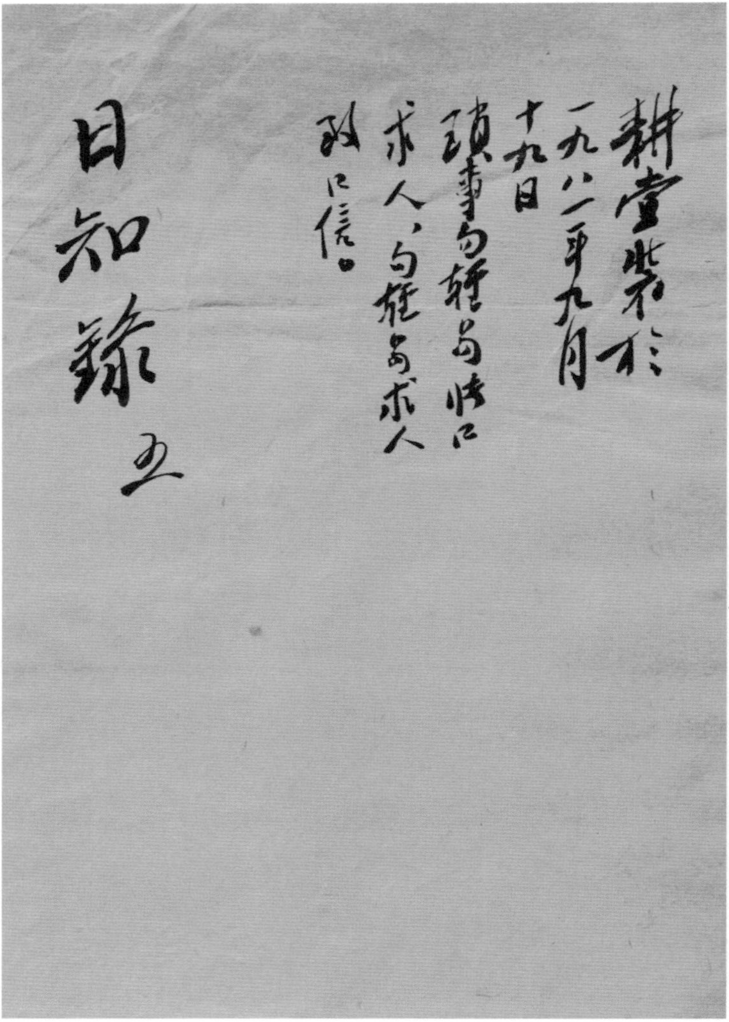

日知錄 五

耕堂裝於一九八一年九月十九日

讀書而輕易懷疑，求人，而輕易求人，難以信。

日知录

五

琐事勿轻易张口求人,勿轻易求人致口信。

耕堂

装于一九八一年九月十九日

道藏目录详注

上

今日上午柳茵来，柳为晋察冀通讯社故人，不见已卅年，风仪如昔，一见即认出，实不易也。柳声音举止柔婉如女性，能作散文诗。今日言携来近作，放湘洲处，我甚愿一读。谈二小时而别，盖亦深知我习性也。

一九八一年九月廿日下午记

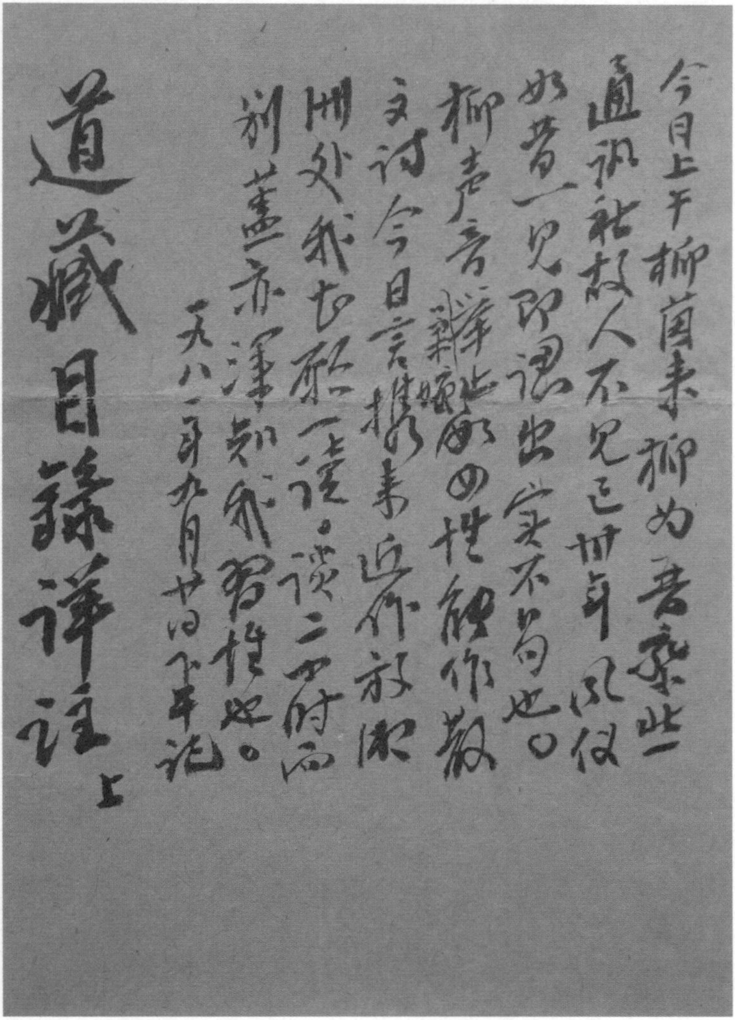
今日上午柳菌来 柳为 君索此一
道讯社招人不见已卅年 风仪
如昔 一见即认出 实不尚也。
柳声言译此新编四种能作报
文讨今日言佳稿来 近作敬衡
闻外我甚愿一读。谈二小时而
别 董亦准知我皆快也。
一九八一年九月廿日下午记

道藏目録詳註 上

此書不知流落何處，可以道也。今日
實亦有用之書也，然予藏知之庫
全書抄錄格式與作一編，亦可
存而不棄。今日年期周圍豐観
下午無了為之空一寓表全系有備
教經藏目錄已在隱樓論
售出矣。　一九八一年九月廿日下午記

道藏目錄詳注　下

道藏目录详注

下

此书不知沉潜何处，得以留至今日，实无用之书也。然可藉知《四库全书》抄录格式，只此一端，亦可存而不弃。今日星期，周围嘈杂，下午无事，为之包裹。余原有佛教经藏目录，已在佟楼论斤售出矣。

一九八一年九月廿日下午记

发墨守 箴膏肓 起废疾

汉 郑康成 撰

于仇不复,则怨不释。

一九八一年九月廿二日装

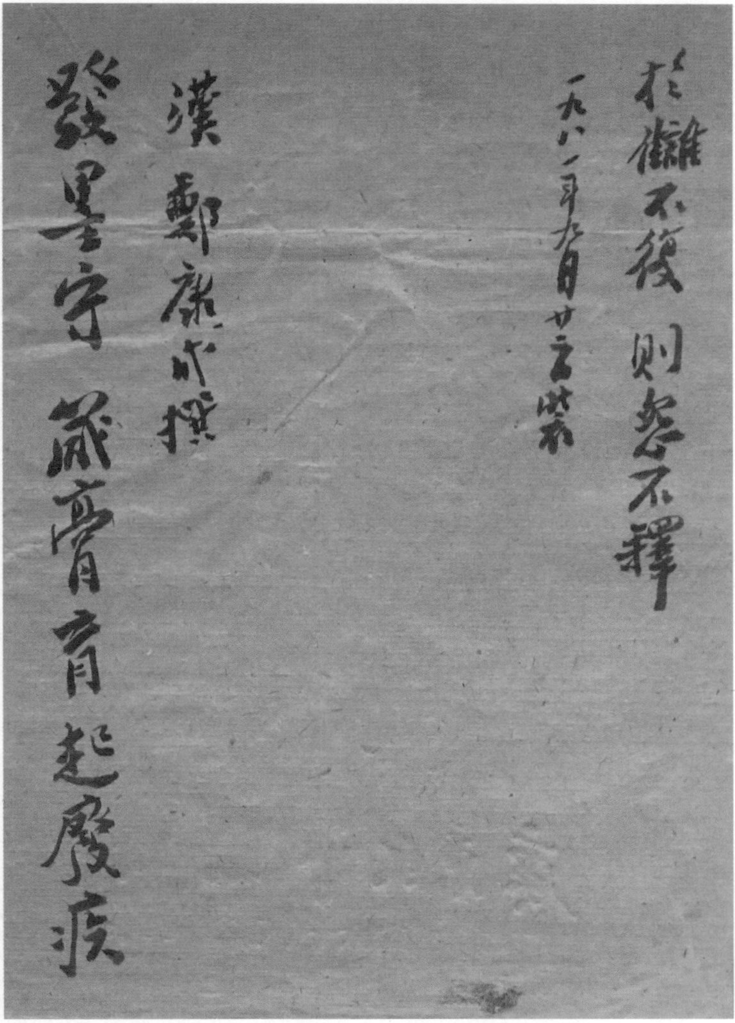

發墨守 箴膏肓 起廢疾
漢鄭康成撰

記孔子家事

一九六二年六月装

宋孔傳撰

東家雜記

东家杂记

宋　孔传 撰

记孔子家事。

一九八一年九月装

太平寰宇记

宋　乐史 撰

杨守敬刊日本国藏宋刊残本，一百十三至一百十八。

一九八一年九月装

楊守敬刊日本國藏

宋刊殘本一百十三至

一百十八

一九八一年九月叢

宋 樂史 撰

太平寰宇記

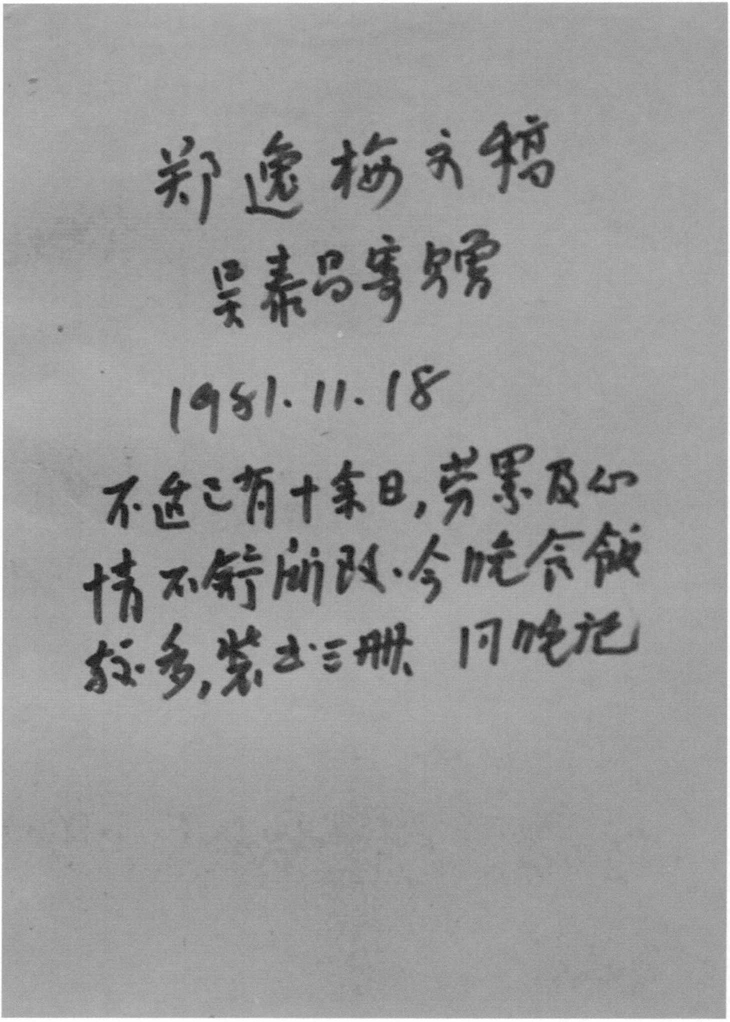
郑逸梅文稿

吴泰昌寄赠

1981.11.18

不适已有十余日，劳累及心情不舒所致。今晚合饭较多，紫书三册 同晚记

郑逸梅文稿

吴泰昌寄赠。

1981.11.18

不适已有十余日,劳累及心情不舒所致。今晚食饭较多,装书三册。

同晚记

大卫·科波菲尔

狄更斯 著　董秋斯 译

出版社赠，金梅携来。

1982 年一月二日

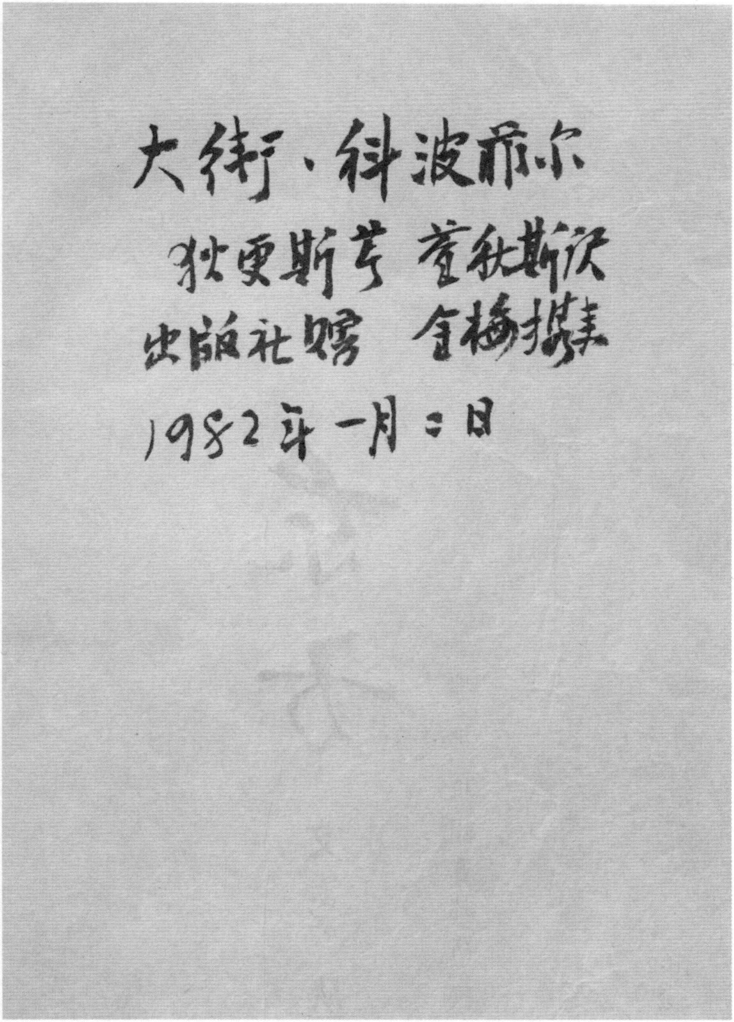
大衛・科波菲尔

狄更斯著 董秋斯译

出版社赠 金梅携来

1982年一月二日

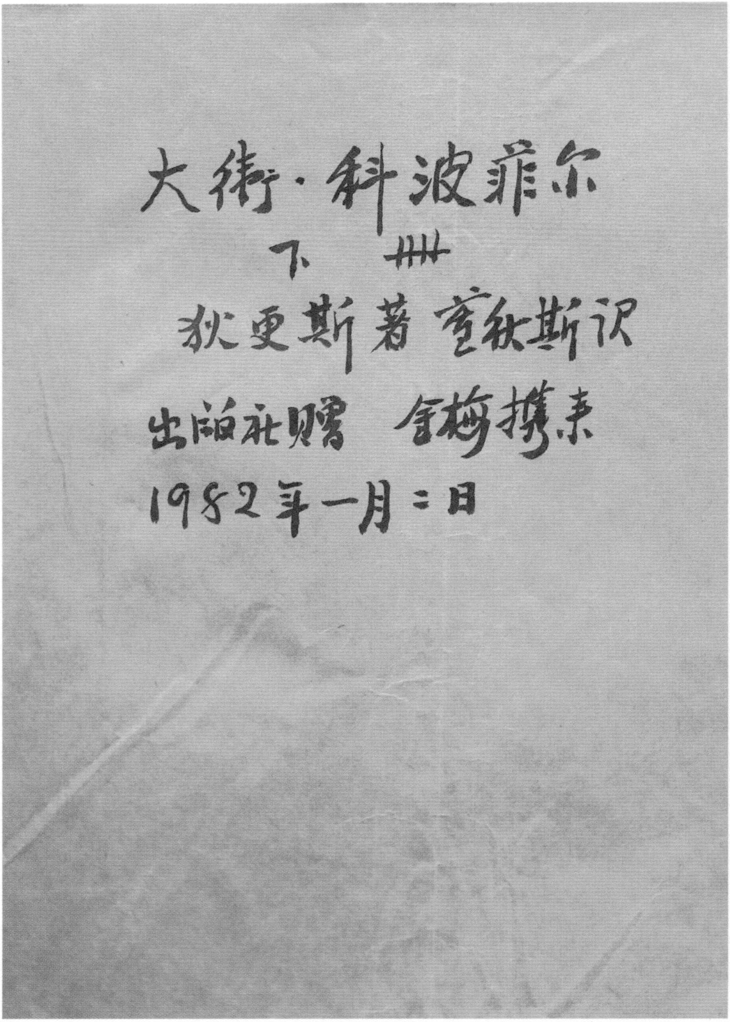
大衛·科波菲尔
下 册
狄更斯著 董秋斯译
出版社赠 金梅携来
1982年一月二日

大卫·科波菲尔

下册

狄更斯 著　董秋斯 译

出版社赠，金梅携来。

1982年一月二日

张长史郎官石记序

老荒书屋

一九八二年二月

读碑可以心静，如处荒山野寺间，面对萋萋衰草，审视断碣文字。

世间古澹萧疏字，多是荒寒孤本碑。

——何绍基

一九九一年九月十三日

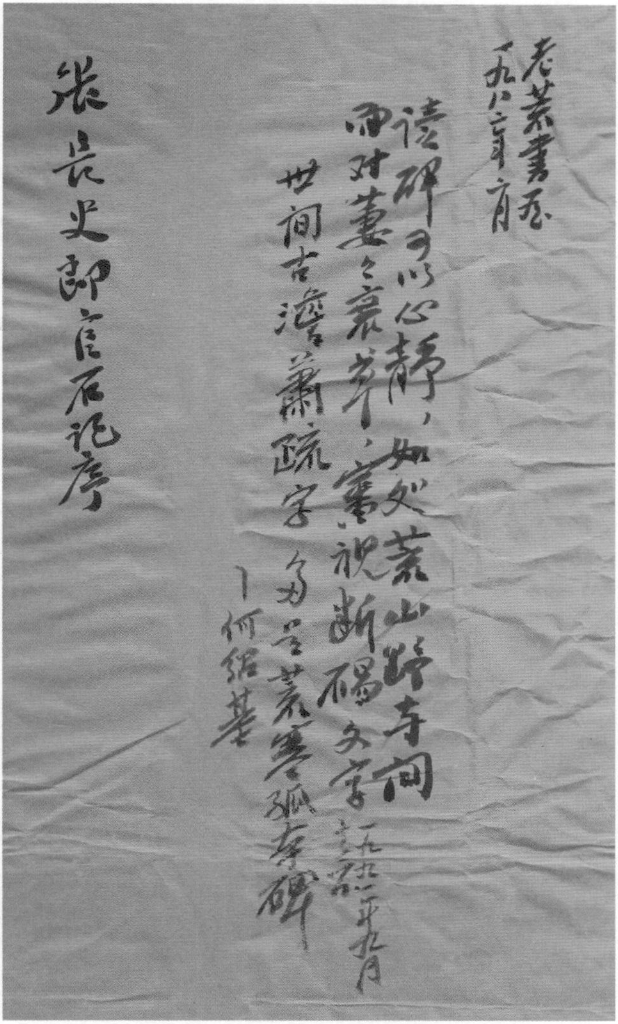
老萧书展
一九八六年六月
读碑可以心静，如坐萧山驿寺间
西对萧萧衰草，宽视断碣文字
世间古澹萧疏字，多为呈萧寥孤本碑
一九八九年九月
丁何绍基
张长史郎官石记序

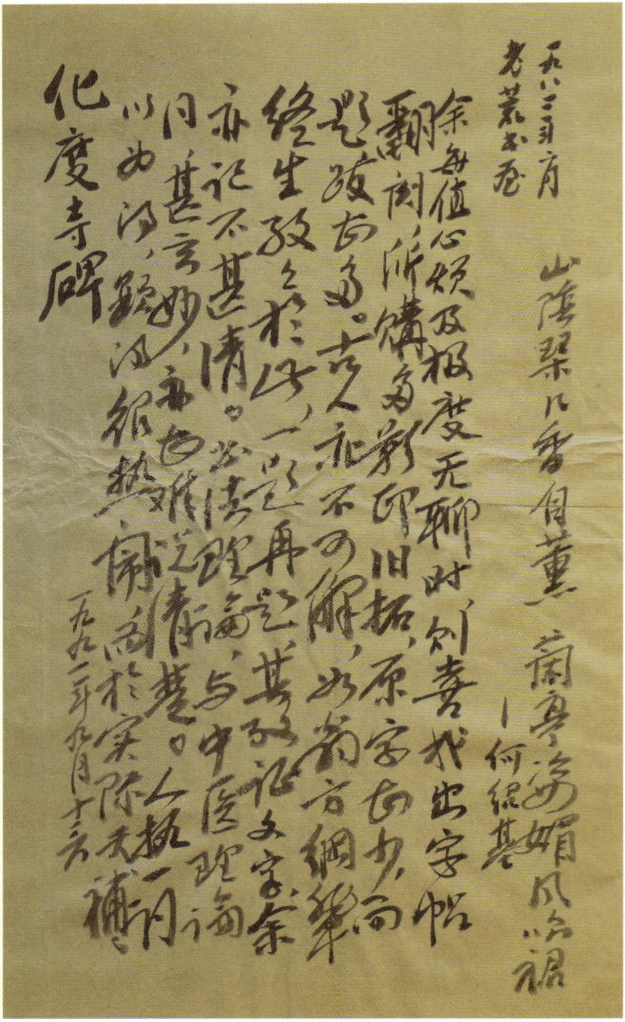

五八二三月有
老莱出展

山阴梁几香同董、兰亭、洛神、媚风、临（？）
何绍基

余每值心烦及极度无聊时，则喜找出字帖翻阅，所备多为影印旧拓，原字与刀向影拓者为多。古人所不可解，如翁方纲终生致之于此，一以之再记其说，谓文字余亦记不甚清。然读理论，与中医理论同，甚言妙，亦无能读懂楚。人执一门以为深，路须经熟，阐而于实际无补。

化度寺碑

一九九二年九月十六

化度寺碑

老荒书屋
一九八二年二月

余每值心烦及极度无聊时，则喜找出字帖翻阅，所购多影印旧拓，原字甚少，而题跋甚多。古人亦不可解，如翁方纲辈，终生孜孜于此，一题再题，其考证文字，余亦记不甚清。书法理论，与中医理论同，甚玄妙，亦甚难说清楚。人执一词以为得，显得很热闹，而于实际无补。
山阴琴几香自薰，兰亭姿媚风吹裙。
——何绍基

一九九一年九月十三日

我走过的道路

上

茅盾

此公少年颖异，觉醒最早，为革命元勋之一。自选择文艺一途，奋进不已，著作等身，师表一代。及至晚年，双目几将失明，犹于强光之下，抱书诵读，张大嘴巴，如饥似渴，吐纳呼吸与书卷相通。此情此状，不知对光阴虚度、用心于声色狗马者，有所感发否？

一九八二年三月十五日见作者晚年遗照，不禁泫然欲涕也

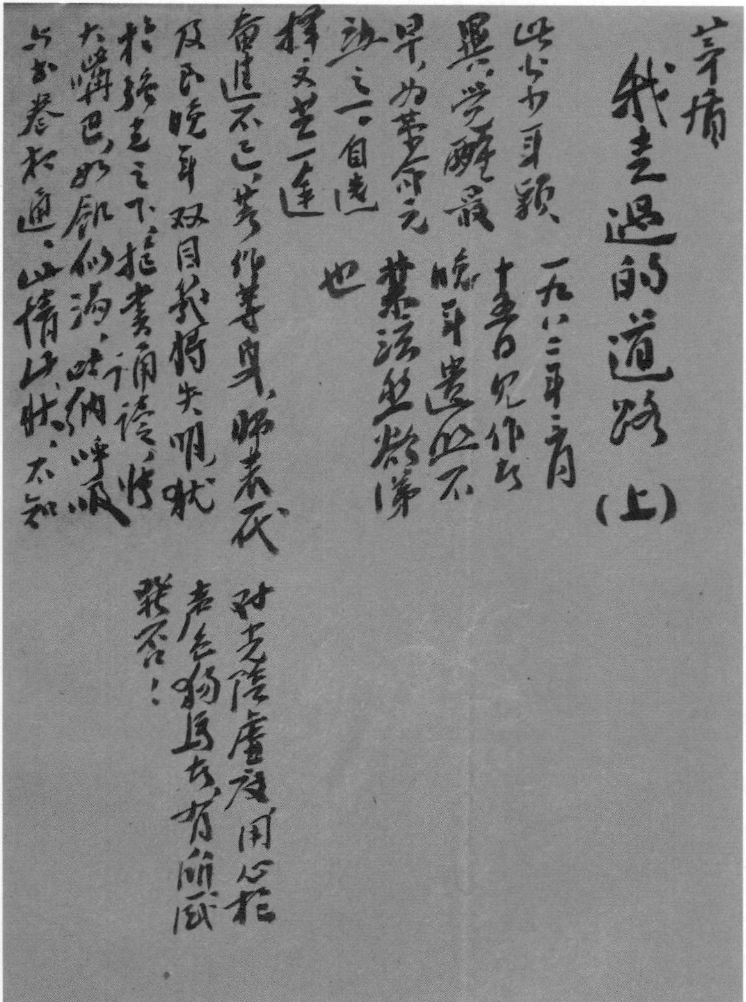

辛甫

我走过的道路（上）

此书由耳颖、冀学醒最早，为革命元勋之一，自选择文艺一途，也

一九八二年六月
书儿作于
晚年患此不
幸活在艰难

奋进不已，著作等身，够表示及至晚年双目几将失明，犹于给书之下，捉笔写诗，借大溢己，如饥似渴，吐纳呼吸此书卷不遇，此情此状，不知

对光阴虚度，用心在
声名杨马者，有所感
发否！

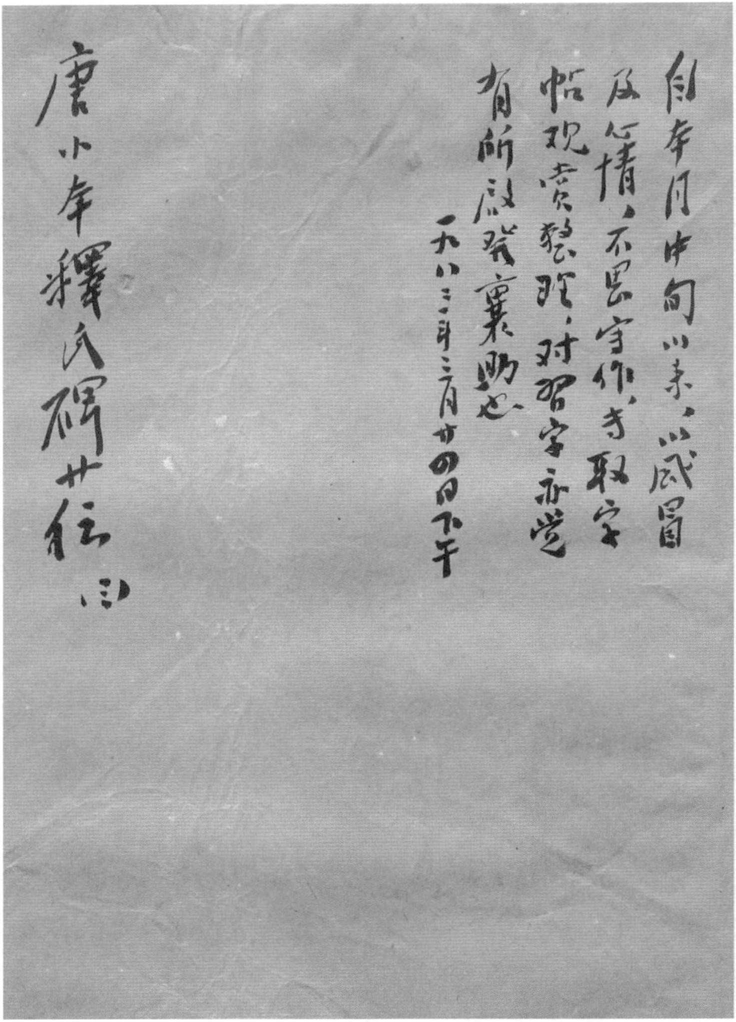
自本月中旬以来，以感冒及心情，不思写作，专取字帖观赏鉴玩，对习字亦觉有所启发襄助也

一九八三年三月廿四日下午

唐小本釋氏碑廿種（印）

唐小本释氏碑廿种

三

自本月中旬以来，以感冒及心情，不思写作，专取字帖观赏整理，对习字亦觉有所启发襄助也。

一九八二年三月廿四日下午

初搨(拓)原石七姬志

医院传话，尿有潜血，仍须检查，余甚不愿也。

一九八二年四月一日

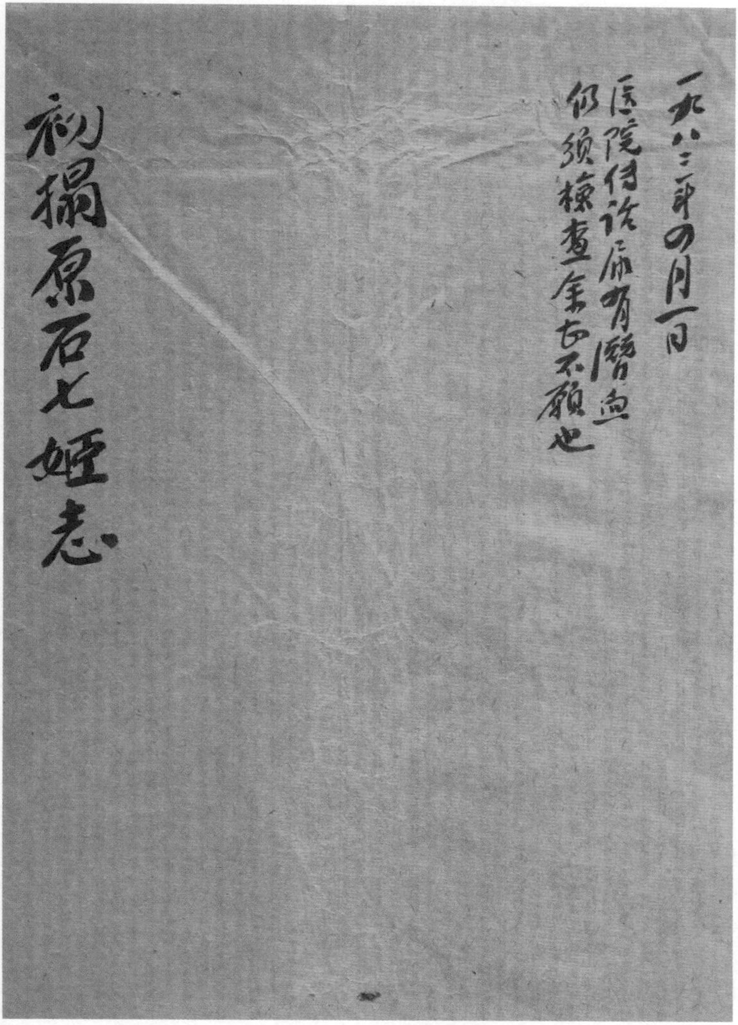
初搨原石七姬志

一九八三年四月一日

医院侍诊之余有暇画

仍须检查余亦不愿也

一九八三年六月四日

山陰宋拓虞寺

字尤佳

而六朝一本字劣

社會動蕩不安之

林散

寫經

真蹟 隋 第三分阿摩晝經第一

隋第三分阿摩昼经第一

写经真迹

此隋写，较唐写字尤佳。而六朝一本字劣，社会动荡不安之故欤？

一九八二年六月四日

六朝观药王药上二菩萨经

写经真迹

铺纸装书，心颇静。写经共六册，购于青岛养病时，近日忽念及，不知是从学字还是从念经想起也。

一九八二年六月四日下午

六六三年首の日下午
補紙紫書心經精
寫經六朝之冊購於青
島書肆時近自忠今
及不知六代筆字迹之代
今經查考也

寫經
真蹟六朝觀藥王藥上二菩薩經

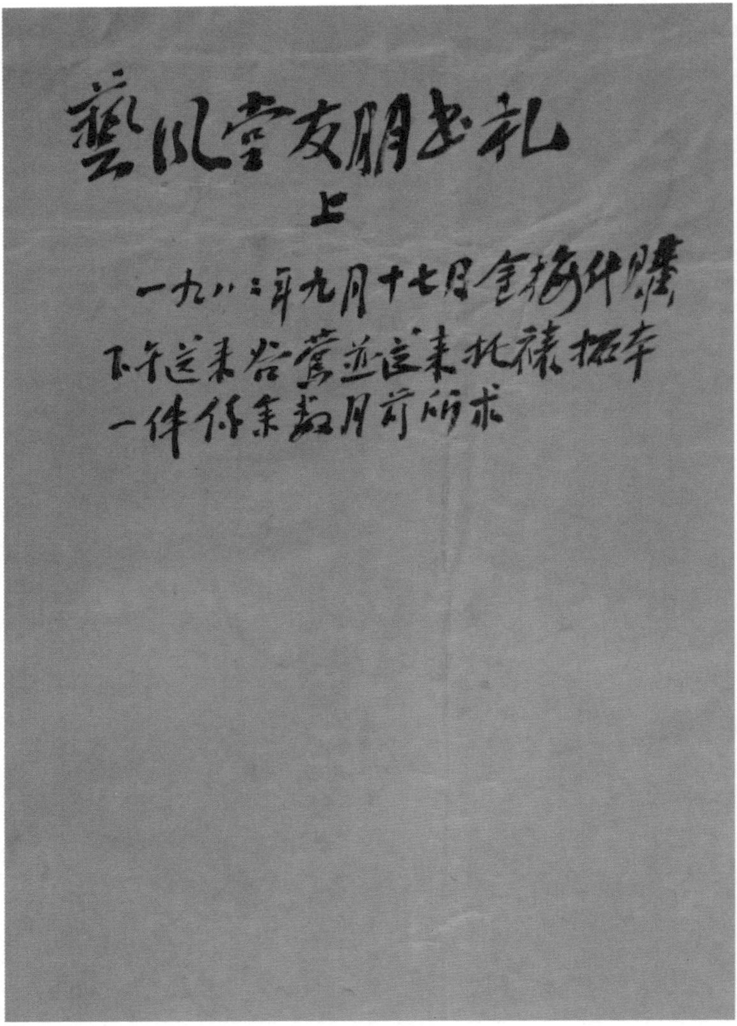
藝風堂友朋書札

上

一九八二年九月十七日金梅仲贈

下午送来答書並送来托裱插本

一件係余數月前所求

艺风堂友朋书札

上

一九八二年九月十七日，金梅代购，下午送来。谷莺（应）并送来托裱拓本一件，系余数月前所求。

清秘述闻三种

上

一九八三年二月十日，金梅代购。初不知其内容也。

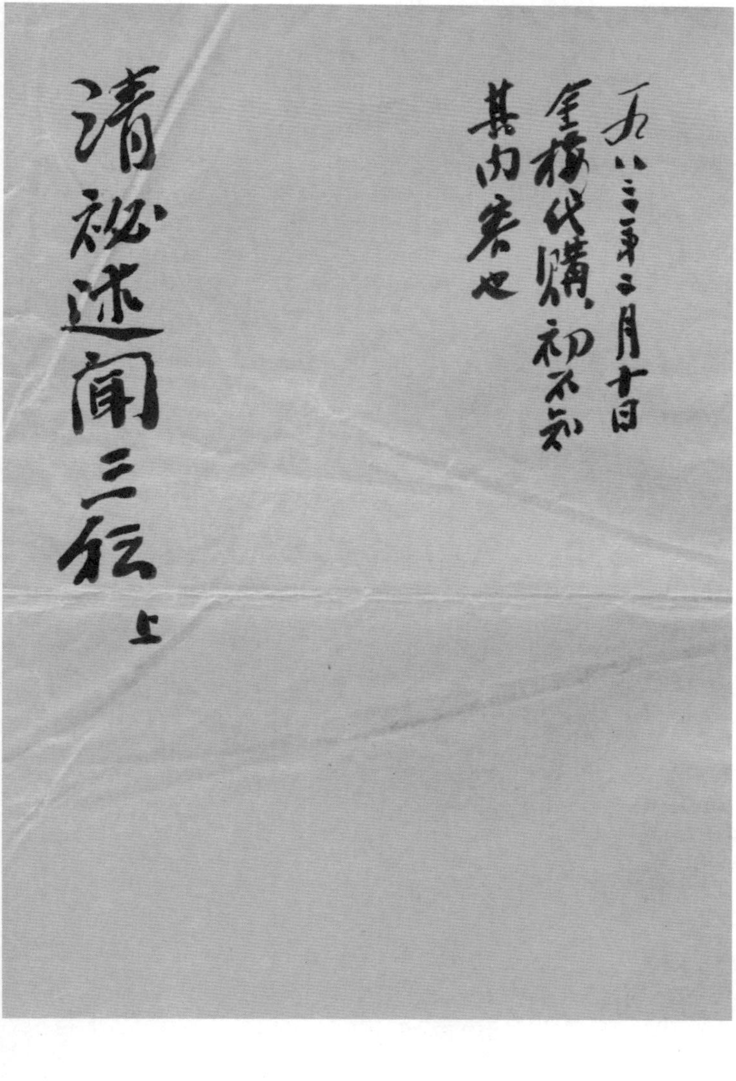

五八三年三月十日

金穆代购，初不知

其内容也

清秘述闻三种

上

又近春节精神不佳
老年人皆如此乎抑
个人生活方式所致
耶恐係后者

清祕述聞三種 中

清秘述闻三种

中

又近春节，精神不佳。老年人皆如此乎？抑个人生活方式所致耶？恐系后者。

美化文学名著丛刊

共十一种

此即鲁迅所谓专印劣书之世界书局出版物也。余从字体、版式识之，细看果然。金梅代购。余为得张岱《陶庵梦忆》购之，不然，实不喜此等无聊文字。

一九八三年三月十四日下午记

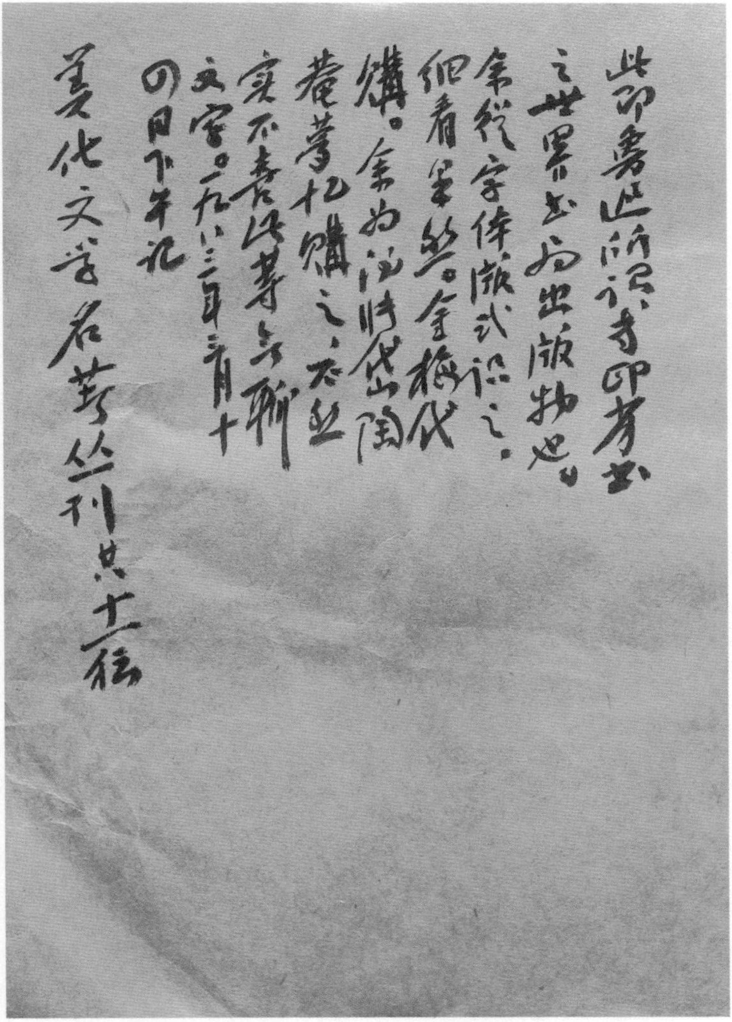
此即鲁迅所说之奇书即有出之世界书局出版物也。余从字体、版式认之。细看笔墨。余极代惜。余为当时代出陶庵梦忆赠之，大也实不幸此寿与聊文字。一九六二年三月十日下午记

美化文学名著丛刊共十二种

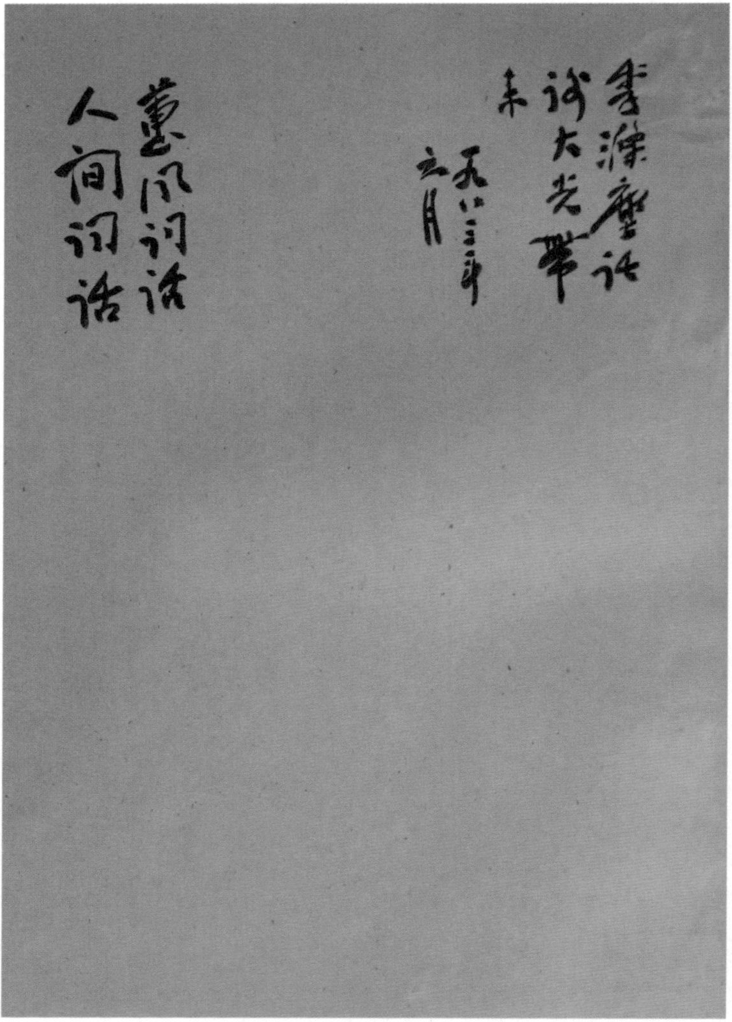
蕙风词话
人间词话

蕙风词话
人间词话

季涤尘托谢大光带来。

一九八三年六月

王国维遗书

一

《观堂集林》1—7

余响(向)往此书久,二十年前在北京东安市场见石印线装本,未敢问价,亦不知全否。后购中华影印《观堂集林》四册,与此本同。而删除杂文,余所仅能读懂者。今残年,购得此本,多数仍不懂,而昨日整天为之包装,今日阴雨,又为之题字写目录。王氏之学固精深,而人之所以对其特别感兴趣者,恐为其天才之惨死耳。

一九八三年十月廿五日下午二时记

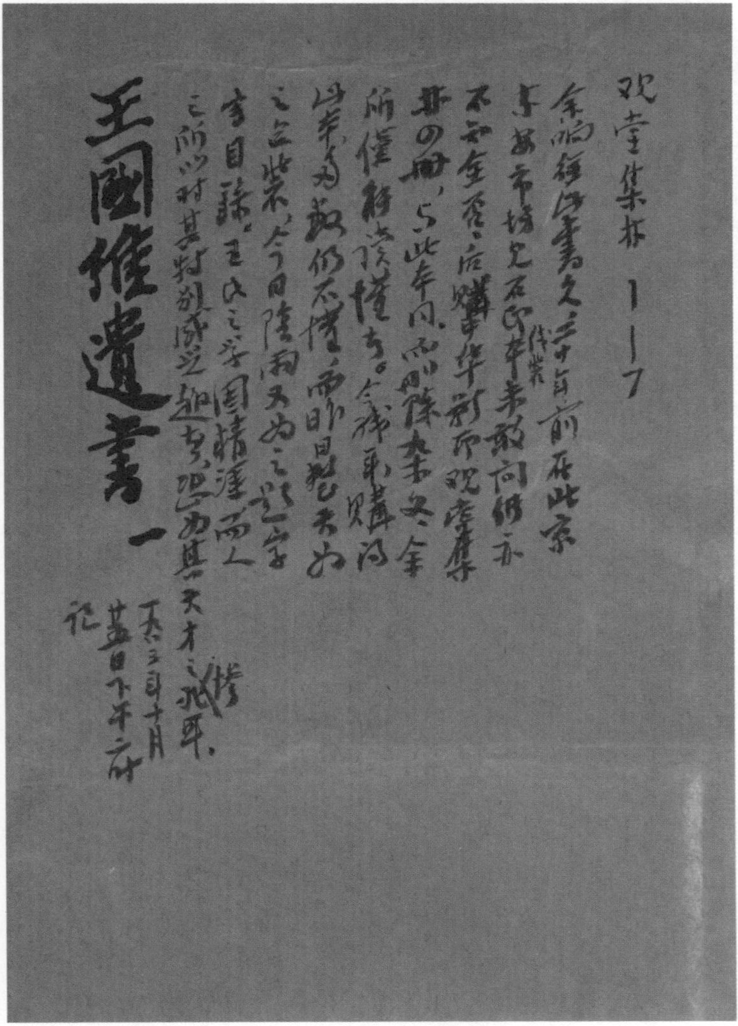
觀堂集林 一—七
王國維遺書 一

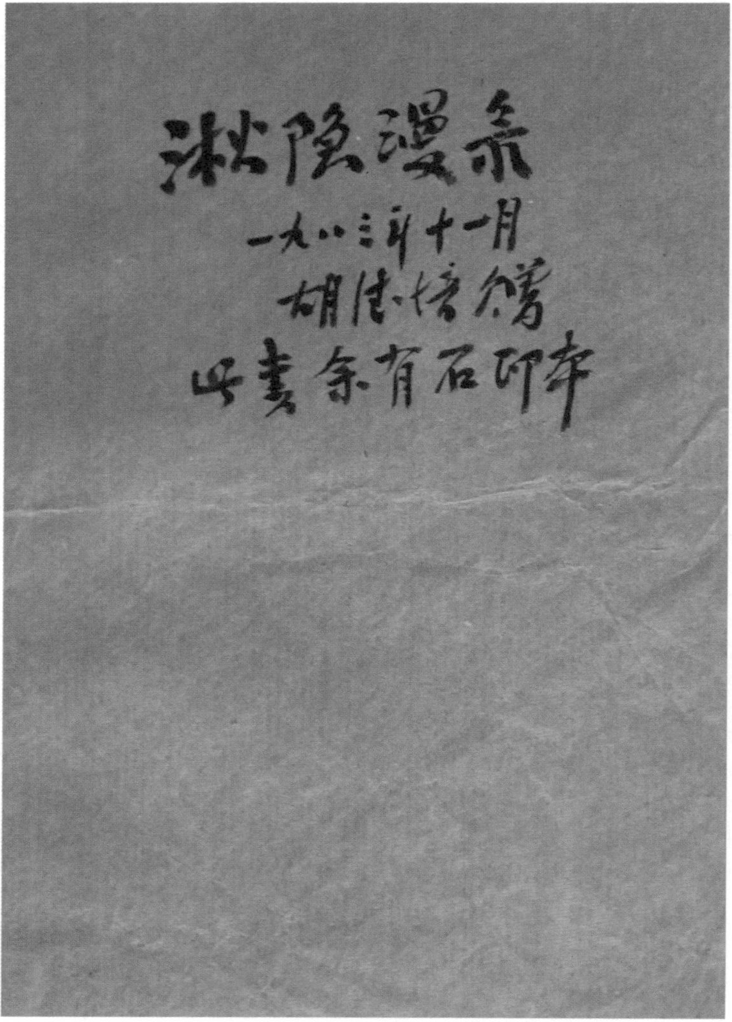

淞隐漫录

一九八三年十一月

胡佳培赠

此书系有石印本

淞隐漫录

一九八三年十一月，胡德培赠。此书余有石印本。

居延汉简甲编

中国科学院
一九五九年版

大女儿又为我做一书柜运来，拟将一些笨重书装入，此书在内，因再为包装，并重新浏览。余对此种学问毫无所知，近购《王国维遗书》，将参照阅读。
昨日听广播，周扬检讨。此公可谓不甘寂寞者矣。聪明一世，晚年何以如此莽撞？此百思不得其解矣。其意在迎合青年人心理，仍居理论界领袖乎？时代不同，此梦恐难圆矣。
晨起感冒。

一九八三年十一月七日装竟记

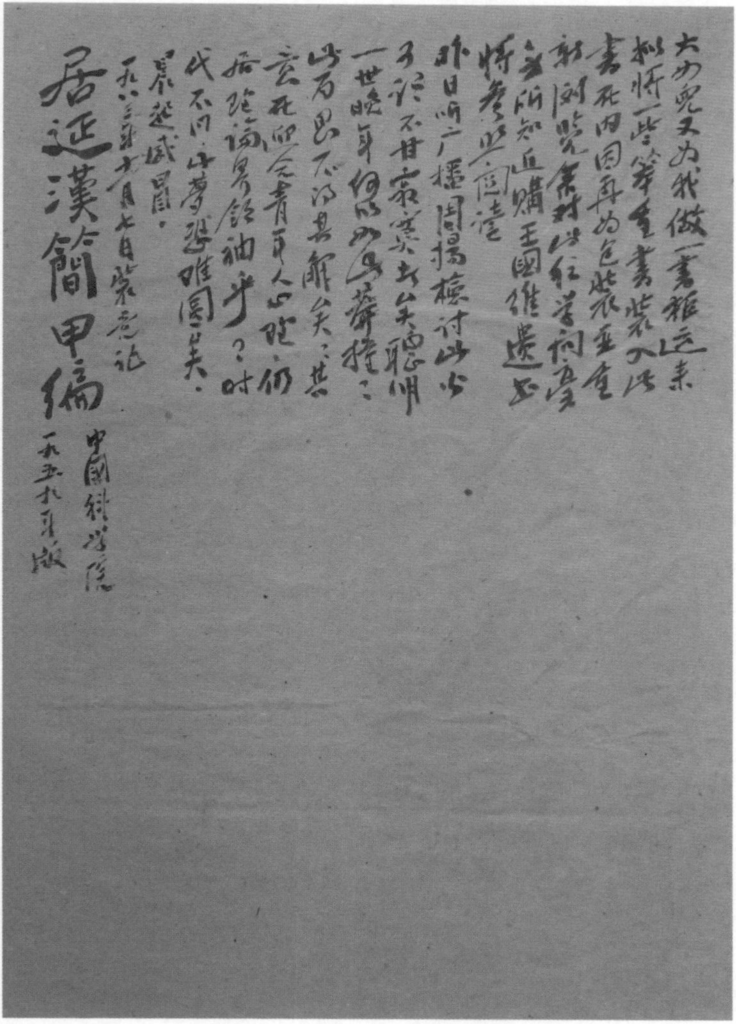

大女兒丈夫為我做一書籤，從來
懶得一些筆墨，書籤入此
書衣，因因再為包紫衣垂重
新，謝覽其封以紅等簡集
余所知近購王國維遺書
時參與商談
昨日所之攜開揭標討此公
可謂不甘寂寞矣。此矣聰明
一世，晚年何以如此[illegible]捷之
此有思不得其解矣。其
玄死如今青年人之墮，何
搞臆論竟錯袖乎？時
代不同，此夢雖圓矣。
暴延感冒。
一九六三年十月七日紫[illegible]記

居延漢簡甲編

中國科學院

一九五九年九月版

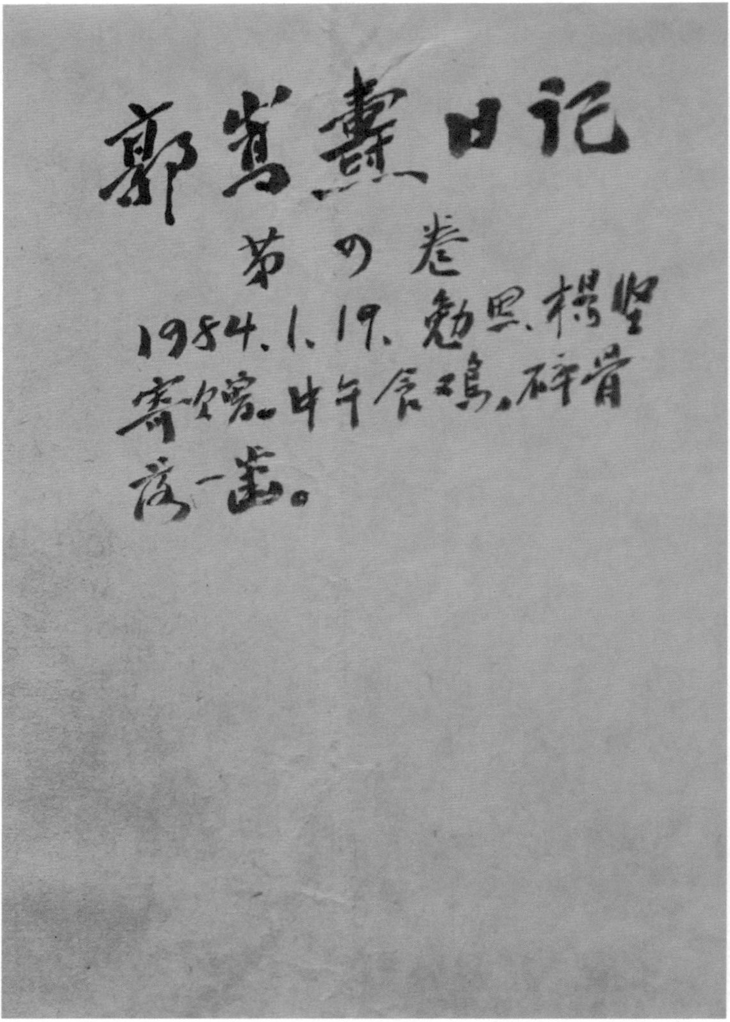

郭嵩燾日记

第四卷

1984.1.19. 勉思、楊堅寄贈。中午食雞，碎骨落一齒。

郭嵩焘日记

第四卷

1984.1.19，勉思、杨坚寄赠。中午食鸡，碎骨落一齿。

邵氏闻见后录

宋　邵博

一九八四年五月，金梅代购。
商务排印本后录残缺，因补购此本。

一九八四年五月
金梅代購
商务排印本后条残缺
因補購此本

邵氏聞見後録 宋·邵博

九六四年六月
五日装潢准备
读所作文也

朱子文集 一

朱子文集

一

一九八四年九月五日装，准备读后作文也。

花随人圣盦摭忆

一九八四年九月廿五日上午，金梅代买送来。饭后即用原包装纸衣之。上午客众，余谈话兴奋，甚疲。客为《光明日报》编辑冯立三，为李准(凖)长篇约写评论事，明年为大奖之期也。李准(凖)托之牛汉、冯夏熊为《中国》各方事，颇费唇舌，慷慨激昂，闻者感动乃罢。

鲁藜夫妇，鲁染发而面色不佳，眼深陷。

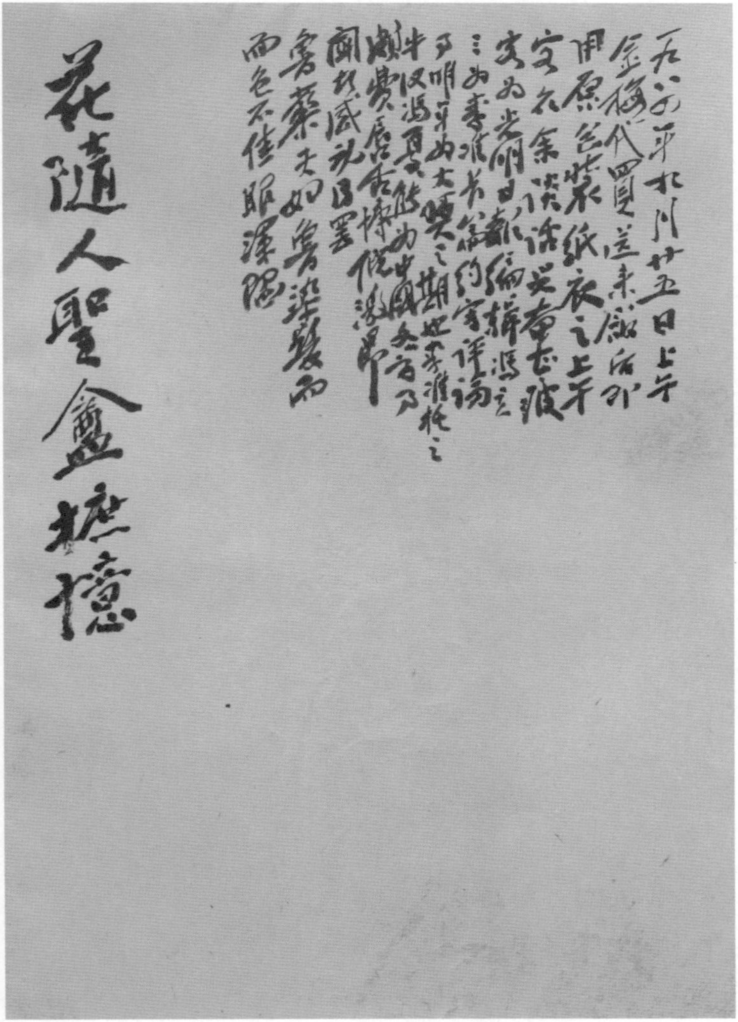
花隨人聖盦摭憶

天津市重点出版扶持项目

下

书衣文录全编

孙犁·著

天津出版传媒集团
百花文艺出版社

春游琐谈

姜德明告知书名，金梅代购。

今日拟沐浴，午后准备一切就绪，而火炉迟迟不旺。从一时至三时，尚在鹄候状态中。身倦天寒，已无兴致，包装此书后，当收场矣，可笑。

一九八四年十二月十三日

春游琐谈

姜德明先生如去，乞留梅代購
今日擬沐浴，午后准備一切，我
備而未炉，遂々不暇，花一时已
々日时尚在类，候状态中，并佬
天寒已久，吾以匠装以出后，尚
收场矣，可笑。一九八四年十二月
十三日

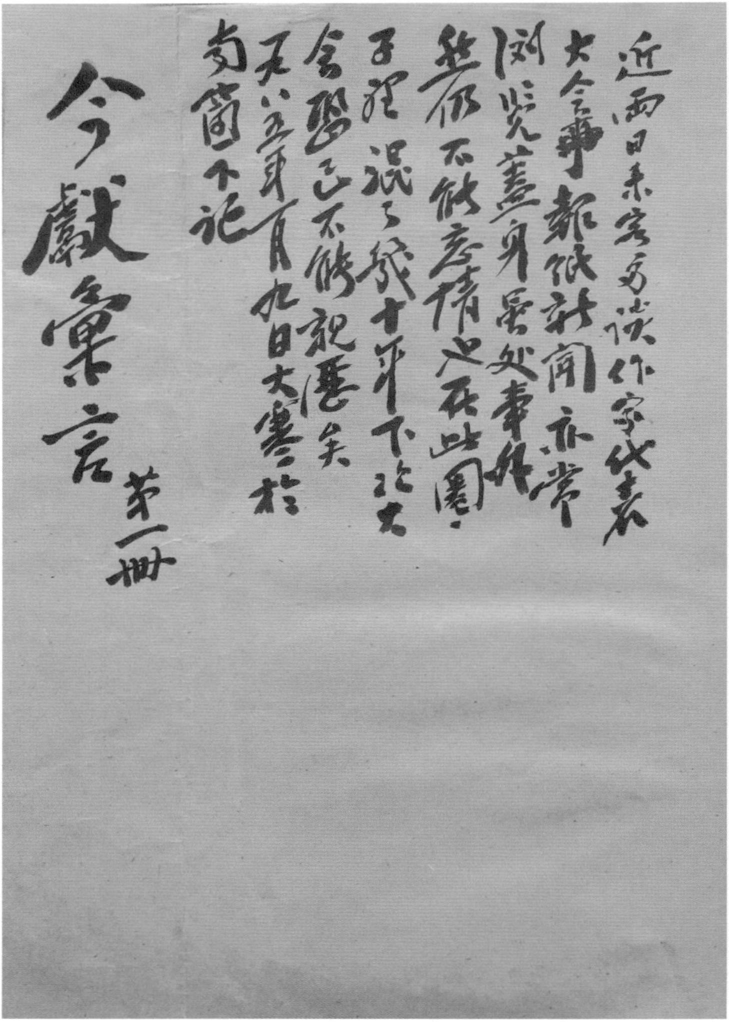

近兩日來寫了談作字代表
大会事鄰紙訃聞亦常
倒覺盡身處處幸能
能作不能表情只在此間
予經混了幾十年下於大
会習已不修觀慰矣
天六五年月九日大寒於
菊窗下記

今戲彙言 第一冊

今献汇言

第一册

近两日来客,多谈作家代表大会事,报纸新闻亦常浏览。盖身虽处事外,然仍不能忘情也。在此圈子里混了几十年,下次大会恐已不能亲历矣。

一九八五年一月九日,大寒,于南窗下记

老子校读

张松如

一九八五年一月十一日收到。
同日收到冒公木名之哈市十八岁青年本名前明者谩詈信一件。

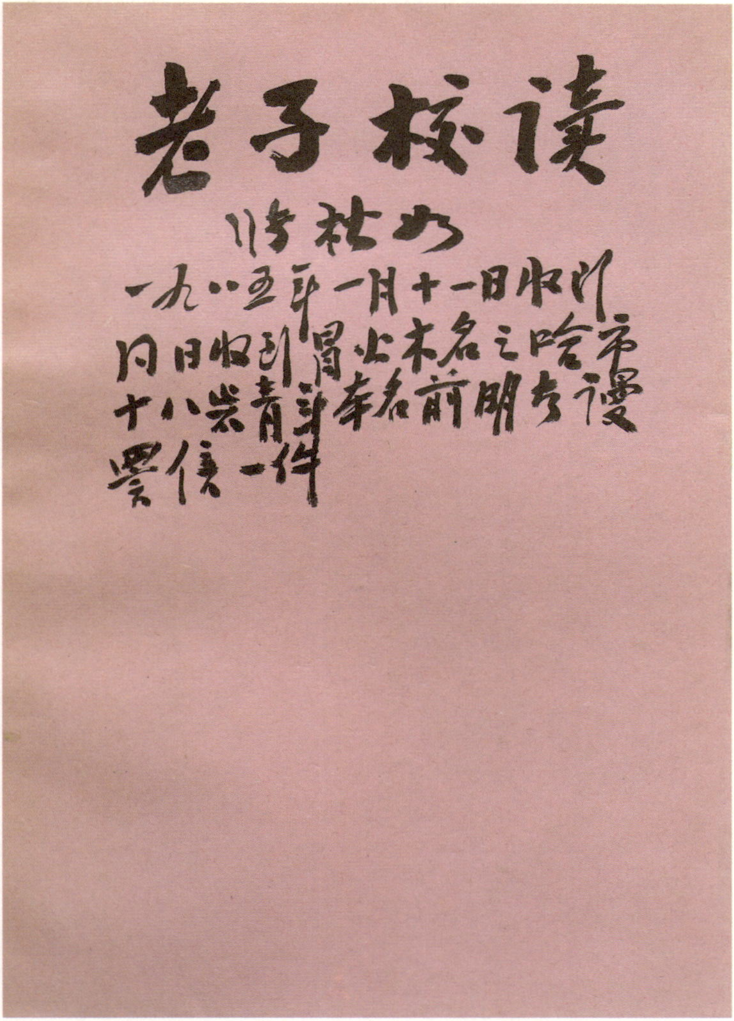
老子校读

张松如

一九八五年一月十一日收到

同日收到冒以本名之哈市十八岁青年奉名前朋友之谩骂信一件

勸戒四錄 一

一九六五年一月十三日
紫芒共八册近拟作
写旧小说中的劝惩
一文故取此书

劝戒四录

一

一九八五年一月十三日，装讫，共八册。近拟作《中国旧小说中的劝惩》一文，故及此书。

金冬心书画小记

近日甚无聊，且多尘会，自以为卑陋，心甚耻之。今晨得四句云：人言不可信，天道更难凭。年年买皇历，不为辨阴晴。

一九八五年三月一日重装题

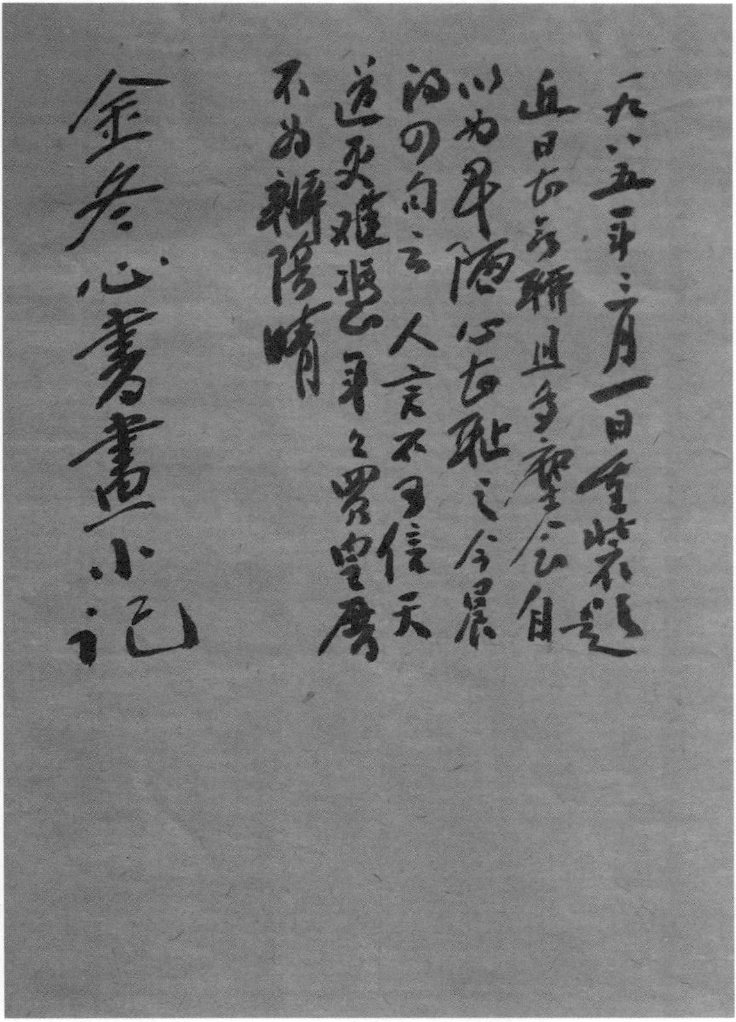
一九八五年三月一日
金冬心書畫小記

一

一九六五年三月三日下午装畢十六册速度超前矣 四日上午題

民族

氏族

一

一九八五年三月三日下午，装毕十六册，速度超前矣。

四日上午题

石屋续沈

一九八五年十月六日,金梅代购。上午陪吴泰昌等来舍,以哈密瓜一枚招待之。

一九六五年十月六日
金梅代購上平陰
吳泰昌寄來屬
以合密山房一校相符
之

石屋餘瀋

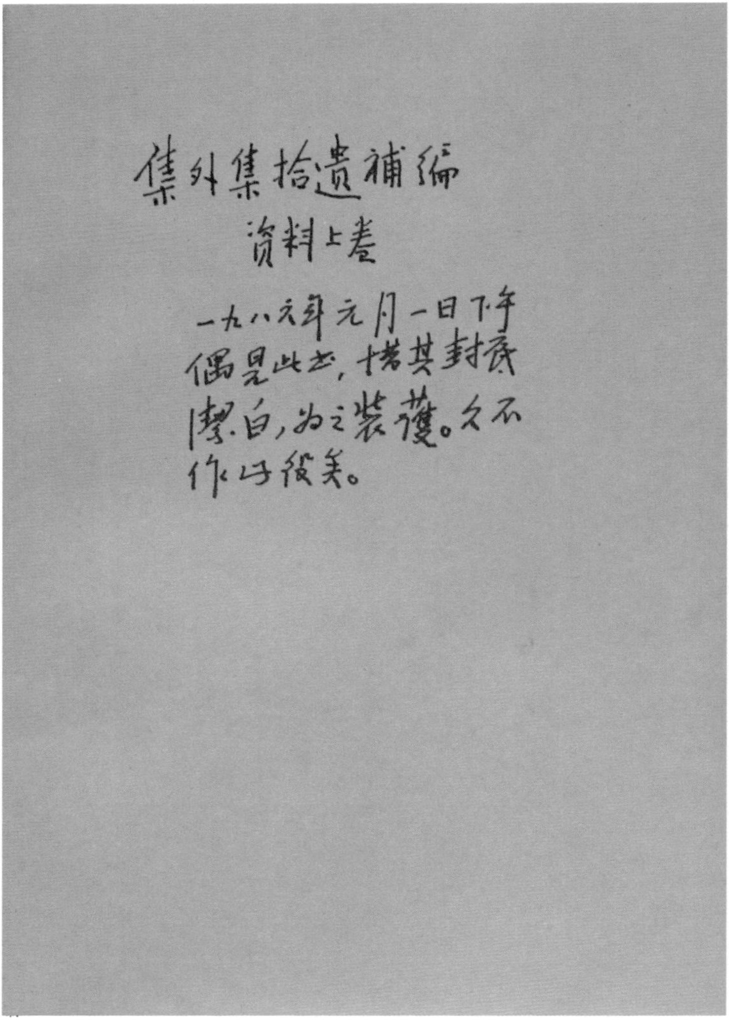

集外集拾遺補编

资料上卷

一九八六年元月一日下午偶見此书，惜其封底潔白，为之裝護。久不作此役矣。

集外集拾遗补编

资料上卷

一九八六年元月一日下午，偶见此书，惜其封底洁白，为之装护。久不作此役矣。

集外集拾遗补编

资料下卷

今日作小诗一首，题《作家之死》。天明时，此题忽入脑海，不知何故也。

一九八六年一月一日

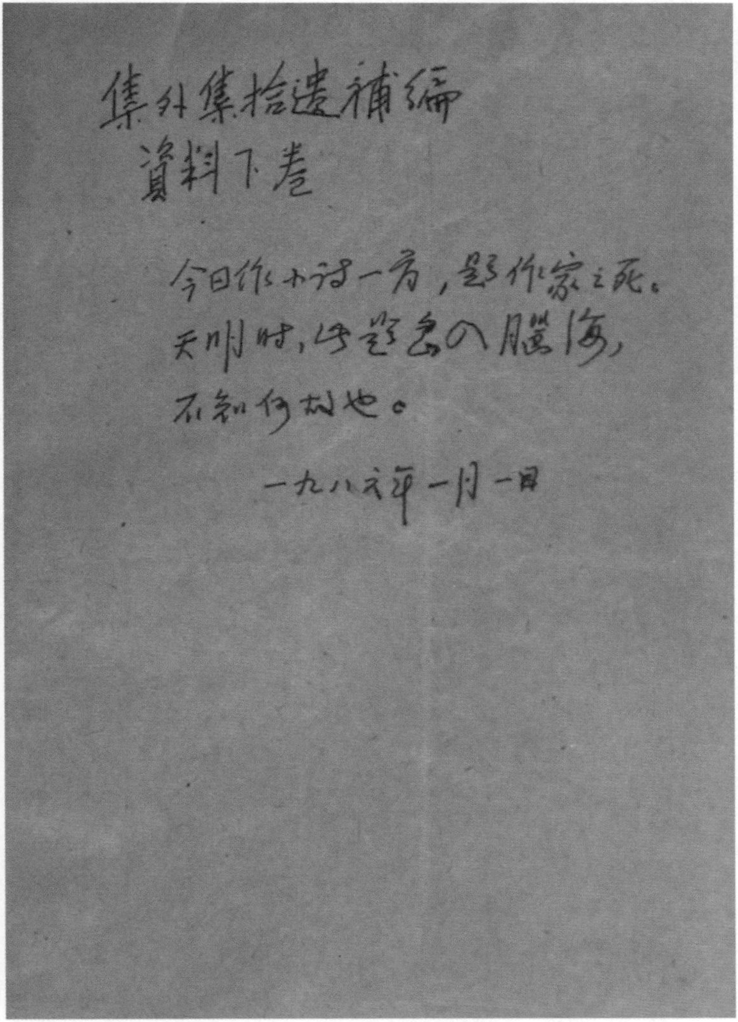

集外集拾遗補编
資料下卷

今日作小詩一首，悼作家之死。
天明时，浮影多の腦海，
不知何故也。

一九八六年一月一日

一九六六年六月十二日
孟节病古度新
年如度，难关今
日初的明日例之皆上
瑶关

弘明集 上

弘明集

上

春节疲甚,度新年如度(渡)一难关。今日初四,明日则皆上班矣。

一九八六年二月十二日

知堂书话

上

一九八七年一月三日，刘宗武赠。
书价昂，拟酬谢之。

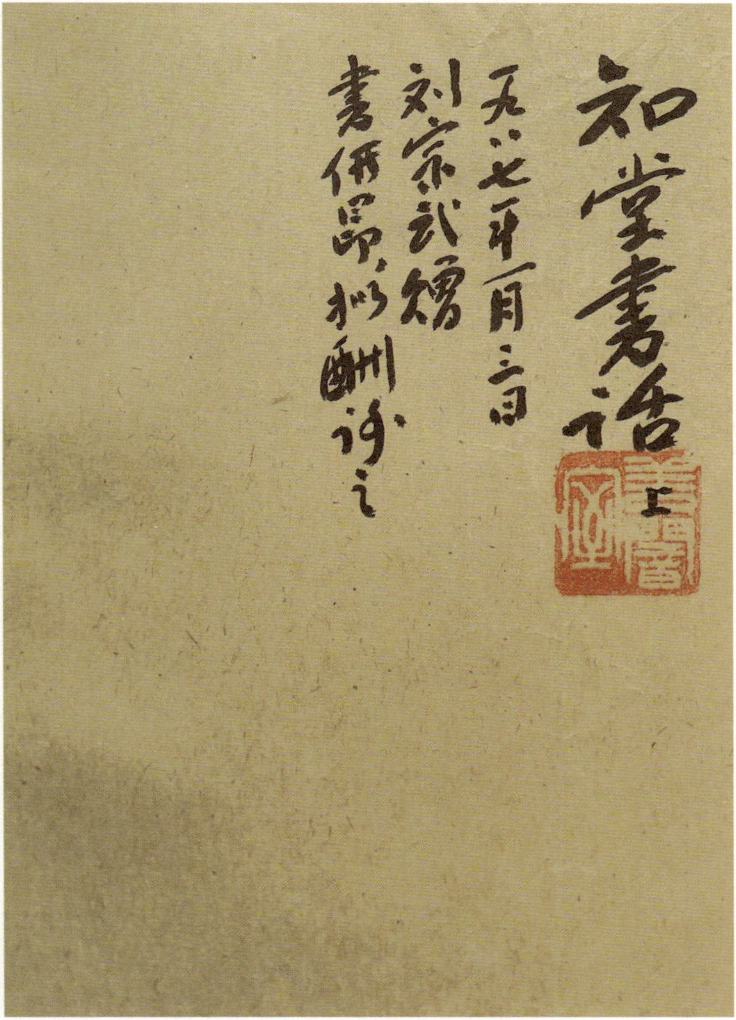
知堂书话 上
一九八七年一月三日
刘宗武赠
书侨罢、拟删诗之

兒女英雄傳 上

一九八七年六月之日人文編輯季滌塵託人帶來余前所寫請他代一訂，恭他在出版社排外文發書堆中覓尋得之。季君為人材氣，又豪，有老輩編輯風範。

儿女英雄传

上

一九八七年二月六日，人文编辑季涤尘托人带来。余前致函，请他找一部，蒙他在出版社拟处理书堆中觅寻得此。季君为人持重负责，有老一辈编辑风范。

儿女英雄传

下

此说部，余向无收藏，不知何故。近忽从文章注释中知有此本，函件往来，又被捎书人拖延，一月始收到。昨晚本来很疲劳，仍于灯下修整包装之。

八七、二月七日题

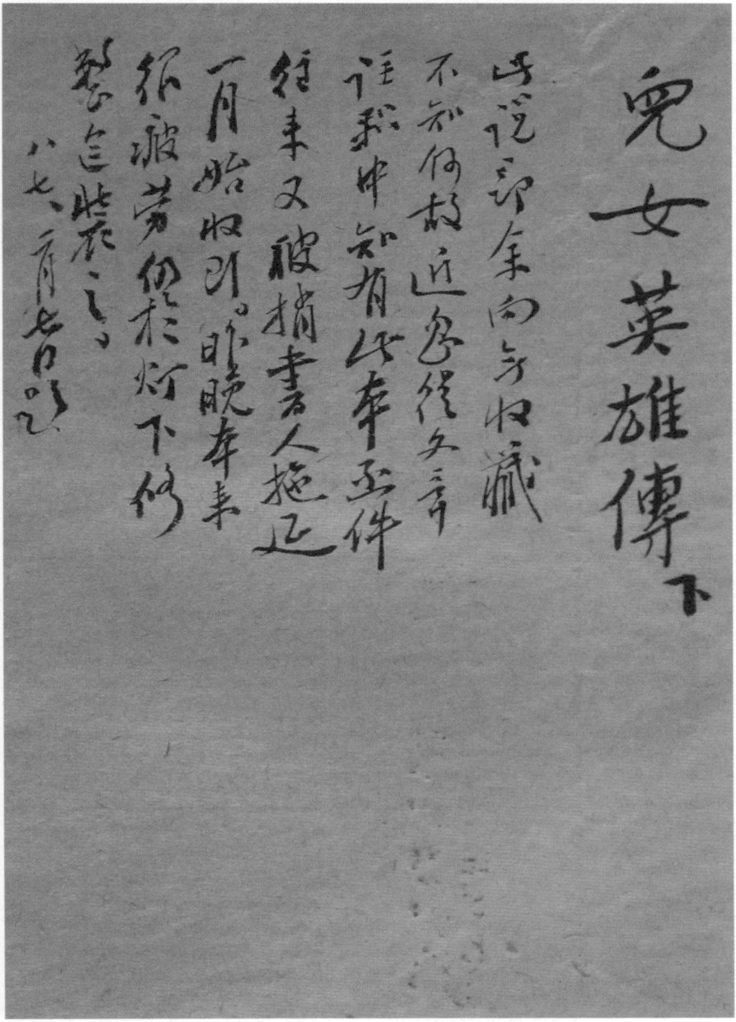
兒女英雄傳 下

此冊即余向年收藏
不知何故近為從文拿
往我中知有此本至件
往來又被摘書人拖走
一月始收回。昨晚奔來
很被勞倦於灯下修
整至此裝之
八七、六月七日晚記

一九八七年三月十九日晚題
近日頗想讀這類書
因其既有讀書之趣而
又不致心勞也

元和郡縣圖志 一

元和郡县图志

一

近日颇想读这类书，因其既有读书之趣而又不致心劳也。

一九八七年三月十九日晚题

元和郡县图志

十二

今日下午三时至八时包装十二册迄(讫)。

一九八七年三月十九日

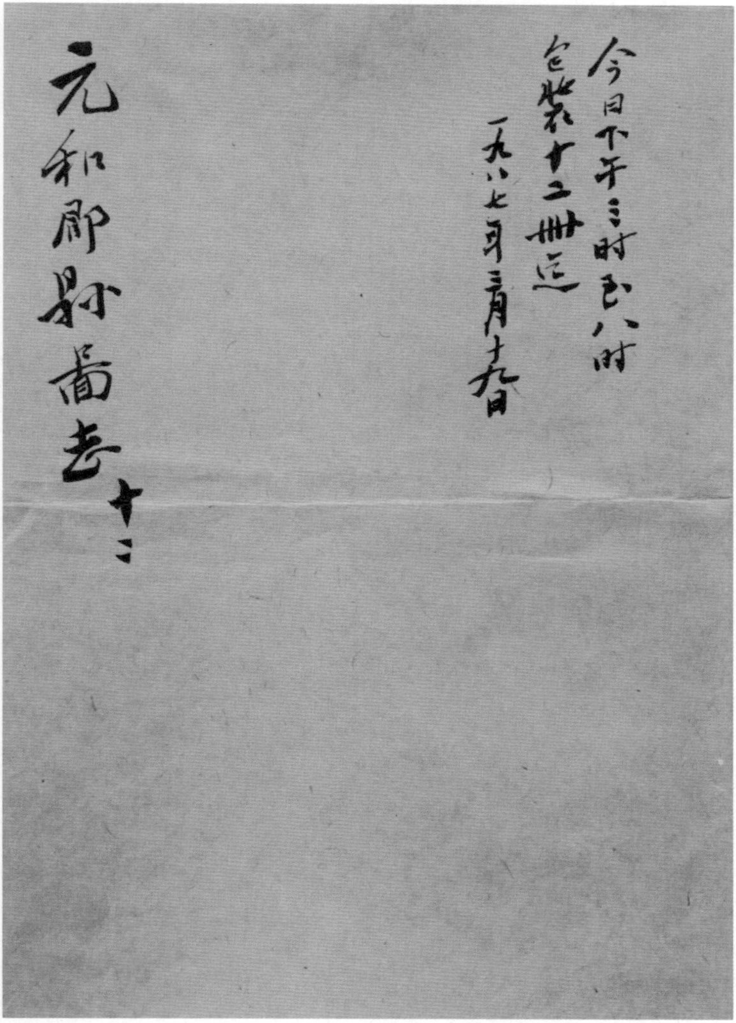
今日下午三时至八时
点紫十二册讫
一九八七年三月十九日
元和郡县图志 十二

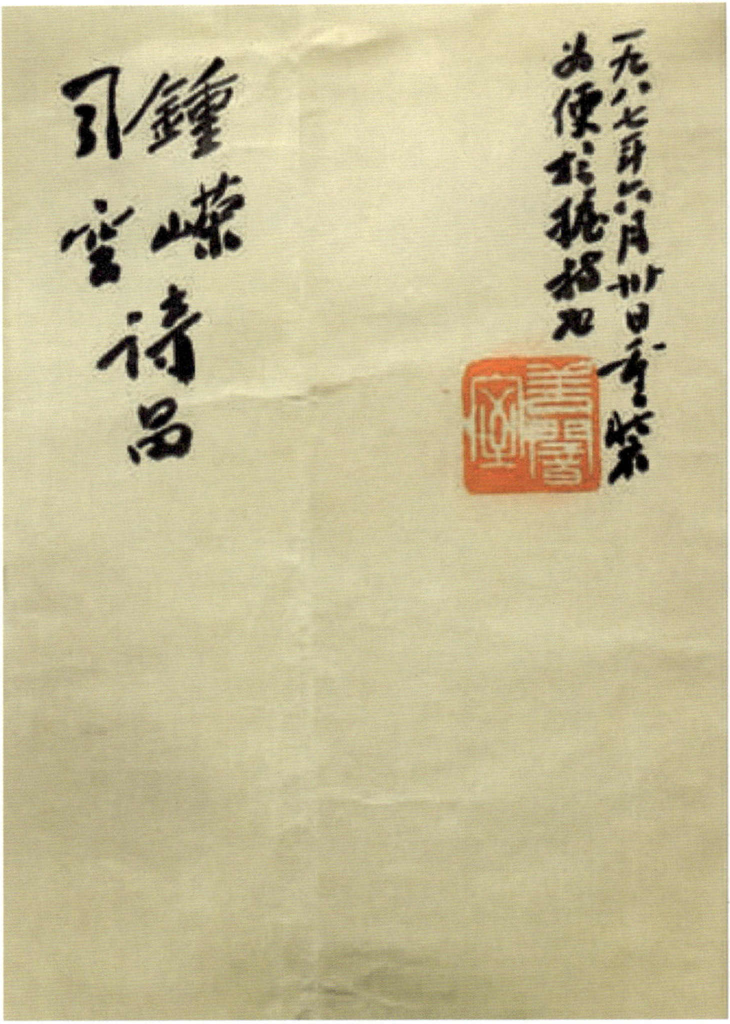

鍾嶸
司空
詩品
一九八七年六月廿日乔木

钟嵘、司空诗品

一九八七年六月卅日重装，为便于握持也。

雷塘庵弟子记

一

为自由而奔波一生，及至晚年困居杂院，社会日恶，人心日非，转移无地，亦堪自伤也。自注：文途自如此，如当时转入宦途，情况将大不同矣。

一九八七年八月十四日装

雷塘庵弟子記（一）

一九六七年八月十四日紫

如自由而寿渡一生及至晚年闲居杂院社会日恶人心日非特录与此亦姑自遣

自注：文途自如此，如当时转入宦途，情况将大不同矣。

病老心煩環境惡劣心想易地無處可去

一九八七年八月十四日

王居士云：不怕賊偷，就怕賊捉摸。我今處境，近之矣。雖封窗閉戶，心亦不安。因不知今後這個人今天又要有什麼打算。居家遇此輩，良不如遇強梁矣。

家賊

黑社

雷壇廢弟子記 (印)

雷塘庵弟子记

二

王君家斌云:不怕贼偷,就怕贼捉摸。我今处境,近是矣。虽封窗闭户,心亦不安。因不知房后这个人今天又要有什么打算。居家遇此辈,反不如黑夜遇强梁矣。

病老心烦,环境恶劣,心想易地,无处可去。

一九八七年八月十四日

雷塘庵弟子记

三

今生不能为官，且看看达官贵人的经历，亦望梅止渴也。

一九八七年八月十四日

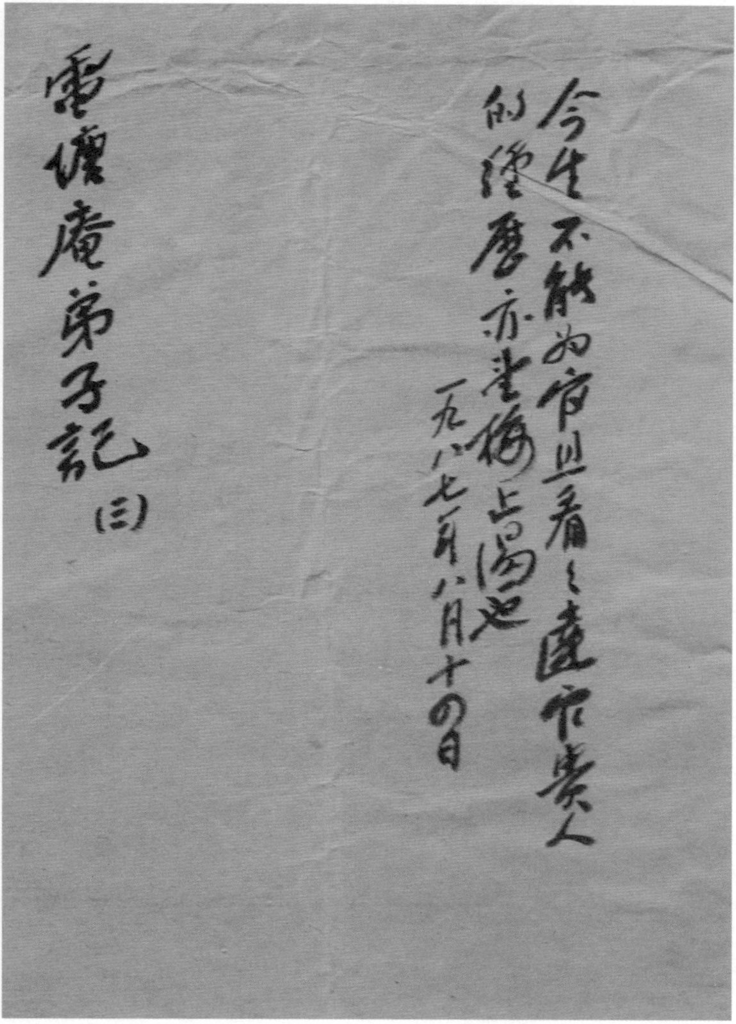

今生不能为官只看々臺官家人的經歷亦當傚上場也

一九八七年八月十四日

雲環庵弟子記（三）

雷塘庵弟子記（四）

作協妹妹走過說，協人妹妹讚空子，讚大空子發大財，讚小空子古玩沒小利尚可談。人心向善寧寧。

一九八七年八月十四日下午雨

雷塘庵弟子记

四

官场处处走过场，坏人处处钻空子，钻大空子发大财，钻小空子者得小利，尚可谈人心向善乎？

一九八七年八月十四日下午雨

养生随笔

刘宗武购赠，傅正谷送来，在彼处放多日，有污染，余洁治之。此小书，余曾托人，买不到，故见之甚以为快也。

一九八七年十月十八日

一九八七年十月十八日
刘宗武购赠传乙部
送来，在彼处放多日
有污染，余洁治之。
以此书，余常托人，买
不到，故见之甚以为
快也。

养生随笔

一九六七年十月廿六日裝
大女兒归宁從內撿
廢紙与他人信一起乃
無结果

刘文典

三餘札記 上

三余札记

上

刘文典

大女儿归宁，谈及搬家后与何人住一起事，无结果。

一九八七年十月廿六日装

三余札记

下

大院又有变动，而西有恶邻，亟欲搬家，一时又做不到。老家（年）搬家，并非佳事。弄不好，会促进死亡。但势必有此一着，当冷静淡然处之。

一九八七年十月廿六日

近社会处于无政府状态，一些小人钻空子，以谋私利，人心向恶，不可挽救，实可叹也。

大院又有些動向西有要翻罷；我搬家一時又做不到老家搬家並非佳事其他亦將會促進死之但勢必有待一看當前趨勢發展了。

一九八七年十月廿六日

近來今又於元旦政府此舉一些人鑽空子以謀私利人心向惡不可挽救實可嘆之。

三餘札記 下

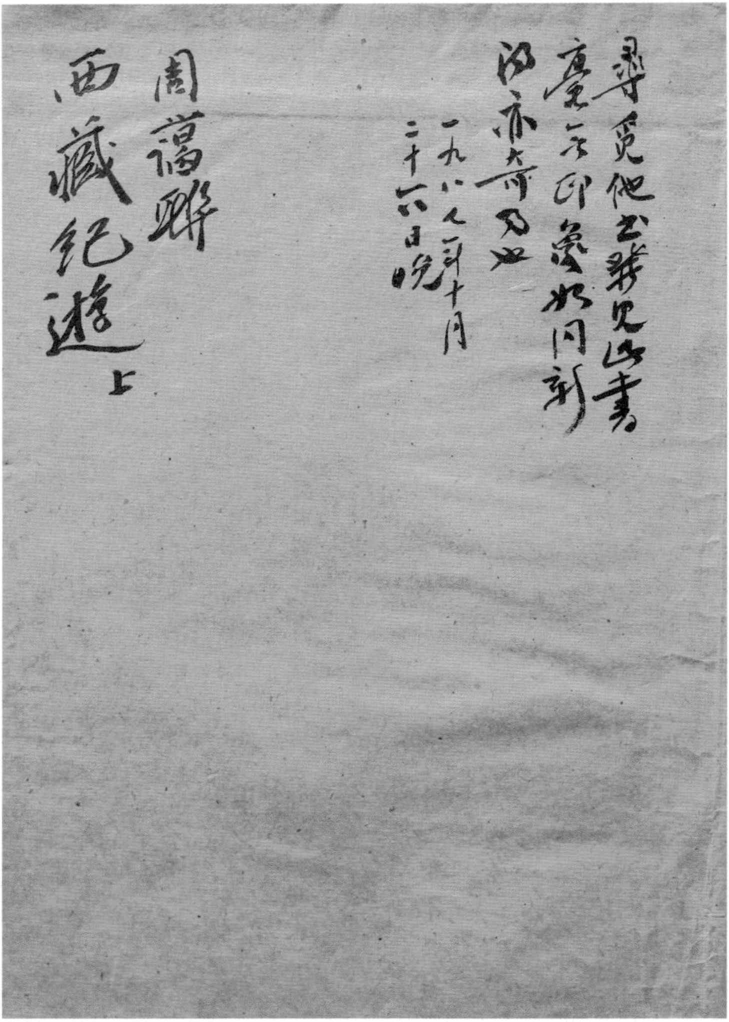

尋覓他書發見此書
慶幸印象猶同新
頓亦大奇乃如此
一九八八年十月
二十六日晚

周藹聯
西藏紀遊
上

西藏纪游

上

周霭联

寻觅他书，发见此书，毫无印象，如同新得，亦奇事也。

一九八七年十月二十六日晚

西藏纪游

下

近来关于西藏之话题颇多,想读一下,增加一些知识。

一九八七年十月廿六日

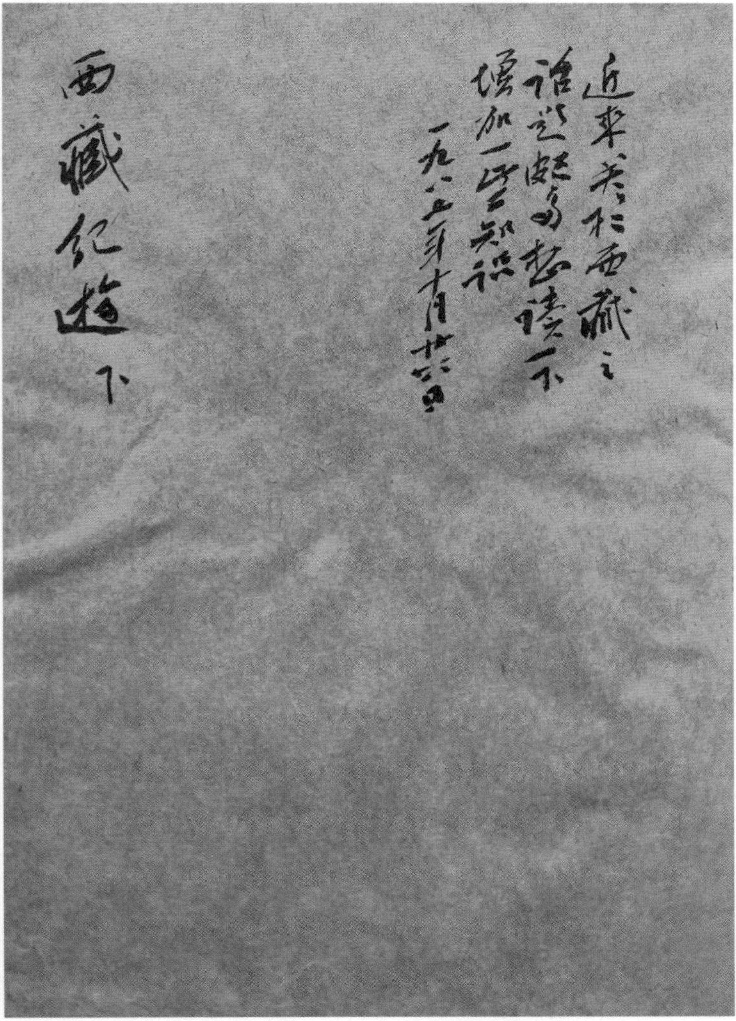

西藏纪游 下

近来关于西藏之
谈论甚多想读一下
增加一些知识
一九八五年十月廿六日

王子安集 一

一九八六年十月九日晚記

近年頗讀經、史、子，於歷代文集則少閱覽。近日略讀之，詩文以作者爲綱，閱之兼習史，先從初唐讀起。

王子安集

一

近年多读杂书、史书，于历代文集，则少阅览。近日颇思读些诗文，此仍是最有用之学习也。先从初唐读起。

一九八七年十一月九日题

王子安集

六

近大院改为报社发行处，人来人往，多年轻人，且有大汽车三乘，出入不已。院中环境颇受污染，此地实已不堪再住。然一提搬家则心情烦乱，不能安宁。因翻检初唐人文集，以为消遣。

近本院附近鄰社發行文
人來往絡繹耳雖人人且
捐本院者多衆出入不已
院中所經辦要務繁此地
宗之大號再在此一般縱
家知何情紛亂不能安寧
因劉德初厲大夫集以
此消息

王子安集

六

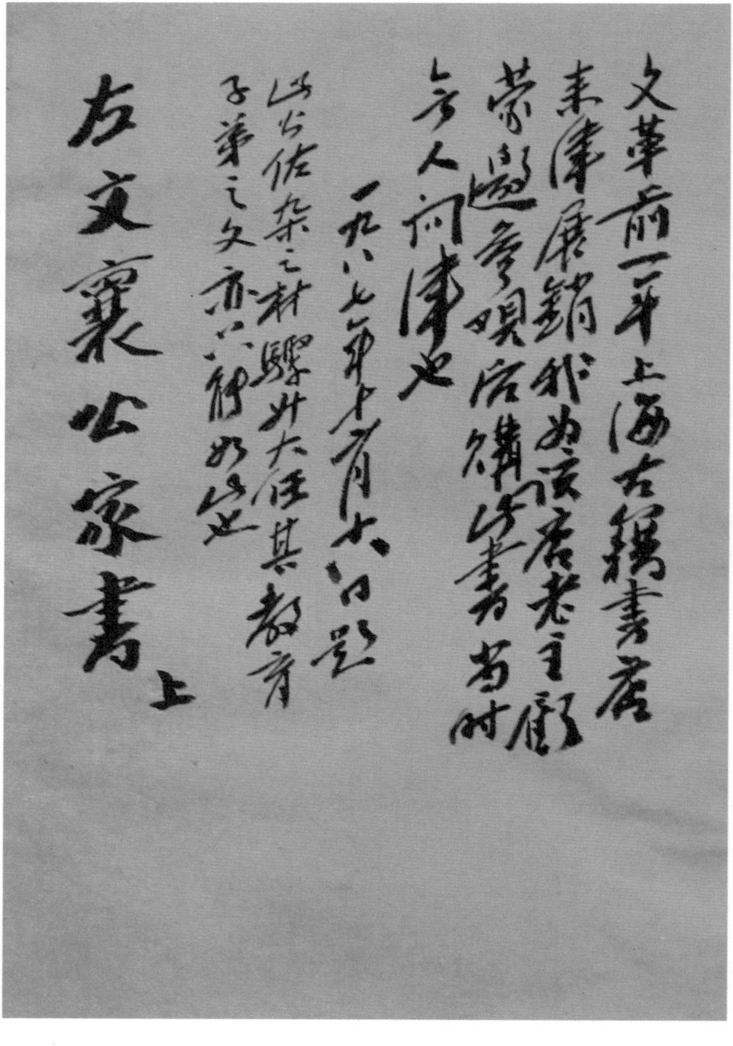

文革前一年上海古籍书店来津展销我为该店老主顾蒙邀参观店藏精抄书甚多时令人向往也

一九八七年十月六日题

此公佐杂之材跻升大任其教育子弟之文亦以精妙也

左文襄公家书 上

左文襄公家书

上

“文革”前一年，上海古籍书店来津展销，我为该店老主顾，蒙邀参观后购此书，当时无人问津也。

一九八七年十二月十八日题

此公佐杂之材，骤升大任，其教育子弟之文，亦只能如此也。

左文襄公家书

下

曾、左并称，各有文集行世。曾之家书，名震一时，几家传户晓。左公此书后出，时过境迁，已不为人所重，然传本似亦甚稀，仍足贵也。

一九八七年十二月十八日上午从家书可观当时世态

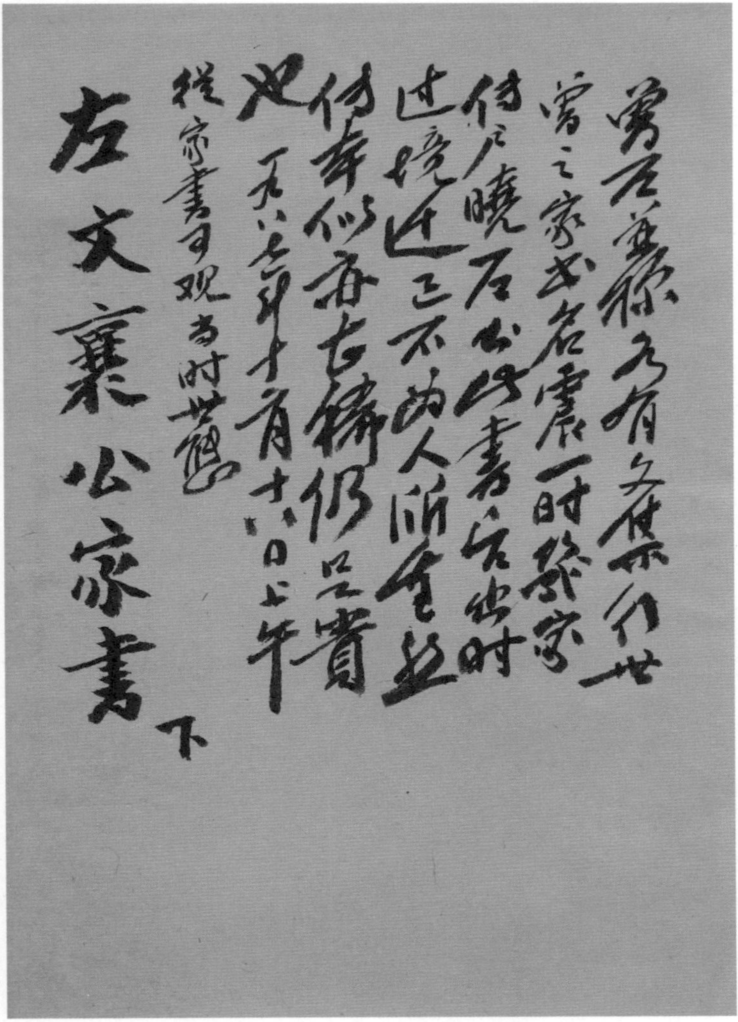
實在無愧為有文采而行世
當之家書名震一時發字
得尺牘名公此書今雖時
過境遷已不為人所重並
付梓似存古精仍足貴
也
一九八五年十一月十六日上午
從家書可觀當時世態

左文襄公家書

下

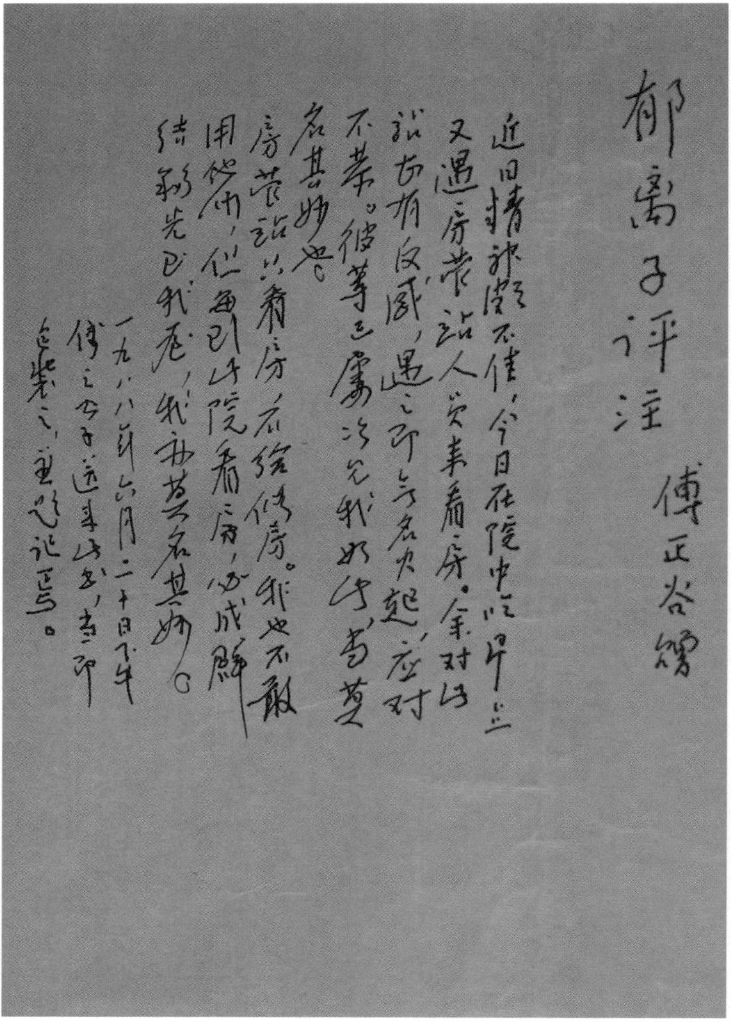
郁离子评注　傅正谷赠

近日精神很不佳，今日在院中只呆呆
又遇房管站人员来看房。余对此
站久有反感，遇之即与之大起，应对
不恭。彼等正属冷究我好像，当莫
名其妙也。
房管站只看看房，后给傅房。我也不敢
用[illegible]，但每到此院看看房，必成群
待翁先到我處，我亦莫名其妙。

一九八八年六月二十日下午
傅之女子送来此书，未印
启紫之重览记之。

郁离子评注

傅正谷赠。

近日精神颇不佳，今日在院中吃早点，又遇房管站人员来看房。余对此站甚有反感，遇之即无名火起，应对不恭。彼等已屡次见我如此，当莫名其妙也。

房管站只看房，不给修房。我也不敢用他们，但每到此院看房，必成群结伙先至我屋，我亦莫名其妙。

一九八八年六月二十日下午傅之公子送来此书，当即包装之，并题记焉

中国大百科全书

中国文学 I

一九八八年十月，郭志刚持赠。书价昂，拟还其款也。

十二月一日装讫记

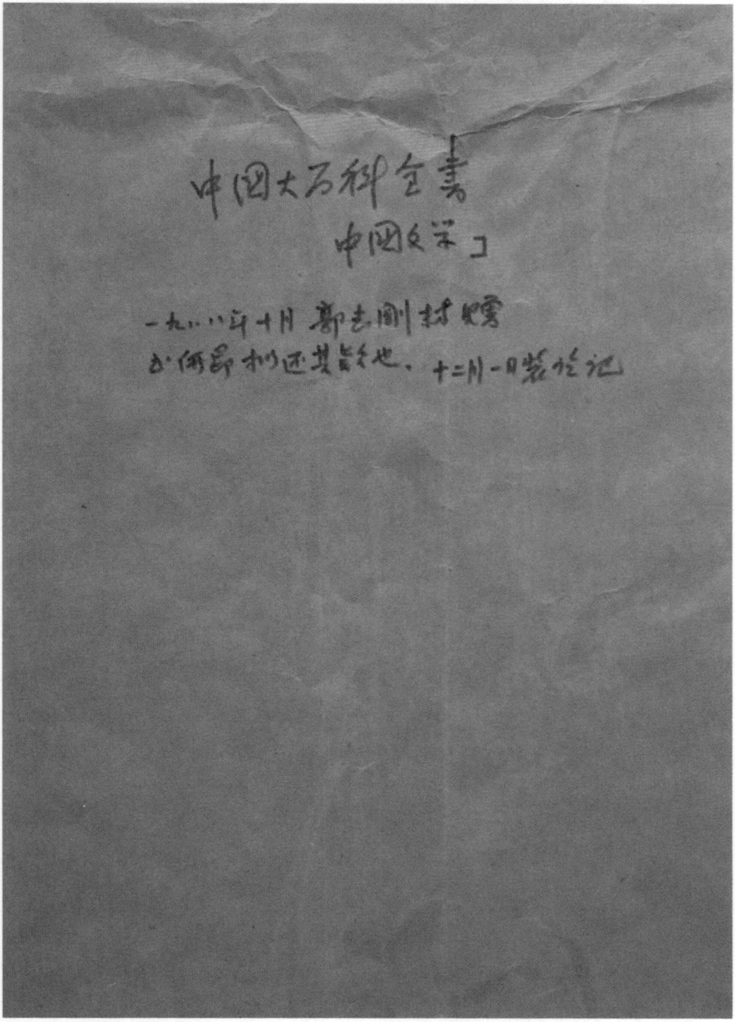
中国大百科全书

中国文学

一九八八年十月郭志刚封赠

余循例抄还其旨之也。十二月一日[illegible]于记

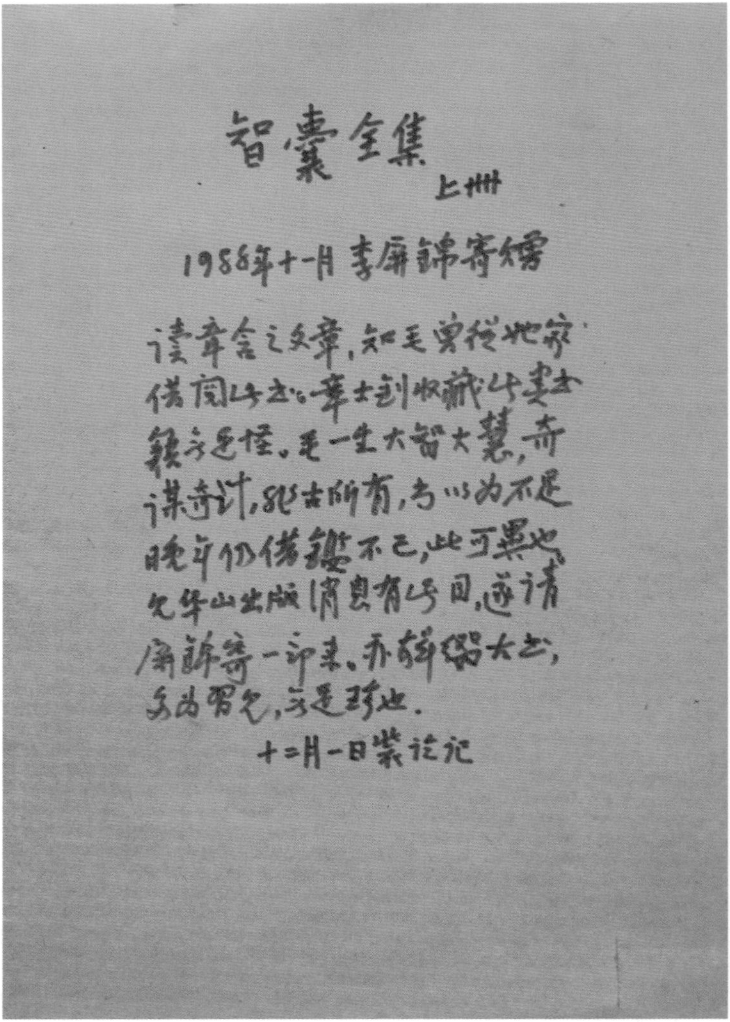
智囊全集

上册

1988年十一月 李屏锦寄赠

读弃舍之文章，知毛曾从北京借阅此书之事，去刻收藏此书者去録之甚怪。毛一生大智大慧，奇谋奇计，非古所有，而以为不足，晚年仍借鉴不已，此可異也。见华山出版消息有此书目，遂请屏锦寄一部来，亦借此大书，多为留意，亦是珍也。

十二月一日紫讫记

智囊全集

上册

1988年十一月，李屏锦寄赠。

读章含之文章，知毛曾从她家借阅此书。章士钊收藏此类书籍无足怪。毛一生大智大慧，奇谋奇计，非古所有，尚以为不足，晚年仍借鉴不已，此可异也。见华（花）山出版消息有此目，遂请屏锦寄一部来。亦辑缀古书，多为习见，无足珍也。

十二月一日装讫记

智囊全集

下册

书价昂贵，屏锦又在彼处负责，最好将书款寄去。

同日记

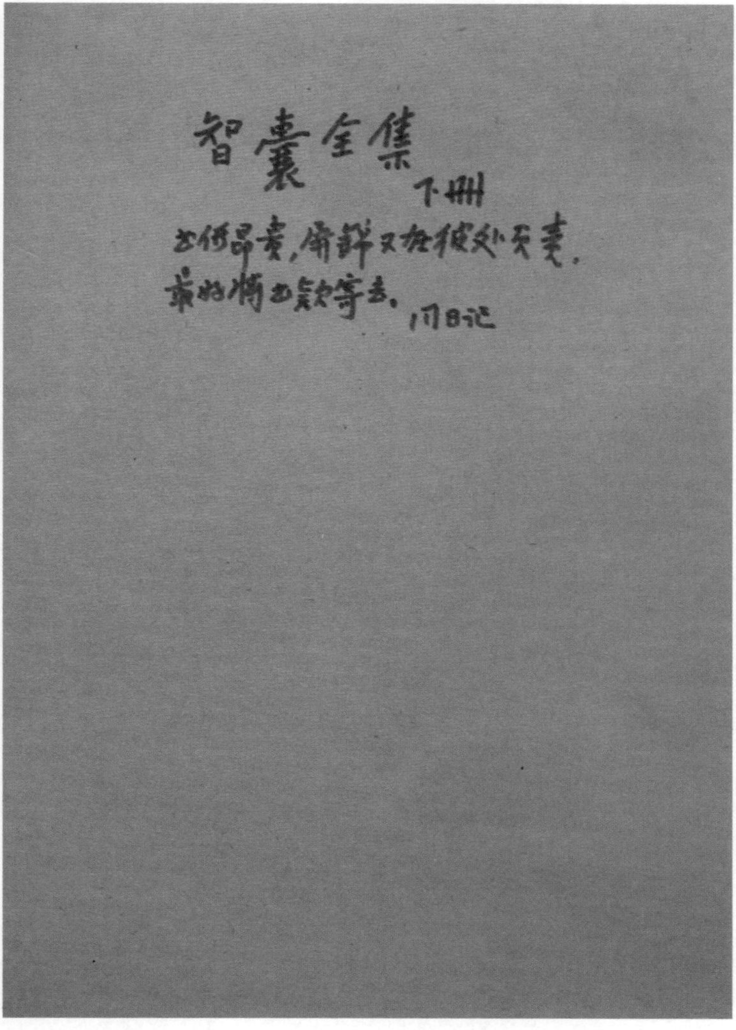
智囊全集
下册
书价昂贵，希群又在彼处买来，
最好将书款寄去。
17日记

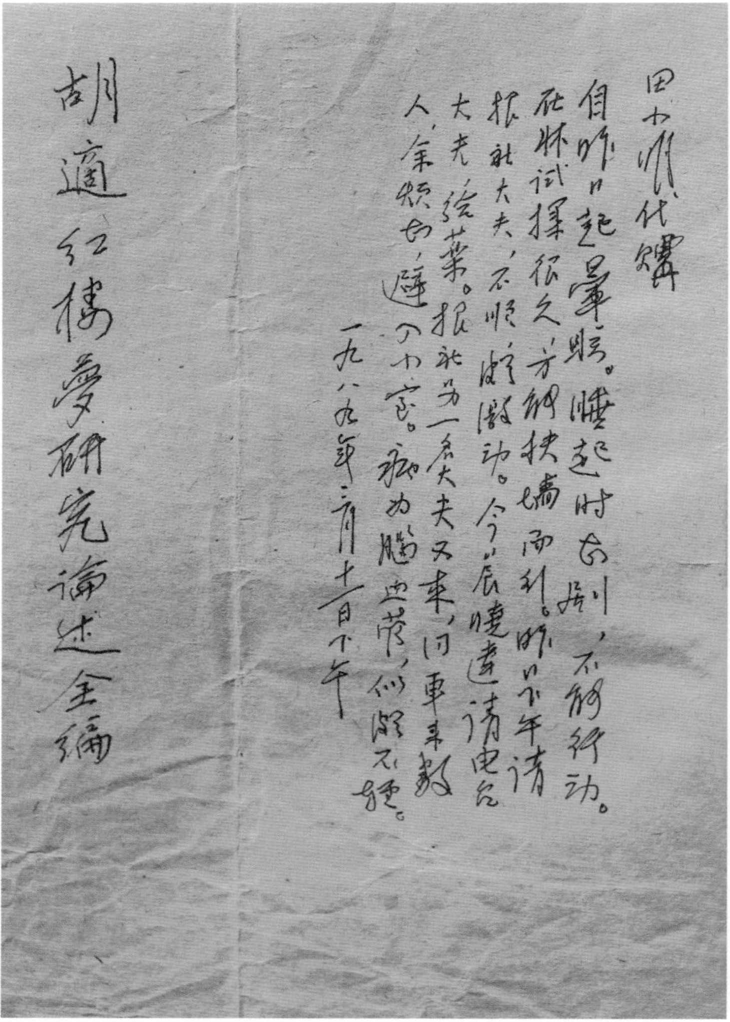

田小姐代鑒

自昨日起暈眩。睡起時尤劇，不能行動。勉強試探很久，方能扶牆而行。昨日下午請報社大夫，不准隨便活動。今日晨陳達請史名大夫給藥。報社另一名大夫又來，同車來數人，余煩甚，避入小室。我的腦血管，似頗不佳。

一九八九年二月十日下午

胡適紅樓夢研究論述全編

胡适红楼梦研究论述全编

田小(晓)明代购。

自昨日起晕眩。睡起时甚剧,不能行动。在床试探很久,方能扶墙而行。昨日下午请报社大夫,不顺,颇激动。今晨晓达请电台大夫,给药。报社另一名大夫又来,同车来数人,余烦甚,避入小室。病为脑血管,似颇不轻。

一九八九年三月十一日下午

法苑珠林

一

此书初见于北京东安市场书肆，以其无用未购。后又托跑北京的一老通讯员代买回来，亦未细读。今年春季，患眩晕不能写作，乃又翻旧书，知此书颇为清之考据家所重，纪晓岚并云，佛书初重因果，即如汉学之训诂，而后之禅宗即如宋儒之义理。此书为中国学者所重，陈垣于《中国佛教史籍概论》一书中颇称之。因为整理，置于案头，或可为老病消除烦恼之一助乎！

一九八九年四月十日记

法苑珠林 一

此书初见于北京东安市场书肆，以其无用未购。后又于隆福寺的一些通讯处代买四本，补来细读。今年春天，学习胜常不断写作，乃又翻旧书，知此书颇为清之考据家所重，纪晓岚等之佛书和在国学印出汉学之训法而后之禅宗印出宗传之考据。此书为中国学者所重，随读于中国佛教史的资料论文中极好资之。因为整理置于案头，以可为老病消除烦恼之一助乎！

一九六九年四月十日记

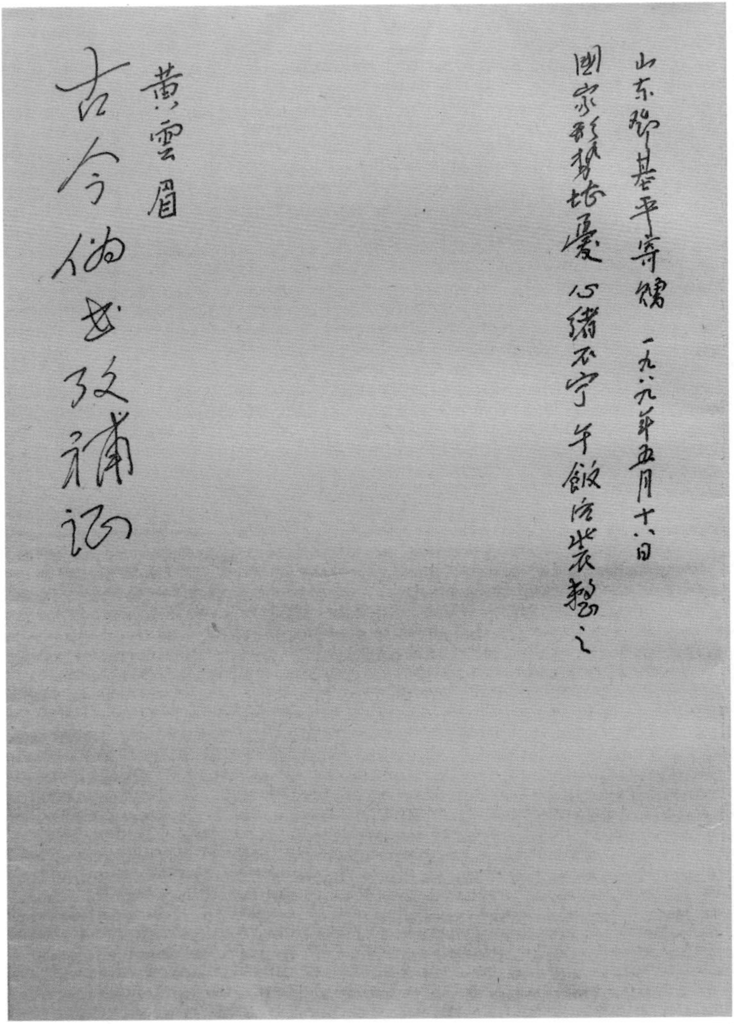
山东邓基平寄赠 一九六九年五月十八日
国家形势堪忧 心绪不宁 午饭后装整之

黄雲眉

古今伪书考补证

古今伪书考补证

黄云眉

山东邓基平寄赠。
国家形势堪忧，心绪不宁，午饭后装整之。

一九八九年五月十八日

胡风书信集

百花小董赠。

1989.6.6

国家多事，无心读书，亦无心写作，更无心出书，真正和百花告别了，已与郑法清谈过。

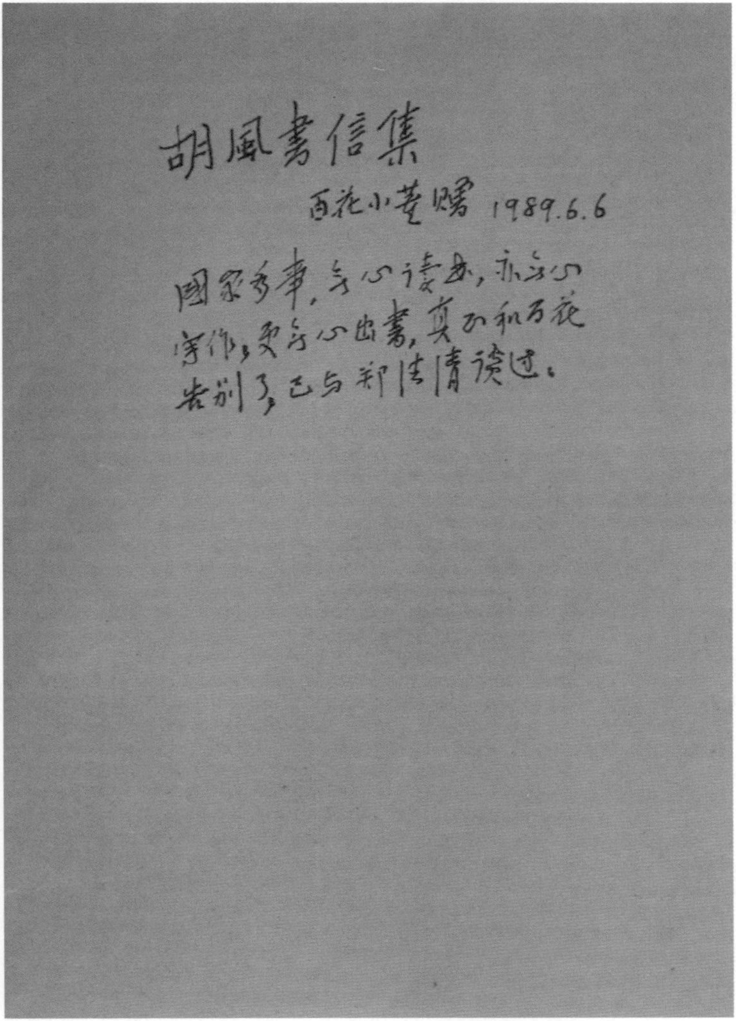
胡風書信集

百花小蕙赠 1989.6.6

国家多事，无心读书，亦无心写作，更无心出書，真不知百花告别了，已与郑法清谈过。

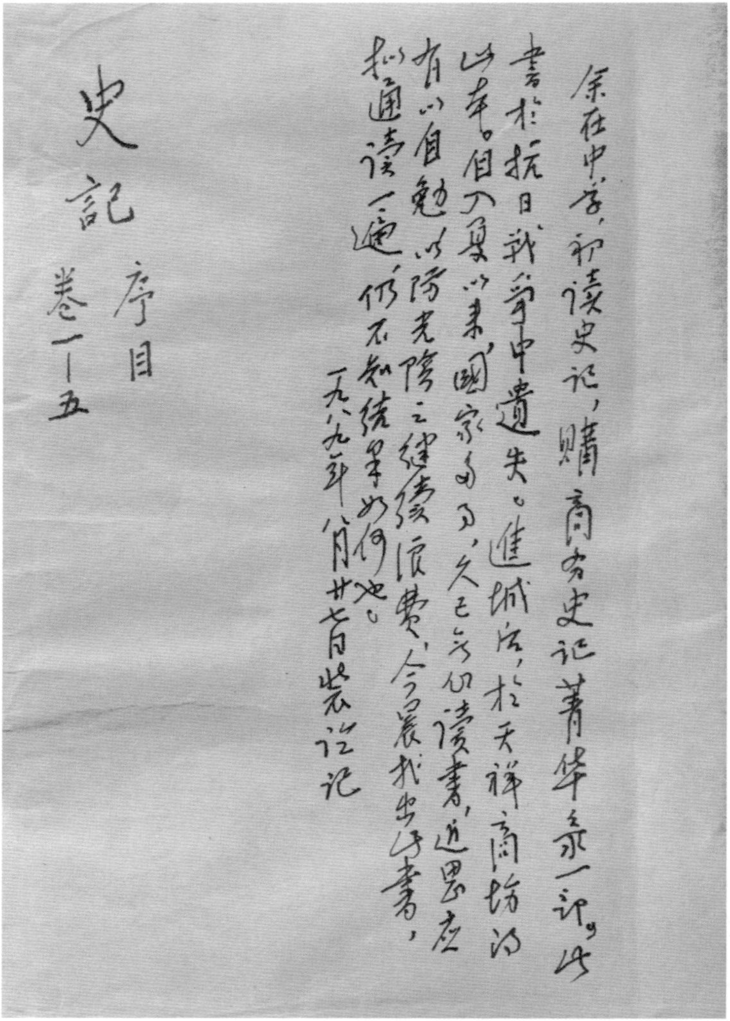

余在中学，初读史记，购商务史记菁华录一部。此书于抗日战争中遗失。进城后，于天祥商场购此本。自入夏以来，国家多事，久已无心读书，遂思应有以自勉，以防光阴之继续浪费，今晨找出此书，拟通读一遍，仍不知结果如何也。

一九八九年八月廿七日芸斋记

史記

序目

卷一—五

史记

序目

卷一—五

余在中学，初读《史记》，购商务《史记菁华录》一部，此书于抗日战争中遗失。进城后，于天祥商场得此本。自入夏以来，国家多事，久已无心读书，近思应有以自勉，以防光阴之继续浪费，今晨找出此书，拟通读一遍，仍不知结果如何也。

一九八九年八月廿七日装讫记

史记

59—74

晓明来谈:邹明脑中取出肿瘤二,手术顺利良好,系脑系科王主任所做,鲁思所托也。手术时,于振瀛一直在场,照顾周到。现邹语言清晰,可慰也。

一九八九年十月十四日中午

疾病无常,邹明发病前一日,尚在合(和)面做饭。

晓明来谈：邹明脑中取出脑瘤二，手术顺利良好，系脑系神主良但所做，鲁昆刚托她手术时，手振颤一直在抖，照顾周到。现邹说话清晰，可能也一九八九年十月十四日中午痊愈无常，邹明发病前一日，尚在合面做饭。

史記

59—74

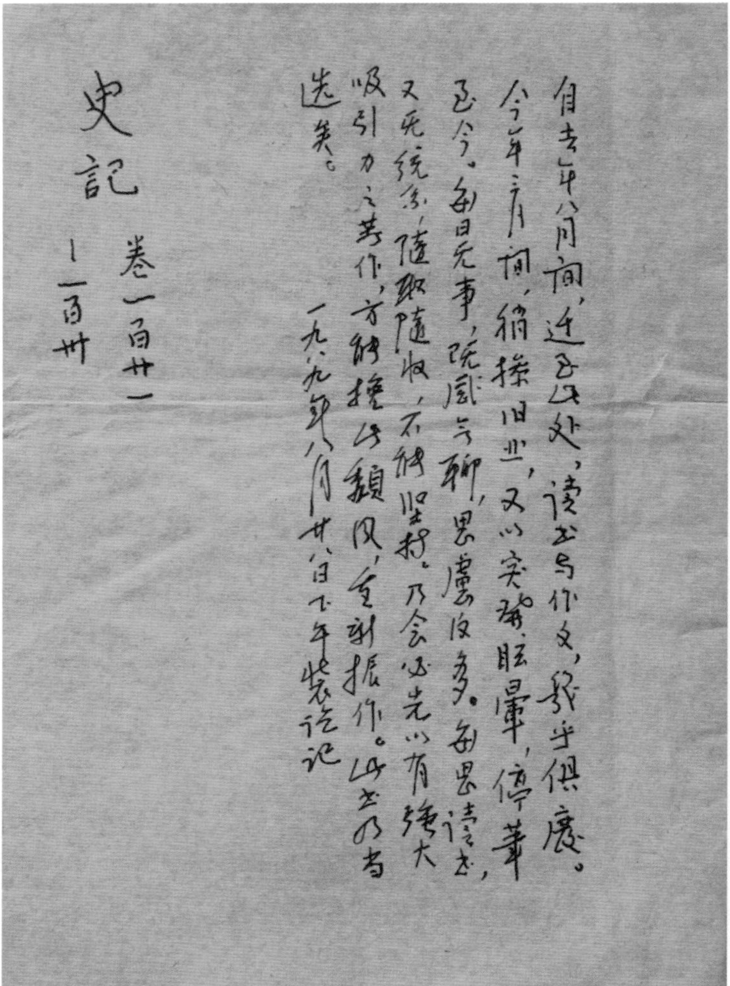

史記　卷一百廿一

一百卅

自去年八月间，迁至此处，读书与作文，几乎俱废。今年六月间，稍操旧业，又以突然眩晕，停笔至今。每日无事，既感无聊，思虑良多。每思读书，又无统系，随取随收，不能坚持。乃念必先以有绝大吸引力之著作，方能换此颓风，重新振作。此书乃当选矣。

一九六九年八月廿六日下午紫詮记

史记

卷一百廿一——一百卅

自去年八月间，迁至此处，读书与作文，几乎俱废。今年三月间，稍操旧业，又以突发眩晕，停笔至今。每日无事，既感无聊，思虑反多。每思读书，又无统系，随取随收，不能坚持。乃念必先以有强大吸引力之著作，方能挽此颓风，重新振作。此书乃当选矣。

一九八九年八月廿八日下午装讫记

菜根谈

此昨日收到之山东邓基平所赠小书，余初以为明人议论，不甚注意，及见书后附傅连暲序，乃叹为珍本也。傅氏行医汀州，红军至参加革命随军长征，大有功于我军医事业。

其序作于民国十一年，即一九二二年，甚以国人之争权夺利为叹，今日读之，如针时弊，文中“举国若狂，隐忧何极”之言，实目前仁人志士之同感也。呜呼，世事变化，竟有如此之出人意外者。傅氏已作古，不能重为嗟呼矣！

1989年十一月十日下午装讫记

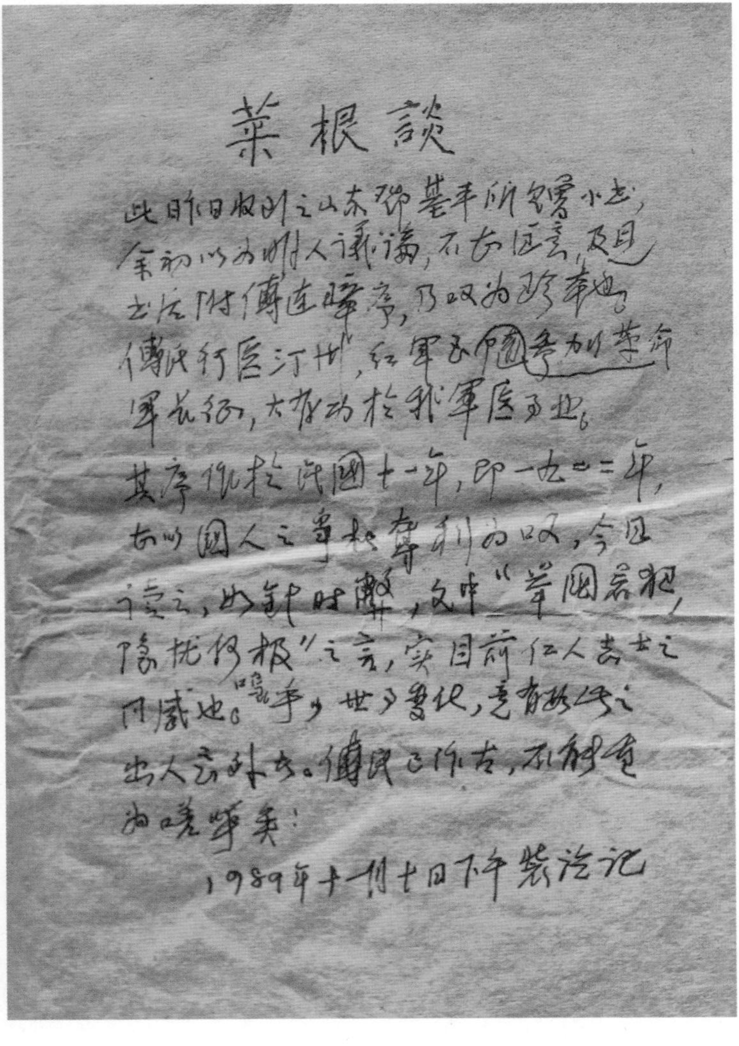

菜根谈

此昨日收到之山东邓基平所寄赠小书，余初以为明人议论，不甚注意，及阅书后附傅连暲序，乃叹为难得也。傅氏行医汀州，红军至，随参加革命军卫生组，大有功于我军医事也。

其序作于民国廿一年，即一九三二年，专以国人之争权夺利为叹，今日读之，如针时弊，文中"举国若狂，陷枕伐根"之言，实目前仁人志士之同感也。呜乎！世多变化，竟有斯人之出人意料者。傅氏之作古，不能不为嗟呼矣！

1989年十一月七日下午紫治记

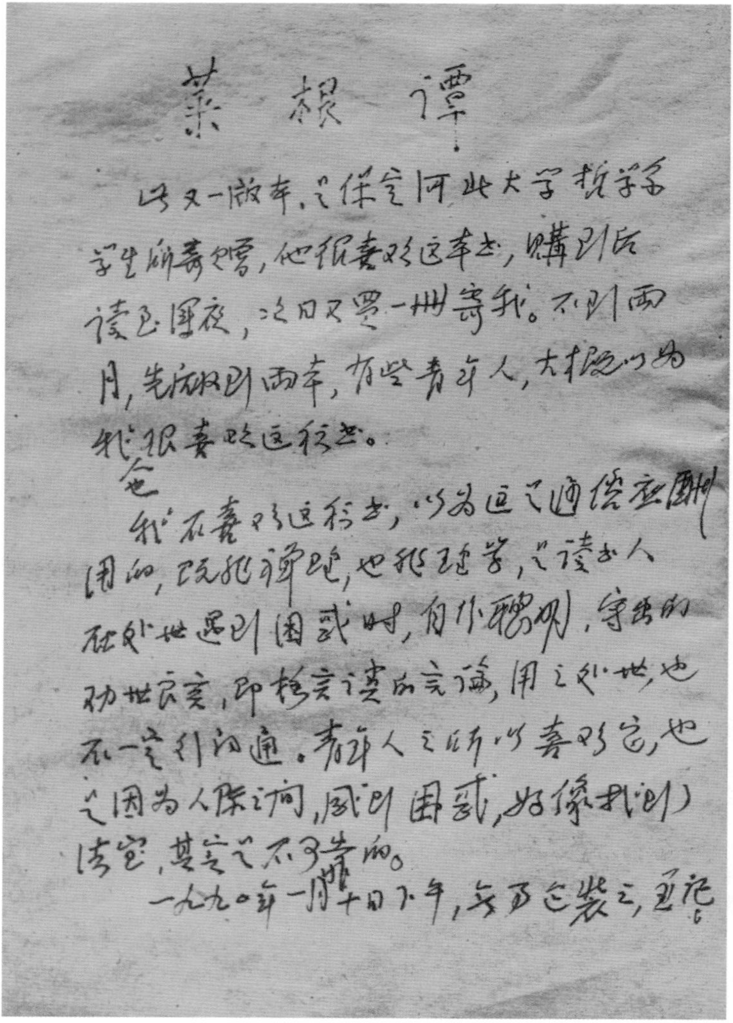

菜根谭

此又一版本，是保定河北大学哲学系学生胡春晖寄赠，他很喜欢这本书，购到后读了半夜，次日又买一册寄我。不到两月，先后收到两本，可见青年人，大概以为我也很喜欢这种书。

我不喜欢这种书，以为这是适俗应酬用的，既非禅悟，也非理学，是读书人在处世遇到困惑时，自作聪明，穿凿的劝世良言，即格言谚语的言论，用之处世，也不一定行得通。青年人之所以喜欢它，也是因为人际之间，感到困惑，好像找到了法宝，其实是不了解的。

一九九〇年一月二十日下午，无事包装之，并记。

菜根谭

此又一版本,是保定河北大学哲学系学生所寄赠,他很喜欢这本书,购到后读至深夜,次日又买一册寄我。不到两月,先后收到两本,有些青年人,大概以为我也很喜欢这种书。我不喜欢这种书，以为这是通俗应酬用的,既非禅理,也非理学,是读书人在处世遇到困惑时,自作聪明,写出的劝世良言,即格言之类的言论,用之处世,也不一定行得通。青年人之所以喜欢它，也是因为人际之间,感到困惑,好像找到了法宝,其实是不可靠的。

一九九〇年一月十日下午,无事包装之,并记

三松堂自序

冯友兰

一九九〇年一月十二日,宗璞寄赠。日前余曾致函索求也。

晚装讫

原以为作者自撰,今知大部为他人记录,且篇幅如此宏富,系自传体文字,则与古人于主要著述之后,所作自序,略有不同矣。

次日又记

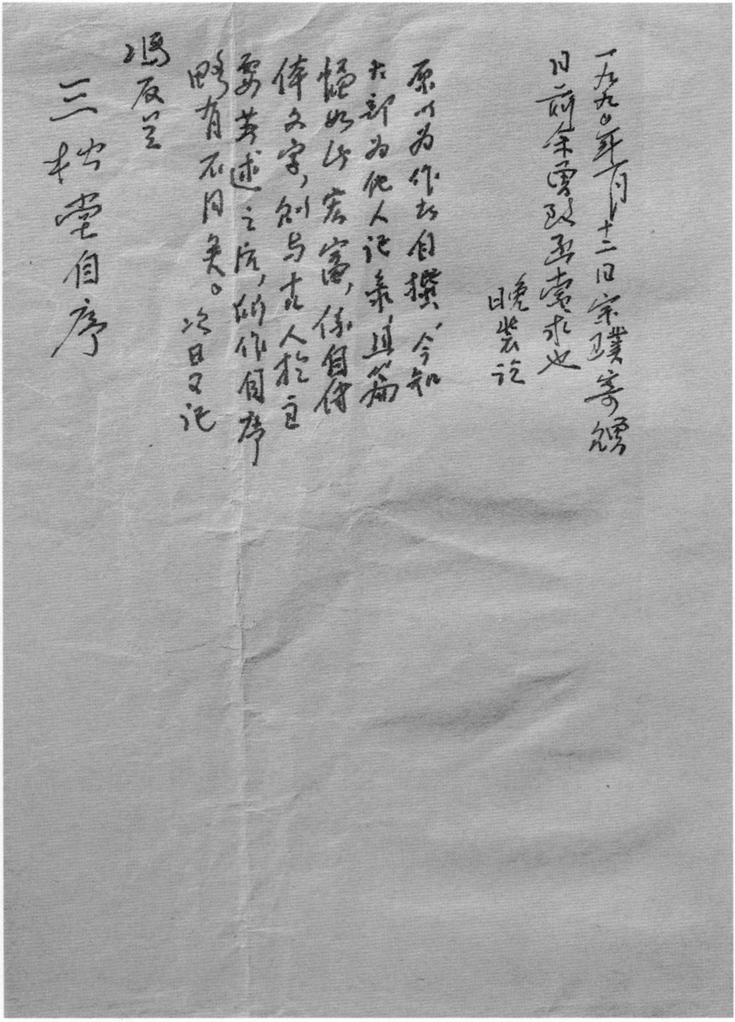

一九九〇年六月十二日宋璞寄赠
日前余曾致函索求也
晓岩记

原以为作者自撰，今知
大部为他人记录，且篇
幅如此宏富，系自传
体文字，则与古人于自
家著述之后，所作自序
略有不同矣。
次日又记

冯友兰
三松堂自序

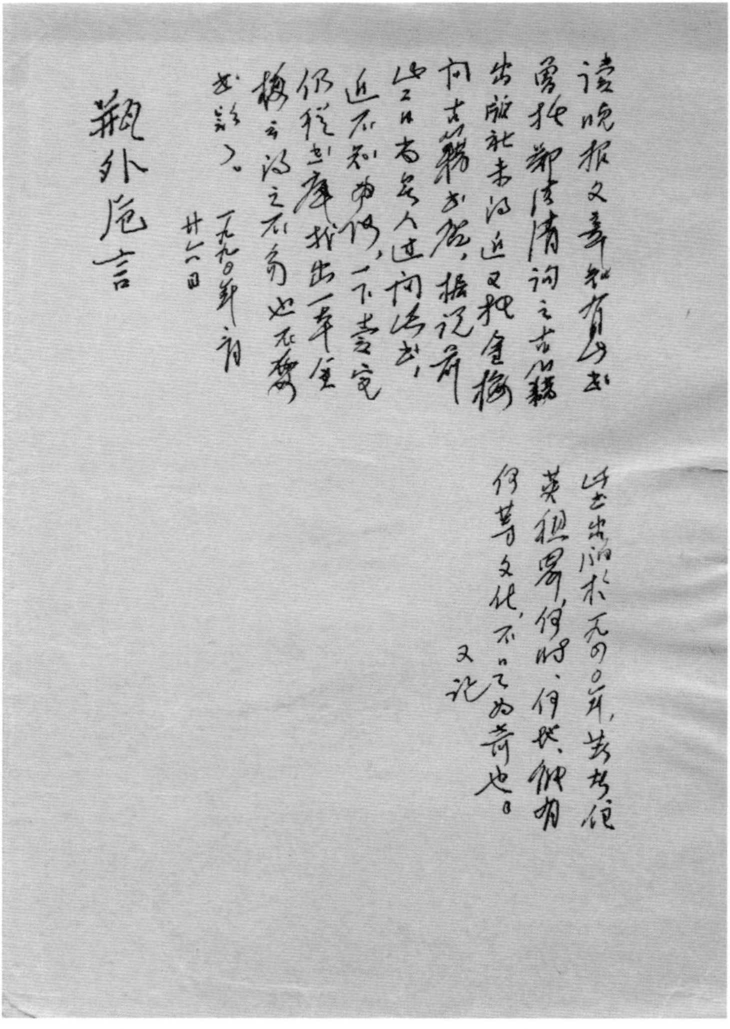
读晚报文章知有此书，曾托郑法清询之古籍出版社未得，近又托金梅向古籍书店，据说前些日有客人过问此书，近不知如何，一下查定仍从书库找出一本，金梅云得之不易也不无书缘了。

一九九〇年[illegible]廿六日

鞠外危言

此书出版於民国廿年，著者侨英租界，何时、何地、何人、仰附洋文化，不可不为奇也。

文记

瓶外卮言

读晚报文章,知有此书。曾托郑法清询之古籍出版社,未得。近又托金梅问古籍书店,据说,前些日尚无人过问此书,近不知为何,一下卖完。仍从书库找出一本。金梅云,得之不易,也不要书款了。

一九九〇年三月廿六日

此书出版于一九四〇年,著者住英租界,何时、何地、能有何等文化,不足为奇也。

又记

续世说

一

一九九〇年六月三日装。时因读《宛委别藏》抄本，与之对照。然精神不属，屡拿屡放，包装亦无什么兴趣，此真所谓一年不如一年矣。

六月四日下午，重庆出版社三同志来，谈解放区文学丛书出版事，值午睡起，精神好，所谈颇多。大意谓出版社当有魄力及出类拔萃之想。能出一套质量精萃(粹)的书，为学术界所承认，就会出名。如只印大路货，不求精，印多少，别人也记不住你的名字。近年出版界颇使人失望，我已经不愿再印书云云，希望你们努力。

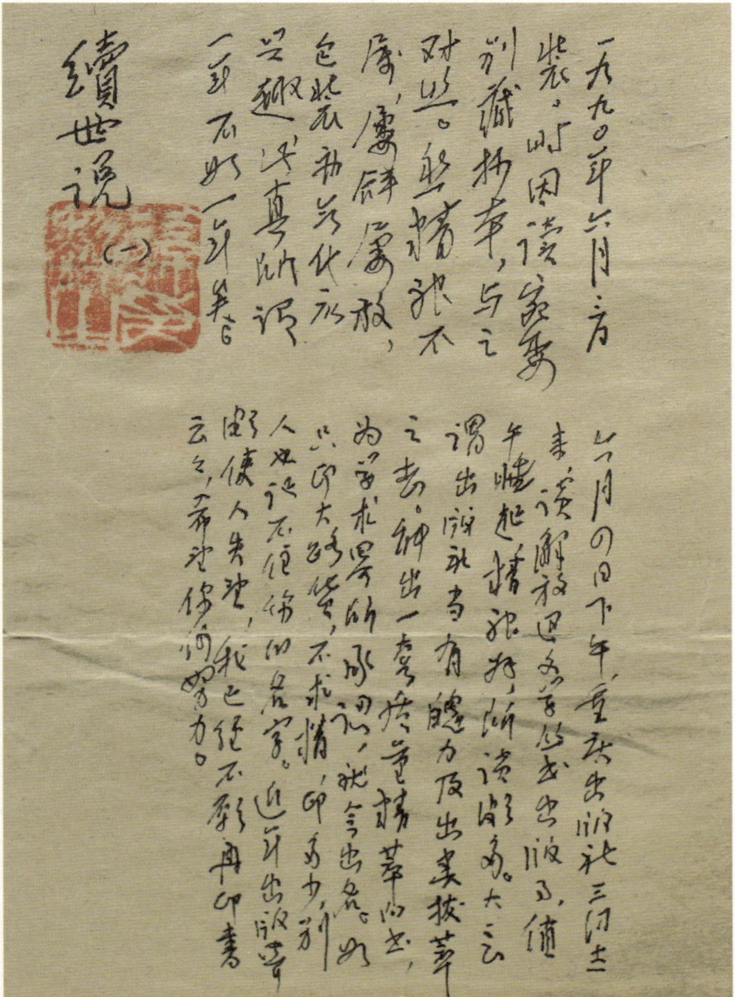

一九九〇年六月方
装，此因读家要
别藏抄本，与之
对照。然精装不
广，廉价平装教，
包装新书代替
之趣。此真所谓
一代不如一代矣

續世說（一）

六月四日下午，至出版社三门土二
来，读解放日报文学副刊，值
午睡起，读张抄，所读为大之
谓出版社者有能力及出其拔萃
之书。编出一套丛书精华而出，
为学术界所承认，就会出名，此
只印大路货，不求精，印刷力，则
人把它不值纸印钱。近年出版界
只使人失望，我已经不敢再印书
云云，亦是使得努力。

人皆以抄本為可貴，為其從古本移錄也。然抄書人多代做，且頗多做法，自不免抄錯，又不便改，遂將錯就錯。即如此書，殷濟之鄭、汪家，余初讀宛委本，疑多謬誤處，不得不又將此本找出對讀，乃發現此之一本，錯誤尤多也。故名人校本，不可不重也。

一九九〇年六月四日晨紫泥記

續世說（二）

续世说

二

人皆以抄本为可贵,为其从古本移录也。然抄书人文化低,且愿多做活,自不免抄错,又不便改,遂将错就错。即如此书,最后之郑注条,余初读宛委本,颇多疑碍,不得不又将此本找出对读,乃发现短短一节,错误多处。故名人校本,不可不重也。

一九九〇年六月四日晨装讫记

续世说

三

余有倒读习惯，多施于无意通读之书。于此书，则为先观人之劣行，即所谓接受反面教育也。幼年读书，德行为先，那是正面教育。经历人生之后，乃知反面教材不可不施于幼年也。这就是鲁迅先生常常告诉青年人，人可以坏到何种程度，使之遇到时，有准备，不感意外之意。然青年人天真，如柔石辈，常常不以为然，后遭不幸，悔之已晚。

一九九〇年六月四日晨偶记

续世说

（三）

余有倒读习惯，多施于与之通读之书。于此书，则为先睹人之序引，即所谓接受反面教育也。幼年读书，法引为先，所谓正面教育。经历人生之后，乃知反面教材不可不施于幼年也。这就是鲁迅先生常常告诉青年人，人可以坏到何种程度，使之遇此时，有准备，不感意外之言。然青年人天真，好奇不静，常常不以为然，后遭不幸，悔之已晚。

一九七〇年六月四日晨偶记

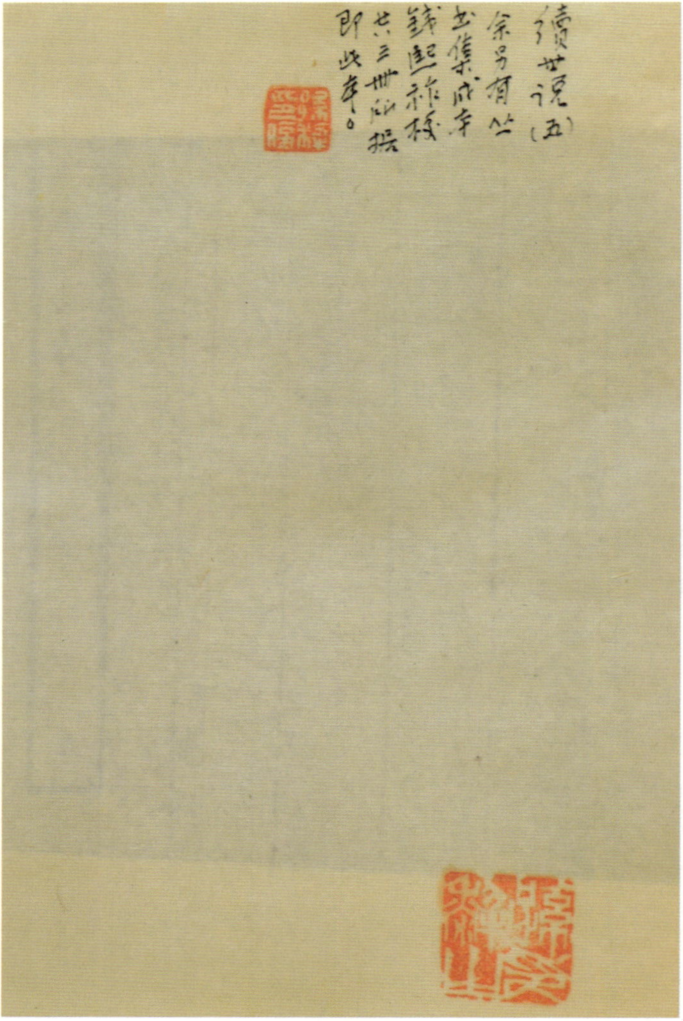

讀世說(五)
余另有丛
書集成本
錄與新校
共三册所据
即此本。

续世说

五

余另有丛书集成本，钱熙祚校，共三册。所据即此本。

今世说

王晫 著

一九九〇年六月四日装。此系早年所购，观所用图章可知。此章系在劝业场所刻，后送与张保真，为其兄磨制一章。张兄颇势利，亦其兄妹当时处境所致，不必深怪也。

今日上午报社送信件来，其中有肇公一信，报告一好消息：几十年寻觅不见的《论通讯员及通讯写作诸问题》一书，于五月廿七日在北京图书馆发见一翻印本。此亦可贵。为此书，曾经梦寐求之，闻讯兴奋不已，当即覆(复)信，并通知在京女儿，前往协助复制。文字一事，只要是印刷品，无论油印、石印，印份多少，总会找到，况此书为铅印乎。然竟如此不易，亦未能明其原委也。

下午又记

今世說　王晫著

一九九〇年六月四日裝
此係早年所贈，覌
所用為章可知。此
章係在幼年時所刻
後送與我保存，為其
兄磨制一章。時兄形勢
刻，亦甚之妹當時處境
所致，不必深怪也。

今日上午报社送信件来，其
中有肇水一信，为报告一好消息：
几十年寻觅不见的“论通讯员底
通讯写作法问题”一书，於王青黄
日在北京图书馆发见一部印本。
此本可贵。为此书，曾经费尽一番
求之，图讯亦奋不已，当即发信，
要通知在京女儿，请往协助复
制。文字一页，亦要之印刷与否，亦论
复印，不印，印件多少，多令我印，
作此书为最印本。自立如此不易
亦未料到其原来如此也。
下午又记

清心寡虑　近日以此二言为座右铭。

谨言慎行

此一九六一年印本，从纸张可见国家经济困难之情。建国以来，印书纸几度变化，印证经济政治情况的反映。有人为言文化与政治无关，我说离政治，始显谬耳。近日印书，更不堪言。国内名学者新作，工人出版社印的不堪入目，实过去所未有。竟亦出精装系列，出版人则了不知羞耻地守，当有何精神文明可言！

一九九四年七月廿一日上午心灯先月记

太平廣記　第一冊

神仙

太平广记

第一册
神仙

清心寡虑，谨言慎行。近日应以此二言为座右铭。
此一九六一年印本，从纸张可见国家经济困难之情。建国以来，印书纸几度变化，即经济政治情况的反映。有人尚言文化与政治无关，或脱离政治。殆呓语耳。近日印书，更不堪言。周汝昌学术著作，工人出版社印得不堪入目，实过去所未有。竟亦出版发行，出版人到了不知羞耻地步，尚有何精神文明可言！

一九九〇年七月卅一日上午心烦无事记

太平广记

第二册

神仙　女仙　道术　方士　异人 异僧　释证

《太平广记》，五百卷，内府藏本。

宋李昉奉敕建修，同修者扈蒙、李穆、汤悦、徐铉、宋白、王克贞、张洎、董淳、赵邻幾、陈鄂、吕文仲、吴淑十二人也。

凡分五十五部，所采书三百四十五种，古来轶闻琐事，僻笈遗文咸在焉，卷帙轻者，往往全部收入，盖小说家之渊海也。

其书虽多谈神怪，而采撷（摭）繁富，名物典故错出其间，词章家恒所采用，考证家亦多所取资。又唐以前书，世所不传者，断简残编，尚间存其什一，尤足贵也。

太平广记 五百卷 内府藏本

宋李昉等奉敕撰，同修者扈蒙、李穆、汤悦、徐铉、宋白、王克贞、张洎、董淳、赵邻几、陈鄂、吕文仲、吴淑十二人也。

凡分五十五部，所采书三百四十五种，古来轶闻琐事，僻笈遗文咸在焉，卷帙虽大，但文全部收之，盖为说家之渊海也。

其书多谈神怪，而采撷繁富，名物典故错出其间，词章家恒所采用，考证家亦多摭所取资。又唐以前书，世所不传者，断简残编，尚间存其什一，尤足贵也。

太平廣記 第二册

神仙 女仙 道术 方士 異人 異僧 釋證

本书：太平兴国二年三月开始编纂，至次年八月结束，成书五百卷，目录十卷。六年正月雕印，只不过一年半编成。不到四年印成书。工作效率可谓高矣。此宋朝条件，当然是手工作，而出书速度却快。八十年代现代化，又已激光照排印，如果出这样一部书，需要多少年啊，这就很难讲了。就不用说编辑和校对质量了。在古人面前能不无愧乎。

当时参编之学者，编辑共十二人。

当今编一部稍大型的书，则必设正付总编若干人，付主编编若干人，下又设编委若干之挂名。而总付主编、正付主编多不说但下手，下面千百的人，又多不学之士，所以近年家编纂之书，无多精品者，读者亦不重视之也。一九九四年[illegible]

太平廣記

第四册

定数 感应 谶应 名贤 廉俭 吝啬

气义 知人 精察 俊辩 幼敏 器量

贡举 铨选 职官 权倖 将帅 骁勇 豪侠

博物 文章

太平广记

第四册

定数　感应　谶应　名贤　廉俭 吝啬　气义　知人　精察　俊辩　幼敏 器量　贡举　铨选　职官　权幸　将帅 骁勇　豪侠　博物　文章

本书：太平兴国二年三月开始编纂，至次年八月结束，成书五百卷，目录十卷。六年正月雕印。即不到一年半编成。不到四年印成书。工作效率可谓高矣。北宋条件，当然落后，而出书速度却快。八十年代现代化，又是激光，又是胶印，如果出这样一部书，需要多少年？这就很难讲了。就不用说编辑和校对质量了。在古人面前，我辈宁无愧乎。

当时总编是李昉，编辑共十二人。

当今编一部稍大型的书，则必设正付（副）总编若干人，分部主编付（副）主编若干人，下又设编委员，多是挂名。而正付（副）总编、正付（副）主编多不亲自下手，下面干事的人，又多不学之士，所以近年官家编纂之书，无多精采（彩）者，读者亦不重视之也。

一九九〇年七月卅一日

太平广记

第五册

才名　儒行　乐　书　画　算术　卜筮
医　相　伎巧　博戏　器玩　酒　食　交
友　奢侈　诡诈　谄佞　治生　褊急

近年所谓作家，无战争之苦，无生计之劳，每月拿一份薪金，住在所谓协会，要好房，坐好车，出入餐所，旅游山水，究于国家民族，有何贡献？国家无考程，人民无索求，悠哉度日，至于老死，不知自愧，尚为不平之鸣，以为政治干扰了他们的清兴，妨碍了他们的创作。著文要求宽容、理解，并以养鸟产卵孵化为比喻，哀叹环境的不理想。这是一群骄(娇)生惯养的纨绔子弟，没有吃过苦的人，是写不出有价值的作品的。

一九九〇年七月卅一日下午闷热

津卫有才子，怨人不宽容。养鸟深荫处，鸰(雏)出大放鸣。作家譬孵卵，干预不成功。此乃豢养辈，将身比野生。

九〇年八月二日上午偶作

近来所谓作家，无斗争之苦，无生计之劳，每月领一份薪金，

但在所谓构思之中，要好看，也好卖，出入歌舞厅，旅游山水，完

于国家民族，有何贡献？国家无考绩，人民无索求，他们

度日，至于老死，不知自愧，为为不平之鸣，以为政治干扰了

他们的清高，妨碍了他们的创作。若文章求真实、理解，

并以善写鸡鸣狗吠化为比喻，意以脱离现实不顾生活，这也是一

殿堂上样子的纨绔子弟，没有吃过苦的人也写不出有

价值的作品的。　一九九○年八月廿一日下午闷热

津卫有才子　鄙人不宽容　善写洋广告　鸡鸣犬吠鸣

作家声卿卿　千般不成功　此乃夫家善知年　将身比野生

九○年八月二日上午偶作

太平广记　第五册

才名 分别 乐书画 著录 卜筮 医相

传以 诗戏 票既 沉 今与友 奇伪 诡诈

福德 出生 稿本

此冊，杜甫及其祖杜審言，彼列入輕薄之列，舉其狂傲以定，亦可可笑。審言一子并，年十三，曾使殺人。盡遺傳于此。甫繼承詩聰，文字的性格，未保留也。九〇、八、二晨

一生多艱辛，憂患苦之時，流連關中捐扶，至老亡逢之。實亡無怨尤，藉此謀衣食，而終竟不飽，上天賦予老著。總結一生，余最大之職業為衛動，借詩語之冒失。行為多實踐，至非自覺，乃瓦德與若失，不明其究竟何因而起之也，實亦狂狷。

溫庭筠 此文為贊，誤寫作郁之。

太平廣記

第六冊 幻術 妖妄 神

酷暴 婦人 情感 童仆奴婢 夢 巫厭

詼諧 嘲誚 嗤鄙 輕薄 無賴

太平广记

第六册

诙谐　嘲诮　嗤鄙　无赖　轻薄　酷暴
妇人　情感　童仆奴婢　梦　巫厌　幻术
妖妄　神*

此册，杜甫及其祖杜审言，被列入“轻薄”类，列举其狂诞事实，亦多可笑。审言一子并，年十三，曾愤激杀人。盖遗传乎？然甫终成“诗圣”，文学与性格，关系至大。

九〇、八、二、晨

一生多颠沛，忧患无已时。沉迷雕虫技，至老意迟迟。实是无能为，藉此谋衣食。多难竟不死，上天赐耄耋。

总结一生，余最大毛病为冲动，俗语谓之“冒失”。行为多突然，并非自觉，事后恍然若失，不明其究竟何因而起也，实亦狂症。

温庭筠以文为货，识者鄙之。

---

* 此处顺序据通行版本排列。

太平广记

第七册
神　鬼

近日又因吃饭问题烦恼，想换人做，实际又很难找到合适的，且原有的人，已在我处十五年，有感情，并熟悉我的生活习惯，只因她近年卖报，常来晚，且疲乏不堪，无心亦无力为我服务，因此，我生活、精神均受影响，常常想换人。如真的换，则又顾虑重重，此老病也。三日下午，女儿来说，找到一个人，如何好。余一夜未眠，次日晨与玉珍话分别事，竟痛哭失声，此数十年未有现象，证明旧病又犯，实堪忧虑。结果新人未来，旧人未去，老问题依然存在，正不知作何究竟也。

一九九〇年八月六日晨记

太平廣記 第七冊

神鬼

近日又因吃饭问题烦恼，想换人做，实际又很难找到合适的，且原有的人，已在我处十五年，有感情，並熟悉我们生活习惯，只因她近身患病，常来晚，且做饭不好，无心亦无力为我服务，因此，我生活绪非常受影响，常常想换人，如真的换，则又很舍不得，以老妇将三日下午，如先来说，我只一个人，如何好，留一起来睡，次日晨五时话了我们，这痛哭失声，以对十年来有照顾，认明旧妇女犯，实苦处处，後来新人未来，旧人未去，老问题依然存在，亦不知作何决定为好。

一九九〇年八月六日晨记

五日下午，芝明陪映山来，余说话如流，几无空隙，直为浮及半老矣，见故人亦动感情，此前过去未有也　八月七日晨记

太平廣記

第八冊

冤　妖怪精怪再生悟前生冢墓

銘记雷雨山石水宝

太平广记

第八册

鬼　妖怪　精怪　再生　悟前生　冢墓　铭记　雷　雨　山　石　水　宝

五日下午，克明陪映山来，余说话甚多，几无空隙，并多涉及年老事，见故人颇动感情，此亦过去未有也。

八月七日晨记

太平广记

第十册

郑振铎著文学史，有商人与士子之争一章。以为文士绝非商人的敌手，特别是在争夺妓女的欢心上。文士不平，乃糟蹋商人。当今却有商业诗人、商业小说家等等，可与商人直接抗衡，不必败北矣。梁章钜《楹联丛话》有江淮大盐商大言不惭，贴一门对为：岂有文章惊海内，何劳车马驻江干。以为不伦不类，作为笑料录存。其实，商人的意思是：你们这些作家来我这里，并不是因为我有好文章，使你们慕名而来，是因为其他原因。意思是很直率的。

八月十一日晨起无聊记

引谕山河，指诚日月。

郑振铎谈文学史，有商人与士子之争一章。商人今却有商无才人，
以为文士总胜于商人的敌手，特别之在争夺妓女的战斗上，之文士不平乃糟蹋商人。
商业小说家等等可与商人直接打衝，不必然此矣。果之言蹂躏
联此语者江淮大盐商（大言不惭），然一方对方之：岂有文章得海内，何苦
东阳驼江千山为不偏不党，作为笑谈亦可。其实，商人的心
思也：你们（这些作家）来我这里，并不是因为我有好文章，使你们慕名而来，
之因为其他原因。云思也很直率的。

八月十一日晨起无聊记

引喻山河，指诚日月。

太平廣記 第十册

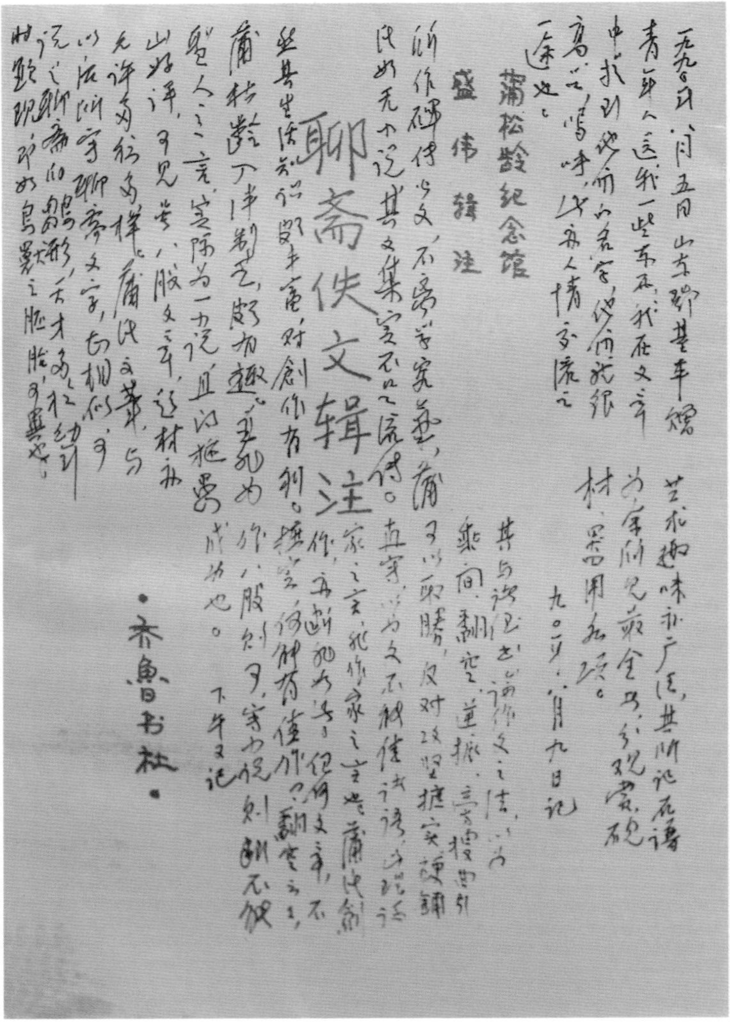

蒲松龄纪念馆
盛伟 辑注
聊斋佚文辑注
齐鲁书社

聊斋佚文辑注

蒲松龄纪念馆　盛伟 辑注
齐鲁书社

一九九〇年八月五日，山东邓基平赠。青年人送我一些东西，我在文章中提到他们的名字，他们就很高兴，呜呼，此亦人情交流之一途也。

所作碑传公文，不离学究气，蒲氏如无小说，其文集实不足流传。然其生活知识颇丰富，对创作有利。蒲松龄入泮制艺，颇有趣。并非为圣人立言，实际为一小说，且得施愚山好评，可见虽八股文章，题材亦允许多种多样。蒲氏文笔，与以后所写《聊斋》文字，甚相似，可说是《聊斋》的雏形，天才多于幼年时显现，即如鸟兽之胚胎，可异也。艺术趣味亦广泛，其所记石谱为余所见最全者，分观赏、砚材、器用各项。

九〇年八月九日记

其《与诸侄书》论作文之法，以为乘间、翻空、逆振、旁搜曲引，可以取胜，反对攻坚摭实、硬铺直写，以为文不能传诸语，此理论家之言，非作家之言也。蒲氏创作，亦断非如此。任何文章，不摭实，何能有佳作？翻空云云，作八股则可，写小说则断不能成功也。

下午又记

贾谊集校注

一九九〇年九月四日，吴云赠，来谈颇久。

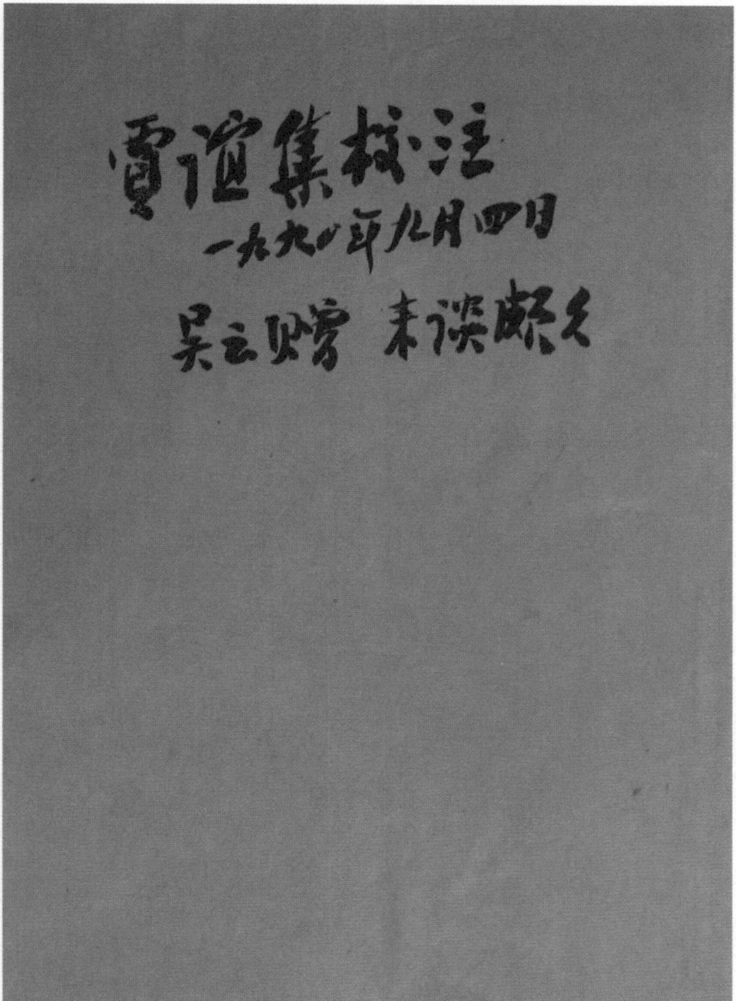
賈誼集校注
一九九八年九月四日
吳云贈寄 來谈敬文

一九九四年十月廿九日
小冰冰从北京带来
天津买不到
余过去曾見旧本於
书摊，因部头太大，印刷
亦不精，未買。今乃
知中华有翻印本

義門讀書记 上

义门读书记

上

小森从北京带来，天津买不到。

余过去曾见旧本于书肆，因部头大，印刷亦不精，未留意，近知中华有整理本。

一九九〇年十月廿九日

义门读书记

中

翻阅一过，知为读书时临时记于书册之上，皆系个别文字考据，后人摘录而成，实非著作也。余对此种书，一向兴趣不大。

翻阅一过，知为读书时临时记於书册之上，所作个别文字考据，后人摘录而成，实非著作也。余对此种书，一向兴趣不大。

義門讀書記 中

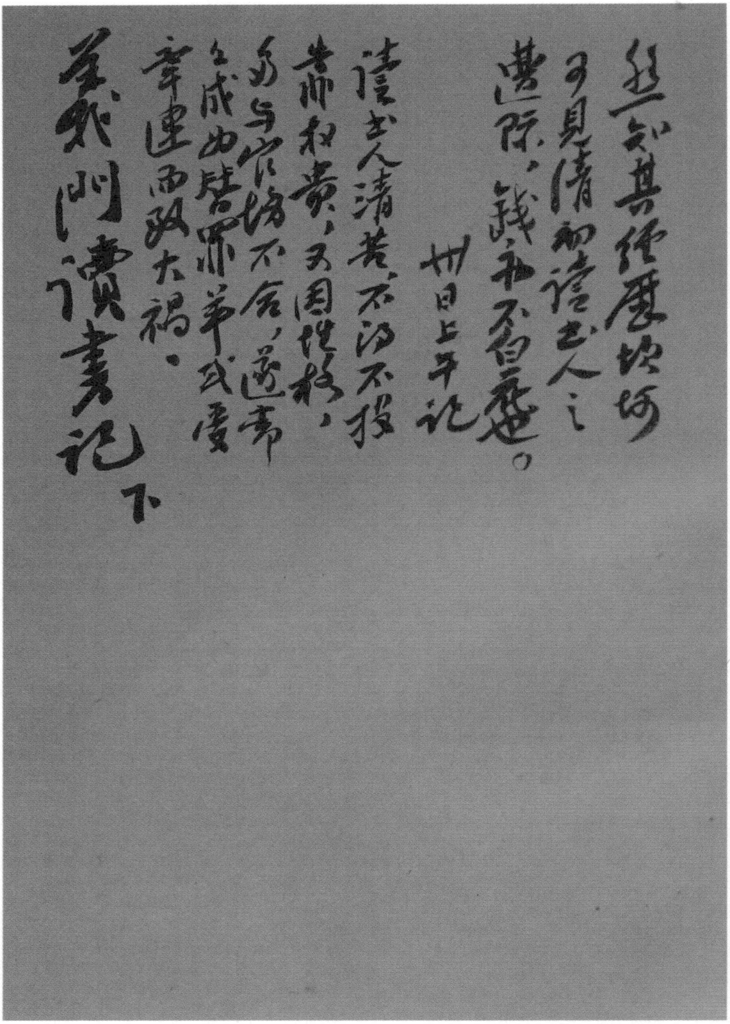

益知其經歷坎坷，可見清初讀書人之遭際，錢氏不自處。

廿日上午記

讀書人清苦，不得不投靠於權貴，又因性格，多与官場不合，遂常生成如[illegible]，牽連而致大禍。

[illegible]川門讀書記　下

义门读书记

下

然知其经历坎坷，可见清初读书人之遭际，钱亦不白花也。

卅日上午记

读书人清苦,不得不投靠权贵,又因性格,多与官场不合,遂常常成为替罪羊,或受牵连而致大祸。

胡适的日记

上册

1990.11.13，刘宗武赠。
此书价不昂，又未付款。

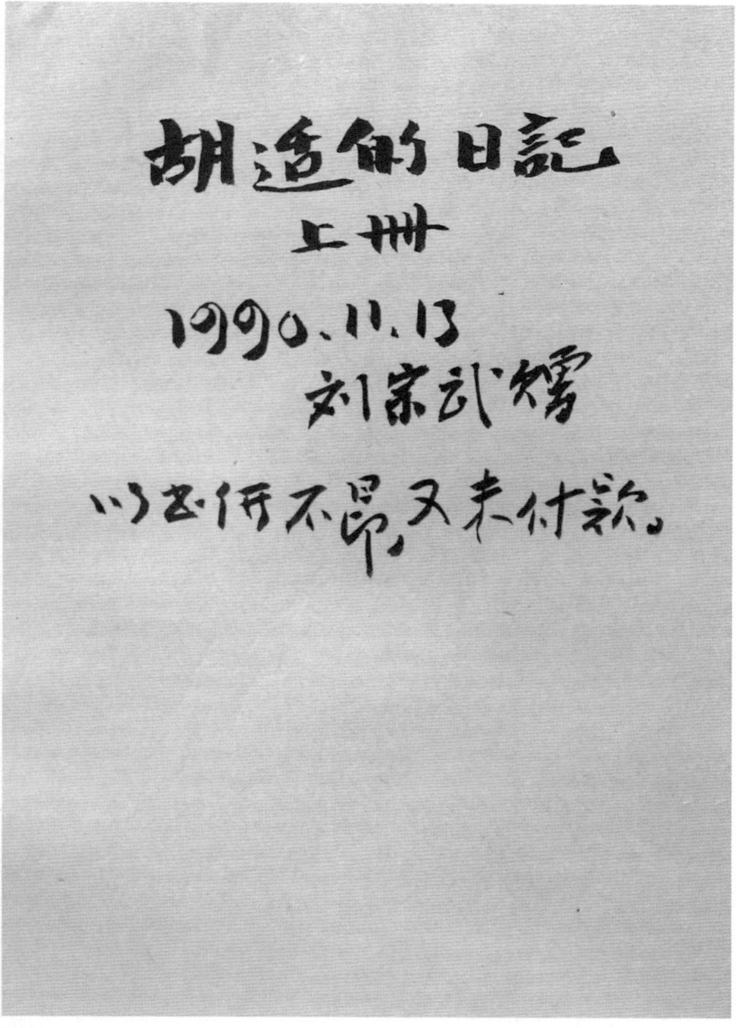
胡適的日記
上冊
1990.11.13
刘宗武贈
以書價不昂，又未付款。

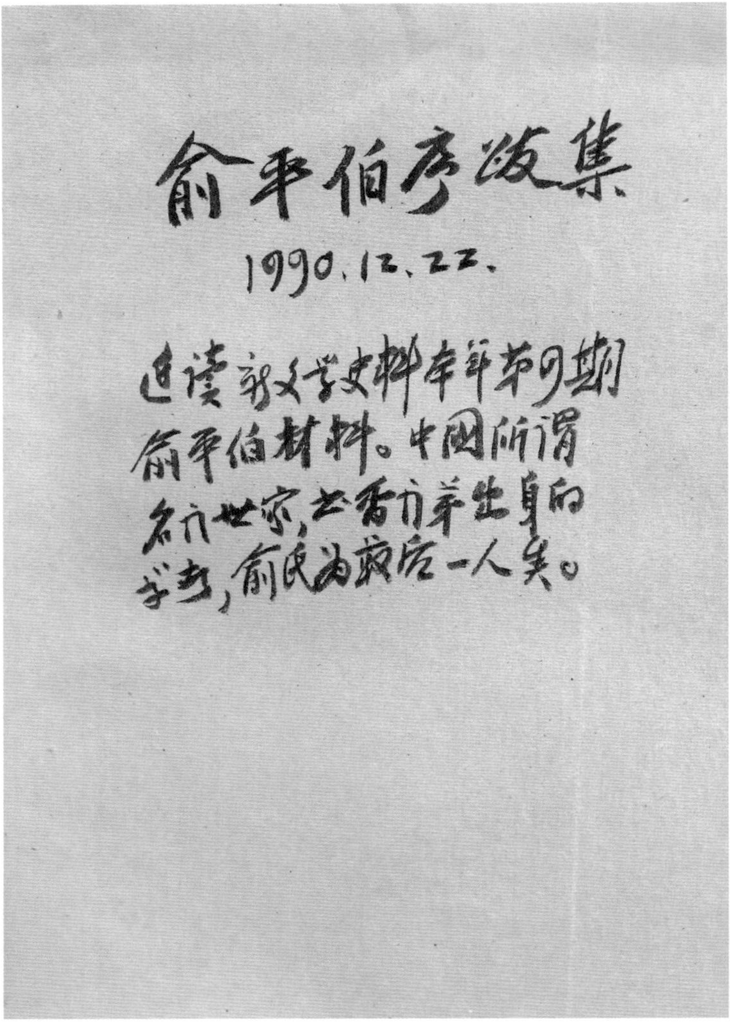

俞平伯序跋集

1990.12.22.

近读新文学史料本年第四期俞平伯材料。中国所谓名门世家，书香门第出身的学者，俞氏为最后一人矣。

俞平伯序跋集

近读《新文学史料》本年第四期俞平伯材料。中国所谓名门世家、书香门第出身的学者，俞氏为最后一人矣。

1990.12.22

知堂谈吃

卫建民赠。

文运随国运而变，于是周作人、沈从文等人大受青睐。好像过去的读者，都不知道他们的价值，直到今天才被某些人发现似的。即如周初陷敌之时，以郭沫若之身份，尚思百身赎之，是不知道他的价值？人对之否定，是因为他自己不争气，当了汗（汉）奸？汗（汉）奸可同情乎？前不久有理论家著文，认为我至今不原谅周的这一点，是因为我有局限性。没有人否认周的文章，但文章也要分析，有好有坏，并非凡他写的都是好文章。至于他的翻译，国家也早就重视了。

还有沈从文，他自有其地位，近有人谈话称，鲁迅之外，就是沈了。尊师自然可以，也不能不顾事实。过犹不及，且有门户之嫌。还有人想把我与沈挂钩，因实在没有渊源，不便攀附，已去信否认。

1991.1.15 旧历元旦之晨记

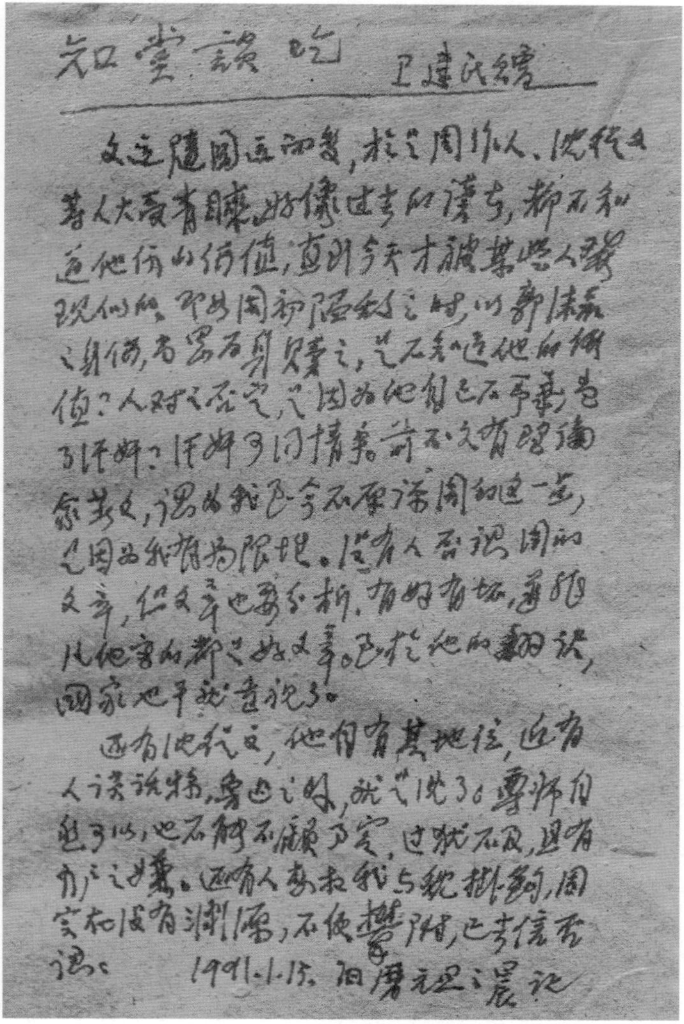
知堂谈吃　　卫建民编

文选随园这部书，於是周作人、沈从文等人大都有目[illegible]，好像过去的读书，都不知道他们的价值，直到今天才被某些人发现似的。那些周初隐[illegible]之时，以新体散之身份，者只可读之，岂不知道他的价值之人对之否定，是因为他自己不事张扬，[illegible]闲情[illegible]余某文，谓为我已今不愿谈周初这一些，是因为我稍为[illegible]。沈有人否认周的文章，但文章也要分析，有好有坏，难说凡他写的都是好文章。至於他的翻译，国家也早就肯定了。

还有沈从文，他自有其地位，近有人读[illegible]，就是说了。要谈自己可以，也不能不顾事实，过犹不及，显有扩之之嫌。还有人要求我与我挑剔，固实在没有渊源，不便攀附，正当信否认。　1991.1.15　阳历正旦晨记

日本古代随筆选

季羡林寄赠 1991.1.28

今日下午三时，午睡时，脉有间歇、
起后颇觉心慌不適，走动时亦
感心律甚乱。后食餅干十片，芝
麻糖两片，覺稍好。蓋腹泻
已两月，吃飯又少，营养不良所
致。过去缺糖症状，不是这样，
甚可慮也。　晚记

日本古代随笔选

季涤尘寄赠。

1991.1.28

今日下午三时，午睡时，脉有间歇，起后颇觉心慌不适，走动时亦感心律甚乱。后食饼干十片、芝麻糖两片，觉稍好。盖腹泻已两月，吃饭又少，营养不良所致。过去缺糖症状，不是这样，甚可虑也。

晚记

谈龙录

赵执信

1991.1 山东邓基平寄赠，余有另本。

自去年 11 月中旬，患腹泻，两月间，共犯六次，每次泻四五回。身体虚弱，今年一月底引发心脏不适，过速，声宏大可自闻，时有间歇，每犯坐卧均不安。心速声宏，过去有之，不以为意，间歇则未有过。

心绪不佳，颇以为虑。乃请报社大夫诊治，很难断定其结果如何也。发病时，浑身无力，不能持重，不能扫地、搬书，甚至不能看书阅报，这才真正成了一个病人。

1991.2.4 下午记

从前天上午，贴条子谢来访者。

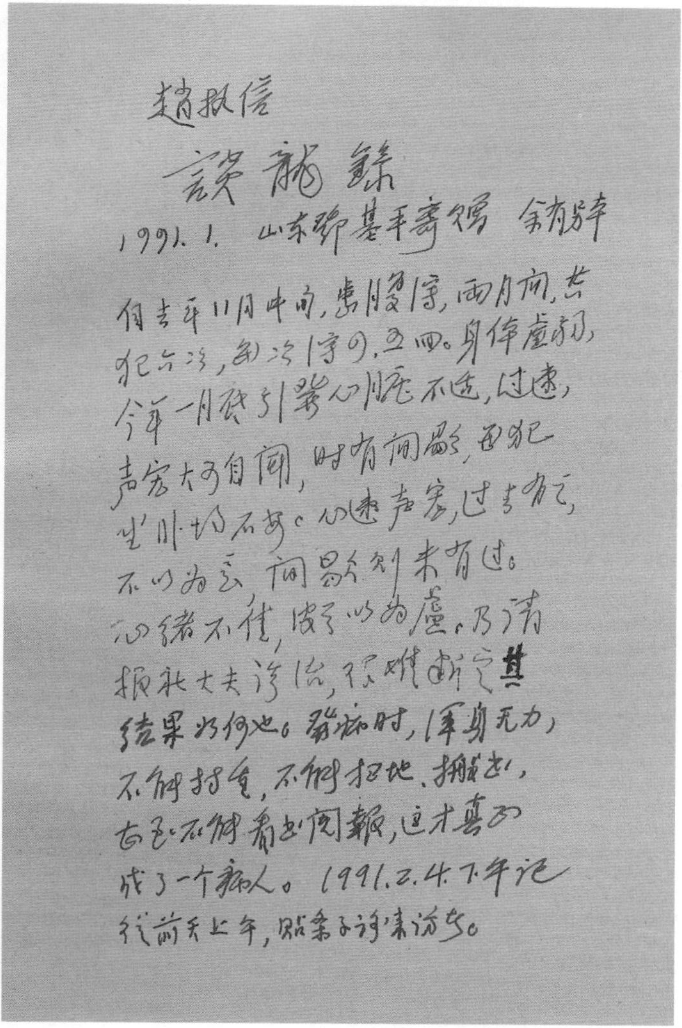
赵执信

谈龍録

1991.1. 山东邹基平寄赠 余有辛

自去年11月中旬，患腹泻，两月间，共犯六次，每次泻四、五回。身体虚弱，今年一月发引发心脏不适，过速，声音大可自闻，时有间歇，每犯坐卧均不安。心速声音，过去有之，不以为意，间歇则未有过。心绪不佳，深以为虑，乃请振秋大夫诊治，很难断定其结果如何也。发病时，浑身无力，不能打拳，不能扫地、掸尘，甚至不能看书阅报，这才真正成了一个病人。1991.2.4.下午记

於前天上午，赠柔子诗未访去。

蒋作宾日记

一九九一年六月十三日北京西单大木仓胡同十三号耿见忠寄赠

蒋作宾日记

一九九一年六月十三日，北京西单大木仓胡同十三号耿见忠寄赠。

东坡七集

首册

去年读此书，未终而又捆起。今日午休，后楼孩童因放暑假，聚于门洞打扑克，怪呼不已，乃起。开电视，仍是红军与妇女间丑事，厌而关之。今日之文艺颇怪，为迎合观众低级趣味，不惜于革命历史中渲染色情，其用心实不可解。乃又翻书，先检古香斋《施注苏诗》，读数首，觉与目前余之心情相适。施注本字细，不易观览，乃又及此书，此次，愿读之略有结果也。

一九九一年七月五日下午四时

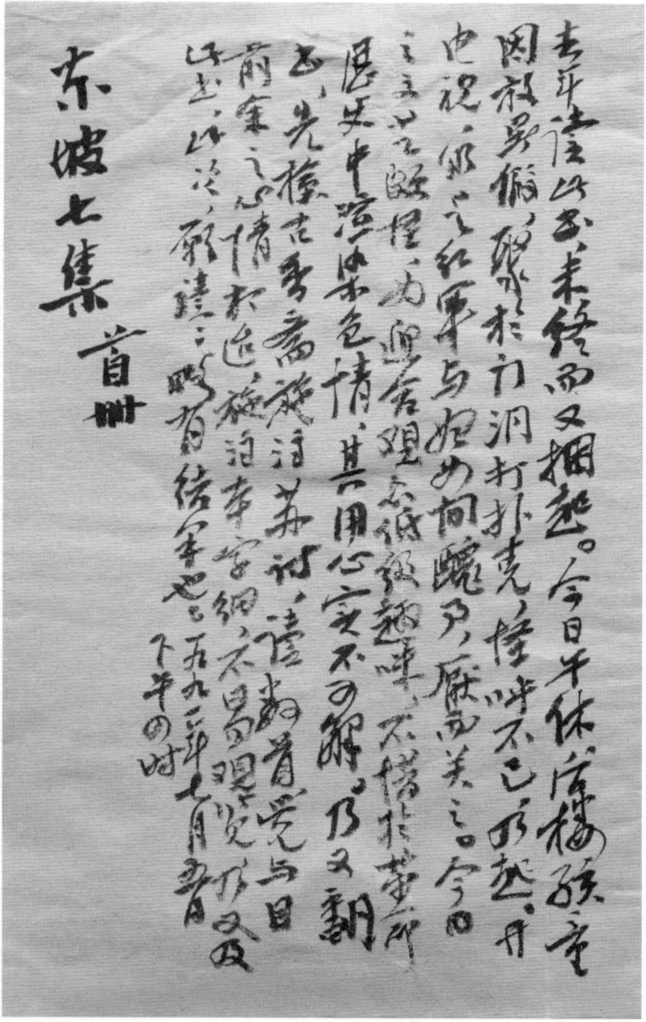
东坡七集 首册
下午四时

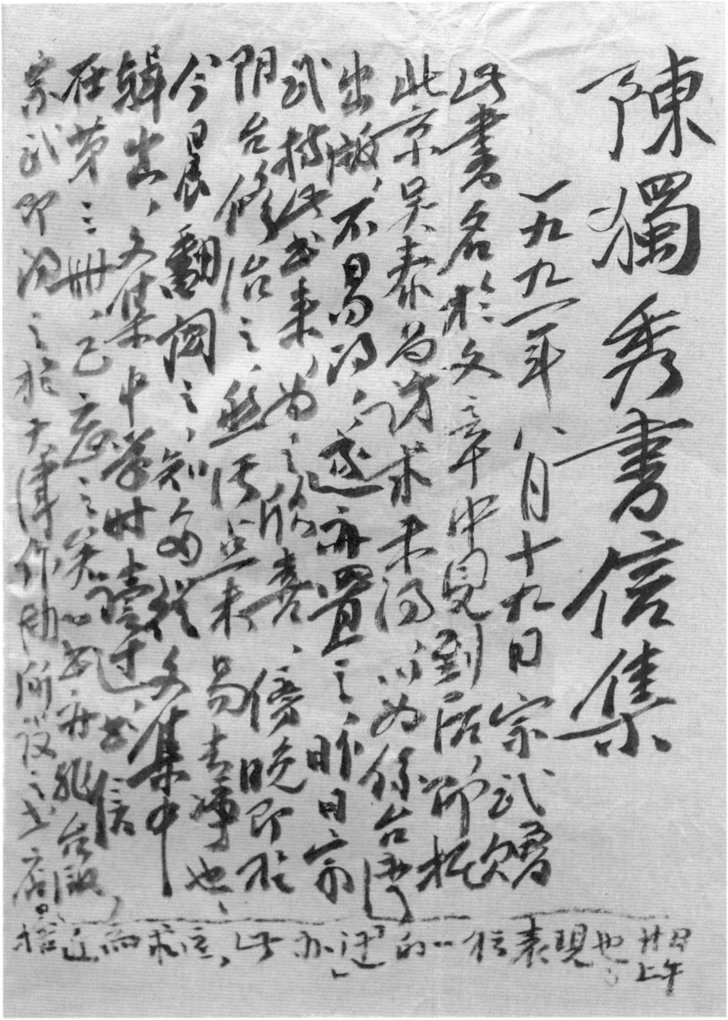
陳獨秀書信集

一九九一年八月十九日

陈独秀书信集

一九九一年八月十九日，宗武赠。

此书名于文章中见到后，即托北京吴泰昌访求未得，以为系台湾出版，不易得，遂亦置之。昨日宗武持此书来，为之欣喜，傍晚即于阳台修治之，然污点未易去净也，今晨翻阅之，知多从文集中辑出，文集中学时读过，书信在第三册，已忘之矣。书亦非台版，宗武即得之于天津作协所设之书店。舍近而求远，此亦“迂”的一种表现也。

廿日上午

铁云诗存

邓基平寄赠。

文人之日记、书信、诗，皆为其历史断片，如有系统，编得完全，则可窥见其历史全貌，甚可贵也。此书虽单薄，然为小说史家所重视，明矣。

下午记

一九九一年八月廿八日

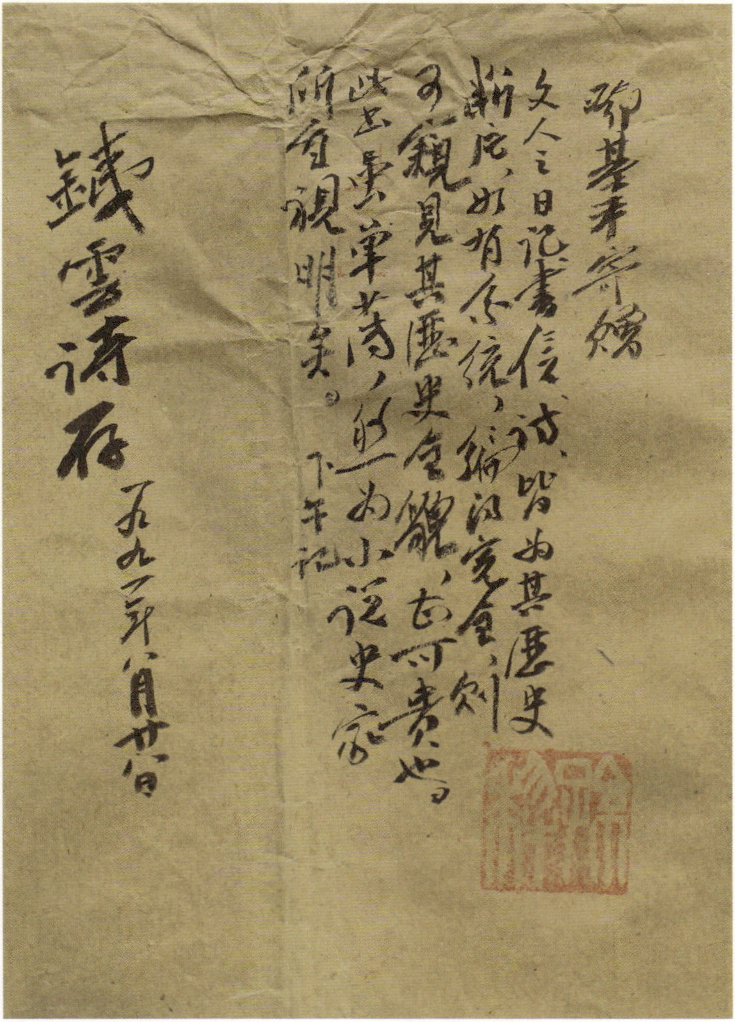

鄧基弟寄贈

文人之日記、書信、詩，皆為其歷史斷片，如能有系統、編次完全，則可窺見其歷史全貌，尤可貴也。此書真單薄，然亦為小說之史家所當視明矣。

下午記

錢雲詩存

一九六二年八月廿日

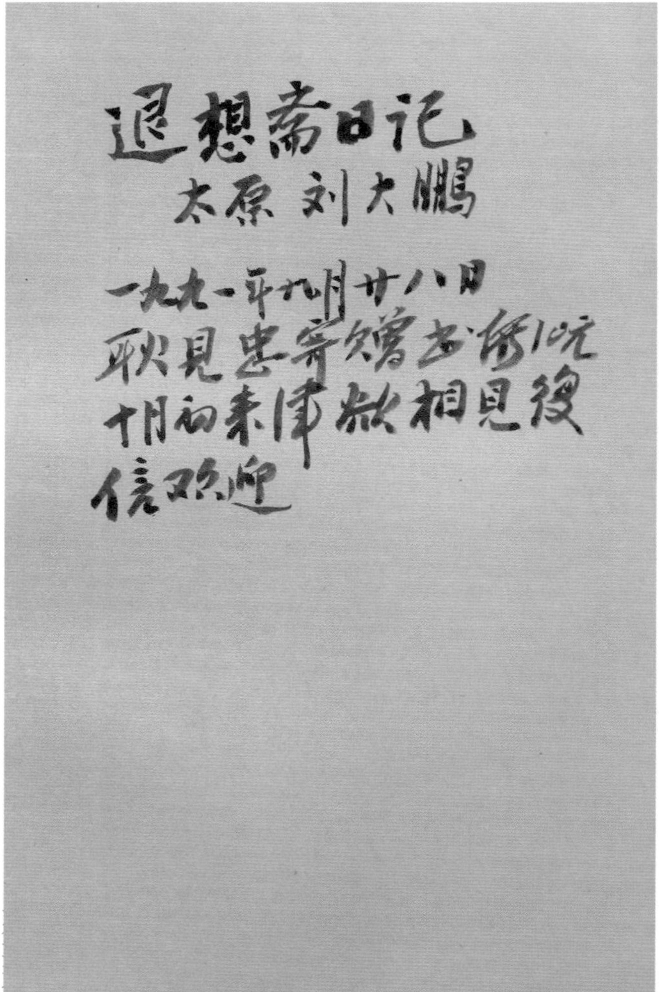
退想斋日记
太原 刘大鹏

一九九一年九月廿八日
耿見忠寄赠书款10元
十月初来津欲相見復
信欢迎

退想斋日记

太原　刘大鹏

一九九一年九月廿八日，耿见忠寄赠，书价10元。十月初来津，欲相见，复信欢迎。

胡适文粹

1992.3.30 房树民寄赠。

书皮有污，上午洁之。

胡适好像离我们很远了似的。我手下没有几本他的书。人一死，他忽然变得对我们亲切了很多。所以见到关于他的书，我们也忽然觉得珍惜了。

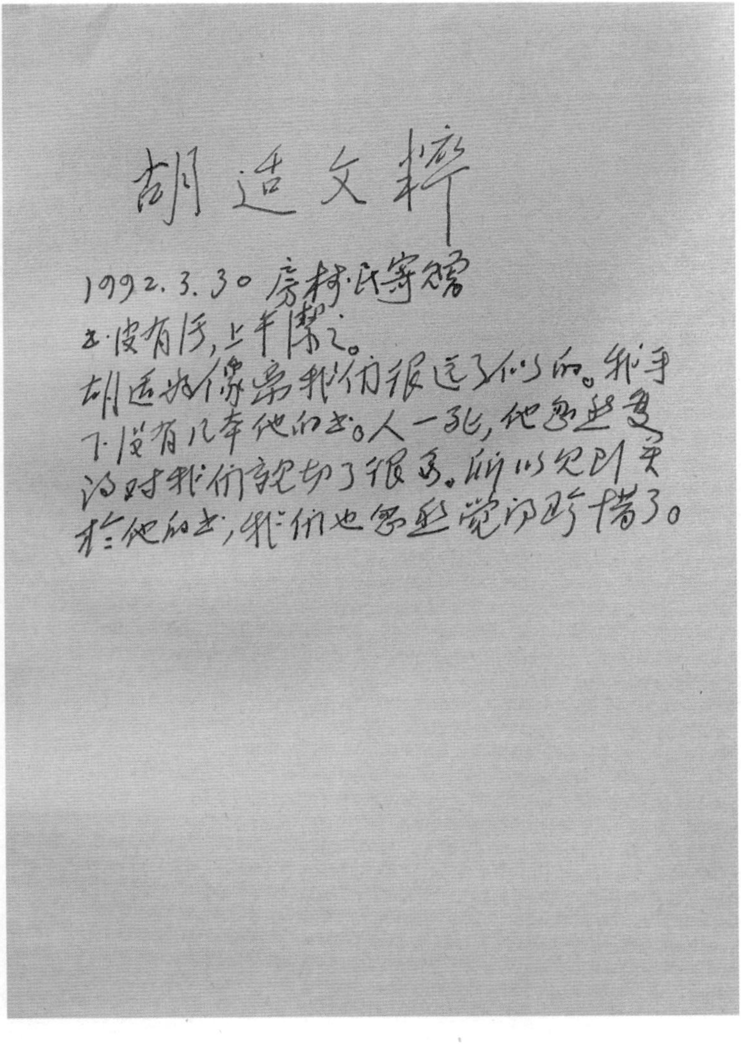

胡适文粹

1992.3.30 房树民寄赠

书没有序，上半際之。

胡适好像离我们很远了似的。我手下没有几本他的书。人一死，他忽然变得对我们亲切了很多。所以见到关于他的书，我们也忽然觉得珍惜了。

朱譜一

一九八二年四月二十七日上午金梅從書市代購過去從未見到買過的書，雖然我曾購有兩種朱子文集及其年譜。今春，陳建民寄贈古籍整理情況雜志，從其中一篇文章中，見到所引此書原文，誤為也都有言照，并道跋，出此本並說明，請其影印單行書局問之，看有無存書，並打聽一下定價，店家來信說書已售完，定價便宜，因係前幾年所印。所給我者，店托金梅門市部古籍書店找個熟人，看看倉庫中有無存書，金向過店，也說沒有了，我也不再去覓。

朱语

一

一九九二年四月二十七日上午，金梅从书市代购。过去从未想到买这种书，虽然我曾购有两种《朱子文集》及其年谱。今春，卫建民寄赠古籍整理情况杂志（《古籍整理出版情况简报》），从其中一篇文章中，见到所引此书原文，认为也很有意思，遂致函北京姜德明，请其到中华书局问问，看有无存书，并打听一下定价。后姜来信说书已售完，定价便宜，因系前几年所印。似绝望矣，后托金梅到天津古籍书店找个熟人，看看仓库中有无存者，金问过后，也说没有了，我也不再想望。

朱语

二

今日上午忽然抱来，说是到书市问了问那位熟人，竟给留了两部备挑选，可谓喜出望外矣。金梅说我有好长时间不托他买书了，所以很当回子事去办。实可感谢！

午饭后即裁纸包装，并题记如上。这很可能是最后一次买书了。

廿七日下午记

朱語 二

今日上午思然拾来，说是到书市问了问那位熟人，言给留了两部，备挑选，可谓喜出望外矣。金梅说，纸有好长时间不托他买书了，所以很当回事乃去办。定可感谢！！

午饭后即裁纸包此书，并题识如上。

这很可能是最后一次买书了。　廿七日下午记

朱語

三

據出版說明，本書於明成化、萬曆、清同治光緒年間，均有刻本。然余前此三十年逛書店時，不記得遇到過，想印數也稀耳。宋時恐已有刻本，如係大部書，不易流傳，而自辛亥革命以後，此等書不再為讀書界注意之，解放初期，尤非上架之品也。

二十六日晨記

朱语

三

据出版说明，本书于明成化、万历，清同治、光绪年间，均有刻本。然余前些年逛书店时，不记得遇到过，想印数甚稀耳。宋时恐已有刻本，如此大部书，不易流传，而自辛亥革命以后，此等书不再为读书界注意，解放初期，尤非上架之品也。

二十八日晨记

朱语

四

弟子记先师言行，成为一种著作，《论语》就是典型，然只薄薄上下两册，圣人之言，亦不过三言两语。像这样大规模地记录，佛门或有之，儒家则超越至圣先师，朱子之幸也。宋时出版印刷条件好，师生关系，也更凝聚，接触多，听者众，纸墨方便，非同刀削竹简之时矣。

二十八日晨记，文字颇不顺畅

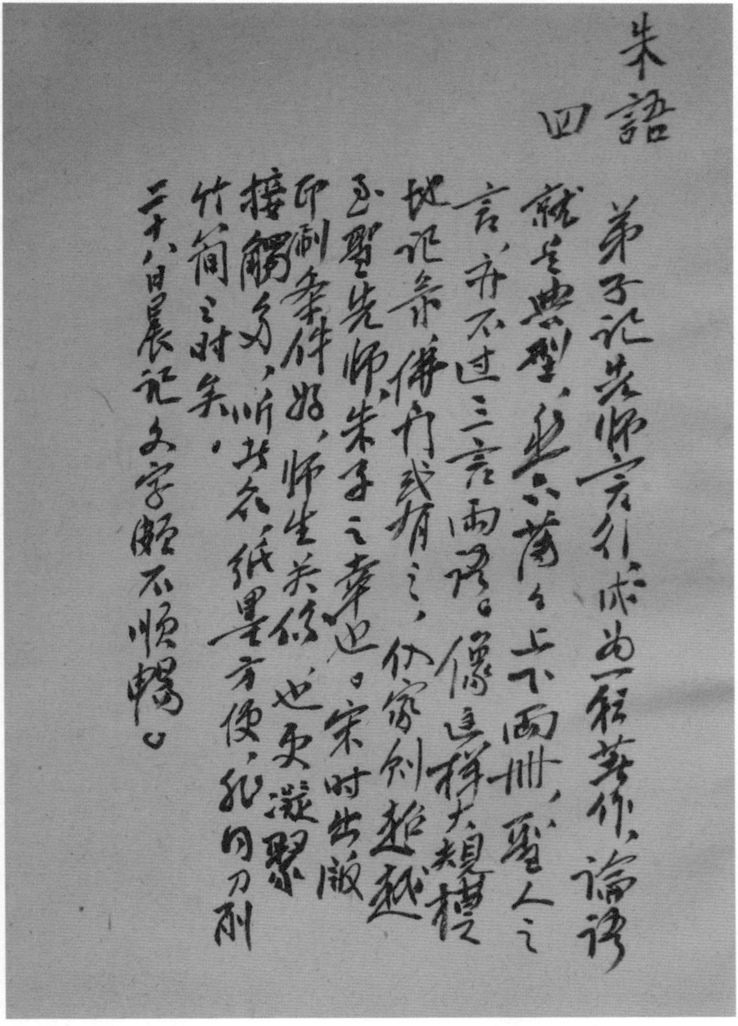
朱語 四

弟子记先师言行，述為一種著作，論語就是典型，然亦簡簡上下两册，聖人之言，亦不过三言两语。像这樣大規模地记录傳行或有之，似宜创超越至聖先师朱子之舉也。宋时出版印刷条件好，师生关係也更凝聚接觸多，所书在纸墨方便，非用刀刻竹簡之时矣。

二十八日晨记，文字頗不順暢。

朱语 五

讲章之体，一直流传，我要追问有无相符的讲章里去」。之千太笑的讲章「刘汉昌言」（刘字我至今未解）均落落无华。近世教育，已不同古人，课堂讲解，备有课本讲义，下课之后，务自走散。偶尔询谈，亦言不及义，故山经形式，逐渐式微。当代科学进步，普广，方及窘见其可希存时较，以传式将消失。廿日

朱语

五

语录之体,一直流传,我买过的有王湘绮的语录《王志》,章太炎的语录《蓟汉昌言》(“蓟”字我至今未解),均薄薄一本。近世教育,已不同古人,课堂讲解,备有课本讲义,下课之后,各自走散,偶尔闲谈,亦言不及义,故此种形式,逐渐式微。当代科学进步,声音及容貌均可录存映放,此体或将消失。

廿八日

朱语

六

鲁迅先生生前，曾有人提议，记录先生日常言行。先生言，如果那样做，最好把缺点也记上。后未闻实行。想亦甚难耳。家人不注意，外人难入室，入室难久坐，哪里就碰上重要、有意义的事？先生死后，及门弟子多有记述，余当时颇注意读之，并于编《鲁迅、鲁迅的故事》时，多有采用。惜这本小书，虽铅印一次，而后不能再版，遂亦遗忘耳。

廿八日记

朱语
六

鲁迅先生生前，曾有人提议，记集先生日常言行。先生言：如果那样做，最好把缺点也记上。后来闻定外甚再在难处。家人不便言，外人难入宅，入宅难久坐，那些就难以叠聚精之之義的事之，先生死后，及门弟子多有记述，余当时凝须之之言之，并於编鲁迅、鲁迅的故可时，多有采闻。据这本小书，虽铅印一次，而今不能再版，兹述亦尝述言辞。

朱，继记

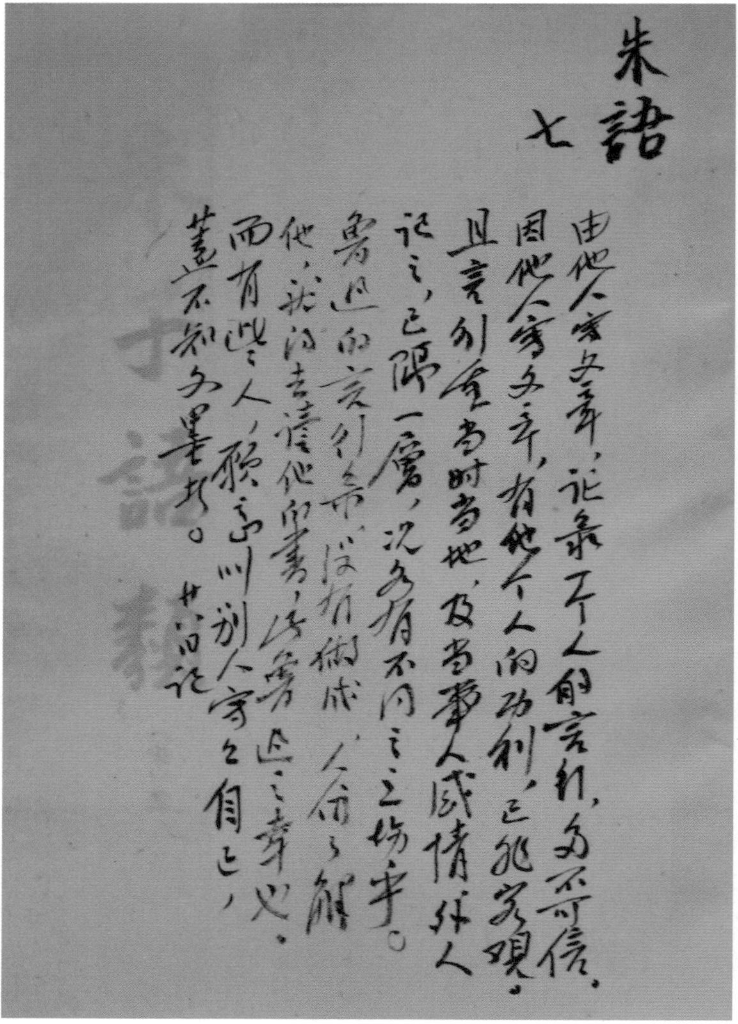

朱諳 七

由他人寫文章，記錄下人的言行，多不可信。因他人寫文章，有他个人的功利，不能寫真。且言行在當時當地，及當事人感情，外人記之，已隔一層，况各有不同之立場乎。要追的言行真相，只有稍微了解他，就得去讀他的書，從寫述之真見。而有些人，願意以別人寫之自己，蓋不知文墨者。

廿六日記

朱语

七

由他人写文章，记录一个人的言行，多不可信。因他人写文章，有他个人的功利，已非客观。且言行重当时当地，及当事人感情。外人记之，已隔一层，况各有不同之立场乎。鲁迅的言行录没有做成，人们了解他，就得去读他的书，此鲁迅之幸也。而有些人，愿意叫别人写写自己，盖不知文墨者。

廿八日记

朱语

八

引起我买这部书的动因，是它的一些宋代白话用语，读此书，可与宋人话本相对照，并可知明清白话小说用语行文之由来，一直到五四白话文学之兴起，均可从中找到源头。

廿八日记

宋语 八

引起我写这部书的动因，是它的一些宋代白话用语，语体书，可与宋人话本相对照，并可知明清白话小说用语行文之由来，一直到五四白话文学之兴起，均可从中找到源头。廿、旧记

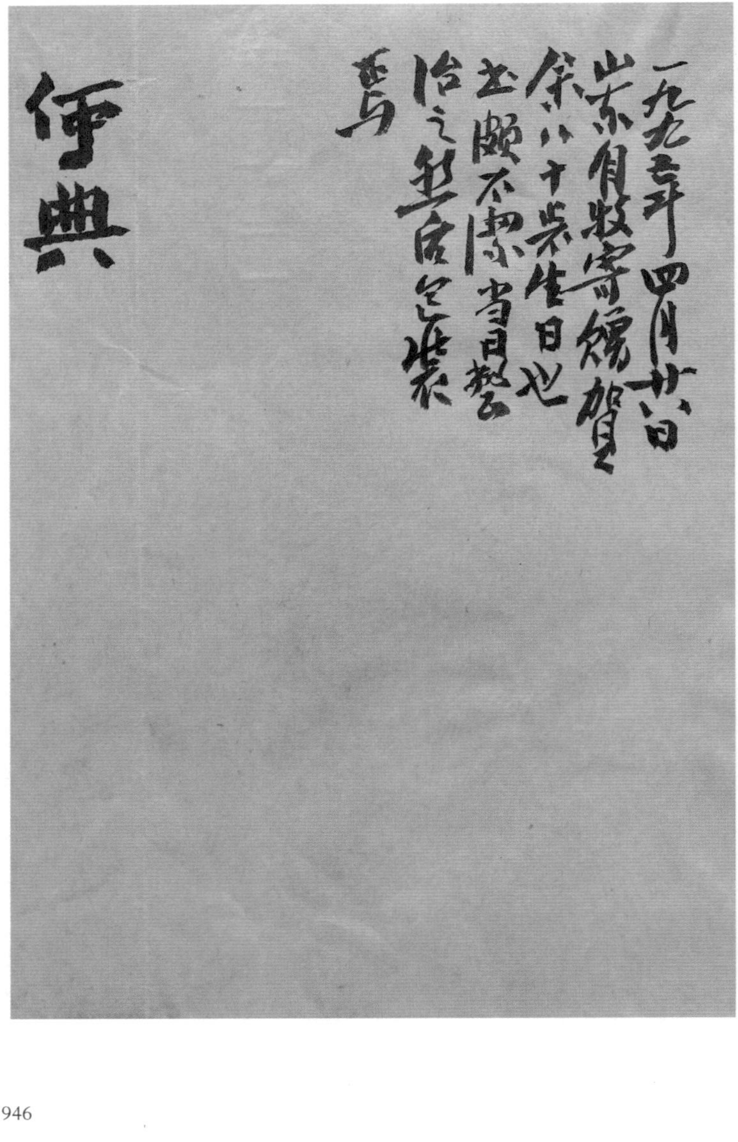
一九九三年四月廿六日
山东自牧寄缄贺
余八十岁生日也
书赋不惯　当日整
治之甚宜足装
芸斋
何典

何典

一九九二年四月廿八日，山东自牧寄赠，贺余八十岁生日也。书颇不洁，当日整治之，然后包装焉。

模印砖画

郭若愚 编

此书只印500部，余所得为旧本。

1992年五月十二日重装，近日读砖书

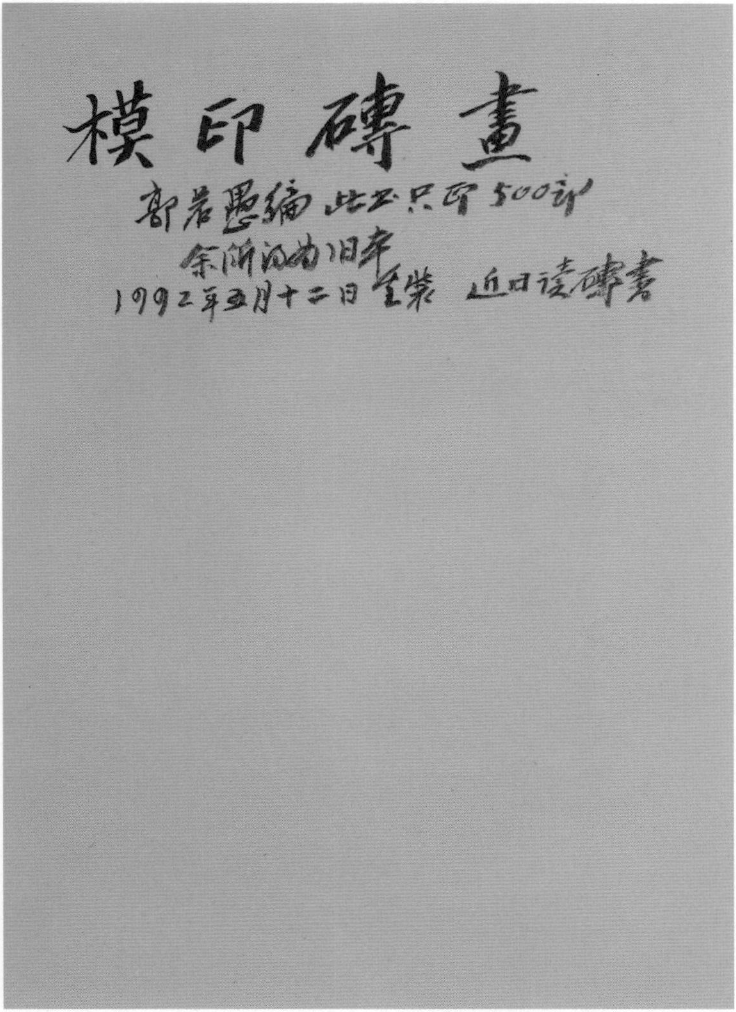
模印磚畫

郭若愚编 此书只印500部

余所阅为旧本

1992年五月十二日 金荣 近日读磚書

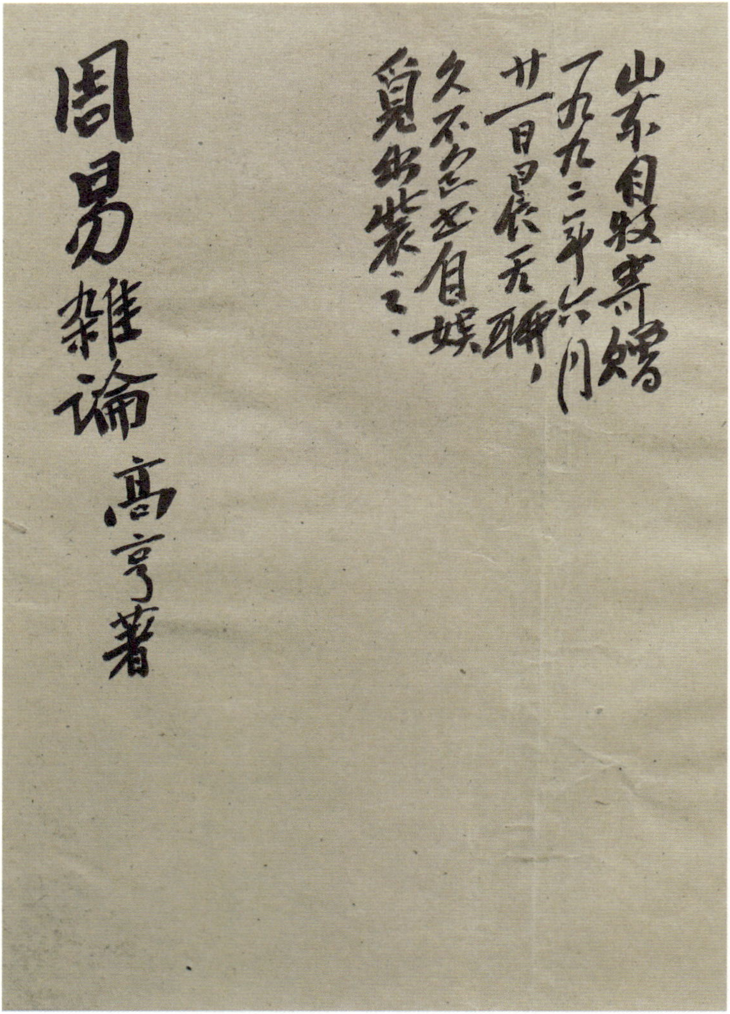

周易雜论

高亨著

山东自牧寄赠

一九九二年六月

廿一日是夜无聊，

久不寐书此自娱

觅纸装之。

周易杂论

高亨 著

山东自牧寄赠。

一九九二年六月廿一日晨无聊，久不包书自娱，觅出装之

白居易家谱

山东自牧寄赠。

此人屡赠余小书,亦可感念也。

1992.6.21 装之

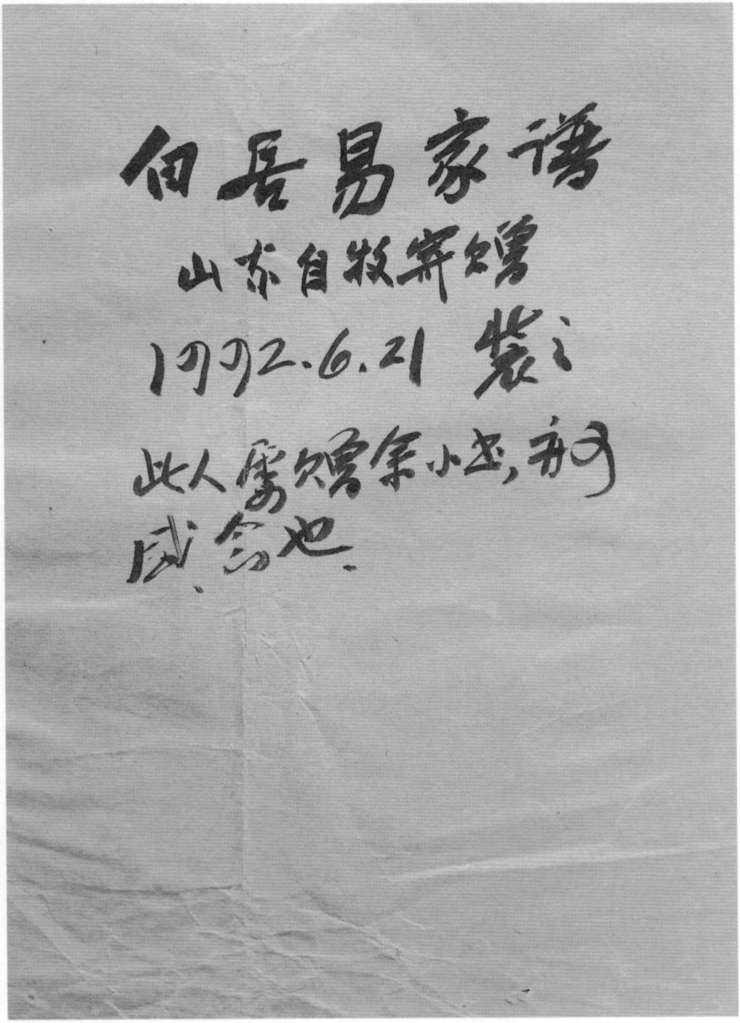
白居易家谱

山东自牧寄赠

1992.6.21 装之

此人曾赠余小书，亦可感念也。

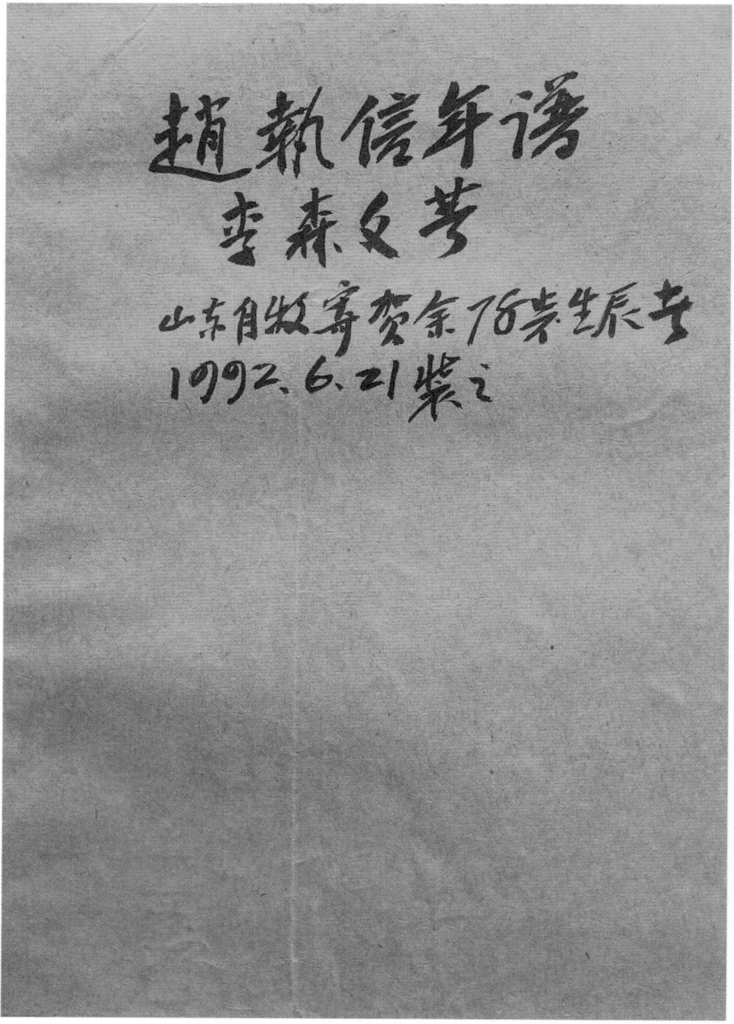
趙執信年譜
李森文著
山东自牧寄贺余75岁生辰者
1992、6、21柴之

赵执信年谱

李森文 著

山东自牧寄，贺余78岁生辰者。

1992.6.21装之

渔洋读书记

王绍曾　杜泽逊 编

北京耿见忠寄赠。

久不读书，近病稍愈，觅出装之。

1993.4.13 晨

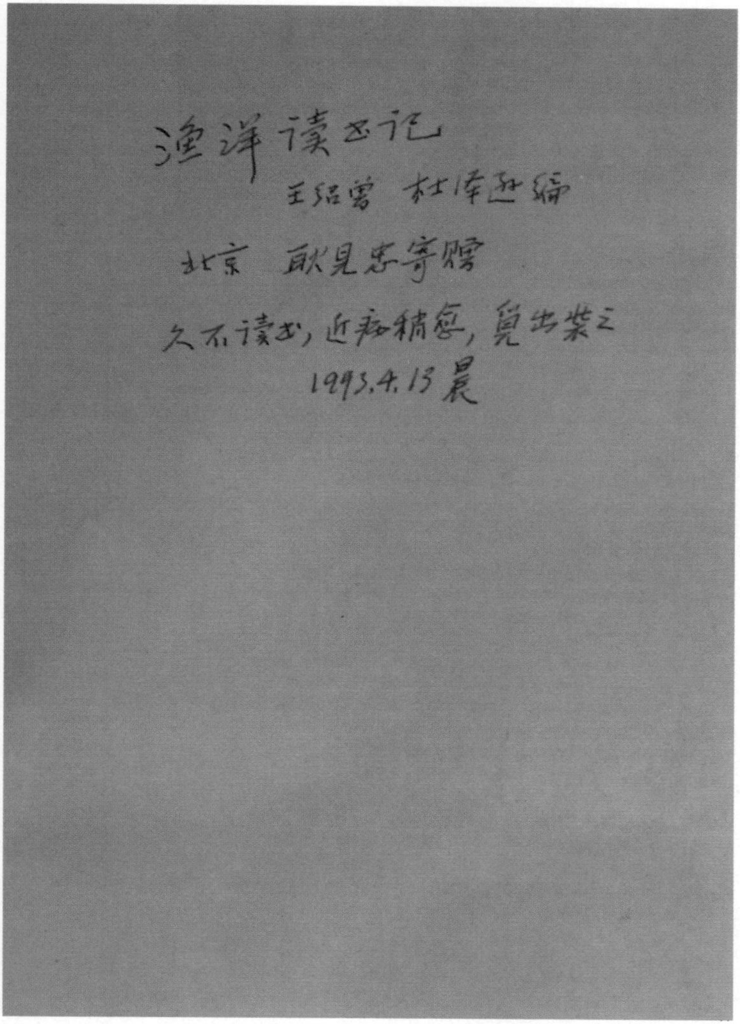
渔洋读书记
王绍曾 杜泽逊编
北京 耿见忠寄赠
久不读书，近来精惫，觅出案之
1995.4.15晨

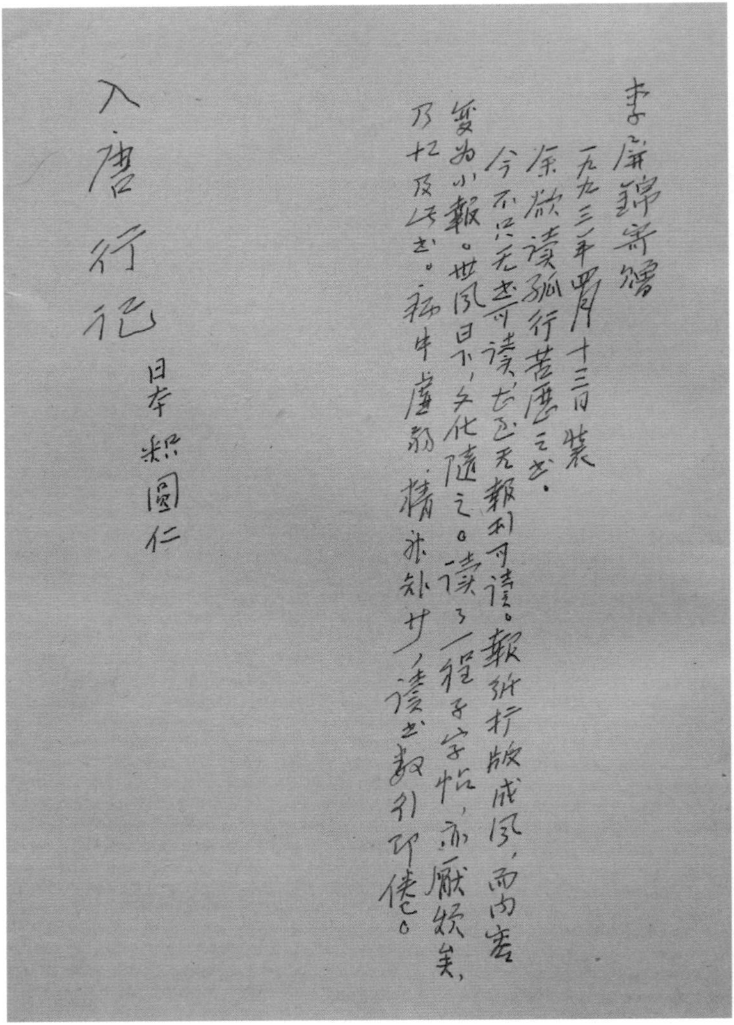

李屏锦寄赠

一九九三年四月十三日 装

余欲读孤行苦历之书。

今不只无书可读，书且无报刊可读。报纸打版成风，而内容

变为小报。世风日下，文化随之。读了一種子字帖，亦厌烦矣，

乃扛及此书。称中庸翁，精求知廿，读书叙引印使已。

入唐行记

日本 释圆仁

入唐行记

日本　释圆仁

李屏锦寄赠。

一九九三年四月十三日装

余欲读孤行苦历之书。

今不只无书可读,甚至无报刊可读。报纸扩版成风,而内容变为小报。世风日下,文化随之。读了一程子字帖,亦厌烦矣,乃忆及此书。病中虚弱,精神短少,读书数行即倦。

俞平伯书信集

一九九二年六月，吕剑同志命其儿媳携来赠我。

近年我不愿印书，尤其是不明底细的出版社，及不熟识的编辑人员。每有来舍，多遭拒绝。我亦不愿与不三不四之文人，同列于一种丛书之内，偶有不察，后明了即悔之不已。先后要编我的散文的，有陕西、北京各处，均费尽口舌，不与成议。

吕剑同志之儿媳，服务于北京广播电视出版社，去年来舍，商谈汇印我的全部散文，并携来吕剑赠书两种(另一册为当代旧诗)。我念及与吕剑多年交往，不便推辞。她的编辑计划，亦甚合我意，遂答应之。当时，我身体已有病，此书搁置，亦未细读，今晨检点书籍见之，乃为之包装，并略记得书经过如上。

一九九三年十一月六日，出院已三月矣

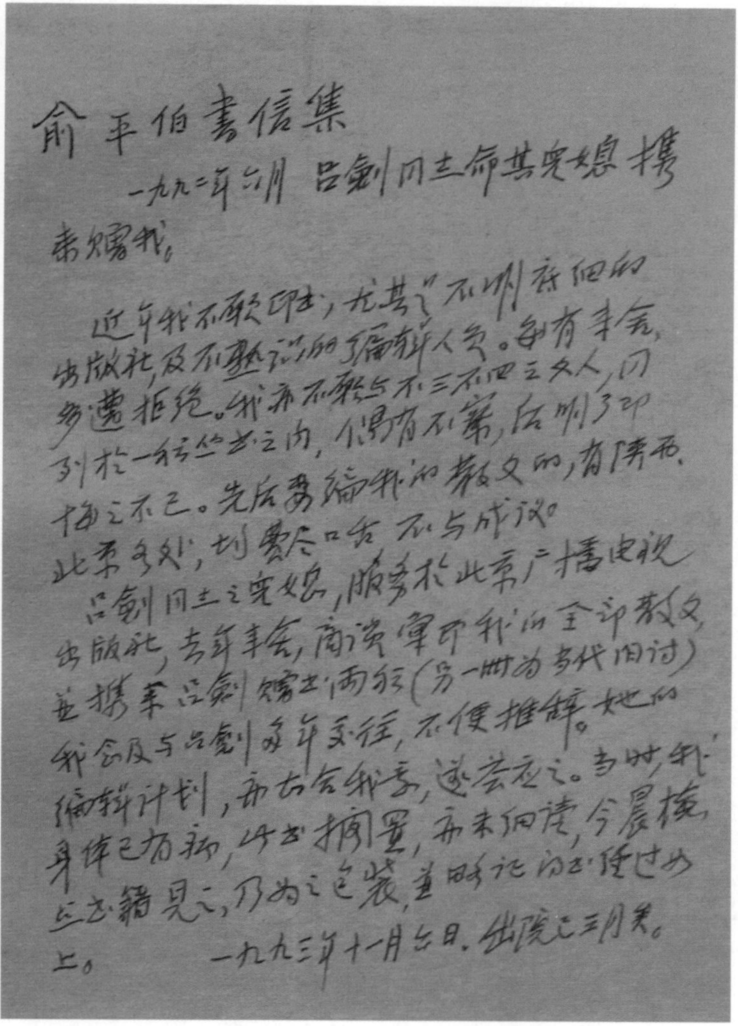
俞平伯书信集

一九九三年六月 吕剑同志命其儿媳携来嘱我。

近年我不愿印书，尤其不明底细的出版社，及不熟识的编辑人员。每有来会，多遭拒绝。我亦不愿与不三不四之文人，同列于一系丛书之内，偶有不察，后则了印，悔之不已。先后要编我的散文的，有陕西、北京多处，均费尽口舌，不与成议。

吕剑同志之儿媳，服务于北京广播电视出版社，去年来会，商谈拿印我的全部散文，（另一册为当代旧诗）并携来吕剑嘱书两行，我念及与吕剑多年交往，不便推辞。她的编辑计划，亦甚合我意，遂答应之。当时，我身体已有病，此书搁置，亦未细读，今晨检出书籍见之，乃为之包装，并略记此书经过如上。

一九九三年十一月六日。曲院之三月吴。

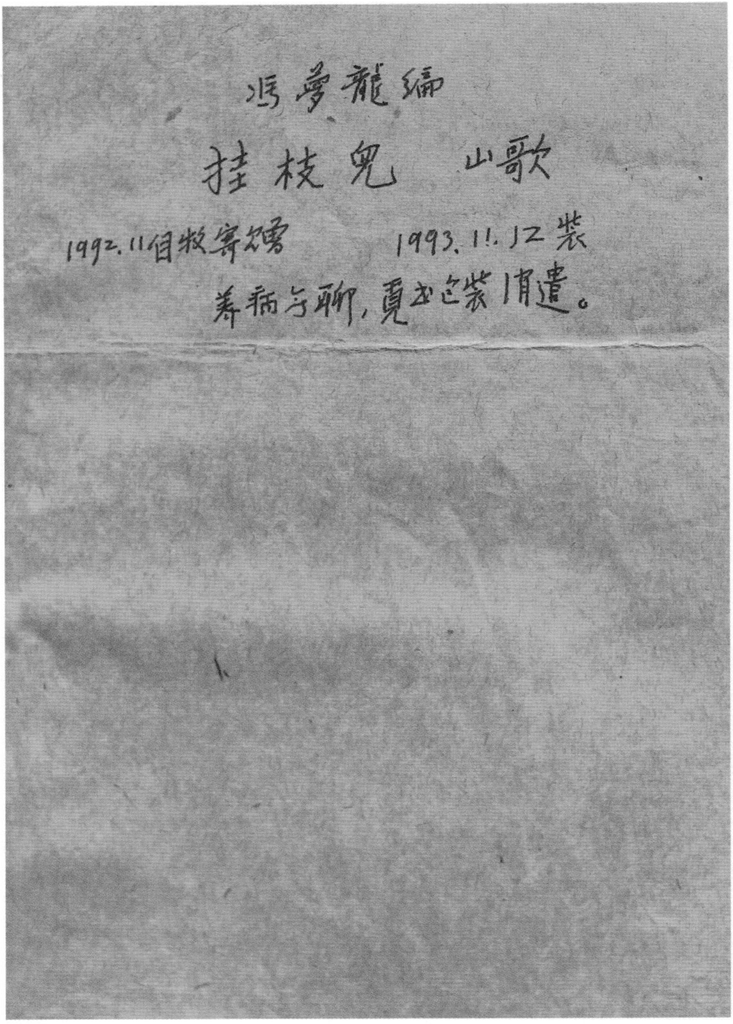
冯梦龙编

挂枝儿　山歌

1992.11伯牧寄赠　　1993.11.12装

养病无聊，觅书包装消遣。

挂枝儿
山歌

冯梦龙 编

1992.11自牧寄赠。1993.11.12 装。
养病无聊,觅书包装消遣。

孔子世系

养病装书，“系”字误书，究竟老矣。

1993.11.12

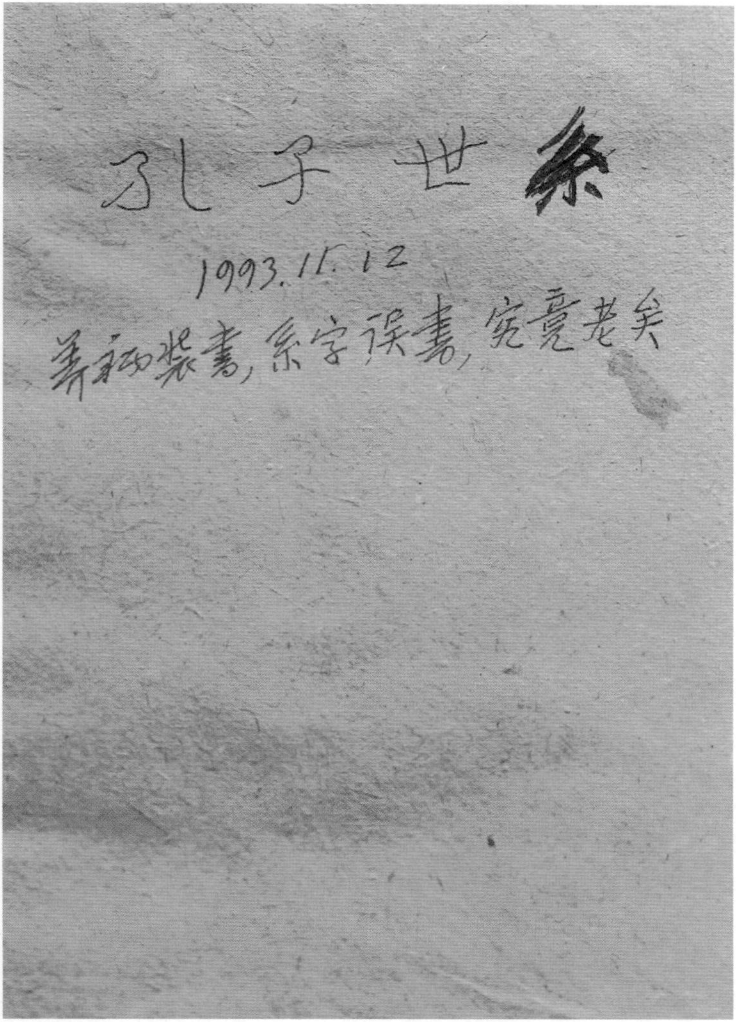
孔子世系
1993.11.12
弄初装书，系字误书，究竟老矣

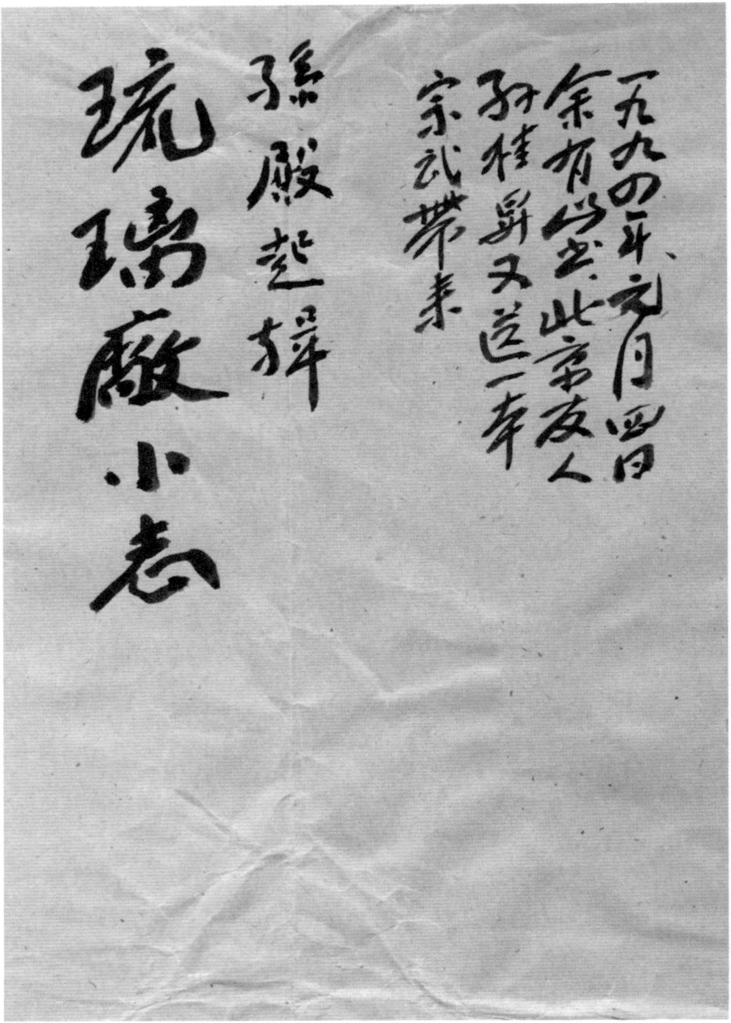

琉璃廠小志

孫殿起 輯

一九九四年、元月四日
余有此書、北京友人
孫桂昇又送一本
宗武帶来

琉璃厂小志

孙殿起 辑

余有此书,北京友人孙桂升又送一本,宗武带来。

一九九四年元月四日

说园

陈从周 著

北京友人孙桂升赠。

此为大病后新添书籍。虽非自购，然爱书之情，似仍未已也。

一九九四年元月五日装

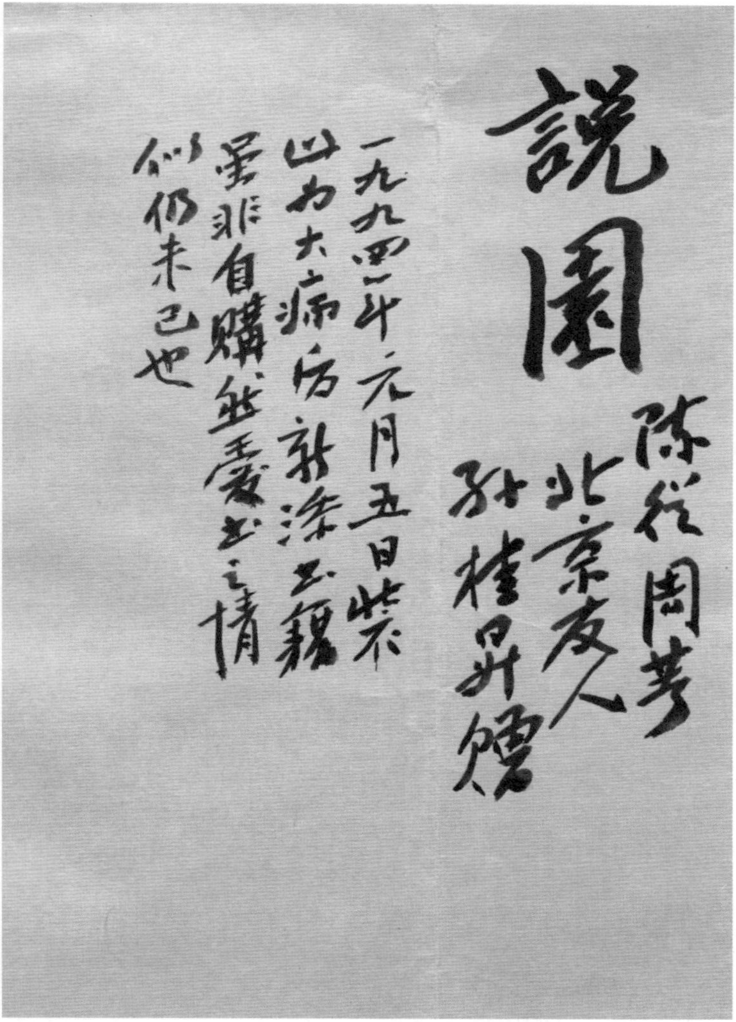
說園
陳從周著
北京友人孫桂昇贈
一九九四年元月五日
似仍未已也

此书原名明末五小史又名明季五藩实录
作者江苏常熟人（朱希祖）
余一九九三年五月廿五日住院
六月二十四日手术八月三日出院
如右记述，恐将忘矣，
三位专家 吴咸中 鲁焕章 李文硕

南明野史

商务民国十九年排印本

一九九四年元月十六日製此護书
因见此书，近日读过去所欠备之南明
史料。

南明野史

商务民国十九年排印本

此书原名《明末五小史》,又名《明季五藩实录》,作者江苏常熟人(朱希祖)。
余一九九三年五月廿五日住院,六月二十四日手术,八月三日出院。
如不记注,恐将忘矣。
三位专家:吴咸中、鲁焕章、李文硕。

一九九四年元月十八日制此护书,因见此书,近日读过去所购《南明史料》

寒松阁谈艺琐录

张鸣珂

内有旧题。

一九九四年一月卅一日重装

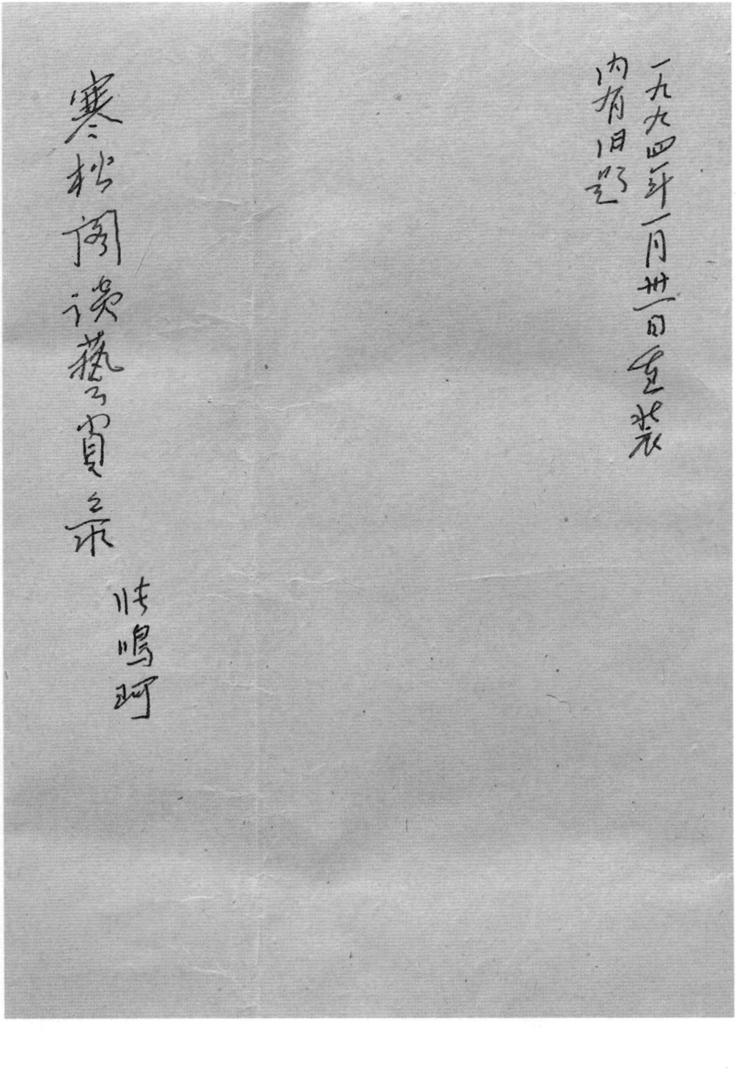
一九九四年一月卅日重装
内有旧记

寒松阁谈藝瑣录

张鳴珂

此書購買多年，從未讀過。近日偶然翻閱，方知明紀史，見本體紀年的引述書，材料翔實，議論洪確，乃真正的史覽。其引證各有所據，非一般野史可比。谷應泰議論亦平允，可作大家之作。而此書當時購價僅爲一元六角八分。而且全套十冊，不錯工時，可見當時出版界之精益求精，為讀者著想的精神。紙為道林紙，經歷五、六十年，仍如新書，可不珍視乎。乙亥年元月一日，為作一篇簡要介紹之。云斋記於陽窗下。

畿輔叢書本　叢書集成初編

明史紀事本末　谷應泰

明史纪事本末

谷应泰

《畿辅丛书》本　《丛书集成初编》

此书购买多年，从未读过。近日偶然翻阅《南明野史》，见《小腆纪年》多引此书，材料翔实，议论准确，乃觅出浏览。其引证多有据，非一般野史可比。谷应泰议论亦平允，可称大家之作。而此书当时购价，仅为一元六角八分。而且分装十册，不惜工时，可见当时出版界之精益求精，为读者着想的精神。纸为道林纸，经历五六十年，仍如新书，可不珍视乎？

云斋记于阳窗下

一九九四年二月一日，为作一简易书套储之

中国书法全集

78

康梁罗郑卷

①一九九四年三月十九日，北京耿见忠持赠，余报以小型石印书《西域水道记》一部四册，彼在研究河道。此君读书甚多，今年卅岁，前途正未可限量也。上午十时，滕云、宋安娜、张金池、沈金梅、郑法清、李华敏、刘宗武集于寒舍，商议召开研究会事。据云筹备甚早，而批下甚迟。余只重申不要拉赞助之旨，余未过问。合影后，彼等移至独单详谈，余休息。

②书法者，知识分子之余事，然亦处世之大节。观此集，可知文字非小道，文人之趋避亦反映其间。康、梁，时代之猛士；罗、郑，因循之小人。合编一集，乃时代之丑净先后之演出。

③今之青年，并汉奸之不知，甚亦不知租界为何物，且有人缅怀租界，拟议建立博物馆者，不知收藏何物。见诸报章，亦无下文，不知何时建立也。

下午又记

①
一九九四年三月十九日 北京耿見忠
持贈余拓以小型石印書西域水道記
一部四冊 彼係研究河道 此君讀书
太多 今年卅歲 前途正未可限量也
上午十时滕云 宋英娜 林金池 洪金梅
郑涛 周孝华 叙 刘宗武 集於
寒舍 商议召开研究会事 予概云
筹備太早 而批不在 遂 余只重
申不要任赞助之旨 餘未过问
會合后彼等筹稿 乞独伴详谈 余
休息

中國書法全集 78
康梁羅鄭卷

②
書法者知识份子之
余事 然亦反映世之大
节 現此集予知文字
非小道 文人之趋避 亦反映其间
康梁时代之猛士
羅鄭同循之小人
合編一集 乃时代之
丑淨先后之演出

③
今之青年並汉奸之
不知 古亦不知祖署为
何物 且有人编环祖署
材料建之持執錦书不
知收藏何物 見读新
章亦无下文 不知何物
建之也
下午又记

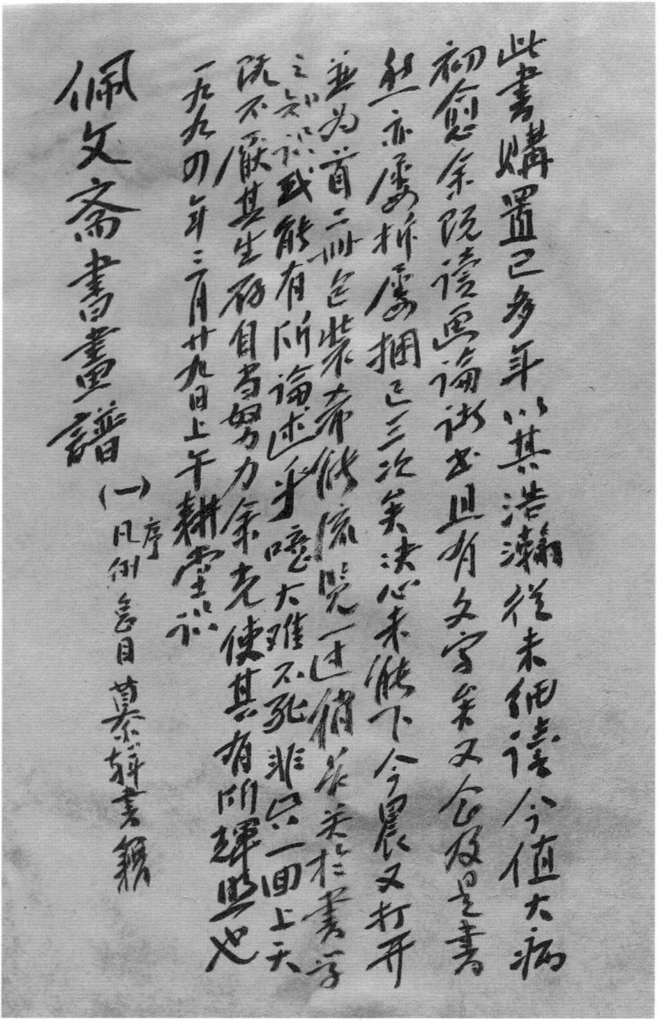
此書購置已多年，以其浩瀚，從未細讀。今值大病
初愈，余既讀畫論諸書，且有文字，余又念及是書
然亦屢拆屢捆已三次矣，決心未能下，今晨又打開
並為首二冊包紫布綫條，流覽一過，精華集於書字
之以下
我能有所論述乎？噫，大難不死，非只一回，上天
既不厭其生，務自當努力，余光使其有所揮灑也
一九九四年三月廿九日上午耕雲誌
佩文齋書畫譜
（一）序
凡例
總目
纂輯書籍

佩文斋书画谱

一

序　凡例　总目　纂辑书籍

此书购置已多年，以其浩瀚，从未细读。今值大病初愈，余既读画论诸书，且有文字矣，又念及是书。然亦屡拆屡捆，已三次矣，决心未能下。今晨又打开，并为首二册包装，希能流(浏)览一过，稍长关于书学之知识，或能有所论述乎。噫！大难不死，非只(止)一回，上天既不厌其生存，自当努力，余光使其有所辉照也。

耕堂识

一九九四年三月廿九日上午

历代诗话

上册

清　吴景旭 著

内有一九七四年题词。

一九九四年五月八日重装

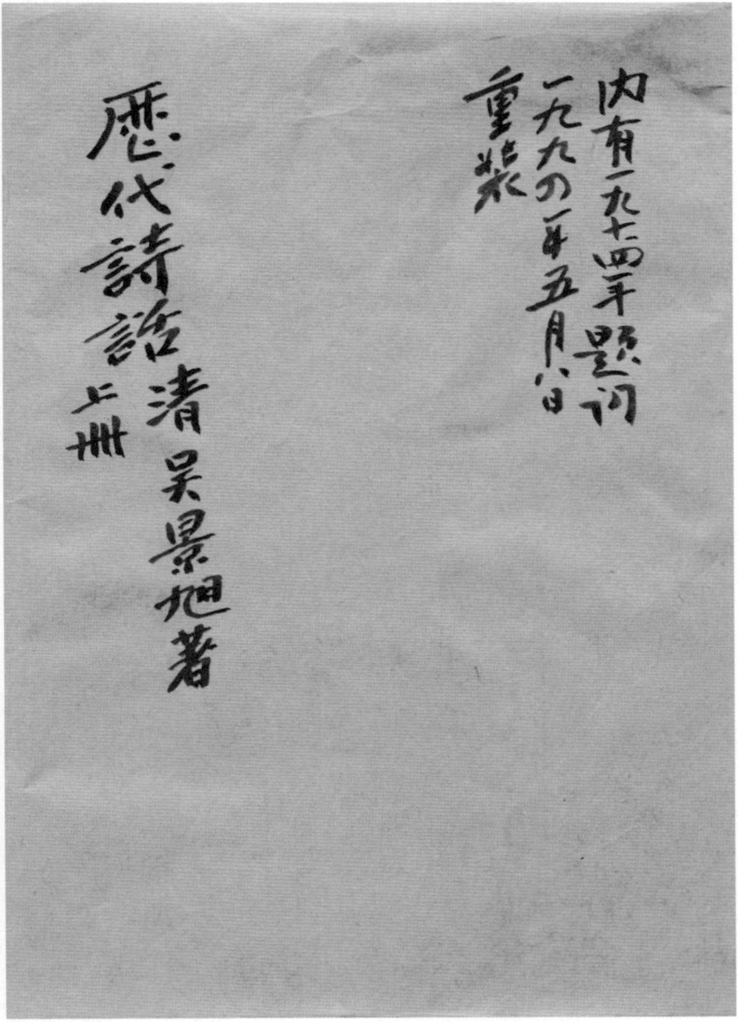
内有一九七四年题词
一九九〇年五月八日
重装

歷代詩話 清 吴景旭著
上册

一九九四年五月份

重裝

歷代詩話

清 吴景旭著

下冊

历代诗话

下册

清　吴景旭 著

一九九四年五月八日重装

沉吟楼诗选

附　广阳诗集

一九九四年十月十一日，山东姚恩河寄赠。久未得书，即整治之，兼听评书。

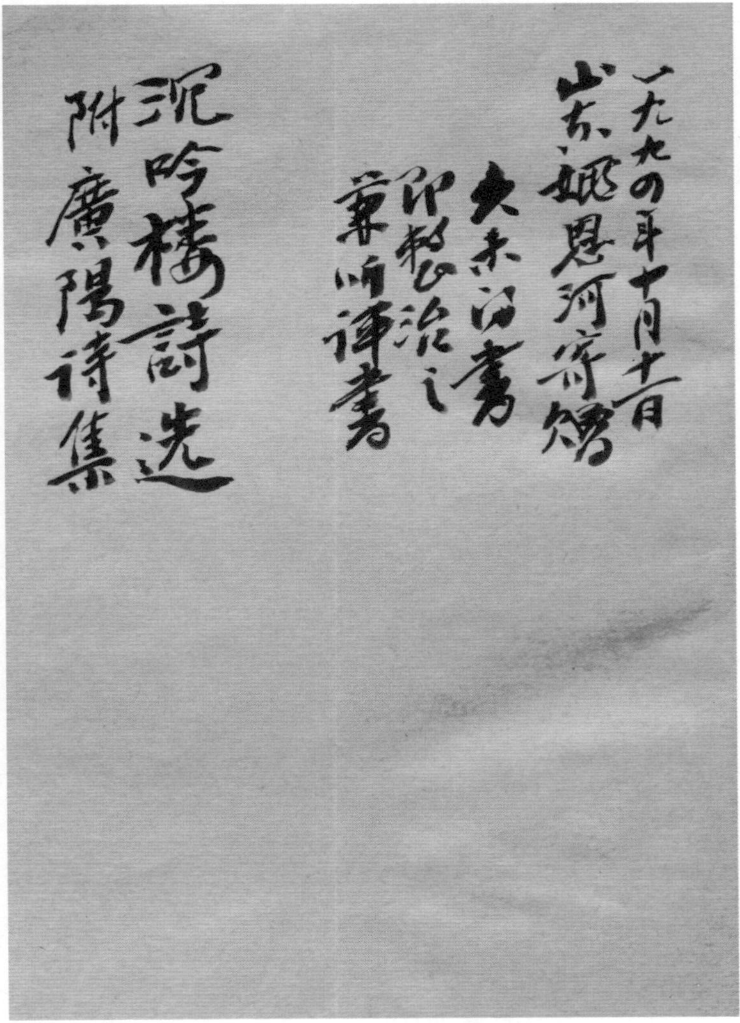
一九九〇年十月十日
山东姚恩河寄赠
沉吟樓詩選
附廣陽詩集

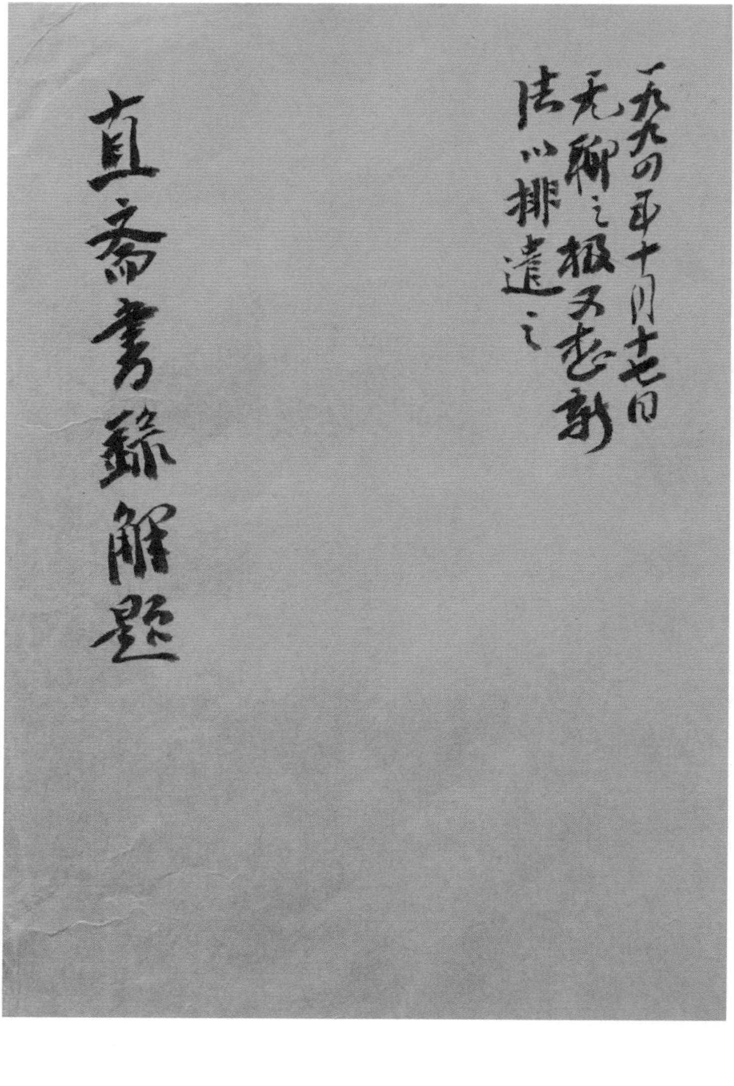

一九六四年十月十七日无聊之极又无新法以排遣之

直齋書錄解題

直斋书录解题

无聊之极，又想新法以排遣之。

一九九四年十月十七日

续汇刻书目

自昨日下午，制简易书套三，此其一也。

一九九四年十月十八日

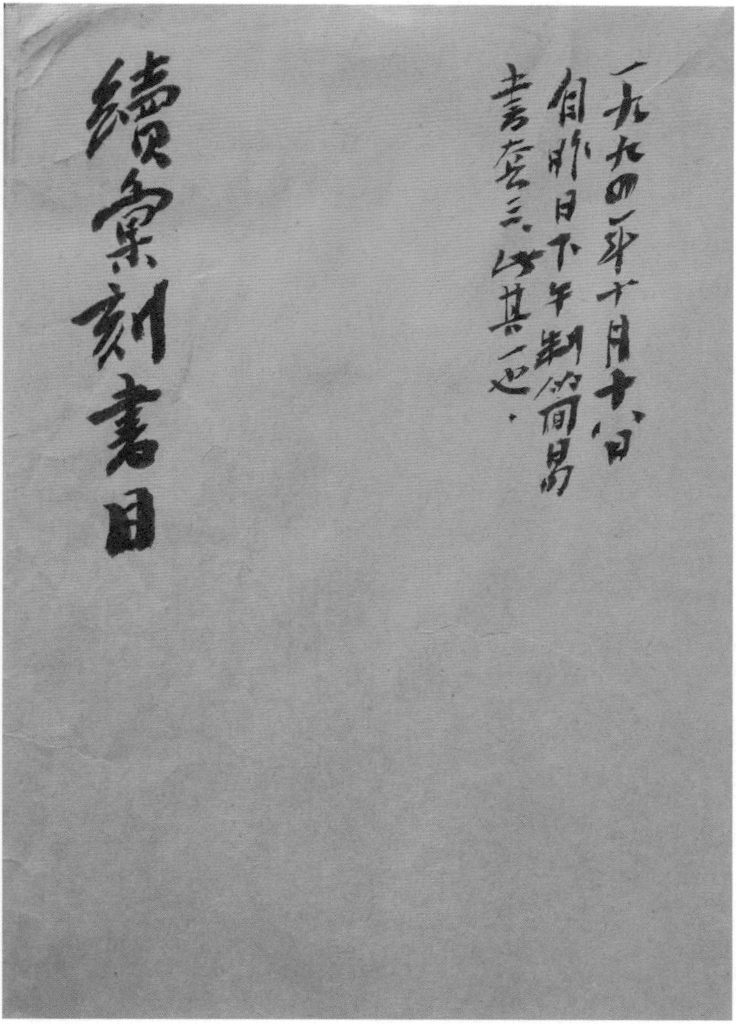
續彙刻書目

一九四一年十月十八日
自昨日下午製的簡易
書套三，此其一也。

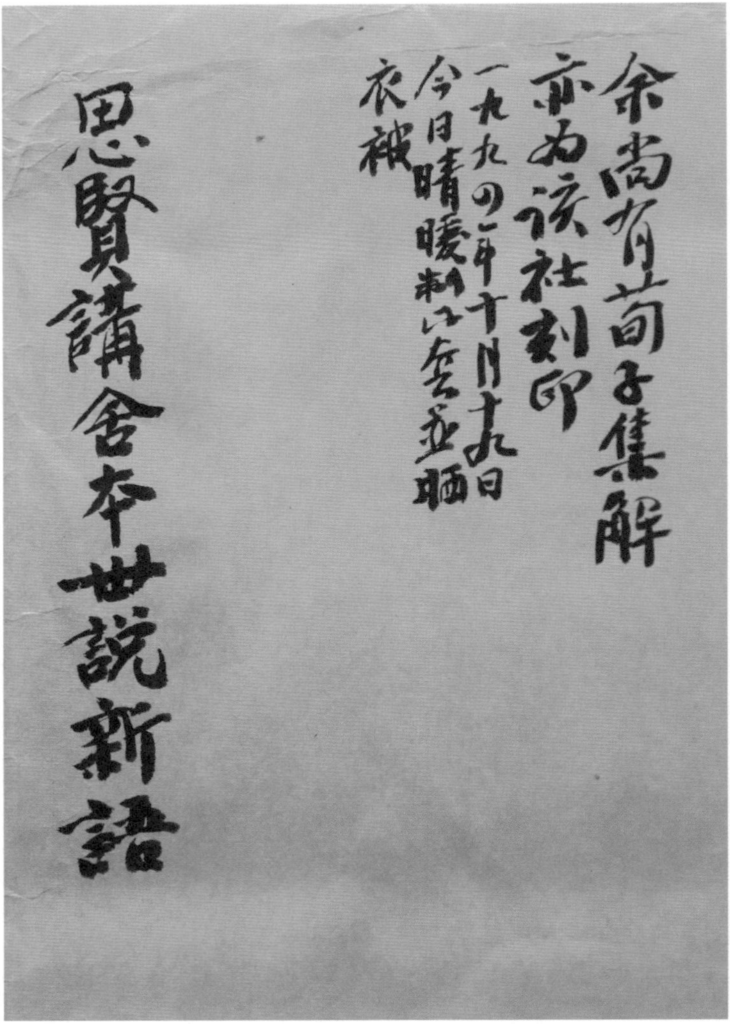
余尚有荀子集解
亦为该社刻印
一九九〇年十月十九日
今日晴暖料理衾並晒
衣被

思賢講舍本世說新語

思贤讲舍本世说新语

余尚有《荀子集解》,亦为该社刻印。

一九九四年十月十九日,今日晴暖,制此套并晒衣被

涵芬楼秘笈

第一集

《忠传》《续墨客挥犀》《复斋日记》《识小录》

此四套书，购于南开某马路。路旁有一破旧大车，上散乱一些书籍，此书本有布套，卖者惜布套而轻书。其价甚微，已放置数十年矣。病后无聊，亦很少看书。然无所事亦甚烦恼，乃偶作此等书套，以保护易损之书。时至迟暮，仍恋恋为此，亦余与书籍相依一生，即称之为“黄昏恋”，亦无不可也。

一九九四年十月廿一日晨记

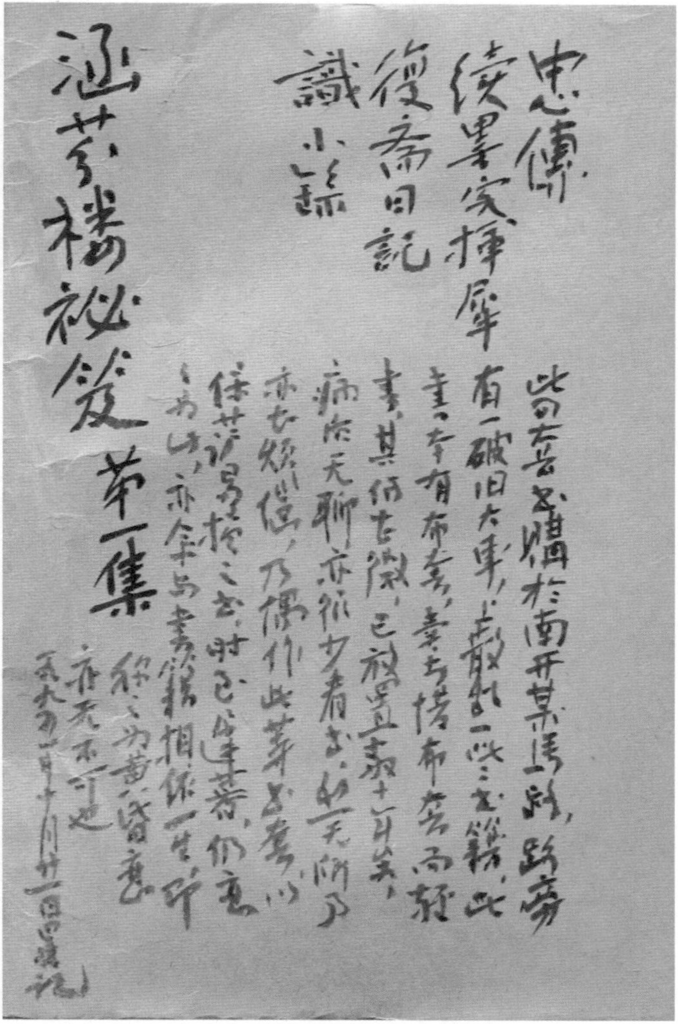
忠傳

俠墨实挥犀

復斋日记

識小録

此书昔偶於南开某馬路旁有一破旧大车，载书一些之零籍，此书本有布套，套与书布套而新书，其价甚微，已放置数十年矣，病余无聊，亦殊少看书，然无所乃亦甚烦恼，乃偶作此等书套，以保其书易损之虞，时已八十年暮，仍意之为此，亦余与书之情相依一生印绵绵为书痴意亦无不可也

岁次丙戌四月十八月廿一日四世堂记

涵芬楼秘笈第一集

蓬窗類記
山樵暇語
霍渭厓家訓
黃尊素說略
消夏閑記摘鈔

涵芬樓秘笈 第二集

涵芬楼秘笈

第二集

《蓬窗类记》《山樵暇语》《霍渭厓家训》《黄尊素说略》《消夏闲记摘钞》

涵芬楼秘笈

第三集

《西湖老人繁胜录》《孙氏书画钞》《松下杂钞》《彭氏旧闻录》《太仆行略》《明译天文书》

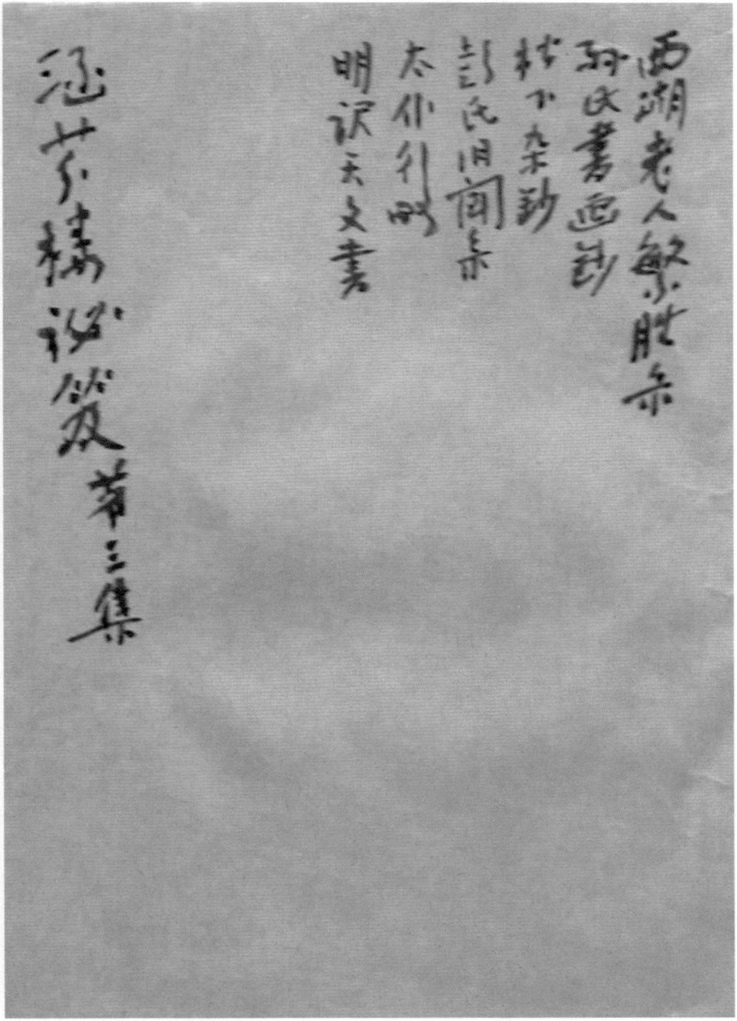
西湖老人繁胜录
郁氏書画钞
枝下杂钞
许氏旧闻录
太仆行略
明译天文書

涵芬楼秘笈第三集

西山日記

續名賢小記

土苴集

道餘錄

几上語

枕上語

存復齋續集

涵芬樓秘笈 第七集

涵芬楼秘笈

第七集

《西山日记》《续名贤小记》《土苴集》《道余录》《几上语》《枕上语》《存复斋续集》

法书要录

唐　张彦远

一九九四年十月二十一日，市总工会秦建中寄赠，可感念也。

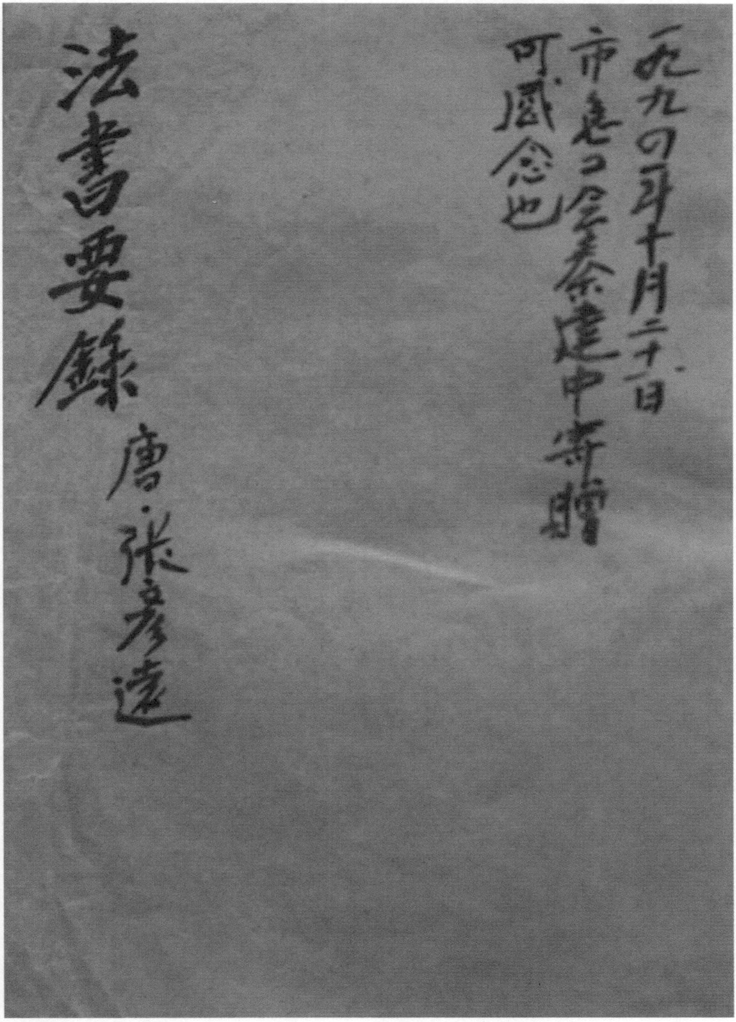
法書要錄
唐·張彥遠
一九九0年十月二十日

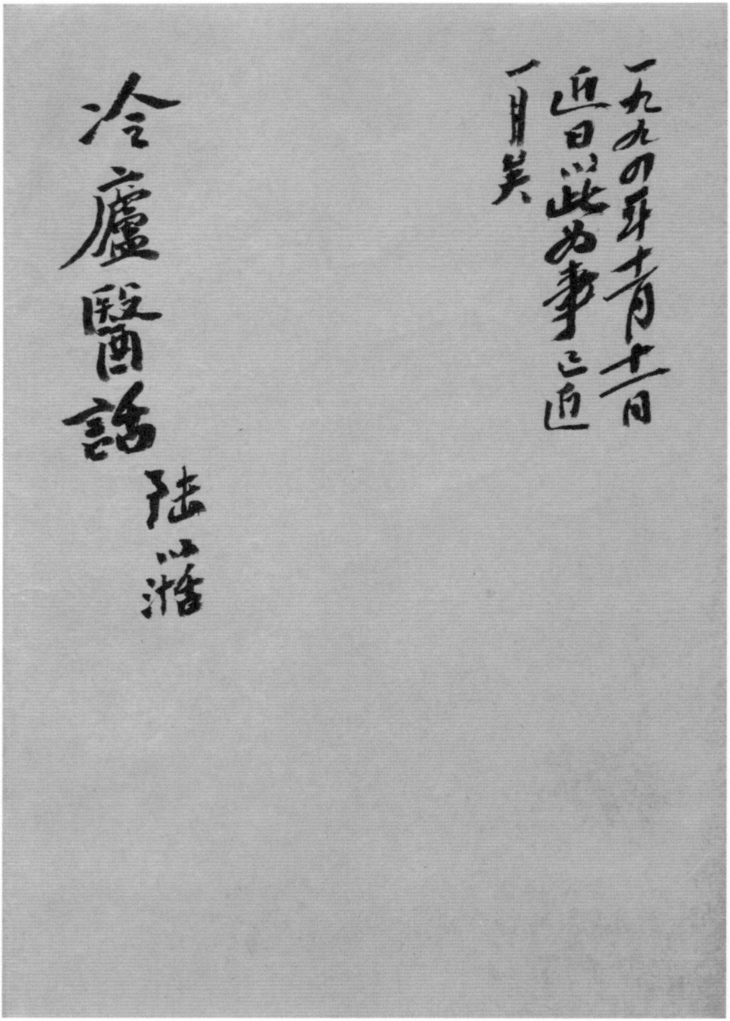
一九九〇年十一月十一日
近日以此書奉正道
一月笑
冷廬醫話
陸以湉

冷庐医话

陆以湉

近日以此为事,已近一月矣。

一九九四年十一月十一日

吴中藏书先哲考略

附

艺风藏书记

上、下

知圣道斋读书跋尾

连日暖气不热，时好时坏。修检人员如走马，口中衔香烟，与之言，爱搭不理，此人情时尚也。即景记之。

一九九四年十一月廿三日

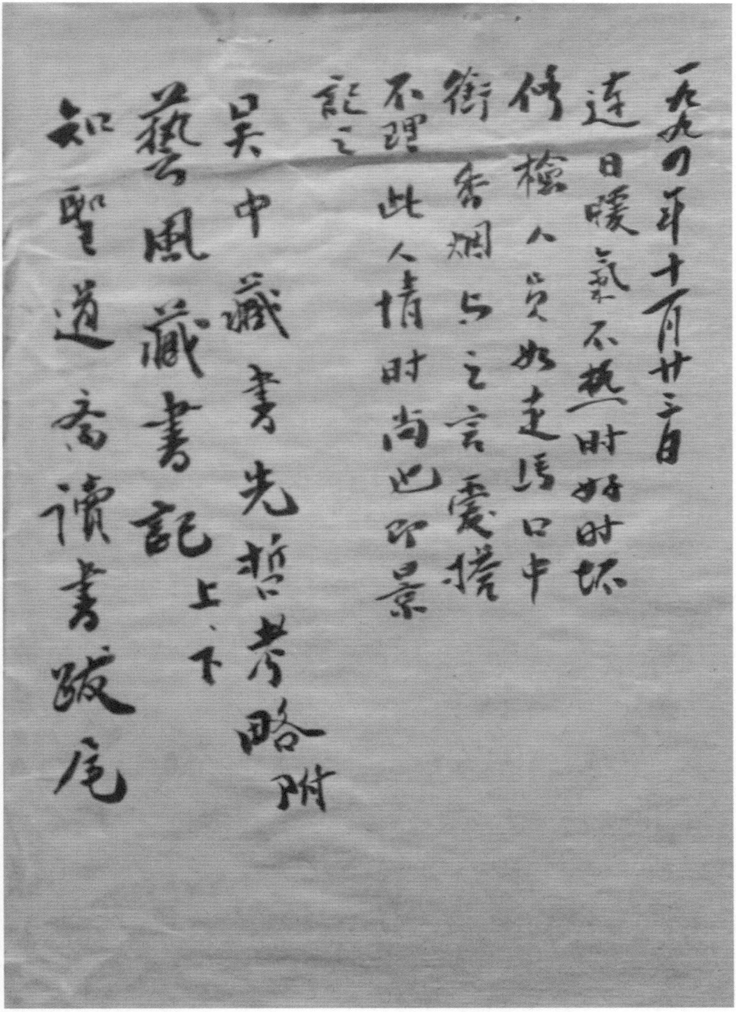

一九九四年十月廿三日

连日暖氣不热，时好时坏

传檢人员如走馬口中

衔香烟与之言處境

不理此人情时尚也即景

記之

吴中藏書先哲考略 附

藝風藏書記 上、下

知聖道齋讀書跋尾

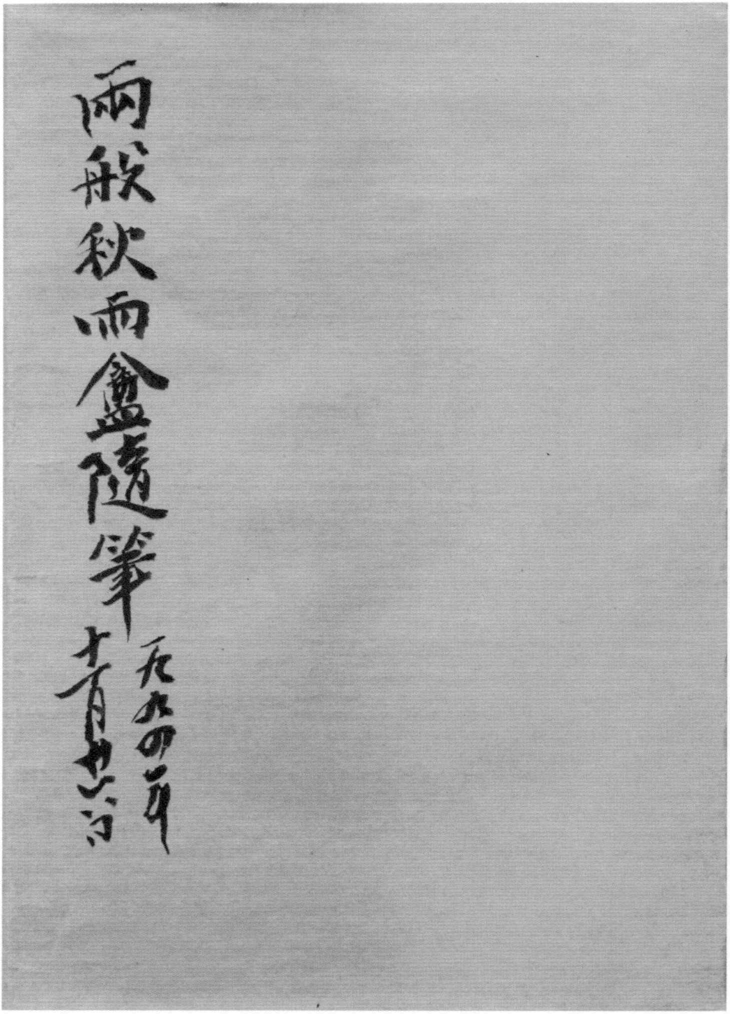
两般秋雨盦随笔

两般秋雨盦随笔

一九九四年十一月廿六日

（续上）

初购此书归，浏览数则，颇觉其浅薄。余以为随笔之作，以实践经历为主，书呆子或富贵子弟所作，必流于肤浅。此亦纨绔子弟之作，即如一般名士，如随园所作，亦陷于浅薄。

一九九四年十一月廿六日午饭后记

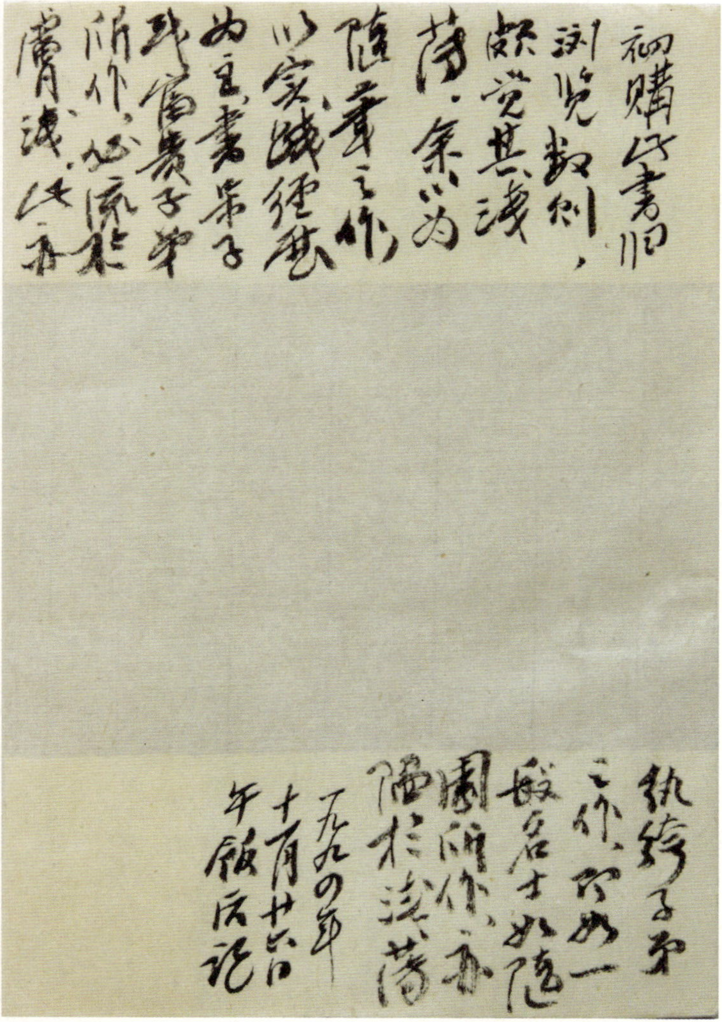

初購此書时翻览数则，然觉甚浅薄。余以为随意之作，以实践经验为主，书系子弟或富贵子弟所作，如流于肤浅，此亦纨绔子弟之作，即如一般居士如随园所作，亦限于浅薄

一九五〇年十月廿六日午饭后记

余有商務排
印本宋元小
說大觀，皆為
有清治經鉅
之名家所作，
其所記均有
益於人生之
一字空泛，每
冊后有夏敬
觀所作校記。
明清之作，僅
次之，此其實之
於隨筆亦
如其作文之
一代不如一代，
此每況愈下之
見，亦為吾
朝究所篤
也。

[illegible]
十月廿日
半居記
邊所評書

（续上）

余有商务排印本《宋元小说大观》，皆为有政治经验之名家所作，其所记均有益于人生，无一字空泛，每册后有夏敬观所作校记。明清之作能与之比者寥寥。

故随笔亦如其他文章，一代不如一代，此亦九斤之见，必为弄潮儿所笑也。

一九九四年十一月廿六日午后记，边听评书

(续上)

余幼年好听鼓书,然很少听评书。今年先后听评书三部矣。近人所说评书,亦吸收现代语言及注意人物性格塑造。因无书可看,乃听评书,先为《水浒传》,后为《杨家将》,再后为《隋唐演义》,最有趣味,因曾买此小说而未读,赠与映山。近又读隋唐正史,颇欲知此小说之结构也。

一九九四年十一月廿六日

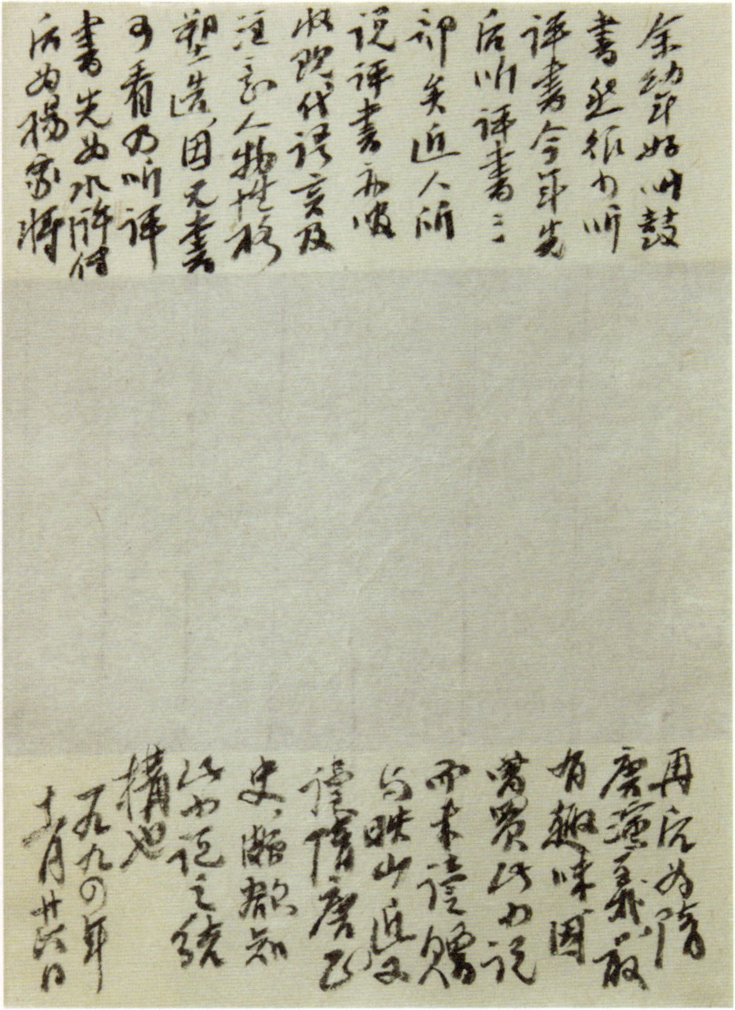

余幼年好此鼓
書,從紙中所
評書,今年先
后所評書三
部矣。近人所
說評書兩漢
收既代評言及
注示人物性格
都造,因無書
可看,而所評
書先出不許借
后出楊家將
再后出隋
唐演義,最
有趣味,因
當買此書說
而未讀贈
與陳山直,又
讀隋唐五
史,隋朝記
以前記之續
補也
一九九〇年
十月廿六日

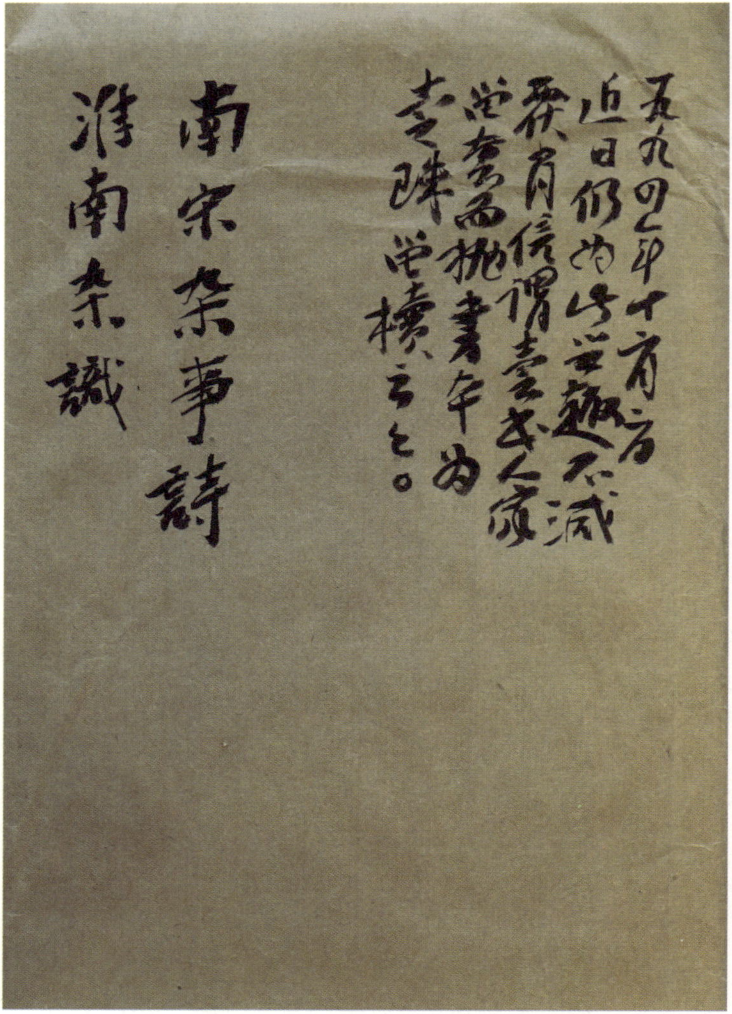

五九四〇年十月右
近日仍為此無趣不減
發自信謂去書出人寰
覺愈而拙書年為
古之碑覺櫝本云云。

南宋杂事诗

淮南杂识

南宋杂事诗
淮南杂识

近日仍为此，兴趣不减。复肖信谓卖书人家留套而抛书本，为卖珠留椟云云。

一九九四年十二月二日

四明丛书

三种

暖气此暖彼冷，整修后又此冷彼暖。

一九九四年十二月三日

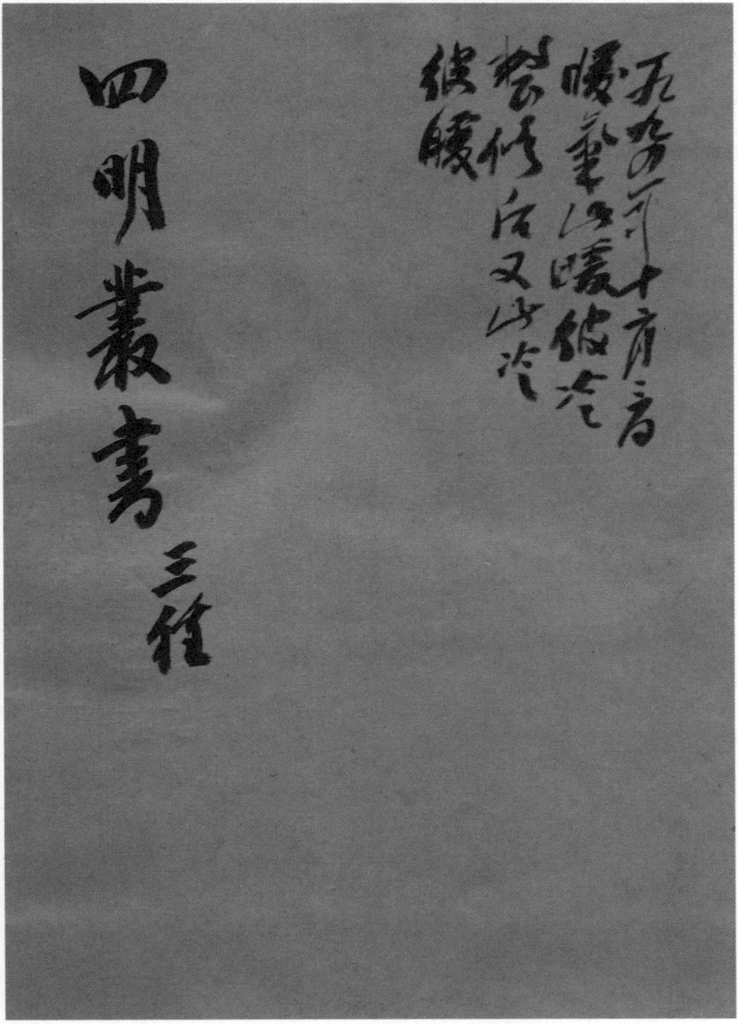
四明叢書
三集

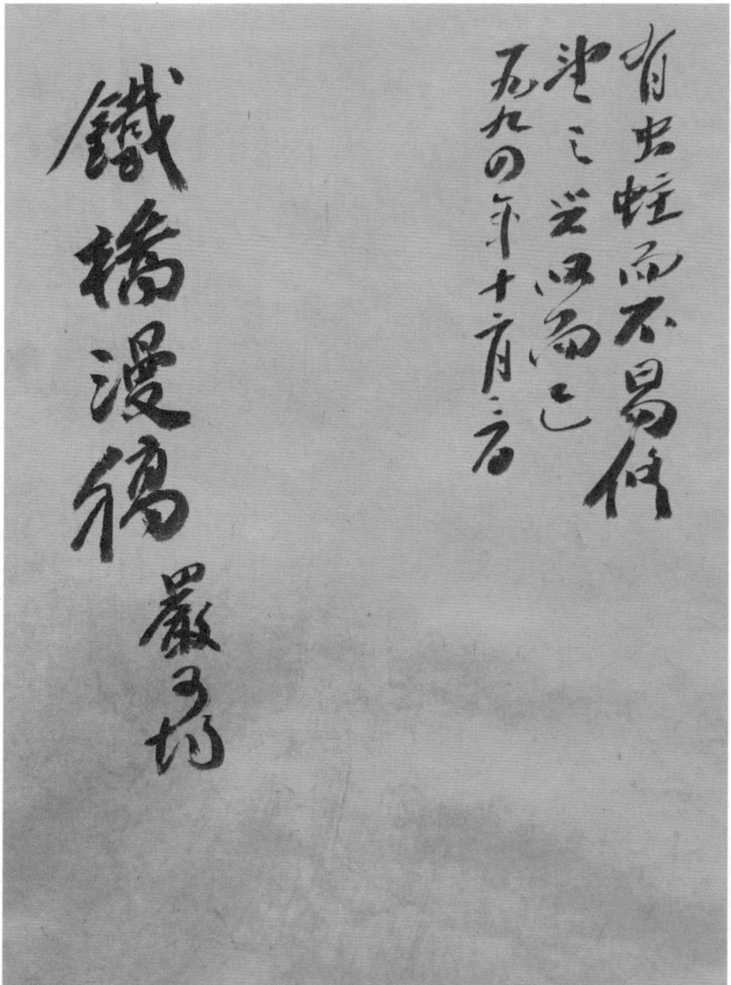
鐵橋漫稿
嚴可均

铁桥漫稿

严可均

有虫蛀而不易修，望之兴叹而已。

一九九四年十二月三日

增广入幕须知十种

此等书本拟处理矣，而今又成上宾。余去年大病，此等事本应结束矣，而今又裁纸为之装束，世事之多变无常也如此。

一九九四年十二月四日

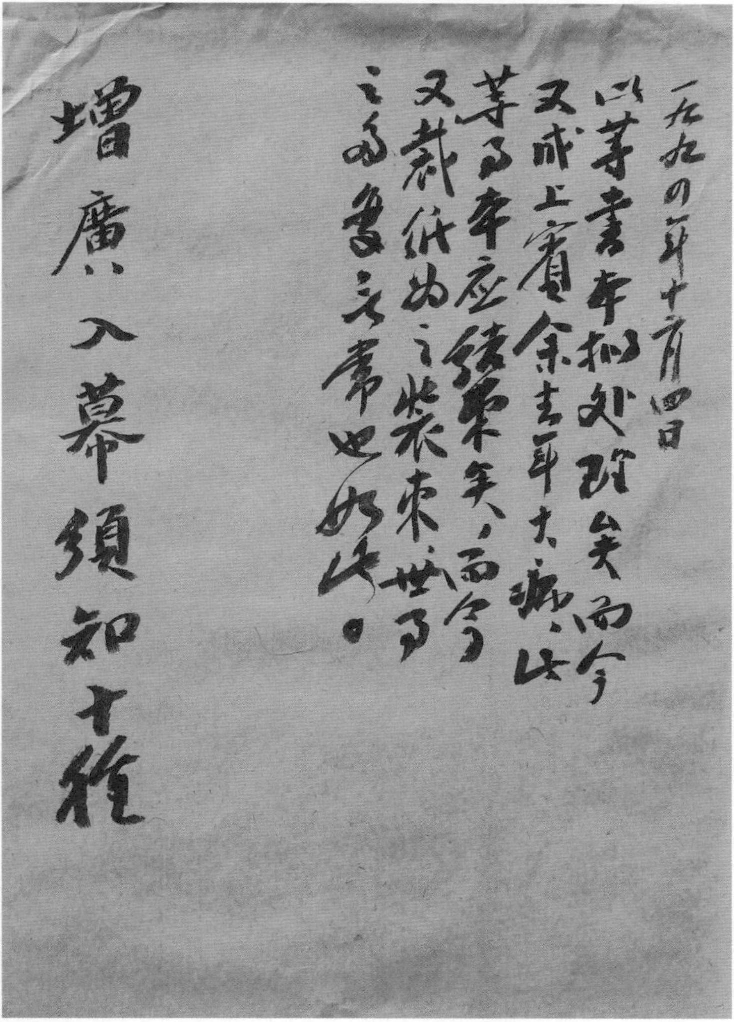

增廣入幕須知十種

一九九〇年十月四日
此等書本擬處理矣而今
又成上賓余去年大病此
等乃本應付梨棗矣而今
又裁紙為之裝束世事
之為變之常也如此。

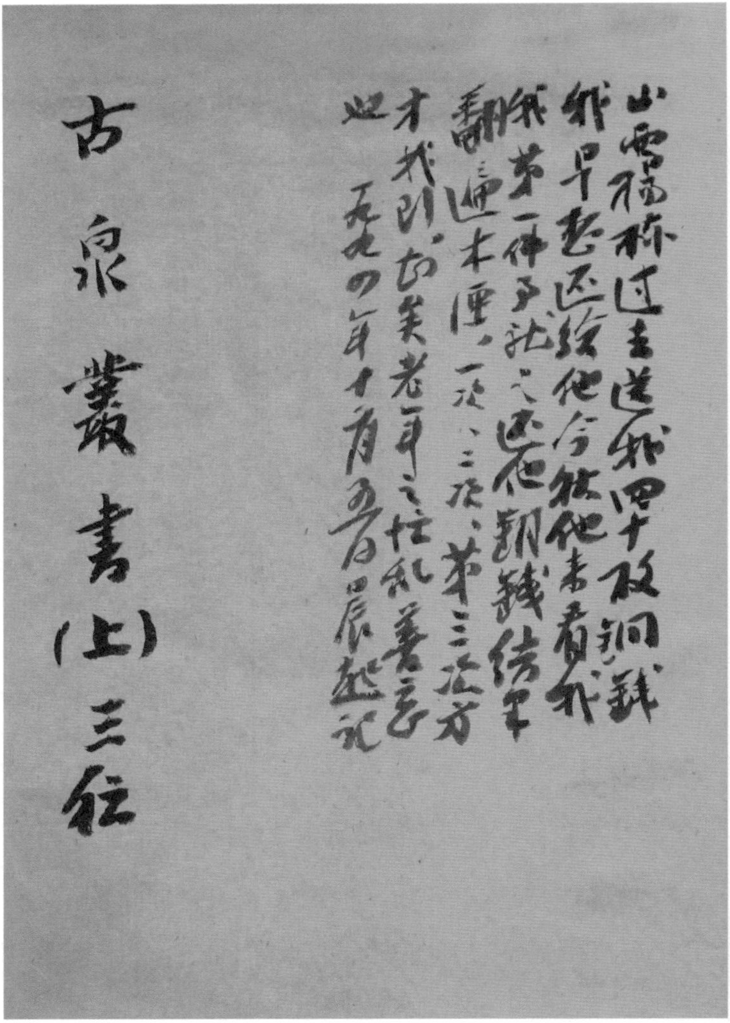

古泉叢書（上）三在

山西福林过去送我四十枚铜钱
我早想还给他，今拟把他书看，我
我第一件乃就就还他铜钱借
翻三遍本书，一次、二次、第三次方
才找到，好笑老耳耳性乱善忘
也
壬戌四年十月五日四辰越记

古泉丛书

上
三种

山西杨栋过去送我四十枚铜钱，我早想还给他。今秋他来看我。我第一件事就是还他铜钱，结果翻遍木匣，一次、二次，第三次方才找到。甚矣，老年之忙乱善忘也。

一九九四年十二月五日晨起记

古泉丛书

下

三种

余幼年时，犹用铜钱，现身边已无一个铜钱，而有关于古钱之书六种。今晨起糊两个纸套，封藏之，其中李竹朋之书，印装何其精美。而戴熙之书，乃余过去所手补者。

一九九四年十二月五日

古泉丛书（下）　三信

余幼年时，犹用铜钱，现身边已无一个铜钱，而有关于古钱之书六种。今晨起，糊两个纸套，封藏之。其中李竹朋之书，印装何其精美；而戴熙之书，乃余过去所手补者。

一九四年十月五日

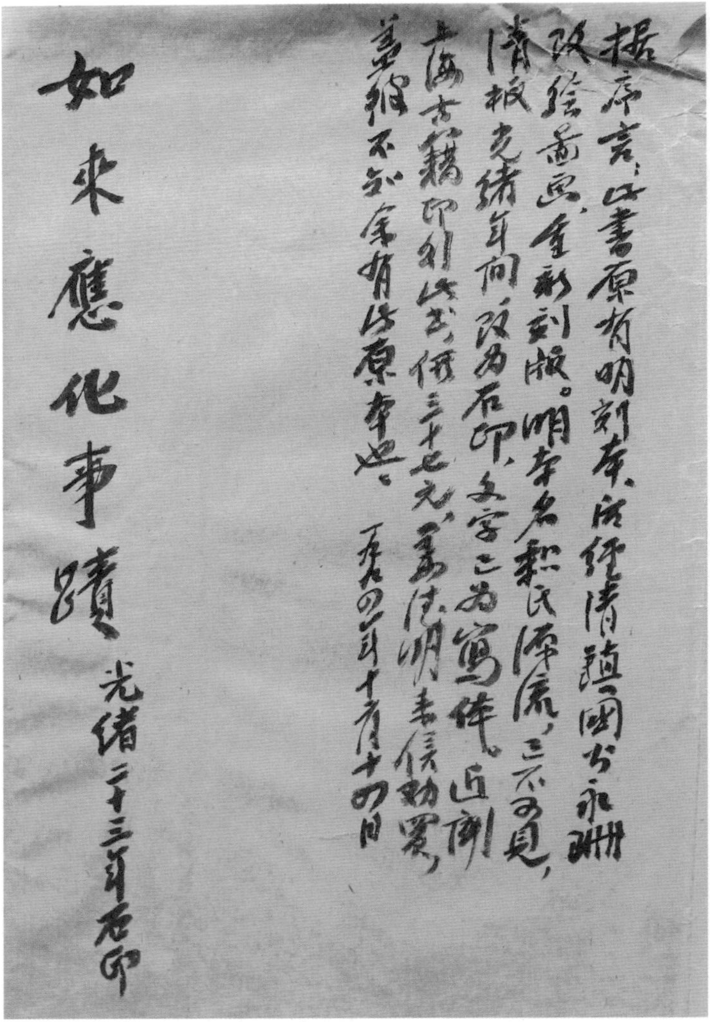
據序言，此書原有明刻本，後經清鎮國公永珊刪改，繪圖重新刻版。明本名釋氏源流，已不可見，清版光緒年間改為石印，文字已為竄改。近閱上海古籍印行此書，價三十七元，為仿明本，未能購買，蓋猶不知余有此原本也。

丁亥四年十月十四日

如來應化事蹟　光緒二十三年石印

如来应化事迹

光绪二十三年石印

据序言:此书原有明刻本,后经清镇国公永珊改绘图画,重新刻版。明本名《释氏源流》,已不可见,清板(版)光绪年间,改为石印,文字已为写体。近闻上海古籍印行此书,价三十七元,姜德明来信劝买,盖彼不知余有此原本也。

一九九四年十二月十四日

近思录

同治七年湖北崇文书局开雕

近日仍业此，昨晚装此书，误糊又拆开，乃太疲乏之故。

一九九四年十二月十四日

此书文会曾借去看过，不知其有何领会也。不得而问之矣。

十五日又记

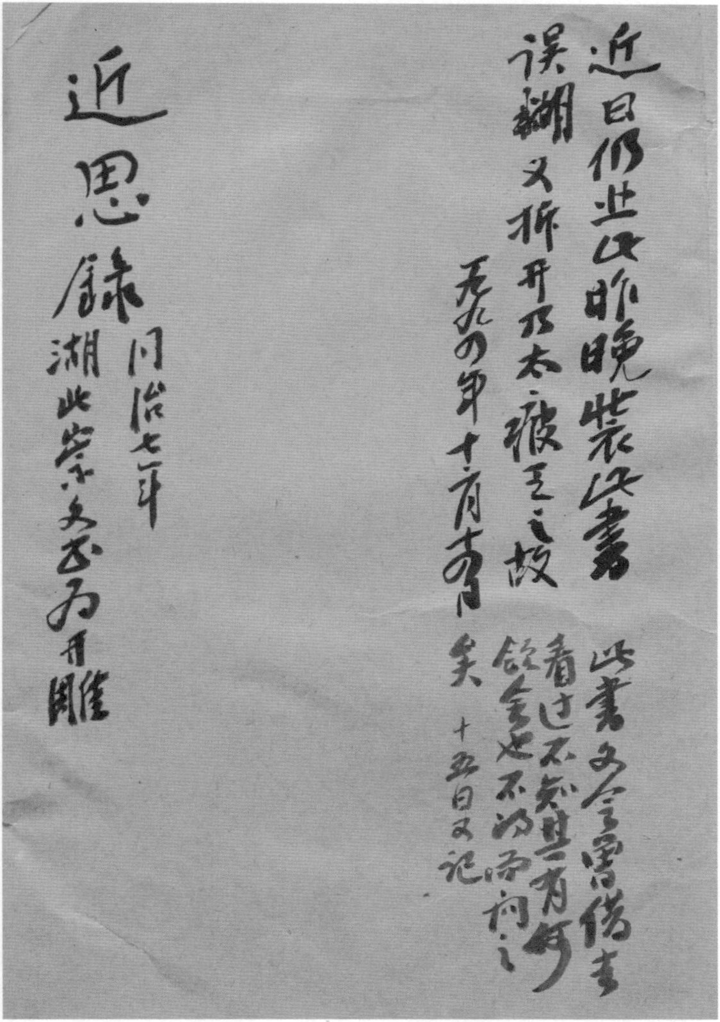
近日仍出此昨晚裝此書誤糊又拆開乃太疲乏之故
一九九〇年十二月十四日吴
此書又曾留傳書看过不知其有何欲念也不识何向之
十五日又記

近思錄 同治七年
湖北崇文書局開雕

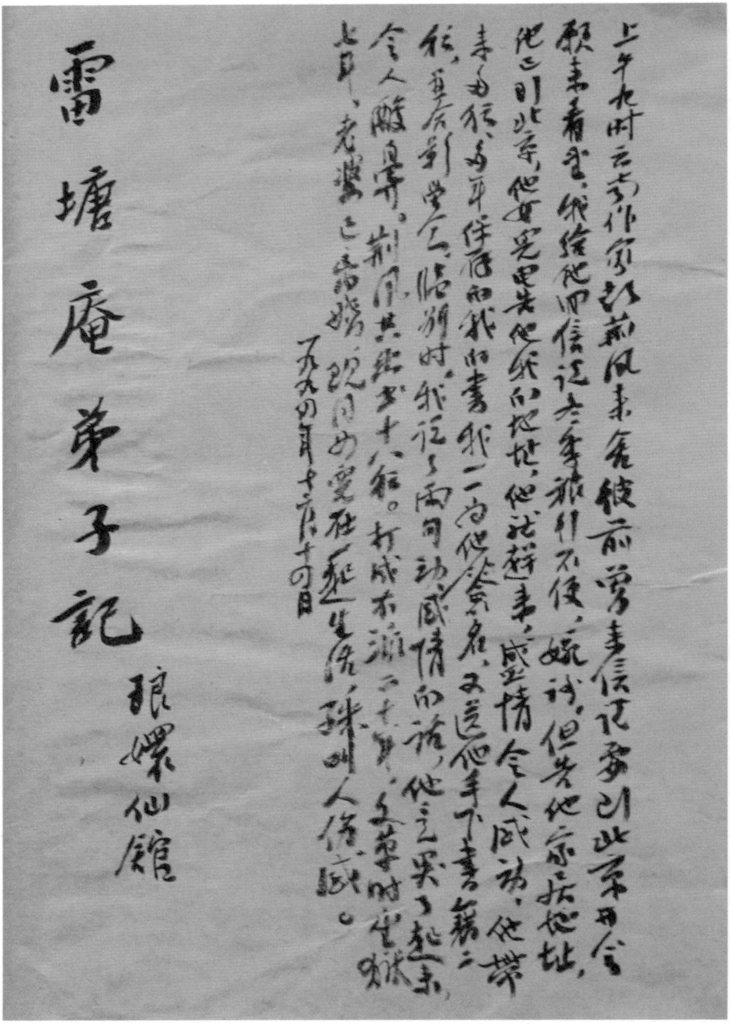

上午九时云南作家彭荆风来看我，彼前曾来信说要到北京开会，
顺来看我。我给他们信说在会旅行不便，婉谢。但告他家之住址，
他已到北京，他要定要来看我。他既来了，感情令人感动。他带
来了他的新著和我的书我一一为他签名。又送他手下书籍二
种，并合影留念。临别时我说了两句动感情的话，他立即哭了起来，
令人酸鼻。荆风共出书十八种。打成右派二十二年，文革时坐牢
七年。老婆已离婚，现自己处在延生院，殊叫人佩服。
一九九四年十月十四日
雷塘庵弟子记
琅嬛仙馆

雷塘庵弟子记

琅嬛仙馆

上午九时，云南作家彭荆风来舍，彼前曾来信，说要到北京开会，愿来看望。我给他回信说，冬季旅行不便，婉谢，但告他家居地址，他已到北京，他女儿电告他我的地址，他就赶来，盛情令人感动。他带来多种多年保存的我的书，我一一为他签名，又送他手下书籍二种，并合影留念。临别时，我说了两句动感情的话，他竟哭了起来，令人酸鼻。荆风共出书十八种。打成右派二十年，“文革”时坐狱七年，老婆已离婚，现同女儿在一起生活，殊叫人伤感。

一九九四年十二月十四日

茶香室丛钞

其自序云:“……老怀索寞,宿疴时作,精力益衰,不能复事著述。而块然独处,又不能不以书籍自娱……”余读之有同悲矣。

一九九四年十二月廿一日重装《茶香室丛钞》后记

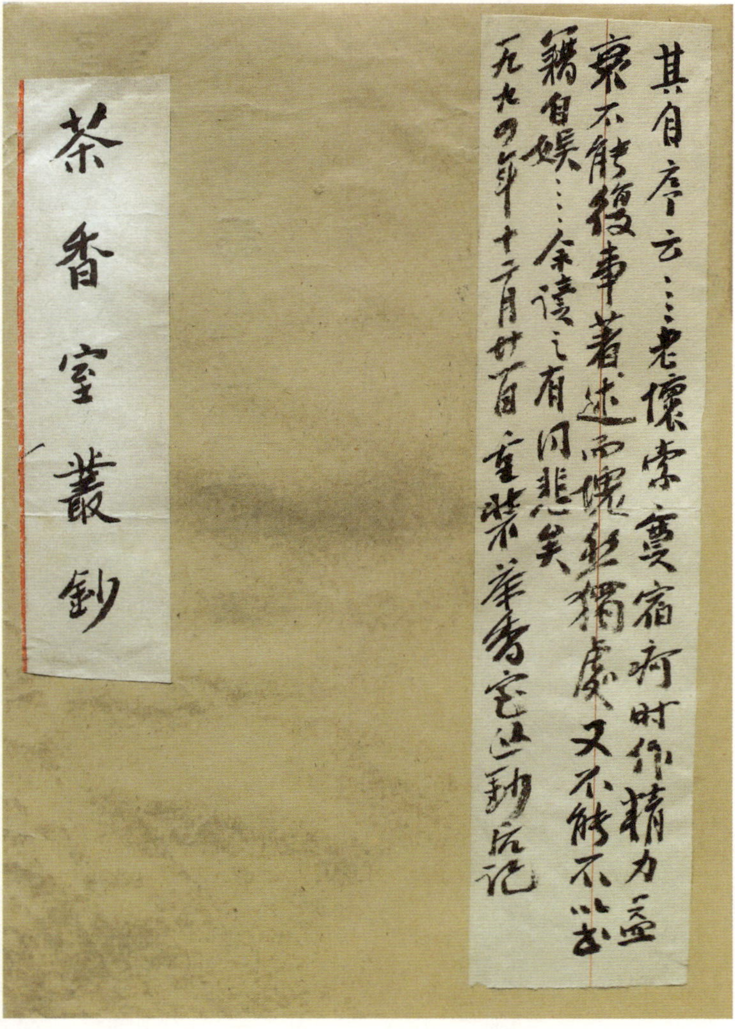

茶香室叢鈔

其自序云：：老懷索寞，宿疴时作，精力益衰，不能復事著述，而塊然獨處，又不能不以書籍自娛……余讀之有同悲矣

一九九四年十二月廿日重裝 華秀宧迈勤病記

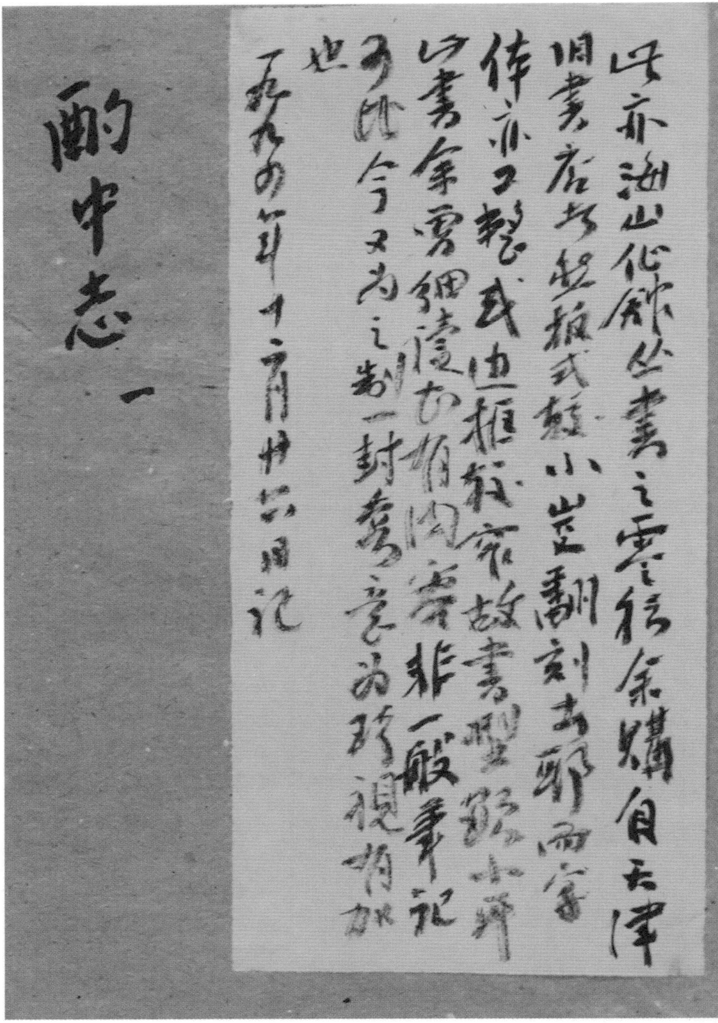
酌中志 一

酌中志

一

此亦《海山仙馆丛书》之零种，余购自天津旧书店者，然板（版）式较小，岂翻刻者耶？而字体亦工整，或边框较窄，故书型显小耳。此书余曾细读，甚有内容，非一般笔记可比，今又为之制一封套，意为珍视有加也。

一九九四年十二月廿六日记

明夷待访录

当系丛书零种，然原刻字体端正，故影印亦清楚可喜。此书清末民初颇流行，余在中学即知之，盖宣传民为贵也。

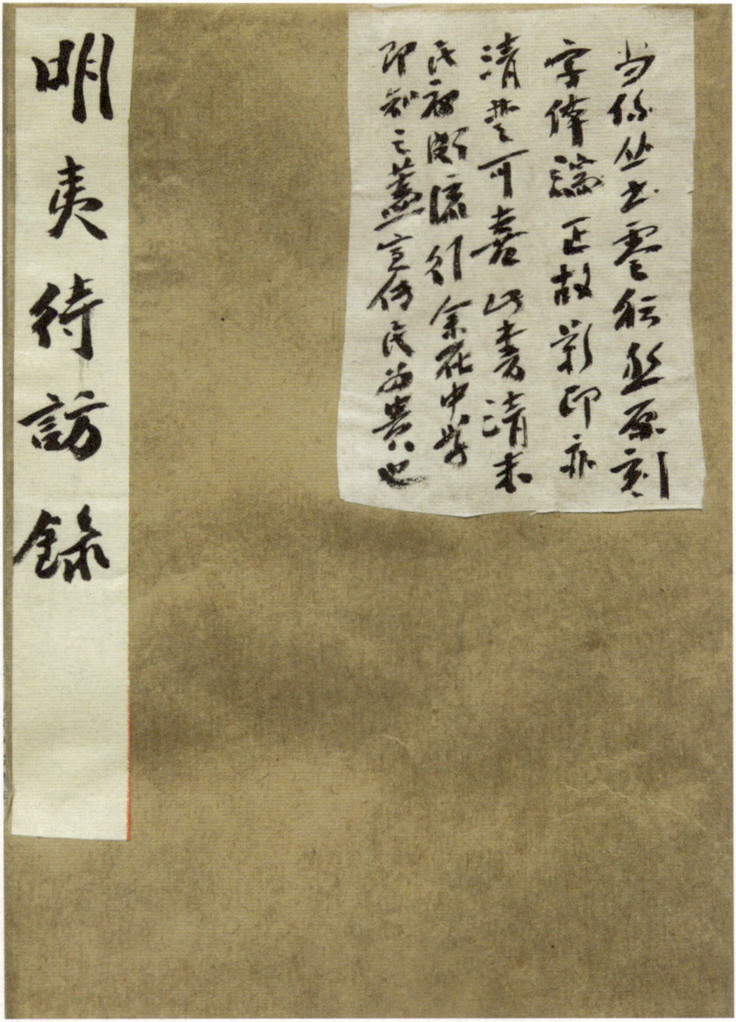
明夷待訪録

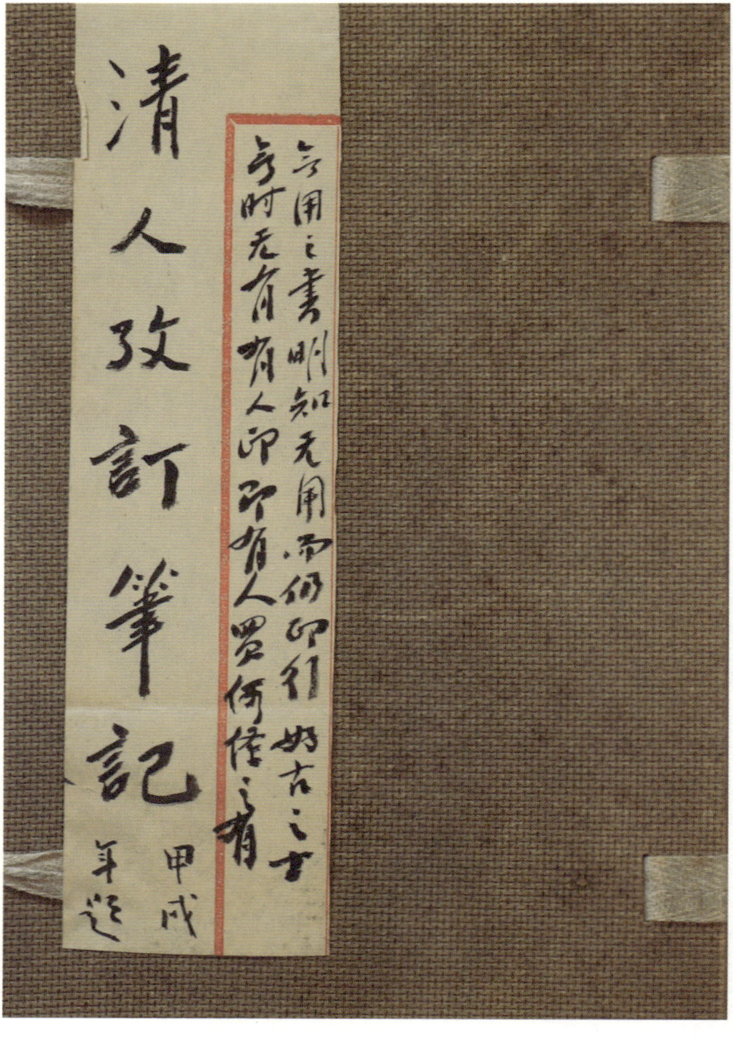
清人攷訂筆記
甲戌

清人考订笔记

无用之书。明知无用,而仍印行。好古之士,无时无有。有人印,即有人买,何怪之有?

甲戌年题

粤东笔记

留此书，可观当时出版界之一格，即向大众普及文化，价格低廉又传播知识。

甲戌

余近来整理旧书发见：旧书所用中国纸，即使等次，其寿命亦超越洋纸百倍。

甲戌

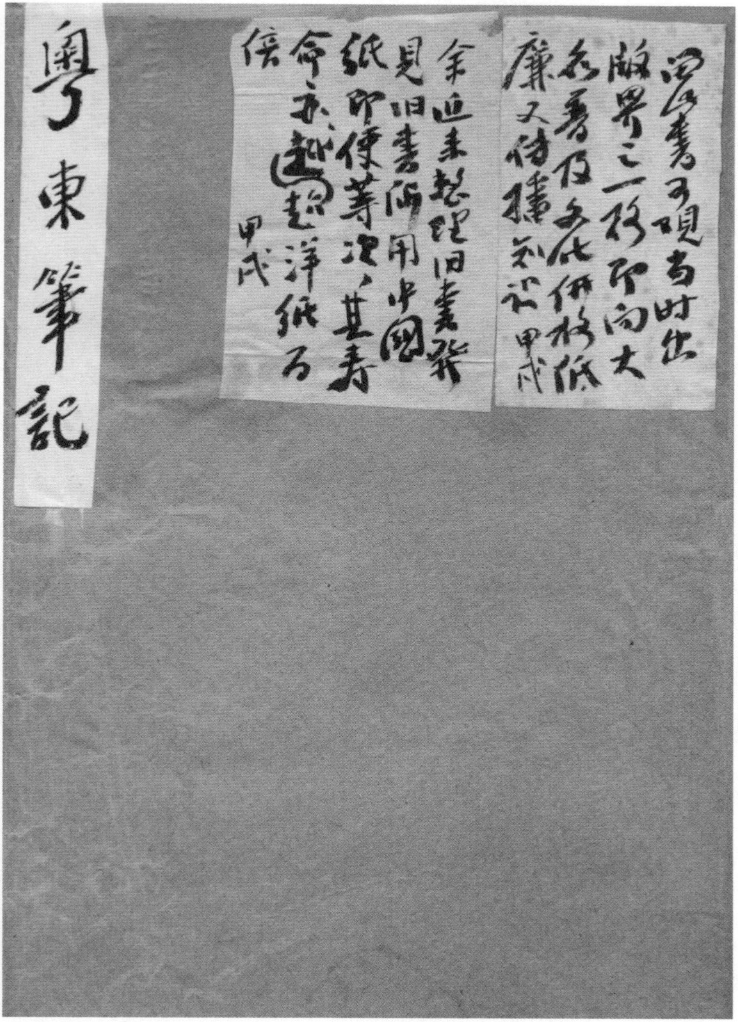
粵東筆記
此書可覘當時出
版界之一斑，所向大
多為書估手段，伊於胡
底又特據歎識
甲戌
余近来整理旧書發
見旧書所用中國
紙即使薄理，甚寿
命亦遠超洋紙百
倍
甲戌

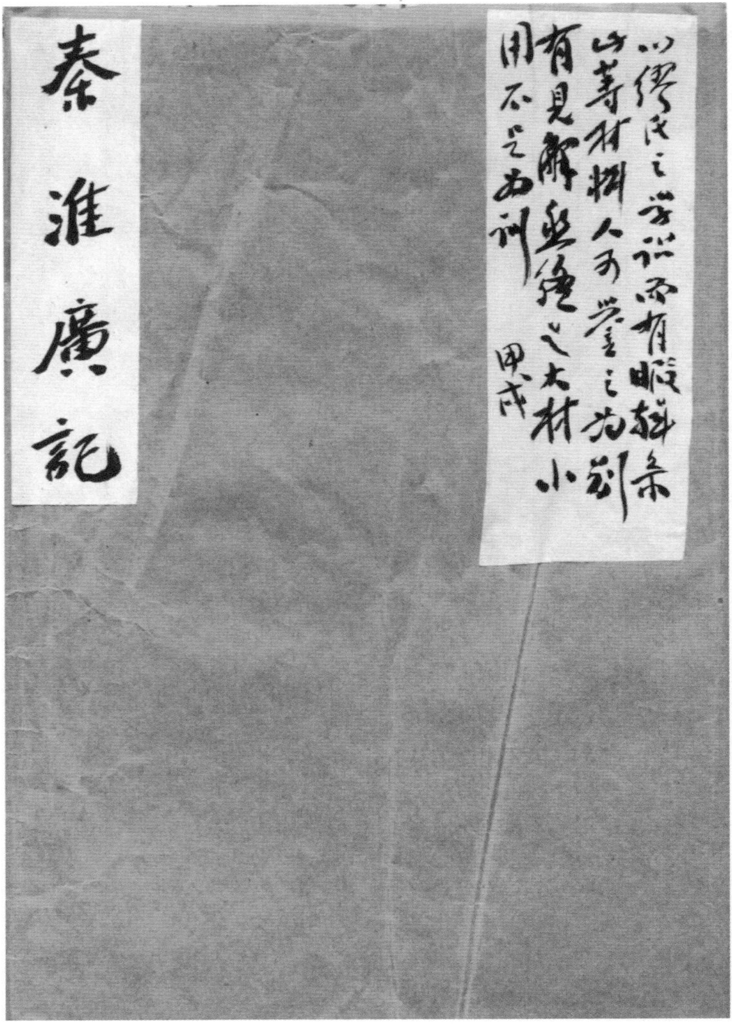
秦淮廣記
甲戌

秦淮广记

以缪氏之学识，而有暇辑录此等材料，人可誉之为别有见解，然终是大材小用，不足为训。

甲戌

妙香室丛话

附　屑玉丛谈

此等书见于鲁迅书帐(账)。余从上海邮致数种,现仅存两种,其他已送人,恐散失矣。每种册数厚薄相同,盖于设计,亦费一番工夫矣。

甲戌

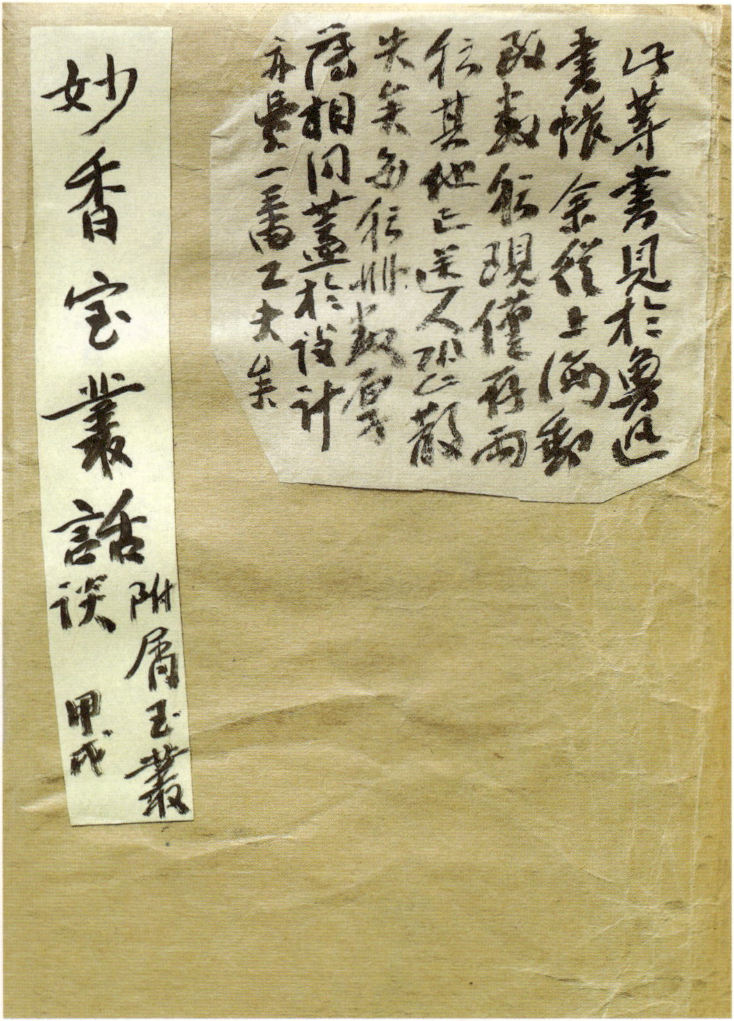

妙香室叢話

附屑玉叢談

甲戌

此等書見於魯迅
書帳余從上海郵
購[illegible][illegible]現僅存兩
種其他已送[illegible][illegible][illegible]
[illegible][illegible][illegible][illegible][illegible][illegible]
應相同蓋於設計
亦曾一番工夫矣

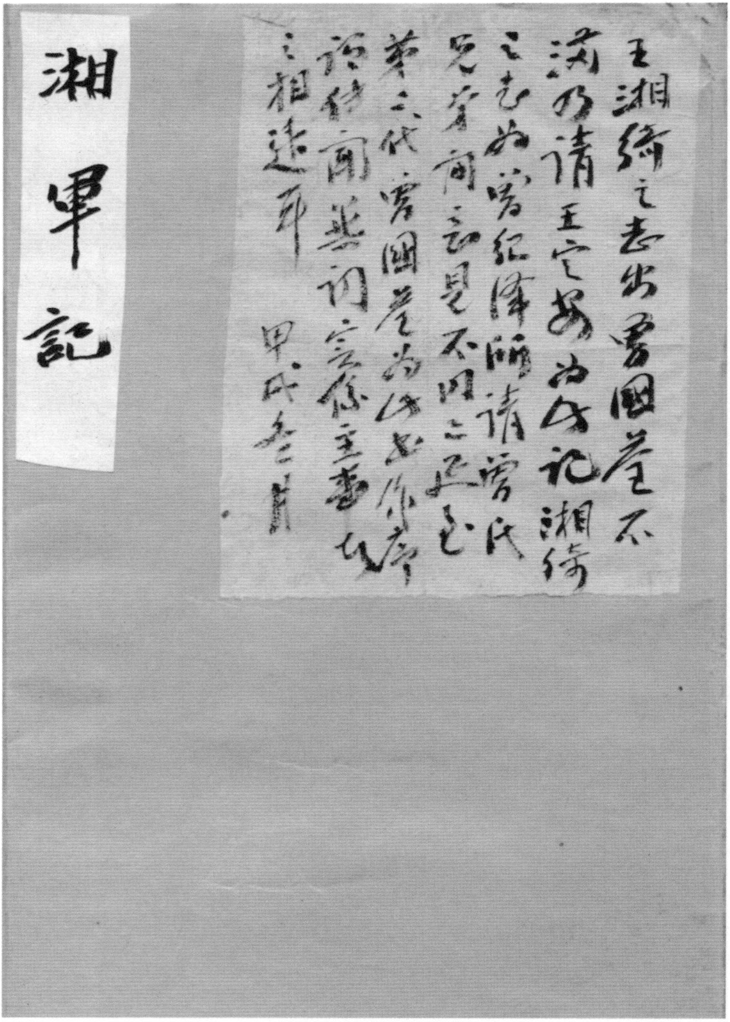
湘軍記
王湘綺之志曾國荃不
滿乃請王定安為此記湘綺
之志為曾紀澤所請曾氏
之相違耳

湘军记

王湘绮之志出，曾国荃不满，乃请王定安为此记。湘绮之志，为曾纪泽所请。曾氏兄弟间意见不同，亦延至第二代。曾国荃为此书作序，谓传闻异词，实系主事者之相违耳。

甲戌冬月

庸闲斋笔记
柳南随笔

余既以多种石印书送人，今手下只有此二种，系扫叶山房印本。书无大用，只存该山房印书格式。

甲戌冬

清朝末年、民国初年，石印方便，传奇小说及笔记小说曾亦泛滥。今所传已少，盖佳者少，而无内容者多被淘汰。

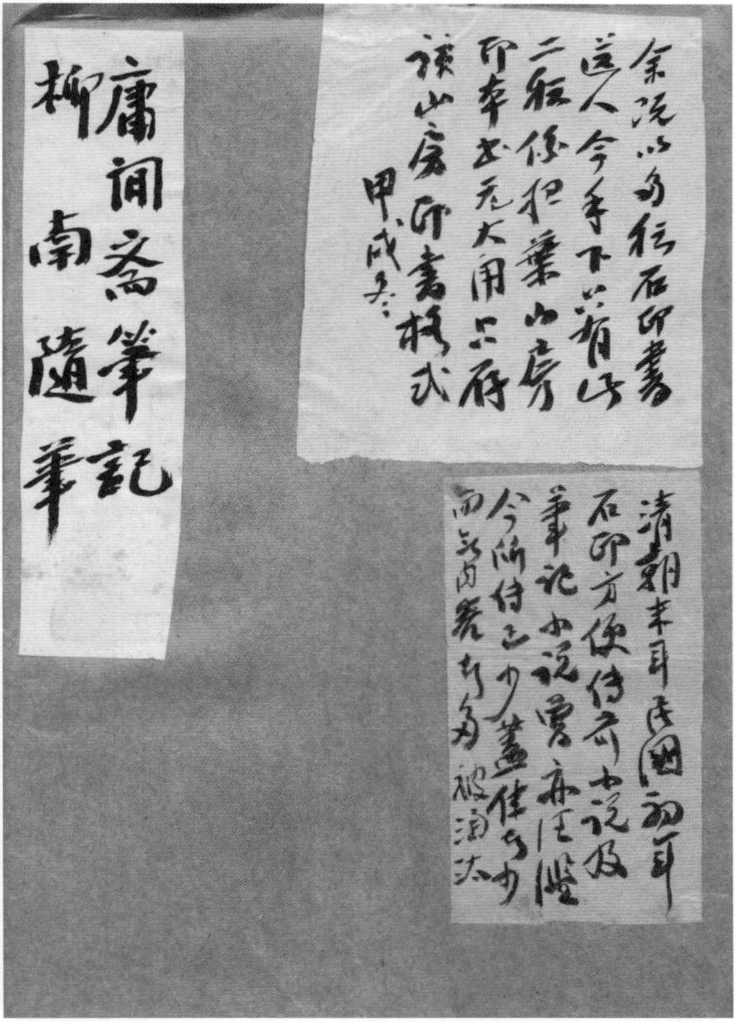
庸閒齋筆記
柳南隨筆
余說以前行石印書
這人今手下只有此
二種係掃葉山房
印本出売大用只存
掃山房所書模式
甲戌冬
清朝末年民國初年
石印方便付印小說及
筆記小說曾存汪[illegible]
今所付已少蓋佳本少
而字尚露不易被淘汰

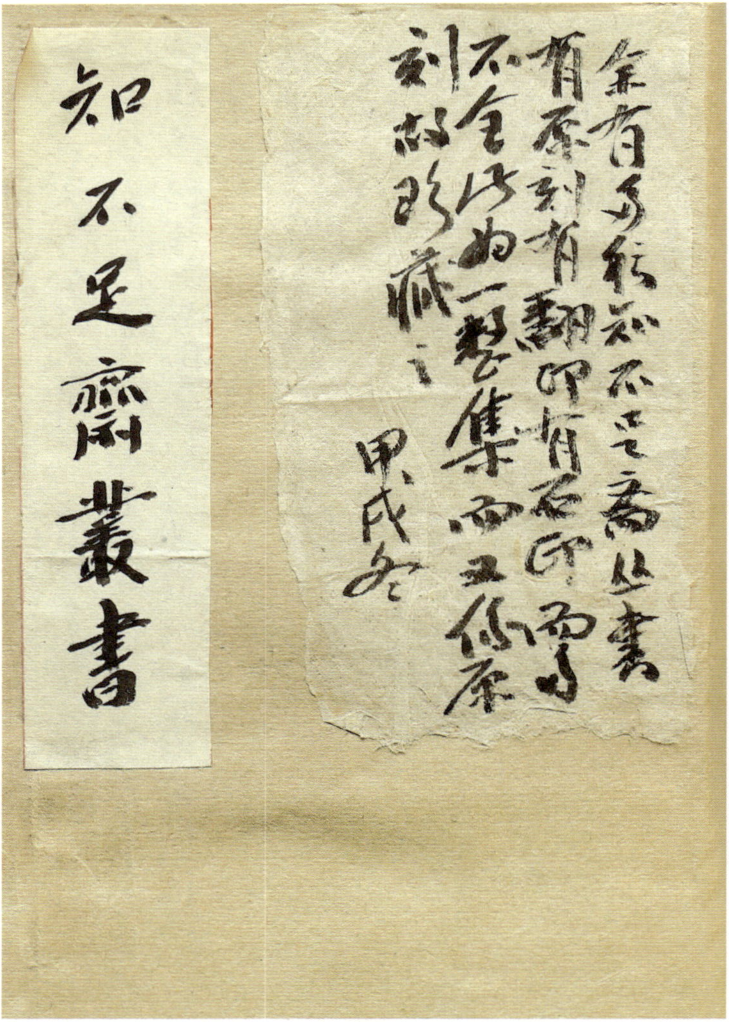
知不足齋叢書
甲戌冬

知不足斋丛书

余有多种《知不足斋丛书》，有原刻，有翻印，有石印，而多不全。此为一整集而又系原刻，故珍藏之。

甲戌冬

（续上）

《农书》《蚕书》《耕织图诗》《吹剑录外编》《宋遗民录》《天地间集》《宋旧宫人诗词》

《农书》一册似原刻，其他为该丛书之二十四集，则系尾声矣，纸墨较差，然亦不能遽定为翻刻。时期不同，条件较差耳。

农书两册似原刻其他如
说丛书之二十四集刻
係虎声矣纸皆较差
疑春不能遽定为翻刻
时期石印各件较差中

农书 蚕书 耕织图诗
吹剑录外编
宋遗民录
天地间集
宋旧宫人诗词

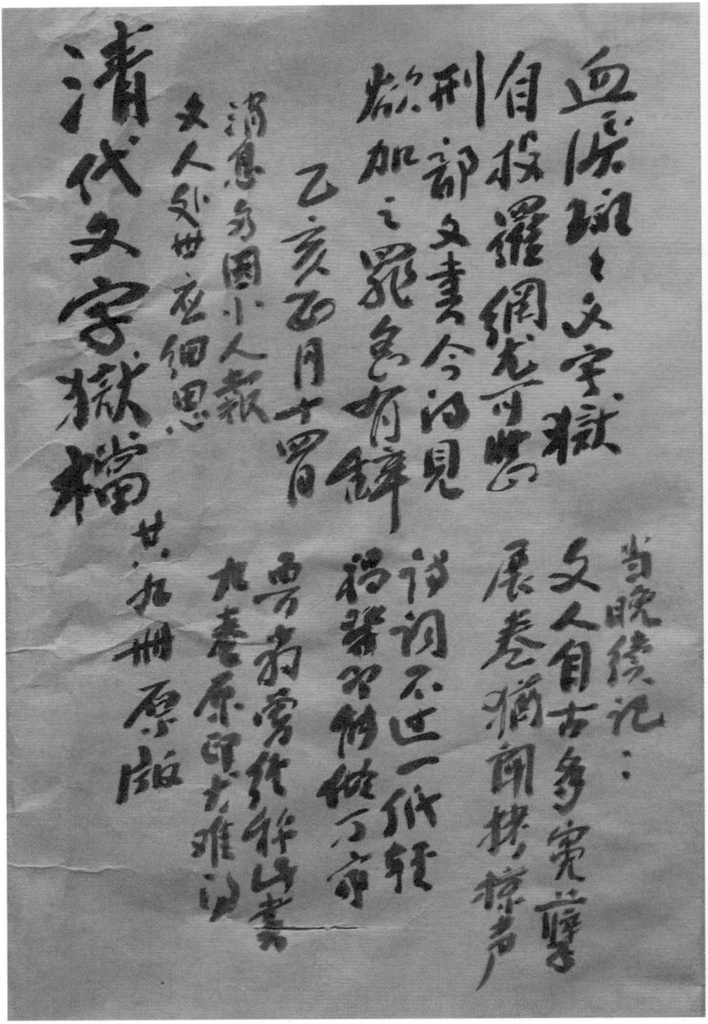

血淚斑斑文字獄
自投羅網尤可悲
刑部文書今猶見
欲加之罪急有辭
乙亥五月十四日

清患多因小人報
文人處世應細思

清代文字獄檔
廿九冊原版

當晚續記：
文人自古多冤孽
展卷猶聞拷掠聲
詩詞不過一紙輕
稿紙即能做刀斧
貴為當代稱帝業
九五原諒太難酬

清代文字狱档

共九册　原版

血泪斑斑文字狱，自投罗网尤可悲。刑部文书今得见，欲加之罪总有辞。

乙亥正月十四日

消息多因小人报，文人处世应细思。

当晚续记：文人自古多冤孽，展卷犹闻拷掠声。诗词不过一纸轻，祸发即能倾万家。鲁翁曾经称此书，九卷原印尤难得。

吾学录初编

吴荣光 撰　道光十二年

同治庚午江苏书局重刊

一

凡例　目录　卷一—卷四　典制　政术

风教　学校

此书盖当时不知内容，以为是笔记购进者。

一九九五年二月十八日重装并题

吳榮光撰　道光十二年

同治庚午江蘇書局重刊

此書蓋當时不知內容，以为
是筆記購進者

一九五三年月十八日重裝并記

吾學錄初編（一）　凡例　目錄　卷一—卷四

典制　政術　風教　學校

此書主要摘录
大清会典而成
由此可以考當時社
会风習亦不為稍
有用也

吾學录初编(二)

卷五—卷九 制度 祀典 貢举 戎政 仕進

吾学录初编

二

卷五—卷九　贡举　戎政　仕进　制度　祀典

此书主要摘录《大清会典》而成，由此可知当时社会风习，亦不得谓无用也。

吾学录初编

三

卷十一卷十三　祀典二　祀典三　宾礼昏礼

吾尝思如不革命，吾亦不能乡居，不能适应当时旧风俗礼教，亦必非常痛苦，而不为乡里喜欢。既不能务农，稍识字即被歧视，此余所习见也。

吾嘗思非不第命
吾亦不能鄉者不倒
近在方時旧風俗礼
數亦但能常稍
若而不為鄉里喜
欢說不能者能稍
社字即被歧視以
余所習見也

吾學錄初編（三） 卷十一—卷十三 祀典二 祀典三

賓禮 昏禮

予出纪八载归而葬父
葬於青岛 老母去世未归
文化大革命时葬妻未送
於礼均为不周 遗恨终身
也

吾学录初编（四）卷十四—卷十六 祭礼 丧礼 丧礼二

吾学录初编

四

卷十四—卷十六　祭礼　丧礼　丧礼二

吾出征八载，归而葬父；养病青岛，老母去世未归；"文化大革命"时，葬妻未送。于礼均为不周，遗恨终身也。

品花宝鉴

上

李屏锦赠。

1995.2.22

新潮小说不足以争(征)服群众，于是请出这些作品作为文化食粮，可叹也夫。

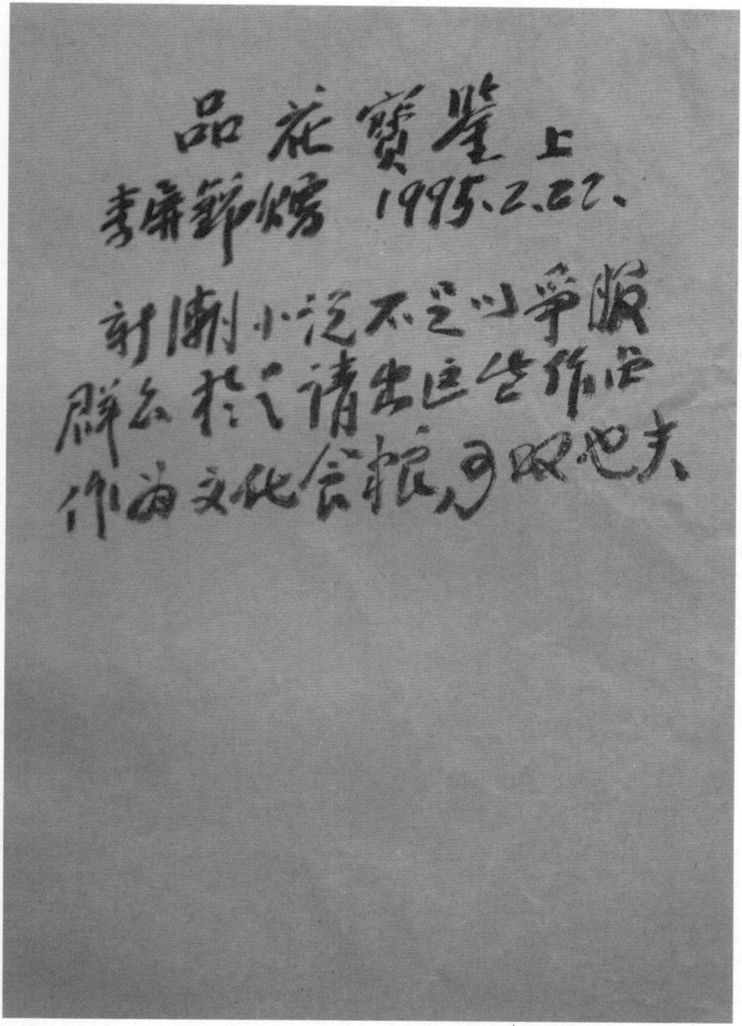

品花宝鉴 上

李齐铎嫔 1995.2.22.

新潮小说不足以争胜
解么於是请出这些作品
作为文化食粮可以也夫

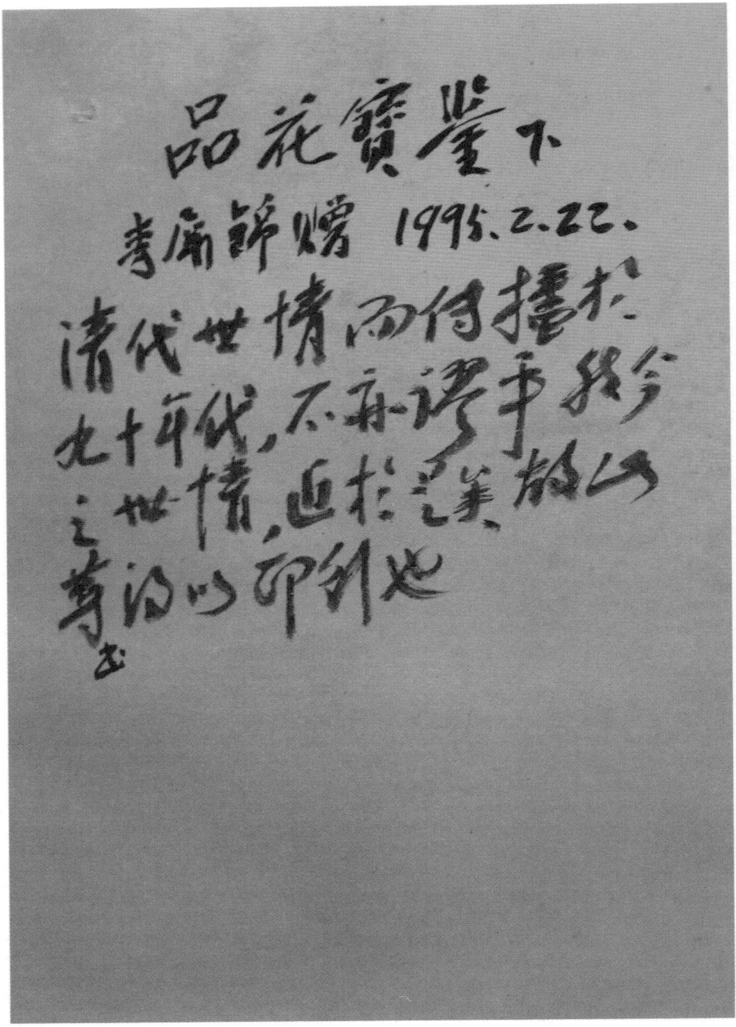

品花寶鑒 下

孝庸歸曙 1995.2.22.

清代世情而傳播於九十年代，不亦謂乎。然今之世情，遠於之矣，故以之尊的以印刷也 [illegible]

品花宝鉴

下

李屏锦赠。

1995.2.22

清代世情,而传播于九十年代,不亦谬乎!然今之世情,近于是矣。故此等书得以印行也。

曹丕集校注

夏传才　唐绍忠

1995.3.4 上午，吴云代赠。

此包书纸为《人民日报》大样纸，刘梦岚携来，余惜其洁白，未忍弃之，然用之包书则易污，亦不宜也。又因曾剪下余之文稿，纸有缺处，今用同样纸补之。盖闲来无事，销（消）磨时间也。

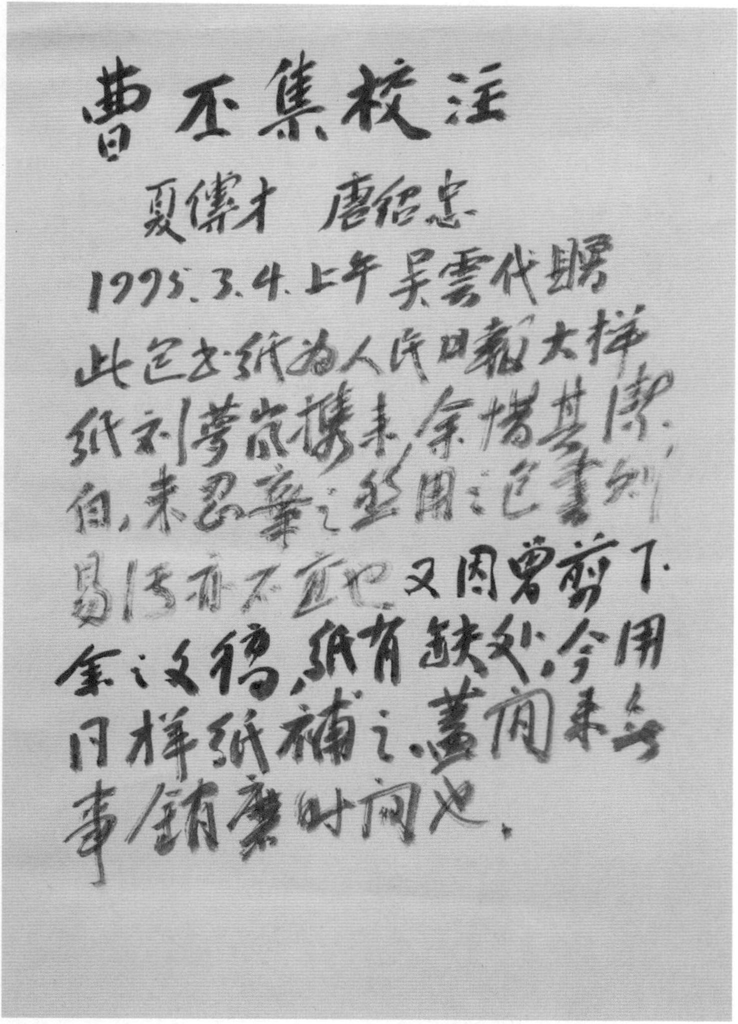
曹丕集校注
夏傳才 唐紹忠
1995.3.4.上午吴雲代購
此包書紙為人民日報大样
紙，劉夢溪携来，余惜其潔
白，未忍棄之，然用之包書則
易污亦不宜也。又因曾剪下
余之文稿，紙有缺处，今用
同样紙補之。蓋閑来無
事銷磨时间也。

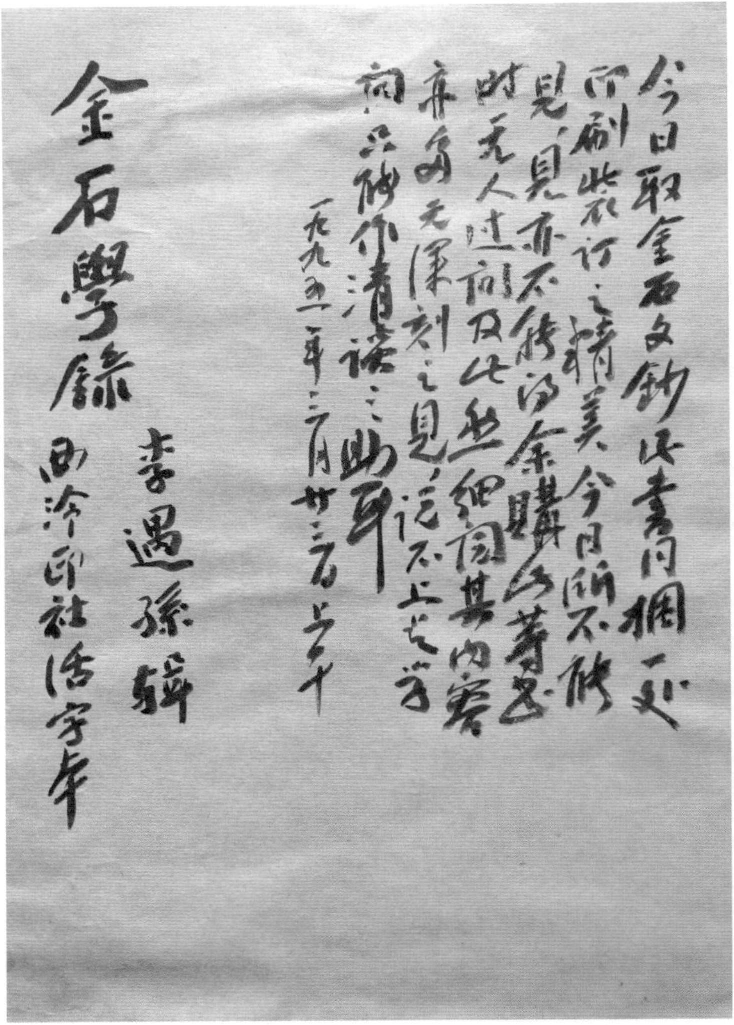
今日取金石文鈔與書同捆一处
所刷紫衣订之精美 今日所不能
見 見亦不待將余購此書是
时无人过问 及此書细阅其内容
亦自无深刻之見 记不上考学
问 只能作清谈之助耳
一九九五一年二月廿二日芦十

金石學錄 李遇孫輯
西泠印社活字本

金石学录

李遇孙 辑

西泠印社活字本

今日取《金石文钞》,此书同捆一处,印刷装订之精美,今日所不能见,见亦不能得。余购此等书时,无人过问及此。然细阅其内容,亦多无深刻之见,说不上是学问,只能作清谈之助耳。

一九九五年三月廿三日上午

金石文钞

上函

余喜读碑帖，而患其字体不清、文多不全。曾购《金石粹（萃）编》一部，以便查考，而又因该书系石印，字体缩小，老年已不便阅读。因此又购《金石文钞》一部，系在上海或南京邮购，书到后方知此书系续他人之书，即都穆之《金薤（未完，下页续）

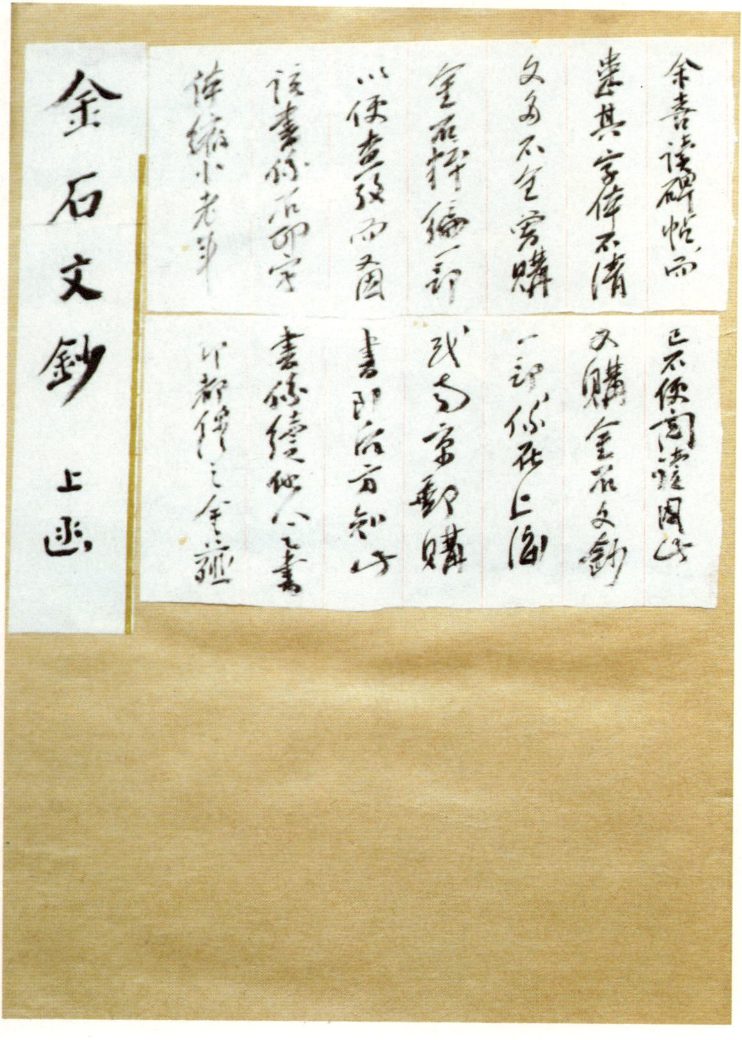
金石文鈔
上函

余喜讀碑帖，而患其字體不清，文多不全，曾購金石萃編一部以便查考，而因該書係石印字體縮小，老弟正不便閱讀，因此又購金石文鈔一部，係在上海戰前函郵購書，即所有知此書係續編之書，此部係之全璧

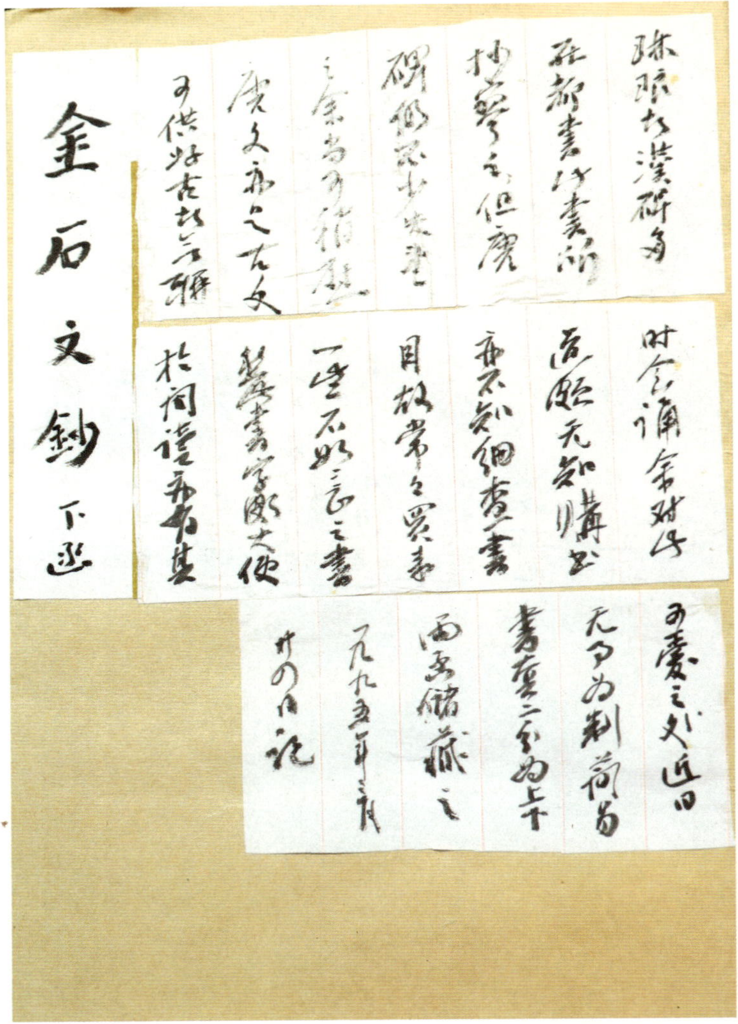
金石文钞
下函
孫[illegible]故漢碑多
在都書坊裏所
抄寫之，但廣
碑版頗多失考
之處，尚可補[illegible]
廣文亦無之古文
可供好古者之研
時令補余所得
道光元年購於
亦不必細查書
目故常以買書
一無不好之書
錄書為學問之便
於閱讀亦有益
可憂之文近日
無多為制前當
書店二分為上下
兩本備藏之
一九九五年三月
於[illegible][illegible]記

金石文钞

下函

（续上）

琳琅》者。汉碑多在都书，此书所抄寥寥，但唐碑仍不少。失望之余，当可稍慰。唐文亦是古文，可供好古者无聊时念诵。余对此道颇无知，购书亦不知细查书目，故常常买来一些不如意之书。然此书字颇大，便于阅读，亦有其可爱之处。近日无事，为制简易书套二，分为上下两函储藏之。

一九九五年三月廿四日记

使西日记

影印本

秦輶日记

刻本(西泠印社吴氏聚珍版)

近日理书,检及日记,此二种过去读过已忘记,以为未读,及见书皮文字,方知近年记忆力之衰退也。

丁(乙)亥三月(九五年四月十八日)

丁亥三月（九五年四月十六日）

近日陸續校日記，併二稿過書，讀過已竟，然以為未盡讀，復見我的文字，方知近日記憶力之衰退也。

使西日記 影印本

秦輶日記 刻本（西泠印社吳氏聚珍版）

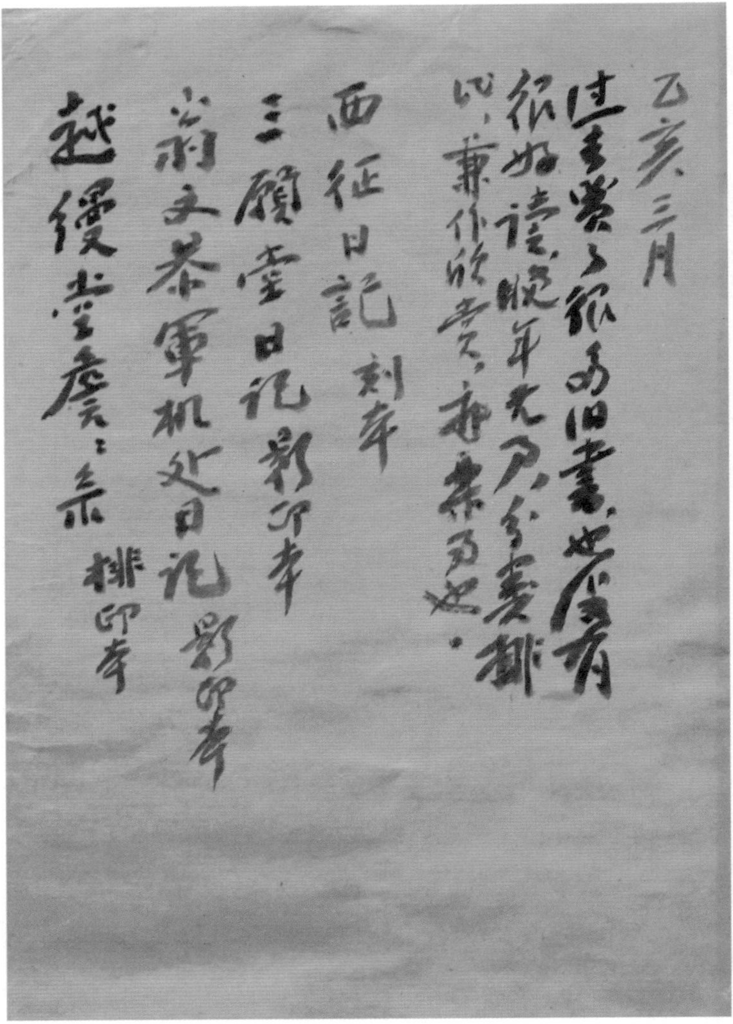
乙亥三月
建業之銀子明舊書，世以信有
征好讀，晚年尤乃以分寄囊郵
以，兼作跋焉，亦慕斯勇也。
西征日記　刻本
三願臺日記　影印本
翁文恭軍機處日記　影印本
越縵堂日記　排印本

西征日记

刻本

三顾堂日记

影印本

翁文恭军机处日记

影印本

越缦堂詹詹录

排印本

过去买了很多旧书，也没有很好读，晚年无事，分类排比，兼作欣赏，亦乐事也。

乙亥三月

汪悔翁乙丙日记

排印本

郭天锡手书日记

影印本

郭氏日记本为书法，而古典文学出版社印之,而又不根据排印本(有二种及一简本)。书写体不易读,只能当作书法欣赏。草字又有很多认不清,苦事也。

丁(乙)亥三月

丁亥三月

郭氏日記本為書法而書與
文學出版社印之，而又不根據
排印本（有六行及一兩本）。
書字體不易讀，只得當作
書法欣賞，草字又有許多
認不清，苦了也。

汪悔翁乙丙日記排印本

郭天錫手書日記影印本

宣德鼎彝谱　聚珍版

昨夜忽忆及此册，原拟抛掷之书也

今日上午山东客人二北京客人一由

刘宗武携铭来舍题写文字

两件，说话甚多太累完成甚艰

制，另有一位日时期学生上午来

下午又来，携以若之纸，太累婉谢

而去。故人何琏解新文则不能。

一九九五年四月廿日下午五时付

宣德鼎彝谱

聚珍版

昨夜忽忆及此册，原拟抛掷之书也。今日上午，山东客人二、北京客人一，由刘宗武带领来舍，题写文字多件，说话亦多，大累，后应节制。另有一抗日时期学生上午来，下午又来，均以告之我太累，体谅而去。故人能理解，新交则不能。

一九九五年四月卅日下午五时

附录

书衣文录
（非手稿影印部分）

《仇文合制西厢记图册》

曾于天津鼓楼小肆中见一册。今年托人在北京五洲书店购得此册，与前所见似非一处印刷。书皮污染，经擦净，重裹一纸。

纵耕一九五六年春季

《明清藏书家尺牍》

一九六五年二月，时妻病入医院，心情颇痛。京中寄此残书来，每晚修整数页，十余日方毕。年过五旬，入此情景，以前梦中，无此遭际。

雨水

时有所感：青春远离，曾无怨言，携幼奉老，时值乱年。亲友无憾，邻闾无间。晚年相随，我性不柔，操持家务，一如初娶。知足乐命，安于淡素。

一九六五年二月十九日晚

《广艺舟双楫》

久别重逢，如久违之石。惜君尘垢蒙身，亟为洁修整装，亦纪念此一段经历也。

一九七二年十一月于多伦道宿舍

附记：

此证余已搬回原住处，然身处逆境，居已不易。花木无存，荆棘满路。闭户整书，以俟天命。

《小说旧闻钞》

费慎祥印本，版权页有鲁迅印章。一九七三年十月一日，雨中无事，为家人出纳图书，见此本破碎，且有将干之糊，无用之纸，因为装修焉。

《鲁迅书简》（许广平编）

余性憨直，不习伪诈，此次书劫，凡书目及工具书，皆为执事者攫取，偶有幸存，则为我因爱惜用纸包过者。因此得悟，处事为人，将如兵家所云，不厌伪装乎。

此书厚重，并未包装，安然无恙，殆为彼类所不喜。当人文全集出，书信选编寥寥，令人失望，记得天祥有此本，即跑去买来，视为珍秘。今日得团聚，乃为裹新装。

一九七四年一月二日晚间无事记

《西游记》

有友人言，青年人之不知爱书，是因为住处狭小，余颇以为非此。书籍虽非尽神圣，然阅后总应放置于高洁之处，不能因无台柜，即随意扔在床下，使之与鞋袜为伍也。总因不知读书之难。

青年无爱护书籍习惯，书经彼等借阅归来，即如遭大劫，破损污胀，不可形容。青年无购书习惯，更少以自己劳力所获，购置书籍者。其所阅书，多公家发给，以为日用品，阅后即随便抛掷。即使借自他人，亦认为无足轻重也。

一九七四年四月

此皆小说也，而未失去，图章之力乎？此所谓自我失之，自我得之矣。

所感甚多，因作书箴：

淡泊晚年，无竞无争。抱残守阙，以安以宁。唯对于书，不能忘情。我之于书，爱护备至：污者净之，折者平之，阅前沐手，阅后安置。温公惜书，不过如斯。

勿作书蠹，勿为书痴。勿拘泥之，勿尽信之。天道多变，有阴有晴。登山涉水，遇雨遇风。物有聚散，时损时增。不以为累，是高水平。

《荡寇志》（商务精装排印本）

此书近借与同乡之任部队后勤军官者。彼近年以职务方便，颇读中外小说，并略有藏书。对此书似无兴味，送还时，书面油渍颇多，盖彼习惯于开饭时阅读，而彼等之伙食，据他说办得甚好云。

同乡童年参军，系农民，从行伍提拔，阅历甚多。余近又借与小木板《笑林广记》一部，则甚喜，亦不归还矣。

一九七四年四月修补后记

郑文学史

今日不适未上班，整理英法文《中国文学》，及己著残书。感伤身世，不能自已。后又包装此书，益觉无聊。

曾未正式读过文学史，对郑氏文章，不喜其语言文字。近读白氏集，找出此书查看，并包装之。

一九七四年，五月八日，

记于灯下，思前想后，心胸堵塞，甚不舒也

《宋词选》

某君需索宋词，即刻检出，恐其有失，软纸皮外，另加硬纸皮焉。

一九七四年六月四日上午记

《风云初记》

一九七四年七月二日下午，淮舟持此书来。展读之下，如于隔世，再见故人。此情此景，甚难言矣。著作飘散，如失手足，余曾请淮舟代觅一册，彼竟以自存者回赠，书页题字，宛如晨星。余于所为小说，向不甚重视珍惜。然念进入晚境，亦拟稍作收拾，借慰暮年。所有底本，今全不知去向，出版社再版，亦苦无依据，文字之劫，可谓浩矣。尚不如古旧书籍，能如春燕返回桂梁也。

当时批判者持去，并不检阅内容，只于大会发言时，宣布书名，即告有罪。且重字数，字数多者罪愈重。以其字多则钱多，钱多则为资产阶级。以此激起群众之"义愤"，作为"阶级斗争"之手段。尚何言哉。随后即不知抛掷于何所。今落实政策，亦无明确规定，盖将石沉大海矣。

呜呼！人琴两亡，今之习见，余斤斤于斯，亦迂愚之甚者矣。收之箱底，愿人我均遗忘之。

四日上午记

《战争与和平》

余进城后，少买外国小说，如此大著，尚备数种，此书且曾认真看完，然以年老，不复记其详节。书物归来，先为魏小姐借去，近家人又看，因借机洁修焉。

余幼年，从文学见人生，青年从人生见文学。今老矣，文学人生，两相茫然，无动于衷，甚可哀也。

此系残存之籍，修整如此，亦不易矣。

一九七四年七月四日灯下记

《天方夜谭》（文言译本）

此书购自天祥市场，摊贩配全者也。多年来竟未抛失。白话译本，余于青岛见之，彼时养病，未暇及此。此次阅读数篇，人生怪事，何必天方？年老不愿读小说，非必认小说为谎言也。人陷于情欲，即如痴如盲，孽海翻腾，尚以为风流韵事也。

此书数次借与同院少年，然彼等实不能读。但弄污后，我必再为修理，不以为苦，反以为乐耳。

一九七四年七月十三日

《三姊妹》

此污书，当购于南市摊贩，早应处理，竟在书架。弃之不忍，为之洁修，亦念旧交之谊耳。

一九七四年七月十三日

《历代诗话》

一、二年中，风波时起。猜疑深匿心中，遇机即爆发，恐终至于决裂。处事：明而后决，不留疑窦；行之而疑，我之大过。（上册）

一九七四年八月十七日

自寻烦恼，不能尤人。又不能达，又不能忍，痛苦将愈来愈深。（下册）

同日夜记

《静静的顿河》

此系进城后，所购第一批书中之一。日前发见书店发货单，为一九五四年九月，托杨玉玺所购。因知初到津五年间，并未想到大置书籍。大批买书，当在一九五九年养病归来以后。

并未读完，只读第一册耳。此书字号太小，恐以后更不能读。

院中青少年，并不读书，无事可做，打闹喧嚣，终日不息。退处室内，亦不能看书做事。日日听这种声音，看这些形状，此即所谓天津风貌也。

一九七四年八月二十七日下午记

《怀素自叙帖真迹》

肇公自故宫寄赠。自去岁函托他代购此本，彼即念念不忘，而出版一再拖延。此次寄来，包扎妥帖，老成典型，实可感念。

此为近年新购书之第一本，不能忘情于此道，亦苦事亦累事也。

一九七四年十一月三十日即用肇公纸包装之

《春渚纪闻》

一九七四年冬季，又头晕休息。此数日并感冒不适，不愿外出，整理残书。商务此种版本，颇便老年人阅读。除此数种外，余尚有《齐东野语》一部。

十一月某日

《学生字典》(商务版)

余识字不多，典故知识尤少。但不好查辞书。此次大部辞书失去，只留此小字典。老年多忘，愿养成遇生字即查字典之良好习惯，减少念写错白字的过失。手头有此废纸，为之包装，保其洁整，乐于触摸。

一九七四年十二月十四日时屋内颇暖

《辞海》

《辞源》及《中国人名大辞典》既失，幸此书及《汉语词典》尚在。然此书字甚细小，余已不能用，必要时，或借助于放大镜乎？此次，辞书及书目，失者甚伙。盖执事诸君，多原来书贩，知何书于彼业务有关，何书易出手卖钱也。书有包皮或有图章，则能幸存，此余前之所不及料知也。原皮已破，今日觅纸易之。

一九七四年十二月二十八日晚

《海上述林》(上卷)

余在安新县同口镇小学任教时，每月薪给二十元，节衣缩食，购置书籍。同口为镇，有邮政代办所，余每月从上海函购新出版物，其最贵重者，莫如此书。此书出版，国内进步知识分子，莫不向往。以当时而论，其内容固不待言，译者大名，已具极大引力；而编者之用心，尤为青年所感激；至于印刷，空前绝后，国内尚无第二本。余得到手，如捧珍物，秘而藏之，虽好友亦吝于借观也。

一九三七年暑假，携之归里。值抗日烽火起，余投身八路军。家人将书籍藏于草屋夹壁，后为汉奸引敌拆出，书籍散落庭院。其装帧精致者均不见，此书金字绒面，更难幸脱，从此不知落于何人之手。余不相信身为汉奸者，能领略此书之内容，恐遭裂毁矣。其余书籍，有家人用以烧饭者，有换取熟肉、挂面者，土改时遂全部散失。余奔走四方，亦无暇顾念及此。

一九四九年冬季进天津，同事杨君管接收，一日同湘洲造彼，见书架上插此书两册。我等从解放区来，对此书皆知爱慕而苦于不可得。湘洲笑顾我曰：还不拿走一本！我遂抽出一本较旧者，杨君笑置之。即为此册。

后，余书增多，亦不甚注意。且革命不断，批判及于译者，此书已久为人所忘，青年人或已不知此曾赫赫之书名。世事之变化无常，于书亦然乎？

昨晚检出修治。偶见文中有“过时的人物”字样，深有所感。

青年时唯恐不及时努力，谓之曰“要赶上时代”，谓之曰“要推动时代的车轮”。车在前进，有执鞭者，有服役者，有乘客，有坠车伤毙者，有中途下车者，有终达目的地者。遭遇不同，然时代仍奋进不已。

回忆在同口教书时，小镇危楼，夜晚，校内寂无一人。萤萤灯光之下：一板床，床下一柳条箱。余据一破桌，摊书苦读，每至深夜，精神奋发，若有可为。至此已三十九年矣。

今日用皮纸粘连此书前后破裂处，并糊补封套如衲衣，亦不觉夜深。当初购置此书之人，尚在人间乎？

一九七四年十二月二十九日记

《增评补图石头记》(下册)

余好买零散书籍于小摊，非定是吝惜小费，自幼养成习惯耳。常为小贩欺谩，价钱反较买新而成套者为昂。即如此《石头记》，原在墙子河边地摊上买得上册一本，后在劝业场楼上见下册，以为可以配全。小贩知是配书，当场涂改定价，竟多付一元与他。归后方知，前所买者为万有文库合订本，与此册页码并不衔接，仍是残书。今上册已送人，值此书籍困难之时，为之装点，并记经过如上。

《钦定元王恽承华事略补图》

余购置旧籍，最初按照《鲁迅日记》中之书账，按图索骥，颇为谨慎。后遂泛滥，漫无系统。鲁记中有此书名，然无补图字样，不知究系此本否。今已忘记此书来处，定价颇昂，似钦定原本，内府所出，纸墨甚佳。至于补图，余以外行，不能领略其妙处。看列表诸馆臣名，已系清之末年。国事日非，空存形式，敷文偃武，均成点缀耳。

一九七五年一月二十七日下午装讫记

《本草纲目》

此科学大著作也。认真从事，坚持不懈，惨淡经营，并有识见才力。虽荆棘荒芜之境，亦可开辟为通途大道。余近装聊斋集，已有此感，而于李氏之医学，感尤深焉。

此废纸原已捆线装书，余以旧报易下包此册，所谓拆东墙补西壁也。此事何益于人生，而经营不已，颇自怪也。

余修书以排遣烦恼，而根源不除，烦恼将长期纠缠于我身。

一九七五年二月六日晚记

《龚自珍全集》(上)

昨夜梦中惊呼,彻夜不安。

一九七五年二月二十二日

"今日文化"

这是和平环境,这是各色人等,自然就有排挤竞争。人事纷纭,毁誉交至。红帽与黑帽齐飞,赞歌与咒骂迭唱。严霜所加,百花凋零;网罗所向,群鸟声噤。避祸尚恐不及,谁肯自投陷阱?遂至文坛荒芜,成了真正无声的中国。他们把持的文艺,已经不是为工农兵服务,是为少数野心家的政治赌博服务。戏剧只有样板,诗歌专会吹牛,绘图人体变形,歌曲胡叫乱喊。书店无书,售货员袖手睡去。青年无书,大好年光虚度。出版的东西,没人愿看。家家架上无自购之书,唯有机关发放之本。转日破烂回收,重新返回纸厂。如此轮回,空劳人力。

一九七五年三月又记

《中国古代史》

夏氏此书,余于保定求学时,即于紫河套地摊购得二卷本。抗日战争中,已与其他书籍亡失。此册购于天津解放初,盖犹念念不忘也。今幸存,乃为之装束。

一九七五年四月三日晚无事灯下书

《书目答问》

书目书,既为执事者所据有,此本不引彼目所注意,而得存留。装而新之,聊胜于一本无有也。

一九七五年四月九日下午秀露书屋装讫记

《西域之佛教》

昨夜梦见有人登报, 关心我和我之工作, 感动痛哭,乃醒，眼泪立干。

一九七五年四月二十七日晚记

《国语》(国学基本丛书本)

此书购自书店。营业员不代顾客取书，只是监视顾客偷书。并以便利顾客为名，遂使书店变为阅览室。所到图书，无不狼藉，虽贵重典籍亦然，毫不珍惜。顾客招呼代取书，反不耐烦，甚至出语不逊，与菜市肉店无异。然购书者甚少，书店多设于闹市，行人顺便游览者多。如有小人书年画之类，则顽童打闹，地下滚爬，顾客步行艰难，无法检书，只好退出。此书店风景之大略也。然此系十多年前情景。今日当大不同，闻书店门前，可罗雀矣。

一九七五年五月十七日雨后，
此书在该书店小学课本柜中，余检出购之

《六朝墓志菁英二编》(罗振玉印本)

余幼年未认真习字，及至壮年，文字为活，虽有时以字体不佳为惭，偶尔练习，不能持久。购进字帖多种，即兴临摹，终无进步，然阅览稍多，乃知余字之最大缺点为不端正。近日书写，力求形体端正，不及他务。老年能写端正字，虽儿童之应有，但积习难改，仍当随时观览字帖，藉牢记字之结构状态也。

一九七五年五月二十日

唐写本《世说新书》(罗振玉印本)

此本亦得自天祥，后新印《世说新语》，作为附录，余并购之。然纸墨印刷，远逊于此。罗氏印书，定价昂贵，然对于翻印古籍，颇为内行，所印书籍，精益求精，真所谓一分钱一分货者也。流传千百年，纸墨将不败损。此虽系残卷，除读书外，尚可临字，花钱不多，一举二得。

一九七五年五月二十日晚

《金冬心书书画小记》

此两角钱小书，裹于群籍之内，遭逢非常，在外播迁，数易仓库，拆捆数次，地掷车触，独能完整，并免污损。此何故一欤？一以其体微而薄，得不触硬利；二以其偏僻，不为流俗所注目。故能全其体，保其洁也。其价虽廉，然能随时展玩，主人颇从受益，乐在其中，实友朋之故交，艺苑之小品也。

一九七五年五月二十三日下午

《六朝墓志菁英》(罗振玉印本)

余业此既厌且疲矣，然无他事可做。小本书既利用旧封套包装近毕，今日乃及此书。昨晚乱梦，晨五时半起，沿多伦道向海河方向行，过嫩江路再一横路，折而右行，至鞍山道口。门牌鲜明，门户未启，仰视楼上，窗帘花丽。主人未醒，往返徘徊。至家，共历一小时。

一九七五年五月二十七日

《七种(家)后汉书》

十四日晚，余已睡下。因事激动。及起身小解，全身寒战不已，过去无此现象也。时时有伤身之忧，而又不能断然处置，后患正无穷也。

一九七五年五月

《泰戈尔作品集》

久不弄此。中间事烦、病扰、休假、无纸，此业遂停。今日同人来谈，余问有封套否？中午遂有人携大捆来，闲人乃大忙。

一九七五年七月九日幻华室装

《为书籍的一生》

一九七五年八月二十六日下午。今日面部浮肿，并觉不适。午睡起，抽屉内有余纸，遂为此册包装。此书系林间同志介绍所购，以其版本特殊，时常独处，人亦对其不感兴趣，故得存留至今，且颇完整也。

昨日从办公室抱回茄子五枚，小黄瓜二条，用八张报纸裹之，尚恐街头出丑。两手托护之，至家累极。

《太平御览》(一)

天　皇亲　时序　州郡　地　居处

皇王封建　偏霸

美术摄影组从日本购照相机三部，货到开箱，马英同志为收取包装纸送我，并云：今日发矣！吾谓大有收获也。卷而携归，为此书作外衣。

一九七五年八月二十七日存善堂

《杜勃洛夫斯基》

初读此作在《译文》，甘之如蜜，珍之如璧。旧书已沦劫灰，此情亦如逝水。进城后购得此本，普氏著作，仅存一种。

一九七五年八月二十九日

《三唱集》

重装于一九七五年九月八日晚，再为此册题字，不禁泫然。

我的字写得多难看！可是当时千里一定叫我写，我也竟写了。千里重友情，虽知我的字不好，还是要我写。

一九七三年四月十三日晚，灯下题字摘要：

此系远的诗集，他在抗日期间，还写些歌词。书面题字是我写的。今天整理残书，去其污染，粘其破裂，装以薄纸，题记数语。

余于友朋，情分甚薄。无金兰之契结，无酒食之征逐，无肝胆之言语，无密昵之过从。因之无深交，多不详其家世、学历、年龄。

他是二十年代书生模样，文质彬彬，风度很好，对我关心。数十年来，相与之间，无言语之龃龉，无道义之遗憾。

他写的诗，明白畅晓，我所喜爱。

人之一生，欢乐痛苦，随身逝而消息全亡。虽父母妻子，亦只能讲述其断片。此后，或有说者，或无听者；或念者少而忘者多。或知者不言，或言者不知。其见证较久远者，其为遗书。能引起我对远的全部回忆的，就是他这本诗集了。故珍重记述如上，以备身体较好，能有较详细的关于他的记述。

《棠阴比事》

进城后，狃于旧习，别无所好，有暇即奔跑于南市、北大关等处。逛书摊于冷巷，时有所得。环境幽静，往返走路，于身体亦有益。唯于天祥市场购书，则甚不卫生。市场为藏污纳垢之处，所设书籍，破损尘封，索价无边。购回需曝之日中，刷之擦之，粘之连之，污手染肺，甚有害也。一次余整理旧书，有细物吸入气管，不适数日，当以为戒矣。而乐此不疲，忽忽已老，亦可伤也。

此书购于天祥，主人抛置于货柜之最下层，无人过问，已有年矣。余闻此书名，而不得善本，遂购归焉。原藏书人似银行职员，观其钞补遗漏，亦好书者。

一九七五年九月三十日

《吴越备史》

此本刻印纸地均甚佳，原藏者亦甚爱惜，近年流离，骨签内刺，幸未大伤。后有张海鹏跋，似据学津讨原重刻。

一九七五年十月十日

《斯坦因西域考古记》

重装于一九七五年十月二十七日。原有包装，随书历劫，已甚残破。此次利用厚纸重装，不忍除去，故甚臃肿。

《汉娄寿碑》

余读翁文恭日记，知其宝爱此碑，购得一本，然不能得其解。

一九七五年十二月二十五日灯下

《唐拓十七帖》

清代无他学术，士大夫考据及于金石，于是碑帖盛行，然打印颇难，得一本则视为珍秘。时代之好，后人甚难理解也。石印术兴，古籍字帖，得大传播，有正、文明诸书局，所印完备精良。十年前，余陆续购求多种，然对此道，终难及门而入也。此本印刷纸张，均甚精好，值书籍艰难之际，当与黄金等价。余附会风雅，故装而珍藏焉。

一九七五年十二月二十五日灯下

《翁藏宋拓九成宫》

一九五八年，余在青岛，病中习字，邹明同志自津购寄者。十余年人事沧桑，往事亦多不堪回首。而余尚在人间，并于灯下读书作字，忆及生者逝者，心如木石，不知其所感矣。

一九七五年十二月二十五日灯下

《纪太山铭》

余幼不习字，屡承严责。后奔走四方，更无习练之机会。所见既少，又乏师友指导讨论，写作潦草，字无定型，迄于晚年，不可改也。近年稍见字帖，亦尝练字，字如童子，数日即不耐烦。然亦悟知：字求便认，不生误会。当力使整齐无缺失，妍丑亦不可易矣。

一九七五年十二月二十六日上午

《祝京兆法书》

余近感：老年人多颠倒，语多重复。心有一念，顽不能散，一说再说，他人烦厌，而己不知。表现于文字亦如此。余青年时写作，一作之中，即使数十万言，无一重复语，似通盘背诵得过。今则不然，旬月之间，所题语言，即多重复。新枝不生，旧根盘结，此所谓生机渐消乎？

一九七五年十二月二十七日

《明清画苑尺牍》

此一年又在修装书籍中度过，仍不能自克自宽也。

一九七五年十二月三十日

《寒松阁谈艺琐录》

苏州古旧书店寄来。此书于同光间艺人小传外，颇记逸事。

《邵氏闻见后录》（上　下缺）

余好在小摊买书，而不及细检，常买到残缺之本，使小贩得利，有时反为其讥笑。此亦好便宜之过也。其实，物不佳而值并非不昂。购书当先看目录，查卷数，最后看版权页，以知其底止耳。

《归田录》

余今岁读欧阳文忠公集，将此录读过，见其所记，内容质实，而有条理。见闻学识，均非一般笔记所可比拟。

《续泉说》

此从苏州古旧书店寄来者，字刻虽拙，纸墨颇好，不知何人重装，讲求如此。鲍氏续从稿，亦颇可读。晚清士大夫，多好此道，并全力以赴，考订细微。风尚之形成，自有其客观原因。然其间多旧宦子弟，以及俗吏富商之慕风雅者。动荡如同光之际，志向远大者，自不乏人，其著述，当亦非此区区者所可比拟。然此小道，亦容人游赏，春柳秋花视之，可也。前附细纸，偶书如上。

一九七六年一月二日

《南园漫录》

余好购丛书另种，识其款式。此云南丛书也，只得此一种。所用纸张甚奇，所谓茧纸乎？

一九七六年一月八日上午

《画禅室随笔》

今晚至邻居看电视：向总理遗体告别。

余多年不看电影，今晚所见，老一代发皆霜白，不胜悲感。邓尚能自持，然恐不能久居政府矣。

一九七六年一月十三日

《梅村家藏稿》

后得者注意：此珍贵书也。不只定价昂，且经查抄者定为珍贵二等。同时定为珍贵二等者尚有：影印明本《太平广记》，明刊有抄配《四六法海》，新影印《太平御览》《会真记》《流沙坠简》《郎园读书志》，以及宣统活字《国朝书画家笔录》。

一九七六年一月二十八日

《十国春秋》

戒行之方为寡言，戒言之方为少虑。

祸事之发展，应及时堵塞之，且堵且开，必成大患，当深思之，当深戒之。

一九七六年三月三日灯下老荒记

《苕溪渔隐丛话》

余之读书，不洁不整不愿读，书有折角，如不展舒，则心中不安亦如卷折。然细想实不必要，徒损时间精神，于读书求学无关也。但古来读书人多爱书，不读书者视之为怪。余见他人读书，极力压迫书籍以求方便，心颇痛之，然在彼人，此种感情实难理解。

旧习本宜改过，但不近书则已，近书则故态复萌，因既在身边，即难不顾而生情，有之为累，生之为痛，乃法则也。

一九七六年四月十一日

《缶庐近墨》(第一集)

向阳大院，两妇女为盖小屋，争地吵闹不休。余今日挂老缶篆联于室，又包装此旧书。余囿居此院，二十有五年。初进院时，房屋庄严，院中清整，小河石山，花木繁盛，后住户日多，不爱公房公物，室内院中，渐呈破败，然尚未大坏。一九六六年，南市氓童，成群结队，上屋顶，入地下，凡有铜铁可偷走卖钱者，大事掠劫。屋瓦颓破，顶生茂草，院中花树，攀折刨损，一株不留。然假山小河，以其坚固，尚未动也。今年地震两次，兴造临建，遂移山倒海，断笋石为台阶，碎太湖石填地基，顿时河平山削。各式小屋堆砌连接，掩影曲折，几无行人之路。而原有住房，漏雨透风，无人修理。地虽已不震，而争地盗料，大事扩充，损公肥私，如入魔途，不知其返，向阳大院之委员、主任，表现尤甚。呜呼，名为向阳，其实向阴，此世界之所以永不得安宁欤？

一九七六年

《鲁迅全集》

一九六六年夏秋之交，每个人都会感到：运动一开始，就带有林彪、“四人帮”那股封建法西斯的邪气。

那时，我每天出去参加学习。家人认为：我存有这些书，不是好事。正好小孩舅父在此，就请他把线装书抱到后面屋子里，前屋装新书的橱子，玻璃门都用白纸罩盖。这真是欲盖弥彰，不过两天，我正在外面开会，机关的“文革”会，就派红卫兵来，把所有的书橱，加上了封条。我回到家来，内弟以为我平日爱惜这些东西，还特别安慰了我几句。其实，当时我已顾不上这些。因为，国家民族的命运，尚不知如何也。

住在同院的机关领导人，也赶来看望了一下。当然，彼此心照，都没有说什么。运动之始，“文革”会，乃是“御用”，观机关红卫兵队长由总务科长兼任，即可了然。人们根据旧皇历，还以为抛出几个文艺界人物，即可搪塞。殊不知道此次林、四之用心，是要把所有共产党干部“一勺烩”。

秋冬之交，造反派以“压缩”为名，将后面屋隔断。每日似有人在其中捆绑旧书。后又来前屋抄书，当时我的女孩在场，以也是红卫兵的资格问：

“鲁迅的书，我可以留下吗？”

答曰：

“可。”

“高尔基的呢？”

“不行。”

执事者为一水管工人，在当时情况下，其答对，我以为是很有水平的。

因此，“高尔基”被捆载而去，“鲁迅”得以留在家中。

人、事物、事情的发展变化，都是辩证的、无常的。你以为被捆绑去的，就是终身不幸；而留在家中的，就能永远幸福吗？大不然也。

捆绑去的，受到的待遇是“监护”。它们虽然经历了几年的播迁，倒换了几家的仓库，遇见过风吹雨打，虫咬鼠龇。但等到落实政策，又被“光荣的”护送归来，虽略有残缺，但大体无伤。

留在家中的，因为没有了书橱，又屡次被抄家，这些书，就只好屈尊，东堆一下，西放一下。有时与煤炭为伍，有时与垃圾同箱。长期掷于床铺之下，潮湿发霉，遇到生炉缺纸时，则被撕下几页，以为引火之助，化为云烟。

当初这些书，在我手中，珍如拱璧，处以琉璃。物如有知，当深感前后生活之大变，一如晴雯之从怡红院被逐出也。

被迫迁居以来，儿媳掌家，对寒舍惜书传统，略无所知。因屋小无处堆放，乃常借与同学同事，以致大多不知下落。一日竟将此书之封套，与废物同弃于院中。余归而检存之，不无感慨焉。

此书有详注，虽有小疵，究系专家所作，舍此，无以明当时社会及文坛上之许多典故也。

一九七六年

《艺舟双楫》（古今书室排印本）

一九七二年与此书重见。惜其垢污残损，为之洁修包装。庶几其有此经历，能面貌一新云。（此则为此番包书题字之首作，可记也。）

一九七九年十月再识

《五种遗规》（商务印书馆排印本）

古代之有刑罚，使民有所畏惧，岂只为统治阶级利益哉！古人有道德伦常之说，岂只便于奴隶主之统治哉？道德、伦理、教育、法制，经历史证明，乃全民之所需，立国之根本。经济、文化发展不可缺少之因素。

当变革之期，群众揭竿而起，选士用人，不可拘泥细节。大局已定，则应教养生息，以道德法制教化天下。未闻有当天下太平之时，在上者忽然想入非非，迫使人民退入愚昧疯狂状态。号称革命，自革已成之业，使道德沦丧，法制解体，人欲横流，祸患无穷，如“文化大革命”所为者。

道德伦理观念，成就甚难，进化甚缓。但如倒行逆施，则如江河决口，水之就下，退化甚易。十年动乱，可作千古借鉴矣。

一九八〇年三月

《坛经校释》(唐　慧能)

一九八〇年四月，金梅代购。

《四库全书总目》

余旧有万有文库本，共四十册，已于“文革”中失去。今日沈金梅同志，从夫子庙古旧书店，购得此缩印本。厚重而字体不甚清晰，非老年读书善本也。然聊胜于无有，故甚感沈君奔走之劳，并郑重包装如此状。

一九八〇年五月七日

《中外友好关系史参考资料》

陈乔同志寄赠。

一九八〇年八月十六日

《再生缘》研究

一九八〇年九月，泰昌赠寄。

耕堂藏书

《陶成章信札》

王勉思寄赠。

一九八〇年十二月

《宋教仁日记》

王勉思寄赠。

一九八〇年十二月

《北京花卉》

一九八〇年，小淼购。

《阿Q正传》

一九八一年一月，姜德明寄赠。

《鲁迅书信新集》

一九八一年一月，姜德明寄赠。

《陈垣史源学杂文》

一九八一年二月，金梅代购。

《新文学史料》（第十一期）

今日上午为一妄人删改《山地回忆》事，激动生气，手颤几不能书写复信信封，甚无谓也。证明养气功夫甚差，后当克制。方今天下事，不能以常理论之，处处依据旧理，以责相遇之人或事，徒增烦扰而无补于世道之衰也。此妄人为北京商业局，编语文教材，名字已忘之。恶劣处较窜改《荷花淀》尤甚，并非删节，而是处处另作。

一九八一年五月十四日，
昨日因食不洁物，夜半腹泻

《杜诗镜铨》

傅正谷赠。前数日，傅君曾送一稿来，系写我对古典文学的研习者，我看过，已写信寄还矣。今日持此书来，因已题字，不便推辞，谢而收之。此书我有木刻本，书面题某先生点窜本，以为出自名家手笔。实乃在印刷品上，任意删削，以炫彼之能删繁就简。致使一部洁整之书，涂抹狼藉，不堪阅览。方知如此妄人，古已有之矣。

一九八一年六月十日

《郭嵩焘日记》(第一卷)

王勉思寄赠。

一九八一年八月二十四日

《神话研究》(茅盾)

李蒙英持赠。

一九八一年八月二十六日

《汉简缀述》

陈梦家著。此公初为闻一多助教,写诗,号为喋血诗人,不知何义。后乃考古,盖纯粹书生也。于“文化大革命”中惨死。考古一途,何与人事?受迫如此。哀其所遇,购求此本。

一九八一年九月二日,

今日有郊外之游,晨起题此

题李燕生所作篆刻

燕生同志,示以所作篆刻,余喜而观之。惜余对此种艺术,缺乏常识,不能作恰当之评论。就艺术一般规律言之:欲有创新,必先师古,必拜名师。然师古而不化,或有名师而不知博采众长,亦必有拘泥之患。燕生能于此道中,博古而通今,兼收而并蓄,其将来之成就,必不可限量也。

一九八一年十月十日

《东华录》(蒋良骐)

金梅代购。

一九八一年十月廿二日大风

《报海旧闻》(徐铸成)

一九八一年十月,吴泰昌赠。

《花木丛中》(周瘦鹃)

一九八一年十月,吴泰昌赠。

《苏州游踪》(周瘦鹃)

吴泰昌寄赠。

一九八一年十一月十八日晚装

《吴承恩小传》(苏兴)

一九八一年十二月三十一日,金荣光赠。

《水浒传》资料

一九八一年十二月卅一日,金荣光赠。

《海明威短篇小说选》

一九八二年二月三日,吴泰昌寄赠。

《世界文学名著杂谈》(茅盾)

一九八二年三月二十八日,金荣光赠。

《宋拓夏承碑》

一九八二年四月题。此包字帖共十五册,此本商务印,其余十四册,均为上海艺苑真堂社印,然亦有别:《汉孟孝琚碑》为解放前出版,而其余十三册则为库存印张,解放后装订出售,观其封面纸料及无衬页即可知矣。此均为"文革"前,余在上海邮购得来,今日视之,已如珍秘之藏,无论无处购求,即有亦无力购买矣。今日礼拜,院中嘈杂,乃为之包以薄纸,借以寻静耳。

四月四日

《台湾红学论文选》

一九八二年四月，金荣光赠。

《红楼梦》

郭志刚寄赠。此乃校注本，余对之不抱奢望。即底本好，今日之编辑、校对，水平太低，而武断不负责任。近年标点出版之《三国志平话》，几不能读。任何古籍，当前如非影印，则甚难望其有任何佳处也。

一九八二年五月十日

《人间词话补笺》

金梅赠。

一九八二年五月二十二日

《巢林笔谈》（清　龚炜）

一九八二年九月六日，金梅代买。

《续孽海花》（燕谷老人）

一九八二年九月七日，吴泰昌寄。

《茨威格小说集》

一九八二年十一月，百花赠。

《人间词话新证》（滕咸惠校注）

齐鲁书社赠。

一九八三年一月

《金陵五记》（黄裳）

一九八三年二月六日，庞瑞垠寄。

《苏东坡传》(林语堂)

一九八三年二月六日,庞瑞垠寄。

《歌德的格言和感想集》

刘宗武赠。

一九八三年二月

《榆下说书》(黄裳)

一九八三年三月十七日,三联赠。

《家庭的幸福》(托尔斯泰)

林楚平译赠。

一九八三年三月

《艺概》(清　刘熙载)

一九八三年三月,金梅赠。

《文选》

余有中华《四部备要》本,亦据胡刻排印。此本字体较清,并断句,聊胜于前者。金梅代买。其实本可不买,寂寞无聊之举耳。(上册)

一九八三年五月二十八日晚记

余已数十年不至书市,据云线装书已绝迹于市场。书店即有所收入,亦以配套为名,居奇不售。前堆积台下无人过问之破烂,顿成宝货。此亦"文革"焚毁书籍之后果也。

国家偶出线装古书,售价之昂,非常人之所能得。故中华影印书,遂成今日爱好古本者,唯一可求之路。然今日整理古籍,多意在普及,只注意标点、索引之类,谈不上学术方面之

创造。求如胡克家之印书精神、学术修养，不可多得矣。时代不同，此种人材，亦渐稀少。（中册）

五月二十九日晨起又题

一九七六年夏季，余常于晚间，读《文选》于蚊帐中。后值地震遂罢。当时记得《四部备要》本注文中有错排，故长期以来，有再购一读本之念。然今日旧籍如铅印，实不能望其无误。故此本虽不便阅读，究可与前本对证也。（下册）

《文苑英华》

金梅代购，用车驮来。此厚重书，老年人本无所用也。

夜起，地板上有一黑甲虫，优游不去，灯下视之，忽有诗意。

一九八三年六月二十三日记

《中外历史年表》

一九八三年九月，金梅代购。

《国初群雄事略》（钱谦益）

一九八三年九月卅日，金梅代购。

《艺林散叶》（郑逸梅）

一九八三年十月十一日，泰昌赠。

《中国历史纪年表》（万国鼎编）

一九八三年十月，金梅代购。

《草木子》（明　叶子奇）

一九八三年十月，金梅代购。

《南亭笔记》

一九八三年十月，金梅代购。

《庄氏史案本末》

一九八三年十月，金梅代购。

《释迦方志》(唐　道宣)

一九八三年十月，金梅代购。

《青琐高议》(宋　刘斧)

一九八三年十一月廿五日，金梅赠。

《平山冷燕》

一九八三年十一月，胡德培赠。

《梼杌闲评》

一九八三年十一月，胡德培赠。

《宋书》(第一册)

一九八四年一月十四日，金梅代购。

《永丰乡人行年录》

一九八四年一月，姜德明寄赠。

《达夫书简》

一九八四年二月十五日，小胖赠。

遇人不淑，离散海外。不能遁隐，与敌周旋。终至惨殁异域，其结果可谓不幸之甚矣。而女方归国，反能享其天年。追怀往事，读者亦不胜其悲矣。文人不能见机，取祸于无形。天才不可恃，人誉不可信。千古一辙，而郁氏特显。

摈此不论。单从爱情而言，郁氏可谓善于追逐，而不善于掌握；善于婚姻前之筹划，而不善于婚姻后之维持矣。此盖浪漫主义气质所致也。

《洪宪纪事诗三种》

一九八四年二月，金梅代购。

《铁围山从(丛)谈》(宋　蔡絛)

一九八四年四月廿五日，金梅代购。

《东轩笔录》(宋　魏泰)

一九八四年四月，金梅代购。

《华严金狮子章校释》(唐　法藏)

一九八四年五月，金梅代购。

《归潜志》(金　刘祁)

一九八四年五月，金梅代购。

《鹤林玉露》(宋　罗大经)

一九八四年五月，金梅代购。

《泊宅编》(宋　方勺)

一九八四年五月，金梅代购。

《王守仁》

厦门华侨中学初三七班学生白梦秋寄赠。

一九八四年七月廿三日

《陆贽文》

一九八四年七月廿三日，厦门学生赠。

《贯华堂(本)水浒传》(一)

此书已成珍本无疑，用数日时间，包装二十四册毕。

一九八五年一月二十三日

此中亦有色情描写，然与当前之色情文学相比，其高明之处自见。大手笔，即写猥亵，亦非炫小才者，所能望及。

同日又记

《一士类稿》

《一士谈荟》

一九八五年一月廿七日，姜德明寄。

《殷芸小说》

一九八五年三月，金梅赠。

《倾盖集》

吕剑寄赠。余复信谓：弟喜读近人所作旧诗，然自身不习音律，偶有尝试，常常失韵，不敢再做。此册可作学习范本也。

在北京及青岛养病时，曾写了一些旧诗，“文革”中，老伴投之火炉。其他文字或可惜，诗稿之焚，从未在心中引起遗憾。

一九八五年四月四日

《石屋余沈》

一九八五年五月，金梅代购。

《兰亭论辩》

姜德明寄赠。德明信称：出版社库房爆满，将存书售给花炮作坊。此书只收三角，一杯酸牛奶价，较论斤更为便宜，然非熟人不能得。余复信称：书中每件插图，即可值三角，而插图共有六十五件之多。拿着文化开玩笑，可叹也。

一九八六年三月十日

《续古文观止》

一九八六年四月，张秋实寄赠。

弗氏著作两种

一九八六年六月，刘濛寄。

《太平御览》

余有此书，一九六三年印本。纸较劣，然装订较佳。此系《蓝盾》编辑部所赠，该刊以登案例故事，颇赚钱，故赠品亦大方如此。此系一九八五年印本，纸较佳而装订较劣，系一中学师生承揽为之，书前已题字，推辞不得，无功受禄也。虽系重出之书，因贵重，亦不愿轻易送人。借此机会，愿能稍加浏览。余系穷学生出身，少年得书颇不易，在冷摊上用几枚铜板，买两本旧杂志，犹视如珍宝。困乏之中，奋力自学，得稍有知识。今老矣，如此大部书，竟能拥有两部，亦可稍慰早年清寒之苦矣。（以上第一册）

一九八六年九月二十五日

此书原定价五十元，当时已视为昂贵。今定价为一百零四元九角，上升一倍，而供不应求，一般人不易购得。编辑部"假公"以"济私"，使有关人士亦得收藏之，恐怕仍是用者未必得，得者未必用。然较用名牌烟酒，文雅多矣。书籍成为一种物质，用来送人情拉关系，乃古时"书帕"之遗意，亦当前社会之新风也。（以上第二册）

一九八六年九月二十五日下午

六十年代初，国家经济困难，所印书籍，多用粗劣纸张。大部头书，如《全唐诗》，所用纸，红黄蓝白黑五色俱全，松软碎裂，形成一个时期的版本特色，无可如何也。该阶段，余购书最多。先买黑纸本，后遇白纸本，即再买一部，将黑纸者送人，邹明得惠不少。然如《全唐诗》《太平广记》等大部书，即遇有白纸者，亦不便更换，故仍为杂色纸本，今已不计其黑白矣。此书用如此佳纸，漆面烫金，国家经济好转之验也。惜装订不讲求，纸页不齐，册型不整，且有破损之处。包装运输，尤为随便，是对文化事业仍不够重视，各个环节，尚未全面规划改善也。（以上第三册）

一九八六年九月二十五日

下午外有恶声，心意不属

《唐玄序集王羲之书金刚经》

去岁，为姜德明同志书一小幅，文曰："如露亦如电"。附注："余读佛经，只记此一语，晚年书之。"姜来信不明出处。余亦记忆不清，查所存几种佛经，均无此语。余对此等学问实无所知也。念前有柳公权书小字《金刚经》，语或出此。然前些年已同其他十余种字帖，赠与他人。皆遵同居者之命，以讨其欢心者。不久即仳离，所赠亦无谓。余之佛书，大半为石刻复制本，购买时，既想读经，又想用以习字也。

昨日偶见上海书籍广告，有此名目，乃托田晓明购买一册。晚间包装浏览，方知《金刚经》共有六译，而此乃删缀之本，非经书全文。又系拓片，装裱时有错裁误接之处，不能用作读本。然翻检至末尾，四句偈语，赫然在焉。失望之后，倍增欣喜。恐再遗忘，谨抄存之：

一切有为法　如梦幻泡影

如露亦如电　应作如是观

余为德明书此五字后，见一图片，鲁迅先生曾为日本僧孱书此五字。余与先生在文字上能有一点同见与同好，实出偶然。然私心亦不免有所惊异矣。

昨晚修整此书，临近八时，调整收音机，听气象预报。忽闻关于精神文明之决议，正在播出。心情激动，聚神谛听。过去从未如此关心政治，晚年多虑，心情复杂，非一言言尽，慨然良久。

今日看小孩儿，颇疲乏，字写不好，心情亦不佳。

一九八六年九月二十九日晚记

《观沧阁藏魏齐造像记》

北齐天保四年曹普造像记：敬造佛像一躯，愿亡者去离三途，永超八难，上升天堂。皇帝陛下，居家眷属，咸臻上寿。茫茫三界，蠢蠢四生，同出苦门，果登正觉。

当时造像，都要先为当今皇帝，当地长官祝福。

除三界外，如三途，八难，四生（他记中尚有“永出六尘”字样），余皆不明其具体内容。

一九八七年二月

《洛阳伽蓝记校释》

书前有《永乐大典》书影一页，内有“慕势诸郎”一词。引本书：齐土之民，风土浅薄，虚论高谈，专在荣利。太守初欲入境，皆怀砖扣首，以美其意。及其代下还家，以砖击之。言其向背，速于运掌。

这比“人一走茶就凉”，厉害多了。无怪人都愿去上任，不愿退休。

一九八七年三月

《挥麈录》

此书，余尚有丛书集成影津逮秘书本。

书内四三二条“王俊首岳侯状”，全用口语，叙述描绘，与宋人话本同。互相对证，确系当时市井语言也。此种语法，有很多延续于明人小说之中，至清而一变。

一九八七年四月

《文献通考》(上册)

一九八七年十二月十日,金梅代购。

景西来,言其子小峰已结婚,女方为湖南土家族人,十八岁,其舅送来,所费并不超出与本地姑娘结婚之用,而且不必盖新房矣。索钱,余向他解释后,予一千元,盖有身后遗念之意存焉。近我乡多有从四川等地领婚者,然四川价昂,媒人费即达两千元。

《文献通考》(下册)

久不购书,见此书广告又忍不住,其实已不能细读矣。

一九八七年十二月十日灯下记

近××之二妹出走。村中有孤儿,二妹夫怜而邀其家中过年,后遂吃饭做活在一起。村中有流言,今年中秋节分出之,而二妹乃火急出走,派人各处寻觅,不得。

一九八七年十二月十日

《龚自珍年谱》(郭延礼著)

济南邓基平寄赠。

一九八八年九月六日装

《茅盾书信集》

一九八八年,郑法清赠。

《勉仁斋读书录》(梁漱溟)

一九八九年二月九日,姜德明赠。

《北京风俗杂咏》

一九八九年四月,山东邓基平寄。

《遵生八笺》

一九八九年九月十九日，邓基平寄。书价昂，已寄款去。

此书收入四部丛刊中，已不易得。余见有排印本，原想购置。然此本油墨纸张均甚差，所谓好书不得好印。且有删节，未能令人满意，然今日出版物，亦只能将就着看。

当日晚记

《天津杨柳青画社藏画集》

自去岁入冬以来，余时有寂寞无聊感。身体亦时有小毛病发生。邹明逝世，朋友多以预早体检告诫，余以年龄超期，有什么就带走回答，仍是人生无可奈何之意。然自停止写作以来，无所事事，精神既无寄托，空虚苦闷，时时袭来，绕室彷徨，终非善策。日前山东一青年名常跃强，专程送来字画各一幅，余观赏两日已收起。昨日下午，谢国祥同志送一山水挂历及此册来，又消磨两日时光。近况颇似儿童，遇人送来合意礼物，则欢欣形于言词，实可笑也。

一九九〇年一月四日记

《孙犁传》

昨晚梦见邹明，似从阴间请假归来探望者，谈话间，余提及已嘱李牧歌将纪念他的文章，及早汇印成书，不禁失声痛哭。邹瘦弱，神色惨淡，似颇不快，余急呼牧歌慰之，遂醒。盖昨晚睡前心情不佳所致。大热近一周，从今日起，稍凉爽。

一九九〇年七月十九日清晨

《唐宋传奇集》

此书购于一九五二年三月。系人文据旧《鲁迅全集》纸型重印，一九五二年二月出版。封面仍为陶元庆所画，可贵也。原包装用中学同学张砚芳包书法，甚严密，纸已破败，故重装之。时一九九〇年八月二十二日。

新全集不收此书，余检寻未得。近读《太平广记》，连及此书。抚今思昔，感慨颇多。

先生编纂此书时，正值精力、情感旺盛之期，故序跋文字中，颇多妙语。余青年时，都能背诵。

《文征明行书离骚》

文字为工具，以易书易认为主。用作装饰，亦应以工整有法，秀丽有致为美。近有作者，以狂以怪为高，以丑为美，所作字倚斜臃肿，如蝌蚪，如乱石，如枯干。更有甚者，以拖布做笔，表演大庭广众之中，此作杂技看则可，作书法看，则令人啼笑皆非。余近习字，专以传统为重，求其有法有依，绝不作狂纵之态也。

一九九一年元月六日病稍可，
记于小屋南窗之下

《建安七子集校注》

一九九二年二月十八日，吴云同志赠。

《汉籍在日本的流布研究》（严绍璗著）

耿见忠寄赠。

一九九四年三月十六日装

甲戌理书记

《定香亭笔谈》

阮元著。此达官贵人之笔记也。所记无人民生活，更无其疾苦。全部为风雅之事，加以宾客满园，偶有谈吐，即有人捉笔记之；偶有吟咏，即群起而唱和之。诗词满篇，都为歌颂而作；名流如鲫，皆为附骥而来。每册皆有记录之名，真可谓笔记著作中之阔气者矣。（第一册）

一九九四年十二月十五日记

此卷钱塘陈鸿寿录，不知是否即画家也。三卷录者为仁和钱福林；四卷为钱塘陈文杰；一卷为嘉兴吴文溥。卷首有阮元嘉庆五年序，版成亦在此时也。（第二册）

同日又记

此书购回后，多年未读。近日整理木版书方找出。见书皮残损，乃为之包以毛边纸。此系扬州阮氏琅嬛仙馆原版，亦可珍也。（第三册）

此书纸敝，板片漫漶，原主人圈点殆遍，并有抄补，亦读书人也。其藏书章为“暂留吾家”，亦可谓达者矣。书皮为单页，已朽残，多补贴，不知是否我购回所作。原装订者如此偷工减料，原主人必系清寒之士。

此书购自津沽，我进城后，大买旧书，减去书贾多年陈货，使其有利可图，并暗中庆幸遇此大老憨，亦津门书市逸事

之一端也。(第四册)

此书一函四册定价五元。书签空白,今日题写之。余尚有《小沧浪笔谈》亦阮元作,性质相同,版本亦类似,用纸稍差。

《知不足斋丛书》(第三集)

余有多种《知不足斋丛书》,有原刻,有翻刻,有石印,多为零本。此为一整集,而又系原刻,故珍藏之。

又零本三种:《农书》一册似原刻,其他为该丛书之二十四集,则系尾声矣。纸墨较差,然亦不能遽定为翻刻。时期不同,条件较差耳。

《知不足斋丛书》,为有清一代丛书之最佳者。出书最多,亦最有价值。书多实用,每书有跋,即"编后记",鲍廷博氏之精细用心,实开鲁迅编印书籍优良作风之先河。鲁迅于二十年代,仍购进北新书局石印《知不足斋丛书》一部,可见其对此丛书之垂青矣。

北新石印本,余存十余种。

甲戌

《张大千生平和艺术》

一九九四年六月八日下午,卫建民寄赠。书印于一九八八年,云购于旧书摊,然书甚新,如未触手。建民知我性格,不会寄脏书给我。当即用彼包裹纸装之。闷热,雨短时即停。

余自作《读画论记》,内涉及中国绘画发展史,恐有失误。今读此书,余所作时代划分,尚与大师主张相吻合,乃一块石头落地。

建民后又寄一册,近人所作《中国绘画理论发展史》,余兴趣已转移,遂将书转赠他人。

甲戌

《涵芬楼秘笈》(一、二、三、七集)

此四套书,购于南开某马路。路旁有一破废大车,上面散放一些书籍出售。此等书，本各有布套，售者惜布而轻书，将布套留下，只抛卖书。书价甚微，每集六角。余抱回家，已放置多年矣。病后无聊，很少看书，然终日无所事事，亦甚苦恼。乃偶作此等简易书套，以护易损之书。时至迟暮，仍眷眷如此。余与书籍，相伴一生，即称为黄昏之恋，似亦无所不可也。

所谓秘笈，亦甚难言。纪晓岚所谓多读秘书，是指皇家所藏，外界轻易不得见者。后人所谓秘笈，则有好有坏，有些书商，甚至以“秘本”招徕，欺骗读者。故对所谓秘笈，不要过于迷信。一切有价值著作，易于流行传世；一切价值不大之书，保存者少，成为孤本，或成为秘书，亦不足为奇。验之今日作者，动不动即慨叹当世之人，不识彼之天才，书卖不出，即声称藏之名山，寄希望于将来。此等想法和志向，恐亦有验有不验耳。

甲戌

《牧斋初学集》

此书原用《古学丛刊》书套，昨日改题书签，误将初学写为有学，又更易重写，实无事找事也。晚听广播，姚依林同志逝世。一九四五年冬，余从张家口返冀中时，去北方局组织部办理手续，曾见一面。彼时同志之间，识与不识，何等热情。今晋察冀故人，凋谢殆尽，山川草木，已非旧颜，回首当年，不禁老泪之纵横矣。

一九九四年，十二月十三日晨，
修理《牧斋初学集》，砚有余墨，
袋有碎纸，乃题数语，贴于卷首

《十国春秋》

一九九四年十二月五日，余检书至《十国春秋》，忽见书衣上有连日所记与张离异前之纠纷，颇伤大雅。乃一一剪下，贴存于他处。《书衣文录》发表时，亦检及此书，现查阅《文集》，只摘录其中数语。以后因此书部头大，很少折阅。今年老，念及身后，故使之与书本脱离。

呜呼，余一生轻举妄动之事太多，身心受祸亦不少，过去之事，亦不愿永存记忆。然仍贴存之，以警来日。来日虽无多，亦不无意义也。

《扬州画舫录》

昨晚修理此书，又查对中华排印本。排印本在灯下读，已模糊不清，方感此旧本对我之可贵。近年新书新刊，已无可读者。前些年所买古籍新印本，又将因目力日衰，而不能读。余又不能一日无书，则进城后所滥购木版书，即将成为目前唯一之精神支柱矣，可不宝之！

一九九四年十二月二十日下午，
此本虽非初印本，然亦不易得矣

《蜀碧》

彭遵泗著，版破损，字漫漶太甚。

前读《鲁迅日记》，许钦文曾送此书一部与他。后先生著文，引此书，谓张献忠等杀人太多。近代颇有人讳言之，甚不必也。张流入四川后，杀人更多，几以杀人为战术之一种。此等现象，历史多见。

甲戌

《蜀典》

余胡乱买书之时，于劝业场对过古籍书店，购得《蜀典》二册。破损甚多，纸亦薄脆。原堆于货架之上，无人过问。余喜其字大行稀，拟携归修理。然经验不足以治此，所用衬纸太厚，破页又太多，修补之处，高高凸起，难以平整，实不雅观，亦不便阅读。乃拆毁之，用以垫书。今日忽又惜之，叠在一起，差足一卷。

其内容为：故事，姓氏，堪舆，著述各项，皆系辑录旧闻，成为《蜀典》。然已不全，装订亦不易，先收入此袋，俟收集全，再作处理可也。

一九九四年三月二日下午记

《昭陵碑林书法集锦》

陕西礼泉赵君，先后来信，并寄画册、字帖等。又求当地画家孙君作白菜萝菔一幅，为我祝寿，情意可感。去年寄去字一幅，失邮。今又寄去一小字幅，未审能到达否？此帖即赵君寄赠，下午无事包装并题记云。

一九九四年一月二十九日

此君后又来函，有所商谈，余因故未及时作复，音问遂断。交友之道，余甚疏忽也。

《阅微草堂砚谱》

河北省沧县筹印《纪晓岚全集》，邀余为顾问，赠以此册。

余向来不当顾问。然报社之顾问不能不当，因系饭碗所在处。中国作家协会之顾问，不到下届改选，亦无法辞掉。此顾问乃柳溪代允，亦不得不当也。

文人好砚，以其为本身工具也，又以其为石也。此亦物恋，实难言矣。米元章得徽宗端砚，至以朝服包之，不畏墨污，此公爱砚可谓第一等矣。

一九九四年三月十九日记

古砚多笨重，不便携带，未知旅行及进考场，所用形制当如何。近友人赠以井冈山所制小砚，盛以竹盒，砚亦薄小，可知古时亦必有此等轻便之物也。

进城后，小摊多有端砚出售，价甚廉。余以其无用，所收甚少，并随手赠人。只留两方，一购自南市，一购自荣宝斋。皆端砚，方整秀美，石色亦佳，并有硬木盒装。近为《南方日报》写字一幅，竟获赠一方端砚，石质已不如旧产，然以余之字换得，亦可谓厚赠。

山东常君，数年前，赠一方红丝砚，甚美观。今查纪氏砚谱，亦谈及红丝砚，然谓青州红丝砚，早已绝迹，纪氏当时求之，已甚难得。不知何以近日又有出产，方便时当向山东朋友询问。

《墨巢秘玩·宋人画册》

书籍翻完翻字帖，字帖观厌观画册。书法画法两外行，艺术之事漫商量。

一九九四年六月四日记

宋代画院，作者如林，待遇优越，作品丰富。然绢素生命不长，且加国家多难，兵火损失，逐年减少，至今只存零缣片羽，收藏者珍贵如此。再越若干年，则并此亦将不存。当时画师，争奇斗艳，心血所钟，竟如此短暂，即告消亡。艺术之局限性，亦令人无可奈何矣。

自印刷术兴，中国古老文艺，得以延续生命，并可广泛流传，此科学救助之力，科学之可贵，正在此等地方见之。

同日记

《宣和画谱》只存名，历代名画已成灰。所存碎裂，并无款识。收藏家判定为谁所作，恐亦不可靠，聊以慰藉后人思古之心耳。沧海桑亩，当是常见之景，画幅小事，尚须论乎！

次日又记

商务印书，无论字帖画册，只要有传播价值，皆不惜工本。此册乃双层宣纸精印，后来无有也。

此册封皮，有余修补痕迹，当年有工具，有各色旧纸，亦有时间去干这种勾当。今日思之，怅然自失。

《顾恺之画女史箴》

一九九四年六月八日重装。近日不能静坐读书，乃觅出一些画册整理。此册原曾修补，今又为包毛边纸皮，稍为洁净，以美观感。

此如系真迹，则中国画法之传，源远流长，不绝如缕矣。余幼年逛庙会，见壁上所绘男女，衣饰风度，无不如此，师徒一线相传，千古不变。

同日记

《华新罗写景山水册》

甲戌夏装。余后半生与旧书打交道多年，所受污染多矣，此亦老死而无悔之一途乎！砚中墨干矣，可以无言矣！

这些画册，都是六十年代，从北京中国书店邮购而得。文明书局所印字帖画册甚精。鲁迅先生居沪，所逛书店，文明为常去之处。兼售旧书，故有时先生一人进去，留夫人及海婴于店外，恐小孩受旧书尘垢污染也。今日装成，忽忆及此。

一九九四年六月四日记

《石涛画东坡时序诗册》

甲戌夏装。东坡诗多凄苦内涵，然又强作洒脱。处寂寞之境，而寻觅慰藉之情。为宦不顺，而关怀庶民之事。有感即发，不作隐晦之态。此种意境，甚宜石涛作画也。闲时当细玩之。

一九九四年六月四日题

《石涛山水册页》

人随世变，情随事迁。

余近日始读石涛材料，知其明末王孙，楚藩后裔，流落为僧，精于绘事。至政局稳定，清朝定鼎之后，此僧北游京师，交结权贵，为彼等服务，得其誉扬资助，虽僧亦俗也。乃知事在抗争之时，泾渭分明，大谈名节。迨局面已成，恩仇两忘，随遇而安，亦人生之不得已也。古今如是，文人徒作多情而已。曹雪芹有见于此，故借袭人，说出一句“名言”。

余少见真迹，此册略见石涛风格。其画法，简洁而淡远，笔墨纯熟如天成。开卷其作风自现，无第二人可比，此谓之创意。

一九九四年六月四日记

附一九九二年题书二则：

《宋司马光通鉴稿》

一九九二年九月十九日，九馀老人装。

余自七十年代起，裁纸包书近二十年，此中况味，不足为他人道。今日与帮忙人戏言：这些年，你亲眼所见，我包书之时间，实多于看书之时间。然至今日，尚有未及包装者。此书即其中之一，盖书太大，当时无适合之纸耳。

《宋贤遗翰》

一九九二年九月十九日装。

此过去故宫博物院出版物，印刷精良，为当时先进，鲁迅曾称许之。

故园消失，朋友凋零。还乡无日，就墓有期。哀身世之多艰，痛遭逢之匪易。隐身人海，徘徊方丈。凭窗远望，白云悠悠。伊人早逝，谁可告语。

一九九五年一月二十九日上午抄讫

理书续记

《两般秋雨庵随笔》

清钱塘梁绍壬撰。光绪十七年汪氏振绮堂版，共八册。

梁氏此书，余幼年即知之。此书与当时流行之《秋水轩尺牍》，名声很大。其实皆名不副实，不知为何能名噪一时也。盖读书人，亦分层次，其修养素质，则如宝塔状，其根基越广，人数越众，受教育的机会越少。群众需要普及的文化，则通俗者能传远，亦能畅销，书籍为商品，易懂易看则购者认为实惠有用，故声名大，卖得多。

余购此书，重其版本。前有汪适孙序，书的纸张印刷，仍有振绮堂丛书余韵。初购此书归，浏览数则，颇觉其浅薄。余以为随笔之作，亦必以实践经历为主，穷文人或富贵子弟所作，必流于肤浅。因穷文人所见不广，而纨绔子弟之作，又必流于轻薄也。即如一般名士，如随园大名，其所为笔记，亦陷于浅薄。

余藏有商务排印本，宋元小说大观多种，其作者皆为有政治经验，或经历过社会大变乱的学者。其所记述，皆为一代故实，有益于人生，无一字空泛，更无卖弄学问之意。每册后有夏敬观所作校记。明清之作，能与之比者已寥寥，况近代乎。

近代人粗通文字，写两篇小说，即成为名作家。既不去读书，亦不去采访，自己又无特殊经历。但纷纷去作随笔，以为随笔好作，贫嘴烂舌，胡乱写之即可。其实随笔最不易写好，它需要经验、见解、文字，都要达到高水平。而且极需严肃。流俗之辈，以为下笔即可换钱，只是对随笔的亵渎。

随笔既被人所践踏，亦如其他文章，一代不如一代。此亦九斤之见，必为弄潮儿所笑也。

余好听鼓书，很少听评书，今年先后听评书三四部矣。近人所说评书，亦吸收现代语言，注意人物性格塑造。余因无书可读，乃退而听评书。近听《隋唐演义》，最有趣味。因曾购此小说而未读，赠与映山。近又读隋唐正史，颇欲知此小说之结构也。

一九九四年十一月二十六日午后记，边听评书

《李文忠公外部函稿》

“文革”前，自南京古旧书店邮购，线装十四册，价十元。有木夹板，已破碎，余黏合之。夹板上原有题字：即译署函稿。都是李鸿章寄交总理衙门的信函、文件和译件。光绪壬寅孟冬，莲池书社印行。书页夹缝，有“三号印一千”字样。

此书为桐城吴汝纶编辑，扉页题字，出自他的手笔，柳颜兼备。吴为清末古文大家，李鸿章得力幕僚，这些函稿，恐怕大部为他所拟。时间起自同治九年，止光绪二十年。

这一时期清朝处于外交多事之秋，蚕食瓜分，无日无之。朝廷处于惶惶不可终日之境，人民陷于水深火热之中。外侮日深，束手无策，群众起而反抗，反遭政府镇压，甚至滥杀本国人民，为帝国主义泄愤。民心失望，民气大伤，国家命运，已不可问。

当时李鸿章任直隶总督，通商大臣，实际上是清政府总理各国事务衙门的高参，但不能决策。政府倚靠他，又不完全信任他。曾国藩、左宗棠一些老人，已经退去，李鸿章以办理洋务，成为重臣。曾、左、李都是镇压太平天国的干将，他们屠杀起义人民有经验，但对列强入侵，则只有退让容忍。一步一

步地向后退，一方面给清政府“保留面子”，一方面又不敢过于激起民愤。处境十分狼狈，内心十分矛盾。

当时所谓洋务，实际就是传教、通商。外交则是割地赔款。读这部函稿，大者如天津教案，日本侵台，朝鲜事件，越南事件，派人员出洋学习，购买枪弹船炮……同时中国土地之上，不分水陆，无时无地，不发生洋务、外交事件。交涉，谋划，又无不是丧权辱国的结局。

事情已经过去很久，有很多悲惨景象，已被历史风雨淡漠。唯有城市乡村，残存的那些建筑、遗迹、口碑和传说，还包含着民族的抗争、屈辱和血泪。

书用粉连纸三号铅字排印，有栏格，颇清晰。书亦完好，只有一处虫蛀，破损二三页，书鱼做一窠，蜕化而去。

书出自南京，当为国民政府外交人员所用。然利用亦不多，一处用红墨水勾画，系李鸿章与伊藤博文对话。当年正是与日本外交频繁之时也。

此书对余本无用，然曾修整包装于一九七六年二月一日灯下，今又将第一册书皮上文字剪去，并浏览数日。清末外交，已如过眼云烟，所留存的事件详情，外交对话，皆反映一代真实，使后之读者，不无感慨。保定莲池，为余幼年旧游之地，过去只知有书院，不知有出版机构，此书之外，尚有何书，亦未详也。

一九九五年三月十四日记

《章氏丛书续编》

无书可读，昨夜忽忆及此书，或有可读文章，今晨找出，实无可读，前已有记述矣。正如鲁迅所说，其门弟子编辑此书时，尽量把他们的老师，打扮成当代大儒，纯而又粹，所收皆“皇清经解”式文章。章氏晚年所做短文，竟无一篇生动活泼者存世。是章氏不为乎，或编入他书，余未见乎！实可怪异。

一九九五年三月二十二日

《品花宝鉴》等新印本

新潮小说不足以征服群众，于是请出这些作品，作为文化食粮。评论家以“清代世情小说”推荐之。清代世情，传播于二十世纪九十年代的人民共和国，不亦谬乎！然今之世情，近于是矣，故此等书得以流传也。

此等书虽名载小说史，然余从未想读过，更从未想买过。既不能以之教育自己，又不能以之教育后人，插之书架，亦不能增加书房光辉。

此下流之书也。开放以来，各地出版社竞印过去禁印之书，有些竟不知是何等书籍。而不在扫黄之列，盖即所谓“擦边球”也。

一九九五年二月二十二日

《金石文钞》

余近日读《汉西岳华山碑》，想查阅其全文，今晨检及是书，该碑已收入都穆《金薤琳琅》，此书无有也。《金石文钞》一书，似见于鲁迅书账。余所购者为新书，非别人看过，盖系印书人家库存，后流入上海书肆，故鲁迅得购于三十年代，余于六十年代，又能从上海邮购也。

《金石文钞》八册，《续钞》二册，泾县赵绍祖辑，原刊于嘉庆年间，有法式善序，为赵氏古墨斋十五种之一。余之所购，系其从侄书升，重刊于咸丰庚申，又有光绪二年潘祖荫序，可见刷印不止一次也。

一九九五年三月二十三日上午记

余喜读碑帖，而患其字体不清，文字不全。曾购《金石萃编》一部，以便查考。该书系石印本，字体缩小，老年已不便阅读。乃又购《金石文钞》一部，以图补救。此书系在上海邮购，书到后方知系续都穆之《金薤琳琅》，汉碑多在都书，此书所抄寥寥。但唐碑仍不少，失望之余，尚可稍慰。唐文亦是古文，可供好古者无聊时念诵。余对此道颇无知，购书亦不细检书目，故常常买来一些不如意之书，然此书字体颇大，便于阅览，纸亦洁白，有可爱之处。近日无事，为制简易书套二，分为上下两函储藏之。

一九九五年三月二十四日记

《古刻丛钞》

近日读《金石文存》，法式善序，谓陶宗仪《古刻丛钞》甚佳。余忆及存有此书，在《知不足斋丛书》零本中。昨晚找出《四库全书提要》称：金石之书，贵在文字，不在目录。此书抄录全文，使古刻得以流传，故可称也。

欧阳修、赵明诚之书，价值非不高，然只有目而无文字，彼时所得见者，今已无处去寻觅，故可惜也。亦遗憾难补之事也。《金石文钞》诸序，极称洪适《隶释》及都穆《金薤琳琅》二书，以其皆录有文字。

《金石萃编》号称全富，然所收时有遗漏，此余所发见也。后人亦多有微词：一为晚年所为，精神照顾不及；二为错误不少。看来集体著书，其弊甚多，实际无人负责也。余对此种学问，纯属外行，不敢妄议，只能鹦鹉学舌而已。

一九九五年三月二十五日下午记

《爱晚庐随笔》

近人张舜徽著，湖南教育出版社，一九九一年版。

湖南出版局李冰封君赠，余为之书一条幅，以此为报也。此书印数七百五十，而仍有余书，可为赠品，可叹也。

余放置案头，已有半年，时常翻阅，认为很有价值。书分学林脞录、艺苑丛话两部分，均为笔记性质，内容广泛，经史文艺，无所不包，尤于近代史料为详。所记充实有据，为晚清以来，笔记所少有，而书之命运，竟不入时如此。非著作之过，乃社会、文化风气之过也。

旧称士、农、工、商，当然社会有分工，不能人人都去读书，那样将无衣无食，没法生活。然社会也总得有人读书，而读书也总得有个实际要求。现在讲发展教育，讲尊师重教，讲尊重人才。而课堂，出版，已成买空卖空之势，纸张都用来印了无用有害之书，真正有学术价值的书，竟卖不出去，这里面的道理，实在难以说清了。

余孤陋，不知张氏学历、生平，询之在大学教书之姚大业君，得知为历史学家。从其自序中，知有著作多种，然姚君亦不能告知其详也。

一九九五年四月四日上午

吴组缃材料

《新文学史料》，一九九五年第一期，载有关吴氏文章共十三篇，余毕读之。

吴氏创作，崛起于三十年代之初，《一千八百担》最有名。然余对吴氏作品所读甚少，印象亦不深。因当时迷恋革命文学，向往草野作家，认为吴氏小说是科班出身，大学生作文，故注意不够。其实吴氏创作严肃认真，此从材料所知，后人有定评也。然后来颇羡慕吴氏能为冯玉祥国文老师，以为遭遇非凡。近年读吴氏回忆，虽亦有怀恋之情，然此差事，实际亦甚苦。吴氏一典型书生，正值青年，国家亦处在多事之秋。而冯氏当时已是下野军阀，性格、经历、想法，差异必很大，相处实不协调，虽冯氏礼贤下士，在那个圈子里工作，如果不是为了挣点钱，恐怕不容易混下去。后终于决裂，辞职不干，这是必然的结果。

吴氏晚年，有弟子问他，为何不专搞创作，而去教书。吴氏答：写小说不能养家。此言甚确。以当时吴氏之名，文坛之秀，尚不能专业，其他作家可知矣。那时的作家，不像现在这样，专业，即有铁饭碗，如此容易。然非吴氏一代人，已不足与谈此中之甘苦矣。

一九九五年四月四日上午

理书三记

《丁戊稿》

罗振玉撰。我于《书衣文录》，曾记有一条。此书开卷，有倬庵藏书票一纸，粘于扉页，毛边纸朱色印制，其栏目为：部、类、书名、撰人、卷数、册数、函数、版本、得所、价目、纪要。

“文化大革命”前，我正买书上瘾，也想照样刻一大木印，印制一些书票，粘在我的线装书上。随即风暴来临，未能如愿。今老矣，万念俱灰，只是觉得这种书票简易而实用而已。

书前还有一方长条印章，藏书者好像叫邵章倬，是罗振玉的熟人。

书中文字多为金石跋尾，关于王国维的有：《王忠悫公遗书序》《海宁王忠悫公传》《王忠悫公别传》《祭王忠悫公文》，共四篇。我前曾有评论矣。

罗氏此书，印于大连，技术落后，错字颇多。罗氏写有详细校记，附于书后。而书中错字，也已经逐个改正。铅字为三号黑体，改者用墨笔勾画，尽量不留痕迹，是校书老手所为，想即为倬庵所校也。精细如此，值得学习。

一九九五年四月五日上午

《碧声吟馆谈麈》

这也是一部西泠印社的书，书夹缝下端，标为西泠印社胡氏聚珍版。书用上等粉连纸，并有衬页，三号仿宋精印。富丽堂皇，天地广阔，大方无比。上下两册，价只二元，也是从南方邮购的。

西泠印社以篆刻艺术著称，所接触多为书画界名人。其印书亦注意形式，字体、纸张，均极一时之上选，但书籍内容，价值并不太高。此书亦然，多记晚清名流诗文及逸事，均属平平，无特殊之作，但供艺术家们消闲阅览，也就可以说是不错了。

书为仁和许善长编，该人大概是清末一位小京官。

一九九五年四月五日上午

《北隅掌录》

道光乙巳，钱塘汪氏校刊，此老版振绮堂丛书。开本甚大，天地广阔，粉连纸，字方整清朗，版有少处漫漶，上下两册。

著者黄士恂，清钱塘人。前有汪迈孙序，作者道光丁酉自序。

汪序称：士人载笔，升高能赋，山川能说。一里一邑，传习其所闻见。贤者之用心，大抵如斯。并谓黄氏此书，可与厉鹗之《东城杂记》相比。《东城杂记》为汪小米所刊，亦振绮堂也。

此书虽亦记述地方掌故，然文字典雅，取舍有序，每记一处，除记见闻，并征引前人记载，与之对证。从现实再现历史，可读之篇甚多。

古人著述，虽记述一时一地，着眼必从大处，求其能以征信。传语流言，亦无不悉意关情，即能把小事写大。不像今日有些作者，把大事写小，写得猥琐不堪也。

一九九五年四月十日上午

《续汇刻书目》

连平范氏双鱼室刊，竹纸十册。

此罗振玉所编书目，其妇弟范纬所刊也。据自序，清嘉庆间，顾蓑厓有《汇刻书目》，颇便读者；光绪初年，有唐栖朱氏为之增修。清亡，罗氏流亡日本，就其书库所藏，编《续汇刻书目》。基础既小，时间又仓促，其影响远不及顾、朱之作，流传亦不广。我从上海邮购一部，不久即“文化大革命”，也没有很好利用。偶尔翻阅，发见编写不太细心，一些丛书细目，时有遗漏错乱。当时罗氏失意无聊，以此消遣，心不在焉，故有此失耳。序末不用民国纪元，而称“宣统六年”，甚可笑。

顾书我有，函两小本，共十册，系光绪乙亥琉璃厂刻印。又有《续汇刻书目》两函十册，同时购进。然非朱氏书，而为傅云龙续刻者。皆有满城张氏藏书印，张氏为满城名族，读书人甚多。我在中学时，第一位国文教师，张涤吾先生，即系满城人。未悉此书是他家之所藏否。

《朱氏续刻》，在劝业场二楼书肆遇到过，因已购前书，犹豫未购。

这种书目，于查阅丛书细目有用，后来有了更方便的工具书，如《丛书综录》之类，它的读者就少了。但因它的版本轻便，容易查阅，又有其可爱的一面。

琉璃厂印的书，都是书贾所为，偷工减料，纸张印刷俱不佳。又加年代久远，函套百孔千疮，我用小块蓝布，一一补贴，形同僧衣，寒碜而可怜。近日理书，书写了宣纸书签贴上，增加一点新鲜。有的造反派，估计我的藏书，值多少钱。不知像这样的破烂，能值几何？造反派最容易变为向钱看。

一九九五年四月十日下午，雨

《直斋书录解题》

前面提到的顾莘庢，曾在《汇刻书目》自序中说：

古读书者，极重目录之学。自汉刘向《别录》，刘歆《七略》，剖析条流，各有其部，后世簿录皆宗之。孟坚作史，始创艺文，虽标举书名，而铨疏或寡，盖又史例宜然也。自是详略两体，代有成书。

所谓“详”的一体，就是后来的书目书。这类书自宋代以来，浩如烟海，其中最有价值者，莫如宋吴兴陈振孙所撰《直斋书录解题》一书。

《四库总目提要》称：“自刘歆《七略》以下，著录者指不胜屈，其存于今者：《崇文总目》；《尤袤遂初堂书目》；晁公武《郡斋读书志》及此书而已。”而在这四部书中，前二种只有目无注，有实用价值者，只有后二种。故《续汇刻书目》的作者傅云龙说：“刘班肇其规，陈晁拓其体”，成为目录学之宗师著作。

晁书我有《四部丛刊》影印本。

《直斋书录解题》共八册，是外省翻刻的武英殿聚珍版。聚珍版系从《永乐大典》辑出。竹纸印刷，字体亦不大清楚。是在天津购买的，价钱只有四元。我逛书店多年，也没有遇到过别的本子，且跟随我已多年，今年理书，也给它做了一个书套。

近三十年，我倾心古籍，因之注意书目一类书籍，所藏甚多，且多已浏览，虽各有所长，然或多于考订，或流于琐碎，即如有名之作，与此书比较，立见彼书之绌。同是一书，此书所注简明精要，语无虚发，每书必及其时代，述其源流，称其作用。读完注解，读者即对此书具有明确印象，准确的定评，一生受用，不会误导。此不只著者见识高明，且用心超人一等，绝不自误误人。文字典雅，使人乐于诵读。

后之《四库全书总目提要》，及简明目录，均以此书为立论榜样。

一九九五年四月十一日上午

《言旧录》

南林刘氏嘉业堂刊。

大开本，所用连史纸，质地之佳，几如宣纸，余有嘉业堂丛书数种，皆为毛边纸，独此书特为精良，纸白如雪，墨色如漆，展卷如对艺术品，非只书也。

此书为常熟藏书家张金吾自撰年谱，前有其夫人所为序，及黄廷鉴所作《张月霄传》。书末有刘承干跋。刘氏如此看重张金吾，精印其书，也是惺惺惜惺惺，因同为藏书家。另刘氏所印丛书，内容及印刷，皆为上乘，故当时一经传播，竟引起鲁迅的注意，不惜亲自去刘宅买书。屡遭冷遇，也不灰心。

当藏书家也不易，书中记载其祖上藏书楼大火一次。又一次记载其藏书之失：

> 七月二十九日，从子承涣，取爱日精庐藏书十万四千卷去，偿债也。忆涣为予作贻经堂铭曰：达士旷怀，岂计长久，空诸一切，贻于何有？不竟成此举之谶耶！

张氏于其侄巧取豪夺其藏书，甚想不开，以为聚之二十年，散之一日夜。并不明其侄此举，是为名还是为利。噫，张氏究为书呆子也。不知藏书之家，本有名利两途：书之用也，则为名；书之售也，则为利。书亦物质，并非神物，其遭厄也，古有四端：水火兵虫（鼠）。除此，又有抄家一厄，古之抄，进入官府；近之抄，毁于红卫兵。四厄改为五厄，即水火兵虫红。

张氏失书，不在四厄之内，不过从这一家转到另一家，仍为藏书。后日有的藏书，又能因为利，流入海外，命运就更惨了。张氏早卒于道光年间，幸未见之。

一九九五年四月十一日下午，风

《阮庵笔记》

临桂况周仪著。端方题署，光绪丁未，锲于白门。白纸大本，共二册。价一元五角，南方邮购。

第一、二卷《选巷丛谈》，亦地方志之类，记扬州街巷，兼记名家收藏。

第二册上卷为《卤底丛谈》，记蜀地典故。

下卷为《兰云菱梦楼笔记》，记史实、碑刻、诗词。

此书未细读。当时只重笔记，而近代笔记，佳作甚少。作者当为名士，其书刻得很讲究，余又重木版之书，故不问青红皂白也。

今年老，眼力弱，取出这些书，稍为翻阅，钱也不算白花。

过去的书籍，没有广告。顶多有些本店出售的书目。目前的书刊，从封面到封底，都是红红绿绿的广告，语言污秽，形象丑恶，尚未开卷，已使人不忍卒读，隐隐作呕。

这些往日的线装书，则是一片净土，一片绿地。瓷青书面，扉页素净，题署多名家书法，绿锦包角，白丝穿线，放在眼前，即心旷神怡。无怪印刷技术，如何进步，中国的线装书籍，总有人爱好，花颜永驻不衰。

一九九五年四月十二日上午

《野记》

同治甲戌开雕，元和祝氏藏版。白纸大开本，四卷二册。明祝允明著，此盖其家刻也。有李文楷同治十三年序，毛文烨原序及祝允明小叙。此书亦名《九朝野记》，是祝氏生平所闻，晚年追忆者。名士纪事，未必皆可靠，余一直未读。而书皮上，一九七五年书有：余读《有学集》，而及是书，并为之包装。《有学集》为钱谦益著，已不记何以读彼而又及此。

余向不喜明人文章，包括钱氏等大人物之作。余以为明人文章多才子气，才子气即浅薄气，亦即流氓气，与时代社会有关。近日中国文坛，又有此气氲发生，流氓浅薄之作甚多，社会风气堕落，必有此结果也。

一九九五年四月十二日上午

《辽居稿》

这也是罗振玉的著作，石印写本。开卷是罗氏自作小序，全文如下：

> 岁在戊辰，为予自海东返国之十年。人事益乖，衰迟增感，浩然复有乘桴之志。遣朋旧，卜地辽东，逮乎孟冬，结茅粗毕，遂携孥偕往，戢影衡门。辽东山海雄秀，暮春三月，草木华滋，此土人士，载酒看花，殆无虚日。而我生靡乐，寤寐永叹，山静日长，摊书自遣而已。百余日间，遂得小文七十首。自避地以来，海内外知好，多邮书存问，并征近著，乃编为辽居稿一卷，将以遗之，俾读此编者，如见老学庵中灯火也。己巳冬上虞罗振玉书。

如果不知道罗氏的历史和为人，千百年后，于旧书堆中，发见此文，披而读之，岂不叹为佳作，抑扬顿挫而诵之，在心目中想象的，又岂不是一位去国怀乡、遭遇不幸、淡于名利、悠然南山的隐士吗？

然而，文章不能脱离历史制约而单独存在。它要伴随的东西很多。

罗氏当时，正在忠心溥仪，往来日本，为建立一个傀儡小朝廷而奔走。当时的辽东，也不像他描述的那么美好，人民也不是那么悠闲。日本侵略的铁蹄，日益深入，人民处于水深火热之中。稍有血气者，无不志在恢复已失的疆土，驱逐日本侵略者。

人之一生，行为主，文为次。言不由衷，其文必伪；言行不一，其人必伪。文章著作，都要经过历史的判定与淘汰。

一个人的历史，更是难以掩饰的。你的言论，有耳共听；你的文字，有目共睹。批判会上的发言，贴在墙上的大字报，虽事过境迁，终有人记得。一位下台的革委会主任，曾对我说，某些被他“结合”的“老干部”，曾如何多次给他写信。我想，如果这位主任，也有机会写回忆文章，把这些信件的内容，透露一二，将使那些直到今天，还自称是“老革命”的正人君子，脸上无光。

当然，学术也要与政治有所分别。罗振玉写的金石跋尾，后世一些专家学者，还是要参考的。

一九九五年四月十三日上午

《使西日记》

《使西日记》二卷，线装一册。一九五九年中国书店影印嘉靖刊本，字方大清楚。日记为明都穆所著，正德八年，都奉使赴宁夏，经河北、河南、陕西。所历名胜、古迹甚多，日记多有记载。都穆好考古，有学识。所编《金薤琳琅》一书，甚有名。

余因体弱，不喜旅行。即河北各县，所至亦少。又值战争动乱，虽身经之地，亦很少探访古迹。晚年足不出户，反倒喜欢一些舆地之书。此书购置多年，从未读过，昨今两日，把它读完。都氏日记，甚为简略，记于旅程，无暇铺张。然所记各事，了如指掌，文字功力甚厚。

一九九五年四月十四日下午

《忠王李秀成自述校补本》

广西通志馆编，中华书局影印，线装一册。此书用吕集义到曾家所摄照片十五幅，对校曾国藩删节过的九如堂刊本《李秀成供》，将一部分删去文字用朱文补入。

李秀成自述，余先后买过三种：除此书外，还有罗尔纲所编《忠王李秀成自传原稿笺证二种》。材料来源，大致相同，但此本醒目，故珍藏之。

偶然翻阅所增朱文，一处，李秀成说："迷迷蒙蒙而来，实不知今日繁难也。"又一处说："迷迷而来。"

参加革命，何谓"迷迷而来"？但也不能怀疑李秀成故意撒谎。他说这种话的意思是：革命之兴，风起云从，万物随之飘动。李秀成正在少年，自然对革命发生强烈的向往，踊跃随之。并未想到革命道路上的诸多困难，以及最后的自相残杀的大悲剧。所以他说："实不知今日繁难也。"这是他的痛心之言。不知何以曾国藩也要把它删去。

一九九五年四月十四日

理书四记

《郭天锡手书日记》

元郭畀著。一九五八年，上海古典文学出版社影印九百本，价二元三角。

据后记介绍，此日记曾有横山草堂刻元郭退思《云山日记》二卷本，又有《古学汇刊》排印本，还有《知不足斋丛书》节本。

此影印本，附有校记，与前二种刊本对勘，但因并未附有任何释文，使读者莫名其妙。如以郭氏手书日记为书法作品，就应该由美术出版社印；现既由文学出版社印，则应附录一种刊本，以便对照阅读。字帖后面还附有释文，况文学作品乎！郭氏虽系行书，然字颇草，有很多字认不清，真是苦事。这样一来，既欣赏不了文学，也无暇欣赏书法，可谓两误事矣。

一九九五年四月二十日中午

《汪悔翁乙丙日记》

线装，四号字排印本。价八角。书缝下端有明斋丛刻字样。扉页为丙子三月念园题署。

此日记为江宁汪士铎梅村原稿，邓之诚文如辑录。原稿甚乱，整理后尚不易阅读，没有标点，很多地方，难以断句。

前有邓之诚民国二十四年十月长序，首谓：

晚近治洪杨史事者日多，诚以洪杨创业，垂统历十有五年，兵锋所及，达十六省，摧陷六百余城。当道咸之际，外侮凭陵，朝政日非，洪杨投袂，起于金田，由桂入湘，顺流而下，奠都金陵。复度江北伐，又复夹江西上，摧枯拉朽，所过如入无人之境。亦以山陬海澨，尚有故国之思，豪杰之士，欲倚洪杨以立功名。饥寒亡命之徒，蚁聚蜂屯，往往不招而致，故其部众数百万人……

邓之诚为历史学家，所写长序，有声有色。概括了太平天国，从起义到“君殉国灭，十余万人，同日自焚而死，无一降者，何其烈也”的曲折悲壮的历史。也涉及曾胡诸人平定这次农民革命的策略。

日记的作者汪士铎，当太平军攻入金陵时，他陷在城中，后来逃出，两个女儿，死于战乱。

邓之诚在序中，极力称赞这个人物，如何足智多谋，为曾胡所器重。但从他的日记，实在看不出他有什么异乎常人之处。他遇难时，六神无主，措置失当，身家不能自保。对于财物，则斤斤计较，一分一文，都记得清清楚楚。我真怀疑，这样的人，能成大事，能治国安邦。

曾胡所以捧他，大概因为他是一个名士。所谓名士，就是能说大话，不能做实事，乡谚所谓“说大话，使小钱”的人。

我看日记中，他所发的议论，如生齿过繁，政治腐败，为致乱之由。战乱时，应崇尚申韩，少用文人，多招亡命，也都是老生常谈。最使人吃惊的是，这位尼采式的人物，对于妇女，竟如此不敬。他写道：顿觉眼前生意少，须知世上女人多。他主张：“弛溺女之禁，推广溺女之法，施送断胎冷药。家有两女者倍其赋。……严再嫁之律，犯者斩决。……广清节堂……广女尼寺，立童贞女院……”他说女人多是致乱之由。

他认为，以上这些主张和措施，是“长治久安”之策。据说，汪士铎如此仇视妇女，以半边天为敌，是因为他娶了一个刁恶的继室。这当然有些弗洛伊德的味道。但如此残酷的主张，竟形之文字，就有些不正常了。无怪他一生潦倒，到老年当上国子监助教，大概还是有人给他说情，才有了一个副高级职称。

书后有邓之弟子谢兴尧和俞大纲的跋，得知邓氏尚抄有汪悔翁遗诗，邓所著《清诗纪事》，舍下只有初编，恐汪氏之诗，及其事迹，不在其内。

以上是我一窥之见，不能说汪氏的全部言论，都无道理。

一九九五年四月二十四日上午

《翁文恭公军机处日记》

民国二十八年六月，燕京大学图书馆影印，线装二册。

第一册，未标年，从二月初一日至八月二十四日。第二册，从光绪九年八月二十五日至十年三月十一日。两册衔接，时间一年有余。

翁氏原为光绪师傅，光绪亲政后，得入军机，位至相国。这段日记，当是他执政时所记。但不久即因政变被贬。此日记亦不知是否全本。

我另有翁氏日记全部四十册，可以对照阅看，但已无此兴趣。

此日记，所记甚简略，如记事簿。主要有如下几项：旨，重要折片，发下的封奏，发往各地大员的廷寄。遇有召见，则题于日记上方，不记内容。

观此日记，才知道什么叫日理万机。

翁氏写一手漂亮的行书小字，这本日记，虽然不及他青年时日记的秀丽，还是可以看出他的书法的功力：快，清，秀。

日记除军国大事外，也记一些民间情状，如北京旗民妇女开烟馆赌局，苏杭上海等处，恶妇开花烟馆。学政勒索新进童生，每名三四十金或百金，至少十八两（上册六十六页）。这也可以说是清朝末年腐败现象的反映。

一九九五年四月二十六日上午

《三愿堂日记》

丹徒赵君举著，连史纸影印一册。价一元。

书前有柳诒征序，谓赵氏日记，年竟一册或二三册，没齿不懈。其孙鸿谦无力全部影印，先印一册。

据书后鸿谦跋，其祖父日记，自道光戊申，装订成册者，共二十二册。此处尚有散页两束。今所印者为道光己酉岁一册。

所记可谓浩瀚，柳诒征至以与清代三大日记相比拟。然日记亦有幸有不幸，赵君此册印行后，以其字体为细小行草，一般人阅读不便。此或因影印时缩小，或因日记作者寒士惜纸，原书如此。总之销路不畅，难以收回成本，以后似亦未再印其他。

有清三大日记，翁以相国之尊，王以文士之重，李以名士之奇，皆具极高之声誉，其日记亦具极大之吸引力，故能有影响极大的出版机构，为之出版。这种出版物，亦非普通读者能买得起，只能存之大图书馆或高贵人家客厅的书架上。也不一定有多少人去利用。更实事求是地说，这些名日记，也不一定就都有那么大的学术价值。《湘绮楼日记》，印得那么精美，读起来实在清淡寡味。

赵文举一寒士也，观其自订年谱，一生馆幕，从未发达。所记，因字小难于细读，然柳氏序称：

> 其关于朝章国故者，虽较瓶庐为逊，而谭艺稽古，觇缕佚闻，旁及民生物力之消息，可备史料，不在越缦湘绮下。

其文字之谨严深厚，尤可与三家颉颃。当非虚言。

书内夹有广告一纸，赵氏除日记外，尚影印有《三愿堂遗墨》，附述其身世，惜余未得见也。

一九九五年四月二十七日上午

《西征日记》

古棠汪振声录、光绪二十六年庚子八月开雕，书缝下端有梦花轩字样。价一元。

作者身世不详。据自序，曾于上海江南机器制造局工作。后随该局负责人冯卓儒，去甘肃办事，从兰州东归。他先从上海坐轮船至汉口，后经河南、陕西至甘。水陆所经，逐日记之，主要着意于山川名胜、地理风俗。所记颇得体要，并附歌咏，盖亦能文之士也。日记起于光绪三年三月，终于次年三月整整一年。作者文末云：追忆前游，忽忽如梦。其记陕西大旱：

> 至西安省城，寓城外太白庙。时设粥厂，赈济饥民，远来就食，接踵于道。小儿女乞卖于人，莫有一顾。饿死者日以千计。沿途树皮草根，剥掘殆尽，或易子而食，甚有人死两三日，复掘而脔分其肉。富者握金银，不得一饱。此历来未有之奇灾也。

其实，这种灾情，在历史上屡见，陕西尤甚，可惜国人易忘，故此不幸亦不能绝也。

此书亦从南方邮购，多年未读，今昨两日，才把它读完。

一九九五年四月二十七日下午

《秦輶日记》

这是潘祖荫在咸丰戊午年，奉旨为陕甘正考官的日记，副考官为翁同龢。

我前记此书为刻本，非，乃西泠印社吴氏聚珍版。潘氏所行路线，亦不同于都穆《使西日记》。此皆素日读书不精细之过也。

书后有山阴吴隐跋，即吴氏聚珍版主人也。知此书以前尚有京版印行。吴跋谓：

> 日记中多唱酬诗词，足征声应气求之雅。间及山川形胜，宾朋晋接，乃至古迹金石，尤足资考证，备掌故。

名流之日记，其价值亦止于此矣。但潘氏诗词，不脱馆阁浮艳之体，无可读者。

一九九五年四月十八日

《越缦堂日记补》

影印，十三册。民国二十五年十月，商务印书馆初版，次年二月再版，当时定价十二元，可谓贵矣。我购于解放后，处理价只六元。

书的题签及印行缘起，均为蔡元培所作。缘起写于民国二十二年十月一日，蔡时任国立北平图书馆馆长。缘起要点：

民国九年初印《越缦堂日记》五十一册。根据李莼客的自述，有一部分没有印行。莼客的原话是："平生颇喜骛声气，遂陷匪类，而不自知。至于累牍连章，魑魅屡见。每一展览，羞愤入地。"因此，这一部分日记，"或投之烈炬，或锢之深渊，或藏之凿楹，以为子孙之戒"。

初印日记之时，主持此事的浙江公所，就尊重他的意见，把这一部分搁置起来。但人死得久了，子孙们也都不那么关心了，他的话也就不大算数了。这次主持印务的是国立北平图书馆，请钱玄同检阅一遍，认为李莼客所虑，无关宏旨，而且许多处文字，他自己已经剪截涂抹过了，不会再引起麻烦。因此主张援初印之例，仍付影印。这就是这十三册日记补出版的经过。

原有五十一册，再加上这十三册，《越缦堂日记》就还差樊樊山借去的八册了。蔡氏希望樊的后人把这八册也献出来，使它成为全璧，好像没有下文。

原印五十一册，寒斋未及购存，只是在别处借阅过。后来见到这十三册日记补，就买了一部，藉见李氏日记之一斑。

鲁迅先生曾谓：记上的还抹掉，不记的就更多了，是对李氏日记的微词。翻阅他的日记，常遇到漆黑一片，或抹来抹去的地方，看起来实在不舒服。可见此翁，心猿意马，变化无常。从上面所引他的一段自述，也可以看出他的性格和文风。

我老年眼力差，已不愿再读这样紊乱的文字，说实在的，虽然佩服他的学问，对他的尖刻的文风，也不大喜欢了。

从蔡元培所写的缘起，还知道越缦堂藏书，归了北平图书馆，王重民等人辑录其书端识语，曾次第印行。现在流行的《越缦堂读书记》，就不像我过去所想的，只是从日记中抄出的了。

一九九五年五月七日

《郭嵩焘日记》

湖南人民出版社整理排印，共四厚册，布面精装。从一九八一年，杨坚、王勉思同志陆续寄赠，一九八三年出齐，共二百万字，亦为大型日记。第一卷为咸丰时期，第二卷为同治时期，第三卷为光绪时期上，第四卷为光绪时期下。原稿本共六十一册，略有遗失。郭氏日记，一直记到他去世前一天，可谓鞠躬尽瘁矣。

郭嵩焘号筠仙，生于一八一八年，终于一八九一年，道光进士，曾署理广东巡抚。因熟悉洋务，后以礼部左侍郎衔，出使英、法。晚年在湖南讲学。

我对郭氏所知甚少，过去读曾国藩文书，常见他的名字，又买过他写的一本《史记札记》，印象亦不深。今天写这个材料，忽然想起前些日子读《李文忠公外部函稿》时，有地方说到他。查检抄录如下：

> 函稿卷第十，五月二十一日论郭刘两使违言："平心而论，筠仙品学素优，而识议不免执滞，又多猜疑……"
>
> 致沈中堂："自称实不愿与同列，只有奉身以退。"
>
> 六月十一日论郭刘二使："一意孤行，是已弃官如脱屣。"

以上是因为郭嵩焘在英国，与一位姓刘的同事不和，李鸿章向总理衙门写的意见。虽是官场套语，但也可以看出李对郭的认识和评价。我认为这是可靠的。郭是一位书生，性格孤傲，不宜做官，也不恋栈，后来讲学以终，最为得体。

他的日记，我也部分读了，多是行程琐事，官场应酬。

一九九五年五月九日上午

日记总论

我曾购置《曾文正公手书日记》《湘绮楼日记》《翁文恭公日记》《缘督庐日记钞》及《越缦堂日记补》等书，且择要读之。又浏览上述诸小型日记，兼及近代学术名家之日记。对于日记这一文体，遂积有一些感想，分述如下：

人之喜读日记，主要认为日记是一种可靠的史料，可反映一个时期的政治、社会的风貌。其实，并非如此简单。曾国藩、翁同龢日记，这是政治家的日记，然研究政治历史的学者，想从他们的日记中，寻觅当时的政治材料，并非如入宝山，美不胜收，却似披沙拣金，十分不易。这是什么缘故？答案是：正因为他们是政治家，所以对于政治问题，才讳莫如深，守口如瓶。日记是私人著述，不易传播，但向来稍有文化的人都知道，这是危险物品，一旦遭抄家之厄，要首先上缴。政治家对此尤其敏感，翁同龢称其书斋为瓶庐，其含义或即为此。

对于文人名士的日记，也不要多抱幻想。王湘绮号称一代大家，郑振铎编《晚清文选》，把他列于首位。张舜徽笔记中，则称他在政治上，能倾动公卿，驱使将帅。见到他那印制豪华的两大函三十二册日记，以为都是事关大局，名言谠论，那就会大失所望。他的日记，极其平庸，琐碎，我几次都读不出兴趣来。

倒是越缦堂的日记，名不虚传，自成一格。他的日记，包括读书记，创作的诗词，自圈自点，顾影自怜。加上评论时局、人物，喜怒无常，关起门来骂大街，然后用浓墨再涂去。正像鲁迅所说，他是把日记视为著作的，所以如此细心经营。他的日记，的确很有内容，给后人留下了不少财富，可以说前无古人，后无来者。

日记，归根结底，是个人的生活史。话虽如此，一个人既生存于一定的时代一定的社会，那么他个人的历史，也必然或多或少反映出那一时代，那一社会的某些面貌。例如《鲁迅日记》，简略之极，但还是能看出那一时期的文学史的轨迹。

《鲁迅日记》，我购有人文两种版本，并借阅过影印本，可以说是阅读多遍，印象甚深。《鲁迅日记》，只记天气，来往，书信，出门办事，学校讲课，买办物品，出入账目。也偶及大事，然更隐晦简略。

日记各有风格，各有目的。有的记事失实，有的多存恩怨。有人甚至伪造日记，涂改日记，以作自我修饰。另外，日记亦如名人字画，传者不必佳，埋没者或有真正价值。此乃天道之常，更难言矣。

总之，日记并非读书之要，然藏书家颇以收藏名人精印本为荣。余之购存，正值社会变革之时，日记已无人看重，故得以廉价收存，非为夸饰也。

有很多人，记日记，一生不断，这实在是一种毅力，不管其内容如何，我对作者，佩服得很。因为我自幼缺乏耐心，经历战乱，未养成记日记的习惯。晚年偶有感触，多记于书衣之上，为关心我的友朋看重，成为阅读的热点，实在出乎我的意料。

再，日记遗书，如字体大体清楚，最好影印，保存原貌。一经排印，反易出错。然今日语此，有些不合时宜。一切文言古籍，都在译为白话，不久将无能读中国古典书籍者，况古人书写之日记乎！

一九九五年五月九日耕堂记

耕堂题跋

题《岳少保书武侯出师二表》

姜德明寄赠。

病中只能读字帖，然遇到不识之草字，亦必翻阅原文，故此二表亦读熟。诸葛亮非文士，其叙事说理，简要通达，文无冗词，意无虚饰，非文士所能为也。作文与处事同，其根基在所处地位，所操权柄。立在根基之上说话，则语无虚发，情无粉饰，忠诚义气，情见乎词矣。此二表仍为两汉文风，以实事求是为重。后随政治变化，魏晋以来，文章渐变为空谈。

诸葛亮秉公持正，用心自无论矣。即单就文章而言，亦毫无可挑剔之处。两汉政治家，多有文才，魏、晋亦然。至南北朝，当权者虽多武人，仍重文章，即如侯景之辈，亦聘用有才华之文士，掌文墨之事。从此政治家与文学家分开，文学与政治，不再是统一体，而是为政治服务了。

一九九一年一月十日

题《莲池书院法帖》

保定莲池，为余读中学时旧游之地。时有一同乡同学，在莲池内当图书馆员。当时莲池既非公园，游人寥寥。图书馆也没有读者。同乡只是看管那些旧存图书，每月领一份微薄薪金而已。这种生活，当然很无聊，很寂寞。但这一职业，还是靠他父亲在保定教书多年，认识很多文化界人士谋来的。很为穷学生如我辈所羡慕。

我有时找他去玩，即顺便逛逛莲池。当时石刻尚完好，镶于廊庑间，但青年时无心于此，走马观花而已。今老矣，保定来人送此帖，系初拓复制。细观之，其书法价值，实不下于一般名帖。莲池文物，在有清一代，因近京畿，主持者皆名流，实不可等闲视之。

一九九一年二月九日病中记

当时同学，亦不知下落如何？

昨夜醒来，忽记起此同学姓陈，名耀宗。其父在育德中学当音乐教员多年。音乐课堂在大饭厅，台上有一架钢琴，每逢学生不安静，陈老师即用力击键盘示警云。当时学校和学生，都不重视音乐、美术课，也从不计分考试，老师也只是应付。他系安平县北苏村人，所忆不知准确否？

十日又记

题《知堂谈吃》

卫建民赠。

文运随时运而变，周氏著作，近来大受一些人青睐。好像过去的读者，都不知道他在文学和翻译方面的劳绩和价值，直到今天才被某些人发现似的，即如周初陷敌之时，国内高层文化人士，尚思以百身赎之，是不知道他的价值？人对之否定，是因为他自己不争气，当了汉奸，汉奸可同情乎？前不久，有理论家著文，认为我至今不能原谅周的这一点，是我的思想局限。

有些青年人，没受过敌人铁蹄入侵之苦，国破家亡之痛，甚至不知汉奸一词为何义。汉奸二字，非近人创造，古已有之。即指先是崇洋媚外，进而崇洋惧外。当外敌入侵之时，认为自己国家不如人家，一定败亡，于是就投靠敌人，为虎作伥。既失民族之信心，又丧国民之廉耻。名望越高，为害越大。这就叫汉奸。于是，国民党政府，也不得不判他坐牢了。

至今他早期的文章，余在中学时即读过，他的各种译作，寒斋皆有购存。

对其晚景，亦知惋惜。托翁有言，不幸者，有各式各样，施于文士，亦可信也。

一九九一年一月十五日，旧历元旦，晨记

题《纪晓岚文集》

河北教育出版社，一九九一年七月第一版，精装三册。

柳溪持赠，纪氏，其六世祖也。

纪氏文集，不多见，余逛书市多年，不曾遇之。只于青岛养病时，于病友处，见一石印本。当时无心读书，亦未细看，不知是何书店所印。

此书凡例称，纪氏文集曾有家刻本，小嫏嬛山馆刻本，上海保粹楼石印本。病友之书，或即后者。

纪氏文集，虽有旧本三种，然不常见于书肆，盖印数少，书亦不大流行。较之纪氏笔记，版本之多，甚至超出《聊斋志异》，读书之家，无不有之，亦大寂寥矣。

书，流行与否，在其内容。纪氏文集，读者需要的东西，实在太少了。在清代文集中，也是一个特殊的例子。

纪氏功业，在于《四库全书提要》。他不主张著书立说，他说，一切道理，古人都说过了。他说，有些人，在那里苦思冥想，坐卧不安地从事著作，是可笑的。

纪氏笔记五种，过去都是单行，此次河北教育版，将笔记收入文集，这是一种互补，也增加文集的吸引力。

一九九一年六月十二日上午

题《袁世凯奏议》

天津古籍出版社，一九八七年版，精装三册。余案头有近年出版物精装本数种。装订多不得法，料不能说不精，而工艺实在太差。多难于翻检，读时不能放平，盖操作者多乡下妇女，非专业也。此本较佳，厚薄适中，能翻开放平。

郑法清所赠，彼爱人为此书装帧，得有两部，法清知我喜读此种书，故特为相赠也。

奏议起于光绪二十四年（一八九八），止于光绪三十三年（一九〇七）。全书四十四卷，收奏片八百篇。原系绍兴沈祖宪所录，沈在袁幕二十余年，盖多出其手笔也。

从事文字工作，不可不读"奏议"。古代名臣之作，固无论矣。余读《东华续录》，曾、左、胡、李等人之奏议，多有佳作。曾、左多能文，其幕僚亦多高手。此编文字稍差，盖沈祖宪、吴闿生辈，均非此种文字程式之首选，而袁氏本人，一介武夫，对此亦不大讲求也。晚清皇室、内阁，正在手忙脚乱，对文字已无暇多作挑剔，故奏议水平，亦降低要求。

此书校对不善，标点亦多可议之处。

一九九二年六月十二日下午

题《唐才子传校注》

孙映逵校注，社科出版社一九九一年版，价十七元八角。

余原有解放后出版的白文本《唐才子传》，薄薄一本，携带方便。二十年前，与新结婚的张氏，一同回老家探望，所带书籍，就有这本书。已阅读矣，张氏说她有一位江西友人，想找这本书，久而未得。要我送给他。我当时重违其意，遂割爱。

后来一直觉得少了一本重要的书，愿意补上。前数年见中华书局广告，有《唐才子传校笺》出版消息，托人购买未得。今年春季，又见此书出版消息，以为仍是中华那本，遂托北京卫建民代为访求，建民跑了几个地方，终于买到寄来。我一看书前序言，才知和中华那本，不是一码事：中华为"校笺"，此为"校注"。

我买此书，只是为了补足旧存，不在版本。只是薄薄一本小书，换成了厚厚一本大书，阅读不方便。好在原文我已读过了，插上书架吧。

但书价太昂，建民已跑路，不好再叫他贴钱。乃汇去二十元。建民复信云：你头脑中没有货币贬值观念，以为花十几元买一本书，是太贵；捐二千元帮助家乡建校，是“大出血”，可笑。

一九九二年六月十三日晨

题《汉娄寿碑》

余有碑帖画册五六包，均用麻绳捆扎，放在独单大柜中。独单现为厨房。

一日读夏承碑跋语，连及此帖，早饭后寻觅不见，午饭后寻觅又不见，心遂不安，念及心脏有病乃止。

午睡起，又至独单，书捆已全部翻过，仍不见，颇为烦躁。后念及有一捆，只打开一端，未细检阅，又至独单，乃见到，索然自责：年事至此，小事不能从容、忘怀，实堪忧也。

昔读翁文恭日记，知其宝爱此帖，晚年失意，放还乡里，以帖自随。一日，帖忽不见，多日查找未得，长随恐被怀疑，寝食俱废。翁亦自思：“此仆岂偷拿字帖者耶？”实已怀疑及之。后于小茶几下面抽屉得之。余记此段日记甚确，以其乃晚年易犯之遗忘症与心神颠倒耳，不可不慎重处之也。

翁之字帖乃原拓，价值连城，失之焦急，尚有可说。而余之字帖，乃珂罗版印制，且为旧书，购时定价只一元，也跟着着急，岂非太不值得？此帖无版权页，末有民国四年李钟珏跋，原本为彼所藏，此次只印二百四十部云。

一九九二年四月十九日下午记

此碑号称不缺，文字实不全。检《金石萃编》，正续编均无著录。钱泳《履园丛话》有记载，亦颇简略。然文字古朴典雅，仍可诵读也。

六月十三日补记

题《模印砖画》

上题《中国古代的工艺美术》。郭若愚编著。公私合营艺苑真赏社出版。一九五六年修订本。文字朱绿两色。只印五百部，余所得为处理本。

墓砖系战国时产物，一九二五年至一九三二年，陆续在洛阳附近的金村发见，多数已被运往外国。

近日无聊，读砖石书，连及此本。本书图版共二十六幅，宣纸印制，甚为精良，解放初期，尚有些好的工艺，艺苑真赏社所印字帖，余购存多种，印得都很好。

余对美术无知识，然本书所印砖画，无论飞禽（鸿雁）走兽（马、鹿、虎、豹、狗、兔），均系白描，十分生动，既通俗而又令人喜爱，实艺术之一种极致。末附出土铜印模一具，使人知砖画印制方法及过程。

耕堂曰：余幼年乡居，进村小贩，有呼喊："换布屑烂套子"者，小贩多老年，担两个破筐，专收破布块和旧棉絮。前一筐上有木盘，上面放着他用来交换的货物：老年人用的火绒，火石，妇女们用的火柴，针线。此外，还有一些应付儿童的东西，其中就有一种叫"模"。"模"用胶泥烧制，浅红色，凹形，里面的画，多是戏曲人物的头像。

儿童换回以后，也用胶泥填在模中，弄实，脱出晾干，则为一凸面人像。然自制人像，不能烧制，一烧就裂，不成样子。不然，又可以用泥贴在上面，复原一个小贩制作的"模"。这是因为我们的工艺不行，所用胶泥也不行。但是从这里，可以知道所谓"模印"，是怎么回事了。

儿时意趣，实可回味。

一九九二年六月十三日记

题《专门名家》

我有一本书，书名如此。这本书好像还不是我从书肆亲自购买，而是从外地邮购来的。这就有些奇怪，单从书名，我是不会知道书的内容的，何以贸然选购？想来想去，可能是它的出版单位："广仓学窘"这四个字引起的。

原来我也不认识这个“宭”字，现在查了一种收字较多的，过去商务印的《学生实用字典》，才知道就是“群”的意思。

这个出版单位，属于犹太大贾哈同的门墙。当时的上海，被称为“冒险家的乐园”，哈同“冒险”成功，自己建筑了一个“园”，这个“宭”，就设在园内。清朝灭亡后的一些遗老遗少，为了吃到洋人的一些残茶剩饭，投奔到这里，弄一些洋人喜欢，中国有些人也喜欢的古董玩意儿。当然其中也有不少真正的人才。国学大师王国维就曾在这里，待过一段时间。

它的出版物，印得的确不错。即如这本书，汇集的是砖文的拓片，宣纸印刷，拓片有大有小，有高有低，有宽有狭，把它们一一折叠好，弄得平平整整，厚薄一致，装订成一本大书，这就不容易，就是工艺，就是细心负责的工作。

至于砖文，因不懂，未敢妄评，买了这些书来，闲时翻翻，真如面对无字的砖石，无喜亦无忧，无誉亦无毁，求心境安静而已。

古代砖质，仅次于石，烧制得法。余之叔母，其弟烧窑多年，给她烧制了一块洗衣用的砖。我们那里，妇女洗衣无搓板，多用青砖代替，有的也只是刻上一些横渠。叔母这块洗衣砖，周围却是花纹和蝙蝠，砖也烧得特别坚实。叔母洗完衣服，总是把它好好收藏起来，年代久远，也会成为古董的。

一九九二年六月十四日下午记

题《南阳汉画像汇存》

编纂者南阳孙文青。金陵大学中国文化研究所，民国二十五年十二月以哈佛燕京学社经费印行。

南阳汉画像，是我读许广平编辑的《鲁迅书简》中，鲁迅和王冶秋的通信知道的。一九三五年，鲁迅几次给当时在河南的王冶秋写信，托他访求南阳画像。

鲁迅汇款三十元给王冶秋，请他雇拓工，并告诉他一定用中国连史纸，不要用洋纸，还附寄连史纸的标本，以免弄错。鲁迅对这些事，非常认真、仔细，给我留下深刻的印象。王冶秋第一次寄给鲁迅十张画像，后又托一位姓杨的，寄给鲁迅四十五张画像，鲁迅很高兴。这是鲁迅逝世前一年的事。

我们知道，鲁迅在文章中，或致美术青年的书信中，经常提到汉画像，评价很高。

我见不到拓片，只能买画册。第一次，我邮购到一本《南阳汉画像集》。关百益编辑，二十二版，四十一图，惜画面较小。

前有关百益民国十八年二月，在开封写的序。从序中知道，这些画像的访求者，是南阳张中孚。序中介绍了汉画像的几种不同的刻法。

后来，上海古籍书店到天津展销，我又在展销现场，买了这本《南阳汉画像汇存》。这本书，印得很堂皇，版面也宽大，图像清楚，用手书原稿影印，小楷秀整。用宣纸印刷。编辑也精细，每图都有说明：原石何时何地出土？现存何处？原石尺寸等等。

前面有孙文青写于民国二十三年和二十五年的两篇长序，前者介绍访石经过，后者介绍汉画像知识。他以为汉画像中的神话题材，与佛教、道教无关，而出于汉儒邹衍学派的图谶，具体形象，出自《山海经》（如人首龙身像），此像通称人首蛇身，然有足，当称为龙。

画像内容，包括天象图、地域图、历史图、礼乐图、游戏图、祥瑞图。

孙文青，这人很有学问，原来是南阳河南省立第五中学的教员，闲时散步，见道旁，桥下，荒寺，井台，到处都有汉石画像，发生了兴趣，立志搜求，一共收集二百余石，经挑选，合关百益所辑，共得一百四十五图，汇印成此书，于抗战前出版。书后有商承祚跋，无多内容。

南阳为刘秀发祥之地，贵族多，墓中多画像，然此等像皆刻于墓内柱、梁、门、楣之上，石料粗，故刻画亦多粗犷，不清晰。而如武梁祠堂之画像，则作于石壁之上，石壁平整，故画亦细而清楚。这点知识,亦得自鲁迅写给王冶秋的信中。一九三五年,王氏为“饭碗”奔走,当无意于考古,然受先生委托,不得不全力以赴,完成任务。解放后,王氏领导国家考古事业,任文物局长,其知识之源始,也应归功于当年鲁迅先生的熏陶吧?

夏中无事,翻阅汉画,谨记一些心得如上,也是纪念鲁迅先生,为学博大精深,一言一行,无不惠及后学也。

一九九二年六月十七日上午记

附记:

余青年时期,奔走于乡间道路,常于疲累时,坐于道旁墓冢碑座上小憩。回忆碑正面两旁,多有装饰画,其形制仍汉画遗风。然碑面打磨平细,其刻法似是武梁祠风格,而非南阳画像风格也。“文化大革命”,北方碑碣全部打倒砸断,亦多用于砌猪栏,建公厕,作台基,私人收用者少,因视为不祥,后之考古者仍须从这些地方,发见此物,此亦文物之历史规律也。

下午又记

题《蒿里遗珍拾补》

广仓明智大学出版,邹安(适庐)编辑。

邮购得来,书店盖以甲字小圆印,定价三元五角,系当年购书之贵重者。

检罗振玉《雪堂校刊群书叙录》,有《蒿里遗珍序》,已将较精之品影印,此书非罗氏所编,而是将他不要的东西,杂乱无章地编成一书。所收之品,亦无使我感兴趣者,面对一些破烂古董,都是外国人挑剩的,不要的中国文物,中国的学者们,仍在那里孜孜不倦地作跋考证,引起无限感慨。

不过,在一张“地券”的说明中,有这样的记述:这个砖券,在水灾后冲出,一个农民拾到,想叫人看看卖了,后来一想,怕人说是“盗墓”(他深知这是大罪过),又反悔了“放回原处”去了。

这是一个典型的朴实农民的心理写照，看过后有久违之感。

陕西、河南为帝王建都之地，文物层出不穷。一方水土养一方人，靠山吃山，靠水吃水，农民得些便宜，本来也说得过去。但历来得到好处的，还是一些非法之徒，而得其精华者则为外国人。现国有明令，而屡禁不止。枪毙也没用。送进博物馆的，照样丢失。发展到群众性盗墓，挖掘，其结果，仍是要运往港台，卖给外国人，以致那里供过于求，减价处理，可叹，可叹。今日破一案，明日又破一案，不破之案有多少，可想而知。地下的文物，其将绝迹乎？

看一本破书，引起没用的感慨，非读书之原意也。此所谓多愁善感欤？

一九九二年六月十七日下午记

题《何典》

一九九二年四月二十八日，山东自牧寄赠，贺余八十岁生日也。书颇不洁，当日整治之，然后包装焉。

此系工商出版社一九八一年据北新书局本重印。

一九三三年，北新出版此书，颇热闹一时，然余并未读，兴趣不在这上面。也没有想买过，好像也没见到过。但鲁迅先生的两篇《题记》，我是读过不止一遍的。这次得到，修净后，我又读了这两篇《题记》，并同时读了刘半农和林守庄的序，忽然产生了一个"比较文学"的念头。

俗话说："不怕不识货，就怕货比货。"欧阳文忠有言：文章如金玉，市有定价，非口舌可争。都是说的比较。

同是作家，或者同是著名作家，这是得不出什么结论的。如果有这样的机会：几个作家同时为一件事写了文章，这文章又接排在一起；而你也有机会同时读了这些排在一起的文章，你心中自然会有一种比较，分清了优劣。

这次，我就感觉，拿鲁、刘、林的文章，在心的天平上一衡量，轻重大有差别。林的文章，写的是别的方面的事，姑勿论。鲁、刘高下，自在眼前。

这不是天赋天才的分别，是写作态度、写作用心的分别，刘的文章，虽是他自己的事，写得轻飘飘，极不严肃，而鲁迅为朋友作序，却投进全部感情，非常认真。高低之分，就出自这里。鲁迅文章，无论大小，只要有意为之，就全力以赴，语不惊人死不休，必克强敌，必竟金功，所以才得成为文坛领袖，一代宗师。

小说原文，还是没有看，对这种文字，兴趣不大。至于吴稚晖，我学习文字时，他已过时，或者说已到尾声，我好像还赶上读了他写的一本谈人生观的书，是安志成先生讲解的。但他的“放屁，放屁，真真岂有此理！”却给人留下深刻印象。进城初期，我还在冷巷买到一套小书，就叫《岂有此理》，这部书好像送给了映山。

但把骂人的俗话，写进小说还可以，《红楼梦》就有“放你妈的屁”这句话。但用于文章，甚至诗词，则不大合适，后者尤不便于吟咏。

一九九二年六月十八日上午

题《雪堂校刊群书叙录》

永丰乡人稿甲种，上虞罗振玉著。

二册一函，连史纸仿宋体大字排印。六十年代从北京中国书店邮购，书后有“甲五”蓝色方印，价三元五角。

书前有王国维序，写于戊午六月。

据一九八〇年江苏出版社，甘儒辑述《永丰乡人行年录》称，罗氏尝言平生未尝求人为书作序，此序静安主动为之。并称：此序无一贡谀语，宜非静安不能为此言。

甘氏书中，引王静安序，几近全篇。然亦略有删节，如“至于奇节独行与宏济之略，往往出于衰乱之世，则以一代兴亡与万世人纪之所系，天固不惜生一二人者，以维之也。”一段则删去，而此段正多“贡谀语”。

此亦不足为王氏病，行文中有些过头话，是常有的事。也可能王国维当时是这样认为的，也可能是迎合罗振玉的观点。

就在这部书中，罗振玉几次提到“天将降大任于斯人”一类的话。开卷第一篇：《殷虚书契前编序》中，即有“今幸山川效灵，三千年而一泄其秘，且适当我之生，则所以谋流传而攸远之者，其我之责也夫”的话。《殷虚书契后编序》中又说：“私意区宇之大，圆颅方趾之众，必将有嗣予而阐明之者，乃久而阒然。……至是予乃益自厉曰：天不出神物于我生之前，我生之后，是天以畀予也。举世不之顾，而以委之予，此人之召我也。天与之，人与之，敢不勉夫！”

王国维序中说：“案先生之书，其有功于学术最大者，曰《殷虚书契前后编》；曰《流沙坠简》；曰《鸣沙石室古佚书》及《鸣沙石室古籍丛残》。此三者之一，已足敌孔壁汲冢之所出。”

耕堂曰：《殷虚书契》，即甲骨文，寒舍无力购存，亦未能涉猎。《流沙坠简》购存矣，实亦未能全懂全记。至于石室佚书，即敦煌占写本，也只是从王重民之序录，及其他有关材料，略知大概。但不知为什么，对这三种学问，总想多知道一些。这也是发思古之幽情吧。

因此买了罗氏这部著作。确实像王国维说的，罗氏在这三方面，做了很多工作。但做这三方面工作的，并不只是他一人。他在哪一方面，也并不是开创者，也不是成就最大的人。甲骨文在他以前，或在同时，已有刘鹗、王懿荣、孙诒让；流沙坠简则是斯坦因先发掘的；石室遗书，则是伯希和先得到的。二人都是外国人，是盗取中国文物。罗振玉不过是用的人家寄给他的影片材料，谈不上是什么发见。

至于释文、考证，罗氏确也做了一些工作。特别是对甲骨文字的识辨，他下了很大功夫：“或一日而辨数文；或数夕而通半义”。但震动全世，被称为人文科学重大成果的，是出自王国维之手的“考释”。

罗氏在三方面，扮演的角色，并不是像他自称的，“其存其亡，唯予是系”那么重要。他的劳绩，确也不能抹杀。

罗氏这个人物，也是时代的产物，具备以下几个特点：

一、继承了清朝朴学考据的一些治学方法。但他主要是印书。

二、信息比较灵敏，接受了西欧、日本的一些现代考古知识。

三、结识了一些外国朋友，不管这些人是干什么的，只要帮他印书就好。

四、印书不惜工本，精益求精，充分利用现代印刷新技术。所印书籍，定价昂贵，使鲁迅吃惊，但又因为印得的确好，又不得不买。

他印书是为了传播学术，也是为了赚钱。他总说他印书花了多少钱，从没说过印书赚了多少钱。从他印的书的定价看，一定不会赔钱。

五、罗振玉是学而仕，仕而估者也。他善于经商，曾在大连开过古玩店。他搜罗古物，不分巨细。然后影拓。用钱时，把原物卖掉；再用钱时，就把拓片印成书，而且一印再印。

六、他结交估人，熟识收藏家，见实物多。印书又极负责，“自编次校写，选工监役，下至装潢之款式，纸墨之料量，诸凌杂烦辱之事，为古学人之不屑为者，而先生亲之”。（王国维序）这是值得今天的出版家学习的。

我购买罗氏所印书多种，其中见于本书序录者，有《流沙坠简》《世说新书》及《六朝墓志菁华》。其印刷之精良，装潢之讲求，称得上是空前绝后。至于罗氏在政治方面的所作所为，不在本文论述之列。

一九九二年六月二十六日晨

题《秦淮广记》

商务印书馆民国初年大字排印本，线装四册，缪荃孙编著。前有缪序，大骂人心不古。

缪荃孙为清末名士，图书收藏家鉴赏家，据传张之洞《书目答问》，即出其手。民国后在上海开设蟫隐庐书铺，经营古籍，所印《柳河东集》，余有藏本，并购存其藏书记数种。

此书得于天津旧书肆，因读鲁迅《中国小说史略》，知《板桥杂记》等书颇有名，而此书收之，并不止一种，故购之。

然于“文革”后，已列入“拟处理”部分，几次想送人，均因无适合之收受对象而作罢。后古旧书籍难得，日子也太平，就没有再送人的打算。

开放以来，“秦淮文化”大为时髦，并有人想借此以“弘扬”中华民族文化。此原始材料，不只收罗宏富可作。“秦淮辞典”，并且千姿百态，确系“名妓大全”。有些“著名作家”，或尚不知。且海内少见，没准已是孤本。编制电视片，或写历史小说者，其有意睹此秘籍乎？

耕堂曰：此书虽系无聊之书，然编者仍以严肃态度出之，叙述秦淮制度沿革，历史事实，著名人物均有史载。其首引《明实录》几节材料，后见鲁迅文章中亦曾引用之。余读鲁迅日记及书信，均未见提及有机会阅读《明实录》，故余颇疑先生所引用，亦出于缪氏之书。

一九九二年六月二十九日晨

题俞樾书《枫桥夜泊》诗（石刻）

此片为江苏文化部门拓印，已忘记是哪位朋友寄赠，存于书笥，已有数年。余有一四尺花梨大镜框，近年多装自己习字及胡诌诗句，字既无章法，诗尤不协音韵，并有时为来客抄去，在报刊发表，贻笑大方。余引以为戒，遂撤除之。近日念及此片，找出装入，大小适合，满室增辉，搬一小凳，对坐观赏，不能不叹石本之佳，书法之魅力也。

俞樾为清末经义大家，著作宏富，无学不通，兼及小说（如改写《三侠五义》）笔记（如《春在堂随笔》）。其著作，余购存多种,《茶香室丛钞》,并为原刻。

俞氏书法,为学者字,即鲁迅所说:字写多了,自然就写得好一点。没有丝毫馆阁气,也没有丝毫怪气,规矩之中,自有本身风神,余深爱之,悔面对之晚。

字不怕俗,却怕怪。俗能通向大众,怪则为多数人不认识,不认识之字,尚得称为书法乎?

近看电视,寒山寺已成旅游热点,一对对情侣,争相撞钟。枫桥想来也该塑一个诗人夜泊实景。江枫渔火都好办,月落乌啼,就不那么容易。而钟声不分昼夜传来,噪音乱作一团,扰人清梦,诗人就更难对愁眠了。正是:昔人抒写真情意,当今化作生意经。

一九九二年六月二十九日下午

题《簠斋藏镜》

蟫隐庐影印,连史纸有衬页,两大册。扉页为郑孝胥乙丑年(这些人不用民国纪年)。题写的书名,隶字,不知是去东北当汉奸之前,还是以后。

目录后附有高邮宣哲乙丑冬所作题记,称陈簠斋藏镜拓本,原藏丹徒刘氏抱残守缺斋。所拓皆系精品,故只百有八镜。宣哲不知为何人。

此系邮购而来,下册封底残破,经余修补。

陈簠斋,即陈寿卿,山东潍县人,为清末大收藏家。罗振玉引端方之言,认为当时古器收藏,首推吴愙斋与陈簠斋。吴久官秦中,故收藏富。而陈则因富于财力,能驱使天下估人,为之奔走,不出户庭,所收却多于吴。

此册印刷精良,所印均按原镜大小,不惜用两面纸,合印一图,如蝴蝶状。

解放后,出土古镜甚多,我买了两本文物出版社印的,湖南和四川出土的古镜图录,都是照相印刷,又不照原大,加上出土铜镜色暗,图片都黑糊糊。四川一本有拓片,大小一样,看不出镜的原貌。印刷进步了，反不如手工操作之精。金石易损，且易流失，古人即重拓印，而金石文字，非拓印不能见其风采。故历代重视拓本，然必有良工，今日已不可能矣。

然余对此道，实在外行，只能就书本而论之。

一九九二年七月三日晨

古铜器重铭文，陈氏所收古镜，铭文最多，花纹图案也好，所以说都是精品。有的铭文多至数十字。因年代不同，字体也有变化，隶书楷书都有。镜的名目亦多，其中有尚方镜、十二辰镜、位至三公镜、心思君王镜及绝照镜等。

陈氏收藏富，但很少作考释之文。别人有一件两件，便大做文章了。据罗振玉说，陈氏在文字上，甚为矜慎。他的藏品，都是后人代为辑印，所以大都既无说明，更无考释，没头没脑一大堆。这本藏镜能有个目录，有个简短的附记，算是很不错了。

同日又记

余无一古镜之储，幼年乡居，见妇女结婚时，仍悬古铜镜于腰间以避邪祟，然只见正面，未得细审背面铭文及花饰，亦见如不见也。

又记

题《簠斋古印集》

神州国光社印行，线装四册，粉连纸印，有衬页。六十年代从北京中国书店邮购，定价四元，有甲字小方印。

此书无头尾，无说明，只在书前有“光绪辛巳秋簠斋所拓”几个篆字。

印为朱墨拓本，甚精工。其排列顺序为：古印，秦印，周秦朱文印，巨印，肖形印，官印（亭侯乡侯、将军、司马、将、督、千人监、相、太守、尉、丞、仆射、令、宰长、牧卿执法、侯、伯长、邑长、小长），神印，黄印，单印，唯印，私印，姓名印，姓二名印，之印，子母印，六面印、两面印，肖形姓字印，朱白文相间印，白阑姓名杂印，吉祥印，长方朱文姓氏印等。分得也很杂乱。

全书共一百六十八页，每页印数，多者三十印，少者十二印，共有多少，没有去详计，总之，这是一部古印大观。秦印以后，当大都是汉印。

但我对古文字，一点不懂，多数印文，不能识别，闲时翻阅，好像是欣赏一种抽象艺术而已。

陈簠斋收藏古文物甚富，前文已及之。他家有一楼，即名万印楼，可见他藏古印之多。我还有一本他手拓的玉印集，其中居然有一枚赵飞燕的玉印。此书已送友人。

我有几部印谱，都已送人。这部书不知道为什么留下了。可能是书印得好，书品又好，不忍送人吧。晚年却成为自娱之物。现值炎暑，居然能伏案逐页抄写印名，可以说是“无事可做”了。

据说，古印多出自归化城，估人去一趟，能得到千余枚。归化是古代争战屯戍之地，用印的机会多，用印的官员多，所以能有这么多的印出土。也因为那里的土地干燥，能保存这些铜印，风沙大，也容易暴露出来。这都是我的猜想，我并没有到过那里。

罗振玉说，古印的出土，对历史考证有诸多裨益，我看有些夸张。就像古钱一样，许多人喜好古印，不过因为它是一种小古董，既可欣赏，也可以买卖。

一九九二年六月三日

题《古泉丛话》

清戴熙著，同治壬申滂喜斋刻。

书共三卷。卷一，十四页；卷二，十四页；卷三，十页。后又附加七页，而不标卷，却装于卷一之前，殆装订之误也。

书重修过。书脑破裂，已全部裱衬。视其工艺，如书店为之，则似劣；如系我为之，又似精，不易辨矣。

书前有戴氏原序，首引张宗子之言：“人无癖不可与交，以其无深情也，无疵不可与交，以其无真气也。”这大概指的是:从癖与疵,才可以看出一个人的真正面目。因为癖与疵,不是装出来的。序作于道光丁酉。

后为潘祖荫题识,谓他之刊本,以鲍子年、胡石查两家手抄本合校,并由吴清卿手录上版,于同治壬申年刊成。

今余为此书题识,亦为壬申年。

戴字醇士,谥文节。他的这部丛话,在谈古钱的著作中,名重一时,是权威之作。这些破烂书,都是六十年代初,我从苏州邮购而来。

余对古钱无知识,戴书所记故事甚多,尤多假钱、铁钱的记载,颇有趣味。余作笔记小说读之。

一九九二年七月六日晨

题《梅村家藏稿》

我不喜欢读明清人文集,故购存甚少。或已购,亦不惜送人,如《壮悔堂集》。

但却花重价,购买了这一部《梅村家藏稿》。书为木刻本,共八册,连史纸精印,有"宣统三年武进董氏诵芬室刊"方形书牌。我从南方邮购,价二十五元,是我收藏的贵重书之一。

武进董氏,即董康,著有《东游日记》,我收存,书为石印,共三册,前有胡适序。然所记,号称访书,无多内容。故鲁迅《答日本友人》信中,曾谓:这种人,在中国,不能说是学者。但观其文字,还算是念过书的出版商人,较之今日,亦难能可贵矣。

清朝末年,石印技术,已传入中国,并大为流行,不只方便迅速,而且书写体直接上石,使一些书法家大显身手。罗振玉印书,多用石印,为他写版的书手,颇富功力。书的纸张版式也讲究,从各方面说,都凌驾木刻书之上。

木刻,旷日持久,木板堆积,实在不方便。但有一些好古之士,还是喜欢它,视为正宗。所以石印、铅印,已在市场广泛流行,仍有私人,用木板刻印丛书,供应那些好古之士。如缪荃孙、刘承幹、董康就是。

不过，清末、民初的木版书，已经在字形上，有很大变化。受石印、铅印的影响，它们的字体，从厚重逐渐向细小方面转化。董康刻的这部书，其字体，已与铅字的四号仿宋体，相差无几。这和老年花镜，已经比较普及有关。

此书，字虽较小，然开本大，栏格疏朗，在木版书中，别具一格。商务的四部丛刊，吴集即据此影印。

题《鲁迅书简》

许广平编，一九四六年版。

一九九三年九月三十日上午，于阳台用细砂纸打磨书顶尘污，略为整洁，并包以新装。

近一期《新文学史料》，载姚克材料，涉及与鲁迅关系。乃想到鲁迅致姚书信。此编共收三十二封，时间为一九三三年三月至一九三六年四月。

姚能得鲁迅欢心、信任，实由于他的能干。他关心鲁迅的身体、工作、心情，并能投其所好，帮他做一些实际工作。能在很短期间，与鲁迅关系非常，还能拉他去照相合影。这是一般文学青年，很难做到的。

鲁迅书信：此编八百多封，人文第一次书信集三百多封，第二次一千一百多封。然与此编相较，所增多无关重要。此编成于鲁迅刚刚去世，收信者热情献出，内容多有关鲁迅思想、作风，为文学史重要资料，并按人集中排印，看时方便。

十月一日上午记

题《明史纪事本末》

丛书集成初编，据畿辅丛书排印。

此书购置多年，从未读过。近日偶然翻阅明末野史，见《小腆纪年》多引此书，材料翔实，议论准确，乃觅出浏览。其叙事，简明有据，非一般野史可比。谷应泰议论，虽用典太密，然颇为平允，不失为大家之作。明史浩瀚，老年已无力读之，有此一书，藉知有明一代梗概。

此书当时购价，仅为一元六角八分，且分订为十册，不惜工时，可见当时出版家精益求精，为读者着想的精神。纸为道林纸，经历半个世纪，仍如新书，可不珍视乎？丛书集成零本，“文革”后，损失颇多，余尤为此书未被处理掉，而内心为之庆幸也。

一九九四年二月一日，为作一简易书套储之
芸斋记于阳窗下

题文集珍藏本

一九九二年十二月四日，我刚吃完早饭，走出独单，百花文艺出版社的社长，还有一位女编辑，抱着一个纸盒子，从楼下走上来，他们把《孙犁文集》这一部书，放在我的书桌上，神情非常严肃，连那位平日好说好笑的女编辑，也一言不发，坐在沙发上。

这是一部印刷精美绝伦的书，装饰富丽堂皇的书。我非常兴奋，称赞出版社，为我办了一件大事，一件实事。女编辑郑重地说：“你今天用了‘很好’‘太满意了’这些你从来很少用的词儿。”

我告诉她：我走上战场，腰带上系着一个墨水瓶。我的作品，曾用白灰写在岩石上，用土纸抄写，贴在墙壁上，油印、石印和土法铅印，已经感到光荣和不易。我第一次见到印得这样华贵的书。

有好几天，我站在书柜前，观看这一部书。

我的文学的路，是风雨、饥寒，泥泞、坎坷的路。是漫长的路，是曙光在前、希望的路。

这是一部争战的书，号召的书，呼唤的书。也是一部血泪的书，忧伤的书。

争战中也含有血泪，呼唤中也含有忧伤，这并不奇怪，使人难过的是：后半部的血泪中，已经失去了进取，忧伤中已经听不见呼唤。

渐渐，我的兴奋过去了。忽然有一种满足感也是一种幻灭感。我甚至想到，那位女编辑抱书上楼的肃穆情景：她怀中抱的那不是一部书，而是我的骨灰盒。

我所有的，我的一生，都在这个不大的盒子里。

一九九三年十一月一日